本书出版得到国家普及类古籍整理出版专项经费资助

历代题画绝句评鉴

第四册

吴企明　杨旭辉　注评

黄山书社

目　录

清代卷

郑　燮

厉　鹗

李　葂

杭世骏

李方膺

清代卷

秋山访友图

‖ 萧云从

秋风谡谡水潺潺[①]，曳杖闲行意坦然[②]。
应访石桥东畔去，友人茅屋竹林边。

［题解］

本诗选自黄钺辑《萧汤二老遗诗合编》。

萧云从（1596—1673，一作 1596—1669），清初画家，字尺木，号默思、于湖渔人、石人、钟山梅下僧、梅石道人等，姑孰（今安徽当涂县）人。崇祯年间，与其弟人复社。明亡后，曾参加抗清斗争。斗争失败后，专意于书画，以诗文绘画表达其反清情绪与遗民之志。所画山水，不专一家，是“姑孰派”的创始人。亦工人物。他与锻工汤天池开创的铁画，独具一格，至今仍为芜湖特有的工艺品。有诗集《梅花草堂遗稿》，今已散佚。

［注释］

①谡谡：风声。陆机《感时赋》：“寒冽冽而寝兴，风谡谡而屡作。”
②曳杖：拖着拐杖。

［评说］

此诗作于崇祯壬午（1642）秋。秋风谡谡，序属晚秋，天气自然是寒冽的，山中的溪水仍是潺潺地流淌着，一切显得那么静谧安闲。诗人身历此境，望峰息心，神情安详，泰然自若。他手持拐杖，漫行山间，犹似闲庭信步。至此，诗歌已经充分表现了秋山幽情，以及画面疏淡清远的情致。接下来，诗人便对山中人的行止作了交代，更使情致加深了一层。他的目标是在石桥东边，因为在那儿有他的朋友。山间幽篁，草庐茅舍，正是友人的栖所。有这样一处幽谷林泉可以清谈，能不令人流连忘返吗？（杨旭辉）

秋山霜霁图

萧云从

一林霜叶可怜红[①],半入虚中半画中[②]。
冷艳足为秋点染[③],从来多事是秋风。

[题解]

本诗选自黄钺辑《萧汤二老遗诗合编》。

[注释]

①可怜：可爱。②虚中：山中。虚，山丘。③冷艳：秋冬开放的花卉，此处指菊花。

[评说]

杜牧有“停车坐爱枫林晚，霜叶红于二月花”句，对秋日红叶的赞誉可谓到了极致。而作为画家的萧云从，他的钦赞则与众不同。他见到霜霁红枫之后，激起情感上的波澜，立即把眼前所见摄入画面，进行艺术加工，使红叶傲霜斗妍的风姿更为集中鲜明。这就是他的独特表达方式：“半入虚中半画中。”三、四两句，诗意转了一层，撇开霜叶不谈，言及菊花。宋人刘克庄在《念奴娇·菊》中这样写道：“野艳幽香，深黄浅白，占断西风里。”仅有菊花“占断西风”的姿态，就足以点染秋韵，又何必秋风多事呢？作者在这里责怪秋风，自有道理。赵翼《野步》一诗诚可为其注脚：“最是秋风管闲事，红他枫叶白人头。”原来，秋风乍起，霜袭枫林，树叶由绿变红，一幅深秋的枫林美景就展现于眼前，在夕阳映照之下，枫叶如丹，层林如染，真是满山云锦，充溢着勃勃生机，令人振奋。一向为文士所青睐的秋菊不就黯然失色了吗？无怪乎要埋怨秋风多事了。画家以拟人笔法，借秋菊的怨语从侧面称赞秋山红枫之美，极富情趣，令人回味。（杨旭辉）

题松阴清话图

萧云从

空山尽日坐松阴，芥叶澄泉味自深。
茅屋书声风谡谡，依稀相和有秋琴。

［题解］

本图今藏安徽博物院。

这幅画，远处高山峻岭，峰石峥嵘，岩壁间有流泉飞瀑；近处长松蔽天，绿荫满地，有三人盘坐松下，促膝而谈。他们眼看空谷山色，耳听松涛泉声，乐而忘返。全图结构繁密，笔法严整，山石多方折感，意境清幽，恰当地表达出画中人隐居高蹈的高洁情怀。画幅右上方用行书自题一绝。

［评说］

题诗由画面切入，开端迅即着题，说画中人整天坐在空山的松阴下，促膝长话，饮用芥叶泡的澄清泉水，味自浓厚。两句诗写尽“松阴清话”题意。三、四句写画外意，延伸、丰富画境的内涵。从茅屋里传来的琅琅书声，与谷间传来谡谡的松涛声相应和着，还有琴声。书声、松韵、琴音，都是无法画出的，诗人却用听觉补视觉的艺术手法，写出画面之外的画意，充分反映了画中人不求闻达，陶醉于山石林泉、书诗茶琴生活中悠闲高雅的情趣，也传达出画家的心声。（吴企明）

松阴清话图

题青山秋云图

项圣谟

一簇青山水几湾，秋云卷雨出层峦。
偶来偃息林亭下[①]，远见岩阴瀑影寒。

[题解]

本诗选自日本东京山本悌二郎藏《青山秋云图》题诗。

项圣谟(1597—1658)，明末清初画家。初字逸，后字孔彰，号易庵，又号胥山樵，别号松涛散仙、存存居士、醉风人、大酉山人、莲塘居士、烟波钓徒、逸叟、狂吟客、鸳湖钓叟、不夜楼中士，秀水(今浙江嘉兴)人。其祖父项元汴为明末著名收藏家、鉴赏家。自幼受家庭熏陶，喜爱书画。擅山水，初学文徵明，后学家藏《草堂十志图》(相传为唐代画家卢鸿作)，又取法宋元。兼工花卉、禽鸟、人物。能诗文，有《朗云堂集》和《清河草堂集》。

[注释]

①偃息：仰卧休息。

[评说]

《青山秋云图》秀逸雅致，颇有元人韵味。一簇群山连绵起伏，如螺髻，如眉黛，各具情态。虽已入秋，山上依旧一片青翠，更有几湾流水环绕，增加了画面的动感。此时山中早应进入“水落而石出”的枯水季节，而画面上流水未见枯竭，煞是费解。不入山间自难明晓，偶来林亭，意欲小憩，却见远处山岩背后有一条白色的飞带在飘动，给人一丝凉意，原来是山间流瀑。飞瀑位处岩阴，画面上也就无法表现，但画家用写意法，蕴含这一层意思，秋云卷带着雨水，袭入画幅，山峦为雾气笼罩，时隐时现，飘忽不定。这就是项圣谟的笔意。有此一笔，整个画面更见苍润。也许正是水汽的滋润，秋日的山水依旧清朗如故。（杨旭辉）

题风号大树图

项圣谟

风号大树中天立，日薄西山四海孤。
短策且随时旦莫[1]，不堪回首望菰蒲。

[题解]

本诗选自故宫博物院藏项圣谟《风号大树图》题诗。

项圣谟的画思想性特别强，极少明末清初画坛上盛行的自娱风气。明亡前，他的画表现出对晚明统治者腐败无能的不满，其中有些作品就直接表现水灾以及民间疾苦，表达出对百姓的深切同情。明亡后，他目睹清政权的掠夺、屠戮，身历全家流离他乡之苦，这无疑对他的思想影响极大。从此，他的画作中更多地吐露出自己对清朝政权的愤恨和对故国江山的眷恋。《风号大树图》就是画家在清初的作品之一，以象征手法抒写画家的情怀。

[注释]

①策：拐杖。莫：同“暮”，傍晚。

[评说]

寒风呼号，一株老树独立寒山，然而严寒并不能摧折它的腰杆，它仍是参天耸立，刚强不屈。正如诗歌所描绘的那样，画面正中一棵大树苍劲挺直，树下一位老者拄杖而立，远眺西山及落日的余晖，似在低回沉吟，若有所思。在苍劲的古树之下，人物显得极为渺小，这样奇特的构图，已营造出压抑和孤寂之感。画家的一首题诗则强化了人们读画时的这一主观感受。外界环境虽然如此萧索冷寂，甚至不堪回首，面对凋残的菰蒲，“我”还是拄杖独立于风中，且随旦暮变迁，作者悲愤沉郁的思想情感在这儿得到充分展示。这幅画及题诗可以说是画家身处逆境的自我写照。（杨旭辉）

题蒲蝶图

项圣谟

泛蒲既醉[①],写此适意。
蝴蝶飞来,栩栩欲睡。

[题解]

本诗选自故宫博物院藏项圣谟《蒲蝶图》题诗。

[注释]

①泛:指泛舟。

[评说]

泛舟池塘,浅滩边一丛菖蒲挺立如剑,这般景致在江南水乡随处可见,并不稀罕,而画家对此情有独钟,竟然为之心醉,写成尺幅,用以适意松心。其实真正令他心动的并非菖蒲,而是蒲叶之上停落的一只蝴蝶。它头朝下,双翅平展振动。这一忽来的蝴蝶顿时就成了画家思想情感生发的对象。画家通过蝴蝶来表达自己的精神,两者互相融合,真正达到"心与物化"的境界。这里作者运用了"庄周梦蝶"这一典故,《庄子·齐物论》曰:"昔者庄周梦为胡蝶,栩栩然胡蝶也,自喻适志与!不知周也。俄然觉,则蘧蘧然周也。不知周之梦为胡蝶与?胡蝶之梦为周与?周与胡蝶,则必有分矣。此之谓物化。"只有做到这样分不清"我"与蝶的"物化",画家才能排除一切主观干扰,与自然造化合一,才能创造出天衣无缝、合乎自然的艺术珍品。在这首诗中,蝴蝶栩栩如生，而真正欲睡的是作者自己。作者在全诗开头所讲的“醉”，他正处于这一精神状态，“方其落笔之际，不知我之为草虫耶？草虫之为我也？”（宋罗大经《鹤林玉露》）所以作者自认为画蝶已到化境，也就是顾恺之所讲的“迁想妙得”。从这首题画诗中可以看出，画家对此画的得意之情跃然纸上。（杨旭辉）

题仿黄公望山水图轴

王　鉴

独酌何须问主宾，兴来鱼鸟亦相亲。
苍松翠竹真佳客，明月清风是故人。

[题解]

本图今藏台北故宫博物院。

王鉴（1598—1677），明末清初画家，字玄照，号湘碧、染香庵主，太仓（今属江苏）人。王世贞孙。崇祯八年（1635），曾任廉州知州，人称“王廉州”。入清不仕。工画山水，多仿宋元诸家，画风沉雄古秀。与王时敏、王翚、王原祁合称“四王”。有《染香庵集》《染香庵画跋》。

这幅山水轴以崇山峻岭为背景，描画在苍松翠竹掩映下的溪边小村，笔力雄厚、沉着，用墨淋漓酣畅，而层次极为清晰，真得黄公望“苍浑”之美。右上方齐整地题写一首七言绝句，与画幅相映成趣，互融互补。

[评说]

王鉴摹古，不拘泥于经营位置、用墨设色、笔法技巧，而重在汲取前代画家的审美体验。王翚论他与前代画家的传承关系时说过：“如子久之苍浑、云林之澹寂、仲圭之渊劲、叔明之深秀均揭取之。”（《清晖赠言》）本诗题咏自己模仿黄公望的山水图轴，只字不谈画学渊源，主要表达画意，以及陶情于自然美景中自我愉悦的兴会。这幅画以视觉形象表现诗歌意境。画中主人公独酌于林泉之中，与鱼鸟相亲，与松竹、明月、清风为友，怡然自得，忘情世外。这首题画诗详尽而精当地将这种诗画交融的审美特征展示出来。诗的后两句对偶工整，称为“对结”。用对

起句的手法在题画绝句中比较常见，而用对结的则很少见。这里两句诗融为一个整体，全面地表现诗境，很成功。（吴企明）

题春泉图轴

龚　贤

静壁春泉一道飞，白龙藏影见斜晖。
谁家草阁迁无际，半醉支窗向翠微①。

［题解］

本诗选自龚贤《春泉图轴》题诗。

龚贤（1618—1689），清代画家，一名岂贤，字半千，号半亩、柴丈人、野贤、东海隐士等，昆山（今属江苏）人，后寓居金陵（今江苏南京）清凉山。性孤僻，与人落落难合。工诗文、行草。自谓所作山水画，前无古人，后无来者。其山水画从董源筑基，一变古法，用墨浓厚，别开生面。与樊圻、高岑、邹喆、吴宏、叶欣、胡慥、谢荪并称为“金陵八家”。著有《画诀》《香草堂集》。

［注释］

①翠微：青葱的山色。

［评说］

春山秀润，傍晚时分，格外幽静，只听见瀑流飞喧。循声而望，嫩绿的山壁，一条白色的飞龙在奔腾。日已西斜，夕阳的余晖映射在飞流上，白色的水流顿时改变了它的本色，在山崖崚嶒突兀处，溅起水花，鲜明夺目，不但瀑布笼罩着一层红霞，就是山间也升腾着红色的烟雾。这里的水并非与众不同，不信，请看山脚水潭中被急流冲起的白沫，此处独特的景观应当归功于天边的斜晖。此情此景，并非人人能见到，若非草阁迁入无际的山林，断无机缘；若非潜心静志，半醉支窗，即便有此良辰美景，断不能体察入微。画家观照自然的独特感受并没有在画中得以体现，而是通过这首题画诗，准确、传神地表达了出来，耐人回味。（杨旭辉）

题涧屋听泉图

龚　贤

结屋远朝市[①],移书载酒尊[②]。
枕头当落涧,听久不成喧。

[题解]

本诗选自上海博物馆藏龚贤《涧屋听泉图》题诗。

[注释]

①朝市:《文选》晋王康琚《反招隐诗》:“小隐隐陵薮,大隐隐朝市。” ②尊:同“樽”,酒杯。

[评说]

山水画中的茅屋、人物往往只是一个小小的点缀,这首诗起句却由此入手。“结屋远朝市”,似乎没有抓住画的主体——山中涧泉,而这正是作者的巧妙之处。这间茅舍非同一般,远离朝市,没有尘世的喧嚣,有的只是安逸恬静,这一氛围正是整幅画所要传达的意旨。立足于此,静观山水,自当别有兴味,诗作就由这一立足点辐射开。屋中主人恬淡寡欲,正在酌酒吟诗,倒是神仙一流人物。他一樽下怀,微有醉意,枕头正对窗外,看见山泉落涧,喜不自胜,宛然古时隐居山林的世外高人。三国处士秦宓,也不过是“枕石漱流,吟咏缊袍,偃息于仁义之途,恬淡于浩然之域”(《三国志·蜀书·彭羕传》)。这说明此时的画中人久居山林,远离朝市,是一位平和从容的高逸之士,早就与自然造化融为一体。所以,对

溪涧中哗哗的水流，他丝毫没有感到烦躁与厌倦，反以之为天籁清音，因为比起朝市的喧闹，那简直是一种至高的享受。（杨旭辉）

题　画

龚　贤

随地无声月满林，深山入夜更山深。
谁言古寺僧房少，隐隐如闻钟磬声。

[题解]

本诗选自王道云《龚贤研究集》。

苏州顾氏过云楼庋藏历代名画颇丰，中有龚半千山水册页十二帧，每幅皆有题诗一首，此诗是题第十幅画的。这组册页，龚贤自跋云："长夏山中无事，晨起移小几，坐竹中，随画随题，日得一幅，以为清课，非应他人见命，故浓淡多寡，得以自由。"（见《过云楼书画记》卷九）因而，无论这组画，抑或题诗，都是作者主观情感的直接抒写，表现了他"寄情霞上"的审美追求。

[评说]

这首题画诗清拔冲淡，反映了他晚年萧索冷寂的情怀。月出东山，把它那一缕皎洁幽冷的清晖，悄然无声地洒落大地。月色布满了整个山林，是那么均匀柔和，又是那么宁静。白天山间人迹罕至，此时在月光流金的映照下，深山越发显得荒凉、凄清。诗的第二句用了一个回环的句式，两个"深"字早就使人感受到了深山冷寂的氛围，而且这一感受郁积在心头，久久难以消释。紧接下来，诗意转了一层，身处此中的"我"是否无人为伴呢？有，是古寺僧人。谁说在这种环境之下，古寺僧房少呢？隔着几个山头，隐隐传来阵阵钟磬声，那不是僧寺禅房吗？这若有若无、时断时续的钟声，一则表明山中有人烟。这是古诗中常见的手法：

以声传景。画中虽然没有出现庙宇，但一切都隐含在钟磬声中了。二则，在这月白风清之夜，深谷幽林中的宁静被打破，在这喧闹中，更见“蝉噪林逾静”的效果。此时的诗人内心被声声钟磬搅乱，思绪随着空谷回音，传得很远很远。龚贤的画，上承董、巨，静谧秀润。这首题画诗也体现了这一特色，与中晚唐诗人的风范相一致。这与画家长年治中晚唐诗学，编校《中晚唐诗纪》有密切关系。（杨旭辉）

题画寄山中故友徐师岳

龚　贤

开眼青天窄，周身翠壁寒。
仙人家咫尺，书卷借来看。

[题解]

本诗选自龚贤《香草堂集·近集》。

[评说]

这首诗写出了山中隐者悠然自得的生活情趣。他结庐山中，身处林泉，清晨启窗，放眼远眺，只见青天格外狭窄。青天本无所谓大小、宽窄，只因周边都是山峦，连绵起伏，高耸入云，截断天际；山间的碧草、绿树，也缘着山势的起伏向上跻攀，直与青天相接，故而“青天窄”“翠壁寒”，这是画中之景，也是故人徐师岳山中居所所见。试问，此时的老友在干些什么呢？他和其他文人逸士一样孤灯展卷，旁人看来不免清寂，而此中真味只有景中人最能体会，以山泉为友，书卷为伴，颐养情性，避祸全身，清寂何妨？因为诗人的心目中，他“壁挂飞泉楼贮书，倦游且复赋闲居。津头托钓无他想，岂逐周文载后车”（《题画》），这是最高的人生境界。诗的后半首紧承山势高峻、直入云霄这一特点，诗人发挥想象：仙家近在咫尺，倒不如畅游天间，过访仙家，说不准还能借上几卷天书，一览为快。结句颇有真趣，这与他的另一首题画诗“林下何人支草阁，背山临水读奇书”的诗意相仿佛，道尽画家兼诗人龚贤的意趣。（杨旭辉）

题木叶丹黄图

龚　贤

木叶丹黄何处边，楼头高卧即神仙。
玉京咫尺才相问[1]，天末风生沸管弦[2]。

[题解]

本诗选自上海博物馆藏龚贤《木叶丹黄图》题诗。

[注释]

①玉京：天阙。李白《庐山遥寄卢侍御虚舟》："遥见仙人彩云里，手把芙蓉朝玉京。"②天末：天边。

[评说]

《木叶丹黄图》是一幅表现深秋的山水画。画家通过真实地描绘秋景，透出深秋的意蕴和氛围。画面上丛林参差错落，环抱于山水之中。秋霜袭过之后的山林，丹黄相间，色彩缤纷，使人领略到秋光渐老的节令感。树叶飘落，深藏于白云深处的草舍露出了身影，在这清幽恬静的风光中隐居，何其欢畅！画面更寄托了画家沉湎山林的淡泊心境。诗中所讲"高卧"的楼头不正是在这儿吗？这儿不但有美好景致，而且与玉京咫尺之遥，可以直接和天阙神仙对话。天边忽然一阵风起，传来了管弦喧腾的声音，原来是天阙在举行盛宴，笙箫歌舞不绝，"如听仙乐耳暂明"。这声音涤荡了耳中的污浊，使精神境界得到升华，这在红尘之中是绝不能达到的。（杨旭辉）

木叶丹黄图

题　画

‖龚　贤

满船俱载酒，帆借柳风吹[1]。
过去十余里，清香余几时。

[题解]

本诗选自王道云辑《龚贤研究集》。

[注释]

①柳风：春风。戴复古《晚春次韵》诗云："莺啼花雨歇，燕立柳风微。"

[评说]

湖水渺渺，一叶扁舟，疾驰而过。这样的情境在国画中屡见不鲜，并无特异之处。而这首题诗正弥补了这一缺憾，使画面飘溢着浓郁的酒香，一幅画顿时活了起来。这小小扁舟上满载芬芳馥郁的美酒。为了能更快地到达目的地，小船张开全帆，在春风吹动之下，疾速飞驰，虽谈不上"轻舟已过万重山"，但刹那间也已驶过十余里。鼓帆前行，春风使之然也，画面上尚可略见，而春风的另一影响却在尺素之外。酒香清醇，被和风吹散，弥漫于空气之中，与山光水汽，乃至岸边的水草野花混合，令人欲醉。船行十余里，一路飞驶，清香一路飘散，湖面的水气变成了香雾，缭绕飘拂，余味不散。诗的后两句分别从空间、时间上写出了酒香的悠远醇厚，使画面气韵生动，可以说是点睛之笔。以诗看画，视觉的感受逐渐转移到嗅觉，读画人不仅看到了画美，更“闻”到了画中飘来的缕缕醇香，令人回味。 这一艺术效果正是作者运用通感修辞技巧的结果。（杨旭辉）

题樊圻岁寒三友图

龚　贤

别有岁寒友，丹铅色香分。
山中虽寂寞，独赖此三君。

[题解]

本图藏于天津博物馆。

樊圻（1616—？），清代画家，字会公、洽公，金陵（今江苏南京）人。精画山水、人物、花卉，为“金陵八家”之一。

此图与一般的“岁寒三友图”不同，画的是梅花、山茶和水仙。画幅下部用勾皴画一坡石，又用积墨法渲染成一座假山。坡石旁，画水仙两丛，水仙叶用没骨法写出，花用白描手法勾成。假山石后画白梅数枝，红色山茶数枝，或白描勾勒，或没骨晕染，疏密相间，俯仰呼应，很讲究章法。画幅右下角有樊圻的署款：“癸亥嘉平月，樊圻画。”樊圻一生中有两个“癸亥”年，第一个癸亥年为明熹宗天启三年（1623），这时樊圻仅八岁，不可能画作此图。第二个癸亥年为康熙二十二年（1683），这时樊圻六十八岁，此图当作于此年。“嘉平月”，农历十二月的代称。画幅右上方，龚贤题五绝一首，署款无纪年。

[评说]

自从南宋人创造松、竹、梅“岁寒三友”的艺术群像以后，历代画家、诗人纷纷效仿，以此为题材，从事诗画创作。明代张灵画《岁寒三友图》，无松，有山茶花，已是别调。清代樊圻画梅、水仙、山茶，题为《岁寒三友图》，也是别调。所以龚贤题诗的首句“别有岁寒友”，开宗明义，点明这幅图与传统的“岁寒三友图”不同。水仙、山茶，本性也耐寒，所以可以与梅花构成“岁寒三友”。更有以腊梅、天竺、大叶松为“岁寒三友”的，见恽寿平《题岁寒三友图》。题诗次句说三种花使用不同的“丹铅”，分出不同的香与色，梅花、水仙用白色，山茶用红色。后半首诗说独赖此“三君”，打破山中的寂寞。三种花卉，虽然香色不同，但同样风骨凛然，有着拒严寒的“岁寒心”，足以慰藉画家孤寂的心。诗篇深刻揭示出画家钟爱这些花卉的情趣和赖以消愁的深层心理。龚贤这首题画诗，在传统的比德式的自然审美观念之中，又渗透进畅神养性的成分，更富美的魅力。（吴企明）

题云岭残曛图

龚　贤

谷口峰根尽吐云,上方新月映残曛。
今宵预有吹笙约,盼望诸天鸾鹤群[①]。

[题解]

本图今藏日本桥本太乙处。

龚贤写山，很有特色。本图近景为坡石、溪水、树木、茅屋远景为重叠的山峦，村舍点缀其间，谷口和山根云雾弥漫。山峦用积墨画法，层层染渍皴擦，明暗向背表现得很清楚。全图气势恢宏，墨色浓郁苍润，意境幽远，具有很强的艺术个性。画幅左上方以行书题写一绝。

[注释]

①鸾鹤：神仙乘坐的鸟。“今宵”两句，暗用《神仙传》王子乔的故事，传说仙人王子乔好吹笙，作凤凰鸣。浮丘公接他上嵩山，居住三十余年，一日乘白鹤离去。

[评说]

开端直扣题意，首句点出画题中的“云岭”二字，描写画面上谷口、山根云雾叆叇，有气蒸云腾之势。云在山中流动，犹如山“吐云”，“吐”字用得好，很形象，有动感。次句点题上“残曛”二字，天上有“新月”，微弱的月光与夕阳余晖相映照，表现出画境的清幽与静谧。第三、四句脱开画面，转出新意，诗人想象这清幽的山境，只合神仙居住，今宵已与他们约好，吹笙相会，盼望他们纷纷乘坐鸾鹤从天上飞来。诗人面对画面，突发奇想，想象群仙降临此山，给普通山景蒙上一层仙灵的神秘外纱，赋予诗境非常浪漫的情韵。（吴企明）

云岭残曛图

题山水轴

高　岑

闲将一幅代山行，不到山中趣自生。
几树柳丝摇曳处，青山分外起予情。

[题解]

本诗选自广西壮族自治区博物馆藏高岑《山水轴》题诗。

高岑（生卒年不详），清代画家，字善长，又字蔚生，杭州人，寓居金陵（今江苏南京）。与樊圻、龚贤、吴宏、胡慥、叶欣、邹喆、谢荪并称为“金陵八家”。其画初师同里朱睿，晚年以意行之。善山水及水墨花卉，写意入神。其艺术活动在明末崇祯至清康熙年间。

[评说]

“金陵八家”身处明末清初阶级矛盾、民族矛盾十分尖锐的社会背景之下，大都隐居不仕，登山临水，寄情翰墨，以诗文书画相过从，往往借以抒写自己避世嫉俗的思想，以及自己的幽情雅趣和旷达胸怀。高岑的这首题画诗堪称其中的范例。平淡无奇，逸兴偶发，展卷山水小品，细加品味，聊代山间行游，不到山中，妙趣自然而生。这就是画作的新颖别致之处。对此，画家直言道出，毫无造作之态，十分坦率，也十分自负。画面朴素自然，而意境悠远寥廓，充满了山林野逸之气。幽谷碧潭，岩壑崚嶒，悬泉飞漱于山崖之间，远方的群山隐隐起伏若动，观之使人心旷神怡。人若至此，仿佛已进入尘踪绝迹的世外仙境。柳风吹袭，几树柳丝摇曳多姿，更撩拨起画家的内心情怀，不禁为之心动，沉醉于山水之间。这首题画诗通篇寄情言志，一位遗世独立的世外高逸之士，就显现于画面。（杨旭辉）

题松窗飞瀑图轴

高　岑

古树云封带雨烟，桃花源在别人间。
碧落小窗松径外，半空飞泻经千年。

[题解]

本图今藏天津博物馆。

本图表现画家的隐逸志趣。画面正中有高耸的山峰，山石用披麻皴画成，很有立体感，悬泉飞漱崖间，直注平林。近处画树木，枝繁叶茂，树干或挺直，或欹倾，参差错落，富有变化。高岭之下，溪口之滨，着茅屋数间，有两人对坐在长窗下。全图取法宋、元，有浓郁的山野气息。画幅右上方用很小的楷字书写七言绝句一首。

[评说]

本诗采用"顺点题面"的技巧写成。首句先写画面，描摹画面上古树被雨烟云雾封住的情景。次句就整个画境发议论，说这儿便是桃花源，足以使人隐逸安居，与纷扰的人世间有很大的区别。诗至此，已经明白地点出安于隐逸的题旨。后半首诗继续点题，诗人说松径外的屋舍小窗，可以坐望天空；岩间的飞瀑从半空直泻而下，已经有千年历史。第三句点"松窗"，第四句点"飞瀑"，画中人坐在松窗里，眼看山色、树色，耳听松声、泉声，怡神养性，深得隐逸的乐趣。全诗的画心、诗旨、画面景象，在四句诗中，顺着次序逐步点明，缓缓赴题，气定神足。（吴企明）

松窗飞瀑图

月　画

傅　山

月画槐枝作老梅，离奇一笔拂窗开。
解衣画史三更醒[①]，梦自罗浮香里来[②]。

[题解]

本诗选自傅山《霜红龛集》卷一三。

傅山(1607—1684)，字青竹，改字青主，号公之佗、朱衣道人、啬庐等。明末清初阳曲(今山西太原)人。明亡后，穿朱衣，住土穴，坚决不出仕做官。康熙间举博学鸿词，强征至京，以死拒绝就任，放还。文章书画皆负盛名，家居以医为生。著有《霜红龛集》。绘画方面，多以三晋真实山水为描摹对象，极富自然情趣，且表现手法不拘套式，独具风格。

[注释]

①解衣画史：出自《庄子·田子方》："宋元君将画图，众史皆至。受揖而立，舐笔和墨，在外者半。有一史后至者，儃儃然不趋，受揖不立，因之舍。公使人视之，则解衣槃礴羸。君曰：'可矣，是真画者矣。'" ②罗浮香：罗浮春的酒香。广东增城有罗浮山，据传苏轼贬惠州时曾自造美酒，以山名之，曰"罗浮春"。

[评说]

庄子"解衣画史"已成中国画家之口头禅，故事借画画讲道家"任自然”的思想，本意不在论画；而这种不受世俗礼法束缚的思想，却一语道出艺术创作的一条特殊规律：盖真正画家，必须心有主宰，胸储造化，不受世俗束缚，打破清规戒律，始有不朽之作。清恽寿平《南田画跋》中就讲：“作画须有解衣盘礴、旁若无人意，然后化机在手，元气狼藉，不为先匠所拘，而游于法度之外矣。”傅山的这首诗就体现了这一精神和气概。

正是有了“盘礴”的气概，画面也就不必拘束于形似。作者每月画一幅梅花，而笔意离奇，其枝硬如槐，仅在槐枝上点染几朵梅即成。联系他的其他题兰、竹的诗，可知傅山花卉，以“四君子”为主要题材。正如同时代的八大山人以及后来的郑板桥一样，他们总是通过造型、位置、笔墨的运用，甚至形象的夸张和变态，赋予这些花鸟虫鱼以某种独特的性格，寄寓自己的思想感情，以求达到神与物似的境界。（杨旭辉）

题钓隐图

吴伟业

绿波春水钓鱼槎[①]，缩项双鳊付酒家[②]。
忘却承明曾待诏[③]，武陵溪上醉桃花[④]。

[题解]

本诗选自《吴梅村全集》卷五九。

吴伟业(1609—1671)，清代诗人，字骏公，号梅村，太仓(今江苏太仓)人。崇祯四年(1631)进士，授翰林院编修，历迁东宫侍读、南京国子监司业。福王时拜少詹事。因与马士英、阮大铖不合，辞官归里。明亡后，为当事者所迫，出为秘书院侍讲，迁国子祭酒，后因母忧归，常以仕清为恨。伟业工诗词，少作大抵才华艳发，吐纳风流；及遭丧乱，身历兴亡，所作多纪时事，关系兴亡，激楚苍凉，风骨独具，有“诗史”之称。著有《梅村家藏稿》。

[注释]

①槎(chá)：竹筏，木筏。钓鱼槎：小渔船。②鳊(biān)：即鳊鱼，身体侧扁，头尖尾小，生活在淡水中。③承明：汉代殿名，在未央宫中，为侍臣值宿所居之处，后借指入朝或在朝为官。待诏：翰林院待诏。④武陵：武陵郡，在今湖南省常德市。晋陶渊明《桃花源记》称，晋太元中武陵郡渔人入桃花源，所以后代又称之为“武陵源”，泛指清静幽美、避世隐居之地。

[评说]

这首题画诗为我们描绘了一幅优美的春江渔钓的画图。在绿波荡漾的春水中，远处一叶扁舟，上有人悠闲垂钓。虽然他并不在乎收获的多寡，但是哪怕一两条鳊鱼，拿它卖于酒家，多少可以补益生活。诗的前两句先写垂钓者的生活，此时此刻他早就忘却了过去的一切。第三句一个过渡，题诗转入对垂钓者身世的追述，以及现实中的理想状态。此刻，垂钓者忘却了曾在承明殿供职，待诏翰林的往事，如今过的是渔钓饮酒、一醉方休的生活。诗中表现了一位从前为官从政，现已辞官归隐，不与统治者合作的隐士的情怀。虽然，明清时期的待诏并非高官，然而毕竟曾有过这么一段经历，总引以为憾，这其实是诗人久积心病的抒写。吴梅村本人就曾为势所屈，委曲仕清。这对一个重骨气节操的封建士子来说，无论如何都是一个奇耻大辱，所以他就希望能找到一个类似桃花源的仙境，可以一醉方休，荣辱皆忘。（杨旭辉）

戏题仕女图十二首(选二)

吴伟业

一舸

霸越亡吴计已行,论功何物赏倾城[①]?
西施亦有弓藏惧[②],不独鸱夷变姓名[③]。

出塞

玉关秋尽雁连天[④],碛里明驼路几千[⑤]。
夜半李陵台上月[⑥],可能还似汉宫圆?

[题解]

本诗选自《吴梅村全集》卷二〇。

[注释]

①倾城：指女子绝色美貌。《汉书·孝武李夫人传》：“北方有佳人，绝世而独立，一顾倾人城，再顾倾人国。” ②弓藏：指功成被弃。出自《史记·越王勾践世家》：“飞鸟尽，良弓藏;狡兔死，走狗烹。”句意谓越王不能与人共享富贵。③鸱(chī)夷变姓名:《史记·货殖列传》载：范蠡助勾践灭吴后，“乃乘扁舟，浮于江湖，变名易姓，适齐，为鸱夷子皮”。④玉关：玉门关。⑤碛(qì)：不生草木的沙石地。明驼：骆驼。唐段成式《酉阳杂俎》卷一六谓：“驼卧腹不贴地，屈足漏明，则行千里。”故称明驼。⑥李陵台:《新唐书·地理志》：“燕然山有李陵台。”诗中代指匈奴管辖区域。

[评说]

《戏题仕女图》这组诗是题画，更是咏史，题画仅仅是咏史的依托和契机。自古以来，咏西施、明妃之诗可谓不少，然而吴梅村独具匠心，写出新意，寄寓了自己在国破家亡之后的悲慨以及不安。

《一舸》乃题西施图。西施是越王施行美人计成功的重要功臣之一，促成吴国灭亡，越国称霸，若是论功行赏，用什么来赏赐她呢？而事实远远出人意料，在功成名就之后，她与另一功臣范蠡清醒地认识到“飞鸟尽，良弓藏;狡兔死，走狗烹”的道理，深知越王“可与共患难，不可与共乐”。为了避祸全身，两人双双乘舸泛湖，携手归隐。那么，诗人自己作为前朝遗民，欲仕新朝，又当如何呢？诗人不免为自己的前途焦虑不安。他内心深处的苦闷忧虑，全借西施这一画中人物形象曲折传出。

《出塞》一诗专咏明妃，借以寄托自己的故国之思。诗人曾读陈子龙《明妃篇》，见其中有“明妃慷慨自请行，一代红颜一掷轻”，则感慨流涕(事见《梅村诗话》)。诗人自己写来，也就更为动容。北雁南飞，而明妃却北出玉门关，且远离汉土几千里，这本就形成了极大的反差;然而更令人伤心的还是眼前的匈奴月，它远不如汉宫时所见的那么圆，勾起人们对故国的眷恋。此外，诗中“李陵台”多少含有一丝自愧自责，以李陵曾降于匈奴，诗人自比屈节仕清。诗人内心的不安与痛苦，随处可见。

(杨旭辉)

题王翚虞山枫林图

‖吴伟业

初冬景物未萧条，红叶青山色尚娇。
一幅天然图画里，维摩僧寺破山桥①。

［题解］

本图今藏故宫博物院。

王翚长期生活于常熟，对虞山景物了然于胸，这幅图画虞山的秋色，以高远法构图，气势恢宏，设色明丽，画出层叠峰峦，用长短披麻皴法，多置矾头。枫树与杂木相间，或夹叶，或点色，层林尽染，苍润华滋，茅屋村舍掩映于茂林间。画幅左上方，画家自题跋语：

> 戊申小春既望，伊人道长过虞山看枫叶，枉驾荒斋，述胜游之乐，临行并属余图其景，因成此幅奉寄，时长至后三日也。虞山弟王翚。

“戊申”，康熙七年（1668）。“小春”，十月。“长至”，冬至日。王翚跋语详细地述说作画本事，并系以年月。两个月后，在王翚跋语前，吴伟业题此诗。署款：“庚申嘉平，为伊人社长题画。吴伟业。”“嘉平”，十二月的别称。

［注释］

①维摩僧寺：维摩，即维摩诘，佛名。此寺名兴福寺，在虞山北麓下，因寺前有破山桥，又名“破山寺”。

[评说]

梅村的题诗，前两句写画面景物，说初冬时节，景物尚未萧条，经霜枫叶与青山相映，分外妖娆。其意境与杜牧《寄扬州韩绰判官》“青山隐隐水迢迢，秋尽江南草未凋”相仿佛。三、四句转写画外意，说这幅画与天然景色无异，画中有破山桥边的佛寺。画幅上并无佛寺，梅村的诗补出画外意，以虞山胜迹破山寺收结全诗，引人入胜，为这幅画增加了佛陀的光彩，增添了灵气，提升了画幅的艺术品位。（吴企明）

题画黄山

弘 仁

坐破苔衣第几重[1]？梦中三十六芙蓉[2]。
倾来墨沈堪持赠[3]，恍惚难名是某峰[4]。

[题解]

本诗选自许楚辑渐江《画偈》。

弘仁(1610—1664)，明末清初著名画家，本姓江，名韬，字六奇，后改名舫，字鸥盟，安徽歙县人。明末诸生，明亡后，奋起抗清，并投奔于福州称帝的唐王政权。唐王失败后，遂到武夷山削发为僧，改名弘仁，字无智，号渐江，又号梅花古衲。工画山水，师法倪云林，瘦劲简洁，风格冷峭。常往来于黄山、雁荡间，多写黄山松石。与查士标、汪之瑞、孙逸并称“海阳四家”，由此形成了“新安画派”。兼能诗文，有《画偈》一卷。传世画作有《晓江风便图》《黄山图》《黄山天都峰》《黄海松石图》等。

[注释]

①苔衣：泛指苔藓类植物。②三十六芙蓉：黄山有芙蓉峰，为三十六峰之一。三十六在这里泛指黄山三十六峰。③墨沈：指墨汁。陆游《初春书怀》：“半池墨沈临章草，一碗松肪读隐书。”④恍惚：隐约，不易辨别。难名：难以说清。

[评说]

明代著名地理学家徐霞客在游历了黄山之后，不禁感叹道：“黄山归来不看岳。”黄山之美的发现，似乎还应更早，但引起画界的注目，并以之为题材进行大量创作的，当首推弘仁。此后，画黄山遂蔚然成风，由此而形成了黄山画派。这首题画诗就是弘仁大师师法黄山自然造化这一创作经验的总结和自我表白。

首句说，画家师法造化，数次攀援，久居黄山。一入山中，他便忘却自我，与自然亲近，席地而坐，连他自己也说不清坐破了黄山上多少层青苔衣。画家用形象的诗化语言，把游历观察黄山的辛苦统涵其中，这比明白如话的直述效果要好得多。在他游遍黄山三十六峰之后，于是出现了神奇的创作迷狂，经常魂牵梦萦，梦中也尽是三十六峰。这一状况是画家长期观察积累的收获，也是传神写照的重要阶段，所以石涛在《跋〈晓江风便图〉》时对弘仁大加褒扬：“公游黄山最久，故得黄山之真性情也。即一木一石，皆黄山本色，丰骨泠然生活。”对此，画家本人也颇为自信和自豪。在诗的后半首中，他不无自豪地说：自己倾泼墨汁所作的泼墨黄山图，足以用来持赠亲友，即便画上所画的很难辨清具体是哪座山峰。

我国古代画家画山水，历来重视向自然学习，所谓“外师造化，中得心源”，在创作时更多的是“略貌取神”。弘仁在诗的末句再次强调了这一命题：因为自己专心于画黄山，能得其精神，所以所作不一定要实指某座山峰。这一传统对后来的黄山画派产生了极大的影响，石涛画黄山就是如此：“余得黄山之性，不必指定其名，寄上燕思道兄，与昔时所游神会之处，神会之也。”就这点而言，弘仁对中国画传统美学做出了巨大贡献。从中国美学发展史来看，这首题画诗也是弥足珍贵的第一手资料。（杨旭辉）

题　画

弘　仁

画禅诗癖足优游[1]，远树孤亭正晚秋。
吟到夕阳归鸟尽，一溪寒月照渔舟。

［题解］

本诗选自郑旼手抄渐江《偈外诗》。

［注释］

①画禅：嗜好绘画。古人认为画与禅相通，故称。诗癖：爱诗成癖。白居易《十年三月三十日别微之于澧上》："别来只是成诗癖。"优游：悠闲自得貌。《诗经·小雅·白驹》："慎尔优游，勉尔遁思。"

［评说］

弘仁的山水画有三个突出特征：远、静、冷。昔人评北宋画家李成、范宽时说：李成画虽近看，亦如远在千里；范宽画虽远看，亦如近在眼前，因李成文气，范宽武气。而渐江以文秀典雅之笔，使笔下山水景致，皆有远感，远中又有咫尺千里的空旷，十分难得，因而画面的境界具有幽深旷远之美，此其一。其二，静寂如万籁无声。古代文人画家都爱表现幽深静谧，弘仁亦有自己的独特处，他以沉稳秀劲的笔墨，表现出一种特别的静寂，而其中又显示出一种刚正之气和不屈的精神。其三，弘仁画不拖泥带水，他用如折铁般的线条构图，传达出寒光冷韵，使人微觉寒气飕飕，俗虑顿消，这在画史上是罕见的。

画面上的意象如远树、孤亭、夕阳、归鸟、寒月、渔舟，以及晚秋的背景，看似各自独立，但都使人得到同样的心理感受：冷、静。题画诗并没有对画景做多少点染，只是采用铺陈直述的“赋”法，就传达出这一层画意。画境、画意与画家技法风格相匹，就能直指作者的诗心、画心。弘仁痴迷于诗画，用其抒写自己悠闲自得、遁世避俗的生活志趣。我们可以这么说：弘仁作品中的远、静、冷，是出于他的画笔，而源于他的精神的。他“畏见日边人”，远离官场和尘俗的人世，乃是他“远”的根源;他抗清失败，不降求仕，不求取功名利禄，只希望静隐于禅，这是他“静”的来源；复明无望，心冷意凉，便又是“冷”的根源。在下面一首《题画》诗中，画家的这种情感，也得到了淋漓尽致的吐露。（杨旭辉）

题　画

弘　仁

我有闲居似辋川①,残书几卷了余年②。
王维当日诗中意,尽在前山竹树边。

[题解]

本诗选自郑旼手抄渐江《偈外诗》。

[注释]

①辋川：水名，又名辋谷水，在陕西蓝田南。诸水会合于峣山之口，如车辋外周，故名。此处山峦掩映，风景优美。唐代诗人王维晚年在此建辋川别业，深居林泉，与友人浮舟往来其间，“辋川”遂成为退隐别业的通名。②了：了却，了结。余年：晚年。

[评说]

晚年的弘仁返回故里，目睹清王朝的强大，复明无望，反抗已属不能，便心灰意冷，弃绝一切跃跃欲试的念头而闲居林泉，安静地研究书画，以求在乱世中避祸全身，颐养天年。这首题画诗就是弘仁晚年心态的流露。在画家心目中，王摩诘是其钦羡的偶像，因而他在山水间葺成陋室，悠闲自得，径比辋川，而不云南阳诸葛庐、刘梦得之陋室。一盏青灯，几卷经书，闲来参禅，清寂在所难免，而唯此可以平静地度过余生。三、四两句，诗意似转实在。正因为长年的渐修与顿悟，才培养出画家和诗人独特的审美眼光，感天地之灵化，方能得天地、人世之哲理。君不见，王维当日诗中之意，无不尽在眼前的山竹树边，寻常之中蕴含着不尽之意，到此境界，肺腑也顿时为之一涤，俗虑烦扰为之一空。画家的这番话确实抓住了王维诗歌的特色，王维的《竹里馆》就是极为出色的代表作：

独坐幽篁里，弹琴复长啸。
深林人不知，明月来相照。

这种淳朴清淡的诗风，在弘仁的山水画中随处可见。读过此诗，我们也就不难理解弘仁山水画中幽深旷远的寒光冷韵了。（杨旭辉）

题 画

弘 仁

偶将笔墨落人间，绮丽楼台乱后删。
花草吴宫皆不问[①]，独余残沈写钟山[②]。

[题解]

本诗选自郑旼手抄渐江《偈外诗》。

[注释]

①花草吴宫：李白《登金陵凤凰台》："吴宫花草埋幽径，晋代衣冠成古丘。" ②残沈：残余的墨汁。 钟山：即南京紫金山。

[评说]

入清后的弘仁隐居山林，不问世事，笔下更多的是眼前的幽山清水。作为遗民，他国恨家仇难消，难免思恋前朝，偶尔兴来作画，笔墨却不慎落入人间，关注的现实世界。 但这并不意味着画家精神上的堕落与沦丧。 他与一班企慕荣华而变节者不同，尤其是面对清朝的奢华靡丽，画家非但不为所动，而且极为鄙弃，在他的画作中，也绝对见不到一丝痕迹。 那么，作者所谓"笔墨落人间"，关注的现实到底是指什么呢？ 画家在诗的后半首中作出了正面的回答，他饱蘸艰辛的血泪，极为沉痛地表达对朱明政权的怀念。 金陵秦淮乃前朝故都，历史遗踪颇多，任何一片残山剩水都足以引发哀吊思古之情。 遥想三国时代，吴宫之秀压江山，而最终消沉花草，竟成幽径；而晋代之史传人物，如今皆寂寞衣冠，冢茔早成古丘。千年江左之兴，皆付与诗人凭栏一叹，这在李太白诗中都得到集中体现。而今，画家对此皆不闻不问，独用残余的墨汁挥写钟山，就足以令人泣下。钟山是明太祖孝陵所在，面对先祖，画家直抒亡国之痛，真是催人泪下。唯有历经国破家亡的遗民，才会有此心态和举动，这一切都被画家融入到自己的画作、诗作之中，后人读画不可不察。（杨旭辉）

题秋景山水图

弘　仁

序易气萧摵[1]，板屋居然安。
山风时出涧，泠韵听柯竿。

[题解]

本图今藏美国火奴鲁鲁艺术学院。

弘仁画学倪瓒。本图画重叠秋山，涧水曲折流淌，气象萧疏。笔墨简约，用笔纤细枯瘦，用墨很淡，山石几乎不加皴染，意境空灵清幽，从中可以看到倪画的印迹。左上方题五言绝句一首，字体很小，这是弘仁题写诗款的一个特点。

[注释]

①萧摵：寂寥。

[评说]

这首题诗与画面的对应关系十分紧密。首句说时序变易，已到秋季，山间的气象寂寥萧疏，这完全是画境的真实描绘。次句紧承，说秋时居住在板屋内，虽然寂寞，但也安然无恙。诗的后半首转而写秋风，说秋风不时从山涧吹来，吹在竹丛、树木上，发出声响，极有韵味。这两句诗仍就画面景物着笔，但以听觉补充视觉，丰富了画境的内涵。全诗清幽寂寥的意境全从画境托出，诗画意境融彻，风神悠远，令人玩味不已。（吴企明）

秋景山水图

题山水图

‖弘　仁

茅屋禁寒昼不开，梅花消息早先回。
幽人记得溪桥路，双屐还能踏雪来。

［题解］

本图今藏上海博物馆。

这是一幅雪里梅花图。画幅用枯笔淡墨勾描山峦，稍作皴擦；较多空白，以示雪天景象。岩前一座茅屋，柴扉紧闭，屋前平坡上，有欹倾梅树一株，枝干盘曲，枝头疏梅点点，平坡边有板桥通向对岸。画面呈荒寒气象，画中含有“前村深雪里，昨夜一枝开”（齐己《早梅》）的诗意。画幅上部裱绫上有曹寿的长跋及题诗，他对弘仁画作了全面评价，很有价值。他认为弘仁师法云林，以“淡逸”取胜，本图“用笔沉着”“意境幽独”“兼有白石翁之长”，这都是不刊之言。画幅左上方，画家自题一绝。

［评说］

题诗从画面景象写入，说为防止寒气入侵，画家白天不开门户，不知昨夜梅花已经开放，早早送来了春回的消息。画家自题诗，可以将构思立意的匠心写出来。他将齐己《早梅》诗意画入图中，现在又用题画诗将这层诗意点明。诗的三、四句，说高雅的“幽人”当然记得溪桥的道路，他一定会穿着双屐踏雪而来，来屋前探梅、赏梅。诗意显然是从孟浩然踏雪寻梅的雅举中生发开来。孟浩然踏雪寻梅的故事，早在唐宋时代就已流传，元代马致远还将它写入元曲《冻吟诗踏雪寻梅》。弘仁借助梅花的点缀，使荒寒冷寂的境界透出春意，由前代诗人的雅举和人文精神传达出自己幽贞绝俗的心志。弘仁的诗与画，在诗情画意的反复转换和融通中，升华到更高的境界，沁人心脾，令人陶醉。（吴企明）

题海上图二首

黄宗羲

去岁临山望海昌[1]，今年此地忆家乡。
涛声一样如鼙鼓[2]，愁绪缘何判两行。

曾是乘桴队里来[3]，当年噩梦已尘埃。
白头自笑真多事，又向长塘看浪回[4]。

［题解］

本诗选自黄宗羲《南雷诗历》卷二。

黄宗羲(1610—1695)，明末清初著名的思想家、文学家，字太冲，号梨洲老人，又号南雷，余姚(今属浙江)人。自幼深受家庭影响，重气节，轻生死，严操守，辨是非，磨砺风节，疾恶如仇;反对宦官和权贵，成为东林党子弟的著名领袖。清兵南下，起兵抗击，兵败隐居，专事著述。反对空洞浮泛的学风，倡言治史，开浙东研史之风，为清代史家开山祖。对经学、天文、历算、数学、音律诸学都有很深造诣。清廷多次企图罗致，威逼利诱，终不为所动，坚不赴征。著述颇丰，有《明儒学案》《宋元学案》《明夷待访录》《南雷文定录》《律吕新义》《黄梨洲文集》《黄梨洲诗集》等。

［注释］

①临山：在浙江余姚西北约二十公里处，与海宁隔杭州湾，遥遥相对。海昌：浙江海宁的古称。②鼙：古代军中所击的小鼓。这里用以形容涛声。③桴：小筏子。④长塘：指海宁盐官古城外的钱塘江大堤。

[评说]

康熙十五年(1676)以后，黄宗羲连年在海宁设馆讲学，这两首题画诗就是当时在海宁讲学时所作。画面上海涛滚滚，诗人的诗思也随之涌动。去年的此刻，“我”登山临眺，远望遥相对峙的海昌;今年只身独立海宁，不禁产生思乡忆旧之情。面对的是同一片大海，涛声依旧，如鼙鼓奏击，为何今昔“愁绪”却判若两行，有如此之别？诗人把“去岁”与“今年”不同的时间，“海昌”与“此地”不同的地点作对比，将一样的涛声，不一样的愁绪对照起来写，使全诗显得曲折生动，颇有情致，引人深思。那么，诗人真正的愁思是什么呢？是不是仅仅局限于思乡呢？这一些疑问在第二首中得到了明确的回答。

第二首开头一句，承画面海涛孤舟而来。在这里，诗人其实借用了《论语·公冶长》中的一则典故：“子曰：道不行，乘桴浮于海。”这本是孔子因自己政治主张不得用世的牢骚。诗中一语双关，不仅绾合画面，更是抒发了自己壮志未酬的感慨。想当年，清军长驱南下，南都崩溃，诗人脱身返乡，即毁家产，纾国难，聚集民众，北上抵抗外族。几经失败，终未矢志。当闻监国鲁王还至东海，诗人即赴舟山“行朝”，但为海魁悍帅节制，有志难伸，徒有都察御史之衔，根本不可能有所建树。现在诗人见此滔滔海浪，不免心潮澎湃，浮现出当年海滨作战的场面以及“欲计民生无冻馁”的雄心壮志，而今这些壮志却如梦魇般化作尘埃灰烬，彻底破灭了。到头来，诗人只落得白霜满鬓，满目凄然，在无可奈何之下，只好自笑当年多事，自寻烦恼。这并不意味着诗人消极无为，而只是他无奈中的自我解嘲而已，因为他在晚年闲居山中时犹且发出“锋镝牢囚取次过，依然不废我弦歌！死犹未肯输心去，贫亦其能奈我何”(《山居杂咏》)的心志。诗人转首回望长塘，只见横无涯际的海浪，再一次陷入了无限的深思……

全诗由“涛声”联想到“乘桴”，再由“乘桴”一语双关，而想到“当年”的“噩梦”，最后把画中海浪与现实的海浪融为一体。这一回旋曲折的写法极为精深，令人回味无穷。(*杨旭辉*)

羁中题画稚竹

周亮工

弱枝亦有排云势[①],迸石能为宛转生[②]。
共道箨开新样好[③],谁怜老雨打干声[④]。

[题解]

本诗选自周亮工《赖古堂集》卷一二。

周亮工(1612—1672),清代文学家。字元亮,一字缄斋,号栎园。河南祥符(今河南开封)人。明崇祯十三年(1640)进士,官御史。李自成攻克北京,周亮工南奔从福王于江宁。清人南下江南,亮工降,授两淮盐运使,累擢福建左布政使,迁户部右侍郎。后为闽督所弹劾。康熙初,以所劾不实,再起补山东青州海防道,调江南江安粮道,因事被劾论绞,遇赦得释。周氏工古文词,有秦汉风骨,诗宗杜甫。传世之作有《赖古堂集》《因树屋书影》等。

[注释]

①排云:高耸入云。徐夤《西华》:"五千仞有余神秀,一一排云上泬寥。"②迸石:迸裂石头。宛转:辗转曲折。③箨:笋壳。新样:新竹的样子。④老雨:时间很长的雨。

[评说]

一首成功的题画诗不但能够准确地描绘出画面,往往还要生发画外之意,以实生虚,虚实相辅。周亮工这首《羁中题画稚竹》堪称典范。箨叶乍开，稚竹初生，柔弱翠嫩，诗中的“弱枝”“箬开新样”都是对画中稚竹形象的描摹。在诗中，作者提醒读者，千万别以为弱枝初出泥土而轻视它。和“老老苍苍一竹竿”相比，它确实显得娇嫩，然而丝毫不影响它直节向上的排云之势，迸裂顽石、宛转求生的精神。人们在纷纷赞扬稚竹新样姣好动人之时，又何曾想到老雨吹打幼竹，更有谁去赏会此时叮叮咚咚的美妙之音？“千磨万击还坚劲，任尔东西南北风”，在风雨的磨炼之下，幼竹才愈显苍劲挺拔，最终傲然挺立，遗世独立。诗人由画面引发遐思，这都属“虚”。正是这一“虚”笔，使稚竹平添了几分神韵和风骨，拓展了画面主旨。同样，诗人自己的审美趣味和人格力量也得到了集中体现。（杨旭辉）

题浅绛山水轴

髡　残

云蒸泽未知，隐见独多姿。
浮气须臾变[1]，群峰幻出奇。

［题解］

本诗选自日本京都相国寺藏髡残《浅绛山水轴》题诗。

髡残(1612—1673)，明末清初画家。俗姓刘，字介丘，号石溪、白秃、残道人、石道人、电住道人、萸(古“天”字)壤残道者等。湖南武陵(今湖南常德)人。二十岁时出家为僧，早年游历各地，后长期居于南京牛首祖堂山幽栖寺。天资高妙，性情直硬，崇尚气节，出家后交游者主要是明代故老遗民，如顾炎武等。与程正揆(号青溪)交往密切，并称为“二溪”。髡残工画，山水笔墨苍郁深厚，景物茂密繁复，意境幽深奇奥，自成一家。张庚《国朝画征录》评之曰：“石溪工山水，奥境奇辟，缅邈幽深，引人入胜。”与石涛并称“二石”，与石涛、弘仁、朱耷合称为“清初四画僧”。亦能诗书。

［注释］

①须臾：片刻，一会儿。

［评说］

这首诗的开头两句就把画面的朦胧、缥缈意境表现得淋漓尽致。“隐见”，从这里读者可以想象奇峰在雾气中若隐若现，如海上神山在雾海中沉浮。作者把静态的山写动了，更加深刻地突出了山在雾中的形态，给人以无限的想象和明快的动感。

如丝如缕的云雾环绕着群山，以柔显刚，突出了群山的挺拔多姿，表现出群山在雾气中动人心魄的雄壮美。云雾和群山，一动一静，一柔一刚，二者完美结合，使整体画面正趋和谐。作者这两句诗真可谓“画外之画”，把画面的美用简练的语言形象地勾画出来，使画面的意境延伸，让人真正懂得画面的韵味和美感。从这一点可以看到作者的神来之笔，点铁成金。

后两句写出了雾气的变化无端。在变动的雾气中，群山看起来奇峻怪谲。在雾气的流动中，我们仿佛也看到了群山的动态。群山在雾气中时隐时现，展现给人们的好像是群山的不同形貌，从而展现出其不同的美。群峰的奇谲也就在这不断变化的雾霭中得到完美的显现。作者洞察雾气须臾变化，把群山完全清晰地展示在读者的面前，给人以拨开云雾始见山的感觉，从而显得豁然开朗。

这是一首不可多得的题画佳作。作者用雾气笼罩的群山作为诗的开头，使人产生一种一睹“庐山真面目”的强烈愿望。然后，笔锋一转，把在雾气中隐藏很久的群峰清晰展示出来，使人产生一种酣畅淋漓、一睹为快的感觉。这首诗不仅把山水的表象传神地描绘出来，而且把山在雾气中的那种神秘、缥缈、雄壮的神韵也都描述得恰到好处，令读者宛如身临其境。

这首题画诗是山水画成功的再创造，使画的意蕴更趋饱满，诗与画完美地结合在一起，浑然天成，既拓展了画面的意境，也增强了诗的韵味。（杨旭辉）

为胡怡斋题吴渔山画山水二绝(选一)

宋　琬

几曲清溪彴略横[①],翠微深处乱霞明[②]。
渔舟一叶穿云去,身在山阴道上行。

[题解]

本诗选自宋琬《安雅堂未刻稿》卷五。

宋琬(1614—1674),清初诗人,字玉叔,号荔裳,别署二乡亭主人,山东莱阳人。少有隽才,颇著声誉。顺治四年(1647)进士,授户部主事,累官浙江按察使。时登州于七为乱,琬之族子参与,逆谋告变,琬累狱三年。后起为吏曹,与给事中严沆,中郎施闰章、丁澎等唱和,有“燕台七子”之称。官至四川按察使。作诗多感时伤事,含凄凉激荡之音。著有《安雅堂集》《安雅堂未刻稿》。亦能曲。

[注释]

①彴(zhuó)略:即略彴,独木桥。《初学记》卷七:“独木之桥曰榷,亦曰彴。”②翠微:轻淡青葱的山色。

[评说]

吴渔山,即清初著名画家吴历,他的山水画苍润清雅,极受时人所重,宋琬尝评之曰:“吴生大雅人,清姿如野鹤。”吴历的画作看似平淡,成却艰辛。“昔人作山水,凝神在盘礴。经营惨淡间,不苟等戏谑。”这正是他创作过程的写照。要想真正领略其中之妙,首先“要当富丘壑”。

（以上均见宋琬《题吴渔山仿吴仲圭画》）应该说，诗人正以丰富的阅历去读画，欣赏到了平淡之中蕴含的丰富意蕴。

画面上山色青葱蓊郁，在翠微深处，只见雾霭升腾，袅绕山间，造成了光线的明晦变化，因而群峰隐约可见，这正是清初画僧髡残在一首题画诗中所描绘的奇特景象："浮气须臾变，群峰幻出奇。"（《题浅绛山水轴》）山边几条溪水，清澈明净，曲折蜿蜒，上有一座独木桥，真有"野彴度春水"之意。"崇山峻岭，茂林修竹；又有清流激湍，映带左右"，这一景致似曾相识，那不是《兰亭集序》中的场景吗？ 当年，山水竹树之胜，清流飞泉之声，直引得兰亭聚会者兴致勃发，诗意大兴，留下了不少美丽的诗篇，王右军的一篇序文至今为人吟诵。 行笔至此，诗人真有得意而忘言的感觉。 诗人吟诗读画观景，不知不觉已全身心地融入其中。 他看到画中的一叶扁舟，更突发奇想，想要随之穿云而去，驶向远处，去享受更多更美的山光水色。 此时他自己也仿佛置身画中，"从山阴道上行，山川自相映发，使人应接不暇"（《世说新语·言语》）。

正是诗人用自己的心去体会画境，与画家的心灵交流，对画家的创作兴会进行深入探察，才真正品味出吴历山水画平淡之中丰富多彩的内蕴，写出画外之象，象外之意，确为题画诗中的精品。（杨旭辉）

题山水轴

‖ 查士标

片石太古色[①]，虬松千岁姿。
相看两不厌[②]，共结岁寒时。

[题解]

本诗选自上海人民美术出版社 1985 年版《中国画家丛书》。

查士标(1615—1698)，清代画家，字二瞻，号梅壑、梅壑散人，别号懒标、后乙卯生等，安徽休宁人。家本富裕，富收藏，鼎彝、宋元画迹亦多。青少年时，事举子业，穷研经学之时，又临习古代名画，尤精鉴别甄辨。明朝覆亡，不满清人统治，弃绝科举，专事于书画，以卖画为生，来往于扬州、镇江、苏州、常州、金陵等地，以诗画会友，曾与王石谷、恽南田、笪重光、孔尚任、石涛、龚半千等时贤名流过从甚密。在绘画艺术上，他与弘仁、孙逸、汪之瑞并称“新安四大家”(或“海阳四家”)。擅长山水，初学倪云林，后参用吴镇、董其昌法，构图用法“散漫”，时人视为逸品，当时大家宋荦、恽南田、王石谷、石涛都对其推崇备至。书学米芾，亦能诗。

[注释]

①太古：远古，上古。②“相看”句：用李白《独坐敬亭山》成句。

[评说]

全诗从神话传说切入，题咏画面。女娲补天遗片石，留落人间，幻成崒嵂山峰，远远望去，坚介磐固，呈现出苍劲沉郁的上古神貌。 再看山顶的青松，历尽千载沧桑，鏖战风霜雪雨，犹且不改容颜，依然如铁柯撑拄，遒劲地耸立在高山之巅，古干凌云。 磐石与劲松相依而存，互不可缺。 在这里，画家赋予山水以生命，赋予人的情感。 它们眷恋不舍，相看两不厌，希望能在岁寒之中结伴，共斗风霜雪雨。 这一切都是建立在一个共同的基础之上，那就是“疑石亦疑松，森然同挺直”。 也许，画家创作这幅山水的动机和目的正缘于此。（杨旭辉）

题仿高房山水墨山水图轴

查士标

雪浪云堆势可呼[①],一图真意在模糊。
房山仙去方壶老[②],千古谁传水墨图。

[题解]

本图今藏苏州博物馆。

这幅水墨山水图，仿高克恭的云山烟树之法，很有艺术个性。画家不用勾皴，而是运用粗笔湿墨，或破墨，或晕染，或泼墨，写山绘树，笔墨疏简，表现云烟吞吐之状，山形树影，在云雾朦胧间若隐若现。满幅画水墨淋漓，气韵生动，意境荒寒，创造出水墨云山的朦胧美。画幅左上方，四字一行竖写题诗一首。

[注释]

①雪浪：满含雪意的云层。②房山：元代画家高克恭，号房山。方壶：元代画家方从义，号方壶。

[评说]

这首题画诗仅首句扣到画面“雪浪云堆”的具象，其余笔墨纯用议论语气，论说本图的“真意”全在朦胧的意境及画作的艺术渊源。第三、四句还运用“借客形主”之法，用擅画云山烟树的高克恭和方从义来陪衬自己的水墨山水图，说房山、方壶都已死去，千年来谁传承下这水墨图？言外之意，只有“我”能传下他们的精髓，画出这幅水墨图。梅壑诗透露出自己继承高、方烟雨云水艺术传统的信息，但查士标的创作比高、方两位作品的朦胧美带有更多抽象的意味，在艺术上做出了更为大胆的探索。（吴企明）

仿高房山水墨山水图轴

题柳燕图

查士标

沛水门东春色深，青青杨柳自成林。
乌衣对立垂枝上，最喜喃喃语好音。

[题解]

本图今藏无锡博物馆，载见《中国民间秘藏绘画珍品》第二集。

这幅画构图十分简约，一枝柳条，自右上方向左下方伸垂，若迎风飘拂，柳条用笔轻柔，墨分浓淡，以示柳叶正背。柳枝上站立两燕，一燕正向，一燕反向，双燕上下配合，好像在喃喃细语，形神兼具，生动逼真。画题左上方题诗一首，填补画幅左方较大空间，起平衡作用。

[评说]

题诗两句写柳，两句写燕。沛水门东，一片杨柳成林，青青柳叶，郁郁葱葱，春色深深。画上只有一枝柳条，题诗却说杨柳成林，这是诗人引导人们通过艺术想象补出画外意，丰富了画境。后两句专写双燕，燕子背羽乌黑，故曰“乌衣”。它们相对立在倒垂的柳枝上，形态优美，但最让人喜爱的还是它们喃喃细语时发出的动听声音。题诗充分发挥了诗歌的长处，补出了画面无法表达的喃喃燕语，使全诗能从形态、色泽、声响诸方面刻画柳和燕之美，极大地丰富了画境美的内涵，提升了画作的美学价值。（吴企明）

题吴伟醉樵图轴

顾　昉

茅屋山家少四邻，青松旋斫炊为薪。
偶然几阵腥风来[①]，忆得同来有一人。

[题解]

本图今藏常州博物馆。

顾昉（生卒年不详），清代画家，字若周，号日方，江苏华亭（今上海松江）人。画山水师巨然及元四家，画风清隽高厚，别有逸致。

这幅图是吴伟画的，吴伟（1459—1508），明代画家，字士英、次翁，号小仙、鲁夫，江夏（今湖北宜昌）人。明成化间画名日著，受宪宗赏识，任仁智殿待诏。吴伟性狂放，嗜酒，蔑视权贵，受到嫉妒和排挤，被放归。弘治初，又被召入宫，孝宗很欣赏他的画，赐“画状元”印，后称病南归。善画人物、山水。本图画喝醉酒的樵夫，斜睨双眼，双手叉于胸前，立于悬崖之下。樵夫的面部、手足都用勾勒、皴擦，衣服用粗线条勾勒，苍劲豪放，神态生动，栩栩如生。醉樵的艺术形象，折射出画家孤高傲世的性格，画幅仅题“小仙画”三字，另纸由顾昉题七绝一首。

[注释]

①腥风：专指含有酒味的微风。

[评说]

为他人题诗，首要任务是揭示出“画心”。顾昉可谓画家的知音，他深知吴伟在“醉樵”身上融入了自己的气质和神韵，因而题诗便以此立意构思。 前两句写画面上醉汉的居处和劳作，他孤单地居住在山里，四周缺少邻居，每天砍斫松枝，随即担回来当作柴烧。 第三、四句转笔，诗意突兀，出人意料，宕开画面，从画题上的“醉”字生发诗思。 醉汉偶然闻得几阵带着浓浓酒气味的微风，忽然忆起同来还有一人。 这个人是谁？便是画家吴伟。 诗人用宕出远神的收结手法，巧妙地点出醉汉与画家的微妙关系，婉曲含蓄，韵深神远。（吴企明）

题烟波杳霭图

‖戴本孝

甫里先生罢钓归①，春风倚棹云依依。
闲枰无语石床冷②，更觉梅花雨后肥。

[题解]

本图今藏苏州博物馆。

戴本孝（1621—1691），清代画家，字务旃，号前休子、鹰阿山樵，休宁（今属安徽）人。终生不仕，工诗，善画山水，擅长用枯笔，多写黄山景，后人称他与梅清、石涛等人为“黄山画派”。有《前生集》《余生集》。

画家自跋云：“写烟波杳霭之致，稍有前人遗法。”他所说的“前人遗法”，指元人笔法。本图有萧疏秀逸之气，笔墨略近倪瓒。画幅上部重山复岭，侧笔干擦，简洁淡雅，云雾横亘于山麓、水面，烟波杳霭。下部树木稀疏，茅亭里有石台，台上有棋盘，亭边着一梅树，树干虬曲，水湾里一叶钓舟，老人正倚棹垂钓。画幅右上方题诗与跋。

[注释]

①甫里先生：唐代诗人陆龟蒙自号甫里先生，这里代指渔隐者。②枰：棋盘。石床：石台。

[评说]

本诗纯写画面，细致地描绘画面具象，先由画中人渔隐者着笔，云雾依依，春风拂拂，渔隐者垂钓已久，准备整理钓具，倚棹荡舟返归山居。以上两句写视觉形象。三、四句转而写景，写那些与画中有密切关系的景物，着重表现诗人的感觉体验。茅亭是渔隐者和朋友时常下棋的地方，现在亭里空无一人，棋盘闲着，无语无声，石台也显得冰冷，诗人感觉到亭畔的寒梅在雨后更为繁茂。本诗的意境与宋王禹偁《春游南静川》“峰峦开画障，畎亩列棋枰”的意境相仿佛。画中人时而与人对弈，时而荡舟垂钓，完全陶醉在如画的美景中，悠然自得地过着他的渔隐生活。全诗意境清新，语言明快，与画境契合无垠，诗与画对应紧密，诗画艺术得到十分完美的融通和渗透。（吴企明）

烟波杳霭图

题林壑萧疏图

‖罗　牧

画中原有诗，何必再为题？
余白太高远，画之林壑奇。

［题解］

本诗选自故宫博物院藏罗牧《林壑萧疏图》题诗。

罗牧（1622—1705），清代画家，字饭牛，江西宁都人，侨居南昌。工山水。早年曾从同乡魏书学画，又曾钻研黄子久、董其昌画，故而笔意空灵，在黄、董之间。在江淮间影响较大，祖之者称其画风为“江西派”。

［评说］

宋人张舜民曾说：“诗是无形画，画是有形诗。”（《画墁集》）黄山谷则言画乃“无声诗”（《次韵子瞻子由题憩寂图二首》（其一））。唐代著名诗人、画家王维就以敏锐的艺术眼光，融通了诗画艺术，被苏轼誉为“味摩诘之诗，诗中有画；观摩诘之画，画中原有诗”（《书摩诘蓝田烟雨图》）。从此以后，诗有画境，画有诗意，都成为文人心目中的“逸品”。罗牧的这幅《林壑萧疏图》笔墨简练，描绘了辽阔静寂的山区景象，疏朗凝重的画面中，隐隐透出了画家萧疏的胸怀。对此，画家颇为得意，乃至自信，题诗开头便自称“画中原有诗”，堪称佳品。这一评价毫无自诩之嫌。如此诗情画意，又何必再为题诗，岂不画蛇添足？三、四两句一语道破画家的动机。综观此画，有四个层次的景致。近处山角之下，三两株乔木挺然而立，位居画面右下；板桥一座，又隔开一层，画面左方山峦以及被山峦树木遮掩的屋舍，是为中景；顺势而上，豁然开朗，一片空阔的潭水，青山相依，不见人烟，清幽冷寂；更远处，淡墨轻抹，一带远山，形成又一层次。一幅山水形成这么丰富的层次，显得深远、萧疏，实为不易。而画作完成之后，作者只觉天头余白过多，显得空荡，尚有“候款”处，遂题五言韵语，使得整个画面统一于疏朗有致的风格之中，愈显林壑之奇逸。（杨旭辉）

题唐苂红莲图轴二首

笪重光

红蕖袅袅映陂塘[1],荷叶高擎新露凉[2]。
挂向茆堂无俗韵[3],一时词客画闻香。

莲花写作寿君诗,好卷青筒进酒卮[4]。
为道友情真似火,更添荇叶影丝丝。

[题解]

本诗选自故宫博物院藏唐苂《红莲图轴》题诗。

笪重光(1623—?),清代书画家,画论家,字在辛,号江上外史、郁冈、扫叶道人。晚居茅山,改名传光,有时署逸光、逸叟。江苏句容人。顺治九年(1652)进士,官至御史。为人正直不阿,敢于直言。擅长书法,学苏轼、米芾,时与姜宸英、汪士鋐、何焯并称“书法四大家”。兼能画山水、兰竹,与王山谷、恽南田往来密切。精鉴赏,工诗文,有《松子阁集》。笪重光在书论、画论上也有较深的研究,著有书画理论《书筏》《画筌》等。

唐苂,清代画家,一名于光,字子晋,号匹士,毗陵人。善画没骨花,有“唐荷花”之称,与恽寿平齐名。《红莲图轴》是唐苂为王翚四十初度而作。在画上,笪重光一连题诗二首,各有侧重。

[注释]

①红蕖:红色的莲花。蕖,一称“芙蓉”。陂(bēi)塘:池塘。②高擎:高举。③茆(máo)堂:茅堂。④青筒:即诗筒。酒卮:酒杯。

［评说］

第一首再现了画面“芙蓉含露时，秀色波中溢”（唐李德裕《重台芙蓉》）的优美境界。《诗经》云“彼泽之陂，有蒲与荷”（《陈风·泽陂》），其美不仅有“嫣然媚初旭”，“焕若丹霞敷，晔如锦云簇”（明申时行《晨起观荷花》）的袅袅风姿；更有如仰如俯，似低复昂，亭亭交倚的田田荷叶，晶莹剔透的露珠凝于其上滚动。这一切仿佛如仙如幻的梦境，恍若黛宛如烟，花浓似绮，然又无半点俗韵，这也就是诗作最后所说的“闻香”，正是“水华露未晞，香气纷旖旎”。第二首题诗却宕开一笔，借画抒情，抒写对朋友的思念之情。在古典诗文中，以莲托思的手法由来已久，南朝民歌《西洲曲》中就有“低头弄莲子，莲子清如水。置莲怀袖中，莲心彻底红……海水梦悠悠，君愁我亦愁”之语。在此诗中，诗人不仅将友情比作清澈的流水，更以写荷为友人祝寿，体现出“君子之交淡如水”的交友准则，一如荷品、荷香之清。（杨旭辉）

题画黄山莲花峰

梅　清

仙根谁手种，大地此开花。
莲子何年结？沧溟待泛楂[①]。

[题解]

本诗选自故宫博物院藏梅清《黄山图册》题诗。虚白斋藏梅清《黄山胜景图册》题诗，为五言律诗，首尾两联与本诗同。

梅清(1623—1697)，清初画家，字渊公(亦作远公)，号瞿山，别号瞿硎、梅痴、梅楞、柏枧山口人、新田山长、敬亭山农等，安徽宣城人。家藏书甚丰，明亡之后，移居乡村，寄情书画。清初统治者对南方士子采取怀柔政策，梅清也数次参加科举，然而四度落榜，自此远离功名仕途，优游名山大川，尽其毕生精力于诗、画创作。受大自然的涤荡熏陶，其画以山水为工，且多写黄山风景，笔法秀疏，墨色苍浑，有《黄山图册》《黄山炼丹台图》等作品传世。其画风对石涛的影响很大，尤其是他“我法”“古人在我”“不薄今人爱古人”的思想对石涛的革新理论具有启迪意义。

[注释]

①沧溟：海水弥漫的样子。楂(chá)：同“槎”，水中的浮木、木筏。

[评说]

莲花峰是黄山最高峰，位于黄山中部，站在对面的玉屏楼向前望去，犹如新莲初开，仰天怒放。眼见此景，画家惊叹不已。于是诗人将其比作人间的“仙根”，并发奇问：大地开出如此美丽的花朵，这一奇迹是由谁亲手栽植出来的呢？何年何月可收莲子呢？这些看似不合情理，却正好是画家惊喜之情的流露。莲花峰，除却其本身姿态之美，在婀娜多姿、气象万千的云海的渲染和烘托下，它显得神奇莫测。有时白云朵朵，有如棉絮;有时缥缈不定，伸手可及。而每当谷雨过后，山壑中云雾缭绕，从足下一直伸展到天边，置身其间，真仿佛是仙境，“妙在非海，而确又似海”。所以画家远望莲花峰，又觉得是泛舟沧溟，前往采莲，把读者的想象带向更远的境地。王士禛称梅清作画是“兴酣泼墨浮空蒙”（《蚕尾集》），实为不易之论，我们从这首题画诗中就可领略到这种风采。（杨旭辉）

题枯木孤鸟图

‖朱　耷

闲门寂寂掩中春，坐看枯枝带雨新。
鸟自白头人不识，可堪啼向白头人。

[题解]

本诗选自潘正炜《听帆楼续刻书画记》卷下。

朱耷(1626—1705)，清代著名书画家，原名朱统銮，江西南昌人。朱元璋之子江西宁王朱权的后裔。明亡后，为了逃避政治迫害，改名朱耷，逃入奉新山中，二十三岁削发为僧，法号法堀。曾用过很多别号，有雪个、个山、人屋、传綮、驴屋、八大山人等。由于流传的作品多以八大山人落款，后人多以此称呼他。所署“八大山人”多以草书连缀，似“哭之”，又似“笑之”，隐喻着家国之痛。擅画水墨花鸟，笔墨简括，形象夸张，所写鱼鸟，多为“白眼向人”之状;山水画意境冷寂，多为残山剩水。他笔下的这些艺术形象，总是透露出国破家亡的伤痛，孤傲、冷峻的个性。他的艺术风格对后来的写意画影响极大。与原济(石涛)、弘仁、髡残合称

枯木孤鸟图

为“清初四画僧”。亦工书，行楷学王献之，纯朴圆润，自成一体。传世画作有《古梅图》《孔雀图》《荷花图》以及《八大山人山水花鸟册》等。上海人民美术出版社曾于1981年出版《八大山人诗钞》。

［评说］

八大山人的作品，在构图上善于以少胜多，极端精练，往往在一幅画上只画一只鸟、一枝花或一块石，结构奇特，生意盎然。在布局上着眼于位置的得当，画面上物象不多，却能于空白处补之以意，无墨处似有画，因而意境开阔，余味无穷。仲春季节，本是草长莺飞、万物欣荣的大好时节，而此时的画家却闭门紧闭，院落四周一片寂寂，坐在窗口若有所思。眼前只见枯枝横斜，虽然新雨刚过，然而枝头丝毫没有生机。更令人感到难以平静的是枝头的孤鸟。这是一只叫不出名字的白头小鸟，正对着窗口的白头人不住啼叫哀鸣，像是在为残败的山河唱上一曲挽歌，顿时勾起了画家心头无数的故国之思。（杨旭辉）

题山水册页

朱　耷

墨点无多泪点多,山河仍是旧山河。
横流乱石丫杈树[①],留待文林细揣摹[②]。

[题解]

本诗选自汪子豆辑《八大山人诗钞》。

[注释]

①横流：水不按原道而泛滥，比喻动荡不安的局势。南朝梁陆倕《石阙铭》："拯兹涂炭，救此横流。"丫杈：树枝纵横杂出貌。②文林：文士之林，指众多的文士。

[评说]

八大山人的山水画与常人不同，他不去表现优美的自然山水风光，让人爽心悦目，而是对自然山水加以歪曲、丑化。他笔下尽是荒山剩水，渺无人烟，树木歪斜，枯枝败叶，但这是画家主观精神的产物，这种"怪"更能强烈地表现出画家的思想感情。所以，八大山人山水的造型，既不是主观的杜撰，又不是客观的写实，而是典型的"写意"，这就是人们常说的"笔不功而心恭，笔不周而意周"。在这帧山水册页中，也集中体现了这一特色。就题画诗的作者而言，他笔下的山河依旧是明王朝统治时的那个山河，而今把它写入画中，却全变成河流决堤，洪水泛滥，乱石堆积，杂乱无章，山上的树木更是七倒八歪，东斜西欹，一片混乱。那么，同一山水，在画家眼中怎会有截然不同的印象呢？ 其中的关键在于“横流”，即他所亲身经历的政局动荡，明清易代的历史一幕。 在国破家亡之后，山水之景自然无心赏会，更多的却是览景思旧，画家不禁泪流满面。虽然画中的墨点不多，但其中包含了画家的几许泪点，几许愁思和伤痛。其中的隐痛又有谁能知晓？ 只有留待文林中人细加揣摩和体会，这只能算是八大山人的一种企盼，因为他在生前是孤独的，能悟者甚少。 而他又是幸运的，在他身后不久，就找到了一位山水知音，那就是郑板桥。 郑板桥在读完八大山人的山水画后，即兴题诗一首，写尽其中的情事：“国破家亡鬓总皤，一囊诗画作头陀。 横涂竖抹千千幅，墨点无多泪点多。”（杨旭辉）

题古梅图三首（选二）

朱　耷

分付梅花吴道人①，幽幽翟翟莫相亲。
南山之南北山北②，老得焚鱼扫虏尘③。

得本还时末也非，曾无地瘦与天肥。
梅花画里思思肖④，和尚如何如采薇⑤。

［题解］

本诗选自故宫博物院藏八大山人《古梅图》题诗。

此图画一株露根古梅，斜挺着枝干，主干空裂，已被摧折得半枯，树顶盘曲光秃，疏枝作下垂之势，瘦硬如铁，但在被压抑得伸不直头颈的枝丫上，绽出数朵散发阵阵清香的梅花。此图形象奇古、挺劲、傲岸，虽然根不着土，却显示了古梅顽强的生命力，这形象自然使人联想到在民族压迫下依然顽强生存、奋斗的画家，这株古梅正是画家自我精神的写照。画成之后，作者似乎意犹未尽，先后题了三首诗。

［注释］

①梅花吴道人：指元代画家吴镇。②南山之南北山北：意为道不同不相为谋。取典《后汉书·逸民·法真传》："以明府见待有礼，故敢自同宾末。若欲吏之，真将在北山之北、南山之南矣。"③焚鱼：即"燔鱼"，周武王伐纣前，燔鱼以告天。④思肖：南宋诗人、画家郑思肖，生平见本书宋代卷。⑤采薇：周武王灭商，商旧臣伯夷、叔齐耻之，不食周粟，隐居于首阳山，采薇而食，最终饿死。

[评说]

第一首中“南山之南北山北，老得焚鱼扫虏尘”大胆地透露出扫除鞑虏、还我河山的愿望。这在文字狱迭兴之际，随时随地都有惹上杀身之祸的危险，这需要多大的胆量啊！

在第二首诗中，他更是将明王朝视作中国政权之“本”，而清朝只不过是“末”，到了“得本还时”，那么“末”的一切也就将全部消亡，甚至清朝统治下“天肥”“地瘦”的形象也将得到改变。从中可见他对清朝的强烈不满，他认为清人的统治只造成了人间的贫瘠荒凉，这种乾坤应尽早扭转。这层含义在此诗后的署名中也得到了充分的表现，甚至更为直露。他在落款中径题“壬小春”，只有天干“壬”，没有地支“戌”，这更是大胆地传达出“有天无地”之意。“梅花画里思思肖，和尚如何如采薇”两句，作者的亡国之思显露无遗。郑思肖在宋亡后隐居吴下，多写露根兰草，不画土地，人问之则云：“地被番人夺去了。”作者用此典，正与画中的露根古梅契合，强烈地表现了国土沦亡之后的亡国之痛和故国之思。“采薇”一典的选用，却是反其意用之，借以抒发心志。伯夷、叔齐忠于旧朝，不食周粟，最后饿死的行为，而“我”这早已出家为僧的人怎能效仿呢？在“我”内心深处还有抗清复明的坚定信念，何能消极待命呢？这也正是第一首诗中所讲的，吴镇终身隐遁做逸民，没有抵抗的意志，其画作纵有清高气傲之韵，但与“我”相比亦不可同曰而语，大有“南山之南北山北”的天壤之别。对新朝的反抗情绪如此强烈和直露，这在画史上是史无前例的。

这组诗歌还有一首律诗，其中有曰：“夫婿殊如昨，何为不笛床。如花语剑器，爱马作商量。苦泪交千点，青春事适王。曾云午桥外，更买墨花庄。”这首诗的诗意略显晦涩，其中运用的数个典故，曲折、隐晦地传达了自己的心声。诗中的“夫婿殊”，语出《陌上桑》：“坐中数千人，皆言夫婿殊。”在这里，八大山人借用“夫婿”指代明朝，“殊”指降清的贰臣。“爱马”一句典出《异闻集》：“酒徒鲍生，多蓄声伎；外弟韦生，好乘骏马，各求所好。一日相遇，两易所好，乃以女婢善四弦者换紫叱拨

（按：骏马名）。”在这里，八大山人以《异闻集》中声伎换马的典故入诗，借以痛斥那些以名节换取功名利禄的败类、无耻“贰臣”。他们这些人在异朝的统治与歧视下忍气吞声，为了谋取爵禄而牺牲自己的宝贵青春与才华。诗中以声伎、女婢比作贰臣，把清廷爵禄比作马畜，并将其与凌寒的古梅对比，表现出自己“坚贞骨不媚”（恽寿平《梅》）和不屈不挠的反抗清朝的决心。（杨旭辉）

题海棠

‖朱　耷

脉脉溪路遥[1]，泛泛落花娇[2]。
人心得如水，相随过河桥。

［题解］

本诗选自潘正炜《听帆楼续刻书画记》卷下。

［注释］

①脉脉：含情不语的样子。 ②泛泛：飘浮流动的样子。《诗经·小雅·采菽》："泛泛杨舟，绋纚维之。"

［评说］

这首题画诗无论内容还是风格，在八大山人的题画诸作中都是比较特殊的一首。诗作通篇写出了他对海棠的爱惜、眷恋之情，写得含情脉脉，委婉细腻。在春日细雨的浥润下，画家在长长的小溪边独自漫步，徜徉于花海绿叶丛中。面对眼前的美景，心旷神怡，心情格外愉悦，因而对一切景物都含情脉脉。尤其是身边的那株海棠，在雨雾中愈显娇媚，因为"秾丽最宜新著雨"（郑谷《海棠》）。不过，郑谷所欣赏的海棠花是"娇娆全在欲开时"。朱耷不愧为绘画圣手，有独特的审美眼光。低头一看，只见明净的溪水中，浮漂流动着娇艳的海棠花瓣，一直随着溪水流向远方。面对这一情致，他并没有苏东坡那种"明朝酒醒还独来，雪落纷纷那忍触"（《寓居定惠院之东杂花满山有海棠一株土人不知贵也》）的感叹，而是欣喜之情油然而生，只觉得能与此等美好事物同行，真是三生有幸，并且由此萌生幻想，希望自己的心能变成这一股清流，伴随着这落红遗香漂过河桥。读过此诗，我们就会对八大山人的画风、人格有一个比较全面的认识。他在创作那些残山剩水、鼓颈缩胸的丑鸟的同时，还对真善美有执着的追求，并摄入诗画之中。这里的海棠就是这种美的化身和象征，因为“其株翛然出尘，俯视众芳，有超群绝类之势。而其花甚丰，其叶甚茂，其枝甚柔，望之绰约如处女，非若他花冶容不正者比”（《广群芳谱》卷三五）。（杨旭辉）

题荷花

朱 耷

竹外茅斋橡下亭，半池莲叶半池菱。
匡床曲几坐终日[1]，万叠青山一老僧。

[题解]

本诗选自潘正炜《听帆楼续刻书画记》卷下。

[注释]

①匡床：方正安适的床。《商君书·画策》："是以人主处匡床之上，听丝竹之声，而天下治。"

[评说]

花卉画的主体本应是花朵，但这幅《荷花图》的题诗，并不以莲花为吟咏的对象，而是把重点放在画面中没有出现的人物身上，因为画中的景致就是画家出家生活的环境。画家因荷生议，借画发挥，抒写隐逸生活的独特感受。在凤尾森森、一片幽情雅韵的竹林边，清风习习，檐角浮翠，这就是画家出家隐逸的居处。在浓荫遍地的亭中，画家背对橡树，欣赏着满塘荷芰，一片碧绿。诗中的"半池莲叶半池菱"并非指池塘中的菱荷各占一半，而是指两者参差错落，高低起伏。荷叶露出水面，亭亭直立；菱叶杂沓，紧贴塘面。在画中，作者运用墨色的浓淡变化以及水面的映衬，表现出这一景物特征，直让人产生"荷芰绿参差，新秋水满池"（白居易《池上早秋》）的联想。与此比邻，实是人生幸事，这不但能获得感观上的愉悦，更能获得精神上的力量。因为它们都是诗人笔下的花之君子，屈原不就曾想“制芰荷以为衣兮，集芙蓉以为裳”（《离骚》）吗？在绿水清漪、万叠青山之中，有一位老僧终日静坐炕床曲几，面山而居。“白云忽自眉际出，黄叶乱飞衣上来。空庭久立非无意，拦路溪风不放回。”（罗聘《题山水人物册页》）也是这种孤寂、清静生活的写照。（杨旭辉）

题孔雀

朱　耷

孔雀名花雨竹屏，竹梢强半墨生成[①]。
如何了得论三耳[②]，恰是逢春坐二更。

[题解]

本诗选自刘海粟旧藏朱耷《孔雀图轴》题诗。

这幅《孔雀图轴》十分奇特，上部画一石壁，壁底下垂一株牡丹，几片竹叶。下部画一块上大下小、岌岌欲倒的顽石，石上蹲着一双形状奇丑、只有三根尾毛的孔雀。在日常生活中，孔雀通身金翠绚烂，是美丽的象征，但八大山人笔下的孔雀不同寻常，其中用意究竟何在呢？通过解析画上的题诗，兴许会有所启悟。

[注释]

①强半：大半，多半。②三耳：即“臧三耳”。臧，奴才。

[评说]

诗中前两句讲，画屏上有三件事物：孔雀、牡丹和雨竹。所谓“雨竹”，就是竹梢大半用浓墨染成的。这在次句中已作了交代，其目的主要是以竹梢的朴实坚挺来反衬“孔雀”。至于反衬什么，读过后两句议论，也就不难看出了。“臧三耳”是先秦时代名家诡辩的一个论题，其意谓人有两耳，听之体也，而奴才则有第三只耳朵，为主人打探消息。《孔丛子》中更有“臧三耳”的故事：臧是奴才，为了对主子拍马奉承，他总爱打听消息，耳朵十分灵敏，仿佛比常人多一只。第三句是“论三耳如何了得”的倒装，意思是：现在你竟敢写诗作画，来评论这些“三耳”奴才，那还了得！君不知，他们现在可是春风得意，仕途通达。为了能赢得主子的欢心，方才初春二更时分，他们不顾春寒，已早早地班列于朝房之外，等候召见了。八大山人作此画时，正值康熙第二次南巡之后。清政权日趋巩固，且康熙南巡对江南读书士子实行拉拢政策，不少人纷纷弃明归清，乘机讨好，奴颜婢膝，忙着“接驾”。八大山人对此十分痛心，也深表反感，故而用此画来表达自己的倾向。从这个意义上来讲，此画堪称极具讽刺性的政治漫画。但在封建高压政策，尤其是严酷的文字狱之下，此画表现得十分隐晦、曲折。有了题画诗的暗示，我们对画面的意思也就比较明晰了。原来孔雀的形象就是用来讽刺满清高级官员的，三根尾毛形同“三眼花翎”，这是当时统治者对臣子表示恩宠的最高赏戴。孔雀画得越丑陋，越是可见画家对清廷的不满和仇视。牡丹为花中之王，在画中也就自然暗指主子。牡丹长在悬崖上，没有土壤，又是反常现象。这就与孔雀所立的危石一样，都用来暗示清朝政府没有群众基础，不得民心，根基不牢，时时都有垮台的危险。这正是此画的寓意所在，画中所用漫画式的夸张及辛辣的讽刺，是八大山人书画艺术的典型特色和风格。（杨旭辉）

题鹌鹑图

朱　耷

六月鹌鹑何处家，天津桥上小儿夸[①]。
一金且作十金事，传道来春对蔡花[②]。

[题解]

本诗选自汪子豆辑《八大山人诗钞》。

[注释]

①天津桥：在河南洛阳西南。隋炀帝大业迁都，以洛水贯都，有天汉津梁气象，建桥曰天津。此处指那些移居京城的清朝贵族之居所。夸：炫耀。②蔡花：野草的花。《说文解字》："蔡，草丰也。"

[评说]

鹌鹑是八大山人常画的一种小鸟。鹌鹑头小尾秃，似小鸡雏，羽毛赤褐色，身上有黄白色条纹，毛有斑点，极像破落户的百衲衣，所以古人称衣衫破旧褴褛为"衣若悬鹑""鹑衣百结"。鹌鹑无居，性畏寒，其境遇极易引起八大山人的家国之痛和身世之感。历经了国破家亡之后的画犹如飘蓬，居无定所，孤身一人，但即便是身处此境，仍是心系旧朝，忠心不改。在这幅画中，他就借鹌鹑来抒发这一情怀与愁绪。画上两只鹌鹑，一雄一雌，相对而立，蜷缩着身躯，这表明已是霜重秋浓的季节了。在寒风的侵袭下，那本就蓬松的羽毛抖动了起来。其中的一只似乎正在四顾，希冀在这西风之中觅得一丝食物，看来它们已经是很久没有饱食过了。虽然它们只能蜷缩起来御寒，食不果腹，但依然白眼向人，一副冷峻孤傲的神态。除此之外，画面上别无他物，使得氛围益发显得萧条冷落，同时给人以无穷的遐想。在空白之处，画家题上这首诗，写出了鹌鹑生活的艰难困苦，更流露出一股无可奈何的苦涩，与画面相互补充。首句以鹌鹑的口吻写出了它的自我哀叹：四处漂泊，到底何处为家？而清朝显贵移居中原后，却是穷奢极欲，竭力炫耀显富，不要说大人，就连那些小孩都已学会。此句作者有意宕开一笔，与前句形成巨大的反差，对比鲜明。但不管怎样，鹌鹑的本性不改，待到来春，依旧是面对野草而为家，以苦为乐，此前人所谓“夫圣人鹑居”（《庄子·天地》）。所以，我们看到八大山人画的鹌鹑，就似乎听到了他自伤身世的嗟叹，也仿佛看到了他“富贵不能淫，贫贱不能移，威武不能屈”的那种冷峻和孤傲的处世态度。（杨旭辉）

题沈上舍洞庭移居图六首(选一)

朱彝尊

才微岁晚畏讥弹，井社年来欲住难[①]。
只合全家太湖去[②]，免教小吏侮乡官[③]。

[题解]

本诗选自朱彝尊《曝书亭集》卷一五。

朱彝尊(1629—1709)，清代词人、学者，字锡鬯，号竹垞，晚号小长芦钓鱼师，又号金风亭长，秀水(今浙江嘉兴)人。康熙十八年(1679)，举博学鸿词科，以布衣授翰林院检讨，入直南书房，曾参与编修《明史》。后曾出典江南省试。康熙三十一年(1692)归里，专事著述。著有《曝书亭集》八十卷、《日下旧闻》四十二卷、《经义考》三百卷，编选《明诗综》一百卷、《词综》三十六卷。所作词风格清雅疏宕，极具特色，开创了清初词坛上“浙西派”，与陈维崧为代表的“阳羡派”并峙称雄。

沈上舍，即沈季友，字客子，嘉兴人，太学生。著有《南凝集》。时有移居之意，遂请人作画，嘱朱彝尊题之。竹垞此诗颇有借他人之酒杯浇自己胸中块垒之意。失意落魄、侘傺不遇的愤懑和悲慨始终萦绕于朱竹垞的内心深处。历代不少诗词，都抒发了这一士子共同的悲愤。面对现实，思及自己的前景黯然无望，诗人产生一种与世离心的态度，心生归隐田亩、厌弃世事的意念。这首题诗使我们对诗人产生归隐弃世这一动机有了更为清晰的认识。

[注释]

①井社：里社，乡里。相传，古制八家一井，十井一里，十里一社。

②太湖：在江苏省吴县西南，别名洞庭。晋左思《吴都赋》："指包山而为湖，集洞庭而淹流。"《文选》注："王逸曰：太湖在秣陵东，湖中有包山，山中有如石室，俗谓洞庭。"故本诗题曰"洞庭移居"。③乡官：《周礼·地官》："统一乡之官。"此处谓罢退乡居之官员。

［评说］

"才微"只是诗人的自谦之词，这一自谦实际上饱含着他内心的诸多不平。岁晚近暮，历经宦海沉浮，年来愈感官场险恶，危机遍布，忧谗畏讥，满目萧然，此间欲住也难。倒不如索性远而避之，退居江湖之远，"只合全家太湖去"，那么也就免去了一切纷扰和喧嚣，再也没有小吏会来轻侮、袭扰。正是源于这一想法，朱彝尊才会在词作中有如许的慨叹："回首吴关二千里，分明记得，先生弹铗，也说归来是！"（《青玉案·临淄道上》）"菰芦深处，叹斯人枯槁，岂非穷士？剩有虚名身后策，小技文章而已。四十无闻，一丘欲卧，漂泊今如此。田园何在？白头乱发垂耳。"（《百字令·自题画像》）（杨旭辉）

题画四首(选二)

朱彝尊

林深屐齿未曾经[①],万壑松涛偶坐听。
我若支筇来此地[②],便携酒榼上茅亭[③]。

绿芜远近山参差[④],露气暗浮松树枝。
乌篷七尺屡回首[⑤],看到月明归未迟。

[题解]

本诗选自朱彝尊《曝书亭集》卷二。

[注释]

①屐:下有钉齿的木底鞋,多用以登山。②筇(qióng):竹名,可作手杖,此处即指竹手杖。③酒榼(kē):盛酒器皿。④绿芜:丛生连绵的绿草。⑤乌篷:乌篷小船。

[评说]

宋代著名画论家郭熙云:“笔迹不浑成,谓之疏,疏则无真意。”(元盛熙明《图画考》卷二《笔法》引)这是对绘画的一大要求,对于题画诗,这也是不可或缺的艺术标准。作为清初文坛巨匠,竹垞“题画诸作,尤浑成入妙”(林昌彝《射鹰楼诗话》卷一七),体现出非凡的艺术鉴赏力和表现力。这两首题画诗不仅景物描写极佳,渲染出浓郁的诗情画意,而且始终以人物活动贯穿其中,浑然一体,具有独特的艺术情趣。林深幽僻,人迹罕至，尚不见屐齿的印痕。但在这万壑之间，冷月洒满山林，清风入古松，松涛阵阵，景色清幽，充满了天籁之音。松具有高洁挺立之姿，墨客、骚人均爱听松风，前人不就有过“风入松下清，露出草间白”（李白《淮南卧病书怀寄蜀中赵征君蕤》）、“暂听松风生意足，偶看溪月世情疏”（皮日休《寒日书斋即事三首》（之一））、“自知醉耳爱松风，会拣霜林结茅舍”（苏轼《定惠院寓居月夜偶出》）的吟哦吗？偶坐听赏，见彼美松，竟与“山中宰相”陶弘景何其相似：“每闻其（按：指松涛声）响，欣然为乐”（《南史·陶弘景传》）。画中之景到底令诗人神往起来了，他脑海中浮现出一幅幻象：诗人亲自支筇前往，手携酒榼，结茅亭于霜林中，领悟山林野趣，静享天籁。

这种诗情在第二首诗中继续得以再现。松林之中，诗人静观远近峰峦，只见连绵一片的绿芜，山峦因远近之别而显得参差起伏。天色渐暗，晦昏之际，雾气悄无声息地浮起，笼罩山间，缭绕于松树枝头，升腾飘浮的雾气仿佛使山峦枝叶都在浮动。画中一只乌篷小船，船上的孤客也为眼前这一美景所醉，频频回首翘望，直到月明之时，久久不愿离去。看似写画面，实际上诗人早与画中人融为一体，更与画中“秋风清，秋月明，竹叶松边，秋景如画”的意境融合相契。这正是诗人笔意老到之处。全诗笔意浑成，构思入妙，又不着痕迹，皆取意自然。（杨旭辉）

题簪花图

姜实节

六年前见倾城色[①],犹是云英未嫁身[②]。
今日相逢重问姓,座中愁杀白头人[③]。

[题解]

本诗选自罗振玉辑姜实节《鹤涧先生遗诗》。

姜实节(1647—1709),字学在,号鹤涧,清代画家。姜埰之子,山东莱阳人,长年流寓吴县(今江苏苏州)。好古,不图荣华,一生未仕。工诗书画,诗尤以七言绝句见长。著有《焚余草》。

[注释]

①倾城:指女子美貌。《汉书·孝武李夫人传》:"北方有佳人,绝世而独立。一顾倾人城,再顾倾人国。宁不知倾城与倾国,佳人难再得!"后遂以"倾国倾城"形容美丽的女子。②云英:钟陵妓女。《鉴诫录》:"(罗隐)初赴举之日,于钟陵筵上与娼妓云英同席。一纪后,下第,又经钟陵,复与云英相见。云英抚掌曰:'罗秀才犹未脱白矣。'隐虽内耻,寻亦嘲之:'钟陵醉别十余春,重见云英掌上身。我未成名君未嫁,可能俱是不如人。'"③愁杀:极度悲愁。

[评说]

簪花,即插花。按古制,每逢典礼宴会佳节,女子都头戴鲜花。在古代仕女画中,这一形象屡见不鲜,如唐代画家周昉的名作《簪花仕女图》，表现了贵族妇女闲庭信步、养尊处优的生活。而这首为青楼旧时佳人画像所题之诗，却表现了截然不同的趣味和主旨。全诗通过前后的强烈对比，写出了主人公的生活变化。六年前的美人，一副倾国倾城之貌，犹如云英未嫁时的姿容，绝世无双。可如今再次相逢，早已面目全非，判若两人，甚至当面不识，还要重问姓名。听到过去熟悉的姓氏之后，顿时使“我”这个座中白头人感到万般悲戚与伤感。虽然诗中没有正面描写佳人容貌的衰老，但读者全然可以想见。

全诗诗意与罗隐旧作相通，不仅有伤于妇人，更有自怜之意，正如洪亮吉所说：“‘我未成名君未嫁’，同伤沦落也；‘尔得老成余白首’，同悲老大，用意不同，而寄慨则一。”（《北江诗话》）诗人通过强烈对比与侧面描写，极大地增强了诗歌中表现出来的草木零落、美人迟暮之感，令人伤心迸泪。（杨旭辉）

题仿倪山水轴

‖姜实节

江上秋深起棹歌，空山漠漠渺烟波。
悠然静坐浑无事，自在吟诗晚兴多。

[题解]

本图原藏李一氓处，载见《中国民间秘藏绘画珍品》第三集。

这幅画仿倪瓒《林皋秋色图》笔意，用“一河两岸式”构图。近处坡石上，篁竹杂树掩映下，着茅屋两间，隔河远山迤逦，有不尽之势，渺渺烟波，如在眼前。全图笔法细秀，墨色轻淡，风格萧散冷隽，从中可以寻见云林的笔墨痕迹。画幅右上方，题七绝一首及款。

[评说]

这首题诗非常恰当地描摹画面景物，传神地再现画境，传达出画幅萧散隽秀的神韵，诗境纯从画境托出。首二句写景，画中江上秋深，远处传来棹歌，空山漠漠，烟波浩渺，江天空阔。三、四两句写画中人，茅屋中的文士，悠闲自在，静坐无事。他陶醉于眼前的清幽美景中，诗兴勃发，吟成赞美湖山胜景的诗篇，吟诗的声音与棹歌的声音相互呼应，意趣盎然。全诗诗思畅流而下，诗脉顺畅，读来朗朗上口，巧妙地传达出画中人，也就是画家潇洒闲散的神情。（吴企明）

题梧桐秋色图

王　武

团团明月挂长空，竟夕怀人旅馆中①。
蛩逼纸窗眠未稳②，一庭秋色冷梧桐。

[题解]

本诗选自葛金烺《爱日吟庐书画录》卷三。

王武（1632—1690），清代画家。字勤中，号忘庵、雪颠道人，吴县（今江苏苏州）人。王鏊六世孙。以诸生入太学，但无意于举子业，遂转入书画之艺。性情平易坦荡，不趋炎附势。精鉴赏，富收藏，多宋、元、明诸大家名迹。往往模仿其作，必得其法。尤擅花鸟，生趣超过陈淳、陆治，当时与恽南田齐名。其作品为王时敏、朱彝尊称道。王时敏称："近代写生家多画院气，独吾勤中所作，神韵生动，应在妙品中。"亦善诗文。

[注释]

①竟夕：终夜。②蛩（qióng）：蟋蟀。白居易《禁中闻蛩》："西窗独暗坐，满耳新蛩声。"

[评说]

这首题画诗是写秋、感秋之作。作者仅选取了画面的几个意象，诗中就充满了"万事到秋来，都摇落"（辛弃疾《满江红·游南岩和范廓之韵》）的感慨。月近中秋分外明，一轮金黄的圆月亭亭挂长空，按常理，此乃举家团圆，尽享天伦之乐的时刻。然而，作者并不能享受到这一欢乐，反而增加了悲秋情怀。此时此刻，他正独居旅馆，通宵未眠，孤寂冷落，一直在思念着远方的亲朋故知，这正是“每逢佳节倍思亲”。思乡之苦已难以平静，更哪堪阵阵蟋蟀的鸣叫声，直透纸窗传入耳际，因而整夜难以入睡。推窗远望，本想直寄愁心与明月，聊以宽慰自己，可是触入眼帘的又是一庭秋色冷梧桐。梧桐，这是古代诗文中常用的意象，它给人的感官印象是凄冷、瑟索。李白《秋登宣州谢朓北楼》诗中就有“人烟寒橘柚，秋色老梧桐”之句，此外，古人更有“金井梧桐秋叶黄，珠帘不卷夜来霜”（王昌龄《长信秋词》）、“只有一枝梧叶，不知多少秋声”（张炎《清平乐》）等诗句。所以，无怪乎宋代著名女词人李清照在听到雨打梧桐的时候，要发出“梧桐更兼细雨，到黄昏、点点滴滴。这次第，怎一个愁字了得？”（《声声慢》）的感慨。画家在诗中所要表达的情感，与李清照的哀愁情绪是完全一致的。但作者并没有直接道明，“冷”字轻轻一点，便引导读者联想，涵泳体会，这就是古人常说的“言有尽而意无穷也”。（杨旭辉）

题鸳鸯白鹭图

王　武

瑟瑟蒹葭乱水隈，清霜初下拒霜开。
却怜此地饶佳色，每岁秋深到一回。

[题解]

本图今藏上海博物馆。

这是一幅绢本立轴画，描绘月夜静谧的景色。画幅左上方，坡岸上芙蓉花盛开，花、叶均用没骨法画成，坡上有双栖的鸳鸯，用笔工整细致，花鸟敷色明丽。画幅右下方，水中岩石上写一只白鹭，单足缩颈伫立，工笔细描，背景衬以淡色的芦荻。两岸间为河流，水波荡漾，一轮秋月倒映在水中，月色澄明。画面上彩色的鸳鸯与白色的鹭鸶，繁密的芙蓉与稀疏的芦荻，互为比照，相映成趣，气韵生成，构成了整幅画宁静安详、淡雅明净的意境。画幅右上方题一诗。

王武又题一短跋："己巳秋暮，小饮采霞阁，见月色澄明，隔岸芙蓉献笑，漫写即景并题。吴趋王武。"己巳，康熙二十八年（1689），王武时年五十八岁，第二年他便谢世，本图正是他晚年的力作。古人称花开为笑，"芙蓉献笑"，即芙蓉盛开意。读其跋语，知道本图是一幅写生画。

[评说]

题诗先从画面形象着笔，瑟瑟秋风，吹在水边稀疏的芦荻上，芦叶随风乱动；秋霜刚下，芙蓉花迎霜盛开。"拒霜"，芙蓉花的别称。画面形象很多，除芙蓉、芦荻外，还有鸳鸯、白鹭、明月，为什么王武诗中只提芦荻和芙蓉呢？因为它们是最具秋季特色的事物，配合画面上的鸳鸯、白鹭、明月，容易构成“饶佳色”的诗境。诗人深爱“此地”采霞阁的秋色，所以每年深秋的时候都要到此一游。诗、跋与画境相契合，让赏画人能更深入地理解王武作画的艺术匠心。（吴企明）

题白头三友图轴

王　武

雪尽亭皋松影寒，忽闻春信到阑干。
胭脂冻蕊垂垂发，头白人须仔细看。

[题解]

本图今藏故宫博物院。

这幅图画松、竹、梅，均用折枝法，且从画幅右部向左挺生，松枝在上，梅枝、竹枝在下。右下角画石块，使画幅呈稳固之势。梅花用没骨法画成，竹叶用双勾法写出。松枝上站着一只白头翁，鸟羽用工笔描成，它回头凝视远方，好像正在看什么东西。全图右实左虚，画家便在左上方自题七绝一首，以保持画面的平衡。署款云："己巳腊月，立春前三日，戏为翔翁二兄正。吴趋弟武。""己巳"，康熙二十八年（1689）。画是王武死前一年为友人作。

[评说]

题诗用"顺点题面"的技法写成。先从画面上的松枝着笔，亭皋雪尽，松树的身影仍然带着寒意。次句写梅，梅花开放，春来的信息传到画堂。第三句紧承上句，具体描写梅花绽开的情状，红梅渐次开放，带来满园春色。从诗句中的"胭脂冻蕊"四字看，画上梅花当是红梅。"垂垂"，渐渐。结句扣到赠友的画意上。"头白"一语双关，既指画上的白头翁，也指"头白人"翔翁。诗人指示友人说：请他仔细观看画中的具象和画家的匠心，赠给他这幅《白头三友图》，希望与他共订"岁寒心"的盟约。四句诗顺次点出画上的具象和题意，意含言外，情韵深长。（吴企明）

白头三友图

题画菊

许廷镕

芳菲过眼已成空，寂寞篱边见几丛。
颜色只从霜后好，不知人世有春风。

[题解]

本诗选自许廷镕《竹素园集》。

许廷镕(生卒年不详)，清代诗人，字子逊，号竹素，长洲(今江苏苏州)人。康熙举人，知武平县。少英敏，精刀槊，遍游四方，交结名士。在官有善政。工诗，诗严于唐宋之界，尤工五言律诗及七言绝句。有《竹素园集》。

[评说]

唐代著名诗人元稹有诗云："不是花中偏爱菊，此花开尽更无花。"的确，随着寒暑易节，春花夏草如过眼云烟，全部为西风荡尽；唯有菊花，在西风中孕育，在萧瑟中吐芳。你看，那边就有几丛，静静地依傍着清冷的竹篱，凄清寂寞阻遏不了它的生机。寒风严霜更增添它的浓艳，在与秋霜的争斗中愈显精神和傲岸。它无意争春，全不知世间有春风的抚慰，只是默默退隐，自甘寂寞，凌寒开放，散发着清香，装点秋色，胜似春光。"花开不并百花红"，这正体现出菊花不与趋时随俗的无操之士斗艳的清雅。诗中"寂寞"一语，不仅道出菊花独立疏篱，是"花之隐逸者"，而且暗示赏花人也独立西风，物我融合，使菊花与画菊、咏菊之人浑然一体，给读者留下极为深刻的印象。

诗人的这首题画诗，无只字明写"菊"字，却紧紧抓住"篱边""霜后好”这些反映菊花特征的词，着力于表现秋菊之神韵，即郑板桥所谓的“破篱笆外斗秋霜，避得暖风禁得凉”（《十日菊》）。这一虚拟手法的运用，较之一般的穷形尽相的外观描摹，能在更高层次上丰满、完美地揭示菊花的性格特征和风神。中国画历来就有“画意不画形”的传统，作画如此，题画又何尝不是如此，而且题诗在表现物象之神理方面，比画笔更为深刻，入木三分。（杨旭辉）

题黄山图轴

江　注

负研常临破壁龙，违君篱落好芙蓉。
悬知得暇斜阳际，倚杖遥看六六峰。

［题解］

本图今藏安徽博物院。

江注（1626—？），清代画家，字允凝、允冰，安徽歙县人。渐江侄，能诗画，从渐江学，得其精髓，其风格酷肖渐江。

本图画黄山之层峦叠嶂，高耸凌云，奇松随山势挺生，或虬曲，或直立，形态各异，枝干淡墨勾描，略事皴擦或圈鳞，清姿疏朗，布于崖石间。山石尚简，用干笔淡墨勾勒，少皴擦，多方折之笔，表现山石之崚嶒。泉瀑隐于岩石间，至底部始有水口，清泉涌流。其用笔之法，布局之精密，荒寒之气韵，全仿渐江。

黄山图轴

［评说］

题诗先从自己画上的松树入手，首句说自己常常带着砚台，爱到黄山去写生，临摹活生生的撑破岩壁而生的形如蟠龙的松树。次句承上而言，说“我”忙于画松，因而违先生之约，没有工夫到府上的篱落边来欣赏佳美的木芙蓉。“君”，指友人“汪老先生”。

两句诗蕴含着画家与友人的深挚情谊。三、四句，江注凭借艺术想象力，拟想此图寄赠给汪老先生。他猜想汪老先生收到本图后，定会抽出闲暇时间，在斜阳入室时，倚杖远看挂在壁间的黄山图，仔细欣赏画上的三十六峰，也由画幅而兴起怀念他的情思。题诗由此及彼进行艺术联想，运用“从对面写来”的手法，写出友人对自己的怀念，而感情交流的纽带，正是这一幅黄山图。本诗情与画结合，情与景交融，是一首抒情味很浓的题画诗，感人至深。（吴企明）

草堂碧泉图轴

王　翚

雨过飞泉下碧湍[①]，长松落翠草堂寒。
何人解识高人意[②]，溪上青山独自看。

［题解］

本诗选自天津博物馆藏王翚《草堂碧泉图》题诗。

王翚（1632—1717），清初著名画家，字石谷，号耕烟，又号乌目山人，晚称清晖主人。江苏常熟人。师王时敏画山水，时称“画圣”。康熙中，以布衣供奉内廷，尝绘《康熙南巡图》而称旨，欲授以官，不就。其山水与王时敏、王原祁、王鉴并称“四王”，在清初影响至巨。著有《清晖画跋》《清晖尺牍》等。

［注释］

①湍：急流。②解识：理解。

［评说］

《草堂碧泉图》画境幽美，确为王石谷山水之精构。说其“幽”，除却意境，更指题诗中体现出的“幽情”与雅意。

开头两句写画面景物。“雨过飞泉下碧湍，长松落翠草堂寒”，这是对雨后山色的集中描绘。泉水飞流而下，落在清澈的水潭中，激起一阵阵湍流。山上的松树经过雨水的洗礼之后分外青翠。相比之下，山间的草堂就显得单薄而缺乏生气，里面甚至透出一阵阵寒意。“飞泉”的气势，

"碧湍"的清澈，"长松"的傲寒，都代表着一种坚强的性格。"草堂"与"飞泉""碧湍""长松"构成了一幅美丽清幽的风景，在雨水冲刷之后，更给人带来清新之感。既然有屋也就大约有人在，屋主就好比那"孤舟蓑笠翁，独钓寒江雪"，屋不处闹市，主人没有邻居，也没有朋友，只有浮绕于翠松间的茅斋。这一切，早已使其性格跃然纸上，他依山傍水，靠着长松，与自然为伴，陶冶自己的性情。当人们正沉醉于这清新的山水画中时，下面紧接着发出一句令人略感兀然之问"何人解识高人意"。当时有很多人不了解画中"高人"归隐的意图，甚至还可能将其视作异类，但画家根本不顾这些。陶渊明不是不被人理解吗？最终"采菊东篱下，悠然见南山"，怡然自乐。因而"我"也不求被人了解，因为潺潺的溪水怎会理解高山的伟岸呢？于是，只有"溪上青山独自看"了。虽然这样的生活并不富裕，可是精神上的无限享受足以冲淡物质的不腆，真正的境界应是"会当凌绝顶，一览众山小"。

大凡古代的文人雅士，纵然怀才不遇，仍有一种孤芳傲骨。诗中"高人"便是这样，即便尘世将"我"遗弃，官场无立"我"之地，"我"仍有青山、流水、飞泉、翠松。整首诗有景有意，有问有答，虽未及一个"隐"字，但正如古人政治失意以求山水，画家也以一幅山水画，含蓄地道出其孤傲的心曲。（杨旭辉）

题仿倪瓒山水

王　翚

生平最爱云林子[①]，惯写江南雨后山。
我亦雨中闲点染，淡烟疏竹有无间。

[题解]

本诗选自镇江博物馆藏王翚《仿倪瓒山水》题诗。

[注释]

①云林子：元代画家倪瓒的号。

[评说]

在清初“四王”的画作上，“摹”“仿”“临”“橅”“师”“拟”这些字眼无疑是使用频率最高的字眼。正因如此，过去对“四王”的评价也都借此为据，得出“大概都用那‘临、摹、仿、橅’四大本领复写古画，自家创作的简直可以说没有。这就是王派留在画界最大的恶影响”（陈独秀《美术革命——答吕澂》）的认识。

这些论述只及一点，不及其余，当然不能全面认识四王的画论和画学成就。“潜神苦志，静以求之，每下笔落墨，辄思古人用心处，沉精之久，乃悟一点一拂，皆有风韵。一石一水，皆有位置……于是涵泳于心，练之于手”（《清晖画跋·题为周元亮所作画册》）。王石谷的这段自我表白，足以说明他的画作是在学习前人基础上的“集大成”，并且他“仿古之奇妙，不徒肖其形似，而直抉其精髓”（王时敏《娄东王奉常书画题跋》）。

石谷道人一生钟爱倪云林，且能深悟其中三昧：“云林画天真幽淡”（《题枯木竹石图扇》），“云林书画骨貌皆清，使人观之沾有仙气，自觉红尘难近也”（《题仿倪瓒溪亭山色图》），“云林画简淡中一种逸韵”（《题仿倪高士平淡天真立轴》）。这一意韵无不体现在他笔下空蒙的江雨山丘中，石谷作画也就时常仿此落墨，创造出“淡烟疏竹有无间”的意境。但这种仿作，并非规矩模仿古人的亦步亦趋，而是“惟在闲适时，深参造化乃得一种意外之趣，而后能合古人”（《题春江捕鱼图》）。这便是王石谷与好友恽南田所论及的一个重要命题，造化为画家体悟古人的形式技巧提供了参照，并在二者之间确立了“无言之师”（恽寿平《题晚梧秋影图轴》）。这就使得王石谷的模仿不同于他人，所以王鉴说：“若仅以规摹之能手目王子，则失之远矣。”（《题王石谷仿黄公望山水轴》）（杨旭辉）

题画山水二首

吴　历

春风阡陌草初平[1]，远岫烟浮细雨晴[2]。
白屋门前乌桕树[3]，夕阳高下鹧鸪声。

曲水斜分过柳塘，远山秋叶半鹅黄。
何人坦腹江亭里[4]，闲笑溪云带雨忙。

[题解]

本诗选自吴历《墨井诗钞》卷下。

吴历(1632—1718)，清初画家，字渔山，号墨井道人、桃溪居士。江苏常熟人。吴历一生致力于山水画艺术的探索，对仕途、名利极为淡泊。早年近佛，康熙二十一年(1682)入天主教，先后在嘉定、上海传教三十年。早年学山水于王时敏、王鉴，丘壑层叠，笔墨苍润，受到王石谷、王原祁的好评，并与“四王”、恽寿平合称为“清六家”。其后画风变化，不断创新，其代表作《枫江群雁图》《湖天春色图》就是他的创新之作。工诗，曾学于钱谦益，著有《墨井诗钞》《三巴集》。

[注释]

①阡陌：田间小路。②远岫：远处的峰峦。③白屋：平民的房屋。乌桕树：大戟科落叶乔木，高达十余米。④坦腹：露腹躺着。

[评说]

这两首题画山水之作分别描绘了春、秋两季的不同景致。春日的阡陌之上，草色初平，嫩绿嫩绿的。在细雨迷雾的遮映下，远山在烟雾中飘忽沉浮，显得极为静谧幽雅。秋日的余晖，斜照柳塘曲水，远山的秋叶一片鹅黄，煞是壮观。无论是春天还是秋天的风景，在吴历的画中都充溢着闲情逸趣。这一逸趣在第二首题诗的末二句也可得到体现。这里运用老杜《江亭》一诗的意境：“坦腹江亭暖，长吟野望时。水流心不竞，云在意俱迟……”老杜所吟的水云与画家笔下的山水云雨并不一样，前者是闲静天然，后者却是一个“忙”字，溪云之“忙”，正好与坦腹之“闲”形成对比。事实上，画家是心闲而觉外物忙碌，所以用一“笑”字，饶有趣味。（杨旭辉）

题白傅湓江图

吴　历

逐臣送客本多伤，不待琵琶已断肠①。
堪叹青衫几许泪②，令人写得笔凄凉。

［题解］

本诗选自上海博物馆藏吴历《白傅湓江图》题诗。

［注释］

①不待：不需。②青衫：唐代八、九品文官的官服。

［评说］

这幅《白傅湓江图》是根据唐代著名诗人白居易叙事长诗《琵琶行》而创作的。元和十年(815)，白居易左迁九江郡司马，次年秋天，送客于湓江之口。本来左迁谪官在这“枫叶荻花秋瑟瑟”的季节，送客已令人伤心不已，这正如白居易诗中所说：“醉不成欢惨将别，别时茫茫江浸月。”根本用不着琵琶之乐，早已断肠失魂了，更何况琵琶曲终，又听琵琶女自述身世沦落的一番感慨，不免触发了白傅自己政治上的感叹，仕途遭排挤倾轧的险恶历历在目。“感斯人言，是夕始觉有迁谪意”（《琵琶行》序），于是便发而为诗曰：“我闻琵琶已叹息，又闻此语重唧唧。同是天涯沦落人，相逢何必曾相识。”想着想着，白傅涕流满襟，“座中泣下谁最多，江州司马青衫湿”，就是当日场景和实录。画家被深深地感染着，将此诗意入画时，只觉笔下凄凉无限。这其中不仅包含着对白居易的深切同情，更饱含着他对友人的深厚情感。在这首题诗之后，画家有这样的补记："偶检竹笥得此图，以寄青屿老先生，稍慰云树之思。"许青屿是吴历的好友，曾任清朝官员，后被罢黜。吴历的这帧水墨《白傅湓江图》，乃借白居易《琵琶行》的内容和情感，表达对朋友不幸遭遇的同情。（杨旭辉）

题枫江群雁图

吴　历

枫江水冷群归早，梦熟芦花秋未杪①。
一雁不眠来弄月，波光浮动天将晓。

［题解］

本诗选自南京博物院藏吴历《枫江群雁图》题诗。

《枫江群雁图》是吴历的代表作之一。画作在布局上颇具匠心，通过近、中、远三个层次，描绘了江边旷野辽阔深远的景象。近处高树只有枯干老枝，一两棵枫树上还能见到一些叶子，不过颜色也已由红转枯。中部在枯枝和芦苇的簇拥下，是一片空荡荡的水面，画家以淡青点染，表现出一片茫茫江水。在水天之间，有一群神态各异的大雁栖息于芦苇丛中。远处，只见云雾深处露出淡淡的峰尖，若隐若现。这是画中的一境。除此之外，还有一境，那便是画中右上角的题诗。画家用白描的手法，再现画中形象，将画境转化为诗境，给人以美的享受，无怪乎清代著名诗人王士禛要把题画诗称作“画外画”。

［注释］

①杪：树梢，木末。

［评说］

诗的前两句着力表现深秋月夜的意境，一上来就化用了唐人崔信明的诗句“枫落吴江冷”，枫叶由绿转红，由红转褐，最后飘飞零落，表明时序早属深秋。此刻江水自是冰冷刺骨，虽有羽翼的护卫，但群雁还是抵挡不住寒冷，它们早已栖息在树梢上、苇丛中。正当它们酣沉熟睡，做着美梦时，突然，宁静被打破。原来，是一只大雁迎着月光飞起，这一声响惊动了整个雁群，有的昂首张望，有的惊恐回顾，似乎都在探寻着声响的由来，神态各异，极为生动。群鸟的慌乱激起了水面上的阵阵波纹，水面上的月影于是被搅碎，随着水纹的波动，不断地在起伏跳跃，这不正是古人诗文中所描绘的“浮光跃金”（范仲淹《岳阳楼记》）吗？诗情、画境紧密配合，珠联璧合，相辅相成，使画家的意趣表达得十分完善，淡雅明净，韵味悠长。（杨旭辉）

枫江群雁图

题听泉图轴

吴　历

水绕溪回石路深，白云遮屋树重阴。
山中不管鸣驺至[①]，惟听泉流净客心。

[题解]

本图今藏上海博物馆。

这幅画作于康熙十四年(1675)四月，使用了黄公望晚年的笔法，天真平淡，用笔于浑厚中现活泼，神韵超逸。画幅左上方留白处，吴历先题一跋，次日又题一诗。

[注释]

①鸣驺：显贵者出行，随从的骑卒吆喝开道，谓之鸣驺。

[评说]

画题名“听泉”，但本诗开端并不迅即着题，却写画面景物。首句说山中溪回路转，石路幽深，一个“溪”字，预为“听泉”伏笔。次句写白云弥漫，树荫重重，掩盖茅屋。这里用了互文见义的方法，本意为白云遮屋，树荫遮屋，为精简字数、调协平仄，才写成“白云遮屋树重阴”。画幅中部岩石上团坐两人，人物形体虽小，却是画意的中心。第三、四句转而写到他们，写出画幅的深层意蕴。山中人根本不管山谷中传来了鸣驺，来了显贵的人物，他们只聆听泠泠泉水声，洗净人心，荡涤尘俗。诗至此，拗结扣题，还扣题面“听泉”两字，点出画作的画心。（吴企明）

玉　兰

‖恽寿平

花期恐落辛夷后[1]，不耐春风待叶稠。
何似汉宫明月夜，玉盘擎露树梢头[2]。

[题解]

本诗选自恽寿平《瓯香馆集·补遗诗》。

恽寿平(1633—1690)，清代著名书画家，原名格，字寿平，以字行，号南田、东园客、云溪外史、草衣生、雪衣居士、白云外史、瓯香散人等，毗陵(今江苏武进)人。他才气横溢，诗文书画成就均很高，有诗集《瓯香馆集》《南田诗钞》。绘画早年师事伯父恽向，专攻山水，取法“元四家”，上溯董、巨，声名远扬，得到友人王石谷的高度评价。中年改画花卉，他的花卉重观察体验，仿北宋徐崇嗣创造出一种名为“没骨法”的新风格，对有清一代花卉的发展影响极大。传世画作颇多，尤以《落花游鱼图》《出水芙蓉》《松柏图》《临流赋诗图》《五清图》等最为著名。

[注释]

①辛夷：香木。树高二三丈，叶似柿叶而狭长，花似莲而小如盏，香气馥郁。屈原《九歌·山鬼》：“乘赤豹兮从文狸，辛夷车兮结桂旗。”
②玉盘擎露：汉武帝刘彻迷信神仙，曾在长安建章宫前造神明台，上铸铜仙人，手托承露玉盘，以储露水，和玉屑服之，以求长生。《汉书·郊祀志上》：“其后又作柏梁、铜柱、承露仙人掌之属矣。”颜师古注引苏林曰：“仙人以手掌擎盘承甘露。”又见《三辅故事》。此处借以比喻玉兰的姿态。

［评说］

据《广群芳谱》卷三八："玉兰早于辛夷。"这本是自然现象，而画家却抓住这点，赋予玉兰人的意识，刻意描绘出一幅玉兰、辛夷争春斗妍的画面。玉兰唯恐自己落后于辛夷，还没有等待春风的沐浴，更没等枝叶稠密，便急不可待地绽出花蕾，迎寒绽放，显现出优美的姿容。题画诗的下两句连用两个比喻。诗人先用一个反问"何似"，其实无疑而问，使花朵的形象更为突出，因为这正是玉兰的最大特色：洁白无瑕，比之为汉宫明月，毫不为过。对此，前人更有"绰约新妆玉有辉，素娥千队雪成围。我知姑射真仙子，天遣霓裳试羽衣"（文徵明《玉兰》）之比。与之相比，本诗未见高明多少。历来画家对画中花卉的描写，并不重视直观表象，着力尤勤者往往是它的姿态和神韵，这首诗作的成功也体现了这一特点。在第二个比喻中，南田以历史上的承露仙人作比，既表现出晨露浥润玉兰的娇容，又刻画出它亭亭玉立、凭空凌虚、清雅脱俗的气质，与此同时，又赋予画面神秘瑰丽的色彩，令人遐思。（杨旭辉）

岁寒三友

‖恽寿平

以尔为三友[①],真能傲众芳。
自留苍翠色,努力饱风霜。

[题解]

本诗选自恽寿平《瓯香馆集·补遗诗》。

[注释]

①三友:即“岁寒三友”,指松、竹、梅。松、竹经冬不凋,梅则耐寒开花,故称“岁寒三友”。宋林景熙《五云梅舍记》:“即其居累土为山,种梅百本,与乔松、修篁为岁寒友。”

[评说]

恽南田的没骨花卉,开一代画坛新风,对整个清代花卉的发展影响极大。然而,南田早年师从伯父恽向,直至中年后,才改以绘花卉为主,并且殚精竭虑,不遗余力。一般画史皆以为他与王石谷定交后,自叹弗如石谷,“耻作天下第二手”,遂用没骨法作花卉。这在当时,传得沸沸扬扬,当作画坛轶闻美谈者有之,冷眼旁观、大肆非议者亦有之。甚而连王石谷也焦虑万分,说南田“研精卉草,日求其趣,其于烟云山水之机疏矣”。对于外界的“退让”之说,南田并不介意,因为他心中自有主张,山水改花卉,并非什么“退让”,而是自己在追求艺术真谛道路上跨出的一大步。他在给石谷的《山水图》跋中就明确讲道:“萧散历落,荒荒寂寂，有此山川，无此笔墨。运斤非巧，规矩独拙。非曰让能，聊得吾逸。”这幅《岁寒三友图》是与《山水图》一齐赠予石谷的，其中也无不反映出“聊得吾逸”的个人理想。面对当时画坛剽窃唾剩的泥古风气，尤其是山水作品，南田痛心疾首，便下定“抱瓮”之志，决不随波逐流，艺术上追求创新，以自然造化为师，正如其所谓“觉目前造物皆吾粉本”也。在题诗中，作者突出了松、竹、梅三友傲视群芳、自留苍翠、凌风斗霜的精神风貌。在诗的跋语中，画家则将其与自己相比照：“予独爱此三种，喜其积雪凝寒之候，能表贞素之华，矫然有以自异，可方遁世之君子。”这些诗、画、跋，可以说是南田内心世界的最好表白，不也正是对那些非议他的“君子”们最好的回答吗？（杨旭辉）

题月季

恽寿平

红衣深护翠琅玕①,拔地青铜千仞看②。
尚有闲花开雪后,肯教柏叶独知寒③。

[题解]

本诗选自恽寿平《月季》题诗，见日本《宋元明清名画大观》（昭和六年版）及《支那名画宝鉴》（昭和十一年版）。

[注释]

①琅玕：竹子。杜甫《郑驸马宴洞中》：“主家阴洞细烟雾，留客夏簟青琅玕。”②青铜：指古柏，言其枝干古朴苍劲。杜甫《古柏行》：“孔明庙前有老柏，柯如青铜根如石。”千仞：指古柏之高大。仞，古代计量长度的单位。③肯：岂肯。韩愈《左迁至蓝关示侄孙湘》：“欲为圣明除弊事，肯教衰朽惜残年。”

[评说]

年届不惑的画家，历经了生活的艰辛与磨砺，决意抱瓮南田。这一片“南田”，是他在清贫生活中寻求温暖的乐园。一排篱笆，一株古柏，数丛幽篁，几畦瓜豆，寻常花草，不但丰富了创作素材，更为他带来了希望和力量。所以，南田中年以后大量的花卉图，就是这种饱蘸情愫的写生之作。南田三十八岁那年冬天，冰雪严寒，园中花木大多凋零，连古柏下的几丛小竹也似乎经受不住冰雪的侵袭。就在这种情形之下，南田惊喜地发现竹丛中挺起的三两朵月季蓓蕾，其中一朵竟然绽开了鲜红的花瓣，迎着太阳。目睹此景，画家画兴勃发，赶回书斋，铺纸拈毫，点花染叶，不多久，这幅《月季》杰作便问世了。画作挥就之后，画家意犹未酣，踌躇满意，遂又复题诗抒怀。人道是松柏耐寒，殊不知更有与之匹敌之花木，红色的月季散布在翠绿的竹林里，在冰天雪地中显得格外耀眼夺目，不禁使得青铜老柏也为之侧目：竟然会在雪后有闲花开放，不肯让“我”劲柏独占傲雪凌风之冠。南田不仅喜爱月季的“花无间歇，静媚悦人”，更喜爱它雪后昂首傲放的精神。他在另一幅《月季》图中这样题道：“雪中月季，冰鳞玉柯，危干凝碧，真岁寒之丽宾，绝尘之畸客，吾将从之与元化游，盖亦挺其高标，无惭皎洁矣！”与其说是描绘月季，毋宁说是南田的自勉自励更为确切些。（杨旭辉）

杏花扇子

恽寿平

烟条露萼染红姿，爱我临风写一枝。
今日赠君千里别，杏花时节倍相思。

[题解]

本诗选自恽寿平《瓯香馆集》卷七。

[评说]

“清香如宿雨，佳色出晴烟。”这是前人对杏花的褒扬之词。无论何时何境，杏花那娇红艳丽的姿态总是令人神往，无怪乎杨万里说：“晴熏雨醉总相宜。”（《郡圃杏花》）南田在画中描摹的一枝红杏，则是露后初旭时的情景。紫红色的花萼在雨露的浥润下，娇嫩可人，渐渐地，阳光照射在露珠上，闪烁着晶莹的光彩。同时，花枝周围笼着一层轻薄的烟雾。在烟条、露萼的点染映衬下，画家透过雾霭凝视杏花，别有一番风味。也许用宋代诗人林逋的诗句来形容，再恰当不过了：“偎柳傍桃斜欲坠，等莺期蝶猛成团。京城巷陌新晴后，买得风流更一般。”（《杏花》）在“粘枝密作团”（王禹偁《杏花》）的蓓蕾丛中，画家独钟情于临风开放的一枝。“一枝”之数不多，然而足矣，一枝红杏就可以带来令人迷醉的春天之美，暗示无限的春意和生机，前人不是有诗云“春色满园关不住，一枝红杏出墙来”（宋叶绍翁《游园不值》）吗？从美学角度而言，画面若密布花丛，未必称佳。在古代画家看来，“触目横斜千万朵，赏心只有两三枝”（清李方膺《题画梅》）。只有经过艺术家的精心构思，从千朵万朵中，捕捉最令人赏心的两三枝，创造出比自然更美、更典型的艺术形象，那才算是真正的高手。就这点而言，南田是无愧于“花鸟圣手”这一称誉的。杏花本给人以生机活力，诗的第三句开始，却与此形成强烈的反差。南田创作此画，原是赠予即将离别千里的友人，那么，毫端自然是饱蘸惜别之情的，而且这种情感并非一时激动，而将永久地郁积心头。每逢杏花春雨时节，就会浮现今日写杏赠别的情景，更加倍勾起了对故人的绵绵思念。这种深情只有通过题诗才得以展现，画面至多只能形象描摹诗的前半首。综观全诗，诗意跌宕起伏，情意绵绵，感人至深，足以深化画意，令人回味。（杨旭辉）

题出水芙蓉图

恽寿平

冲泥抽柄曲，贴水铸钱肥①。
西风吹不入②，长护美人衣。

[题解]

本诗选自故宫博物院藏恽南田《出水芙蓉图》题诗。

《出水芙蓉图》是南田没骨花卉画的代表作之一。水面上，一片凋残半枯的荷叶，以及一根落英已尽的莲蓬，暗示已是西风漫卷的深秋，荷花将面临着西风和严霜的考验。而就在这时，一枝新荷从水中穿泥凌空而出，亭亭玉立，展开了盛放的花瓣，鲜红娇艳。全图没有墨笔勾勒，全以彩色水墨直接点染而成，是谓“没骨”，因而色调清丽冷艳，在秀雅之中不乏凛然难犯之韵。南田真点染高手，在水、粉技法上过人甚多，花瓣与莲叶间弥布、游移着层层雾气，真正令人体味到晨光中“出水芙蓉”的空蒙轻灵，以及“濯清涟而不妖”的高洁。

[注释]

①钱：指荷钱。荷叶初长时，形小如钱，故称。宋吕渭老《南乡子》：“萍点荷钱又满池。”②西风：秋风。

[评说]

在题诗中，画家舍弃画面背景，侧重于荷花整体形象的刻画。首句写花柄，它冲泥而出，抽出一根弯曲的荷茎，将花朵高高举起，形成了荷花亭亭玉立的整体形态。略带欹侧的花柄，更显出荷花的婀娜多姿和摇曳生情。一个“冲”字，直见其“出淤泥而不染”的坚定信念。它不顾一切，冲破一切污浊黑暗，求得洁身自好。次句，写荷叶，说它如同紧贴水面铸出的肥钱，用以映衬花朵之美，诚如苏轼所谓“贪看翠盖拥红妆”，离开了“翠盖”，“红妆”也断不能生色。作者以铜钱来比荷叶，新颖独特，极富诗意。三、四句则着力叙写荷花之品性精神，“西风吹不入”，照应前文，与“冲”字一样，表现出它的刚强坚定。秋风萧瑟，霜重露浓，都没能把这一浓艳的红荷禁锢住。它依旧迎着晨曦，驱开晓雾，摇曳裙裾，舒展四肢，尽情呼吸清晨的新鲜空气，展示出它青春的活力和美丽的姿容。画家最后又把它比作美人，它刚强坚定，无情的西风猖獗肆虐，却无法侵凌它美丽的肌肤。画家赞美“美人之贞而极丽者”，亦是在表白自我的内心情怀。（杨旭辉）

题虞美人

恽寿平

分明翠袖盈盈立①,如见红萝步步来②。
霸业已无堪战地③,香魂犹有未寒灰④。

[题解]

本诗选自恽寿平《瓯香馆集》卷九。

[注释]

①盈盈:美好貌。多指人之风姿、仪态。《古诗十九首》:“盈盈楼上女,皎皎当窗牖。”②红萝:亦作“红罗”,轻软的红色丝织品,多用以制作妇女衣裙。班固《西都赋》:“红罗飒纚,绮组缤纷。”③堪:可以,能够。④香魂:花精,又指魂魄。沈佺期《天官崔侍郎夫人卢氏挽歌》:“偕老言何谬,香魂事永违。”李商隐《和人题真娘墓》诗:“一自香魂招不得,只应江上独婵娟。”

[评说]

虞美人“姿态葱秀”“亦花中妙品”(《广群芳谱》卷四六)。这一花卉的葱秀娇柔,在画家笔下表现得淋漓尽致。用笔上,画家略略夸张了它的娇柔。花瓣薄如湖绉,颜色殷红,在点染时更是巧妙地掌握了水、色粉的比例,强调了光的向背与阴阳,似乎比真的略淡些,这恰好表现了虞美人高雅的气质,仿佛一位身着红罗的美女,纤纤作细步,迎面而来。而那细长的花茎,狭窄的花叶,柔如缎带,绿如翡翠碧玉,分明又是翠袖红妆，盈盈而立，风姿绰约娟秀。虞美人姿态之美只是画家所要表现的一个方面，而他的真正用意在于题诗的后半首，即体现一种人的精神。传说，项羽爱妃虞姬自刎之后，鲜血洒染原上草，化作虞美人，许彦国有诗云："香魂夜逐剑光飞，青血化为原上草。"（《虞美人草行》，按，此诗原出惠洪《冷斋夜话》，胡仔《苕溪渔隐丛话前集》卷六〇已证其非魏氏作，乃许彦国作）因而，画家见到暖风吹拂，虞美人在阳光下乍低乍扬，若语若笑，便如痴如醉，眼前仿佛浮现出当年虞姬在激扬婉转的楚乐声中为楚王翩翩起舞的景象，并为之感动，挥毫抒志。虽然楚王霸业已经无以成就，再也没有战胜的可能，美人也自刎而逝，但香魂不殒，幻作卉草，尚不至于灰灭，这是画家深感庆幸的。因为从卉草中，人们可以感受到虞姬抗志不屈的精神境界，在画家看来，这是战胜一切黑暗邪恶的力量源泉。

这幅《虞美人》画出了花的形，一首题诗更传出其神，富有深意，超越了其他普通的写生之作。在读画中，这不能不引起我们的注目和重视。（杨旭辉）

菱塘鱼藻

恽寿平

红香春不隔，碧藻望如积。
花潭千尺波，鱼戏在半壁。

［题解］

本诗选自恽寿平《瓯香馆集》卷四。

［评说］

阳春三月，春水新涨，正是桃红柳绿之时，红花香气四处散溢，这是无以阻隔的。菱塘边谢落的花瓣零星地飘落在水中，点缀于碧藻绿荇之上。水中的这一切无不吸引着浮游的群鱼，它们追逐落花，互相嬉戏，在花潭之中激起了千尺波纹，水波一浪一浪向四周扩散开去，这就构成了画面中美妙的鱼乐图。在作画手法上，画家自有其高超和独创之处，即只画游鱼，不画清水，鱼儿似在戏游。因为读者欣赏画面时，调动生活经验，眼前自然会映现出一潭清水和“千尺波”。

这一以实写虚的技法，在文学创作中早已屡见不鲜，如袁山松的“其水十丈见底，视鱼游如乘空”（《宜都山川记》）、吴均的“水皆缥碧，千丈见底，游鱼细石，直视无碍”（《与朱元思书》）、郦道元的“绿水平潭，清洁澄深，俯视游鱼，类若乘空”（《水经注·洧水》）、王维的“涟漪涵白沙，素鲔如游空”（《纳凉》）、刘爚的“炯儵鱼之成群，闯寒波而游泳，若空行而无依，涵天水之一镜”（《鱼计亭赋》）、阮大铖的“水净顿无体，素鲔若游空”（《园居杂咏》）。其中最著名的当首推柳宗元《至小丘西小石潭记》中的描写：“潭中鱼可百许头，皆若空游无所依。日光下澈，影布石上，怡然不动；俶尔远逝，往来翕忽，似与游者相乐。”恽南田则从文学作品中得到启示，将这一手法同时运用到诗画之中。二者结合，画面游鱼的深浮浅出，或隐或现，以及涵泳自然的姿态，让读者心领神会，此乃真正水中之鳞。这要比画满水纹，令人窒息的庸手高明得多。这段诗画因缘给我们极大的启示，即画家应从其他不同的艺术门类中吸取丰富的创作技巧和手段，尤其是要重视诗与画的相互影响与渗透。（杨旭辉）

橅刘寀落花游鱼图①

恽寿平

风微不动𬞟，红雨洒花津②。
跳波鱼出藻，搅碎一池春。

[题解]

本诗选自恽寿平《瓯香馆集·补遗诗》。

也许与西湖有特殊的关系，恽南田对其尤为钟爱，对湖中的荷花、游鱼等情景有独特的感受。所以，他一生中画了不少“落花戏鱼图”，有扇面，有册页。这些画中游鱼、水藻的画法，明显是受到刘寀的影响。对此，南田从不讳言。

刘寀，北宋神宗时画家。少年流寓汴梁（今河南开封）。性情狂逸，好饮善诗，尤善画鱼，有《落花游鱼图》传世。《宣和画谱》誉之曰：“盖画鱼者，鳍、鬣、鳞、刺分明，则非水中之鱼矣，安得有涵泳自然之态？若在水中，则无由显露。寀之作鱼，有得于此。”由此可见，对传统的学习借鉴和生活的积累，是画家成功创作中两个不可缺少的必要条件。

[注释]

①橅（mó）：同“模”，模仿，效仿。②红雨：比喻落花。李贺《将进酒》：“桃花乱落如红雨。”花津：指飘满落花的水面。

[评说]

这幅“游鱼图”，画水中游动的小鱼，栩栩如生。除此之外，南田另赋新意，有一两条耐不住水中沉寂，跃出水面，打破了空间的宁静，更给人以无限生机。诗的前两句着力刻画水面的平静与安宁，微风吹来，水波不兴，水面上的蘋草依旧是碧绿一片。花瓣如雨，飘洒水面，随着流水缓缓远逝。诗的后半首则写跃鱼的姿态，极为传神。鱼儿穿过水藻，倏地跃出水面，凭虚凌空，在空中形成一道弧线。就是这一穿一跃，池面上的浮萍被漾开，形成一道道碧绿的波痕，原本平和静虚的春色被搅碎了。表面看来，作者似乎有责怪、怜惜之意，其实他心中的喜悦溢于言表，这是任何语言都无法掩饰的。鱼儿跃出，打破水面的沉寂，给人以无限力量和遐思。对鱼儿身上体现出来的这一活力，画家的内心充满着无限神往和渴求之情。这种情感随着水中的波纹慢慢漾开，传入读者心中，形成强烈的共鸣和回响。（杨旭辉）

梅

恽寿平

古梅如高士[①],坚贞骨不媚[②]。
一年一小劫[③],春风醒其睡。

[题解]

本诗选自恽寿平《瓯香馆集》卷四。

[注释]

①高士：志行高尚之士，旧时多指隐逸高人。②媚：谄媚，媚俗。③劫：浩劫。

[评说]

古人曾言："绘事之妙，多寓兴于此，与诗人相表里焉。""乔松古柏之岁寒磊落，展张于图绘，有以兴起人之意者。"（《宣和画谱》卷一五《花鸟叙论》）中国历代画家，都将此奉为圭臬，尤其是梅兰竹菊等题材，更是寄托、融合了画家的情感。清代画家查礼在《题画梅》中就有如此评说："写梅如画高士，如绘美女，简淡冲雅，自见其高，幽静贞闲，自见其美。"这层道理，南田自是深有感悟。在他的笔端，苍劲的古梅有如志行高尚之士，坚贞挺拔，铁骨铮铮，决然不肯"摧眉折腰事权贵"。它的这一品质更要禁受冰霜的考验，一年之中，不可避免地要遭受到严寒的浩劫。此时，众芳凋残，唯有寒梅傲然挺立，在不断地积蓄力量。在饱受严寒的洗礼之后，料峭的春风吹醒了它的睡意，古梅迎风乍放，开得人间第一春，独占花魁。更有谁知，梅花香自苦寒来，那才是真正值得钦赞之处，南田诗画的意旨也正在于此。

南田眼中的“高士”绝非仅有“梅”，“老树”“古柏”“竹石”都曾受此殊荣。他在一首题画诗中就曾说：“老树如奇士，修篁似美人。嵚嵚一片石，相伴岁寒生。”（《枯木竹石》）这些都体现绘事之妙，值得涵泳。

（杨旭辉）

石谷临九龙山人枯槎竹石①

恽寿平

心忘方入妙②,意到不求工。
点拂横斜处,天机在此中。

[题解]

本诗选自恽寿平《瓯香馆集·补遗诗》。

[注释]

①石谷：即清初著名画家王翚。 九龙山人：指明代画家王绂。 枯槎：枯枝。 ②方：方才。

[评说]

枯竹瘦石，实非佳景，以此入画，似乎极难理解。 读过恽南田此首题画诗，疑团冰释，甚至更赏会其中真意逸趣。

常人作画，以工丽为佳，实则乃画之大忌。“二曰匠气，工而无韵”（清邹一桂《小山画谱》），石谷所临《枯槎竹石》，非但未见匠气，反觉天籁，全无矫揉造作之感。 欲达此境界，除了较高的绘画技巧之外，创作时的心理状态尤为重要。 只有真正做到“心忘”，方才能使得画作入于妙品。 所谓“心忘”，不仅忘记自我，更忘记了尘俗社会中的一切羁绊和困扰，进入纯然超脱、人与物契、心游物外的状态。 在这种状态下作画，往往“画意不画形”（欧阳修《盘车图》），只求意到，聊以抒臆自娱，而并不刻意去追求外形的工巧细密。 一切尽在不经意中，笔毫从素纸点拂而过，就在这随意驱遣横斜之处，往往蕴含着天机。 诗中所说的“天机”，在题跋中有所阐发：“枯槎竹石，非倪非黄，玩其率意落笔，脱尽画家径路，始见天趣飞翔，逸气动人也。”这些无外乎画家个人的性灵和作画时的自然情趣，以及飞逸灵动的气韵，这都是中国画所追求的至高境界。王石谷笔下的竹石虽不求工巧，但兼具“天机”，故而仍可列入佳妙之列，此层道理，读画者不可不悟。（杨旭辉）

题画竹

恽寿平

鳞甲遮藏翡翠竿[①],不惊风雨尚泥蟠[②]。
那知变化原俄顷[③],犹作寻常筱簜看[④]。

[题解]

本诗选自恽寿平《瓯香馆集·补遗诗》。

[注释]

①鳞甲：指笋壳。②泥蟠：盘曲于泥途中的蟠龙，指竹笋。宋释赞宁《笋谱》："俗闻呼笋为龙孙。"③俄顷：一会儿，顷刻。④筱：小竹。簜(dàng)：大竹。《尚书·禹贡》："筱簜既敷。"《尔雅·释草》："簜竹。"郭璞注："簜，竹别名。"

[评说]

一竿新竹、几枝嫩笋，在南田的画作中绝非寻常之物，只有带着诗心哲理去体会，才能领略其中一二，但也不能穷尽其中深意。在这首题画诗中，"犹作寻常筱簜看"是全诗的绾合点。为何对画中的笋竹不能寻常看呢？诗的前三句做出了较为全面的点释。起句写笋壳坚如鳞甲，遮藏了翠竹的青青本色，翡翠琅玕要想凛然挺立，首先得冲破它的阻力。看上去是在写竹，实乃喻世。鳞甲，古人常用以比喻人机心峻深，诸葛亮评都护李严曰："严为郡职吏，用性深克，苟利其身。乡里为严谚曰：'难可狎，李鳞甲。'"（《太平御览》卷四九六引《江表传》）南田之辈，品如贞竹，在其生活的时代中，受到的阻挠、挫折是今人难以想象的，而其中以人为迫害居多。对此，画家不无感慨，借竹抒怀，消释胸中块垒。

面对眼前的困难与阻力，翠竹是作如何计议的呢？诗作紧承而下，作出了正面的交代。它并不是屈膝妥协，丧失自我人格和尊严，而是盘曲在泥土之中，不断地蓄积精锐，在惊蛰下雨打雷之后，它便冲破阻力，战胜世间的一切凶险与邪恶，迅速从泥中抽出长大。它沉默许久，终于在顷刻之间爆发出生命的力量，虽然这一刻短暂了些，但毕竟是值得人们赞叹的。对于这一层，凡夫俗子是万万不能领悟的。在此，画家又赋予诗作一层深意，借竹笋的俄顷变化，寄托了对世间俗眼不能识人于未遇之时的无限感叹。至此，画中竹的寓意就非常清晰了，其中饱含了作者的人格精神和无限感慨，确实不能等闲视之。这一切无不得益于题画诗的诠释。（杨旭辉）

题林居高士图(选六)

恽寿平

移石苔草知,赠云山灵悦。
墨花开寒岑[1],满纸留冰雪。

竹分空翠来,树梢泉声过。
缈然遗世人,横琴向山坐。

丹壑不留霜,谷草尚碧色。
迟暮望佳人,含思杳何极。

草石无本性,岩泉亦沉冥[2]。
借问此何年,天醉殊未醒。

何处发清啸[3],遥睇深松林。
荒溪碧云上,萧寥鸾凤音[4]。

仙人青精饭[5],满注流霞杯[6]。
图成三株树,囊云待鹤来。

[题解]

本诗选自台北故宫博物院藏恽寿平《林居高士图》题诗，亦载恽寿平《瓯香馆集》卷八及《补遗诗》。

[注释]

①寒岑：冷落寂静的山。②沉冥：泯灭无迹，这里有隐逸之意。③清啸：放声长啸。陶渊明《归去来兮辞》："登东皋以舒啸，临清流而赋诗。"④鸾凤：鸾鸟与凤凰，古人常用以比喻美善贤俊。⑤青精饭：道家以南烛草木叶所捣汁水浸米，蒸成米饭，谓青精饭。据传，久食可延寿益颜。杜甫《赠李白》："岂无青精饭，使我颜色好。"⑥流霞：神话中的仙酒。王充《论衡·道虚》："曼都曰：'有仙人数人，将我上天，离月数里而止……口饥欲食，仙人辄饮我以流霞一杯，每饮一杯，数月不饥。'"

[评说]

一幅好的山水之作，不仅对自然风光进行描摹，更应融入画者的情感和寄托。南田的这幅《林居高士图》就是这样的一幅佳作。林木环绕，山限水涘。偶尔，在荒溪碧云的松林深处，传来几声鸟鸣。在这片清幽的秋林岩壑之中，一间草屋，一位高士，遗世独立，手抚琴弦，沉冥独坐。自然界的一切灵动与生气，并不能涤荡他内心的萧寂。

从诗中可以看出，这位高士，早已感到人间不可能存在伯夷、叔齐隐居的首阳山，草木也不可能理解人的心情了。于是便放情山水，缈然遗世独立，终日向山横琴，以囊云养鹤聊以度日，又有青精为食，流霞为饮，倒也别有神仙般的风流。然而，这一切都只是短暂的，面对眼前的寒山寂水，布满冰雪，不免产生迟暮之感，思绪万千，深杳冥冥。古来圣贤皆寂寞，唯如此，方能保持自我的本性，独善其身，因而，也就能在深谷之中传出鸾凤清音。但是，在现实世界中，这样的同道毕竟太少了，于是画家又发出了"借问此何年，天醉殊未醒"的怒喊，充满了对世俗的嫉愤之情，同时表明了画中"高人"的避世，实乃对现实无可奈何的消极反抗。

据画上题识，此画是南田为太仓的一位收藏家所作，共同的节操是他作画题诗相赠的原因。因此，画中的高士及题诗，不仅是对主人的赞颂，也是画家的自喻。（杨旭辉）

题　画

‖恽寿平

吴纨点粉入空蒙[①],更着云岚破墨浓[②]。
明日篷窗重展看[③],始知身在画图中。

[题解]

本诗选自朱季海辑《南田画学》一《神趣》。

[注释]

①点粉：国画技法之一，多用于打稿。清方薰《山静居画论》上："古人于墨稿上，加描粉笔，用时扑入缣素，依粉痕落墨。"②云岚：云林中的雾气。③篷窗：茅屋上开设的窗户。

[评说]

南田早年攻山水，常用"破墨"这一技法。他曾摹痴翁(黄公望)《富春大岭图》，其上自题曰："豪端有山川，破墨了无碍。理在笔墨中，趣在笔墨外。"(《过云楼书画记》卷一〇)破墨，是中国山水画中渲染水墨的一种重要技法，即以水破浓墨而成淡墨，浓淡相间，显示出物象的界限轮廓，以求墨彩的生动。若无扎实的国画功底，"破墨"这一技法是很难把握的。即便大家，也不敢掉以轻心，画前也要在缣素上打稿点粉，才能使得水墨的渲染有所依傍。恽南田确实是山水高手，只在素缎点粉加描，就已略显空蒙、飘逸的神采，更何况还用"破墨"点染云岚雾气，使得山水氤氲，若现若隐，气韵生动，这一效果正乃唐伯虎所说："破墨使之清耳。”（清钱杜《松壶画忆》引）一个“更”字，画家不仅表现出自己在画后自我陶醉、踌躇满志的情绪，而且也可以看出他对画艺的强烈自信。于是，诗的后两句便转入画家自己情感的刻画和流露。画家全身心投入，早已达到物我融合的忘我境界，故而画完之后，整个内心世界便已融入其中。即使时隔一天，画家支起篷窗，展卷抚叹，甚至也忘记了自己身处现世，只在画中。也许，正是画家这样的情绪状态，才使得他的山水画更具神韵和风采。这一点，在南田的山水画中是一以贯之的，他在另一首《山水》题诗中就曾作过更为明确的表白：“点石移泉兴不穷，墨花能与碧云通。何须着屐寻山去，万壑千崖在此中。”（杨旭辉）

题　画

恽寿平

峰头黛色晴犹湿，笔底春云暗不开。
墨花淋漓翠微断，隐几忽闻山雨来。

[题解]

本诗选自恽寿平《瓯香馆集》卷六。

[评说]

俗语曰："文似看山不喜平。"在画中，"一幅丘壑，亦断无一处阴凹之理，如将浓墨散开，则五色斑斓，高高低低，望之自不能尽"（清华琳《南宗抉秘》）。所以，善山水者，十分注重墨色的润泽，因为"墨色不滋润，谓之枯，枯则无生意"（北宋郭熙《林泉高致·山水训》）。为了使山水画中的墨色润泽斑斓，高明的画家在用墨时，十分强调用水。李鱓在一幅题画的识语中曾讲过："笔与墨作合生动，妙在用水。"因为"用新汲之清水，现研之顶烟，毋使胶滞，取助气韵耳"（清华琳《南宗抉秘》）。对山色水墨晕染之后，画上云蒸霞蔚，雾气氤氲，仿佛进入了一个虚幻缥缈的神仙世界，整个画面就显得自然流畅，气韵生动，这正是中国画所追求的至高境界。无怪乎清代画家张式在《画谭》中作如下的论述："墨法在用水，以墨为形，水为气，气行，形乃活矣。古人水墨并称，实有至理。"

恽南田早年在伯父指导之下，专攻山水，着色清淡，墨气淋漓，以"神韵"为宗。这首题画诗就是他对自己较为得意的水墨山水的描绘。斜风吹拂，雨脚散乱，在斜风细雨的映衬下，山色空蒙，烟雾缭绕，隔江而立的群山，早已若隐若现，只能从雨雾中依稀辨出三四座峰顶，雨雾飘浮于半空之中。这种画境，只有纯熟掌握了水墨技巧，才能臻至的。这种朦胧的画境是南田的追求，而且在他早年的山水画作中并不少见，从他另外两首题咏山水画的诗作中也可得到印证：

悬知洒墨如风雨，乱染烟山紫翠痕。(《题石谷画》)

斜风吹烟雨脚乱，零落隔江三四峰。(《题画》)　　（杨旭辉）

题猫图

恽寿平

偃草雄风势壮哉[①]，怒猊腾掷下苍苔[②]。
于今社鼠应难捕[③]，闲觑花阴蛱蝶来[④]。

［题解］

本诗选自恽寿平《瓯香馆集》卷一〇。

［注释］

①偃：卧倒。②猊(ní)：狮子。腾：奔腾。掷：跳跃。③社鼠：土地庙里的老鼠。比喻仗势作恶的人。《韩非子·外储说右上》："君亦见夫为社者乎？树木而途之，鼠穿其间，掘穴托其中，熏之则恐焚木，灌之则恐途阤，此社鼠之所以不得也。"④觑：看。蛱蝶：蝴蝶。

［评说］

恽南田在其诗歌中，往往直抒胸臆，表达对当时社会黑白颠倒、是非混淆的强烈不满，甚至还常常借题画来发挥这一思想情感。由画入诗，由诗点画，调动多种艺术手段来表达自己的一曲衷肠。

这幅《猫图》本是一幅写生之作，画面上，一只斑斓的大猫偃伏花丛中，等待着蛱蝶飞来，与之嬉戏。它虎视眈眈的样子，有点滑稽可笑，大有杀鸡用牛刀之势。其实，作者刻画这一场面是有其深意的，从题诗中我们完全可以体味出来。

诗作的前两句着力描写猫的威武姿态，它偃伏草间，威风凛凛，如怒吼的雄狮奔腾跳跃，其势可谓“壮哉”。这本应是对英雄的赞美之辞，而诗的后半首却与之形成巨大的反差。这位英雄放着老鼠不捉，却闲觑花蝶，大有不务正业之感。其实这一切都不是它的过错，因为在纷乱颠倒的社会中，“沐猴称上客，屠狗散夷门”（恽南田《客旅遣愁》），到处遍布社鼠，实在是捕不胜捕。即便是想有所作为，也会遭到当权者的排斥，英雄实无用武之地，只得退隐花间，与蛱蝶为戏，独善其身，在乱世中保全性命。通过这首题画诗，赏画者的疑团不解自消，而作者更是抒情达意，不仅痛快淋漓，而且极富深意，令人回味。（杨旭辉）

题王翚仿巨然楚山欲雨图

‖恽寿平

秋窗日日晴云里,何事烟岚暗不开?
看到墨华零乱处,楚山天半雨声来。

[题解]

本图今藏天津博物馆。

王翚仿巨然的画作极多,如《仿巨然夏山图》《仿巨然夏寒图》《仿巨然夏山清晓图》等。本图则在仿巨然的基础上,融入宋元人的笔意与画家个人对云山的审美感受,不远离巨然却又超越巨然,是体现王翚“古中有我”精神的代表作之一。

画幅上部画重叠的山峦,雨云萦绕,山石轻笔淡墨勾皴,有云雾处,淡墨点苔,云雾飘过处,浓墨密点,山色在有无之间。竹树茂密,墨色或浓或淡,尽力表现云山幻灭之态。下部画山麓平湖,山麓一阵云雾飘过,掩没山体和树木,临湖画水榭、楼阁,笔法工细慎严,掩映于苍润华滋的竹树中。全图构图繁而不密,笔法工细又浑厚,墨色浓淡兼济,极富变化,满幅云岚弥漫,确实给人以未雨欲雨的视觉感受。画幅右上方,除画家自题画名、署款外,挚友恽寿平还题诗一首。

[评说]

南田诗并没有先写画面,却由画外写来,从自然界气候变化导入。诗人说,秋高气爽,晴云天天在山窗边飘动,为什么突然烟雾笼罩山岚,推拨不开,光色昏暗?聪慧的诗人通过气候的突变,将读画人从晴朗的现实生活带入楚山欲雨的画幅中。诗的三、四句直扣画面,读画人看到画幅上云雾飘动、墨华零乱的地方，似乎听到楚山的半空中传来了雨声，那里正在下雨。画幅上处处充满雨云，诗人揣摩楚山半空中必然正在下雨，便写下结尾的诗句，将“欲雨”的画意转换，推向正在下雨的诗境。南田诗多变的诗意与王翚画灵动的画境，默默契合，共同创造出楚山烟雨迷蒙的艺术境界，引人入胜。（吴企明）

题王翚仿古山水

‖恽寿平

九点龙峰带翠烟[1]，东风摇漾落花天。
停帆且泊梁溪口[2]，与子同烹第二泉[3]。

［题解］

上海博物馆收藏王翚《仿古山水册》凡十开，本图为第四开。吴企明校辑《恽寿平全集》补辑卷二录本诗。

康熙二十四年（1685）暮春，王翚与恽寿平同舟过无锡。风和日丽，舟中篷窗间，王翚娱弄笔墨，画成十幅即景图，正是“一片江南”，因请恽寿平逐页题咏，以记一时兴会。其中第七幅为笪重光题。本图画的是无锡九龙山景色，近处坡石上杂树丛生，坡石用淡墨色勾皴，浓墨提点杂树，山峦在烟雾中愈远愈简淡。画幅右上方有南田题诗。

［注释］

①九点龙峰：即无锡九龙山，又名惠山，在无锡城西。②梁溪：水名，源出惠山，流入太湖。③第二泉：惠山有泉，被唐陆羽评为天下第二。

［评说］

题诗从画面上的九龙山着笔，说九龙山峰带着翠色的烟雾。次句说，暮春时节东风摇荡，正是落花的天气。诗的后半首仍就画幅的地望措词，表达出画幅的地方特色。诗人说，大家姑且在梁溪口停帆泊舟，可以与王翚一同烹用第二泉的泉水。这首题画诗连用三个地名，却无堆垛之嫌，因为诗人将它们嵌入诗句，使之成为写景抒情的诗歌意象，构成诗境，悠然闲雅，神韵清绝。这种表现手法，是从李白《峨眉山月歌》中学来的。太白诗连用五个地名，人称“天巧浑成”，南田诗亦当作如是观。（吴企明）

题五色芍药图

恽寿平

吹罢琼箫咽凤尘，粉痕暗减镜中春。
低垂翠袖红妆侧，舞倦龙绡金谷人①。

[题解]

本图今藏美国克利夫兰艺术博物馆。

此图纪年为“乙丑”，即康熙二十四年(1685)，已是恽寿平晚年的作品。画幅左右方各画一丛芍药，右边一丛有紫、红、粉白三色花朵，左面一丛有白、粉白二色花朵，设色妍丽，各有绿叶衬托。花朵用没骨法画成，很细腻；花叶用勾勒法画出，明暗向背很精确，是恽寿平花卉画的代表作品之一。画幅右上方题一跋、一诗。

[注释]

①金谷人：用绿珠的典故，绿珠为晋代石崇的宠妓，善舞，居金谷园。石崇因不愿将她转让给权奸而获罪，绿珠遂坠楼而死。事见《晋书·石崇传》。

[评说]

这首题诗，不正面描写芍药之美，全篇使用比喻，以人喻花，多方面表现芍药的风神。首句形容芍药花之亮丽明净，就像美人吹罢玉箫，使凤楼的尘土不再飞扬。次句形容芍药色泽素雅，就像美女脸上涂上铅粉，镜中失去她原有的艳丽色彩。第三句形容绿叶衬托着芍药花，犹如侍女在美女边侧低垂翠袖。第四句形容芍药花在微风中摆动，犹如穿着龙绡的美女绿珠在金谷园里刚刚舞罢。全诗采用传统的比兴手法，用美女喻芍药，表现芍药的绰约风姿，极具艺术魅力。（吴企明）

五色芍药图

题仿云林树石图轴

恽寿平

落叶无风响药阑[①],秋深山气着衣寒。
如今学得云林画,不向岩阿赋考槃[②]。

[题解]

本图今藏美国绿韵轩。

此图仿倪瓒笔意。恽寿平跋云:“东园生曰:得云林子一树一石,游养其中,可以逍遥,乐而忘忧,何必同支公买山而隐。”表明自己仿倪的雅意。他画疏树数株,笔墨松秀简淡,风格雅秀超逸,意趣高远,得倪冷淡、幽隽之神韵。画幅上方齐整地题上一诗、一跋。

[注释]

①药阑:种植芍药花的花圃。②考槃:原为《诗经·卫风》的篇名,诗序说《考槃》讽刺卫庄公不能继承祖先的事业,“使贤者退而穷处”,后代以此作为隐居穷处的代称。

[评说]

题诗以画面景物发端。深秋无风,疏枝上的叶子纷纷凋落,落在药阑里,发出极为轻微的响声。疏枝疏叶,为画上实景,“响药阑”用虚笔写声响。次句说,秋已深,山里寒气重,使人感到寒冷。这句写人的感觉,画面无法表达,幸赖诗补出之。两句诗着墨虽不多,却已经将秋山萧疏、冷峻的氛围渲染得非常浓郁。三、四句发感慨,说自己如今已经学得倪瓒的画法，得其精髓，领略到隐居穷处的情趣，也就不必到山岩间吟唱《考槃》诗。恽寿平与倪云林虽然生活年代相隔三百余年，但他们有着相似的经历和遭际、相似的艺术追求和情趣，因而心志容易相通，诗魂、画心容易达成默契。本图轴及其题诗，足以证明这一切。（吴企明）

题菊花图扇

恽寿平

高吟花底荡清弦，打马藏钩夜不眠[①]。
买得糟丘多酿酒[②]，与君长醉菊花天。

[题解]

本图今藏吉林省博物院。

这是一幅五色菊花图扇画，恽寿平题识云："拟徐崇嗣画法。"南田仿宋徐崇嗣画法，创造一种用"没骨法"画花卉的新方法，以之画菊花，不用墨色线条勾勒，直接用颜色画花，色调清丽，鲜艳夺目。五色菊花分两丛，布置匀称，在绿叶映衬下，错落有致。扇面左侧竖行题写七绝一首。

[注释]

①打马：双陆棋子称"马"，故打双陆的游戏又称"打马"。藏钩：古代的一种游戏。②糟丘：酿酒所余的酒糟，堆积如山。

[评说]

诗篇先描写诗人自己在秋菊下吟诗、奏乐、游戏的生活。在菊花盛开的时节，清弦的弹奏声、吟诗声在花下回荡，大家还乘兴玩着"打马""藏钩"的游戏，长夜不眠。前两句诗极意形容诗人陶醉于菊花天的神态。第三句转而写到"酒"，诗人买了堆积如山的酒糟，酿造很多美酒。结句点出题意，说可以在菊花时节与友人长醉于花下。诗中一个"醉"字，有两层含义：一是醉于花，一是醉于酒。画家兼诗人恽寿平并不摹写

扇面上菊花的形态和色泽，也舍弃菊花的“比德”含义，却趁着题写自己画作菊花扇，尽情抒写自己长醉于菊花天的雅兴。（吴企明）

题花卉图

恽寿平

蕊珠宫里无双鬟[①],昼锦堂前第一人[②]。
笑问芳心深几许,却能容受半天春。

[题解]

本图今藏日本大阪市立美术馆。该馆收藏恽寿平《花卉图册》共十二帧，本图为第一帧，写牡丹花。

图上画折枝牡丹，无衬景，以铅粉涂花，用胭脂染花瓣，直接以色彩表现牡丹花的形态、色泽和多重花瓣的层次，最后以黄色点蕊，用没骨法写绿叶，细笔勾出叶脉，将“徐熙野逸”和“黄筌富贵”的不同风调，完美地统一于画面，极富笔墨情趣，逼真地描绘出牡丹花的外形和神态。画幅左侧题写七绝一首。

[注释]

①蕊珠宫：传说天上上清宫有蕊珠宫，神仙所居。无双，仙女名。
②昼锦堂：《史记·项羽本纪》载项羽语：“富贵不归故乡，如衣绣夜行，谁知之者!”后因称衣锦还乡为“昼锦”。宋韩琦为宰相，致仕后还乡，建“昼锦堂”。

[评说]

恽寿平是一位很有诗才的画家。他的题诗不直接描写牡丹花的富贵样，却以女子喻花，托拟神仙，说牡丹花像是天上蕊珠宫里仙女无双的鬟髻，又像是富贵堂前的第一位美女。

诗的后半首仍以女子喻牡丹，表现它的襟怀和气度。诗人说，笑问美女的芳心深几许，能容纳半天的春色。诗句将牡丹花占断春光的“花中之王”花魁的本质特征表现无遗。全诗以美女喻牡丹，遗其貌，离其象，着意表现牡丹花逸出尘俗的精神面貌，构思立意甚奇，诗歌意境亦奇，真是好诗。（吴企明）

题孤月群鸠图

‖恽寿平

良夜松花复翠阴，西山孤月照深深。
春寒鸟影惊栖起，为有钟声唤隔林。

[题解]

本图藏沈阳故宫博物院。

一株盘曲苍老的古松横亘在画幅中部，枝干上栖息着许多鸠鸟，笔墨深秀，衬以浓点，具象分明。另有一远枝，映挂在溶溶淡月中，一鸠惊起，立于枝头，墨色极淡，与深浓的主体群鸠形成强烈的比照和反差，既表现了远枝上的独鸠在明月衬照下的独特光色，也显出空灵迷蒙的韵致，洵为神来之笔。如果说，画幅的主体部分是写实的话，那么这一笔就是虚衬，虚实相生，尤见画家“心思独运”，妙笔生花。画幅左上方齐整地题写一首七绝。

[评说]

诗笔由画幅上的松月落笔，先写“松”，美好的夜晚，松花覆盖着翠绿的松荫；再写“月”，西山的孤月，深深地映照着古松。两句诗，将画面景色写得空灵、幽美。第三句引入正题，写群鸠在栖息时突然惊起，是因为“春寒”吗？结句揭出答案，原来林那边寺院里的午夜钟声敲响，惊动了群鸠，打破了它们的美梦。全诗与画面具象的对应关系非常紧密，句句扣住画面的意象着笔，结句才用虚笔写出画外意，点明“惊栖起”的原因。画幅、题诗同样运用虚实相生之法写出，以画法为诗法，非常深刻地体现出本图诗画艺术融通的美学特征。（吴企明）

题夏荷图

恽寿平

如有熏风起砚池，鲜霞犹护半开枝。
露湿红衣散金粉，微香残夜纳凉时。

［题解］

本图今藏美国旧金山亚洲艺术博物馆。吴企明辑校《恽寿平全集》补辑卷三录本诗。

此图画夏荷盛开于池塘中，表现出盛夏荷塘的一派生机。拟徐崇嗣没骨法，荷花的染色以胭脂带粉，由瓣头晕染而入，荷叶以浅绿色作背，用深色勾出筋脉，深绿色作面，渲染出叶脉。残叶、小草与盛开的花朵相映成趣。画幅右上方齐整地题写绝句一首，署款云："戊辰初夏，拟北宋徐崇嗣法。白云溪渔寿平。""戊辰"，康熙二十七年(1688)，距南田谢世仅两年，正是南田花卉画最为成熟的时期。

［评说］

诗人不说自己用高超卓绝的画笔画出了这幅《夏荷图》，却说砚池上吹起了熏风，催开池塘里的夏荷，鲜艳的云霞护卫着半开的花枝，诗思宛转超逸，令人神往。三、四句描写夏荷图的气韵和艺术效果。荷花的色泽鲜丽，犹如朝露浥湿红色的花瓣，朝阳照在黄色的花蕊上，发出缕缕金光，犹如散落的金粉。画上的荷花发出阵阵清香，夜将尽，人们在此纳凉，必将获得视觉、嗅觉上多种美的享受。绘画是视觉艺术，诗人发挥了诗歌的特长，通过通感手段，补充了嗅觉、触觉等多种感觉，写出鼻闻夏荷的幽香，荷塘的凉爽感受，拓展并丰富了赏画人的审美体验，令夏荷的艺术形象愈加娇美、丰满。（吴企明）

题王翚晚梧秋影图

恽寿平

鱼窥人影跃清池，绿挂秋风柳万丝。
石岸散衣闲立久，碧梧阴下纳凉时。

[题解]

本图今藏故宫博物院。吴企明校辑《恽寿平全集》补辑卷三录本诗，卷六录恽之长跋。

康熙二十五年（1686），王翚、恽寿平同客昆山玉峰园池，每于晚凉时分，立梧桐树下，商议绘事，见梧影，辄大呼曰："好墨叶！"王翚酒酣兴发，挥毫作此画。画幅直接描绘了玉峰园池桐影小景，右侧画梧桐两株，率意双勾枝干后，用泼墨法浓淡相兼地点出桐叶，园中另有柳树、杂树数株，树下草堂一间，两人立石上对话。全图以造化为师，状自然之景，笔墨洒脱自然，毫无斧凿刻画之迹，亦无半点古人之笔墨。画幅左上方，画家自题"晚梧秋影"四字；右上方，恽寿平题长跋及诗，交代本图画作的缘起、经过及创作体验，重点阐发了以自然为师的观点。诗论家吴乔爱赏这幅画，王翚便将画送给他。南田长跋云："丙寅秋，石谷王子同客玉峰园池，每于晚凉翰墨余暇，与石谷立池上商论绘事，极赏心之娱。时星汉晶然，清露未下，暗睹梧影，辄大叫曰：'好墨叶!'因知北苑、巨然、房山、海岳点墨最淋漓处，必浓淡相兼，半明半暗，乃造化先有此境，古匠力为摹仿，至于得意忘言，始洒脱畦径，有自然之妙。此真我辈无言之师。"

[评说]

题诗别出心裁，并不描绘碧梧桐影之美，亦不谈师法自然之理，却将视角投向人的生活感受，表现出悠闲的情趣。前两句写画上之景，诗补画外意，说池鱼窥见人影，受到惊动，在池中跳跃；绿柳受秋风吹拂，丝丝飘动。“鱼窥人影”“绿挂秋风”，画面无法表现，赖题诗申补之。诗的后半首扣到碧梧正题上，也扣到画面人物形象上，说石岸上两人在碧梧影下，散衣纳凉，久久闲立，感受着大自然赐予的凉爽快意。南田毕竟是诗坛老手，在清幽的诗境中，托出清幽的画境，真切地写出自己的审美体验和生活情趣。（吴企明）

晚梧秋影图

题杂画图册

恽寿平

云过树无痕，忽见翠微湿。
初从沧洲来，又向丹崖入。

［题解］

恽寿平《杂画图册》今藏美国普林斯顿大学艺术博物馆。画幅上景物很少，远处云雾缭绕，山峰用米点（没骨横笔点）积成，浮于云雾之上。近处溪流在坡石中流动，杂树点染而成，不用勾勒。全图物象简约，用笔松秀，意境萧散秀逸，一派荒率之气充满于画幅中，深得元人冷隽之致。画面右半幅题写诗跋。

跋云："冬至后十日，略见雪意，寒夜篝火，小楼岑然，研池冰合，指僵不能运笔，而兴甚豪。起视竹炉微温，取以烘研，随意涂抹，欲似米家云山。墨汁淋漓，奔放有致，此时惜无酒，虚此狂兴耳。米家父子唯以云山为墨戏，画法之一变也。西溪过客寿平。"恽氏此跋叙述自己兴起作画的过程，他虽欲拟米家云山，但更重视反映客观事物的真实性。此时他画兴勃发，脑海里充满云山氤氲的意象，随笔流出，墨汁淋漓，奔放有致，随意涂抹，无法遏止，远远超越了米家云山的窠臼，呈现出自家的面貌。戴熙《赐砚斋题画偶录》："密易疏难，沉着易，空灵难，似古人易，古人似我难。知此三难方识南田之妙。"戴氏真是恽格的知音。我们只有用"三难"去读解本图，体识其疏、空灵、古人似"我"的妙处，才能真正深入理解它的审美特征。

［评说］

题诗的文字虽少，却需与画幅、画跋对照起来读解，方可识其真谛。

首二句写画面景物，云是流动的，云过来遮住树木，故曰“无痕”；云散开，露出山峰的影子，故曰“忽见”；“翠微”，轻淡青葱的山色。因为画家兴狂作画，水墨淋漓，故而令人有“湿”的审美感受。诗的第三句，笔头一转，使人有突兀之感。其实，诗意是从图册的第二开承接过来的。第二开拟董源画沧州“烟水苍茫”图意，所以诗人说“我”的思路刚刚从“沧洲”来。结句拍合全篇诗意，扣到画面上，说“我”的思路又要进入山崖之中。南田的绝句诗隽永深秀，本诗可说是代表作之一，再联系跋语，可以对画面意境有更为深入的理解。钱饮光说：“故知南田画者，当读南田之诗。”(《瓯香馆集》附录)诚哉斯言！（吴企明）

题胡玉昆南新水部署宋梅图为程翼苍

王士禛

风雨崖山事杳然[1]，故宫疏影自年年。
何人寄恨丹青里，留伴冬青哭杜鹃。

[题解]

本诗选自王士禛《渔洋山人诗集》卷二〇。

王士禛(1634—1711)，清代著名诗人，字贻上，号阮亭，别号渔洋山人，原籍山东诸城，祖上迁居新城(今山东桓台)。顺治十五年(1658)进士，次年授扬州府推官，总督郎廷佐、巡抚张尚贤疏荐其“品端才敏，奉职最勤”。内升礼部主事，历充经筵讲官、国史副总裁，官至刑部尚书。卒谥文简。诗为一代宗匠，论诗主“神韵”。善古文，兼工词。著述甚丰，有《渔洋山人诗集》《渔洋文录》《渔洋诗话》《居易录》《池北偶谈》《香祖笔记》《古夫于亭杂录》《分甘余话》《皇华纪闻》等。

此诗为程翼苍所藏“宋梅图”而题。程邑，字幼洪，号翼苍，上元人。画乃胡玉昆所写，据王渔洋《香祖笔记》，胡字元润，金陵人，尝画《宋宫古梅图》。

[注释]

①崖山：在广东新会南大海中，宋代为抗元的最后据点，宋祥兴二年(1279)，宋军战败，陆秀夫负帝赵昺于此沉海自绝，南宋灭亡。杳然：渺茫不清。

［评说］

题诗抒写画意，追怀南宋亡国事迹。崖山宋亡的旧事，历经数百年风雨的荡涤与淘洗，早已是往事烟云，渺杳不清。无情最是故宫梅，依旧疏影年常在。年复一年，花开花谢，一如往日的纷繁与热闹，全然不顾旧日宫殿的萧条与冷清。草木无情人有情，更有丹青作古梅，诗人寄恨画中。这里作者用了陶宗仪《南村辍耕录·发宋陵寝》中的一则典故。据载，有江南浮屠杨琏真珈于萧山盗发赵氏诸陵，唐钰愤邀里中少年收瘗之。又于宋故常朝殿前掘冬青一株，植于坟间，作诗云："只有春风知此意，年年杜宇哭冬青。"诗人翻用唐钰诗句，点明在画家《宋梅图》中所寄托的此恨此情是一种念念不忘的故国之情。作者在诗中讲道，画家在尺幅之中欲让画中的古梅与冬青为伴，听着杜宇凄厉不绝的哀鸣，直到它口角流血，令人痛不欲生。（杨旭辉）

宫意图诗

‖倪仁吉

调入苍梧斑竹枝[①],潇湘渺渺水云思。
听来记得华清夜,疏雨银釭独坐时[②]。

[题解]

本诗选自汤漱玉《玉台画史》卷三、王士禛《池北偶谈》卷一一。

倪仁吉(生卒年不详),浦江(今属浙江)人。嫁义乌吴之葵,能诗善画,善写山水。夫病,欲以身殉夫,为夫阻止,遂属以立嗣奉姑。后事姑犹母,抚教嗣子,行不窥堂,衣不易素,间以吟咏自适,有《凝香阁稿》。

[注释]

①苍梧:山名,又名九嶷山,相传舜葬于苍梧之野。②疏雨:稀疏的雨点。银釭:银灯。梁元帝《草名》诗:“金钱买含笑,银釭影梳头。”

[评说]

这首题画诗,一、二句就从悠悠的琴瑟之声中引出一则动人的上古传说:舜南巡不返,葬于苍梧。舜妃娥皇、女英追至湘水,思帝悲泣,泪滴竹上,竹皆成斑,而娥皇、女英死后化成了湘水之神。二妃忠贞不渝,对舜帝之思念也绵绵无绝期。一个“思”字,既总结上文,也承启下文,它既道出二妃对舜帝之思,也引出下文宫女之思。曾记得“春寒赐浴华清池,温泉水滑洗凝脂”的杨贵妃与唐玄宗的生死相思的长恨,这坚贞的爱情难道不令人羡慕吗？ 然而，比起娥皇、女英和杨玉环，“我”在这样一个阴雨连绵之夜，却挑着银灯独坐桌前，是何等寂寞和孤独。“疏雨”说明不是狂风暴雨，只是稀疏的小雨，而“银缸”还没熄灭。 已是夜深人静之时，“我”却难以熄灯入睡。 这就足以烘托出画中人的寂寞与凄苦，真有“夜窗疏雨不堪听，独坐寒斋万感生”的意味。 但画中的宫女何以睡不着，何以寂寞地想起“华清夜”与“潇湘”之事？ 大约是在苦苦期盼着皇帝的临幸，只是君王迟迟不到。 这犹如《阿房宫赋》中的宫女们，隆重地梳妆打扮，其“一肌一容，尽态极妍，缦立远视，而望幸焉”，可是仍“有不得见者三十六年”。 这也许能引起画中人的共鸣，难怪她们会欣羡起二妃与玉环了。

全诗并不拘于画面，却以一“思”贯串首尾，着力挖掘人物内心。 全诗近四分之三的篇幅都在讲述“思”到的他人之故事，到最后才点出画中人物形象，从“思”到“听”，从“听”又引出“思”，真是思绪不断，再加上雨夜的来临，强烈地渲染了宫女独坐的凄寂之情。（杨旭辉）

题山水图

‖顾符稹

理罢丝桐读罢书[①]，几人渔唱几耕锄。
他时我欲移家去，未审山灵许结庐？

[题解]

本图今藏故宫博物院。

顾符稹(1635—？)，清代画家，一作“符祯”，字瑟如，一字松巢，号小痴、松崖老人，江苏兴化人。以卖画为生，擅画山水、人物，画学唐代著名画家李昭道。

顾符稹画风工整细密，本图很能体现他绘画艺术的特征。图中河对岸，远山层叠，流泉自岩间下注，山腰云雾缭绕，山下有农田，农夫正在耕作，江上有渔船，渔夫正在捕鱼。近岸山崖峥嵘，在高树掩映下，着茅屋数间，滨水筑成，逸士读书其间。全图布局清旷，设色淡雅，笔法工细，山石用线勾勒，浓墨点苔，很鲜明。画幅右上方在两岸山崖之上的空白处，画家自题二绝句，这里选评第一首。

[注释]

①丝桐：丝弦与桐木，指古琴。

[评说]

题诗采用两句写画、两句写观感的格式写成。前两句就画上人物的活动着笔。首句写逸士的活动，他整理乐器上的丝弦，刚刚弹奏完一曲，便展书阅读，读罢书又弹琴，完全沉醉于书琴生涯。次句写渔耕生活，有几人边捕鱼边唱歌，有几人在耕地、锄地，悠然自得。两句诗，着意表现隐逸生活的悠闲清雅和渔耕生活的乐趣，是画幅内容的真实描写，诗与画的对应关系很紧密。三、四句转而发感慨，画家深爱这里清丽的自然风光和悠闲的生活环境，产生移家其中的意愿，他问道：不知山灵允许“我”在这里结庐筑屋否？一个反诘句，将自己的愿望表达得很婉曲，余音袅袅，极有情致。（吴企明）

黄山图

石　涛

漫将一砚梨花雨①,泼湿黄山几段云。
纵是王维称画手,清奇难向笔头分。

[题解]

本诗选自石涛《清湘老人题记》。

石涛(1642—1707),清初著名画家,姓朱,名若极,小字阿长,广西全州人,一说桂林或梧州人。明宗室靖江王朱赞仪十世孙。年幼为僧,法名原济(亦作元济),号石涛,又号苦瓜和尚、大涤子、瞎尊者、小乘客、靖江后人、清湘老人等。早年屡游庐山、黄山。中年住南京,晚年定居扬州,脱离佛门,信奉道教。日常以卖画为生。其画师法自然造化,所作山水、兰竹、花果、人物,讲求独创,构图善于变化,笔墨恣肆,意境苍茫新奇。画论有《苦瓜和尚画语录》及《大涤子题画诗跋》(清人汪绎辰辑),提出"搜尽奇峰打草稿""我自用我法""笔墨当随时代"等革新主张,一反当时仿古之风。其艺术实践与理论建树对中国画发展起了极大的推动作用,对"扬州八怪",乃至近代吴昌硕、张大千、傅抱石等画家亦深有影响。

[注释]

①梨花雨:元虞集《答钱翼之》诗:"闭门三月梨花雨,遍写千林柿叶霜。"

[评说]

石涛曾在《黄山图轴》上题诗道:“黄山是我师,我是黄山友。”奇丽壮观的黄山风光的陶冶,使石涛体验了自然之美,“搜尽奇峰打草稿”,创造出许多表现自然美和精神美的艺术佳作。

石涛胸有丘壑,但所绘山水,“笔无定姿,倏浓倏淡,要皆自出己意为之,神到笔随”(李驎《大涤子传》)。在石涛看来,画家的“笔头灵气”,是由天地自然之“元气”与画家身心之“元气”交融汇合的产物,这一生气灌注于笔端,信手挥翰,盘礴睥睨,才能在山水画面上形成生趣盎然的艺术形象。诗中描写他画黄山时的情景,可以说已达到了神与景会的境界。一个“漫”字就足以见出他早已不受外物的羁绊,而其所画技法更是泼墨挥毫,一砚墨汁倾泼素纸,犹如梨花雨下,顿时化作黄山顶峰的茫茫云海。“泼者,气磅礴”(吴历《墨井画跋》),这一倏忽造化的效果,是画家长年“学养”与体验的结晶,决非唾手可得。即便是王维这样的绘画高手,也难以将黄山的清奇之美淋漓尽致地表现出来,从中可见石涛对自己把握、表现黄山自然美的能力颇为自信。他在《山居图》题跋中更明确地说:“怒猊抉石,渴骥奔泉。山雨欲来,烟云万状。超轶绝尘,沉着痛快。用情笔墨之中,放情笔墨之外,能不令欣赏家一时噱绝!”明确地表述出自己的艺术个性。(杨旭辉)

题画山水十首(选一)

石 涛

天地浑熔一气,再分风雨四时。
明暗高低远近,不似之似似之。

[题解]

本诗选自石涛《大涤子题画诗跋》卷一。

[评说]

本诗是石涛《题画山水十首》的第九首,本首诗与组诗的第八首在理论上互相发明,是石涛山水画理论的重要组成部分,兹引此诗,并作分析如下。其八曰:“名山许游未许画,画必似之山必怪。变幻神奇懵懂间,不似似之当下拜。心与峰期眼乍飞,笔游理斗使无碍。昔时曾踏最高巅,至今未了无声债。”

黄宾虹曾说:“画有三:一、绝似物象者,此欺世盗名之画;二、绝不似物象者,往往托名写意,鱼目混珠,亦欺世盗名之画;三、惟绝似又绝不似于物象者,此乃真画”,“作画当以不似之似为真似”。(《黄宾虹画语录》)

其实,“不似之似”这一命题滥觞极早。东晋顾恺之首先提出“以形写神”,以为形若离开神,则断无生机。欧阳修在《题盘车图诗》中则更明确地提出“古画画意不画形”“忘形得意知者寡”。这一传统一直为文士所重,宋元以来,文人画通常追求“逸笔草草,不求形似,聊以自娱”的境界(倪云林《清闷阁遗稿》)。明人王绂《书画传习录》则提出了“不似之似”这一命题:“古人所云不求形似者,不似之似也。”到了石涛这里，他对前人的理论进行总结和提高，使之成为中国画史上的一个重要命题。

在前一首诗中，石涛以为要创作出山水佳作，应有较多的游历，但所见之景并不能全盘移入画面，如果只求表面“形似”，山川万物就会因徒得外形而抱怨、嗔怪。而事实上，这也不可能，大自然从混沌一片，到分出春夏秋冬、风雨阴晴，可谓千姿百态，气象万千，更加上光线明暗、位置地形的高低远近，要穷形毕相几近神话。所以，高明的画手唯以“不似似之”，着力表现山水景物变幻离奇的神态和内在生命力，此时，山水也会因此而欣喜若狂，俯首下拜。当时不少画匠却未能悟到这一层，对此，石涛深有感触：“书画非小道，世人形似耳。”（《春江图》，见《大涤子题画诗跋》卷一）如仅限于“形似”，原非小道之书画也终将堕落为“小道”，而失去其审美价值。针对这一现实，石涛不仅在理论上作出了阐释，更以创作实践扬其波澜，观其所画黄山，不一定画一时一地之实景，而是抓住实景的主要“神髓”，大胆剪裁集中。对此，他自己有过一段说明：“余得黄山之性，不必指定其名……与昔时所游神会之也。”（杨旭辉）

补八大山人山水

石　涛

秋涧石头泉韵细，晓峰烟树乍生寒[①]。
残红落叶诗中画，得意任从冷眼看[②]。

[题解]

本诗选自石涛《大涤子题画诗跋》卷四。

[注释]

①乍：忽然。②任：放纵，不拘束。

[评说]

作为同抱亡国之恨的明遗民画家，朱耷（八大山人）与石涛“心有灵犀一点通”。二人不仅生活情趣相近，艺术趣味也颇为接近。二人尝合写《兰竹双绝》，石涛并题诗曰：“八大山人写兰，清湘大涤补竹。两家笔墨源流，向自独行整肃。”（见程霖生辑《石涛题画录》卷二）相近的艺术倾向使彼此非常了解，为合写画作提供了可能。康熙三十八年（1699）浴佛日，朱耷为岱老年翁写古树苔石，石涛为之补水滩红叶，并题此诗，这些补作与八大山人之山水互为表里。山人画面上表现的是秋涧细水淌过石头，水声叮咚，泉细韵轻，十分恬静优美；天色启明，晓峰初露，烟雾弥漫，笼罩着山林，顿然，一丝凉意袭来，这些皆是诗家、画家所追求的“诗中画”“画中诗”。然而石涛尚嫌不足，补上几笔残红落叶，画面中萧瑟的氛围大增，因为“残红落叶”乃诗家、画家悲秋感怀的物境。此笔一添，题诗的末句就正在情理之中了，无论恬静幽雅，抑或萧索肃杀，八大山人都以冷眼旁观，丝毫不受世俗的拘束，这就是他作画的得意之处。石涛不愧为八大山人的挚友、知音，无怪乎后人要将他们并列，视作清初画坛的“双峰”，染庵居士在石涛《写兰册》上就题诗道：“雪个西江住上游，苦瓜连岁客扬州。两人踪迹风颠甚，笔墨居然是胜流。”（见《大涤子题画诗跋》卷二）（杨旭辉）

题八大山人水仙卷

石　涛

金枝玉叶老遗民①，笔砚精良迥出尘。
兴到写花如戏影，分明兜率是前身②。

翠裙依水翳飘摇③，光艳随风讵可描④。
妒煞几般红粉辈，凌波丰骨压春娇⑤。

［题解］

本诗选自石涛《清湘老人题记》。

［注释］

①金枝玉叶：指朱耷，朱耷系明宗族，故云。②兜率：佛教用语，也作“兜率陀”“睹司陀”，意即妙足、知足。③翳：障蔽，遮蔽。飘摇：飘动貌。④讵：如何，岂。⑤凌波：指水仙。黄庭坚《王充道送水仙花五十支》：“凌波仙子生尘袜，水上轻盈步微月。”

［评说］

这两首题画绝句诗对八大山人的花卉成就表达出由衷的敬佩。作为明王朝宗室的朱耷，画作不但精巧绝伦，而且远离尘俗，显得极为清雅幽淡，正如画中的水仙，翠绿的长叶犹如长长的裙带，依水而生，迎风而举，飘然拂动。在诗中作者没有直接写叶，而写水中的倒影随风而动。叶动？水动？抑或兼而有之，令读者回味无穷。绿叶素蕊在粼粼波光的映照之下，愈发像姑射神女，冰清玉洁。“水沉为骨玉为肌”（黄庭坚《次韵中玉水仙花》），“含香体素欲倾城”（黄庭坚《王充道送水仙花五十支》），这正是凌波仙子的丰骨所在，它可以压倒阳春时节众艳，一任红粉妒。“水仙神骨清绝”（《广群芳谱》卷五二引《瓶史》）已令人艳羡，更有“前接蜡梅，后接江梅，真岁寒友”之性，往往为文人画士所重，朱熹曾不禁赞道：“纷敷翠羽帔，温艳白玉相。黄冠表独立，淡然水仙装。弱植愧兰荪，高标摧冰霜……嗟彼世俗人，欲火焚衷肠。徒知慕佳冶，讵识怀贞刚。”（《赋水仙花》）这风姿是凡笔所不能及，八大山人却能画出，其中奥秘在于画家早就与水仙有一种心灵的契合，正赖此以寄兴抒志。其实不只画家，题诗者又何尝不是如此？石涛的一首《题石竹水仙图》足以令人信服，直至晚年（1702 年作此画）尚保持着天真纯洁的心灵：“冰姿雪色奈双钩，淡淡丰神隔水羞。一啸凝脂低粉面，天然玉质趁风流。早春争秀芳兰并，带露凌空洛浦俦。灯下但将文竹补，管夫人醉得搔头。”（《大涤子题画诗跋》卷三）（杨旭辉）

题双钩桃花图

‖石　涛

度索山光醉月华[①],碧空无际染朝霞。
东风得意乘消息[②],变作夭桃世上花[③]。

[题解]

本诗选自石涛《大涤子题画诗跋》卷三。

[注释]

①度索山：又作“度朔山”，王充《论衡·订鬼》：“《山海经》又曰：沧海之中，有度朔之山，上有大桃木，其屈蟠三千里。”月华：月亮，月光。②消息：指阴阳之气一消一长，互为交替。③夭桃：艳丽的桃花。《诗经·周南·桃夭》：“桃之夭夭，灼灼其华。”

[评说]

在古代神话当中，度索山上的大桃木，艳丽妖娆，光彩夺目，虽不致闭月，也足以使得月光为之沉醉动容。“桃之夭夭，灼灼其华”，鲜明光盛的花朵，把天边无际的碧色染成一片通红，犹如抹上一层朝霞。如果说这只是神话，远离人间烟火，那么，诗的后半首就描写了现世中的夭桃。东风最能把握时机，就趁阴阳消长互替之际，得意洋洋地飘洒人间，吹绽桃花，顿时变作世间争妍斗丽的“红云一片”（张孝祥《雨中花慢》）。桃花旺盛的生命使画家一时兴起，挥毫写成《双钩桃花图》，真正是“景传图画”（史浩《永遇乐》）。而此时的画家已完全沉醉于画面，他正要洗砚收笔，忽然“大雪飞扬，惊喜欲狂。一般忍冻，颠倒用章”（诗后补书一款）。年近耄耋的老者，见桃花盛开而心花怒放，见“大雪飞扬”而“惊喜欲狂”，乃至画上印章竟“颠倒”了，与天真的稚童无二。正是这不泯的童心，画家才能与生机勃勃的自然交流、对话，以达到心灵相契。“夫画者，从于心者也”（《苦瓜和尚画语录》），所以石涛无时不以自己的心来写自然、写花卉。他在另一首《题桃花册》中写道：“武陵溪口灿若霞，一棹寻之兴更赊。归向吾庐情未已，笔含春雨写桃花。”用毛笔点蘸春雨，悉心写画桃花。言外之意是，画面上的桃花也将在春雨的滋养中成长，显得格外绚丽、精神。这不但是自然与画面的融合，更是心灵与自然的交汇。（杨旭辉）

竹林莲沼

石　涛

墨团团里黑团团，墨黑丛中花叶宽。
试看笔从烟里过，波澜转处不须完。

[题解]

本诗选自石涛《大涤子题画诗跋》卷三。

[评说]

高明的画家往往笔墨之中孕育着花鸟虫鱼、千丘万壑。这首诗里所描绘的莲池也是如此，作者以泼墨大写意，写出一片团团的墨叶，仿佛是从笔端倾吐而出。虽用墨画荷，但墨分五色，有浓有淡，荷叶构置妥帖舒展，从中可见作者准确把握了荷花的特征，更见他出神入化的用墨技巧。画中令人击节称道的还不止于此，最为传神的是运用虚笔，一抹轻烟飘逸于水中，正是这“笔从烟里过”，使得“实处之妙皆因虚处而生”（蒋和《学画杂论·章法》）。虽然画面中团团黑墨，荷叶密布，但毫无“塞窒”之感，只觉“灵气往来”（清秦祖永《桐阴画诀》）。前人所谓“山足之杳冥处，树头之灵虚处，以之作天、作水、作烟断、云断”（华琳《南宗抉秘》）的技法，在这幅画中得以充分体现。中国画中的虚笔、布白，都是形象的组成部分，它不仅衬托了主体，更扩大了画面的意境。这一空白，意到笔不到，留有余地，给人有所想象与发挥。对此，石涛上人深有体会，所以他在诗中直言“波澜转处不须完”，意指在用笔转换的过程中，应多用虚笔，不要表现得那么完整，力求“挥毫落纸如云烟”，这幅画中的荷塘断烟以及莲沼转动的波纹正体现了这一完美的艺术效果。（杨旭辉）

墨笔柳下陶渊明册页

石　涛

采之东篱间，寒香爱盈把。
人与境俱忘，此语语谁者？

［题解］

本诗选自石涛《大涤子题画诗跋》卷三。

陶渊明（365—427），东晋著名诗人。因厌恶官场污浊，不愿为“五斗米折腰”，弃官归隐，以诗酒自娱。由于长期归隐田园，他有很多诗歌描写农村日常生活，表现了农村的美好风光、诗人的闲适生活和心情，以及他不愿与污浊现实同流合污的高尚情操。诗作风格质朴自然，冲淡平和。

［评说］

要在画中刻画这样一位冲淡平和的逸士，难度很大，但石涛紧紧抓住了陶渊明的一首《饮酒》（其五），这首题画诗便几乎是由此提炼而成的。“采菊东篱下，悠然见南山”，是陶渊明怡然自得的传神写照，所以画家在画面上自然少不了采菊这一动作。菊香盈袖，更溢出素纸。菊香而外，还有陶渊明个人品格的馨香。陶公久处南村，从自然中得到启发，归真返璞，领悟出人生的真谛，以至于得意而忘言。因为这无法，也无须用语言来表达，“此中有真意，欲辨已忘言”正是他人生哲学的最高境界。“人与境俱忘，此语语谁者”就是石涛对陶渊明人生哲学的认识和诠解，可谓切中肯綮，这样，画中人物的风采就更为丰富深刻了。

石涛的人物画，用细微的动作来表现人物，刻画出他内心的深厚哲学思想，以见其风致和神韵，这正是他的高明之处。（杨旭辉）

题　画

石　涛

舟行将八闸，湖水荡天涯。
渔艇千家岸，芦花一色沙。

［题解］

本诗选自故宫博物院藏石涛《清湘书画稿》。

抱着“欲向皇家问赏心”（石涛《题海晏河清图》）的愿望，石涛于1689年风尘仆仆地来到京城。他原以为康熙帝能礼遇禅师，京城权贵能礼贤下士。然而，长达四年的京师生活，频频出入王公府第，所遇之人更多的是向他求诗讨画，真正能体察他心志的人屈指可数。末了，他在无奈中露出一阵淡淡的苦笑——“诸方乞食苦瓜僧”，自己不过是一个卖画乞食的贫僧人。在希望彻底破灭以后，1692年秋，他毅然离京，乘舟沿运河南归，一路经过泊头镇、夏镇、故城、临清，作有不少诗画。当舟至八闸村，他为友人作画，此诗即为画上所题之作。

［评说］

舟行至八闸，眼前所见，唯有湖水茫茫一片，秋风吹皱水面，波纹由近处一直向天涯荡去，与天相接，引人遐思。此刻的上人又在思考什么呢？画面和诗中并没有明言，但从诗中所表现出来的凄清冷寂景象，说明了一切。在瑟瑟秋风中，芦花飘飞，与湖边滩涂的白沙同一颜色，而此时的画家兴许别有感慨，此刻抒发“五十孤行成独往，一身禅病冷于冰”，再恰当不过了。透过画境诗意，我们完全可以见到石涛上人在阅尽人世之后一颗孤寂冰冷的心。（杨旭辉）

题山水钓客图

‖ 石　涛

秋水湖天一色，钓船点破沧浪。
落月钩在渔手，至今冷笑声长。

［题解］

本诗选自寒松阁主藏石涛《山水钓客图》题诗。

［评说］

秋天，湖水上涨，漫出湖堤，近处的几株疏柳，早已被洪水淹没了一半。萧瑟的芦苇，仅见水面之上的尖梢凌风抖动。远处的一抹山脉，蒙上浓重的水气，十分模糊，乍看犹如水天相接，远山只有些许的淡痕罢了。天色逐渐晦暗，茫茫的湖面上，本是平静如镜，两叶渔舟划过，点破沧浪的平静，泛出一层层涟漪，向外扩散。船上钓叟，手握渔竿，互视对语，忽而一阵长长的冷笑划破月空，打破了湖面的凄清、冷寂，在湖山间回响、震荡。

画中的钓叟真在为生计而垂钓吗？像这样洪水泛滥的傍晚时分，更兼之手握垂竿不入水，冷笑长声，根本非渔民所为，可见他们是江湖逸士，别有心事。长长的冷笑，发泄出对世俗的极端不满和厌倦，这正是石涛的自我写照。他早就为山水清音所动，一直希冀归隐耕钓，在《题画山水》中他就说道："山水有清音，得者寸心是。寒泉漱石根，泠泠豁心耳。何日我携家，耕钓深云里。念之心弥悲，春风吹月起。"

石涛这首题画诗不仅极为简练地勾勒出画面冷峻的意境，更点化出一个令人低回不已的诗境，为画境做了一个极好的注解。石涛曾云："山川与予神遇而迹化也。”在这幅画中，作者无不将自己心中悲凉凄怆的生命情调与浩渺的自然景致交融，情入于景，景中见情，使人看去，不知是情是景。因为两者早已水乳交融，对此，作者也不禁感慨万千，题写此诗以抒发感慨。（杨旭辉）

题山水扇

‖石　涛

吴下人家水竹居[①],窗含四面绿阴虚。
初回午梦情何甚,楷法仍抄种树书[②]。

[题解]

本图今藏安徽博物院。

这幅扇面画，以外地画家的眼光，表现苏州水乡的独特风光。画幅右侧绿树掩映着两间屋舍，有人正临窗抄书，树荫下停泊一叶扁舟，有人正在专心垂钓。屋前为开阔的水面，对岸为远岫平林。扇画左侧，着淡淡山影水色，留下大片空白，含不尽之意。石涛山水画风排奡纵横，素以奔放取胜。本图则清逸茂朴，以沉稳取胜，可说是别具一格。画家在扇面左上方，依扇形用隶书两字一行自题七绝一首。

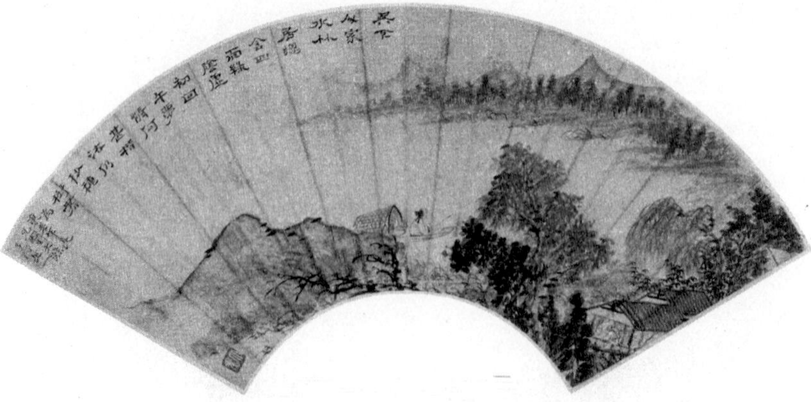

山水扇

[注释]

①吴下：苏州，此地名最早见于《三国志·吕蒙传》，记孙权称呼吕蒙为“吴下阿蒙”。②种树书：教人种植的书。《史记·秦始皇本纪》载，秦焚书时，独种树之书不焚。

[评说]

本诗纯写画面景物，再现带有浓郁江南水乡风情的画境。开端点出地望，说明扇画所画乃苏州景物。苏州人家都临水而居，居处种竹，“水竹居”三字，既扣画面，也确实抓住了苏州水乡的景物特征。次句紧承“水竹居”，说居处的窗户四面虚空，室内融涵着竹树的绿荫，映带着山光水色，清幽静谧。三、四句诗笔转而写画中人，他午睡梦醒，起床后百无聊赖，仍然用楷书抄写农书，消磨时光。这幅扇面画，为友人而作，画境诗情正是友人清闲生活和恬淡心境的真实描写，情景融合，韵致悠长，很有苏州味。（吴企明）

题桃花图

‖石　涛

春风细雨到山窗，却写桃花似艳妆。
自笑老来闲不得，也须拈弄过时光。

[题解]

本图是美国大都会博物馆藏石涛《山水蔬果花卉图册》十二页之一，构图很简单。画幅右部，画一折枝桃花，自上而下，仅一枝；盛开之桃花四朵，缀以绿叶，花叶用没骨法画成。画家在很空旷的画面上题写七绝一首，字写得很大，占用一半以上画面，保持画面的平衡感。

[评说]

题咏桃花图，常见的写法为描述桃花之形貌、色泽，或借用典故，贺人长寿。石涛的题诗，别开生面，全诗仅第二句“桃花似艳妆”写到画面形象，其余诗句都是写闲情逸趣，却也与桃花图有关系。首句叙述春来风雨吹到山窗，逗起自己画作桃花的雅兴。第三、四句为老来忙于画花作自我解嘲，说自己也须拈花弄草，度过晚年时光，为老年生活增添丰富的色彩。石涛诗并不具体描摹画面形象，也不说自己的画艺三昧，却风趣地说出自己爱好花卉的情趣和画桃花图的缘故，与常见的先写画面、再写观感的题画绝句写作方法迥异。（吴企明）

题黄海云舫图

‖雪　庄

蒙君访我季春天,夏又通书寄舫边。
欲慰多情难当面,和峰飞到韵人前。

[题解]

本图今藏美国纳尔逊·艾金斯美术馆。

雪庄(生卒年不详),清代画僧,自幼出家,法名传悟,曹洞宗僧,字惺堂,号雪庄,别号铁鞋道人,淮安(今属江苏)人。移居黄山,建草屋,名“雪庄”。康熙两次征召他入京,乞归,终老于黄山。工诗,善画,为黄山画派的一员。

这幅画表现黄山云雾缭绕的自然景观,山石用笔墨勾勒,不多加皴,只有凸凹处稍加淡墨,以示明暗感。谷间垒石为台,上有住屋,谅是“雪庄”。雪庄周边,顺着山势,布置山松、杂木、竹篁,枝叶萧疏,随意点缀。整幅画境萧疏清幽,是画家萧淡、超逸心境的物化。画幅右上方题诗与跋,跋云:“今春喜我且硕先生山游过访,夏月又蒙远寄书物,因作云舫图寄供清赏,聊慰怀思,兼请教正。时戊戌登高前一日,黄山披发僧悟雪庄氏画并题于琴窗中。”跋语交代了作画本事,可与题诗参读。戊戌,为康熙五十七年(1718),雪庄已处晚年。

[评说]

题诗表现了雪庄与且硕先生的深厚情谊。诗句不从画面着笔,却像是叙谈家常,娓娓动听,先说先生在春三月来黄山拜访“我”,再说夏天又寄书到雪庄来。且硕先生厚待诗人之情,跃然纸上。三、四句转笔写

"我"，"我"感谢先生的多情多义，又难以当面表述，就画云舫图，将"我"一片感慰之心和黄山云峰，一起飞到先生的面前。全诗抒情写意，结句才扣到画面，含蓄婉曲，情致深厚，感人至深。（吴企明）

题苦瓜和尚山水册二首

张鹤野

把杯展卷独沉吟[①],咫尺烟云自古今。
零碎山川颠倒树,不成图画更伤心。

寒夜灯昏酒盏空,关心偶见画图中[②]。
可怜大地鱼虾尽,犹有垂竿老钓翁。

[题解]

本诗选自上海博物馆藏石涛《山水册》(卷上)石涛抄录张鹤野题诗。

张鹤野，生平不详，尝与石涛有诗文酬唱和交往。据上海博物馆《山水册》石涛题词:“昨干净斋张鹤野自吴门来，观予册子，题云……”则知张氏当为吴人。

[注释]

①把杯：手拿酒杯。②关心：留意。

[评说]

1942年，画家傅抱石有感于国破家亡，山川零落，遂依张鹤野《题苦瓜和尚山水册》诗之意，绘成水墨着色山水。画面右侧危崖突起，上有寒树，下有水涯，草木杂出;左侧峭壁挺立，向右倾欹，上有古松几株，枝条远逸;右上方一带山影，隔断水天，山前水中，芦荻丛生。左侧岩石近旁，一老翁垂钓水边。傅抱石在题上张鹤野此诗后，又在自跋中说道:

“今余放笔点染，犹觉水墨沉重，不胜余痛。”整个画面饱寓深沉的家国破亡之痛，真正把握了原诗的精神。而张鹤野题诗的主旨又来自朋友石涛。他对石涛的身世、艺术功力极为了解，面对他的山水册页，“把杯展卷”，仔细品味，独自沉吟，只觉得在咫尺画纸之上，烟云弥布，古今沧桑，国破家亡之恨，无不尽现。诗人此感何来？只缘石涛画上的零山碎水。颠倒横陈的乱树，笔下山水皆出自胸中，这些意象都是画家“移情”的结果。历经家破、父亡、国灭的石涛，以情观物，只能是这样。内心的伤痛一次次地使他辍笔，伤心不得排遣，亦复伤心，则此伤何时能愈，无人知晓。倒不如搁笔不提，索性耕钓深山，虽然“可怜大地鱼虾尽”，但犹有这样一个老钓翁痴心不改，这其实就是画家孤影身单的写照！（杨旭辉）

自题仿云西乔松修竹图

王原祁

白石孤松下，乔柯领竹枝①。
春回将布暖②，莫负岁寒时③。

［题解］

本诗选自南京博物院藏王原祁《仿云西乔松修竹图》题诗。

王原祁（1642—1715），清初著名画家，字茂京，号麓台，太仓（今属江苏）人，王时敏之孙。康熙九年（1670）进士，官至户部左侍郎，故亦称其“王司农”。潜心画理，精于笔墨，得康熙之赏识，并委之以古今名画鉴定之职及绘画创作。康熙四十四年（1705），主持总编《佩文斋书画谱》，此乃中国第一部宏富的书画史论资料汇编。70岁时为康熙寿，主持作大型画作《万寿盛典图》。王原祁在当时声望极高，追随者甚众，因而形成了以太仓画家为主的“娄东画派”。王氏画学承家学，并广泛涉猎宋元名家，刻意学古而以黄公望为依归。其风格“中年秀润，晚年苍浑”（秦祖永《桐阴论画》），设色山水极富清静幽淡之趣。著有《雨窗漫笔》和《麓台题画稿》两种画论著作。

［注释］

①乔柯：高大的树木，此处指乔松。②布：散布，播散。③负：辜负。

［评说］

该诗起句描写了寒冬时节，在一片奇石之上，有一株松树独自挺立。

它苍劲挺拔，顶风傲雪，仿佛一位不屈的勇者，面对困难却昂首挺胸，奋勇斗争。这一句不仅画面感强，而且使得读者心中不由得产生一股回肠荡气的激昂之情。然后诗人笔锋一转，以一个绝妙的“领”字承上启下，不仅进一步刻画了乔松在寒风中独领风骚、无所畏惧的形象，又引出了自己所要吟咏的另一种画象——竹。修长挺秀的翠竹在松树的感染与带领之下，以同样的激情与肆虐的寒气斗争。同时，这个“领”字赋予了乔松、修竹生命，使读者有了一个想象的空间。

第三句“春回将布暖”，表面上看是陈述冬去春来的自然规律，实际却是从写景到抒情的一个转折。句中一个“布”字用得极为精当，恰到好处。最后，诗人顺势发出了自己的感叹：虽然寒冬已尽，暖春到来，但松竹也不能忘了自己与寒冷斗争时的本色精神。此明为对松竹的警告，实是告诫人们：身处逆境固然要奋力拼搏，但在顺境中仍应继续努力，明示了“生于忧患，死于安乐”的千古哲理。

全诗看画写景、抒情融为一体。看画，画中之景美不胜收；写景，景中充满生命力；抒情，情中饱含鉴诫之意，感染力强，令读者深有感悟，受益匪浅。（杨旭辉）

题柳塘春牧图

杨　晋

牧童牛背绿杨烟，断续歌声独往还。
不与人间荣辱事[1]，满蓑风雨亦尧天[2]。

[题解]

本诗选自台北故宫博物院藏杨晋《柳塘春牧图》题诗。

杨晋(1644—1728)，清代画家，字子鹤，一字子和，号西亭、谷林樵客、鹤道人等，江苏常熟人。他是王翚的弟子，虞山画派的重要画家，曾随王翚奉诏入京作《康熙南巡图》。山水风格秀劲工致，也能人物、花鸟，尤以画牛见长，鱼翼《海虞画苑略》说他画牛“蹄角生动，不减韩太冲(滉)、戴惟高(嵩)也”。张庚《国朝画征录》评曰：“多写意，或降或饮，或寐或卧，夕阳芳草，郊牧之风宛然。”

[注释]

①与：参与，介入。②尧天：原用来称颂帝王盛德及太平盛世，此处指太平无事。

[评说]

《柳塘春牧图》确实体现了“郊牧之风”，给人以自然清新的感觉，无怪乎画家自己也钦羡起画中的境界了。正是杨柳飞絮的季节，烟雨迷蒙，近处柳塘水波飘动，轻柔的柳枝挂满水珠；远山早已被雨雾所遮，它的轮廓显得更宽更大，群鸟正扑打着羽毛上的水珠，准备振翅觅食呢！此时牛背上的牧童，浑然不顾蓑衣上的雨水，仍旧吹着短笛，一路行走，一路歌唱，歌声时断时续地飘入耳际。他对阴雨根本不以为然，水牛欢快地摇头甩尾，牧童更是侧身而坐，怡然自得。画到这儿，画家也不免为牧童的这一神情所动，艳羡起这种“不与人间荣辱事”，天真烂漫、无拘无束的田园生活。哪怕风吹雨淋，也在所不惜，因为这样才能真正与自然融合，做到宠辱皆忘。诗到这里，已透露出画家对“久在樊笼里”的厌倦，引人深思，而这一思绪光从画面中是难以体察的。（杨旭辉）

题芦滩双牛图

杨　晋

细草平坡接远天，渴时饮涧饱时眠。
太平不写巢由事[①]，只写春深欲种田。

[题解]

本图今藏常州博物馆。

这幅画画两头牛，一大一小，小牛抬头哞叫，正奔向母牛。母牛回头凝望自己的牛犊。两牛互相呼应，刻画生动。背景衬以阔远的水滩，细草、芦苇直接远天，表现田园风光，自然清新，给人赏心悦目的美感享受。全图布局空旷疏朗，用笔深细，茎茎细草很分明，甚至连两牛脚上的蹄角、身上的细毛，都依稀可辨。画幅上部有画家自题诗及笪重光和诗。

[注释]

①巢由：指巢父和许由，尧时隐士，传说尧欲让位于巢父、许由，二人皆不受，后人多用为隐居不仕的典故。

[评说]

杨晋运用常见的题诗格式，两句写画面，两句写画外意。首句由画面发端，具体描写画上江天阔远的景色；次句写牛，写它们生活得自由自在，渴饮涧水，吃饱后便眠于草间。笪重光的和诗说："尔牛无事散江天。"诗意与此相仿。三、四句转出别意，画家补出画面上无法表达的画意。先用"不写巢由事"作衬垫，起陪衬作用。诗人说太平时世人不谈论巢由甘于隐逸、不愿接位的事，“我”只想说到了春深时节，耕牛就要忙着耕田，不会像画幅上那样清闲自在。诗到结句方才点出画家本意，这种意蕴，从画面上是看不出来的。（吴企明）

芦滩双牛图

题　画

孔尚任

叶落万林疏，山堂斜照朗①。
寻诗句未成，凭几听茶响②。

［题解］

本诗选自孔尚任《孔尚任诗文集》。

孔尚任(1648—1718)，清初诗人、戏曲家。字聘之，又字季重，号东塘、岸堂，又号云亭山人，山东曲阜人。为孔子六十四代孙，继承了儒家的思想传统与学术。曾隐居县北石门山，读书著述，谈古论今。康熙二十二年(1683)，康熙帝南巡祭孔，孔尚任选为御前讲经人员，为帝讲《大学》，引帝观赏孔林圣迹，因称旨意而破格升为国子监博士。二十四年，进京入仕途，累迁户部主事、员外郎等职。经过长期酝酿，于1699年写成传奇剧本《桃花扇》，此乃其戏曲代表作。孔尚任与当时《长生殿》作者洪昇有“南洪北孔”之称。不久即罢官回乡。并有诗文集《岸堂诗集》《石门山集》《湖海集》，今人辑为《孔尚任诗文集》。

［注释］

①朗：明亮。②凭几：靠着茶几。茶响：茶煮沸时的声音。

［评说］

时属季秋，万林叶落，放眼望去，画中的山林满目萧疏；余晖斜映大地，射入山间的缚茅蜗居，堂中因而也增加了一丝明色。一切都是那么平和静谧，其中“策杖一行人”，悠然自独行，“明告此意独”（乾隆帝《题王蒙秋林散步》）。所谓“此意”，在诗作的后两句中得到充分的点化和生发，那就是封建士子飘然世外的企羡，由此体现出诗人冲淡的胸襟。独居幽壑林泉，唯以寻诗觅句为事，倒也自在风流。即便诗句未成，也还有香茗为伴，凭几煮茶，不失为人生一大美事。“奇香袭春桂，嫩色凌秋菊”（陆龟蒙《茶灶》），“煎为潺湲声”（皮日休《茶鼎》），闻香赏声观色，色香味形俱佳，令人心旷神怡，清思流溢。无怪乎皮日休在《煮茶》一诗中极为兴奋地讲道：“香泉一合乳，煎作连珠沸。时看蟹目溅，乍见鱼鳞起。声疑带松雨，饽恐生烟翠。倘把沥中山，必无千日醉。”这一联想，也许画家诗人创作之初并未及之，而是我们读诗赏画时外加上去的。这不仅恰合画境诗意，而且扩展了画作的意蕴，此正乃谭献《复堂词录叙》中所说的：“作者之用心未必然，而读者之用心何必不然。”（杨旭辉）

题江阴周氏女郎设色草花

查慎行

野花最好是无名，纤手亲烦点染成。
吹得蜂腰比人瘦[①]，东风轻薄可怜生[②]。

［题解］

本诗选自汤漱玉《玉台画史》卷三。

查慎行（1650—1727），清代诗人，初名嗣琏，字夏重；后改名慎行，字悔余，号他山，又号初白，浙江海宁人。康熙四十二年（1703）进士，特授翰林编修，入直内廷。五十二年，乞休归里，家居十年。雍正四年（1726），因弟嗣庭讪谤案而获罪，被捕入京，次年放归，不久去世。其诗兼学唐宋，工于刻画锻炼，是清初效宋最有成就者，对诗坛影响极大。平生作诗，不下万首，后经其亲手删定，次为《敬业堂诗集》四十八卷，《续集》六卷。

周氏女郎，指江阴周仲荣之女，长女名淑祜，次女名淑禧。二人皆为当时名媛，能诗歌，亦善画，以丹青著花卉虫鸟，用笔如春蚕吐丝，点染精工，思致茂密，设色鲜丽，气韵生动。此幅《设色草花》堪称周女代表之作，故而为查氏所重，题咏一绝。

［注释］

①蜂腰：此处指野花纤细的茎秆。②轻薄：轻盈飘动。可怜：可爱之态。

[评说]

路边野花虽无牡丹之富贵、海棠之娇媚，不为市井所重，古人因而有诗云：“野花市井栽不着。”（唐崔珏《道林寺》）但它自有姿容，其别具的神态和芳香是众芳所不能企及的，这正乃唐代诗人方干诗中所云：“野花多异色，幽鸟少凡声。”（《山中即景》）前人往往将其姿色比作美人妆面：“野花红滴滴”（唐彦谦《留别四首》），“野花似泣红妆泪”（刘沧《秋日望西阳》），“野花丛发好”（王维《过感化寺昙兴上人山院》）。可见其妆面之美并非以少见胜，群芳在绿茵的映衬下，益发显得生意盎然。李白有一首写景之作《晓晴》，就发现了其中道理：“野花妆面湿，山草纽斜齐。”看来，我们的闺阁画家深知其中之意，画中以无名野花为描摹对象，绿草为衬，纤手挥洒水墨，立即点就，猛然看去，碧绿之上布满星星点点。虽然没人知道它们的名字，但它们尽显华丽和生机，点缀着草坪，点缀着春光，是小小野花轻盈而短暂生命的闪亮。更深人阑之际，月光静泻于花草之上，和谐的月影被野花撩动着，随风起伏。其实动者并非月光，而是野花，在轻盈东风的吹拂下，它那纤细的蜂腰更加可怜动人。除却纤姿而外，还有香气飘溢，“野花香气扑琴书”（李珣《定风波》），令人神爽性怡。对此，唐代诗人鲍溶曾作过极好的评解：“野花无限意，处处逐人行。”（《范真传侍御累有寄因奉酬十首》）用此来描绘诗人读解周氏女郎画作后的心理感受，无疑是十分恰当的。（杨旭辉）

题钟馗图

高其佩

由来神像许人图,丹笔尤困高士殊[①]。
余也敢云画灵异,爷爷在在每闻呼。

[题解]

本诗选自沈阳故宫博物院藏高其佩《钟馗图》题诗。

高其佩(1672—1734),清代画家,字韦之、韦三,号且园、南村、书且道人,铁岭(今属辽宁)人。隶籍汉军镶黄旗。官至刑部侍郎。善用手指作画,所画人物,神情潇洒;山水别具特色,对当时和后世有较大影响,形成绘画中的一大流派。传世作品有《钟馗图》《指画人物画册》《指画杂画册》等。

[注释]

①高士:指画钟馗的名手。

[评说]

此幅《钟馗图》作于雍正六年(1728),是高其佩的晚年之作。题诗的前两句讲,自古以来,神像是允许人们来描绘的,在丹青高手的笔下,钟馗这一形象也显得格外出色。虽然钟馗“驱邪降福”的传说不足为信,但以此传说为题材的画作确是传统艺术中的珍贵遗产,历代名手辈出,唐有吴道子,宋有石恪、龚开,元、明二朝则有戴进、文徵明、钱谷,清人长于此道者更是代不乏人,顾见龙、金农、罗聘、华嵒、任熊、任颐、赵之谦，直至当时，仍有名家为之。高其佩在这些高士中具有突出的地位，平生所作《钟馗图》不计其数，形态各异，神形兼备，且多用指画。这幅作品是其代表之作。画中钟馗顶天立地，头戴乌纱帽，身披大袍服，足蹬黑朝靴，侧身独立，头向左侧转过来，似乎发现了什么邪恶鬼怪。他勃然大怒，翻眼睨视，左手捋袖，右手前指，指向视线的方向。面部的刻画更是细腻传神，双眉皱起，虬髯络腮毕张，好似正在大呼："爷爷在此！"直吓得鬼怪闻风丧胆。"有爷爷在"本是一则故事，高其佩在画上题跋解释道：宋初画家李远登潼山，奉神命为钟馗画像。"一日，远醉卧败寺中，闻数人问答云：潼不可往，有爷爷在。"画像镇邪，足见其生动逼真，跃然纸上。在诗中，作者显然以己作比之李远之作，表现出画家高超的画艺和得意之情。只凭此画，就足以与众家名手匹敌，也可以毫无愧色地向众人宣称：我也善画钟馗，而且直可称"高士"！（杨旭辉）

题钟馗变相之降魔图

高其佩

迷漫烟雾迫身来，喜杀狐狸跳九垓[1]。
手腮定睛轻一啸，电光飞处亦飞灰[2]。

[题解]

本诗选自《高其佩题画诗辑录》。

变相，是随唐代变文产生而出现的一种绘画形式。佛家为宣传教义，将佛经故事绘制在帛纸或白壁上，在讲法时结合图画，使之更为明白易懂。段成式《酉阳杂俎·寺塔记上》载吴道子“画地狱变，笔力劲怒，变状阴怪，睹之不觉毛戴”。高其佩也以“变相”这一艺术形式创作钟馗这一形象，以表明自己的立场及对社会的揭露和批判。《钟馗变相》册共有十二幅画组成，是高其佩在同一时间内一气呵成之作，姿态各异，有文有武，有喜有怒，有发威，有大醉……分别从不同的角度刻画了钟馗发怒、看剑、罢宴、骑鬼、降魔、读书、瞌睡等各种形貌和有趣的意态，显示了画家的丰富想象力和艺术功力。这幅《降魔图》及题诗是其中较为出色的作品。

[注释]

①九垓：天空极高远处，即九重天。②飞灰：像灰烟般地消失。

[评说]

在画家笔下，钟馗显得极为神奇迷离，仙界的烟雾迫身而来，迷漫四周。诗中后三句就转入正题，钟馗始终以降魔除怪为己任，当消灭了一只妖狐之后，欣喜万分，一跃飞至九重天。高兴之余，忽又发现情况不妙，便手托腮颊，定睛一看，原来人间又有妖孽作祟。伴随着一阵轻啸，只见紫电青光一闪，他“持锋忽飞起”（高其佩《题钟馗图册页》），鬼魅顿时随之灰飞烟灭。这是全诗最为精彩之处，写出了钟馗降魔的英雄本色，正因为他有如此敏捷之身手，无怪乎大鬼小鬼都闻风丧胆。（杨旭辉）

题山水图

‖袁　耀

百岁旧人谈旧事，一窗新绿试新茶。
眼前清福时消受，又报山僧来送花。

[题解]

本图今藏清华大学美术学院。

袁耀（生卒年不详），清代画家，字昭道，江都（今江苏扬州）人。袁江之子（一说袁江之侄），工画山水，善界画，画风与袁江相近，约活动于乾隆时期。

此图右下方画一庭院，庭内植两株参天古树，屋宇画廊，用笔精细入微，很具真实感。墙外还有两株古树，与庭内的树交相辉映。画廊外有开阔的湖面，一抹远山隐约可见，益显湖面之杳渺深远。画廊内，两位百岁老人临轩对坐，娓娓谈说往事，一童侍之，一童烹茶，一山僧背负花篮立于门口，众多人物形神各异，却又互为呼应。全图构图疏朗，空间较大，笔墨工整细致，人物与景物相与映衬，画境深邃。画幅左上角，用极小的字题诗一首。袁耀画上很少题诗，本诗很值得珍视。

[评说]

题诗前两句写画面人事，百岁老人临轩对坐，闲谈旧时情事，满窗刚刚长出的绿色植物，带来春日的生机，试尝刚刚采出的新茶。这两句诗，既用“对起法”，对偶工整，又用“掉字句法”，其法学唐人杜甫《曲江对酒》：“桃花细逐杨花落，黄鸟时兼白鸟飞。”可以增加诗歌的节奏感和音乐美。第三句是上两句诗意的概括，“眼前清福”，即指百岁老人品茗赏景、悠闲自在，他们时时消受清福，安度余年。结句推进一层，说又有人报告说，门口有山僧送来春花，真是锦上添花，充分表现出百岁老人生活得很幸福，幸福得如春花一般绚丽。诗句与画面人物、景物紧相对应，又有所拓展，点出画意，配合默契，细细品赏，可以获得诗画双重美感享受。（吴企明）

题南山积翠图

王　昱

空山寂寂罨遥青[①]，石作屏风树作扃。
昼永幽人无个事，餐芝饮涧读黄庭[②]。

[题解]

南山积翠图

本图今藏故宫博物院。

王昱（生卒年不详），清代画家，字日初，号东庄，太仓人。王原祁族弟，善画山水，师法王原祁和宋元诸家，与王愫、王玖、王宸合称“小四王”。著有《东庄论画》。

本图分左右两侧，画重叠的山峦，云雾缭绕，一条溪流迂回曲折，依山势蜿蜒而下，由远及近，溪水两岸，参差错落地缀以小桥、水阁、沙渚、芦苇。群山间林木繁茂，树色苍翠，村落山居隐现于树丛间。山石多用干笔皴擦，淡墨渲染，敷以浅绛色，多用密点，山多矾头。全图布局紧凑、山势逶迤，画境清疏深远。署款云：“壬寅九秋，仿子久南山积翠图，奉祝汇翁年先生七十大寿，并题请正，娄东王昱。”壬寅，为康熙六十一年（1722）。跋语点明此图为祝贺彙翁七十大寿而作，仿黄公望的《南山积翠图》。此图名为仿黄，实为学王，画中墨与色融，笔力厚重，追求浑沦之气，都是王原祁的笔意，可见本图深得王原祁的艺术三昧。秦祖永论王昱说："山水师法麓台，极有功力，洵为司农高足。"（《桐阴论画》）

[注释]

①毷：毷画，杂色画。②黄庭：《黄庭经》，道家讲养生、修炼之道的书。

[评说]

题诗先写画面景物，空山寥廓，远处青山、白云、绿树，时当深秋，树色斑斓，构成一幅彩画。次句写石作屏风，树作门户。诗的三、四句，转写画中人，生活在如画景色中的幽人，日长悠闲无事，饮涧水、食紫芝、读《黄庭经》，过着悠闲自在的生活，修身养性，必能延年益寿。这种艺术意想，与画幅赠人贺寿的画意密切相关，深化了庆贺的主题。（吴企明）

题墨兰图

茹　蕊

分来湘浦种庭阶，日暖天晴春正佳。
莫道国香容易得，五风十雨早安排。

[题解]

本图今藏陶心华处，载见《中国民间秘藏绘画珍品》第一集。

茹蕊（生卒年不详），清代书画家，字韵香，号也园，会稽（今浙江绍兴）人。善书法，擅画墨兰。画幅中部画盆兰，盆中兰花一丛，浓墨撇兰叶，线条流畅而有弹力，潇洒飘逸，在行笔的提捺、顿挫之下，成功地表现出兰叶的翻转变化。朵朵兰花用淡墨画成，浓墨点蕊，俯仰欹倾，秀雅清逸。兰花旁衬以湖石，生于长方形的盆内，笔墨简率而清气满幅。画幅上部，用极为清秀的楷书，题诗一首，书韵与画境非常协调。

[评说]

题诗先写画面，再发观感。首两句，以真兰形容墨兰，说这丛兰花从湘浦运来，种在庭阶前，正是春天风和日暖、天气晴朗的佳美时节。"湘浦"，屈原最早在沅湘一带种植兰花，画面的墨兰便是从那里移植过来的，以之形容画兰之名贵，也赋予其很深的人文内涵。第三、四句，就墨兰生发感慨。兰花是国香，很难得，要气候风调雨顺，用充沛的雨水滋润它，它才能茁壮生长。"国香"，指兰花，语出《左传·宣公三年》："兰有国香。"全诗运用以画作真的手法，将画上的兰花当作真花，不说自己挥毫作画，画出兰花，却说早就安排好五风十雨，催化它成长。如此写来，诗思婉转巧妙，饶有情趣，增添了题诗的韵味。（吴企明）

墨兰图

题鸣鹤图

华　嵒

自惜羽毛清①，迥立风尘上。
老气横秋云②，一鸣天地响。

[题解]

本诗选自华嵒《离垢集》卷二。

华嵒(1682—1757)，清代著名画家，字秋岳，原字德嵩，号新罗山人、白沙道人、东园生、布衣生、离垢居士、新华山人等，福建上杭人。曾作造纸徒工，少喜绘事，初寓钱塘(今浙江杭州)，曾到过北京，后久客扬州卖画，来往于扬州南京之间。晚年又归钱塘，终老西子湖畔。擅画人物、山水，尤精花鸟、虫草、走兽，曾受陈洪绶、恽南田、石涛等人的影响。但他能做到融汇古法，力脱时俗，标新立异，形象生动，在清代画坛上别树一帜，与金农、郑板桥齐名于时。因其曾久居扬州进行书画活动，葛嗣浵《爱日吟庐书画补录》也将他列入“扬州八怪”。亦能诗，著有《离垢集》《解弢馆诗集》。

[注释]

①惜：喜爱。②老气横秋：南齐孔稚圭《北山移文》：“风情张日，霜气横秋。”这里指鸣鹤清声充塞秋空。横：充塞。

[评说]

华嵒曾作有《鹤鸟图》多幅，在众多的画作中有一幅名曰《爱鹤图》，可见他对白鹤之钟情。鹤究竟有何值得人欣赏的呢？由这幅《鸣鹤图》完全可以看出画家的主观感受。“我”爱白鹤，正缘其白色的羽毛清雅脱俗；不唯如此，它还能够迥然立于风尘之中，洁身自好，不受外界侵扰，依旧保持完美的形象，正如前人诗歌所咏：“正是溶溪烟水碧，好陪青凤饮澄流”（宋任随《鹤》），“共怜洁白本天姿，纵在泥尘性不卑”（宋张咏《鹤》）。白鹤清高、纯洁的气度，直要把秋空充塞，正如画家在一首《鹤图》挂轴（梅溪书屋藏画）中的题辞所讲：“清韵冲霄。”忽然，秋空响起了凄清的鸣声，一直在天地之间萦回，更在人们的内心回旋涤荡。全诗咏鹤之高洁，时时流露出诗人的喜爱之情，实际上这一切都是诗人为自己写照。（杨旭辉）

题山雀爱梅图

华　喦

望去壁间春似海，半株僵铁万花开。
莫奇林叟情耽冷[1]，山鸟亦知解爱梅。

［题解］

本诗选自天津博物馆藏华喦《山雀爱梅图》题诗。

［注释］

①林叟：指宋代诗人林逋。耽：酷爱，痴迷沉醉。

［评说］

展卷读画，远远望去，山壁之间，半株古梅倒悬，枝干遒劲，犹似钢干僵铁，满枝梅花，数不胜数，绚丽夺目。正因为有了这一景致，人才深深地感受到春光似海，生机盎然。而后，诗作就宕开画面，运用典故来深化画意。北宋诗人林逋，结庐西湖孤山，不趋荣利，不娶，所居多植梅畜鹤，人称“梅妻鹤子”。他性尤爱梅，以吟梅自适，其“疏影横斜水清浅，暗香浮动月黄昏”，可谓咏梅诗之绝唱。林叟何以耽情、酷嗜冷艳淡雅的梅花呢？这在全诗中是一衬笔，用意在于引出后一句：“山鸟亦知解爱梅。”山鸟都知道爱梅，更何况林逋呢？早在宋代，蔡襄就曾讲过：“幽香粉艳谁人见？时有山禽入树来。”（《十一月后庭梅花盛开》）所以，林逋的怪癖根本不奇怪。你看，梅花丛中两只山雀在画中嬉戏鸣叫，前者立于枝丫，掉回头来往后看，不断地呼朋引伴；后者则疾速追赶，想早一点欣赏到灿烂似锦的春色。 它们的嬉闹顿时吸引了山岩上的一对雉鸡。 它们昂首翘尾，振翅欲飞，正准备加入双雀的行列。 此情此景，不用说林逋，就连常人见之，也无不动心。 那么，这也就是画家的成功，诗和画都洋溢着明媚的春光，充满了盎然的生机，表现得淋漓尽致。 无怪乎秦祖永要称赞华嵒的花鸟作品“笔意纵逸骀宕，粉碎虚空，种种神趣，无不领取毫端，独开生面，真绝技也”（《桐阴论画》）。（杨旭辉）

山雀爱梅图

题桃花鸳鸯图

华　嵒

春水初生涨碧池，临流何以散相思。
含情欲问鸳鸯鸟，漫对桃花题此诗。

[题解]

本诗选自南京博物院、天津博物馆藏《桃花鸳鸯图》题诗。

[评说]

春风骀荡，撩拨人心，就是水边的桃树也显得格外精神，碧叶红花，鲜艳欲滴。春水初涨，碧池盈满，鸳鸯戏水，一只在尽情地游动，而另一只则含情脉脉地注视着它的伴侣。见此景象，临流赋诗自是难免，而作者所激起的是一种恋情。虽然创作此画时他已年近古稀（1748 年作此画），也许是对年轻时候一种悱恻缠绵往事的追忆吧。春水涨池、桃红柳绿最引人相思，一则因为春光明媚，欣欣向荣；二则缘于前人诗文作品的积淀，春水、桃花都成了爱情的象征。唐代诗人刘禹锡《竹枝词》就是其中最有名的一首："山桃红花满上头，蜀江春水拍山流。花红易衰似郎意，水流无限似侬愁。"关于桃花，还有一个美丽动人的爱情故事，唐代诗人崔护，姿质尤美，而孤洁寡合，一日偶游城南，邂逅佳人，女郎"独倚小桃斜柯伫立，而意属殊厚，妖姿媚态，绰有余妍"。崔护一见钟情，女郎亦缱绻情深。次年春，护再次寻访，而佳人早已因相思成疾而亡，崔护抚尸痛哭，作诗悼亡："去年今日此门中，人面桃花相映红。人面不知何处去，桃花依旧笑春风。"（《题都城南庄》）佳人居然复活，二人终结良缘。（事见孟棨《本事诗》）这些毕竟都是传说，旧时的恋人早已不能复见，而“我”的情思却被这一切挑起，更见眼前的鸳鸯成双出对，好不自在。 在古人眼中，鸳鸯是爱情鸟，《诗经·小雅·鸳鸯》就说：“鸳鸯于飞，毕之罗之。”《毛传》：“鸳鸯，匹鸟。”它们应更懂得爱情，也许会理解“我”的情思，所以“我”饱含深情地去向它们询问，可是，并没有得到答复。“我”也只好漫对桃花，拟习崔护，题诗以寄深情。（杨旭辉）

题山水册

▌华 喦

枫岩荡幽岚，影落秋潭碧。
潭里宿渔家，炊烟袅虚白。

[题解]

本图今藏陶心华处，载见《中国民间秘藏绘画珍品》第一集。

陶心华先生收藏的华喦《山水册》有多幅，都为仿古之作，本图跋云："仿诸家法。"画幅以一河两岸式构图法布局，近处河岸上有枫树及杂树，岸边河中停泊两只渔舟。山石、树木均以干笔淡墨描画皴擦，山石多用方折之笔，树木枝叶稀疏，笔墨简淡，意境荒寒。隔江画远山、洲渚，全以干笔淡墨勾勒皴擦，更以极淡的水墨晕染山体，远望呈云山缥缈之状。虽说是仿诸家之法，实以迂翁笔意为主，追求天真幽淡的笔墨意趣。

[评说]

题诗全写画面景象，诗画对应关系非常紧密。首二句说，山岩里的枫树被秋风吹拂，在清幽的山岚里摇荡，树影倒映在秋日的碧水潭里，一派沉寂萧瑟气象。第三、四句写到画面上的渔舟。在这秋意浓重、景色萧条的氛围里，人迹罕见，只有小舟上的渔家，还停宿在水潭里。他们躲在船舱中，早晚煮饭时，炊烟袅袅，才显出船上有人。全诗意境静寂，与画境极相契合，诗意与画意融彻无间，共同为创造空山秋静的意境服务。（吴企明）

红牡丹图

华　喦

虚堂野老不识字,半尺诗书枕头睡。
闲向家人索酒尝,醉笔写花花亦醉。

[题解]

本诗选自华喦《离垢集》卷五。

[评说]

《庄子·人间世》云:“唯道集虚。虚者,心斋也。”诗中说道,虚静是“我”人生理想的最高境界,故而蛰居名之曰“虚堂”。“我”乃其间一野老,优游自在,无拘无束。就这样一个目不识丁的野老,却终日诗书度日,不知不觉,疲倦袭来,双眼欲合,直把书册为枕,藉书而眠。至此,诗中所谓“不识字”当是别有所指,到底指什么?是不识浑浊的时务,还是不识险恶的人心……诗人没有说破,令人回味。闲来无事,更可向家人索要美酒,甘醴涤胸,而后方能玄览世间万物,手握醉笔,写下一幅牡丹。笔本不醉,人心醉,画家却偏要说“醉笔”。因为此时,笔与画家早已融为一体,成为他抒发情感的媒介,他醉笔亦醉。画家的画笔早已挣脱了重重的羁绊,进入了创作的自由王国。他所画的牡丹也更加丰艳独绝,胜人一筹,正所谓“笔醉花也醉”。

牡丹这种醉态的风韵,在华喦的另一幅《紫牡丹图》中也得到了详尽的描绘:“似醒还带醉,欲笑却含颦。一种倾城色,十分谷雨春。”三分醒七分醉,正在积蓄力量,含苞欲放,亦颦亦笑。它倾国倾城的姿色,为谷雨时节平添了几分春色。

全诗着笔于花者，仅一“醉”字。唯此一字，就足以传达花的精神面貌。花醉实乃人醉，牡丹这一独特的韵味正是来源于画家虚静闲淡的心理状态。这在画面当中是难以交代的，所以题诗就侧重于此，使读画者不仅知其然，而且知其所以然。（杨旭辉）

题芍药图轴

华　嵒

湿风吹雨过蕉林，婪药香翻绿砌深。
新试袷衫亭上坐，竹炉茶韵佐清吟。

[题解]

本图今藏陶心华处，载见《中国民间秘藏绘画珍品》第一集。

画幅上画折枝芍药四枝，画家以一种色彩用没骨法画花叶、花瓣。花叶使用不同色差的色彩晕染，再用浓色勾脉，叶之阴阳向背，表现得很自然。画家对芍药花有极为细致的观察，巧妙运用水、色，形成不同的色差，将盛开的芍药花的各种姿态表现得非常真切，色彩淡雅，有真实感。整个画面明丽清新，用笔雅致俊逸，真得恽寿平没骨花卉的遗意。《清史稿·恽格传》曾指出过乾隆中只有华嵒可以继迹，得其机趣神韵。秦祖永《桐阴论画》说华嵒花卉画“机趣天然，直可并驾南田”，洵非虚言。

[评说]

诗从题外写来，缓缓着题，先说吹着细雨充满湿气的风，越过蕉林，吹到砌前的芍药花上。次句才写到正题上，柔嫩娇美的芍药花，受到春雨的滋润，在阶前深深的绿叶丛中，散发出阵阵清香。诗的下半首，仍写画上芍药，从侧面着笔，说“我”穿着新制的袷衫，坐在亭上，观赏芍药，兴来时吟着新作的芍药诗，竹炉里的清茶佐“我”清吟。全诗运用以画作真的手法，将画芍药当作真芍药，吟赏的雅举透露出诗人爱赏芍药的审美情趣，也写出芍药画诱人的艺术效果，暗示出芍药画之美，既达到赞画的目的，又能避去自诩之嫌，笔法真是巧妙。（吴企明）

题钟馗嫁妹图

华　嵒

轻车随风风飔飔[①],华灯纷错云团持[②]。
跳拏叱咤真怪异[③],阿其髯者云钟馗。

[题解]

本诗选自南京博物院藏华嵒绢本设色《钟馗嫁妹图》题诗。《离垢集》卷五亦载此诗,“怪异”作“诡异”。

明清时期,钟馗题材的画作极多,且往往被视作除恶辟邪的象征。华嵒又以嫁妹一事来表现钟馗。钟馗嫁妹的故事见于明人汪云程的《逸史搜奇》。钟馗本是文武双全的英俊书生,与同乡秀才杜平赴京赶考,不料途中误入魔窟,鬼魅的捉弄,使钟馗面目全非,一夜间变得丑陋不堪。科举中,唐皇乃因其貌丑陋落选,钟馗羞愧自尽。杜平遂为其鸣冤上书,唐皇知晓真相以后,追封其为终南山进士,专司守护皇宫后门,并尊为镇祟逐邪之神。出于对杜平的感激,钟馗将小妹许配杜平,并亲自送亲。画面表现的就是送娶途中的热闹场面。

[注释]

①飔:风疾貌。②华灯:装饰精美的烛台。宋玉《招魂》:“兰膏明烛,华灯错些。”③拏(ná):握,执持。叱咤:怒斥声,呼喝声。

[评说]

凉风飔飔,轻车也似乎更快了,前面乐队鼓吹,仪仗整齐,小妹居中坐轿，一路上乘云驾雾，华灯荧荧，熙熙攘攘，欢欣雀跃，热闹非凡。这是娶亲常见的场面，但是仪仗队伍中，三十余人个个都是奇形怪状的鬼魅山怪，跳跃奔跑，大呼小叫，着实令人诧异。当看到队伍最后骑马压阵的长髯巨人，疑云就顿散了，原来是钟馗送妹出阁。画中鬼魅的表情、动作、形态，栩栩如生，呼之欲出。“跳拏”“叱咤”就是画面的复现。画虽然表现的是神仙鬼怪题材，但大有人间亲切之感。（杨旭辉）

题恽南田画册

‖ 华 喦

笔尖刷却世间尘，能使江山面目新。
我亦低头经意匠，烟霞先后不同春。

［题解］

本诗选自华喦《离垢集》卷一，凡二首，此选第二首。

［评说］

恽南田，即恽寿平，生平见前。南田在画史上以没骨花卉之名最显，其山水，反为人所淡忘。作为画家的华喦却能独抒己见，对南田山水画作出公允的评价。南田山水的高明之处在于他的笔意脱尘免俗，作者诗中只道“笔尖刷却世间尘”，而其含义远非字面所能言尽。笔尖本无雅俗之分，所谓雅俗，作画者也。心除杂念，世事的纠纷烦恼，在胸中荡然无存，以赤子之心去观照自然山水，那么，自然山水在你眼中也就自有风貌而与众不同，也就是作者所讲的“能使江山面目新”。而后，身有体悟和触动，展卷挥翰，这时笔尖的俗气、匠气就一扫而尽，达到出神入化的境界，韵味无穷。

诗的三、四两句由恽南田联系到自己，因为诗人在绘画上曾受南田的影响，二者自然有许多共同之处。“我”也曾埋头苦练，经意学习，然而始终觉得无论怎么努力，充其量也不过是苦心经营的画匠。而自从解读南田册页以后，颇受启示和教益，始知作画当“用心”，这样去尝试，果真收效甚丰，先后的山水烟霞，显示出迥然不同的两种春色。关于这点，在华喦存世的山水作品中也能够得到某些印证。（杨旭辉）

题梅花草亭图挂轴

高凤翰

罨画春山隐列屏[①],斜阳低衬冻阴清。
何人消尽闲滋味,万树梅花一草亭。

[题解]

本诗选自山东省博物馆藏高凤翰《梅花草亭图》题诗。

高凤翰(1683—1748),清代画家,字西园,号南村,晚号南阜,自称南阜山人、石顽老子、松懒道人、蘗琴老人等,胶州(今属山东)人。能诗,工书画篆刻,尤善山水花卉,不拘成法。嗜藏砚,收藏千余方,并著有《砚史》。晚年因患风痹,右手瘫痪,以左手作书画,并自号"尚左生",所作书画苍劲依旧。曾官泰州巡盐分司,久寓扬州,与金农、郑板桥、高翔、李方膺等友善,相交甚密,且画风相近,故而画史上将他与"扬州八怪"并称,或径列"扬州八怪"之中。著有《南阜山人全集》。

[注释]

①罨画:杂色的彩画。白居易《草词毕遇芍药初开因咏小谢红药当阶翻诗以为一句未尽其状偶成十六韵》诗:"疑香薰罨画,似泪着燕脂。"

[评说]

古人言:"学圃之士必先种梅,且不厌多,他花有无多少皆不系重轻。"以咏梅诗句闻名的林逋,就隐居孤山,居阁植梅,终日绕梅吟咏自适。元代画家王冕,竟"树梅花千树",隐九里山,结茅庐三间,自题为

“梅花屋”。古代的文人学士历来把植梅视作陶情励操的举动。只要我们对这一文化传统有所了解，那么，高凤翰的这幅《梅花草亭图》也就不难理解了，再配上题画诗，其意自应明朗。

彩画中的群山时隐时现，起伏腾挪，引人入胜。寒冬的余威尚在，西下的斜阳无力低沉，更映衬出冬日的阴冷之气。但是，这一切都抵挡不住春意的萌动。你看！山坡上东一撮、西一丛地冒出了嫩绿，近看还显得稀疏，而远观却是一片春意，正乃韩愈所谓“草色遥看近却无”。在这料峭的春寒中，唯有梅花与之为伴，傲然挺立，凌寒开放，登临山巅，极目四望，万树梅花汇成花的海洋，香气四溢。表面上的热闹，是无论如何也掩饰不了它的落寞与孤寂的。寂寞空山中，独自无人会，在这样的现实社会中，有谁能尽情消受其中的滋味，感受到梅花所体现出来的精神力量？画中的万树梅花是孤独的，但又是幸运的，因为它毕竟还有一两位知音，山间草亭中的那位隐士不就正是吗？这位隐士实乃画家的自我形象，在现实生活之中，他又何处觅得同道呢？求之不得，便唯有放情山间，与梅为伴，激励自我，不同俗于凡尘，以求得精神上的自由和超脱。这才是“梅花草亭”的真意所在，令人为之赞叹、神往。（杨旭辉）

题梅花

高凤翰

朱砂变相玉精神①,月夜衣裳舞太真②。
却借梅花簇绛雪③,特翻别调写阳春④。

[题解]

本诗选自上海博物馆藏高凤翰《梅花》册页题诗。

[注释]

①朱砂：用来作国画红色颜料的矿石。②太真：仙女。道教传说中有太真夫人，为王母的小女。又，杨贵妃初见唐玄宗时，衣道士服，亦号太真。③绛雪：此处指被梅花映红的雪。④翻：翻制。阳春：即“阳春白雪”，古代的一种高雅乐曲。宋玉《对楚王问》：“其为《阳春白雪》，国中属而和者不过数十人。”此处借以比喻梅花高雅，不同凡俗。

[评说]

“洗尽铅华见雪肌”（苏轼《再和杨公济梅花十绝》其七），使人想见梅之高洁，而东坡的另一个比喻“酒晕无端上玉肌”（《红梅三首》其一），则见红梅之俏丽。但是，红梅绝非俏而有失轻浮之流，这一点，在高凤翰的题诗中就表现得尤为突出。在画家高超技艺的驱遣下，眼前的朱砂颜料顿时变相幻化为一枝古直苍劲的红梅，这枝古梅和白梅一样，都具有白玉那样纯洁无瑕的品性和精神。诗作开篇就直点主旨：梅所独具的“玉精神”。画家一再提醒读者，切莫为红梅俏丽迷眼，而忘记了它的内在美，应该将其姿态与内在美视作不可分的整体。诗的次句紧承上文，着力写其优美动人的姿态，以昏黄的夜月来陪衬烘托，勾勒出梅花古干的疏影，突出了“疏影横斜”的迷人。如此摹状，作者还嫌不够，更以杨贵妃的舞姿作比，充分展现它的灵动和生机。同时更暗含着“暗香浮动月黄昏”的醉人诗意。有了这一层铺垫，诗作后半首就自然转入内在美的表现上，因为古人尝谓“梅花优以香”（陆佃《埤雅》）。这当然包括梅花的自然特征，在诗人骚客笔下，更多的则是指“品馨”。画中之梅不但未见其畏惧严霜冰雪，反而显得格外主动积极，把白皑皑的积雪映成一片绛色，为大自然增添了一份暖意。对梅花内蕴的发掘上，这一层含义是画家的创新，真正是发前人之所未发。这种得意之情，画家本人也难以抑制，溢于言表，“特翻别调写阳春”，一个“别”字足见，更复用“阳春”一典。除却得意之情而外，“阳春”又用以比喻梅花高雅，不同凡俗的“玉精神”。归根结底，这一切还是为了借以抒写自己的人格与思想感情，隐含表达自己胸怀高洁，不肯随波逐流、阿谀当权者之意。因此，高凤翰此画此诗的真正意图并不在梅之姿态，恰恰是苏东坡《红梅三首》中所说的“尚余孤瘦雪霜姿”“寒心未肯随春态”这一品质。（杨旭辉）

题梅石图

‖高凤翰

风条吹出雪皑皑，珍重东皇着意栽。
纵使也从春色见，肯同桃李一齐开？

[题解]

本图今藏镇江博物馆。

画幅底部画奇石一块，形如马首，用淡墨勾勒，略加皴擦，弯曲之势、明暗之色立观。石后画梅树一株，由梅根到梅梢齐全，是一株全树。枝干先勾勒、后皴擦、再点苔，笔墨遒劲，枝头缀着疏梅，细笔勾圈而成。石后另有一株矮小的梅树，枝头缀着红色梅花，直接以粉红色用没骨法染出。全图红、白二色梅花相映成趣，疏密相间，枝干遒劲，神韵沛然，充满生机。

[评说]

题诗由描写雪景切入，先声夺人，写出梅花的生态习性，凸现出梅花特有的傲霜雪的品格。首句写风吹雪飘，白雪皑皑；次句说东皇（司春之神）珍重地着意栽出梅花。两句诗描写画面形象而又拓展画意，突出雪为梅“传神”的魅力，创造出梅花迎雪开放的艺术意境。明明是画家画出梅花，却说是春神着意栽种，诗思巧妙，诗笔洒脱。诗的下半首，使用假设句，说出自己的观画感慨，假使梅花也在春天开放，它肯同桃李一起开放吗？诗意从相反的方面，进一步赞美梅花傲霜雪的特性，构成了本诗“比物以德”的美学特征，同时寄托了高凤翰的情怀和心胸。（吴企明）

题牡丹图

高凤翰

幽香浥露醒还睡①，艳魄笼烟淡转轻。
绝似西池初罢筵②，玉栏倦倚许飞琼③。

[题解]

本诗选自山东博物馆藏高凤翰《牡丹图》挂轴题诗。

[注释]

①浥：湿润。②筵：宴席。③许飞琼：传说西王母身边的仙女。《汉武帝内传》："（王母）又命侍女董双成吹云和之笙，石公子击昆庭之金，许飞琼鼓震灵之簧。"

[评说]

王安石在《明妃曲》一诗中为画师毛延寿翻案，说："意态由来画不成，当时枉杀毛延寿。"这确实道出了绘画艺术的某些局限。虽然古人作画一再强调"画意不画形"，但这只能作为追求的最高境界。要在尺幅之间穷形毕相内在的风韵和意态，谈何容易！针对这一艺术局限，中国画自有其独特的方式来弥补，即"画之不足，题以发之"（方薰《山静居画论》），在画面上题诗一首，传神写照。

如果说肖像画还可以通过人物面部表情来传神，所谓"人之神，有专属一处者，或在眉目，或在兰台，或在口角，或在颧颊。有专属一面者，如在皮色，如宽紧麻皱之类是也；或在颜色，如黄白红紫之类是也"（清沈宗骞《芥舟学画编·传神·取神》)，那么，要表现花卉的“神”和“意”，就显得尤为困难，一首好的题诗，往往可以起到激活画面的作用。高凤翰的这首《题牡丹图》就堪称佳作。诗的前两句描摹牡丹优美的姿态。“幽香浥露”，点明时辰，在清露的浸浥、润泽下，牡丹花更显得娇嫩柔美，情态独具，好似乍醒时分，双眼惺忪，又似饱含着春泪。晨旭渐升，薄薄的烟雾在花丛中升腾起来，袅袅娜娜，牡丹的艳魄香魂逐渐被笼罩其中。雾里看花，别具一番风味。牡丹的色彩由浓转淡，它的风姿也愈发轻盈，令人产生了凌空轻举的幻觉，还夹伴着阵阵幽香，缭绕于雾气之中，时时撩拨清露。它更拂荡着人心，令人浮想联翩。三、四两句，诗意一转，由眼前的牡丹幻见仙境中的美人。西王母昆仑西池宴席初罢，吹奏笙簧的许飞琼背倚玉栏，略显倦色，一副娇弱之态，楚楚动人，与眼前牡丹的娇容何等相似！通过这一比拟，牡丹独具的魅力也就得到了实现，而且回味无穷。许飞琼之美可以任凭读者想象，那么，牡丹之美也随着浮想而不断增色，永远不会有极致。这种美，就绘画本身而言，无论如何也无法表现，而只有题画诗才能充分传达出这样的画外之意、画外之美。（杨旭辉）

题山水图

高凤翰

相赏山水间,不复具宾主。
得意各忘言[①],醇风易太古[②]。

[题解]

本诗选自蒋华《扬州八怪题画录》之《高凤翰题画录》。

[注释]

①得意各忘言:《庄子·外物》中说:“言者,所以在意,得意而忘言。”②太古:远古,上古。

[评说]

孔子曰:“仁者乐山,智者乐水。”足见山水灵秀对人们内心的陶冶。所以,自古以来,山水胜境一直就为文人学士钟情赏爱,其中最为著名的要数欧阳修了。“醉翁之意不在酒,在乎山水之间也”。一篇《醉翁亭记》,直是放情林木,醉意山水。山水间景色优美,无论晨昏变化。日出东海,阳光奔泻大地,蓊郁的林间本有轻雾在飘浮,经日光一照,雾释露消,更见山间的清新翠绿;而当日沉西山时,则是暮霭遍地,山岩穴壑昏暗,显得格外宁静。这一切都是人们“相赏山水间”的重要原因。但这并非全部,诗歌紧承上句,点破另一机缘。在画家看来,山水间的洒脱自在,才是最值得艳羡和企望的。身处其中,尘世的羁绊、森严的等级,皆可抛于身后,置之不理,甚至可以做到宾主之分暂时不复存在。只有此时此刻，才能真正领悟山水的精神。不管是宾是主，既然山水自然中的真意已经心领神会，又何必去辨别，用言语来表达呢？因为“夫大道不称，大辩不言”（《庄子·齐物论》），方乃最高境界。唯有到此“得意忘言”的境界，人与自然和谐统一，人类社会的淳风又将兴起，较之上古时期的敦厚、淳朴，完全是有过之而无不及。作为画家身处浊世的社会理想，不为黑暗、残酷的现实所容，那么，只有借笔底丘壑，释胸中之块垒，抒内心之情。有了这首题画诗的点拨，我们再看这幅《山水图》时就不能仅仅视之为山水写真，而应着重欣赏其中的“写心”和“写意”。

（杨旭辉）

题梅花图

‖ 高凤翰

朱唇玉靥额鹅黄，乱锁轻烟共一香。
绝似汉宫初破晓，水晶帘外斗新妆。

[题解]

本诗选自美国景元斋藏高凤翰《梅花图》题诗。

美国景元斋藏高凤翰《山水花卉册》十二页，纸本、设色，每页高21厘米，阔32.4厘米。这套册页的画题分别是《梅花图》《山水图》《天池石壁》《桐阴老屋》《雪竹图》《山水图》《雪渔图》《菊竹图》《天香浸玉》《牡丹》《皖都学舍五石图》《六朝留影图》等，作成于清雍正十一年(1733)。《梅花图》是这套册页的第一页。画面正右以干笔擦染、勾勒，画一枯老的梅树主干，梅枝向左右伸展，或偃或仰，姿态各异，中间偏左的一枝，高高挺起，带出梅花怒放的笔意。花朵或用没骨法，或用勾勒法，其色泽，有红、白、黄，造成交错缤纷的格局，渲染出郁勃的生机。

[评说]

高凤翰的题诗，采用“以人喻花”的手法，主要表现画面具象，再现画境美，诗与画的对应关系，十分协调紧密。首句“朱唇玉靥额鹅黄”，以美女的“唇”“靥”“额”，象征红、白、黄三色的梅花。次句写梅花之香。梅花的幽香，和着轻烟，笼罩在画面上，着一“锁”字，为众花平添一层迷蒙的面纱。三、四句，诗人用汉宫美女破晓时分斗新妆的情景，突现梅花众卉怒放、争妍斗艳的热闹氛围，与画面紧相呼应，十分恰当地再现出“春意闹”的画境美。（杨旭辉）

题春山云起图

‖高　翔

云满山头树满溪，春风浩荡绿初齐。
若教此地容高隐①，我亦移家傍水西②。

[题解]

本诗选自故宫博物院藏高翔画《春山云起图》挂轴题诗。

高翔(1688—1753)，清代画家，字凤岗，号西唐，别作樨堂、西堂，又号山林外臣，江苏扬州府甘泉县(今扬州)人。擅长山水，师法弘仁、石涛。尤工画梅，风格疏秀，笔法苍润。兼能画像。书工八分，亦工篆刻，师法程邃。为“扬州八怪”之一，终生不仕。亦善诗，有《西唐诗钞》。传世画作有《弹指阁图》《春山云起图》《溪山游艇图》等。

《春山云起图》是高翔山水画中的代表作。它不仅构图精当，层次分明，其中给人印象最为深刻的当数它的笔法，多用湿笔，笔墨苍润。放眼望去，山间缭绕着绿阴阴的云雾，这倒并非云雾本身有颜色，而是山光树色映衬照射的结果。正因为这层山间流动的云雾，使得整个画面活了起来，诚如前人所谓“气韵流动”“风行水上”。在画的左上方，高翔题写此诗，挥毫直下，放纵多姿，运笔连中求断，断中求停，虚虚实实，变化莫测，富有强烈的节奏感，真正体现出诗、书、画、印完美结合的特色。

[注释]

①若教：如果，假使。②傍：沿着，靠着。

[评说]

题诗的前两句抓住景物特征，精要、传神地勾勒出画境：群山高峻，足以表现云飞雾绕，山涧清澈，绿树成荫。首句两个“满”字给人留下极为深刻的印象，云蒸霞蔚，山林蓊郁。这就是画境的典型特色，也是作者绘画技法的体现。次句由点及面，对画境作全景式的描绘，经过浩荡春风的吹拂和抚育，山中的一切都显得生气勃勃，由此点明所画的是春山。在这里，画家借用了诗人的语言“绿”，极为贴切、恰当，不但写出了春山的颜色，更写出了它的生机和动态。这不禁使人联想起王安石改诗的事来，他写《泊船瓜洲》最后一句时：“初云‘又到江南岸’，圈去‘到’字，注曰：‘不好。’改为‘过’，复圈去而改为‘入’，旋改为‘满’，凡如是十许字，始定为‘绿’。”（《容斋续笔》卷八）有了王安石的推敲与斟酌，所以画家也就不必殚精竭虑，苦思冥想，直接移用到画上。“绿”的运用，或许会对我们当今的画家有所启示，即学画者不可忽视古典文学的修养，二者相辅相成，可以互相促进、提高。

三、四句以议论来表达画家的心愿，深化画境画意。诗中讲道：如果此地容许“我”隐居的话，“我”是心甘情愿移居山间，与溪水林泉为伴。在表达这一意思时，作者用了“以画作真”的手法。面对高于自然美的艺术作品，画家把它当作人，去向图画商量归隐之计，你能否允许接纳“我”，如果同意，“我”是求之不得的。这样写，便把诗和画都激活了。究其根本，皆因作者性格耿直，不满现实。有了这一创作意向，他在游历中见到幽美宁静的山水，便立即摄入画中，写出他心目中的“世外桃源”。（杨旭辉）

题扬州即景图

高　翔

最繁华地久知闻，无赖多因月二分。
廿四桥头箫隐隐，玉人难觅杜司勋。

［题解］

故宫博物院收藏的高翔《扬州即景图》共四开，本图为第一开。

扬州即景图

图中描绘二十四桥景色。高翔用细笔淡墨描画二十四桥，线条简约。桥对岸，用干笔淡墨擦染河岸、杂树，依约可见。桥头画茅屋两间、屋后酒帘高挂，柳桃掩映，色彩鲜明，屋前湖石倚立，浓墨勾边，淡墨晕染，玲珑剔透。屋内有人对坐闲谈，似乎正在谈论着二十四桥的变迁史。全图构图十分简练，笔墨简淡，敷色淡雅，留下大片空白，象征风轻云淡，雾霭隐隐，河水汩汩，一派幽淡天真的意趣。画幅左上方，自题一绝。

高翔在二十四桥附近游赏，联想起唐代诗人杜牧的《寄扬州韩绰判官》："二十四桥明月夜，玉人何处教吹箫。"又想及徐凝的《忆扬州》："天下三分明月夜，二分无赖是扬州。"见昔日繁华之消逝，遂生世事多变的感叹，画作此图。

［评说］

画家的题诗，便由二十四桥周边景色下笔。首句说，二十四桥附近最繁华的地方，长久以来遐迩闻名。因为二十四桥可爱，所以天下三分月色有二分照在这里。诗意从徐凝诗句中化出。"无赖"，可爱。诗的前两句，是对昔日二十四桥繁华景象的追念。那么，诗的后两句，便是描写今日斯地的冷寂。诗人无限感慨地说：廿四桥头已经没有昔日歌吹鼎沸的盛况。箫声隐隐从远处来，杜牧重游此地，已经难以寻觅教人吹箫的玉人。画家唯恐读画人不理解画意，便用题诗补救，点明画意，高翔在二十四桥繁华景象的追忆中，透出眼前的荒寂气象，寄寓深沉的历史感慨，诗情与画意互相交融、补充，构成一件完整的艺术品。（吴企明）

题折枝榴花图

高　翔

老父携孙湖水头，绿杨深处看行舟。
残书手握午窗下，瓶供一枝安石榴。

[题解]

木图今藏南京博物院。

画幅中有折枝石榴花一枝，笔墨简练秀雅，淡设色，寥寥数笔，意趣盎然。画家又以行书通幅题写七绝一首，文字比榴花形象大得多，署款云："寄上五斗姻丈一笑，世姻侄高翔。"画幅中下部有"壬戌"两字。"五斗"，人名，即焦五斗。"壬戌"，乾隆七年(1742)，这时高翔右臂病废，乃以左手作书画，尤为奇古有天趣。

[评说]

题诗以叙述笔调发端，描写自己携孙在湖边散步，于绿杨深处观看来往船只，忽然看到石榴花，心有所感，于是便乘兴画了一幅石榴花图。两句诗，只字未及"榴花"，还没有扣到画题上。三、四句转出新意，回到正题上。画家说，中午，在临窗的地方，"我"左手握笔写成画和诗，又将画上的一枝石榴花插在花瓶里。"安石榴"，石榴的别称。画家用"以画作真"的手法写出结句，全是想象之辞。全诗先铺叙描述，到结尾处方始醒明题旨，点出题意，呼应全篇，写法与一般题画诗不同，别出心裁，饶有意趣。（吴企明）

题沙洲雁影图

边寿民

点点芦花映碧流，风吹旅影落沙洲[①]。
道人本是无愁客，写到苍茫亦感秋。

[题解]

本诗选自苏州博物馆藏边寿民手迹《沙洲雁影图》题诗。

边寿民(1684—1752)，清代画家。初名维祺，字颐公，又字渐僧，号墨仙、苇间居士、绰绰老人、绰翁等。江苏山阳(今江苏淮安)人。曾中秀才，虽才华横溢，但不慕仕途，终生布衣，隐居江湖。曾一度游历二十余载，晚年回乡，以卖画为生。他的画以泼墨芦雁最为著名。每到秋日，他便在滩涂芦边搭起苇屋。“瑟瑟黄芦响，嘹嘹白雁鸣。老夫住苇屋，对景写秋声”(边寿民题《芦雁图》，画藏南京博物院)。因而他笔下芦雁的飞鸣、食宿、游泳各种情态，无不毕肖传神。

[注释]

①旅影：指芦雁的影子。

[评说]

边寿民所画芦雁的传神动人之处，除了大雁本身，还得益于他在画中所营造的那种凄清、落寞的氛围。这在画中可以读出，而在题诗中再次得到了强化。此诗读来令人深有体会，我们不妨再来欣赏其另一首题画词《柳梢青·题芦雁图》：

水落寒沙，携来俦侣，相伴芦花。塞北霜林，江南烟浦，到处为家。

行行字字欹斜，声断续，鸣鸣暮茄。匹马秋风，孤舟夜雨，人在天涯。

季节更迭变化，此时已属霜序，天清地寒，水落而石出，放眼浅滩，所见唯有惨白寒沙。但为了躲避北方的严寒，雁儿只得和伙伴一起前来此处，与寒沙芦花为伴，哪里还管凄冷。对此，那些大雁早已看得很淡了，无论塞北的霜林，抑或江南的烟波浩渺，性质全然一样，栖息到哪儿，哪儿便是家，即便这儿如此苍茫、寂寞。词的下阕，画家更是集中精力去营造“蒹葭苍苍，白露为霜”（《诗经·秦风·蒹葭》），“雁阵惊寒，声断衡阳之浦”（王勃《滕王阁序》）的意境。在暮色之中，群雁在空中欹斜倾侧，心神不定，时时变换阵形，传来阵阵哀鸣，时断时续，顿时整幅画面就为肃穆苍凉的氛围所笼罩。在这“断鸿声里，江南游子”（辛弃疾《水龙吟》），也不免产生“人在天涯”形单影只的孤独感，就好比是秋风中的匹马，更似夜雨中的孤舟。其实，画家的自我境况又何尝异于芦雁呢？（杨旭辉）

题寒江秋思图扇面

边寿民

三三两两傍芦花，风湛寒江月净沙①。
多少孤舟未归客，十分秋思在天涯。

[题解]

本诗选自南京博物院藏边寿民墨迹《寒江秋思图》扇面题诗。

[注释]

①湛：徐缓、轻柔的样子。

[评说]

诗作清幽的意境中透出的寒气，不仅令芦雁惊寒而鸣，更勾起游子无尽的愁思，这不正是画家在《长亭怨慢·题芦雁》中所抒泄的情感吗？

又弹指、初寒时序。结伴随阳，几多辛苦。湘浦烟深，衡阳沙远且延伫。回汀枉渚，便认作、家乡住。荻尾响秋风，知菰米、稻粱何处？

问予。念生平落拓，地北天南羁旅。挥毫状物，也只算、自抒心绪。况苇屋、雁汉迎门，正粉本、当前无数。写不了相思，又把新词填谱。

这首慢调长词是边寿民众多《芦雁图》主题内涵的自我表白。作为一首题画之作，在篇章布局上，上阕着力于画面景象的描绘，而下阕则由画及人，侧重于自我情感的抒发。从中可以看出，他画芦雁之意，更多的是在顾影自怜。词意与《题寒江秋思图扇面》诗意相仿佛，诗与画的对应关系非常密切。二者互为补充，画中之“雁傍芦花”“寒江净沙”，实际上皆寓含了画者“十分秋思”。在这幅《寒江秋思图》中，诗与画珠联璧合，和谐统一，淋漓尽致地体现了中国画的传统技法和艺术精神。（杨旭辉）

题墨荷图二首

边寿民

花中君子却相宜，不染纤尘白玉姿。
最爱闻香初过雨，晚凉池馆月来时。

不貌花容只写香①，氤氲墨气晕沧浪②。
何须更看胭脂色③，若得人言似六郎④。

[题解]

这两首诗选自扬州博物馆藏边寿民两幅《墨荷图》挂轴题诗。

[注释]

①貌：描摹，写真。②氤氲：原指云雾弥漫貌，这里指因水墨晕染，画面弥漫着雾气。③胭脂色：红色。④六郎：指唐朝武则天时宠臣张昌宗，排行第六，貌美。杨再思奉承他说："人言六郎似莲花。再思以为不然，只是莲花似六郎耳。"（《大唐新语·谀佞》），后即以"六郎"为莲花和美男子的代称。

[评说]

北宋濂溪周敦颐独爱莲之"出淤泥而不染，濯清涟而不妖，中通外植，不蔓不枝，香远益清，可远观而不可亵玩焉"（《爱莲说》）。不但描绘出荷花美丽的外形、芬芳的香气，更对其高尚的节操、正派的作风作了尽善尽美的讴歌："出淤泥而不染。"这正是莲花历来为正直士子钟情的原委。它不但有“白玉之姿”，更有“不染纤尘”的高贵品质，把它视为“花中君子”，是再相宜不过了。画家看来，白玉美姿并不稀罕，所贵者，荷之香也。夏雨初过，月上斗牛，尘世间的污浊被涤荡一过。空气洁净，夜色迷蒙，水面上的荷香愈发清幽淡雅，像缥缈的歌声似的，飘向远方。在尽情享受荷香月色之后，身处此境，完全为之陶醉，融入花香之中，古人所谓“得意忘言”是也。在画家眼中，哪还有什么花容，只有花香，甚而连自己也分不清是“香”，还是“我”。兴到浓处，挥毫泼墨，墨气氤氲，弥漫于素纸，甚至把那一泓沧浪之水也遮住了。这些就足够了，何必再画蛇添足，设色敷脂，让人说它似六郎呢？因为画幅上早已香气四溢，这时已不再是单纯的“荷香”，更有幽雅的“墨香”，写进了画家的自我品质和风貌。画家在另一幅《墨荷图》上的题记可以说是这两幅画、两首诗的概括和浓缩。他的题语是“一尘不染”，紧承其后再题一诗：

乱泼松煤兴太狂，荷花荷叶满横塘。停毫欲就骚人问，还是花香是墨香？

（杨旭辉）

题杂画图

边寿民

春涨江南杨柳湾，鳜鱼泼刺绿波间。
不知可是湘江种，也带湘妃泪竹斑？

[题解]

本图今藏无锡文物商店。

这是边寿民《杂画图册》中的一幅，实为《鳜鱼图》。册页正中画一尾鳜鱼，运用没骨法画成，先用淡墨晕染鱼体，勾勒出嘴、鳃，再用浓墨加染背鳍、背部、尾部和头部，染上斑斑花纹，利用水墨的自然渗化，使浓淡墨色的交接处不留痕迹。

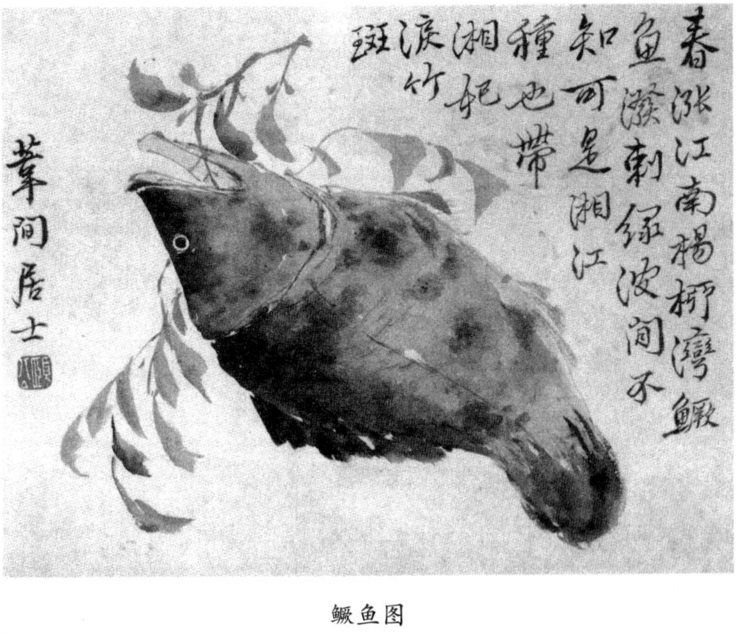

鳜鱼图

画家恰当地掌握水墨的特征，墨色浓淡自然，鳜鱼形象生动逼真，鱼嘴张开，穿一根绿色的柳条，既丰富了画面色彩，又增添了生活气息。画幅右上方，依画的形势，就势避让，因势布款，参差不齐地题写一诗。题诗与画面物象构成交叉的态势，增加画幅活泼的情趣。

［评说］

诗从题外写来，不是写画面形象，却写鳜鱼在水中的活泼姿态。诗人说江南杨柳湾里春水初涨，鳜鱼在绿波间嬉游，水波泼剌有声。两句诗，未见其形，先闻其声，将听觉向视觉挪移，以补充视觉形象。诗的后半首，才落到画面形象上，抓住画面物象最富特征性的事物，描写鳜鱼身上美丽的斑纹。诗人不用直述式，却用反诘句，问道：不知这条鳜鱼是不是湘江里的品种，也带着湘妃的泪竹斑？以湘妃泪洒斑竹的故事形容鳜鱼身上的斑纹，诗思黠慧，力避呆板，笔致空灵，富有艺术魅力。诗人用诘问方式，以神话传说故事收结全诗，能引发读者进入遐想的境界，悠然有远神，言虽尽而意不绝，尤有韵致。（吴企明）

题芦雁图

边寿民

无巢栖息雪霜余，芦荻中间颇自如。
却笑衔柴乾鹊苦，一场缔造让鸠居。

［题解］

本图今藏苏州博物馆。

画幅先用极淡的墨色画出一片芦苇，远淡近浓，很有层次感，表现水雾迷蒙的景况。 在芦苇丛中一片空地上，画四只大雁，栖息其间，一雁昂

芦雁图

首警戒，一雁低头觅食，两雁曲颈憩息。画家用不同的墨彩，描染出颈、胸、翅翼的毛色。三雁集聚处，留出空白的线条，标志大雁的形体轮廓，脚蹼和嘴喙用淡黄色染成。四雁造型准确，形态各不相同，形象生动自然，情趣横溢，足见边寿民对芦雁观察细致，画雁造诣卓绝。画幅左上方，两字一行题画诗一首。

[评说]

诗的前两句，直扣题意，描写芦苇中大雁的生活习性及其怡然的情趣。大雁常年南来北往，从未筑巢，它们栖息在芦荻中间雪霜多的地方，却也怡然自得。诗的三、四句，陡然转笔，由芦雁无巢而居芦荻中的生活习性生发开去，以“鹊巢鸠占”的成语典故为由头，构思立意，写出这首题画诗，抒发出极深的人生感叹。后两句诗，运化《诗经·召南·鹊巢》“维鹊有巢，维鸠居之”的诗意，笑那些乾鹊辛辛苦苦地衔柴筑巢，一旦筑成却被鸠鸟占据。边寿民指斥鸠鸟，为乾鹊抱不平。他托物寓意，将抨击的矛头直指人世间那种强占豪夺他人劳动成果的卑劣行为。（吴企明）

题歪瓶依菊图

‖边寿民

歪瓶雅称菊枝斜，花与真花颇不差。
持去卖钱偿酒债，那知秋色落谁家？

[题解]

本图今藏南京博物院。

画家用粗率的笔墨画出一只略带歪斜的花瓶，形态古怪，带有稚拙味。瓶内插着一丛菊花，右面斜插两朵，左面斜插一朵，上面挺立两朵，瓶口倒垂一朵，互为呼应，匀称自然，保持了画面的均衡美。浓墨点染花叶，淡墨勾勒花瓣，秀雅高洁。这是一幅水墨画小品，构图新颖，笔意潇洒，情趣盎然。画幅右上方齐整地题写一首七绝。

[评说]

题诗从画面形象发端，说歪瓶正好与斜插的花枝相称，给人以高雅的视觉感受，开宗明义地点出自己画作歪瓶的匠心。次句运用“以画作真”的艺术手法，直说菊花图与真花很相像，不差分毫，称赞自己的花画。第三句用转笔，结句拍合，转出新意，出人意料。诗人说，将这幅画拿出去变卖，换钱偿还酒债，不知道满幅秋色将要落到谁的家中。诗句反映出边寿民以卖画自给、生活清贫的景况，真实自然。用诘问句收结全诗，不仅将菊花画产生满幅秋色的艺术效果传达出来，还使诗思表达得婉曲含蓄，留下袅袅余音，给人以很大的想象空间，耐人寻味。（吴企明）

秋海棠

陈　撰

三千醉面蜀宫妆，恨欠留人月一方。
欲借吴姬过夜清，三更与子共灯光。

[题解]

本诗选自苏州博物馆藏陈撰《花果》册页之《秋海棠》题诗。

陈撰（1686—1754），清代画家，字玉几，号楞山，又号玉几山人，浙江鄞县（今宁波）人。后移居杭州，曾流寓扬州，所以黄宾虹《古画微》也把他列入“扬州八怪”之中。康熙年间，馆于程梦星筱园十年。乾隆元年（1736），荐举博学鸿词，不就。以书画游于江淮之间。陈撰晚年，受扬州盐商江鹤亭之聘，寓江氏康山草堂。与汪士慎、高翔等友善，常在马氏小玲珑山馆吟诗作画，著有《玉几山房诗集》。他为人品性孤洁，绘画风格萧疏闲逸。

[评说]

以花喻人的手法在诗词中运用，屡见不鲜，而这首题画诗与之相反，以人喻花，并赋予秋海棠生命。首句就以秋海棠比作孟蜀宫中的美人。秋海棠“花色粉红，甚娇艳”（《广群芳谱》卷三六），以三千蜀宫艳妆来比，足见其美。陆游《海棠》诗中就说：“蜀姬艳妆肯让人，花前顿觉无颜色”，“若使海棠根可移，扬州芍药应羞死”。诗中“醉面”一词就更加传神地点出它的娇媚艳丽。苏东坡写海棠时也曾用过类似的手法：“朱唇得酒晕生脸，翠袖卷纱红映肉。”（《寓居定惠院之东杂花满山有海棠一株土人不知贵也》）

给秋海棠赋予了人的美貌之后，诗的后三句就着重赋予它人的情感。据《采兰杂志》云：“昔有妇人怀人不见，恒洒泪于北墙之下。后洒处生草……名曰断肠花，即今秋海棠也。”（《广群芳谱》卷三六）诗歌就由此传说生发开去，写它在北窗之下，陪伴吴姬共度漫漫清夜，直至三更，共临窗前灯下，将自己满怀的离愁思绪都寄予天上的一轮明月，让明月把这一切遥递给远方的人，给人留下无尽的遐思和回味的空间。（杨旭辉）

题白梅图

‖汪士慎

长年老笔吐寒葩[①]，犹忆骑驴江路斜。
山桥野店少人迹，一阵酒香冲雪花。

[题解]

本诗选自首都博物馆藏汪士慎《白梅图》挂轴题诗。

汪士慎(1686—1759)，清代画家，字近人，号巢林、溪东外史、晚春老人等，安徽歙县人。后寓居扬州，以卖画为生，为“扬州八怪”之一。他一生清贫穷窘，酷嗜茶，性爱梅，作画工于花卉，笔墨清劲，尤以梅花为长，清淡秀雅。金农誉之为：“管领冷香，俨然灞桥风雪中。”亦工篆刻与隶书，能诗，有《巢林诗集》传于世。

[注释]

①寒葩：指冬天开的花，也叫“寒英”“寒花”，通常指梅花。

[评说]

汪士慎在一首《岁暮自嘲》中曾如此表白：“何幸栖迟客，常年梦转清。一椽深巷住，半榻乱书横。欲与寒梅友，还同野鹤行。自怜闲处老，安用占浮名？”如果我们从此诗中了解了画家的生活境况和情趣，那么也就明白他性喜爱梅，尤工画梅的缘由。因为梅早已成为他胸中的寄托和安慰，是他自我人格的写照。这幅《白梅图》及题诗也明确地印证了这一点。

像“我”这样，经年累月地用心画梅，“老笔”端毫吐出一枝枝寒葩，画完之后，似乎还觉踌躇满志，意犹未尽。诗人不禁浮想联翩，当年，骑驴探梅，目睹它“疏影横斜水清浅，暗香浮动月黄昏”（林逋《山园小梅》）的风韵，依旧不断地在脑海中闪现。画家对梅花印象之深，并非仅其色、香，他曾在另一幅画上题诗云：“当于香色外观韵，可怪冰霜里有春。天下无花堪伯仲，江南惟尔不风尘。”（题《梅花通景》屏条，藏扬州博物馆）这也是在赞颂梅品。山桥野店，人迹罕至，“寂寞开无主”，但梅花犹如“雪满山中高士卧”（明高启《梅花》），傲视冰雪，显示出坚强的气骨，散溢着一股疏香冷气。诗中一个“冲”字，极其精到传神，梅香花韵正是在冲雪斗霜中体现出来的。也许陆游《浣花赏梅》一诗可以作为诠解：“春回积雪层冰里，香动荒山野水滨。”（杨旭辉）

题兰花图

‖汪士慎

兰性堪同隐者心，自荣自萎白云深。
春风岁岁生空谷，留得幽香入素琴。

[题解]

画家用双勾填色之法，画兰花一丛。兰花自左侧起笔，向右侧撇去，填补右侧的空间，兰叶、兰花均用细的笔淡墨双勾形体，填以淡淡的色彩，笔法工致，飘逸潇洒，气清神腴，风格秀润恬淡，颇具文秀之气。兰花的下方，画家题上一首七绝，齐整的书写方式像一块磐石，垫在兰丛底下，托起兰花，题诗与画像构成平衡美，富有稳重感。

兰花图

［评说］

题诗绝不是停留在画面形象的描绘上，而是赋予兰花深厚的文化意蕴，使之具有极为丰富的人文内涵。诗的前三句说，兰花在白云深处，自荣自枯，并不因无人赏识而不荣，也不因困厄而改变节操，它的质性可以与隐者心相媲美。两句诗的诗意，源出于《孔子家语》："芝兰生于深谷，不以无人而不芳。君子修道立德，不为困穷而改节。"这已经清楚地道出了兰花具有君子品性的"比德"意义。正是基于这种美学观念，兰花自古以来就受到有识之士的青睐。诗的后半首，用透进一层的手法，表现兰花的美学价值。诗人说，春风年年岁岁在空谷里生成，催化兰草生长，催化兰花开放，留得幽香，谱成清雅的曲子，写入素琴，让琴声传布开去。空谷传香，令隐者陶醉，令君子潇洒。汪士慎继承了颜师古《幽兰赋》"惟奇卉之灵德，禀国香于自然。洒嘉言而擅美，拟贞操以称贤"的艺术传统，在兰画的笔墨里和题咏兰画的诗句里，借助于兰花的艺术形象，以称誉贤人和君子，也透露出自己的清超及坚贞的人格。（吴企明）

题墨梅图册

汪士慎

一干瘦如蛟，千花香似雾。
倚栏看不厌，乘兴试缣素。

[题解]

本图藏宋文治处，载见《中国民间秘藏绘画珍品》第一集。

画面画倒挂梅花数枝。枝干用淡墨描勒，浓墨点苔，枝头或疏或密地缀上花蕾、花朵，写出梅花的疏枝横斜、冷香四溢的风神。画家自称“拟程洪崖”，实质上还是远绍宋赵孟坚法，花用线圈法，点出七根梅蕊，“踢须止七”（周密《癸辛杂识》载《赵子固梅谱》语），花有正背，“玉面鼠须”，很符合赵子固写梅之法。

[评说]

这首题画诗的写法，非常别致，它不从画面切入，却先写真梅。诗的前两句，用“对起法”写庭前的梅花形象。首句写树干，一干细瘦盘曲如蛟龙。次句写梅花，千花如雾，迷人眼目，清香和着云雾向四处散发。诗的三、四句，跳出画面，转而表现自己对梅花的痴迷之情。“我”对着清雅洁白的梅花久久凝望，总是看不厌。雅兴勃然而来，于是“我”便乘兴打开缣素，挥毫描画梅花。结句才真正扣到画面上的梅花形象，进入正题。本诗的构思立意，从元代赵孟頫的《题子仲穆画幅》和明代孙克弘《题雨意山水图》的题诗中受到艺术启迪。从画家眼前所见到的实物着笔，由现实生活中获得艺术感悟，产生画兴，画意在胸，方才挥毫作画，写出自己的绘画源于生活的深刻体验。（吴企明）

题蚕豆花册页

汪士慎

蚕豆花开映女桑[①]，方茎落叶吐芬芳。
田间野粉无人爱，不逐东风杂众香[②]。

[题解]

本诗选自南京博物院藏汪士慎《花卉册页》之《蚕豆花》题诗。

诗中咏物，要有寄托寓意，才能称佳品，如若一味描眉画角，不免局促，直成死物。绘事也不例外，自古就有“古画画意不画形”之说（欧阳修《盘车图》）。“扬州画派”的巨匠深悟其中奥妙，在他们的作品中，不仅体现出描摹写真的艺术性，更表露出一种思想性，与他们所处的时代、个人身世、人生哲学融合在一起，哪怕是一幅小的花卉册页。汪士慎的这幅《蚕豆花》册页，看上去并不起眼，构图极其简单，画面显得空，只有左边画上一棵蚕豆苗，十几片嫩叶。其余零星地点缀着蚕豆花，白瓣黑心，根部伴生着一撮杂草。如果光看这些，画意则不甚了了，但千万别忽视画中左上角的一段题诗，在这幅册页中，它的地位和作用是至关重要的。它不仅增强了画面的表现力，还阐述了其中深刻的思想内涵。

[注释]

①女桑：柔嫩的小桑树。《诗经·豳风·七月》：“猗彼女桑。”②逐：追随，跟随。

[评说]

据《广群芳谱》卷一〇所载：蚕豆“茎方而肥，中空”。这本是自然现象与属性，而在诗中画家却隐喻了做人的方正，并由此道出人生真谛：只有为人方正，才能吐露芬芳。 在诗歌的三、四两句中，画家更是以“田间野粉”的蚕豆花自比，道出当时在野画家的普遍心声：他们虽然没有地位，处于下层，但对于自己的人格和艺术品位是自爱、自重的，也是自信的。 虽然现在无人赏爱，但始终不愿随波逐流，追随东风而去“杂众香”，自我泯灭于污浊之中。 正是有了这样一首题诗，蚕豆花的形象更加鲜明，寓意和主题更加深刻，所以前人对“扬州八怪”的题画如此评价：“画不足而题足之，画无声而诗声之，互相为用，开后人无数法门，谁云怪哉？ 斯真仙矣！”（《扬州八怪题画录》——蒋华《略论扬州八怪的题画艺术》引语）（杨旭辉）

题竹石图

汪士慎

一枝寒玉抱虚心，幽独何曾羡上林。
惟有萧然旧庭院，四时风雨得清音。

[题解]

本图今藏南京博物院。

画幅左侧描画湖石一块，淡墨勾线，干笔皴擦，浓墨点苔，苍润可爱。石后画竹枝数竿，两枝向右上方挺生，墨色近浓远淡，撇叶稍短，呈灵秀之态，无老辣、霸悍之气，着重表现出翠竹轻盈、飘逸的神韵。

[评说]

画幅的主景是竹，宾景是石，题诗为了突出重点，舍石而写竹。首二句径直写画竹，直扣画题。一枝翠竹如寒玉，抱着虚心贞节，它性喜幽静慎独，从来不曾欣羡过上林苑的富贵豪华。“虚心”，一语双关，竹心空，故云虚心；竹如君子，有谦虚之心。“上林”，即上林苑，汉代皇家苑林。诗的三、四句，并未用转笔，仍承上句意，说翠竹唯爱萧然岑寂的旧时庭院，四时有风雨吹吹打打。风吹雨敲竹叶，发出泠泠清音，令人神远气清。汪士慎的题诗，贯穿了自然审美意识中“比物以德”的精神，给诗句中竹的自然秉性，赋予了人的德性和情操。他的题诗赞美了墨竹，也赞美君子的节操和情趣，更是自我形象的写照，是他不慕功名利禄、甘愿过清贫生活的豁达心胸的自然流露，物我融合，寄托深远，意韵悠长，切不可把它当作一首普通的咏竹诗看待。汪士慎在《岁暮自嘲》诗里说过：“自怜闲处老，安用占浮名？”这种意想，可作为本图、本诗的注脚。（吴企明）

题梅花图

‖汪士慎

半帧溪藤莹洁[①]，一池水墨浓酣。
莫讶疏香太早，东风已到江南。

[题解]

本图今藏上海博物馆。

画幅上绘一株老梅，以淡墨画枝干，浓墨点苔，枝干如铁，盘曲生姿，尤其是上面的新枝，向云霄挺生，一派生机盎然的气势，用圆笔圈梅花，点缀枝头。此图构图别致，枝不太繁，花不甚密，清淡秀雅，疏影潇洒，冷香四溢，是汪士慎诸多梅花图中的一幅精品。画幅右侧中部，题写一首六言绝句。

[注释]

①溪藤：浙江省曹娥江上游的剡溪，溪水清澈，宜于造纸，用剡溪附近的藤制纸最有名，因称之为溪藤。

[评说]

本诗一开始没有写到梅花形象，却由题外写来，先说纸和墨。开端用对起法，描写作画时纸白、墨好，半帧画纸非常白净，晶莹洁白，一池水墨浓厚稠密，使用时墨沈酣畅淋漓。两句诗表面上并没有及题，诗人只描写纸墨，言外之意，是说用上好的纸和墨画成这幅《梅花图》。三、四句直接由《梅花图》生意，告诉读画人，不要看到梅花便觉得惊讶，不要惊讶它开得太早。结句醒明题意，说东风已经吹到江南，不说梅花是画出来的，却将画梅当作真梅，说它是被东风吹开的，很有韵致。题诗用“以画作真”的手法写来，诗思宛曲深致。（吴企明）

题辣椒蒜头图

李　鱓

莫怪毫端用意奇[1]，年来世味颇能知。
从今相与先防辣，到得含咀悔后迟。

[题解]

本诗选自天津市文物管理中心藏李鱓《辣椒蒜头图》题诗。

李鱓(1686—1762)，清代画家，“扬州八怪”之一，字宗扬，号复堂、懊道人，江苏兴化人。少有才名，康熙五十年(1711)中举，五十三年以画名被召入内廷，当宫廷画师，后因作品不合规格而被免职。后又任滕县(今属山东)知县，“以忤大吏罢官”，遂返乡，以卖画为生。他曾一度热衷功名，但经“两革科名一贬官”的打击以后，心情郁郁不乐，借诗画发泄内心的情感。他的花卉虫鸟初师蒋廷锡之工致，后又师高其佩，进而尚写意，同时兼蓄林良、陈淳、徐渭、石涛等人的风格，笔墨酣畅，有的也不免失之粗犷。

[注释]

①毫端：笔端。

[评说]

李鱓的绘画题材很广，不仅仅画兰、竹、牡丹、凤凰这些文人常画的花鸟。他的画作更追求生活化、平民化、通俗化，常画葱、姜、瓜、茄、山芋、荸荠、芋头、茭白、松鼠、蛤蟆、蚕桑等习见之物，充满了生活气息。这幅蔬菜册页上也不过是几只辣椒、蒜头，对此千万别等闲视之，画家在画跋中提醒读者：“复堂写此志感。”也就是画家的创作是与个人的感触紧密联系的。这是他在官场的政治漩涡中失败，历尽人间的世态万象和人情冷暖后，发自内心的感受。读画者莫怪他笔下的墨迹仅是辣椒、蒜头而已，怪怪奇奇，与众不同，这一立意正是他尝尽世态炎凉以后的领悟。从此以后，应该吸取前车之鉴，凡事先得防范辛辣，如若一任自己的率直真诚，轻易上当，那么吃尽苦头的是自己，正如椒、蒜到嘴含咀，方知其辣，到此时悔之已晚矣！这是画家长年失意挫折以后的人生体悟，更是对后来者的告诫！（杨旭辉）

题葵鸡秋足图

李　鲆

正是烹葵八月天[①]，今年鸡黍足秋田[②]。
布袍未典官粮纳，敢谓村愚是古仙[③]。

[题解]

本诗见重庆博物馆藏李鲆《葵鸡秋足图》题诗。故宫博物院亦有此画，题诗全同。南京博物院所藏者，题诗文字略有出入。

[注释]

①葵：秋葵，嫩时可作蔬菜。②黍：小米。足：丰足。③敢谓：敢说，可以说。村愚：村中淳朴的百姓。

[评说]

正是金秋八月，又到了采葵烹食的时节。今年恰逢丰收，鸡肥黍足，画面上有一株高大的秋葵，以及硕大的母鸡和一块巨石，除此之外别无他物。作者所要传达的是什么意思呢？诗的三、四两句作出了回答。因为丰收，乡村中的农民欣喜万分。他们所乐的又是什么呢？是能够交足官粮，不至于典当布袍、葛衫等日用品来抵租，甚至由此感到自己仿佛是"古仙"，无忧无虑了。农民的知足自在，其实是饱含辛酸的自足。交清租税，本没有什么值得庆贺，乡民如此兴奋的举动，极为反常，引人深思。交租赋只有到丰收的年份才能顺利完成，没有后顾之忧，从中也就暗示了租税之重，名目繁多，层出不穷。平常年份肯定早已十分困难，更不用说歉收的荒灾之年。 到那时，恐怕当尽家财也无济于事了，哪还会有心思去自比“古仙”呢？

综观诗和画，一派祥和自在，而透过表面，画家的牢骚怨愤全都隐藏其中，对社会进行抨击，更对劳苦大众的疾苦表达了极大的同情。（杨旭辉）

题秋柳雄鸡图

李　鱓

凉叶飘萧处士林，霜花不畏早寒侵[①]。
画鸡欲画鸡儿叫，唤起人间为善心。

[题解]

本诗选自故宫博物院及中国美术家协会藏李鱓《花鸟屏》挂轴。上海博物馆藏画屏上题诗诗意与此一致，文字略有出入，“处士林”作“秋树林”，“早寒”作“晓寒”，“为善心”作“好善心”。

[注释]

①霜花：菊花。

[评说]

绘画乃“成教化，助人伦”者也（张彦远《历代名画记》）。李鱓的《秋柳雄鸡图》体现了这一画论思想。不仅如此，它更是对现实的批判，是对现实彻底失望之后发出的强烈呼吁和呐喊。秋风吹尽柳叶，片片叶子在空中飞舞，这就是有才德而隐逸不仕的处士居处。山林中的菊花斗霜怒放，根本就不畏惧早寒的侵袭，依然那么傲然挺立。在一片萧索荒寂之中，有一只振作高昂的雄鸡立于山岩之上，引项长鸣。“一唱雄鸡天下白”，在常人理解起来，雄鸡啼鸣预示黎明的到来，而画家的本意远非如此简单。画中的鸡儿所处的现实世界较黑夜更加复杂，人心的险恶，封建官吏的狡诈虚伪，令画家尝尽其中的艰辛。出于自己的切肤之痛，更出于社会教化的理想，作者内心深处一直在不断地呼唤人间的善心。当然，身处这一荒芜冷寂、不见光明的环境，一切都必须要通过自身的努力来打破。但诗人渴求光明、平等这一由来已久的愿望在画作中就通过雄鸡这一形象直接抒写出来，更是发挥了“怨刺上政”，“成教化，助人伦”的社会作用。（杨旭辉）

题蕉鹅图

李　鱓

为爱鹅群去学书，丰神岂与右军殊①。
近来不买人间纸，种得芭蕉几万株。

[题解]

本诗选自扬州博物馆藏李鱓《蕉鹅图》题诗。

[注释]

①右军：即书法家王羲之。

[评说]

一丛芭蕉一只鹅，这在画中是极为平常的题材。可有了这首题画诗，画面上就不仅是鹅与芭蕉了，更充满了画家对古代两位大书法家的仰慕之情。作者画鹅的原因是“为爱鹅群去学书”。相传，东晋大书法家王羲之好鹅，山阴县禳村有一道士为求得王羲之的法书，特养上好的白鹅十余只。羲之见而欲买，道士不肯收钱，只求《道德经》两章，愿将白鹅奉送。王羲之最终欣然提笔（事见南朝宋虞和《论书表》）。在诗中，作者讲道，“我”也性喜白鹅，为能求得，也去学习书法。学成后又在画中再现，这种丰神与王右军相比，又有何不同呢？从中不但看出对前人的追慕，更可见他的自信。

又传，唐代书法家怀素，精书法，勤学苦练，“庵东郊植芭蕉，亘带数亩，取叶代纸而书，号其所曰绿天”（陶穀《清异录·草》）。他所用废的秃笔埋积如山，号曰“笔冢”（事见李肇《国史补》中）。李鱓素有“种得芭蕉千万叶”的心愿，因而画出芭蕉以明心志。

总之，这幅《蕉鹅图》的画意，通过诗情完整地表达了出来，使人产生丰富的联想。（杨旭辉）

题钟馗像轴

李　鱓

自向终南避世深[①]，山魈木客接知音[②]。
群憎我面非人面，未必他心是我心。

[题解]

本诗选自济南市博物馆藏李鱓《钟馗像》题诗。

[注释]

①终南：终南山，又称“南山”，秦岭山峰之一，在陕西西安南。②山魈（xiāo）：形似猴，以其状貌丑恶，旧时称之为“山怪”。木客：传说山中的怪兽，形似人，手脚爪如钩。接：交接。

[评说]

钟馗是古代人物画中经久不衰的题材之一，如何在众多“钟馗图”中独见风致，则成了画家面前的难题。乌帽大袍，须发蓬张，怒目瞋视，只是其外貌特征，画钟馗者无不毕肖。在这首诗中，作者并没有写形，而是着力于“写心”，显得十分别致，因为鬼魅的心理活动常人是难以捉摸的。诗中借钟馗之口讲道：自从“我”避俗遁世，深居终南山，不与外界往来，平日所接交的，无非就是山魈、木客之类的山怪，与世人格格不入的“我”却与精怪成为知音。在世人眼中，这已经是够怪的了，再加上“我”丑陋不堪的容貌，更招致人们的憎恶。“我”始终刚正不阿，公正无私。说来世人的内心也未必和“我”一样。虽然他们有着美好的容貌，却不见得表里如一。

鬼魅精怪，本是子虚乌有之物。即便存在，也是意识中想象出来的，带有极浓的个人色彩。李鱓画中的钟馗，乃至他的内心活动，也无不吐露出自己的胸臆：世人笑为“怪”，我仍秉我节！（杨旭辉）

题玫瑰

李　鱓

粉团如语启朱唇，常比春光解趣人。
老眼独怜枝上刺[①]，不教蜂蝶近花身。

[题解]

本诗选自江苏国学图书馆编《陶风楼藏书画目》卷下。另吉林省博物院、日本山口良夫、美国高居翰所藏李鱓册页亦题有此诗。

[注释]

①怜：爱。

[评说]

《广群芳谱》卷四三云："(玫瑰)色媚而香，甚旖旎。"李鱓的画及题诗就穷妍极态，描摹出玫瑰含苞欲放时的旖旎情态。在春风吹拂之下，饱受露水的滋润，绿叶丛中冒出几点粉团，看上去犹似美人朱唇，欲语口未启，似动非动，静止之中又蕴含着动势。又好像在挑逗无限的春光，与之对话，也许只有它才真正解得春日的风情。把它比作"春光解趣人"尚不为过，故而在春光的沐浴之下，愈发娇媚妍丽。这就是画家的高明之处，连用两个比喻，突现出玫瑰的盎然生机和活力。

观画者往往会被粉艳的花朵所吸引。蜂蝶也会弄假成真，前来翻飞舞动。而画家却并不以为意，诗意随之一转。在他的老眼中，唯独怜爱枝上的尖刺，只缘有了尖刺，玫瑰这种富贵娇媚的花才不至于引来蜂蝶的撩拨和扰乱。郑板桥有一首《竹》云："我自不开花，免撩蜂与蝶。"二者立意正同，以花木自喻，虽处尘世，仍要洁身自好，并以自己独特的方式来避开喧嚣和烦闹。

同是写花刺，金农题画则用以讥刺现实："莫轻折，上有刺，伤人手，不可治，从来花面毒如此！"（《题蔷薇图册》，画藏天津博物馆）意味深长。由此看来，"扬州八怪"笔下的花卉都自有怀抱，以之言志抒臆。（杨旭辉）

题秋葵图

‖李　鱓

自入长门着淡妆[①]，秋衣犹染旧宫黄[②]。
到头不信君恩薄，犹是倾心向太阳。

[题解]

本诗选自天津博物馆藏李鱓《秋葵图》题诗。

这幅图笔墨酣畅利落，设色典雅。秋葵神态舒展，花叶俯仰多姿。看似草草而就，实则妙趣横溢，意蕴深厚，足见画家精湛的艺术功力。

[注释]

①长门：长门宫。西汉时，陈皇后失宠于汉武帝，别居长门宫，使人奉金百斤，令司马相如作《长门赋》，以悟主上，陈皇后复得幸。事见司马相如《长门赋序》。②宫黄：古代妇女额头上涂饰的黄色。周邦彦《瑞龙吟》："侵晨浅约宫黄，障风映袖，盈盈笑语。"

[评说]

秋葵，"朝夕倾阳，此葵是也"（《广群芳谱》卷四七）。在文人笔下，这一自然属性就被赋予了象征意义。《广群芳谱》录梁栋《黄葵》诗云："倾日不忘君"，"忠孝出本真……九夏不趋炎，三月不争春。高秋风露冷，孤标出清尘。背时还独立，揽芳泪沾巾"。画中一枝秋葵孤标独立，其清高忠君已见。而诗作再借长门一典，将画中的秋葵比拟作汉武帝的陈皇后，借以抒写自己虽被排挤，但仍思重返宫廷的心情。

自从打入长门冷宫之后，无意装扮，只是略施粉黛淡妆，秋衣浸染着宫黄色，真是度日如年，身处此境的陈皇后就是到白头也不信君恩薄如纸，会不念旧情，所以始终是倾心向君王。 而在作者的眼里，秋葵就是他自己，而太阳就是新登基的雍正帝。 恋念仕途而未获知遇之恩，是李鱓一生思想中难以解脱的矛盾，但对君王的忠心与企盼却如秋葵向阳一样，始终如一。 本诗脱胎于明王谷祥《题向日葵扇》，每句略换数字。（杨旭辉）

题松柏兰石图

李　鱓

老树横空石半斜，依稀点缀葛真家[①]。
墨痕处处留仙迹，怕见当时红绿花。

［题解］

木诗选白天津博物馆藏李鱓《松柏兰石图》题诗。

此画作于乾隆十四年（1749）。此时的李鱓已罢官去位，自称“道人”，返回兴化，倦游归来，心情极为沉重和失望，与他早年积极入世为官的心态完全背离。

［注释］

①葛真：即葛洪。字稚川，自号抱朴子。晋句容人。家贫好学，始以儒术知名，后好神仙导养之法，著有《抱朴子》，论及神仙、炼丹诸术。

［评说］

诗歌首句对画面内容及构图作一简要介绍，画上松柏交错，拔地而起，横绝空中，气势开张，地上山石略斜，石下蕙草婀娜可人，刚贞、耿介、芬芳、高洁兼而有之。紧承首句，诗中说道，如果这些来点缀葛洪真人的居所，那是再恰当不过的，因为它们与屋子主人的品行完全吻合，此所谓“物以类聚，人以群分”。在李鱓的墨笔之下，只有松柏兰石这些高蹈的物象，因而画面上处处留下葛洪这样仙者的踪迹和身影。而主人最怕见到世俗的红红绿绿，引得蜂飞蝶舞，纷扰不定。这种“草绿繁华”正是皇家、官场所需，而他却说“草绿繁华无用处”，于是他便遭遇到“两革功名一贬官”的结局。历经官场浮沉之后，画家在诗中表现出一种厌恶红尘、仰慕出世的思想。他取号“懊道人”是否别有所寄？他的这一出世思想是不是入世愿望不得实现而产生的情绪？还是别有原因？发人深思，耐人寻味。（杨旭辉）

九秋图

李　鱓

薄宦归来白发新[①]，人言作画少精神。
岂知笔底纵横甚，一片秋花万古春。

[题解]

本诗选自江苏国学图书馆《陶风楼藏书画目》下。

[注释]

①薄宦：官位俸禄低微，仕途不得志。

[评说]

人人都说，仕途失意，罢官回乡，心灰意冷。精神萎顿不振，头上白发可以为证，哪有什么闲情逸致去赋诗作画呢？而在李鱓看来，绝非如此。乾隆十二年(1747)，眼看“入都之计”彻底绝望，他启用的一方图章颇令人注目，那就是“卖画不为官”。在宫廷、官场中不能充分表达的个性色彩，画家全身心地倾泻在画页上。宫廷画需要的只是规矩、泥古、华丽，而他在画中所表现出来的是放纵的笔墨，在画页的自由天地中，用不拘形式的笔墨表现自己内心的寂寞与痛苦。他以自己的个性色彩充溢于丹青水墨之中，早已突破成规定法，还觉不够，还要做到“纵横甚”。甚者，达于极致之谓也。这其中可能也含有些许的愤怒与不平，是对康熙年间自己因画不合规格而免职一事的一种对抗。作者对自己这种酣畅淋漓、清新动人，以抒写个性为特色的画风极为得意，这正是今日卖画不为官的结果。罢官不仅没有使“我”消沉，反而使“我”的画不拘绳墨，放浪随意，无复拘碍，愈见精神和力量。最后，诗才点到画面，这幅《九秋图》中的一片迷人秋色，令人神往，那两株桂花、秋葵，虽然平凡无奇，但它所传达出来的风神却是万古不灭、永葆春华的，这是画家的自我表白。同样，作为他的挚友，画家郑板桥也曾热情地赞颂了他的这一画风：“丹青纵横三千里。”可谓真正的心灵相契者。（杨旭辉）

题牡丹兰草

李　鱓

幽芳独抱楚江烟，写入清平调里笺①。
若是春风吹不到，便如国士有谁怜②。

烂写名花富贵身，牡丹原自有精神。
莫将艳色欺兰草，香是人间万古春。

［题解］

本诗选自蒋华《扬州八怪题画录》之《李鱓题画录》。

［注释］

①“写入”句：唐开元中，禁中盛开木芍药（即今之牡丹），有红、紫、浅红、白四色，玄宗移植于兴庆池东沉香亭前。会此良辰，玄宗召杨贵妃侍辇赏花。李龟年上乐，帝欲新词，遂命龟年持金花笺宣赐李太白，进《清平调》三章。时太白尚醉，援笔立赋。事见韦濬《松窗杂录》。②国士：一国之中才能出众者。

［评说］

在李鱓的眼中，“看遍春风香世界，只惟兰草牡丹花”（上海博物馆藏《花鸟》屏条《牡丹兰花》题诗）。何以群芳之中，独倾心于兰草牡丹，此诗作了一番诠解。

兰草洁介，身处深谷，始终能做到独抱幽芳，沐浴楚江烟雾。楚地幽兰，历来高标，在众芳芜秽，“资菉葹以盈室”（《离骚》）之际，尚能保持“余情信芳”，不随其波而扬其流，自然就令人联想起屈原之耿介信姱，因为他无时不以此自比。牡丹虽然富贵，但一经太白的点化，就别具风采，其《清平调》之一云：“云想衣裳花想容，春风拂槛露华浓。”牡丹固佳，而其美艳富丽自离不开春风吹拂，晓露滋养，一旦失去，这一切又何从谈起。作者翻用李白诗意，由花及人，人事又何尝不是如此？“若是春风吹不到”，即便是屈原、李太白这样的杰出国士，也无人理会，更无人怜惜爱护。能悟人此理者甚少，故而常人眼中笔下，牡丹成了富贵之身，却殊不知牡丹本来自有精神。为了一朝的容光，它一直在默默地积蓄力量，忍受寂寞与冷落，“试想百般浓艳处，有谁来看未开时？”（李鱓《题牡丹》）它并不因顾虑春风的有无而自暴自弃，舍弃本性。无独有偶，艺术史上的巧合也颇多，明末清初书画家傅山曾以水墨笔法画了一幅《墨牡丹图》，将牡丹列入“四素”，与传统的“四君子”并列，并题诗云：“何奉富贵容，得入高寒笔。君子无不可，亦四素之一。”有鉴于此，作者在本诗之末告诫世人，在读解此画时，不要只见牡丹的艳丽华贵，而见欺兰草，其实色彩姿态并不是重要的，重要的是它们的精神相通，可以并传千古，正乃诗中所谓：“香是人间万古春。”（杨旭辉）

题三秋图

李　鱓

三秋全为草菊忙，瓦罐茶铛插栽黄。
犹有一枝安顿未？酒瓶空后再商量。

[题解]

本图今藏无锡博物馆。

本图构图非常简约，用粗放的笔触，随意画出瓦罐、茶壶各一只，除勾线外，还用横线皴擦，表现物象圆的质感。瓦罐中插菊花三枝，茶壶中插菊花两枝，壶旁另有一枝。菊花花瓣或用夹圈，或用直条画成，点墨写花叶，笔墨极为简率。画幅左上方，画家自题一诗，书写方式或一字一行，或两字，或三、四、五字，字数不等，错落有致，全依画面形象的态势安排。

[评说]

画极有幽趣，题诗也极有幽趣。一般画菊，或在竹篱旁，或栽花盆内，或用折技法插在花瓶里，很少见到将花插在茶壶、瓦罐内。李鱓用奇趣构思，才有此奇境。诗的前两句，描写画面景物，说三秋时节，大家都为菊花忙碌，“我”将菊花插在瓦罐、茶壶里。诗的后半首，扣住画面中茶壶边上的一枝菊花着笔，诗人自问自答，说：还有一枝安顿好没有？要等“我”喝完酒，酒瓶空了以后再作商量，言外之意，是说将最后一枝菊花插在酒瓶里。题写菊花的诗，有的从菊花的形象美落笔，有的从菊花的“比德性”落笔，李鱓却别出心裁，点明自己菊画之“趣”，如此构思，措意真是妙趣横生，别开生面。（吴企明）

题松石紫藤图

李　鱓

泰山北斗青松干，富贵缠绵藤蔓花。
不尽画图称愿意，四时春在吉人家。

［题解］

本图今藏上海博物馆。

这幅画是李鱓初师蒋廷锡时的作品，比较工细，清雅秀润，与他后期画风迥然异趣。画幅中写一棵青松，高大挺拔，顶天立地，枝干虬曲盘旋，枝繁叶茂，郁郁葱葱。松下石畔画一丛牡丹，花、叶均用勾线填色法，或红或白，色泽鲜艳，松干上盘绕着一棵紫藤，花似碎玉珠花，倒垂于枝头。全图工整细致，设色明丽，物象位置安排巧妙，是他前期绘画中的一幅佳品。画家在画幅右侧松树边很小的空间里，题上一诗。署款云："乾隆十六年，岁在辛未四月，制于邗江兰若僧房。复堂懊道人李鱓。"

［评说］

李鱓用题画诗的常格写成此诗，前两句写画面形象，后两句写感慨。首句形容松树枝干如泰山之大、北斗星之高。次句写画上之花，牡丹花环绕在松树周围开放。紫藤的藤蔓盘绕在树干上，紫藤花倒挂在枝头。"富贵"，即牡丹花。画面的景物都是祝愿他人吉祥如意的，松树祝人长寿，牡丹祝人富贵，所以说画图有说不尽的称愿意思，四时的春光常在吉祥人的家中。画呈吉祥喜庆之象，题诗将这种气象点明，也呈现出吉祥意，诗画对应，诗画交通，融为一体。（吴企明）

松石紫藤图

题松藤图

李 鱓

漫惊笔底混龙蛇，世事谁能独起家？
松因掩映多苍翠，藤以攀高愈发花。

[题解]

本图今藏故宫博物院。

图中老松枝干虬曲，形如蛟龙，用淡墨勾描枝干，皴擦晕染，以浓墨画松针，笔墨纵横恣放，泼辣洒脱，苍劲有力。藤蔓缠绕松树枝干，攀援而上，形如蛇，藤蔓用细笔勾画，淡墨晕染，略施淡赭，藤花倒挂枝头，繁密清雅，惹人喜爱。全图兼用粗细笔，墨色浓淡相间，色彩雅淡，写意工笔并用，刚柔相济，是李鱓写意花卉画中的一幅名作。画幅右下方，画家自题一诗。

[评说]

诗歌用惊人之笔发端，出人意料，产生突兀之感，这首题画诗便运用了先声夺人的表现手法。首句说，不要为笔下的松藤形似龙蛇而感到惊奇。诗以画幅所产生的惊人艺术效果发端，醒人耳目。次句发议论：人世间的事物都是互相依存的，有谁能独自起家？诗的三、四句，扣住画面具象，说出上句议论的具体表现，松树因为有了藤蔓的掩映，更多苍翠之色；藤蔓因为攀援高松，愈益开放藤花，诗句形象地说明事物间相互依存的道理。李鱓作《松藤图》时，在物象间已经寓以“谁能独起家”这个人生哲理，他唯恐读画人不易看出，便题写一诗，题诗不写松的形象美和比德意义，也不写画艺三昧，却用诗句将自己的画心挑明，帮助读画人读懂自己画幅的深层意蕴，诗情画意在理性的层面上得以交融，诗画融通后放出理性的光辉，启迪人的心智。（吴企明）

题牡丹图

李　鱓

烂写名花浩荡春，繁华端底斗时新。
年来万事嫌寒俭，我爱燕支不为人。

[题解]

本图今藏上海文物商店。

这是一幅折枝牡丹图，写意花鸟画小品，用没骨法画成。图上一枝花盛开，粉白和胭脂染出花瓣，黄色点蕊，衬以深绿叶子。一枝含苞待放，花瓣包裹住，用胭脂染成，衬以嫩绿叶子。整幅画构图简约，用笔、敷色富有变化，很有生意，得恽寿平没骨花卉之遗意。画幅左上方，随花叶之势，参差不齐地题上一诗，给画面带来活泼的艺术趣味，构成画面的参差美。

[评说]

题诗运用常格写成，二句写画面，二句写感慨。李鱓爱牡丹，画过很多幅牡丹图，所以本诗开端说“烂写”。牡丹是名花，色彩浓艳，带来浩荡春意。它开得茂盛繁华，真个为了与春花斗妍争新。“端底”，即端的，唐人口语，犹云“真个”。第三、四句，由画面形象生发感慨，说明“我”为什么爱画牡丹花。只因近年来处境不如意，万事都嫌寒俭，所以“我”爱用燕支画作牡丹花，用“牡丹原是有精神”（另一幅李鱓《牡丹图》上的题诗）的勃勃生气和富贵气，给自己的生活，带来点春意，以此来宽慰“我”因贫寒和困窘而受挫的心。“我”画牡丹是为了自娱，“不为人”，并不想以此祝人富贵，讨得他人的欢心。这种艺术意想，在《牡丹画》题诗中很难见到，他的构思确能别出心裁。画家将自己“烂写”牡丹的画心，婉曲道出，帮助人们理解自己。他以诗配画，将自己的高情逸思，“题以发之”，充分发挥画诗的艺术功能。（吴企明）

题草虫图

李　鱓

机声轧轧月初斜，似此虫声又一家。
晓起空庭寻未得，夜深依旧咽秋花。

［题解］

这幅《草虫图》，为天津博物馆收藏李鱓《花卉图册》十二开之第十开。册页上画杂草数根，用草书笔法撇出草叶，笔势灵动，叶上站立一只纺织娘，用淡墨染出虫体，翅翼墨色更淡，若透明然，再由细笔浓墨点睛，画出触须，形神毕现，栩栩如生。画家在右侧用草书题上一诗，笔画时粗时细，圆转灵活，笔势与画上的细草十分协调，体现出书画浑然一体的美学特征，达到极致的境界。

［评说］

这是一首描写草虫图的绝妙好诗。首二句说，新月初斜的月夜里，远处传来轧轧的纺织机声，机声像是虫声，却又别是一家。诗的第三句脱出画面的草虫形象，转笔写人，描写诗人第二天晨起后，抽一个空闲的时间，到空庭草丛中去寻找昨夜鸣叫不停的纺织娘，可惜它早已飞去，找不到。结句的诗意又绕回到画面上，拍合全篇，说纺织娘在夜深的时候，依旧在草丛中鸣叫，似乎在为秋花悲咽。全诗以纺织娘的鸣声构思立意，以此为线索，运用通感手法，以听觉补充视觉，营造月夜虫鸣的氛围，表现画面上纺织娘的艺术形象，富有诗意。诗虽短，却极有章法，起承转合，首尾环合，诗思前后呼应，浑然一体，读来流转自如，意脉顺畅，很明快，又极有蕴藉风味。（吴企明）

题故山图

李　鱓

倪黄高处何人识，前有清溪后石溪。
笑我廿年脂粉笔，白头方悔故山迷。

［题解］

木图今藏天津博物馆。

李鱓在画上署款云："乾隆十二年夏六月，复堂懊道人李鱓。"乾隆十二年（1747），时画家已六十二岁，是他晚年的作品。画幅上重峦叠嶂，高耸云天，峡谷间，流泉飞泻，山麓平坡上，山家屋舍掩映在树木中，青松红枫，相映成趣。全图用笔自如流畅，粗中有细，山石勾勒皴擦，水墨淡彩并用，树木双勾枝干，树叶勾圈填色，或水墨点染，充分表现出家乡山居的风貌，形神兼备，风格潇洒。画幅左上方自题一诗。

［评说］

李鱓一生的绘画创作业绩主要在花鸟画上，他很少画山水。题诗的前两句，明白道出自己远宗元人倪、黄的艺术渊源，说：倪瓒、黄公望的高妙处，有何人识得？前有程正揆，后有髡残识得倪、黄的高处。言外之意，还有"我"自己也识得。"清溪"，一作"青溪"，即程正揆；"石溪"，即髡残。李鱓在《冷艳出香图卷》的跋语中，曾历数自己艺术上的取向："苏米、倪黄，盛于宋元。"诗的后两句，道出自己的悔意，说"我"二十多年来，一直用脂粉画作花卉，到了老年方才懊悔自己竟然迷失了故山，很少画山水。全诗句句议论，又能扣住画面景色。画家将题诗的思路指向审美理性的层面，是一首典型的纯议论的题画诗。（吴企明）

题石榴蜀葵图

李　鱓

葵忱倾向太阳中，甲第榴花似火红。
莫负画师图小草，宜男多寿是谖丛①。

[题解]

本图今藏常州博物馆。

这幅画是李鱓晚年的作品。笔墨功夫很深，用笔粗放，充分表现出他晚年的画风。画幅右侧画湖石两块，一大一小，粗粗勾线，皴擦点苔，明暗分明，凝重沉稳。石后画一棵石榴树，枝干穿出画外，又在画幅上方倒插下来，枝头榴花火红，石榴垂挂。小石旁画蜀葵两枝，萱草二丛，用没骨法画蜀葵花、叶，而画萱草却变其法，一丛用双线勾出草叶，用火黄色画萱花，一丛直接用色撇草，火黄点花。可见李鱓在运笔、用墨、敷色方面特意变而化之，随心所欲，益显技法之成熟。画幅左下方，齐整地题写一诗，揭示画旨。

[注释]

①宜男：草名，又名萱草。孕妇佩之则生男，旧时颂人多子之词；它又名谖草，忘忧之草，故多寿。

[评说]

画家常将吉祥物组合成画，祝贺他人。李鱓这幅《石榴蜀葵图》也寓此意，画成后又题一诗，进一步点化画意。首句说，葵心热忱，倾向太阳，喻写自己对友人的仰慕、向往之情。 次句说府上的石榴花开得火红，结实丰满多子，祝贺友人子孙满堂。 第三、四句画家特别叮咛，不要辜负“我”画作小草的一番心意，“我”借着谖草，祝友人忘忧多寿，早得贵子。 画幅与题诗，都具有“吉祥性”的美学特征，给人送去吉祥美满的祝颂，受到人们的普遍欢迎。 这种画风，后来在“海上画派”诸名家的创作中，得到大力发扬。（吴企明）

题风荷图轴

李　鱓

休疑水盖染淤泥，墨晕翻飞色尽黧。
昨夜黑云拖浦溆，草堂尺素雨风凄。

[题解]

本图藏日本大阪市立美术馆。

这是一幅水墨画，画家用水墨晕染成大片荷叶，莲蓬、荷花夹在叶中，下有芦荻数茎，荷叶、芦荻都在风中摇荡，笔墨纵横，枝茎体态纷乱。自题绝句一首，用行草书写于画幅上方，字行参差错落，随上翘的荷叶作避让之势，字迹飞腾，与风中荷茎、芦荻交叉的画相应，构成书画交融的境界。

[评说]

画家担心读画人会误认用“墨晕翻飞”画成的黑色荷叶染上淤泥，有违“出淤泥而不染”（周敦颐《爱莲说》语）的韵味，便以“休疑水盖染淤泥”发端，采用“倒装说入”的结构手法，倒置诗思发展的前后脉络，强调了“休疑”的意思，造成诗歌开端的突兀气势。诗的后两句，叙写《风荷图轴》的艺术效果，大概是昨夜黑云来浦溆，致使草堂里风雨凄凄。李鱓运用以艺术效果写美的手法，极意形容风荷形态逼真，赞誉精湛画艺。因为是自题诗，这样写比较含蓄，也比较得体。（吴企明）

墨竹为汪巢林作

金　农

明岁满林笋更稠，百千万竿青不休。
好似老夫多崛强①，雪深一丈肯低头②。

［题解］

本诗选自金农《冬心画竹题记》。

金农（1687—1764），清代著名书画家，字寿门，号冬心，又号稽留山民、曲江外史、昔耶居士、龙梭仙客、百二砚田富翁、金吉金、心出家庵粥饭僧、荆蛮民等，浙江仁和（今杭州）人，“扬州八怪”之一。博学多才，工诗词。书法以隶书出名，独创“漆书”。终生不仕，五十岁始专门从事绘画，以此为生。他学问渊博，文学修养高深，所见历代名画多，加之良好的书法基础，使其画“涉笔即古，脱尽画家之习”，备受世人推崇。绘画上，山水、花鸟、人物均长，尤善墨梅。他常喜欢题其画曰师自某人，仅托名而已，其梅、竹、马都出自个人的创作。人物肖像，妙在似与不似之间，开创了文人画的肖像画领域，成绩突出。著有《冬心先生集》《冬心随笔》《冬心杂著》，以及画梅、画竹、画马、自写真及杂画的多种题记。

［注释］

①老夫：作者自称。②肯：岂能，岂可。

［评说］

这幅画及题诗都是“为汪巢林作”。巢林，汪士慎之号，与金冬心为同道，同入“扬州八怪”之列。冬心在这首题诗中，向友人袒露了自己的心胸和志节。诗借画而发，冬心对友人说，虽然“我”所赠墨竹仅仅一两竿，但千万别小觑它，可知它有极强的生命力，不折不挠，说不准等到明年已是满林嫩笋，显得更为稠密。这些幼笋都富有活力和希望，再过不了多久，它也将成为劲竹，百竿、千竿，乃至万竿，青青苍苍，永不改色，自强不息。这就好似老夫“我”的个性，桀骜不驯，伟岸正直，从不苟合于浊世，哪怕是遇上大雪，即便雪深一丈又岂肯轻易低头？诗的三、四两句，既是写竹题画，更是在写自我，二者水乳交融，分不清彼此。事实上也完全没有这个必要，因为画家个人的品格节操早已寓于劲竹之中，反过来，竹枝又极为形象地体现了画家的精神风貌。（杨旭辉）

题湘阴女郎画竹三首

金　农

妆阁流风洗黛痕[①]，管夫人法卷中存[②]。
生来不画红花树，怕见倡桃笑倚门[③]。

竹枝新长楚江头，便有烟昏细雨愁。
若说无心心最苦，斑斑湘女暮啼秋[④]。

物外婵娟用意深[⑤]，此君写照在虚襟[⑥]。
散传南国知增价，岂止吴儿一铤金[⑦]。

［题解］

本诗选自金农《冬心先生集》卷三。

［注释］

①妆阁：闺阁女子。黛痕：黛绿的痕迹。李洞《题尼大德院》："台上灯红莲叶密，眉间毫白黛痕销。"这里指浓艳的脂粉之气。②管夫人：指元代画家赵孟頫夫人管道昇（1262—1319），翰墨辞章，不学而能。善画墨竹梅兰，晴竹新篁，栩栩如生。③倡桃笑倚门：指桃花妖艳，犹如娼妓倚门卖笑。元王实甫《西厢记》三本一折："你看人似桃李春风墙外枝，卖俏倚门儿。"④湘女啼秋：指帝尧女娥皇、女英泪洒湘竹一典。⑤物外：超脱于世事之外。婵娟：形态美好。⑥虚襟：虚心。⑦铤（dìng）：金锭。

[评说]

这三首《题湘阴女郎画竹》分别从被题者的风格、立意、价值三方面作出了评价和赞颂，同时表现了冬心先生自己的画学主张。湘阴女郎虽身处闺阁，游历较少，然而她出手不凡，高风雅韵，一洗铅华粉黛，全用水墨。管夫人画墨竹之法在画卷中体现出的清神幽思，在女性的画竹作品中，尚得以保存，实属不易，而又恰在情理之中。因为她生来作画就不喜欢画红花绿树，更怕见到妖李倡桃倚门市的情景。言为心声，画如其人，能写这般风格作品的女子，必定是人品高尚，操节凛然，犹如画中直节凌云的劲竹。

于是，第二首题诗就着力描写画面。一竿新竹，挺立于荆楚江滨，在昏暗的烟雾细雨笼罩之下，便有一种莫名的愁绪油然而生。这种感受并非“为赋新词强说愁”，而是此情此境中自然产生的，完全属于“无心”，而正是“无心”才是感情的真实流露。翠竹上的斑斑点点，不就是娥皇、女英洒下的泪痕吗？其中或许还饱含着湘阴女子的无限情思。

有了前两首诗的描述，诗人便由此生发，指出画作的内涵和价值。湘阴女郎专画超然于世外的虚竹，并着力表现其优美的姿态，是有独特深意的。《庄子·人间世》讲：“唯道集虚。虚者，心斋也。”画中写照“此君”，其实正在于她的“虚襟”之中。她的这一艺术价值，在吴地识者尚少，而一旦散传到南国以后，便大为增值，就非吴儿一锭金所能比也。通过这一对比，冬心不仅对湘阴女郎的画，更对其人品作出了极高的评价。

（杨旭辉）

题闭庐不读图

金　农

团扇生衣捐已无[1]，掩书不读闭精庐[2]。
故人笑比中庭树，一日秋风一日疏。

[题解]

本诗选自唐云先生旧藏《闭庐不读图》挂轴题诗。

初读冬心《闭庐不读图》，都会以为这是一幅写景之作。一抹矮墙，四五株参天古树，苍劲古朴，在阵阵秋风的吹动之下，片片黄叶在空中飘飞舞动。整个画面最为抢眼的是不剩一张叶脉的枝丫，确实使人感到秋意肃杀，不禁要感叹："悲夫，秋之为气也！"正处于这种氛围之下，一间茅舍傍树而设，内有一人伏案掩卷，在大树的比照之下，显得极为渺小，不为人所重。事实上，这才是画面的抒情主人公，至于他要抒发什么样的情怀，我们不妨从题画诗中作一番寻绎。

[注释]

①生衣：绢制的夏衣。白居易《秋热》："犹道江州最凉冷，至今九月著生衣。"捐：舍弃，弃置一旁。②精庐：此处指讲习读书之所。

[评说]

秋气袭来，渐生凉意，团扇生衣早已捐弃一旁，这是生活常理，似乎并无叙述的必要。然而，要知"团扇"一词在古典诗文中含有深意，汉代班婕妤为赵飞燕所谮，退处东宫，赋诗自伤，就以"团扇"自比："常恐秋节至，凉飙夺炎热。弃捐箧笥中，恩情中道绝。”在这儿，画家又借以自况，清介孤高，无人赏会，为世所弃，带着万般无奈，遂退隐草泽之中，深居简出，闭门读书。读书不过是逃避现实的一种精神慰藉，然而要做到彻底超脱并非易事，有时终究抵不住世事的烦恼与纷扰，不免掩卷长叹。画中人物的满腔愁绪，正是画家自己内心世界的表露。为了能达到含而不露的艺术效果，画家就托意庭中老树，一个“比”字就深深地体现了这一层含义。“一日秋风一日疏”，就画面讲，是指树叶的零落，而画家的心灵深处更随着秋风的加剧和飘飞的落叶，而日见疏芜萧索。在读画时，如果不结合题画诗，这层深意是很难看出的。（杨旭辉）

题墨梅图

‖金　农

砚水生冰墨半干,画梅须画晚来寒。
树无丑态香沾袖,不爱花人莫与看[①]。

[题解]

木诗选自故宫博物院藏金农《墨梅图》题诗，又见金农《冬心画梅题记》。

金农的这幅《墨梅图》，枝干屈曲遒劲，尽为短梢，于朴拙中追求一种秀雅的风格。他用笔以书入画，凝重浑厚，墨色清淡秀润，给人一种纯雅脱俗、清气袭人的感觉。

[注释]

①莫与：不给。

[评说]

这首题诗，金农从比较独特的角度抒发了清高拔俗的情怀。在诗中，作者说道，“我”在画梅的时候，天气非常寒冷，砚瓦中的水早已结成一层薄冰，墨也早已半干。这在书画创作中是一个不利条件，而在画家看来却是一件好事，因为写梅就要写出它的冰姿玉骨，只有待到冰天雪地的严寒季节，才足以体现其本性。梅花精神的核心就是凌霜傲雪，不折不挠，至于枝干的形态都是次要的。所以在画家看来，梅花本就无所谓美丑之分，只要是梅，都飘散着冷峻清雅的幽香。如果你与之为伍，身处其中，在不知不觉间，梅花之幽香雅韵就会悄然潜入襟袖。相反，对于那些不懂得爱惜的人，根本就没有必要让他们来看梅，他们非但不能受到寒梅的熏陶和教益，反而会因之生妒，不惜一切手段来摧残破坏。这些人，冬心曾把他们比作狡狯的春风：“偏是春风多狡狯，乱吹乱落乱沾泥。”（题《古墙梅影册页》，画藏故宫博物院）

综观全诗，除却画家自我抒情之外，也对他爱梅、惜梅之情进行了淋漓尽致的表现。（杨旭辉）

画　梅

金　农

东邻满座管弦闹，西舍终朝车马喧①。
只有老夫贪午睡，梅花开后不开门。

[题解]

本诗选自金农《冬心画梅题记》。

[注释]

①舍：邻舍。 终朝：整日。

[评说]

扬州古城，历来就以多富商巨贾、珠翠珍异而号天下繁侈。 郑板桥有一首七律《扬州》，就描述了扬州当时歌舞繁华的景象：“画舫乘春破晓烟，满城丝管拂榆钱。 千家养女先教曲，十里栽花算种田。 雨过隋堤原不湿，风吹红袖欲登仙。 词人久已伤头白，酒暖香温倍悄然。”金农晚年寄寓扬州，以卖画为生，对扬州的繁华也应有如此的印象，他在诗中就以自己的左邻右舍为例来说明这一切。 东邻日日是宾客逢迎，高朋满座，丝竹管弦不绝于耳；西舍每天门庭若市，车马熙熙，人头攒动，好不热闹。 在画家的眼中，这些不足挂齿，丝竹乱耳，车马嘈杂喧闹，更是乱人心神。 与此形成鲜明对照的，就是老夫“我”的寒舍，在富家大户的左右比衬下，显得孤寂冷落，甚至有些荒凉，而“我”却并不以为意，只当它不存在。“身外无求睡最安”（苏州耦园对联），还是贪睡午觉，以求得内心的平静。庭中梅树花开累累，生机勃勃，如此好花，即便园门常开，也无人欣赏，倒不如干脆闭门谢客，沉浸于这一片宁静之中。

在看似平和冲淡之中，其实孕育着冬心先生无尽的孤寂和愤懑。在一幅《马图》上，他曾以千里马自喻，个人郁郁不得志的愤懑溢于言表："今予画马，苍苍凉凉，自顾影酸嘶自怜之态，其悲跋涉之劳乎？世无伯乐，即遇其人，亦云暮矣！吾不欲求知于风尘漠野之间也。"他的一生，流寓漂泊，穷愁潦倒，自然更比常人能够体会人间的炎凉甘苦，尝味仰人鼻息的痛苦，他的《寄人篱下图》（画藏浙江省博物馆）就寄寓了这首诗所表现出来的情感，可视作本诗的形象图解。（杨旭辉）

题蒲草图二首

金　农

五年十年种法夸，白石清泉自一家。
莫怪菖蒲花罕见，不逢知己不开花。

石女嫁得蒲家郎[1]，朝朝饮水还休粮[2]。
曾享尧年千万寿[3]，一生丝发无秋霜[4]。

[题解]

本诗选自辽宁省博物馆藏金农《蒲草图》题诗。

[注释]

①石女：指种植菖蒲所用的碎石。蒲家郎：菖蒲。②朝朝：日日。休粮：停食谷物。③尧年：古代传说尧享高寿，故常用以比喻岁月太平，安享长寿。④丝发：头发。

[评说]

石菖蒲，“生于水石之间，叶有剑，脊瘦根密，节高尺余”（《广群芳谱》卷八八）。历代文人骚客题咏其“忍寒苦，安淡泊，与清泉白石为侣，不待泥土而生”（苏轼《石菖蒲赞》）。“异根不带尘埃气，孤操爱结泉石盟”（谢枋得《菖蒲歌》）。至于王炎的一首《石菖蒲赋》可谓极致：“老石嶙峋，金铁贞兮。浮云所根，气潜蒸兮。下漱冽泉，玉锵鸣兮。蹙节盘屈，托以生兮。附坚涵润，密如积兮。四时青青，不改色兮。烈日凝冰，无能厄兮。潜蓄幽馨，如有德兮。”虽有虬松劲气，虚竹君子，幽兰高士，寒梅静女，而“独根于石，孰如蒲之精粹兮。有荇有藻，产涟漪兮，可荐可修，播声诗兮”，而“洁净不污，孰如蒲之清癯兮”。它的这一切品格，“盖资水石之清幽，以遂其性”（见《广群芳谱》卷八八）。菖蒲的这些品性在这两首题画诗中都得到了体现，所以冬心在起首两句就说，菖蒲用白色碎石与清泉栽种，异于众卉，值得夸赞。除此而外，冬心先生更赋新意，诗用常人眼中之菖蒲，写出菖蒲之孤介，少有知音。凡人以为蒲花罕见，因难以见到而引为憾事。在作者看来，这正是菖蒲本性的又一体现，它犹如逸士高人，正如《三柳轩杂识》所说：“菖蒲花为隐客。”不逢知己不开花，是其清幽盟泉石的深化。读者在品画赏诗时，就更可见其不肯媚悦世俗的精神。两首题画诗主旨相同，而手法各异，前者直陈议论，后者则用拟人格，风韵倍生，更以神话传说结句，令人涵泳，回味无穷。菖蒲又称“尧韭”，《典术》曰：“圣王之仁，功济天下者尧也，天星降精于庭为韭，感百阴为菖蒲焉，今菖蒲是也。”菖蒲原来是吸收天地之灵化，以配尧德，尽享尧年万寿，直至今日，难怪它有如许的清雅秉性，为世人称道。（杨旭辉）

题芭蕉图

金 农

野草尚生闲地，芭蕉净扫游尘[①]。
旧家门径不改，莫道此中无人。

[题解]

本诗选自天津博物馆藏金农《芭蕉图》题诗。

[注释]

①游尘：浮游飘飞的灰尘。刘孝标《广绝交论》："视若游尘，遇同土埂。"李善注："游尘土埂，喻轻贱也。"

[评说]

在金农的笔下，芭蕉是经常出现的一种花卉。其中原委，冬心先生自己在《芭蕉佛像图》挂轴的题记中说出了一二："芭蕉，佛家称之为芭蕉树，以喻己身，要常保坚固也。"这首题画诗就体现了这样的精神。虽然身处闲地，人迹罕至，周围早已是野草丛生，榛莽茂盛。芭蕉却是独具风姿，不为环境所影响，甚至还在尽力扫除轻贱的浮尘。门庭三径荒，苔痕上阶绿，而芭蕉的那种青青本色，依旧坚固如磐石。千万别以为荒芜的门庭中没有人烟，只是因为众人嘈嘈，庭中之人清高脱俗，曲高和寡之故，绝少往来之客。那么其中所居何人？这是最后一个祈使句留给人们的悬念。也许就是画家自己，他的弟子罗聘在为冬心先生写肖像时，不就画他在芭蕉林中怡然自适，闲睡梦庄吗？冬心题写此画时更是欣喜万分，以为身处此境，“绿天如幕，举体清凉”（《题罗聘冬心先生蕉阴午睡图》）。除此而外，还可与一二志同道合者秉烛夜谈。这一生活境界，也令冬心钦羡不已，他曾在诗中说过：“是谁辟得径二三，蕉叶阴中好坐谭。敛却精神归寂寞，此身疑在绿天庵。”（《题高翔诗画合册》）正所谓“人不在多，道同则行”。在这首诗中，画家坚决不肯悦媚世俗的铮铮铁骨得到了清晰的印现，就犹如“常保坚固”的芭蕉一样，“旧家门径不改”。

（杨旭辉）

题花果图册·梅子

金　农

江南暑雨一番新，结得青青叶底身[1]。
梅子酸时酸不了，眼前多少皱眉人。

[题解]

本诗选自《支那南画大成》刊金农《花果图册·梅子》题诗。

《花果图册》画的一般都是青菜、芋艿、辣椒之类日常生活所见的蔬果，极具生活气息，一般是画家用来“聊以自娱”的，很难像梅兰竹菊等“四君子”一样，直接表现画家清高孤介的性格。而“扬州八怪”在这一题材上，超越了前人“寓乐于画”的精神状态，将自己的主张感受与现实紧密结合，发挥题画诗“怨刺上政”的社会作用。在诗中，他们无不深刻地表现出自己的爱与憎，对当时社会的阴暗面进行激烈的批评和抨击，对广大的劳苦大众表达深切的同情和关心。金农的这首诗就是其中较为典型的一首。

[注释]

①叶底身：指梅子。

[评说]

江南的一阵暑雨，犹如一剂催生剂，梅林中欣欣向荣，尽显一派生机。至于有何“新”景致，次句作了交代。只要略加留心，就会发现，在绿色的树叶之下，结出了一个个梅子，直引得人们垂涎欲滴。然而梅子生时“纯青，酸甚”（《广群芳谱》卷五四），即便成熟后，多食也会“梅子留酸软齿牙”。作者就这点生发，发表自己对现实的看法。在他看来，梅子的酸又算得了什么呢？与眼前许许多多为生活贫困逼迫得紧皱双眉的人比起来，那不过是小巫见大巫，他们才真心酸呢！梅酸与生活的辛酸本无甚可比性，而作者仅由一“酸”字，借题发挥，借物比人，言辞虽然委婉，但把社会的不合理现象，表达得入木三分，发人深思。

这类题画诗，在“扬州八怪”中绝非冬心一人所独有，李方膺就有不少，仅录两首，以便更好地理解他们画中的深意：

冻枣垂垂映柿红，来年买米做农工。只愁县吏催科急，贱卖青钱到手空。(《枣柿图》)

菜把甘肥色更鲜，劝农曾见口流涎。从来不到街头卖，怕得官衙索税钱。(《青菜图》)

（杨旭辉）

题葡萄图

金　农

醉眠伎馆温和尚，水墨葡萄浊世夸。
怪叶狂藤等儿戏，俨然一领破袈裟。

[题解]

辽宁省博物馆藏金农《杂画册》凡二开，本图为第二开。

绢本墨笔，画葡萄。画幅自左上方向右下方倒挂，画折枝葡萄一丛，叶用泼墨法画出，叶与叶重叠处留出白线，表示轮廓，浓墨勾脉，枝蔓宛曲下垂，葡萄掩映于叶下，一串葡萄用淡墨晕染，一串葡萄用淡墨圈成，黑白分明，相映成趣。本图为绢本艺术品，线条齐整光滑，无水墨渗化之迹，与徐渭的纸本《墨葡萄图》大相径庭，迥然异趣。画幅右下部露出大片空白，金农用漆书体工整地题写长跋和诗，形成一个方块，填入画幅空间里，与画面形象相为呼应，配合和谐，构成画面的平衡美。画家的题跋云："高僧温日观善画葡萄，乾隆元年，于上党张水部宅见之，曾题诗云。"他交代自己曾亲睹元代画家温日观的《葡萄图》画，因而题诗一首以赞誉之。现在自己也画一幅葡萄图，因为它形如珍珠，联想到白居易的"大珠小珠落玉盘"的诗句，因而产生珠落玉盘其声清脆圆润的美感联想。

[评说]

温日观嗜酒，常常乘醉作画，意志癫狂，画像也怪奇。明人许伯旅《题林盘所学民家藏温日观葡萄》："酒酣耳热清兴发，挥洒始觉通神灵。"题诗前两句，说和尚温日观带醉挥毫，用水墨画成葡萄，浊世的人都夸奖他。第三、四句落到画像上，说他的葡萄图，叶子怪异，藤蔓狂态，等于儿戏，俨然一领破旧的袈裟。诗意完全抓住温日观的个性特征、创作特征和墨葡萄的美学特征。画家将自己题写温日观墨葡萄的诗，重又题在自己的画上，这传达出一个重要信息：金农深爱温日观的画艺，追摹其笔法，本图的美学特征与温的墨葡萄图有相似之处，曲折地表现出此幅葡萄图的艺术渊源。（吴企明）

题冷香出墙图

金　农

数树梅花破俗，冷香恰称清贫。
旧家门径不改，莫道此中无人。

[题解]

本图今藏上海博物馆。

这是一幅描写画家宅中梅的图轴，画幅下部描画粉墙一围，墙内有梅树数株，分出很多枝丫，枝头缀有疏梅，悉数用细笔淡墨圈成，点萼插须，极其工细，秀雅清奇，散发出缕缕寒香。别有一枝，伸出墙外，梅花横斜粉墙西。墙外斜斜土坡，用淡墨皴擦，密密点苔，土坡上有不少梅花花瓣，刚从树上落下，含有“偏是春风多狡狯，乱吹乱落乱沾泥”的诗意。画幅右上方，画家自题六言绝句一首。

冷香出墙图

［评说］

题诗的前两句说，画上的数株梅花极为清奇，能破除俗气；梅花发出的清香，恰与房屋主人的清贫相称。诗句以“君子比德”的自然审美观念写成，梅之清奇高标，冷香远韵，象征着房屋主人虽然居家清贫而清高绝俗，品格高尚。诗的后半首，写自己的怀乡深情。诗人说，旧家的门庭仍然是昔日的模样，没有改变，不要说这里没有人，家中还有“君子”般的梅树。另外还含有一层意思：旧家还有我这个远在他乡的坚守着清高节操、不慕荣华的游子，我深深地怀念着家乡的一切，包括这宅中梅。这首题写墨梅的诗，别具一格，它并不描写梅花的形象美，却着重写其内在美，表现梅花的人文精神，在梅花的“比德”意义的发挥中，透出浓浓的怀乡之情，梅情乡思，跃然纸上，寓意深刻，情意深长，具有极高的艺术品位。（吴企明）

题二色梅花图

‖金　农

密萼繁枝二色梅，墨池水养结胚胎。
细看黑白分明甚，千万花须数不来。

［题解］

本图今藏广东省博物馆。

画幅自左下方出枝，向右及右上方伸展梅枝。枝条直接用不同墨色画出，不作勾皴，粗粗细细，穿插交错，枝密花繁。花朵用两种方法画出，一为勾圈法，细笔圈出无数花瓣，还点出花须，极为工细；一为点染法，用浓淡墨色点染花瓣，亦加花须。二色梅花，清雅秀逸，相映成趣。整幅画继承王冕繁梅之格，还将王冕的勾圈法和没骨法组合在一幅水墨梅花图中，很别致。画幅右上方，画家自题一绝。

［评说］

这首题诗，专咏画面具象，句句写墨梅，全从视觉形象着笔。首句迅即着题，写尽题意，还交代了这幅画繁密的美学特征。“二色梅”，不是用两种不同色彩画梅。像王冕“以胭脂作没骨体”创红梅之别，金农是用水墨分出二色，与王冕不同。次句点出本图的水墨特征，说这种二色梅，是在墨池中用水养大，结出胚胎，也就是说这幅二色梅图，是用水墨画成的。这种艺术意想，脱胎于王冕的《墨梅图》题诗。第三句，再进一步交代水墨画梅的特征，用勾圈法画出的梅花是白色，用没骨法画出的梅花是黑色，黑白很分明。结句仍然写画梅，与首句“密萼繁枝”相呼应，花枝繁，花朵密，当然花须更多，万万千千，“数不来”，无法数清。全诗时而写梅花之形态，时而写梅花之花萼，时而写梅花之色泽，时而写梅花之花须，全方位地表现水墨画成的二色梅的美学特征，全力塑造二色梅的形象美，不带有“比德”意义，诗画对应关系紧密，配合默契。画家兼诗人金农将一件诗画合璧的艺术品，奉献给读画人，满足大家诗画两个方面的审美享受。藏于故宫博物院的罗聘《二色梅树图》，上面的题诗，即金农此诗，罗聘署己名，为免混淆，特别说明。（吴企明）

题桃花册页

黄　慎

一年一度花上市，眼底扬州十二春。
冷冷东风开燕剪，碧桃细柳雨中新。

[题解]

本诗选自山西省博物馆藏黄慎《桃花册页》题诗。

黄慎(1687—1770)，清代画家，字恭寿，又字恭懋，号瘿瓢子，又号东海布衣，福建宁化人。终生不仕，久寓扬州，以鬻画为生，以诗文会友，是“扬州八怪”之一。画作以人物为主，以狂草笔法作画，兼工花鸟、山水，为扬州画派的形成和发展作出了重要的贡献。亦能诗，著有《蛟湖诗草》。

[评说]

扬州的春日是花的海洋，是绚烂缤纷的花季，呈现在眼前的是晴红烟绿，百花吐芳争艳，一派盎然生机，所以前人有“烟花三月”这样的高度概括。黄慎并没有竭力去摹写众芳的姿态，而是以一年一度的花市为切入点。“花市”初上，自然可以窥探“花事”之始、之盛。淮扬名花历来为人称道，有“玉骨云腴，倾国称姝”（宋·向子諲《丑奴儿》）的琼花，更有“有情芍药含春泪”（秦观《春日》）的芍药。在群芳之中，作为画家的黄慎偏偏独钟情于桃花，饱含着诗情作画，这虽在画中难以获悉，而在诗的后两句中却得到了集中而全面的体现。在诗中，作者先是着力描绘桃花绽放的时令。经历了严冬，春风依旧料峭，还不免有几丝春寒，然而大地回暖，春的讯息又是无法阻挡的。唐代诗人贺知章曾说过“二月春风似剪刀”（《咏柳》），无形的、不可捉摸的“春风”，本就如同一把精妙的“燕剪”，它剪裁出嫩绿鲜红的花草，给大地换上了新装。其中最先在枝头显出春意和活力的就数细柳、碧桃，再有“天街小雨润如酥”（韩愈《早春呈水部张十八员外》），愈发鲜嫩可人，在迷蒙的雨雾中欣赏着夭桃绿柳，更享受着生命的力量和生长的乐趣。这就是黄慎这幅《桃花》册页中的诗心，这层内涵只有通过对诗和画的涵泳方能领悟。（杨旭辉）

题醉眠图

黄　慎

谁是铁拐[①],形跛长年[②]。
芒鞋何处[③],醉倒华巅[④]。

[题解]

本诗选自天津博物馆、辽宁博物馆以及南京图书馆所藏黄慎《醉眠图》题诗。

[注释]

①铁拐：即铁拐李，传说中的“八仙”之一。相传他学道于太上老君，神游时为其徒误焚尸身，魂魄无所依，遂附身饿死者尸身。因此蓬头垢面，袒腹跛足，状貌奇丑。用水喷倚身的竹杖，化为铁拐，身背葫芦，云游天下，故名为“铁拐李”。②跛：一足瘸。③芒鞋：草鞋。苏轼《定风波》：“竹杖芒鞋轻胜马，谁怕？一蓑烟雨任平生。”④华巅：头发花白。华，花白。巅，头顶。

[评说]

《醉眠图》构图奇特，画家将铁拐李、葫芦、包袱以及拐杖堆垛在一起，构成一个三角形的轮廓。铁拐李的头部硕大、光秃，前额凸出，加上画家以赭色渲染，更是油光可鉴;头发、眉毛蓬乱，都是用秃笔刷涂而成，他的脸略带浮肿，眼睑下垂，已淋漓尽致地表现了铁拐李沉醉中特有的形象和神态。人物在画家笔下穷形尽相，达到了极为传神的艺术效果，但他在画中所着意夸张的、最为成功的倒不是人物本身，而是铁拐李的大酒葫芦。以秃笔挥洒，大胆泼辣，一气呵成，仅用几笔线条勾出，化实为虚，但立体感、质感极强。背景的空白处更是以淡墨晕染出弥漫的酒气，化虚为实，葫芦中冒出的酒气，如烟似雾，手法夸张，使整个画面浸染于酒气熏天之中，铁拐李却仍旧抱着葫芦呼呼大睡。右边的草书题诗，犹如醉后挥洒，酣畅淋漓，与画面上的这一切相配，浑然一体，天衣无缝。再看所题内容，也是画中人酣醉后的可笑之举，欲问芒鞋何处，早已不知去向，究其原因，乃是酒醉使之晕头转向，不省人事。综观《醉眠图》，诗、书、画和谐统一，全画以一个“醉”字绾合，表现得独特生动，自然逼真，堪称精品佳构。（杨旭辉）

题垂钓图

黄　慎

一卧清波老钓徒，故人夜雨忆三吴[①]。
大江东去成天堑[②]，处处深山叫鹧鸪[③]。

［题解］

本诗选自天津博物馆藏黄慎《垂钓图》题诗，又见于南京博物院藏《杂画》册页之《沧波钓叟》。

［注释］

①三吴：古地名，泛指江南一带。《水经注》卷四〇以吴兴、吴郡、会稽为三吴。《通典》卷一八二以吴郡、吴兴、丹阳为三吴，而《名义考》卷三则以苏州、润州、湖州为三吴。②天堑：险要而不易越过的江河。③鹧鸪：鸟名，俗谓其声曰："行不得也哥哥。"

［评说］

平淡乃诗中一格，平淡中见闲静，体现出画家的心意，正是这首题画诗的最大特色。

苍山螺髻，秀美婀娜，绿水自绕，清澈明媚，微风习习，水面泛起层层涟漪，一切尽显静谧悠闲。与此相应，一叶扁舟横陈，悠然自得。《庄子·列御寇》有言："巧者劳而知者忧，无能者无所求，饱食而遨游。泛若不系之舟，虚而遨游者也。"画家对此也许深有体会，表明自己虽怀智者之忧，但自愧无能，又不愿苟合于世，遂有悠然无为之志，恬然归隐。

舟子横陈，人亦躺卧，二者有异曲同工之妙，真正体现了“扁舟不系与心同”（韦应物《自巩洛舟行入黄河即事寄府县僚友》）。闲来无事，忽而想到垂钓，至于有无收获，则非“我”所关注，关键在于体验那种远离尘嚣的清静，这从画中“卧钓”的举动中就能明确感受到。渔者之乐何处可寻？惟有“三吴”，令人企羡，由此更引起了雨夜对旧友的思念之情，所忆不仅有友情，更有向往期盼之念。人非草木，孰能无情？对朋友，画中渔者也心存挂念，却无法前往，只有寄言东去的江水带去思念和祝福，因为无奈此处荒僻，远离城市，且有天堑之隔。更哪堪空山深处，传来阵阵鹧鸪声：“行不得也哥哥！行不得也哥哥！”阵阵鸣声划破长空，漾于幽谷，更在“我”的心头回荡，唯此净土，方能托身，脱去尘世羁绊，洁身自好。诗至结束，画家的理想境界得到了集中而深刻的展现。（杨旭辉）

题芍药图

黄　慎

樱桃初熟散榆钱[1]，又是扬州四月天。
昨夜草堂红药破[2]，独防风雨未成眠。

［题解］

木诗选自旅顺博物馆藏黄慎《芍药图》挂轴题诗。

［注释］

①散：散落。 榆钱：榆荚。《本草纲目》卷三十五：“榆未生叶时，枝条间先生榆荚，形状似钱而小，色白成串，俗呼榆钱。” ②红药：红色的芍药。 破：指花朵绽放。

［评说］

三月的扬州，正是烟花烂漫，但繁华过后便不可避免地出现一段冷清与沉寂。 而画家并不如此看，在他眼中，扬州四月也是怡爽情性的。 诗中一句“又是扬州四月天”，其中包含着他几许的兴奋和喜悦。 虽然没有了姹紫嫣红，群芳争妍，但樱桃初熟，榆钱飘散，都显得那么美丽动人。其中最引人入胜的便数芍药，自古以来，就有这样的说法：“天下名花，洛阳牡丹，广陵芍药，为相侔埒。”（宋刘攽《芍药谱序》）在它身上尚可见春天的影子，苏轼“尚留芍药殿春风”（见《锦绣万花谷》后集卷三十七）是谓也。 怀着这样的心情，画家把它摄入画面，着力表现出它的富贵和妍艳，唐代诗人元稹的一首《红芍药》直可视作黄慎《芍药图》的注解和描述：“芍药绽红绡，巴篱织青琐。繁丝蹙金蕊，高焰当炉火。翦刻彤云片，开张赤霞裹……艳艳锦不如，夭夭桃未可。晴霞畏欲散，晚日愁将堕。”画家对芍药的赏爱、珍惜，已达癫狂状态，通宵不眠，夜中只身伴红药，唯恐无情风雨，吹打锦花，堕入浊尘。因为芍药乃“天地尤物，不与凡品同，待其地利、人力、天时，参并具美，然后一出”（刘攽《芍药谱序》），十分鲜见，一旦经历风雨，正如梅尧臣诗中所说：“风雨便成昨。”

把芍药的姿态一览无余地展现出来，这是画之能事。至于画外之音，画家的爱花、惜花之情，就通过这首题画诗得到了淋漓尽致的表现，与画面珠联璧合，相映生辉。（杨旭辉）

题芦鸭图

黄　慎

芦荻萧萧忆昔时，六朝尘迹鸭鸥知。
画船载得雷塘事①，收拾湖山入小诗。

[题解]

本诗选自上海博物馆藏黄慎《芦鸭图》题诗，镇江博物馆藏黄慎《柳鸭图》题诗亦同，首句作“杨柳青青忆昔时”。

[注释]

①雷塘：《新唐书·地理志》：“扬州广陵郡江都县，有雷塘。”按，雷塘在今江苏扬州市北，隋炀帝幸江都，建迷宫于此。炀帝死后，复葬于雷塘之侧。杜牧《扬州》诗云：“炀帝雷塘上，迷藏有旧楼。谁家唱水调，明月满扬州。”

[评说]

一丛芦荻飘飞，几只鸥鸭嬉水，这是再常见不过的花鸟画，而画家却赋它以沉重的历史沧桑，借以咏史怀古。前人曾谓“秋之为状也，其色惨淡”，“其气栗冽”，“其意萧条”（欧阳修《秋声赋》）。秋意袭来，草木摧残零落，在白露清霜的侵凌之下，芦荻由青变白，更有白色的花穗在瑟瑟秋风中颤抖，真正令人体验到了“蒹葭苍苍，白露为霜”这样萧瑟凄清的氛围。面对此情此景，一种历史的迁逝之悲油然而生，作者想到了过去。六朝偏安江南，歌舞升平，帝王的奢淫，最终使得江南金粉俱成尘迹。这一历史大反复，岸边的芦苇秋荻可以为证，只是它们默然无语。水中的鸥鸭心里也颇多感慨，早已按捺不住，呱呱地鸣叫起来，似为旧日的富贵繁华唱上一曲哀感的挽歌。“平昔金铺空废苑，于今琼树有遗音”（李宗谔《南朝》），前车之鉴尚在眼前。《琼树》未绝，隋炀帝还在为陈后主之亡国而惆怅之时，自己又在重蹈前人的悲剧。正所谓：“惆怅雷塘都几日，吟魂醉魄（按：指陈后主）已相寻。”（李宗谔《南朝》）无怪乎前人要说炀帝：“地下若逢陈后主，岂宜重问后庭花？”（李商隐《隋宫》）这种惨相已牢牢地载入他当年所乘的画舫中去了。随着时间的流逝，往事尽成烟云，无迹可寻，只有从依然如故的湖光山色中撷取吉光片羽，芦荻、画舫、鸥鸭，正是作者所选取的对象，将它们入画入诗。通过画家的此番表白，画面刻意营造的落索、凝重氛围也就不难理解了。（杨旭辉）

题渔父图轴

黄　慎

篮内河鱼换酒钱，芦花被里醉孤眠。
每逢风雨不归去，红蓼滩头泊钓船。

[题解]

本图今藏上海朵云轩。

这是一幅淡设色水墨人物图，画一位头戴破笠之渔翁，右手执渔竿，斜向左上方，丝纶俱见，左手提一鱼，腰系鱼篓。画像以墨为骨，以淡色敷面部、手足，衣褶连勾带染，线条粗放。本图与《渔翁渔妇图》同样都描绘渔父形象，然而黄慎在本图采用正面像，而《渔翁渔妇图》则采用侧面像，有着明显的变化。画的右上方用草书书写七言绝句一首，字迹与画面线条融为一体，充分体现出画面的书画融通美。

[评说]

本诗与《题渔翁渔妇图》同样题咏画面中的渔父形象，黄慎却采用完全不同的艺术构思。本图是渔翁独像，首句轻轻一点"卖鱼换酒"事，题诗便侧重在"眠"字上。诗的首句说，篮内的河鱼要被卖出沽酒。次句说喝醉了酒，就在芦花荡里独眠，以钓船为床，以芦花为被，写出渔翁自得其乐的意趣。第三、四句描写渔父的艰辛，每逢风雨来时不归家，泊舟红蓼滩头钓鱼。黄慎的题诗，全写画外意，为画上渔父传神写貌，补出画家许多无法在画面上表达的情思，诗情和画意交相映照，互渗互融，共同创造出一个不嫌辛劳、尽情享受渔家乐趣的渔翁形象。（吴企明）

题渔翁渔妇图

黄　慎

渔翁晒网趁斜阳，渔妇携筐入市场。
换得城中盐菜米，其余沽酒出横塘。

[题解]

本图今藏南京博物院。

黄慎师法陈洪绶，擅长人物。本图画一渔翁，身背鱼篓，左手拎着鲜鱼，面向渔妇，似乎在叙谈家常。渔妇手持鱼筐，斜搭在肩上，回首对着渔翁，认真地聆听他的谈话。人物姿态生动传神，顾盼呼应。渔翁笑容可掬，渔妇凝神注目，两人的面部表情相映成趣。画家常以草书笔意入画，画人物衣纹用游丝描、铁线描，线条流畅自如，顿挫有力，连勾带染，墨色浓淡相间，渔翁面部、手脚略施淡赭，增添了无穷的表现力。画幅左上方用草书题上七绝一首。画家书写题诗时，尾句“沽”字下不慎漏一“酒”字，行间已经没有空余的地方补入，黄慎便将这个字题在句末，字体比其他的字稍小一点，以示区别。

[评说]

题诗并没有具体描写渔翁、渔妇的具象，却从画外意入手，交代渔翁趁着斜阳晒渔网的生活细节。次句交代渔妇的去向。转笔处，黄慎通过艺术想象，申补画意，点出了画旨，也就是渔翁叮嘱渔妇的话。绘画艺术无法表现音响，更不能表现连续性的语言，画家却发挥题画诗的长处，弥补了绘画无声的短处，丰富了画面的艺术意蕴。黄慎正是通过画外意的申补，透露出“渔家乐”的情趣，点明自己作画的本意。（吴企明）

题捧花老人图

黄　慎

海上归来鬓已华，频将九转试丹砂。
世人欲识先生面，请看头颅三朵花。

[题解]

本图藏中国国家博物馆。

这是一幅纸本淡设色人物画。画幅中心画一位捧花老人，双手举起花篮，与头相傍，低头侧身，回视地面。画家运笔迅疾，顿挫跌宕，衣纹线条或粗或细，墨色浓淡相兼，用草书笔意，豪放纵逸，头部细笔勾描，五官清晰，须髯皆白，刻画人物栩栩如生。人物面部和篮中花卉设色淡雅，全图无背景，人物向左作侧身状，右方留较大空间。右上方以草书自题一绝，题诗与画像避让照应，题诗的笔法与画像的笔意和谐统一，营造出书画融通之美。

黄慎很喜爱画作"捧花老人"的题材，藏于人民美术出版社的另一幅《捧花老人图》(载《艺苑掇英》第六十一期)，画家跋语记载了有关这个神仙人物的传说：房州有异人，常戴三朵花，乡人以"三朵花"名之，善诗画，能自写真，诗语皆神仙意。黄慎摹拟之，画成此图。本图亦以此为题材。

[评说]

题诗首二句说他从海上学仙归来，鬓发已经花白，不断地用丹砂试炼成九转仙丹。诗句点明画中人物的神仙身份。"九转"，道家说烧炼金丹以九转为贵，将丹砂烧成水银，又将水银炼成丹砂，为一转，烧炼的次数愈多愈好。诗的第三、四句说，世人欲要认识先生的面貌，请看他头上的三朵花。结句点明题意，说这幅画画的是传说中这位“三朵花”神仙。人民美术出版社藏《捧花仙人图》的题诗中，第三句作“画图要识先生面”，可作参考。（吴企明）

题　画

郑　燮

一枝卧竹一枝昂，石笋萧然与竹长[①]。
好是倪迂清閟阁[②]，阶前点缀不寻常[③]。

[题解]

本诗选自潍坊博物馆藏郑燮画拓本。

郑燮(1693—1765)，清代著名书画家、文学家，“扬州八怪”之一，字克柔，号板桥，江苏兴化人。早年家贫力学，应科举，为康熙秀才，雍正举人，乾隆进士，曾任山东范县(今属河南)、潍县知县。后因赈济灾民得罪豪绅而弃官。专画兰竹，参以草书笔法，体貌疏朗，风格劲峭。其书多以隶体参入行楷，自号“六分半书”。有集行世，今人卞孝萱辑《郑板桥全集》(齐鲁书社1985年版)是收罗较为完备的版本。

[注释]

①萧然：寂寞安静的样子。②倪迂：元代著名画家倪瓒。清閟阁为其藏书阁。③不寻常：非同一般。

[评说]

郑板桥一生，专画兰竹。他在《题画》中曾不无自豪地说：“石涛善画，盖有万种，兰竹其余事也。板桥专画兰竹，五十余年不画他物。彼务博，我务专，安见专之不如博乎？”这一自信是以他个人的品行作为坚实后盾的，何以见得？诗人在这首诗中就暗示读画者，切莫把他的作品看作画匠之作，因为其中有“不寻常”。这也便是他在《题兰竹石调寄一剪梅》中所说的“波澜”“机关”，这是读懂板桥画作的关键。

> 几枝修竹几枝兰，不畏春残，不怕秋寒。飘飘远在碧云端，云里湘山，梦里巫山。画工老兴未全删，笔也清闲，墨也斓斑。劝君莫作图画看，文里波澜，字里机关。

那其中的“机关”又是什么呢？还得从画中的意象说起。

“兰，幽香清远，馥郁袭衣，弥旬不歇，常开于春初。虽冰霜之后，高深自如”（《广群芳谱》卷四四）。“竹，植物也，非草非木，耐湿耐寒，贯四时而不改柯易叶，其操与松柏等”（《广群芳谱》卷八二）。正是兰竹有这些自然特性，把它摄入艺术作品，运用“比德”这一美学手段，则具有了极强的人格力量。刘岩夫《植竹记》就曾明言：“君子比德于竹焉。原夫劲本坚节，不受雪霜，刚也。”（《广群芳谱》引）板桥画中的几枝修竹，几枝兰草，正也具有如此的品格。它们不仅不畏春残、秋寒，更有清高脱俗的品性，它飘飘然，遗世独立，远在碧云之端，与湘水二妃、巫山神女为伴。这一切都是画家自我人格的写照。他曾在《兰竹石》题词中说：“介于石，臭如兰，坚多节，皆《易》之理也，君子以之。”意思是君子要以石之耿介、兰草之芬芳、竹枝之坚劲多节来要求自己，这就是诗中所讲的“不寻常”“波澜”和“机关”。所以，从某种意义上来说，这首题画词完全可以视作郑板桥题画作品的总纲。

作者在诗中还对自己的绘画特色作了总结。他的作画兴致并不因年老而衰退，运笔设色堪称上品，仍然能在画面上表现出清远闲淡的笔意，墨色斑斓多彩，这也是他对自己兰竹图自信的依据之一。（杨旭辉）

竹 石

郑 燮

咬定青山不放松，立根原在破岩中。
千磨万击还坚劲，任尔东西南北风。

[题解]

本诗选自南京博物院藏郑燮《竹石轴》题诗，又见上海博物馆、苏州市博物馆、商承祚旧藏板桥《竹石轴》题诗，可知郑板桥对此诗非常得意。

[评说]

郑板桥在《一剪梅》词中曾讲道，他的竹石都是深含“波澜”“机关”的，也就是在作品中运用“比德”这一手法，将竹子人格化，用它来象征坚贞不屈的傲骨和直节凌云之志。这首题画诗歌颂生根于破岩之中的劲竹，深深立根于青山之上，保持傲然挺立的风骨。诗中一个“咬”字，就紧紧抓住了竹子的精神面貌，因为这一动作完全是发自它内心深处的，并没有受到任何外力的作用。正是有了这样坚强的主观意志，竹子才能做到历经“千磨万击”，还能保持坚劲不屈，更无论“颠狂四面风”了(商承祚藏画末句)。不管你刮什么风，它绝不会随风而倒，迷失自己的方向，甚至还能和风雨作顽强的斗争，这在郑板桥的另两首《题画竹》中就得到了充分的表现：

秋风昨夜渡潇湘，触石穿林惯作狂。惟有竹枝浑不怕，挺然相斗一千场。

老老苍苍竹一竿，长年风雨不知寒。好教直节青云去，任尔时人仰面看！

（杨旭辉）

题竹十二则(选三)

郑　燮

君能干直凌霄汉，我亦心虚脱俗浮。
六逸七贤归去后①，人间谁是伴清幽。

心虚节直耐清寒，阅尽炎凉始觉难。
惟有此君医得俗，不分贫富一般看。

心秉虚兮节挺直②，啸傲空山人弗识。
任他雨露又风霜，四时不改青青色。

[题解]

这三首诗选自周斯达辑《板桥题画佚稿》，此为十二首组诗中的第二、三、五首。

[注释]

①六逸：唐开元末，李白与孔巢父、韩准、裴政、张叔明、陶沔居泰安府徂徕山下之竹溪，日日纵酒酣歌，时号“竹溪六逸”。事见《新唐书》卷二〇二《李白传》。七贤：三国魏末，阮籍、嵇康、山涛、向秀、阮咸、王戎、刘伶相与友善，常宴集于竹林之下，时人号为“竹林七贤”。事见《世说新语·任诞》。②秉：操持。《诗经·鄘风·定之方中》：“匪直也人，秉心塞渊。”

[评说]

白居易《养竹记》开头云："竹似贤，何哉？竹本固，固以树德，君子见其本，则思善建不拔者。竹性直，直以立身，君子见其性，则思中立不倚者。竹心空，空以体道，君子见其心，则思应用虚受者。竹节贞，贞以立志，君子见其节，则思砥砺名行，夷险一致者。"由于竹子特性多样，所以竹之励人也是多方面的。郑板桥的题竹，较多是着眼于本固性直，赞颂它的坚贞不屈，刚劲挺立。而这几首诗则是注目心空，以竹节中空而思"心秉虚节"。任凭四时雨露风霜的吹打和摧残，劲竹始终能做到不改其青青本色。然而它的本性是放旷不受拘束，自然造成与世俗烟霞世界格格不入，只能独自傲然挺立空山之中，无人赏会。先前还有六逸七贤为伍，人世沧桑变化，如今有谁相伴清幽？古来圣贤皆寂寞，又何必炫耀于人前？只要秉持直干虚节，有朝一日总会有知音。在这里题诗作画的郑板桥就是其中之一，见到竹形，心灵和情感都受到涤荡，也随之而"心虚脱俗浮"，因为"惟有此君医得俗"，无怪乎苏东坡要大谈"可使食无肉，不可居无竹"。（杨旭辉）

题画竹

郑　燮

两枝修竹出重霄,几叶新篁倒挂梢[①]。
本是同根复同气,有何卑下有何高!

[题解]

本诗选自故宫博物院藏郑燮《墨竹图》挂轴题诗。又见卞孝萱辑《板桥集外诗文·题画》。

[注释]

①新篁:新竹的叶子。

[评说]

从画面景物着笔,而后生发开去,甚至因画生议,借题发挥,这是题画诗的一大特点。同是题墨竹,诗人并没有从竹的节操、骨气着手,而是抓住画面。两枝修竹直冲云霄,而几片新生的竹叶悄然倒挂于竹梢,一卑一高,形成鲜明的对比,这在自然界本是极为平常的。作者目击心感,却借以针砭世态。在社会中,人与人之间应是平等的,但等级森严的封建制度下,不合理的现象却随处可见,甚而也波及植物,“本是同根生”的竹子,也偏要分出个三六九等,而事实上它又“有何卑下有何高”呢?一个诘问,表达了诗人强烈的不满和抗议。(杨旭辉)

竹

郑　燮

一节复一节，千枝攒万叶[①]。
我自不开花，免撩蜂与蝶[②]。

［题解］

本诗选自青岛市博物馆藏郑燮《竹》题诗，又见卞孝萱编《郑板桥全集·板桥集外诗文·题画》。

［注释］

①攒：聚集，集中。②撩：招惹。

［评说］

板桥笔下的墨竹有不少立于深谷幽岩之中，其意旨在表明它的避世与脱俗。他有一首题诗就讲道："一枝偶向崖边出，便晓山中筱荡多。寄语采樵人莫羡，留他君子在岩阿。"（见卞孝萱辑《板桥集外诗文·题画》）那么，不处岩阿之竹是否就失去了清高呢？事实绝非如此，虽身处喧闹的尘世，但它始终能做到洁身自好。其中诀窍就在我行我素，不去招惹世俗。诗歌似乎在这儿显得十分突兀，其实诗人仅就竹子不开花这一自然属性，加以发挥，生发议论，再赋予深刻的寓意。这些深刻的寓意有时从画面上根本读不出来，而题画诗正好弥补了这一缺憾，使题旨得以深化，这正是题画诗的价值和魅力所在。（杨旭辉）

潍县署中画竹呈年伯包大中丞括

郑　燮

衙斋卧听萧萧竹，疑是民间疾苦声。
些小吾曹州县吏，一枝一叶总关情。

［题解］

本诗选自杜瑞联《古芬阁书画记》卷一八，又见卞孝萱编《郑板桥全集·题画》。

［评说］

“兼济天下”乃是中国文人的传统美德，这在郑板桥身上也得到了充分体现。乾隆十七年（1752），郑板桥调任潍县令。时值胶东连年天灾，他一面开仓救灾，一面以工代赈，捐出自己的薪俸，为民生劳碌不已。他在赠给其知己，当时任山东布政使、巡抚大臣包括的墨竹图中，也不忘展现自己拯济苍生的心志和襟怀。

一人独卧衙斋之中，忽闻风穿竹林发出的萧萧声，“君听竹梢声，是风还是哭？”（徐渭《附画风竹于篷送子甘题此》）竹子缘何而哭泣，自己也分辨不清，只能疑心这是老百姓痛苦的呻吟和叹息。这种联想是如此怪异，二者似乎缺少一种必然的联系，而事实上这种联系却存在于诗人的心灵深处，更可见他的心与老百姓是息息相关的。在诗的后半首中，“一枝一叶总关情”就点明了这一层内在联系：我们这些低微的县令，哪怕是枝枝节节的民情琐事都得去体察呀！（杨旭辉）

南园画竹赠郭质亭

郑　燮

我被微官困煞人，到君园馆长精神。
请看一片萧萧竹，画里阶前总绝尘。

[题解]

本诗选自郭榆寿《榆园杂录》卷一，又见卞孝萱编《郑板桥全集·板桥集外诗文·题画》。

[评说]

郭质亭，是郑板桥在潍县的友人。郑板桥在赠画题诗中自言心志，表明身处官宦，仍不忘保持志节。他是这么讲的，最终也以实际行动实现了他的愿望。

乾隆十七年(1752)底，山东大旱，此时年届六十的郑板桥上书请求赈济灾荒，结果得罪了上司。再则由于他本人以清廉自守，为官数年，“囊橐萧萧两袖寒”，不想再被微官困煞，于是便毅然弃官归里，以示反抗。他曾直言不讳地讲“乌纱掷去不为官”(《予告归里画竹别潍县绅士民》)，这些都是本诗首句的最好注解。久在樊笼里，一朝得解脱，虽说“宦海归来两鬓星”，但气节犹且“未凋零”，直节凌云从未改，“依旧江南一片青”(《竹石轴》)。宦海沉浮后的困乏一到竹园便顿时释然，倍觉精神。这一力量从何而来呢？就是那一片萧萧竹枝，无论画里、阶前，它与世俗的世界相隔甚远，红尘对它根本无所影响，始终保持坚而多节，具有极强的人格力量。君子见之，都会努力以它为榜样，用板桥自己的话说，就是“君子以之”(《题兰竹石》)。(杨旭辉)

题画竹

郑　燮

四十年来画竹枝，日间挥写夜间思；
冗繁削尽留清瘦，画到生时是熟时。

［题解］

本诗选自上海博物馆藏郑板桥《竹石》题诗。

［评说］

这首题画之作，提出了三个绘画理论问题，值得回味与研究。其一，多实践、多构思，是提高绘画技艺的重要方面。所谓“思者，删拨大要，凝想形物”（荆浩《笔法记》），以达到物我交融，从而日臻“迁想妙得”的功效。这可从作者四十年画竹的经验中得到印证。其二，削繁就简。画面中仅有“一两三枝竹竿，四五六片竹叶”，表面上“自然淡淡疏疏”，竹子的清瘦风操就由此传出，其艺术概括力和表现力较冗繁的画面更强。

画事不可不熟，不熟则心手不相应；不可太熟，太熟则庸俗无新意。至如“生”，既为画家所忌，又为画家所需。初学忌生，必须勤学苦练，以求其熟，所以“日间挥写夜间思”是必由之路。既熟之后，又必须济之以生，大巧若拙，而后方能控制太熟的流弊而独具清新的气息。“画到生时是熟时”就是这种“纯熟返生”（唐志契《绘事微言》）理论的发挥，此其三也。

因而，作为传统绘画美学的研究，这首题画诗是不可不读的。（杨旭辉）

题画兰竹

郑　燮

日日临池把墨研，何曾粉黛去争妍[①]。
要知画法通书法，兰竹如同草隶然。

[题解]

本诗选白《支那南画大成》第一卷《兰竹》，又见卜孝萱辑《郑板桥全集·板桥集外诗文·题画》。

[注释]

①粉黛：泛指画作上的色彩。

[评说]

水墨画中，用墨尤为重要，物象与景致的明暗、笔触多在用墨上体现，着色只是辅助。对此，前人多有论述，清人盛大士《溪山卧游录》云："画以墨为主，以色为辅，色之不可夺墨，犹宾不可溷主也。"笪重光亦云："丹青竞胜，反失山水之真容。"（《画筌》）郑板桥所作兰竹，皆用墨而成，而反对"敷彩暄目"，诗以"何曾"这一反问点明。古代文人画士中甚于此者莫如王原祁，他更是明言："惟见红绿火气，可憎可厌。"（《雨窗漫笔》）

宋人以为"书画其实一事尔"（赵希鹄《洞天清录·古画辨》）。到了元代，赵孟頫的名画《秀石疏林图卷》，就从画法中体现了这一特色，而他自己"须知书画本来同"这一论调也在画坛上广为传布。后人作画，几奉为圭臬，董其昌论作画则说：“士人作画，当以草隶奇字之法为之”，“绝去甜俗蹊径，乃为士气”，“不尔，纵俨然及格，已落画师魔界，不复可救药矣”(《画旨》)。以书入画这一技法在郑板桥手中得以显扬，尤以草隶画兰竹著名，蒋士铨评其书画时就说：“板桥作字如写兰，波磔奇古形翩翻;板桥写兰如作字，秀叶疏花见姿致。”(《题郑板桥画兰送陈望亭太守》)对于这一技法，郑板桥本人也颇为得意。他曾在一幅《墨竹图》的题识中发挥得淋漓尽致：“文与可、吴仲圭善画竹，吾未尝取为竹谱也；东坡、鲁直作书非作竹也，而吾之画竹往往学之。黄书飘洒而瘦，吾竹中瘦叶学之;东坡书短悍而肥，吾竹中肥叶学之。此吾画之取法于书也。而吾作书，又往往取沈石田、徐文长、高其佩之画，以为笔法。要知书画一理，用以奉翔高老长兄一笑也。”

兴许是画家在心灵上的一种契合，同是“扬州八怪”之一的李鱓，有一首《题墨竹水仙图轴》，无论主旨，或遣词，与板桥别无二致，兹录于下，聊备参考：“日日临池画水仙，何曾粉黛去争妍。正如写竹皆书法，悬腕中锋篆隶然。”(杨旭辉)

兰

郑 燮

此是幽贞一种花，不求闻达只烟霞[①]。
采樵或恐通来径，更写高山一片遮。

[题解]

本诗选自卞孝萱编《郑板桥全集·题画》。

[注释]

①烟霞：山水胜景。《北史·徐则传》："餐松饵术，栖息烟霞。"

[评说]

兰花本性幽贞，其品格并不能因身处深谷所掩，子曰："芝兰生于深谷，不以无人而不芳。"同样的道理，"君子修道立德，不为困穷而改节"（语见《孔子家语》）。所以，无论何种处境，郑板桥始终把兰草视作自己的化身，即便是归田隐逸，也是自觉"山中意味长"，"坚贞还自抱"（《题画兰》），毫无苦斗群芳之念。而其若不幸"幽情逸韵落人间"，往往会深深地体味"而今究竟无知己"的苦恼，无怪乎他要常常呼吁："打破乌盆更入山。"（《题破盆兰花图》）唯有如此，它才能充分显示其"不求闻达"的心志。诗中以人喻花。而在画家眼中，"兰花不是兰，是我眼中人""是我口中气"。喻花的最终目的又回到喻人，寄寓自己隐居不仕的决心。这一回环往复的手法，妙极！为防樵人之扰，更在画中写高山一片为之掩护，盖见其志之坚不可动也。（杨旭辉）

为侣松上人画荆棘兰花

郑　燮

不容荆棘不成兰，外道天魔冷眼看[①]。
门径有芳还有秽[②]，始知佛法浩漫漫[③]。

[题解]

本诗选自卞孝萱编《郑板桥全集·题画》。

[注释]

①外道：佛教自称“内道”，对于其他宗教或学说通称“外道”。②芳：指兰。秽：指荆棘杂草。③浩漫漫：浩荡广大。

[评说]

这幅画及其题诗是赠给僧人的，所以作者多从佛学角度来立论，其中主旨则侧重于画意的申说。

南京博物院藏郑燮《荆棘丛兰图卷》之题跋云：“满幅皆君子，其后以棘刺终之，何也？盖君子能容纳小人，无小人亦不能成君子。故棘中之兰，其花更硕茂矣。”这一段题跋正是本诗“不容荆棘不成兰”的注脚。一则以荆棘反衬兰之清幽，二则寓含君子虚怀若谷、接纳小人之意。这也就是郑板桥《题画兰》中所讲的“九畹兰花自千古，兰花不足蕙花补。何事荆榛夹杂生，君子容之更何忤？”这些寓意，前人早已讲过：“东坡画兰，长带荆棘，见君子能容小人也。”而对棘榛的理解，板桥有时则认为：“荆棘不当尽小人目之”，“兰在深山，已无尘嚣之扰，而鼠将食之，鹿将礬之，豕将蠓之，熊虎豺麏兔狐之属将啮之，又有樵人将拔之割之。若得棘刺为之护撼，其害斯远矣。”（《棘刺丛兰图卷》）设棘之意其实又在于爱兰、护兰。由此，画家对于兰草的深厚情感也就不难见矣。（杨旭辉）

柱石图

郑　燮

谁与荒斋伴寂寥，一枝柱石上云霄。
挺然直是陶元亮①，五斗何能折我腰②？

［题解］

本诗选自南京博物院藏郑燮《柱石图》题诗。

［注释］

①陶元亮：东晋诗人陶渊明，字元亮。②五斗：五斗米，指微薄的官俸。《晋书·陶潜传》："郡遣督邮至县，吏白应束带见之。潜叹曰：'吾不能为五斗米折腰，拳拳事乡里小人邪！'"

［评说］

南宋人赵孟溁曾说过："画谓无声诗，乃贤哲寄兴。"（《铁网珊瑚》）正道出了文人画的一个特点，即把画作为体现自己情感和审美情趣的手段之一。所以，画家往往重意不重形，意之所到，笔触随之。同样是画石，八大山人以怪石丑石居多，往往头重脚轻，郑板桥却是画直上云霄的柱石，挺然直立，这正是画家心中之丘壑。八大山人笔下岌岌乎殆哉的石头，是为了影射清政权摇摇欲坠。作为前朝遗民，如此的心态并不费解。郑板桥则时时以柱石来警示自己，荒斋觅伴，所寻不过石柱一根。在他眼中，石柱直立坚挺，直上云霄，宛然陶渊明的腰杆，不能为五斗米而折，浑浑噩噩地生活在浊世。"磊磊一块石，疏疏两枝竹”，“介于石，臭如兰，坚多节，皆《易》之理也，君子以之”，板桥的这些题词也许正是这首题画诗最好的诠解。（杨旭辉）

画菊与某官留别

郑　燮

进又无能退又难，宦途跼蹐不堪看[①]。
吾家颇有东篱菊[②]，归去秋风耐岁寒。

[题解]

本诗选自卞孝萱编《郑板桥全集·题画》。

[注释]

①宦途：仕途。 跼蹐：行动小心戒惧貌。 ②东篱菊：陶渊明《饮酒诗》："采菊东篱下，悠然见南山。"

[评说]

在郑板桥眼中，菊与梅竹为伍，足以医俗，尝有诗云："友孤山梅，伴东篱菊，微此君子，谁医世俗。"（《竹》）确实，历代"文人逸士，慕其幽芳，寄兴笔墨"，"傲霜凌秋之气，含之胸中，出之腕下"（《芥子园画谱·画菊浅说》）。身处浊世，想在仕途上有所进阶，而又要保持自己的耿介之节，二者之关系犹如水火冰炭。对郑板桥来说，要他行事小心戒惧，摧眉折腰事权贵是绝对不可能的。在此进退维谷的痛苦时刻，秋菊成了他的精神支柱。园圃中的东篱菊，那鏖战秋风、经受秋寒的骨气，令人振奋。于是，诗人毅然"掷去乌纱帽"，弃官归隐，虽然生活相对拮据，却照样能够经受清贫的考验。综观全诗，这也是借画抒臆，借物自喻的一首佳作，其主旨堪称板桥墨竹、芝兰的延伸与补充。（杨旭辉）

题屈翁山诗札石涛石溪八大山人山水小幅并白丁墨兰共一卷

郑　燮

国破家亡鬓总皤[1]，一囊诗画作头陀[2]。
横涂竖抹千千幅，墨点无多泪点多。

［题解］

本诗选自卞孝萱编《郑板桥全集·板桥诗钞》。

屈翁山，明末清初诗人，名大均，广东番禺人。曾在广州参加抗清斗争，失败后削发为僧，不久还俗。其诗多感伤时事之作，著有《翁山诗外》《道援堂集》。白丁，明末清初画家，字过峰、行民，又称民道人，云南人。明藩王后裔，明亡后出家云游滇地，居无定所。善画兰，有故国之思。石涛，即原济；石溪，即髡残；八大山人，即朱耷，事并见前。此五人皆为明朝遗民，明亡后难忘故国，都曾出家为僧。郑板桥对他们十分钦佩，特为他们的诗画作品题诗，对他们的诗画乃至人品作了总括性的评价。

［注释］

①皤（pó）：白色。②头陀：和尚。

［评说］

诗歌前两句写他们的遭遇。五人年纪参差，生平各异，要在十四字内写清，实非易事。作者只抓住了“鬓总皤”这一细节和“作头陀”这一共同经历，而这两点始终是与国破家亡紧紧相连的，又都是这一政治变故对他们的影响，这样就更加集中地突现了他们的精神实质和内涵：坚贞。“诗言志，歌永言”，诗画便是吐露个人心声的最好方式。屈翁山他们五人创作的无数诗画作品都寄托着亡国之痛。虽然从画来看，“横涂竖抹”，显得极为随意，甚至有点放荡不拘。但你可知道，正在这信手涂抹当中，墨点虽少，却交织了画家多少的泪点，多少亡国之痛。八大山人曾有过一段极好的自白：“墨点无多泪点多，山河仍是旧山河。横流乱石丫杈树，留待文林细揣摩。”（《题山水册页》，商务印书馆 1934 年《八大山人山水画册》）（杨旭辉）

题兰竹菊图

郑　燮

兰梅竹菊四名家,但少春风第一花。
寄与东君诸子弟[1],好将文事夺天葩[2]。

[题解]

本图旧藏李一氓处，载见《中国民间秘藏绘画珍品》第三集。

图幅上画两缶，一细长，一矮胖，造型迥异。右侧细长的花瓶里画兰、竹，竹竿细长，竹叶扶疏飘拂，用笔劲挺有力；兰花无叶，用淡水墨以没骨法画成。左侧矮胖的花瓶里，插菊花两枝，一枝向右，与兰竹呼应，一枝向左，直到边幅，用淡墨勾勒花瓣，用浓墨泼成叶子。菊枝的布局与矮胖的花瓶，在视觉上造成平衡协调的美感。全图对比感强烈，布局匀称，墨色浓淡相衬，色彩分明。留出左上方的空间，正好题上七绝一首，分两行，书写齐整。

[注释]

①东君：司春之神。②文事：与武事相对，指文雅的举动。天葩：喻秀逸的文章、文采。

[评说]

我国文人素来钟爱梅、兰、竹、菊图“四君子”，此四者多被诗人、画家题咏和作画。板桥的这幅《兰竹菊图》，独少梅花，所以他的题诗首先加以说明，说这幅画画了兰、竹、菊，比起“四君子”来，缺少“春风第一花”。梅花是二十四番花信风中开得最早的，故称“第一花”。第三句诗笔一转，撇开画面，写到春天其他的花，它们都是在司春之神照拂下生长起来的，称为东君的诸子弟。诗人用侧笔，以想落天外的艺术想象，将春天其他的花拟人化，对它们说，“我”将这幅画、这首诗寄给你们，你们好好地生长开放，与兰、竹、菊争妍，以自己的文雅举动与兰、竹、菊争夺秀逸的文采。郑板桥从侧面烘托出兰、竹、菊的秀逸高洁，如此着笔，很婉曲，比直接称颂更具艺术魅力。（吴企明）

兰竹菊图

题墨兰图

郑　燮

素心兰与赤心兰，总把芳心与客看。
岂是春风能酿得，曾经霜雪十分寒。

[题解]

本图今藏故宫博物院。

这幅画，空间极大，墨兰三丛，画在右侧偏上的部位，兰叶用浓墨撇出，以草书笔法写兰叶，笔笔秀逸拔俗，朴茂华滋，姿态潇洒。兰花用浅墨画成，浓墨点蕊。画幅上部，板桥横写一短跋，署款云：“乾隆癸酉十二月二十五日。”此年(1753)春天，板桥辞去潍县县令返回扬州。画幅左下方，题诗一首，与题跋上下呼应，起着填补空白、平衡画面的作用。

[评说]

素心兰花蕊多白色，赤心兰多赭红色。题诗的前两句，总写画面上的三丛兰花，说它们都将芳心给予别人看。联系郑板桥的生活，可以推断，他是借着画兰、题诗的机会，向世人表白自己的心迹，自己如同兰花“总将芳心与客看”一样。两句诗有着很深的寄托。第三、四句，诗意推进一层，说兰花的芳心和馨香，岂是春风酝酿出来的？它们曾经受过寒冷霜雪的考验，才能如此的高洁和清雅。兰花开于春、秋季，根本不会遇到寒冷的霜雪天。这里，诗人乃是寓意于象，托物言志，说自己经受现实生活中的种种磨难，练就刚正不阿、耿介坚贞的品格，就像“曾经霜雪”的兰花。全诗通过墨兰形象美的描写，融入诗人自己的心志，袒露诗人坚贞不屈的心迹，含蓄蕴藉，耐人寻味。（吴企明）

题竹石图

郑　燮

雷停雨止斜阳出，一片新篁旋剪裁。
影落碧纱窗子上，便拈毫素写将来。

［题解］

本图今藏荣宝斋。

画幅上面两块柱石，一大一小，一高一矮，用淡墨侧锋先勾勒石体，用横笔皴擦，笔墨极为简淡。柱石前用浓墨画竹，枝干细挺，撇出竹叶，疏疏密密，错落有致，清劲秀美，与淡墨柱石相映衬，特别醒目。又写淡墨竹枝数竿，特别是左侧一枝勃然生长，越出画面。真有“一竿掀天去不知”的意韵，它想早日拂云去。画幅左下方，题写长跋，引出文同、吴镇两句诗意清绝的《墨竹》诗，画家自己也题写一诗。

［评说］

这首题画诗，取“突出重点”之法，撇开画面上的柱石，专咏墨竹。首两句说雨后天霁，斜阳照在翠竹上，这是一片新竹，刚刚剪裁出来。诗的第三句，郑板桥把它们当作真竹，说它们照在碧纱窗上，映出玲珑清绝的影子。结句拍合，扣到墨竹形象上，说“我”看到纱窗上的竹影十分可爱，便挥毫将它们画下来。题诗乍看像是表现画家自己的创作过程，实际上这里用了一个画坛故事。据《图绘宝鉴》记载，五代西蜀李夫人工书画，她独坐南轩，见竹影婆娑，映于窗纸上，便濡墨摹写，生意俱足，自此遂有墨竹。据现存文物和白居易诗，可知唐代早已有人用水墨写竹，墨竹不始于李夫人。然而，夏文彦记录的这则传说，巧妙地表现出古代画家摄取自然美以画作墨竹的创作实践，富有艺术意趣。郑板桥又暗用这则故事，表达自己画作这幅墨竹的雅兴，自然运化典故，如若己出，不露痕迹，洵为题画佳作。（吴企明）

题华秋岳浴鹅图

厉　鹗

昙礦村中我旧过，嗔船无力困沧波[①]。
近来颇厌书生幻[②]，不爱笼鹅爱浴鹅[③]。

[题解]

本诗选自厉鹗《樊榭山房集》续集卷八。

厉鹗(1692—1752)，清代诗人，学者，字太鸿，号樊榭，钱塘(今浙江杭州)人。康熙时举人。屡试不中，后虽荐博学鸿词科，又未成，遂漫游授徒。谙熟宋元以来史实掌故，撰有《宋诗纪事》《辽史拾遗》等。诗词标榜宋人，词更有名，琢句炼字，善写山水难状之景。有《樊榭山房集》。

[注释]

①嗔：怒。②书生幻：文士生涯，变幻不定，坎坷多难。③笼鹅：晋代大书法家王羲之爱鹅，山阴道士为之曰："为写《道德经》，当举群鹅相赠。"王欣然写毕，笼鹅而归。事见《晋书·王羲之传》。

[评说]

华秋岳，即清代著名画家华喦(字秋岳)。华喦一生中大部分时间在杭州鬻画为生，与厉鹗同时，相交识，过从甚密。厉氏有词《高阳台·题华秋岳横琴小像》云："几时与子苏堤去，采蘋花、小艇冲烟。"《浴鹅图》出自华秋岳这位名家之手，想必一定很精彩，然而这首题画诗对此终未涉及，而是从中生发联想，对自己坎坷的生活深感懊丧，十分钦羡神态自得的浴鹅。按一般常理，题画起句应绾合画面，作一介绍，而作者一上来就抒写个人的身世。前两句，一写过去，一写现在，自己就像一条船，再也无力划行前进。对此，他不觉嗔怒于船，而事实上并非小舟不愿前行，奈何沧波阻道，欲上不能。回首自己的文士生涯，误入尘世，一去数十载，变幻不定，坎坷多艰，犹如巨大的樊笼，束缚着人的思想、言行，因而萌生了厌弃之念。结句总括全诗，点明弃世之念的由来，才真正与画意绾合。眼见华秋岳画中浴鹅神态自若，白毛浮水，掌拨清波，诗人心中顿生强烈的钦羡之意，这其实就是陶渊明诗中所谓的“羁鸟恋旧林，池鱼思故渊”（《归园田居》）。（杨旭辉）

题赵昭双钩水仙画扇

厉　鹗

名同班氏最清华[①]，知道停云是外家[②]。
点染春心冰雪里，只消叶底两三花。

[题解]

本诗选自厉鹗《樊榭山房集》续集卷七，又见汤漱玉《玉台画史》卷三。

赵昭，字子惠，吴郡（今江苏苏州）人。父隐君，祖母陆卿子，母文端容俱擅词章，子惠亦能嗣其美。嫁平湖文学马仲子班。赵昭性好烟霞，常葛衫椎髻，自拟道民。会仲子父难家破，遂入空门，更号德隐，结庵于洞庭西山。与常熟钱谦益、柳如是有诗文往来。善画，写生工秀，兼长兰竹。

[注释]

①清华：清丽华美。②停云：指停云馆，明代苏州画家文徵明居所，赵昭母亲为文氏后人，故云。外家：女子出嫁后称娘家为外家。

[评说]

这首题画诗乍看去，平淡之极，一如赵昭之画，清丽静美，而恰只有这一风格才真正体现出水仙映露凌波的风姿。起句较平，因画家与东汉著名才女班昭同名，诗人借以盛赞赵氏才华和技能，并一言点明此扇面的风格特点。这似乎无惊人之处，与厉鹗诗名难以相称。然而诗人不愧为大手笔，他竟体会出画作中的深意。孑然茕独的水仙，必然使人产生许多深远的联想，仿佛是一位美貌而又孤独凄楚的女子，在夜月寒水中徘徊，那她一定有着什么难以言说的哀婉与凄苦，一定有着难以排遣的怨慕与忧思吧！前人不是曾把水仙比作“断肠魂”“寄愁绝”吗？那么，令画家“断肠”“愁绝”者究竟在何处，联想她的身世自不难解。她远嫁平湖，再加上家破亲离的遭际，唯觉形影孤单，更勾起了对家人的思念，遂挥翰作画，以丹青点染抒怀。诗人一语道出天机，笔触摇曳多姿，使人为之倾心。

三、四两句对画面的客观描摹，更勾起了人们无限的遐思。你看画中水仙清淑的美姿，色如白玉，玲珑剔透，映照深碧的池水，清疏脱俗。再加上诗中“春心冰雪”的摹状，不禁使人眼前一亮，只见一位美人翩然而降，“肌肤若冰雪，绰约如处子”，那不是庄周笔下的“姑射神女”吗？也许她受不住山间阴冷，而渴求人间温暖；抑或是有感于仙境的凄寂，而忽忆人间的乐事。这就赋予诗作乃至画境蔼然神秘的色彩，给人以恍惚迷离之感。仙子是不幸的，她未察人世之情，便悄然而至，本想抒发一下内心孤苦的心志，而此刻这一幻想可望而不可即，唯有相视而叹……看着眼前的神女、清流，画家早已悲不自禁，满腔的愁怀思绪全付诸清流，对之挥一掬泪。

这首题画诗体物入微，托想空灵，深永婉曲，余韵悠然，与厉鹗清秀恬淡的风格一致，值得含咀研味。（杨旭辉）

题荷花图轴

李　葂

不涂铅粉不施朱，破冻芙蕖色转殊[①]。
为问君家旧花墅[②]，雪深有此一枝无。

[题解]

本诗选自扬州博物馆藏李葂《荷花图轴》题诗。

李葂(生卒年不详)，清代画家。字啸村，安徽怀宁人。诸生。工诗。善山水，兼画花卉翎毛。曾在扬州，寓居贺园，为卢见曾之高足，为卢画《虹桥览胜图》，著称于时。

[注释]

①芙蕖：荷花。②花墅：周围长满鲜花的别馆、房屋。

[评说]

荷花出淤泥而不染，为了突出它的这一品性，画家在创作着色时非常讲究，不用铅粉点染，更不施朱，使得画上荷花更显清丽高雅。这一风格正是前人所谓的“天然去雕饰，清水出芙蓉”。虽然晚秋的浓霜渐重，塘中的芙蕖在摧折之后，颜色转枯，但它高雅脱俗的本性依然不改，人们还可以欣赏到“留得枯荷听雨声”(李商隐《宿骆氏亭寄怀崔雍崔衮》)的幽美境界，别有一种冷清萧瑟的诗意。凌霜不变节，这一气概不免与梅花相近，虽无寒梅的傲雪吐芳之姿，但在众芳之中亦是少见的。因而，作者不禁为之骄傲，甚至敢于直言不讳地发问：请问你家花墅的百卉中，雪深之时，能与此相匹敌的，除却梅花，还有第二枝吗？ 画家充分运用墨色、题诗等多种艺术手段，把画中的主旨表现得极为深刻鲜明，而又不失之粗浅，正是此帧花卉画耐人回味的原因之一。 这或许对我们今天的画家有所启示。（杨旭辉）

题当窗冰华图

杭世骏

一片冰华照眼明①，当窗疏影正欹横。
逋仙去后无知己②，只有青山不世情。

[题解]

本图今藏于辽宁省博物馆。

杭世骏(1696—1773)，清代画家，字大宗，号堇浦，杭州人。乾隆年间，举博学鸿词科，授翰林院编修，官御史。学问富赡，勤于著述，工诗文，善书画，擅画梅竹。有《道古堂诗集》。

杭世骏擅画水墨梅花。本图梅树自画幅左侧上方斜出，向下倒垂，用浓淡墨色拖出铁干劲枝，很有质感，用淡墨圈出花萼，疏淡而有逸致，生动地画出梅花的高格清韵。画像重心在画幅左侧，右侧有较大空间，杭氏于右上方题七绝一首，又在下部题七律一首。这里选评七绝。

当窗冰华图

［注释］

①冰华：指冰雪中的花，即梅花。②逋仙：即宋代著名咏梅诗人林逋。

［评说］

题诗开篇迅即着题，说画上的一片冰花，疏影当窗，欹倾横斜，使人赏心悦目，故云“照眼明”。两句纯写画面，再现水墨梅花的仙姿神韵。第三、四句跳出画面，转出新意，别寄感慨。诗人说，善于咏梅的林逋已经仙去，世上已经没有知己，只有青山依然与寒梅相互映照，相伴始终，决不会不懂得世故人情，离它而去。诗人趁着题画的机会，借题发挥，寄托他鄙视世上不近人情的世俗陋习的感愤情思。（吴企明）

风雨钟馗图

‖李方膺

节近端阳大雨风，登场二麦卧泥中[①]。
钟馗尚有闲钱用，到底人穷鬼不穷。

[题解]

本诗选自天津博物馆藏李方膺《风雨钟馗图》挂轴题诗。

李方膺（1696—1755），清代画家，为“扬州八怪”之一，字虬仲，号晴江，别号秋池、抑园、借园主人、白衣山人等，江苏南通人。历任乐安、兰山、潜山、合肥知县，或因开仓赈灾得罪上司，或因耿直而被弹劾。晚年长期寓居南京项氏借园，常往来扬州，以鬻画为生。善画松竹梅兰及诸小品，笔墨不拘成法，意在青藤（徐渭）、白阳（陈淳）之间，著有《梅花楼诗草》。

[注释]

①二麦：指大麦、小麦。

[评说]

此画作于乾隆十年（1745）端阳前二日，时值大雨，画家立在梅花楼窗前凭栏而望，只见刚刚割刈的新麦伏倒在烂泥中，在雨水的浸渍下，已经开始腐烂、发芽。田间的农夫本来盼望丰收缓减一下青黄不接带来的拮据，而眼前只能眼睁睁地看着大半年的辛劳付之东流。由此，画家想到了封建官僚。他们并未由此受到影响，不仅毫不体恤民情，反而变本加厉。据说每逢端午都要画钟馗，在这里作者反用典故，对封建官吏进行抨击。历代画家笔下的钟馗，是一个刚正不阿、专斩妖魔鬼怪的正面形象，作者却一反常态，风雨中的钟馗成了一个只管搜刮民财，以饱私囊的吸血贪官。农民受灾，官吏尚有闲钱，说到底穷的是百姓，官吏终不会知道穷的滋味。正所谓“三年清知府，十万雪花银”，钟馗本算清介正直，“尚有闲钱用”，更况余者？可见整个社会的黑暗与腐朽，作者的批判力度达到了顶点。（杨旭辉）

题竹石图

‖ 李方膺

有肉之家竹不知，何堪淡墨一枝枝。
老天愁煞人间俗，吩咐清风托画师。

[题解]

本图藏故宫博物院。

李方膺喜画竹石图，同题材的画幅很多。本图以湖石为陪衬，主要画竹。画家以浓墨画近处的竹，撇出枝、叶，又以淡墨画远处的竹，竹竿粗壮挺立，用飞白笔法画竿，表现竹竿的凹面，用浓淡变化的墨色，造成雾霭氤氲的氛围。全图用草书笔意撇叶，意象纵横，竹叶都顺着一个方向低垂着，好像受到清风的吹拂。

[评说]

这幅画，这首题诗，都是从苏轼诗《於潜僧绿筠轩》"可使食无肉，不可居无竹。无肉令人瘦，无竹令人俗"的诗意出发，并构思立意的。画幅努力创造竹之潇洒气态，清雅意韵，再用题诗点明，诗画配合，明示画心。诗的前三句，围绕"俗"字拓展诗思。首句说有肉的人家很俗，他们不懂得竹的情趣。次句翻进一层，说他们更不会欣赏用淡墨画出的一枝枝翠竹。这里点出自己淡墨画竹以表现清雅气韵的意图。诗至第三句，突发奇想，说老天爷为人间的俗人、俗事发愁；结句才拍合到画幅的翠竹上，说老天爷为了医治人间的俗态，便吩咐清风托意给画师，多画一些清雅的风中之竹。全诗多种技法交互作用，增强了诗歌的表现力，增添了诗歌的艺术感染力。（吴企明）

题画梅

‖ 李方膺

写梅未必合时宜，莫怪花前落墨迟。
触目横斜千万朵，赏心只有两三枝。

[题解]

本诗选自袁枚《随园诗话》卷七。

[评说]

面对冬日盛开的梅花，傲雪凌霜，欺冰压雪，画家的题诗居然一上来就说："写梅未必合时宜。"很明显这一"时宜"非节气之谓，而是别有所指。梅花坚贞峭拔之姿，诚乃画家自我形象的传神写照。在众口嘈哓、奴颜婢膝特盛的社会中，这一风骨自然未尽合乎时宜，甚而被视作"怪异"，"扬州八怪"之名也由此而来。李方膺并未因此减弱对梅的喜爱之情，反而是钟爱有加，"晴江牧滁州，见醉翁亭古梅，伏地再拜"（《随园诗话》卷七）。既然爱梅成癖成痴，梅林花前，手握翰墨，迟迟不肯下笔落墨，不免令人诧异，作者却道见者莫怪，原因何在？诗的下半首作了交代。因为眼前千朵万枝梅花，逸生横斜，千姿百态，要全部表现在画上绝对不可能，必须要进行精妙的艺术构思，从千万朵中捕捉最使人赏心悦目的"两三枝"，以传达自己的情和志。艺术大师潘天寿曾对此作过一番极为精到的评论，对其中蕴含的深刻画理作了阐发："赏心只有两三枝，辄写两三枝可也。盖自然形象，为实有之形象，非画中之形象，故必需舍其所可舍，取其所可取。《黄宾虹画语录》云：'舍取不由人，舍取可由人，懂得此理方可染翰挥毫。'是舍取二字之心诀。""舍取，必须合于理法，故曰：舍取不由人也；舍取必须出于画人之艺心，故曰：舍取可由人。”（《听天阁画谈随笔》）这段评论文字，恰当地揭示了李方膺这首题画诗的匠心。（杨旭辉）

题兰花图

李方膺

光风转蕙便成春[1]，峻茂敷紫实可人。
不信灵均树百亩[2]，半随萧艾半沉沦。

[题解]

本图旧藏钱君匋处，载见《中国民间秘藏绘画珍品》第一集。

钱君匋藏李方膺《梅兰菊松图册》凡八开，本图为第二开。册页画兰花一丛，浓墨撇写兰草，有草书笔意；兰花用淡墨画出，浓墨点蕊，花叶繁茂，气韵俨然。全图用笔恣放，挥洒自如，花、叶相衬，益现华滋秀润。李方膺在画幅下方，二字一行题诗一首。这种书写方式，加重了画幅下部的分量，增加了稳重感，与画面物象构成平衡美。

[注释]

①光风转蕙：语出宋玉《招魂》："光风转蕙，泛崇兰些。"②灵均：即诗人屈原，字灵均。

[评说]

本诗采用题画诗的常格写成，先写画面兰花形象。日丽风和，阳光照着兰花，一派春光明媚，蕙兰盛开，繁密茂盛，实在令人喜爱。第三、四句，由画面形象生发感慨，说"我"不相信屈原当年种植的百亩蕙兰，会一半随着小人，一半沉沦。言外之意，是说"我"画上的兰花，便是屈原当年"树百亩"留下来的，所以"我"相信它们不会完全沉沦。"灵均”，即诗人屈原。“萧艾”，野草，比喻小人。 这两句诗，运化屈原《离骚》诗意写出，“树蕙之百亩”，“何昔日之芳草兮，今直为此萧艾也”。李方膺既画作兰花图，又配之以题画诗，用屈原、宋玉的诗意，融入题诗中，使画境得以升华，进入更高的境界，诗情画意有着极为深厚的文化内涵，提高了画幅和题诗的美学价值。（吴企明）

题潇湘风竹图

‖ 李方膺

画史从来不画风，我于难处夺天工。
请看尺幅潇湘竹，满耳丁东万玉空。

［题解］

本诗选自南京博物院藏李方膺《潇湘风竹图》题诗。

［评说］

“风”，无色无形，难以捉摸，要在画中加以表现，难度可想而知。而李方膺却偏偏要因难见巧。画家在画面上通过竹子的独特造型，画出狂风大作的动态，使本不可见的“风”成了可视、可绘的景观。请看尺幅之间的潇湘竹，不但迎风挺立的雄姿赫然在目，而且从竹枝飞舞、相互撞击中，似乎可以听到碎琼乱玉的叮咚之声。“满耳丁东万玉空”一句，用拟声和比喻，写出狂风过后产生的音乐美，弥补了画面之不足。画家巧妙的构思和高超的技艺，从中不难见出，而他画“风”的寓意就在画外了。

李方膺任地方官三十年，几受打击沉浮。雍正八年(1730)，知乐安县，因开仓赈济灾民，受弹劾。十年，调任兰山知县，因反对总督王士俊盲目开垦土地而坐牢。晚年调任安徽，代理滁州知府，因不肯逢迎上司而被诬罢官。宦海沉浮飘蓬的他，历经千磨万折，但依然坚强不屈。这在他的另一首《题风竹图》诗中就明确言志：“波涛宦海几飘蓬，种竹关门学画工。自笑一身浑是胆，挥毫依旧爱狂风。”他画风竹，竹竿粗壮，坚劲挺拔，与竹叶飞动形成动静对比，借竹子不怕狂风暴雨、坚韧不拔的品格来自喻，更表现了自己与恶劣现实作不屈斗争的决心和勇气。（杨旭辉）

题游鱼图

李方膺

三十六鳞一出渊[①],雨师风伯总无权。
南阡北陌槔声急[②],喷沫崇朝遍绿田[③]。

[题解]

本诗选自故宫博物院藏李方膺《游鱼图》题诗。

[注释]

①三十六鳞：鲤鱼。古人以为龙八十一鳞，鲤三十六鳞。唐段成式《酉阳杂俎》前集卷一七："鲤，脊中鳞一道，每鳞有小黑点，大小皆三十六鳞。" ②阡、陌：田间小路。槔(gāo)：桔槔，井上汲水的工具。③崇朝：从天亮到早饭之间，喻时间短促。《诗经·卫风·河广》："谁谓宋远，曾不崇朝。"

游鱼图

[评说]

《游鱼图》是李方膺的代表

作之一。这幅画仅有五条游鱼，笔墨极其疏简，就连背景也不着一笔。乍一看来，最引人注目的不是画，倒是右边两行题款，字形特别大，从顶部写到底，不留丝毫天地，大有“喧宾夺主”之势。如果仔细品味，这正是画家的深意所在。画中的游鱼倏忽穿梭，极为活泼，妙趣横生，确实见出他的绘画功力。如果没有这首题诗，则其画意平平，价值并不是很大。

画上五条游鱼较为分散，这首题诗在画面的布局上，正起到了统摄全局的作用，将画的重心集中到题诗上来。所以说，画家的深意在诗不在画，画只是诗的形象补充和演示。

春风春雨随着雨师风伯的一声号令，来到人间，欢快的鲤鱼随着春水的暴涨而纷纷跃出深渊。对此，风伯雨师除了钦羡而外，只有无可奈何。伴随着南阡北陌中急速的汲水声，一个早晨就在碧绿的田野中遍见鲤鱼的身影，并不时地露出水面来喷吐一串串的水珠。从画中游鱼欢快活跃的神态和题画诗的诗意来看，这不正反映了画家在离开官场，摆脱名利的纷扰之后自由舒畅的心情吗？（杨旭辉）

题梅花图

李方膺

铁干铜皮碧玉枝，庭前老树是吾师。
画家门户终须立，不学元章与补之[1]。

[题解]

本诗选自日本东京国立博物馆藏李方膺《梅花图》题诗，此据杨新《扬州八怪》图册(文物出版社 1981 年版)。

[注释]

①元章：指元代画家王冕。 补之：指宋代画家扬无咎。

[评说]

李方膺在绘画创作上，极力主张直接向生活学习，师法自然，以创造出自己独立的风格。从这首题诗可以看出，他在艺术上，也与他的为人性格一样，不肯随人俯仰。他画的梅花刚劲有力，无论老干新枝，都如诗中所说“铁干铜皮碧玉枝”，所以人评之曰：“蟠塞妖娇，于古法未有。”他笔下的松树是“根盘节错锁疏烟”，“虎爪龙鳞老更坚”（《题墨松图》，画藏山东省博物馆)。这些画都是他长年师法庭前老树，个人心血性情熔铸的结晶。即便王冕、扬无咎这些一代写梅妙手，“我”也不必去追随他们，亦步亦趋。作为一个真正的画家，应该“自立门户”，不泥古人，此其一；不追随时俗，跟随同时代画家之后，更是“扬州八怪”的共同精神，冬心先生就曾说：“予之竹与诗，皆不求同于人也，同乎人则有瓦砾在后之讥矣。”（《画竹题记》）晴江也不例外，虽然这首题画诗并未明确言及，但从其一贯的主张与艺术实践来看，确也属实。他在另一首《题画梅》中就明确讲道：“此幅春梅另一般，并无曲笔要人看。画家不解随时俗，直气横行翰墨端！”（杨旭辉）

题菊花图

‖李方膺

最爱东篱菊，闲来笔底开。
自惭腰折吏[①]，羞对此花栽。

[题解]

本图旧藏钱君匋处，载见《中国民间秘藏绘画珍品》第一集。

这是一幅水墨折枝菊花图，原为李方膺八开《梅兰菊松图册》的第六开。册页用没骨法画菊花的枝、叶，笔势纵横跌宕，墨彩浓浓淡淡，变化灵活有致，墨气淋漓。淡墨染叶，浓墨勾脉，自然而富有生意。菊花不用双勾法，径用湿笔单线勾画花瓣，形神毕具，力排众格，独树一帜，自得奇趣。

[注释]

①腰折吏：即折腰吏，指那些甘受屈辱的人。爱菊的陶渊明任彭泽令时，受到屈辱，愤然说："我岂能为五斗米，折腰向乡里小儿。"（萧统《陶渊明传》）便辞官归隐。

[评说]

题写画菊的诗，总离不开爱菊诗人陶渊明，李方膺亦然。本诗以陶渊明的事迹构思立意，因此联系他的思想、生活，诗意便豁然明朗。首句说"我"最爱陶渊明家的菊花，陶渊明《饮酒》诗有"采菊东篱下"句，东篱便成为咏菊的专用名词。次句说，"我"闲来无事，便挥毫写菊，"笔底开”，笔底开花，便是画出的意思。第三、四句，陡然转笔，由画面菊花触发联想，嘲讽了那些毫无气节，甘愿受辱的人。诗意是说世上那些折腰吏，会羞惭地面对菊花，自惭不如菊花清高。全诗借题发挥、题外生情，借着折腰吏，反衬陶渊明的高风亮节。诗人趁题画的机会，歌颂陶渊明，也表白了自己的心志。（吴企明）

题梅兰竹菊图·梅花

李方膺

香雪凝华冷淡生，并无秾艳动人情。
谁从本色来题品，知己难逢宋广平①。

［题解］

本图旧藏钱君匋处，载见《中国民间秘藏绘画珍品》第一集，江苏美术出版社 1989 年版。

［注释］

①宋广平：即宋璟，唐玄宗开元时代的名相，为人刚正，封广平郡王，人称“宋广平”。

［评说］

画家用淡墨写梅花，题诗亦从“淡”字立意构思，突现梅花的品格。首句写梅花的色香，梅花色白如雪，吐出淡雅的馨香，天生“冷”而“淡”。次句紧承，说梅花并无浓艳的色泽惹动人之情思，实际是首句诗意的补充。第三句用反诘句一逗：有谁能从它的本色“冷”“淡”来加以题咏、品评呢？要说梅花的真正知己，很难再遇到像宋广平这样的人。因为宋璟曾经写作《梅花赋》，热情称颂梅花虽遇严寒而不移本性的品格。李方膺曾对梅花下跪，参拜大礼，因此他也是梅花的知己，真正能从梅的本色来加以题品。诗中的“谁”，正是作者，他是当之无愧的。（吴企明）

题亭林山色图

‖ 李世倬

右军作书右丞画①,奕世虽称识者无②。
偶忆大痴聊捉笔,不逞全写富春图。

[题解]

本图今藏上海博物馆。

李世倬(? —1770),清代画家,字天章,一字汉章,号谷斋、菉园、十石居士、伊祁山人,奉天(今辽宁沈阳)人。高其佩外甥,官至副都御史。善画山水、人物、花鸟、蔬果。得其舅氏高其佩法,又得王石谷指授,笔力苍劲。

本图用平远构图法,实仿倪瓒一河两岸式构图,扩展至近、中、远三段景物。远处,用干笔皴擦淡染高山,山下烟雾迷蒙,得空灵之气韵。中段用方折之笔画叠石,枯笔皴擦,浓墨点染,显得很苍郁,隔溪远树下掩映着几间屋舍。近处土坡上画几株老树,枝干劲挺,枝叶稀疏,树下点缀茅亭、小桥、溪流,亭内无人,有萧疏恬淡之气象。三段景物,虚实相映,疏密相间,墨色浓淡得宜,层次分明,构成深远的境界。

[注释]

①右军:指王羲之,他曾任右军将军。右丞:指王维,他曾任尚书右丞。②奕世:一代接一代。

[评说]

这是一首纯用议论笔调写成的题诗。前两句,慨叹艺术精品世无识者，说晋代大书法家王羲之写的字和唐代王维的画，虽然累世并称，但没有真正识得它们艺术精髓的人。这一层艺术意想，是为后半首诗意的出现作前导。三、四句诗句一转，写到自己，偶然想到元代画家黄公望，也是世无识者："我"聊以捉笔作画，画出的竟全像是《富春山图》，很不满意，自觉没有抓住大痴的精神。"不逞"，不满意。李世倬虽自称忆大痴而捉笔，但此图笔之萧散，似大痴，也参以迂翁笔意，至于气韵之苍浑，远不及大痴，自愧不如，所以有以上的感慨。（吴企明）

题刘照村自镜图

刘大櫆

影形相赠幻非常，终古浮生一电光[①]。
寄语五陵年少客[②]，休从前度认刘郎[③]。

[题解]

本诗选自刘大櫆《刘大櫆集》卷一五。

刘大櫆(1698—1780)，清代文学家，字耕南，一字才甫，号海峰，安徽桐城人。貌丰伟，性直谅，自幼好读书，工为文章。尝以文谒方苞，为其褒扬，自是名大著。雍正间两举副贡生。乾隆中，举荐鸿博、经学，皆罢。后出为黟县教谕，数年又去官归乡。大櫆工于古文，兼集前人之长，熔诸家为一体，论文重神气音节，与方苞、姚鼐合称为桐城派“三祖”。著有《海峰诗文集》，上海古籍出版社于1990年据以点校，出版《刘大櫆集》。

[注释]

①终古：久远。浮生：人生。《庄子·刻意》：“其生若浮，其死若休。”②寄语：传话，转告。五陵：指豪门贵族聚居之地。③前度：前次，上次。

[评说]

《刘照村自镜图》是一幅别有趣味的人物画。此诗题下原有一段自注，简单介绍了画面：“其图用二童子夹持少时画像，横卷于榻前，更用一童子向主人，主人捋须对镜。”一边闲然自在捋须晃脑，面对镜子，完全沉醉于自我的天地之中；一旦从沉醉中清醒过来，回顾其旁的少时画像，不禁感慨万千，感叹时光的迁逝，人世的沧桑变故。这首题画诗就抓住了画中人的这一细微的心理活动，加以细致的刻画。

当“我”从镜子里的虚影幻形中脱离出来时，顿然只觉人生如浮云，飘然而逝，甚至于乃似疾掣的电光，少时画像中的青春活力，历历在目，如在眼前。岁月无情，时光倏逝，而镜中的“我”早已长须满面，两鬓飞霜。所以要转告五陵年少，若要寻找当年的刘郎，再也不能凭借上回所见的外貌特征和印象了。画中人物对少年往事的回忆，以及对时光的追惜之情，就一句“休从前度认刘郎”达到了高潮，诗作至此戛然而止，使读者深深陷入了对人生哲理的思索和回味。（杨旭辉）

观王文简所题马士英画（选一）

钱　载

王师南下不多年[①]，司理扬州句为传[②]。
落尽春灯飞却燕[③]，江山如画画依然。

［题解］

本诗选自钱载《萚石斋诗集》卷三六。

钱载（1708—1793），清代诗人。字坤一，号萚石，又号瓠尊，晚号万松居士。浙江秀水人。乾隆十七年（1752）进士，官礼部侍郎。其诗瘦硬苍劲学昌黎，近体颇似杨万里，通俗而饶有韵味。嘉道以前，在诗坛上独树一帜。著有《萚石斋诗文集》。

［注释］

①王师：指清兵。②司理扬州：王士禛于顺治十六年（1659）任扬州推官。推官又别称“司理”。③“落尽”句：用阮大铖事写弘光朝的灭亡。阮大铖排演其所作《燕子笺》《春灯谜》诸传奇，献媚弘光帝。

［评说］

马士英（？—1645），字瑶草，贵阳人，流寓金陵（今江苏南京）。万历四十七年（1619）进士，崇祯时官右佥都御史、兵部侍郎。清兵入陷北京，与阮大铖等立福王于南京，升东阁大学士，专权纳贿。南京陷落后，为清兵捕杀。工画山水，有画卷流传，颇有别趣。

马士英画颇佳，然人皆恶其名，凡见其画，往往触人伤怀，感慨历史。顺治间，清兵入关不久，王士禛任扬州推官，见及马氏之画，不禁感慨题诗：“秦淮往事已如斯，断素流传自阿谁？比似南朝诸狎客，何如江令擘笺时！”（《马士英画》）渔洋诗句遂广为流传，钱载读过，心有戚戚，挥毫洒墨，题下此诗。他以一画一诗来抒写自己的无限感慨，笔调似乎比王诗更为深沉。诗中“春灯”“飞燕”皆系暗用阮大铖旧事，点明前朝小人当政，昏聩腐朽，尽日沉湎于歌舞升平。旧日的“舞榭歌台，风流总被雨打风吹去”，而今春灯落尽，燕子高飞，不见踪影。当日江山如画，而今何处寻觅？也许只有马士英咫尺素纸可待成追忆，画中的一切如今早因改朝换代，而落入清廷之手，虽然眼前山水依旧，却只落得无绪的悲切和怀念。旧日的权奸，随着《春灯》《燕子》的堕落而消失于历史的大潮之中，表现了诗人对他们的极度鄙视。（杨旭辉）

题宋宣和池塘秋晚图

‖爱新觉罗·弘历

瀏鶒双飞鹭拳独[①]，秋塘位置雅相宜。
精思设使通为政，五国应无播越时[②]！

[题解]

本诗选自乾隆帝御制诗集《乐善堂集》。

爱新觉罗·弘历(1711—1799)，即清高宗，世宗第四子。年号乾隆，在位六十年。即位后，先后平定准噶尔部和大小和卓等地方割据势力；开馆纂修《四库全书》，并命撰《会典》《一统志》及各省通志等；大兴文字狱；屡次巡游江南；晚年宠信和珅，政治未及前朝清明，清王朝统治由此渐由极盛而中衰。作为封建帝王，亦能诗画，因宫中所藏历代名家手迹甚丰，书画见识颇广，不少古书名画上都留下了他的墨宝、印鉴，当然也有不少破坏了原作的意境和审美趣味。

[注释]

①瀏鶒：水鸟名，形大于鸳鸯，嬉游于水上，常成双成对。鹭：即鹭鸶，水鸟名，色白，脚高胫长，常栖息水边。②五国：即五国城，在今黑龙江省依兰县。宋徽宗赵佶为金人所虏，囚死于此。播越：流亡，流离失所。《后汉书·袁术传》："天子播越。"

[评说]

这首小诗题于宋徽宗《池塘秋晚图》上。作者由画面生发扩展，总结历史经验教训，进而咏史抒怀，体现出一定的哲理。宋徽宗（1082—1135），名赵佶，年号宣和，是一位多才多艺的书画家，雅爱翰墨丹青，书学黄庭坚，并自创“瘦金体”。尤善花鸟。他又设画院，培养绘画人才，命人编写《宣和书谱》《宣和画谱》，为宋代书画艺术的发展和繁荣，做出了重要贡献。汤垕说他“性嗜图画，作花鸟、山石、人物，入妙品，作墨花墨石，间有入神品者，历代帝王能画者，至徽宗可谓尽意”（《画鉴》）。乾隆御览的这幅《池塘秋晚图》，应该说是赵佶一幅得意的花鸟画，鸂鶒成双飞行，鹭鸶独立清流，意境优雅娴静，位置布局相宜，确非凡笔所能为。对此，作者却一笔带过，三、四两句笔锋陡转，转而咏史。倘使赵佶能把作画精严慎思的态度用在政事上，哪会出现蔡京、童贯专权，国政昏瞶腐朽，民不聊生，以至于自己与钦宗一起被金人掳至北方，流亡失所，最终客死五国城呢？历史轮回演进中的巧合何其惊人，当赵宋王朝承祚之初，太祖赵匡胤说南唐后主不也正是：“李煜若以作诗工夫治国，岂为吾虏也？”（《西清诗话》）而其后代却并不以之为鉴，重蹈覆辙，乾隆这一反问留给人的是永恒的思索。（杨旭辉）

题金廷标琵琶行图

‖爱新觉罗·弘历

船隐芦洲不见人[①],四弦风送到江滨[②]。
主宾僮仆齐倾耳,写出寻声暗问神。

［题解］

本诗选自乾隆帝御制诗集《乐善堂集》。

金廷标，乾隆时宫廷画师，字士揆，浙江乌程人。工于人物、山水。

［注释］

①芦洲：开满芦花的水洲。②四弦：琵琶四弦，此处代指琵琶声。

［评说］

“藏”和“露”是中国画章法技巧中辩证的一对关系。《红楼梦》第四十二回，薛宝钗论画大观园时就说道：“该添的要添，该减的要减，该藏的要藏，该露的要露。”至于什么该藏，什么该露，具体的操作方法，清人沈宗骞《芥舟学画编》曾有绝妙的论述：“或露其要处而隐其全，或借以点明而藏其迹。如写帘于林端，则知其有酒家；作僧于路口，则识其有禅舍。”南宋画家李唐《竹锁桥边卖酒家》，就巧妙地处理了“藏”与“露”的关系，充分体现了“锁”的意境。又如宋人画“踏花归去马蹄香”，在马蹄之后画上几只飞舞的彩蝶。金廷标这幅《琵琶行图》亦堪称此类佳作，乾隆帝在诗后的跋语中也加以充分地肯定：“内府弆（收藏）唐寅画《琵琶行》，于江边扁舟写一女抱琵琶。廷标此图不画琵琶女，而画居易等属耳之情，便觉高出其上。其与宋人画踏花归去马蹄香，以数蝶随骑意同。向未题句，兹偶见之，因拈其妙，然画院中能作如此解者实少也。”这也是乾隆帝赏画题诗的主要动机。画上虽无琵琶女，甚至连她所坐的小船也不见，在这芦荻满洲，秋风萧瑟之中，却终久不歇地缭绕着阵阵琵琶声，随风扩散到远方。画是无声诗，既然是静静无声的画面，何来乐音？这就发人深思，引人联想。君不见，画上主宾僮仆都在侧耳倾听，细观其神貌，似乎正寻觅着远处若有若无的佳胜之音。画家就抓住这一瞬间，在作品中进行正面描绘，至于真正的主人公却藏而不露。正是这一“藏”，就使得未藏处更突出，更鲜明，画中白居易主宾数人的脸部神态给人留下了极为深刻的印象，而观者恰也由此进行联想。整个画面，不见琵琶之“形”，而“神意”自现，使有限变为无限，“趣味愈无尽矣！”（唐志契《绘事微言·丘壑露藏》）（杨旭辉）

题梁楷泼墨仙人图

‖爱新觉罗·弘历

地行不识名和姓，大似高阳一酒徒[①]。
应是瑶台仙宴罢，淋漓襟袖尚模糊。

[题解]

本图今藏台北故宫博物院。

梁楷(生卒年不详)，宋代画家，原籍东平(今属山东)，号梁风子，嘉泰年间为画院待诏，为人豪宕不羁，善画山水、释道、鬼神。笔墨精妙，院人无不敬服。“画法始从梁楷变”(《南宋院画录》引赵由儁语)。《泼墨仙人图》正是体现梁楷独创精神、飘逸风格和减笔画法的代表作品。画幅上画一位烂醉如泥、憨态可掬的仙人。画家不用细笔勾线，不细致刻画面部，却以又粗又阔的大片泼墨写其形体，以细笔简括勾画五官，着意表现仙人蹒跚的醉态和清高脱俗的精神，真正做到笔意潇洒，笔简神具。《泼墨仙人图》旧藏清宫，乾隆帝题上一诗。

[注释]

①高阳一酒徒：好酒之徒，典出《史记·郦生传》，汉初郦食其求见刘邦，刘邦拒之，郦生瞋目按剑曰：“吾高阳酒徒也，非儒生也。”遂召见。

[评说]

题诗首句直扣题面，说这位地行仙人不知名和姓，从他的醉态可知他原是一位嗜酒如命的高阳酒徒。第三句继续从“仙”字生发，想象他参加了天上瑶台的仙宴，刚刚喝醉了酒归来。结句再扣画面，说画面上水墨淋漓，襟袖模糊，犹如仙人身上还洒满淋漓的仙酒，酒气熏天。诗篇从画面形象起端，由画面形象收结，首尾呼应，起结回环，诗虽短小而结构完整。（吴企明）

自题画菊二首

恽　冰

秋花绕砌锦斓斑[①],为写秋花独闭关[②]。
天欲老时君正少,不妨霜雨铸红颜。

小楼昨夜又西风,篱外霜花绽几丛。
闭取丹青为点染,倚阑清兴有谁同?

[题解]

本诗选自吴企明编《清代题画诗类》卷四〇。

恽冰,约活动于雍正、乾隆年间(1723—1795)。字清於,江苏阳湖(今江苏武进)人。毛鸿调妻。工诗善画。徐世昌《晚晴簃诗汇》说她“工写生,芊绵蕴藉,用粉精纯,迎日光,花朵灿灼,作已辄题小诗”。

[注释]

①砌:台阶。斓斑:即“斑斓”,色彩鲜明,灿烂交错。②闭关:闭门。

[评说]

这两首《自题画菊》是女画家恽冰题写在自己所画的《菊花图》上的。菊花是历代文人笔下常见的题材,文人们吟咏它的高洁情操,而在恽冰笔下,则别有一番风情。恽氏之画今已难以披览,打开诗卷,扑入眼帘的就是密密丛生的秋菊,五彩斑斓,竞相开放。站立在秋花环绕的花阶上，不禁陶醉，直想使之永驻人间。于是女诗人便闭门独思，细加描摹。然而传神写照秋菊之风神，亦非易事，作者又由此浮想联翩："天欲老时君正少，不妨霜雨铸红颜。"秋去冬来，岁末即至，此所谓"天欲老时"，虽说节令肃杀，而秋花却正当时，精神抖擞，此时的霜露非但不妨碍菊花风神，反而为之添铸红颜，在霜侵露雨之后，愈显妖娆妩媚。

第二首更进一层，小楼昨夜又起寒风，吹开了几丛霜花，在稀疏的篱外迎风摇曳。花事随节令，寒暑易节，又如何不引发闺中女子的情感波澜？倚阑赏菊，进而闭门取丹青、笔墨点染，可是这种清幽雅兴有谁同享，就好比帘外秋菊，无以为俦。这一情感的抒发，是女性诗人所特有的寓意，这不禁令人想起李清照的《醉花阴》，"帘卷西风，人比黄花瘦"，以花自况，顾影自怜，呈现出与男性不同的风情。恽氏的这两首题画诗，明写菊，暗喻自己的情感，末一句达到感情的最高峰。全诗在反问中戛然而止，读来回味无穷，余音袅袅，不绝于耳。（杨旭辉）

题芹圃画石[①]

‖爱新觉罗·敦敏

傲骨如君世已奇，嶙峋更见此支离[②]。
醉余奋扫如椽笔[③]，写出胸中磈礧时[④]。

［题解］

本诗选自敦敏《懋斋诗钞》。

爱新觉罗·敦敏（1729—1796？），字子明。清宗室，诗人。热衷于仕途，但一生未能如愿，仅授右翼宗学的总管。其家在北京内城西南角太平湖旁槐园，与曹雪芹交往密切。著有《懋斋诗钞》。

［注释］

①芹圃：曹霑的号。工诗善画，多才艺。所著《红楼梦》是我国古典长篇小说的不朽杰作。②嶙峋：形容山石峻峭，层叠高耸。支离：形容画石奇峭。③如椽笔：指大手笔。《晋书·王珣传》："珣梦人以大笔如椽与之。既觉，语人曰：'此当有大手笔事。'俄而帝崩，哀册、谥议，皆珣所草。"④磈礧：垒积的石块，常用来比喻心中的郁结不平之气。

［评说］

此诗作于康熙二十五年（1760），题在曹雪芹所绘的一幅石头画上。这是一首很有名的题画诗。诗中借题画，写出了曹雪芹傲骨独存、耿直不阿的性格，以及生不逢时的遭遇。诗人赞美了画家这种不向恶势力屈服的高贵品格和高超绘画技艺。诗句既是对画面的描摹，更借以生发，寓意其中，比喻曹雪芹的品格。前两句写画面的山石，嶙峋奇峭，颇具傲骨，用以赞颂画家高傲不屈的气节是最合适不过了。画上之石作支离峻峭状，又真如曹雪芹耿直、不从流俗的性格。这些象征含义并非诗人穿凿比附，画上之石实是画家的心话。他酒醉之后，挣脱樊笼，奋扫手中的如椽大笔，写出了自己耿直、有棱角的个性，又将心中长年郁积的磈磊抒泄一尽。

看画读诗，不仅可以体会画外之意，而且可以进一步了解曹雪芹的交友情况和个性品质。（杨旭辉）

题秋蟹图

童　珏

秋风江上雨晴初，芦叶芦花返照余。
我亦年来似张翰，几曾归计为鲈鱼。

[题解]

本图今藏薛处处，载见《中国民间秘藏绘画珍品》第二集。

童珏（1721—1782），清代画家，字璞岩，又字二如，号二树，会稽（今浙江绍兴）人。布衣，工书法、诗歌，擅画山水、花卉。

本图构图简约，左侧画芦苇数枝，用淡墨画枝撇叶，一枝芦荻挺生左上方，用渴笔淡墨画出芦花。两只秋蟹爬行于芦滩上，一正一反，正面蟹用浓墨画蟹壳、蟹脚，用淡笔勾出蟹螯。反面蟹用淡墨勾描脐腹、蟹体及蟹脚，用浓墨染出蟹螯，一副横行姿态，很逼真。

[评说]

画家画的是秋蟹，题诗却只字不提"蟹"字，为什么？诗论家刘熙载说过："本面不写写对面、旁面，须如睹影知竿乃妙。"（《艺概·诗概》）明此理，便知童珏此诗之奥妙。首二句先写河蟹成熟的条件，后写雨后江上秋景，很美。诗意表面描写秋江芦苇景色，实质上暗示此时正是河蟹上市的节候。后二句用张翰的典故。晋代吴人张翰在洛阳做官，因思念家乡的莼羹鲈脍，就辞官归乡，事见《晋书·张翰传》。本诗却反其意，说"我"也似张翰要归乡，但"我"不是为了鲈鱼，言外之意，"我"归来是为了"秋蟹"。全诗用侧面着笔之法，先是写景，后用典，秋蟹上市的时节已到，"我"要归乡吃蟹。诗意回扣画面，两相融合，意味深长，耐人深思。（吴企明）

题画四首

陈琼圃

路转千峰一径斜，烟霞深锁野人家[①]。
春来更有幽栖处，开遍东风枳壳花[②]。

家住江南杨柳湾，一蓑烟雨打鱼还。
数声芦笛秋风暮，饱看青溪两岸山。

蒹葭深护水云乡[③]，门掩青山对夕阳。
吟罢小楼闲眺望，晚风吹起白蘋香[④]。

峰含晚日树含烟，野水微茫接远天。
如此溪山谁领取？风光输与钓鱼船。

[题解]

本诗选自汤漱玉《玉台画史·别录》。

陈琼圃（生卒年不详），字阆真，号钼月。钱塘半江司马陈淞女，归安费锡田妻。能诗，兼六法。夫亡，誓以死殉，卒时仅二十有九。这四首诗为自题画作，《玉台画史》誉之为“极清婉可诵”，评论极为允当。

[注释]

①烟霞：云气。野人：乡野之人。②枳壳（qiào）：《本草纲目》卷三六：“枳木如橘而小，高五七尺，叶如橙，多刺，春生白花，至秋成实……今医家以皮厚而小者为枳实，完大者为枳壳。”③水云乡：水云弥漫的地

方，多指隐者居游之所。苏轼《和章七出守湖州》："方丈仙人出渺茫，高情犹爱水云乡。"④白蘋：水草名。生浅水中，叶有长柄，柄端有四片小叶成田字形，亦名田字草。夏秋开小白花。

［评说］

诗歌中体现出闺音原唱者轻软婉约的气韵和纯净灵慧的意蕴。就以四首作品的写景而言，纯净轻柔就得到了集中的体现。第一首中，峰回路转，一条小径随势曲折盘旋而上，顺道望去，可见乡野农夫之家，稀稀落落。然而，山间的云岚雾气又将它们深深锁住，只是微风吹过，隐现出檐角，略知大概。此处确是幽栖之处，不仅因为云锁雾缭，更因为每到春日，"奇花开芳枳"（元人段成己诗句，见《广群芳谱》），山间开遍白色的枳壳花。第二首，更以秋风中的阵阵芦笛之声来映衬秋暮的凄清冷寂。第三首，蒹葭苍苍，时入深秋，丛生的芦苇深护着水云，而弥漫的水云又缭绕着蒹葭。开门见青山，仿佛透过柴门，四周的景致都尽收眼底，还有优美的落日。独立小楼远眺，晚风送来白蘋的淡淡清香。第四首中"峰含晚日树含烟，野水微茫接远天"的意境，也给人留下极深的印象。除却写景而外，轻婉还体现在诗人以画传情、以诗表意上。此诗此画出自闺阁之手，却无脂粉气，而显得清美空灵，优美清雅，值得反复涵泳。（杨旭辉）

题爻吉兄赤壁图

钱大昕

月射乌篷岸岸明①，摄衣绝巘上头行②。
危巢夜半惊栖鹘③，知是当年长啸声。

[题解]

本诗选自钱大昕《潜研堂诗集》卷二。

钱大昕（1728—1804），清代著名学者，字晓征，号辛楣，又号竹汀，江苏嘉定（今属上海）人。乾隆进士。累官少詹事，督学广东。乾隆四十年（1775）以后，归隐不复出，曾历主钟山、娄东、紫阳诸书院。精研群籍，于经史文义、音韵训诂、典章制度、氏族地理、金石画像，无不博通。其学说主要见于《十驾斋养新录》《廿二史考异》《潜研堂诗文集》等，另还著有《潜研堂金石文跋尾》《唐石经考异》等。

[注释]

①乌篷：指乌篷小船。②摄衣：撩起衣服。绝巘：陡峭的山岩。③危巢：高悬在悬崖上的鸟巢。鹘：一称隼，猛禽类。

[评说]

明人茅瑞征在《赤壁集·序》中说，黄州赤壁，大显于天下，主要得益于苏轼，若无东坡居士，“则无黄州赤壁”。前、后《赤壁》二赋，诚为赤壁之绝唱。展卷爻吉兄之《赤壁图》，赏鉴图景诗境，顿时浮想联翩，吟诵起子瞻二赋。画面上一轮皓月横空，江岸沙滩浸染成梦幻般的银辉。再看江中的一叶乌篷小船，随波鼓浪，清晰在目，此非子瞻所谓“月出于东山之上，徘徊于斗牛之间。白露横江，水光接天。纵一苇之所如，凌万顷之茫然”？睹此胜境，不觉“飘飘乎遗世独立，羽化而登仙”（《前赤壁赋》），引人入胜。后三句即借用《后赤壁赋》中的记游文字，来表达诗人读画后的感受。遥想子瞻当年，“摄衣而上，履巉岩，披蒙茸，踞虎豹，登虬龙；攀栖鹘之危巢，俯冯夷之幽宫。盖二客不能从焉。划然长啸，草木震动，山鸣谷应，风起水涌。”

当然，诗人眼前画卷全无此境，只存在于想象之中。这时候，作者的审美活动已不再囿于视觉感官，而是向心灵开拓，审美对象也由眼前目接之画转化为神遇之情，着力表现心灵感受的“韵味”。那么，这一“韵味”是什么呢？对于读过《赤壁》二赋的人来说，是不言自明的，此刻的作者早就沉醉于旷达超迈的人生境界之中了。这才是鉴赏的最高境界，只有透过艺术品本身，进入角色，熔铸其中，才能真正心领神会，而免皮相之见。无怪乎有人曾说：“所谓鉴赏者，就是在他之中发现我，在我之中看见他。”（日本厨川白村《苦闷的象征》）钱大昕这首题画诗确实做到了这一点，不愧为鉴赏高手。（杨旭辉）

题　画

王文治

又是春禽浴水时，阴阴一片绿杨丝。
方塘清涨无人过，惟有红薇露亚枝①。

[题解]

本诗选自王文治《梦楼诗集》卷一六。

王文治(1730—1802)，清代文学家、书法家，字禹卿，号梦楼，江苏丹徒人。乾隆三十五年（1770）进士，殿试第三名。官侍读，出为云南临安知府，后罢归。工书法，秀逸天成，得褚遂良、董其昌之神，时称刘墉为“浓墨宰相”，王为“淡墨探花”。亦工画。诗文亦长，为文尚瑰丽，至老一归平淡。诗能尽古今之变，而自成体。有《梦楼诗集》《赏雨轩题跋》等传世。

[注释]

①亚枝：指低垂的花枝。亚，通“压”。杜甫《上巳日徐司录林园宴集》：“花蕊亚枝红。”

[评说]

一看画面，“禽鸟浴水”“阴阴杨丝”“红薇亚枝”，自然可体会出盎然的春意，令人心神怡爽。画家又在画上题诗，将这三个意象连缀起来，并化用前人诗句，使画中的情趣意境更为集中生动。冬去春来，冰雪初融，水温也随之渐升，偶尔，水面上还可看见蒸腾的水气。自然界的这一变化，也许只有水禽最先知晓，因而也就显得格外喜悦，到处浴水嬉戏。无怪乎苏东坡要在诗中说："春江水暖鸭先知"（《惠崇春江晓景》），"春风在流水，凫雁先拍拍"（《游桓山会者十人……得泽字》）。水温之"暖"，无论现实，抑或画外之意，点明画面，使之生机勃发，情趣盎然。也许是水中的春意催生了岸边的生命，垂杨的枝条上点缀着刚刚吐出的嫩芽，似有若无，仿佛细细的绿色丝缕，在风中婷婷袅袅，临水顾影，撩拨这迷人的春色。睹画吟诗，岂不正是王安石诗中"含风鸭绿粼粼起，弄日鹅黄袅袅垂"（《南浦》）的意境吗？诗句虽没有作细腻的描摹，但令人产生了丰富的联想，给人以杨柳依依，春到人间的可感性。水波粼粼，"方塘清涨无人过"，还暗示着春寒的料峭，然而这一切都挡不住春意的到来。你看，早已绽满枝头的红薇探出竹篱，赢得一段春色，不正勃发着盎然的春意吗？尽管王文治所题的这幅画，今天难以见到，但这首题画诗诗画映发，珠联璧合。我们不必看画，光从诗中所再现的景物美、意境美，就会为之吸引，受到感染。（杨旭辉）

题柳燕图

王文治

柳条金嫩不胜鸦，金粉墙边道韫家[①]。
燕子来时春寂寂，小窗和雨梦梨花。

[题解]

本图今藏南京博物院。

这是一幅水墨写意画，用干笔写柳枝，呈飞白状，浓墨提点，柳叶稀疏，用淡彩染出。柳枝上，栖息着燕子三只，形态各异，燕腹用淡墨晕染，浓墨写头背和尾部毛羽，简练明快，造型生动，写出燕子轻盈的意态，形神兼具。

[注释]

①道韫家：晋代谢道韫，谢安侄女，王凝之妻，聪慧有诗才。某日下雪，谢安问："白雪纷纷何所似？"道韫答道："未若柳絮因风起。"谢安大加赞赏。事见《世说新语·言语》。

[评说]

诗的首二句从画面形象切入，先说柳，柳条刚刚吐芽。新叶无多，枝嫩，呈金黄色，载不动乌鸦，言外之意，身轻的燕子正可栖息。次句说这棵柳树不是普通的树。它长在咏絮才女谢道韫家的墙边，树上的柳絮当年曾被谢道韫咏唱过。第三、四句写燕子。燕子来时春尚早，春花未开，故曰"春寂寂"。燕子思念梨花，欲在小窗前和着细雨梦见梨花。

诗人看到画上的燕子，想到燕子来时而梨花未发，故有以上诗意。题诗运用顺点题面的手法，二句写柳，二句写燕，诗思逐步展开，渐渐点出题意。写柳，用谢道韫咏絮的故事，为画幅增添浓浓的人文色彩；写燕，映带梨花，更富有神韵。这些手法的运用，使小诗情致清绝，力避平庸。（吴企明）

柳燕图

题指画仕女图

罗　聘

团扇风前在，寒鸦感玉颜①。
长门无限恨②，只在两眉间。

［题解］

本诗选自江苏兴化郑板桥纪念馆藏罗聘指画《仕女图》挂轴题诗。

罗聘（1733—1799），清代著名画家。字遁夫，号两峰，又号衣云、花之寺僧、却尘居士、师莲老人等。原籍安徽歙县，迁居扬州，自题居处为“朱草诗林”，终生不仕。画师从金农，是金农得意门生，也是金农绘画的主要代笔人。在“扬州八怪”中，他年辈最晚，也是多面手，擅画人物、佛像、花果、梅竹、山水、花卉，落笔不凡，自成风格。他曾多次作《鬼趣图》，借魑魅魍魉的离奇形态来讽世，为时人所推重，袁枚、姚鼐、翁方纲、钱大昕、张问陶、蒋士铨等皆有题咏。著有《香叶草堂诗集》。传世画作有《冬心先生蕉阴午睡图》《鬼趣图》等。

［注释］

①寒鸦：寒天的乌鸦。玉颜：容貌。②长门：汉代宫名。汉武帝陈皇后失宠，幽闭其中。司马相如《长门赋》序：“孝武皇帝陈皇后，时得幸，颇妒。别在长门宫，愁闷悲思。”

［评说］

指画，不用毛笔，而是指头、指甲、手掌蘸墨和颜色作画，创于唐代张璪，到清代高其佩大量创作，并形成了一种风气，其侄高秉更著《指头画说》，论说画法。罗聘也精于此道，曾作过多幅指画《仕女图》，扬州博物馆有藏。用指头作画，画家的技法纯熟，绝不比毛笔所作逊色，尤其是在人物的神态刻画上。

秋风渐起，扫除暑气，团扇见捐，而画中美人依旧手持团扇，顾影徘徊。这一动作，使人联想起班婕妤《怨歌行》的诗意："常恐秋节至，凉飙夺炎热。弃捐箧笥中，恩情中道绝。"通过读画联想，画中美人的愁怨之态已表现出来了。再看她的面容，憔悴枯槁，甚至"玉颜不及寒鸦色"（王昌龄《长信秋词》），难怪寒鸦见此也不免产生怜悯之心。写至此处，优柔婉丽，含蓄无穷，早已使人一唱而三叹。紧接着作者又对人物的内心作了一番刻画。上面的这些举止，都是源于美人失宠，长门之恨。当年的陈皇后尚有司马相如为之作《长门赋》，以悲愁之辞打动主上，而今相如何在，佳期难拟，念及伤心处，不禁又一次紧蹙双眉，所以画家要说："长门无限恨，只在两眉间。"罗聘确实是高手，他准确刻画人物眉宇之间的神情，这样整个人物形象就呼之欲出了。如果画肖像都能臻此境界，那么王安石也就不会再感叹"意态由来画不成"（《明妃曲》）了。

（杨旭辉）

题山水人物图

罗　聘

竹里清风竹外尘,风吹不断少尘生。
此间干净无多地,只许高僧领鹤行。

[题解]

本图今藏故宫博物院。

罗聘《山水人物图册》共四开，纸本设色，本图为第四开，按题意，当为《高僧领鹤图》。画面上翠竹成林，布满整个画面，竹枝细劲，撇叶短窄，密中有疏。竹林中画一老僧，长袍宽袖，拄杖缓行，正回首望着仙鹤。他身后不远处，一鹤缓行，浓墨勾勒躯体、长脚，鹤顶点红。全图构图洗练，用笔工细、古逸，敷色淡雅，极有意趣，与他的一些笔墨奔放的画作，风格不一样，亦可见出他的画风多样化。

[评说]

画幅色清、形清 、意境清，题诗诗境从画境托出，着力营造清静幽逸的境界。首两句刻画竹林的清幽洁净，说竹林里满含清风，竹林外却满是尘土，竹林里清风不断地吹拂，却很少有尘土。两句诗，“竹”“风”“尘”等字眼多次出观，反复回环，凸显出竹林是一个清净的地方，是画家心目中的理想境界。第三句，不用转笔，仍承上写，“此间干净”，正是前两句诗意的总括。结句拍合全诗，直扣画面，因为干净的地方并不多，所以只许高僧引领仙鹤在这里闲行。“只行”二字，表明只有完全摆脱世俗杂念的高僧和清雅的仙鹤才能在这块清净的竹林里活动。言外之意，世上一切贪图富贵、急功近利的庸俗之辈，不能进入这一领地。全诗纯

写画面，诗、画对应关系协调和谐。而画家的爱憎感情，是非判断，也就包蕴在画像和诗句之中。（吴企明）

山水人物图

题鹤石图

‖罗　聘

天上瑶池露五云[①]，玉麝金凤好为群。
劝君莫饮人间水，直是清池也污君。

[题解]

本诗选自上海博物馆藏罗聘画《鹤石图》挂轴题诗。

[注释]

①瑶池：古代神话中神仙所居之处。《穆天子传》三：“乙丑，天子觞西王母于瑶池之上。”五云：指天上的瑞云，由青、白、赤、黑、黄五色组成。

[评说]

仙鹤天姿洁白，品性高洁，即便身处浊境，也不为其所污。历代文人题咏甚多，白居易对仙鹤打过一个形象的比方：“饥不啄腐鼠，渴不饮盗泉。贞姿自耿介，杂鸟何翩翩。”（《感鹤》）宋初诗人张咏的赞誉更是简洁精警：“共怜洁白本天姿，纵在泥尘性不卑。”在这首诗里，罗聘反用前人诗意，表达出自己对社会的不满之情。在画家看来，仙鹤是幸运的，因为它有一个理想、完美的生活环境。天上瑶池，神仙聚居，雾气腾腾，空中飘动着五彩的祥云，令人神往。首句所讲，不过只是自然环境。相对而言，令画家更为艳羡的是，仙鹤在天上有玉麝、金凤为伴，志趣相契，好不自在。自己身处现世，却是知音难觅，独抱孤琴。画家的这一感慨并非空穴来风，而是针对当时清朝政府统治下的腐朽虚伪，以及推行的民族歧视政策。诗的后两句中，就作了明确的交代。身处这种高压统治之下，常人难以洁身自好，就连不少文人学士也纷纷屈膝变节。浊世污染之甚，甚至危及流水。画家爱鹤心切，对它千叮万嘱，劝诫它千万不要饮用人间之水，哪怕看上去是清澈见底的甘泉，也会使它蒙受玷污。白鹤本是“纵在泥尘性不卑”，而诗中却说饮“清池也污君”，这并非在贬抑白鹤，而是从另一个侧面来批判现实社会的污浊和不可救药。罗聘在一首花卉画的题诗中明言，世间黑暗的程度已经是几乎没有干净的地方，诗中写道：“竹里清风竹外尘，风吹不到少尘生。此间干净无多地，只许高僧领鹤行。”

综观罗聘一生的绘画创作和题画诗，对社会的揭露和批判并非仅仅体现在魑魅魍魉的《鬼趣图》上，而是贯穿在所有题材的作品中。这也是罗聘对“扬州八怪”画作强烈批判精神的弘扬和发展。（杨旭辉）

题岁寒三友图

罗　聘

竹君子，松大夫，与梅合成三友图。
梅花只恐嘲松笔，可有调羹手段无？

[题解]

本图今藏上海博物馆。

画幅上画一株松、一株梅、一丛竹，均自画幅左侧向右上方伸展。松枝粗壮，用焦墨画躯干，盘曲奇倔，遒劲有力。顶端二枝早已折断，另生新枝，双线勾出，枝干描鳞片、结节，再用淡墨皴擦。松针用浓墨细笔描出，强劲四张。梅树细瘦，疏梅缀于枝头，花瓣朵朵圈出，疏秀清雅。丛竹密生。竹叶圆润茂盛，清气横溢，衬于松后梅前，松有奇姿，梅有秀态，竹有清韵，相映成趣。

[评说]

题诗说竹为君子，松为大夫，画株梅花与它们合成“岁寒三友图”。据《汉官仪》载，秦始皇上泰山封禅，遇急风暴雨，幸松树蔽之，因封松为五大夫，故曰“松大夫”。前两句总写画面，三、四句罗聘独出心裁，从梅花之功能着笔，只恐梅花要嘲笑松树和竹子，你们有调羹的手段吗？“调羹”，又称“调鼎”，《尚书·说命》：“若作和羹，尔惟盐梅。”梅花的果实，可作调味品。《尚书》记载商王武丁任命傅说为相。举此为喻，说宰相治理国家，好像调鼎中之味。后代因以调羹或“调鼎”称为宰相的职责。梅子能作调味品，比喻人有治理国家的能力。诗人用以调侃松与竹，使全诗充满理趣，走出描写“岁寒三友图”的一条独特的思路。（吴企明）

题两峰蓑笠图

‖罗　聘

敢道神仙张志和[①],汀鸥沙鹭共烟波[②]。
偶抛渔艇来人海,肯为金襴脱钓蓑[③]。

[题解]

本诗选自故宫博物院藏罗聘《两峰蓑笠图》挂轴题诗。

[注释]

①敢道：冒昧地说起。张志和：唐代诗人，字子同，号烟波钓徒、玄真子，婺州金华(今浙江金华)人。肃宗时游太学，登明经第，待诏翰林，后因事左迁，遂浪迹江湖，隐居于越州会稽(今浙江绍兴)多年。②汀：水边的小洲、平地。烟波：雾霭苍茫的水面。崔颢《登黄鹤楼》："日暮乡关何处是？烟波江上使人愁。"③肯：岂肯，岂能。金襴：指华美的官服。

[评说]

《两峰蓑笠图》从某种意义上来说，可以看作画家的自画像。画名中"两峰"是他的号。由此可以推断，画上披蓑戴笠的渔父正是画家自己，所以在画面的落款中，画家题道："蓼洲渔父自题于都门。"明白了这点之后，我们再来看题画诗也就容易多了。诗中所写张志和并非画家的主旨所在，而是借以自况，抒写自己的情怀。作者冒昧地谈起张志和，他整日与水边的汀鸥、沙鹭为伴，沉浸在烟波浩渺的江湖之中。这般生活倒是轻松惬意，没有任何尘世的纷扰，如同神仙一般。作者对张志和隐逸生活的艳羡之情溢于言表。作者在张志和前冠以“神仙”二字，就简洁、准确地传达出了这种情感。这还只是诗意的一个层面，在第二句中，“烟波”一语双关，作者更是借以自表心意。在这烟波江上，“我”与“烟波钓徒”一起，共与汀鸥为盟。那么画中的渔父不正是画家的自我形象吗？三、四两句把自己的这一理想与情怀，抒写得淋漓尽致，而且态度非常坚决。诗中说道，即使偶尔抛开渔艇，来到茫茫人海和喧嚣的尘世之中，就凭“我”的意志和信念，官爵金襕又岂能引诱“我”脱去蓑笠，放下钓竿，在泥淖之中随波逐流呢？（杨旭辉）

题采菱图

罗　聘

烟波气息耐人思,采采菱花合付谁?
此客不令江浙住,十年只办画中诗。

［题解］

本图今藏美国普林斯顿大学美术馆。

罗聘仿赵孟頫的《采菱图》，画成本图。画面为开阔的景色，水墨设色，色彩清新素雅，表现江南无限的秋意，颇有诗意。画幅近景为坡石，画两棵大树，主景为一片开阔的湖面，水中菱叶点点，采菱姑娘身着红衣，驾着扁舟，忙着采菱，远处一抹淡青色的山影。这一册页，有对题诗二首，这里选评第一首。

［评说］

中国诗画艺术素有“画中有诗”“诗中有画”的优良传统，罗聘秉承这种传统，努力贯彻诗情画意并茂的艺术准则，《采菱图》及题诗便是其代表作之一。题画绝句开端以“烟波气息”四字，概括形容画幅上湖面开阔的景色。无边菱湖，烟波杳渺，耐人寻思，诵其诗如见其画。次句承菱湖言，说湖上许多采菱姑娘忙忙碌碌地采菱，采来的菱花将会交给谁呢?说她们为主人辛劳着，大有“为谁辛苦为谁忙”的微意。三、四句，用假设语调，“此客”，指画家自己。假使不让他在江浙住下来，过上十年，他怎么能画出这样富有诗意的画来呢?诗的后半首，诗人道出自己擅画江南风光的奥秘：只缘身在江南，妙得江南风物的情韵，才能画出具有浓郁江南风情的好画来。（吴企明）

题竹石图轴

罗　聘

画竹有声风满堂，法从勾勒岂寻常。
鹦哥毛细休轻染，此是仙都白凤凰。

[题解]

本图今藏朵云轩。

图上画翠竹两竿，挺立于画幅中，撑足天地。背衬淡墨山石两块，一高一矮，高者细长峻峭，瘦削的形态与竹枝非常相称。竹之干、枝、叶，均用双钩法画成，工整细致，形象丰腴，劲挺有力，很有真实感。竹叶趋向一个方向，若受风然，尽现风竹之意态。画幅左上方空隙处，画家题上一段长跋与诗，云：

> 唐王右丞画竹用双钩法，江南蜀主李氏继其余风，作金错刀。至宋石室先生、东坡居士乃变为泼墨流派。于元若吴兴赵魏公夫妇，蓟丘李衎，天台柯九思，惟能承习宋贤，而双钩法绝响矣。李衎同时，有沛郡张逊，颇擅勾勒行笔，独称一时，然亦不过磨麝煤为之。予因雨窗无事，追橅右丞遗法。写此直幅，复题一诗。
>
> 乾隆三十四年，岁在己丑，夏六月廿一日，罗聘。

“己丑”，乾隆三十四年(1769)。长跋详细叙述了双勾画竹法的起始和发展变化，并对历代画竹名家的艺术成就略作评点，真不啻为一短篇双钩法画竹史，可与李衎《息斋竹谱》参看。

[评说]

题诗纯写画面艺术形象，句句扣“竹”。首句写此画的艺术效果，画上的风竹，发出声响，满堂是画上吹下来的清风。通过艺术效果暗示画艺之美。自赞这一幅竹画的艺术成就。次句交代了本图的画法，用双线勾勒之法写成，很不寻常。这一句与金湜自题《双钩竹图》的结句“自从学得双钩法，世上丹青不值钱”的意思相仿，说明罗聘认同金湜的观点的。三、四句，从竹叶的颜色措意。诗人说，不要轻易地用鹦哥绿色去轻染竹叶，因为它们是从仙界来的白凤凰的羽毛。“凤凰”，指竹叶形如凤凰羽毛。全诗没有采用白描手法具体摹写画面具象，却通过艺术效果的暗示，点明画法和画幅的美学特征，逐层脱却，逐步揭出本图双钩竹艺术形象之美，特别是写到双钩法画竹竹叶色白的特征时，借用仙家白凤凰作喻，运思巧妙，为本图、本诗增色不少。（吴企明）

题易安图

罗　聘

官阁春风咏已传[①]，横斜疏影自年年。
梅花若论真知己，还让襄阳孟浩然。

[题解]

本图今藏美国景元斋。

嘉庆三年(1798)初冬，画家喜遇老友易安，画此图以赠别。画家在题跋中说："不见翼庵七兄先生九年矣。嘉庆戊午年初冬，归舟过长芦，作此以奉别，并题一绝以传唱和。两峰弟罗聘。"翼庵，即易安，罗聘友人。嘉庆戊午，即嘉庆三年，离罗聘去世仅一年。图上画翼庵像，头戴斗笠，身穿红袍，手持梅花，低头嗅梅，神态悠然自得。背景以玲珑剔透的太湖石相衬，怪异的湖石衬托出翼庵怪异的性格。全图用水墨勾描晕染，翼庵的袍服与他手中的梅花用红、白两色点缀，十分醒目。人物造型略带夸张，受陈老莲的影响，又具有罗聘自己古拙的特色。画幅左上方自题一绝。

[注释]

①"官阁"句：语出杜甫《和裴迪登蜀州东亭送客逢早梅相忆见寄》："东阁官梅动诗兴。"

[评说]

题诗首句咏梅，次句紧承，形容梅花的姿态风神年年如此，永不变化。第三、四句，扣到画面翼庵嗅梅的艺术形象上，画家发表议论说，假如要评论谁是梅花真正的知己，还应该推让给襄阳孟浩然。孟浩然真是梅花的知己，元代马致远有《踏雪寻梅》(《录鬼簿》有著录)，孟浩然冒寒踏雪寻梅的雅举，不是早已成为艺坛美谈了吗？然而，孟浩然是唐代人，与翼庵生活的时代相去甚远，为什么题写其画像的诗，要提到孟浩然呢？显然，画家将他比作翼庵，是因为翼庵身上透出的雅淡超逸的神韵，堪与孟浩然媲美。（吴企明）

题山鬼图

罗　聘

玉骨冰肌吴彩鸾，开轩写韵办朝餐。
天明跨虎归山去，笔墨淋漓尚未干。

［题解］

本图今藏清华大学美术学院。

“山鬼”，宋洪兴祖以为是“夔”“嗥阳”之类的山中鬼怪（见《楚辞补注》），后人则认为是巫山女神。元代张渥《九歌》中画的山鬼，是半裸野女形象。罗聘能脱前人的窠臼，独创新意，将山鬼画成一位容貌秀美、仪态文雅的女子。她身穿罗裙，肩披薜荔，腰带女萝。取意于屈原《九歌·山鬼》“被薜荔兮带女萝”。人物勾线细柔，设色淡雅，造型比例恰当。身后跟随着一只猛虎，以细笔淡墨勾毛，浓墨点花斑，这比屈原《山鬼》“乘赤豹”的原意又多一层变化。柔美的女子与强健的猛虎，构成鲜明的对比。画幅右上方，画家自题一绝，与画面形象相对应。

［评说］

诗的首句描写画面形象，“玉骨冰肌”形容女子肌肤若冰雪，清莹皓洁。为了凸显女子的文雅聪慧，诗人将它比作唐代传奇女子吴彩鸾。吴彩鸾是唐代人，善书法，大和末年与书生文箫结为夫妻，写孙愐《唐韵》，鬻而度日，事见《宣和书谱》。罗聘说，画上的这位美貌女子是吴彩鸾，她打开轩窗书写《唐韵》，挣钱办早餐。第三句，诗笔一转，说吴彩鸾有朝一日跨虎归山去，临走时手写的书卷上墨沈淋漓，尚湿润未干。罗聘超越张渥的“半裸野女”的形象特征，将“山鬼”的艺术形象升华到文雅秀美的审美境界，卓绝地完成形象创造的独特任务。他的题诗，在升华“山鬼”形象意义的过程中，发挥了申发补凑的艺术功能，起着助成的重要作用。（吴企明）

山鬼图

题仕女吹箫图

‖高　鹗

芙蓉小伎红楼曲[①]，杨柳春风紫玉箫[②]。
回首廿年真一梦，画中重认旧垂髫[③]。

［题解］

本诗选自尚达翔《高鹗诗词笺注》（中州书画社 1983 年版）。

高鹗（约 1738—约 1815），清代文学家，字兰墅，一字云士。因酷爱小说《红楼梦》，别号“红楼外史”。祖籍铁岭（今属辽宁）。汉军镶黄旗内务府人。少年喜冶游，中年一度在外课馆。谙熟经史，诗词、小说、戏曲、绘画及金石之学，亦颇通晓。热衷仕进，乾隆五十三年（1788）举人，六十年（1795）进士。历官内阁中书、内阁侍读、江南道监察御史、刑科给事中。为官清廉。尝补续曹雪芹《红楼梦》后四十回，并与曹氏前八十回一起广泛流传。另著有诗集《月小山房遗稿》、词集《砚香词·簏存草》等。

［注释］

①芙蓉：借指美女。李贺《美人梳头歌》：“惊起芙蓉睡新足。”②紫玉箫：唐代掘墓所得的古代名箫。《太平御览·乐部》卷一九：“《凉州记》曰：吕纂咸宁二年，有盗发张骏墓，得白玉樽、玉笛、紫玉箫。”③垂髫：古代孩子下垂的头发。此处指少年时代。

［评说］

这首题画绝句以少总多，具有深邃的意境，隽永的诗味，倾诉、寄托了诗人无限的今昔之感。四句诗，前两句状写画面。画中仕女，脸如芙蓉，腰若约素，明眸皓齿，仪静体闲。靠倚红楼，吹奏玉箫，益见柔情绰态。箫声阵阵，随着杨柳春风，四处飘飞，撩拨荡涤着人们的心灵。

前人论绝句尝谓：“多以第三句为主，而第四句发之。”（胡震亨《唐音癸签》）此诗可谓深得其中奥妙。第三句，诗人以追忆之法入手，遣怀抒情。看到画中年轻貌美的女子，听到呜呜的箫声，不觉内心慨叹无限，顾影自怜。岁月迁逝，人世如梦，而今早已是青春消逝，白发频添，壮志难酬，往昔奋发的意气只能在画中仕女身上依稀梦见。“廿年”和“一梦”在一句中相对，给人以“很久”与“极快”的鲜明对比感，愈加显示出诗人感慨情绪之深。二十年，在人的一生中不能算短暂，自己又干了些什么，留下了什么呢？这是带着痛苦吐露出来的诗句，非再三吟哦，是很难体会出诗人那种意在言外的情绪的。（杨旭辉）

题燕子矶图轴

张赐宁

燕子矶边燕子飞，朝朝送客带斜晖。
秋来燕去矶仍在，知有天涯人未归。

[题解]

本诗选自《日本所在中国绘画目录》。

张赐宁（1743—？），清代画家，字坤一，号桂岩，沧州（今属河北）人。官江南通州州判。幼习工笔，初游京师，与罗聘齐名。晚年寓居扬州。山水画气魄沉雄，用笔爽健，多不拟古法。花卉超逸，工墨竹，兼善人物。行、楷入能品，所作诗，与画相称。著有《黄花吟馆集》《十三峰草堂诗草》。

[评说]

燕子矶，矶头屹立于长江边，三面悬绝，宛如飞燕，十分壮观。画家在游历之后，将此景写入画中，又通过题诗来抒发自己内心深处的一种迁逝之感。"燕子矶边燕子飞"，巧妙地利用一个回环句式，使得诗意虚实相生。画面上顿时印现了燕子比翼双飞的情景。一只是真的燕子，盘飞于江边的矶石上，另一只则是伸入长江的矶石，仿佛也在展翅欲飞。在落日斜晖的映照下，既瑰丽，又略显冷清。在这种氛围之中，燕子矶不知送走了多少客子，日复一日，年复一年。秋冬的严寒，早已使飞燕离去，而今唯有矶石仍在。它深知尚有天涯游子未曾归来，于是便不顾风霜雪雨，翘首盼望。沧桑几经变化，野草闲花枯萎，孤矶与夕阳相伴。如此情状，用笔极曲，却见画家托思苍凉，感慨无穷。这正是中国画缘物寓意、即景抒情传统的又一范例。（杨旭辉）

题蚕桑图轴

张赐宁

绿剪柔桑带女枝[1],晓窗风细雨丝丝。
吴娘不避春寒重[2],正是新蚕上箔时[3]。

[题解]

本诗选自江苏图书馆编《陶风楼藏书画目》下。

[注释]

①女枝：柔弱细嫩的枝条。②吴娘：吴地女子。③箔：蚕帘，养蚕用的竹筛、竹席。北魏贾思勰《齐民要术》五《种桑柘茅》：“薄布薪于箔上，散蚕讫，又薄以薪覆之。”

[评说]

这幅人物画的选材比较独特。画家把手中之笔触及农村生活，用来描绘普通的乡间蚕妇，体现了张赐宁画作的现实主义特征。他与“扬州八怪”一样，在画作及题诗中，自然而然地将其同所处的时代、身世、环境结合起来，揭示出社会的矛盾，关心人民的疾苦，对广大劳苦大众表达了极大的同情。在这首题诗中，画家着力表现蚕妇养蚕的劳动场面，由此可见劳作之辛苦。

绿色的桑林中，一双纤手在舞动着剪子，不停地剪采柔弱细嫩的桑枝桑叶，以供春蚕食用。在晨晓之前的黑暗中，蚕房外风细雨绵绵，屋内又见她手捧桑叶，均匀地铺洒在蚕席上。白色的蚕宝宝不停地吞食着，发出沙沙的声响，与屋外的风雨声相应和。此时正值春寒料峭之时，但蚕娘却不避逼人的寒气，夜半工作。因为她明白，正当新蚕上席之时，如不付出艰辛的劳动，是难有收获的。诗歌选用白昼、夜间这两个典型时间来描写蚕娘，通过时间和空间的变化、迁移，写出了养蚕的艰辛和繁忙。蚕农们如此辛劳，在封建时代，他们自己却收益甚微，往往是为他人作嫁衣裳，根本无法享受自己的劳动成果，这就正如宋代诗人张俞在《蚕妇》一诗中所鞭挞的那样："昨日入城去，归来泪满裳。遍身罗绮者，不是养蚕人！"（杨旭辉）

题画绝句

奚冈

闲将散笔写倪迂[①]，树色岚光淡欲无[②]。
心如孤篷随去住[③]，一窗寒雨梦江湖。

[题解]

本诗选自奚冈《冬花庵题画绝句》。

奚冈(1746—1803)，清代书画家、篆刻家，初名钢，字纯章，号铁生，别号萝庵、鹤渚生、奚道人、蒙道人、冬花庵主、蒙泉外史、散木居士，钱塘(今浙江杭州)布衣。九岁作隶书，及长，兼工四体，皆法褚遂良。印宗秦汉，师法丁敬，风格清隽，与丁敬、黄易、蒋仁齐名，号“西泠四大家”，加陈豫钟、陈鸿寿、赵之琛、钱松，合称“西泠八家”，为浙派印人之杰出者。晚年专事绘画，山水以潇洒自得为宗，笔墨疏秀；花卉有南田气韵，兰竹亦超脱别致。诗词超隽淡雅，有《冬花庵烬余稿》及《冬花庵题画绝句》。

[注释]

①倪迂：元代画家倪瓒，因其生性迂癖，人称之为“倪迂”。②岚：山林中的雾气。③孤篷：孤帆，孤舟。住：停泊，停留。

[评说]

清代著名金石篆刻、书画鉴赏大家魏锡曾在《论印诗二十四首》中曾综论奚冈的艺术风貌：“萧淡任天真，静与心手谋。”此诚不易之论，冬花庵主之艺术品，无论书画、诗作，都是萧然恬远，冲淡平和，淡雅朴质，一任天真自然，如闲云野鹤。这正是古代美学所追求的最高境界：物我两忘，心手入契，笔墨谐和。无怪乎魏氏在诗中讲到冬花庵主的山水画时，心中不由得浮现出野逸幽深的鹤渚，没有激流之喧嚣，唯见清流无声，静谧幽冥，又极富野趣。“冬花有殊致，鹤渚无喧流”，可谓奚冈山水画的总括。闲来无事，心静坐忘，手提闲笔，临摹云林遗迹，聊以抒怀。暮色晦暝，树林阴翳，更有山林雾气缭绕，似有若无，一切显得神秘幽深。尘心亦为之涤荡，登临远眺，见孤篷飘荡，随意去住之念顿然滋生，幻想着一窗寒雨，静静地拂浥湖面。

这首题画诗境界、风格，在冬花庵主的其他画作、题诗中也时时得以体现。只要略微翻阅其《冬花庵题画绝句》，我们也可以得出魏锡曾“萧淡任天真”这样的感受：

归鸦数尽夕阳村，坐久西泠钓石温。最爱秋来连夜雨，湖波又过旧沙痕。

谷口云深雨意多，倚楼人自费吟哦。烟芜漠漠平桥晚，春水桃花一钓蓑。

（杨旭辉）

题　画

‖黎　简

两道春洲隔水青，桃花万树日冥冥①。
红衫碧草绿波底，上有浴鸥双白翎②。

［题解］

本诗选自黎简《五百四峰堂诗钞》卷一四。

黎简(1747—1799)，清代诗人，字简民，一字未裁，号二樵，顺德(今属广东)人。年轻时往来广东、广西间，乾隆五十四年(1789)拔贡，将赴廷试，因父丧未行，遂不复应试。一生未出仕，以卖画鬻文及教馆为生。善书画，工山水，是相当有声誉的画家。观赏自然景色，过目便能提笔泼墨作山水。在吸取宋元各家技法的同时，他特别着意于自然景物的领略。在取法倪瓒、吴镇、巨然、董源之时，又深受石涛的影响。诗从李贺、黄庭坚入手，刻意求新，极“峻拔清俊”(王昶《湖海诗传》)之致，能自树一格。著有《五百四峰堂诗钞》《五百四峰堂续集》《药烟阁词钞》等。

［注释］

①冥冥：朦胧不清。②翎：鸟翅膀及尾巴上的长羽毛，这里指代翅膀。

［评说］

清代著名学者李慈铭在《越缦堂读书记》卷八《文学》中说：“二樵以

绘事名，诗中皆画境也。”特别是他的题画诗，常使人有“如见其画”，甚至身历其境的感觉，此诗就堪称代表之作。在诗中，他以细腻的笔触、鲜明的色彩，勾画出一幅别具特色的南国春景，洋溢着热爱生活、热爱乡土的浓挚情感，令人读后获得美的享受。

阳光下，千万树桃花仿佛在燃烧，红艳夺目，喷薄怒放，其下是碧绿清澈的江水相映。春洲、春水、绯桃构成一幅绮丽的春日图景。如果俯首看水，“水底红云迷醉眼”（陆游《连日至梅仙坞及花泾观桃花抵暮乃归二首》），更具一种朦胧的色彩美，直令人惊奇，为之陶醉，为之迷恋，这是怎样一个美妙而又令人心醉的境界啊！除了红云一片之外，碧绿透明的江波中，也倒映出岸边的青草和身着红衫的人影，还有一只白鸥在水中嬉戏。这两句又分别从颜色、动态两方面来映衬桃花。面对绿茵满地，绿水千畦，落英缤纷的美景，诗人早已在诗中游，画中游！湖边景色尚且如此醉人，那春水深处，岂不更叫人如痴如狂？意不在言之中，却留给读者广阔的遐想空间。（杨旭辉）

题江濑山光图

‖黎　简

庋堂远吞山光[①],构亭平挹江濑[②]。
不知身入画中,但觉思超尘外。

[题解]

本图今藏上海博物馆。

黎简在画幅上署款云:“己未秋七月,二樵山人。”己未,为清嘉庆四年(1799),画家卒于此年,则此画是他晚期的作品,艺术上极臻成熟。画幅上部画层叠峰峦,气势雄伟恢宏,山石多以浓笔勾勒,用淡墨以披麻皴、折节皴皴擦。以浓墨随山势点出林木。下部画江濑,水边平坡上,画一茅亭,林木间掩映着屋舍。有一老人携杖临水凝望沉思。全图用笔工细遒劲,墨色浓淡得宜,构成清深幽远的意境。画幅左上方,题一首六言绝句。

[注释]

①庋:设置。②挹:酌取。

[评说]

论画六法中,首重气韵,本诗以画法为诗法,首二句先从描写画中气韵入手。首句说草堂落于山间,可以吞吐远处的山光;次句说构筑茅亭于水边,可以酌取平平的江濑水色。两句诗形容草堂茅亭之取势,气韵生动。诗的三、四句,转而写画中人,那位携杖老人,正在凝思,他不知道自己身入画中，但觉得思超尘外，好像进入仙境。全诗与画境密相契合，融通无垠，诗句并没有具体刻画画面具象，写画面实境，却写画面之气韵，韵味深长，写老者之神情，思致清超，引领读画人深入画境中去，把握画幅的艺术精神，令人悠然神往。（吴企明）

江濑山光图

画二绝句（选一）

黎　简

碧山云热炙春空[1]，日到木棉红处红。
竟日落花深一尺[2]，石桥人影踏长虹。

[题解]

本诗选自黎简《五百四峰堂诗钞》卷一二。

清人谢兰生（澧甫）之《常惺惺斋书画题跋》说："吾粤画人，自二樵山人始以木棉入山水，第俱用朱点而不叶。"确实，"碧嶂红棉"是黎简得心应手的题材，而且产生过较大影响。他曾自题画册云："红棉碧嶂，此南海真景也。余喜为此图，而南士少为之。……木棉树，其状遒上而下垂，正直而婀娜，校（较）他树相异。"（见广州市博物馆藏《红棉碧嶂图》）这首题画诗是诗人对熟悉题材的题咏，因而也就更能传其神韵。

[注释]

①炙：烤灼。②竟日：整日。

[评说]

诗作开篇就渲染出二、三月间木棉盛开，遍野漫山，如火如荼的烂漫春光。大意说，青山布满火热的云霞，把春日的晴空烤得暖烘烘——噢，原来是太阳正照在漫山盛开的木棉花上，不觉使人想起清代诗人陈恭尹的诗句："粤江二月三月天，千树万树朱花开。"（《木棉花歌》）这段描写，青山衬红花，红云喻繁花，天地映照，笔墨酣畅，表现出南国别有的情韵：热情奔放。这一情韵在黎简的画中，也得到淋漓尽致的表现，黄丹书在题黎简《红棉碧嶂图》时，连用几个比喻，称誉其画境壮阔而美丽："晴光烂漫层峰巅"，"千株迸作朝霞鲜"，"四山焰焰浓生烟"，"浮岚暖翠影忽没，涌出万叠兜罗绵。"（按：兜罗绵，佛经中称花草之花絮。）诗画之中到处涌动、洋溢着木棉盛开时的生机，这一奇观宛在眼前，给人以充分的想象空间。在后两句中，诗人又以出奇的夸饰，渲染出遍地木棉多姿多态的景象。强劲的春风，吹得红艳的花朵纷纷飘舞，洒满大地，竟日深一尺，甚而连石桥也看不见。只见一架长虹横飞跨越流动的花溪上，行人经过，仿佛历身天上仙界，超凡脱尘。

全诗境界壮美，诗人在短短的一首绝句中，将丰富的画境，以高度熔炼概括的笔力写出，不禁使人叹服其深厚的艺术功力。（杨旭辉）

题钱雨楼图照

黄景仁

天然臞隐骨嵯峨①，破絮蒙头自苦哦。
残雪一峰相对立，不知清气落谁多。

[题解]

本诗选自黄景仁《两当轩集》卷一〇。

黄景仁（1749—1783），清代诗人，字汉镛，一字仲则，自号鹿菲子，阳湖（今江苏常州）人。乾隆时诸生，少有狂名，与同乡洪亮吉齐名，人称“洪黄”。一生贫而多病，又屡试不得一第，寄食四方，卒于解州。工诗，是清诗“性灵派”的代表人物之一，豪宕感慨。有《两当轩集》。

钱雨楼，画家钱载之子钱世锡，号百泉，仲则集中有《和钱百泉杂感诗》。这首诗是题写钱氏肖像之上的，原诗共二首，此为其一。

[注释]

①天然：自然天成。臞：清瘦。嵯峨：形容山的高峻，诗中用以写人的骨骼。

[评说]

诗歌的前两句，生动细致地描绘了一位天生隐士的容貌和举止。他面貌清瘦，骨骼嶙峋，其生活贫困可想而知。但是他对诗艺的追求从未停辍，你看，他正用破棉絮蒙头，苦苦吟哦。“破絮蒙头”用的是宋代诗人陈师道的典故，据《王直方诗话》载：陈师道为诗苦吟，写作时常怕被声音扰乱，把小孩和鸡犬都赶出门，蒙头而卧，吟哦辛苦。钱雨楼的诗境清幽绝尘，令人击节称赞。这也许是禀受了天地造化之灵气吧，门外积满残雪的山峰，似乎与他相对而立，真不知满山清气落向谁人了。末句以疑问语气作结，实乃肯定，其答案则不言自喻。这首题画诗，我们不难发现，在赞美钱雨楼嵯峨臞骨之中，隐然有诗人的自喻之意。（杨旭辉）

题吴子野黄山旧舫图

宋　湘

白发红尘话酒垆[①],青山何处是天都[②]?
人生多少回头事,只博丹青一幅图[③]。

[题解]

本诗选自宋湘《红杏山房集》卷九《燕台剩渖》。

宋湘(1757—1826),清乾嘉时代诗人,字焕襄,号芷湾,广东嘉应州(今广东梅州)人。自幼随父入学读书。乾隆五十七年(1792)中广东乡试解元。嘉庆四年(1799)进士及第,选翰林院庶吉士,后授编修。曾先后任惠州丰湖书院山长、广州粤秀书院教职。十八年(1813)秋,派任云南曲靖知府(治所在今云南曲靖),供职十三年,直至道光五年(1825),始调离,升任湖北督粮道,卒于官。生平作诗千首,其诗真率热情,俊爽雄健,重气势情韵,不拘于词句的藻饰,后期则转向深沉。著有《红杏山房集》,其中包括《不易居斋集》《丰湖漫草》《南行草》《滇蹄集》等数种。

吴子野,名子骈,字子野,安徽歙县人,画家,亦能诗。

[注释]

①酒垆:酒店中安放酒瓮的土墩,后以之为酒店的代称。②天都:黄山天都峰。③博:换取。

[评说]

《黄山旧舫图》是吴子野的晚年之作,画上描绘了黄山天都峰旁的山居小屋。 诗人宋湘见过此画后，借以感旧抒怀，表露出对青年时代自由放旷生活的向往和留恋。 前两句，诗人就直抒胸臆，在经历了长期的尘世纷扰之后，现在满头白发，再见黄山图景，不禁重话当年旧游。 欲问天都旧居今何在？“酒垆”一语，更饱含了他对出仕前清狂野逸的无限向往。《世说新语·伤逝》讲了这么一个故事：“王濬冲为尚书令，著公服，乘轺车，经黄公酒垆下过，顾谓后车客：‘吾昔与嵇叔夜、阮嗣宗共酣饮此垆；竹林之游，亦预其末。 自嵇生夭，阮公亡以来，便为时所羁绁。 今日视此虽近，邈若山河。’忆及往事，王公不免黯然。”而此刻的宋湘又何尝不是如此？ 想当年，“斩蛟射虎气难囚，快事平生一马周。 命酒市楼常独坐，出门一掷鹔鹴裘”（《忆少年》）。 后两句从追忆回到现实，诗人感叹无限，人生有多少值得怀恋的往事，一旦时过境迁，便只能存映于脑海，空对丹青一幅去回味，去追忆了！ 诗人一生辛苦飘转的感慨，正道出了人世普遍的哲理，未经历人世沧桑，断不能道出此意，无怪乎《清史列传》认为“其诗顿挫，直逼少陵”（卷七二）。（杨旭辉）

题画像

林韵征

爱君笔底有烟霞，自拔金钗付酒家。
修到人间才子妇，不辞清瘦似梅花。

[题解]

本诗选自张问陶《船山诗草》附录。

林韵征，清代诗人张问陶之妻，雅爱诗词，是四川有名的才女。关于这首题画诗的来由，堪称文坛、画坛之佳话。某年冬日，张问陶居家无事，便为内人林韵征写照，得其神似，其妻喜不自胜，便题下此诗。张问陶读后，依韵和作一首题诗，两首相互辉映，堪称珠联璧合。现抄录张问陶之题诗，以便两首一起赏析："妻梅许我癖烟霞，仿佛孤山处士家。画意诗情两清绝，夜窗同梦笔生花。"

[评说]

看到丈夫为自己所作肖像，神形毕肖，于是赞美之辞脱口而出：君之画笔底下似有烟霞，光彩变幻。所谓烟霞，林氏有一则自注："郡都督曰：诸人之文，犹山无烟霞，春无草树。李白之文，句句动人。"此处则是指丈夫的画艺高超绝伦，内心的欣喜自豪之情更是难以抑制。诗的后两句就直言不讳地讲道，"我"今生今世能修到这样的好命，做才子之妇，即便是如寒梅之清瘦，又何必去推辞呢？诗中运用了宋代诗人林逋爱梅的典故。林逋嗜梅成性，人称其为"梅妻鹤子"，林氏在这儿以此借喻夫妇感情笃厚高雅。对于这一点，作为丈夫的张问陶完全赞同，在和诗中就紧承妻诗入笔，从丈夫这一角度来表现出夫妻恩爱，家庭谐和融乐。（杨旭辉）

题松林佳士图轴

张　鋆

松竹有佳致，烟霞无俗情。
瑶琴传一曲，并坐好风迎。

[题解]

本图今藏常州博物馆。

张鋆（1761—1829），清代画家，字宝厓，号夕庵、夕道人等，江苏镇江人。其父雅爱诗文书画，鋆自幼受熏陶，作诗习画。三十一岁丧父，家道中落，遂以卖画为生。其画远宗宋、元，近学沈周、文徵明，善画山水、花卉、佛像。

张鋆的山水画成就最高。本图构图繁密，近处坡石上林木掩映穿插，以高大苍郁的松树为主，屋宇、人物、板桥，隐现于林木间。远处峰峦起伏，山路迂回曲折，寺塔隐现，岚霭氤氲，无不曲尽其妙。全图墨色浓重，苍茫浑厚，用笔细慎，气韵清绝，意境深静，很有艺术个性。

[评说]

题诗并没有简单地描绘画面景物，却能妙传画外意，做到情景交融，极大地拓展并丰富了画境的内涵。首二句对画中景物作出评论，“松竹”“烟霞”，是画面具象，“有佳致”“无俗情”，是画家所作的审美评判，充分肯定画幅清幽的审美境界。以上两句只写出题上“松林”两字，三、四句则扣到题上的“佳士”。画上一位身穿红袍的佳士，伫立林间。画家没有描写佳士的形貌和风度，却想象他感受到松林烟霞的佳致，弹奏一曲瑶琴，琴声美妙，迎来松风，琴韵松声回荡于松林间，令人陶醉。后两句

的意象，画面上没有出现，是诗人想象所得，补充了画意，与前两句共同构成了本诗“妙传画外意”的艺术特征。（吴企明）

松林佳士图

题松坞幽居图

‖钱　杜

乱蝉渡水日当午，深竹连山客正眠。
静掩茅庵谁剥啄[①]，松花一寸落门前[②]。

[题解]

本诗选自钱杜《松壶画赘》卷上。

钱杜(1764—1845)，清代画家，初名榆，字叔枚。更名杜，字叔美，号松壶、壶公，又号卍居士，钱塘(今浙江杭州)人。览胜好游，足迹几遍天下。工诗，深通画法，人物、仕女、花卉靡不精。尤善山水，以元人笔墨运宋人丘壑。著有《松壶画赘》《松壶画忆》及《松壶诗赘》《松壶诗存》等。

[注释]

①茅庵：茅草葺成的幽居小屋。剥啄：象声词，叩门之声。高适《重阳》诗："岂有白衣来剥啄，亦从乌帽自欹斜。"韩愈《剥啄行》："剥剥啄啄，有客至门。"②松花：《广群芳谱》卷七〇："松花。松树二三月抽蕤生花，长四五寸。"又引《居山杂志》："松至三月花，以杖叩其枝，则纷纷坠落。"

[评说]

"乾嘉之际，江浙画家以奚(按：奚冈)、方(按：方薰)、钱(按：钱杜)、改(按：改琦)四布衣为最，均能书，工诗词……四君画理，俱以闲逸疏秀擅场，词亦如之。”（《听秋声馆词话》卷一一）这首《题〈松坞幽居图〉》就是“闲逸疏秀”的最好注脚。

烈日当空的正午时分，树上的清蝉早已按捺不住，乱飞渡水，四处游躥。与飞蝉的转徙不定形成鲜明对照的是深林、隐客，幽幽篁竹，遍布山脉，连绵起伏，寂寥幽邃。在竹树环合之中，隐逸的客子正曲肱而枕，酣然入眠。一动一静的比照，愈发显现出“蝉噪林逾静”这样清闳的氛围，更加突出了幽居者心如明镜，清静集虚，涤除玄览，与自然造化融合为一的惬意。忽而，松坞中传来阵阵“剥啄”之声，寻声暗问叩者谁？不禁令人想到“剥剥啄啄，有客至门”，茅庵柴扉，不过是静掩虚设，来客只需推门而入，画家此笔实系“寂处有声”，以声传景，以声显静的艺术手法。伴随着阵阵叩门声，“空阶蔌蔌堕松花”（吴儆诗句，见《广群芳谱》卷七〇），因为僻居松坞，人迹罕至，“松花落径无人扫”（袁桷句），门前堆落花，足有寸深。转念一想，既已“松花一寸落门前”，又何曾有人过访，莫非居士着棋之声。陆放翁闲居会稽山阴时，不就曾“素慕巢居穴处民，久为钓月卧云身”，“高枕静听棋剥啄，幽窗闲对石嶙峋。吾庐已是桃源境，不为秦人更问津”（《自咏》）。此番清闲倒正合画中山客之意。在诗中，钱杜成功地再现了画面幽静深邃，富有情趣的自然景色，宣扬了世界的静止和安谧，颇富佛家禅意，前人“闲逸疏秀”之语，可谓的论。

本诗所题虽非己作，但足以表现出作者对闲逸画风的心驰神往，在诗前的小序中他这样说：“松雪（元代画家赵孟頫）是卷，虽大设色，而古静渊穆，非与唐宋诸家鏖战数十年，未易臻此。东田先生索临，竟月始就，未知与古人有合处否？”（《松壶画赘》卷上）（杨旭辉）

人物扇图

张问陶

早听时务夜听香①，镇日茶瓜习送迎。
洗耳已无清涧水②，到门恰喜卖花声。

［题解］

本图旧藏李一氓处，载见《中国民间秘藏绘画珍品》第三集。

张问陶(1764—1814)，清代诗人、画家，字仲治，一字柳门，又字乐祖，号船山，别号蜀山老猿、老船、宝莲亭主、药庵退守，祖籍四川遂宁，生于山东馆陶。乾隆五十五年(1790)进士，历仕翰林院庶吉士、御史、吏部郎中、莱州知府。引退后寓居苏州。以诗才著称，工书擅画，画风近徐渭。有《船山诗草》。

人物扇图

扇面上画着两个卖花老农，一立一坐，一戴斗笠，一梳短髻。立着的老农花担里装满了鲜花，可能是刚刚外出；坐着的老农一只花篮里没有花，已经卖完。人物衣纹勾线简约得当，略施淡彩，区分出衣裤。他们相向对话，生动传神。上方偏右，画家自题一诗。

［注释］

①时务：当世的事务。②洗耳：用了许由的典故，皇甫谧《高士传》记载，许由是尧舜时代的人，尧要将天下让给他，他不愿听，便到颍之水滨洗耳。后人用此典表示不愿过问世事。

［评说］

题诗并不简单地描绘画面上卖花老农的形象，却由“花”之香逗人，运用掉字句法，说早晨听讲当世的要事，夜晚听着卖花老农的叫卖声，似乎闻到花香。花香要用鼻嗅，而诗人反说“听香”，用耳朵去听花香，违反常理。这里诗人运用了“通感”的手法。次句说自己一整天喝着茶，吃着瓜，习惯于送往迎来，也就是忙于世务之中。第三、四句承上“听”字来，说自己不愿意多听世俗之事，想用清涧水洗洗耳朵，可惜已经没有清涧水，可喜的是悦耳的卖花声送到家门口，也可以安慰“我”那厌烦世务的心。诗人题写的是老农卖花的画，却以此为由头，抒写自己厌烦世俗的情思，真可算是典型的借题发挥的题画诗。全诗紧紧抓住一个“听”字拓展诗思，首尾呼应，圆转回环，诗虽短小，却很讲究结构艺术。（吴企明）

题王仲瞿留待山居图四绝句(选一)

舒　位

便有柴门傍水开,田园勤灌树亲栽。
笑他风雨催租者①,不到三都赋里来②。

[题解]

本诗选自舒位《瓶水斋诗集》卷一一。

舒位(1765—1815),清代诗人,字立人,号铁云,小字犀禅,大兴(今北京市)人。乾隆五十三年(1788)举人。家贫,以编写戏曲糊口,尝为威勤侯勒保幕僚。工诗,与黄景仁(仲则)并称于乾嘉诗坛。诗风沉郁闳恣,多写羁旅见闻及咏史,龚自珍《己亥杂诗》称之为"郁怒横逸"。有《瓶水斋诗集》。

王仲瞿(1760—1817),即王昙,一名良士,仲瞿为其字。秀水(今浙江嘉兴)人。乾隆五十九年(1794)举人。好游侠,通兵家言。曾为权臣和坤幕僚,先后三次请劾和珅,后潦倒终身。仲瞿工诗,善画。诗风奇健新颖,颇能标新,突破传统。著有《烟霞万古楼集》。王昙与舒位、龚自珍友善。舒氏此诗实为友人题画,阐明画的主旨。

[注释]

①风雨:形容催租者的凶残无情。②三都赋:西晋文学家左思的《蜀都赋》《吴都赋》《魏都赋》的总称。其旨积极用世,为统治者出谋划策。此处借指左思退隐后的家园。左思后因仕途不得意,不满门阀制度而隐居。

[评说]

前两句写山居自耕自食的乐趣。竟日蛰居，柴门虚掩，屋傍清流，斗折远行，身居此境，与自然为伴，惬意舒畅。山间独居，生活确实谈不上富足，然而只要肯辛勤劳作，生计尚且不愁，更何况灌园、栽种也是人间难得的享受。这是画面中所体现出来的意境和情感。这不仅是王仲瞿作画时的理想境界，也是诗人的一种向往和憧憬。至于这一隐居思想的来由，除却幽美的自然风光，更有深痛处，诗的后两句方作明确交代：只有这片净土，才不见催租者“叫嚣乎东西，隳突乎南北，哗然而骇者，虽鸡犬不得宁”（柳宗元《捕蛇者说》）这般情景。“我”只求得耳根清净，远离封建统治者的纷扰与喧嚣。正是这末两句诗，反映出画家和诗人对乾嘉社会现实的不满，以及对理想社会的追求和幻想。“留待山居”本就与“山中兮不可久留”（《楚辞·招隐士》）相背相逆，偏偏又奏出“随意春芳歇，王孙自可留”（王维《山居秋暝》）这一最强音，寄慨言志，含蕴丰富，耐人寻味。（杨旭辉）

题荷花图轴

改　琦

堕波随影化，待月耐更阑①。
却因萤火出，照见玉姿寒②。

［题解］

本诗选自日本东京河井荃庐氏藏改琦《荷花图轴》题诗。

改琦(1774—1828)，清代画家，字伯蕴，号七芗，别号玉壶外史，西域(今新疆)人，后寓居华亭(今上海松江)。工书法，擅画人物，尤擅仕女，是清代著名的人物画家，笔墨设色秀雅洁净，风格淡雅秀逸。1816年曾作《红楼梦图咏》，名重一时。亦画花卉、兰竹、山水、花鸟。兼能诗词，有《玉壶山房词选》等。

［注释］

①更阑：更深夜尽。方干《元日》：“晨鸡两遍报更阑，刁斗无声晓露干。”②玉姿：美丽的姿态。唐鱼玄机《代人悼亡》：“曾睹夭桃想玉姿，带风杨柳认蛾眉。”

［评说］

荷花出淤泥而不染，亭亭玉立，香远溢清，历来受文人墨客的亲睐。荷香之美要数晨昏，唐代诗人刘长卿曾有诗云：“荷香随坐卧，湖色映晨昏。”(《留题李明府霅溪水堂》)现代散文大师朱自清的一篇《荷塘月色》可谓曲尽其妙，脍炙人口。作为一代学者，他的成功无不得益于丰厚的古典文学素养。作为画家的改琦，他的画作及题诗，更多的是凭借他对自然的敏感和内心的体验，从而使得这首题荷之作，别具特色。

芙蓉丽姿，古人美名曰“泽芝”，眼前之景绝不负此美名。青叶田田，竞秀扬辉，或仰或俯，似低复昂，亭亭交倚，弥布水泽。娇艳的荷花，高于碧叶，如红妆美人凌波而舞。这些都足以令人流连忘返，而作者却未从正面直接描摹，而是宕开一笔作虚写，着力写月夜荷影。“上星光而倒景，下龙鳞而隐波”（鲍照《芙蓉赋》），在明月星光晦暗的光线下，荷花绰约的风姿映于清流，微风过处，荷花的倒影被一道道波纹搅碎，而此时却因风过而芳香，沁人心脾。这一切只有在月出东山，朦胧的更深夜阑之际方可领略。此时，诗人正沉醉于“泛叶云布，映波赮熙”（晋·郭璞《芙蓉赞》）的美景，忽而眼前飘现的一两点萤光，方牵引着他的视线转移到实景上来。只见荷花泣露而立，倚风欲舞，近观若星妃临水，脉脉盈盈；远望如峡女行云，朝朝暮暮，闲雅艳丽，令观者终宵情犹未足……

作为画作，光与影这些虚景是极难表现的。而这首题诗，虚实相生，以虚衬实，丰富了画面的内涵和表现力，因而也就更耐人寻味。（杨旭辉）

题改琦靓妆倚石图二首

‖褚德彝

新换轻衫杏子绡，湖山石畔倚纤腰。
春愁满腹无人说，那有心情擪玉箫。

摹遍南陈与北崔[①]，云间画史洵多才[②]。
晓泉秋空应低首[③]，莫问扬州王小梅。

［题解］

本图今藏广东省博物馆。

画幅右下部写湖石，淡墨勾形，不同墨色皴染，有厚重感和层次感，漏罅多处，呈剔透之妙。一位少女手持玉箫，倚在湖石上，若有所思。全图构图简洁，线条圆润，设色淡雅。画家着意于人与物的配合，以娟秀的翠竹映衬少女的纤美，以玲珑的湖石映衬少女的聪慧，画境空灵蕴藉，富有含蓄美。在湖石下右端，画家署“七芗居士”，未题诗、跋。画幅左上方空白处，褚德彝用娟秀的楷书题写七绝两首，署款：“鄂庐道兄出此帧见示，为题二绝。丁巳四月，褚德彝记。”“丁巳”，清嘉庆二年(1797)。此时改琦仅二十四岁，艺术上不可能如此成熟，从此图艺术相当熟稔看，当为改琦晚年的作品，则褚氏题诗当为下一个丁巳年，即咸丰七年(1857)，此时距改琦逝世已经二十余年。鄂庐出示此图，德彝有感而题此二首。

褚德彝，生平不详。

［注释］

①南陈：即明代画家陈洪绶，浙江诸暨人，以人物画著称于世。北

崔：即明代画家崔子忠，山东莱阳人，擅画人物、仕女，与陈洪绶合称“南陈北崔”。②云间：上海松江的古称，云间画史，即指改琦。③晓泉：改琦同期画家姜壎的字。

[评说]

两首题诗写法不同。前一首写画面形象，后一首写改琦艺术渊源。前一首诗从画面上的艺术形象入手，说她新换上一件杏子绡制成的轻衫，她的纤腰倚在湖石上。一、二句写她的外形、服饰和神态。三、四句转而写她的心态。她思念着远方的情人，满腹春愁，无人可以诉说，哪里还有心情去吹奏玉箫。“擪”，以指按捺管乐器的圆孔，便于吹奏。诗人参悟着画意，用细腻的笔触分别从外在形态、内在心态两个方面，细致地刻画出姿容秀雅的少女形象，十分完美地补充和丰富了画意。他与画家共同完成了靓妆倚石的美女形象的艺术创造。

后一首诗的前两句，称赞松江画家多才多艺，他临摹过无数的陈洪绶和崔子忠的人物画像，从中汲取了丰富的艺术营养，形成了自己仕女画的独特风格。三、四句，转而写姜壎。两句诗说，姜壎在秋室里欣赏着改琦的仕女图，应是低首佩服，也不必去询问是不是扬州的王小梅画的。后两句用“以客形主”的方法。用姜壎的服膺《靓妆倚石图》的艺术成就来凸显改琦的画艺，与上两句呼应，全方位地赞美了《靓妆倚石图》的作者。（吴企明）

靓妆倚石图

题李香君小像二首

陈清远

生小秦淮绝世姿,谁知侠骨在蛾眉[1]。
欲将心赠侯公子,只唱琵琶绝妙词。

淮上风烟草不春,肯放玉质污流尘。
歌残一部桃花扇,羞杀前朝二姓臣[2]。

[题解]

本图今藏清华大学艺术学院。

陈清远，生卒年不详，清代画家，从画风近似改琦的特征看，他或许是改琦同时或稍后的画家。

李香君是明末清初一代秦淮名妓，才学卓识，是一位具有强烈爱国之心的奇女子。她与复社才子侯方域相爱，演绎出一段悲欢离合的故事，后来被戏剧家孔尚任写入《桃花扇》中。画幅无背景，正中画李香君的肖像，手捧书卷，正专心致志地读书，凸显李香君的才智与气质，人物造型秀逸娇美，设色清丽，衣裾描画工整细致，衣纹多用钉头鼠尾描。画幅左上方，画家自题二绝。

[注释]

①蛾眉：美丽的女子，这里指李香君。②二姓臣：即贰臣，侍事两朝不同姓氏的帝王的臣子。

[评说]

这两首题写李香君小像的诗，超越画面形象，重在赞美李香君的精神品质。 前诗写侯、李爱情，后诗称赞李香君的品格。

前诗首句扣画面，生长于秦淮的李香君，有着绝世的姿容，一笔总写画面形象。 次句便脱出画面，写画外意，赞扬李香君的侠骨义胆，李香君勇敢地与马士英、阮大铖等权奸进行斗争，正是她侠骨义胆的具体表现。第三、四句写她与侯方域的爱情。 李香君才华出众，她在琵琶弦上唱出绝妙好词，表达自己爱慕侯公子的情感。

后诗是前诗的延伸与继续。 淮河流域战火绵延，草木不长，权奸岂肯放过“玉质”般的李香君，百般威胁利诱，香君始终不肯低首，“不愿入朱门”，“吐不尽鹃血满胸”。 她的爱国热忱和英勇气概，在一部《桃花扇》里演唱得淋漓尽致，使前朝的“二姓臣”羞愧得无地自容。 这两首题写李香君小像的诗，成为赞扬李香君人格魅力的歌词，并较多地申补了画意，最大限度地发挥出题画诗的艺术功能。（吴企明）

题画兰菊

张维屏

见兰思灵均,对菊慕靖节[①]。
人去花自开,花谢人不灭。

[题解]

本诗选自《张南山全集》。

张维屏(1780—1859),清代诗人,字子树,号南山,因癖好松,又号松心子,晚署珠海老渔、唱霞渔者,广东番禺人。嘉庆九年(1804)中举,道光二年(1822)进士及第。曾任湖北、江西等州县地方官,为官清廉,终不耐官场腐败,十六年辞官归故里。在道光年间,以诗著称,与黄培芳、谭敬昭号称"粤东三子"。其诗以明白晓畅的语言写真情实景,于白描笔墨中又时见含蓄凝练。鸦片战争期间,诗情激昂,写了一系列反帝爱国的诗篇。著有诗文及《听松庐诗话》《艺谈录》等,后人汇集成《张南山全集》。

[注释]

①靖节:指东晋诗人陶渊明。陶渊明死后,私谥"靖节"。

[评说]

梅兰竹菊"四君子",向为画士所钟爱。兰花风姿确非一般,它并不以艳丽之色迎人,若无识者采撷,宁愿自守芳洁,是羞于自荐的。然而,"芝兰生于深谷,不以无人而不芳"(《孔子家语》)。在春风雨露滋润下的兰花，尽管藏身乱蓬萧艾之中，但幽香远溢，清雅沁人。秋风飒飒，阴气方张，独有黄菊独立三秋，冲寒而放，傲视风霜，冒犯“群威”，此为菊花之神姿。但是，兰菊的动人之处，不仅在外观形貌，更在于内蕴的韵致和精神，这种精神内涵在古代仁人志士身上无不得以集中体现。诗人于是由画中之花，联想到古代的两位诗人：屈原和陶渊明，抒发了对他们的思慕和敬仰之情。屈原在《离骚》等诗作中屡次写兰菊，尝谓“朝饮木兰之坠露兮，夕餐秋菊之落英”，“春兰兮秋菊，长无绝兮终古”。陶渊明也有“三径就荒，松菊犹存”，“采菊东篱下，悠然见南山”这样的诗句。虽然灵均、靖节早已逝去，但是兰菊依旧，而且他们的题咏，便被赋予了超凡脱俗的气质，极大提高了精神品位。因而它们的形象也就格外特立卓异，冠绝群芳。四季更迭，花谢花落，实属自然常事，然而屈原、陶渊明的清姿丽质、高风亮节，却犹如兰菊的幽韵清芬，永不绝灭，永溉后世。（杨旭辉）

题　画

汤贻汾

此景不知何处，临溪万树梅花。
不是扁舟能到，更谁知有人家。

[题解]

本诗选自汤贻汾《琴隐园诗集》卷二二。

汤贻汾(1778—1853)，清代书画家、诗人，字岩仪，号雨生，武进(今江苏常州)人，寓居金陵。书、画、诗、文并臻绝品。咸丰癸丑(1853)，太平军攻克南京，汤氏阖门殉清廷而死。其书画仿董其昌，点染花卉，闲淡超脱，画梅极有神韵，山水境界嫌细碎，少浑古之气。尝将笪重光《画筌》一文分目，附以己意，次为《画筌析览》十卷。著有《琴隐园诗集》。

[评说]

中国古代山水画，不重一时一地之实景，往往是把画者面对自然风光所领悟的生动气韵，与画家心灵的契合表现于画面。诗歌开篇劈头一问，就提醒人们不用确认山水的实在地理位置，引导读画者探寻画面意境在人们心中理想的坐标。到底是江南灵秀，还是北疆崇阿，都是次要的。所以诗作只对画面作一简单的勾勒，万树梅花，临溪而列，相映成趣。而后，诗作笔锋一转，由一叶扁舟逗出远离纷扰浊世、安居此地的清高隐士，舟中人既非游客，又非渔翁，“更谁知有人家”则点明画上所未出现的逸人茅居。此番山水，正是高士桃花源式的理想境界，而画家自恃清高的人生态度与悠然自适的情趣亦不难见矣！（杨旭辉）

补题李秀才增厚梦游天姥图卷尾

龚自珍

李郎断梦无寻处，天姥峰沉落照间。
一卷临风开不得，两人红泪湿青山[①]。

[题解]

本诗选自龚自珍《定庵文集补》卷上。

龚自珍(1792—1841)，清代思想家、文学家，字尔玉，又字璱人；更名易简，字伯定；又更名巩祚，号定庵，又号羽琌山居，浙江仁和(今杭州)人。道光九年(1829)进士，所任职位卑微，困厄下僚。道光十九年(1839)，辞官南归，二十一年，暴卒于丹阳。其诗反映了当时社会的主要矛盾，具有深刻的现实意义和历史意义，尤以《己亥杂诗》最为著名。有《定庵文集》传世，今人辑有《龚自珍全集》。

[注释]

①红泪：血泪。

[评说]

乍看李增厚画的名称，自然会与李太白联系起来，太白的《梦游天姥吟留别》是千古名篇。事实上，此画与唐诗并无相干，我们首先只需看一下诗前序言便可明了："《梦游天姥图》者，昆山李秀才以嘉庆丙子应北直省试，思亲而作也。君少孤，母夫人鞠之，平生未曾一朝夕离，以就婚应试，往返半年，而作是图。图中为梦魂所经，山殊不类镜湖山之状。其曰‘天姥’者，但断取字义，非太白诗意也。越九年乙酉，属余补为诗，书于幀(zhēng,《集韵》：或作帧。)尾，时母夫人辞世已年余，而余亦母丧阕(按：丧阕，丧服期满。)才一月，勉复弄笔，未能成声。”原来，“天姥”之“姥”与“母”同音，李秀才之画，仅借以抒发思亲之情，非关太白诗意。而龚自珍之诗，不但把李秀才当年的创作动机表现出来，更融进了现实中自我的感情。友人和自己刚刚丧母，展册看图，更是勾起一阵思念的辛酸泪。诗的前两句写画面，遥想李郎当年，就婚应试，远离慈母，离别之苦尚有聚日，而今却是梦断无处寻，此悲较之先前，有过之而无不及。更看到画面上天姥峰沉，日薄西山，残红斜照这般景象，无论画家也好，诗人也好，哀伤之情涌于纸上。临风展卷，双手颤抖开不得。诗人与画家早已双眼含泪，带血的红泪直把画卷上的青山染红。这是胸中流露的一片至情，感人肺腑，催人泪下，足以感天动地，惊泣鬼神。

（杨旭辉）

题人物轴

王　素

一翁沽酒来①,一翁抱琴去。
相值小桥边②,桑麻话絮絮③。

[题解]

本诗选自江苏图书馆编《陶风楼藏书画目》卷下。

王素(1794—1877),清代画家,字小梅,晚号逊之,甘泉(今江苏扬州)人。幼师鲍芥田,又多临华嵒,人物、花鸟、走兽、虫鱼,无不入妙。亦工书法、篆刻。

[注释]

①沽酒:买酒。②相值:相遇。③絮絮:絮絮叨叨地闲聊。

[评说]

这幅人物画与题诗都极其简单,一个老翁沽酒回来,另一老者抱琴离去,两人正好在小桥边巧遇,于是便絮絮叨叨地聊天。然而在这平淡无奇之中却有无穷的滋味,品久味愈醇。这幅画及其题诗均为王素八十高龄时所作,此时的心境应该是相当平和宁静,一壶酒,一张琴,便足以度日。北宋诗人欧阳修晚年自号"六一居士",他所谓的"六一"不也就是这些东西吗?"吾家藏书一万卷,集录三代以来金石遗文一千卷,有琴一张,有棋一局,而常置酒一壶……以吾一翁,老于此五物之间,是岂不为'六一'乎?"(欧阳修《六一居士传》)对老人而言,无论是衣锦还乡，还是归隐山林，琴棋书画，诗酒风流，是最理想的生活方式。作者通过刻画沽酒、抱琴这两个老翁的形象，表达了自己对这种悠闲生活的向往和眷恋之情。如果此时能在山村溪水桥边碰上知音，把酒话桑麻，不问世事，谈谈农事，说些家常琐事，根本就用不着管它是否流畅，哪怕是思路不清，絮絮叨叨也无所谓，只要在这闲谈中能和谐人际关系，得到精神上的满足。综观全诗，信口道来，不着点墨，然而诚如古人所谓“浅之至而深，淡之至而浓，老之至而媚”（《唐诗摘钞》评孟浩然诗）。（杨旭辉）

题恽南田画册十绝句（选三）

顾　春

玉剪翻翻逗柳梢[①]，乌衣轻捷掠春郊[②]。
落花天气初晴雨，衔得新泥补旧巢。

（柳燕）

百合花开白玉盘，缟衣宜向月中看。
画师老笔曾题句，瑶圃霓裳舞夜阑[③]。

（百合）

群玉山头玉蕊飞[④]，枯芦压雪鹭添肥。
明窗共展高人画，百四十年一叹欷。

（雪鹭）

［题解］

本诗录自顾春《天游阁诗集》卷一。

顾春（1799—1877），字子春，号太清，西林觉罗氏，改姓顾，满族镶蓝旗人。嫁乾隆曾孙贝勒奕绘为侧室。才貌佳丽，工诗词，擅书画。词与纳兰容若齐名，况周颐《东海渔歌序》云：“男中成容若，女中太清春。”她的诗词集里，录有大量的题画诗词。著有《天游阁诗集》《东海渔歌》。

恽南田，即恽寿平，参见前题解。恽寿平的花鸟画册很多，启功记载：“又曾见恽南田画花卉册，逐页画上有太素和夫人题句。太素用浓墨，夫人用淡墨。”（《顾太清集序》，载上海古籍出版社之《顾太清奕绘诗词合集》卷首）这一画册不易见到。

[注释]

①“玉剪”句：诗意从贺知章《咏柳》“不知细叶谁裁出，二月春风似剪刀”句意中翻出。②乌衣：指燕子。③“画师”二句：徐乃昌本《天游阁诗集》于诗尾注：“花不知名，南田自题曰：‘墨汁洒金壶，香风满瑶圃。玉箫明月夜，一队霓裳舞。’亦不知其所谓。”徐氏寡闻。此花名百合，南田画《百合花图》，画上题诗（略），见故宫博物院恽寿平《为留耕作花卉图册》（之八）。④群玉山：传说中的仙山，又名“玉山”，《穆天子传》：“癸巳，至于群玉之山。”注：“即《山海经》玉山，西王母所居。”

[评说]

第一首题咏《柳燕图》，诗句纯写画面，分别从“柳”“燕”落笔，紧扣画面。首句写“柳”，借着贺知章的诗意，说春风似银剪刀，剪裁出婀娜的柳叶、柳枝。次句写“燕”，迎着和煦的春光，新燕轻盈翻飞，掠过春日郊野，带来无穷的生机。诗的后半首，申发春燕“轻捷掠春郊”的意蕴，她们不是在翻飞嬉戏，原来，她们趁着雨过天晴的好天气，衔得新泥，修补旧巢，准备繁殖下一代。全诗句句写画，写出春光明媚、生机盎然的画境，也写出诗人顾春迎春的喜悦和读画的感悟，更将画家恽寿平心头的理想和追求，充分展现出来。

第二首题咏《百合图》，诗人改变了第一首的题写模式，改为两句写画，两句写评论。首二句实写，写花之形、花之色。百合花盛开像一只白玉盘。百合花色白，如穿缟衣，最好在月光中欣赏。这么幽美的一幅画，该如何来评论呢？诗人不作直接评价，却引用画家的自题诗来赞美画艺的高超。恽南田自己题咏百合图的诗，形容一丛百合花如同一队仙女，在玉箫声里、明月光中，翩翩起舞。顾春结句的诗境，全从恽诗化出，是画境的再现，更是南田诗境的升华。

第三首题咏《雪鹭图》，与前两首的写法完全不同。诗人想象画上雪鹭是从仙山飞来的，在空中飞翔时，如片片玉蕊随风飘浮在蓝天里。 现在已是冬天，雪压枯芦，白鹭正是增肥的时节。 第三、四句，诗笔突然一转，不再写画面景象，转出新意，抒发观画感慨，缅怀“高人”大画家恽寿平。 第三句中的一个“共”字，特别值得重视，说明顾春与丈夫奕绘共同在明窗前展观南田画册，共同感叹、缅怀南田翁，也预示着奕绘有和诗。“一百四十年”，是真切的数字。 恽南田卒于1690年，奕绘卒于1838年。 顾春说“百四十年”，可见他们共同欣赏南田画册的时候，约在1830年，其时奕绘三十一二岁，两人正处在幸福生活的最佳时期。 顾春与奕绘，有着共同的审美情趣，他们十分欣赏恽寿平的绘画成就，一起缅怀这位画学界的高人。（吴企明）

辛卯正月同夫子题邹小山画册十首（选二）

顾　春

澹月笼虚影，微风度暗香。
分明疏雨合，含泪倚回廊。

（梨花）

修竹佳人宅，空山白日暮。
翠袖何珊珊，天寒怯风露。

（修竹）

[题解]

本诗录自顾春《天游阁诗集》卷一。

辛卯，即道光十一年（1831），时顾春三十三岁。（诗集本诗后附钝宧曰：太清是年三十三岁。）“同”，就是唱和；“夫子”，指奕绘。

邹小山，即邹一桂（1686—1772），字原褒，号小山，江苏无锡人。花卉极有重名，山水风格隽冷，恽南田后仅见。张庚《国朝画征录》卷下：“邹一桂，工花卉，分枝布叶，条畅自如，设色明净，清古冶艳，恽南田后仅见也。”蒋宝龄《墨林今话》：“邹小山宗伯以清艳之笔，竞美艺林。其所写百花卷，洵为平生杰作，粉本流传于世，片叶一花，互相摹仿。”

[评说]

第一首题咏《梨花图》，题诗纯写画面，把画中梨花当作真花来写，形容它的形貌、色泽、香味和风神，全面展现梨花图的审美效果。首二句，描写梨花在淡淡月光笼罩下，风神绰约，微风送来阵阵暗香，将梨花的形、色、香生动写出。诗的后两句的诗歌意象，全从白居易《长恨歌》“玉容寂寞泪阑干，梨花一枝春带雨”生发开来，说画上的梨花，分明是疏雨后沾满雨水，好像美人含泪倚靠在回廊上。顾春以女子喻花，以诗写画，诗意与画境打成一片，韵味生动，提升了这首题画绝句的品位。

第二首题咏《修竹图》。咏修竹，该如何立意？顾春避开描写修竹形貌、色彩的常见思路，也撇开写竹常用的典故，却将修竹比喻成“佳人”，运化杜甫《佳人》的诗意，构思措词，写出这首题画绝句。杜甫《佳人》是一首长二十四句的古诗，描写一位幽居空谷的美人一生的遭际，而全诗的关键性诗句，则在起结四句。清张远《杜诗会粹》说：“此诗起结四句叙事，中间俱承‘自言’二字来，备极悲凄，至末二句，益难为情。”这起结四句指：“绝代有佳人，幽居在空谷。”“天寒翠袖薄，日暮倚修竹。”张远撷出杜诗此四句之奥妙，十分精当。顾春咏修竹图，正是由此之意，我们逐步分析顾春诗，自然能体识出这个道理。题诗的首二句，说佳人的住宅在空山里，周边遍植修竹。诗人将修竹与佳人合在一起描写，便为三、四句直接比喻修竹为佳人作好铺垫。第三句“翠袖”，明为写女子的服饰，实是形容修竹翠绿的枝叶，修竹随风飘拂，缓缓起舞。结句仍然扣到修竹上，说它如佳人穿着单薄的衣衫，怯怕风寒，一副凄清的景境，是说修竹，也是说“佳人”。全诗中的“佳人”“空山”（与空谷同意）、“日暮”“翠袖”“天寒”这一系列文字，由这些文字构成的诗歌意象，这个意象群构成的诗境，完全是从杜甫《佳人》诗中的文字、意象和诗境转化来的。读邹小山的《修竹图》，领悟到的却是杜甫的诗美，这恰是顾春题咏诗的独到之处。（吴企明）

题蒋季锡燕子桃花

顾　春

蒋家诗画多绝伦，燕子如生花有神。
燕子已迷王谢宅①，桃花不尽武陵春②。

[题解]

本诗录自顾春《天游阁诗集》卷一。

蒋季锡，字蘋南，江苏常熟人，文华殿大学士、户部尚书蒋廷锡之妹，嫁华亭王图炜，工诗，善画花鸟，得马荃法，兼学恽派。李濬之《清画家诗史》癸上："蒋季锡，字蘋南，常熟人，大学士廷锡女弟，侍郎王兴吾母，花鸟得马荃法，兼学恽法，工书。有《清芬阁集》。"

[注释]

①王谢宅：语出刘禹锡《金陵五题·乌衣巷》："旧时王谢堂前燕，飞入寻常百姓家。"②武陵春：取陶渊明《桃花源记》文意。晋代武陵渔人入桃花林，寻得世外桃源。

[评说]

这首题画绝句，先从画花楔入。首句论画家，次句论画面形象。蒋季锡与兄蒋廷锡，俱擅画花鸟、工诗。蒋廷锡尤为著名，善逸笔写生，得恽南田遗韵。秦祖永《桐阴论画》卷下："蒋南沙廷锡，逸笔写生，颇有南田余韵。"蒋宝龄《墨林今话》卷一："恽南田后，写生一法自以蒋文肃公为最。"文肃公，即蒋廷锡。顾春诗说"蒋家诗画多绝伦"，评骘极是，绝无虚言。画面上的“燕子”“桃花”，诗人评燕子“如生”，栩栩如生，有生意；评桃花“有神”，奕奕有神，富神韵。诗的后半首，借助两则典故，形象表现画面具象，与上文的画论相应。画上的燕子飞来飞去，寻找旧日的王谢宅，已迷失方向；画上的桃花，灼灼盛开，散发出不尽的武陵春色。如此运笔用意，赋予蒋氏画幅以深厚的人文意蕴和深沉的历史感叹。（吴企明）

题恽南田画册十二绝句同侧室太清作（选三）

奕　绘

暖日微风困不禁，一湖春水渺初深。
堤边已过颠狂絮，巷口犹有上下音。

（柳燕）

画中茅草不知名[①]，大白花开含紫英。
墨汁金壶自题句，霓裳一队迴幽清。

（百合）

白石翁写白鹭真[②]，白云溪馆重传神[③]。
矶边缩颈拳一足，白雪漫天入定身。

（雪鹭）

[题解]

奕绘（1799—1838），字子章，号太素，又号幻园居士，是乾隆第五子永琪之孙，幼聪慧，勤奋好学。十七岁，袭爵贝勒，三十二岁管理御书处及武英殿修书处，四十岁便逝世。奕绘善诗词，工书画，学术富赡，著有《明善堂文集》(集中诗集名《流水编》，词集名《南谷樵唱》)、《观古斋妙莲集》。

关于本诗，参阅顾春《题恽南田画册十绝句》题解。为了便于和顾春的诗相对照，这里奕绘诗也选了《柳燕》《百合》《雪鹭》三首。

[注释]

①不知名，南田自题曰："墨汁金全壶，香风满瑶圃。玉箫明月夜，

一队霓裳舞。”②白石翁：指沈周。沈周善画山水、人物，他的花鸟画也很有成就，创水墨写意法，活泼、秀雅。沈周画过雪鹭图，恽寿平《跋雪鹭图》，图藏故宫博物院，跋云：“元人钱雪川雪鹭长口，白石翁有琼翎玉砌，此图並采两家之妙。”（文载吴企明辑校《恽寿平全集》补辑卷八《画跋三》）③白云溪馆：指恽寿平，南田别号白云外史、云溪外史，称画室为瓯香馆、白云溪馆。

[评说]

第一首题吟《柳燕图》，为避免雷同，奕绘的写法与顾春迥异。题诗的前两句，描绘画上春暖的自然景色，烘托环境氛围，为创造“柳”“燕”的艺术形象服务。第三、四句，扣到画面“柳”“燕”的形象上。因为已经过了春柳飞絮的时节，柳絮癫狂飞舞的景象见不到，只留下堤边翠绿的柳条，惹人喜爱。第三句就“柳”写，末句就“燕”写。春燕忙忙碌碌地衔泥修巢，上下翻飞，燕语喃喃，充溢巷口。诗情与画意交相辉映，创造出春天柳舞燕语的美好景象，供人赏鉴。

第二首题咏《百合图》，首句承顾春诗意。徐乃昌本《天游阁诗集》于顾春诗下注“花不知名”，奕绘即取其意写成首句。次句乃描写画面形象，“大白花”，直言百合花的形貌和色泽，不如顾春句意象生动，不免有出语直率之嫌。百合花瓣的背面，有淡紫色的纹理，故云“含紫英”。诗的后半首，全从恽寿平自题诗翻转，毫无新奇之处，只在尾句的“迴幽清”三字上，才有点儿诗的韵味。总而言之，奕绘的诗稍逊于顾春。

第三首题咏《雪鹭图》。沈周曾画过雪鹭图，所以诗人说他“白石翁写白鹭真”。次句赞南田的雪鹭图能传神。恽寿平画作花鸟，最重视传神，他的《跋墨花图》说：“元人墨花，真趣悠然，神韵可师。”（文载吴企明辑校《恽寿平全集》补辑卷八《画跋三》）诗的三、四句描写画面形象，在漫天白雪的背景中，矶头的雪鹭，缩颈拳足，伫立不动，宛如一位入定的僧人。全诗前两句说理，为后面的诗意张本；后二句，借艺术形象显现南田雪鹭传神的画理。两者相辅相成，相得益彰，共同完成创作任务。（吴企明）

玫瑰花

费丹旭

色香几度误蔷薇，晓倚阑干露未晞。
无奈春来寒太甚，新妆犹著紫罗衣。

［题解］

本诗选自费丹旭《依旧草堂遗稿》。

费丹旭(1801—1850)，清代画家，字子苕，号晓楼，晚年号偶翁，又号环渚生，乌程(今浙江吴兴)人，久寓杭州。所作肖像，生动传神，名重一时，兼精仕女，笔法秀润，设色素淡，但风格柔弱。偶作山水、花卉，画风潇洒自然，有很多“清灵淡雅之笔”。亦善书法，能诗词，有《依旧草堂遗稿》。

［评说］

玫瑰，蔷薇科落叶灌木，枝叶丛生，上有细刺短毛，叶椭圆而稍皱，花有暗红、淡紫诸色。从其外观看，与月季、蔷薇相似，区别甚微，所以生活中常被搞错。明代画家陈淳在《玫瑰》一诗中就曾写道：“色与香同赋，江乡种亦稀。邻家走儿女，错认是蔷薇。”见到实物尚且如此，那么单从画面就更难分辨，但毕竟玫瑰“非关月季姓名同，不与蔷薇谱牒通”(杨万里《红玫瑰》)。作者在创作时，撇开玫瑰的外形，以诗笔着意刻画了它与众不同的情态，这样也就极为便利地将其色香与蔷薇分开了。初春乍暖时节，寒意依旧逼人，但在春风的催动下，枝叶复苏，在嫩绿丛中，花苞还是带着香味冒了出来。在它的身上，到处都可见到妙龄少女的活力，好似刚刚巧装打扮，换上了紫色的罗衣。花未开时最迷人，迷人之处正在于饱含着生命的力量和春天的气息，一切都在萌动着。 再有晨光、清露的映衬，玫瑰更加艳丽动人。 经过一夜露水的浥润，枝叶、花苞，以及争先开放的花朵，色彩更为鲜亮娇媚。 而清晨的阳光洒落在花朵上，由于露水的反射作用，整个画面就显得晶莹剔透，仿佛又是美人的香泪点点。 画家抓住这一视角来写生、作诗，不仅画作生动传神，单就题诗而言，也极富情趣和韵味，借用前人的诗句来形容，那便是“风吹嫩带香苞展，露洒啼思泪点轻”（徐夤《尚书会仙亭咏蔷薇》）。（杨旭辉）

柳阴仕女图

‖费丹旭

乍减轻寒欲褪绵，合蝉新鬓贴花钿。
愔愔帘幕春阴薄[①]，细较年时倦绣篇。

[题解]

本图旧藏李一氓处，载见《中国民间秘藏绘画珍品》第三集。

这是一幅设色绢本图轴，正中画闺阁一间，帘幕高挂。一位妙龄女子手握兰管，正临窗在书桌前沉思。人物用细笔勾描，衣纹细柔，着彩清雅，鬓边的饰品也依稀可辨。窗前柳树一株，淡墨勾描树干，柳叶用绿色点成，用笔细密，色泽或深或浅。着力表现春柳之茂盛华滋。画幅左上方，齐整地题上一诗。

[注释]

①愔愔：安闲貌。

[评说]

题诗首句写仕女的心理活动，说轻寒刚刚减弱，画中人感到有点暖意，便欲褪去棉衣。次句细腻地写其生活细节，她将一对和合蝉形的花钿贴在新梳妆的鬓角上。佩戴合蝉花钿，更衬托出自己的形单影只，第三句烘托环境氛围，闺房帘幕里很安闲，春日浓阴迫近，很容易触发起她的春思。结句拍合全篇诗意，说仕女正细致地校改近年来写的《倦绣篇》诗句，诗句里表达了她春深思念远方亲人的情思和百无聊赖、倦于刺绣的深层心态。全诗不是直接描写画面仕女的外在形象，而是通过心理活动和生活细节的描绘、环境氛围的烘托，表现仕女细腻深致的内心世界，与画境相辅相成，共同表达仕女怀春的题旨，情韵深长，婉曲动人。（吴企明）

题吟诗图

‖ 费丹旭

夜寒帘不卷芙蓉，灯火疏棂透纸红。
吟到感秋诗未就，一声桐叶堕西风。

［题解］

本图原藏周培源、王蒂澂夫妇处，现藏无锡博物馆。费丹旭《补景仕女图》条屏，共四幅，分别为《吟诗图》《游春图》《采梅图》《濯衣图》。今选其《吟诗图》加以品赏。本图画一仕女静坐书案前，正低头凝思、吟诗。她面容娇俏，柳眉细眼，脸庞长圆，笔墨细柔，设色淡雅，形态神情极生动，潇洒自然。秦祖永论费丹旭《补景仕女图》说“更饶妍雅之致”（《桐阴论画》），所论极是。背景衬以湖石翠竹，一树梧桐，增加秋深的氛围。画家在《采梅图》上署款，“癸卯闰秋，写于别下斋”。癸卯，为清道光二十三年（1843），画家时年四十三岁，正处艺术创作的旺盛期。画幅左上方，画家自题一诗。

［评说］

画家画《补景仕女图》，本意用景物衬托仕女的神情心态，画成后写作题诗，他以画法为诗法，仍然运用以景衬人的手法。题诗首二句说，夜来寒冷，画中人却并不放下帘卷，因为帘幕会隔开芙蓉。屋内的灯火透过疏棂上的纸，发出红红的光。两句诗意，写画面形象，但比画面景色更为丰富。诗至第三、四句，点出画中人灯下不寐的原因。她正在吟诗，吟写感秋诗，尚未完成，这时窗外西风吹落一片桐叶，发出一丝秋声，“一叶落兮天地秋”（李子卿《听秋虫赋》），更增添了女诗人感秋的无限情思。芙蓉，是秋季的花卉；梧桐至秋而落叶。这些诗歌意象，都为女诗人吟感秋诗创造了典型的环境氛围。费丹旭的画，富含诗意。他的题诗，又自撷画中诗意，诗情画意，在这里完美地融为一体，让读画、咏诗者获得诗画审美的双重享受。（吴企明）

题游春图

费丹旭

旧梦曾寻碧玉家[①],春风何处问年华。
小红桥畔春如许,吹满一池杨柳花。

[题解]

本图今藏无锡博物馆，为晓楼《补景仕女图》四幅之第二幅。晓楼的仕女形象，面容俊俏，柳眉细眼，脸庞长圆，身材修长，笔墨细柔，设色淡雅，形态生动自然，衬以淡雅疏秀的景物，十分传神。《游春图》《采梅图》充分体现了费丹旭仕女图的美学特征。秦祖永《桐阴论画》论及费丹旭的“补景仕女”说：“一种潇洒之致，颇极自然。”所论极是。《游春图》在画幅右侧单行题写一首七绝。

[注释]

①碧玉家：孙绰《情人碧玉歌》“碧玉小家女”，后人常用小家碧玉形容平民家的少女。

[评说]

费丹旭画仕女，多以社会生活中的中下层女子为描写对象。诗的首句点出自己的这种创作特色，说画上的少女来自碧玉（平民）家。她伫立在东风里、小桥上，去哪里问她的芳龄呢？第三句仍写画面，小红桥畔，春意盎然，少女陶醉在明媚的春光中。尾句，诗笔陡然一转，写少女忽然瞥见了满池的杨花。杨花的飘落，传来了春天将去的消息，令少女顿时生出惜春的惆怅，也为年华易逝而叹惋。小诗补出了画上仕女的深层心理活动，使画意更为丰满。本诗突破绝句诗结构艺术上的常规，出人意料，变化生新，自有一番别样的情致。（吴企明）

游春图

题采梅图

‖费丹旭

翠羽声中春梦残①,扑襟香雪影珊珊②。
可知一样梅花骨,不畏东风料峭寒。

[题解]

本图原藏周培源处(见《中国民间秘藏绘画珍品》第二集，江苏美术出版社 1996 年版)。今藏无锡博物馆。

本图为费丹旭《补景仕女图》四幅之第三幅，图画溪、石、梅树，衬托着全图主景——花下的仕女。人物用细笔勾成，着彩淡雅，面露喜悦之情，她右手扶着树干，举起左手攀花，神态自然生动，十分传神。画幅左上方题七绝一首。

[注释]

①“翠羽”句：暗用赵师雄罗浮山遇梅花女神的故事。据《龙城录》载，隋时，赵师雄至罗浮，于酒肆见美女，淡妆素服，因与共饮，师雄醉寐。次日清晨，起视梅树上有翠羽，啾嘈相顾。后以“罗浮梦”喻梅花。②珊珊：步履缓慢。

[评说]

这首题画绝句不是咏梅花，因为《采梅图》的主景是仕女，诗也以图上仕女为题咏对象。首句自“罗浮梦”典故落笔，翠鸟的啾鸣声，打破了仕女的春梦。她步履缓缓地来到梅树下，举手攀花，梅花落下，扑入她的衣襟。香雪，即指梅花。前两句诗，就画面着笔，写仕女的动态和神情。后两句，仍写图中的仕女，诗人赞颂道，可知仕女不怕东风料峭带来的寒意，与梅有着一样拒严寒的气骨。诗句意蕴深远，从仕女外在的动态美写到她内在的气质美，用梅花的美质衬托仕女的美质，形神融合，给人以含蓄蕴藉的审美感受。诗境与画境相结合，完美地传达出自己的艺术匠心。（吴企明）

采梅图

题水墨落花胡蝶扇面

孔素瑛

春去春来花自惜，花开花落蝶应知。
年年恨到王孙草，正是花残蝶老时。

[题解]

本诗选自汤漱玉《玉台画史》卷三。

孔素瑛（生卒年不详），清嘉庆间人。据《国朝画征续录》：“字玉田，圣裔毓楷女，占籍桐乡，适乌程贡生金某。善写花鸟，有机趣，能诗，有《飞云阁集》。”她的这幅水墨《落花胡蝶扇面》便是这类机趣生动之作，因而借闲漫士汪远孙对此极为称誉。全诗绘景抒情，联系密切，句句透情，感人至深。

[评说]

面对画上大好的春光，美丽的花朵以及鼓翅翻飞的蛱蝶，爽悦之情油然而生。“春去春来”“花开花落”，年年重复，这在闺阁画家的眼中看来，只是乏味和沉闷，更逗起了她蕴藏在内心的无限寂寞和哀感。叠复手法的使用，古人早已为之，如唐代诗人李绅《忆汉月》：“花开花落无时节，春去春来有底凭？”郑谷《石城》：“帆去帆来风浩渺，花开花落春悲凉。”其中包含了几许的愁苦与无奈！这首题画诗也不乏如此情思。当然，这一方面得益于三次叠复的运用，而诗作中“花自惜”“蝶应知”也更足以点明。

至于所“惜”的是什么？这就非只言片语可明。兴许在惜叹春光之流逝，自己的花容月貌也将随之俱去，哀恐年长色衰，人老珠黄。古人早有如此之慨：“花开花落两悲欢，花与人还事一般。开在枝间妨客折，落来地上请谁看？”（吕岩《题广陵妓屏二首》）正缘“花事”同“人事”，诗中女子由花及人，自抒胸臆。花盛蝶舞，但每到落红纷纭之际，花残蝶老，门庭冷落，王孙不幸，更有谁人赏会？也许画家在此借来宣泄一腔闺怨，表现出闺中思妇的离愁别绪。虽然这层情愫在诗中并未直显，但“恨王孙”早已给人一丝暗示。“王孙”本自“王孙游兮不归，春草生兮萋萋”（《楚辞·招隐士》），则诗中女子身份便豁然开朗，确是思妇无疑。她于当春之时，伤春惜花，总引起时序更迭，流年暗换的慨叹与迷惘，因而别情依依，离梦缠绕，魂魄不能自已。唐代诗人韩偓《谪仙怨》诗中曾一语点破“花开花谢相思”，而这种相思又是情深意长、绵绵无期的，“都来几许”（叶清臣《贺圣朝·留别》），更无人知晓。（杨旭辉）

题画竹

戴　熙

雨后龙孙长[①],风前凤尾摇[②]。
心虚根柢固,指日定干霄[③]。

[题解]

本诗选自戴熙《习苦斋画絮》。

戴熙(1801—1860),清代画家,字醇士,号鹿床、井东居士、莼溪、松屏、鹿林居士,浙江钱塘(今浙江杭州)人。清道光十二年(1832)进士,任翰林,官至兵部侍郎。后告病归故里,主讲崇文书院。太平军攻入杭州,自尽而亡。诗文、书画、冶印等均有较高修养和水平,与汤贻汾并称为“汤戴”。山水初学王石谷,后喜临奚冈,亦写竹石小品及花卉、人物。著有《习苦斋诗文集》《习苦斋画絮》等。代表画作有《秋林远岫图》《小栖云亭图》等。

[注释]

①龙孙:笋竹之别称。张淏《云谷杂记·竹之异品》:“辰州有一种小竹,曰龙孙。”又梅尧臣《韩持国遗洛笋》诗:“龙孙春吐一尺芽,紫锦包玉离泥沙。”②凤尾:状竹叶。③指日:屈指可数的日子,指日可待。干霄:直冲云霄。

[评说]

松竹梅兰等传统题材的题咏,往往多用“比德”,借以表明志节,戴熙的这首《题画竹》则在诗中抒写一种人生哲理，这在历代题画诗中还是少见的。春风春雨，像催生新的生命，万物欣欣然，雨后的龙孙竹笋纷纷冒出地面，茁壮成长，一直冲干云霄。清风过后，竹叶摇曳多姿，在月光下留下它动人的身影。这一切，令古往今来的文人骚客叹赏不已。要想有竹的这一辉煌，只有两个秘诀，就是：虚心和根底牢固。诗的第三句就此申发，转以喻人。作者认为，只要有了虚心的品格和扎实的学问，就一定会做出一番事业，令人敬仰的。（杨旭辉）

题　画

戴　熙

早起到陂塘,归来每夕阳。
得鱼不自饱,辛苦为谁忙?

[题解]

本诗选自戴熙《赐砚斋题画偶录》。

[评说]

这是一首为《渔父图》所题的诗，真实而又形象地表现了渔民辛苦堪怜的现实。诗的首二句，选取晨昏的变化来表现渔人辛苦、忙碌的生活。早上刚起，便立即奔赴鱼塘，一直要到夕阳西沉，才能回来，而且这种奔忙绝非一日，天天如此，不管风吹雨打，雨雪风霜。但是，这些渔民们付出的辛劳与其收获却极其不相称，辛辛苦苦一年，到头来，依然只落得“不自饱”的命运。诗意的陡转，使得读者受到了极大的震撼，人们不禁要问，渔夫们经年累月，到底在为谁劳累，他们的劳动成果又到哪儿去了呢？诗人最后一句反问，不仅喊出了人间的不平，而且引导人们去思索，其实答案早已十分明确了，不就是那些“不稼不穑”，倒“取禾三百亿兮”;“不狩不猎”，而“庭有县(悬)鹑”的“彼君子”吗？同样是反映渔民生活，比起元人卢琦的《题渔樵共话图》，这首诗要深刻许多，而且批判的锋芒更是不知尖锐多少倍。（杨旭辉）

题竹石

戴　熙

竹如长爪郎君立，石似平头奴子随。
可有锦囊佳句否？扨身天外正寻诗[①]。

[题解]

本诗选自戴熙《赐砚斋题画偶录》。

[注释]

①扨(sǒng)身：挺身直立。

[评说]

竹石是历代文人画士所钟爱的尤物，因为早在《周易》中就有“介于石，臭如兰，坚多节”之说。清代大书画家郑板桥更是将这一精神发扬到极致，他的几首题竹石的诗也指出了其中的内蕴：“一竹一兰一石，有节有香有骨，满堂皆君子之风，万古对青苍翠色”，“竹石相交万万年，两家节介本天然。”而戴熙并没有一味遵循前人的艺术轨范，而是另辟蹊径，别出心裁。

画家由画上的竹石联想到唐代著名诗人李贺。“长吉细瘦，通眉，长指爪，能苦吟疾书。……恒从小奚奴，骑距驴，背一古破锦囊，遇有所得，即书投囊中。及暮归，太夫人使婢受囊出之，见所书多，辄曰：‘是儿要当呕出心乃已尔。’”（李商隐《李长吉小传》）诗作前两句，抓住了李贺细瘦这一外形特征，将竹与人相连起来。一竿瘦竹，几根细枝，绝似长吉瘦弱单薄的身材；而铦利的竹叶，攒聚枝头，或如“个”字，或如“介”跟字，与李贺的“长指爪”又是何其相似；与竹枝相依相傍的石头，就好似跟从长吉的“小奚奴”。通过作者这么一点，画上的竹子立即人格化了。李贺“锦囊投诗”的故事尽人皆知，诗的后两句就此更进一步发问：“可有锦囊佳句否？”这样一问，这首题画的诗意就豁然开朗，陡起波澜。最后一句，紧承上问作答：他正直身挺立于天外，四处寻觅别致的意象入诗。这一回答，不仅表现了李贺苦吟的神情，更揭示了李贺诗歌的艺术特色与个性，因为他的意象光怪离奇，月宫、银河、蓬莱、云楼不正要在天外寻觅吗？

一般的题画之作，要么描绘画境、品评意境，要么寓意表情，或者申发补充画意，发表自己的见解。而戴熙的这首题画诗，却是与众不同，构思巧妙，大胆运用相似联想，将画面与历史人物结合，这的确是题画中绝少见的。（杨旭辉）

题芦雁图轴

张　熊

双双舞北塞，两两下平沙[1]。
莫道春光少，芦花又雪花。

[题解]

本诗选自日本东京河井荃庐氏藏张熊墨迹《芦雁图轴》题诗。

张熊(1803—1886)，清代画家，字子祥，别号鸳湖外史，秀水(今浙江嘉兴)人，流寓上海。工花卉，今存作品也多为花卉，《墨林今话》评之曰：纵逸如周之冕(明代画家)，古媚似王武，尤擅大牡丹，幅愈大而力愈壮。兼作山水、人物，精篆刻，好收藏金石书画，题其居曰“银藤花馆”。著有《题画记》。

[注释]

①平沙：广漠的沙地。何逊《慈姥矶》：“野岸平沙合，连山远雾浮。”

[评说]

在中国画中，看到芦雁，自然令人联想到秋风萧瑟。这首题画诗的作者也遵循了这一思路来写作。画上两只大雁，双双飞舞，离开塞外北国，来到湘浦，平沙落雁就成为一道独特的景观。在严寒的侵袭下，水枯石瘦，天清地寒，江面上雾气升腾，薄烟笼罩，一派凄迷冷峻。对于这些，寒雁丝毫没有在意，只要能有一片栖身之地，便已心满意足了。可是大自然对它们又是残酷无情的，一年之中能够享受的春光真是微乎其微，更多的则是凄凉孤寂。“蒹葭苍苍，白露为霜”，早已使人肃杀冷漠，偏偏在芦花飘飞过后，又是纷纷扬扬的雪花。读着这样的诗，不免触动孤舟游子的心灵，勾起了乡愁别情，使之潸然泪下，这正是边寿民在画芦雁时的那种感受：“三三两两傍芦花，风湛寒江月净沙。多少孤舟未归客，十分秋思在天涯。”（《题寒江秋思图扇面》）这种感情直是蕴含在诗画之中，蕴藉含蓄，耐人寻味，只有沉浸画境诗意之中，方能领悟。（杨旭辉）

题山水图卷

张　熊

山中人兮世外仙，芸窗日日开瑶编[①]。
静中遥想恍在前，我欲从之知何年。

[题解]

本图今藏故宫博物院。

画幅为纸本设色山水画，以墨为骨，辅之以色。画幅近处，以水阁为中心，画山崖、曲岸、坡石、水濑、丛树，构成一个景区，画中人正临水凭窗读书。远处画层峦叠嶂，山谷深渊，十分深远。山石略加勾皴，染以淡彩。淡墨双勾树干，树叶或点染，或勾填，墨色浓淡不同，淡彩多种多样，生动地表现出十月小阳春斑斓多彩的树色。整幅画的构图疏密错落有致，笔墨松秀，敷色明净，十分准确地表达出江南山水的独特风貌。

[注释]

①芸窗：即书斋，芸香能辟书蠹，书斋内常贮之，故云。瑶编：珍贵的书籍，因包装的外套上，饰以玉签。

[评说]

题诗的前两句描写画面形象，撇开山水树石不谈，专写山中的人物。诗人说山中人真像是世外的仙人，他在书斋里日日翻开书籍，细心阅读，绝无人世的烦恼。第三、四句，写出审美移情以及自己的愿望。张熊被优美、逼真的画幅吸引着，沉浸在画境中。"境能移情"，画家静静地遥想山中的景色，恍然如在眼前。诗的第三句恰恰写出这种审美体验来。结句回应上文，说“我”多么愿意到画境中去，“我欲从之”，与画中人一起芸窗读书，过着无忧无虑的生活，但不知何年才能实现“我”的生活理想。全诗想象灵动，诗兴勃然。由写景到赏景，由赏景到移情，进而由移情到“从之”，细致地写出自己的审美过程和审美体验，还写出自己的审美理想。诗情与画意反复地融合、渗透，洵为题画诗中的上乘之作。（吴企明）

题花卉图

‖张　熊

疏疏雨歇早秋天，滴滴轻红汩汩妍①。
莫作寻常烧蠋看②，一蛩啼破石阑烟。

[题解]

本图今藏上海博物馆。张熊《花卉图册》十开，这一开乃是《海棠图》。册页上画折枝海棠两枝，用胭脂红直接点染出海棠花，绿色花叶，正面叶用墨绿染出，主要叶脉留出空白，另勾红色，反面用嫩绿染出，用红色勾脉。全图画像色彩明丽，造型生动，很有真实感。画幅左上方，齐整地题写七绝一首。

[注释]

①汩：光洁貌。②烧蠋：烧蜡烛，即点燃蜡烛。

[评说]

题诗前两句写画面形象，说早秋天气，疏雨刚刚落过，轻浥雨水的海棠面上，有红色的水滴，恰似晶莹的海棠泪水，非常妍丽。诗的后两句，点明海棠生长的季节。海棠有两种，一种春季生，一种秋季生。画幅上的是秋海棠，首句云"早秋天"是也，所以诗人说，不要把它当作寻常的海棠，应该等到秋天蟋蟀啼鸣时，晚上点烛到花阑里去观赏秋海棠。诗意脱胎于苏轼《海棠》诗："只恐夜深花睡去，高烧银烛照红妆。""蛩"，蟋蟀。题诗句句写秋海棠花，两句正写，两句用侧笔，却没有"秋海棠"字面出现，不着一字，尽得风流，这正合含蓄蕴藉的诗法。（吴企明）

题菊花图

张　熊

黄鹅紫凤娇欲舞，金幢玉节纷来迎[1]。
南山悠然忽在眼[2]，满手秋风餐落英[3]。

[题解]

本图今藏上海博物馆。

张熊自跋此图云："仿瓯香馆设色法。"瓯香馆，清初著名花卉画家恽寿平的画室名。仿其法，即仿南田的设色没骨画法。这幅菊花图画菊花三株，不用水墨，全用色彩画出黄、紫、红三色菊花。花叶用多种同原色

菊花图

画成，深色勾叶脉，表现出叶子的阴阳、向背、明暗，很有真实感。左上方空间，题七绝一首。

[注释]

①金幢玉节：作仪仗用的，以金玉装饰的旗帜节杖。②“南山”句：语出陶潜《饮酒》：“采菊东篱下，悠然见南山。”③餐落英：用屈原《离骚》“夕餐秋菊之落英”句意。

[评说]

诗人先用形象化的比喻描写画面具象，他说黄色菊花像黄鹅，紫色菊花像紫凤，迎风摆动，娇美欲舞；金黄色和玉色的菊花像仪仗队里的旗帜，纷纷来迎。两句诗，极意形容秋菊的流光溢彩，姿态娇美，色彩艳丽。诗的后两句，运化陶潜、屈原的名句，借用他们咏菊诗原有的意境以丰富题菊花图诗的内涵。诗人说，“我”来到东篱下，采摘菊花，忽而悠然见到南山；秋风吹来，菊花落下花瓣，满手可掬，“我”将服食菊花。全诗句句写菊，或貌其形，或写其色，或状其态，或标其风神。后半首，更是写出了画家兼诗人的高雅情致，点出画菊的真实目的。（吴企明）

题双鹭图

居　巢

黄鹂紫燕去来啼，雌蝶雄蜂来去飞。
只有鹭鹚闲似我[①]，野塘新水立多时[②]。

[题解]

本诗选自居巢《今夕盦题画诗》。

居巢(1811—1865)，清代画家，字梅生，号梅巢，名其所居曰今夕盦，广东番禺(今广东广州)人。一生足迹不广，曾充张敬修幕僚。到过广西，结识了时在桂林的画家伊秉绶、宋光宝、孟觐乙。张敬修落职回乡，在广州筑“可园”，内储书史，外莳花木，居巢与从弟居廉共居园中，当宾客，吟诗作画，故其所传之作多为主人而作。所作得江山之助，山水、花卉、禽鸟，皆秀雅，尤精草虫。书学恽南田。亦工诗词，著有《昔邪室诗》《烟语词》《今夕盦读画绝句》《今夕盦题画诗》等。

[注释]

①鹭鹚：鹭鸶，羽毛洁白，脚高颈长，栖息水边。鹚，当作鸶。②野塘：野外的池塘。

[评说]

这首题画诗并不直接从画面写起，而是先写画面上没有的虫鸟，其意图是借此来作比，突出画面上的形象。黄鹂、紫燕在树荫底下飞去飞来，不停地啼叫着；在百花齐放的春日里，众花引得蜂飞蝶舞，飞去飞来。它们这么忙碌，究其原因，只能归结到一个字：利。来也匆匆，去也匆匆，无非为此，世上的芸芸众生也无不与此相类。而在自然界的鸟兽虫鱼之中，唯有画中的双鹭，始终保持着自己的闲情逸致。一阵新雨，使得野塘水面升高，空气清新，只有白鹭在此间站立多时，无忧无虑，完全超脱凡尘，不为利所左右，在这一点上与“我”何其相似，这也就是“我”作《双鹭图》的动机和来由。虽然并没有直接的表白，但全诗通过对比，画家的感情倾向早已是一目了然、不言而喻的了。（杨旭辉）

梅花翠羽

居　巢

幽人不暇懒[①]，探春向西崦[②]。
翠羽亦有心，忍冻先偷眼[③]。

[题解]

本诗选自居巢《今夕盦题画诗》。

[注释]

①幽人：隐士，此处用以指梅花。不暇：顾不上，来不及。②西崦：即崦嵫山，在甘肃天水西，古代神话中的日入之处。③偷眼：暗中窥视。林逋《山园小梅》："霜禽欲下先偷眼，粉蝶如知合断魂。"

[评说]

这是一首极富情趣的题画诗，全诗的风格显得生动活泼。全诗结合时序特征，紧扣画面的两个物象，赋予它们生动的情态。梅花在众芳凋敝、花坛冷清之时开放，斗雪迎风，风骨凛然，而又"无意苦争春"（陆游《卜算子·咏梅》），所以人们常常把它比作花中之隐士。在严冬之中，这一花中幽人根本顾不上休息，更不用说偷懒，一则它要斗寒，二则还担负着探春、迎春的使命，因为它始终坚信，严寒放出便是春。为了能向人间早一日报告春天的消息，它使尽浑身解数，甚至连晚上的休息也放弃了，到西崦去打探。那么，梅树上站立的那只翠鸟又是如何呢？诗的三四句便由梅而写鸟，其实翠鸟也是极有心志的，也在盼望春天的到来。

冬日的寒风使它有些不寒而栗，但它忍不住悄悄地睁一只眼，向四周窥视，打探着春意是否已经到来，盘算着苦日子何时结束。其实，它根本不必忍冻偷眼，只要闻到“梅花香自苦寒来”，便可睁眼迎春了。同是身处逆境，画中的翠鸟心急焦躁，而梅花却是初衷不改，二者两相映衬比照，更加突出了梅花孤高劲节、坚定不移的坚贞品性。（杨旭辉）

题采菱女图

‖居　巢

越女歌采菱,烟波荡远音。
不识曲中意,此意抵千金。

[题解]

本诗选自居巢《今夕盦题画诗》。

[评说]

吴越诸地，山清水秀，草木华滋，水网交错，景色宜人。江湖间多养芰荷、菱角，秋天正是菱角成熟、收获的季节，当地的姑娘们便成群结队，荡舟于江湖之间，低首采摘。也许是为了消除劳动的疲乏与枯燥，也许是被这湖光山色所陶醉，她们便情不自禁地唱起了越地小调。歌声、笑声随着浩渺的烟波一直传向远方，在十里之外，还能依稀听到这清脆甜美的歌喉。这若隐若现、断断续续的歌声，仿佛也回旋在整个画面中，顿时使画面也活了起来，引人遐思。这种艺术效果诗歌能达到，画家手中的画笔是难以企及的。在对画境传神写意之后，作者的诗意又转了一层，进而发表议论，表达出自己对这种生活的无限向往和憧憬。虽然越女所唱都是吴侬软语，对于长年身居南粤的画家来说，曲中的词意一句都听不懂。即便如此，曲中有情，只要听听这悠扬柔美的曲调，就悠闲自在，无拘无束，一切尽在其中，此中真意抵千金。这种令人痴迷、陶醉的感受和体验当然并不限于画家个人，他也希望在题画诗中点出，让更多的读画者能和他一起来分享。（杨旭辉）

题寒江醉钓图

郑 绩

瓦壶倒尽醉难醒，独把渔竿卧晚汀①。
霜露满身寒不管，一江流水梦中听。

[题解]

本诗选自广州美术博物馆藏郑绩纸本设色《寒江醉钓图》题诗。

郑绩(1813—？)，清代画家，字纪常，自号戆士、梦香园叟，广东新会人。居广州越秀山麓，辟园，名之曰“梦香”。知医术，能诗，善画山水和人物，以卖画为生。著有《梦幻居画学简明》，主张学画要眼目所见，由心性而出，才能为己所有，反对一味的临摹或写生，认为绝不可因技法而影响形象的刻画。

[注释]

①把：手握，手执。

[评说]

《寒江醉钓图》极为典型地表现了郑绩的画论主张，也是他山水画的代表作。在近山一角，浓阴之下静静地停泊着一只渔船，而江岸对面的远山，烟雾缭绕，在迷蒙中，山石或隐或现，凹凸起伏，虚实相生。在这一片湿润、清凉的自然环境中，正是舟中醉客的酒乡梦境。从来渔父多“意钓”，他们往往多是“醉翁之意不在酒，在乎山水之间”，披蓑戴笠，手把渔竿，垂钓江边，以企求江山之幽情雅致。而画中的钓者甚至连“意钓”都算不上，只是以此为借口来避世，在山水之间放松自己。山水之乐非但寓于垂钓，更是“得之心而寓之酒也”。你看小船之上，早已是肴核既尽，瓦壶倒尽，滴酒不剩，杯盘狼藉，船上的钓客也已是酒醉难醒，但依旧独自手握渔竿，醉卧于夜幕下的汀渚之上。寒江上的霜露不断侵袭入身，而他对此却全然不管，只顾横卧江上，梦中听着江水汩汩东流。

郑绩生平嗜酒，这首题画诗和下角所钤“一月二十九日醉”的印章，都表现了他一以贯之的人生哲学和思想境界，那就是：醉梦为乐。（杨旭辉）

题牡丹双鹊图

‖王　礼

黛色参天岁暮时，薄寒轻暖鼠姑迟①。
偶然写向东风里，老态颓唐更赋诗。

[题解]

本图今藏上海博物馆，《艺苑掇英》第五十三期“海派绘画专辑”选录了这幅画。

王礼(1817—1885)，清代画家，字秋言，号秋道人，江苏吴江人。善画花鸟。海上画派较早的成员。蒋宝龄《墨林今话》成书于咸丰二年(1852)，书中便介绍了这位上海画家。

这是一幅设色花鸟画，正中画湖石一块，傍倚牡丹一株，牡丹花叶均用没骨法画成。一对喜鹊嬉戏于湖石、牡丹之间，翘尾张嘴鸣叫，姿态生动可爱。背景衬以参天的松树。全图布局匀称，比衬照应，富有变化，设色明丽，造型隽逸逼真，图画给人喜庆的吉兆和审美的愉悦感。画幅左上方画家自题七绝一首。诗旁署款云：“颂卿仁兄大人雅属。丁丑春仲，拟元人笔，并系七绝。蜗寄庐雨窗。王礼。”丁丑，是光绪三年(1877)，此年画家六十一岁。

[注释]

①鼠姑：牡丹的别称。

[评说]

题诗先从画上的松树发端，这株参天的松树已经生长好多年，是老树，故云“岁暮时”。松在我国的文艺作品中，是作为延年益寿的形象出现的，诗句自有其象征意义。次句写牡丹，仲春时节，薄寒轻暖，牡丹迟迟开放。牡丹是富贵花，双鹊嬉戏于苍松、牡丹之间，喳喳鸣叫，如报喜讯，在审美心理上给人们带来了喜庆吉祥的满足。三、四句交代作画、题诗缘由：今天我应友人的雅嘱，偶然在东风里写下此图，虽说“我”已有老态（作画时画家已六十一岁），情绪颓唐，但是“我”受到画面吉祥喜庆氛围的感召，精神振奋，写完画更赋诗，以此表达“我”内心的欣喜和愉悦。（吴企明）

雪　梅

虚　谷

无端白雪落沙来[1]，古本疏枝上粉苔[2]。
似雪似花花似雪，梅花又向雪中开。

［题解］

本诗选自丁羲元《虚谷研究》(天津人民美术出版社 1987 年版)。

虚谷(1824—1896)，近代书画家，原籍新安(今安徽歙县)，居广陵(今江苏扬州)。俗姓陈，又《姜丹书稿》《海上墨林》称姓朱，名虚白。太平天国时，效力清营，意有感触，遂出家为僧，名虚谷，以书画自娱。善山水、花卉、蔬果，尤擅金鱼、松鼠、草虫写意。所作画冷峻新奇，别具一格，无一笔滞相。能诗，有《虚谷和尚诗录》。

［注释］

①无端：无缘无故。②粉：白色。苔：苔梅，此处指花。

［评说］

虚谷以画知名于世，诗艺往往为其所掩，观此诗，确是诗家手笔。前人咏梅不计其数，而这首题画诗写雪中之梅，摇曳多姿，境界内蕴淡远，音调铿锵和谐，叠复自然。全诗都是很平常之词，经过画家的点染，显出无限生机与情趣。

画面的主体是梅，则诗中主角自应是梅，作者却由“雪”落笔。朔风呼号，空中飞舞着片片雪花，径直飘落到沙地上，二者融为一体，难以辨清。此时的“我”，展开古本画卷，只见遒劲的“疏枝”上，点缀了“粉苔”，这到底是丹青妙手所得，还是白雪的点染，纯乎自然之造化？是“花”还是“雪”？几不置辨，诗作在这里设置了一个悬念，乃所谓“逆送”之法，这一技巧与虚谷画中喜用侧笔逆锋如出一辙，有异曲同工之妙。究竟如何，就须读者用心去体会。只要我们了解宋人的梅雪之评“梅须逊雪三分白，雪却输梅一段香”，这里的“花”“雪”之辨也就不成其为惑矣。至此，作者最终点明“花似雪”，将全诗结在对“梅花”的赞颂上，盛颂它的斗雪凌寒和暗香袭人。其实，诗作的主旨与元代画家、诗人王冕的“不要人夸好颜色，只流清气满人间”是一致的，但虚谷没有如此外露和慷慨，更多的则是蕴藉和空灵。无论中国诗、中国画，都尚意。意贵远，不贵近;贵淡，不贵浓。虚谷的诗、画正得此中三昧，故而前人品其诗画为“神品”，“无一笔滞相，灵气透出纸背”（陈小蝶《近代六十名家画传》）。（杨旭辉）

题梅花图轴

虚　谷

有粉有色更精神[①]，一树梅花天地春。
一觉浮生尘世外，空山流水岂无人？

[题解]

本诗选自丁羲元《虚谷研究》，原画藏于浙江西泠印社。

[注释]

①粉：白色。

[评说]

看虚谷的画，雅淡冷峻，正乃苏轼所谓“外枯而中膏，似淡而实美”（《评韩柳诗》），而观其题诗，亦复如是之平淡。这种诗、画格调的一致，正是虚谷独特审美性格的产物。他淡泊宁静，不趋名利，寄情书画，一个“淡”字，正乃其诗画的内蕴。这首题画诗看似平淡，实则寓意深刻。作为画家和诗人的虚谷，面对“有粉有色”的“一树梅花”，思绪万千，并由此引向更远的内心世界。应该说，诗的前两句并无奇特之处，只是绾合画、题，而我们如果结合他的其他作品，也许会从这平淡中体味出“外枯中膏”的美学特征。一树梅花，有白有色，傲然挺立于冰霜风雪之中，更显精神，给人以希望和光明，因为“冬天已经来临，春天还会远吗”？对于这一点，虚谷是坚信不疑的，“一树梅花天地春”便是他的自我表白。在不少梅花的题句中，他都讲到“能开天地春”“开到人间第一花”，字里行间无不透露出对未来的憧憬，对新生事物的期待。就这样，作者沉浸于未来的憧憬和幻想之中，“一觉浮生尘世外”，把自己的内心世界乃至躯壳一起带到“尘世”之外。在这虚静的“尘世”之外，他真正达到了“忘我”与“无物”的超然境界，而后突有启悟，忽有发现。眼前画卷中不再是单纯的梅花和它四周的空山流水，至于还有些什么，诗人一句反问“空山流水岂无人”，全然明晓。画家一下子把读者的视线从“梅花”移到画外之“人”。在画家笔下，“梅花”早已不是自然之实物，而成了某种象征和寄托。最后一句发问，是理解虚谷此画、此诗之关键，是他画作的深隐之处，显得蕴藉含蓄，也正是虚谷崇高人格的自我写照。

虚谷的这幅梅花屏条，真正体现出诗、书、画、印的完美结合和统一。不但诗、画同调，而且在题诗之后，画家钤有一方白文方印“耿耿其心”，与之相互映衬，相互发明，堪称艺术精品。（杨旭辉）

题同庆丰年图

高桐轩

年谷丰穰万宝成[①],筑场纳稼积如京[②]。
回思望杏瞻蒲日[③],多少辛勤感倍生。

[题解]

本诗选自《中国画家丛书》。

高桐轩(1835—1906),清代画家,名高荫章,字桐轩。河北静海杨柳青(今属天津)人。自幼好画,学习年画画法,遂工写真。三十二岁征入清廷如意馆,为慈禧太后画像。后往来于京津,为人画像,常与焦达安合作,高氏专作画像,焦氏专填景。六十岁之后,专事年画,并开设雪鸿山馆画室,所作年画,雅俗共赏。亦善诗词。画家长期工事年画,因而他创作内容有较浓厚的生活气息,有不少作品就是描绘民间风俗画、农村风俗画。

[注释]

①丰穰:庄稼丰收成熟。②京:圆形的大谷仓。《管子·轻重丁篇》:"有新成囷京者二家。"注:"大囷曰京。"③望杏瞻蒲:指劝勉耕种。徐陵《司空徐州刺史侯安都德政碑》:"望杏敦耕,瞻蒲劝穑。"也作"望杏瞻榆"。

[评说]

这幅《同庆丰年图》是一幅年画作品,描绘了农民丰收后的喜悦场面，符合老百姓图吉利的心理需求。但画上的题诗表明，图吉利并非是画家的全部用意，年谷丰穰，收成好，场院上的庄稼堆积如山，这固然值得欢欣鼓舞，普天同庆。然而，天下老百姓为了这一天的欢庆，付出的是一年的辛苦。只要回想一下望杏开田到瞻蒲收割这一生产全过程，便可全部明晓。这一切是很难用数字加以统计的，其中的甘苦，也许只有农民自己心中有数。年画作品寓含如此深刻的立意，在中国绘画史上是绝少见的，这愈见出画家对现实的关注，以及对广大农民的深切同情。（杨旭辉）

题吴俊卿花卉图轴

蒲　华

天台是否洞多栽[①],漫说瑶池结实来[②]。
惆怅三千年后事,画中春香满怀开。

［题解］

本图旧藏钱君匋处，载见《中国民间秘藏绘画珍品》第一卷。

蒲华（1832—1911），近代画家，字作英，号胥山野史、种竹道人，秀水（今浙江嘉兴）人。寓上海数十年，卖画为生。与吴昌硕交密。工山水、花卉，尤善墨竹。有《芙蓉庵燹余诗草》。

吴俊卿，即吴昌硕。这幅花卉图，实是桃花图，吴昌硕自题诗："灼灼桃之华。"画幅上画两枝桃枝，自右下部向左上方挺生，枝头开满桃花，花用没骨法画成，鲜艳夺目，"赪颜如中酒"（吴昌硕句）。画上吴昌硕自题一首五言绝句，又题一联语。蒲华的绝句诗，题在右方树枝与花朵间，题记云"仓翁此以风韵胜"，可称为昌硕此画的不刊之论。"仓翁"，即吴

花卉图轴

昌硕，字仓石，故云。

［注释］

①天台：山名，在浙江。这里暗用刘阮故事，传说汉代刘晨、阮肇入天台山采药，于桃源洞迷路，遇仙女，留住半年。事见刘义庆《幽明录》。②瑶池结实：暗用西王母种桃事。传说东郡送一矮人给汉武帝，矮人指着东方朔对汉武帝说："王母种桃，三千年一结子，此儿不良，已三过偷之，失王母意，故被谪来此。"事见《汉武故事》。

［评说］

蒲华的题诗，并不摹写画上具象，却巧用有关桃花的典故，以诘问句发端，从刘、阮故事切入。他问道：天台桃源洞是不是多栽这种桃树？起势突兀，出人意料。次句和第三句，还是用典故承接，陡然说它是瑶池西王母处的仙桃种子，三千年方结一次实，可叹三千年后，桃树又开出花来。结句拍合上句的诗意，绕回到画面桃花上，形容画中又香又艳丽的桃花正开满怀。全诗只有结句写到画上桃花，却用两则神仙的典故点缀、渲染，给这幅桃花图带来仙灵之气，蒙上浪漫的色彩，巧妙地赞誉吴昌硕这幅充满气韵的花卉画。（吴企明）

题花卉图

蒲　华

九节仙蒲香可匊[①],石奇而秀伴不俗。
耽看明目且清心[②],平旦黄庭日日读[③]。

［题解］

本图今藏故宫博物院。

画幅正中画湖石一块，形状怪奇，嶙峋瘦秀、剔透，右侧石后画花盆一只，盆内种菖蒲。湖石、花盆均用勾勒填色之法画出，石上略加皴擦，有明暗之别。整幅画构图简约，敷色清雅，情意俱佳。画幅左上方题七绝一首。

［注释］

①仙蒲：指菖蒲，服食菖蒲可以长寿，故云。②耽：同“眈”，注视着。③黄庭：即《黄庭经》，道家经典，专注养生修炼之道。

［评说］

题诗先写画上花石，说九节菖蒲发出清幽的香味。湖石形状怪奇而又秀美。后半首，诗人说目不转睛地看着清奇的湖石、菖蒲，认为这样可以明目，也可以清心，每日清晨伴着湖石、菖蒲，读读《黄庭经》，过着悠闲的生活，足以清心养性。

题诗与画面景物相对应，又有拓展，既写出画面上花、石的形象美，又写出画外意，尤其是诗人巧用《黄庭经》养生修性的题旨，与画面景物清心养性的功能巧相契合，诗画融通，点出自己画作此图的真实用意，抒写出清雅悠闲的生活意趣和审美情趣。（吴企明）

题天竺水仙图

蒲　华

璎珞红珠著意妍①,万年颂到炼丹仙。
洛滨妙试凌波步②,庚岭香从破腊传③。

[题解]

本图今藏上海博物馆。

这幅画,画了四种耐寒的植物:天竺、万年青、水仙、腊梅,环生于一块嶙峋怪石周边。天竺、万年青的叶以没骨法写出,浓笔勾边、勾脉,其果实用红色点染。水仙、腊梅均用勾勒填色之法,分别填上黄、白色。湖石先勾出轮廓,拖笔烘染,浓墨点苔,明暗分明。全图构图井然有序,繁而不乱,设色鲜丽,充分体现出“海上画派”重视造型、笔墨、色彩的艺术追求。画幅右上方题写七绝一首。

[注释]

①璎珞:串连珠玉而成的饰品。②“洛滨”句:宋黄庭坚《王充道送水仙花五十枝》:“凌波仙子生尘袜,水上轻盈步微月。”蒲华从山谷诗得到启发,写成本句。③腊:腊月,农历十二月。

[评说]

这首题画诗独具一格,很少见。首句写天竺。天竺的果实像一串红色的珍珠,很妍丽。次句写万年青,这种植物是中国的吉祥物,万年长青,颂人长寿,果实红色,圆如球,像是神仙炼成的丹砂。第三句写水仙。诗人将水仙花比喻成水中女神洛神，她在洛水之滨凌波微步。第四句写腊梅。庾岭盛开腊梅，梅香在进入十二月的时候从南方传来。四句诗写四种画面上的花卉，构成一个整体，诗画交融，创造出欣欣向荣、充满生机的艺术氛围和诗画意境，打破冬日肃杀的气象，在岁末给人们带来温馨吉祥的审美感受。（吴企明）

天竺水仙图

题玉树鹳鸽图

‖蒲　华

玉树花开淑气融，一双鹳鸽语春风。
丽华何处歌新曲，珠箔银屏夕照中。

［题解］

本图今藏上海博物馆。蒲华这首诗题咏的是任霞的《玉树鹳鸽图》。

任霞（？—1920），近代女画家，字雨花，山阴（今浙江绍兴）人。任颐之女，得任颐家法。善画人物、花卉。吴兴吴少卿妻，侨居沪上。

图轴画玉兰树两株，一株直立画幅正中，一株横插在画幅的下部，一直一横，布置别出心裁。树干以淡墨写出，略作晕擦，现出枝干表面光的变化。玉兰花或盛开，或含苞，花用勾线填色法，再点蕊，很有生气。直树花稀，横枝花密，疏密比照，很见章法。两只鹳鸽以浓墨涂染外形，勾喙点睛，一只翘首远望，一只俯首下视，神气毕现，它们露首藏身于玉兰花后。全图构思别具匠心，虚实、疏密、墨色浓淡兼顾，施色清雅，笔力娟秀中又透出浑厚之气，诚为女画家之佳作。蒲华于画幅左上部用行书题写一绝。

［评说］

先写画面具象，画上玉兰花盛开，春气和淑融融，一对鹳鸽在春风中鸣叫。首句写题上之“玉树”，次句写题上之“鹳鸽”，两句诗写尽题意。三、四句，诗笔突转，从画面跳开，写到南朝陈时的张丽华。诗人由眼前的“玉树”，联想到陈朝末年的《玉树后庭花》曲。据史载，陈后主嗜声乐，造《玉树后庭花》曲，制歌词，令歌女歌之，其音甚哀。“丽华”，即张丽华，陈后主妃，隋兵入陈，被杀。后半首诗意是，张丽华在何处歌唱新曲呢？应是在夕阳斜照下的楼台里，隔着珠箔，坐在银屏前。蒲华看透女画家的匠心，借着题画的机会，运用张丽华的典故，抒写出女画家忧伤国事的情思，也透出自己为国忧虑的情怀。（吴企明）

题山晴水明图

蒲　华

山路苍茫风日晴，相逢溪上话幽情。
地多水竹琴宜鼓，水气空明竹气清。

[题解]

本图今藏江苏省美术馆。

画幅左上方，画家题七绝一首，款云："癸巳长夏仿梅道人。"癸巳，清光绪十九年（1893），时画家已六十一岁。梅道人，即吴镇。此图虽说是仿吴镇，但仅得其闲逸之风情，而笔墨全出己意。图上近处有两位文士相逢于溪上板桥，一人携琴立于桥头，一人立桥上。人物以粗线勾勒，略存其形而已。画竹林分远近数丛，墨色近深远淡，中间还隔以岚霭，愈见清远幽深。远方山峦苍茫，愈远愈淡，若隐若现，山色在有无之间。整个画境空灵清幽，山石、竹林之远近、疏密、浓淡，配合得当，很有层次感。

[评说]

这首诗，运用"顺点题面"的手法，纯写画面景物，诗与画紧密对应。首句点出题上"山晴"两字，晴天，风和日暖，岚霭叆叇，山路一派苍茫。次句，写两位文士在溪桥相逢，他们话说幽情，长谈不已。第三句仍写画面，"地多水竹"，描写画面上丛竹摇曳、溪水潺湲，因为多水竹，所以适宜鼓琴，琴声在水竹中回荡，音色尤见清幽。尾句还是写画面，运用互文见义的方法，写水气空明、清静，竹气空明、清静，"水气空明"，点到题上"水明"两字。全诗语气顺畅，按照全图景物由远而近顺

次点出，缓缓赴题，空明清静的诗境与空灵清幽的画境相契合，完美地表达出蕴含于画幅之中的幽闲情致。（吴企明）

山晴水明图

题柳下晓妆图二首

陈崇光

落尽海棠花，柳絮随风袅。
绣阁逗春寒，罗衾拥清晓。

晓起弄妆迟，含情人不知。
芳时难自惜，明镜识蛾眉。

［题解］

本图今藏南京博物院。

陈崇光(1838—1896)，近代画家，原名炤，字若木、栎生，甘泉(今江苏扬州)人。拜虞蟾为师，随蟾在太平天国天京绘制壁画。人物、山水、花卉俱能，笔法古严，妙意从草篆中流出。

本图为立轴，淡设色，画幅正中一位仕女手执铜镜，正对镜打扮。人物线条流畅圆润，神态活灵活现，头饰、衣上花纹、饰物，描画极为工细。画家又以低垂的杨柳、点点红桃点缀春意，使整幅画婉约清丽，画境醇美。画幅右上方齐整地题写两首五言古绝。

［评说］

第一首诗的前两句点明节令，海棠花落，风飘柳絮，已是春深时节。三、四句写到画上的美女，说她的闺房绣阁里还有点寒意，清晨她还拥着罗衾，尚未起身。这首诗，描写的完全是画外意，说美女犹在闺房，在床上拥着锦衾。

第二首诗首句说美女“晓起”，她起床后，到庭前柳下对镜梳妆。这首诗才写到画面实景，直扣画题“柳下晓妆”。两首绝句之间，用“晓”字衔接。这种写诗手法，在我国古代组诗中经常见到，前首诗的尾字，与后一首诗的首字相同，用“顶真格”使上下诗意连接。本诗一、二句，才扣到“晓妆”上，美女晓起对镜梳妆，行动迟缓，脉脉含情，别人不知道她的心思。

诗的最后两句，画家点出美女的深层心态。在春光明媚的时节，她在镜中看清自己的容貌，可惜只有自己爱怜自己。一个“难”字，将美女迫切希望得到情人爱怜的春心逗出，揭示出画家的匠心。绘画与诗歌互相配合，将美女在柳下晓妆时的内心活动完美地表现了出来。

画家用两首小诗表现画境，一首写她拥衾春睡，是画外意；一首写她柳下晓妆，是画面实景。两诗互为补充，丰富了画意，实为清新婉约、风神绝佳之作。（吴企明）

题三松图

‖任　颐

三松堂下三松树,想象盘拏势似龙。
写寄桐西老居士,渴毫翻倒墨池浓。

[题解]

本图今藏故宫博物院。

任颐(1840—1896)，近代画家。初名润，字小楼；后改名颐，字伯年。浙江山阴(今绍兴)人。幼年得父指授人物画，后为画家任熊收为弟子，又从任薰学画。年未及壮，已名重大江南北。他才华横溢，涉笔成趣，人物、山水、花鸟无所不能，尤工写真。与任熊、任薰并称“三任”。中年后寓居上海，画史上，习惯称之为“前海派”。

此图识云“橅宋元本”，乃仿宋元人画松的笔法。图上画三株松树，两株斜欹并立，一株屈曲如虬龙，随意布置，姿态夭矫，富于变化，遂成妙局。三松枝干周身呈鳞状，色酣墨饱，笔墨浑厚苍劲，气势雄浑。松下左侧，画家题写一绝，字极小。

[评说]

任颐运用习见的格式写成本诗。前两句先从画面松树形象着笔，说这三株松树长在三松堂下，它们的生长姿态，盘拏夭矫，势似苍龙。下面二句写观感，写出自己作画的缘由和运用的笔墨技巧。这幅画运用渴笔、重墨画成，“翻倒墨池浓”，极度夸张地形容浓墨画松的色泽。画成三松图后，寄赠给老友桐西居士。任颐这首题画绝句，自述画作三昧，兼描写，带议论，表白自己的画心，鲜明地体现题画诗的艺术特质。（吴企明）

题三松图

题紫藤图

吴昌硕

繁英垂紫玉[①],条条好春光。
岁岁花长好,飘飘满画堂。

[题解]

本诗选自故宫博物院藏吴昌硕《紫藤图》题诗。

吴昌硕(1844—1927),近代著名书画家,篆刻家。初名俊、俊卿,字昌硕、仓石,别号缶庐、苦铁、大聋、老苍等,浙江安吉人。少年清苦,好学不辍,十几岁便酷爱刻印书法。年轻时中秀才,但无意于功名,决计潜心艺术。他的篆刻融浙、皖两派,并以秦汉钤印、封泥及瓦当文字入印,雄浑苍老,后为同道推为西泠印社首任社长。工书,擅石鼓文,朴茂雄健,能破陈规,还以篆籀之法作隶、行、草书,古茂流畅,气度恢宏。三十岁后始作画,近师赵之谦、任颐,上溯沈周、陈淳、徐渭、八大山人、原济、李鱓、金农诸家。专精花卉,亦善山水,偶作人物。其画脱胎于书法篆刻,因而所作松、竹、梅、兰、石、菊、葡萄、紫藤、葫芦、荷花,极为浑厚苍劲,笔墨酣畅,处处体现出"奔放处不离开法度,精微处照顾到气魄"。他的花卉,对现代写意花鸟画的影响至深至远。平生著述甚丰,有《削觚庐印存》《缶庐印存》《苦铁碎金》《缶庐近墨》《元盖寓庐偶存》《缶庐集》《缶庐别存》等。

[注释]

①繁英:茂密的枝叶。紫玉:这儿指紫色的紫藤花。李德裕《春暮思平泉杂咏二十首潭上紫藤》:"遥忆紫藤垂,繁英照潭黛。"

[评说]

此画系 1905 年吴昌硕六十二岁时所作。在洒金笺辉煌的金色背景上，满幅紫花墨石，鲜艳无比。大藤盘绕回曲，绕石数重而飞舞直上，藤叶飘飞，紫玉临风，光彩浮动。画作完成之后，吴昌硕又信手题诗，朗朗上口，与画面构成一个完美的整体。在繁密的绿叶之中，垂下一串串的紫藤花，仿佛是空中飞动的紫玉。“岁岁花长好”，春色将永存，飘香满堂。从中可看出画家自信十足。确实，吴昌硕工于大写意花卉，尤擅藤本植物，他的这些作品无不生机盎然，引人入胜。这一艺术效果，与他的书法情趣相得益彰，在挥运之际，独到地表现着他的书意美。他曾自云“苦铁画气不画形”，这种奔放的气势与雄健的气魄，跃然笔端，不可遏制。（杨旭辉）

题菊花图

吴昌硕

几番沉醉惹颜红，为有东篱菊数丛。
乱插满头归未晚，且开笑口对西风。

[题解]

本图今藏国家博物馆。

这幅菊花图，以湖石为倚托，右侧用墨与色各画一块湖石，粗笔勾石形，寥寥几笔，存其意而已。一石前，自右向左斜插菊枝，枝多飞白之笔，极有笔墨韵味。菊花用没骨法写出，色淡，花用正位，浓墨点蕊。一石后，伸出一丛菊花，花用双勾填色之法画成，花多侧位，色浓。画幅左上方，直行书写七绝一首。

[评说]

这首题画诗写得别开生面，昌老根本不写画面菊花形象，却从赏菊、醉菊的雅兴这一视角，构思立意，以凸显自己画菊的艺术效果。前两句说，因为东篱边有数丛菊花正开得茂盛，引发“我”对酒赏菊的雅兴，几次喝酒，喝得烂醉，惹得颜面通红。诗人运用“倒戟法”开端，将赏菊、醉菊的叙事顺序，倒置于篇首，突出强调“沉醉”的效果，以吸引读者的注意力。诗的后半首，承上“醉”字生发，画家醉意朦胧，采来菊花满头乱插，蹒跚归家，时尚未晚，一路上对着西风开口笑，一抒闲适、疏狂的情怀。全诗运用侧笔写菊，映带出诗人爱菊的情趣和赏菊、醉菊的兴会，檃括杜牧《九日齐山登高》“尘世难逢开口笑，菊花须插满头归”的诗意，扣住题咏画菊的主旨，运化得很自然。（吴企明）

题牡丹

吴昌硕

酸寒一尉出无车[①]，身闲乃画富贵花[②]。
燕支用尽少钱买[③]，呼婢乞向邻家娃[④]。

[题解]

本诗选自吴昌硕《缶庐别存》。

[注释]

①出无车：典出《战国策·齐策》，冯谖贫困不能自存，寄于孟尝君门下，左右以其卑贱，食以草具疏食，他遂弹剑唱曰："长铗归来兮，出无车！"孟尝君为之备车马。②富贵花：即牡丹。周敦颐《爱莲说》："牡丹，花之富贵者也。"③燕支：用燕支草所制的红颜料，以之染粉敷面，则为胭脂粉。此处是指作画的红颜料。④娃：小姑娘，少女。

[评说]

此幅《牡丹图》作于甲辰（1904年）四月，花用浓艳的西洋红点拓，"莽泼胭脂"，颜色堆得很厚，似乎触手可及，既增加了花朵的立体感，又避免了画牡丹易流于轻薄娇艳之弊。叶以饱含水分的淡墨点出，浓墨勾筋，写出了叶片肥厚多汁的质感。红花墨叶，相映成趣，艳而不娇，丽而不俗，腴润苍浑，烂漫沉着，表现出"国色天香"的本色。然而，在画面上，作者的题画之诗是旧作抄录，仅以"燕支"一词与画面绾合。这首题画诗不同于一般的题画诗，全诗没有一句描摹画面形象，而是全力抒写自己的生活经历和感受。诗中写道，画家虽然曾在苏州谋职，任过小吏，职官卑微，但为人正直，从不以职权谋私利，因而还是一名“出无车”的酸寒之士。至于赋闲之际，生活之清苦就更可想而知了，于是想出一妙招来借以度日，无事便画画“富贵花”——牡丹，其实那只不过是画饼充饥之举。然而，即使是这样的一个幻想也很难实现。由于家贫如洗，屋徒四壁，就连画牡丹所要用的红颜料也无钱购买，只得呼婢女向邻家的姑娘去讨得一点胭脂，以作为替代品。全诗运用诙谐幽默的语言，调侃的手法写来，不但生动、具体地突出了画家生活的“酸寒”，同时更表现了画家置贫困于不顾的乐观而又风趣的精神面貌。（杨旭辉）

题端阳嘉果图

吴昌硕

端阳嘉果熟薰风，色似黄金不救穷。
曾伴榴花作清供，馋涎三尺挂儿童。

[题解]

本图藏私人处，载见荣宝斋出版社《吴昌硕画集》。

本图以篆法入画，画枇杷数株，枝干或挺直，或欹倾，穿插交叉，虽错综而颇有层次感。枇杷果、叶以没骨法画成，叶加茎脉，果加点，果实用金黄色染出，色泽鲜明、个个饱满，或疏或密地缀于枝头，或藏于叶后，极有真实感。右上方空白间，画家自题一诗。又有跋语："粘壁自赏，格似李复堂老年笔意。"李复堂，即"扬州八怪"之一的李鱓。他画的花果图中有枇杷图。诗中写误一个"贫"字，昌老为了不破坏题诗书写的形式美，不予改正，却在诗尾加双行小字"穷误作贫，老缶自检"八字，以资说明。

[评说]

题诗先从图上的枇杷形象写起，枇杷受五月薰风的催化，成熟于端午节前后，故称"端阳嘉果"。"熟"，成熟。次句写它的色泽，枇杷金黄色，色如黄金，但它不能救济穷人。诗的三、四句，转出新意，说画家曾将它与榴花图一起挂在壁上作清供，想不到儿童看到它，当作真枇杷，竟然在嘴边挂着三尺馋涎。昌老不直说此图很美，却用枇杷图引得儿童流下馋涎的艺术效果暗示画艺之美，诗意婉曲含蓄，耐人寻味，又可以免去自诩之嫌，真是妙不可言。（吴企明）

题画兰

吴昌硕

识曲知音自古难[1]，瑶琴幽操少人弹[2]。
紫茎绿叶生空谷[3]，能耐风霜历岁寒。

[题解]

本诗选自吴昌硕《缶庐别存》。

[注释]

①识曲知音：指伯牙、钟子期相知相交之事。《吕氏春秋·本味》："伯牙鼓琴，钟子期听之。方鼓琴而志在太山，钟子期曰：'善哉乎鼓琴，巍巍乎若太山！'少顷之间，而志在流水，钟子期又曰：'善哉乎鼓琴，汤汤乎若流水！'钟子期死，伯牙破琴绝弦，终身不复鼓琴，以为世无足为鼓琴者。"②瑶琴：有玉饰的琴。操：琴曲名。幽操：与兰花有关的琴曲。③紫茎绿叶：指秋兰。屈原《九歌·少司命》："秋兰兮青青，绿叶兮紫茎。"空谷：深谷。

[评说]

这是一首别具特色的题画诗。作者从他处着笔，看似无关，却是由此及彼，内涵丰富。古琴，历来视作"君子之乐"，古人尝有"君子之近琴瑟以仪节"（《左传·昭公元年》）之说，其情调品格正与梅兰竹菊"四君子"相契合。诗的首句运用伯牙、钟子期的典故，感叹知音难觅，这其中不也隐含了幽兰生空谷，难遇知己之恨吗？瑶琴幽操，就是与兰有关的琴曲，此曲历代都有。孔子就曾作《猗兰操》，自叹生不逢时，郁郁不得志，如幽谷之兰。晋代左思，出身寒微，亦不得志，遂作“幽兰”之操。这种曲子“其声微而志远”，又“托辞于香兰”（《碣石调·幽兰》之曲序）。因而不但难弹，更难欣赏，所以作者说：“瑶琴幽操少人弹。”这种命运际会与兰草极其相似，于是诗的三、四两句便转入题兰。第三句中，画家化用了两则典故，其一为《九歌》中的“秋兰兮青青，绿叶兮紫茎”，其二便是化用老杜《佳人》“绝代有佳人，幽居在空谷”诗意。这就是他在另一首《题兰》中所讲的“伴读离骚灯影里，一丛香草美人魂”。香草美人，生不逢时，难遇知音，这是在写兰，也是在写人，更是在抒发画家内心的情怀。纵然是秋兰生空谷，无人赏会，然而它并不会去媚俗取悦，依旧坚贞自洁，能耐风霜，而且历经数载不变。至此，题兰的真正意图就明显了。此诗之妙，在于由琴及兰，殊途同归，丰富和深化了兰草的精神内涵，而这一切都是与画家博大精深的文化底蕴分不开的。（杨旭辉）

题任颐钟馗斩狐图轴

吴昌硕

须眉如戟叱妖狐[1],顾九堂前好画图。
路鬼揶揄行不得[2],愿公宝剑血模糊。

[题解]

本诗选自天津文物公司藏任颐《钟馗斩狐图》轴题诗。

任颐的人物画题材广泛，多用民间故事，为群众喜闻乐见。在人物画渐趋衰落的中国画坛上，他的创作是难能可贵的。

[注释]

①戟(jǐ)：古代兵器的一种。②揶揄：戏弄，嘲弄。

[评说]

在那个时代，尤其是在日益殖民化的五光十色的十里洋场——上海，画家耳闻目睹，感慨良多，爱国之情郁结胸中，流泻于笔下。因此，他的人物画多是感事抒怀之作。他多次画《钟馗图》，无非是想借助于这位驱鬼辟邪的英雄，驱除现实中的魑魅魍魉，这幅《钟馗斩狐图轴》也毫不例外。画家吴昌硕在看完他的这幅画之后，即兴题诗于上，道出画家的用意。钟馗的须眉毕张，犹如坚硬的利戟;目光威严，大声吼叫，在叱骂一切妖魅狐怪。有了他斩妖辟邪，路鬼也就不敢在大路上行走嬉耍。即使是这样，作者还是殷切地提出了希望：但愿钟馗的刀光剑气中，一片血肉模糊。这倒并非是吴昌硕残忍不堪，而是有感于现实中形形色色的鬼怪，数不胜数，连钟馗都来不及消灭。一个愿望，如此深刻地反映了近代社会的黑暗凶险，而作者的批判力度也超出了画作本身。（杨旭辉）

题桃实图

吴昌硕

灼灼桃之花[1],赪颜如中酒[2]。
一开三千年,结实大于斗。

[题解]

本诗选自上海博物馆藏吴昌硕《桃实图》题诗。

《桃实图》是吴昌硕的传世精品。这幅画是他七十二岁时所作,其经营布局极具匠心,疏密虚实,令人称绝。画中桃枝凌空而来,由右上角向左下垂,枝上硕果累垂,色香扑人。桃叶的偃仰向背,果实的掩映单复,枝干之穿插伸展,都极为生动多姿。色以浓墨重红,如见果实累累,盈盈果汁,令人垂涎欲滴。画中用笔参以篆籀,古朴隽永。这些都只能算是吴昌硕艺术的一个侧面。他的作品,特别重视诗、书、画、印的完美结合,这幅画堪称代表和典范。

[注释]

①灼灼:鲜艳明亮貌。《诗经·周南·桃夭》:"桃之夭夭,灼灼其华。" ②赪颜:红色的脸颊。中(zhòng)酒:醉酒。杜牧《睦州四韵》:"残春杜陵客,中酒落花前。"

[评说]

诗作用《桃夭》之典,描绘出桃之艳丽动人。画家就将这首诗题于右侧叶下,一列行书直款,直拖至底,坚劲自如,补足了凌空桃枝的余意,且使整个画面更显得疏密有致。就画的意蕴来看，则增添了诗情画意，就让人觉得画中之实非同一般，凌空而来的正是“天上碧桃和露种”的仙品，是西王母瑶池边“一开三千年，结实大于斗”的蟠桃。画上更令人拍案叫绝的是左上方的题款：“曼倩移来，老缶。”曼倩是西汉东方朔之号，东方朔偷食西王母仙桃而长寿的典故尽人皆知，画家借以题画，轻轻一点，不但在结构上与右侧的题诗遥相呼应，也使题诗中的内容得以充实和深化。（杨旭辉）

题水仙牡丹图

吴昌硕

红时槛外春风拂，香处毫端水佩横。
富贵神仙浑不羡，自高唯有石先生。

[题解]

本图今藏吉林省博物院。

此图写牡丹、水仙，中间隔一块圆石。两种花卉用两种画法画成，牡丹在圆石后面，用大写意手法写出，花、叶均用没骨法，设色浓艳；水仙花叶均用勾线填色法写成，色彩淡雅。牡丹在山石后，呈直势，水仙依斜坡生长，成斜势，两两比照，富有变化。山石以淡墨写成，略点枯笔。右下角画水仙一小丛，山石一块，起着填补画面空白的艺术作用。全图构图别致，映照变化，颇费匠心。画幅左边直行题一诗。题诗时，吴昌硕漏了“毫端”两字，为了不破坏题写的形式美，他便在画幅左边缘补上“处下脱毫端二字”七个小字。署款曰：“癸亥岁寒，吴昌硕老缶，时年八十。”“癸亥”，民国十二年(1923)。

[评说]

题诗的前两句，用对起之法分写画面上牡丹和水仙的形象。牡丹开时，槛外春风吹拂；水仙开时，香气馥郁，水佩横斜。首句诗意从李白《清平调》“春风拂槛露华浓”句脱出。第三句，诗意一转，由画面形象生发议论。“富贵”，承牡丹花而言；“神仙”，承水仙花而言。诗人说，不管富贵也好，神仙也罢，“我”都不羡慕。结句绕回，诗人说，“我”推崇的只有石先生。“石先生”，即画中的圆石。郑板桥在题画诗中屡屡称道“石”的特性：“遒坚”“清奇”“气骨森严”“介节贞明”。他将石的自然属性与人的德性联系起来，将石当作君子，赞扬它坚贞、耿介的品性。吴昌硕在诗里称赞“石先生”，用意与郑燮相同。吴昌硕另有一幅《富贵神仙图》，亦是写牡丹、水仙，构图稍异，题诗却与本图完全一样，可以参看。（吴企明）

水仙牡丹图

题四友图

吴昌硕

历劫不礲梅竹松,岁寒气味君子风。
补天谁有好手段,顽石跳出娲炉中。

[题解]

本图今藏天津人民美术出版社。

花鸟画的传统题材中有“岁寒三友图”，又有“四君子图”。本图画松、竹、梅、石，比“三友”多石，合而为“四友”，又与“四君子”不同。画上苍松的粗干自左下方向上挺生，盘曲的松枝斜向左侧，枝梢又折回向右下方穿插，与竹呼应。下部正中用淡墨写细竹数竿，竹叶向右撇去。右侧画梅树，树干穿石而过，枝丫自右上方斜向左下方挺生，与松干相接。梅花缀于枝头，或密或疏，先用细笔圈花，再用红色点填。湖石两块，用淡赭色涂染，以淡墨稍稍勾边、点苔。全图构图别出心裁，物虽多而不乱，互作避就呼应，配合得当，既紧凑又疏朗，色墨相映，笔力苍浑，气足墨酣，充分发挥出吴昌硕绘画的美学特色。画幅左上方空间，题上一诗。

[评说]

题诗前两句说松竹梅历尽劫难，永不被摧折，它们都有耐寒的气质和君子的风度。昌老赋予松竹梅以人的品格，充分体现出画像中蕴含着深厚的人文精神。“礲”，“磨”的本字，研磨。诗的后两句写石，与松、竹、梅合为“四友”。画面上这块石头，是一块“顽石”，从女娲炼石的炉中跳出来，跑到“我”的画中，它有着补天的功能。诗意与前两句紧相呼应，运用“君子比德”的自然审美观念，竭力称赞松、竹、梅、石“四友”都具有君子的气质和风度，有着“历劫不磨”的坚贞品格。全诗的诗意与画像、画境紧密契合，寓意于象，比物以德，有着极为深刻的精神意蕴，情韵深长，耐人寻味。（吴企明）

题松梅图轴

吴昌硕

根坚节固寿万年,风霜历尽岁寒天。
栋梁材料无人识,臃肿偏能得自全。

[题解]

本图藏辽宁省博物馆。

这幅松梅图，构图独特。右部中间画圆石，松树自石下伸出，直抵下部边幅，石旁画梅两株。画石用枯笔淡墨略勾轮廓；画松、梅兼取篆、隶、狂草笔意，狂放遒劲，浑厚苍劲，形象奇崛。圈花如铁丝，功夫很深，极有气魄。松、梅倚石而益清，石得松、梅而愈奇，松、梅用墨浓湿，画石用墨干淡，两相配合，很有韵致。画幅左上方自题一绝，又沿画幅左侧边缘题款一行。吴氏用遒劲凝练的行草书写题诗和跋，与富含隶草笔意的画像相互映照，体现出书画融通的美学特征，增强了画幅的美学效果。

[评说]

题诗开端迅即着题，从画面具象切入，不作具体描绘，却出之以议论,用极度夸张的语气，称颂画面上的松和梅历尽风霜严寒，根坚节固，生命力很顽强，可以生长万年。三、四句，由松梅图中的松树生发感慨，松树为栋梁材料，却无人识得，而那些臃肿的树木，偏偏能保全自身。诗人用奇崛的松树和臃肿的杂木两相比照，慨叹无人识材的现实。吴昌硕借题画的机会，通过一语双关之法，从树木之“材”，转到人才之“才”上，抨击才智之士无人识得、庸人却能自保的世道，寓意深蕴，有艺术感染力。（吴企明）

题蔷薇卢橘图

吴昌硕

卢橘黄如金，蔷薇红若火。
小园赋未成，涉趣芒鞋颇。

[题解]

本图今藏上海博物馆。

画幅上画湖石三块，下小上大，形态怪奇，淡笔勾勒轮廓，渴笔皴擦以显明暗，有拙质古厚之趣。石后画金橘树一株，金黄色的果实累累，挂满枝头、叶后。石后自右向左斜插蔷薇枝，红花朵朵，直接用彩色点染。金橘叶和蔷薇叶，俱用没骨法淡墨写出，浓墨勾脉，衬蔷薇、金橘，比照很鲜明。卢橘：即金橘。《广群芳谱》卷六十五载："金橘，一名卢橘，《本草》云：此橘生时，青卢色黄，熟则如金，故有金橘卢橘之名。"全图笔法奔放，气足墨酣，色彩绚丽，足见昌老很注重色墨的效应，体现出"海上画派"共同的审美追求。画幅左上方，直行书写五绝一首。

署款中提到："足楚稍平，乘兴涂此。""楚"，痛苦。昌老足病初愈，到小园漫步，看到园中景，饶有兴味，因画此图以遣兴。

[评说]

题诗的前两句，写画面物象，卢橘色黄如金，蔷薇花红似火。诗的后两句，说我还没有写成《小园赋》，然而穿着芒鞋，涉足小园游览的兴趣很浓。两句诗写游园之雅兴，与款识相呼应。南朝庾信写过《小园赋》，抒怡然自得之趣，昌老与庾信有相似的感受，所以诗里提到庾信。"涉趣"，用陶潜《归去来兮辞》"园日涉以成趣"句意。画家以眼中所见的秋天景物为绘画对象，又将自己病后游园的怡然心情融入画境，情含境中，趣溢于表，再经过题画诗一点，画意豁然明朗，诗、画艺术得到完美融合。（吴企明）

蔷薇卢橘图

题水墨山水图轴

吴昌硕

杨柳依依拂远汀，东风吹我过溪亭。
禅关静闭无人到，隔岸钟余一塔青。

[题解]

本图今藏故宫博物院。

这幅水墨山水图轴，构图极为简洁，远峰高峙，沙汀边杨柳低垂，纯用写意手法，逸笔草草，完全在笔墨气韵上做文章，不求形似，强调清雅萧逸的神韵。画幅左上方，题绝句一首，款云："己未夏七月，画于沪上癖斯室。"己未，民国八年（1919），时吴昌硕已经七十六岁。

[评说]

吴氏题诗除了开端处点到画题以外，其余诗句均写画外意，写法很别致。首句写画面景物，杨柳依依，拂动着远处的沙汀，再现萧疏的画境。次句便由画面跳出，抒写自己的思想心态。"东风"两字是过渡性的意象，诗人由杨柳拂动的画像联想到东风，"我"随着东风来到溪边的茅亭，静闭禅门，无人干扰，只听到隔岸传来的阵阵钟声，只看到远方一座青色的塔，细参佛家物象的启示。其中，"东风""我""溪亭""禅关""钟""塔"这些艺术意象，在画面上都没有出现，它们都是诗人运用连接联想的艺术思维方式，逐步推想出来的。诗人在画外措意，写出了许多"画外意"，袒露自己超脱世俗的志向和清旷萧逸的审美意趣。（吴企明）

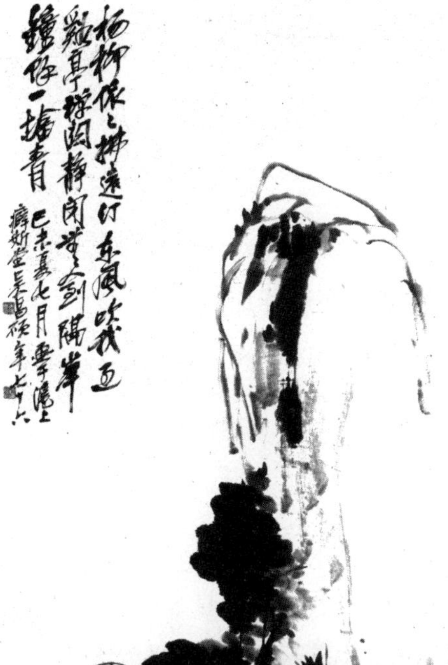

水墨山水图

题松石图

‖ 吴昌硕

石奇灵气钟山岳，树老荒寒避斧斤。
一自娲皇精卫去，补天填海已无人。

［题解］

本图今藏朵云轩。

本图用浓墨写松树，勾松针，极具金石味。松的主干劲挺，占满画幅，取顶天立地之气势，干身勾出鳞甲，略加皴擦、点苔，颇有斑驳的质感，真有“鳞甲之面太古苔”（吴昌硕《题双松图》）的写实感。右下方画顽石，或尖圆，或方折，淡墨勾画，用枯笔皴擦，形状怪奇。全图笔势奇崛，水墨淋漓，气韵酣畅，意境雄浑苍劲。画家在画幅左下方不大的空间里，题上一首绝句诗。

［评说］

题诗的前两句，分写画面上两物。上句写石，天地的灵气钟于山岳，才生出奇石。下句写松，松树长年生在荒寒之地，才能避去斧头的砍伐。诗的下半首用转笔，宕开画面，转出新意。说自从女娲、精卫死去以后，就没有人能够补天填海。言外之意，是说只留下可以作为栋梁之材的松树，能支撑起高楼大厦。全诗诗画融通，寓意于象，围绕画像纯发议论。如果说，吴昌硕画出气势磅礴、顶天立地的松树形象，以寄托自己的浩然之气，那么，他的题诗更是抒写自己的心胸，寄托自己的怀抱，袒露“天生我才必有用”的志向。（吴企明）

题花卉图轴

吴昌硕

山僧石壁种天竹，红豆依稀冒雪生。
更比珊瑚浑不似①，写来疑是太湖精②。

[题解]

本图旧藏钱君匋处，载见《中国民间秘藏绘画珍品》第一集。

画幅中央画两株天竹，右株叶繁，左株叶疏，两相映衬，错落有致。天竹枝头，长着累累果实，颗颗轻圆，用红色点成。吴氏于画幅右上方篆书题“错落珊瑚珠”五字，表示本图重点描画天竹果实，与题诗相呼应。

[注释]

①珊瑚：形容天竹之实，《广群芳谱》：“梅雨中开碎白花，结实枝头，赤红如珊瑚成穗，一穗数十子，红鲜可爱，且耐霜雪，经久不脱。”
②太湖精：太湖之精灵，谓天竹秉承了太湖之灵气。

[评说]

诗首句交代天竹的来历，这两株天竹是山寺老僧手种于石壁间的。次句紧接着说它的果实，如红豆一般，冒霜雪而生，拒寒耐冷，极意称颂天竹的秉性。第三句形容天竹果实的形态和色泽，说它红圆像珊瑚珠，但比珊瑚更鲜艳，珊瑚简直不如它。结句更进一层，赞美天竹果实，说“我”拈笔画出它，红艳得晶莹剔透，疑是太湖的精灵，秉承了太湖的灵气。吴昌硕画此幅天竹，地在太湖附近，故云。全诗纯写画面。（吴企明）

香港访潘兰史题其独立图

黄遵宪

四亿万人黄种贵[①]，二千余年黑甜浓[②]。
君看独立山人侧，多少他人卧榻客[③]！

[题解]

本诗选自潘飞声《在山泉诗话》，亦见黄遵宪《人境庐诗草》。

黄遵宪(1848—1905)，近代著名诗人。字公度，广东嘉应(今广东梅州)人。光绪二年(1876)举人，官至湖南长宝盐法道。曾任外交官三十年，出游日、英、美等国。深感清廷腐败，国家落后必挨打，产生了强烈的变法图强思想，主张学习西方，振兴中华。光绪二十一年(1895)回国后，成为资产阶级变法维新的重要人物，也是清末“诗界革命”的杰出代表。其诗歌主题是唤醒民众，改革社会，坚决抵抗帝国主义列强侵略。他善于吸取民歌营养，探索新形式。擅长绝句，格调清新，气势磅礴，语言精练。著有《人境庐诗草》。

[注释]

①四亿万：即四亿，指当时中国的人口。贵：伟大。②黑甜浓：酣睡沉沉之貌。苏轼《发广州》：“三杯软饱后，一枕黑甜余。”苏轼自注：“俗谓睡为黑甜。”③卧榻客：《类说》卷五三载：宋开宝八年，宋军围金陵，李煜派徐铉入朝请缓兵。太祖谓曰：“不须多言，江南有何罪，但天下一家，卧榻之侧，岂容他人鼾睡？”

［评说］

潘兰史，即潘飞声，兰史为其号，别号独立山人，与黄遵宪友善。光绪二十六年（1900），诗人过香港，访潘飞声，见独立山人所作《独立图》，遂感兴题诗。“睡狮已醒”，是资产阶级维新运动中唤起民众的一个口号，此诗正以此为主题，语言通俗易懂，感情激越。

诗篇起首若爆竹，震撼天地。试看寰宇之内，历数贵伟，首推吾华夏四亿黄种，它不仅有过灿烂的文明和辉煌，更有着勤劳勇敢的人民大众。当今之华夏，任人蹂躏欺压，只缘两千余岁的黑甜酣睡。但这些都即将成为历史，君且看独立山人之侧，卧榻之下，岂容他人鼾睡？沉睡千年的东方睡狮已猛醒，中国人民已决心奋起反抗，将一切帝国主义及其鹰犬驱逐出境！诗中“独立”不仅绾合画面，也巧妙地将潘氏别号联入诗中，更为深刻的是，它道出了华夏子女的心声。诗人于1902年所作的二十四首《军歌》中，这一心声达到了最高潮，他甚至设想，经过中华民众的誓死战斗，中国军队大胜，鼓吹齐鸣，铙歌奏凯，嚣张跋扈的帝国主义瑟缩谢罪，并在平等基础上订立新约。无怪乎梁启超要盛赞这些诗篇：“读此诗而不起舞者，必非男子！”（《饮冰室诗话》）（杨旭辉）

题黄佐廷赠尉遗像

黄遵宪

泼海旌旗爇血红[1]，防秋诸将尽笼东[2]。
黄衫浅色靴刀备，年少翻能作鬼雄[3]。

[题解]

本诗选自《人境庐诗草笺注》卷八。

这是一首十分特殊的题画诗。所题之画并非一件纯粹的艺术品，而是人亡之后的遗像，诗人借对画像的题咏，歌颂爱国将领誓死保家卫国的崇高气节和民族精神。

[注释]

①泼海：倾海，翻海。爇(ruò)：焚烧。②防秋：古代调中原兵卒往西北边疆，保护秋收。此处指调兵支援作战。笼东：亦作"东笼"，溃散不振作的样子。③鬼雄：鬼中之杰出者。《国殇》："身既死兮神以灵，魂魄毅兮为鬼雄。"

[评说]

光绪九年(1883)，法国霸占越南之后，向中国发动进攻。由于清政府的软弱无能和一再妥协，法国更为猖獗，次年竟入福州马尾军港，袭我方军舰，爆发了中法马尾海战。中国将士用生命捍卫祖国的领土和尊严，涌现了不少可歌可泣的英雄人物。黄佐廷，广东番禺人，就在这次闽江之役中以身殉国，年仅二十五岁。为彰表其业绩，死后追赠云骑尉。诗人见其遗像，心潮澎湃，此刻，脑中再次浮现出激烈雄壮的战斗场面。江海汹涌，掀起阵阵惊涛骇浪，战舰上的旌旗也随之飘扬起伏，似乎它已感受到战争的激烈。面对敌军的嚣张气焰，年轻的黄佐廷以一腔热血报效祖国，用殷红的鲜血映染了这一面旌旗，展现了一颗炽热的拳拳爱国之心。诗的前两句，通过将领们的丧魂失魄，突出他的大无畏气概，歌颂了普通将士与民众英勇不屈的斗争精神。后半首，诗人连用三个典故，对黄佐廷的精神境界作深层次的赞颂。黄衫浅色，即“浅色黄衫”，事见《隋书·麦铁杖传》，隋朝一将军决心殉国，命儿子准备好浅色黄衫，意欲子承父爵，得以富贵。靴刀，据《旧唐书·李光弼传》，光弼为不落入敌手，“常纳短刀于靴中，有决死之志”。此乃古人之壮事，而在法军入侵马尾时，黄佐廷曾将自己的相片寄予父亲，以表死战之决心（事见本诗之“小言”）。这是何等气概，在生死、大义之间，他毅然选择了“舍生取义”。虽已殉难，但他的豪气英魂长留人间，做鬼也当是鬼中之雄，真正做到了前人所谓“生当作人杰，死亦为鬼雄”（李清照《夏日绝句》）。综观全诗，气势豪迈，爱国激情跃然纸上，确非一般封建文士题咏之作可比。（杨旭辉）

题蜀道难图

陆　恢

胸中磊魂不能平[1]，幻作崎岖万里程。
想到中原龙虎战，千山万壑起秋声。

[题解]

本诗选自台湾国泰美术馆藏陆恢《蜀道难图》题诗。

陆恢(1851—1920)，字廉夫，号狷庵，江苏吴江人。曾为湖南巡抚吴大澂幕客。甲午战争时随吴出征山海关，后移居上海，为海上画派名家之一。善山水、花卉。山水师法古人，不拘一家，花卉多学清代新罗山人。

[注释]

①磊魂：众石积累貌，喻胸中不平之气。

[评说]

诗、画艺术的结合，除了题画以外，还有诗意画，即依前人诗意作画，陆恢的这幅《蜀道难图》，就是这样一幅作品。蜀道在今川陕交界处，山高奇险，李太白作古诗《蜀道难》，曾感叹："蜀道之难，难于上青天。"画上高危的山势，崎岖的山路，完全取资于李太白诗，"上有六龙回日之高标，下有冲波逆折之回川"，"青泥何盘盘，百步九折萦岩峦"之谓也。画面上悬崖绝壁架设天梯石栈，自低向高，曲折盘旋，直入云雾，山间的瀑布飞流直下，更是"飞湍瀑流争喧豗，砯崖转石万壑雷"，显得奇险万状。李太白当年作《蜀道难》，历蜀道而侧身西望，不禁长叹，所叹者乃社会之动乱不安："朝避猛虎，夕避长蛇，磨牙吮血，杀人如麻。"陆恢却因胸中的块垒不能平息，与太白有共通之处，以其诗幻化作崎岖高险的丘壑。中原地区长年处于军阀混战的动乱局面（画上题"丁巳八月三日"，则时为1917年），想到此处，不禁寒意渐起，甚至山水间亦秋声四起，原来画家心中的抑郁是对当时社会的忧虑和关切。总之，陆恢这幅诗意画不仅画出了蜀道之险，更全面地把握了《蜀道难》中的思想内涵，也就使得画境更富深意，画意与诗意更加贴近。（杨旭辉）

题　画

林　纾

危栈粘天路不分①，鞭丝帽影印斜曛②。
半程微觉驴鞍湿，记犯山腰一阵云③。

[题解]

本诗选自林纾《畏庐诗存》卷上。

林纾(1852—1924)，近代文学家，翻译家。原名群玉，字琴南，号畏庐，别署冷红生，晚称蠡叟、补柳翁、践卓翁、长安卖画翁。福建闽县(今福建福州)人。早年博学强记，能诗、能文、能画，有狂生之称。光绪八年(1882)举人。曾任教于京师大学堂。早年参加过资产阶级改良运动，后逐渐保守，直到后来反对“五四”新文化运动。有《畏庐诗存》与《畏庐文集》传世，而此皆为其译著所掩。他曾据他人口述，用古文翻译，诸如《巴黎茶花女》《伊索寓言》《鲁滨孙漂流记》等百余种欧美文学作品，译笔流畅，当时影响很大。尽管林氏翻译名声巨大，甚至掩盖了其诗画成就，但当我们分析研究近代题画诗时，无论如何也不能将他忽略掉。

[注释]

①危：高险。栈：栈道。古时在险绝的地方傍山架木而成的道路。②鞭丝帽影：形容速度极快。陆游《村居》：“生憎快马随鞭影，宁作痴人记剑痕。”斜曛：落日的余晖。③犯：侵犯，此处指穿过。

[评说]

这首题画诗较为典型地体现了林纾诗作清劲的风格。首句“危栈粘天路不分”，借栈道来极言山势之险峻高耸。栈道悬架于崖壁，其势危危乎殆哉，早已见出山势之陡峭；更加上它四周白云缭绕，与苍冥连接，流动的雾气将石栈时掩时现，狭窄的危栈仿佛是浮在半空之中，无所依托。然而，就在这种险峻的峭壁，眼前倏地闪现一道鞭丝帽影，在夕照的斜映下，显得极为壮观，动人心魄，又不免令人为之胆战心惊。读者心中不禁要生出疑虑：这是谁呀？在如此险要狭窄的危栈上竟如此疾驰而过，其速度之快直叫人瞠目结舌，坐骑飞驶，早已看不清人、骑之貌，只能瞥见一条鞭丝帽影划破长空。后半首的叙述角度和人称，陡然由旁观的读者一变而为画中骑者，从另一个侧面再现山势之高峻。半程刚过，已是微觉驴鞍凉湿，此刻才恍然明白：“我”此刻是在山巅疾驰，早已穿越了山腰的一阵云雨。因为只有“悬崖万仞”，方才有“山多云雨”（《元和郡县图志》言青泥岭之语）。无论画境、诗作，其中的奇峰险壑，崇山峻阿以及画中的艺高胆大之人，都呈现出飞动瑰伟的姿态，进入了博大宏伟的艺术境界。（杨旭辉）

题芭蕉仕女图

胡锡珪

萧萧斑竹动秋思，脉脉深情若个知？
几度欲眠眠不得，晚凉风里立多时。

［题解］

本图藏故宫博物院。

胡锡珪（1858—1890），近代画家，原名文，字三桥，号红茵馆主，苏州人。工画人物、花卉。花卉学恽寿平，人物学华嵒，工画仕女，笔墨精准。

画幅中央画一位拢袖仕女，伫立于湖石前，低头沉思，湖石背后衬以芭蕉、斑竹，淡设色，仕女细笔勾勒，画法秀逸；湖石以浓淡墨色晕染，玲珑剔透，独具特色。左上方齐整地自题一绝，款云："辛巳残冬，旧作录呈竹石仁兄大人。"辛巳，为光绪七年（1881），胡锡珪年仅二十四岁。

［评说］

这是一首抒情味非常浓的题画诗，题诗始终扣住画面主景"仕女"着笔。首句写画面上的斑竹，秋风吹拂竹叶，发出瑟瑟声响，惹动了仕女的秋思，思念远方的亲人。次句紧承仕女怀

芭蕉仕女图

人，拢手屏立，低头凝思，脉脉含情，有谁知道她内心深处的情思呢？ 诗人巧借诘问句，说无人知晓她的脉脉深情，运笔婉曲。“若个”，哪个。第三句转笔写画外意，写她“欲眠眠不得”，而且是“几度”，强化了她思念亲人的痴情。 结句说她难以度过不眠之夜，就在“晚凉风里”久久伫立，诗意又回扣到画面，点出画意。 诗人不采用直接抒情的方式写女子的情思，却运用深婉、曲折、细腻的笔触，通过细节描写，让深细的、抽象的内心活动和情感世界，从可感的动作描写中透露出来。 如此收结全篇，委婉含蓄，蕴藉感人，大有盛唐绝句的风韵。（吴企明）

题从父竹荪广文公画兰二首

康有为

九畹荒芜楚客悲[①]，况教萧艾满当时[②]。
屈原已往罗含去[③]，怀抱芳馨欲与谁[④]？

众香杂进近何如？辟芷辛夷与揭车[⑤]。
绿叶紫茎空委露[⑥]，秋山花放媚三间。

[题解]

本诗选自康有为《南海先生诗集》卷一。

康有为(1858—1927)，近代思想家、政治家、文学家，字广厦，号长素，广东南海人。家为广东望族，世代为儒，故其早年志于圣贤之学。又接触了新知识，对西学兴趣颇浓，广读西书。光绪十四年(1888)始接触政治，并收受门徒，著书立说，以广影响。后又开创了著名的万木草堂。光绪二十一年(1895)春，康有为与梁启超一同进京赶考，时值《中日马关条约》签订，发动各地举子上书集议，这就是著名的“公车上书”。后受光绪帝器重，推行戊戌新法。维新运动失败后流亡国外，坚持立宪保皇立场，晚年更趋于保守。经学、文学、书法成就亦较为突出，有《新学伪经考》《孔子改制考》《大同书》《广艺舟双楫》《南海先生诗集》等。

[注释]

①九畹：屈原《离骚》：“余既滋兰之九畹兮，又树蕙之百亩。”后以九畹指种兰的地方。楚客：指屈原。②萧艾：艾蒿。《离骚》：“何昔日

之芳草兮，今直为此萧艾也？” ③罗含：晋朝人，幼孤，为叔母所养。后善为文，有辞采。《晋书·罗含传》：“（含）致仕还家，阶庭忽兰菊丛生，以为德行之感焉。” ④芳馨：芳香，此处指香草。⑤辟芷、辛夷、揭车：均为香草，即上文所云“众香”，这儿喻进入朝廷的人。⑥绿叶紫茎：指兰草。《九歌·少司命》：“秋兰兮青青，绿叶兮紫茎。”委：委弃。

［评说］

康竹荪，名达节，康有为叔父，曾任训导之职。康有为《述德诗》注称其“善梅竹，而梅尤精。诗学太白，超脱自在”。这两首题画诗，互相补充阐发，相辅相成，浑然一体，构成一个完整的艺术整体。作者由画及人，想到了伟大的爱国诗人屈原，全诗就大量借用《楚辞》中的典故，借他人之辞，释内心之块垒。屈原滋兰九畹，树蕙百亩，最终逃脱不了刈割、荒芜的厄运，这令他深为悲痛，何况当时更是萧艾蔽道，小人横行。连屈原、罗含这般仁义道德之士都难以全身，绝尘而去，知己早已遇难，那么，如今怀抱芳馨香草者又能与谁相处呢？

第二首题作，紧承前问，再次道破其中的原委，对第一首诗中的“萧艾满当时”进行更为深入的揭示。君不见，屈子《离骚》之辞乎？“众香”“既干进而务入兮，又何芳之能祇？”“萧艾之类”，只求进身朝廷，取得禄位，急急乎追名逐利，又怎能敬爱亲近贤人，并任用之呢？那么，绿叶紫茎的秋兰，也就只落得被人委弃深山，空自吸风浴露，只有三闾大夫才是它真正的知己，因为它和诗人高洁的品格是相通的。可以说，这两首题画诗，是作者心曲的外现，它所表现的是屈原式的孤愤。因为康有为所处的时代，就如一座荒芜的庭园，恶草遍地，小人横行，贤士受压，因而诗人感到无比的哀伤。（杨旭辉）

题洁斋丈鸳湖舟隐图

丘逢甲

窥江虏马气方骄[①]，难遣雄心郁怒涛[②]。
便住张融船亦好，莫教风景似南朝。

[题解]

本诗选自丘逢甲《岭云海日楼诗钞》卷五。

丘逢甲(1864—1912)，近代诗人，字仙根，又字吉甫，号蛰庵、仲阏、华严子，别署海东遗民、南武山人、仓海君，祖籍广东，生于台湾苗栗。光绪十五年(1889)进士，授工部主事，回台讲学于书院。曾与康有为、梁启超会晤，后由赞同维新保皇逐渐倾向革命。民国时期，以广东代表身份被推为参议院议员。诗作多以感愤时事为主，体现了“重开诗史作雄谈”(《论诗次铁庐韵》)的创作特点。有《柏庄诗草》和《岭云海日楼诗钞》。

洁斋丈，沈守廉，字洁斋。浙江海盐人，时任惠潮嘉兵备道。鸳湖，指台湾县(今台中市)东的鸳鸯湖，“鸳湖访荷”为台湾八景之一。沈氏作《鸳湖舟隐图》，请诗人题画，诗人同时作有十首，此为第九首。

[注释]

①虏马：指侵略者的军队。姜夔《扬州慢》词：“自胡马窥江去后，废池乔木，犹厌言兵。”②郁：郁结，闭塞。

[评说]

此诗并非一般应酬敷衍之作。诗人观画而思政局，内心忧国怀乡之情不禁在诗中奔涌而出。《岭云海日楼诗钞》的自注云：“意人方索三门湾，英人亦索长江上下游。”那么，首句中所谓“窥江虏马”便是指英、意等列强，他们在华夏大地肆无忌惮地瓜分掠夺，其军队气焰嚣张，对长江虎视眈眈。而官位寒微的“我”，只是空有报国雄心，而无法实现，胸中郁结起汹涌的怒涛。至此，诗人对国家民族的担忧之情得到集中而强烈的表现。诗作后两句，通过诗人内心的主观愿望，更深一层地突现他的高尚情操。张融，字思光，南朝吴郡人。曾乘船至交州（今广东、广西乃至越南北部），作《海赋》。南齐武帝时，为司徒从事中郎，武帝问他居住何处？张融答曰：“臣陆处无屋，舟居无水。”（事见《南齐书·张融传》）作者在诗歌中明言，即便让“我”过着南朝张融那种“陆处无屋，舟居无水”，栖止无定的生活，也无所谓。但唯一希冀的是，千万莫让今世风景，国家政权也变成南朝一样，被瓜分得四分五裂。

这与以往封建士大夫题“舟隐”相比，境界尤高。综观全诗，郁积勃发，表现了强烈的爱国思想，所以爱国诗人黄遵宪在给梁启超的信中极力赞誉丘逢甲，谓“此君诗真天下健者”。（杨旭辉）

墨荷图

王　震

几柄低荷十里香，秋容如月纳新凉。
禅机空色留真相①，始信花光即佛光②。

[题解]

本图今藏中国美术馆。

王震（1867—1936），字一亭，号白龙山人、梅花馆主，吴兴（今浙江湖州）人。平生信佛，法号觉器。善画山水、花卉、翎毛、佛像。早年从任颐学画，四十六岁时拜吴昌硕为师，画风从任颐之清新飘逸转向吴昌硕之沉雄凝重，是海上画派后期的一位大家。

[注释]

①空色：佛家认为现实世界是色相世界，一切都是虚空的，主张“色即是空”。②花光即佛光：荷花一尘不染，清白洁净，是佛家崇尚的花卉。唐孟浩然《题大禹寺义公禅居》：“看取莲花净，方知不染心。”所以，佛寺称莲宇，佛座称莲台，佛国称莲界。

[评说]

诗的首句，直切画面，描写画上荷花香气浓郁，足足传到十里以外。香，是嗅觉，绘画艺术无法表现，题画诗可以发挥“通感”的艺术功能，弥补绘画的缺憾。次句，仍就画面着笔，说秋月照在荷花上，月色溶溶，清风带着荷香，徐徐吹来，人们在荷池边纳凉，十分惬意。王震是佛教信徒，他的画，他的诗，必然会打上佛学思想的印记。诗的三四句，便从世俗事物转而写禅理，诗人说看到了“花光”，便看到佛性的“佛光”，挑明了《墨荷图》和这首题画诗所蕴含的佛理和禅机。这两句诗，虽然语涉论宗，但始终扣住了画面艺术形象“荷花”着笔，让读画人在审美愉悦中领悟禅理，很有艺术感染力。（吴企明）

题苏武牧羊图

‖王 震

塞外孤忠一使臣，吞毡食雪为成仁[①]。
节毛落尽难抛却[②]，日逐羊群盼古春。

[题解]

为了表现苏武在塞外的艰苦生活，画家用干笔破锋，皴擦苏武的鬓发、衣服及其手持的节旄，凸显苏武苍老之态、皮毛之破敝以及节旄脱落之状，群羊、牧草笔墨粗率，状塞外荒寒，纯属写意之笔。透过艺术形象，着重表现苏武威武不能屈的节操和孤忠爱国之情怀。画幅右上方，题诗一首，署款："辛酉仲秋，白龙山人写。""辛酉"，民国二十一年(1932)，从师吴昌硕已有二十年，画作苍劲凝重，深得乃师之神髓。

[注释]

①吞毡食雪：语见《汉书·苏武传》："武卧啮雪，与毡毛并咽之。"成仁：即杀身以成仁，为正义和理想舍弃自己的生命，语出《论语·卫灵公》。②节：旄节，古代象征国家的符节。

[评说]

宋元以来，我国迭遭异族侵扰，苏武牧羊也就成为绘画常见的题材之一，这与文学艺术的总走向一致。王震身处帝国主义列强侵略的时代，愤而作《苏武牧羊图》，以期唤起民众的爱国精神。作画后，犹感骨鲠在喉，便借着题画诗一吐自己忠愤的情怀。诗句开端直截了当地进入正题，评论苏武形象，说他作为使臣，在塞外坚持民族气节，一片孤忠之心可鉴。次句描写他的艰苦生活，赞扬他杀身成仁的决心。第三、四句，写画面形象，说他常持节旄牧羊，始终不肯抛却。每日驱赶羊群，盼望春天到来，也就是盼望汉、匈和睦，边庭宁静。诗句与画面上苏武手持节旄、神情凝重的形象特征，完全吻合。诗、画对应关系非常紧密，诗情画意融合得非常完美。（吴企明）

题渔舟图

王　震

自家拍手自家歌，一个渔翁打桨过。
网得鲜鱼还酒债，明朝再得醉颜酡。

［题解］

本图今藏薛处处，载见《中国民间秘藏绘画珍品》第二集。

此图画渔父荡舟芦荡。一渔父驾舟行进于两丛芦苇中，画芦叶，逸笔草草，意到即止，渔舟以数笔勾成，船头渔父正在打桨。笔墨简约而苍劲，全图意境空清疏朗。画幅左上方用行草题诗一首，款署“乙卯孟春之月”，乙卯为民国四年（1915），时距投拜吴昌硕为师已有两年。

渔舟图

[评说]

题诗从画面景象发端，描写渔父打桨鼓舟前进的愉悦情态。“拍手”“歌”“打桨”，借助这些可以入画的可感的动作，传达出渔父内心的喜悦。这两句诗运用叠字句法，用口语入诗，语言通俗明白，格调像渔歌。第三、四句自画面推想开去：渔父为什么会那样兴高采烈呢？因为渔舟上的鱼篓里，有网得的鲜鱼，可以还掉酒债，重新沽得美酒，明朝再喝个酩酊大醉，颜面通红。全诗表现渔家生活的乐趣，自然活泼，情感真率，运用联想的艺术思维方式，诗意按事物发展的因果关系递进，蝉联而下，诗脉顺畅，诗境呈现出圆转流畅之美。（吴企明）

画　兰

‖谭嗣同

雁声吹梦下江皋[①]，楚竹湘舲起暮涛[②]。
帝子不来山鬼哭[③]，一天风雨写《离骚》。

[题解]

本诗选自蔡尚思、方行编《谭嗣同全集·诗集》（中华书局 1981 年版）。

谭嗣同（1865—1898），近代政治家、思想家、诗人。字复生，号壮飞，别署华相众生、东海褰冥氏、通眉生。湖南浏阳人。少年读书广博，好任侠，遍游西北、东南诸地，有报国济世大志。甲午中日战争后，决然抛弃旧学，探求新学，投身变法活动。是康梁维新运动的主将之一，戊戌政变以后，变法失败，谭嗣同拒绝出奔，慷慨陈词："我国二百年来未有为民变法流血者，流血请自嗣同始！"（《清国殉难六士传》）其诗慷慨激昂，沉雄苍郁，又显纡徐委婉。曾自编诗集《莽苍苍斋诗》二卷，补遗一卷。今人辑有《谭嗣同全集》。

[注释]

①吹梦：李白《江夏赠韦南陵冰》："西忆故人不可见，东风吹梦到长安。"江皋：水边高地。②舲（líng）：有窗的小船。③帝子：尧帝二妃，娥皇、女英。

[评说]

诗题《画兰》，而作者不着一"兰"字，仅以画兰为契机抒怀而已。

首句中不见“兰”字，实则暗寓其中，“江皋”一词引出了丰富的内涵。江皋只不过是水中小洲，而屈原赋中有“步余马于兰皋兮，驰椒丘且焉止息”之说(《离骚》)，此“皋”自然就和“兰”绾连在一起了。诗人画兰花图，一阵雁鸣，吹梦下兰皋，这是顺理成章的。而诗作的思路跳跃离奇，省却了一些中间环节，读者不妨逆向回味。江水之滨，荆楚翠竹，斑斑点点，那是帝子娥皇、女英的眼泪，一叶湘舲飘荡水中，这些景象不时浮现于诗人脑际。这样由竹及人，又使人联想起屈原笔下的湘水女神，“帝子降兮北渚，目眇眇兮愁予”(《湘夫人》)，然而女神不来，山鬼黯然神伤，流下眼泪，更哪堪眼前又是“雷填填兮雨冥冥，猿啾啾兮又夜鸣。风飒飒兮木萧萧，思公子兮徒离忧”。风雨之中，奋笔疾书，作《离骚》以抒怀，所谓“《离骚》者，犹离忧也”。通观此诗，寓意比较隐晦，但仍可依稀见出诗人理想难以实现的悲慨之志，这种情思与“风雨写《离骚》”的屈原是相通的。所以，通篇运用《楚辞》中的典故，虽然构思跳跃奇特，风格凄清幽峭，但诗人哀愤孤激之思，可从中得到些许暗示和透露。(杨旭辉)

题山水册页·竹户梦回

吴伯滔

竹户无人风自开，茶烟满榻梦初回。
老猿饮涧垂藤下，落叶打窗疑雨来。

[题解]

吴伯滔《山水册页·竹户梦回》，载荣宝斋出版社出版的《吴氏三代画集》。

吴伯滔（1840—1895），名滔，以字行，号铁夫、疏林，浙江石门（今桐乡崇福镇）人。画家自幼聪颖，醉心艺术，能诗工画，尤擅山水。与吴昌硕、吴秋农合称“三吴”。故宫博物院、浙江美术学院等处，皆珍藏其作品，被时人誉为江南第一山水画家。吴昌硕非常推崇他的山水画，曾写过一首长篇五古《吴伯滔画山水卷子》，开端六句云：“拔地壁千尺，登堂松十围。好手吴疏林，岩壑任意挥。气夺迂倪放，意出清湘奇。”写出了吴伯滔山水画的雄伟气势及其艺术渊源。

册页左右两边画青山峭壁，笔墨苍润，两山间著一农户，水榭横溪，溪流潺潺，远山衬其上。其右侧山壁，画家自题一诗。诗下未落款，钤上一方“滔”字小印，足证这是自题诗。

[评说]

题诗先从画面上的农户水榭落笔，农舍以竹构建，故曰“竹户”，室内无人，山风自动将门户打开。竹户并非无人，只是这位主人正在午睡，梦刚刚醒，烹茶的炉烟弥漫在竹榻边。第三句，顺着“饮”字生发，主人醒来后，茶已煮浓，他便起身饮茶消遣。诗的思路便由主人饮茶联想开去，这时崖边有老猿正在垂藤的山涧里饮水。四周静寂，风吹落叶，打到窗上，故曰“疑雨来”。尾句用“象外句”法，法从唐人来。释惠洪《冷斋夜话》卷四：“唐僧多佳句，其琢句法比物以意，而不指言某物，谓之象外句。如无可上人诗曰：‘听雨寒更尽，开门落叶深。’是以落叶比雨声。”这首题画诗，并不专门描写山水景物，却“专主情性”，写了许多画外意，写出画中人悠闲的神态和雅致的意趣，给画幅注入了澹逸的韵味和不尽的诗趣，达成诗画和谐的融合。（吴企明）

题大吉图

赵云壑

重圆大小似连珠，高架墙阴借升扶。
此物王筠曾掷地①，休言依样画葫芦②。

[题解]

赵云壑《大吉图》，载上海嘉泰2006年秋季艺术品拍卖会《中国书画专册》。

赵子云（1874—1955），初名龙，改名起，以字行，别署云壑，自号铁汉、云翁、老壑等。至三十岁，拜吴昌硕为师，随即加入海上题襟馆金石书画会及上海书画研究会。善画花卉，亦擅山水，书画风格与缶老相似。

画幅是长轴，画满葫芦十余个，大小不等，颜色不同，疏密相间。葫芦间，以藤蔓、枝叶连缀，运用狂草圆转的笔意，笔墨灵动酣畅，充满纵横郁勃的气势，直承吴昌硕的艺术传统。画幅左侧在枝叶的间隙中，直行题写七言一首，完全采用乃师的书写方式。

[注释]

①王筠：据唐人冯贽《云仙杂记》卷四所引《诗源指诀》记载云："王筠好弄葫芦，每吟咏，则注水于葫芦，倾已复注，若掷于地，则诗成矣。"②依样画葫芦：宋代俗语。释文莹《续湘山野录》："国初文章，惟陶尚书穀为优，以朝廷眷待词臣不厚，乞罢禁林。太祖曰：'此官职甚难做，依样画葫芦，且做且做。'不许罢，复不进用。穀题诗于玉堂，曰：'官职有来须与做，有才用处不忧无。堪笑翰林陶学士，一生依样画葫芦。'"

［评说］

题诗从画面形象着笔，前两句描写葫芦的外形，它们上下状如大小两个圆球，许多葫芦叠合在一起，好像连接成串的珍珠，高架在阳光投射的墙阴下。“升扶”，借指太阳，传说太阳在扶桑升起。骆宾王《对策文三道》之三：“某谈乏二龙，识迷三豕。徒以钻木轻焰，仰升扶而耀辉；化草余光，对含桂而炫彩。”第三句，宕开画面，转而写画外意，用王筠掷葫芦于地而诗成的典故，结句拍合全篇，说画作葫芦，希望感发诗兴，多写好诗，请大家不要说“我”在“依样画葫芦”，毫无创见。这里，赵云壑运用俗语，点明画旨和诗意，表示“我”也要像诗人王筠那样，借助葫芦，催发诗兴。（吴企明）

题杨柳桃花图

吴待秋

杨柳青青沟水流，莺儿调舌弄娇柔。
桃花记得题诗客，斜倚春风笑不休。

[题解]

本图载荣宝斋出版社出版的《吴氏三代画集》。

吴待秋（1878—1949），名徵，字待秋，以字行，别号袌铒居士、疏林仲子、括苍亭长、春晖外史，浙江石门（今桐乡崇福镇）人。他是吴伯滔的次子，幼承家学，传承其父的山水画、书法和冶印艺术。父早卒，他便成为吴昌硕的弟子。他能博采众长，又能自成一家，金石、书画并擅，山水、花鸟兼长。与赵叔孺、吴湖帆、冯超然合称“海上四家”。

画幅上柳树由右侧出枝，用飞白法画枝干，向上挺生，柳叶则直接绿色撇成，随风飘拂，婀娜多姿。左下方镇以湖石，淡墨勾勒石体，略加皴擦，浑厚稳实。桃花从湖石上方、右方伸出，花朵或疏或密，花瓣兼用没骨法和勾描法，细笔点蕊，鲜艳夺目。全图布局周密，参差错落，用笔稳健，敷色淡雅，颇得缶老神韵。画幅上方，自题一绝。署款云：“丁亥三月，袌铒吴徵画，时年七十。”这时（1947）距画家逝世仅有两年，正是他诗画艺术臻于成熟的阶段。

[评说]

这首吴待秋的自题诗，从画面上的杨柳切入，柳色青青，沟水缓缓流过，树上的黄莺，啭舌唱出美好的声音。“沟水流”“莺儿”，画面上并未出现，“弄娇柔”，根本无法画出，题诗写的是画外意，期望达到“诗补画外意”的艺术效果。三、四句，诗人将桃花比喻成女子，她认得“我”这个题诗客，因为“我”多次为桃花图题诗。她在春风里斜倚着桃树，对我笑个不停。诗意从唐人“桃花依旧笑春风”（崔护《题都城南庄》）句中脱化出来。诗人采用拟人化的手法，并将画幅的主体移到桃花上，赋予桃花人的情思，诗思倍觉灵秀隽逸。（吴企明）

杨柳桃花图

题孤舟晚归图

‖吴待秋

树藏村径水平矶，石塔峨峨出翠微。
山半湿云飞不去，孤舟遥听晚钟归。

[题解]

本图载荣宝斋出版社出版的《吴氏三代画集》。

吴待秋的山水画，既传承了乃父吴伯滔的衣钵，后又专学“四王”，精熟王原祁的笔法，注重用笔用墨，凝重稳健，画风苍润沉静。本图完全体现作者绘画的美学特征。画幅上部，远山重叠，云雾叆叇，寺塔隐于翠微中；下部树木茂盛，有林泉幽壑之趣，岸边水村，湖上著一孤舟。全图用米家横点，运房山笔意，甚合王原祁之神理。王原祁《题仿小米笔》说：“元章峰峦，以墨运点，积点成文，呼吸浓淡，进退厚薄，无一非法，无一执法。”（《麓台题画稿》）吴待秋以米、房的笔意，王原祁的画理，汲取江南山水的灵秀之气入画，画成本图。画幅左上方，自题一绝。

[评说]

题诗脱出常格，于描写画面景物的同时，将自己蕴于画幅藏露之法，揭示出来。因树木密，遮住村路；因烟云重，山寺隐没，仅露出石塔。半首诗，点到画幅的奥妙处：山中烟云变灭，水气重，故曰“湿云”，烟云湿润凝重，故曰“飞不去”。画幅水墨淋漓，气韵生成，令人心动。此时，孤舟上的钓翁，遥听山寺的晚钟，缓缓归去。画上本无寺，也画不出钟声，诗补出画意，又与第二句合拍，点出山寺来。画家通过题诗，袒露自己作画的匠心，让画意与诗情融为一体。（吴企明）

以诗并画留别汤国顿

苏曼殊

蹈海鲁连不帝秦，茫茫烟水着浮生①。
国民孤愤英雄泪，洒上鲛绡赠故人②。

[题解]

本诗选自《苏曼殊文集》(花城出版社 1991 年版)上册。

苏曼殊(1884—1918)，近代作家，原名戬，字子谷，后改名玄瑛，曼殊为其法号，广东香山(今广东中山)人。出生于日本横滨，父亲为旅日华裔，母亲是日本人。1888 年随父归国，二十岁即出家为僧。后又数度回日本看望生母，在日本学过美术、政治，也参加了留日学生的革命活动。光绪三十年(1904)，南游暹罗、锡兰各地，学习梵文。1907 年在日本与幸德秋水等组织亚洲和亲会，公开“反抗帝国主义”的主旨。能诗文，善绘画，又通英、法、日、梵诸文，曾任报刊翻译及教员，与章太炎、柳亚子善，并受其影响，后加入南社。辛亥革命失败后，情绪起伏不定，时僧时俗，时而壮怀激烈，时而放浪不羁。著有《苏曼殊文集》。

汤国顿，不详，亦有人以为康有为弟子汤觉顿。此画及诗作于 1903 年，作者写画作诗，抒发了对清朝统治者的愤恨。

[注释]

①浮生：人生，人世。②鲛绡：鲛人所织的绡。《述异记》卷上：“南海出鲛绡纱，泉室(按：即鲛人)潜织，一名龙纱。”这里用以指所赠绢本画作。

[评说]

诗篇开头即用“鲁连蹈海”这一典故以明心志。鲁仲连，战国齐人，亦称鲁连，高蹈不仕，喜为人排忧解难。周赧王五十七年(前258)，秦兵围赵都邯郸，魏王使派辛垣衍劝赵王尊秦为帝，仲连力言不可，曰:“彼秦者，弃礼义而上首功之国也，权使其士，虏使其民，即肆然而为帝，过而为政于天下，则连有蹈东海而死耳，吾不忍为之民也。”(事见《史记》卷八三《鲁仲连传》)鲁仲连有蹈东海之节，至死不屈秦，正是诗人心目中的楷模，如此，虽死犹荣，浮生一世便在茫茫烟水之中得以永生。诗作的第三句，直接点明，与首句相呼应。面对清朝政府的腐败无能，心中抑郁难当，孤愤万分，想到国运维艰，民不聊生，更难止住英雄热泪。不觉已是泪痕浥透鲛绡绢轴，诗画中织进了“我”无尽的伤心和愤慨，连同这一切，赠予故人，方今之世，知“我”者谁，唯望能得到故知的理解和共鸣！（杨旭辉）

本书出版得到国家普及类古籍整理出版专项经费资助

历代题画绝句评鉴

第二册

吴企明　杨旭辉　注评

黄山书社

目　录

明代卷

沈　周

吴　宽

明代卷

题画梅

刘　基

夭桃能紫杏能红[①]，满面尘埃怯晚风。
争似罗浮山涧底[②]，一直清冷月明中。

[题解]

本诗选自刘基《诚意伯文集》卷一七、陈邦彦《历代题画诗类》卷八三。

刘基（1311—1375），字伯温，青田（今属浙江）人。助太祖灭陈友谅，执张士诚，降方国珍，遂成帝业，授太史令，迁御史中丞，封诚意伯，以弘文馆大学士致仕。卒谥文成。博通经史，诗文闳深肃穆、沉郁顿挫，自成一家。著有《诚意伯文集》。

[注释]

①夭桃：艳美的桃花。语出《诗经·周南·桃夭》："桃之夭夭，灼灼其华。"②争似：怎似。罗浮：山名，在今广东增城、博罗、河源一带，风景秀丽，为粤中名山。

[评说]

这首题画绝句以画作真，运用对比手法，歌颂了梅花的高洁品格。诗的前两句，从题外写来，先写桃杏。夭桃、杏花盛开，桃这样紫，杏这样红，色彩鲜丽艳美，但是它们开放在热闹地区，尘埃遮满花面，失去风采，害怕见人。这两句诗并没有着题，却为咏梅作了铺垫，以桃、杏的艳丽蒙尘比衬梅花的高雅洁净。后两句诗笔一转写梅花。梅花生长在罗浮山涧底，清冷月明中，地处僻远，环境清幽，不受世俗红尘的干扰，保持自身高洁清贞的品性。这首诗，当然有着“比德”的深层意蕴，桃、杏象征华其表而俗其里的人，梅花象征处于野而高其志的君子。在鲜明的艺术比照中，人们可以清楚地看出诗人的审美判断和心灵启示。（吴企明）

夏雨新霁图

张　羽

看图忆得住山阿[1]，茅屋深深隐薜萝[2]。
风雨过来啼鸟静，白云更比绿阴多。

[题解]

本诗选自张羽《静庵集》卷六、陈邦彦《历代题画诗类》卷一。

张羽（1333—1385），字来仪，更字附凤，本浔阳（今江西九江）人，侨居吴（今江苏苏州）。元末为安定书院山长。洪武初，征受太常寺丞，兼翰林院同掌文渊阁事，坐事窜岭南，半途投龙江而死。长于诗，与高启、徐贲、杨基等人为诗友，人称“吴中四杰”。亦善画，山水法米、高，笔力苍秀。有《静庵集》。

[注释]

①山阿：山边。②薜萝：薜荔和女萝。屈原《九歌·山鬼》：“若有人兮山之阿，被薜荔兮带女萝。”后常用以称隐士的服装。

[评说]

从“看图”句看，这首诗题咏的是其他画家的作品，他没有写明此图为谁所作，很可惜。本诗重在描写画面景色，再现作品清幽之美，但诗人并不是机械地套用先写画面、再写观感的模式，却把两者交糅加以描写，使本诗呈现出特异的艺术特征。一开始，张羽写出自己的观画感受，他看到这幅《夏雨新霁图》以后，很快就联想到自己在山边的居处。次句又回到画面上，茅屋深处，居住着一位隐士。第三句扣住题面“夏雨新霁”着笔，表现风雨过后空山幽静的境界，诗句从画面托出，也蕴含着王安石“一鸟不鸣山更幽”（《钟山即事》）的诗意。这种描写，已经超越了画面实境的范围，写出了人在观看画幅后的感觉，一种交汇视觉、听觉和感觉等多种感官功能的心理感受。结句则写出雨后新霁时白云繁多的景色特征，白云多，是画面景物，云比绿阴多，也是一种心理感受。由此可见，诗人时时处处将画面景物的描写与观画后心理感受的描写交糅起来，表达自己深层次的审美感受，从而使本诗更富有诗情画意，耐人寻味，耐人咀嚼。（吴企明）

题徐士元画梅雪轩

‖张　羽

高轩岁暮情，取物制为名。
人与梅俱素，诗因雪倍清。

[题解]

本诗选自张羽《静庵集》卷三。

徐士元（生卒年不详），明代画家，吴兴（今浙江湖州）人，善画寒林平远，师法李成。园林艺术逐渐从注重自然景观向自然景观与人文景观并重的方面转化，成为体现园主人精神和情感的艺术形式，这种新的审美取向，在明代画家和诗人的笔下，得到充分的表现。明代徐士元画的《梅雪轩图》，表现出园主人取物类比作为自己轩斋命名的标准。画家很赞赏园主人清幽淡雅的品格和情趣，欣然为他挥毫作画。而张羽的题画诗，则更为明显地突出了园主人命园的真正意图。诗人既欣赏其作品，又称赞其命轩之意，更体识出画家构图之匠心，便写下这首题画诗。

[评说]

诗篇的开端，直截了当地提出命轩名的问题。“高轩岁暮情”，岁末隆冬时节，梅花盛开、雪花纷飞，梅与雪表现出“岁暮情”，园主人“取物”类比，以梅与雪之精神品格，寄寓自己的性灵，给轩斋“制为名”，使它具有极为深厚的寓意性。诗的后两句，诗人将园主人为轩斋“制为名”的真正内涵揭示出来。“人与梅俱素”，是说主人与梅花一样雅洁朴素；“诗因雪倍清”，是说诗歌得到白雪的净化倍觉清新。诗人将梅格、雪韵、人品、诗情交糅起来描写，用短短二十个字，深情地咏唱园主人、梅雪轩和《梅雪轩图》，真正达到言简意赅的美学要求。诗人另外一首题咏梅雪轩的诗《梅雪轩》云“为问轩中清白吏，还应比雪吐梅花”，可与本诗参看，它们都紧扣轩名“梅雪”的特点，隐喻着歌颂园主人“清白”精神的深意。（吴企明）

仲穆着色兰二首

张　羽

芳草碧萋萋，思君澧水西①。
盈盈叶上露②，似欲向人啼。

鸾舆去不返③，风雨湘江曲。
芳草独无情，还如裙带绿。

[题解]

本诗选自张羽《静庵集》卷六、陈邦彦《历代题画诗类》卷七五。

仲穆，即元代画家赵雍（1289—约1361），赵孟頫次子。赵孟頫擅画墨兰，元代当推第一。其妻管仲姬也擅画兰，学子昂手法。卞永誉《式古堂书画汇考》著录管仲姬《着色兰花图卷》，陆源说："管夫人所绘，非固（指宋代赵子固）、非昂（赵子昂），复有一种清姿逸态出人意外，且以承旨手笔六法并臻，尤称双璧。"（《式古堂书画汇考》录其语）赵雍受父母的艺术熏染，喜画兰，也画着色兰，流传至明代，张羽亲睹他的作品，欣赏之余，题咏二首。

[注释]

①澧水：水名，源出湖南桑植县西北，流经慈利、石门、澧县等地，注入洞庭湖。②盈盈：清澈貌。③鸾舆：天子的乘舆，亦代指皇帝。

[评说]

自从楚国逐臣屈原的作品《离骚》《九歌》颂咏兰花以后，兰花已经成为我国历代文人、学士、画家的重要创作题材，被赋予了强烈的感情色彩、人格风范和精神实质。张羽题咏赵雍的兰花画，便在兰花的绘画具象和诗歌意象中，融入了自己的主观心理感受，有着极深远的意蕴。第一首从画面形象着笔，首句“芳草碧萋萋”，称赞画上碧色的兰草生长茂盛，次句由兰草联想到屈原。澧水、沅水盛产兰花，诗云“思君澧水西”，句中的“君”从表层意义看，当是指兰。而屈原被放逐后曾到过澧、沅间，王逸《楚辞章句》：“屈原放于江南之野，思君念国，忧心罔极，故复作《九章》。”所谓“江南之野”，按《九章·涉江》所述路线，乃在澧、沅间，即今湘西地区。由此可知，“思君”之深层意蕴是指屈原不忘故国，思念旧君。诗意由画面兰花而兴起怀念屈原的情思。三、四句是前两句怀念情思的物化。诗人说，兰草上清澈的露水，好像在向人啼泣，为屈原的不幸遭遇表示哀伤。元人张渥写过一首《题明雪窗兰》云：“援琴谁叹生空谷，结佩应怜感逐臣。九畹断魂招不得，墨花夜泣楚江春。”与张羽的诗魂相似，然而张羽诗比较婉曲含蕴，张渥诗显得有点“露”。

咏兰而及乎娥皇、女英二妃，最早的渊源要算是屈原《九歌·湘夫人》：“沅有茝兮澧有兰，思公子兮未敢言。”元人王恽《李夫人画兰歌》：“仿像湘娥倚暮花，黄陵庙前江水碧。”黄陵庙即二妃庙。明人管讷《墨兰》：“青草三间亭下，苍梧二女祠前。欲采幽芳寄远，月明秋水涓涓。”张羽题写赵雍《着色兰图》诗的第二首，便由咏兰而怀念二妃。诗句不从画面入手，却从题外写来。先说到舜帝，因为他已死去，故云“鸾舆去不返”。次句说到二妃，得到舜帝死于苍梧的消息后，她们悲伤不已，在湘江畔哭泣，连天神也为之感动，风雨不止。第三句扣到画兰上，赵雍画的兰草，郁郁青青，芳草独独无情，依然翠绿，如二妃之裙带，使观画人不由得生出忆念、同情二妃的哀怨心情。（吴企明）

题故友杨孟载所画竹

张　羽

数叶萧萧净俗尘，人虽物故墨犹新。
故人清瘦原如竹，见竹何殊见故人。

[题解]

本诗选自张羽《静庵集》卷六、陈邦彦《历代题画诗类》卷七八。

杨孟载，即明代诗人杨基。杨基（1326—1378后），字孟载，号眉庵，祖籍嘉州（今四川乐山），生于吴县（今江苏苏州），历仕荥阳知县、兵部员外郎、山西按察使。后被谗削职，死于贬所。善诗文、工书画，因赋《秋笛赋》受到杨维桢的赞赏。他与张羽交谊甚深，诗名相当，与高启、张羽、徐贲同为“吴中四杰”，故称“故友”。朱谋垔《画史会要》说：“（杨基）能诗，亦善山水竹石。”

[评说]

本诗题咏杨基所画墨竹图，虽说也描绘画面形象，如首句“数叶萧萧净俗尘”、第三句“清瘦原如竹”，简练地刻画出画面上疏竹瘦劲、潇洒脱俗的艺术形象，但本诗的重点在抒情上，抒发怀念故友的深情。因此诗的次句，便导入到杨基亡故的诗思上来，为抒写怀友情感张本。画竹墨色尚新，而人已物故，物在人非，倍增伤感。杨基像竹枝那样清瘦矍铄，因此，“见竹何殊见故人”，今天看到他画作的墨竹，犹如见到老朋友。诗人怀念友人的情感抒发，正是以画竹形象作为媒介物，画家清瘦如墨竹，见竹画如见画家。诗的思路很明晰。因此，抒情不显空泛，还很符合题画绝句的艺术特征，非常切题。（吴企明）

题古山萧寺图

徐 贲

一塔高标百嶂前，窗扉掩映碧萝烟。
登临未免伤怀抱，闲与山僧说世缘。

［题解］

本诗选自陈焯《湘管斋寓赏编》卷五。

徐贲（1335—1393），明代画家，字幼文，号北郭生、北郭居士，祖籍四川，后迁长洲（今江苏苏州）。洪武中，被荐入朝，官至河南左布政使，以军队过境，犒劳失时，下狱死。能诗，与高启、杨基、张羽齐名，称“吴中四杰”。擅画山水，师法董、巨，亦有黄公望笔法，笔墨清润。有《北郭集》。存世画迹有《蜀山图》。

生活在清代乾隆朝的陈焯，看到过徐贲的《古山萧寺图》，但已是“纸已碎裂如蛇蝮、断纹琴，难以重整耳”（陈焯题识）。我们今天当然无法一睹此画的真面目，而陈焯的识语，却为我们描绘了它的原貌，他说：

> 《古山萧寺》写一兰若，奇峰玉立，飞瀑珠回，殿塔巍峨，茂林阴翳，令人有尘外之想。盖修禊所至，当境写景也。

这段文字，成为我们赏鉴徐贲的自画自题诗的重要依据。萧寺，佛寺的泛称，因梁元帝造寺院令萧子云飞白书一“萧”字，故云，见李肇《唐国史补》。

［评说］

题诗先写“塔”。“一塔高标”，具体描写画面上寺塔巍峨的形和神，塔影在百嶂的映衬下，愈加显出它高耸入云的气势。后写“寺”。萧寺的“窗扉”，掩映在碧萝烟云中，也就是陈焯识语所形容的茂林阴翳的景况。诗的前两句描写画面景象，后两句写出自己登临萧寺，“当境写景”，画作此图的情思。一登萧寺，回想一生中在尘世、人缘方面不如意的地方，倍感伤神，自生出尘之想，只得与山僧闲说“世缘”，从而得到排遣，得到参悟，以慰伤感心情。后两句的诗意，为画面所无，是画家自我心绪的表现、生发，补充了画意。（吴企明）

题竹窗风雨图

▌|徐　贲

欲暝投僧舍，风将雨忽来。
愁肠与诗思，都被竹声摧。

［题解］

本诗选自卞永誉《式古堂书画汇考》卷五四。

高启与徐贲联袂拜访南禅寺信上人，徐贲为信上人画竹、题诗，诗即本诗。高启也题诗一首，并有识语云：

风雨南禅夜，那堪听竹声。
灯前同酒客，但有感怀情。

启与幼文晚过南禅寺，信上人留宿，适风雨洒玉，竹声摇曳，深感于怀。而幼文写竹赋诗，启不能无言，故诗以识之。渤海高启。

宋濂亦有题诗云：

人去诗存竹更妍，我当吴下想当年。
春风只在乾坤里，闲向珠玑掩世贤。

百年后，安城刘宣见到徐贲的画和诸人的题诗，复为题写七绝和识语，云：

写竹题诗赠老禅，夜窗听雨梦金莲。
百年留得清风在，三绝令人仰大贤。

东吴高季迪、徐幼文，乃国朝洪武初名臣，于未遇时，寓僧舍，值风雨，夜窗写竹赋诗，曲罄怀抱，到今百有余年，而遗墨如新可爱，况学士宋公，复为题志，可谓三绝也。敬书此，以见尊重云。安城刘宣。

读诸公识语和题诗，亦可想见他们的高雅情怀，对理解徐贲的画与题诗有很大帮助，今移录于此，供大家参读。

［评说］

徐贲的题诗，根本不写画面，没有描写风中竹、雨中竹的姿态和风神，却从杜甫的《陪诸贵公子丈八沟携妓纳凉晚际遇雨》“片云头上黑，应是雨催诗”中翻出诗意，表现风雨洒竹逗起的深切感怀。此诗跳出常规，脱略畦町，语新思清，艺术构思极为巧妙。诗从投宿僧舍，适遇风雨发端，叙述作画的情景。第三句，笔头一转，写到“愁肠与诗思”，显得有点突兀。结句一拍而合，诗意方始明晰。原来风雨吹打篁竹枝叶，发出淅沥、摇曳的声音，触发起诗人无穷的愁思和勃至的诗兴，于是便将这副愁肠赋予竹的形象和诗的意境中。杜甫诗原来的意思是“雨催诗”，徐贲却说风雨洒竹，发出竹声，竹声逗人愁思和催人诗意。这样的诗思比杜甫诗更透进一层，又与画题应合，更觉深婉，也显示出徐贲创变的功力。（吴企明）

二乔观兵书图

高 启

共凭花几倦新妆[①]，玄女阴符读几行[②]。
铜雀那能锁春色[③]，解将奇策教周郎。

[题解]

本诗选自高启《高青丘集》卷一七、陈邦彦《历代题画诗类》卷四三。

高启（1337—1374），字季迪，号青丘子，长洲（今江苏苏州）人。洪武年间，应召纂修《元史》，擢户部右侍郎。后为苏州知府魏观撰写《郡治上梁文》，触怒朱元璋，被处腰斩极刑。工诗文，诗风清新雄健，是明初著名诗人，与杨基、张羽、徐贲齐名，被称为“吴中四杰”。有《高青丘集》。

高启未书画家名，不知此图为谁所作。二乔，三国时代吴国乔玄有二女，称大乔、小乔。《三国志·吴书·周瑜传》：“（建安三年）策欲取荆州，以瑜为中护军，领江夏太守，从攻皖，拔之。时得乔公二女，皆国色也。策自纳大乔，瑜纳小乔。”史书未言二乔读过兵书。元人杨维桢拟《三妇词》云：“小妇似小乔，中夜读兵书。”杨氏富学，谅有所据。

[注释]

①花几：雕花的搁几，用以倚凭身体。②玄女阴符：张守节《史记正义》引《龙鱼河图》：“天遣玄女下授黄帝兵信神符，制伏蚩尤，帝因使之主兵，以制八方。”玄女《阴符》当指此。旧题黄帝《阴符》，然未见传本。后代又有《阴符经》，为道家书，与此《阴符》不同，不能混为一

谈。③铜雀：铜雀台，曹操所建，故址在今河北临漳县西南。锁春色：用杜牧《赤壁》“东风不与周郎便，铜雀春深锁二乔”意。

[评说]

这首题画绝句，先写画面，后写观画感受，自是常格。首句迅即扣题，“共凭”，因为大、小乔同观兵书，故用“共”字。古人表现妇女生活，常写到梳妆，这两位美人却与众不同，“倦”于打扮，为什么？首句造成一种悬念。次句随即表明“玄女阴符读几行”，原来她们共凭花几，忙着“观兵书”，顾不得理新妆。这两句写的都是画面景物，题意全出。后两句，诗人翻用杜牧句意，指出：曹操怎么能在铜雀台里锁住二乔？二乔熟读兵书，深谙兵法，她们将奇策授与周郎，定能打败曹军。诗意扣住画题名，又将自己读画后生出的感触，透辟地写出来。这种手法，从宋人处学来，鞭辟入里，转折层深，极有理趣。（吴企明）

题宫女图

‖高　启

女奴扶醉踏苍苔，明月西园侍宴回。
小犬隔花空吠影，夜深宫禁有谁来？

[题解]

本诗选自高启《高青丘集》卷一七。

钱谦益《列朝诗集》注引《吴中野史》谓“季迪因此诗得祸”。《明史·高启传》：“启尝赋诗，有所讽刺，帝嗛之，未发也。”“帝见君作《上梁文》，因发怒，腰斩于市。”朱彝尊《明诗综》、汪端《明三十家诗选》都以为高启“因诗而死”的说法是不可信的，然而，这首诗具有强烈的讽刺意义，是显明之理。《高青丘集》卷一八另有一首《画犬》：“猧儿初长尾茸茸，行响金铃细草中。莫向瑶阶吠人影，羊车半夜出深宫。”可与本诗参看。

[评说]

题诗从画面切入，“女奴”，即画题上的宫女，她刚刚侍宴西园归来，扶持沉醉的君王，在明月下踏着苍苔，踉跄前行。第一、二句，都是画面景象的具体描绘。诗人写到第三句，诗笔突然宕开，转到“小犬吠影”上，似乎与前面的诗意毫无关联。第四句与上句绾合在一起，方能悟出诗人的用意。原来，宫闱里夜深无人能来，只有君王夜宴回宫，才有人影移动，小犬不懂得君王的尊贵，见到人影照样猛吠。诗人用委婉的笔调，从一个侧面，讽刺了君王沉湎酒色、荒淫无度的行径，微言婉讽，辞采秀逸，有唐人风韵。汪端《明三十家诗选·凡例》评高启：“七言绝有唐人风度。”诚为知言。（吴企明）

题松雪翁临祐陵草虫

高　启

宣和遗墨画难工①，唯有王孙笔意同②。
莫问吴宫与梁苑③，一般草露覆秋虫。

[题解]

本诗选自高启《高青丘集》卷一八、陈邦彦《历代题画诗类》卷一一二。

松雪翁，即元代画家赵孟頫，他自号松雪。祐陵，即宋徽宗赵佶的陵园名，他被俘北去后，死在五国城。宋高宗绍兴十二年（1142），金人将他的梓宫送回，殡于昭慈太后寝宫西北，改陵名永祐，简称“祐陵”。赵佶擅长画花鸟，也画人物、山水，偶尔也画草虫，王时敏《西庐画跋》：“宣和主人于万几之暇，游戏丹青，山水、树石外，间作花鸟、虫鱼，用以写生适兴，其措意用笔处，往往迥出天机，超然尘表。”赵孟頫看到赵佶的草虫图，非常喜爱，因此加以临摹，达到惟妙惟肖的境界。高启看到赵孟頫的这幅临摹画，极为称赏，因而写下这首题画诗。

[注释]

①宣和：宋徽宗赵佶的年号，这里代指赵佶。②王孙：指元代画家赵孟頫，他是宋宗室，故云。③吴宫：泛指吴地宫殿。梁苑：汉代梁孝王所筑苑圃，在今河南开封东南。

[评说]

高启题诗的开端，直扣画题。“宣和遗墨”，即指祐陵草虫图，“画难工”三字，评论赵佶的草虫画，因赵佶画草虫，出乎天机，超凡脱俗，所以描画难工。次句，扣到赵孟頫的临本上，说他的临摹极像赵佶画，所以高启称赞他“唯有王孙笔意同”。诗的三、四句，仍然就“笔意同”立意，继续深化题旨，称颂赵孟頫临摹赵佶画的艺术成就。“吴宫”代指赵孟頫生活的地方，“梁苑”代指赵佶生活的地方。诗人说不要问它是吴宫，还是梁苑，两地的草露一样地覆护着秋虫，而它们都是画家“写生”的对象，因而画出的草虫图一模一样，真不知哪些草虫是吴宫的，哪些是梁苑的。（吴企明）

题黄筌子母兔

高 启

阳坡日暖眼迷离[1],芳草春眠对两儿。
谁道姮娥曾作伴？广寒孤宿已多时[2]。

[题解]

本诗选自高启《高青丘集》卷一八、陈邦彦《历代题画诗类》卷一〇〇。

黄筌，五代时著名画家，善画花鸟，参见本书崔鹍《题黄筌画花》“评说”。

[注释]

①迷离：两眼模糊。乐府《木兰辞》：“雄兔脚扑朔，雌兔眼迷离。”
②广寒：传说月宫中有广寒宫，嫦（同“姮”）娥居于中。

[评说]

题写这幅子母兔画，该如何立意措词呢？高启注意到了“舐犊情深”的画意，诗的前两句着眼于画面形象的描写，“阳坡”“眼迷离”“芳草”“春眠”“对两儿”，都是画面上的意象。风和日暖，芳草萋萋，母兔依偎、呵护着两只小兔，表现子母情深的画意，强化它们的周边环境氛围，琢句浑成，意境融彻。但是，诗人并没有停留在这一主题层面上，而是忽发奇想，从母兔联想到了月中兔子。我国古代神话说月中有兔，屈原《天问》：“厥利维何，而顾菟在腹？”菟，与“兔”同。王充《论衡·说日》："月中有兔、蟾蜍。"傅玄《拟天问》："月中何有？ 玉兔捣药。"高启以此立意，写出下面的诗意：画上的那只兔子，是从月宫里来的，它过去曾陪伴过嫦娥；自从它到了人间后，嫦娥独宿广寒宫已有很长时间。如此措意，足见高启落想奇巧，才思俊逸，短短二十八字，透出一股灵气。（吴企明）

题徐贲溪山图

‖高　启

满壑春阴满涧苔,茶烟起处薜帷开①。
山童频报敲门客,总为催诗索画来。

[题解]

本诗选自美国克利夫兰艺术博物馆藏徐贲《溪山图》题诗。

徐贲在洪武五年（1372）三十八岁时画的《溪山图》，今藏美国克利夫兰艺术博物馆，纸本、水墨，高 67.9 厘米，阔 26 厘米。画幅上方有自题诗，还有谢徽、高启、卢贞、黄载的题诗。这里选评高启的一首题诗。

徐贲《溪山图》运用高远法构图，全图层山叠嶂，高峻凌云，细密的披麻皴，茂密的草木，浑圆的山势，再加上楼阁点缀岩石间，布局非常繁密。下部山脚有茅屋一座，一人正走近篱门，一个山童前去报讯。正因为画面景物繁多，诸家题画诗可以各写一种题材，表现出不同的风貌。例如徐贲的自题诗云:

绿树黄鹂处处山,偶从溪上看云还。
人生未许全无事,才得登临便是闲。

黄载的题诗云:

山人楼阁倚云松,喜有溪头小径通。
莫似渔郎迷近远,便须拂袖一相从。

徐贲、黄载的题诗，可以帮助我们理解高启的诗意。

［注释］

①薜帷：以薜萝装饰成的帷幕，以示隐士身份。

［评说］

高启的题诗，并没有描绘画幅全部山景，只是抓住画中主人公的生活下笔。首句“满壑春阴满涧苔”，扣住画题“山”和“溪”，迅即着题，总括地写出画面景物。次句紧承，便写到主人公的居处，“茶烟”飘起，“薜帷”张开，一派幽静的景象。第三句一转，“山童频报敲门客”，转出新意，在这静谧的空山里，却频频有客来访。来干什么呢？第四句拍合，说明人们“总为催诗索画来”，点出题意，反映出画家徐贲幽居深山，与朋友们诗画酬答，来往频繁。画面上无法表达“总为催诗索画来”的意思，因此，高启的诗意，正好起着生发、补充画意的艺术功能。（吴企明）

题三香图

高　启

罗浮洛浦与潇湘[①]，三处离魂一本香[②]。
梦断月明秋渺渺，缟衣何似翠裙长[③]。

[题解]

本诗选自高启《高青丘集》卷一八。

元、明、清画家常将三种花卉组合在同一画面空间，构成艺术群像。称之为“三香图”，但它不是一个固定的艺术群像。有人将梅、水仙、山矾称为“三香”，有人将桂、菊、兰称为“三香”。高启所题的《三香图》，所画则为梅、水仙和兰。

[注释]

①罗浮：指梅，《龙城录》载赵师雄于罗浮梦遇梅花仙子事。洛浦：指水仙，宋高似孙《水仙花后赋序》将水仙比作洛水女神宓妃。潇湘：指兰，屈原《离骚》谓滋兰树蕙、纫兰佩兰，后屈原被逐离群，独沉湘江。②离魂：指罗浮梅仙之魂、洛浦宓妃之魂、潇湘屈原之魂。③缟衣：形容梅花如穿缟衣之美女，苏轼《十一月二十六日松风亭下梅花盛开》：“月下缟衣来扣门。”翠裙：形容水仙如穿翠裙之美女，吴文英《书水仙扇》：“白玉搔头坠髻松，怯冷翠裙重。”

[评说]

诗人以画面形象罗浮之梅、洛浦之水仙、潇湘之兰发端，直扣“三香”题意。次句以“三处离魂”，紧承首句，点出画家组构三香图像的本意。原来这三种花卉有清标雅韵的共同特质，它们风骨清、贞德坚、馨香幽雅，诗人用“一本香”一语概括之，内涵极为丰富。第三句诗笔一转，诗人将三香放在深秋月色迷蒙渺茫的背景中描写，更传达出它们的神韵。花重神，不重外形，故结句用反诘句，说：梅花的外形，何似水仙的外形？言外之意，说三香风神清雅，何必去计较它们的外形呢？本诗乃平起首句入韵格，“湘”“香”“长”三字，押下平声七阳韵。（吴企明）

题雨竹图

高　启

巫峡云连湘水低，行人路滑畏深泥。
不见朝阳鸣凤至，春阴日日鹧鸪啼。

[题解]

本诗选自高启《高青丘集》卷一七。

[评说]

本诗未写画面具象，也没有评论画艺、阐发艺术渊源、借题抒情，只是就“雨”字生发开去，纯用侧笔，着重表现画外意。这种写法，在历代题画诗中是不多见的。首句由画面的雨竹形象联想到巫峡的云、湘江的水，次句再由云、水联想到雨中泥路的景况。久雨而道路泥泞不堪，行人既要防滑，又害怕深水坑。第三句仍写雨，因为阴雨连绵，所以看不到朝阳的鸣凤飞来。结句回应上文，是说日日阴雨，竹林中只有鹧鸪在啼鸣，句意由想象得来，仍然是画外意。全诗运用连接联想的思维方式，诗人驰骋艺术想象，按照事物的内在联系，不断拓展思路，表现出雨竹画外的春日竹林阴雨连绵的情景，令人遐想不已，余味无穷。本诗乃仄起首句入韵格，“低”“泥”“啼”三字，押上平声八齐韵。（吴企明）

题陈居中女猎图

凌云翰

猎事应难属女工,院人名画说居中①。
蛾眉狐媚唐家妇②,逐鹿何曾用角弓③?

[题解]

本诗选自凌云翰《柘轩集》卷一、厉鹗《南宋院画录》卷五。

陈居中(生卒年不详),宋代画家,他是南宋院画派中的著名画家,善画人物,夏文彦《图绘玉鉴》:"陈居中,嘉泰年待诏画院,工人物、蕃马,布景著色,可亚黄宗道。"

凌云翰(生活于1372年前后),明代诗人,字彦翀,仁和(今浙江杭州)人。荐授成都府教授,坐贡举乏人谪南荒。工诗,有《柘轩集》。

[注释]

①院人:宫廷画院中的画家。②蛾眉:女子的眉毛,代指美女,语出《诗经·卫风·硕人》:"螓首蛾眉。"狐媚:狐狸善以媚态迷惑人,本诗泛指唐代媚惑君王的女子,如武曌、杨玉环等人。③逐鹿:国家分裂时,诸雄竞争天下,称为"逐鹿",语出《史记·淮阴侯列传》:"(蒯通)对曰:'秦失其鹿,天下共逐之,于是高材捷足者先得焉。'"

[评说]

题诗先从画题说起。放骑狩猎,本是男子的事,所以诗人要发出"猎事应难属女工"的感叹。然而说起画院画家的名画,要数陈居中这一幅

《女猎图》。第三句转笔处，诗人既不描写画面狩猎女子的英姿，更不摹写狩猎场面的宏大，却宕开诗笔，写到唐代宫廷中那些善于迷惑君主的妇人身上。这层诗意，与陈居中的画风完全符合，因为陈居中的画“蜷蜿丽媚，如西昆诗法”（《南宋院画录》引萧云从《太平山水画谱》）。或许诗人便是从陈居中画“丽媚”的风格和“丽媚”的女猎手，联想到唐代宫廷中“狐媚”的妇人，借题发挥，抒写出自己的深沉感慨。他认为“唐家妇”不用习武，不用角弓，却用“狐媚”媚惑君主，达到她们“逐鹿中原”、掌握国家权力的政治目的。结尾用一个反诘句，加深诗人的愤慨程度，深化主题，增强诗作讽刺、抨击昏聩政治的力度。（吴企明）

集古句题苏小小像

‖凌云翰

柳色深藏苏小家，昔年相望尚天涯。
不知谁唱春归曲，才见开花又落花。

［题解］

本诗选自凌云翰《柘轩集》卷一。

取前代一家或数家诗人的诗句，集合成一首新诗，以表达自己的意想和情感，称为“集句”，这是我国古代诗歌一种特殊的体式。现存最早的集句诗，便是西晋傅咸的《七经诗》。唐代有人作过这类诗，宋代诗人中作集句诗的人很多，例如大诗人王安石、苏轼、黄庭坚都曾写过。梁萧子显《南齐书·文学传》称集句诗“全借古语，用申今情”，这种体式在艺术上要求集撷前人诗句熨帖自然，不露痕迹，如出己手。明人继承前代的写作传统，用以题画，如程敏政的《桃花图诗》序言称：“予感其事，为集古诗一章。”他又有《以云里帝城双凤阙雨中春树万人家为韵集古十四绝为户部白玢郎中题画》诗。凌云翰《集古句题苏小小像》便是这类诗中的一首。

苏小小是南齐钱塘著名歌妓，历代骚人墨客常常题咏她。唐白居易《杭州春望》云“柳色春藏苏小家”，李贺《七夕》云“钱塘苏小小，又值一年秋”。张祜有《题苏小小墓》，罗隐有《苏小小墓》诗。后代画家也以她为题材创作肖像画，如虞堪《题苏小小真》、袁华《苏小小像》都是诗人题写苏小小肖像的诗。

［评说］

凌云翰题写的这首诗，并不强调苏小小的社会地位，也不写她婉美娇艳的容貌和温柔贞静的品格，却表现出对韶华如流水的惋惜和哀怨。首句集白居易《杭州春望》诗中的“柳色春藏苏小家”句，易一“春”字为“深”字，诗意稳健，称道苏小小家因为有了这位绝色佳人，将春色深深地藏在家中。次句集李商隐《无题二首》中的成句，表达诗人虽存爱慕之心，但远隔天涯无缘得见的心意。第三句集曹唐《小游仙诗》的成句，诗意一转，由第一、二两句的讴歌春色陡转到“春归”上，逗出哀怨的结句。结句集雍陶《过南邻花园》“春风堪赏还堪恨，才见开花又落花”一联中的成句，春风值得赞赏，因它吹绽春花，带来满园春色；它也令人恼恨，因为春风过后，百花凋零。写花为写人，惜花更为惜人。貌美的女子，年轻时如春花初开，可惜年华易逝，她们年老色衰，失去吸引人的魅力，便如花落一般。凌云翰的艺术意想，不断地升华，他由花开花落联想到青春流逝，惋惜、哀叹苏小小的不幸；更由她的不幸联想到女子“佳人命薄”的命运，使本诗伤春惜时的主题具有鲜明的哲理性，带有更为普遍的美学意义。（吴企明）

题临安山色图

刘　珏

山空鸟自啼，树暗云未散。
当年马上看，今日图中见。

[题解]

刘珏（1410—1472），明代画家，字廷美，号完庵，长洲（今江苏苏州）人。官山西按察司佥事，政声甚著。后辞官归里。工诗文书画，山水画远师董、巨，近学王蒙、吴镇，王稚登《吴郡丹青志》："画山水林谷，泉深石乱，木秀云生，绵密幽媚，风流蔼然，高者攀鳞巨老。"为"吴门画派"的前驱，对沈周有直接影响。有《完庵集》。

本图藏美国弗利尔美术馆。此图《穰梨馆过眼录》著录之，题作《临安山色图》，观沈周跋语云"游临安"后作，当从之。《海外中国名画精选》编者未见《穰梨馆过眼录》之著录，故题此图名《山水图》。本图乃刘珏为沈召（沈周之弟）所作。辛卯年（1471）二月，画家与沈周、沈召、史鉴三人同游临安，途中遇雪，停留于槜李，因作此图。画幅上方，刘珏自题五绝一首，沈周、史鉴、刘英、陈蒙各和一首。

[评说]

刘珏的题诗，全写画外意，是画面具象和画意的补充。前两句，一写听觉感受，寒山空寂，山鸟自啼，鸟鸣山更幽；一写视觉感受，云气未散，竹树昏暗。画上无鸟，也听不到鸟啼；画上无云，也看不到云暗竹树，两句均写画家当日所见，用题诗补入。三、四句点明本图并非写实之作，乃是追忆画成。画面景象，都是"当年马上看"，是游临安时所见的群山景色。将溪山胜景追画成图，故云“今日图中见”。后两句语涉论宗，与前两句写景交相呼应，生动地写出临安山色给予画家深刻的美感。（吴企明）

题清白轩图

刘 珏

水阁焚香对远公①,万缘都向酒边空。
清溪日暮遥相望,一片闲云碧树东。②

[题解]

本图今藏台北故宫博物院。

清白轩是刘珏在北方任职地的住所，轩名寓以为官清正廉洁之意。友人西田上人来清白轩寻访，刘珏因作此图并题诗以赠之。画幅以清白轩为中心，描绘刘珏住所的风光。画家用细笔描画，极细致，水轩临溪，轩后有高堂，轩内两人对坐清谈，一人凭栏眺望山水景色。隔溪有陂陀、杂树，树木苍郁。轩后崇山叠嶂，山势高峻，淡墨干笔皴擦，浓墨点苔，缀矾头，得倪、黄笔意。画幅上部有刘珏自题诗、跋，还有很多名家的题诗，特别是沈氏三代人，即祖父沈孟渊、父沈恒、孙沈周的题诗，更是文坛盛事，弥足珍贵。

[注释]

①远公：晋僧慧远，这里借指西田上人。②“一片”句：暗用一则语典，梁代江淹有《休上人怨别诗》：“日暮碧云合，佳人殊未来。”后代常用作赠别之语。

[评说]

友人来清白轩寻访，刘珏因作此图，题诗便由此下笔，说水阁焚香，与远公对坐。画上水阁里二人即画家与友人对坐，诗情与画意完全吻合。次句说二人相对饮酒，尽人生之欢乐，一切尘世间的俗缘，在酒边都已变得空幻。诗的后两句，由画面脱出，转出别意，想象二人分别后的情景。“我们”将各自于日暮时分，在清溪上遥遥相望，相互忆念。这时，只有一片闲云从碧树东边缓缓飘来。这里暗用梁代江淹诗，巧妙地隐括了江淹的诗意，表达出自己怀念西田上人的深切情思。这是一首非常典型的抒情性题画绝句。（吴企明）

枯木图

方孝孺

春到已多时，幽禽尚未知。
上林无限好[1]，何事立枯枝？

[题解]

本诗选自陈邦彦《历代题画诗类》卷七四。

方孝孺(1357—1402)，明代诗文家，字希直，又字希古，宁海(今属浙江)人。曾以“逊志”名其书斋，蜀献王为之改为“正学”，故世称“正学先生”。谥文正。尝从宋濂学文。洪武中任汉中府教授，惠帝时任翰林侍讲。后燕王朱棣发动兵变，夺取王位，逼其起草诏书，他却写了“燕贼篡位”四字，被杀，株连亲友八百七十余人。为文力主“神会于心”，其文纵横豪放，词气锋利，著有《逊志斋集》。

[注释]

①上林：上林苑，秦时就有，汉武帝时扩建，周围至三百里，离宫七十所。苑中养禽兽，供帝王春秋打猎，司马相如曾为之作《上林赋》。

[评说]

方孝孺耿介不阿的“硬”气在这首题画诗中，同样得到了充分的展现。诗歌的前两句说“春到已多时，幽禽尚未知”，乃画中实景的描绘，而后两句中的“上林春色”是诗人的想象。春日早已来临，那么上林苑中也就应如司马相如所写的那样，百草众卉“应风披靡，吐芳扬烈，郁郁菲菲，众香发越，肸蠁（xī xiǎng，香气四达而入人心脾）布写，晻薆咇茀（àn ài bì fú，香气盛貌）”（《上林赋》）。但是画中的鸟儿似乎对眼前的无限春光尚不知觉，实际上这是视而不见。春日的舒盛繁茂与幽禽独立枯枝，形成了极为鲜明的反差。“上林无限好，何事立枯枝？”究竟造成这一反差的原因是什么呢？这一发问，起到了以虚照实、启人深思的作用。诗画通过虚实比照，以自然喻社会，语言含蓄，态度却非常明朗，这分明是在表白：为了保持“老木蟠风霜”（黄庭坚《题子瞻枯木》）这一高风亮节，宁愿独立枯枝，甘受寂寞，也不求无限“春光”和“锦绣”。理解这首诗最好的注解，莫过于方孝孺以其实际行动和生命实现了自己的人格理想。（杨旭辉）

画　梅

方孝孺

微雪初消月半池[1]，篱边遥见两三枝。
清香传得天心在[2]，未许寻常草木知。

[题解]

木诗选自陈邦彦《历代题画诗类》卷八二。

[注释]

①初消：刚刚开始融化。月半池：月影照满了半个池塘。②天心：天意。

[评说]

这首题画诗写梅，既状其形象，更赞其风神品格；赞其风神品格，又似乎暗喻着自己的人品与处世态度。

诗歌前两句，通过写景，写出梅花清高脱俗的品格。古代诗文历来以夜月、清影来烘托，使之更富有幽情雅韵，如柳宗元《早梅》："朔风飘夜香，繁霜滋晓白。"林逋《山园小梅》："疏影横斜水清浅，暗香浮动月黄昏。"王冕《题墨梅图》："长林大谷月色新，枝南枝北清无尘。"虽然这么两三枝疏影傍倚篱边，但有了皎洁的月光、皑皑的白雪烘托，那静谧的意境、朦胧的月色、疏淡的梅影、缕缕的清香，确实令人陶醉，而梅花"清无尘"的品格也就更加令人瞩目了。

诗歌的后两句转而写梅花之清香。常规的多是："素彩风前艳，韶光雪后催。蕊香沾紫陌，枝亚拂春苔。”（唐郑述诚《华林园早梅》）“风送幽香出，禽窥素艳来。”（唐释齐己《早梅》）“清香散作天下春，草木无名藉光彩。”（元王冕《题墨梅图》）此诗却是反其道行之，诗人认为梅花的清香能传到天空中，因为其中寄托着崇高的“天意”，地上的寻常草木是绝对不会知晓理解的。这样，“老梅心自常”（元王冕《题墨梅图》），不为外物所动的凛凛贞姿，更加突出了。全诗以梅花自比，寄托了作者孤洁高傲的品性，内蕴丰富，启人遐思。（杨旭辉）

题送行图

王　绂

客里送君归故乡，江天秋色正茫茫。
扁舟一个轻如叶，半是诗囊半药囊。

[题解]

本诗选自卞永誉《式古堂书画汇考》卷五六。

王绂（1362—1416），明代画家，字孟端，以字行，号友石、九龙山人，无锡（今属江苏）人。洪武时生员，因事被谪戍山西十余年。永乐初，以善书被荐，供事文渊阁，官中书舍人。《明史》有传，说他“博学，工歌诗，能书，写山水竹石，妙绝一时”。擅画山水，师法王蒙，风格郁苍，作平远景，近倪瓒。尤善墨竹。能诗，有《友石山房集》。存世画作有《山亭文会图》《墨竹图》。

这一幅送别同乡友人的送行图，画的是江南水乡景色，“单条水墨山水”。

[评说]

题诗首句写送别，七个字有三层意思，“客里”，诗人自己在京城作客，此其一；“送君”，同乡友人也是作客在外，此其二；“还故乡”，君还故乡，“我”不得还，此其三。客里送客，客还故乡，滞留在客地的“我”，此情何以堪！前人论诗，讲究“工于发端”，凡是发端有笼罩全篇、扣应题意之势，都是好诗。本诗的首句，情意浓厚，是一个绝佳的开端。次句和第三句，描写画面上友人远行处的景色，江天茫茫，秋色溶溶，一叶扁舟，轻行疾驰，很快地到达友人的家乡。这种诗境，在杨士奇、王景等人的同题题画诗中，都得到了表现。杨士奇《题王绂送行图》：“吴江渺无极，萧条十月初。片帆河上发，竟去不踌躕。”王景《题王绂送行图》：“画船晓发凤城东，江上青山云几重。秋水连天三百里，片帆一夜到吴淞。”这首诗的结句，最是奇妙，它不以乡思收结，却说扁舟“半是诗囊半药囊”，描写友人的诗才和身体状况，表现出诗人对友人的赞扬和关切之情，以人收结，回到送行的题旨上。（吴企明）

题茅斋煮泉图

王　绂

小结茅斋四五椽，萧萧竹树带秋烟。
呼童扫取空阶叶，好煮山厨第二泉[①]。

［题解］

本诗选自陈邦彦《历代题画诗类》卷四九。

［注释］

①第二泉：无锡惠山有泉水，陆羽品为天下第二。

［评说］

本诗采用“顺点题面”之法写成，描写画面景物。首句就题上“茅斋”着笔，说这个茅斋很小，只有四五根椽子。次句写其周边环境，茅斋周遭是萧萧竹树，被秋日的烟霭笼罩着，清幽雅洁，十分宜人。第三句，呼童扫叶，全为结句描写“煮泉”作势，扫来空阶落叶，正好在山厨里用惠山第二泉水煮泉。画题“茅斋煮泉”四字，顺次点出，间以景物烘染、细节描写，诗意自然伸展，毫无呆板、率直的弊病。本诗乃仄起首句入韵格，“椽”“烟”“泉”三字，押下平声一先韵。（吴企明）

自题小幅山水

王　绂

溪水涵秋鹤影孤，草堂云冷树模糊。
相看未遂还山约，空复年来写画图。

[题解]

本诗选自王士慎《带经堂诗话》卷二三。

图上尚有明初吴郡名流王汝玉、俞行之、韩奕诸人题诗。

[评说]

本诗前两句写画面，后两句写感慨，系题画诗常格。前两句描写画面景物，溪水中伫立着孤鹤，蕴含着秋色；草堂石冷，树色模糊，好一派清幽的景象。第三句转而写观画感想。面对溪涵秋影、云树模糊的幽静的山水景致，画家不禁想到出于多种缘故，没有实现还归山林的旧约，有不胜怅恨之感，因而发出徒然作山水图画的慨叹。由写画、观画而生爽还山约的感慨，惋叹年来多写山水画，诗意回环往复，极尽婉曲之妙，尽力倾诉自己的悔恨、怅惘。本诗乃仄起首句入韵格，“孤”“糊”“图”三字，押上平声七虞韵。（吴企明）

题王绂墨竹图

张　肯

书法元于画法同，半窗秋影墨池中。
同州仙去房山远①，赖有王君继此风。

[题解]

张肯（生卒年不详），明代诗人，字继孟，号梦庵，吴县（今江苏苏州）人。工诗，清丽有法，有《梦庵诗稿》。

本图今藏台北故宫博物院。本图画翠竹三竿，用笔稳健，墨色近浓远淡，颇有层次感，以书法笔法写竹，出枝撇叶，起落疾徐，极具浓厚的书法韵味。竹叶临风，潇洒磊落，呈现出出尘脱俗的意志，真是情韵四溢、清气满幅，此是画家人品高洁所致。王绂墨竹，号称“国朝第一”（指明代），洵非虚言。画幅下方有画家自题诗、跋，上方有滕用亨、张肯、梁同行三家题写的诗、跋，今选张肯的题诗品赏之。

[注释]

①同州：指宋克，明初画竹名家，又是书法家，常以书法笔法写竹。他曾任凤翔知府，旧属岐州，不是同州。房山：指高克恭，字房山，元代画竹名家。

[评说]

张肯的题诗以议论的笔调发端，前两句说，画法源于书法，画与书的用笔方法相同，用砚池中的水墨画出这幅墨竹，映在窗上，半窗竹影，萧萧而富有秋意。诗句虽涉论宗，而“半窗秋影”乃形容画面实景，回扣画面。第三、四句，揭出王绂画竹的艺术渊源，说高克恭、宋克已死，幸赖王绂继承他们的墨竹画风。梁同行的题跋中明确指出：“写竹雅得房山笔趣。”梁跋与张肯诗意完全一致。诗人观看画幅后，既不摹写具体画中景象，也不抒写主观情思，却将视角投向审美理性的层面，对画作进行深入的思考，阐发画学理念，揭示出画家的艺术渊源，呈现出纯写议论的美学特征。张肯的题画诗，便属于这一类。（吴企明）

题王熙临宣和雪天芦雁

金幼孜

端本堂中迹已空[①]，兴亡总在画图中。
惟有干离河上路，年年飞雪送归鸿。

[题解]

本诗选自陈邦彦《历代题画诗类》卷九五。

金幼孜（1368—1431），明代画家，名善，以字行，新淦（今江西新干）人。建文年间进士，官至礼部尚书、武英殿大学士，谥文靖。工书法，善花鸟画。著有《北征录》、《金文靖集》十集。王熙（生卒年不详），亦是明代画家，字碧峰，画作有萧疏之致。

[注释]

①端本堂：宋徽宗时宫殿，多藏书画卷册。

[评说]

"多少六朝兴废事，尽入渔樵闲话"（北宋张昪《离亭燕》），北宋靖康之耻，为多少后人题咏、讽鉴。这首诗便是借题画咏史，抒发感慨。作者见到画家王熙所临宋徽宗赵佶《雪天芦雁图》，被优美的画面勾起了无限的迷惘、惆怅。

宋徽宗是北宋的亡国君王，擅于丹青却疏于政事，最后只落得身为金人北虏，客死漠北的结局。诗人便将这段历史融入这首题画诗中。诗人选取的这个视角，自有其典型性，因为画作是徽宗穷奢极侈的见证，也是北宋王朝灭亡的标志，用来咏怀历史兴亡，是十分贴切的。这也正是诗人所讲的："端本堂中迹已空，兴亡总在画图中。"

诗的后两句，就对这一艺术形象加以描绘，咏史怀古，抒发历史感慨和人世沧桑之感。画面上白雪纷飞，表明时序已属严冬，芦雁都从北方飞向了南方，以躲避霜雪的侵袭。但是有一只大雁在飞雪中哀鸣，毫无疑问，这肯定是离群失所、欲归不得的孤雁。诗人就紧紧抓住了"欲归不得"这一特征，联系到徽、钦二帝溘死北方的悲剧。诗作最后以"年年飞雪送归鸿"作结，更是令人触目伤怀，引起无尽的今昔盛衰之感。这无情的"飞雪"尚且知道要送鸿雁南飞，而作为一国之君，徽宗却永不得归。

（杨旭辉）

自题山水

杜　琼

纷纷画债未能偿[1],日日挥毫不下堂。
郭外有山闲自在,也应怜我为人忙。

[题解]

本诗选自汪砢玉《珊瑚网》卷三六。

杜琼（1396—1474），明代画家，字用嘉，号鹿冠道人、东原耕者，世称东原先生，吴县（今江苏苏州）人。他擅画山水、人物，开吴门画派之先声。徐沁《明画录》云："郡守况锺屡荐不赴，筑瞻绿亭于小圃，以画自给。山水宗董源，层峦秀拔。"亦善书法、诗文，沈周从其学。有《东原斋集》，今存画有《南湖草堂图》《蕉园图》《友松图》等。

汪砢玉著录杜琼此图后，并评其人品、画品云："杜渊孝先生明经博学，家贫道尊，贞澹醇和，粹然为丘壑之表。得朱长文乐圃东偏地，结亭聚石，号曰东原。故曰'郭外有山'，然云'日日挥毫'，而所存者无几，余仅有其《玄墓看梅图》，仿赵善长山水而已。"

[注释]

①画债：别人求画，尚未作成，有如负债，故云。本句出自司空图《白菊杂书》："此生只是偿诗债，白菊开时最不眠。"

[评说]

杜琼这首题画诗，与众不同，既不写画面，也不写画理，却从整日忙于作画的艺术生涯立意，写出自己的深切感受和怡适情趣。画家艺名远扬，求画的人日多，整日忙于挥毫作画，诗的前两句“纷纷画债未能偿，日日挥毫不下堂”，确是画家当日真实生活的写照。据汪砢玉识语，可知第三句的山是“假山”，叠石为山。杜琼的庭院在郭外，园内的假山十分清闲自在，也应怜惜“我”整日为人忙碌。诗人以山之闲比照“我”之忙，用拟人手法，赋予假山人的情感，既为诗篇增添了无穷的生趣，也透露出画家兼诗人的杜琼甘愿为人作画、乐此而不疲的精神和情致。（吴企明）

题听泉图

杜　琼

闲对溪泉歌濯缨[1]，濯缨歌罢独留情。
从知活水源头在，遂使流来日夜清[2]。

［题解］

本诗选自《石渠宝笈初编》卷三八。

就诗论诗，无法理解这首题画诗。读了杜琼的题识和王应的识语，方恍然大悟，才能比较准确地把握此诗的题旨。杜琼与王应的识语，并载《石渠宝笈》中。杜琼云："徐君孟祥读书修德而又天资明敏，强记多闻，千言过目即能成诵，作为诗文，雅有体裁，所谓吾当避路放他出一头地者也。间以此纸征予鄙作，因诗其上，并系此云。正统八年癸亥岁夏五，东原杜琼书。"王应云："杜君用嘉写图赋诗，以贻余友徐君孟祥，复缀数言以称美之。"原来这是一首赞美徐孟祥的诗。

［注释］

①歌濯缨：屈原《渔父》："渔父莞尔而笑，鼓枻而去，乃歌曰：'沧浪之水清兮，可以濯吾缨。'"濯缨，洗涤冠缨。②"从知"两句：诗意从朱熹《读书有感》诗中来，朱诗云："半亩方塘一鉴开，天光云影共徘徊。问渠那得清如许，为有源头活水来。"

［评说］

一般题画诗，常在画题上做文章。比如徐庸题写杜琼的《听泉图》，云："跳珠溅玉韵泠泠，几度听来上小亭。"写流泉奔腾跳踔的形态、清韵泠泠的声音，两句直扣画题，写尽"听""泉"之画意。而杜琼自己题写这幅画，却能挖掘出画外意，使蕴含于画中"称美徐孟祥"的题旨显露出来。诗从《听泉图》的"泉"字入手，"闲对溪泉"，扣住画题；"歌濯缨"，不是听泉流声，而是听歌声，引出"沧浪之水清兮"的艺术意想来，为下文着重描写水清张本。从首句到次句，诗人运用顶真的修辞手法，即上句的末二字，与下句的首二字相同，使诗意蝉联而下，顺畅自然。沧浪之水"清"，濯缨一洗俗尘，使冠缨"清"，保持贞洁情操，故云："濯缨歌罢独留情。"诗至第三句，笔头一转，写出源头活水使水常清的道理，并借用朱熹《读书有感》诗意，赋予活水常清的自然现象以深层意蕴和深刻哲理，称美徐孟祥读书多、修德高，因而事理明晰、诗文清雅，犹如日夜清澈的流泉。（吴企明）

题秋林观瀑图

沈　贞

秋林霜重叶痕斑，白发萧萧二老闲。
握手相逢无个事，不因论水更论山。

[题解]

本图今藏苏州博物馆。

沈贞（1400—约 1483），明代画家，字贞吉，号陶庵、陶庵道人，长洲（今江苏苏州）人，为沈周的伯父，以隐逸自乐，善画，以山水见长，张丑《清河书画舫》卷一二上："画师董源，可亚刘廷美。"徐沁《明画录》云："每赋一诗，营一障，必累月阅岁方出，不可以钱帛购取，故尤以少得重。"画迹今存《秋林观瀑图》《竹炉山房图》等。

[评说]

沈贞的题诗运用虚实结合的技法写成，前两句用实笔，细致地描绘画面景物和人物。"秋林"二字，直扣题面，因霜重，秋林叶痕斑斓。次句写"二老"白发萧萧，闲逸无事，游山玩水。第三句，突破绝句诗章法的常规，并不用转笔，仍就次句的"闲"字生发，说二老握手相逢，并无他事，只为看山观瀑而来，不是论水，便是论山。后两句，纯用虚笔，以议论的语气说出二老闲游、品评山水的高雅情致。全诗虚实相生，非常全面地反映出画面实境以及蕴含于画境中的悠闲、愉悦的情思，诗情画意交汇融彻，令人读后心旷神怡。（吴企明）

秋林观瀑图

题沈周溪峦秋色图

沈　贞

锦帆泾上千年寺[1]，水殿云廊半不存。
只有老僧明月下，立当清影夜敲门[2]。

[题解]

本诗选自汪砢玉《珊瑚网》卷三七、卞永誉《式古堂书画汇考》卷五五。

沈周与苏州承天寺僧明公友善，每入城，必寄寓寺中。成化六年（1470），石田为明公画《溪峦秋色图》，自题云："予虽江乡人，岁入郭，无虚月，然未尝一假居廛市，假必明公所，往来逾三十年，明公无烦于予，予亦无所惮也。今年夏五月一别，迨十月下浣始相见，出纸索画与题，以志契阔，因写《溪峦秋色》应之，写毕，瀹篱豆茶为供，时夜已过半矣。庚寅沈周。"并题诗一首，云："每忆西禅地，城中人不知。香炉供课佛，茗碗博题诗。嗜淡黄金远，心闲白发迟。劳生堪自薄，令我羡吾师。"汪砢玉曾见过此图，他描述画幅具象为："枯笔矾山头，气象磅礴，下作竹树萧森，间小亭跨之，意甚疏秀，乃倪黄合并而出者。"沈周这幅画为之题诗的人很多，除沈贞外，还有沈恒、刘珏、陈蒙。

[注释]

①锦帆泾：水名，即苏州城里沿城濠。范成大《吴郡志》卷一八："锦帆泾，即城里沿城濠也，相传吴王锦帆以游，今濠故在，亦通大舟。"千年寺：承天寺的前身为梁代重玄寺，至明代已逾千年。范成大《吴郡志》卷三一："能仁禅寺，在长洲县西北，即梁重玄寺，入国朝为承天

寺。”②“只有”两句：暗用贾岛《题李凝幽居》“鸟宿池边树，僧敲月下门”句。

[评说]

沈周的《溪峦秋色图》是描写承天寺周边景色的，沈贞的题诗便从明公安禅地承天寺落笔。首句点其地，次句写古寺之景观。临水之殿，绕云之廊，半已不存，荒芜颓圮。诗的转捩处用“只有”两字，最值得注意。诗人说，千年古寺虽已破旧，而老僧奉佛安禅之心不变，外出归来，明月照着他的清影，他安详地敲响寺门。此情此景，充满着诗情画意，很容易使人联想起贾岛的名句“僧敲月下门”。沈贞的题诗，与沈周自己的题诗参看，人们可以完整地看到一位欲寡心闲、淡泊安禅、焚香课佛、茗碗题诗的老僧形象，也可以看到诗人对他的崇敬之情。（吴企明）

题刘西台清白轩图

沈　恒

十载天涯作宦游，黄尘飞满紫貂裘[①]。
归来不叹长途险，犹写关山万里秋。

[题解]

沈恒（1409—1477），明代画家，字恒吉，号同斋，沈贞之弟，沈周之父。隐于乡里，风韵高逸，工诗善画。徐沁《明画录》："画山水，师杜琼，劲骨老思溢出，绝类黄鹤山樵一派。"现存画作《查氏丙舍图卷》。

"刘西台"，即刘珏。刘珏《清白轩图》，今藏台北故宫博物院。画幅上有刘珏的识语和题诗，识语云："戊辰（按：天顺时期无戊辰年，据沈周的题语，知此为戊寅之误）孟夏朔日，西田上人持酒肴过余清白轩中，相与燕乐，恍若致身埃壒之外。酒阑，上人乞诗画为别，援笔成此以归之。先得诗者，座客薛君时用也。彭城刘珏识。"画上并有许多友人，如沈澄、冯篪、沈恒、薛英的题诗。刘珏死后第二年，沈周也在画上题了一首七绝。画上保留了沈氏三代人的题诗，这在我国题画诗史上也是很少见的。

[注释]

①十载宦游：在刘珏致仕长洲时，适西田上人亦南来，沈恒有机会看到刘珏的画与诗，为之题诗，所以有"十载天涯作宦游"之句，概要叙述刘珏十年宦游北方，任刑部主事、山西按察司佥事等职时的生活。②"黄尘"句：陆游《诉衷情》："关河梦断何处？尘满旧貂裘。"沈诗由此翻出。

[评说]

题诗并没有立即写画面，却回忆往事。首句表现刘珏十年宦游的生活，次句写他的貂裘上沾满飞尘，极言其归途之艰辛。诗句很自然地融入陆游词句，如若己出。后两句，说他不叹长途险阻，创作激情仍然旺盛，还在追忆万里关山的景色，画作万里关山的秋色。这首诗并没有拘泥于《清白轩图》的图像，诗思完全从画面拓展开去，体现刘珏热爱北方关山雄奇壮伟的自然风光，回归南方后仍然描画北方关山之美，揭示出刘珏绘画艺术的审美特征。（吴企明）

题墨梅

丘　濬

老龙半夜飞下天，蜿蜒斜立瑶阶里①。
玉鳞万点一齐开，凝云不流月如水。

[题解]

本诗选自陈邦彦《历代题画诗类》卷八三。

丘濬(1421—1495)，明代戏曲家，字仲深，号琼山，别署赤玉峰道人，广东琼山(今属海南)人。景泰五年(1454)进士，历官翰林院编修、侍讲、国子祭酒、礼部尚书、文渊阁大学士、户部尚书、武英殿大学士。谥文庄。廉介持正，性嗜学，熟于典章制度，晚年右目失明，犹披阅不辍。他的戏曲传奇作品，多宣扬封建伦理道德，为历来戏曲理论家视为迂腐一派，如《五伦全备记》。著有《琼台集》《丘文庄集》等。

[注释]

①瑶阶：洁白的台阶，此处指白雪覆盖。

[评说]

历来咏梅、画梅，多以疏者为胜，如唐代僧人齐己《早梅》云“前村深雪里，昨夜一枝开”；林逋以梅为“妻”，《山园小梅》曰“疏影横斜水清浅，暗香浮动月黄昏”；陈亮咏梅曰“疏枝横玉瘦，小萼点珠光”(《梅花》)。然而，对国画而言，梅之韵并非在于疏密之别，而“要由骨格苍老而透出一番秀雅，如淡妆美人态度，为画梅之上上品”(清松年《颐园论画》)。丘濬此诗描绘的就是梅之繁枝密蕊。在傲岸不屈、不畏严寒的奔放气势中，将梅花清丽淡雅之韵表现得淋漓尽致。

古人谓画梅，“梅花重在枝梢峭拔”(《颐园论画》)、“苍老”(《芥子园画传》)，诗人以奇特的想象，将曲劲多姿的枝干比作逶迤盘曲的虬龙。画面顿然显现出一派神奇的境界：夜深人阑的冬夜，北风呼啸，一条遒劲的老龙从天而降，蜿蜒盘旋，最后斜立于洁白的雪地上。诗人明写树态，其实生动形象地表现了画家淋漓纵放的酣畅笔意，让读者真正领略到“兔起鹘落”“下笔有神”的神采。“玉鳞万点一齐开”更是这一神采的继续和强化，梅花如片片龙鳞，晶莹闪亮，随着巨龙纷至沓来，骤然开放。诗中不言“花”，却描绘出梅花齐放的情景，独出胸臆，使人联想起画家画笔攒动、一气呵成的情形。正缘“一笔圈成”，因而梅花“气足神完”，“乃得情趣”(《颐园论画》)。“凝云不流月如水”便是这一情趣的再现，如琼珠缀玉，又似流云泻月，正乃前人所谓“闻道梅花坼晓风，雪堆遍满四山中”(陆游《梅花绝句》)、“素艳雪凝树，清香风满枝”(许浑《看早梅》)般的意趣，令人想象不已，回味无穷。(杨旭辉)

题周都尉墨竹

丘　濬

森森出地传龙种①，挺挺参天结凤巢②。
人道此君敦世契③，风云气概岁寒交④。

[题解]

本诗选自陈邦彦《历代题画诗类》卷八一。

[注释]

①森森：繁密高耸的样子。龙种：竹、笋之别称，又曰“龙孙”。宋梅尧臣《韩持国遗洛笋》：“龙孙春吐一尺芽，紫锦包玉离泥沙。”此处即以“龙种”指竹。②参天：高入天空。③敦：敦厚。世契：世代意气相契。④交：朋友。

[评说]

全诗以叠词起篇，勾勒出墨竹的形态。“森森”“挺挺”，并非奇语妙句，却非常恰当允合，一下子在读者眼前展现出“森森竹径幽”（北宋韩琦《长安府舍竹径》）的画境：一片竹林拔地而起，繁密茂盛，笔直挺拔，高耸云天。这与徐文长之“嫩筱捎空碧，高枝梗太清”之势完全一致，便为下文独抒胸臆埋下伏笔。传说，凤凰食竹花而生，此处画中竹枝繁盛，所以有凤凰前来筑巢。“人道此君敦世契，风云气概岁寒交”，便是诗人所要表达的画外之意。“岁寒交”，言竹与松、梅皆为“岁寒之友”，具耐寒特性，正是前人所谓“竹是岁寒物”（北宋晁补之《秋竹》）、“萧然风雪意，可折不可辱”（南宋苏轼《御史台竹》)、“欲识凌冬性，惟有岁寒知”（唐虞世南《赋得临池竹应制》)，显示出傲雪斗霜的风云气概。这正与士人的高风亮节世代相契，意气投合。因而，竹最能与诗人产生情感的共鸣，于是写竹而情生，从青碧挺拔的翠竹见及人格的力量。丘濬本人刚直耿介，学识渊博，任职文渊阁大学士，勤于机务，至晚年右目失明仍披阅不止，不正是竹“岁寒交”品性的最好写照吗？竹，是历代文士的尤物，咏者甚众，而丘濬却由竹及人，画外见意，由画境而及心境，其象外之旨、意外之韵，让人回味不尽。（杨旭辉）

题墨松图

姚　绶

难将老干凌韦偃[①],欲向三峰访隐居。
看图忽吹松子落,山人石室近何如?

[题解]

本图今藏安徽博物院。

姚绶(1422—1495),明代画家,字公绶,号穀庵、云东逸史、云东懒仙等,嘉善(今属浙江)人。明成化间,任永宁郡守,辞官归,筑室丹丘,人称"丹丘先生"。工诗文,善书画,书学钟王,擅画山水,宗法吴镇,也取法赵孟頫、王蒙。有《云东集》。

[注释]

①韦偃:唐代画松名家,杜甫有《戏为韦偃双松图歌》称赞之。韦偃乃京兆(今陕西西安)人,寓居于蜀,喜画山水、松石、人物、鞍马,能曲尽其妙,思高格逸。张彦远《历代名画记》卷一〇:"俗人空知偃善马,不知松石更佳也。咫尺千寻,骈柯攒影,烟雾翳薄,风雨飕飗,轮囷尽偃盖之形,宛转极盘龙之状。"

[评说]

此诗一反常规,诗人没有具体描绘画面上墨松的具象,却先发议论,说自己画的松树老干难以超越唐代韦偃的墨松。这是谦词。次句由画面拓开,说画松逗出"我"寻访隐居于深山三峰的友人的情思。第三句,仍自画面落想，说现在“我”看着墨松卷，忽然听到松子坠落的声响。这种艺术意想，与唐明皇称赞李思训的画障“夜闻水声”（见朱景玄《唐朝名画录》）的意想，同出一辙。尾句用诘问句收结，拍合第三句，兼及第二句，诗人说：松子落地声将“我”从遐想中拉回到现实，不知那位隐居三峰石室中的朋友近来生活得怎么样？尾句点出题旨，表达出诗人因观画而兴起的怀念友人的深挚情感。（吴企明）

题竹石图

‖姚绶

节上可题字①,枝间宜挂巾②。
此君惟对我③,驱尽眼前尘。

[题解]

本图今藏故宫博物院。

[注释]

①“节上”句：见李贺《南园十三首》：“舍南有竹堪书字。”②“枝间”句：挂纱巾于竹枝，姚合《竹里径》：“纱巾灵寿杖，行乐复相宜。”③此君：指竹，因王徽之“不可一日无此君”而得名。

[评说]

竹是我国文人极为喜爱的植物，常与文人的高雅举动有关。这首题诗专咏竹，画上还有湖石，略而不谈。前两句，便从竹的人文内涵着笔，说竹的节上可以题字，竹的枝间宜于挂巾。诗的后两句，表现竹的高洁品性，说翠竹只与诗人相对，将眼前的尘垢驱除殆尽。竹有许多自然属性，被比作人的德性，本诗仅撷取其雅洁一端，称颂它具有君子的品德，受到人们的雅爱。画家爱竹，所以画竹，将自己的情怀倾注于竹的形象中，题诗又进而撷出爱竹的深层内涵，诗与画，人与竹，融而为一，妙合无垠，人耶？竹耶？竹中有人，人外有竹，读画人自能领悟。（吴企明）

题寒林鸲鹆图

‖姚　绶

鸲鹆无言立晚风①,孤村竹树自成丛。
不知锁向雕笼者,得似空山翠水中?

[题解]

本诗选自台北故宫博物院藏姚绶《寒林鸲鹆图》题诗。

本图立轴，水墨，纸本，纵 116.7 厘米，横 29.6 厘米。此图构图简练，风格粗犷，下部画一块顽石，一簇枯草，几枝残竹，中部画两枝枯树，用籀书笔法画成，挺劲老练。一只鸲鹆独立于枯枝上，以重墨点写而成，侧身回首，神态自如，似乎在警惕地注视着下方。姚绶的诗题写在右上方空隙处。

[注释]

①鸲鹆(qú yù)：鸟名，也作鸜鹆，俗称八哥。

[评说]

这首题诗一、二两句先写画面景物。孤村里几枝枯木残竹，画面显得萧疏苍凉，鸲鹆无言，独立晚风中，却自由自在。三、四两句，由画面拓开思路，运用对比手法，将寒林鸲鹆与锁向雕笼的禽鸟进行比照描写。锁向雕笼的禽鸟，饮水、食物齐备，非常安全，但被禁锢着，失去自由。而寒林里的鸲鹆虽说要时刻警惕他物的伤害，但它生活在空山翠水之中，可自由飞翔。诗人在结句使用疑问语气，一变直叙之弊，表达出摆脱牢笼、追求自由的心愿，增加诗句的情趣，也丰富了诗作的意蕴。（吴企明）

题着色木竹幽禽图

姚　绶

萧萧落木晚山幽①,一鸟不鸣无限秋②。
回首便应辞信使③,野花江月又何愁。

[题解]

木诗选自姚际恒《好古堂家藏书画记》卷上。

[注释]

①萧萧落木：用杜甫《登高》“无边落木萧萧下”句。②一鸟不鸣：王籍《入若耶溪》：“蝉噪林逾静，鸟鸣山更幽。”王安石变化用之，曰：“一鸟不鸣山更幽。”③信使：古代称使者为“信”，故云。姚绶尝任监察御史，常受命出使各地。

[评说]

这首诗借着题画的机会，表达画家辞官退隐、徜徉林泉的心愿。前两句就题写，描写画面景物，时当秋令，落木萧萧，一鸟不鸣，空山幽静，诗人陶醉于一派秋暮风光之中。“落木”，点题上“木竹”；“一鸟不鸣”，点题上“幽禽”。虽然没有写到竹，但是画面上确实有竹。姚绶师法吴镇，擅画竹石，何良俊《四友斋画论》曾说：“闲写梅道人竹石，亦萧洒可爱。”用潇洒可爱的竹，点缀于林木间，亦自可爱。

诗的后两句，抒发观画感慨。姚绶画作此图时，正任监察御史，曾奉命出使外地，自生羁旅之愁。他回首出使时的情景，念及旅途的劳累，看到画面上幽静的山境，无限的愁意，油然触发起辞官退居林下的兴会。“辞”字是全句诗眼，更是全篇的诗眼，整篇诗思皆由此生发。结句绕回到画境上，他辞官退隐后，不再受到鞍马劳顿、羁旅愁苦的折磨，自由自在地生活在画中那样幽静的深山里，欣赏野花江月，领略大自然赐予的美景，哪里还有什么愁苦呢？（吴企明）

花下睡鹅图

沈　周

磊落东阳笔下姿[①]，风流崔白未成诗[②]。
鹅群本是王家帖[③]，传过羲之又献之[④]。

[题解]

本图今藏台北故宫博物院。

沈周（1427—1509），明代画家，字启南，号石田、白石翁，长洲（今江苏苏州）人。终生不仕，专门从事诗文、书画创作，善画山水，兼工花鸟、人物，绘画初师杜琼、刘珏，后取法于董、巨、二米、黄公望、吴镇。书法学黄庭坚，诗学白居易、苏轼、陆游。韩昂《图绘宝鉴续编》："（石田）博学有奇思，为诗清新，皆不经人道语。字亦古拙。学黄大痴，法其善者，略其不善处，遂自名家。"

[注释]

①东阳：郡名，在今浙江。沈约曾任东阳太守，人称"沈东阳"，沈周借以自喻。②崔白：宋代画家，字子西，濠梁人。善画花竹、翎毛、芰荷、凫雁。郭若虚《图画见闻志》卷四说他："工画花竹翎毛，体制精赡，作用疏通。"③王家帖：王家，指王羲之、献之父子。羲之爱鹅，从鹅颈的转动中，领悟到书法运笔之道，得其宛转之妙，故称鹅为王家的活字帖。④羲之：晋代著名的书法家王羲之，字逸少，临沂（今属山东）人，居山阴（今浙江绍兴），善书，素有"书圣"之称。献之，字子敬，羲之第七子，从父学书。

[评说]

题诗从画面形象切入，以议论起势，说这幅画是洒脱不羁的沈姓画家笔下的睡鹅，实则自指。次句形容睡鹅的风姿很像是宋代画鹅名家崔白画的鹅，但是崔白没有题诗，故曰“未成诗”。诗的三、四句，撇开画面，却说鹅本是晋代王家活的字帖。沈周为什么要在题写《花下睡鹅图》的诗中写到王氏父子的书法艺术呢？原来画家常常从前代名家的书法艺术中参悟绘画的笔法，元代杨维桢《题赵大年鹅图》：“大年笔法如兰亭，宛颈个个由天成。”沈周画鹅宛转天成，所以他便由睡鹅联想到王氏父子的书法艺术，形象地写出自己的创作体验：书法与绘画艺术可以互相融通，互相渗透。（吴企明）

花下睡鹅图

题雨意图

沈　周

雨中作画借湿润，灯下写诗消夜长。
明日开门春水阔，平湖归去自鸣榔[1]。

[题解]

本图今藏台北故宫博物院。

画幅上有沈周题识："丁未季冬三日，与德征夜坐，偶值兴至，写此以赠云。沈周。"丁未，是明成化二十三年（1487）。德征，是女婿史永龄之字。沈周与女婿史永龄客中夜坐，偶值兴至，于是在灯下作画、题诗，赠给史永龄。这幅画用水墨画成，画面表现雨雾笼罩下的层岩林木和山庄，水墨交融，自然晕化，雨意蒙蒙，纯用写意笔法。远处，云雾中露出高山的峰巅；近处，有两间临溪的茅屋，屋内对坐二人，当是作者自己和女婿。姚际恒《好古堂家藏书画记》论此画："山云屋木，写夜雨景象，入神之笔。"

[注释]

①鸣榔：榔，即船板。敲击船板出声，作为歌声之节。

[评说]

题诗首句直承画题，"雨中作画"，画作冬夜雨意图，故借用雨水的湿润，使画幅墨沈淋漓，气韵生动。此画只有树木枝干、茅屋、人物用线条勾勒，其余山石、林木等景物，都靠水墨晕染，用侧锋侧扫或横点画成，意境空蒙，可以明显看到沈周仿米的笔意。诗人用“借湿润”概括这幅画的美学特征，是很恰当的。石田在灯下与女婿清话，作画写诗，以消磨长夜。诗句受七字句的限制，只提“灯下写诗”，实则第一句“作画”亦在灯下，两句诗采用了“互文见义”的手法。第三句诗意突转，诗人从冬雨拟想春雨，一夜春雨，水涨得很高，平湖水阔，正好与女婿鸣榔长歌，驾舟归去。全诗描写作画题诗的情景，以及由此而生的归乡情思，既顾及画面，表达画幅的气韵，又写出画外意，推想明日鼓枻回乡的意兴。诗虽短小，但表现手法多样，意蕴丰富，洵为绝妙的题画绝句。（吴企明）

题杖藜远眺图

沈　周

白云如带束山腰，石磴飞空细路遥。
独倚杖藜舒眺望，欲因鸣涧答吹箫。

［题解］

本图今藏美国纳尔逊—艾金斯美术馆。这幅画是《明沈文山水合卷》中的一幅，合卷原有十幅，现仅存沈周画五幅、文徵明画一幅。

［评说］

诗的前两句，写画面景物，也就是画中人"望"中所见，白云如练带，绕着山腰，石磴临空，山路奇险，逼真地再现了画上的景色。第三句转而写画中人，他独自倚拄杖策，凝神远眺，心神舒畅，将画幅的中心，即画中人的形态、心态，写得淋漓尽致。结句拍合上句，说画中人听到涧水发出优美动听的泠泠声，心旷神怡，想用"吹箫声"来答谢"鸣涧声"，因为调协平仄和押韵的关系，诗人将这一层诗意写成"欲因鸣涧答吹箫"。全诗以画题立意，紧紧环绕"远眺"两字着笔，写其"望"中所见、所感，诗与画的对应关系非常紧密，起着补充、强化画面意境和神韵的艺术功能。（吴企明）

题山水轴

沈　周

秋来好在溪桥上，笔砚劳劳意自闲。
老眼看书浑如雾，模糊只写雨中山。

［题解］

本诗选自潘正炜《听帆楼书画记》卷二。

［评说］

这首乍看很普通的题画诗，却写出画家两点很重要的画学思想，是一首很有代表性的阐发画学理念的题画绝句。

首先，沈周告诉大家，自己“笔砚劳劳”，创作活动很频繁，很辛苦，但是自己的心态是闲逸的，“秋来好在溪桥上”，便是“意自闲”的具体表现。他心胸开阔，恬淡自适，淡泊名利，“意自闲”，因此笔下的景、物和画境是闲适的，意到情适，幽静思逸。石田老人将自己对意闲和境闲辩证关系的深刻体识，趁着题画的机会，表述出来。他的学生文徵明，对他画学思想有很深的领悟，写出“悠然胸次白云闲”（《题沈周为吴宽所作六册》诗中句，载潘正炜《听帆楼书画续记》卷下），称赞沈周绘画艺术“意到情适”的意境源于纯净恬淡的心境。

诗的后两句，表述自己绘画艺术与“米家山”的渊源关系。沈周很注意汲取宋元画家的艺术营养，兼取众长，以发展和提高自己的绘画水平。在这首题画诗里，沈周谈到晚年老眼昏花，常写“雨中山”，这绝非随手拈来的等闲笔墨，实质上透露了自己深受宋代米家父子艺术影响的信息。汪砢玉在评论沈周《阳冈亭子图》时，有一段很值得注意的评说：“启南之画，故法大痴，亦是其本色，乃所图《阳冈亭子》，独作老米笔，苔点更圆活生动。”（《珊瑚网》卷三八）文徵明也说：“凭君莫作元晖看，自写吴门雨后山。”（《题吴嗣业藏石田先生画》，载潘正炜《听帆楼书画续记》卷下）称赞乃师的“吴门雨后山”，可与米元晖的云山图媲美。由此可知，沈周在本诗结句写道“模糊只写雨中山”，并不仅仅因为晚年眼睛昏花的缘故，而是真切地写出自己和二米的关系。《宝绘录》卷一一米芾画卷后沈周跋云：“余家三世祖传绘理，癖好董、巨、二米笔法。”他在《画山水图》上题曰：“米不米，黄不黄，淋漓水墨余清狂。”这都清楚地说明沈周画风深受二米影响，可与本诗互相印证。（吴企明）

题山水图册

沈　周

山压茅檐树压溪，摊书不觉日痕西。
庭前红叶落如雨，一个竹鸡当客啼[①]。

［题解］

本图藏美国绿韵轩。这幅画为绿韵轩收藏王翚《山水册》二十开之一。画幅中部为草堂，庭前有松、枫，院后有丛竹，远处群山重叠，近处有客骑驴缓缓来临。草堂里端坐一人，正拥书抱读。这幅画用沈周笔法而参以己意，构图严谨，用笔精微，落墨赋色，纯正清新，虽摹古而纯是王翚自己的面貌。画幅右上方，题一绝，云："补白石翁题画句。"白石翁，即沈周，则此诗原为沈周题写自己的山水图的作品。

［注释］

①竹鸡：鸟名，比鹧鸪小，好啼，喜居竹林，故名。

［评说］

题诗首句，描写画面景象，山势高峻，茅屋低矮，生出"压"的感觉；上面林树茂密，下面溪流婉曲，也生出"压"的感觉。"压"字两用，提炼得好，生动地表现出山高林密的美感效果。次句写茅屋内的人，他读书入神，不觉时光流转，日已西沉。第三、四句，仍写画面，描绘茅屋庭前的树木，叶落如红雨；一只竹鸡，当着客人啼鸣。全诗虽然都是描写画面形象，但写法各不相同。有写视觉形象的，如山树茂密，写静态美；

庭前叶落，写动态美。有写听觉形象的，如“一个竹鸡当客啼”；也有用感觉来补充视觉的，如“摊书不觉日痕西”。全诗组合各种感觉器官的感受，构成韵清神远的境界，表现画幅的意境美，令人陶醉。（吴企明）

题载鹤泛湖图

沈　周

载鹤携琴湖上归，白云红叶交互飞。
侬家正在山深处，竹里书声半榻扉。

[题解]

本诗选自潘正炜《听帆楼书画续记》卷下。

沈周为好友吴宽作六幅册页，此为第三幅。吴宽、沈周相继物故，吴宽之侄携此六幅册页给文徵明观看，徵明不胜人亡琴在之叹，赋诗四首并题识，以缅怀其师，题识云："石田先生人品既高，文章敏赡，而学力尤深，出其余绪，以供游戏，要非一时庸工俗匠所能及也。先生早师叔明、子久，继入董、巨之室，愈造愈深，莫可端倪。此六册为匏庵先生所作，用笔补景，尤出寻常。"匏庵先生，即吴宽。

[评说]

沈周之《载鹤泛湖图》，乃是"画中有诗"；沈周之题画诗，乃是"诗中有画"。这幅图，表现石田老人的闲逸情趣，画家的主观情思是悠然闲散的，他笔下的一切具象也都带有悠闲之态，这真是人闲、物闲、云闲、叶闲，诚如文徵明诗所说："石丈高情点笔间，悠然胸次白云闲。"（《题吴嗣业藏石田先生画》）诗的前半首描写画面景物，"载鹤""携琴"，访友归来，悠然自在。"白云""红叶"交相辉映、交互飞动，色彩鲜美，动态可掬。画家的情趣，找到了恰切的载体，闲逸情致，得以物化。以上两句写视觉形象，用的是实笔。诗的后半首，描写人泛湖归来以后的去向。家在深山里，当然是看不到的，只能从竹林里传来的"读书声"，才让人知道“侬家”的处所。“读书声”却又是画不出来的，两句诗运用虚笔，写的都是想象中的事物，也就是通常所说的“画外意”。短短四句诗，虚实结合，情趣盎然，余音缭绕，洵是上乘之作。（吴企明）

题旷野骑驴图

沈　周

碧树沉沉绿未齐，钓舟闲倚霅川西[①]。
行人岸上空回首，各自车轮与马蹄。

［题解］

本图今藏美国纳尔逊—艾金斯美术馆。这幅画是《明沈文山水合卷》中的第五幅。本图描画苏州、湖州郊外的田园景色，画幅以树木、村舍为主体，墨色稍浓，笔意粗简。沈周晚年曾醉心于梅道人的画风，《明沈文山水合卷》中沈周诸画，都留下了吴镇笔墨的印迹。

［注释］

①霅（zhà）川：即霅溪，水名，流入太湖，在今浙江湖州境内。

［评说］

题诗用白描手法，具体描写画面景物，再现画境之清旷美。首句说碧树沉沉，郁郁苍苍，绿色参差不齐，因为树木高低不平。次句描写钓舟停泊在霅溪西边的水边，渔翁悠闲地倚舟垂钓。第三、四句转笔写到陆地上的行人，行人徒然回头，看到大家忙碌地驱车骑马，各自奔忙。画面上只有人骑驴，并无车马，这正是石田的黠慧处，他补出画外意，传达出画境之空旷。而画家喜爱江南景色的情趣，完全蕴含于画面景色描绘的字里行间，毋需多着一笔。（吴企明）

题灞桥风雪图

沈　周

灞上驮归驴背雪，桥边拾得醉时诗。
销金帐里膏粱客①，此味从来不得知。

[题解]

本图今藏天津博物馆。王维曾画过《孟浩然骑驴图》，惜未传世。后代画家往往画作《孟浩然灞桥图》《孟浩然骑驴吟雪图》，表现孟浩然灞桥风雪吟诗。本图即以此为题材，画幅下部画溪桥、石岸，一位戴笠的老者正骑驴过桥。隔江群峰耸峙，皑皑白雪封山，冻树萧瑟。天空和江水用淡墨渲染，以衬托山石上的雪景，山峦纯以淡墨空勾轮廓，不加或稍加皴擦，山顶点苔，或用细笔勾描瘦木，显出一派荒寒凄清之景。

[注释]

①销金帐：用金线装饰的帐子，喻富贵人家。膏粱：精美的食品。

[评说]

题诗用工整的对仗句，运用"对起写景"的手法，描绘画面，极为精确地概括了画面景物，营造出完整的诗境。诗人说灞桥上驴驮归了诗人孟浩然，也驮归了白雪；孟浩然此时半醉半醒，在风雪中拾得精美的诗句。唐人郑綮以为王维《孟浩然骑驴图》表现出"诗思在灞桥风雪中驴子上"（《广川画跋·书孟浩然骑驴图》引）。沈周的诗意，正与此相合。第三、四句，诗思陡然一转，写到豪门富家的人，从来不知道此中的韵味，根本不会知道风雪中获得诗思的那种快感。沈周题写自己的画幅，再现清旷、荒寒之画境美，用反衬法，写出风雪中吟诗的独特意兴，涉及诗学理论中创作源自生活的问题，由此可见沈周深厚的诗学修养。（吴企明）

题雏鸡图

沈　周

茸茸毛色半含黄，何独啾啾去母傍。
白日千年万年事，待渠催晓日应长。

[题解]

本图今藏故宫博物院。院内收藏沈周《卧游图》共十七开，本图即是其中之一。画幅中画一只雏鸡，别无他物。雏鸡纯用水墨晕染勾点而成，其身躯用不同墨色染出，任其自然晕化，表现出雏鸡毛茸茸的质感，翅羽用淡笔勾描，状初生之形，尖喙，脚趾用浓墨勾勒，健笔有力。整个雏鸡形象，自然可爱，神态毕肖。可见沈周有着惊人的笔墨功夫和造型能力。方薰《山静居画论》说他的蔬果羽毛画“气韵深厚，笔力沉着”，用这个评语来品赏《雏鸡图》，很合适。

[评说]

题诗前两句写画面的雏鸡形象。首句写其毛色，雏毛茸茸，毛色金黄。“茸茸”，是写实，表现鸡的雏毛蓬松的质感；“半含黄”，是虚笔，诗人由墨色推想得之，融进自己的生活经验，使诗句完成了由黑色到黄色的色彩转换任务。次句写其鸣声和动态，它独自啾啾鸣叫，走向母鸡身旁。“啾啾”，是雏鸡鸣叫的声音，绘画无法表达，诗可以表达；画面上无母鸡，诗人由雏鸡双脚移动的姿态，揣想它定是“去母傍”，这些都补出了画外意。诗人由画面生发，揣想这是一只雄鸡，雄鸡的重要职责便是报晓，于是便有了下半首的立意。诗人说，黑夜白天的转移，亘古不变，是永恒的自然规律。这只雏鸡还小，等到它长大能催晓，日子还应很长。

“渠”，他，这里指雏鸡。诗人期待它早日成长，能为人类作出贡献，寄托了盼望幼小生命健康成长的美好愿望。（吴企明）

题枇杷图

沈　周

弹质圆充饤,蜜津凉沁唇。
黄金作服食,天亦寿吴人。

[题解]

本图今藏故宫博物院。本图是沈周《卧游图》册页十七开之一。

画幅描画折枝枇杷，枝干用淡墨画出，自左上方向右下倒挂，六个枇杷聚生枝头，用笔蘸以淡黄色一次染成，再以墨笔点脐。枇杷叶用浅色以没骨法画成，浓色勾叶脉，阴阳向背，变化生动，宛如真叶。画面构图简洁严谨，剪裁得体，运用没骨浅色画法表现枇杷的果实和叶子，无斧凿之痕迹，神采奕奕，得自然生意。方薰《山静居画论》说：“白石翁蔬果翎毛得元人法，气韵深厚，笔力沉着。”本图足以当之。

[评说]

题诗用打破绝句章法常规的方法写成，前三句先从画面形象枇杷着笔。首句写其形，枇杷的形质圆如弹丸，可以充当果品。“饤”，置于盘中的果品。次句写其味，枇杷味甘甜，生口液，凉凉地沁入嘴唇。第三句，并不用转笔，仍写枇杷，枇杷色如黄金，好像用黄金充作服食的果品。最后一句总收，诗人说老天爷给吴人送来形圆、味甘、色如黄金的枇杷服食，令吴人长寿，真是吴人的幸运。全诗运用“通感”的表现手法，沟通多种感觉器官的功能，将味觉、触觉向视觉挪移，用诗句生动地表现画面上无法表现的感觉体验，如“蜜津”，味甘甜，是味觉；“凉沁唇”，凉爽、沁，都是触觉，通过“唇”来感受。因此，本诗弥补了绘画艺术方

面的缺憾，多层面地刻画枇杷形象，让赏画人获得超越视觉的、比较全面的审美感受。（吴企明）

枇杷图

题菊花文禽图

沈　周

文禽备五色[1]，故伫菊花前。
何似舜衣上，云龙同焕然。

[题解]

本图今藏日本大阪市立美术馆。本图署款云："八十三翁写与初斋，玩其文采也。正德己巳，沈周。"己巳，为明正德四年（1509）。绘此图后数月，沈周便永离人世。画幅右侧，画一株菊花，旁画竹竿一枝，支撑着菊枝。菊枝下淡上浓，花叶用不同墨色随笔点出，放笔画来，不加修饰。枝头缀有五朵菊花，大小不一，正侧位不同，形貌各异。花瓣用工稳之笔勾描，填以极淡的黄色，极为老练地表现出菊花的生意。菊花枝下，立一只昂首的雄鸡，正注视着两只翩翩起舞的蝴蝶，神态自然，毛羽用细碎的笔墨画出，表现出它抖擞羽毛时蓬松的质感。画幅上多种画象，充分表现出各自的自然生态，反映出画家晚年"返朴归真"的艺术追求。

[注释]

①文禽：文，通"纹"，文禽，指羽毛色彩斑斓的雄鸡。

[评说]

这首题画诗用常格写成，先写画面，再发感慨。前两句，描写画上的鸡、菊形象。鸡身上的羽毛，具有五种颜色，所以伫立于菊花前，欲与菊花媲美。诗的后两句，乍读似乎费解，原来诗人从“五色”上立意，由“文禽备五色”，联想到古代舜的衣裳亦备五色，于是便有了下半首的立意。诗人说文禽的“五色”，怎么能与舜帝衣裳上的五色相比？更何况舜衣上还有云龙，与五色一起发出夺目的光彩。雄鸡与舜帝，根本不相关涉，为什么沈周要将二者联系起来呢？原来古人认为鸡有“五德”，体现出“比物以德”的自然审美意识。宋徽宗赵佶《题芙蓉锦鸡图》便有“已有全五德”这样的诗句，鸡有五德，所以能与古代圣德之君舜相比拟。据跋语和诗句，可知这幅画是赠给友人“初斋”的，让他“玩其文采”，赏玩画鸡的五色文采。又告诉他，鸡的五色和五德，都无法与舜帝相比。“何似”二字，表明了石田翁的鲜明态度。（吴企明）

题秋林策杖图扇

沈　周

绕路寻诗句意新，凉风吹叶趁闲人。
一般来往溪桥步，但涉忙缘便有尘。

[题解]

本图今藏故宫博物院。这是一幅画在洒金扇面上的山水人物画。扇面的左右两侧，用简率的笔墨画出坡岸，右岸坡石上画杂树四五株，枝、叶或勾勒，或点染，左岸画墨竹数竿，枝竿挺拔，竹叶密集。两岸间，以溪桥连通，桥上有一人正杖策缓行，寥寥数笔，意到神具，悠闲之情趣，自画境透出。全图从构图到笔墨，均具粗笔山水小品之神韵。小小一幅扇面画，却有三个人的题诗，画家自题诗、文徵明和桑悦各一首。

秋林策杖图扇

[评说]

题诗将蕴含于画中的“意”揭示出来，具有点题的艺术功能。诗的前两句，就画中人着笔，说他是一个闲人，在凉风吹叶的清秋时节，缓行于溪桥上，绕路寻诗，这时已觅得句意清新的诗句。第三、四句，由画中人之悠闲，推想到那些整日忙忙碌碌的人，如果他们也来往于溪桥上，桥上便有许多尘土。他用反衬之笔，衬出蕴含于画中的悠闲情趣。读其画，诵其诗，细细品味，这种意趣便涌上心头。

文徵明和诗高度评价了其师这幅扇面画和这首题诗，说：“画笔诗篇两斗新，胸中丘壑景中人。就中会得无尘意，屐齿何如自染尘。”先说画境清新，诗篇颇有新意，又说画家胸中有丘壑，诗画中的新意自胸中流出。进而又论述其师诗画的深层意蕴，即是心中“无尘”“清静”，诗画的意境也就清新，深刻地揭示出画家的修养决定画艺高下这一美学理念。（吴企明）

题夜雨止宿图

沈　周

古城东畔日斜时，燕子低飞水漫池。
知是夜来春雨足，跳鱼浴鸭总相宜。

[题解]

本图今藏美国绿艺斋。

沈周晚年醉心于学吴镇，这幅画便是用了吴镇的笔意。画幅中央群山耸峙，下临深涧，近处坡岸上画树木数株，墨色远淡近浓，有层次感，用笔率意粗犷，粗枝大叶，这种笔法，在吴镇的《芦滩钓艇图》《草堂诗意图》诸画中都能找到。画幅右上方题七绝一首，还有跋语："丁酉春季念日，与惟德同客城东舟寓，雨后人境俱寂，为图与诗，颇得其趣。"丁酉，成化十三年（1477），沈周五十一岁，三月二十日，与友人惟德一同住在东庄艇子浜船上，画成此图。石田好友吴宽题本画时，在跋语中说："予家有田舍在城东，舍外有浜名艇子，石田当泊舟于此。所谓舟寓，疑即其处，故及之。"

[评说]

宋晁补之说："诗补画外意。"（《和苏翰林题李甲画雁》）沈周的这首题画绝句，完全符合晁补之提出的题画诗的审美要求。沈周并没有就画幅上的崇山峻岭生发诗意，却是从"春雨足"的视角立意构思，首句点时点地，东庄在"古城东畔"，"日斜时"是傍晚时分。次句描写燕子低飞，在春水满池的水面上翻飞嬉戏。吴宽在画幅诗堂上题诗云："郭外青山过雨时，落花飞絮燕差池。"诗意与石田诗相仿佛。三、四句说夜来春雨很大，池水涨满，所以鱼儿欢跃，鸭子戏浴，总是相宜。画幅“人境俱寂”，诗境却透出雨后万物欣喜的情绪，极富意趣。原来沈周由春山春雨推想开去，着力传达“画外意”，悉心表现“春雨足”带来的生机和欢乐。（吴企明）

题云山图二首

沈　周

看云疑是春山动,谁道云忙山自闲。
我看云山亦忘我,闲来洗砚写云山。

侵晓溪山半是云,草堂亦许白云分。
故人到此云相接,欲去还须云送君。

[题解]

本诗选自汪砢玉《珊瑚网》卷三八、卞永誉《式古堂书画汇考》卷五五。

沈周擅写长诗,但小诗也写得很有风韵。吴宽评曰:“随物赋形,缘情叙事,古今诸体各臻其妙。”(《石田稿序》)其言信然。《四库全书总目提要》评其诗“挥洒淋漓,但自写其天趣,如云容水态,不可限其方圆”。看这两首题写《云山图》的绝句诗,足见他的短诗也写得极其出色,诗思清妙,天趣盎然。

[评说]

这两首小诗,都是写“云容”“云态”,也写“云情”。第一首描写画家兼诗人沈周眼中看到的“云”。首句先写诗人的错觉,他看到云在移动,却疑为青山在移动。次句紧承,纠正自己的错觉,说:谁知道山停云动,山自空闲,云自忙碌。第三句的“云山”,以云为主,“我”看白云忙忙碌碌,也许忘记了自我,这是为第二句“云忙”的诗意加重语气,强化它忙碌的意思。具有动态美的移动的白云,触发了画家的雅兴,他准备在空闲的时候，“洗砚写云山”，把“云容”画出来，也就是这一幅《云山图》。

与上一首的写法不同，第二首里“云”是主角，写云“态”，也写云之“情”。早晨，溪山里一半是云，云和草堂主人各占草堂的一半。汪砢玉引录《庐山归宗志》芝庵主临江人的偈语云：“千峰顶上一间屋，老僧半间云半间。”沈周的诗意与之暗合。最后两句里的“故人”，便是画家、诗人自己。石田到山里来，由“云”相接，故人要归去，还须“云”相送。诗画家赋予“云”以人的性格和感情。李白有《白云歌送刘十六归山》：“楚山秦山皆白云，白云处处长随君。”沈周的诗意或许从中得到借鉴。朱庭珍《筱园诗话》卷四说：“惟石田秀拔不群，时饶格韵，洵画家之能诗者矣。”诚哉斯言。读沈周《题云山图二首》，当作如是想。（吴企明）

画杨梅答韩克瞻

沈　周

西山有雨杨梅熟[①]，东老无诗口舌干[②]。
珍重故人知此意，高林摘寄紫瑛丸[③]。

[题解]

本诗选自陈邦彦《历代题画诗类》卷九二、陈田《明诗纪事》丁签卷一一上。

沈周除了擅长山水画以外，也钟情于花鸟、蔬果画，不拘形式地加以表现，题材多样。方薰《山静居画论》称："白石翁蔬果翎毛得元人法，气韵深厚，笔力沉着。"西山特产杨梅也成了他描画的题材。这首题诗尤有风趣。友人韩克瞻知道沈周"口舌干"，特意送来了杨梅，沈周因而画作杨梅图并题诗以答谢友人。

[注释]

①西山：太湖中的西山岛，盛产杨梅。②东老：他人称沈周为东老，刘珏《次徐武功访沈启南诗》："既觅沈东老，还寻陶隐居。"文林《和徐武功访沈启南诗》："东老清风劲，西畴绿水余。"这里沈周借以自称。③紫瑛丸：紫色发光的玉丸，比喻杨梅。

[评说]

题诗并没有描写画面上杨梅的形象，却用流畅的笔调、连贯的诗意，表述画作杨梅的缘故。雨后西山杨梅成熟，石田口舌干，无心绪写诗，故云“东老无诗口舌干”。第三句紧承上句意，说多谢老朋友知道“我”的情况，因此特意从高高的杨梅树上摘下像紫玉般的杨梅，寄赠给“我”。结句回应全诗，与首句扣合，又与画面形象扣合，“杨梅”与“紫瑛丸”意重而语异。韩克瞻的深情厚谊和沈周的感激之情，洋溢于全诗的字里行间。（吴企明）

题有竹居图小横幅

沈　周

小桥溪路有新泥，半日无人到水西。
残酒欲醒茶未熟，一帘春雨竹鸡啼。

[题解]

本诗选自陈焯《湘管斋寓赏编》卷六、卞永誉《式古堂书画汇考》卷五五。陈焯题作《小景》，卞氏题作《有竹居图小横幅》，今从之，以别于沈周之《有竹居图卷》。

沈周有别业名"有竹居"，临水而筑，竹林环护，诚如诸友人诗描绘的那样："野竹娟娟静，清阴十亩余。"（清王鼎《题沈周有竹居图卷》）"华竹循墙种，楼台逐水居。"（明钱仁夫《题沈周有竹居图卷》）石田偶作《有竹居图小横幅》，为友人"天泉"强取，上有石田题记云："此予有竹居即景诗也，画亦曩岁笔，非自不知少嫩，盖为天泉强之而留其迹，观者毋深笑焉。"

[评说]

诗作环绕"春雨"落笔，写有竹居之景，也写有竹居主人（即画家自己）的生活和心态。首句的"小桥""溪路"，写有竹居室外之景，"有新泥"三字，点出"春雨"。次句紧承，因为有"春雨"，所以"无人到水西"。第三句绕回到室内，主人因春雨绵绵而百无聊赖，饮酒排遣愁闷，欲醒残酒而煮茶未熟，只得隔着一帘春雨，静听竹里竹鸡的啼鸣声。全诗挥洒淋漓，语言清畅和平，写出闲逸潇洒的天趣，真得"高怀谁得如"（明吴珵《题沈周有竹居图卷》句）之雅韵。（吴企明）

题墨蚕图

‖沈　周

牡丹论花不论叶,桑柘论叶不论花。
饶尔五陵歌舞地①,未如辛苦养蚕家。

[题解]

本图选自迮朗《三万六千顷湖中画船录》。

迮氏题云："纸本水墨桑叶一枝，叶上有蚕三四，亦用淡墨点就，笔甚洒落有致。"沈周虽是一位隐逸之士，但他长期生活在农村，与农民接触机会很多，关系很融洽。他关心他们的生活，常常用画笔、诗笔描写民俗、民情，感情真挚，表现出大画家关心民瘼的情怀。《墨蚕图》和《题墨蚕图》，便是这方面艺术活动的代表作品。

[注释]

①五陵：汉代帝王每建陵墓，便将四方富家豪族和外戚迁至陵墓附近居住，最著名的为五陵，即长陵、安陵、阳陵、茂陵、平陵。后代诗文常以五陵指豪门贵族聚居地。

[评说]

题诗从画面墨蚕宕开，大发议论，从牡丹说到桑柘，说到农家看重桑叶，因为它是养蚕人家之宝。诗的后半首用“五陵歌舞地”的豪华、欢乐，与养蚕家的贫穷和日夜辛劳，形成鲜明比照，突出养蚕之艰辛、蚕丝来之不易，暗示“五陵歌舞地”歌者舞女穿着的绫罗绸缎，都是“辛苦养蚕家”用血汗换来的。

沈周另有一幅《加餐图轴》，画墨桑、绿竹各一枝，二蚕蠕蠕食叶，自题绝句云：“夜被深功藏蠢动，碧筐火暖起眠时。题诗劝尔加餐叶，二月吴民要卖丝。”（载顾文彬《过云楼书画记》卷八）最后石田用了聂夷中《伤田家》“二月卖新丝，五月粜新谷”的诗意，点透“悯农”的题旨。

沈周为孙艾《蚕桑图》题诗：“啮桑惊雨过，残叶怪云空。足食方足用，当知饲养功。”此图今藏故宫博物院。足食方能足用，诗人劝告人们要像蚕啮桑叶那样，在知识海洋里汲取足够的知识，日后才有足够的能力为社会服务，题旨与《墨蚕图》《加餐图轴》的题诗迥然有异。（吴企明）

题听松图

沈　周

风送涛声带草香，溪山深处任疏狂。
放开双眼乾坤外，看遍浮云空自忙。

[题解]

本诗选自《石渠宝笈初编》卷三九。

画家于自题诗外，还有题语，云："辛酉暮秋画并题，长洲沈周。"辛酉，乃是弘治十四年（1501），时沈周七十五岁。人到老迈唯求静，沈周这幅画、这首诗都表现出隐逸幽居、听松吟月的意趣，处处流露出他超脱尘俗、追求闲静的心境。

[评说]

题诗从画题上的"听"字落笔。首句"风送涛声"直扣画题，写尽题意。风吹松树而作声，声大而成涛，松涛声又靠着劲风传送，诗人才能听到。首句妙在"带草香"三字上，"风送涛声"，是靠听觉器官感知的；"草香"是靠嗅觉器官感知的。传送涛声和草香的是风，感知松涛声和草香味的主体是人，两种感知同时作用于人体，就产生"通感"现象。诗人便采用"通感"的艺术表现技巧，巧妙地描绘《听松图》的艺术效应。诗的第二句，转而写人，写画家自己在静谧深山里随任自然的疏狂性情。第三句写到诗人在深山所见的景物，放开眼界看去，深山里、天地外，处处景物都是幽深、寂静的，深山的物境与画家好静的心境十分契合，真正达到"心远物皆静"（沈周自题《幽居图》）的境界。但是，在"物皆静"的境界里，却有白云忙忙碌碌，飘浮不定。从好静人的眼中看，在静谧环境的烘托下，“看遍浮云空自忙”，这一结句正以动态的白云反衬环境之静和诗人心境之静。这种艺术意想，与沈周的《题云山图二首》之“看云疑是青山动，谁道云忙山自闲”同出一辙。（吴企明）

摹吴仲圭竹岩新霁图

沈　周

醉墨淋漓兴未阑，满堂烟霭坐来寒①。
道人不托梅花胜②，仙骨全偷董巨丹③。

［题解］

本诗选自卞永誉《式古堂书画汇考》卷五五。

本诗写于明宪宗成化十七年（1481）。卞氏载沈周原有的题识云：“成化辛丑春日，为杨学士摹吴仲圭《竹岩新霁图》，并题。”吴仲圭，便是元代画家吴镇。沈周常常临摹元代画家的画，《竹岩新霁图》便是其中之一。他在临摹时，被吴镇画幅的艺术魅力所慑服，便写下这首题画诗，赞叹吴镇画艺的精湛和高超。

［注释］

①坐来：即坐觉，是顿时觉得的意思。②道人：指元代画家吴镇，吴镇号梅花道人。胜：清胜，佳妙。③董巨：五代、宋代画家董源和巨然。丹：金丹，这里指绘画的秘诀。

［评说］

将赞叹其他画家画艺的诗，题写在自己的画上，这应是本诗的一个特色。诗的开端，先写出吴镇画幅的气韵，醉中挥毫，墨气淋漓，画兴仍浓，首句先声夺人地为下文预设铺垫。次句写其艺术效果，画幅上雨后的翠竹、山岩，青葱苍郁，顿时使人觉得满堂生出烟雾，凉意袭人。第三句略一提转，第四句再一折合，诗人很风趣地告诉大家，吴镇的山水画气韵生动，气势夺人，富有艺术感染力，并不是因为依托梅花的清胜，而是他偷得了五代画家董源、宋代画家巨然山水画用笔用墨的奥秘。全诗转折深辟，很有画趣。这种诗歌写法，很像是从宋代诗人那里学来的，因为宋诗重理致，讲意趣。

何良俊《四友斋画论》曾指出："石田学黄大痴、吴仲圭、王叔明，皆逼真。"又云："沈石田画法从董、巨中来，而于元人四大家之画，极意临摹，皆得其三昧，故其匠意高远，笔墨清润，而于染渲之间，元气淋漓。"沈石田自己在《跋吴镇草亭诗意图》中也说："我爱梅花翁，巨老传心印。"也谈到自己由吴镇而到达董、巨的艺术道路。由此可见，沈周的这首题画诗不是率意随兴写成的，而是深刻地揭示自己绘画创作的艺术渊源。（吴企明）

题吴山图

沈　周

雨里荆溪叠叠山，湿云藏翠有无间。
归来老眼模糊在，水墨还消白日闲。

[题解]

本诗选自卞永誉《式古堂书画汇考》卷五五。

除题诗外，沈周还有题语，云："近与沈豫轩工侍雨中话别，见湖西诸山出没烟云间可爱，归写此以寄孤兴。正德己巳八十三翁沈周。"正德己巳，即正德四年（1509），这一年八月，沈周病逝，此图乃是他临终前不久（约两三个月）的作品。

[评说]

荆溪，是宜兴地名。沈周曾两次去宜兴，第二次到宜兴，他已经七十二岁，曾画《张公洞图卷》。画这幅《吴山图》时，他已经八十三岁，身体已经很衰弱，不可能再去宜兴，他与沈豫轩话别的地方，也不可能是宜兴。但是诗句明明写道"雨里荆溪叠叠山"，雨里层峦叠山，分明是一派荆溪山色。他两度游宜兴，亲眼看到过荆溪、罨画山色，印象很深，时隔十多年，也难以磨灭。现在与友人话别时，看到眼前湖西诸山的景色，酷似荆溪山色，所以在题画诗中便用"荆溪"代拟"吴山"。雨云湿润，将翠山遮住，时隐时现，空翠色在有无之间。这两句诗，正是题语中的"见湖西诸山出没烟云间可爱"的生动写照。第三、四两句转写"归来"后作画的情景，也就是题语中所说的"归写此以寄孤兴"之意。自己虽然老眼昏花，但是还能用水墨消遣白日的空闲时间，画成这幅《吴山图》。诗句先写自然之景，再写归来作画，使自然景观之美转化为绘画美。这种题画诗的写法，前人也使用过，而出现在诗人兼画家沈周的笔端，却也别有一番风韵。（吴企明）

题孙艾木棉图

沈　周

当含黄蕊嫩，绵韫碧铃深。
小草存衣被，长民谁此心？

［题解］

本图今藏故宫博物院。

孙艾（生卒年不详），明代画家，字世节，号西村、西川翁，江苏常熟人。他从沈周学诗、画，善画山水、花鸟、人物肖像，曾为沈周多次画作肖像。

此图构图简洁，画木棉花一枝，别无背景，以没骨法画花、叶，敷色清新淡雅，已经开放的花四朵，花蕾数个，棉铃一个，参差错落地布于枝上。木棉叶以花青画出，色浓为叶面，色淡为叶背，细线勾脉，形象逼真、细腻写实，得“天机流动”之妙。画幅下方，有沈周题写的诗、跋，还有钱士弘的题诗。这里选评沈周的题诗。

［评说］

题诗先写画面形象，说木棉开花，黄蕊鲜嫩，后结果实，碧绿的棉铃，深深地藏着白色的棉花。诗意超越时间的限制，补出画意，描写出木棉花的生长过程，为下文的议论蓄势。“韫”，蕴藏。诗的后半首转笔发议论。上承草本植物木棉的画面形象，说小草为人类提供着衣服和被褥，那些管理老百姓的人谁有这种关爱百姓的心？语含讽意，讽刺那些官吏们缺乏关爱百姓的心，抒写自己体恤民情的深情。沈周于本图的长跋中说：“非泛泛草木所比，盖寓意用世。”他深知孙艾的画心，知道他画作木棉图蕴含自己关怀百姓“温饱”的深情，寓有用世的心愿，不能与一般的花鸟画相比拟。沈周的题跋与诗，揭示画心，阐发画意，起点题作用，充分发挥了题画诗的艺术功能。（吴企明）

题启南过吴江旧图

‖吴　宽

吴淞江腹太湖头①，雌霓连蜷卧碧流②。
我昨经行觉尤胜，满船明月下沧洲③。

［题解］

本诗选自陈邦彦《历代题画诗类》卷二。

启南，即明代画家沈周。吴宽（1435—1504），明代诗人，字原博，人称匏庵先生，长洲（今江苏苏州）人。成化八年（1472）进士及第，历仕少詹事兼侍读学士、吏部侍郎、礼部尚书。卒赠太师太保，谥曰文定。工诗，浓郁深厚，沉着高壮。著有《匏翁家藏集》。

［注释］

①吴淞江：太湖最大的支流，经吴江、吴县、昆山、青浦、松江、上海，汇合黄浦江入海。②雌霓：即霓，传说虹有雌雄之别，色鲜盛者为雄，暗淡者为雌，雄曰虹，雌曰霓，合称虹霓。连蜷：屈曲貌。③沧洲：泛指滨水的地方。

［评说］

吴宽很喜爱同乡画家沈周的《过吴江旧图》，又结合自身的经历和体验，写下这首题画诗。诗写了两个意境，一个是画家沈周画面上的实境，描写白昼水乡雨后新霁时的美景；一个是诗人吴宽经行处的实境，描写夜晚月下泛舟湖滨所见的美景。首句交代吴江的所在地，它处在吴淞江的腹部，太湖是它的源头，雨后，蜷曲的虹霓，倒卧于碧水河流上。这便是沈周画面上的景色，画境体现出太湖水乡的特征。诗的后半首，诗人描绘了自己昨夜经行处的景观。他觉得比画境中霓虹卧清波还要美得多，那便是皓月当空，月光洒满扁舟，徜徉于水乡的河岸边，月之清辉、水之潋滟、夜之空蒙，交织成一幅月夜泛舟图，景色如画，意趣霭然，使人有超然世外之想。诗人经行处所见之境，补凑、充实画面上的画境，画境又是发现真境的前提和基础。二者组合在一首小诗中，互相融合、渗透，形成新的诗歌意境，全面地表现出吴江水乡白昼雨后和夜晚月下的迷人景观，而诗人赞誉画家沈周、称赏吴江景观之情思，都蕴含在诗境里，尽在不言中。（杨旭辉）

题郭熙画山水

吴　宽

无声诗与有声画，河阳兼之夺造化①。
临窗展阅有余情，老眼模糊忘高下。

［题解］

本诗选自《盛京故宫书画录》。

［注释］

①河阳：在今河南孟州市。河阳是北宋著名画家郭熙的郡望所在，这里代指郭熙。

［评说］

宋代张舜民《画墁集》卷一《跋百之诗画》："诗是无形画，画是有形诗。"黄庭坚《次韵子瞻子由题憩寂图》："李侯有句不肯吐，泼墨写作无声诗。"米友仁《自题山水》："古人作语咏不得，我寓无声缣楮间。"周孚《题所画梅竹》："东坡戏作有声画，叹息何人为赏音。"可见，探讨"无声诗"与"有声画"的风气，在宋代相当流行。宋迪作《潇湘八景图》，绝妙，人谓之"无声诗"。诗僧惠洪为其画各赋一诗，演上人称之为"有声画"（事见《石门文字禅》卷八）。元人更认为二者相生，岑安卿《栲栳山人集·次韩明善题推蓬图》："无声诗生有声画，吟咏工夫见挥洒。"（《元诗选》）

郭熙生活在北宋中期，正是"无声诗""有声画"之说盛行之时。因而，他的画论，对山水画的意境、取境的典型等均有精辟的论说。在其《林泉高致》第二篇《画意》中，他也讲道："更如前人言：'诗是无形画，画是有形诗。'哲人多谈此言，吾人所师。"其所画山水，构图深幽，笔墨酣畅，岩岫巉绝，峰峦秀起，云烟变灭，烟霞之间，千态万状，极富诗意。难怪吴宽在展卷赏会其山水之时，大赞"无声诗与有声画"，河阳兼而有之，甚至越过天工造化，并为其诗情画意所激动，恍如置身于青山林泉间，吟诵着一首无声好诗，体会着其间的意境，忘情四顾，竟看得老眼昏花，有点迷离惝恍，高下莫辨了。这种艺术共鸣的获得，又与欣赏者全身心的投入密不可分。吴宽这首题诗，也为我们提供了赏画的楷模。（杨旭辉）

方方壶崇山峻岭图

吴　宽

上清楼阁万山中[①]，百折丹梯鸟道通[②]。
我欲置身岩壑里[③]，白云深处觅仙翁。

[题解]

本诗选自陈邦彦《历代题画诗类》卷二二。

方方壶，即方从义（生卒年不详），元代道士、书画家。字无隅，号方壶，贵溪（今属江西）人。居上清宫。工诗文，善古隶、章草。画山水，初师董源、巨然、米芾、高克恭，极潇洒。峰峦高耸，树木槎丫，云横岭岫，舟泊沙汀，墨气冉冉，品之逸者也。画作传世不多。尝言："太行、居庸天下之岩险，其雄杰奇丽，皆古之名画，余所愿见者今皆见之，而有以慊吾志，充吾操，吾非若世俗者区区而至也。"盖学仙之颖然者。

[注释]

①上清：道家幻想的仙境，三清之一。玉清、太清、上清是神仙居住的仙境。白居易《梦仙》："人有梦仙者，梦身升上清。"②鸟道：险绝的山路，仅通飞鸟。③岩壑：深山之间。

[评说]

画中群山连亘，山势高危，令人望而生畏，诗人用"百折""丹梯""鸟道通"三个词语着力刻画。"丹梯"，是在山崖上凿石架木而建成的栈道。如果山势平坦通夷，根本用不着，只有悬崖峭壁之间，无路可走，借以通行。“百折”就栈道萦回、曲折盘桓而言，更是将逶迤峻危之姿表现得淋漓尽致。再看那山脉，突兀而立，高标接天，百折的栈道似乎架设于空中的“天梯”，只有高飞的鸟儿才能从低缺处飞过。这一夸张的表现，与李白笔下的蜀道几乎无异：“天梯石栈相钩连”，“百步九折萦岩峦”，“畏途巉岩不可攀”（《蜀道难》）。往往天下奇绝胜迹都在这险要之处，道家所向往的上清楼阁便隐于万山之中，只可惜“云深不知处”，深邃杳霭，无从捉摸。画面中的片片白云，遮住了读者的视线，却给人留下无尽的想象：白云深处，悠悠云天，定有上清境界，乃至得道仙翁。这种秋水伊人无处可寻的浮想，不免令诗人也产生“置身岩壑里”，“白云深处觅仙翁”的幻想。全诗在这一重笔之后，戛然而止，更显得情韵悠扬，余味无穷。（杨旭辉）

扬补之竹枝

吴　宽

补之旧擅梅花手[①],忽向人间见竹枝[②]。
数叶翛然书法在[③],此中惟许晋人知[④]。

[题解]

木诗选自陈邦彦《历代题画诗类》卷八一。

[注释]

①旧：过去。擅：擅长，善于。②见：同“现”，展现。③翛(xiāo)然：自然超脱的样子。《庄子·大宗师》：“翛然而来矣。”《释文》：“向(秀)云：‘翛然，自然无心而自尔之谓。’”④晋人：指晋代书法家，如卫瓘、索靖、王羲之等人，均善草隶。

[评说]

扬补之，宋代著名画家，尤工画梅，诗作便藉名而入，故曰“补之旧擅梅花手”，而现在忽然展现于眼前的却是一幅竹枝图。于是就给人产生一个疑惑，这样的一幅画能否神形毕肖，如其梅花之韵呢？一个“忽”字，足以表现一般读者乍见此画时的心理变化：先是一怔，顿时瞠目结舌，而后便是将信将疑，急欲看个究竟。其实，读者的这种担心和疑虑是多余的，因为“竹兰梅菊，为画中别调，此等方可称逸品，用笔纯是书法，与他门不同。不藉笔之力势，断无佳笔”（清松年《颐园论画》）。梅、竹虽系二物，但其中的蕴意品性却完全一致，因而，善画梅者亦工竹。诗作的后半部分便随此而转。请看：画面上几竿竹，数片叶，翛然超脱，大有书法笔意。前人画竹，多有书势，元代画家柯九思便是“写竹干用篆法，枝用草书法，写叶用八分法，或用鲁公撇笔法，木石用折钗股、屋漏痕之遗意”（《佩文斋书画谱》卷一六）。郑板桥的“兰竹如同草隶然”则更为人熟知。因为书势笔意往往给人以峭利爽快之感，扬补之墨竹亦复如此，因而与他笔下梅枝峭拔之姿别无异处，正如画家之为人处世。更为可贵的是，这一切都显得极为“翛然”，并非刻意为之，实在是画家人格情感的自然流露，正乃“自然无心而自尔之谓”也。对于此中真意内涵和书势笔意，只有晋人方能知道。（杨旭辉）

为李贞伯题朱寅仲小画

‖吴 宽

春半扁舟过太湖，洞庭着雨翠模糊①。
惟应旧日同游者，爱此朱郎水墨图。

［题解］

木诗选自陈邦彦《历代题画诗类》卷一·六。

朱寅仲(生卒年不详)，明代画家，自号适意道人，云南人。画学董源，得山水真趣，因而笔下太湖洞庭也就清新自然，极富灵动之气。

［注释］

①洞庭：山名，在太湖中，有东、西二山。东山古名莫厘山、胥母山，元明后与大陆相连，成为半岛；西山即古包山。着雨：被雨水润泽。

［评说］

诗人吴宽览画之后，完全沉醉其中，浮想起旧日游历时所见，题诗便由此起笔，并没直接描写画面。运用这种跳跃的笔法，画境、实境合二为一，无时无刻不在“写画”。这不仅让人尽情享受自然的山光水色，更能够使人充分领略到画家高超的画艺。春半，春之盛也。适逢此时，驾一叶扁舟，游遍太湖，自然是“江南草长，杂花生树，群莺乱飞”（丘迟《与陈伯之书》），一派生机。但是，无论画家、诗人，并没有着力于此，而是刻意描摹春雨，也许正如前人所云：“江南二月多芳草，春在蒙蒙细雨中。”（宋释仲殊《润州》诗）春雨飘过，留下了春的印迹，春芽冒出地面，远远望去，朦朦胧胧，一片淡淡的青青之色，若隐若现。雨丝，更给早春草色增添了一层朦胧美。“洞庭着雨翠模糊”，诗人也是一位高明的水墨大师，挥洒着饱蘸水分的妙笔，抹出了模模糊糊的一带草痕，随着山势起伏，这便是春天的草、春天的雨、春天的景。

当诗人从“画中游”忽然醒来，不觉现出一丝遗憾之意。幸好画家一帧小画让记忆成为永恒。临了，诗人以平淡浅易，接近口语之词作结，对画作给予极高的评价：“惟应旧日同游者，爱此朱郎水墨图。”此诗题画咏春，能摄春之魂，用诗的语言描绘出画笔也难及的境界，留给读者无穷的趣味。（杨旭辉）

王叔明村舍图

吴　宽

田间雨过骑秧马[①]，箔底烟生馁火蚕[②]。
偶看王翁村舍景，翛然午枕到江南[③]。

[题解]

本诗选自陈邦彦《历代题画诗类》卷四六。

王叔明，即元代著名画家王蒙（1301？—1385），字叔明，浙江湖州人。以隐居于仁和之黄鹤山，号黄鹤山樵。赵孟頫外孙。工画山水、人物，与黄公望、倪瓒、吴镇为元末四家。

[注释]

①秧马：古代农民拔秧时所坐的器具，形如船，底平滑，首尾上翘，利于秧田中滑移。苏轼有《秧马歌引》："予昔游武昌，见农夫皆骑秧马……日行千畦，较之伛偻而作者，劳佚相绝矣。"②箔：养蚕用的竹筛子或竹席。王建《簇蚕辞》："三日开箔雪团团，先将新茧送县官。"王安石《白日不照物》："隋堤散万家，乱若春蚕箔。"馁(wèi)：喂。宋之问《江南曲》："采花惊曙鸟，摘叶馁春蚕。"火蚕：用火加热升温使其早熟的蚕。嵇康《答难养生论》："火蚕十八日，寒蚕三十日余，以不得逾时之命，而将养有过倍之隆。"③翛然：无拘无束，超脱貌。午枕：午睡。王安石《独卧》："午枕花前簟欲流，日催红影上帘钩。"

[评说]

春日来临，"土膏欲动雨频催"（南宋范成大《春日田园杂兴》），正是一年春耕劳作的时节，诗人面对一幅恬然祥和的田园生活图景，油然而生企羡之意，这也就是画作以及全诗的核心——归梦。

在题诗的开头，诗人先描绘了春日农家忙碌的景象，作为统摄全诗的缘起。土地解冻，地气回苏，再有春雨“润物细无声”，春的气息迅速蓬勃起来。最令人注目的当数那些披蓑戴笠的农夫，在雨中骑着秧马拔秧苗，还不时地发出阵阵清歌，一直传得很远很远。循着歌声，在不远处，又见“依依墟里烟”（东晋陶渊明《归园田居》），袅袅不绝，那是蚕妇温热蚕箔时冒出的青烟。放眼望去，四野无闲人，一切都显得那么井然有序。眼前的美景，无人有暇顾及，正如宋代女诗人朱淑贞诗所云：“一塍芳草碧芊芊，活水穿花暗护田。蚕事正忙农事急，不知春色为谁妍。”（《东马塍》）看到王叔明画中如此美好的村舍田园景象，那样富有生机，充满着生活之美，而诗人自己却无缘领略、享受，不由得心驰神往，产生“午枕江南”的梦幻。“翛然而往，翛然而来”，极言其自由无拘束，纯素自然之举，诗人以其真挚之心观照春景，追踪春天的脚步，更在田园风光的启动下，满怀憧憬，展望美好的生活！（杨旭辉）

为李瑞卿寺丞题王叔明义兴山水图

吴　宽

阳羡山深懒杖藜[1],卧游三日路仍迷[2]。
云中望见乘舟者,始识遥通罨画溪[3]。

[题解]

本诗选自陈邦彦《历代题画诗类》卷三。

[注释]

①阳羡：古地名，即今之江苏宜兴。秦时又作“义兴”。杖藜：持藜茎为杖，多指扶杖而行。杜甫《漫兴九绝》：“肠断春江欲尽头，杖藜徐步立芳洲。”②卧游：欣赏山水画而代游览。《宋书·宗炳传》：“有疾还江陵。叹曰：‘老疾俱至，名山恐难遍睹，唯当澄怀观道，卧以游之。’”迷：迷路，分辨不清。③罨(yǎn)画溪：宜兴溪水名。

[评说]

宜兴，地处江南，云山深秀，树木葱茏，烟雨苍茫，尽显南方灵山秀水之姿。元代著名画家王蒙(字叔明)，以多变的笔法，秀润的笔墨，浓淡相生，将宜兴风光描绘成清丽萧疏，极富诗情的绘画意境。所以，吴宽在欣赏这幅《山水图》时，竟然产生“阳羡山深懒杖藜，卧游三日路仍迷”的感受。“阳羡山深”是对画面意境的绝佳概括。王蒙画山水，往往千岩万壑，以茂密见长，层次分明，善于表达出南方树深林密、空气润泽之感，一个“深”字便将这一切都蕴含其中。面对如此多姿多彩、高妙情逸的画境，真是懒于策杖游览，只要卧游其中，就已足矣。然而“卧游三日”之后，诗人依然不能分辨出山路，也许这不过是诗人的夸赞之笔，这样写，无非是想表明自己对此画的喜爱。也许，“迷”人眼者，乃是画中缭绕飘动的云岚雾霭，读了诗之后半首，这个解释似乎毫无异议。诗人透过迷迷蒙蒙的云雾，看见远处一乘舟者，从流而下，悠闲自得，一直驶向远方。

传统的山水画多表现士大夫文人对大自然的亲近感，把山画得可居可游，因而后人在欣赏品味时，也是一种人与自然融为一体的境界，甚至产生寄情山林，把自然风光作为自己心境的理想，这便是艺术审美过程中的“共鸣”。（杨旭辉）

柯敬仲墨竹

李东阳

莫将画竹论难易，刚道繁难简更难。
君看萧萧只数叶，满堂风雨不胜寒。

[题解]

本诗选自李东阳《李东阳集》之《诗后稿》卷一〇。

李东阳(1447—1516)，明代诗人，字宾之，号西涯，祖籍茶陵(今属湖南)，长期生活在北京。幼习书法，四岁能大书。天顺八年(1464)进士，授编修。历任侍讲学士、东宫讲官、太常少卿、礼部右侍郎。弘治八年(1495)，直文渊阁参与机务，累迁太子少保、礼部尚书兼文渊阁大学士，为朝廷重臣。谥文正。写诗力主宗法杜甫，形成了以他为首的“茶陵诗派”，开启了前后七子创作趋向的先河。著述颇丰，有《怀麓堂集》《怀麓堂诗话》等。亦工书法，矫健清劲，以篆为最。

自北宋以后，墨竹成为独立的画科，文人雅士画竹、题竹之风日盛，任率落笔，放于性情，各具情态，神韵宛然在目。元代著名画家柯九思(字敬仲)，长于山水、人物、花卉，尤以墨竹为佳，并著有《竹谱》一书。他的墨竹，倪瓒曾给予极高评价：“检韵萧萧人品系，篆籀浑浑书法俱。”(《题柯敬仲竹》)惜云林居士之言仅仅囿于画法技艺，未及风格神韵。而李东阳此首题咏，正着力于此，二者互为表里，不妨将其比类共赏。

[评说]

历代画竹者颇多，而对其难易，各立其说。元人吴镇以为画竹“叠叶为至难，于此不工，则不得为佳画矣”（《佩文斋书画谱》卷一六）。而倪云林不以为然，轻描淡写地说：“余之竹，聊以写胸中逸气耳。岂复较其似与非，繁与疏？”（《佩文斋书画谱》卷一六）李东阳又与古人不复相同，以为不必论其难与易，繁与简。柯九思写竹，“干用篆法，枝用草书法，写叶用八分法，或用鲁公撇笔法，木石用折钗股、屋漏痕之意”（《佩文斋书画谱》卷一六《元柯九思论画》）。故而云林称赞他“篆籀浑浑书法俱”，确为精品。柯敬仲此帧墨竹虽只寥寥几笔，而实难于繁。请君试看这萧萧的几片枝叶间，“笔端随意长清标，疏叶生风剪剪飘”（柯九思《题李息斋墨竹四首》），令人顿生寒意，犹如满堂风雨，飘飘其间。这才是画竹的化境，即前人所谓：“画竹须腕中有风雨……然云‘当其下笔风雨快’，此真得……写竹上上乘。”（明人鲁得之论画竹语，见《佩文斋书画谱》卷一六）显然，诗中“风雨”之生，便是云林所谓“胸中之逸气耳”。诗人深深把握住画家借竹写心，用心画竹这一艺术神脉，不但准确地再现柯九思墨竹画的高超技巧，更传神地表现出内在的神韵和魅力，极富理性的深度，启人深思。（杨旭辉）

题山水图

都　穆

野水残山破白云，清溪古树曲通村。
幽人独坐春山寂，林鸟无声常闭门。

［题解］

本诗选自陈焯《湘管斋寓赏编》卷六。

都穆（1459—1526），明代文学家，字元敬，人称南濠先生，吴县（今江苏苏州）人。弘治十二年（1499）进士及第，授工部主事，官至礼部主客司郎中，加太仆寺少卿。好学不殆，著述丰富，有《铁网珊瑚》《南濠诗话》等。他的父亲都维明能画梅，《明画录》有著录。

关于这幅画，陈焯有一段评论文字，很精彩，云：

> 右纸本立轴，宽八寸七分，长三尺二寸，山势峻嶒，瀑流喷薄，灌木间耸起一楼，中有人倚几看山，殊得绿杉野屋、落日气清之概。南濠专工金石之学，不以画见长，而其迹入妙如此，殆卷轴所流溢也。

陈焯告诉我们，都穆并不擅长绘画，但他受家学熏陶，一旦作画，意象丰富，意境幽美，亦成妙品。

［评说］

题诗主要笔墨用来描写画面景象，蕴藉有致。首二句描写画面峻嶒山势，涌泉细流，白云浮动，打破了苍翠的山色。古树丛林间的清溪，曲折地流向山村。山村隐没在树丛山坳里，画面上只有一楼耸起于灌木丛中，楼上正有人倚几独坐，观看春山幽静沉寂的美景，故云“幽人独坐春山寂”。结句诗人用“林鸟无声”“常闭门”，紧承上句，说一鸟不鸣山更幽，一人不见山更静，使“春山寂”写得更为具体化、形象化。

画靠题画诗申补，题画诗也靠题记、评论文字申补，相辅相成，共同完成解释题旨的任务。本诗便是明证。都穆的画已经不存，幸赖陈焯的评论文字，足以与题诗互相补充。题画诗首句的“破”字，赋予凝固的事物以动态；次句的“村”，第三句的“春”，第四句的“鸟无声”，都是画幅上没有表现或则不可能表现的，题画诗起着申补画意的艺术作用。而陈焯评论中的“山势崚嶒”“瀑流喷薄”“灌木间耸起一楼”“落日气清之概”，题诗中没有表现，画又不存，那么陈氏的文字便申补了题诗之意。我们将题画诗和陈氏文字融合起来，便能真正完整地体认出都穆画幅的风神。（吴企明）

题唐寅墨竹图

祝允明

唐郎写竹如写字[①]，正以风情韵度高。
我解手舞不能写[②]，未曾分得凤凰毛[③]。

［题解］

本诗选自潘正炜《听帆楼书画记》卷三、陈邦彦《历代题画诗类》卷八一。《诗类》题作《戏题子畏墨竹》，“手舞”作“平章”，今从《听帆楼书画记》。

祝允明（1460—1526），明代诗人、书法家，字希哲，生而枝指，因自号枝山，又号枝指生，长洲（今江苏苏州）人。弘治五年（1492）中举人，历仕广东兴宁知县、应天府通判。博览群籍，工诗文，多奇气，取材富，造语妍。尤工书法，名动海内。与唐寅、文徵明、徐祯卿并称“吴中四才子”。著有《怀星堂集》。

［注释］

①唐郎：即明代画家唐寅。古人尊称他人为郎，如称周瑜为“周郎”。②手舞：形容挥毫写字。③凤凰毛：指竹叶，形如凤凰羽毛。

［评说］

题诗首句便触及绘画艺术中画法与书法相通的理论问题。祝允明与唐寅性格相似，志趣相投，关系亲密，因此他带着亲昵的口吻径称“唐郎”。“写竹如写字”，明确指出唐寅以写字的笔法画竹。次句论其画竹富有风情、韵度，唐寅画竹气韵生动，生趣盎然。秦酉岩《故剑篇》论六如《雨竹图》说："气韵湿润，墨沈淋漓"，这与他整体绘画风格是一致的。唐寅的画，包括他的竹画，正以独具风神、韵度为高。枝山是他的密友，所论的中肯綮。至第三、四句，诗笔一转，从唐寅画竹转到诗人自己，他谦虚地说自己只能挥毫写字，却不能画竹，老天爷没有赋予自己画竹叶的本领。这里运用"借客形主之法"，以自己反衬至友唐寅的墨竹。全诗题旨在于称赞唐寅墨竹画艺高超，表达诗人的钦慕之情。（吴企明）

钱选水仙

祝允明

八斗才中画洛神[①]，翠罗轻扬袜尖尘[②]。
霅溪老子真能事[③]，更比陈王写得亲[④]。

[题解]

本诗选自祝允明《怀星堂集》卷八、陈邦彦《历代题画诗类》卷八七。

[注释]

①八斗才：指曹植。谢灵运曾说天下才有一石，曹植独占八斗，自己得一斗，一斗天下共分。见《释常谈》。②袜尖尘：用曹植《洛神赋》："凌波微步，罗袜生尘。"③霅溪老子：指元代画家钱选，他是吴兴人，当地有霅溪，故云。④陈王：曹植被封为"陈王"。

[评说]

水仙花栽花盆中，赖水生长，历代骚人墨客往往将它和水神联系起来，咏水仙而及湘君、湘夫人、屈原、江妃等，也有咏及洛水女神、曹植《洛神赋》。像宋代黄庭坚《王充道送水仙花五十枝》："凌波仙子生尘袜，水上盈盈步微月。"元代陈旅《题水仙花图》："莫信陈王赋洛神，凌波那得更生尘。"明代梁辰鱼《咏水仙花》："一段凌波堪画处，至今词赋忆陈王。"祝允明题写钱选《水仙图》时，便由曹植的《洛神赋》感发兴会，将水仙比拟成洛水女神，围绕它的形象，写成本诗。首句说画家钱选从“八斗才”曹植的许多作品中选取《洛神赋》，据文意画作“洛神”这一艺术形象。次句写洛神的服饰，翠色的罗裙随风轻扬，“翠罗”，形容画面上水仙的叶子，写洛神又不忘点到“水仙”上。洛神凌波微步，“袜尖尘”，全用曹植文中句意。第三、四句，由画面形象转到画家，称赞钱选“真能事”，画作《水仙图》，深得水仙花神骨清绝的风姿和韵致，比陈王的《洛神赋》更为亲切。（吴企明）

题绿阴长话图

文徵明

碧树鸣风涧草香，绿阴满地话偏长。
长安车马尘吹面[1]，谁识空山五月凉。

[题解]

本图藏台北故宫博物院。

文徵明（1470—1559），明代画家，初名璧，字徵明，后以字行，更字徵仲，号衡山居士，长洲（今江苏苏州）人。屡试不第，后以岁贡生荐试吏部，授翰林院待诏，三年后辞归。长于诗文，擅书画，学画于沈周，擅画山水、花鸟，与沈周、唐寅、仇英合称“明四家”。与里人祝允明、唐寅、徐祯卿交密，人称“吴中四才子”。沈周卒后，文徵明主持吴中文坛三十年，是吴门画派中的领袖人物。有《甫田集》。

这幅画构图缜密细致，岩壑幽深，林木繁细，画幅下部绿阴下、坡石上，有两人盘坐对话。全图境界清幽深远，苍劲中有秀润，是文徵明细笔山水画的代表作品。

[注释]

①长安：指明代都城燕京。宋、明人常常喜欢用唐都长安，指称各自时代的京城。

[评说]

这首题画诗不在“话”字上做文章，却注重描绘画面上两人对话的周边环境，再现清幽的画境。碧树森森，绿阴满地，清风鸣树，涧草送香，空山里泉流潺潺，曲径通幽，五月时分还是凉爽宜人。前两句诗，极意称颂空山清静、幽雅的景致。此时，老友相遇，情多话长，文徵明用了一个“长”字，点明他们情投意合，话多情长。诗的后两句，运用对比手法，进一步深化题旨，长安城中车马奔驰，尘土飞扬，也暗示京师的人们为名利而奔忙，忙碌庸俗，他们有谁懂得“空山五月凉”的情致、绿阴长话的情趣？弦外传声，言外有意，令人深思。（吴企明）

仿倪云林

文徵明

平生最爱云林子，能写江南雨后山。
我亦雨中聊点染，隔江山色有无间[①]。

[题解]

本诗选自文徵明《文徵明集》补辑卷一四、郁逢庆《郁氏续书画题跋记》卷一〇。卞永誉《式古堂书画汇考》卷五八亦录此诗，文字与郁氏记小有出入，第二句“能写”作“惯写”，第三句“雨中”作“雨窗”，第四句作“疏林落日有无间”。今以郁氏记为正，录出卞氏文字供参考。

文徵明特别嘉许“元四家”在“逸”的方面所取得的成就，就中对吴镇、倪瓒尤为推崇。他对倪瓒又情有独钟，特别喜爱倪迂善写江南自然风景的特长，多次仿其画法，写过两首《仿倪云林》诗，载于李日华《味水轩日记》卷六的《仿倪云林》诗云：“洁癖倪迂未可攀，能将水墨继荆关。疏烟斜日茅亭外，一片江南雨后山。”这里选评载于《郁氏续书画题跋记》的《仿倪云林》。此外，他还有载于汪砢玉《珊瑚网》卷三九的《题画》诗云：“倪迂笔法类荆关，点染烟峦杳霭间。我亦年来有迂癖，时时闲写郭西山。”表达出自己对倪瓒画风的仰慕之情。

[注释]

①山色有无间：自王维《汉江临泛》“江流天地外，山色有无中”句翻出。

[评说]

题诗首句径直抒写自己敬仰、爱慕倪瓒的心情。“平生最爱云林子”，着一“最”字，可以见出他推崇“元四家”、特重倪瓒的基本态度。次句申述理由，因为倪迂善于描写江南雨后山色，与自己的审美理想契合，所以特别重视倪瓒。三、四句，转写自己，我也仿学他的画格，喜欢点染雨中山色，云烟灭没，乍隐乍现，隔江的山色在有无之间，巧借王维那富有画意的名句“山色有无中”，恰到好处地描述画面景象，切合倪云林绘画的艺术个性。（吴企明）

题仿米青绿云山小幅

文徵明

平村绿树一溪分，百叠晴峦锁白云。
貌得江南烟雨意，错教人唤米敷文[①]。

[题解]

本图今藏台北故宫博物院。本诗录自文徵明《文徵明集》补辑卷一四、汪砢玉《珊瑚网》卷三九、《石渠宝笈初编》卷一七。诗题，《石渠宝笈》作《春山烟树图》，文集及《珊瑚网》作《仿米青绿云山小幅》，今从之。

沈周好友吴宽在题文徵明《关山积雪图卷》时曾说过文徵明善于“错综古人”，综合、融会前代画家的画法、风格、技巧，这是他绘画创作的一个特点。文徵明非常喜爱宋代二米的画法，勤加临摹、仿学，深得二米之神髓，常用这种画法画作江南烟雨后的景色，这是“错综古人”的一个重要侧面。文徵明在为米元晖《湘山烟霭图卷》所写的题跋中说：“今观叔贞所藏元晖《湘山烟霭图》，多断烟残渚，波光晦暝，乍出乍没，可谓奔放横逸，真得画家三昧，实后人所难继者。展阅再三，不能释手，漫题数语归之。”他在另一幅《仿米氏云山卷》上的题跋也说：“余于画，独喜二米云山。平生所见，南宫特少，惟敷文之迹，屡屡见之，大要父子无甚相远。余所喜者，以能脱略画家意匠，得天然之趣耳。”沈周也是喜爱米氏山水的，直接影响了文徵明独特的审美情趣，参见本书文徵明《题吴嗣业藏石田先生画四首》“评说”。

[注释]

①米敷文：即宋代画家米友仁，曾任敷文阁学士，故云。

[评说]

文徵明自题此画，用三句描写画面景色，再现画幅中烟雨迷蒙之美。一溪将绿树分开成两片，绿树含雨，苍翠湿润；晴山百叠，白云缭绕，“我”将这迷人的江南烟雨景色，描画出来，让人产生错觉，认为这幅画是米元晖画的。“卒章显其志”，诗的结句点出自己这幅画的艺术特点，揭示画法的艺术渊源，也遥应画题题意。（吴企明）

题松阴高士图

文徵明

墨痕依约淡苍苍，断楮回看四十霜。
古意独存颜色外，只应桃李愧严妆。

[题解]

本诗选自文徵明《文徵明集》补辑卷一三、顾文彬《过云楼书画记》卷八。诗题，集作《题画》；《过云楼书画记》作《题松阴高士图》，今从之。

关于文徵明的《松阴高士图轴》，顾文彬《过云楼书画记》有详细的记载：

> 平坡写长松三株，一叟抚树踞石而坐，庄襟老带，巾履萧然；其旁翠岚俯水，朱阑环堤，缘溪行绿阴中，通以略彴（小木桥）。上有嘉靖乙未重题："此余四十年前所作，当时与唐子畏言：'画须六朝为师。'然古画不可见，古法亦不存。漫浪为之，设色行墨，必以闲澹为贵。今日视之，直可笑耳。"按：乙未为世宗十四年，衡山年六十六，子畏卒十二年矣。上推孝宗弘治九年丙辰，衡山、子畏俱年二十七，同岁孙周，共耽古学，赏奇析疑，斯乐何极？乃旧雨忽坠，晨星早零，怅望停云，徒有浩叹。"墨痕依约（诗略）"录此诗时，想见其投笔黯然。

文徵明嘉靖乙未题语，极其重要，无此语则无法理解这首题画诗。顾文彬亲睹此画，他的题记详述画面具象，可补本诗之不足；他论述唐、文共耽古学之乐，亦补出本诗之言外意，洵可珍视。

文徵明作画追求古意，主张师法六朝。他在《题唐子畏右军换鹅图卷》(《文徵明集》补辑卷二三)中说:“画人物者,不难于工致,而难于古雅。”他在《跋张僧繇画霜林云岫图》中提到他亲眼看到过张僧繇的山水画。文徵明所画的《松阴高士图》,正是体现他的美学理想和艺术追求的作品。四十年前,文徵明与唐寅共同探讨师古的问题,不亦乐乎。今天,志同道合的人已经故去十二年,墓木拱矣,不胜感叹,诗中流露出来的伤感情绪,见于言外。

[评说]

这首题画诗,既不正面描写画面景物,也不正面哀念那位与自己共论“古意”的知友,只是围绕画幅,用边叙边议的手法诉说自己看到四十年前画的那幅《松阴高士图》,墨痕依约,色泽苍淡,颜色虽然蚀损而“古意”犹存。结句点明题旨。“桃李”比喻时兴的审美趋向,“严妆”,即体现“古意”的画面上那位“庄襟老带,巾履萧然”的老叟形象。这句意谓当代流行的画风有愧于这幅充满古意的画,结合第三句诗意,表述了自己深沉的感慨。(吴企明)

松阴高士图

题王澹轩画

文徵明

江上芙蕖缀似云，一双灵鸟蘸寒滨①。
披图拭目忘忧色，欣仰前贤笔有神。

[题解]

本诗选自文徵明《文徵明集》补辑卷一二、葛金烺《爱日吟庐书画录》卷一。

王澹轩，即元代画家王渊。王渊（生卒年不详），字若水，号澹轩，杭州人。学画，得赵孟頫指授，夏文彦《图绘宝鉴》卷五："山水师郭熙，花鸟师黄筌，人物师唐人。"他尤精于花鸟、竹石。

除题诗外，文徵明还有一段识语，云："元季武陵王澹轩先生，绘事宗于黄筌，而得赵承旨指授，故能脱去町畦，洗尽俗尘，无院体气，诚超凡入圣之手也。余过青霞亭，得观此图。神采夺目，迥出望外。漫题，并书数语识之。正德丁卯四月廿日。"正德丁卯为正德二年（1507），文徵明时年三十八岁。

[注释]

①蘸：本意是浸入水中，这里有倒映水中的意思。

[评说]

文徵明这首题诗，表达了他对元代画家王渊的崇敬之情，并给予王渊的画艺以很高评价。诗先从画面花、鸟的具象着笔。江上荷花繁密，连缀如彩云，一双灵鸟的倩影，倒映在池边的碧水中。文徵明以优美的诗句，再现了清秀而富有生机的画境。第三句转笔写画幅的艺术效果，披图拭目，足以怡悦心神，使人遗忘忧虑。结句写出自己对画家王渊的无限敬意。文徵明为什么如此敬爱元代的王渊呢？赵孟頫主张“作画贵有古意”，他说：“若无古意，虽工无益。今人但知用笔纤细，傅色浓艳，便自为能手，殊不知古意既亏，百病横生，岂可观也。吾所作画，似乎简率，然识者知其近古，故以为佳。此可为知者道，不为不知者说也。”（《清河书画舫》卷一〇下）王渊曾受赵孟頫指授，也深受其熏染，故作画强调师法古人，无院本气。这种画学思想与文徵明一脉相承，这便是他推尊王渊的根本原因。（吴企明）

题雨余春树图

文徵明

雨余春树绿阴成，最爱西山向晚明[①]。
应有人家在山足，隔溪遥见白烟生[②]。

[题解]

本图今藏台北故宫博物院。文徵明的青绿山水画有两种，一种是浓的或较浓的，一种是淡的。《雨余春树图》属于后一种，敷色极淡，有一种湿润、透明的光泽，给人以缥缈之感，非常适合于表现江南水乡的景色。本图用笔勾皴简约，笔墨助成于敷色的效果。图的上方，画家题上诗与跋，跋云："余为漱石写此图，数日复来，便补一诗。时漱石将北上，舟中读之，得无尚有天平、灵岩之忆乎？"

[注释]

①西山：据沈周的跋语看，这里的西山，泛指苏州城西诸山，包括天平、灵岩山在内，与洞庭东西山之西山无关。②白烟生：不说"升"，却说"生"，生字炼得好，语出杜牧《山行》"白云生处有人家"。

[评说]

题诗的前两句，就整幅画着笔，描写苏州城西群山的雨后春树，绿荫浓湿清润，苍翠欲滴，还受到夕阳的返照，分外明亮清丽，最惹人喜爱。题诗十分准确地表现出自己绘画清幽秀净的美学特征。诗的后两句，摄景的镜头逐渐聚集到一个视点上，远处，隔溪有白烟生成、升起，山脚下应有山家的茅舍。全诗诗境清幽淡雅，纯写画面景色，先面后点，摄取城西群山的天然美景。诗人将自己饱满的热爱家乡的情感，融注进诗境之中，并以之赠给北上的同乡友人漱石，慰藉友人的乡思，“得无尚有天平、灵岩之忆乎”？他的题识，点出了自己作画的匠心，用心良苦。（吴企明）

题吴嗣业藏石田先生画

文徵明

石丈高情点笔间，悠然胸次白云闲。
凭君莫作元晖看[①]，自写吴门雨后山。

吴门何处墨淋漓[②]？最是西山雨后奇[③]。
一段胜情谁会得？千年摩诘画中诗[④]。

当年诗律号精诚[⑤]，晚岁还怜画掩名[⑥]。
世事悠悠谁识得？白头惭愧老门生。

高人不见沈休文[⑦]，渔子沙头几夕曛。
断墨残缣和泪看，碧山千叠锁愁云[⑧]。

[题解]

吴嗣业，吴宽的侄子。他所藏的石田先生画，载《明沈文山水合卷》，今藏美国纳尔逊—艾金斯美术馆。文徵明的题诗，亦见文徵明《文徵明集》补辑卷一二、潘正炜《听帆楼书画续记》卷下。

沈周与吴宽交谊深厚，曾为他画过六幅山水图，吴宽又请文徵明补画四幅。明武宗正德十一年（1516），吴侄嗣业携五幅沈周画，一幅文璧画，请文徵明题诗。时沈、吴均已谢世，文徵明不胜感慨，写下这组诗，并附识语云：

> 石田先生人品既高，文章敏赡，而学力尤深。出其余绪，以供游戏，要非一时庸工俗匠所能及也。先生早师叔明、子久，继入董、巨之室，愈

造愈深，莫可端倪。此六册为匏庵（即吴宽）先生所作，用笔补景，尤出寻常。匏翁命余补其余纸，余谢不敏，然不能拂其所请。偶拟唐句四联，漫为涂抹。但拙劣之技，何堪依附名笔，徒有忎愧。今匏翁下世数载，而石翁亦物故。其侄嗣业携以相示，不胜人琴之叹。聊赋此诗，并识如此。正德丙子秋八月。

这段题款详述题诗缘由，评论乃师品行、画艺，成为我们理解全诗的“钥匙”。

［注释］

①元晖：宋代画家米友仁的字。②吴门：即苏州。古称吴县城为吴门，张继《阊门即事》：“试上吴门看郡郭。”③西山：即苏州城西太湖中的洞庭西山岛。④摩诘：唐代诗人王维的字。画中诗：画中有诗意。苏轼《书摩诘蓝田烟雨图》：“观摩诘之画，画中有诗。”⑤诗律：诗歌的韵律。吴宽《石田稿序》：“古今诸体各臻其妙。”沈周擅长写格律诗。⑥画掩名：指沈周以画称名于世，他的诗名反为画名所掩盖。⑦沈休文：即沈约，是我国齐梁时代开一代诗风的人，他和谢朓、王融等人共同追求诗歌的声韵美，讲究对仗工整，韵律和谐，为唐代格律诗的发展奠定了基础。本诗以沈约喻沈周。⑧“碧山”句：自苏轼《书王定国所藏烟江叠嶂图》“江上愁心千叠山”句翻出。

［评说］

“石丈高情”一首。

文徵明是沈周的学生，他熟知其师绘事的艺术渊源。这首诗题写的画幅乃是仿米元晖山水，《古缘萃录》卷三题本小诗为《沈石田仿米元晖山水轴》可证。诗的一、二两句赞誉沈周身怀高情、胸次悠然之后，随即转入正题，“凭君莫作元晖看”，告诉观画者不要把这幅画看作米友仁的作品，实际上是指出沈周师法米友仁写山的技法画成这幅山水画，因为米友仁画的是润州山，而沈周“自写吴门雨后山”。石田先生得米氏之神，画吴地之山。沈周跋米芾画卷云：“余家三世祖传绘理，癖好董、巨、二米笔法。”（《宝绘录》卷一一）李日华《味水轩日记》记载文徵明这段识语，与本集、《听帆楼书画续记》的文字颇有不同，它于“早师叔明、子久”之下，作“既而无所不学，皆逼真，晚岁得高尚书粉本十三段，喜其高雅浑融，气运生动，得米氏父子之趣，间有所作，不啻过之，若此卷是也”。这段文字，也说明文徵明仿米的特点。

“吴门何处”一首。

这首绝句诗，在艺术结构上有一个明显的特征，即全诗由两个问答句组成。首句问，次句答，文徵明说出一番惊人的话。他认为雨后的洞庭西山，是苏州最为奇绝的景观，好像是一幅墨沈淋漓、气韵生动的水墨山水图。这真是“真景如画”。第三句问，第四句答，前半首诗与后半首诗之间，诗意有一个过渡。这是说将西山雨后的景色写入画幅中，它的“一段胜情”，有谁能懂得？只有千载以前的王维才“会得”，因为他的画中最富有诗意，自然能赏识沈周画中的诗意。

“当年诗律”一首。

这首题画诗，赞扬沈周的诗艺。诗的首句说“当年诗律号精诚”，确是独具只眼。沈周在明代画家中以能诗著名。他的朋友吴宽评论他的诗歌说：“谈笑之际，落笔成篇，随物赋形，缘情叙事，古今诸体各臻其妙。溪风渚月，谷霭岫云，形迹若空，姿态倏变，玩之愈佳，揽之而无尽。所谓清婉和平、高古、超绝者兼有之，故其名大播，不特江南而已。”（《石田稿序》）他的学生文徵明也说：“其诗初学唐人，雅意白傅，既而师眉山为长句，已又为放翁近律，所拟莫不合作。然其缘情随物，因物赋形，开阖变化，纵横百出，初不拘拘乎一体之长。”（《沈先生行状》）他们的这些评论正是本诗首句最好的注脚。到了清代，诗论家还给沈周诗以很高的评价，朱庭珍论明代画家沈周、唐寅、文徵明三家诗，最加肯定的便是沈周诗，他说：“惟石田秀拔不群，时饶格韵，洵画家之能诗者矣。”（《筱园诗话》）次句说“晚岁还怜画掩名”，文徵明是他的学生，为他的画掩诗名抱不平，自是情理中事，而同时代人也持有同样的观点。刘君谦跋沈周画说：“石田先生盖文章大家，其山水树石特其余事耳，而世乃专以此称之，岂不冤哉。同时诸老如李文正（按：即李应桢）、吴文定（按：即吴宽）辈，俱惜先生以画掩其诗。”（钱谦益《石田先生事略》引）诗的下半首，谈到自己年轻时不懂得悠悠世事，惭愧得很，“我”这个老门生，直到头发花白时，才识得先生诗精于画的道理。

“高人不见”一首。

沈周死于正德四年（1509），距文徵明题诗时，已有七个年头，他缅怀老师，写下首句，发出不见高人的感叹。诗里的沈约喻沈周，不特以同姓的关系，主要因为沈约于格律诗的发展有突出贡献，沈周又精于诗律，所以文徵明引以为喻。太湖沙头的渔翁经过了几许夕阳的照射；独独不见老师的踪迹，能不令人伤感吗？现在，看到他留下的“断墨残缣”，诗人和泪看画；泪如雨下，遥岭近山无不为愁云锁住，也为人间的恨事悲伤。诗人以景结情，情溢于山，点出了四首诗的总主题，由物在人亡、物是人非引发出的深深悲叹，也就是“不胜人琴之叹”。（吴企明）

题雨村图

文徵明

四檐风雨昼昏昏，小纸斜窗破墨痕[①]。
翻得杜陵巫峡句[②]，归云拥树失山村。

[题解]

本诗选自文徵明《文徵明集》补辑卷一五、陈焯《湘管斋寓赏编》卷六。

陈焯有一则题记，简要评述文徵明《雨村图》，并描述了与友生读画的情景，载《湘管斋寓赏编》卷六："此中挂图也。云气滃郁，树色霏微，直兴到神来之作也。乾隆庚寅严冬，下榻赵朴庵浚县衙斋，西风燥烈，对浮丘山，展之不觉几席生润矣。"上海博物馆藏金笺水墨《雨村图扇面》，画题名虽与本图相同，但画幅不同，一为扇面，一为中挂图，非一图也。

[注释]

①破墨：水墨画技法之一，使用不同墨色，浓淡相间，以显示物象的界限和轮廓。②杜陵：即大诗人杜甫，本为地名，在长安城东南，杜甫曾居于此地，自称"杜陵布衣"，后人遂以"杜陵"称杜甫。巫峡句：这是杜甫描写巫峡的诗句，题名《返照》："返照入江翻石壁，归云拥树失山村。"

[评说]

题诗先叙述作画的时间、空间环境，时当白昼，室内昏暗，风吹雨打，四檐滴雨声不绝于耳。此时画家在斜窗前，桌上铺开小纸，涂上浓淡相间的墨色作画。画什么景色呢？画家忽然忆起杜甫《返照》诗，便用杜甫诗意，画成一幅“归云拥树失山村”的《雨村图》。文徵明既是诗人，又是画家，独具“识画眼”，他从杜甫的诗句里看出画意，并用这句诗意画成《雨村图》。陈焯用“云气滃郁，树色霏微”来形容文徵明的画境，非常恰当。诗意翻成画意，画境转成诗境，诗与画在文徵明的笔下，得到完美的交融，充分展示出画家的诗意追求。（吴企明）

题横塘诗意图

文徵明

百叠春云百叠山，杏花三月雨斑斑[1]。
分明记得横塘路[2]，一叶轻舟载雨还。

[题解]

本诗选自汪砢玉《珊瑚网》卷三九、卞永誉《式古堂书画汇考》卷五八。

文徵明于题诗外，还有题识，云："正德庚午（五年）春仲，坐雨停云馆题画，文璧。"此画今已不传，然《珊瑚网》附记的"紫雪"和汪砢玉的两则评语，很有参考价值，紫雪云：

> 花光、惠崇喜用王洽泼墨法写湘西山水，极有神韵，二米实祖述之，非创作也。衡山公此卷苍秀婉逸，直追二衲，不入南宫庑下，诗笔以涪翁手腕，鼓国初高徐口颊，俱可。

汪砢玉云：

> 此画并仿燕穆之山水卷，余得之梁溪华氏，李翁九疑过而见之，鉴赏不去口，因题其后云。

二人的评语，极有助于我们鉴赏文徵明这幅画和这首题画诗。

[注释]

①斑斑：形容雨水繁密众多。 ②横塘：地名，在今苏州城西。

[评说]

题诗径直表现画面景色：三月杏花季节，春雨连绵，重巘叠嶂，配上重云层雾，云似山，山似云，云耶？山耶？难以分别。看不到原画，很可能以为这种云雨山景，会运用二米笔法。幸赖紫雪和汪砢玉的评语，我们才知道文徵明这幅《横塘诗意图》，与米南宫画法不一样。紫雪认为这幅画“苍秀婉逸”，直追花光、惠崇二僧的笔意；汪砢玉则以为此画仿燕文贵笔。惠崇善画江南春色，燕文贵的山水，溪山重叠，景物繁密，笔法细致严谨，清擁可爱。看来，汪砢玉的识见，尤为精到。第三句，点出画面景色的地点；结句，以景结情，以景物描写收结全篇，“载雨还”，回应第二句“雨斑斑”，加深印象，突现画面清润的意境。这首题画诗，起接无端，句奇势健，紫雪以为“诗笔以涪翁手腕，鼓国初高徐口颊”，指出文徵明的诗学渊源，出自黄庭坚、高启、徐贲，极中肯綮。（吴企明）

画　兰

文徵明

至日闲弄笔[1]，为君写幽兰。
潜阳知已复[2]，生意满毫端。

[题解]

本诗选自文徵明《文徵明集》补辑卷一一、潘正炜《听帆楼书画记》卷二。

文徵明善画兰花，师法赵子固，以秀润天然为特色，轻盈流利，融入行草书的笔法。在明代花卉画中，自成一家，清代范玑《过云庐画论》说："写兰以文门之法为宗。"

[注释]

①至日：每年有两个至日，即冬至和夏至，本诗指夏至。②潜阳：潜藏的阳气，语出《易·乾》："阳气潜藏。"

[评说]

这首题诗，撇开画面，一、二两句，用叙述笔法，写出作画的经过。夏至日乘闲暇摆弄瑶笔，为君画作幽兰。幽兰，语出《尔雅翼》："以其生深林之下，似慎独也，故称幽兰。"三、四句，扣到画兰上。兰草在冬天枯萎，到春天，潜藏的阳气已经复苏，兰草得春天的阳气而萌生，生机盎然，所以文徵明毫端的兰草，也就充满"生意"。文徵明作画，重视表现大自然万物的"生意"，他在画论和题画诗里每每表述自己这种美学思想,《题赵大年春江小景》:“闲窗生意忽在眼，千里风烟入舒卷。”《古木竹石》：“空山生意多，春光遽如许。”他在《跋仇实父画罗汉图》中说：“今实父白描，种种生态，色色飞动，无减宋人笔也。”《野花卉册》云：“大抵古人写生，在有意无意之间，故有一种生色。”《题袁安卧雪图》云:“余为袁君与之临此(指临摹赵松雪《卧雪图》)，遂于墙角着败蕉，似有生意。”上述种种言论，都足以见出文徵明追求表现“生意”之美，这也正是他绘画艺术和美学思想的一个重要特征。（吴企明）

题曲港归舟图

文徵明

雨绝树如沐，云空山影浮。
草分波动处，曲港有归舟。

[题解]

本图今藏故宫博物院。画幅中部，云烟浮动，氤氲空蒙。上部为远山，两峰对峙，山坳间一道泉水，直泻深壑。山石淡墨勾皴，浓墨积染，山多矾头，密密点苔，浓郁苍润。山体下部墨色渐淡，与中部的云雾相接，山色若有若无，下部画坡石、溪流、杂树，茅屋掩映于树丛中，墨色近浓远淡，远处树梢渐渐隐没于云雾中，真有"茏葱春树白烟浮"（彭年题诗语）的意趣。树后溪边，着一叶扁舟，缓缓行进于曲港之中。画幅左上方有画家自题诗，右上方有彭年、陆师道、王穀祥的题诗，画家自题诗之下，还有爱新觉罗·弘历的题诗。

[评说]

文徵明的画，富含诗意；他的题画诗，又用优美的诗句将画中诗意撷出。首二句说，春雨刚刚停下，林木饱含水分，苍翠欲滴，好像沐浴过；雨云尚未消散，烟霭布满天空，山影好像在浮动，这与杨维桢《题雨后云林图》"浮云载山山欲行"的意境极相仿佛。第三、四句，扣到画题上，点出曲港归舟的题意。诗人说，水草分开，水波微动，这时便知道有扁舟归回曲港。这样的诗意，实际上是从王维《山居秋暝》"莲动下渔舟"句脱化而来，略事夺换。文徵明从前人的清篇秀句中受到艺术启发，将这些"发于佳思而可画"的诗意，绘入画中，使自己的绘画作品深寓诗意，题诗又将这种意蕴发露出来，便成为富有画意的诗句。由诗到画，又由画到诗，诗画意蕴反复融合、渗透，达到水乳交融的境界。画家兼诗人文徵明为诗画艺术的融通，做出重要贡献，取得突出的成就。（吴企明）

曲港归舟图

题落霞孤鹜图

唐　寅

画栋珠帘烟水中[1]，落霞孤鹜渺无踪[2]。
千年想见王南海[3]，曾借龙王一阵风。

[题解]

本图今藏上海博物馆。

唐寅(1470—1523)，明代画家，字子畏，号伯虎，又号六如居士、桃花庵主等，长洲(今江苏苏州)人。弘治十一年(1498)中应天府(今南京)乡试第一名解元，会试时，因无辜牵涉科场舞弊案而被革黜。后专以卖画为生。画师周臣，擅画山水、人物、花鸟等，与沈周、文徵明、仇英合称“明四家”，有《六如居士全集》。

明正德九年(1514)，唐寅受江西宁王朱宸濠之聘，到达南昌。不久，他识破宁王有谋反朝廷的野心，便佯装清狂，宁王无奈，将他遣归苏州。本图当是其回苏以后的作品。画幅右上部高峰耸峙，右下部坡石上四株柳树，或欹或直，掩映着台阁水榭，楼台以界画法写成，用笔精细。画的左部，留下极大空间，令人遐想烟波浩渺之状。整幅画秀润清逸，饶有气韵和笔趣。

画幅左上部空白处，题上一首绝句。唐寅自称这是一幅“诗意画”，实则这幅画是汲取王勃《滕王阁诗》诗意和《秋日登洪府滕王阁饯别序》文思画成的。

[注释]

①画栋珠帘：语出王勃《滕王阁诗》：“画栋朝飞南浦云，珠帘暮卷西

山雨。”②落霞孤鹜：语出王勃《滕王阁序》：“落霞与孤鹜齐飞，秋水共长天一色。”③王南海：指王勃。勃父王福畤被谪交趾令，勃前往省觐，渡南海，溺水死，唐人因称他为“王南海”。

[评说]

这是一首趁着题画的机会抒发自己怀念王勃之情的诗。前两句描写画面景物，再现画境。既然唐寅是用王勃诗、文意作画，他很自然地会联想到王勃，缅怀这位才华出众的诗人，怀想他当年在滕王阁作赋、赋诗时文采飞扬的风神，想到他“遥襟甫畅，逸兴遄飞，爽籁发而清风生，纤歌凝而白云遏”(《滕王阁序》中句)。快哉江风，畅其襟怀，助其逸兴，这一阵风，便是从龙王那里借来的。结句以景写情，写出六如居士对王勃由衷的赞誉和深深的怀念，一往情深，感人至深。（吴企明）

题秋风纨扇图

唐　寅

秋来纨扇合收藏，何事佳人重感伤？
请把世情详细看，大都谁不逐炎凉。

[题解]

本图今藏上海博物馆。

“秋扇见弃”，是我国古典诗词经常使用的著名典故。史载汉成帝时后宫婕妤班姬，被赵飞燕所谗，退居冷宫，作《怨歌行》：“新裂齐纨扇，皎洁如霜雪。裁为合欢扇，团团似明月。出入君怀袖，动摇微风发。常恐秋节至，凉飙夺炎热。弃捐箧笥中，恩情中道绝。”诗篇以秋扇见弃为喻，诉说女子因年老色衰而见弃的命运。唐寅这幅画，便以这则典故为题材内容画成。画幅中央描绘一位佳人，手捧纨扇，面带愁容，伫立在秋风里。

[评说]

题诗前两句，运用设问句，揭示了画的题材内容，点出诗旨。诗句由“秋扇见弃”的典故生发开来，借着班婕妤的哀怨，抒写出画面仕女的不幸遭际，也映带出画家自身的哀叹。三、四句，诗意陡转，唐寅将班婕妤和自身的哀怨，拓展到了对世态炎凉的揭露上。画家作画的目的，是要揭露“大都谁不逐炎凉”的现实，但是这种人生体验在画面上是无法表达的，只能通过诗歌语言，补足自己的画意。方薰曰：“高情逸思，画之不足，题以发之。”（《山静居画论》）题画诗独特的艺术功能，在这首绝句诗里表现得非常充分。（吴企明）

题山路松声图

唐　寅

女几山前野路横[1]，松声偏解合泉声。
试从静里闲倾耳，便觉冲然道气生。

［题解］

本图藏台北故宫博物院。

画幅左部画崇山峻岭，山麓着高松数株，山坳有流泉三叠，直注深壑。一桥飞架溪涧上，一位老人静立桥上，倾耳听泉，一童携琴随侍。画仿李唐笔法，俊秀中寓雄健浑厚。右侧着远山数重，与峻岭相映带。左上方齐头题写七绝一首及题款。

［注释］

①女几山：既不是晋人张轨隐居的地方，也不是李贺家乡的山，那是江南一处不著名的小山，唐寅诗里多次提到。

［评说］

本诗的开端，迅即着题，直扣题面，首句写“山路”，次句写“松声”，写尽画题之意。山路横陈，写出画面实境。次句诗意，画面无法表达，诗人运用拟人化的手法，赋予松声以人性，它偏偏懂得应和山泉的清泠声，汇成美妙的清音，回荡在女几山山崖间，令人神往。第三句，转到画中人物身上，老人在小木桥上悠闲地倾耳静听，仿佛从松韵、泉声中，因象悟道，领悟到宇宙人生的真谛。结句紧承上句，写出“听”的结果，觉得“冲然道气生”。唐寅晚年学佛，这里的“道”，便是“禅意”或“禅境”。禅家强调万物有性，木、石、水、月，皆可照见禅心。老人在外在物象的启示下，获得人生的顿悟和心灵的愉悦，故曰“道气生”。题画诗使“安往禅悦”的理性意念形象化，启人心智。（吴企明）

山路松声图

题李端端图

唐　寅

善和坊里李端端[①]，信是能行白牡丹。
谁信扬州金满市，胭脂价到属穷酸[②]。

[题解]

这是一幅采用唐人轶事画成的仕女故事图。唐范摅《云溪友议》记载了这样一则故事：唐诗人崔涯题诗嘲笑扬州名妓李端端，云："黄昏不语不知行，鼻似烟窗耳似铛。犹把象牙梳插鬓，昆仑山上月初生。"李端端得此诗，忧心如焚，乃拜见崔涯，请他哀怜之，涯又赠一诗云："觅得黄骝被绣鞍，善和坊里取端端。扬州近日浑成差，一朵能行白牡丹。"唐寅将它画成《李端端图》。《唐伯虎全集》收录此诗，题作《题画张祜》，欠妥，因画幅写崔涯事，与张祜无关。今从原图题名。此图描绘扬州名妓李端端找崔涯求情的场景。李端端手持白牡丹，侍立堂前，从容大方，好像在倾诉自己的身世。崔涯端坐正中椅上，手持诗卷，双目注视着李端端，倾听她的申述。崔涯座后有一山水屏风，右侧有两个侍女伫立，整个画面显得很和谐。

[注释]

①善和坊：扬州街坊名。②胭脂价：指妓女的赎身价。穷酸：穷而迂腐，古代对没有功名的读书人的一种蔑称。

[评说]

本诗先从画面说起，赞美画面上的李端端貌美若牡丹花，确是"能行白牡丹”。这两句诗，乍看如出唐寅之手，但熟知典故的人，知道这是隐括了崔涯的诗句。诗的后半首，由画像触发感慨，说有谁相信扬州这个豪富的地方，妓女的身价竟然连穷书生也承受得起。尾句的诗意由崔涯“善和坊里取端端”句生发，既然要用“黄骝”驮取李端端出坊，定然要付卖身钱，所以才发出这样的感慨。画幅以崔涯、李端端的故事为题材画成，如果唐寅的题诗平铺直叙写来，就显得呆板、笨拙。所以他在转笔处突发奇想，诗思巧妙，使熟典生出新意，情趣盎然，为画幅增色不少。（吴企明）

题雨竹图扇

唐　寅

醉墨淋漓写竹枝，分明风雨满天时。
此中意恐无人会，更向其间赋小诗。

[题解]

本图今藏上海博物馆。

扇面上用水墨提炼出雨中之竹的艺术形象，以两枝浓叶竹枝为主体，一枝在正中，一枝斜向左上角，后面衬一枝淡叶竹，浓淡色差很大，显示出隔着蒙蒙细雨的前后竹枝的层次感，也真实地表现出远处形象的质感。画幅右侧画数笔初生之竹叶，与扇面中、左部繁密的竹叶遥相呼应，竹叶均向下倒垂，表现风雨吹打竹叶的态势，使读画人感受到竹叶沾水后的分量。 全图墨沈淋漓，墨色明净，笔分顺逆，疏密相间，富有变化，气韵生动，营造出一派风吹雨打翠竹的氛围。

雨竹图

[评说]

题诗与画面的对应关系非常紧密，诗的前两句艺术地再现画面意象，具体描绘满天风雨吹打竹枝的情景，也明白地道出自己作画时的兴会和意态以及画面形象的特征。风和雨，都是绘画艺术难以表现的具象，唐寅除了运用浓淡不同的墨色和竹叶低垂的状态加以表现外，为了避免他人不理会自己的艺术匠心，“此中意恐无人会”，特意从画境中寻觅诗情，写成这首小诗，题在画面上，帮助赏画人体识自己的“艺术三昧”。唐寅很喜欢画雨竹图，如藏于台北故宫博物院的《墨竹图》扇，灵秀飘逸；藏于吉林省博物馆的《雨竹图》金笺扇，浓重浑厚；藏于故宫博物院的《雨竹图》洒金扇，细密有逸致。这些雨中竹画，都是气韵生动、笔墨淋漓的佳作，可与本图参读。（吴企明）

题岁寒三友图

唐　寅

松梅与竹称三友，霜雪苍然贯岁寒。
只恐人情易番覆，故教写入画图看。

[题解]

本图藏故宫博物院。这幅画构图别致，画家并没有描绘松、竹、梅蟠曲奇倔的躯干，只用折枝之法，以洒脱的笔墨，画出枝叶和花萼，表现松、竹、梅疏朗、明净、秀雅、清越的神韵，着墨不多，重在写意。三枝集束在一起，均从左方伸出，向画幅右方运笔，像插花一般。其法实从宋人出，我们只要看一看赵孟坚的绢本《岁寒三友图》团扇（今藏上海博物馆）和册页《岁寒三友图》（今藏故宫博物院）的构图，便可以明白唐寅此画的艺术渊源。画幅上部，唐寅用较大的字题写绝句一首。

[评说]

唐寅的题诗，写法也很别致。他不是引导赏画人去领略画幅的形象美和画境的清幽美，获取审美享受，而是一开端便从松、竹、梅“三友”的自然审美观念导入，称道它们傲霜雪、抗严寒的“岁寒心”。我们的先人将松、竹、梅的自然属性，与人的道德范畴、人文精神和审美文化特质联系起来，赋予“比德”的意蕴。松、竹、梅本性耐寒，历代诗人早已将它们作为题咏对象。魏刘桢《赠从弟》：“岂不罹凝寒，松柏有本性。”竹的美德与松的美德有相似之处。又如唐殷璠《题竹》：“窗户尽萧森，空阶凝碧阴。不缘冰雪里，为识岁寒心。”唐宋璟《梅花赋》，塑造“万木僵仆，梅英载吐，玉立冰姿，不易厥素”的梅花形象，热情歌颂了梅花

“耐寒”“不改贞心”的本性。南宋时代，文学艺术家在前代文人的形象创造基础上，才真正明确地将松、竹、梅这三种耐寒的花木结合在一起，组合成艺术群像，写入诗中，画入画中，以“岁寒”象征人世的磨难和困境，赋予这个审美群像人的品德美，使之具有鲜明的“比德”性格。宋代画家扬补之画过一幅《岁寒三友图》，较早地将松、竹、梅描绘在一幅画中(可惜此图已经失传)。宋代诗人楼钥为之题诗：“梅花屡见笔如神，松竹宁知更逼真。百卉千花皆面友，岁寒只见此三人。”(《题徐圣可知县所藏扬补之画》)唐寅题诗的三、四句，便由画面转出别意，写出自己的感慨。他要大家风骨凛然，坚持节操，不畏艰险，警惕“人情易番复”的社会现实。诗的结尾，直抒胸臆，提出讽世的警示，道出自己作画的原委和艺术匠心。(吴企明)

题陶谷赠词图

唐　寅

一宿因缘逆旅中，短词聊以识泥鸿[①]。
当时我作陶承旨，何必尊前面发红。

［题解］

唐寅采掇《玉壶清话》关于陶谷使南唐赠秦蒻兰词的记载，画成本图。这则故事，讲述陶谷出使南唐，态度十分傲慢，南唐君主设下圈套，遣一宫妓秦蒻兰扮为驿站女，侍奉陶谷。陶谷见蒻兰貌美，遂动邪念，并赠《春光好》词一阕，云："好因缘，恶因缘，奈何天，只得邮亭一夜眠。别神仙，琵琶拨尽相思调，知音少，待得鸾胶续断弦，是何年？"第二日，李主设宴招待陶谷，命秦蒻兰唱曲侑酒，曲词即陶谷所赠。陶谷认出秦蒻兰，面红耳赤，惭愧不已。画家以工细劲利的线条，细致地刻画陶谷、秦蒻兰的形象，并配以坐榻、画屏、高树、奇石、篁竹、芭蕉，景物设置很繁复，形成本图"密"的美学特征。王敬美《跋张心贤临太史画册》说："吾吴中之先生画，若沈启南之苍、唐伯虎之密，尚矣。"洵为的论。

这幅画并非单纯描画文坛趣事，唐寅是要借此讽刺世俗中的那些虚伪无耻之人，寓意深蕴。为了让赏画人明白自己的匠心，唐寅便在画幅右上方题写一首七绝。

［注释］

①泥鸿：即"雪泥鸿爪"的简称，雪泥地上留下了鸿雁的爪印，比喻人过留迹，语出苏轼《和子由渑池怀旧》："人生到处知何似，应似飞鸿踏

雪泥。”

[**评说**]

诗句一开端便直接发议论，说陶、秦一夜因缘，幸有短词，留下了人的行踪。 三、四句，诗人接着发议论，用假设语气说，如果“我”做了陶谷，尊前也不必脸红。“陶承旨”，即陶谷，他曾任翰林学士承旨。 诗句反唇相讥，辛辣地讽刺陶谷的丑恶嘴脸，尽情地嘲笑并揭露了陶谷外表道貌岸然、骨子里荒淫无耻的虚伪。 陶谷与唐寅相隔五百余年，画家为什么要画这样的题材呢？ 原来，唐寅为人直率，表里如一，一贯反对虚伪做作。 他对现实生活中陶谷式的伪善人物深恶痛绝，于是便借助于诗画艺术一泄胸臆，痛快淋漓。（吴企明）

题梦仙草堂图

唐　寅

闲来隐几枕书眠①，梦入壶中别有天②。
仿佛希夷亲面目③，大还真诀得亲传④。

[题解]

唐寅《梦仙草堂图》今藏美国弗利尔美术馆。纸本，设色，高28.3厘米，阔103厘米。关于这幅画，高居翰以为是周臣代唐寅作，班宗华则认为应是唐寅本人的作品。今从班说。这是一幅构思十分奇特的画卷，画卷右部为现实生活中的树石、草木、山间茅屋，屋内有一位高士，正倚几枕书而眠，用浓墨、深青绿色画成。画卷的左部描淡淡的峰峦，用淡墨敷陈而成，两峰间凌空画一人物，表现出虚无缥缈、游仙式的境界。两大部分形成鲜明、强烈的比照，融合如实，把反映现实和超现实的两种艺术想象集于一件艺术品中，弥足珍贵。

[注释]

①隐几：倚着几案。②壶中别有天：用道家"壶天"的典故。《云笈七签》卷二八载奇人张申常悬一壶，中有日月天地，如世间。张申夜宿其间，自号"壶天"。③希夷：无声曰希，无色曰夷，形容虚寂微妙。《老子》："视之不见名曰夷，听之不闻名曰希。"④大还：又称还丹，道家金丹名，据《抱朴子·金丹》载，服食大还丹后，百日成仙。

[评说]

唐寅的题诗完全从画画意象、画境着笔，诗与画的对应关系比较直接和紧密，诗句全粘着画面，对画中意象和画境作阐发性的发挥，具有“类近”的品格。诗的首句“闲来隐几枕书眠”，便从画面具象切入。次句点题，写高人入梦，飘浮于空中，进入神仙世界，别有一番天地。第三、四句紧承，说高士虚寂微妙的灵魂，游于空中，仿佛可以亲见其面目，好像人们服食大还金丹后成仙的真正秘诀，可以用言语传达出来。二、三、四句诗，恰与左部画面游仙式的画境相吻合，形象地生发了画意，使画境、梦境、仙境融为一体，真正传达出画家唐寅的艺术匠心。（吴企明）

题云山烟树图

唐　寅

云山烟树霭苍茫，渔唱菱歌互短长①。
灯火一村鸡犬静，越来溪北近横塘②。

[题解]

本诗选自张丑《清河书画舫》卷一二下、卞永誉《式古堂书画汇考》卷五七。

这幅画，今已佚。唯其遗佚，愈加显出前人载录、评述的重要。张丑评此画曰：

> 右画云山烟树，纸本、浅绛色，树石仿李成，屋宇师巨然，山头效米芾，既极秀润，又饶气韵。

《大观录》卷二〇录吴升的评语说：

> 纸本，高三尺二寸，阔一尺三寸，设浅色。山峰掩冉云树，冥蒙一片，夜景也，溪塘空旷，唱晚渔舟，菱歌互答，村庄灯火，柴门相映，造境既极幽澹，气韵乃复鲜润，是学晞古而神明于法度者。

这是一幅描写江南水乡秀丽风光的作品，它摄取吴中山水之美，带有浓郁的江南水乡的地方特征。

[注释]

①渔唱菱歌：自李白《苏台览古》"菱歌清唱不胜春"翻出。②越来

溪：横塘通向太湖的一条河流，传说勾践破吴时，越兵由此进兵，故名。横塘：小镇名，在今苏州城西。

［评说］

因为唐寅是自画自题，因此题诗确能抓住画境的性格和风神。首句迅即着题，“烟树”在沉沉暮霭中，苍苍茫茫，一派冥蒙，充分发挥了“米家山”的长处。次句，补画意之不足。渔舟唱晚，采菱姑娘的清唱，此起彼伏，互相应合，这是苏州水乡特有的风情。画上只画出渔翁、采菱女，他们优美的歌声，是画不出来的，靠着题画诗补充出来。一般绝句诗的第三句要用转笔，本诗突破常格，仍然承接上文，描写画面上村庄灯火的夜景，到了结尾才转出新意，点明本图的地点，这幅云山烟树图描绘的是横塘越来溪北面的景色。

据张丑和吴升的评介，可见这幅画兼取李成、巨然、米芾、李唐诸位前代画家的长处。唐寅早年亲受沈周指授，深受沈周的熏染，沈周在艺术上是主张兼取众长、融会百家的。因此，唐寅兼取院体画和文人画的长处、宋人画和元人画的长处，在博取广蓄的基础上，创造自己的风格。《云山烟树图》即体现出唐寅这种审美追求。（吴企明）

孟蜀宫妓图

‖唐　寅

莲花冠子道人衣，日侍君王宴紫微①。
花柳不知人已去，年年斗绿与争绯。

[题解]

本诗选自汪砢玉《珊瑚网》卷四〇、卞永誉《式古堂书画汇考》卷五七。

五代后蜀后主孟昶荒淫奢侈，耽于酒色，尝令后宫宫妓衣道衣，冠莲花，终日侍宴。唐寅有感于斯，挥毫作《孟蜀宫妓图》，并题绝句于图上，且有识语，云："蜀后主每于宫中裹小巾，命宫妓衣道衣，冠莲花冠，日寻花柳，以侍酣宴。蜀之谣已溢耳矣，而主君犹挹注之，竟至滥觞，俾后想摇头之令，无不扼腕。"据唐寅识语，可知这是一幅讽刺意味浓重的仕女图。

唐寅的《孟蜀宫妓图》今存，藏故宫博物院，绢本、设色，纵 124.7 厘米，横 63.6 厘米。画面并无帝王宴饮的豪华场面，画家择取了侍宴前宫妓打扮化妆的一瞬间景象，描画成图。图中有四个宫妓，她们身穿女道士长方褂，修裙，头戴柳条莲花编织的帽子，两个正向，两个背向。正中一个正向的宫妓，穿着一件青色大褂，一位背向的宫妓穿着淡黄色长褂，色彩一深一淡，一冷一暖，构成强烈的比衬。四个宫女神态各异，一人照镜，看看化妆合适否，一人手托脂粉盒，一人为她人理裙，一人在旁指导，但又互相呼应，形成一个整体，足见画家非常注意布局，富有变化，造成鲜明的节奏感。唐寅的仕女图，大致可以分为两大类：一类线条细劲，设色妍丽；另一类笔墨流动，挥洒自如。《孟蜀宫妓图》便是前一类的代表作品。

[注释]

①紫微：紫微殿，泛指帝王宫殿。

[评说]

明人董纪说过："诗意不过模画意，何须画里更题诗。"(《屏风画意二首》，载《西郊笑端集》卷一)他说得很不妥当，因为题画诗并不简单地模写画面之意，有许多画面无法表述的意念，必须用题诗发明之。唐寅的《孟蜀宫妓图》便是这样的一首题画诗，诗的首句"莲花冠子道人衣"，固然是模写画画，次句便不是简单地模写画意了，因为画面上根本没有侍宴的场面，这只能从画面上宫妓化妆的细节，推想出她们将要去紫微殿侍宴。至于诗的三、四句，早已从画面宕开，写到距孟蜀五百年后的今天。"人已去"，画中人"蜀妓"早已死去，自然界的花和柳当然不知道，它们依然年年自由生长，柳条斗绿，繁花争艳。唐寅以自然界的永恒与人生的短暂，构成鲜明的对比，辛辣地讽刺孟昶的荒淫腐朽、醉生梦死。这些画意，在画面上怎能表述？只有依靠题画诗补充、拓展画意，取得令人满意的艺术效果。可见，题画诗自有其不废的功能，真是"亟须画里更题诗"。(吴企明)

题春山伴侣图

唐　寅

春山伴侣两三人，担酒寻花不厌烦。
好是泉头池上石，软莎堪坐静无尘。

[题解]

本诗选自庞元济《虚斋名画录》卷八。

唐寅的《春山伴侣图》今存，藏上海博物馆。纸本，立轴，纵 82 厘米，横 44 厘米。画上崇岭层层叠叠，疏林依山势盘旋而上，左部一道清泉，在山坳间缓行后泻落崖石间。右部一道瀑布自岩洞中飞溅而出，直落深渊中。崖石树阴间点缀山居茅屋、围着栏木的小道，溪边崖石上对坐着两位高士，二人边饮酒，边吟诗。这是一幅熔宋、元人笔法于一炉，表现唐寅自我面貌的代表作。徐沁《明画录》评唐寅之山水画“自李成、范宽、马、夏、元四大家，靡不研解”。吴修对唐寅的《春山伴侣图》的评价甚高，他说：“乾隆间，余见于苏州薛寿鱼家，后归娄东毕氏，所见子畏山水之精，无出此图之右者。”并题诗一首，说：“妙绝春山伴侣图，六如名幅重三吴。笔端秀出林峦外，晞古前身得似无。”（《青霞馆论画绝句》）因为唐寅融宋、元人画风，自成一家，所以吴修说他的画超越晞古（宋代画家李唐）。

[评说]

唐寅这首题诗，虽说是发议论，倒是句句围绕着画面着笔的。首句，写画上的与春山作伴侣的两位高士。次句说他们多次地、不厌烦地外出担酒寻春。第三句“泉头池上石”粘着画面景色，添上“好是”两字，用了议论口吻。软草铺地，闲静无干扰，写画上实境，着“堪坐”两字涉议论句式。全诗写景而不粘死，议论而现灵气，思清语妙，有秀逸之神韵，吴修评唐寅此画“笔端秀出林峦外”，用它移来评论这首诗，同样恰当。（吴企明）

题看泉听风图

唐　寅

俯看流泉仰听风，泉声风韵合笙镛①。
如何不把瑶琴写，为是无人姓是钟②。

[题解]

本诗选自南京博物院藏唐寅《看泉听风图》题诗。

这幅画现藏南京博物院。绢本、水墨，纵72.6厘米，横34.7厘米。整幅画"看泉""听风"的主体，是并坐在平整岩石上的两位高士。虽然他们的形体很小，但是他们的神情、仪态，却被刻画得很生动。画上的一切景象，题画诗中的一切情思，都由他们生发出来。两位高士正倾听风吹松涛声，数株松树穿插在岩石间，枝干蟠曲，浓阴掩映。两位高士正在观赏从岩洞中流出的泉水，水口溪流湍急腾跃。远处山石皴笔淡化，逐渐消失在云雾中。这幅画，糅进一些南宋院画家常用的技法，主要体现南宋院画的风格特征。

[注释]

①笙镛：笙和大钟，语出《尚书·益稷》："笙镛以间。"②无人姓是钟：指春秋时期精通音律的钟子期。

[评说]

唐寅的题诗从画题下笔，首句"俯看流泉仰听风"，写尽题意，具有笼罩全诗的气势。次句承接，仍从"泉""风"上作势，诗人比况泉声、风声声韵美妙，足与丝竹、金属乐器相应和。第三句转笔处，提出一个为何不将这美妙的声韵写入瑶琴里去的问题。结句拍合，回应上句，说钟子期已死，世无知音者，所以不将风声、泉声写入瑶琴，这里暗用了应劭《风俗通义·声音》的典故：“伯子牙方鼓琴，钟子期听之，而意在高山，子期曰：‘善哉乎，巍巍若太山。’顷之间而意在流水，钟子又曰：‘善哉乎，汤汤若江河。’子期死，伯牙破琴绝弦，终身不复鼓，以为世无足为音者也。”诗的后半首，一呼一应，运用拍合、绕回之法，在一问一答之间，蕴含着世无知音的慨叹，很自然地、巧妙地将诗人兼画家的主观情思灌注到诗篇中。（吴企明）

题清溪松阴图

唐　寅

长松百尺阴清溪，倒影波间势转低。
恰如春雷未惊蛰，髯龙头角暂蟠泥。

[题解]

本诗选自广东省博物馆藏唐寅《清溪松阴图》题诗。

这幅画现藏广东省博物馆。绢本、淡色，纵146厘米，横73.5厘米。此图体现唐寅绘画艺术“密”的美学特征，画幅上布满远山近岩，松树穿插在岩壁间，下部岩石上坐着两位高士，昂首观看松树。这是唐寅精心学习周臣时期的作品，山石采用小斧劈皴法，明显地表现出他的老师周臣的画法特色。

[评说]

题画诗对画中的人物未着一笔，也就是说题诗并不以山居隐逸为诗旨，却将诗笔的重点放在画幅的松树形象上，再现松树奇崛之美。首句写百尺长松枝干蟠曲，枝叶茂密，树阴覆盖在清溪上。松树的身影，倒映在清溪中，水中的松影所处的地势比较低下。前两句诗是实写画面上的清溪、松阴，扣应画题和诗题。后两句诗，诗人采用比喻手法，将溪水中的松阴，比作蛰伏泥中的髯龙。现在，春雷还没有响动，还没有惊动蛰伏泥土中过冬的百虫，髯龙的头和角暂时还蟠曲在泥中。题画诗常常展示画家的画意和构思匠心。唐寅画清溪松阴图，表现松之奇崛美，为什么要将它比作“暂蟠泥”的“髯龙”呢？诗人黠慧地告诉读者，这个艺术形象有深蕴的象征意义，寄寓着画家怀奇崛之才而屈居下位的深沉感慨。

理解了本诗的题旨以后，再来看看画上的两位高士，他们昂首观看松树，默默沉思着。他们沉思的具体内涵，便是本诗的感叹。这与晋代左思《咏史》"郁郁涧底松"的用意如出一辙，不过唐寅的诗思完全从画幅上生发出来，画境与诗意融合在一起，愈益耐人深省。（吴企明）

墨　竹

唐　寅

一林寒竹护山家，秋夜来听雨似麻。
嘈杂欲疑蚕上叶，萧森更比蟹爬沙。

[题解]

本诗选自高士奇《江村消夏录》卷一。

[评说]

诗人写作题画诗，往往以视觉形象作为自己的描写对象，观察有形的画像，捕捉并再现画幅中的画境美。而唐寅这首题写墨竹图的诗，却改变描写角度，以听觉形象作为自己的表现对象，着笔于细雨淋竹的意象刻画，艺术构思别出心裁，在众多的题写墨竹图的诗篇中，能给人耳目一新之感。

诗的首句写竹林。“一林寒竹护山家”，这个“护”字，是诗人着意锤炼的，包蕴多层意思：一写其势，竹林围护于山家周边；二写其繁多，繁竹成林，有围护人之意；三写其用，竹林有防风、防尘的功能；四写其美，竹林掩映着山家，清幽无比。竹林茂密，又在屋的周围，听雨声更为清晰，因此首句实为以下的诗意作势。次句便写到雨竹之“声”，秋雨霪绵，秋雨细密，夜来听雨，雨声似麻，更何况细雨淋在茂密的竹叶上，倍感“雨似麻”。诗的下半首，诗人连用两个比喻，形容“雨似麻”的雨声。先说它的嘈杂声，犹如蚕食桑叶时发出的沙沙声；再说它的萧飒声，犹如蟹在沙上爬行时发出的淅淅声。从诗意推断，唐寅自题的这幅竹画，应是雨竹图，因此他从雨淋竹叶的声音上构思立意，写成这首题画诗，倒也别有韵味。（吴企明）

题桐阴清梦图

唐 寅

十里桐阴覆紫苔，先生闲试醉眠来。
此生已谢功名念，清梦应无到古槐。

［题解］

本图今藏故宫博物院。这是一幅纸本水墨人物图，画幅下部画一位高士，独坐在躺椅上，在桐阴下闭目养神，神情闲散。人物形象刻画得很生动传神，面部五官及须眉，笔墨工整，衣纹用近乎吴伟的白描手法，线条粗放而又顿挫，足以见出他的人物画的笔墨功夫。底部画数块块石，墨色浓重，缀以杂草，在画幅上起着押边的作用，也增添了画幅的平衡感。上方画桐树一株，枝叶伸出，桐叶用浓墨勾边，淡墨填色，很逼真。画幅左上方，自题一诗。

［评说］

一读题诗，便可以判断这幅画是画家自我心态和闲散生活的写照。题诗的前两句说，一片桐树十余里，桐阴覆盖着地上的紫苔，画中人无所事事，正好试着到这里来醉眠。这番景色，这副神情，正好为“已谢功名念”诗意的出现，做好铺垫。第三、四句，扣住画题“清梦”二字，点出题旨，明白说出自己此生已经谢绝功名的意念，所以清梦里不会到古槐国去。这里运用了唐代李公佐的《南柯太守传》的故事，故事讲淳于棼饮酒于古槐树下，醉后梦入大槐安国，国王招其为驸马，任南柯太守，享尽荣华富贵。醒来后，这里却不过是一株古槐和一个蚁穴。读本图，吟本诗，自然会明白唐寅画作本图的原因。有人推测本图当作于唐寅三十岁

会试受挫后不久。这个基本判断是对的，但从笔墨圆润成熟的角度考察，画作本图的岁月可能再推后一些。（吴企明）

题葑田行犊图

唐　寅

骑犊归来绕葑田，角端轻挂汉编年。
无人解得悠悠意，行过松阴懒着鞭。

[题解]

本图今藏上海博物馆，《石渠宝笈初编》有著录。

画幅左侧画苍松一株，长于坡石上，一株杂树，傍于松身后。松树盘曲奇绝，左右分枝，枝繁叶茂，松阴布满整个画幅，清润秀雅。松干勾描成形，淡墨圈出鳞片，稍加皴擦，分出明暗，古藤缠绕松树枝干间，藤蔓倒垂，在风中飘拂。松树粗壮，杂树细瘦；松树高，杂树矮，松针密缀细描，杂树空勾夹叶，两相比照，极尽变化之能事。松阴下，一只春牛驮着隐者悠悠行进在田埂上，一卷书挂在牛角上。人物衣纹着笔不多，而形神兼具。画幅左上方有爱新觉罗·弘历题诗一首，右上角有画家自题诗。

[评说]

题诗将笔墨放在画中人身上，写他沿着田埂，绕过葑田，骑牛归来，牛角上挂着编年的《汉书》。"葑田"，在沼泽中以木为架，铺以泥土而浮于水上的农田。古代苏州地区多有这类农田。"汉编年"，汉荀悦抄撮《汉书》，改纪传体为编年体。诗的后半首，要串在一起解读，诗人说，画中人骑犊行过松阴的时候，觉得这里很清静幽雅，便懒得举鞭赶牛，这种悠然自得的意趣，有谁能懂得呢？很显然，唐寅将这首题画诗定位在抒写情趣上，便采用突出重点的写法，集中力量表现画中人的行动及其心态，而对画面上的重要景物松树，很少着笔，只是用来为抒写画中人“悠悠意”营造典型的艺术氛围。题诗的构思立意，确有独到之处，不可忽视。（吴企明）

题草堂话旧图

唐　寅

松间草阁倚岩开，岩下幽花绕露台。
谁叩柴扉惊鹤梦，月明千里故人来。

［题解］

本图今藏台北故宫博物院。画幅的近景是一座草堂，倚岩建造，草堂内两人对坐叙谈，正是画家与“故人”。人物形体虽小，但刻画生动，神情俱现。小童坐在门外打瞌睡，衬托出草堂里二人谈兴正浓，对话时间久长。堂前、堂侧的岩石，黑白分明，已融入元人的皴法，岩石上斜伸出松树数株，松阴覆盖着草堂。远处崇山峻岭，突起于云雾叆叇中，山石用淡水墨皴染，浑厚凝重。画幅右上方有爱新觉罗·弘历的题诗，左上方为唐寅自题诗。

［评说］

诗的前两句描写画面上的草堂，说松阴下的草阁，倚靠着岩石建造，长窗敞开，岩下的幽花环绕着露台开放。诗句紧扣画面景物写来，诗画对应紧密。诗的后半首，由画面宕开，说不知是谁叩拍柴门，惊动了“我”的清梦，却原来是月夜里有老朋友从千里外来寻访“我”。“鹤梦”，即清梦，梦里与鹤相会，清幽闲雅。这幅画的画题，与《西洲话旧图》表现的题材内容相仿佛，但是这首诗与《西洲话旧图》题诗的写法迥然不同。唐寅并不叙写与故人见面叙旧的经过，也不吟写话旧的内容，却用极其优美的诗歌意象，记下了与友人初见面时的情感体验，一种出人意料的欣喜感受。比较本诗与《西洲话旧图》题诗的写法，可以领悟到写

作相似题材内容而运用不同构思方法的重要意义，多生变化而避免雷同，这是千古不易的艺术法则。（吴企明）

题雨竹小鸟图

唐　寅

竹中小雨细如麻，静听围炉弄火丫。
春社乍过蚕趱叶，夜潮初落蟹爬沙。

［题解］

本图今藏刘海粟美术馆。画幅的构图，极为简约，用浓墨画出竹竿一枝，自左侧向右上方斜插，细枝披拂于周围，枝头撇出疏密不等的竹叶，圆浑厚重。一枝上挑，其他各枝均向右下倒垂，竹叶亦都下沉。画家正是通过这些画面具象，表现细雨中的竹枝、竹叶积水分量很重。断梢的竹枝上站立一只小鸟，细笔勾描形体、嘴喙，干笔淡墨轻染小鸟腹部毛羽，呈蓬松状。另一只小鸟倒挂在细枝上，形态生动活泼。画幅有大片空白，不着点墨，容读画人去想象那细雨空蒙的境界。右方画家自题一诗。

［评说］

这首题画诗有着鲜明的美学特征，便是撇开画面上的竹、小鸟等画像不写，却集中笔墨去写画面上看不到的“雨”。首二句说，竹中雨丝细如麻，室内的人，围着炉子静听细雨声，只有摆弄炉丫的声音，才能听到。“火丫”，即炉丫。诗的后半首，调动所有的笔墨，连用两则比喻，描写细雨的声音。春社刚过，春蚕吞食桑叶很快，蚕食桑叶时发出轻微的声音，细雨声便像“蚕趱叶”发出的声音。“趱”，快走貌。夜潮初落，蟹在沙上爬行，细雨声便像“蟹爬沙”发出的声音。题诗运用“突出重点”的写法，扣住画题上的“雨”，用博喻手法，生动形象地形容“竹中小雨”的细微的声音，为画幅增添空蒙湿润的美感效果。（吴企明）

题东方朔像

唐　寅

王母东邻劣小儿，偷桃三度到瑶池。
群仙无处追踪迹，却自持来荐寿卮。

[题解]

本图今藏上海博物馆。

东方朔在历史上实有其人，汉武帝时，任常侍郎、拜大中大夫给事中，受武帝宠爱，常借诙谐言论讽谏武帝。至于东方朔三次偷西王母仙桃的故事，出自《汉武故事》，乃小说家言。唐寅借传说故事画成《东方朔像》，人物画无背景，衣褶线条流畅而遒劲，刚中含柔，敷以淡彩，脸部笑容可掬，一手执持仙桃，一手撩衣缓步行进，完全符合东方朔诙谐幽默的性格特征。全图工写结合，人物面部用笔工细，五官、须眉，工整细致、造型准确，神情毕现，栩栩如生。画幅上部端端正正地题写了一首题画祝寿诗，署款云："唐寅为守斋索奉马守庵寿。"

[评说]

题诗的前两句，用叙事笔调，写出东方朔偷取西王母仙桃的事，这是《汉武故事》"此儿不良，已三过偷之"文意的形象化描写。"瑶池"，神仙西王母居处。唐韩偓《自负》诗有"偷桃三度到瑶台"句，与唐寅句相似，唐寅或许脱胎于此。第三句转笔处，诗意突变，说瑶台群仙到处寻找东方朔的踪迹，不料他捧持着仙桃来到人间，为马守斋举起酒卮祝寿。传说仙桃三千年一开花、结实，我国人民素来喜以仙桃祝人长寿。此诗突破一般人物画题诗的写法，根本不写画像东方朔的形貌、风神，却由传说故事楔入，以偷桃为由头，描写他到人间持桃祝寿，挑明画家作画、题诗的本意，使题画诗呈现出幽默风趣、吉祥喜庆的美学特征，摆脱那种一本正经的俗套，更有人情味。（吴企明）

题湖山一览图

‖唐　寅

红霞潋滟碧波平，晴色湖光画不成。
此际阑干能独倚，分明身是试登瀛。

[题解]

本图今藏故宫博物院。这幅画的布局呈现鲜明的特色，近景物象密集，色、墨较重；远景物象疏朗，色、墨轻淡，中间大块空白，状湖水之浩淼，全图意境空灵杳远，深得太湖风光之真趣，与唐寅山水画尚“密”风格迥然不同。下部岩石用斧劈皴法画出，很有立体感。岩石上画水榭一座，有人正临湖倚栏观赏湖山胜景，似入仙境。左上方有爱新觉罗·弘历题写的和诗二首，右上方唐寅自题一诗。

[评说]

题诗用常格写成，先从画面景色落笔。湖水水波荡漾，无边的红霞，映入碧波中，霞光万道，这一派晴天的天色湖光，很难用画笔把它描画下来。两句诗，很容易使我们想起苏轼的名句：“水光潋滟晴方好，山色空蒙雨亦奇。”（《饮湖上初晴雨后》）本诗与苏诗一样，都写出了晴天湖光山色之壮美，令人为之倾倒。诗的三、四句诗笔一转，忽发奇想，由画面生发感慨，说此地若能独倚阑干，分明是试着登上瀛洲仙山。唐寅写出自己一览湖山的审美体验，点明画外意。他真想登上仙山，遁入山水中，远离尘世，摆脱种种尘世的烦恼。“瀛”，瀛洲，传说中的海上三神山之一。唐寅的这番心思，被清代的乾隆皇帝看出来了，所以他在和诗中写道：“自是远离尘俗地，画家何乃羡登瀛。”一言中的。（吴企明）

题渔乐图

‖张　灵

鱼水心情淡淡,鸥波身世悠悠。
得鱼换酒同醉,明月芦花满舟。

［题解］

本诗选自《石渠宝笈初编》卷三八。

张灵（生卒年不详），明代画家，字梦晋，吴县（今江苏苏州）人。家与唐寅为邻，两人志气雅合，茂才相当，又俱善画，生性落魄，有古狂士之风。善画，画人物冠服玄古，形色清真，亦善竹石花鸟。

［评说］

以渔乐入图，肇自唐代张志和。宋、元时画家亦多喜寓意于渔隐，尤其是生活于“江南葭菼间”的江南画家，他们“习知渔钓之趣”（董其昌《画禅室随笔》语）。张灵自幼生长在水乡，他继承这种艺术传统，画作这幅《渔乐图》，并自题六言绝句于画上，进一步突出自己的画旨。张灵将自己的身世、心情，打入鱼、鸥的物象中。“鱼水心情淡淡，鸥波身世悠悠”，这两句看似写物，却正是张灵淡泊、悠闲心绪的外物化。三、四句，进而再写渔夫之“乐”，渔夫捕得鲜鱼后，换成美酒，一同喝酒，醉卧于渔舟之上，待醒来时，但见明月照在芦花上，月光洒满渔舟。张灵淡泊悠闲的心境，在清幽的境界中更得到净化，体现出绘画和题诗“渔乐”的寓意。（吴企明）

题画鹧鸪

何孟春

出门西笑足能轻，九十前头百里程。
休道老人行不得，路当行处也须行。

[题解]

本诗选自陈邦彦《历代题画诗类》卷九八。

何孟春(1474—1536)，明代文学家，字子元，郴州(今属湖南)人。弘治六年(1493)进士。李东阳赏其才，欲荐史馆，因父丧而作罢。后授兵部主事，累迁右副都御史。巡抚云南，平少数民族之乱。生平喜评议时事得失，学问赅博，因而论说散文较多。著有《余冬序录》《何燕泉诗》。

[评说]

何孟春侃侃而谈、恣肆的文风同样带到了题画诗中。这首题画诗读来让人感悟到生活中的哲理，精练警策。诗歌开端并未紧扣画面，而是由说理开头。出门西行，边走边笑，步履轻快矫健。一眨眼工夫，便已九十里，再走十里就要接近目的"百里程"了。但是作者告诫大家，"九十前头"的这十里，才是真正的考验，只有越过了它，那才算获得最终的胜利，所以越接近目的地越要奋发向前，不可轻忽，否则就前功尽弃，功亏一篑，这便是前人一再告诫我们的："行百里者半于九十"(《战国策·秦策五》)，"君子不可以不知恒"(《王安石《九卦论》)。这层议论与画面有何关联呢？第三句是全诗的关捩处，它道出内中之丝缕。鹧鸪叫声，古人常拟之为"行不得也哥哥"，一个"行"字与前文呼应，更引发出下一个议论“休道老人行不得，路当行处也须行”，这与古人“老当益壮，宁知白首之心”（王勃《滕王阁序》）的气概是完全一样的，表现出奋进不止的积极情致。（杨旭辉）

赵子昂鳜图

何　瑭

曾闻《鱼藻》颂皇都，见说杭城殿阁无[1]？
却想王孙挥笔处[2]，也应回首念西湖。

[题解]

本诗选自陈邦彦《历代题画诗类》卷一〇九。

何瑭（1474—1543），明代学者，字粹夫，号柏斋，武陟（今属河南）人。弘治间进士，初任翰林修撰。不屈于权臣刘瑾，出为开州同知。历工、户、礼三部侍郎，晋南京右都御史。卒谥文定。著有《医学管见》《柏斋三书》《柏斋集》。

[注释]

①见：闻，听。无：否，吗。②王孙：王公之子孙，这里指赵孟頫，因为他是宋代皇族宗室。

[评说]

作者由赵孟頫画中的鳜鱼联系到《鱼藻》，借以咏史言志。《鱼藻》，《诗经·小雅》中的一篇，《诗经正义》曰："作《鱼藻》诗者，刺幽王也。言时王政既衰，至令天下万物失其生育之性，而不得其所，由此王居镐京，将有危亡之祸，将不能以自燕乐，故诗人君子睹微知著，思古之武王焉。"诗人开头点出"鱼藻"，已见深意，次句更用一反问，点明此诗的主旨。有人在颂扬元代建都北京，但是否听说过杭州城内的殿阁呢？如果早已把这一史实忘记的话，那么，在赵孟頫挥毫画鱼藻的时候，也应当回头想起西湖，切莫“直把大都作西湖”。 前面一个问句，绵里藏针；后一个“也应”，更能警神。 这是对那些醉生梦死、歌舞湖山、乐不思蜀之徒的讥讽，也是对世人的警示。 语言痛截，含蕴甚富，正是此诗的特点，这也使得鳞介虫鱼之画有了不同寻常的内涵。（杨旭辉）

题丹桂图

周　用

广寒月出东海头[①]，扶疏桂树横九州。
天香料理一万斛[②]，散作八月人间秋。

［题解］

本诗选自陈邦彦《历代题画诗类》卷八九。

周用（1476—1548），明代画家，字行之，号白川，吴江（今属江苏）人。弘治十五年（1502）进士及第，历仕吏部尚书，卒谥忠肃。徐沁《明画录》：“（周用）工诗，书法俊逸，所画山水，遒劲缛密，远近斐亹，气韵霭然。”画法师沈周，布置、渲染停匀，极为高雅。

［注释］

①广寒月：《开元天宝遗事》记载明皇游月宫，见榜曰：“广寒清虚之府。”后世因称月为广寒宫。②料理：安排。

［评说］

这首题画诗很有特色，诗人并没有具体描写丹桂的形态和色泽，却从丹桂的香味上生发诗意。首句写月出，月从东海头升起，俯照人间。次句写月中桂树，枝、蕊繁密的桂树横陈在九州上空。第三句点到正题上，写丹桂之香。馨香从月宫中桂树上送出，故曰“天香”。造物主安排一万斛天香，飘散到人间，造就一片秋天的美景。本诗从月出写到月中桂树，进而写到桂香，再写香满人间，诗意灵彻，诗脉顺畅，笔走流珠，蝉蜕而下，诗作呈现流畅美。读完全诗，很容易联想到刘克庄的《清平乐·五月十五夜玩月》词，云：“醉里偶摇桂树，人间唤作凉风。”他要将天上的凉风，吹散人间的暑热，识度卓绝，抱负不凡。周用的诗意与刘克庄的词意，一脉相承，同样抒写自己超群的襟抱。（吴企明）

题溽暑熏蒸苦昼长图

陈　淳

溽暑熏蒸苦昼长，葛巾葵扇升筐床。
花阴水气相撩处，何有人间白玉堂？

[题解]

本图今藏美国大都会美术馆。

陈淳(1483—1544)，明代画家，字道复，后以字行，更字复父，号白阳山人，吴县(今江苏苏州)人。文徵明弟子，博学多才，故诗画、书法均臻其妙。工画山水、墨花。有《白阳集》。

这是一幅工笔设色花卉图。画幅右下方，为一泓荷花盛开的水池，池中荷花、莲叶相间，荷花用线条勾勒。池畔有一块嵌空嶙峋的湖石，石后画石榴、栀子、蜀葵三种花卉，花朵繁密，用笔细润，兼用勾勒、皴染，设色清丽。此图一改陈淳常用的泼墨写意、简洁疏朗的面貌，在陈淳的花卉图中，可称别调。

[评说]

陈淳这首小诗，构思立意非常别致。他不从画面景物入手，摹其形，描其色，状其神，却从题外写来，以“苦热”立意，似与花卉图无涉。首二句描写夏日的闷热熏蒸袭人，令人苦恨昼日太长，为了避暑热，人们用葛巾擦汗，摇葵扇送凉，登上竹床休憩。两句诗，都为表现人们的“苦热”心绪服务。第三句陡然一转，诗笔绕回到画幅上，说只有荷池旁花阴水色相撩的地方，最为凉快，可以避去溽暑，人间哪里有这样的白玉堂呢？古人称荷花丛为水晶宫，如辛弃疾《小重山·三山与客泛舟西湖

（注：此西湖乃福州之湖名）》："君恩重，教且种芙蓉。十里水晶宫。"陈淳改称"水晶宫"为"白玉堂"，指称画幅上的荷花丛，且押七阳韵。读诗至此，读者方始领悟陈淳为什么一开始要极力描写"苦热"。原来他为了近观荷花丛的清凉，不惜用全诗一半的笔墨写苦热，用的正是"蓄势蓄力"之法，前半首的诗意全为表现荷花丛凉爽张本。（吴企明）

题秋江清光图

陈　淳

西风萧飒露华香，片片芙蓉簇锦妆。
应是怕随凡卉浼，独占雅淡媚秋江。

[题解]

本图今藏南京博物院。

画家扣住画题上的“秋”字，构思立意，择取枯荷、芙蓉、芦苇等表现季节特征的事物为主要具象，辅以家鸭、翠鸟，创造出秋意浓浓的画境。荷叶用藤黄带墨点染，以表现“枯”叶的质感。芙蓉花运用双钩填色法，淡墨勾线，填以淡红，花青点叶，淡墨写枝，色调清淡。鸭子、翠鸟用破笔皴擦，表现羽毛蓬松的特质，很生动。右下角补二石，有填补空白、保持画面均衡的艺术功能。全图构图疏朗，敷色雅淡，略带萧飒之感，深得秋色之神韵。画幅右上角题七绝一首。

[评说]

秋风萧飒，芙蓉花沾露散发出清香，片片芙蓉聚在一起，比试着锦样装束。开端两句，一写嗅觉形象，形容芙蓉之香味；一写视觉形象，形容芙蓉之色泽。诗句从画面形象着笔，却又超出画面，将嗅觉挪移到视觉上来，用“通感”之法，整体刻画芙蓉花之美。三、四句，仍写芙蓉。诗人说，芙蓉花应是怕随凡俗的花卉而受到玷污，它开放着雅淡的花朵，独占秋光，使萧飒的秋江显得妩媚起来，勃然有生机。画幅上有很多具象，但诗人并不泛泛用笔，只抓住芙蓉花作诗，句句写芙蓉，重点突出，给人留下了极为深刻的印象。（吴企明）

题墨水仙

陈　淳

低回玉脸侧，小折翠裙长。
不用薰兰麝，天生一段香。

[题解]

本诗选自潘正炜《听帆楼书画记》卷二。

陈淳喜欢画作花卉图卷，他将多种花卉，甚至十多种、二十多种花卉画于一卷，每花题一诗（或二句），诗画合璧，蔚为大观。如画于嘉靖十五年（1536）的《四季花卉卷》，画花草二十五种（藏上海博物馆）；画于嘉靖十九年（1540）中秋的《着色花卉册》，画花卉十六种（郁逢庆《郁氏续书画题跋记》著录）。这里所选的“墨水仙”，是陈淳《墨花钓艇图卷》多种墨花之一。这个图卷，藏于故宫博物院。全长564.5厘米，高20.2厘米，分别写墨梅、墨竹、墨兰、墨菊、墨葵、墨水仙、墨山茶、山雀、墨松、寒溪钓艇，每段之间，隔以五言绝句。陈淳还加了一段总的题记，说：“余留城南凡数日，雪中戏作墨花数种，忽有湖上之兴，乃以钓艇续之，须知同归于幻耳。甲午冬，白阳山人书于小南园。”甲午，乃嘉靖十三年(1534)，时陈淳五十二岁，这时，他的花鸟画已臻成熟阶段。

[评说]

题诗写得极有情韵。诗的第一、二两句复以人喻花，写其形，传其神。水仙花面，如佳人之玉脸，着一“玉”字，见出水仙花洁白如玉。花面低侧，如佳人低头侧脸。水仙翠叶，宛如佳人的打着褶皱的翠色长裙。三、四句写水仙之馨香。水仙花香清幽馥郁，天生清香，发于自然，所以诗人说“不用薰兰麝”。这里仍然以人喻花，因为佳人必须使用兰麝之香熏染衣物，水仙花却“天生一段香”。诗句短小精练，努力再现墨水仙清幽之美。陈淳《花卉册·水仙》：“幽柔密意诗中见，萧瑟画图犹自看。谁道别来知己少，云房水殿总生寒。”《着色花卉册·水仙》：“玉面婵娟小，檀心馥郁多。盈盈仙骨在，端欲去凌波。”（载《郁氏续书画题跋记》）与本诗相参看，足见陈淳不仅擅长画花卉，题写花卉画的诗也写得极为佳妙。（吴企明）

题茉莉轴

陈　淳

幽葩剪冰雪，素香飘麝兰。
晚风凉月下，偏许醉眸看。

[题解]

本诗选自台北故宫博物院藏陈淳《茉莉轴》题诗。

这幅画上，还有陈淳的长题，曰："此余旧作茉莉花诗也，辛丑秋日偶从湖上来，逗留胥江之上，故人出名花美酒，相赏忘归。解舟时，则花已在舟上，足知故人知我清癖。既至田舍，秉烛对花，篱落顿增奇事。不敢忘惠，戏写此纸复之。所谓名花即茉莉也。白阳山人陈道复，作于五湖田舍碧云深处。"辛丑，是嘉靖二十年(1541)，陈淳时年五十九岁。他在题语中谈到了写生的问题。陈淳自幼爱好写生，打下了深厚的艺术功底，老来则转到写意上，追求"草草水墨""游戏水墨"，以自由奔放的笔墨为载体，写出花卉之生意，表现自我的个性和情感。"秉烛对花""戏写此纸"，对花写生，写其生气、生意，打通了写生与写意的界限，这便是陈淳的绘画思想。

[评说]

这首茉莉花诗是旧作，现今画作茉莉轴，便将这首诗题在画上。这种先有诗，再以画配诗的诗画对应方式，是题画诗的另一种体式，有利于诗与画的艺术融通。历代例子很多，如唐代陆龟蒙的《松石晓景图》诗、宋代蔡槃的《题画授李伯时》诗、元代赵孟頫的《题子仲穆画幅》诗。白阳诗的前两句，写茉莉花的形象，一句写其形、色，一句写其香味。幽雅素淡的茉莉花，色泽洁白，好像是剪裁冰雪制成的；它发出阵阵清幽的香味，好像兰麝香在空中飘扬。第三句转笔处写到茉莉花的环境氛围，晚风吹拂，月光洒落，茉莉分外幽雅。结句再用透过一层的写法，说“偏许醉眸看”，醉眼看花，月光下看花，月朦胧，花朦胧，益增意境的清幽、迷蒙美。全诗的意境美，与陈淳秉烛对花的心境相吻合，这便是陈淳挥毫将旧诗题在画上的真正原因。（吴企明）

题绿阴偶坐扇

陈　淳

何处消烦暑，林塘覆绿阴。
清谈成偶坐，深会古人心。

[题解]

本诗选自天津博物馆藏陈淳《绿阴偶坐》扇题诗。

陈淳师从文徵明，张寰《白阳先生墓志铭》：“（淳）既为父祖所钟爱，时太史衡山文公有重望，遣从之游，涵揉磨琢，器业日进，凡经学、古文、词章、书法、篆籀、画、诗咸臻其妙，称入室弟子。”他的画风深受文徵明的影响，特别是早期的山水画，可以看到较多的文氏笔意。这幅《绿阴偶坐》扇图，便是他四十岁以前的作品。他画在泥金扇面上，用典型的“细文”法，写坡石、平台、树木，间以淡墨点染，树阴下两位老人对坐清谈，线描拙朴，有明显的元人风调。

[评说]

这首题画五绝小诗，清妍淡雅，写出诗画家陈淳悠闲淡泊的心态。诗用问答句式开端，描绘出绿阴覆盖林塘，足以消除烦暑的画境。画面上原来看不出池塘，经题诗一点拨，方知两位老人对坐林塘边的绿阴下。这便是诗补画外意。第三句诗仍然扣住画题着笔，写出两位老人偶坐树阴下，干什么呢？他们正在“清谈”。谈些什么呢？他们谈人生、谈艺术、谈古意，深深领悟古人的心意。尾句用“深会古人心”收结，涵盖古今，含蕴深远，给读者留下广阔的想象余地，陈淳的老师是文徵明，文徵明的老师是沈周，他们在思想上仿效元代画家淡泊名利、追求闲逸的人生态度，在艺术上追求元人提倡的“古意”“错综古人”的审美理想。陈淳受到沈、文二人思想、艺术的熏陶，这首早期写作的题画诗里，就透露出这方面的信息。（吴企明）

题湖石花卉图

陈　淳

曾闻花面比仙同,卉物何缘有道风。
眼底未能成九转①,研朱先为驻颜红②。

[题解]

本诗选自台北故宫博物院藏陈淳《湖石花卉图》题诗。

陈淳这幅画于泥金扇面上的湖石花卉图，中央画一块太湖石，缀以朱砂色小花，笔墨秀雅。自题：“甲戌首夏，陈淳道复。”甲戌，是明正德九年(1514)，陈淳时年三十二岁。扇上另有祝允明、唐寅、文徵明、邢愿等人的题诗，可见陈淳年轻时的画作，便得到吴门画坛前辈画家的好评。陈淳于五十岁前后画作大幅《湖石花卉》，题材与扇面之作相仿佛，但格局大小迥异，犹如诗歌中的绝句和长篇歌行。

[注释]

①九转：即九转金丹，道家谓烧炼金丹时，将丹砂烧成水银，又将水银烧成丹砂，称为一转，以九转为贵，服之能长生不老。②驻：停止，引申为留住、保持。

[评说]

这首题画诗，与其他题写花卉画的诗有所不同。诗画家陈淳撇开花卉的自然特征、花卉画的审美特征，却在诗中表达出追求长寿的意愿，使诗作具有世俗化的性格。因而，诗篇也由状物、抒情的品性，转向议论化的格局。前两句，诗人风趣地说，曾经听说画上此花为仙家之物，但是，花卉为什么会有道家之风呢？第三句仍然扣紧画面上的花卉生发诗意，是“卉物何缘有道风”句意的继续延伸和深化，“眼底”的花卉，并无“道风”，并不能成为九转金丹，还不如研磨朱砂，先点染自己的容颜，保持红色，永葆青春。这首小诗，抓住画面上朱砂小花加以生发，通篇句句议论，全以理趣取胜，表达出诗人乞求葆青春、增年寿的深层心理。（吴企明）

自题画秋海棠

陈　淳

翠叶纷披花满枝，风前袅袅学低垂。
墙根昨夜开无数，谁说秋来少艳姿。

［题解］

本诗选自汪砢玉《珊瑚网》卷四〇。

［评说］

此诗先写画面，重在表现海棠的形态美和风神美。首句形容画上秋海棠的叶茂花繁，次句说秋海棠受到风的吹拂，袅袅摇曳，花朵低垂，这是画上景。风吹海棠，枝叶低垂，花朵也随之低垂，故曰“学”。一“学”字，传神地描绘出风中海棠花的姿态。这个字，炼得好，但不是陈淳的独创，脱胎于李贺《天上谣》：“银浦流云学水声。”第三句，由画上的秋海棠联想到墙根的真花，昨夜它开出无数花朵，一派艳丽景色，装点着秋日的风光。因此，诗人在结句发出“谁说秋来少艳姿”的感慨，称誉海棠花的艳美，不啻为一曲秋海棠的赞歌。本诗乃仄起首句入韵格，“枝”“垂”“姿”三字，押上平声四支韵。（吴企明）

题松石萱花图

‖陈　淳

高松返敷阴，宜男亦多花。
光华发草木，知是地仙家。

［题解］

本图今藏南京博物院。这是一幅水墨设色花卉图，画幅底部画湖石，淡笔勾勒，不同墨色晕染，表现湖石之明暗凹凸的状态。石后画松树一株、萱花一枝。松树枝干用淡墨勾描、淡赭色晕染，略加点苔。一枝萱花自松石后挑出，花瓣以浅黄色用没骨法画成，茎叶极细，松之粗壮与萱草之细瘦形成强烈比照，刚柔相济。画幅左上方，画家自题一诗。

［评说］

题诗的首二句，先写画面松树和萱花的形象，说高松返敷松阴，为人遮阳，萱草亦称宜男，古人认为孕妇佩带则生男，故名。萱草多花，又名忘忧草。诗的后半首，由画面形象生发议论，说这些草木茂盛繁荣，发出光华，富有生机，知道它们一定是生长在地仙家。画家常常喜欢画作一些人们喜闻乐见的、表示吉祥意义的树木花卉，以传达称赞、祝贺的心意。松树祝人长寿，说它“返敷阴”，亦寓有裨荫后人的意思。萱草祝人无忧无虑，它又名宜男草，亦带祝人早生贵子之意。题诗与画面具象互相配合，诗情与画意互相融通，祝贺友人长寿、多子，生活得像地上的神仙。字里行间表达出的祝颂意愿，使本诗呈现出喜庆吉祥的美学特征。（吴企明）

题美人图四首

谢承举

风雨妒花春事催，莺声唤起未明时。
怪来小玉知人意[①]，采得宜男第一枝。

朱栏十二冷光多，水定银塘镜自磨。
深夜人来照妆束，欲将圆缺问嫦娥。

冰华纤指漾银钩[②]，水色蟾光上下浮[③]。
自是行人无定准，相逢何日大刀头[④]。

雪后梅花早破春，玉瓶高插净无尘。
不知衫袖招摇处，十日余香尚袭人[⑤]。

[题解]

本诗选自陈邦彦《历代题画诗类》卷五九。

谢承举（约1488—1566），明代画家，字子象，自号野泉子。初名浚，字文卿，上元（今江苏南京）人。十举不第，遂退耕国门之南。工诗，善书，精画，潇洒绝俗。

[注释]

①小玉：古典诗词多指侍女。白居易《长恨歌》："金关西厢叩玉扃，转教小玉报双成。"李贺《江楼曲》："眼前便有千里愁，小玉开屏见山色。"②冰花：严寒时节开放的花，多指梅花。苏轼《再和潜师》："化

工未议苏群槁，先向寒梅一倾倒。江南无雪春瘴生，为散冰花除热恼。”银钩：斜月。李弥逊《游梅坡席下杂酬》：“竹篱茅屋倾樽酒，坐看银钩上晚川。”③蟾光：月光。古代神话中说月宫中有蟾蜍，故称。④大刀头：《汉书·李陵传》载，汉使李陵故人任立政等到匈奴，欲暗地里劝李陵还汉。一日，任立政见陵，不能私语，只好目视李陵，一边用手屡摸自己的刀环。“环”“还”音近，暗示要李陵归汉。后以大刀头作为“还”的隐语。高适《送刘评事充朔方判官赋得征马嘶》：“赠君从此去，何日大刀头？”⑤袭人：指花香扑鼻熏人。

［评说］

“诗是无形画，画是有形诗”，诗、画融通渗透，常见的形式要么是据诗作画，要么依画题诗，然而像谢承举这四幅《美人图》二者兼有的现象，在画史上实属罕见。此诗原注云：“画‘惜花春起早，爱月夜眠迟，掬水月在手，弄花香满衣’四景。”“惜花春起早，爱月夜眠迟”，乃化用唐代诗人常衮“惜花风起频”和宋代诗人孔平仲“爱月不成眠”诗意；“掬水月在手，弄花香满衣”则是唐代诗人于良史《春山夜月》中的诗句。画家依次将这四句诗中的胜景，转化成画境，画完之后，又各题诗一首。四幅画、四首诗，使人倍觉意境鲜明，妙趣横生。

第一幅画，紧扣原句中的“惜”字，将美人惜春、留春的意态表现得淋漓尽致。春天繁花似锦，唯恐百花过早地凋谢，而风雨无情，好似嫉妒群芳，有意使之摧零败落，催促着春事早早结束。风雨本来没有感情，诗句说“风雨妒春”，画中美人“惜春长怕花开早”（辛弃疾《摸鱼儿》词）的惜春心理就得以完全展开。正因为害怕春光的流逝，因而不避辛苦，东方未明之时，已为莺声唤起，想多留恋一下。也许这一切都逃不过侍女小玉之眼，只有她知晓人意，于是采得萱花一枝，欲解人愁，使美人忘记心中之忧。

第二幅画则着意于“爱”。夜已深沉，一位美人倚立朱栏，冷光寒露，打湿香鬟云鬓，也全然不顾，在静享这份清寒幽冷之韵。美人来到塘边，水面平静，朗月倒映如镜，这正好用来照镜梳妆，并与月宫的嫦娥诉说着人间的阴晴圆缺、悲欢离合。

后两幅画，既见水清夜静，月白花香，更从“掬水”“弄花”的动作描写中表现出美人的童心不灭与逸兴悠长。“冰华纤指漾银钩，水色蟾光上下浮”，足见泉水清澄明澈，照见月影，明月与清泉合而为一；“不知衫袖招摇处，十日余香尚袭人”，则写出了梅花馥郁的幽香溢满衣衫，将花香、衣香浑为一体。这些都无不紧紧扣住“掬”字、“弄”字，既写景又写人，既写照又传神，确乎是神来之笔，语出天成而自有意蕴。（杨旭辉）

题水槛风凉扇

‖ 谢时臣

青山为幄玉成林，岩壑从来在赏音。
细数落花风槛静，忽闻啼鸟怨春深。

[题解]

本诗选自潘正炜《听帆楼书画记》卷三。

谢时臣（1487—1548），明代画家，字思忠，号樗仙，吴县（今江苏苏州）人。善画山水，得沈周意而稍变，点缀人物，极其潇洒。徐沁《明画录》：其“能诗，工山水，颇能屏障大幅，有气概……”存世画作有《林峦秋霁图》。

谢时臣能画大幅，也喜画小帧、扇页，潘正炜曾收藏谢时臣所画十幅扇页，装为一册，见《听帆楼书画记》。《水槛风凉》扇为第一幅。

[评说]

诗为画家自题，首句先描写画面具象，“青山为幄”，形容青山环列，如张帷幄；“玉成林”，青竹如玉，繁密成林。次句，用议论句，说欣赏岩壑之美，从来要靠知音。这是画家兼诗人谢时臣长期从事审美活动得出的深刻体验，也是他极为重要的美学思想。他认为如果没有审美主体对岩壑之美的体识和发现，如果没有审美主体深爱岩壑的审美情趣，即使极美的岩壑置于眼前，也会被忽略。三、四句诗，正是这种美学观点的体现。画家在水槛前，临风细数落花，耳听啼鸟怨春，这恰恰是群山环抱、翠竹成林的空山中极其幽美的境界。画家全身心投入这种境界，体识出它们的美感特征。他用画笔、诗笔把它们表现出来，画成《水槛风凉》图扇，写成这首题画诗。（吴企明）

征人早行图

杨 慎

杜鹃花下杜鹃啼，乌臼树头乌臼栖。
不待鸣鸡度关去，梦中征马尚闻嘶。

［题解］

本诗选自陈邦彦《历代题画诗类》卷五五。

杨慎(1488—1559)，明代文学家，字用修，号升庵，新都(今属四川)人。正德六年(1511)进士及第第一，授翰林院修撰。禀性刚直，每事必直书，后以直谏忤旨，被廷杖，谪戍云南永昌卫，居三十余年，死于贬所。升庵博学多才，专论经史、诗文、书画、训诂、音韵、名物，著述多达百余种。其文学创作较广，诗词、文赋、杂剧、散曲、弹词均有涉猎。著有《升庵集》《陶情乐府》等。

［评说］

诗歌前两句写征人出行的地点和环境气氛。通过渲染，整个画面充满了凄凉的气氛，风景之冷落，离愁之缠邈，完全凝聚在诗笔画境。“杜鹃花下杜鹃啼，乌臼树头乌臼栖”，乃由唐代诗人张祜诗“杜鹃花发杜鹃叫，乌臼花生乌臼啼”化来，对仗工巧。杜鹃、乌臼既是花名，又是鸟名。“杜鹃啼血猿哀鸣”，白居易《琵琶行》的情状，早已令人满目凄然，这足以拨动征人的心绪。文天祥就曾把离愁化作啼血杜鹃：“从此别却江南路，化作啼鹃带血归。”(《金陵驿》)而此时复见“乌臼树头乌臼栖”，它们又总是和羁愁别恨联结在一起，因而更呈现黯然销魂的情调。古诗《乌夜啼》云“可怜乌臼鸟，强言知天曙”，陆龟蒙《偶掇野蔬寄袭美》“行歇每依鸦臼影”的气氛始终萦绕不绝，为征人早行提供了一个典型的自然环境。点染之间，作者便剪取了征人出行时的幻觉：还未等天明鸡叫，征人就已匆匆度关远行，此时的他似醒非醒，好像梦中征马的嘶鸣声依稀可闻。这是一个虚笔，写出了蕴含极其丰富的一刹那，较之实写举杯话别、依依不舍，不仅更能紧扣画意之“早”，而且征人黯然神伤，惆怅若失，万里关山万里愁的情感体验也在这一瞬间达到了顶点。诗歌到此戛然而止，更增加了凄凉凝噎、顿挫呜咽的情致。（杨旭辉）

题榴花白雉图

陆　治

香满花林日正高，锦丛零乱掩霞绡。
修翎飞集瑶阶上[①]，长夏浑疑雪未消。

[题解]

本诗选自高士奇《江村消夏录》卷三。

陆治（1496—1576），明代画家，字叔平，号包山，吴县（今江苏苏州）人。居太湖包山，后隐于支硎山中。他是文徵明的门生，诗、文、书、画都有很高的造诣，王世贞说："包山游祝、文二先生门，其于丹青之学，务出其胸中奇气，以与古人角，一时好称，几与文先生埒。"（《弇州续稿》）清钱杜《松壶画忆》认为他得到文徵明的"奇峭"。画迹今存《彭泽高踪图》《玉兰图》《云峰林谷图》等。

[注释]

①修翎：长长的羽毛。

[评说]

陆治擅画花鸟画，徐沁《明画录》："工写生花鸟，得徐、黄遗意。"他的花鸟画，能传花鸟之神；而他的自题诗，又能曲尽自己花鸟画的妙处。他以同等笔墨，分别描写画面上的"榴花""白雉"的具象。前二句写榴花的色泽、香味和繁花怒放的气势。首句的"花林"和次句的"锦丛"相呼应，表现画面榴花盛开、繁花似锦，为描写"香满"和形容榴花状如尘绡、色如红霞创造先决条件。后二句写白雉，诗人抓住白雉羽毛洁白如雪的特征，通过相似联想，将羽毛比拟成白雪，将飞集于瑶阶之上的白雉描写成一堆没有消融的白雪，因而写下“长夏浑疑雪未消”的诗句，艺术构思显得非常灵巧。（吴企明）

题花溪渔隐图

陆　治

凭江巀嶭芙蓉起[①]，万壑争流水映门。
鸡犬一方尘迹远，杜陵花竹让云村。

[题解]

本诗选自故宫博物院藏陆治《花溪渔隐图》题诗。

陆治此画写近山峭壁，远山隐约，在有无之间。两岸的山村，隐现于缤纷的桃花中，间以丛竹，江面空阔，一叶轻舟，荡漾其中。整个画面留下大量空白，既见江面浩渺之妙，亦见天高寥廓之致，深得江南水乡自然风光的神髓。左上方，陆治用工整的楷书，齐整地写下三行自题诗。

[注释]

①巀嶭(zá jiē)：高峻貌，语出张衡《南都赋》："坂坻巀嶭而成巘。"

[评说]

画家的这首题诗，有补充画意的艺术作用。沿江的岩石如莲花一般崛起，万壑溪流争着流入江中，山村临水而筑，溪水倒映着柴门。两句纯写画面景色。诗的三、四句，仍就画面景物下笔，但写的是画面无法表达的声响和人的感受。画面上并无"鸡犬"，这里指鸡啼犬吠之声。远方传来鸡犬声，愈现山村寂静，方知这是远离闹市的地方。"杜陵"，代指诗人杜甫。图中的山村，掩映于烟云、桃花之中，画境富有诗情，所以杜甫笔下的花竹意象，比不上这幅画的意境，故曰"让"。以上两句诗，申补画意，颇有意趣。

画上的花溪，是桃花溪。花溪渔隐，是由传统的桃花源的文化意蕴中派生出来的隐逸观念。隐居的主角，已由避秦乱的武陵人，转化为寻求隐逸之趣的画家自我形象。渔隐，又符合江南水乡的特点，所以，从唐代张志和自称烟波钓徒有渔隐观念以来，宋、元时代的画家都喜画作《渔乐图》，董其昌《画禅室随笔》“题渔乐图”说：“此唐胜事，后人蒙之，多寓意渔隐耳。元季尤多，盖四大家皆在江南葭菼间，习知渔钓之趣故也。”明代沈周有《渔樵图卷》、文徵明有《渔舟晓泛图》等。陆治正是继承历代江南画家这方面的传统，画出笔墨细腻秀润的《花溪渔隐图》，题上这首清丽的题画诗，使个人的生活情趣、审美情趣与自然山水融合起来，达到完美的境界。（吴企明）

题竹梧高阴轴

陆　治

竹梧高阴午阴凉，远籁风疏谷应长①。
鹤梦未醒人宇定②，一方浮绿暗生香。

[题解]

本诗选自顾麟士《过云楼续书画记》卷四。

顾麟士亲见此画，所以他详细地描述图轴上的人物、景色，并对其构图、笔法、调色、风格详加论述。他在《过云楼续书画记》“陆叔平竹梧高阴轴”一段里说：“包山子画能撷古人精英而洒脱科臼，直是筋胜于骨，不但骨胜于肉矣。轴写碧梧翠篠，老树茅屋，隐君子踞坐危床，陈书两函，执卷俯诵；隔水石壁遏云，山腰瀑布下泻，崖壑洞深，林舍疏爽，上起绝嶂危峰，石骨嶙峋，灵脉绮连，高不可际。皴法兼用斧劈、披麻，纯是宋人家数，其勾勒之笔，重以赭色，乃创意为之，昔贤曾未有此，益觉苍然翠深。叔平深于宋法，知必从金碧法蜕化而来，是为后学师资。”顾氏的述评，十分有助于我们理解画家的自题诗。

[注释]

①籁：从空穴中发出之声音。②鹤梦：用苏轼《后赤壁赋》梦见飞鹤化为道士的故事。赋云：“梦一道士，羽衣蹁跹，过临皋之下，揖予而言曰：‘赤壁之游乐乎？’问其姓名，俯而不答。呜呼噫嘻！我知之矣。‘畴昔之夜，飞鸣而过我者，非子也耶？’”

[评说]

题诗从画面景物楔入，首句写篁竹、梧桐的沉阴，在亭午时分，分外凉爽。次句写远处传来的风声虽然稀疏，但在深谷里，回应之声很久长，真是空谷传响，幽深回荡。这里，题诗发挥了诗歌艺术的长处，将绘画艺术无法表现的音响，补出来了。第三句从写景转到人物刻画上，写隐士端坐在危床上，正梦见飞鹤化为道士，梦尚未醒，人间正寂静无声。结句，又由写人转换到写景，回应到画面上。这时，只有那一丛枝叶摆动的、翠绿的篁竹，不时地暗中送出清香。全诗三句写景，一句写人，然而写景为写人，画面一切景色，都为创造一个清雅、恬静、潇洒、闲适的氛围，衬托、表现隐士淡然脱俗、悠闲自在的心灵和童趣。（吴企明）

题桃源仙洞扇

陆　治

洞壑奔泉喷玉龙，琼花乳雪锦玲珑。
云边鸟道悬青壁，天际浮梁隐白虹。

[题解]

本诗选自潘正炜《听帆楼书画记》卷二。

这幅扇面，作于明嘉靖三十四年(1555)，陆治题云："乙卯仲夏包山陆治制。"画的命题，非常特别。尽管这幅扇画我们已无法看到，但是通过题诗对画面的细致描绘，我们完全可以想见此画乃是一幅奔泉图，而画家作意好奇，给它题上一个"桃源仙洞"的名字，蒙上一层神秘的外衣。

[评说]

同样，陆治这首题诗写得也很特别。历代画作桃源图的人、为之题诗的人很多，他们大都以陶渊明的《桃花源记》的文意为出发点，陆治却迥然异趣，完全撇开"桃花源""桃花洞"的社会理想，径自采用白描手法，如实描绘画面景观，不着议论，不抒情思，只是再现画境，摄取美感，给人以奇特的美感享受。全诗像电影镜头一样，先从近处"洞壑奔泉"切入，状其形貌，"貌如玉龙"，状其动态，奔泉自洞中"喷"出来，练字精切。奔泉翻滚着，溅起无数水花、泡沫，如"琼花"，又如"乳雪"，像白锦素绢一样玲珑可爱，语言清雅、形象，富有美感。以上两句诗写的是近景。诗的第三、四句，镜头推向远处。遥望奔泉在岩壁涧中流动，宛如那云边小路悬在青壁上，又像那天上的白色霓虹隐现在石梁边，比喻生动贴切，更增添诗作感人的艺术力量。

陆治这首题画诗，很能将自己“奇峭”的画风传达出来。仲夏之日，读读画，品品诗，摇摇扇，清风徐来，凉意侵入肌肤，宛入仙境，至此，方能悟得陆治命题的巧慧和题诗的一番匠心。（吴企明）

题月夜泛舟图

陆　治

吴宫台殿湖中影[1]，挟客烟波海上槎[2]。
片月度云秋万里，西风吹雪满芦花。

［题解］

本诗选自潘正炜《听帆楼书画记》卷二。陆治还有数字识语，云：“甲辰八月既望，石湖见月出作。”

［注释］

①吴宫：春秋时苏州为吴地，吴王在灵岩山建造宫殿，故称吴宫。
②海上槎：有人居于海边，年年八月有浮槎来，不失期。其人乘槎而去，入天河，至一处城郭，见宫中织妇，水渚牵牛郎。事见张华《博物志》。

［评说］

这首题画诗，纯写画面。画境即是实境，诗境乃是画境的升华，写得更好。馆娃宫在灵岩山上，台殿的影子，倒映在澄清的石湖水中；带着客人月夜泛舟，荡漾在烟波微茫的湖上，仿佛海客乘着海槎入海一样。这两句写出画题中的“泛舟”之意，到第三句，诗才扣到画题的“月夜”上。时当八月中秋，石湖月出，轻云飘过月轮，出现“片月度云”“万里秋色”的迷人境界。结句，诗人再在“月”字上用力，多着笔墨，运用相似联想的艺术思维方式，将白色的芦花比拟成雪花。皎洁的月光照在白色的芦花上，显得分外洁白，好像西风吹雪，芦苇上洒上一层白雪。全诗通篇描写画面形象，再现月夜清润、雅洁、迷蒙之美，诗人泛舟湖上所感受到的快意也随之透露出来，他沉浸于美感享受的真趣之中。（吴企明）

题山水图

陆　治

翠壁江波凝远天，攒空楼阁镜中悬。
十洲花鸟凭栏外①，一抹流霞锁淡烟。

[题解]

本诗选自美国普林斯顿大学艺术馆藏陆治《山水图》题诗。

陆治这幅画藏美国普林斯顿大学艺术馆。纸本，设色，长85厘米，阔30厘米。画上的主景是岩壁，山石形状方而尖峭，用笔细秀劲挺，勾皴之线，用水墨、赭色相间，颇具特色。山岩间缀有松树、古刹、悬空楼阁，远处还有江波、舟帆。画幅的左上方，陆治自题一绝，另有文嘉、陆师道、黄姬水三家题诗各一绝。

[注释]

①十洲：传说中神仙居住的地方。

[评说]

陆治这首题画绝句，像他的画风一样轻淡简练，内容全部描写画面景物。首句“翠壁江波凝远天”，形容画面上岩壁、江波与远天相凝，峰临碧霄，水天不分。次句“攒空楼阁镜中悬”，攒聚岩颠的悬空楼阁，倒映在江水中，犹如悬空在镜中。这句诗，形容画面上的悬空楼阁，十分逼真，所以，陆师道的题诗也道：“叠翠岩峣倚碧空，青峨高髻出瑶宫。微风忽动前溪影，巧绾盘云舞镜中。”表现出与陆治诗相仿佛的意境。三、四句，诗的视点移向楼阁，自楼上凭栏远眺，则可见栏外的仙界花鸟，又见一抹流霞般的轻烟，悄悄地停伫在山腰里。这首诗通过白描手法，再现画境，是题画诗中最基本的，也是最常见的一种格式。（吴企明）

题端阳即景图

陆　治

葵榴花下自称觞[1]，南极星辉满华堂[2]。
况是江南多胜事，朱明佳节正端阳。

[题解]

本图今藏上海博物馆。

此图画葵花两株，并立倚石而生，背衬两枝石榴，一枝上翘，一枝向右方伸展，遥相呼应。葵榴的花、叶，均用没骨法以色彩点染而成，葵叶还用细笔淡墨勾脉，富有生意。湖石用水墨晕染，略作勾勒，坚实浑厚，全图花石搭配匀称，布局考究，设色清丽，用笔或繁或简，活泼有意趣。画幅右上方，画家用行草自题一绝。署款云："嘉靖癸亥仲夏，包山陆治画并题。"癸亥，明嘉靖四十二年(1563)，这已是陆治晚年的作品。题曰《端阳即景图》，则作画于端阳，题诗于端阳。

[注释]

①称觞：举杯祝酒。②南极星：即老人星。杜甫《赠韩谏议》："南极老人应寿昌。"

[评说]

题诗从画面主体具象"葵榴"着笔，说人们在葵榴花下各自举杯祝酒，华堂上坐满了老年人。陆治时年六十七岁，他的亲友也都年老，故云"称觞"，举杯祝酒。"南极星"，老人星，杜甫《赠韩谏议》："南极老人应寿昌。”前两句，极言佳节胜事，营造出喜庆的氛围；后两句，继续由此生发，再透进一层，说况且今天正逢夏季的端阳佳节，江南地方有很多胜事，值得庆贺。“朱明”，夏季的别称。结句既点明题意，又延伸了画意，使全诗充溢着喜庆吉祥的气氛，恰当地传达出画幅的艺术氛围，诗与画水乳交融，形成一个和谐的艺术整体。（吴企明）

题莲花图

王　问

秋风江上采莲花，每岁逢君不在家。
下渚霜寒伤北望，红衣落尽水成霞。

[题解]

木诗选自陈焯《湘管斋寓赏编》卷六。

王问（1497—1576），明代画家，字子裕，号仲山，学者称仲山先生，无锡（今属江苏）人。嘉靖十七年（1358）进士及第，授户部主事，历仕车驾郎中，擢广东按察佥事，半途而归，隐于湖滨玉界山，兴至则为诗文、书法以自娱。擅画，风格苍古，点染山水、人物、花鸟，皆精妙。有《仲山诗选》。画幅上还有王问自己的题跋，云："隆庆壬申，予卧溪馆，见莲花浥露，有一、二片坠者，水上晓色烂然，景意更佳，写与鉴儿藏之。七十六翁仲山王问。"壬申，即隆庆六年（1572），画家时年七十六岁。鉴儿，王问之子，当时正在北方任职，故画家将闲卧溪馆时的意兴写成此图，并题上诗，寄与远方的儿子，聊寄想念情思。陈焯亲见此图，曾评曰："此幅白描写意折枝也，而以小蓼草敷衬花叶茎下，宛有月白风清欲坠时意态。""月白"句，乃唐陆龟蒙《白莲》"月晓风清欲坠时"句，夺换一字。

[评说]

这首题画诗，并不着意于画面红莲形象的刻画，它抒情味特别浓，是画家借着题画的机会，抒发思念亲人（思子）的情怀。全诗使用"蝉蜕而下"的写法，诗意蝉联而下，笔走流珠，意灵彻而语畅达。首句由画面的

“写意折枝”莲花的形象联想到“采莲花”。次句紧承，说每年采莲花时“君”总是不在家，引发起思念“君”的情意。第三句自首句“采莲花”折入，推进一层，说采莲花处“下渚”霜重，触发起老人“北望”思亲的伤感情绪。结句采用反振手法，振起一笔，秋寒来临，红衣落尽，固然可伤，然而红莲花瓣飘浮水上，映着晨曦，竟成彩霞，“晓色烂然，景色更佳”。在优美的意象里，寄托着老人一点宽慰的心意。（吴企明）

题孤屿鼓棹图

王　问

残阳在孤屿,鼓棹更停适。
蘋蓼行可搴,闲情共秋色。

[题解]

本图今藏无锡博物馆。画幅右侧画峭壁巨岩，粗笔浓墨勾皴，笔势奔放；岩巅树木，岩底芦草，笔墨浓重，郁郁苍苍。岩壁下行驶一叶扁舟，船头坐着一位老翁，船尾立着撑篙的船夫，船体、人物均用淡笔勾描，形象刻画生动，神态悠然。湖面辽阔，远处用淡水墨晕染山体、滩渚，似有若无，表现湖水之浩淼杳远。全图构图简练，意境空旷，笔墨之粗细、轻重、浓淡，岩石之静态和小舟之动势，都构成强烈的对比，有效发挥了烘托、比衬的艺术作用。画幅左侧，画家自题一诗。

[评说]

“孤屿鼓棹图”的画题取两个诗句中的词组组成，题诗也由此发端。先说夕阳斜照在葱郁的孤屿上景色分外幽美。为了观赏这番景色，获得适合画中人情趣的审美角度，正在鼓棹中的小船忽然停下来。前两句诗的思路，采用因果递进关系组合起来。画面上船头老翁正回首翘望，观赏残阳映照孤屿的美景，诗与画非常对应。前两句诗所写之景物和人物的生活细节，传达出画中人的心境，恰恰为下半首诗描写“闲情”做好了充分准备。第三句写画中人的闲情，他伸手捞取水中的蘋草和水蓼。尾句收结全篇，说画中人正与四周的秋天景色一样悠闲自在。画幅中蕴含的“闲情”与题诗中的“闲情”交汇融彻，真切传达出画家王问的悠闲心境。（吴企明）

题文徵明墨竹图

皇甫汸

书窗漫对翠琅玕,偏向真心耐岁寒。
怪底此君解医俗,清标潇洒拂云端。

[题解]

本图今藏吉林省博物馆。

皇甫汸（1498—1583），明代诗人，字子循，号百泉，长洲（今江苏苏州）人。嘉靖八年(1529)进士，除工部主事，历仕开州、处州同知，迁云南按察佥事。工诗，有《皇甫司勋集》。

画幅正中绘写竹枝数竿，细劲挺拔，写竹撇叶，墨色近浓远淡，以墨色的浓淡、深浅的变化，突出空间上的层次感，意象空蒙。用八分法写竹，沉着浑厚，竹叶较为饱满丰肥，俯仰欹正，笔笔有神，风格秀逸灵活，韵意十足。画幅左上方，画家仅署“徵明”二字，上方别有福徵、皇甫汸、袁褧三家题诗，这里选评皇甫汸的题诗。

[评说]

题诗纯从议论着笔，写墨竹之高格，赋予“比德”的深意。首二句说，“我”在书窗前随意披阅文徵明的《墨竹图》，偏偏向翠竹的真心去探究，它确能忍耐岁寒，真正具有“岁寒心”。诗的后半首，诗思承着“岁寒”继续延伸，说怪不得翠竹能医治人的鄙俗，它高高耸立，飘拂云端，标格清秀，风度潇洒，人见人爱。“医俗”一词，出自苏轼《于潜僧绿筠轩》:“无肉令人瘦，无竹令人俗，人瘦尚可肥，士俗不可医。”翠竹素有“君子”之称，皇甫汸称颂墨竹之清标高格，岁寒真心，也是对“君子”

的称颂，他称颂画家文徵明具有高尚坚定的操守和襟怀。诗歌的“比德”意义，实是针对画家而言的。朱彝尊《静志居诗话》评论文徵明说：“先生人品第一，书、画、诗次之。”可见皇甫汸的诗意，反映了明清时代人们的共识。（吴企明）

题画兰竹卷二首

文　彭

偶培兰蕙两三栽，日煖风微次第开。
坐久不知香在室，推窗时有蝶飞来。

西斋半日雨浪浪，雨过新梢出短墙。
尘土不飞人迹断，碧阴添得晚窗凉。

[题解]

本诗选自汪砢玉《珊瑚网》卷四二、卞永誉《式古堂书画汇考》卷五八。

文彭(1498—1573)，字寿承，号三桥，长洲（今江苏苏州）人。文徵明长子。历仕秀水训导、国子助教、国子博士。工书画，善篆刻，徐沁《明画录》云："写墨竹，老笔纵横，直入文同之室。"山水苍郁似吴镇，亦善写花果。文彭于诗后还有题记，云："余性喜兰竹，每见古人所作，辄欲效之，然不能得其仿佛。暇日偶想象写此数幅，米老所谓若见真迹，惭惶杀人者也。时隆庆壬申三月廿又七日，在燕山寓舍作，书于后，三桥文彭。"壬申，隆庆六年(1572)，时文彭已七十五岁。

[评说]

题画诗以描画面形象为第一义。文彭这组题写兰竹画的诗，却将画兰、画竹当作真兰、真竹来描写，"以画作真"，突现出兰竹的艺术效果，以此暗示出画兰、画竹之绘画美。

第一首题画兰。诗人不说自己画了两三茎兰蕙，偏说"偶培兰蕙两三栽”；他不说自己的兰画上绘着开放的花朵，偏说阳光暖和，微风徐来，催得兰花迅即开放。用“以画作真”的手法描写自己的画兰，很有风趣和韵味。诗至三、四句，诗人故作拗折，室有兰蕙，久坐而不知馨香在室。结句折出正意来，推开窗户，兰香外溢，引来无数飞蝶，至此方知画兰极为传神。这首诗乍看似是咏物诗，其实诗人竭力刻画画兰的艺术效果，题意不从正面直写，却从侧面以衬笔写之，用“蝶飞来”衬出兰香，用“兰香”暗示出画艺的艺术感染力。

第二首写画竹。这首小诗，使用了与上首完全相似的艺术手法。诗人先使用“以画作真”的技巧，描写自己画面上的雨后新竹，三、四两句也用画竹产生“晚窗凉”的艺术效果，暗示出画竹之美。一经点破，读者自能领会诗意，不再赘述。（吴企明）

题蛱蝶图

文　嘉

薝卜花开香雾里①，竹窗幽鸟劝提壶②。
闲门尽日无人到，自搨滕王《蛱蝶图》③。

[题解]

本诗选自汪砢玉《珊瑚网》卷四二、卞永誉《式古堂书画汇考》卷五八。

文嘉（1501—1583），字休承，号文水，长洲（今江苏苏州）人。文徵明仲子。历仕乌程训导、和州学正。其画得文徵明疏朗一路，精于山水，疏秀似倪瓒，着色山水有幽淡之致。徐沁《明画录》称："（嘉）所作山水，清远逸趣，得云林佳境，合处直逼其父。"工诗。这是一幅画在扇面上的画，作于丁酉年，即嘉靖十六年（1537），文嘉时年三十七岁。扇上题咏诗很多，如彭年、王穀祥、文彭、陆师道，汪砢玉注云："余题者尚有十余家。"王穉登评曰："文休承作《蛱蝶图》，萧远高逸，非近世丹青之士所得梦见也。同时题咏俱濯濯名流，今不可复见矣。此扇出人怀袖，仿佛犹生薝卜香也。"

[注释]

①薝卜花：西域传入的花卉，梵语，又释作赡博迦，即郁金香花。②提壶：鸟名，其啼鸣声如劝人提壶。③滕王《蛱蝶图》：唐代画家嗣滕王李湛然所画之蛱蝶图，张彦远《历代名画记》云："嗣滕王湛然。贞元四年为殿中监兼礼部尚书、回鹘使，善画花鸟蜂蝶，官至检校兵部尚书，太子詹事，年八十四。"唐宋人视滕王《蛱蝶图》为艺术珍品，唐王建

《宫词》:“内中数日无宣唤，搨得滕王《蛱蝶图》。”宋陈师道《赋宗室画诗》:“滕王蛱蝶江都马，一纸千金不当价。”

[评说]

文嘉的这首题画诗，艺术构思非常奇特，它既不写画面形象，也不写画理，更不写观画感慨，却从自己作画时的环境氛围下笔。首两句总写鸟语花香。郁金香花开放在晨雾里，竹窗前的提壶鸟声声啼鸣，似乎在劝人提壶饮酒。雾本无香，花的馨香染得雾气也有香味，故云“香雾”；鸟本无情，却殷勤地频频向主人劝饮。两句诗，一句用“通感”手法，一句用“拟人”手法，在听觉、视觉、嗅觉多种器官的交互作用下，创造出一个清嘉幽雅的氛围，十分有利于艺术想象的发挥。第三句再点出这个环境的清静悠闲，门本已闲，又无人到，更见悠闲。诗人用了全诗四分之三的笔墨渲染画家的心境和画室周边的环境，最后一句才总结出题意，“本位收住”(沈德潜语)。诗画家文嘉说，在这幽静清闲的环境里，沁人心脾的郁金花香引来了蛱蝶，触发了“我”的画兴。于是，“我”摹写滕王的《蛱蝶图》。结句直扣画题，揭出本诗的题旨，回应前面三句的诗意。(吴企明)

仿叔明溪山高逸图

文　嘉

黄鹤山人骨已仙[①]，图成高逸尚流传。
闲窗仿佛追遗法，敢谓风烟似辋川[②]。

[题解]

本诗选自汪砢玉《珊瑚网》卷四二。

文嘉于题诗后还有题记，云："旧见叔明《溪山高逸图》，因追写此纸，深愧不似也。万历戊寅残腊。文嘉。"戊寅，即万历六年(1578)。文嘉除了善于学习倪瓒、父亲衡山的画法外，他也喜欢仿王蒙的笔法。何良俊《四友斋画论》里有一则记载，说："余友文休承，是衡山先生次子，以岁贡为湖州教官，尝为余临王叔明《泉石闲斋图》，其皴染清脱，墨气秀润，亦何必减黄鹤山樵耶！"这幅《仿叔明溪山高逸图》，也正是他从事这种艺术活动的一个明证。

[注释]

①黄鹤山人：元代画家王蒙的别号。②辋川：唐代画家、诗人王维在蓝田有辋川别业，后人以此代指王维。

[评说]

题诗是从缅怀元代画家王蒙楔入的。开端两句说王蒙虽然已经仙逝，但是他画成的《溪山高逸图》还流传在人间。第三句，转到自己，说"我"正在闲窗旁摹仿《溪山高逸图》，仿佛在追寻他遗留下来的笔法。

诗意再一次证明文嘉在绘画艺术上追随王蒙的轨迹。诗的结句，拓开思路，“宕出远神”，由效学王蒙推想到王蒙的艺术渊源。这句的意思是说岂敢自谓画幅上的风烟有点儿像是王维的笔墨。这句诗以及这首题画诗，在画学理论上有重要价值。明代晚期，我国画坛上出现了画分南北宗的学说，莫是龙首创其说：“南宗则王摩诘，始用渲淡，一变钩斫之法，其传为张藻（即张璪）、荆、关、郭忠恕、董、巨、米家父子，以至元代四大家。”（《画说》）张丑《清河书画舫》引《秘笈》说：“王之传，为荆浩、关仝、李成、李公麟、范宽、董源、巨然，以及于燕肃、赵令穰、元四大家，皆王派。”（《秘笈》，乃《陈眉公订定秘笈》的简称，为陈继儒语）董其昌亦主其说。按文嘉题此诗时在万历六年，莫是龙死于万历二十七年，《画说》作于万历年间，陈继儒、董其昌年岁较莫氏略晚。那么文嘉诗中论及王蒙宗于王维的画学思想，应该略早于莫是龙的说法。也就是说，在明代画坛上，早在莫、陈、董诸人提出的画分南北宗学说之前，已经出现了王维、元四家画法一脉相承的画学观点，文嘉的题画诗正好反映了这种理念，很值得重视，因为历代研究山水画发展中南北宗学说的学者，还很少有人注意到文嘉这首诗以及他在诗中提出的画学思想。（吴企明）

题向日葵扇

王穀祥

一入长门只淡妆[①],秋衣犹是旧宫黄。
到头不信君恩断,日日倾心向太阳。

[题解]

本诗选自潘正炜《听帆楼书画记》卷三。

王穀祥（1501—1568），明代画家，字裕之，号酉室，长洲（今江苏苏州）人。嘉靖八年（1529）进士及第，官吏部员外郎。徐沁《明画录》载:“后以左迁弃官，屡荐不起。”工书法，善写生，花鸟精研，渲染有法，不肯轻易落笔，因此传世作品很少。今存画作有《水仙春梅图》。

[注释]

①长门：汉代宫名。陈皇后失宠于汉武帝，退居长门宫，愁闷悲思；令司马相如作《长门赋》，以感悟武帝。后陈皇后复得亲幸，事见司马相如《长门赋序》。

[评说]

历来题写葵花图的诗，或写其形貌，或写其物性，如程文敏《黄蜀葵图》:

玉杯蒸栗色,那得许精神。

稽首黄金相，天然妙色身。

王翰《题画葵花》：

上苑余春辇路荒，芳菲落尽更堪伤。
怜渠自是无情物，犹解倾心向太阳。

独独王穀祥题写向日葵扇的诗，却能别出心裁，他以陈皇后失宠退居长门宫的历史故事为切入点，赋予无情生物向日葵人的情感，别有情趣。诗篇以长门事发其端，“一入长门”，以下的诗思都是由此生发，“只淡妆”“旧宫黄”，陈皇后入长门宫后的服饰、化妆，都扣住向日葵花的色彩特征。三、四两句诗，写她的情思，因为她深信汉武帝的恩情不会断绝，所以她日日倾心于皇帝。诗人将向日葵的物性和陈皇后的情思巧妙地绾合起来，以人喻花，托物寓意，咏画抒情，难怪这首诗受到人们的爱赞。（吴企明）

题陈淳罨画山图卷

王穀祥

云山烟树两模糊，仿佛荆溪景象无①。
疑是南宫真笔意②，不知可是白阳图③。

[题解]

本诗选自韩泰华《玉雨堂书画记》卷三。

陈淳的《罨画山图卷》，今存，藏天津市艺术博物馆。纸本，水墨，纵55厘米，横498.5厘米。画面上山势起伏，云山远树，屋舍舟楫，错落有致，烟雾苍茫。韩泰华描绘此图画面景象说："云山烟树杳渺迷离，笔墨痕尽化，但觉元气淋漓障犹湿也。"卷后有陈淳自己的题识，云："嘉靖甲辰，寓荆溪之法藏寺，远眺山色，遂效米家笔法写此卷，时九月望后二日也。"甲辰，即嘉靖二十三年(1544)，陈淳卒于此年，本图是他最后的山水画杰作。这幅画卷后还有文彭的题语和王穀祥的题诗(即本诗)，尾署"嘉靖辛酉"，辛酉为嘉靖四十年(1561)。文彭题语云："尝闻米老有大姚村图，为有力者所得，而石田先生曾为摹出，旧藏白阳处，以白阳为大姚村人也。故白阳得米老笔法为多。此卷又写阳羡诸山，尤为胜地，一展卷间，而濡墨同官，恍然在目，固不必身游罨画而已得其八九矣。"陈淳死后十七年，他的两位师弟用诗、文的形式齐声赞美他的绘画艺术，以缅怀他。

[注释]

①荆溪：地名，在江苏宜兴城南。②南宫：指宋代画家米芾。③白阳：即白阳山人，明代画家陈淳的号。

［评说］

王毂祥熟知师兄陈淳的艺术匠心、笔法技巧、师承渊源，因此题诗能切中肯綮，得其要领。诗先从画面景色下笔。云耶？山耶？烟耶？树耶？云山不分，烟树模糊，首句描状画面烟云变幻、雾气滃郁、水墨淋漓的景象，十分真切。次句紧承上句，说这样的景象像不像宜兴的荆溪山水呀。正意反说，不仅增加诗的韵致，也暗示出陈淳山水画的美学特征。他画山水，“不涉画家蹊径”，不着意刻画山形，也不拘泥于具体的景物，注重表现自己对云山“顷刻变动”的审美感受，从大处着笔，取其气韵，出入于“似与不似”之间。王毂祥的“仿佛荆溪景象无”句，真正道出陈淳山水画的精妙之处。诗的后半首，用“疑是”“不知可是”斡旋于诗句之中，明确表述陈淳用米南宫的笔意，拈出画家山水画的艺术渊源。这种诗意，完全符合画家自己的审美追求和后代画论家的评价。陈淳说过：“试问如何闲得甚，一身清癖米家风。”他自认为效学米家的品性和画风。方薰《山静居画论》说：“二家（指徐渭和陈淳）墨法，有王洽、米颠之风。”这些言论，与王毂祥诗可以说是一脉相承的。（吴企明）

题桃花

王穀祥

春色溶溶遍[1],夭桃灼灼花[2]。
溪通武陵棹[3],径绕赤城霞[4]。

[题解]

本诗选自陈焯《湘管斋寓赏编》卷六。陈焯识云:“右王酉室设色桃花小幅。”酉室,即王穀祥之号,下有文徵明小八分书皮袭美《桃花赋》。

[注释]

①溶溶:宽广貌,这里形容春色布满大地。②夭桃:美丽盛开的桃花。灼灼:鲜明貌。语见《诗经·周南·桃夭》:“桃之夭夭,灼灼其华。”③武陵棹:《桃花源记》中的渔父是武陵人,他划船缘溪找到桃花源洞口。④赤城:山名,在浙江天台县北,其土石赤色,故名。

[评说]

为桃花图题诗,如何措意?诗人从孔灵符《会稽记》“赤城,山名,色皆赤,状似云霞”文意中得到感悟,运用相似联想的艺术思维方式,描写自己画幅上繁密的桃花林,再现春光融融、花色鲜明的优美画境。诗人不写桃花的具体形貌,也不写自己使用的技法,却从整幅画给人的审美感受楔入,写出它的整体审美效果。前两句,描写大片桃花盛开,鲜艳明丽,给大地带来融融春色。这里使用了“倒卷”手法,倒置两句诗的因果关系,为的是凸现春回大地的美感效果。诗的后两句,一用典故,一用比喻，紧扣《桃花》图的题意。“溪通武陵棹”是说自己笔下的桃花，就是武陵渔人缘溪通往桃花源路上的花。“径绕赤城霞”，小路在桃花林中回绕，周围的桃花如赤城山的彩色云霞。这首题画诗虽然短小，但是文字精练，语言明丽，意境优美，非常恰当地表现出自己画作的美学特征。（吴企明）

题桂石图

王穀祥

凤台风露彻清秋①,蟾窟天香万斛浮②。
最是先枝君折取,笑看得意玉京游③。

[题解]

本诗选自故宫博物院藏王穀祥《桂石图》题诗。

王穀祥的《桂石图》画面上绘着湖石和桂花,石下还有灵芝数茎,因为灵芝是瑞草,长生,画作灵芝,有祝人长寿的意思。但桂石是画上的主景,灵芝是宾景,所以王穀祥为自己的作品取名《桂石图》,不以桂芝、湖石命其图。他的题诗,充分体现了自己的构思匠心。

[注释]

①凤台:传说萧史善吹箫,秦穆公之女弄玉从其学,吹箫似凤声,凤凰来,止其屋,穆公为作凤台,事见《列仙传》。②蟾窟:指月,古代传说月中有蟾蜍。③玉京:京都。玉京游,古代举子科举考试及第后,要在京城里骑马巡游。

[评说]

题诗的前两句,直承画题意。首句写湖石。如果诗句中直书湖石,缺乏雅意,故用“凤台”开端,代指湖石,这里已经淡化了弄玉吹箫引凤的典故意义,只取辞语优美典雅的审美价值。“风露彻清秋”,点出桂花开放的节令,逗出次句。次句写桂花。月宫里桂花盛开,天香浮动。桂香本来是无法用数量词来表示的，诗人却用“万斛”形容其浓郁繁密之状，给人以具体、可感的审美感受。诗的后半首，才撷出画幅题诗的宗旨。画幅上的主景桂与石，桂是主，湖石是桂树依托生长之处，画家借着桂树祝颂友人折桂取得功名，愿他早日先于他人折取桂枝，科举考试一举成名，得意洋洋地巡游京都。读完全诗，再观赏画幅，人们自然能明白画家兼诗人的王穀祥为友人作画题诗的真正用意。不过，这种意愿，在画幅中是隐寓的，用了“以意寓象”的艺术手段，在题画诗中就比较直露，用的是直接抒情的方式。（吴企明）

蕉石秋花

王穀祥

薰风亭院杂英开①，窗满蕉阴径满苔。
燕寝凝香自终日②，叩门那有俗人来。

[题解]

本诗选自汪砢玉《珊瑚网》卷四一。

[注释]

①薰风：和风。②“燕寝”句：运化唐韦应物《郡斋雨中与诸文士燕集》：“兵卫森画戟，燕寝凝清香。”燕寝，指内室。

[评说]

题诗前两句写画面景物。在和风吹拂下，亭院内杂花盛开，点出题面上“秋花”两字；芭蕉生长茂密，满窗蕉阴，石径上少人行走，满是苔藓，点出题面上“蕉石”两字。诗句精要地描绘了画面上蕉石秋花的景物，这画景、诗境，也就是诗人自己的生活环境。第三句由周边环境转笔写到诗人的居室，室内终日清香凝聚，幽雅静谧。结句回应全诗，说叩门来到这杂英盛开、蕉阴满窗、燕寝凝香的居处的客人，一定也是高人雅士，不会是俗人。全诗有画面具象，有画外意，再融进诗人的生活情趣和审美情趣，构成清幽雅洁的诗境，令人神往。本诗乃平起首句入韵格，“开”“苔”“来”三字，押上平声十灰韵。（吴企明）

题青绿山水

文伯仁

山青云白水拖蓝，绿树黄茅小结庵。
只有红桃霞一片，令人对景忆江南。

[题解]

本诗选自汪砢玉《珊瑚网》卷四二、卞永誉《式古堂书画汇考》卷五八。

文伯仁（1502—1575），字德承，号五峰，又号葆生，摄山老农，长洲（今江苏苏州）人。徵明从子。画得徵明细密之法，擅画山水、人物。徐沁《明画录》云："所作山水，笔力清劲，能传家法，而时发巧思，横披大幅，岩峦郁茂，不在衡山之下。"他也善学王蒙、赵令穰，是文家诸子中画艺成就较高的一人。

画上有伯仁的题记云："嘉靖丙寅春日，友人金白屿出素纸索画于席上，草草戏笔，观之者勿笑耳。伯仁再言。"明人何良俊曾亲自观看过文五峰挥毫作画的实况，在《四友斋画论》中说："看其着笔，是大设色，学赵千里者，其山谷之幽深，楼阁之严峻，凡山中之景如水碓、水磨、稻畦之类，无不毕备，精工之极。"这一幅《青绿山水》，正是体现他"大设色"画法的作品。

[评说]

题诗的前三句写画面景色，后一句写观感。诗先就题写，首句迅即写尽画题，青山绿水白云，渲染整个画面，"妙在将题劈头写尽"（金圣叹《唱经堂杜诗解》语）。次句再写青绿山水中点缀黄茅小庵。第三句透过一层，说这幅山水画，不仅是青绿大设色，还有一片红桃如霞色，装点得绚丽夺目。以上三句都是描写画面实境。诗到尾句，画家从观画人的角度发出观画感慨，赞叹这幅青绿山水真能画出江南山水的神韵，令人生出忆念江南的情思。文伯仁是长洲人，他笔下出现的是桃红柳绿、山明水秀的典型江南风光，带有浓郁地方色彩的独特审美特征，产生出“令人忆江南”的强烈艺术效果。（吴企明）

题榴实图

徐　渭

山深熟石榴，向日笑开口[①]。
深山少人收，颗颗明珠走。

［题解］

本诗选自台北故宫博物院藏徐渭墨迹《榴实图》题诗。

徐渭(1521—1593)，明代著名书画家、文学家。初字文清，后改字文长，号天池山人，别号田水月、天池生、天池渔隐、青藤老人、漱老人、金垒、金回山人、山阴布衣、白鹇山人、鹅鼻山侬，山阴(今浙江绍兴)人。才情卓绝，诗文、书画、音乐、戏曲无不擅长，但科场不利，屡试不中。中年为浙闽军务总督胡宗宪幕僚，对抗倭军事多与策划。后胡宗宪因事被治罪，渭遂精神失常。自杀未遂，又因杀妻入狱，赖友人张元忭奔走回护获免。此后绝意功名，放情山水，以卖诗文书画为生，穷困而终。徐渭是继苏轼之后，又一位艺术全才，诗文书画、音乐戏曲皆有极大成就。论诗反对拟古，主张独创，其诗兼太白之飘逸、李贺之险怪，富有气势。散文潇洒自如，颇得苏轼之辩。《四声猿》是其杂剧代表作，被汤显祖誉为“词坛飞将”，无论内容、精神还是形式，都给当时乃至后世带来了深远的影响。戏曲理论名著《南词叙录》是徐渭对中国戏曲史的另一大重要贡献。工书法，学米芾，行草纵逸飞动，尝自评云：“吾书第一，诗二，文三，画四。”中年始学绘画，山水、人物、禽鸟、走兽、花卉，无一不能，尤擅大写意花鸟画，不拘程式，运笔狂肆，泼墨淋漓，为明清大写意画派创始人。与陈淳齐名，并称“青藤、白阳”。其诗文戏曲诸作，均收入中华书局版《徐渭集》。传世画作甚丰，有《墨葡萄》《榴实图》《黄甲图》《驴背吟诗图》《墨荷图》《牡丹蕉石图》《杂花图卷》等。

［注释］

①向日：对着太阳。

［评说］

徐渭作折枝石榴，大多以草书笔法写成，如惊蛇入草，渴骥奔泉，因而石榴画得生意盎然，郁勃而有姿致。这不仅是写实，更是寄兴，蕴含着生不逢时、怀才不遇的苦闷和喟叹。正如前人所谓："画者形也，形依情则深；诗者情也，情附形则显。"（叶燮《赤霞楼诗集序》）

徐渭在不止一幅《石榴图卷》上都有这样一首题诗：

只少胭支染一堆，蛟潭锦蚌挂人眉。
山深秋老霜皮划，自迸明珠打雀儿。

画中之意乃是自述在野落魄的情景，空有满腹果实（比喻才华），而只得"闲抛闲掷"，与其《墨葡萄》画之意较为相近。相比之下，这首题诗主旨虽与之相同，但写得更为自然明快。诗人之意，说明忧愤积深，读者当体察之。其实，徐渭的画，一笔一墨皆神气，形、神具备，其形即神，其神亦即形。因而，他笔下的花卉草木已不是寻常简单的形象，而是处处有着某种神奇的象征。这是徐渭对中国画的一大贡献，也是理解大写意花卉的秘诀所在。（杨旭辉）

独喜萱花到白头图

‖徐　渭

问之花鸟何为者，独喜萱花到白头。
莫把丹青等闲看①，无声诗里颂千秋②。

[题解]

本诗选自《徐文长三集》卷一一、陈邦彦《历代题画诗类》卷一一一。

徐渭的花卉画，多以泼墨写成，生动别致而有趣，他更善于通过题诗题款，画龙点睛，诗画相发，体现深刻的思想内涵。《杂花图卷》是他五十九岁时所作，描写了多种花草，各自成章，并题写诗句，字里行间充溢着痛苦和忧愁。在这首小诗中，画家吐露心曲，告诉读者，"莫把丹青等闲看，无声诗里颂千秋"。画作寄托自己深沉的感慨，笔下一花一叶都是画家自己的心血和情感的结晶，更是自己不幸的写照，以及对昏聩、黑暗社会的鞭挞。

[注释]

①丹青：图画。等闲：寻常，随便。②无声诗：画的别称。黄庭坚《次韵子瞻子由题憩寂图》："李侯有句不肯吐，淡墨写作无声诗。"

[评说]

世间之花鸟草虫千千万万，若问画家所爱何物，只言"独喜萱花到白头"，此生不改。画家缘何独钟于萱草，实有其难言之隐。"萱草，又称忘忧草，吴中呼为疗愁花。”（《述异记》）徐渭历经辛苦漂泊，尝尽人间苦难和炎凉世态，这些深切之忧痛无法用语言表达，惟有忘记过去，忘记一切忧愁苦痛。于是便爱萱草，“利心志，令人欢喜，忘忧”（《广群芳谱》卷四六）。然而人非草木，孰能无情，又怎能真正忘却、解脱心中之忧呢？唐代诗人韦应物就曾面对萱草发出了如此的感叹：“何人树萱草，对此郡斋幽。本是忘忧物，今夕重生忧。”（《对萱草》）画家见到萋萋绿叶，非但不解忧，反而愁思复茫茫，生活中迭起的波澜如若在眼前展现：家庭破产、妻子亡故、八次应试不第、受累于朋党之争，长期的精神苦痛与折磨，误杀妻子而度过七年铁窗生涯，皇帝荒淫失德，宦官奸臣弄权当道，朝纲混乱，社会黑暗，这又无不使他深感忧愤。面对这一切，画家强烈的感情全部融进丹青，化成一丛丛忘忧草。在画家放纵颠逸的笔下，几片叶子犹如飒飒风动，骤雨疾来，渗透着一种激烈豪放的“不平之气”，足以震颤人心。那么，当我们展卷无声册幅之时，真的不能等闲视之，因为它不是文人士大夫所追求的平淡闲雅，而是凝结着对邪恶与黑暗最强烈的控诉和抗争。（杨旭辉）

题画梅

‖徐　渭

从来不见梅花谱，信手拈来自有神。
不信试看千万树，东风吹着便成春。

[题解]

本诗选自题于南京博物院藏《杂花图卷》及美国弗里阿美术馆藏徐渭墨迹《墨花图卷》，又见《徐文长三集》卷一一。

[评说]

徐渭画梅，落笔自然，信手拈来，意趣横生，展图观赏，真有东风荡漾枝头之感。这便是画家在诗中所谓“信手拈来自有神”，依意而写，意到便成，艺术作品之神韵风采自现，栩栩如生。而如果是因袭古人，亦步亦趋，动辄师某人法某人，不出己意，徒据画谱，依样画瓢，所作无非是古人的摹本，绝不会有神气。在“法”这一问题上，徐渭坚决反对“学有渊源，笔笔有自”，却自倡导“老来杜撰之画”（《答张翰撰阳和书》）。所谓“杜撰”，一是指前人所无，而自为撰造创新；二是不遵从格法画谱，凭自己的学养以及对自然、生活、艺术的深切领悟，真率的情感，洒然托之于花草，虽无“法”而臻神逸。诗中所谓“从来不见梅花谱”，并非未见，而不愿、不屑去见，更不愿为前人所囿。他的这一“杜撰”理论，思想极为开放，极为大胆，并推而广之，用以论述书艺、棋艺、医道。并在论述过程中又提出了“不学而天成”的最高准则：“夫不学而天成者，尚矣；其次则始于学，终于天成。天成者，非成于天也，出乎己而不由于人也。敝莫敝于不出乎己而由乎人，尤莫敝于罔乎人而诡乎己之所出。凡事莫不尔，而奚独于书乎哉?”(《徐文长佚草》卷二《跋张东海草书千字文卷后》)这种“不学而天成”的重要内涵便是“出乎己而不由于人”，即不为前人所禁锢，更不拾人牙慧，而更强调缘情体物，借物抒情。以形写神，舍形求韵。

画家自己在艺术实践中遵从这一“杜撰”理论，开创完全属于自己的崭新风格。“不信试看千万树，东风吹着便成春”二句，更显示出画家无比的自豪与兴奋。几枝墨梅隐现出千树万树的拂拂春风、萌萌春意，不独令画家快意，也足令读者陶然。(杨旭辉)

题画竹

‖徐　渭

嫩筱捎空碧[①]，高枝梗太清[②]。
总看奔逸势，犹带早雷惊。

[题解]

本诗选自《徐文长三集》卷一〇。

徐渭为人们熟悉的艺术风格是狂逸放纵，这一风格是他晚期的格调。而早年投身胡宗宪幕下时，由于人生态度的不同，艺术作品体现出的更多是昂扬的进取精神和凌云之志。

据《明史》载，胡宗宪“性善宾客，招致东南士大夫预谋议，名用是起。至技术杂流，豢养皆有恩”（《胡宗宪传》）。自其任浙直总督以来，招贤纳士颇多。徐渭深感当时社会“能言者多在下，不能察而用者多在上，在上者冒虚位，在下者无实权”。自己却非常希望能遇到一位知人善任的明公，以施展个人的抱负和才能。那么，胡宗宪无疑是最好的人选，于是他不顾胡氏攀结奸相严嵩之嫌，便应招入幕，希冀能有所作为。

这幅画，这首诗，就寄情于竹，表现了画家这一时期的思想感情。

[注释]

①嫩筱：嫩竹子。捎：拂掠。②梗：挺直。太清：天空。

[评说]

画中的嫩竹高枝直掠碧蓝的青天，梗直清劲，直上太清。据《抱朴子

·杂应》云："上升四千里，名为太清。太清之中，其气甚刚。"高枝冲太清，自然会秉受其间的刚直之气，若是观竹遐思，人也会变得志节洁介，刚正不阿。再看竹子长势奔逸，生机勃然，在惊雷声中迅猛生长，更激发起在社会上轰轰烈烈大干一番事业的雄心壮志。据说，竹子闻雷声便会迅速生长，可是画家数次应试皆失败，不禁要问：人世间的惊雷又从何而来呢？也许胡宗宪就是那惊雷，可以助他成就男儿功业，赢得生前生后名。所以当他入胡氏幕不久，便拟写一篇《拟上督府书》，凭借其谋略智慧和出色的军事才能，为抗倭进言献策，表现出文士历经挫折后，仍能初衷不改，不改兼济天下、为国为民分忧解难的凌云之志。著名学者王国维曾说："以我观物，故物皆着我之色彩。"这首题画诗寄兴抒情，使画与诗皆着画家的色彩、画家的感情。（杨旭辉）

水墨牡丹

徐　渭

墨染娇姿浅绛匀，画中亦足赏青春。
长安醉客靴为祟①，去踏沉香亭上尘。

［题解］

本诗选自卞永誉《式古堂书画汇考》卷五九。

“自李唐以来，世人甚爱牡丹”，实缘“牡丹，花之富贵者也”（宋周敦颐《爱莲说》）。而徐渭笔端的富贵牡丹，绝无粉白、脂红，深恐因此流入世俗。他却用墨写神，唯此才在画史上保持独立的艺术个性及淡泊的审美趣味，这是画家人格的自我写照，这首题画诗亦不失为他的自白。

徐渭的水墨大写意花卉在中国画史上是独树一帜的。他充分利用并发挥了国画笔墨纸张的特殊艺术效果，使得画面遍布烟岚墨气，浅淡得宜，墨兼五彩，虽无胭脂，却毕现牡丹之风姿异彩。这一艺术效果的获得，自然是离不开画家的生花妙笔。

［注释］

①长安醉客：李白。杜甫《饮中八仙歌》：“李白斗酒诗百篇，长安市上酒家眠。天子呼来不上船，自称臣是酒中仙。”祟：鬼神给予人的灾祸。

［评说］

首句中，画家直夸自己巧夺天工的艺术功力，读者不难发现他得意、自豪的神情。这并非凭白无故地妄自尊大，请看次句，“画中亦足赏青春”，紧承而下，充分展现其高超的画艺，即使在画中也足以赏味到牡丹的青春活力。如若读者能静观默会，或许更会读懂画家寓含尺幅之中的深意，这就是“我”的“青春”。诗中“青春”一词，语意双关，引人遐思。至于画家笔下的精神内涵（“青春”）又是什么呢？诗作的后半首作出了回答。据《杨妃外传》载：开元中，禁中初种牡丹，得红紫、浅红、通白数种，明皇因移植于兴庆池东沉香亭前。遇到花开时，明皇乘着夜白，贵妃以步辇从，诏梨园弟子李龟年手捧檀板，狎众乐前，将欲歌，明皇曰：“赏名花，对妃子，焉用旧乐辞为？”遂命龟年持金花笺，宣翰林供奉李白进《清平调》辞三章。白欣承诏旨，犹若宿酲未解，援笔赋诗。沉香亭赋诗，历代文士无不乐道，而徐渭却反用此典，对李白欣承赋诗不无讥讽之意。画家正以抒发情怀，表明心志，即自己作画并不去刻意奉承，不过是“悦性弄情”的“谑墨”而已。

这首诗用意之深曲、幽晦，耐人寻味。画家所处的时代及其惨痛的经历，使他“深恶诸富贵人”，蔑视封建权贵。因而在画作中，他常常借题画之机来抒怀言志，正乃“强心铁骨，与夫一种磊块不平之气，字画之中宛宛可见，意甚骇之”（袁宏道《徐文长传》）。（杨旭辉）

竹染绿色

‖徐　渭

我亦狂涂竹，翻飞水墨梢。
不能将石绿[①]，细写鹦哥毛[②]。

[题解]

木诗选自徐渭《徐文长三集》卷一〇。

[注释]

①将：拿，用。石绿：一种绿色的国画颜料。②鹦哥：鹦鹉。此处用鹦哥毛比喻竹叶。

[评说]

我国古代的文人画发展到明代，徐渭将它推到了一个前所未有的高度。我们通过对这首题画诗的阅读，对于徐渭绘画的创作思想，乃至创作手法，便不难有较全面的了解和认识。

一般的文人画家往往称画画为“写画”，以示高雅的文人气质，而徐渭画竹却云“狂涂”。所谓“涂”，并非乱涂乱抹，而是指奔放的写意画法。它显得极其狂放粗莽，往往气势磅礴，豪兴命笔，故下笔不求细巧规整，看似粗服乱头，剑拔弩张，而内中精理，生气内蓄，超越常流，画出了“推倒一世之豪杰，开拓万古之心胸”的强烈感情和气魄。他运用“狂涂”的技法，笔翰水墨在手中放纵翻飞，腾挪狂舞，顷刻间画纸水墨淋漓，氤氲弥布，挺拔的竹竿，飘摇的枝叶，尽现眼底。正是这一纵逸狂放、颠态逸韵，才使得徐渭的花竹画具有无穷的意味和纯真的性情。

至于信手“狂涂”的笔势，又有其内在的缘由，那便是徐渭“不求形似求神韵”的创作思想。他在“狂涂”中抒泄胸中之块垒与悲愤，诉说不平之气，如此心态之下，又岂能局限于将石绿去工笔细描枝叶呢？也就更不愿像鹦鹉那样去人云亦云，宁愿是“随手所至，出自家意，其韵度虽不能尽合古法，然一种山野之气不速自至”（《梦园书画录》卷一二《跋画为沈文泉》），或是“信手扫来非着意，是晴是雨凭人猜”（《题画竹》）。所以，他在给外甥的题诗中云：“根拨皆吾五指栽，胡为乎区区枝剪而叶裁？”

徐渭在作画时，往往借助饮酒使自己沉醉，而至心神理智浸淫于画中，“不以目视，而以神遇”。狂涂戏抹使画作具有一种疯癫之态和超越理性法度的狂逸韵致，在明代画坛乃至中国画史上独树一帜，独放异彩。（杨旭辉）

题葡萄图

徐　渭

半生落魄已成翁[①]，独立书斋啸晚风。
笔底明珠无处卖，闲抛闲掷野藤中。

[题解]

本诗选自故宫博物院藏徐渭《葡萄图》题诗、潘正炜《听帆楼续刻书画记》卷下。“独”《听帆楼》作“夜”，“啸”《听帆楼》作“笑”，“卖”《听帆楼》作“买”。

徐渭的水墨大写意画豪放恣纵，《葡萄图》就是他这一风格的代表作。这幅水墨画构图奇特，信笔挥洒，似不经意。粗藤一枝，从右上横斜向左，又有数枝细藤伸出，错落低垂，枝叶纷披，以毫放、泼辣的水墨造成满纸飞动的气势和葡萄晶莹欲滴的艺术效果。画上的题诗也是构图的有机组成部分，所书行草，字势欹斜跌宕，令人联想起画家的不平经历。

[注释]

①落魄：穷困失意。

[评说]

徐渭画葡萄，即诗中所谓“明珠”，这也是画家自己及其才华的代名词。他在诗中无限感慨，半生穷困潦倒，郁郁不得志，而双鬓飞霜，已成老翁，年迈体弱。他独立书斋，想起当年杀倭卫国，意气风发，面对清冷的晚风，不禁仰天长啸，以泄心中郁闷。那么，造成画家不幸的根源何在呢？诗作后两句似乎并未点明，但画家的双关笔法将自己怀才不遇的愤懑抒泄无余。官吏的腐朽，科举的弊端，使真正有才华者常常屡试不中，高中者往往尽是些不学无术之辈。可怜！可叹!“我”这笔底的“明珠”，“我”满腹的诗文才华却无人赏识奖掖，八试不中，只落得“明珠”遗落、抛掷在山野蔓藤中的命运。

画中晶莹的葡萄是画家才华的凝聚，那旋转飞腾的旋律，正是画家不平的心灵波澜。这一点在其他的《葡萄图》及题诗中也可得到印证，我们不妨再看他几首《题葡萄》诗：

昨岁中秋月倍圆，海南蚌母太鼾眠。
明珠一夜无人管，迸向谁家壁上悬。

砚田禾黍苦阑珊，何物朝昏给范丹。
虽有明珠生笔底，谁知一颗不堪餐。

王生昔日好容颜，今日相逢范叔寒。
赠与明珠三百颗，谁知一颗不堪餐。

我们从徐渭的《墨葡萄》中不但体会到诗、书、画巧妙结合的东方艺术传统，更可品味到他由于在有限的感性形象(“形”)中寄寓和表现了强烈真挚的感情内容，因而使得花鸟画传达出极为深阔的思想容量。（杨旭辉）

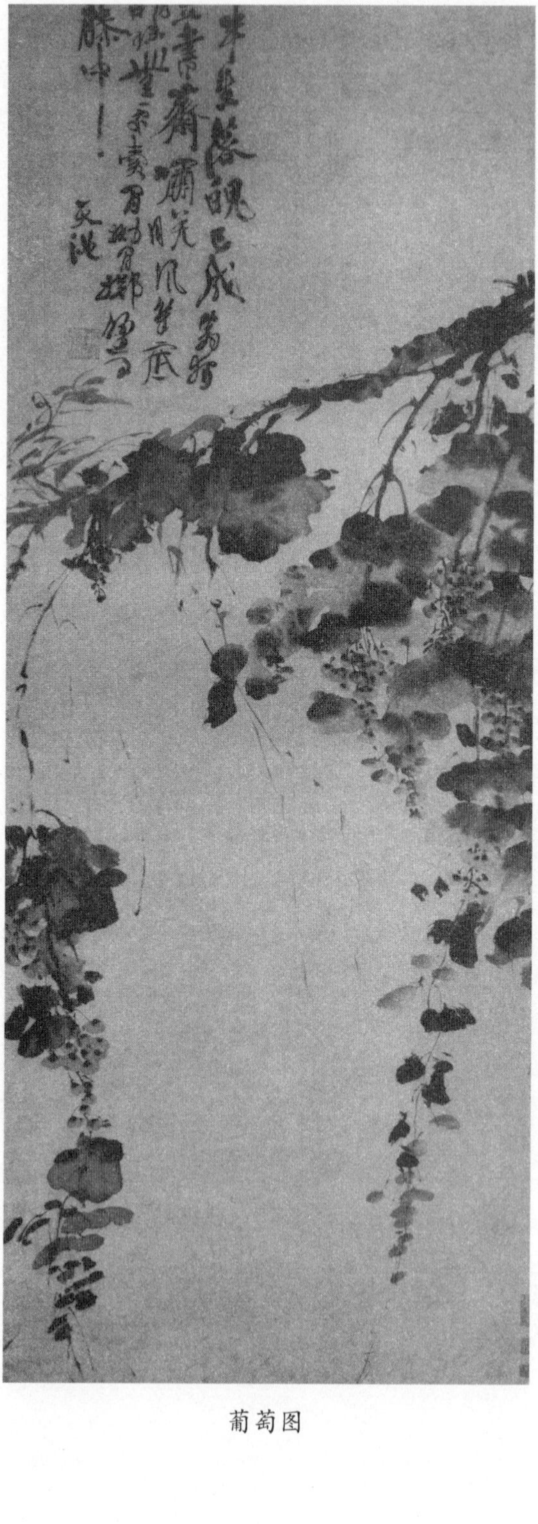

葡萄图

题黄甲图

‖徐　渭

兀然有物气豪粗[1],莫问年来珠有无[2]。
养就孤标人不识,时来黄甲独传胪[3]。

[题解]

本诗选自故宫博物院藏徐渭《黄甲图》题诗。

古今以意写蟹者，当首推徐渭,《黄甲图》则是最为著名的作品之一。画的中部以水墨晕染出两枝墨荷，芳润盈盈，精神可人，一只螃蟹爬行其下。画中的螃蟹钳螯缩合，两相呆对，慢速前行，并无强悍精干之态，唯觉颟顸、笨拙、猥琐，与翠荷形成鲜明对照。其中寓意，只要读一下题画诗，便可发现，此乃青藤自鸣不平之作。

[注释]

①兀然：昏沉的样子。②珠：明珠，这儿指学识。③黄甲：指螃蟹。传胪：科举考试中，乡试第一为解元，会试第一为会元，二、三甲第一为传胪。清人多以二甲第一为传胪。这儿借指金榜题名，登科举甲第。

[评说]

徐渭是明代后期不可多得的“全才”。诗文“一扫近代芜秽之习”(袁宏道《徐文长传》);杂剧亦“高华俊爽，秾丽奇伟，无所不有”(王骥德);书法纵逸飞动;绘画更是推倒一世之杰作。然而如此才华横溢的他,一生连应八次乡试，却终不得举，而中举者并非皆为才识之士。这样的曲折和坎坷，使他认清了封建科举制度的实质，创作了这幅画，题写了这首诗，以泄心头之恨。

诗歌一上来就单刀直入，劈头盖脸地对画中身披黄甲的螃蟹提出斥问和讽刺：看看你昏昏沉沉，懵懵懂懂，却偏要显得粗豪骄横，也不问问自己胸中是否怀抱明珠，有无韬略！现实生活中却是如此奇怪，正是这些人博得“时来黄甲独传胪”。“孤标”本指人品清高不群，画家以反语来讽刺“黄甲”那蠢笨的“尊容”。诗人不仅仅是批判不学无术、胸无点墨的“黄甲”，更把矛头指向昏庸的主考官，他们才是造成封建科举弊端的真正原因。

读诗赏画，我们不难体味画家的情思，感觉其切齿之痛。（杨旭辉）

黄甲图

风鸢图诗三首

徐　渭

柳条搓线絮搓棉，搓够千寻放纸鸢[①]。
消得春风多少力，带将儿辈上青天。

剡藤湘篾一片雪[②]，仿佛孤飞野鹤云。
画取此图酬酒债[③]，未为轻薄有钱人[④]。

爱看钻天鹞子高[⑤]，不知前后只知跑。
风吹昨夜棠梨折[⑥]，卧刺如针伏板桥[⑦]。

［题解］

本诗选自徐渭《徐文长三集》卷一一。

［注释］

①寻：古代的长度单位，八尺为一寻。②剡（shàn）藤：剡溪出产的古藤，可以造纸，负盛名。因而剡藤又指名纸，诗中即用此意。湘篾（miè）：用湘竹削成的篾片。③酬：酬付。④轻薄：轻浮放荡。⑤鹞（yào）子：纸鸢，纸风筝。⑥棠梨：即野梨。⑦板桥：用木板架设的桥。

［评说］

鸢，鹞子，风筝。以儿童放风筝为题材的画，徐渭曾作有多幅。究其原因，实乃拟前人而作，在题跋中，画家曾如此坦言：“郭恕先为富人子作《风鸢图》，偿平生酒肉之饷，富人子以其谩己，谢绝之。意其图必立遭毁裂，为蝴蝶化去久矣。余慕而拟作之。”按郭若虚《图画见闻志·郭忠恕传》云，忠恕，字恕先，为人疏放不羁，常纵酒肆谈，屡因议论朝政而被迁谪。他蔑视权贵家族，富人子弟求画，则画放鸢儿童，一头为小儿手持线车，一头是飘飞的风筝，中间画一条几尺长的引线，别无他物。徐渭“慕而拟作之”，不仅仅是慕其画艺，更是仰慕钦佩其性情品格，也便是题跋中之谓“取其意而已”。

诗歌借题发挥，嬉笑怒骂，一泄画家心中的“不平之气”与愤慨，使读者在赏画时看到的不光是儿童、风筝这些简单的艺术形象，还有深远的主旨和丰富的内涵。首先，徐渭对郭忠恕以奇特的构思来敷衍富豪大为赞赏，并直言不讳地申明：我辈虽处贫困，无以度日，惟有鬻画偿酒债，也绝不肯“摧眉折腰事权贵”，为“轻薄有钱人”涂抹，体现出强烈的个性色彩。其次，诗作和画作也融注了徐渭自己一生的遭际坎坷，以及无尽的怨怒与酸楚。

在另一首题诗中，他将画面上的大风比作现实中统治集团之间政治斗争的风云。正是这突变的风云，吹破了自己的希望和幻想，甚至几乎要坠死海边。回首往事，当年自己犹如无邪的儿童，以赤诚之心去求索，“不知前后只知跑”，“只顾鹞飞不顾脚”，眼看鹞子钻天而飞，岂料到山下遍地是为大风所折的刺棠梨，“卧刺如针伏板桥”。直到双脚刺中，扎得很深，才知世事险恶，人心叵测。然而，这一切并没有完全泯灭画家心头的期待，他转而把一切希望寄托于儿童身上，对未来寄予些许的幻想：“消得春风多少力，带将儿辈上青天。”（杨旭辉）

题墨牡丹

‖徐　渭

五十八年贫贱身，何曾妄念洛阳春。
不然岂少胭脂在，富贵花时墨写神①。

[题解]

本诗选自《石渠宝笈初编》卷一七。

牡丹，众花之王，翠华艳爚，纷葩摛锦。白居易《牡丹芳》便极尽其富贵堂皇之姿："牡丹芳，牡丹芳，黄金蕊绽红玉房。千片赤英霞烂烂，百枝绛点灯煌煌。""红紫二色间深浅，向背万态随低昂。映叶多情隐羞面，卧丛无力含醉妆。"在众人眼中，牡丹"岂独风流冠西洛，只疑富贵是东皇"（李珮《姚黄传》）。因而，画家作牡丹时，"欲惊世眼须煊烂，且把燕支画牡丹"（赵石《牡丹》）。而徐渭一改众人之重彩胭脂，绰约艳丽，偏用水墨泼洒挥就，淋漓酣畅，烟岚满纸，离奇超逸，繁盛的牡丹遂见疏态，不见富贵，反见寒意，表现出与世人截然迥异的审美趣味。对此，在另一幅《牡丹图》的题跋中，画家有过极为明确的自白："牡丹为富贵花，主光彩夺目，故昔人多以勾染烘托见长，今以泼墨为之，虽有生意，多不是此花真面目，盖余本人性与梅花宜，至荣华富贵，风若马牛，弗相似也。"因而，此首题画诗直可视作文长自遣自适之作，是其心迹的自然流露，更借以抒泄"胸中有一段不可磨灭之气，英雄失路，托足无门之悲"的郁郁不平之气，无怪乎数次题于画作之上。

[注释]

①富贵花：牡丹花。

[评说]

诗作前两句是对自己一生经历遭际的总括，这正是他与众不同审美意趣的缘由。自己在贫贱困厄之中度过一生，将近六旬，从未妄想过荣华富贵，这与世人汲汲乎富贵，决然不同。诗中“洛阳春”指牡丹，徐渭在诗中摒弃“洛阳春”之绰约繁娆，正是不求雍容华贵的生活情趣的流露，因而画作也力避艳媚。他人之牡丹，烂漫如霞，多施胭脂，重彩浓色，而“我”却偏以水墨绘写。“岂少胭脂在”，一个反问句式激起人们深思：胭脂有的是，那么，画家缘何不用胭脂却用水墨呢？末句再次点明。用墨作画，离奇超脱，不同俗流，足以传神写照，畅抒己见。诗作前后绾合，形成回环往复之致，更突现了画家的人格精神。

此首题画诗，徐渭数次题于画卷，唯“五十八”易为“五十九”。画家钟爱之情可见一斑，因为在画家眼中，此诗即是自我人格意趣的写照与自白。（杨旭辉）

画　蟹

徐　渭

稻熟江村蟹正肥，双螯如戟挺青泥。
若教纸上翻身看，应见团团董卓脐。

[题解]

本诗选自潘正炜《听帆楼续刻书画记》卷下。

抗日战争时期，面对国土的沦丧、民族的存亡，著名国画大师齐白石，以笔为戈，挥毫作画，把侵略者表现成横行霸道的螃蟹，并在画款中题道："看你横行到几时？"对侵略者的痛恨，乃至对抗战必胜的信念，跃然纸上。这幅画曾激励了多少民众的爱国热情，至今仍播誉艺林。

其实白石老人的蟹画，得益于徐渭。白石老人对徐渭素来十分倾倒，曾云"恨不生三百年前"，为"青藤磨墨理纸"，并自治一印曰："青藤门下一走狗。"徐渭画蟹，用笔挺劲，用墨恣肆，更为绝妙的是其画中题诗，以犀利的笔锋，寓含深意，对现实社会的黑暗进行辛辣的讽刺，无异于"嬉笑怒骂皆成文章"的讽喻诗。这种艺术传统，正是白石老人所秉承的精髓。

[评说]

"稻熟江村蟹正肥，双螯如戟挺青泥"二句，与其说是对画面的描写，不如说是对螃蟹猖獗横行、不可一世的揭露。清人郑绩在《梦幻居画学简明》中云："画蟹之法全在爪螯伸缩有情，笔劲而活。"徐文长笔下的螃蟹正着力于此，双螯如戟，挺于青泥，全然一幅盛气凌人、恣肆跋扈之态。

别看它们张牙舞爪，横行霸道，其实画中之物只不过是色厉内荏之辈，三、四两句以想象之笔虚写其本质。如果将它们翻身朝上的话，便寸步难行，原形毕露，人们将看到雌蟹的团脐。这圆圆的团脐，不禁令人想起三国时的奸雄董卓，他杀人如麻，作恶多端，激起众怒。他死后，士卒在他的肚脐上燃灯，脂膏遍流满地。画家借用此典，向封建权贵敲响警钟：这就是脑满肠肥之辈的结局和下场。全诗通过“螯”和“脐”两个特写镜头，一实一虚，两相比照，同样寓含着白石老人的质问：“看你横行到几时？”（杨旭辉）

画菊二首

徐　渭

身世浑如拍海舟，关门累月不梳头①。
东篱蝴蝶闲来往②，看写黄花过一秋③。

经旬不食似蚕眠④，更有何心问岁年。
忽报街头糕五色⑤，西风重九菊花天。

［题解］

本诗选自徐渭《徐文长三集》卷一一。

［注释］

①累月：数月。②东篱：陶渊明《饮酒》："采菊东篱下，悠然见南山。"③黄花：菊花。④经旬：整整一旬，十天。⑤五色糕：又名菊糕，重阳糕。江南习俗，重阳日蒸糕、食糕。

［评说］

菊花，以其贞操卓尔，与松竹而共劲，以孤洁仿幽人之贞，高逸拟君子之道，历寒岁而长存。自屈原"夕餐秋菊之落英"（《离骚》），陶渊明植菊于三径，采于东篱，为历代名流仕子竞羡。徐渭这两首题画诗，以其高韵悠然，特立于诸作之上，更融入了画家沉浮飘泊的遭际，包孕了无限感喟，在君子直节情操的寓意外，令人感慨万分。

年轻时为仕进奔波，中年屈身于官府中；曾为抗倭勇士，亦曾为阶下之因。人生的境遇就在这起落浮沉中飘泊，而今“回首向来萧瑟处”（苏轼《定风波》），就深切地体会到“身世浑如拍海舟”，随风浪翻卷，忽东忽西，甚而随时随地都有被风浪噬没的险情。侥幸挣脱人生的樊笼，如今早已是心力交瘁，尚有余悸，于是便转而营造内心的平淡，甚至由平淡走向疏怠懒散。且看其行为举止：“经旬不食似蚕眠”，“关门累月不梳头”。闭门不出，懒得连头发都疏于梳理；经旬不食，犹如春蚕休眠一般。饮食梳洗尚且不及时，哪有什么心思去关心“岁年”？诗中“岁年”二字不可闲视，意含双关。“岁年”指时令季节，绾合诗作后半首，更指人生所处的现实年岁和时事，因而诗中“更有何心问岁年”一句，极具警撼人心的力度。可曾知道，徐渭的杂剧痛骂奸佞，诗词又是何等关切现实，振奋人心。如此强烈的反差，因何而生？启人深思，耐人回味。

重阳时节、秋菊盈园，骚人诗客自是把酒东篱，怡然赏乐。诗人却并无赏玩的闲逸情致，只是看见蛱蝶翻飞，“漫绕东篱嗅落英”（苏轼诗），不觉倒也滋生嗅菊寻香之念，然而这一情思却是如此的短暂，在脑际闪瞬即逝。耳听得街上沸沸扬扬卖糕之声，方才恍然大悟，不知不觉中重阳又至，“西风重九菊花天”，满眼黄花在西风中摇摆，反倒勾起了画家对晚年孤苦零丁、凄凉愁苦境遇的感叹。诗作最后一句“看写黄花过一秋”，看似闲谈，其实蕴含着诗人孤独、清苦、辛酸悲凉的心情，全诗的艺术感染力极强，余韵袅绕，不绝于梁。（杨旭辉）

画　兰

徐　渭

醉抹醒涂总是春，百花枝上掇精神①。
自从画得湘兰后，更不闲题与俗人。

[题解]

本诗选自《徐文长逸稿》卷八。

[注释]

①掇：提掇，提振。

[评说]

由画面引发议论，借题发挥，抒发感慨，是题画诗最常见的表达方式之一。而徐渭此诗却一反常规，由议论入手，直述画理，然而这并非他的意旨所在。“醉抹醒涂总是春，百花枝上掇精神”，这是徐渭对自我作画风格的自陈，他以颠逸逸莽的气势和笔调“东涂西抹”，在画幅中极现个人的精神，抒写其个人满腔的幽愤之情。因为他早就将笔墨视作宣泄、倾注情感的独特方式，故而笔墨放纵，“舍形而悦影”（徐渭《书夏圭山水卷》）。通过这一层对比，我们也就不难发现前两句诗中所隐含的弦外之音。在诗中，徐渭将自己的画作比为“湘兰”。兰者，品洁德馨；湘兰，乃屈原在湘沅间“滋兰之九畹兮，又树蕙三百亩”（《离骚》）。画家在此借“湘兰”独抒情臆，标示自己无论在人品抑或画品上，皆应以屈原大夫为楷模，绝不“淈其泥而扬其波”（《渔父》），保持皓皓察察的高格远韵。“自从画得湘兰后，更不闲题与俗人”，两句诗更是直率无遗地表达了青藤道人孤傲的个性：他决不会把意境高妙的“湘兰”随便付与世俗之徒，任由他们糟蹋作践自己的艺术作品及人格。

画史上，徐渭的画作在相当长的一段时间内被视作“离经叛道”，不为世人所重，诸多画谱、题跋、书画记均不见载录。虽然其“属和者不过数十人”，然而他那绝不俯首屈就迎合世俗的精神魅力，以及高情逸致的墨笔，终使之列居“阳春白雪”而绝无愧色！（杨旭辉）

题五月莲花图

‖徐　渭

五月莲花塞浦头，长竿尺柄插中流。
纵令遮得西施面，遮得歌声渡叶不？

[题解]

本图今藏上海博物馆。

本图画荷花一丛，两朵荷花一正一侧，高低错落有致，用勾线法画花瓣，荷叶用泼墨法画出，浓浓的墨色与荷花的洁白鲜艳构成强烈对比，起着反衬作用，再衬上几笔潇洒的蒲草，更显出荷花的娇美。画幅左上方，画家自题一诗。

[评说]

题诗按常规写成，先形容画面的荷花，说五月荷花盛开，塞满水浦头，其中的两枝，便成为画面形象。长长的荷茎，像一支长的柄，插在水浦中。诗的下半首，从荷莲的花和叶措意，用拟人化手法，赋予无情的植物以人的情感。诗人将荷花比作西施，说她会歌唱，歌声优美动听；又将荷叶比作妒贤嫉能之辈，他要撑起叶盖，遮住西施美丽的面容。诗人忽发奇想，用诘问句向荷叶责问，他对荷叶说：你纵使能遮得住西施的面容，但你能遮得住她的歌声飞渡荷叶而飘向远方吗？在这种奇妙的艺术意想中，寄寓着诗人憎恶现实生活中的妒贤嫉能者，歌颂怀才不遇而又奋发向上者的情感，寓意于象，深有寄托，耐人寻思。（吴企明）

题蕉石图

徐　渭

冬烂芭蕉春一芽，隔墙似笑老梅花。
世间好事谁兼得，吃厌鱼儿又拣虾。

[题解]

本图今藏瑞典斯德哥尔摩东方博物馆。

这是一幅充分发挥徐渭大写意花卉画美学特征的作品。画幅左侧画湖石一块，以饱含水墨的侧锋纵横写出，以笔拖抹，笔墨粗狂，浑厚苍润。用渴笔写芭蕉，叶呈破败状，将要枯烂。石后隐现梅竹，竹以双钩法写出，枝上疏梅细笔圈出。笔墨谨细的梅竹，与逸气豪放的蕉石，构成鲜明的比照，在气韵、笔墨、形态诸方面，起着衬托作用。芭蕉秋后枯萎，梅花寒冬开放，两者不可能相并，徐渭为什么在蕉石图上要配以梅花呢？他继承了王维画雪中芭蕉的艺术传统，在《蔷薇芭蕉梅花图》上题诗云："芭蕉雪中尽，哪得配梅花？吾取青和白，霜毫染素麻。"以青白谐音"清白"，以昭示自己一生清白的品格。画幅右上方，画家自题一诗。

[评说]

题诗并不摹写画面形象，却从芭蕉、梅花生发，题外生意，大发议论。首二句说，芭蕉冬天枯烂，春天发芽，不能与梅花并开，所以芭蕉要笑隔壁的老梅：你为什么要早早开花？由前两句诗意，诗人触发起世上好事难能兼全的意想。诗的后半首，他用反诘的语气说：世间的好事谁能兼全，好像吃厌了鱼儿又拣虾吃。这种艺术意想的深层意蕴是：具有馨德茂才的人，却往往命运不济，难能兼全。 徐渭不单为自己的命运悲叹，更为天下才高命舛者鸣不平。 言外之意，弦外之音，读者尽自体识。（吴企明）

题雨景山水图

孙克弘

僧房十日掩柴关，闲看浮云自往还。
无限天机心会得，起来磨墨写房山①。

[题解]

本图今藏广东省博物馆。

孙克弘(1533—1611)，明代画家，字允执，号雪居，华亭(今上海松江)人。曾官汉阳知府，工诗文，善书画，擅画山水、人物、花鸟。

画家为了突出表现"雨"的画意，就运用米家云山的笔法，描绘流动的岚霭，像在云雾中浮动的远山层峦。近处的树木，采用浓淡相间的泼墨画成，笔墨圆润浑厚，板桥、房舍点缀其间，鲜明地描绘出一幅十月雨后的山野图景。画幅右上方齐整地题写一首七绝。

[注释]

①房山：元代画家高克恭，号房山，善画米家云山。

[评说]

这首题画绝句的立意，从元赵孟頫《题子仲穆画幅》一诗得到启发。它摆脱一般题画诗的套路，并不描写画面景物，却从画家的现实生活着笔。画家借住在僧房里，十日不开门，整日无事，闲看浮云。浮云自由往还，悠闲自在，画家从中忽然领悟，悟得无限天机，也就是悟得云山的美感特征。画意在胸，于是画家起来磨墨，仿学高克恭的笔意，画成此图。全诗用叙事、议论的笔调写来，写出自己创作此画的动机和审美经验，只有第二句点到画面的云山景物，别开生面，颇有意趣。（吴企明）

题墨竹图

孙克弘

湘皋春雨楚烟霏，绿玉参差路欲迷。
流水接天人不见，满林花落鹧鸪啼。

[题解]

本图藏苏州博物馆。本图竹的画位，置于画幅的右侧，用淡墨画三株竹竿，粗壮的一竿特别长，挑出画幅，它的竹叶都在画外上拂云霄；较小的二株为全竹，枝叶挺生，竹叶以个字形分组穿插，疏密相间，密而不乱，墨色近浓远淡。层次分明，均呈昂扬之势，富有生意。画家利用画幅左下方的空间，题写一诗。

[评说]

题诗的前两句，与画意密相契合。首句写竹间烟雨迷蒙，湘水岸边春雨刚起，楚地烟雨霏霏。次句写水边绿竹丛生，参差不齐，烟雨弥漫竹间，道路都要迷失。这种诗境，与画幅上竹间迷蒙的画境，完全一致。如果说春雨连绵，竹枝竹叶承受过多水分，都要下垂；而画幅上的竹叶，均向上挺举，可知此时春雨刚下不久。诗的三、四句，补出画外意。画幅上未画出流水、河岸，所以接天的流水，人们看不到，诗意与首句“湘皋”遥相呼应。满林的花，都已飘落，鹧鸪在林间啼鸣，画面上只有竹枝，无花树，更无鹧鸪，这些都是画外意，渲染出林间春深寂寥的艺术氛围，反衬出此时独有翠竹依然充满蓬勃生机，屹立于林间。全诗半写画面形象，半写画外意，丰富画境。与画面形象配合，珠联璧合，热情歌颂了富有生命力的春竹形象。（吴企明）

题墨梅图

邢慈静

梅花开处玉为林，先报江南第一春。
梦入罗浮尘世外，觉来天地几闲人。

[题解]

本图今藏上海博物馆。

邢慈静（生卒年不详），明代女画家，临清（今属山东）人，邢侗妹，贵州左布政使马拯妻。能诗，善书画。擅画竹石及白描观音大士，师法管道昇。

这幅水墨梅花图画在绫本上。画的右侧中部画梅树的粗干，分别向左下、右上挑出梅枝，枝干劲挺，倾斜多姿，枝上点缀着数朵梅花和萼，极力营造出“疏影横斜水清浅，暗香浮动月黄昏”的意境。枝干墨色浓淡得宜，与古朴典雅的绫上花纹相映成趣，画幅左部、中上部有大片空白，形成画面失衡之感，画家便在左上方题写一首七言绝句，诗境与画境融为一体，使画面重新获得平衡美。

[评说]

诗篇由画面形象发端，说梅花开放的地方，白玉成林。梅花色白如玉，唐戎昱《早梅》“一树寒梅白玉条”，画外一片梅花开放，故曰“玉为林”。次句礼赞梅花报春的品性，它不争春色，却向人们传达了春到人间的消息。三、四句，用了一则典故，形容梅花超凡脱俗的风神。“梦入罗浮”，据《龙城录》载，隋代赵师雄至罗浮，于酒肆遇一美女，淡妆素服，因与同饮。师雄醉寐，翌晨醒来，见梅树上有翠羽啾嘈相顾。后人遂以罗浮梦、罗浮美女喻梅花。赵师雄在罗浮梦见梅花女神的境界，是清莹洁净、超越尘世之外的。梦醒后，他看到天地间满是忙忙碌碌的俗人，能有几个清闲超逸的人呢？诗句采用“遗貌取神”的艺术手段，脱开梅花外在形貌的描绘，运用空灵的诗意，创造出奇夐的诗歌意境，热情地礼赞梅花清莹脱俗的精神面貌。（吴企明）

题仿倪迂画

董其昌

迂翁高卧九龙云①，清閟风流海外闻②。
雪后江山青似染，拈来却胜李将军③。

[题解]

本诗选自董其昌《容台诗集》卷四，亦见陈邦彦《历代题画诗类》卷一二。

董其昌(1555—1637)，明代著名书画家、鉴赏家、书画理论家。字玄宰，号思白、思翁、香光居士，华亭(今上海松江)人，万历十六年(1588)进士，选庶吉士，授编修，官至礼部尚书。卒谥文敏。天才俊逸，善谈名理，少好书画。行楷之妙，跨绝一代，与当时的邢侗、米万钟、张瑞图并称“明末四大书家”。擅画山水，少学黄公望，后宗法董源、巨然，复集宋元诸家之长，行以己意，气韵秀润，潇洒生动。对明末清初书画的影响至巨。他常以禅论画，将画分“南北宗”，推崇“南宗”为文人画之正脉，标榜“士气”，自称作画须“读万卷书，行万里路”，后人多奉为圭臬。传世画作颇多，有《云山小隐图》《烟江叠嶂图》《升山图》《奇峰白云图》《岚容川色图》《秋兴八景图》等。亦善诗文，著有《容台集》《容台别集》《画禅室随笔》《画旨》《画眼》等。

[注释]

①迂翁：指元代著名画家倪瓒。高卧龙云：隐居于九龙山。②清閟(bì)：倪瓒建有“清閟阁”，多藏旧籍、书画，后人因代称倪瓒。③拈：用手指取东西。李将军：指唐代画家李思训、李昭道父子，二人善画山水

树石，笔致遒劲、金碧辉映，人称“大小李将军”。

［评说］

对于倪瓒的画作，董其昌推崇备至，赞之曰：“云林作画，简淡中自有一种风致，非若画史纵横习气也。”（《题仿倪云林》）在这幅仿倪之作中，画家更是借赞倪发挥其“南北分宗”的画学理论。

董氏“南北分宗”论主要有这么几层含义：“禅家有南北二宗，唐时始分。画之南北二宗，亦唐时分也。但其人非南北耳。北宗则李思训父子着色山水，流传而为宋之赵伯驹、伯骕，以至马、夏辈。南宗则王摩诘始用渲淡，一变勾斫之法，其传为张璪、荆、关、郭忠恕、董、巨、米家父子，以至元之四大家”，“若马、夏及李唐、刘松年，又是李大将军之派，非吾曹易学也”（《画禅室随笔·画源》）。在他看来，北宗山水粗硬无士人气，不及南宗虚和萧散，裁构淳秀，出韵幽淡，因而就认定南宗“皆其正传”，并对北宗加以否定。这首题画诗便以南宗的代表画家倪云林与李氏父子相比较，其倾向性也是不言而喻的。倪云林是画坛名家巨手，他那简淡疏逸的韵致风流早就蜚声四海。且看画中“雪后江山青似染”，笔温墨润，显得仪体幽闲，姿容淡雅，仿佛鸿蒙之气，注于笔端。画幅的这一艺术风貌皆获益于云林居士，仅仅如此，就足以胜过北宗之祖李将军，体现出画家强烈的自信。

董其昌这种艺术理论和意趣，几乎支配、影响了晚明至清末绘画史，使得“虚和萧散”“裁构淳秀”“出韵幽淡”成为文人山水画的主流。（杨旭辉）

题青弁山图

‖董其昌

积铁千寻亘紫虚[1]，云端稚犬见村墟。
秋光何处堪消日？流涧声中把道书。

［题解］

本图今藏美国克利夫兰艺术博物馆。画家自题画幅云：“青弁图，仿北苑笔。”他自称仿董源，实际上融会诸家笔意：布局之繁密，近王蒙；缜密的披密皴，汲取黄公望、吴镇的笔法；工而拙的树石造型，浓淡积叠的墨法，细劲秀峭的笔法，则呈现自身的特色。画幅上自题一跋、一诗。

［注释］

①积铁：语出杜甫《铁堂峡》中“壁色立积铁”句。紫虚：天空。

［评说］

画家采用最为常见的题画诗方式题写本诗。前两句，写画面具象，再现画境。极高的山崖石壁，好像是一块一块生铁垒起来，横亘在天空中，村墟不知在何处？无意中在云端里看到稚犬，便知道那里有山家。两句诗并没有写尽画面景物，不过是拈其主景而已。三、四句写观画感慨：哪里的秋日风光可以消磨时日呢？结句拍合上句，回答上句的诘问，诗人说：在青弁山溪涧旁构筑一座草堂，边听流涧声，边读佛道书，足以消磨时日。佛道家的虚空无为思想和画幅秀润清雅的画境，契合无垠，画有禅意，这便是画家心目中的理想境界。（吴企明）

青弁山图

秋兴八景画册(选一)

董其昌

溪云过雨添山翠,花片粘沙作水香。
有客停桡钓春渚①,满船清露湿衣裳。

[题解]

本诗选自上海博物馆藏董其昌《秋兴八景图册》题诗、潘正炜《听帆楼书画记》卷二。

《明史》本传说董其昌“性和易,通禅理,萧闲吐纳”。所以他的画清新淡远,介于柔静、秀雅之间,这便是他力主的“南宗画”的风貌。他的诗也自然而然地具备了清丽风韵,表现出一种自在超然的心情。

[注释]

①停桡(ráo):停船。

[评说]

青山绿水,斜风细雨,落英缤纷,迷蒙烟气。这种飘逸潇洒的境界,不仅存在于画面,更通过静穆清丽的诗句留在人们的脑海深处。首句“溪云过雨添山翠”,就让人赏心悦目,青山傍绿水,绿水映青山。溪云过处,山水经过春雨的洗礼,山更青,水更绿。一个“添”字,便传神地表达出来,大有王安石“春风又绿江南岸”的手法。花瓣上沾满雨水,沉甸甸地压弯花枝,俯视溪流河滩,花香隐隐约约地飘忽于水雾之中,沁人心脾。此帧画册之题虽是秋景,诗境却犹似春天,把人引入“不似春光,胜似春光”的意境之中。景美情更美，身处这明山净水中，人的心情自然是舒润自在。画面上宁静、安谧的隐士，停下小船，任凭水流的飘荡，悠闲地享受刚才的雨水，饱览满山的苍翠，在舟中寂寞地感受着独钓的闲情。也许他找到了一直追寻的闲适与轻松，以至于忘却了周围的一切，沾衣欲湿的迷雾湿气将衣裳打湿也无所谓，大有张志和词中“斜风细雨何须归”(《渔歌子》)的气韵。

儒、道、禅的基本思想和审美情趣——静柔、平和、冲淡，是董其昌诗画所宗。这首题画诗随手拈来，体现了一种清疏隽朗的风格。尤其是最后一句“满船清露湿衣裳”，画家内心深处物我交融、超脱尘世的欣喜，更是溢于言表，表露无遗。（杨旭辉）

题升山图

董其昌

柁楼彻夜雨催诗①,果有蛟龙起墨池②。
要知鲁国挥毫势③,但想将军舞剑时。

[题解]

本诗选自南京博物院藏董其昌《升山图》水墨手迹题诗。

升山,在浙江吴兴东二十里,曾名欧余山、欧亭山。书圣王羲之为太守时曾登此山,谓宾客曰:"百年之后,谁知王逸少与诸卿游此乎?"因名之曰升山(事见《寰宇记》)。画中峰峦出没,云雾显晦,烟水苍茫,洲渚掩映,确实表现出江南山光水色的特有情致。面对幽秀朗润的山水意境,画家在题诗中却不着一字。这首诗既非描述画境、品评意象,也不寓意表情、阐述画理技法,而是另有本事。

根据董其昌题跋云:"舟泊升山湖中,即赵子固轻性命宝兰亭帖处。诘旦(注:次日早上),吴性中以颜公真迹见示,为临二本,因写此图记事,并系以诗。"由此看来,画中山水绝对是书家胜迹,前有书圣王逸少登览,后又有北宋书画高手赵子固(孟坚)得逸少法书于姜白石处,夜泛舟至霅之升山。据传,赵孟坚得书泛舟升山,忽风起舟败,人遂立浅水,手持法帖,语人曰:"性命可轻,至宝是保。"而今,画家自己又在此处得见颜鲁公真迹,岂能不喜悦、激动?在这一激情的驱动下,画家创作一幅水墨山水,抒发了观赏颜鲁公真迹后的艺术感受和激动之情,更记下了一段书史佳话。

[注释]

①柁(duò):装在船尾,用以控制方向的器具。亦作"舵"。柁楼,

指游船上的画楼。彻夜：整夜。②墨池：古代书法名家的洗砚池。③鲁国：指唐代大书法家颜真卿，因封鲁郡公，故后世尊为“鲁公”“鲁国”。

[评说]

全诗能绾合画境的，似乎仅有一“雨”字，而在画家诗笔下，“雨”后是一个触发点，由彻夜雨声，联想到的是蛟龙得云雨而起舞于墨池之中。次句是古人用以比喻书家笔势奔放逸奇、夭矫有力的常见手法，如杜甫《李潮八分小篆歌》：“八分一字直百金，蛟龙盘拏肉屈强。”韩愈《石鼓歌》：“金绳铁索锁纽壮，古鼎跃水龙腾梭。”三、四两句中，作者再用一个比喻，将颜鲁公的书法特色表现得极为传神：若要了解他挥毫时的笔势，只要想象一下唐代裴旻将军舞剑时飞扬的神采，“㸌如羿射九日落，矫如群帝骖龙翔。来如雷霆收震怒，罢如江海凝清光”（杜甫《观公孙大娘弟子舞剑器行》）。虽然没有正面论及鲁公书艺书风，但从剑舞的联想中完全可以心领神会，因为二者是相通的，历史上不就有“（张）旭言，始吾见公主担夫争路，而得笔法之意；后见公孙氏舞《剑器》，而得其神”（李肇《唐国史补》）的典故吗？（杨旭辉）

题山水册十首(选五)

董其昌

无尽层云荡碧虚①,悠然山径坐蓝舆②。
泉声的历如闻乐③,却并仙人夜读书④。

毵毵烟柳向南围⑤,半入云溪半款扉⑥。
更喜夜深谈往事,故情明月照人衣。

石上清泉响碧苔,春风折折草堂来⑦。
住山处士谁堪比⑧,好似南窗一树梅。

山家何事足流连⑨,坐月餐风淡自然。
洞口好花开不尽,更余一种送春天。

寂历山庄花事幽,无边春色到林邱。
坐来明月深惆怅,逐景风情傍玉楼。

[题解]

本诗选自陆心源《穰梨馆过眼续录》卷九。

[注释]

①碧虚:天空。杜甫《秋野》:"秋野日疏芜,寒光动碧虚。"②蓝舆:竹轿。③的历:分明清晰的样子。④并:和……一起。⑤毵毵

(sān)：枝叶细长的样子。孟浩然《高阳池送朱二》："澄波澹澹芙蓉发，绿岸毵毵杨柳垂。"⑥款：叩击。⑦折折：安舒的样子。⑧堪：能够。⑨流连：流连忘返，依依不舍的样子。

[评说]

清人秦祖永评董其昌的画曰："笔墨超逸如董文敏，须学其秀润。"(《绘事津梁》)而他题写于画作上的诗歌文字，也体现出秀润淡雅的风格，确乎给人一种"画中之画，画外之意"和"高情逸思"的审美享受。

这组题《山水册》原有十首，无论哪一首，都让人产生"高情逸思"，但是这种情思并没有脱离画境，也没以无迹可寻的主观想象来表现，而是与画作的意境和情趣交融一体，相互引发。每首诗都是先将人们的目光带回并逗留在画面的意象层面，由此在画面物象与诗歌情思的隐约对应关系中吟哦不已，流连忘返，从而获得一种极为高雅的审美享受。画中的蓝天白云，曲折山径，清泉碧苔，清风明月，空灵幽雅，情韵悠远，画家便托情山水，闲适清雅之意顿时溢于言表。

"山中何所有？岭上多白云。"这是南朝高士陶弘景眼中的山景，画家则对这一奇景作了更为细致的描摹："无尽层云荡碧虚。"极富动感。白云之行进倏忽不定，无所拘束，正如陶渊明说的那样"云无心以出岫"(《归去来兮辞》)。此刻的诗人淹留山间，"坐看云起时"(王维《终南别业》)，悠然至极。山间泉流击石，发出的声响，仿佛是"如听仙乐耳暂明"(白居易《琵琶行》)，直叫人幻想与仙人并肩席地，共阅"道书"，喜谈往事。已而月出东山，清风徐来，寂历山中，体验着东坡词中的境界："与谁同坐？明月、清风、我。"在淡然中"坐月餐风"，尽情感受"且陶陶，乐尽天真"的机趣，确实不失为人生之幸事。也许只有"陶陶"之中，方能回复人之本性，忘却种种烦恼，真正做到"君子陶陶"(《诗经·王风·君子阳阳》)。这便是这组题诗留给后人的哲理，耐人咀嚼。(杨旭辉)

自画吴松小昆山二首

董其昌

昆山虽婉娈[①],却似鲁家丘[②]。
故作庐峰势,青天瀑布流。

夜游西园渚,初月光炯炯[③]。
徙倚岩石下[④],爱此林木影。

[题解]

本诗选自董其昌《容台诗集》卷二，亦见陈邦彦《历代题画诗类》卷三。“下”,《诗类》作“上”。

[注释]

①婉娈(luán)：美好貌。 陆机《赠从兄车骑》：“仿佛谷水阳，婉娈昆山阴。” ②鲁家丘：鲁地的山丘。 ③初月：新月。 庾信《拟咏怀》：“残月如初月，新秋似旧秋。”炯炯：光亮貌。 ④徙倚：流连徘徊。 屈原《远游》：“步徙倚而遥思兮，怊惝恍而乖怀。”王粲《登楼赋》：“步栖迟以徙倚兮，白日忽其将匿。”

[评说]

昆山，在今上海市松江区西北。 后因马鞍山(在今江苏昆山)名昆山，遂以此山为小昆山。 江南山川秀润雅致，婀娜妩媚，这正如《诗经》中“猗嗟娈兮，清扬婉兮”(《齐风·猗嗟》)的美女，陆机一句“婉娈昆山阴”直道出其特征。“昆山虽婉娈”，江南却鲜有超越者，因而显得耸立挺拔，似翠玉当空，这一感受与孔夫子“登东山而小鲁”实出一辙。所以画家以为绝似“鲁家丘”，画中更是有意将其表现出庐山一般的雄姿。在翠玉林立的峰峦间，一股急速飞奔的清泉从天而降，那喷射出的飞花，似玉珠一样晶莹，奏出一曲动人的琴瑟之音，清脆悦耳。诗人通过“视”“听”“思”诸感观观照山水景致，与自然相互交契，徜徉其间，更是难以离舍，这便是古人所谓“会心处不必在远，翳然林水，便自有濠濮间想也”（《世说新语·言语》）。

紧承而下的第二首诗，便以自然平淡的语言表现出这种净逸的“濠濮之想”和“心会妙悟”。面对月夜幽林之空明澄净，新月炯炯明洁，其间有一人，更是安闲自得，尘虑皆空，只要观其形神即可知晓。“徙倚”者，流连徘徊，悠然闲逸也。外景与内情完全融为一体，可以想见，董其昌是在意兴清幽、心灵澄澈中与明月林木悠然兴会，而命笔作画题诗的。这对理解其画论“意兴所至，辄尔泼墨”（《画旨》）也许是一个极好的注解，更可见出他对自然把握的纯熟以及在诗意上的匠心。（杨旭辉）

仿米元章笔意因题二首

董其昌

乌丝白练是生涯①，但向沧江问米家②。
从说远山多妩媚③，可知矮树是枇杷。

春入寒枝未著花④，湿云细雨罨平沙⑤。
天公似合襄阳戏⑥，我画烟山不较差。

[题解]

本诗选自董其昌《容台诗集》卷四，亦见陈邦彦《历代题画诗类》卷一一。

[注释]

①乌丝：即乌丝栏，古代书法卷册，因其有黑格子，故称。陆游《东窗遣兴》："欲写乌丝还懒去，诗名老去判悠悠。"白练，即白练裙。南朝宋书法家羊欣作隶书，为王献之所爱重。欣尝著新绢而昼寝，献之见之，书白练裙数幅而去，欣后临之，书法益工。陆龟蒙《怀杨台文杨鼎文二秀才》："重思醉墨纵横甚，书破羊欣白练裙。"此处指书画卷册。②但：只。沧江：江水。③妩媚：美好的样子。④著花：开花。⑤罨（yǎn）：覆盖。⑥襄阳：米芾自号襄阳居士。襄阳戏，指米芾的画作，因其画作"信笔作之"，"不取工细，意似便已"（《画史》），所以自称为"墨戏"。

[评说]

此画系仿前人笔意而作，董其昌之"仿"并非如清初"四王"为首的画家以“模古”“仿古”为宗。在他的画论中，不但注重师法古人，更注重自然造化，这在许多题跋中都有表白：“画家以天地为师，其次以山川为师，其次以古人为师，故有不读书万卷，不行千里路，不可为画之语”，“天闲万马，吾师也，然非闲静无他好萦者不足语此。噫！是在吾辈勉之，无望庸史矣”（《题舟次城陵矶画》，见《式古堂书画汇考》卷六〇）。画家这儿仿米芾，乃是学其“信笔作之”，“不取工细，意似便已”，不受程式、规范限制的艺术精髓。诗中他自言，乌丝白练是平生所爱之物，要想在此取得成就，达到米家山水的境界，并非步其后尘，亦步亦趋，而应向“沧江”山水间去探寻其中的奥秘与真谛。这是画家仿米所得，“天公似合襄阳戏”，亦是此意。表面看来，天公似乎对米氏父子钟爱尤加，与其画作不谋而合，实乃是长期参悟自然天地之结果。如此学古，不泥于形式，更注重把握其神髓，自然会超越前人，取得新的成就。所以，董其昌对自己的画作显示出强烈的自信，画中细雨霏霏，湿云缭绕，掩映平沙，远山有若飘浮，气韵生动，绝不会比米氏父子逊色。“惟以造物为师，方能过古人，谓之真师古，不虚耳。”（董其昌《为杨继礼作〈燕吴八景册〉》）这些名言良训，也许对今天的画家乃至其他艺术门类的艺术家有所启迪。（杨旭辉）

题奇峰白云图

董其昌

悠悠白云里,独住青山客。
林下昼焚香,桂花同寂寂。

[题解]

本诗选自台北故宫博物院藏董其昌《奇峰白云图》题诗，亦见《石渠宝笈初编》卷一七。

[评说]

此帧水墨画，以峰峦为主体，山峰突兀直立，其势高耸入云，悬崖峭壁，不见山路磴阶，惟有层层叠叠拥于山腰的白云雾霭。白云之下，又见岗峦连绵，丘壑丛林，更低更近处则是成行的绿阴，枝叶虬劲繁茂。或而隐现出茅屋草舍，这便暗示了些许信息，在这尽幽尽静的奇峰白云、青山绿水间，定有一位独住的“青山客”。诗中的“青山客”，化用白居易诗句“当君白首同归日，是我青山独往时”（《九年十一月二十一日感事而作》），实际上这是一位隐居山林之士。相对于纷纷扰扰的名利世界，此处溪云间少了任情纵欲和倚仗权势的倾轧，有的是清心寡欲、不慕荣利的平淡和宁静。“桂树丛生兮山之幽，偃蹇连卷兮枝相缭”（淮南小山《招隐士》），“青山客”歇坐桂花丛林，与之同享“寂寂”天籁，见出远离凡尘之心。画中逸人更是白昼闭门焚香，身居幽谷，唯以书史自娱。画家将自己的感情置放秀润的江南山色中，寄寓自己对骄奢庸俗生活的蔑视和批判，更带着不遇于时者的愤慨、寂寥之感和自我宽慰的意味，这不仅是题诗也是画作主旨所在。综观画面，景为诗之所藉，诗又复为景之归趣，二者绾合，成为相依相存、不可或缺的艺术整体，散溢着题画诗独特的魅力。（杨旭辉）

题红树秋色

‖董其昌

山居幽赏入秋多，处处丹枫映黛螺。
欲写江南好风景，霅川一派出维摩①。

[题解]

本诗选自董其昌《容台诗集》卷四，亦见陈邦彦《历代题画诗类》卷一九。

[注释]

①霅(zhà)川：水名，亦称霅溪，在浙江吴兴境内，入太湖。后代以此为吴兴县之别称，诗中即用此意。

[评说]

董其昌此帧秋意，绝不见古人所叹“悲夫！秋之为气”的冷落萧瑟，更不见欧阳修所讲“其色惨淡”“其容清明”“其气栗冽”“其意萧条”“摧败零落”之状(《秋声赋》)，而是一派华滋勃郁之象。在画家眼中，移居山间既久，真正的佳胜幽赏之景，惟有入秋之后才能尽情享受。而后画家以独特的画法、诗笔点染出深秋时节满山的红枫。在一片白云的衬托之下，红叶似焰，如烁彩霞，早已构成了迷人的画面形象。如果我们将“处处丹枫”与座座山黛联成一体，则不仅形成色彩的强烈对比，给人以视觉上的强烈观感和印象，更会令人产生翩翩联想：江南的山峦婉媚秀丽，“遥岑远目”，犹如“玉簪螺髻”(辛弃疾《水龙吟》)，令人怡醉其间。而满山的红叶，正如美人醉后绯红的面颊，映衬着黛螺，那便是现代国画大师黄宾虹所咏之“满山红叶貌如酡”（《题秋林图》），十分逗人，充溢着秀逸灵透之气。

董其昌在诗中也阐发了自己对画理的独到领悟：要想在画中成功地表现江南好风景，就必须以雪川一派南方山水为师法，如参禅悟法一般，体察揣摩其中的奥义。这与他曾说过的“黄子久专画海虞山，王叔明专画苕雪景，宋时宋迪专画潇湘，各随所见”“看得熟，自然传神，传神者必以形，形与心手相凑而相忘，神之所托也”（《画旨》），都是在强调“画以天地为师”“以山川为师”的美学思想。这是对张璪、荆浩、郭熙等前代画家艺术思想的丰富和发展，在今天也具有一定的思想价值，因此，很值得我们珍视。（杨旭辉）

兰二首

董其昌

绿叶青葱傍石栽[①]，孤根不与众花开[②]。
酒阑展卷山窗下[③]，习习香从纸上来[④]。

无边蕙草袅春烟[⑤]，谷雨山中叫杜鹃。
多少朱门贵公子[⑥]，何人消受静中缘。

[题解]

本诗选自董其昌《容台诗集》卷一。

[注释]

①青葱：葱绿色。傍：靠着，依傍。②孤根：指兰花。③酒阑：酒喝得差不多。裴骃《史记集解》："阑言希也。谓饮酒者半罢半在，谓之阑。"④习习：指阵阵香气。⑤蕙草：香草，亦名"熏草"，俗称佩兰。⑥朱门：古代王侯贵族多以红色漆门，故称。

[评说]

两首题兰，各有侧重，前一首着力再现画境，后者则由实入虚，写出画外之境，融入归隐情思。二首相辅相成，虚实相生，景中生情，情中见景，传神寓意成为一个有机的艺术整体，幽然恬淡，隽永有味。

第一首诗铺陈直叙，描写兰草生长的环境及姿态。在岩隙石罅间，依傍着几丛绿叶青葱的兰草，虽非名花珍卉，却自有"孤根不与众花开"

之品性。所谓“孤根”，大抵有两层含意：其一，“生于深林，不以无人而不芳”，“似慎独也”（《尔雅翼》）；其二，“常开于春初，虽冰霜之后，高深自如”（《广群芳谱》卷四四），犹梅花凌寒，孤高洁介。因而，洁身自好、“不与众花开”的兰蕙，耿介不阿的山石，便触动了画家心中的激情，于是乘酒酣意阑，临窗挥毫，将兰石之姿移入画中。顿然画纸上散发出习习兰香，这种淡幽的香气在似有似无之间，只有心悟神会，不经意间方能得之，正如前人所云：“著意闻时不肯香，香在无心处。”（曹组《卜算子·兰》）至此，诗意甚明，作者由“眼中之兰”，写到“心中之兰”，进而到“笔中之兰”“纸上之兰”，无不在写人抒怀。

第二首承上而发，进一步生发诗意。兰蕙在春日的雾气中袅袅拂动，正值谷雨时节，杜鹃啼鸣，不绝于耳。子规声声，“不如归去，不如归去”，直催人产生远离尘嚣，归隐山林的意念，去静享“无边蕙草袅春烟”的幽寂。这种“静中之缘”，多少富贵纨绔子弟，何人能消受？其言外之意，正乃郑板桥在题画中所讲的：“四时不谢之兰，百节长青之竹，万古不移之石，千秋不变之人，写三物与大君子为四美也。”（镇江金山寺文物馆藏拓本）（杨旭辉）

题云山图

陈继儒

雨过石生五色，云度山余数层。
时有炊烟出树，中多处士高僧。

[题解]

本诗选自陈邦彦《历代题画诗类》卷九。

陈继儒(1558—1639)，明代书画家、文学家。字仲醇，号眉公、麋公，华亭(今上海松江)人。与同郡董其昌齐名。年二十九，焚儒服弃之，隐居昆山之阳，后居东佘山。饶智略，经史百家皆精。工诗文，短翰小词，极有风致。书学苏轼、米芾。善写水墨梅竹，能画山水，气韵空远，董其昌云："眉公胸中素具一丘壑，虽草草泼墨，而一种苍老之气，岂落吴下画师恬俗魔境。"继儒自言："儒家作画，如范鸱夷(蠡)三致千金，意不在此，聊示伎俩。又如陶元亮(潜)入远公社，意不在禅，小破俗耳。若色色相尚，便与富翁俗僧无异。"著述颇丰，著有《陈眉公全集》，辑小说掌故成《宝颜堂秘笈》，又尝注《西厢记》《琵琶记》《红拂记》等剧作。

[评说]

董其昌尝谓："山水中当着意生云，不可用粉染，当用墨渍，出令如气蒸冉冉欲堕，乃可称生动之韵。"(《画眼》)《云山图》堪称陈继儒"草草泼墨""苍老之气"的山水佳作。它依山写云，以云衬山，使得画面雾气弥漫，气韵流动。古人云："天降时雨，山川云出。"(《礼记·孔子闲居》)雨过天晴，山间云雾缭绕，层层叠叠，随风飘浮。阳光透过雾岚，照射在岩石上，形成五彩斑斓的颜色，有如瑰丽的仙境。此间树丛中不时升起缕缕轻烟，袅袅飞舞，看来其中处士、高僧大有人在，过着淡泊的生活。作者在这首六言绝句诗中着力表现画境的空旷幽静，从而衬托出隐逸的情怀，似有自得之趣。（杨旭辉）

题飞瀑图

陈继儒

初夏雨新晴，浓阴没石齿[①]。
空岩雪瀑飞，中有巢居子[②]。

[题解]

本诗选自陈继儒《眉公诗抄》卷六，亦见陈邦彦《历代题画诗类》卷八。

[注释]

①石齿：岩石的棱角。 ②巢居子：原始人无居室，栖宿树上，称为“巢居”，这里指隐居不仕者。

[评说]

画中描绘的是一幅夏日风光，作者抓住了初夏的季节特征，表现出“丽景烛春余，清阴澄夏首”（南朝梁王僧儒《侍宴》）的意境。 题诗起句似乎平平，无甚奇处，夏雨新晴，天空明净，浓密的树阴掩翳了山岩。如果细细品味“浓阴”二字，状写初夏时节，雨水浸润后迅速成长的枝干，繁密茂盛，呈现出幽深之境界。“空岩雪瀑飞”，则又从动态中刻画出林壑之幽静。 崖口悬着一道瀑流，如飞帘挂在碧峰间，飞动中激起的水花喷溅在峭壁上，与浓阴交映，顿时感受到夏日中的一丝凉意，这岂非李太白笔下那“喷壁洒素雪，空蒙生昼寒”（《送王屋山人魏万还王屋》）的情状吗？ 值逢夏日，凉风寒意忽至窗下，使得弃绝尘嚣的巢居者也不觉惬意万分，探出身来尽情享受这一份幽雅静谧。

整首题诗纯用白描，“夏雨新晴”、绿树浓阴、飞瀑流水，构成了一幅情调清和的夏日风景画，更让人领略到悠闲自在的隐者形象。（杨旭辉）

题王楚玉画兰

陈继儒

年来空谷半霜风，留得遗香散草丛[①]。
只恐樵人溷兰艾[②]，红颜收在束薪中[③]。

［题解］

本诗选白陈继儒《眉公诗抄》卷七，亦见陈邦彦《历代题画诗类》卷七五。

［注释］

①遗香：指兰花。②溷：同“混”。艾：艾草，野生植物。③红颜：美女，此处喻兰花。束薪：捆起的柴草。

［评说］

这首《题王楚玉画兰》咏兰抒怀，洋溢着《离骚》之意，表露出内心的忧患情思。在许多文人笔下，空谷清幽，此处却是“年来空谷半霜风”，充满了艰辛与寒冷。在霜风的侵袭下，草木枯黄零落，那尘世便可想而知了，看来作者别有感受。环境如此恶劣，在枯枝败叶，乱草丛中，兰花并没有丧失本性，依然留得一丝幽香，真正做到了“芳与泽其杂糅兮，唯昭质其犹未亏”（《离骚》）。而现实生活中不少君子纷纷退化，渐失本性，“兰芷变而不芳兮，荃蕙化而为茅。何昔日之芳草兮，今直为此萧艾也”（《离骚》）。作者在洁身自好之余，免不了对此深表痛心。“只恐樵人溷兰艾，红颜收在束薪中”，虽然兰花远离尘世，孤傲不群，不畏强暴，然而仍旧面临着凶险，那砍柴的樵夫，根本不去理会兰之馨香，将它与艾草混同，统统砍下，捆扎在束薪之中，只落得命绝幽谷的下场。由此看来，空谷之中并不安全，三闾大夫屈原的担心依然存在："惟此党人之不谅兮，恐嫉妒而折之。"（《离骚》）全诗由画中秋兰散落荒谷，独出机杼，联想到它的命运，语出有故，借题发挥，抒写自己对社会险恶的悲叹和无奈！（杨旭辉）

题陈莲画梅轴

陈继儒

我有一枝笛，顽儿拗作橛[①]。
三三两两花，一开绣如铁[②]。

[题解]

本诗选自陆心源《穰梨馆过眼录》卷二七。

这是陈继儒为其子陈莲所作《梅》轴的题诗。全诗以童谣体题画，想象奇特，有天真的情趣，在俏皮幽默中表现出梅花的形神，内涵深警。

[注释]

①顽儿：指陈继儒子陈莲。拗：用手折弯或折断。橛(jué)：短小的木桩。②绣：同“秀”，美丽。

[评说]

陈继儒善画水墨梅花，陈莲也喜画梅。诗歌首先风趣地把陈莲画梅时的情景表现了出来。“我有一枝笛”，这儿的“笛”实为“笔”，二者皆竹制，同可畅述心曲，不过方式不同而已。以“笛”作画，看来确是怪异，与下文“顽儿”绾合。“顽儿”不只是顽皮嬉戏之意，诗中更有不折不挠、顽强不屈的内涵，为了正义与理想，宁愿粉身碎骨，折成数段，也在所不惜，也就是古人所谓“可使寸寸折，不能绕指柔”（白居易《李都尉古剑》）的品性。只有这样的“顽儿”，才能懂得寒梅的精神，才能挥洒自如，随形就势，写出苍虬屈劲的梅枝，犹如竹笛拗成的木橛一般刚直。

诗中的“顽儿”，既指儿子陈莲，也指画家自己。画梅如述心曲，在圈点中，三三两两的梅花早就透出画作的旨意。“一开绣如铁”，是梅花铁骨冰心的象征，更是画家内心世界和情感的外泄，这不正印证了“心如铁石，气若风云”（杨炯《唐右将军魏哲神道碑》）的古话么？陈继儒长期过着淡泊名利的隐逸生活，如梅花“无意苦争春”，但依然关心民瘼，直抒己见，表现出“忠不避畏”的正直品格。全诗虽明白如话，幽默轻松，但如此精辟警策的内涵不能不令人深省。（杨旭辉）

画马二首

刘　绩

曾蹴交河度黑山[①]，霜蹄飒飒汗斑斑[②]。
如今四海无征战，老向春风十二闲[③]。

双驹汗血已斑斑[④]，蹀躞春风意态闲[⑤]。
闻道千金求骏骨，不应龙种在人间[⑥]。

[题解]

本诗选自陈邦彦《历代题画诗类》卷一〇一。

刘绩（生卒年不详），明代文学家，字用熙，号芦泉，时人称之“西江先生”，江夏（今湖北武昌）人。弘治进士，官至镇江府知府。1488年前后尚在世。善诗文。著有《三礼图》《六乐说》《管子补注》等。

[注释]

①蹴：踏，踩。交河：古河名，西汉时西域车师前国首府，在今新疆吐鲁番西北的雅尔和屯。诗中泛指边塞。黑山：在今陕西榆林西南，有黑水流过，故名。唐时名将裴行俭大破突厥余部于此。②霜蹄：马蹄。《庄子·马蹄》：“马，蹄可以践霜雪，毛可以御风寒。”飒飒：马驰疾速的样子。斑斑：汗水下流不止貌。③闲：马厩。《周礼·夏官·校人》：“天子十有二闲，马六种。”郑注：“每厩为一闲。”④汗血：良马名。⑤蹀躞（dié xiè）：小步行走貌。《玉台新咏·皑如山上雪》：“蹀躞御沟上，沟水东西流。”⑥龙种：骏马。《魏书·吐谷浑传》：“青海周回千余里，海内有小山，每冬冰合后，以良马置此山，至来春收之，马皆有孕，所生

得驹，号为龙种，必多骏异。”

[评说]

“老骥伏枥，志在千里；烈士暮年，壮心不已”（曹操《步出夏门行》），完全可以概括画中老马的形象和志向。眼前的这一匹匹老马，都曾有过辉煌的战功，交河黑山几度越，践霜雪，斗严寒，飒飒英姿，终于赢得钟鼎勒铭的荣誉，它们完全可以骄傲地向世人夸耀：“云台高议正纷纷，谁定当时荡寇勋？”（李商隐《老将吟》）而今，早已是“功成身退炳丹青”（刘鹭《旧将》）的老马，却不能平静。因为它们极不习惯“老向春风十二闲”“蹀躞春风意态闲”的生活，在它们看来，骏马良将应该战死沙场，而非老死厩枥，看到自己“马埒堆金骏足闲”（任随《旧将》）、“髀肉渐生衣带缓，早朝空听汝南鸡”（杨亿《旧将》），心中便激荡着“抚剑临风气吐霓”（杨亿诗），“骥老未甘秋伏枥，剑闲犹觉夜冲星。分茅锡土传家谍，钟鼎还须为勒铭”（刘鹭诗）的志愿。

当他们一听说“千金求骏骨”时，顿时欣喜万分，直呼龙种骏骨不必人间寻，而在“春风十二闲”。“千金市骨”典出《战国策·燕策》，郭隗以马为喻，劝燕昭王揽才。郭隗说古代君王悬赏千金欲购千里马，三年后，得一死马，以五百金买其骨，其后一年，得千里马三。此典原意指君王招揽人才迫切，在这首题诗中，作者却反其意而用之，殷切希望朝廷能有此举。现实惟有遗憾和无奈，这何尝不是英雄怀抱利器而无用武之地的感喟？便如北宋诗人黄庭坚《咏李伯时摹韩干三马次苏子由韵》所云：“千金市骨今何有，士或不值五羖皮。”至此，诗作旨意甚明，它不仅是在写马，也是为旧将抒写不为见用、壮志难酬的苦涩与辛酸。（杨旭辉）

题画牛图二首

杨　旦

东风吹老绿杨柳，可是春郊罢耒时[1]。
带雨细齝原上草[2]，夕阳归路向迟迟[3]。

南亩功成便退身[4]，中流游泳任天真[5]。
牧童何处空江晚，清世应无叩角人[6]。

[题解]

本诗选自陈邦彦《历代题画诗类》卷一〇七。

杨旦(？—1535)，明代诗人，字晋叔，福建建安人。杨荣曾孙。弘治三年(1490)进士。历任吏部主事、郎中、太仆少卿、太常卿。后因事忤权臣刘瑾，谪温州知府，有令誉。及刘瑾被诛，累迁南京吏部尚书。著有《惜阴小稿》。

[注释]

①春郊：春日郊野。②齝(chī)：牛反刍。《尔雅·释兽》："牛曰齝。"注："食之已久，复出嚼之。"③迟迟：徐行貌。《诗经·邶风·谷风》："行道迟迟。"④南亩：农田。《诗经·豳风·七月》："馌彼南亩。"⑤中流：江河中间。任天真：听任自然，无拘无束。王维《偶然作》："陶潜任天真，其性颇耽酒。"⑥清世：清明之世。叩角人：《艺文类聚》卷九四引《琴操》："宁戚饭牛车下，叩角而商歌……齐桓公闻之，举以为相。"

［评说］

现代著名画家刘海粟对牛钟爱有加，一生画过不少牛，还作有《画牛琐忆》（载福建人民出版社 1984 年版《海粟黄山谈艺录》）。在文中他讲到自己十分珍视早年所作的一幅《水牛》，因为“这幅牛的正面造像却记录了斯时斯地的感受”。这么看来，中国画“逸笔草草，聊抒胸中逸气”的传统并不局限于山水花鸟，也体现在牛马这样的走兽中，这一特点在杨旦的两首《题画牛图》中同样得到了印证。

第一首诗，作者以极细腻的笔触，描写了一首恬然宁静的田园牧歌。溪边柳下，夕阳斜照，轻柔的春风吹绿了杨柳，更使它随风披拂，显得悠哉悠哉。耕作了一天之后的水牛便在这夕阳斜风中迟迟归来。单单如此，这首题画诗无非就是画境的再现。而作者的新奇独特之处在于，以依依芳草树阴、萋萋郊垌清流为背景，紧扣“归”字，生发议论，直抒对社会人世的看法。

“牧童何处空江晚”是第二首诗的顿挫之笔，引人遐思，回味无穷。牧童为何要和水牛处在这样的空江暮色中呢？原因之一当然是这儿田园风光优美，在中流游泳是那么的自由惬意，一任天真。读过第二首诗后，就会形成这种理解。那么其他地方呢？为何作者仅言此处呢？末句反用“叩角人”的典故为我们找出了另一个原因。古时宁戚叩角而得举，为人乐道。但你们是否曾想到，如果时值政治清明之世，宁戚根本连叩角都大可不必，自会被君王赏识。原来，牧童独处空江暮的真正原因却是“不逢清世”。也许，其中更多地寓含了诗人自身的遭际与伤心处，无论忤触权臣刘瑾，抑或后来因直陈极言，为陈洸所劾，诗人所逢的又岂是“清世”？无怪乎他对“东风吹老绿杨柳，可是春郊罢耒时。带雨细龄原上草，夕阳归路向迟迟”的意境表现出极度的垂青与企羡。（杨旭辉）

题洗砚图

陈　裸

百道飞流下急湍，傲然携砚石崖寒。
墨花留伴溪烟濯，盘礴松云袖手看①。

[题解]

本诗选自台北故宫博物院藏陈裸墨迹《洗砚图》题诗。

陈裸(生卒年不详)，明代书画家，初名瓒，字叔裸，后以字行，去“叔”字，更字诚将，号道樗，一号白室，长洲(今江苏苏州)人。精熟《离骚》《文选》，游戏绘画，写山水。宗法赵伯驹、赵孟頫，接轸文徵明，摹仿古人笔法逼肖。能诗工书。晚年遁迹虎丘，以吟咏自适，著有《妪解集》。

展开图卷，一片引人入胜的山水田园风光便展现眼前：宽敞明亮的山间草堂依偎于岩壑之间，门外清流漱石，屋后烟水迷蒙，四周竹篱环绕，嘉木成荫。长松亭亭，苍劲遒媚，高峰耸秀，拔地撑天。一位老者拱手闲立溪边，现出欣然自得、流连忘返的神情。他不是独自闲行，也未对眼前的山水舒胸欣赏，而在俯视溪水中的一方砚台，听清泉漱砚，泠泠作响，这不也是一种陶冶和享受吗？画中的题诗，更创造了宁静闲适、乐天自在的意境，寄托了画家屏绝尘世、远离红尘的生活理想，把那种忘记世俗得失、无忧无虑的超然态度表现得淋漓尽致。

[注释]

①盘礴：据持牢固貌。白居易《有木诗》：“有木名杜梨，阴森覆丘壑。心蠹已空朽，根深尚盘礴。”

［评说］

题诗从写景入手，表现出山水宏伟飘逸之姿。百道瀑流飞奔，湍泻奔崩，水击石转，吼声如雷。“飞”字足以表现瀑布的速度之快以及力度，说明了陈裸作为画家，对字词的把握和使用也是十分准确和讲究的。那飞溅而起的水沫，喷射到绿树间，山林弥漫着空明的、苍翠欲滴的山岚，就像一片翠雾。人行深山，忽觉衣裳沾湿，使得盛夏的胜地笼罩着一丝凉意，画家的整个身心也为其浸润。于是不顾山中寒意，傲然沉居其间，挥翰丹青，画毕又洗砚溪流中。泉壑加上人物的活动，似乎诗意更为浓郁，明净的飞流雾霭中飘动着丝丝墨花，伴随着缕缕墨香，完全渗透到景物之中，成为山光水色的有机组成部分。泉水泠泠，墨云飞舞，古松盘礴，似真似幻，空灵超妙，极视听之娱而陶然。末两句虽纯是写景，但“袖手”一词，却可以让我们联想浮翩：画家徜徉于明山秀水之中，神逸方外，超然冥渺，心境完全沉融于大自然中，而至于忘我，说不定石砚被飞流冲走也毫无觉察。“袖手”之妙，就在于暗示了清谷流韵全部得之于无意，融注了画家回归自然、物我合一、得意忘我的适意之情。（杨旭辉）

题李士达三驼图

钱允治

张驼提盒去探亲，李驼遇见问缘因[①]。
赵驼拍手呵呵笑，世上原来无直人。

［题解］

本诗选自故宫博物院藏李士达《三驼图》上钱允治题诗。

李士达（生卒年不详），明代画家，号仰槐，一作仰怀，吴县（今江苏苏州）人。万历二年（1574）进士，后隐居新郭。画人物、山水，气韵天然，名于世。论画以“苍、逸、奇、远、韵”为“五美”，以“嫩、板、刻、生、痴”为“五恶”，从中可见其美学趣味。

钱允治（1541—？），明代文学家，初名府，后以字行，更字功甫，吴县（今江苏苏州）人。画家钱穀之子。贫而好学，年八十余。死后无子，遗书皆散失，著有《少室先生集》。

［注释］

①缘因：原因。

［评说］

这幅《三驼图》便体现出“奇”趣，充满了幽默感。画中三个行走着的驼背老人，前面一个提着拄杖，回首顾盼；中间一个拱手向前，似乎在招呼问候；最后一个紧紧赶来，拍手大笑。三人的形体动作，十分奇异，笑态可掬，情调诙谐，光看画面，确实难以理解其中含义。钱允治的题诗，前三句纯用白描手法，赋叙画面形象，而最后一句以宛转而辛辣的笔法，总绾全诗，生动地表达出“世无直人”的主题，诗画结合，对世态人情作了辛辣大胆的讽刺和嘲笑，讽刺性极强，是作品构思和思想内容极好的注释。其后，当时的书画家陆士仁、文谦光又各和诗一首，题于画幅，使画作的主题得以强化：

可怜同病转相亲，一笑风前薄世因。
莫道此翁无傲骨，素心清澈胜他人。（陆士仁题）

形模相肖更相亲，会聚三驼似有因。
却羡渊明思归早，世途只见折腰人。（文谦光题）

（杨旭辉）

题明妃出塞图

‖ 黄幼藻

天外边风扑面沙,举头何处是中华①?
早知身被丹青误②,但嫁巫山百姓家③。

[题解]

本诗选自沈德潜《明诗别裁集》卷一二。

黄幼藻(生卒年不详),明代女诗人,字汉荐,福建莆田人。苏州府通判黄议之女,林恭卿之妻。少时受业于方泰,年十三四,工声律,通经史。所居之处不蔽风雨,近戚罕见其面,年三十九患心痛病而死。著有《柳絮编》。

[注释]

①举头:抬头。②丹青:画,此处指画师毛延寿。③但:只。巫山:王昭君家在巫山,即今湖北秭归。

[评说]

据《西京杂记》载:汉元帝宫妃众多,多不得见,便令画工绘出各个美女的肖像,元帝再按图召幸,因此后宫诸美人多贿赂画工。独王昭君恃容不肯,遂不得见元帝。后匈奴派使者入朝,求美人为阏氏。汉元帝遂依图令昭君出行。临行前夕,帝召见,见其丰容靓饰,光照汉宫,竦动左右,为后宫第一,后悔莫及,然名籍已定,只得赐与匈奴。"昭君出塞"这一历史故事遂成为古典诗词的创作题材,李白、杜甫、王安石、欧阳修都留下了不少名篇佳作。“寄声欲问塞南事，只有年年鸿雁飞。家人万里传消息，好在毡城莫相忆”（宋王安石《明妃曲》）便是一以贯之的主题。而明代女诗人黄幼藻这首题画诗却独辟蹊径，不落窠臼，以清婉秀雅的诗句着力刻画了人物内心的情怀。

诗歌首先营造了一种凄苦悲凉的氛围，边风朔朔，飞沙扑面，这一切已显示出与南方山水秀润截然不同的景象。作为远嫁匈奴的汉家女子，王昭君肯定是别有一番滋味上心头：“仆御涕流离，辕马悲且鸣。哀郁伤五内，泣泪沾朱缨。”（晋石崇《王明君词》）在风沙弥漫的塞外，她依然心怀故国，任风沙袭面，举头南望，寻觅着故土的踪影。这一神态足以表现主人公一心向汉，历久不渝的心声。如果说这是画中“意态”的描写，那么后两句便是对“画外之声”的刻画：早知一生为画师毛延寿之流所误，落得如今流落他乡，不能回归故里，倒不如当初不入汉宫，只嫁与巫山平民之家。这当然早已不可能，无非是主人公的幻想而已，但正是这痴言梦呓般的幻想，却真实地把她思家恋国的情绪写到了尽处。这呼声，这倾诉，充满着眷眷于汉的刻骨思念，正如北宋诗人梅尧臣所说，令人“肝肠为之摧”（《和王介甫明妃曲》）。（杨旭辉）

题张果骑驴图

果　庵

举世多少人，无如这老汉。
不是倒骑驴，凡事回头看。

［题解］

本诗选自陈邦彦《历代题画诗类》卷六一。

果庵，明代僧人，生平不详。张果，即张果老，唐代方士，事见唐郑处诲《明皇杂录》。张果久隐中条山，往来汾晋间，自言生于尧帝丙子年。武后时，遣使召见，果诈死，后有人在恒州山中见之。常倒骑白驴，日行数万里。宋元时人将其列为八仙之一，称张果老。八仙画像在当时的民间非常盛行，然而僧果庵却独出机杼，以诙谐幽默的笔法阐明佛理。

［评说］

常人看张果老倒骑毛驴，滑稽可笑，但作者以为，世间之芸芸众生，却没有一个比得上他。诗作开端便为读者设置了悬念。一句“不是倒骑驴”，诗意顿挫，而他真实的意图却是“凡事回头看”。这分明是在宣扬“苦海无边，回头是岸”的佛家思想，劝人悔过自新，获得超度，这便是佛家所谓的“觉悟”。读到此处，作者设置的疑问也便冰释消然。当然，诗中是在宣扬佛家义理，自有其历史的局限，若以今日眼光来看，其中也不乏发人深醒之处。“凡事回头看”，似乎也寓含着人生处事的至理名言，无论做任何事，都必须思前顾后，方可动手，正所谓“既知退而知进”（唐杨炯《祭汾阴公文》），“事不三思，终有后悔”（明冯梦龙《古今小说·陈御史巧勘金钗钿》）！（杨旭辉）

题杏花鸲鹆图

李仁老

欲雨未雨春阴垂，杏花一枝复两枝。
问谁领得春消息，惟有鸲之与鹆之。

[题解]

本诗选自沈德潜《明诗别裁集》卷一二。

李仁老，《明诗别裁集》收入《外国诗》中。李仁老（1152—1220），朝鲜人。初名得玉，字眉叟，号双明斋。著有《破闲集》三卷。

[评说]

题画诗是中国诗画融合的传统，这一传统也被周边的异国文人所接受，并不断地将其付之于实践。此诗虽不能堪称经典佳构，但也不乏可取之处。全诗紧扣画意，前后两部分各有侧重，分别描绘杏花和鸲鹆。从诗句中，大致可以想见这幅画的取景和布局。但是，如果欣赏一幅画，只局限于目力所能见及的范围之内，还是不够的。就此画而言，"欲雨未雨"的春阴，"一枝两枝"杏花，翻飞的鸲鹆，这是画家自然界中所能见到的，也是赏画者在画面上所能见到的。而李仁老这首题画诗，还写出了需要凭借心神去体会理解的"领得春消息"。春日的消息如何领得？要靠艺术想象，得之于画面之外，得之于视觉之外。在山温水软的春日里，一枝两枝杏花早已暗示出鲜妍的春光，然而若要"问谁领得春消息"，却只有画中的鸲鹆。那鸲鹆是如何领会的呢？它们自由自在穿梭于花木丛中，流连不去，时不时地唱上一曲动听娇美的歌声。正是诗歌留给读者的这些想象的空间，点活了画面，渲染出春意的萌动和喧闹，使画面中的景物不再是静止的罗列和无机的组合，而是生机勃发，情趣盎然，引人入胜。（杨旭辉）

题梅下横琴图

杜　堇

梅下吟成理素徽，浅溪时度冷香微。
冰花亦解高人意，不等风来落君衣。

[题解]

本诗选自上海博物馆藏杜堇《梅下横琴图》题诗。

杜堇(生卒年不详)，明代画家，本姓陆，字惧男，号柽居、古狂、青霞亭长，丹徒(今属江苏)人。工诗文，善画人物、山水，尤以白描人物著称，画宗宋、元。

这幅人物画主景突出，正中画平台，台上植老梅，虬曲如苍龙。疏花绽开，一位高士倚树而坐，手抚古琴，仰视梅树，梅与琴处于极为醒目的位置上。高士身后有两童子煮茶侍候着。人物用李公麟白描法画出，刻画精工细致，神态生动，衣纹线条劲挺又流畅。远处峰峦出没于云霭间，构图、笔墨取宋代马、夏法。画幅右上方自题一绝。

[注释]

①徽：琴面上十三个指示音节的标志。

[评说]

题诗抓住画面主景高人操琴和梅树着笔，迅即着题，首句描写“梅”与“琴”，直扣“梅下横琴”的题意。高人在梅树下赏梅，诗兴勃发，吟成一首咏梅诗，便调理琴弦、琴徽，将诗配乐歌唱。诗篇自第二句始，都写“梅”。第二句写梅花的形象特征，说梅花馨香微微，时时渡过浅溪。这一诗意从林逋《山园小梅》中的“疏影横斜水清浅，暗香浮动月黄昏”脱化而来。第三、四句仍写梅，将梅比拟成人，赋予梅花以人的情感和善解人意的个性。诗句说梅花听到高人的琴声和咏梅诗句，不等东风吹来，自动将花瓣洒落在高人身上，为高人助兴，表达出理解高人雅洁的情怀。杜堇运用拟人化手法，将梅花人格化，化无情之物为有情，为画幅和画面具象增添强烈的感情色彩，诗句也更显灵动，更有意趣，让人读来倍感亲切。（吴企明）

梅下横琴图

题陪月闲行图

杜　堇

陪月闲行杖护迟，半醒时节更相宜。
吟成疏影寒香句，为问梅花知不知？

[题解]

本诗选自美国克利夫兰艺术博物馆藏杜堇《陪月闲行图》题诗。

杜堇《陪月闲行图》今藏美国克利夫兰艺术博物馆，纸本，墨笔，高156厘米，阔72.1厘米。画面居中绘一高士，正杖策徐行，在明月和梅花疏影下寻幽，吟诗觅句。人物采用白描法，形体高大，线条流畅，寻思冥想的神志，刻画得细腻、生动。背景为山石、梅树，梅树枝干奇崛，花萼稀疏。全图布局很考究，主体突出，景物衬托为人物描写服务。

[注释]

①“吟成”句：暗用林逋《山园小梅》“疏影横斜水清浅”句意。

[评说]

杜堇的自题诗，既描绘了画面实景，如“闲行杖护迟”“疏影”“梅花”，然而诗人更多地采用虚笔，表现“画外意”，表现画面上无法表现的景象和人物心态。比如“陪月”，画中主人公陪伴月亮闲行，传达出他的闲情逸致。又如“半醒时节更相宜”，主人公自感酒至半酣时最为惬意，“为问梅花知不知”，向梅花发问，已是奇想；问梅花知不知道“我”吟成的就是咏梅佳句，更属超出常人的艺术意想。这种写法，将画面景物、绘

画意境、诗情、画意“融彻”地交织在一起，将它们完美地统一起来。画与诗相映成趣，成为一首绝妙的题画诗。（吴企明）

题卢允贞寒江晓泛图

纪映淮

寒林自古重营丘①,水色山光接素秋。
想藉幽思邀过雁,恰如同泛木兰舟。

[题解]

本诗选自汤漱玉《玉台画史》卷三。

纪映淮(生卒年不详),明代诗人,纪青之女,纪映钟之妹,小字阿男,适杜氏,上元(今江苏南京)人。尝有咏柳诗,云:“栖鸦流水点秋光,爱此萧疏树几行。不与行人绾离别,赋就谢女雪飞香。”受到王士禛的赏识。

卢允贞(生卒年不洋),明代女画家,字德恒,号恒斋,吴县(今江苏苏州)人。倪岳妻,善画人物,周晖《金陵琐事》:“倪文毅公夫人,白描精妙,有《九歌图》《璇玑图》。”亦能画山水。

[注释]

①营丘:即宋初画家李成,营丘人,人称“李营丘”,善画寒林。

[评说]

这首题画诗纯写画面,兼带写出诗画家的幽闲情思。女画家卢允贞构图细腻,女诗人纪映淮心细窍灵;女诗人题写女画家的画,别有一番韵味。全诗运用“顺点题面”的艺术技巧,题写《寒江晓泛图》。诗以“寒林”开端,这是画上实景,女画家的寒林仿李成,所以诗人首句便说：“寒林自古重营丘。”次句写到寒江，点到题上，时当清秋，水色山光，交相辉映，画面具象中透露出一派萧疏的秋天气象。第三句转笔写到“过雁”。画面上有“过雁”的具象，这是画家凭借自己的“幽思”邀它入画来，点缀画面，使之具有动态感，也带来一点生机。结句点到题面的“泛”字上，“同泛”两字，表明有两人浮舟。“恰如”，如什么？绝句诗的收结，有着拍合全篇的艺术功能，尤其与第三句关系最为紧密。因此，这里的“恰如”，就是说画家邀人“同泛木兰舟”，以表达幽闲情致，就好像邀约过雁入画来一样。画题是《寒江晓泛图》，诗思顺着次序逐步点题，宛转着题，直到结句方始全部写出题意，带给读者一种美好的遐想。（吴企明）

题仿梅道人风雨竹二首

徐安生

夏日浑忘暑酷，堪爱酒杯棋局。
何当风雨齐来，打乱几丛新绿。

满拟岁寒持久，风伯雨师凌诱，
虽云心绪纵横①，乱处君能整否？

[题解]

本诗选自汤漱玉《玉台画史》卷三。

徐安生（生卒年不详），明代女画家，吴县（今江苏苏州）人。善画树石、兰竹、花卉，汪砢玉《珊瑚网》云："徐女郎安生，善绘事，作《六君子图》，俨然云林再生。"沈德符《万历野获编》载：徐安生，吴人，徐季恒女也，美慧多艺，其写生出入宋、元名家，尝仿梅道人风雨竹一幅遗余，且题二绝句于上。（略）次诗盖用李季兰语。梅道人，即元代画家吴镇，擅画墨竹，本图乃徐安生仿吴镇笔意画成的墨竹图。

[注释]

①心绪纵横：用唐李季兰《蔷薇》诗"心绪乱纵横"句意。

[评说]

题画诗人题咏雨竹、风竹图，往往写其摇曳、倒垂、披离的姿态，如元袁桷《题文与可风雨墨竹》："偃疑受雨深。"元宋褧《子昂风竹横披》："翛然仰复低。"女画家徐安生却不写画面具象，也不写风雨竹的神态，不过借着题画的机会，自抒心怀。诗的第一首，起导入作用。画家兼诗人自叙夏日消闲生活，她沉浸于长饮、弈棋的欢乐之中，"堪爱酒杯棋局"，因而完全忘掉夏日的酷暑。后半首，再叙当日情景。盛夏时分，忽然风雨齐来，令人爽心惬意，只可惜风吹雨打，打乱了几丛新竹幽美、潇洒的姿态，从而也触发起画家的画兴，仿吴镇笔法，对景写生，画下这幅风雨竹图。这首六言绝句小诗，正是吟写画家的创作动机和构思缘起。

第二首诗由竹画写到自己的心绪。画就新竹，满以为可以长久地保持"岁寒心"，却被风雨欺凌、引诱，扰乱了心绪。绿竹被风雨打乱，象喻着画家的心绪亦被风雨打乱，"乱处君能整否？"结句意谓纷乱的心绪，你能整理吗？言下之意，"我"的"乱纵横"的心绪，只有得到"君"的帮助，才能恢复平静。这里诗人引用了唐代女诗人李季兰的诗意。《太平广记》卷二七三引《玉堂闲话》记载了一段轶事："(季兰)五六岁时，其父抱于庭，作诗咏蔷薇，其末句云：'经时未架却，心绪乱纵横。'父恚曰：'此女子将来富有文章，然必为失行妇人矣。'竟如其言。"从题画诗推测，徐安生与沈德符有着特殊的关系，画家才会画成风雨竹图并题写坦露心怀的诗赠给他。画家纷乱的心绪，通过风雨竹图表露出来，风中、雨中被打乱的丛竹形象，也就是画家抽象的心理活动的物化。读了这两首小诗，可见徐安生是一位富有文才、很会写诗的女画家。（吴企明）

题空山独行图

朱　邦

空山独往有心期，开遍瑶花负所思[①]。
天阔冥鸿送孤啸[②]，日夕云深归去迟。

［题解］

朱邦（生卒年不详），明代画家，字正之，号九龙山樵、隐叟、酣齁道人，新安（今安徽歙县）人。工画山水、人物，风格与张路、郑文林相仿佛，为“浙派”后学之一。

本图今藏美国普林斯顿大学美术馆。画幅中心画一位高士，拢袖拄杖，伫立仰首，白眼向天，一副狂放孤傲的神态。一童抱琴随侍，亦抬头瞪目，与高士相配。高士右侧画古梅一株，盘曲奇崛，墨色浓重，与人物相表里，其姿态恰似高士性格的物化。远处衬以峭壁、瀑流，笔墨极淡，隐约可见。画幅左上方自题一诗。

［注释］

①瑶花：指梅花。②冥鸿：高飞的鸿雁。

［评说］

画家自画自题，用题诗生发、补充画意，“画之不足，题以发之”（方薰《山静居画论》），此之谓也。首二句说画中高士独往空山，他早与友人有过梅花开时同赏梅的期约，现在梅花已经开遍枝头，未能与友人同赏，辜负了“所思”的友人。三、四句仍就高士着笔。他托天边高飞的鸿雁，给友人送去孤独的长啸和深深的思念，日暮云深，他依然独对梅花，久久不肯归去。通过画面视觉形象的观照，读画人不难明白高士的神情和古梅的姿态，但画中高士负疚的心态和思念友人的深情，却难以表达。朱邦借助于题画诗，传达出自己的深层意蕴，拓展了画意，丰富了画境的内涵，帮助读画人理解画家的创作匠心。（吴企明）

题访隐图

‖居　节

近水明楼好读书，千竿修竹更萧疏。
到门有客轻敲杖，篱落柴桑尽晏如。

[题解]

居节（生卒年不详），字士贞，号商谷，吴县（今江苏苏州）人。少从文徵明游，工画山水，书画肖似其师。

本图今藏日本桥木大乙处。这是一幅笔墨工细的山水画，图中右侧上部画青山，近山细笔勾勒皴染，远山淡墨晕染，山脚下，茅屋临水而筑，篱落围成小院，楼上一人正在读书，周边高松挺立，杂树罗列，修竹萧疏摇曳，环境异常幽雅。柴扉前有一人执杖来访。全图画风清雅，以文秀胜，真得文徵明神髓。画幅左上方题诗一首，文字细劲有力，与整幅画境非常协调。

[评说]

题诗环绕画面的景物、人物作细致的刻画，揭出"访隐"的主题。首句写楼上主人坐在临水高楼上，高楼明亮安静，正是读书的好地方。次句紧承，描写明楼周边的环境，重点表现千竿修竹的疏朗清幽。身居水竹居，静心读书，点明主人"隐士"的身份。第三句转笔写到题上的"访"。有客从远方来到柴门前，轻轻敲着竹杖，代替叩门声，向主人发出信息。结句用宕笔，并不写主人出迎，却说周边的篱落、柴门、桑树，都和修竹一样，萧疏幽静，进一步衬托出主人隐居地的清幽，以景结情，神韵幽远，强化了"访隐"的诗旨。（吴企明）

画映水竹枝

李日华

照影青鸾不自持[1]，天风飒飒弄飐飔[2]。
月寒波冷箫声歇，续得黄陵庙里诗[3]。

[题解]

本诗选自陈邦彦《历代题画诗类》卷七七。

李日华(1565—1635)，明代画家、文学家，字君实，号九疑、竹嬾，嘉兴(今属浙江)人。万历二十年(1592)进士，官至太仆寺少卿。能书画，善赏鉴，尤工山水、墨竹，用笔矜贵，格韵兼胜。山水学巨然、吴镇，苍郁秀润。一生淡于仕进，博览群书，诗文奇古，作有多种书画笔记，如《书画想象录》《六研斋笔记》《竹嬾画媵》《紫桃轩杂缀》《味水斋日记》《檇李丛谈》等，笔调清隽，表现出闲适的心态。还著有《恬致堂诗话》。

[注释]

①青鸾：凤凰之类的神鸟。传说凤有五，其中多青色者为鸾。这儿用以比喻竹枝。自持：自我约束。曹植《洛神赋》："收和颜而静志兮，申礼防以自持。"②飒飒：风声。屈原《九歌·山鬼》："风飒飒兮木萧萧。"飐飔(ān sī)：疾风。③黄陵庙：古迹名，在湖南湘阴北。《水经注·湘水》："其水上承大湖，湖水西流，径二妃庙南，世谓之黄陵庙也。言大舜之陟方也，二妃从征，溺于湘江。……故民为立祠于水侧焉。"

［评说］

据《史记·五帝本纪》载，舜南巡狩，死于苍梧，葬九嶷山。相传，帝二妃娥皇、女英，追帝到湘浦，远望苍梧，临江恸哭，泪洒江边之竹枝，形成了斑斑点点，这便是人们俗称的“斑竹”“湘妃竹”。李日华在题咏这幅《映水竹枝》时，就把水边之竹与二妃之传说结合起来，把读者带入到一个哀感的神话境界中。为续“黄陵庙里诗”，题诗的前三句就着力营造湘浦水云间的萧索意境，风、月、波、箫，蕴含着无尽的绵绵长恨。天风飒飒，阴冷疾速，使得照影水边的竹枝，不能自持，东倒西歪；波寒月冷，万籁俱寂，玉漏沉沉中，忽有一缕箫声，袅袅飘入耳际，如曲折泉流，冰滩阻塞，断续不居，一个“歇”字，实含几多伤心与幽咽。伫立水边，静听箫咽，愁思不已，二妃音容宛在，仿佛依旧可以看见她们蹙眉凝泪，遥望九嶷。与一般题画诗相比，此诗跳跃性极强，从眼前画竹兴起，引出湘妃竹的传说，跳跃到愁萦湘浦这一意境，最后折回到神话传说，落笔于埋藏自己内心的一片深情。（杨旭辉）

在课花斋画小幅山水与沈子广

▌| 李日华

石径逶迤山径平[1],松光洒落布袍轻。
手中拄杖抛何处,满眼秋山笑独行。

[题解]

本诗选自陈邦彦《历代题画诗类》卷一六。

[注释]

①逶迤(wēi yí):弯曲而延续不断貌。

[评说]

此图是李日华送给友人的一幅山水画，它以封建文人的隐居生活为表现题材，反映了士大夫寄情山水、志耽林泉的闲雅情趣，画作融山水、人物为一体，由近及远，幽邃清旷，为观者提供了“游目骋怀”的深远空间。山路虽然平坦，但是弯弯曲曲的，延续不断，一直蜿蜒伸向山水深处，观者的目光也就顺着这山径向远处延伸，大有“曲径通幽”的妙处。在白云深处，古木老松苍劲多姿，葱郁的青松隐映着深静别致的院落，环境典雅清新。只见一位老者，正从林间信步走来，意态轻盈潇洒，行走间，松花纷纷飘落在布袍上。但是，老者对此并不在意，面对满眼的大好秋色，他的惊喜之情难以抑制，竟然把手中的拄杖不知丢到哪儿去了，驱步赶路，放声大笑，尽情领略这山林风光。李日华的画作今天虽然无法披览，但是读过题诗，我们不难想象那陶然而醉、山行独笑、极目远望的隐士形象，更会随着他的视线，联想起夕晖晚照，枫叶流丹，层林如染的深秋红枫，乃至画外之境。

综观全诗，空山、行人，静动映衬，人物活动很自然地融汇于山水林泉的怀抱之中，使寂静的山野显得愈加空灵杳冥，令人心驰神往。（杨旭辉）

题画扇三首

李日华

空山四月雨晴后，浓绿到人眉目边。
此中有语道不得①，且扫石台供醉眠。

已倩江烟添树色②，幸多山雨壮溪流。
要知昔日云林意③，落照苍茫数点沤④。

竹光浮砚春云活，花气薰衣午梦轻。
写得米家江上意，蘼芜细雨正含情⑤。

[题解]

这三首题画扇诗，选自李日华《竹懒画賸》，第一首题作《题画陆君善扇》，第二首题作《题画扇与张德懋》，第三首题作《题画扇》，第三首又载陈邦彦《历代题画诗类》卷二三。

[注释]

①道不得：难以用语言形容出来。②倩：同“请”。③云林：元代画家倪瓒。④落照：落日辉映。沤：同“鸥”。⑤蘼(mí)芜：香草名，又叫“江蓠”，叶子风干后可作香料。汉乐府《上山采蘼芜》：“上山采蘼芜，下山逢故夫。”

[评说]

扇面虽小，但李日华借鉴了宋代画家米芾、米友仁父子的笔法，元代画家倪云林的笔意，把大自然勃勃的生机和动人的情态展现在人们面前。这一葱茏湿润、林木茂密、沉郁深秀的自然风貌更通过题诗得到了再现和强化。

第一首诗着眼于一个“绿”字，直使人留恋不舍，令人心醉。“空山”四月，空明洁净，宁静幽美，当山雨初霁，万物便为之一新，再有春风拂煦，百草丰滋，连绵不断的群山一片新绿，密密的浓阴直逼眉目。 这片浓绿到底令画家沉醉了，他只觉眼前看景道不得，于是便索性安逸地躺在苔石上，静观着这醉人的“绿”。 也许古人之语“绿阴幽草胜花时”（王安石《初夏即事》），真道出了画家此时的心声。

第二首则描绘了江烟暮色，山雨使得溪流的水更充足，也使得山水间愈发氤氲多姿。 在云腾雾缭中，极目远望苍茫的远天，夕阳辉映，几点鸥鸟在上下翩飞。 读者的向往，就正随着这富有诗意的画境，神驰目注，自由地翱翔。

最后一首更是调动了视觉和嗅觉，把春日喜人的情景生动地画出来，读之如身临其境。“竹光浮砚春云活”，描写清竹在正午阳光照射下，透过碧纱窗，映现在砚台的情状。 翠竹在春风吹拂下，摇曳生姿，竹影也随之而“浮动”，由此便可想象到春云的悠悠生动。 随风而至的，还有沁人心脾的芳香、直扑人心的襟怀，甚至衣裳也被熏染上习习香气，在午梦中还时时能感受到。 循香觅芳，画家更以细腻的笔法描摹细雨中的花草，并赋予了人的情态。 在细雨浥润后，蘼芜如娇媚的佳人，含情欲语。 细细体味诗句，自有一种清新婉丽的韵味，令人喜爱。（杨旭辉）

题扇五首

‖李日华

山中无一事，石上坐秋水。
水静云影空，我心正如许。

山雨无时下①，烟霏朝夕来②。
摊书向何处③？几案尽莓苔④。

为爱青苔好，常依老树根⑤。
秋风亦解事⑥，落叶到柴门。

生来湖海士⑦，落手是扁舟。
凝望碧云里，孤飞一点鸥。

月白楚山晓，沙寒水国秋。
何人自吹笛，烟树隐孤舟。

［题解］

这组诗选自李日华《竹嬾画媵》。第三首题作《题松雨扇》。第一首又载陈邦彦《历代题画诗类》卷二三。

［注释］

①无时：时常，时时。②烟霏：云雾迷蒙。③摊书：翻开书阅读。

④尽：全是。莓苔：草苔。孙绰《游天台赋》：“践莓苔之滑石，搏壁立之翠屏。”⑤依：靠着。⑥解事：懂事。杜甫《彭衙行》：“小儿强解事，故索苦李餐。”⑦湖海士：隐退江湖的隐士。

［评说］

扇面画是中国书画的传统形式之一，往往在空白宣纸或绢做的扇面上构图作画。华润蕴藉的墨气，开阔平稳的布局，在扇面上轻描淡写几笔，纳山川万境于一扇之中，以增添画面的清隽、潇洒和雅兴。因而这种艺术表现形式，自明清以来广为流传，并留下了不少佳作。在李日华的题画诗中，题扇之作颇多，特遴选五言绝句五首，以为赏观。

虽然这些扇面我们无法得见，但阅过这五首题诗，我们无不深深感受到内中不乏黄公望、倪云林的简逸之风，更体会到徜徉山水林泉之间的闲情逸致。

画中水面宽阔平静，其间零布渊渚、礁石、柳滩，远处山间云雾中，一人静坐石上，神态安然，闲若无事，坐而远眺，静静地凝望着、欣赏着远方的碧空和秋水烟霏。凝眸处，“潦水尽而寒潭清，烟光凝而暮山紫”，或许还有“落霞与孤鹜齐飞，秋水共长天一色”（王勃《滕王阁序》）的美景。“水静云影空”点出了画境的静逸，而这恰与画家心境契合神会。当“孤飞”的一点白鸥映入视野的时候，于是便“遥襟俯畅，逸兴遄飞”（王勃《滕王阁序》），向往起“烟树隐孤舟”的生活：或而驾一叶扁舟，浮游于江湖，随意飘荡，“浩浩乎如冯虚御风”（苏轼《后赤壁赋》）；或而背倚老树根，静赏青苔和落叶，体会秋色之虚静；或而“长吟掩柴门，聊为陇亩民”（陶渊明《癸卯岁始春怀古田舍》）。展卷摊书，面向生长到几案的莓苔，不亦悦乎！在这江天寥廓，月白沙寒的楚山水域中，氤氲的雾霭有似笛声袅袅，这笛声直使人勾起“万里归船弄长笛，此心吾与白鸥盟”（黄庭坚《登快阁》）的欲念。

明丽恬静的诗境与扇面秀润简淡的笔墨、疏朗空灵的构图相映成趣，使得不过尺余的画面悠然意远，韵致无限。（杨旭辉）

题扇头米山

李日华

沙水弄夕晖，人家在烟翠。
每于江渚行，悟得米三昧①。

[题解]

本诗选自李日华《竹嬾画賸》。

[注释]

①三昧：本佛家语，后用以称艺术之奥妙和诀窍。唐李肇《唐国史补》："长沙僧怀素好草书，自言得草圣三昧。"

[评说]

北宋著名书画家米芾及其子米友仁，善画山水，别出新意，清秀脱俗，自成一派，画史上称之为"米家山""米山"。李日华展开扇头画卷，欣赏"米山"真迹，不仅对水墨淋漓的江树云山表现出欣喜之情，更透过苍茫雨雾中的特殊韵致，体悟到"米山"表现手法的奥义和真味。画中以水墨渲染，表现出江南山水的灵秀和浑厚自然。诗中写道，余晖斜照江面之上，像一片锦缎铺散开来，安流的江水缓缓东流，好似在抚弄着夕晖，与之嬉戏。这正是前人笔下的京口（今江苏镇江）江水的景象："余霞散成绮，澄江静如练。"（谢朓《晚登三山还望京邑》）一个"弄"字，山水也富有了人的情感，这种意趣，并非来自天然，而是源自画家之胸中，正如宋代诗人王禹偁所云："忘机得真趣。"在晚霞、雾霭的笼罩淋沐下，远处散落着点点人家，时隐时现，虚虚实实，呈现出“断霞散彩，残阳倒影，天外山峰，数朵相倚”（柳永《玉山枕》）的迷人景色。

作者深深地沉醉于“米山”的韵致之中，仿佛自己就已泛舟其间。眼前此情此景，是如此熟悉，这不是“我”每次在江渚间的所见所闻吗？顿然，画家的胸中产生迁想妙得，深深地感悟到“米山”画法的真昧和要诀。米家山水那种“春雨初霁，江上诸山云气弥漫，冈岭出没，林树隐见”的意境，及其侧点晕染的技法，长期以来，一直是作者思寻和探索的真谛。不料，却是“尽日寻春不见春，芒鞋踏破陇头云。归来拈把梅花嗅，春在枝头已十分”。这便是严羽所谓“妙悟”。李日华这一感悟，真正把握了米氏父子的画学思想，并与之完全契合。米氏父子久居江南，对镇江一带云山烟雨，终日饱游饫看，了如指掌，才创造出独具风韵的“米家山水”。米友仁在其《潇湘奇观图卷》的题跋中曾说道：“先公居镇江四十年，作庵于城之东高冈上，以海岳命名。……卷乃庵上所见山。……每于登临佳处，辄复写其真趣。”

这首题画诗由观画引发联想，眼前浮现出自然的山光水色，并从中悟得艺术真谛，那便是：绘画艺术须以“造化”为师，正是大自然中烟云掩映、树石迷离的优美景致，才促发了画家的灵感，创造出全新的艺术精品。全诗语言浅近平易，却抒写了自己观画的真实感受，启人深思。（杨旭辉）

题仿云林笔意

李日华

木叶萧疏烟霭浓①，层层千嶂削芙蓉②。
诗人好句从何得，只在波光树影中。

[题解]

本诗选自陈邦彦《历代题画诗类》卷一二。

[注释]

①萧疏：稀散零落的样子。 ②千嶂：形容山峰之多，连绵不断。

[评说]

李日华不愧是一位博学而极富创造性的艺术家。 他能从题画落笔，诗画相联，悟出艺术真谛，这在一般的题画诗作中是极少的。

画中的景象当为三秋时节，秋风萧瑟，草木摇落而变衰，木叶飘飞，尽显“萧疏”之情状。 在层层千嶂中，烟霭连空，浓密迷眼。 当阳光透过云层，照耀在顶峰的岩石，群峰簇集，恰如盛开在天际的朵朵莲花。 诗人并未如一般人那样，细致地描山摹水，写山如何峭拔险峻，树木如何苍翠遒劲，而是从大处着眼，展现出山峦的整体形象。 这样足以将山险、崖奇、峰美都显现在读者面前。 李日华画中的千峦叠嶂并没有山名，然而这无不使人想起李太白的高妙诗笔，谪仙眼中的九华山不就是“天河挂绿水，秀出九芙蓉”（李白《望九华山》）吗？“庐山东南五老峰”，则更是“青天削出金芙蓉”（《登庐山五老峰》）。 读画吟诗，也许会觉得眼前这便是奇秀的九华、庐山，会被这优美的画境和飘逸潇洒的诗句陶醉。“诗人好句从何得，只在波光树影中”二句，蕴含着“师法自然造化”的画理。清乾隆时人吴名凤也许会告诉我们其中的深意，他曾专程实地考察庐山，深深体会到“青天削出金芙蓉”的审美感受。他在《游三叠泉记》中说：“晨起，天色蔚蓝，出门见五老峰，山色金光璀璨，秀采欲飞，谪仙诗云：‘青天削出金芙蓉’，非到此不能为此语，不到此也不知此语之工也。”（《庐山志》）（杨旭辉）

仿巨然九华云霭

李日华

稠林乱石拥柴门[1]，九子峰前路不分[2]。
留得空明舒远目[3]，不妨身在万重云。

［题解］

本诗选自陈邦彦《历代题画诗类》卷二八。

［注释］

①稠林：茂盛的树林。 ②九子峰：即九华山。 ③空明：天空。 苏轼《登州海市》："东方云海空复空，群仙出没空明中。"

［评说］

九华山，在安徽省青阳县境内，与山西的五台山、四川的峨眉山、浙江的普陀山，合称中国四大佛教名山。 九华原名"九子山"，相传有九十九峰，其中以天台、莲花、天柱、十王等九峰最为雄伟。《太平御览》引《九华山录》云："此山奇秀，高出云表，峰峦异状，其数有九，故名九子山。"后李白以九峰削如莲花，遂名之为"九华"，事见李白《改九子山为九华山联句序》。

九华山素以山色葱茜而著称，"稠林"一词则使人眼帘映入茸茸的一片绿意，清新可爱，充满生机。 而这片绿意在云霭的滋润下，色泽鲜美明亮，直拥乱石、柴门，更使周围的一切景物都映照了一层绿光。 作者极写九华之清幽奇秀，从而透露出对清幽恬静生活的陶醉之情。"留得空明舒远目，不妨身在万重云”，更是将他喜爱幽静的个性与九华云霭缭绕的意境浑然交融，创造出一个物我相生、宁静幽谧的意境。（杨旭辉）

画　兰

李日华

懊恨幽兰强主张[1]，花开不与我商量。
鼻端触着成消受[2]，着意寻香又不香[3]。

[题解]

本诗选自陈邦彦《历代题画诗类》卷七五。

[注释]

①懊恨：恼恨。②消受：享受。③着意：刻意，有意。

[评说]

兰花身为“花中君子”，它远离尘嚣，孤傲不群的气度与品性历来就是文人雅士比德颂美的对象。李日华的这首题诗，一仍传统题意，表现手法却一反常态，与众不同。诗歌以质问开篇，出语天真。兰花独生幽谷，寻觅非常不方便，早已令“我”懊恨不已，更有甚者，它竟“强作主张”，开花都不与“我”商量一下。这实乃是寓扬于抑，反写兰花深处幽谷，不畏风寒，不为外界困扰与压力左右，更不任人摆布的傲岸性格。紧承其后，次句继续表现兰花“强主张”的性格特征，它的生长、开花，一任自然，开出朵朵清幽淡雅的花。“鼻端触着成消受，着意寻香又不香”两句，进一步刻画了兰花不献媚的独立品格，正所谓：“从来山水韵，不使俗人闻。”（唐王绩《山夜调琴》）兰花“幽居在空谷”（杜甫《佳人》），没有姹紫嫣红，绚烂多姿，更没有浓郁扑鼻的香气，只有清淡的雅韵，近乎无味。被称为“空谷佳人”，就是以显示出与众芳不同的韵趣，并不以姿容取悦人，而是孤傲不群，自得其乐。若是凡夫俗子有意寻香觅幽，却只有失望而归，望兰兴叹；唯有“识曲知音”，才能辨识兰之幽操，嗅得其中真味。这也就是后来“扬州八怪”之一的金农在题画中所说的：“莫讶菖蒲花罕见，不逢知己不开花。”（金农《题菖蒲》）

兰花的性格确是诗人所要追求的人格理想，或许“识曲知音”更是诗人的寻梦，读来颇有情味，意蕴不尽。（杨旭辉）

画扇与高日斯

李日华

春江花飞恼人目，落花风来掩茅屋。
沙洲有意款寂寞①，一夜为我生浓绿。

[题解]

本诗选自李日华《竹嬾画媵》。

[注释]

①款：款待。

[评说]

“春江飞花恼人目，落花风来掩茅屋。”由这两句诗可知，画面描绘的是暮春时分的景色。落花时节，春江飞花，春江边上一所茅屋为落花所掩。诗人心头产生伤春之情，悲凉、失落之感一并涌上心头。作者“悲”的是自然之春，更是人生之春，他想到自己现在已经老大不小，然而功未成名未就，不禁感叹韶华流逝，正如暮春的飞花一般无情。作者多想挽回逝去的时光啊，然而时光如落花一样已随江流去那种无奈、愤懑、凄凉之情便跃然纸上。

“沙洲有意款寂寞，一夜为我生浓绿。”作者写道，令“我”欣慰的是，河中沙洲已经生出了夏日的浓绿，似乎有意款“我”寂寞之心。作者没有像过去许多文人一样，伤春之情不能自拔。后两句诗，他话锋一转，把目光转向沙洲浓绿上，告诉自己，春天虽然要逝去了，但夏天已经悄悄来临，生命的希望又一次出现，那么“我”又何必过分感伤呢？这里，一个“款”字极为传神，将作者心理的变化突出地表现了出来。

这首赠友之作，诗意含蓄深远，明为写景，实为抒情，情景相生，赋予画面以无穷意趣，正可谓是“一切景语皆情语”。（杨旭辉）

雨 竹

‖李日华

逗烟堆雨意萧森[①],峭石摩挲足散襟[②]。
忘却酒瓢深草里,醉醒月出又来寻。

[题解]

本诗选自李日华《竹嬾墨君题语》。

[注释]

①逗：逗引，招惹。 意：意态，意趣。 萧森：萧条爽飒。 ②摩挲：抚弄玩赏。 足：足以。 散襟：开阔胸襟。

[评说]

这首题画诗，笔法简洁，而意蕴含咏不尽。“逗烟堆雨”，生动传神地表现了画中“雨竹”独特的姿态与风韵。 你看，细雨霏霏，烟锁雾笼，竹叶上积留的雨珠，晶莹剔透，随着叶脉滴滴向下滚动，击打在其他叶面上。 发出的“嘀答”声，清脆明润，犹似一曲天籁之音。 和风吹拂，雨竹更是左右摆动，摇曳多姿，好似在逗引招惹云烟雨雾，不禁令人心驰神往这萧清爽飒的意境。 如果屏息侧耳，则在雨滴声中，更交织着“沙沙”之响，原来这是风拂竹林的缘故。 竹林近旁，矗立着一块峭石，二者相依相傍，摇曳的竹枝仿佛与它相互爱恋，轻轻摩挲。 在作者的诗笔画意中，对此无不流露出一种钦羡与感叹之色。 这种天然的机趣，足以使人胸襟开阔，陶情冶性，忘却尘世这一切烦恼，体味其中无限的畅达。“足散襟”

直道出作者主旨，诗意遂随之一转，着重表现诗人散朗纵情、得意而忘形的意态。“萧森”天趣，怎不令人心酣，以至于丢却酒瓢，醉眠幽林深草，纵情于自然之怀抱？ 待他一觉醒来，忽忆酒瓢不再复见，此时已是月出东山，清风徐来，面对花好月圆的美妙景致，更激起他寻觅酒瓢的兴致。而这不过是他的借口而已，其实他真正想要追觅的是那无尽的意趣和天籁。 于是，超然尘外的情思在清冷的境界中，与竹石的潇洒瘦劲融合到一处。

综观此诗，与其说是一首题画之作，倒不如说是中国古代文人生活和心态的展现。 诗作对画面意象“雨竹”的描绘，确实极其精妙，但更为佳绝的是刻画了一位意态十足的赏竹者形象，让人恍若见到了“竹林七贤”纵情欢快、肆情山水的高情雅意。（杨旭辉）

题画写于虎丘禅舍

李日华

身似苍波一点鸿，飘萧云影任西东①。
江南洞壑幽寻遍，松叶藤枝只此中。

[题解]

本诗选自李日华《竹懒画媵》。

晚明之际，江南禅风盛行，画界竞藉禅意以鸣高。李日华这幅画、这首诗是身居异乡禅寺——虎丘禅舍时所作，似乎是受到释氏的熏陶，因而充满了浓郁的禅意。

[注释]

①飘萧：飘动貌。杜甫《义鹘行》："飘萧觉素发，凛欲冲儒冠。"元稹《书异》诗："飘萧北风起，皓雪纷满庭。"

[评说]

李日华性喜山水，行迹遍江南，以期待造化之灵。这种生活潇洒自在、无为风流，寄情山水，傲啸林泉，摆脱尘世的羁绊，倒也如神仙一般。登临虎丘古刹，极目远望，只见天高气爽，而远处伸延的连绵群山越来越远，越远越小，山色也越远越淡；湛蓝的天空也越远越低，渐渐地一直望到天之尽头，水天终于融合为一。诗人以"苍波"来描绘出水天相连，空旷迷远的意境。此刻画家早已神游太虚，与自然造化心契神合，幻化成孤鸿。在这迂阔高远、广袤无垠的空间，只见一个黑点在上下飘动翻飞，行踪不定，随意浪迹，一切尽任自然，任其东西南北，来去无迹。那便是飞鸿，在远山苍波的映衬下，一切尽显静谧岑寂，顿入佛老境界，无意无为，随任自然。

如此精神境界，画家是否得天地之灵秀呢？ 诗作的后半首则给我们以明确的答案。 画家神游江南，遍及各地的洞壑幽谷。 就在眼前这“松枝藤叶”间灵光一闪，画家忽有感悟，妙处难以言表，因为其妙不在实得，而在意会。 真乃是踏破铁鞋无觅处，得来全不费功夫，“此中有真意，欲辩已忘言”（陶渊明《饮酒》诗）。 这正是中国艺术精神的核心，注重心性的体悟，使人有恍惚不解之处，而又使人顿悟其间，具有不尽的回味余地。 至此，诗作戛然收笔，令人兴起不尽之思绪。（杨旭辉）

丁卯新正三日写梅

李日华

檀口粉腮含笑语①,春风拂拂为开怀②。
酒人得此添狂兴③,诗句从天泼下来。

[题解]

本诗选自李日华《竹嬾续画媵》。

此诗作于公元1627年新年正月里，新春来临，寒梅报春，画家以如痴如狂的欣喜之情刻画、描写梅花的神态与情韵。

[注释]

①檀口：浅红的嘴唇。唐韩偓《余作探使以缭绫手帛子寄贺因而有诗》："黛眉印在微微绿，檀口消来薄薄红。"②拂拂：风吹动的样子。唐李贺《河南府试十二月乐辞并闰月·七月》："晓风何拂拂，北斗光阑干。"③酒人：好酒之人。

[评说]

"檀口粉腮含笑语，春风拂拂为开怀。"写出了梅花由含苞欲放到迎风乍放的动人情状。诗中以"檀口""粉腮"来比拟红梅，赋予梅花美女的娇憨之态，楚楚动人，惹人喜爱。更令人联想起"一曲清歌，暂引樱桃破"（李煜《一斛珠》词），"美人既醉，朱颜酡些"（宋玉《招魂》）之类的词句。那朵朵含苞欲放的红梅，远观不就像朱唇欲启、粉腮含笑时美人的媚姿娇态，极富青春活力，因而给人留下了很深的印象。"春风拂拂为开怀”，则更进一步极写梅花怒放的情景。在习习春风的吹拂下，“檀口”“粉腮”喜不自禁，都迎风开怀，舒朗大笑。

在春风的沐浴下，“开怀”的不只是“檀口粉腮”，还有画外的“酒人”。所谓“酒人”，乃是好酒之辈。古代的骚人墨客，往往都是“酒人”，他们借酒助兴，思绪纵横飘逸，奔放狂想，一倾而泻，随之而作出脍炙人口的名章佳句。李白不就曾被喻为“斗酒诗百篇”（杜甫《饮中八仙歌》）吗？此时此刻，画家面对红梅初绽，“绰约粉艳，春风包绛萼”（北宋朱敦儒《洞仙歌》词）的胜景，顿添兴致，再加上“酒”的激发，更达到狂喜的地步，于是诗兴大发，奇思妙语，仿佛从天而降，又若大水决堤，一泻千里。这两句诗中所表现出的“开怀”“狂兴”，恰恰映衬出自然美对人产生的陶冶和感染，最终也达到了咏画梅与赞画梅的目的。（杨旭辉）

题画米山

‖李日华

吴山尽处越山涯①，水木清华处处佳②。
山鸟忽来啼不歇，声声似劝我移家。

［题解］

本诗选自陈邦彦《历代题画诗类》卷一一。

［注释］

①尽处：尽头。涯：水边，泛指边际。②水木清华：指园林池沼景色清丽，也作“水石清华”。

［评说］

李日华对米氏父子的山水每每推崇备至，多有题咏。此诗由“米氏云山”水墨淋漓、山水烟翠、云树掩映的画境，联想到自然造化。看着看着，诗人的眼前展现出吴越山川的青翠、秀美。古人写到吴山越水时，早就有“时时引颈望天末，何处青山是越中”（孟浩然《渡浙江问舟中人》），“吴山青，越山青，两岸青山相对迎”（林逋《长相思》）这样的诗句。而李日华在此基础上，又作了进一步的发挥，细致地摹出了它的特征：“水木清华处处佳。”这不禁令人想起了“景昃鸣禽集，水木湛清华”（谢混《游西池》）的境界。“水木清华”也许更能引起人们退隐山林、静享天籁的闲情逸致。《宋书·隐逸传》中曾说道：“且岩壑闲远，水石清华，虽复崇门八袭，高城万雉，莫不蓄壤开泉，仿佛林泽。”此时，更有山鸟啼鸣不歇，诗中虽未明言何鸟，然而这声声“不如归去，不如归去”真是撩拨人心，仿佛在规劝“我”移家山林。这分明是杜鹃，阵阵鸟鸣反衬出山谷之幽、树林之寂，更借杜鹃“思归”“催归”的典故来抒发胸臆，其中隐含着诗人眷恋山林、乐而忘返的意念和向往。（杨旭辉）

楚山清晓图

‖李日华

门前溪曲流花远，屋后山高见月迟。
刚道巫云多旖旎[①]，楚山偏觉富情思[②]。

[题解]

本诗选自陈邦彦《历代题画诗类》卷五。

[注释]

①旖旎(yǐ nǐ)：轻盈婀娜貌。司马相如《上林赋》："旖旎从风。"
②情思：情意。韩愈《风折花枝》："春风也是多情思，故拣繁枝折赠君。"

[评说]

苏轼《春宵》诗云："春宵一刻值千金，花有清香月有阴。"这便是说春日的山光水色中，花香、月影自有千种风情。诗人在题写《楚山清晓图》时，便抓起这两样景致，作了更为细腻的描绘，呈现出一种动态美。门前的一条小溪，曲曲折折地流向远方，这儿不是兰亭的"修竹茂林"，更没有"曲水流觞"，却有"轻薄桃花逐水流"（杜甫《绝句漫兴九首》）的景致。片片落红，随风飞舞，飘洒到碧绿的溪流中，在水中，它们追逐着水流远去，一路欢快，一路芬芳。欣赏画作、诗歌，不能仅仅拘囿于表面，还需不断生发联想，为什么曲溪中忽然有这么多"流花"呢？或许，唐代诗人祖咏的两句残句会使我们想到诗外之韵、画外之境，那便是：

"不知叠嶂夜来雨，清晓石楠花乱流。"哦，原来山中刚刚下过一场春雨，难怪"落红无数"。此时，明月已渐渐透过云层，徐徐前行，银色的月光使一切显得格外静谧。如果，明白了画境是在雨后，月亮刚刚出来之际，三、四两句诗意的转换也就不显得那么突兀了。春雨给山间带来了大量流水，使得山间云蒸雾缭，旖旎多变，"远峰带云没，流烟乱雨飘"（鲍至《奉和往虎窟山寺》），而这正是巫云楚山特有的风姿与神韵。仿佛若巫山神女，"裙拖六幅湘江水，鬓耸巫山一段云"（李群玉《同郑相并歌姬小饮戏赠》），明眸善睐，左顾右盼，好像欲启齿与人语，总觉得极富"情思"。

古人讲"耳目清，听视达，谓之明"（《淮南子·精神训》），画题中一个"清"字，不正体现出画家对静享"清景"的愿望和追求吗？山水本无情，而画家以自己的这一段"情思"移入其中，那么，楚山含情，将欲召唤人们，也只是作者情感的外化而已。（杨旭辉）

仿子久小笔

李日华

不是春山淡欲无，江空沙落眼模糊。
鹁鸠强要司晴雨[①]，不管人眠着意呼[②]。

［题解］

本诗选自陈邦彦《历代题画诗类》卷一二。

［注释］

①鹁(bó)鸠：又名鹁鸪。《毛诗草木鸟兽虫鱼疏》：“鹁鸠灰色，无绣项，阴则屏逐其匹，晴则呼之。语曰：‘天将雨，鸠逐妇。’”司：掌管，主管。②着意：注意，用心。苏轼《中秋月》：“天公自着意，此会那可轻。”

［评说］

清代画论家方薰曾云：“墨华淡渲，神韵自足。”（《山静居画论》）此中道理，也许黄公望早就深参悟透，只是未言而已。前人评其山水，直云：“黄思翁之笔，犹仙人所能，其用墨之鲜彩，一片清光，奕然动人。仙矣，岂人力所得而办？”正是高超的水墨技巧，使其画中的“看山淡欲无”，朦朦胧胧，在雨雾岚气之中隐隐泛出了一抹极淡极淡的青青之痕，这是早春的草吧，令人生起欣欣的生意。然而，这一切终究不能够看得十分清晰，因为“江空沙落眼模糊”。江水澄空，明月普照，月光荡涤着世间万物的五光十色，将整个世界浸染成如梦似幻的银灰色，沙落平江均不见，浑然只有皎洁的月光，因而翠绿春山也只是淡淡的一抹而已。对于画中这个神话般的美妙境界，作为画家兼诗人的李日华，又以细腻的笔触，使子久的画境显得格外恬静幽美。古人所讲的“阴阳陶蒸，万象错布，玄化亡言，神工独运。草木敷荣，不待丹绿之彩；云雪飘扬，不待铅粉而白。山不待空青而翠，凤不待五色而綷”（张彦远《历代名画记》卷二“论画体工用拓写”条），在黄子久的画中、李日华的诗中，无不得到体现和印证。

黄子久不愧为画中圣手，但他还是难以表现嗅觉、听觉、触觉等感官的感受，这一缺憾，李日华的题诗“鹁鸠强要司晴雨，不管人眠着意呼”便使之得以弥补。鹁鸠逢晴则呼，不管此时已是夜深人静，人们酣睡正浓。诗人通过鹁鸠声声，进一步反衬出山林月夜的幽静。这又是一个“以声显静”的成功范例，正如王籍《入若耶溪》中所描绘的那样：“蝉噪林逾静，鸟鸣山更幽。”（杨旭辉）

题云中玉女图

崔子忠

杜远山下仙桃花，一万里路蒸红霞。
昨宵王母云中过，逢驻七香金凤车[①]。

[题解]

本诗选自上海博物馆藏崔子忠绢本设色手迹《云中玉女图》题诗。

在题诗之后，画家还有一段题跋："王仲彝，汉魏间人也，尝画《云中玉女》于赤城古壁上，风雨不凋零，至有舁之而去者，百千人不见其多。予画一人于云中，亦复不见其少。画得其情，非以数具也。如曰，许旌阳以五十旅行，虽多亦奚以为？"从其自题来看，崔氏显然想以少胜多，以情取人，自立新意，追求韵致，故而画作的构思及题诗也与众不同。

崔子忠(约1574—1644)，明代画家，字道母，号北海、青蚓(一作"青引")，初名丹，字开予，原籍顺天(今北京)，后定居莱阳(今属山东)。曾师从董其昌学画，擅画人物、仕女、肖像，取法晋唐，不落宋元窠臼，多摹顾恺之、陆探微、阎立本、吴道子诸人遗迹，能自出新意。与诸暨陈洪绶齐名，时称"南陈北崔"。传世画作有《云中玉女图》《苏轼留带图》《长百仙踪图》《桐阴博古图》等。亦善文学。性傲兀，甲申之变后，走入土室而死。

[注释]

①七香金凤车：用多种香料涂饰的凤车。

[评说]

画面构思简单，下方升起一朵云，至画中段已聚合成一片红色的霞雾云彩。空中的云霞何以成为红色，题画诗为我们作出了回答：杜远山上的仙桃，在历经三千年的孕育和寂寞以后，已经盛开了，故而使得万里之内犹如红霞蒸腾。在如幻似梦的云雾中，停驻着七香凤车，上立一玉女，此人为谁？原来，是王母身边的使女，陪侍王母从云中经过。据《汉武帝内传》云："帝闲居承华殿……忽见一女子，着青衣，美丽非常，帝愕然问之，女对曰：'我墉宫玉女王子登也，乃为王母所使，从昆仑山来。'"画面有了这一传奇故事的点染，益显神奇，然而画中不见王母，只见玉女独自伫立云端，俯瞰顾盼，她到底在看什么呢？画家给读者留下广阔的想象空间，是留恋不舍这灼灼绯红的桃花，还是对人间别有所恋，缱绻难舍？抑或是作者运用虚笔，将画意宕开？不论怎样，它大大地扩充了作品的容量，真正让人体会到画幅尽而意不尽的艺术魅力。（杨旭辉）

题画似雪峤师①

李流芳

千山顶上只通云，一水人家别有村。
直到前山兰若路②，清钟落日不逢君。

[题解]

本诗选自李流芳《檀园集》卷六。“山”，陈邦彦《历代题画诗类》卷一六作“峰”。

李流芳(1575—1629)，明末画家、文学家，字茂宰，又字长蘅，号檀园，又号香海泡庵，晚称慎娱居士，本歙县(今属安徽)人，侨居嘉定(今属上海)。与钱谦益为友，常往来常熟。万历三十四年(1606)举人。为人耿直，天启间，阉党魏忠贤专权，建生祠，不往拜，并与人曰：“拜，一时事；不拜，千古事。”遂绝意进取。文品为士林翘楚。工诗，擅书，亦能治印。善山水，尤好吴镇，出入宋元，不泥古人，写生有别趣，逸气飞动。诗人吴梅村曾作《画中九龙歌》，称王时敏、王鉴、董其昌、李流芳、杨文骢、程嘉燧、张学曾、卞文瑜、邵弥为“画中九龙”。与唐时升、娄坚、程嘉燧并称“嘉定四君子”。著有《檀园集》《西湖卧游图题跋》。

[注释]

①似：与，给。贾岛《剑客》诗：“今日把似君，谁有不平事。”
②兰若(rě)：梵文阿兰若之略语，意即佛教寺庙。

[评说]

画中千峰连绵起伏，苍翠绝壁，倚天而立，缕缕白云从石缝间冉冉涌出升腾，盘旋其间，远望去，峰顶石径似乎是直通云霄。那么，群山绝顶有多高，诗中并没有说明，而把它留给读者回味。这是虚笔描写的长处，纯然的白描是难以企及的。登高远望，目力所及，只见奔涌的浮云像是追赶着西坠的夕阳，偶尔风散云开，又看到远处的人家，处于水云之间，想必别有村落。这一片村落并没有破坏山间幽深的意境，反而把山景点染得更丰富、更有诗意、更有人间气息。但是画中始终没有出现人。山转冈回，独行在这幽深盘曲的山道上，手持青竹杖，直至前山通向寺庙的小路，犹且未逢君，此时不免有些许憾意。忽而，从深山里传出清越的钟声，落日晚钟，境界是如此清幽而美妙，按佛教说法，钟声可以发人深省，让人体悟山水禅意。诵读至此，颇觉全诗情怀淡远，思致缥缈，耐人寻味，遐思不已。（杨旭辉）

题长林丰草图

‖李流芳

欲挂衣冠神武门,先寻水竹渭南村。
却将旧斩楼阑剑[①],买得黄牛教子孙。

[题解]

本诗选自李流芳《长林丰草图》题诗。

《长林丰草图》是李流芳传世名作。画中柳枝扶疏，水草茂盛，远山秀朗，湖中风帆点点，一片江南水乡的妩媚景象;近处有茅屋，屋外幽篁丛丛，屋内一老者作怡然自得之状。与之相映的题诗，画家连用数典，表达出辞官隐退、解甲归田的思想，十分清楚明了。

[注释]

①将:把。楼阑剑:即楼兰剑。汉昭帝元凤中,傅介子奉命出使大宛,以计斩楼兰王,打通了汉通往西域的通道。古典诗词中常用此典表示出征塞外、杀敌立功之意。

[评说]

南朝名士陶弘景，被人称为“山中宰相”，长期以来，一直被高人逸士视作楷范。他本供职朝中，于永明十年(492)，脱朝服，挂于神武门，上表辞禄，归隐山中。在题诗中，画家就明言欲学陶弘景，挂冠神武门，辞官归田，这便是苏东坡曾说的“归来趁别陶弘景，看挂衣冠神武门”(《再送二首》)。至于何处是归宿，次句又以“水竹渭南村”为典来点明。相传，姜太公隐居渭水之滨，直钩垂钓，终遇文王。由此可见，画家归隐之念，是在明王朝危机四伏、风雨飘摇之际，无奈中发出的荣枯无常、朝不保夕之叹，现在的归隐不过是等候贤君的出现。画家理想的栖身之所并非真在渭南汉中，虽然汉人尝谓有渭川千亩竹，其人与千户侯等（事见《史记·货殖列传》），但江南水乡，又何处无竹，依然可保节节挺拔之质，不也是理想之所吗？也许，清代著名画家郑板桥的一段题跋可以作为注解："渭川千亩，淇泉绿竹，西北且然，况潇湘、云梦之间，洞庭、青草之外，何在非水？何在非竹也？"

后半首诗中，画家满腔的不平与牢骚抒泄而出，只要细品"却将""买得"二词的语气便能体会。当年"明敕星驰封宝剑，辞君一夜取楼兰"（王昌龄《从军行七首》其六）的功臣勇士，而今不得已，"却将"伴随自己出生入死、屡立功勋的"斩楼阑剑"卖出，"买得"黄牛田亩，与子孙一起耕种。这一强烈的反差间，饱含了画家辛酸和怀才不遇的痛苦，东坡居士"卖剑买牛真欲老，得钱沽酒更无疑"（《次韵曹九章见赠》）的豁达，在画家身上是绝难出现的。（杨旭辉）

题与宋比玉合作山水

李流芳

君画苍苍带雨松，我图冉冉出云峰[1]。
他时相忆还开看，云树平添几万重。

[题解]

本诗选自李流芳《檀园集》卷六。

宋比玉，即明代画家宋珏，字比玉，自号荔枝仙，福建莆田人，流寓金陵(今江苏南京)。善画山水，出入米芾、米友仁、吴镇、黄公望间。写松尤秀。兼善八分书，小诗亦工。李流芳此诗，题于二人合作的山水画卷之上，表现了朋友间深厚的情谊和艺术上的默契。

[注释]

①冉冉：渐升的样子。

[评说]

展开画卷，松倚层峦，梢掠云际，盘踞幽涧，蓄雾藏烟，氤氲泽布，大有雨露资其风韵的意态。这种审美意境的创造，是两位画家心灵契合的结晶，虽然各有分工，但构思布局、驱笔用墨体现出高度的一致。在画中，宋比玉以其所长，晕染出苍苍润润的“带雨松”，树色在烟雨的润涤和笼罩下，若隐若现，如梦如幻，介乎浑迷、清晰间，体现出极为高超的艺术表现力。与“雨松”互为映衬的山峦层巅，也尽显气韵流动之致。李流芳画学吴镇、子久，峻爽流畅，这恰是其所长。不用看画，且读诗中

“冉冉”一词，便能体味出无尽的意蕴。“冉冉”，渐升之貌。山峰本是静止不动的，而雨后山中烟雾缭绕，云雾渐退，自然形成峰峦超拔渐升的印象。两人合作，各尽所长，天衣无缝，山水树石，浑然一体，堪称山水精品，同时更将友谊融注翰墨，倾注尺幅。

随后，诗作转而以虚笔抒叙朋友之情。“他时相忆还开卷，云树平添几万重”，这是画家思念友人的独特方式。设想他时，故人彼此相忆，只要展卷画册，就能追忆今日作画时眼前云山雾海般的磅礴气势。他日，即便是天各一方，相距甚于咫尺千里的山水画作，即使平添云树几万重，也终究隔不断我们的深情厚谊。

大凡画史上同抚尺素，共绘丹青，无不是节操高洁、志趣相投者。无论王绎、倪云林合作《杨竹西小像》，石涛、王原祁合作《兰竹》，尹丽生、任伯年合作《施季仙像》，抑或是从未谋面的石涛与八大山人合画一幅《兰竹》，这些艺坛佳话流传至今，形成独特的审美内涵，而这又远远超越了画作本身，值得我们珍视。（杨旭辉）

题山水图

‖ 李流芳

闻说经旬不启关①，药窗谁伴醉开颜。

夜来雪压村前竹，剩见溪南几尺山。

[题解]

本图今藏美国波士顿美术馆。

这幅山水画，表现雪天景象，构图十分清简，绘雪天的溪山、竹林，用笔劲爽，寥寥数笔，传达出冷寂的氛围，诚有元人“逸笔草草，不求形似”的韵味。淡墨渲染天空，衬出积雪之白；丛竹作倾斜状，若不胜积雪重压之势，全图具有“清标映发”的风貌。在非常空旷、满是雪意的空间，画家在右上方用行草自题一绝，无款，钤“李流芳”朱白相兼印一方。

[注释]

①不启关：暗用东汉贤士袁安的典故。袁安曾于大雪天困卧于家中，宁忍冻饿而不外出乞援。

[评说]

李流芳诗不从画面景物入手，却用侧笔形容画幅上大雪封山的状况。首句妙用袁安典，说画上有一位贤士卧雪不外出，已经十天不开门。次句说雪天无人来寻访他，有谁在“药窗”陪伴他醉酒开颜？诗的后半首，才写到画面。“雪压村前竹”，用实笔，描写画上丛竹斜倾倒伏的情景；溪南的群山尽被大雪覆盖着，见不到有“几尺山”还露出山石。画面上“雪压村前竹”的艺术意象，映发着诗中贤士坚贞不屈的“清标”。而诗篇的清旷风格，全赖画幅清旷意境托出。诗情画意互相渗透，意境融彻，端是好诗。（吴企明）

题山楼对雨图

宋 珏

山雨楼中试墨时，霜豪雪茧对君披。
别来对雨遥相忆，添写松间雨后枝。

[题解]

本图今藏故宫博物院。

宋珏（1576—1632），明代画家，字比玉，号荔枝仙，福建莆田人。流寓金陵（今江苏南京）。工书画篆刻，山水学二米、黄、吴，兼善画松。

这幅山水画，以画松为主体。画幅下部，山溪两岸，画苍松十余株，枝干姿态各异，交叉穿插，错落有致，枝叶布满整个画幅。用淡墨描树干，现出鳞片，稍加皴擦，松针密缀，用细笔勾出，松枝经雨后作下垂状。松阴下隐现茅屋、溪桥，一老者杖策立桥上远望。远处，山势峻拔，飞泉穿崖下注，山石均用干笔皴擦，墨色浓淡得宜。整幅画用笔细密，意境清逸，风格秀润，确有黄、吴之韵味。画幅右上方有宋珏的自题诗、跋，记述作画前后经过，左上方又有画家重题诗，这里选评第一次题的诗。

[评说]

宋珏作画时，有李流芳在旁，诗中的“君”，即指他。前两句说，作画时山中正下雨，“我”当着友人的面，披纸挥毫作画。据画家自跋，可知当日未完稿，携回家，隔数日后补画之，这时又下起雨来，所以便有了后半首诗意。与李流芳分别后，现今又逢雨天，触发起思念“君”的情感，在画上添补雨后的松枝。“雨”，是联想的媒介，成为维系两人情感的纽带。全诗在叙述自己画作《山楼对雨图》的过程中，映带出画家与李流芳的友谊，增强了诗作的抒情性特征，情韵悠远，感人至深。（吴企明）

题倚杖闻吟图

陈洪绶

何必山行便有诗，天生一种住山痴。
成时也教山童唱，难道山童逊雪儿[①]。

题杂画册·设色树石

陈洪绶

但发道人愿[②]，自有住山心。
醉后弄笔墨，偶作香光林[③]。

[题解]

二诗分别选自台北故宫博物院藏陈洪绶墨迹《倚杖闻吟图》和故宫博物院藏画册《设色树石》。

陈洪绶(1599—1652)，明代画家，字章侯，号老莲，诸暨(今属浙江)人。清兵入浙东，老莲入云门寺为僧。能诗，工书法，尤善画，人物、山水、花鸟兼长，以人物画称著于世，与另一人物画家崔子忠合称“南陈北崔”。著有《宝纶堂集》。传世画作有《荷花鸳鸯图》《女仙图》《升庵簪花图》等。

[注释]

①雪儿：隋末李密之爱姬，能歌舞，密每见宾僚文章有奇丽入意者，即付雪儿叶音律以歌之，称《雪儿歌》。后泛指家伎的乐曲。金元好问《鹧鸪天·隆德故宫周希颜钦叔知机诸人饮》："云子酒，雪儿歌，留连风月更婆娑。" ②但：只。道人愿：隐逸山林的心愿。③香光林：香气弥漫的山林。

[评说]

自清人入关，直至陈洪绶离开人间，虽不到十年，这其间的痛苦远非以前仕途挫折所能比拟。在国运衰崩、万念俱灰之际，陈洪绶便向往着遁迹山村，皈依空门。他曾在一篇游记中说过："老悔一生感慨多在山水间，何则，既脱胎为好山水人矣。每逢得意处，辄思携妻子，栖性命骨肉归于此。魂气则与云影、水声、山光、花色同生灭，吾愿足矣……至天地反覆时，乃心灰冷，老死山水之志始坚。"（《游净慈寺记》）这一思想在题画诗亦复得以再现："但发道人愿，自有住山心"，"天生一种住山痴"。身居其间，燕游终日，"春醉桃花艳，秋看芙蓉色。夏踬深松处，暮冬吟雪白。事事无相干，略翻书数则。神心倍觉安，清谈写松石"（陈洪绶《题乔松仙寿图》，画藏台北故宫博物院）。这便是画家向往的生活。"曳杖烟林中，放脚云山里"（陈洪绶《题山水轴》引张雨诗句），闲来无事时，可去教山童随意清唱，倒也别有情味，与雪儿歌咏相比，并不见逊色多少。而醉后沉酣，尽情饱览山色秋光之后，挥毫偶作山林香光，顿生饮酒林泉、寄情山水之雅致。（杨旭辉）

题莲石图

陈洪绶

青莲法界野人家①，官柳蓑蓑百丈沙②。
战事未来犹未去③，怀之不见写莲花。

[题解]

本诗选自上海博物馆藏陈洪绶《莲石图》墨迹。

此图中画一湖石，空灵剔透。石后两片荷叶，亭亭如盖，花开四朵，隐现在叶后。石前空处，如有清波荡漾，而浮萍大小相间，疏密有致。构图紧凑而令人有疏朗之感。中国画重在笔墨，而画荷乃用笔墨之基本功，陈洪绶此图造型写实，笔墨生动。花之神态，叶之翻转，萍之分布，苔之点缀，看去若不经心，随意点染，实则尽其巧思，正是惨淡经营的结果。

[注释]

①青莲：青色莲花。瓣长而广，青白分明，故佛家多以之喻为眼目。梁简文帝《释迦文佛像铭》："满月为面，青莲在眸。"（见《艺文类聚》卷七七）法界：佛教指各种事物的现象及本质。"界"有分界、类别之意。野人：乡野之人，农夫，也指没有爵禄的平民。②官柳：官府种植的柳树，后泛指大道上的柳树。杜甫《西郊》："市桥官柳细，江路野梅香。"蓑(suī)蓑：下垂貌。张衡《南都赋》："布绿叶之萋萋，敷华蕊之蓑蓑。"百丈：极言其长。③未来：尚未来临。

[评说]

莲石入画，向来有所寄托。莲花本性高洁，出污泥而不染；石质坚硬，临威武而不屈。陈洪绶是个有民族气节的画家，明朝灭亡以后，清兵强制他作画，宁死不屈，后遁入空门，自号悔迟。诗以言志，画为心声，其画莲石，寓志可知。诗中以禅家机锋吐露心曲：青莲，青白分明，以此法眼来观照世间万物，自然是黑白清浊历历在心头。双目偶触河边成行的依依官柳，只见它们蓑蓑下垂，撩拂着水边的白沙。堤柳堆烟，本就极易触发往事如烟的感慨，再加以它在诗歌中又常常被用作抒写兴亡之感的凭借，所以这随风摇荡的杨柳，便勾起画家更为强烈的亡国之痛。年来战事频仍，历经国破家亡，这一切都未使画家改变对旧朝的忠心，于是便把这“难空忘国念”（陈洪绶《卜居薄坞去祖茔三四里许感祁季超奕远叔侄赠赀》）全部寄托于团团墨荷之中。（杨旭辉）

题西湖垂柳图

陈洪绶

外六桥头杨柳尽[①],里六桥头树亦稀[②]。
真实湖山今始见,老迟行过更依依[③]。

[题解]

本诗选自陈洪绶《宝纶堂集》卷九，原题作《独步》。

[注释]

①外六桥：西湖苏堤上的六座桥，宋苏轼始建，名曰映波、锁澜、望山、压堤、东浦、跨虹。②里六桥：西湖里湖杨公堤上的六座桥，为明代杨孟瑛建，名曰环璧、流金、卧龙、隐秀、景行、浚源。③老迟：诗人自称。

[评说]

这是诗人在明亡后重游西湖时，有感于六桥杨柳的变化，作《独步》一诗抒怀，后又题在自画《西湖垂柳图》上。据《湖濡杂记》载，里、外六桥上遍植杨柳，明亡后被砍伐殆尽，原本古人在易代之际，往往会因风景不殊，山河有异而兴叹，更何况眼前确是满目荒凉疮痍。“杨柳尽”“树亦稀”是画家深深悲痛的动因，因而产生“行过更依依”的情感。这种真情实感的流露，似乎比前人更深一层。它不仅表达了自己对西湖美景的热爱之情，更借此抒发了对清统治者蹂躏祖国河山的痛惜之感。老莲以画名世，诗不多见，而这首题画绝句，“读之一过，恻恻动人”（郭麐《灵芬馆诗话》）。（杨旭辉）

题花鸟图

陈洪绶

高梧老桂暗天街，梅水烹茶有好怀。
写与来君悬壁去，雪飞月冷坐空禽。

[题解]

本图今藏美国翁万戈处。

这幅画是陈洪绶父子合作的。老莲之子名陈字（1634—？），字无名，号小莲，太学生，性孤傲，善书画，绰有父风。本图红梅的主干由陈洪绶用细笔勾勒，枝干上满是瘿瘤节目，错转纠结。禽鸟勾线流畅，亦出自老莲之手。陈字为树、鸟设色，红梅花由陈字用没骨法画成。父子配合默契，笔墨色泽运用得当，诚为合作画中的佳作。右下角，陈洪绶题上一诗，笔法与画幅高古之趣浑然一体，笔意墨趣融合无间。

[评说]

题诗由题外写来，咏梅花却先从高梧、老桂入手，以起陪衬作用。次句才落到正题上，意谓用梅花时节的水烹茶，使人有好的情怀，有了好的情怀，就挥毫写梅花禽鸟图，赠与“来君”携回去悬挂在壁上。尾句以画上景物收结，禽鸟空坐在梅枝上，面对漫天飞雪，皓月清冷，屹立不动。梅花的艺术形象，得雪、月相衬，倍添精神；禽鸟得到梅、雪、月的映衬，更有生机，更能传神。画家深知艺术群像之间的密切关系，所以通过诗歌语言，将画外意象补入，为自己的花鸟画增光添色，更耐人寻味。

（吴企明）

题墨梅

柳如是

色也凄凉影也孤，墨痕浅晕一枝枯。
千秋知己何人在，还赚师雄入梦无①？

[题解]

本诗选自陈寅恪《柳如是别传》征引《虞山画志》。

柳如是(1618—1664)，明末清初女画家、女诗人。原姓杨名爱，后改名柳隐，又名如是，号影怜、靡芜君，吴江(今属江苏)人。初为江南名妓，色艺冠一时。后为追求自由与爱情，历经坎坷，归常熟钱谦益，相得甚欢，称“河东君”。明亡，劝钱谦益殉国，谦益不能从。谦益死，亦殉之。她好学博识，工诗能文，善于书画，有《月堤烟柳图》卷及诗集《戊寅草》《湖上草》。

[注释]

①师雄：赵师雄。柳宗元《龙城录》载，隋开皇中，赵师雄迁罗浮。日暮，于松林酒肆旁，见一美人，淡妆素服出迎，与之语，芳香袭人，并与之共饮。师雄醉寝，及其醒后，起视，乃在梅花树下，上有翠羽鸣叫，月落参横，但惆怅而已。后以“罗浮树”比作梅花，“师雄”比作梅之知己。

[评说]

作为明朝遗民，八大山人朱耷在山水画中径题：“墨点无多泪点多。”

(《山水册页》)作为“女侠名姝”，柳如是在经历了清兵南下、故国沦丧以后，以墨笔写梅，抒写内心的凄苦苍凉。一枝枯梅，根干无依，“影也孤”，“墨痕浅晕”，因而“色也凄凉”，诗人深感自己犹如这根茎全无的枯枝孤梅，不禁黯然泣下，这画中的“墨痕浅晕”，倒不如说是画家热泪濡染而成，蕴含着无尽的哀痛。当年，自己与东林党、复社的名士，抗清复明的豪俊往来，陈子龙、黄宗羲、黄毓琪、郑成功、张煌言……而今何在？当她闻说黄宗羲还在秘密奔走、张煌言尚在冒死奋战时，心中的希望顿又复燃。诗中借用《龙城录》中的故事表明心迹：“千秋知己何人在，还赚师雄入梦无？”这足以说明她忧国忧民、毁家纾难、救亡图存之心至死不渝，无时无刻不在盼望复明义军能卷土重来。一腔忠愤，碧血丹心，肺腑倾出，体现出崇高的民族气节。如此高怀远致，竟出自长期被轻薄深诋的一位女子，何等胸襟，读之怎不令人为之拍案，怎不令人为之潸然？（杨旭辉）

棹歌十首为豫章刘远公题扁舟江上图(选一)

钱谦益

扁舟惯听浪淘声,昨日危沙今日平。
惟有江豚吹白浪[①],夜来还抱石头城[②]。

[题解]

本诗选自钱谦益《牧斋有学集》卷八。

钱谦益(1582—1664),明末清初诗人、学者。字受之,号牧斋,又号蒙叟,亦自称东涧老人,江苏常熟人。明万历进士,授编修,累官至礼部侍郎。南明福王时任礼部尚书。顺治三年(1646),清人定江南,钱迎降,被任命为礼部侍郎兼管秘书院事。旋归故里,以著书为娱,尤擅诗文,诗学杜甫,兼采唐宋,与吴伟业、龚鼎孳称“江左三大家”。著有《初学集》《有学集》等。

[注释]

①江豚(tún):我国长江中所产的一种哺乳鲸,形似鱼。许浑《金陵怀古》:“石燕拂云晴亦雨,江豚吹浪夜还风。”②石头城:指南京。石头城故址在今南京清凉山和石头城。

[评说]

刘远公,据钱曾注为“故相文端公之孙,尚宝西佩之子”(《牧斋有学集诗注》),余不详。钱谦益为其《扁舟江上图》所题此诗,含蓄有深意，令人回味。诗的首句“浪淘”二字，自然令人想起苏轼“大江东去，浪淘尽”，滚滚长江淘尽了历史的遗迹。昨日高耸而立，“岌岌乎殆哉”的沙堆，转瞬至今日就夷为平地。很明显，前两句以大浪淘沙来比喻乙酉之变的改朝换代。而对这一历史重大变故，诗人身处扁舟，早已惯听适应了。诗人自己虽曾归顺清，失去名节，然而心中的故国之思又难以言状，目睹画面江风白浪，撞击心胸肺腑之间，感慨良多。“石头城”乃故国旧都，此时一片萧索清寂，只有江豚在茫茫白浪之中搏击，江浪夜抱石城。诗人以悲慨之笔写来，折射出他对故国的一片思恋之情，正乃《周元亮赖古堂合刻序》所云：“槎丫于肺腑，撞击于胸臆。”（杨旭辉）

娄江王奉常西田图诗八首(选一)

钱谦益

竹暗花明断劫灰[①],夕阳多处草堂开。
湘帘荡日春风卷[②],依旧乌衣燕子来[③]。

[题解]

本诗选自钱谦益《牧斋有学集》卷四，诗题取钱曾《牧斋有学集诗注》。

王奉常，即清初著名画家王时敏(1592—1680)，字逊之，号烟客、西庐老人。太仓(今属江苏)人。明末官至太常寺少卿，人称“王奉常”。自幼学书画，工山水，一生着力于黄公望，得宋元标格，笔墨苍润劲秀。与王鉴、王翚、王原祁并称“四王”，加吴历、恽寿平则称“清六家”。西田为画家归隐后所筑寓居，画中图景实为亲历之境，借以寓怀。钱谦益借题画以抒江山易代之沧桑。

[注释]

①劫灰：佛教用语，指劫后的余灰。诗中指清军兵火之后的残迹。②湘帘：湘妃竹(斑竹)制成的帘子。③乌衣：指乌衣巷，在今南京市东南。三国吴时，于此置乌衣营，以兵士皆着乌衣而得名。东晋时，王谢大族居此。

[评说]

唐代诗人刘禹锡《乌衣巷》诗云：“朱雀桥边野草花，乌衣巷口夕阳斜。旧时王谢堂前燕，飞入寻常百姓家。”钱谦益的这首题画诗即由此而来，翻出新意。刘禹锡笔下的景色荒凉冷落，寂寥惨淡。无论是“野草”“夕阳”，还是“飞燕”，从中可以清晰感到诗人对沧海桑田的无限感慨。而钱谦益诗中有的是茂密的竹林、鲜妍的花朵、竹丛以及繁花掩没了清军过后造成的疮痍，一切是那么明媚可爱。夕阳斜照，只见一处处的草屋打开了门窗，没有冷寂，只有一片祥和安静。春风依然骀荡，门前的湘帘被它吹得在日光中自由自在地晃动，见此佳景，旧日飞燕不免动心，重新飞回故巢，全然不知人间沧桑、江山易主的巨大变故。

哀莫过于心死，面对山河的破碎、故国的沦亡，一只只翻飞的燕子根本就不懂得愁是何滋味，反而为表面的平静所蔽，在欢呼飞动。眼见此景，诗人心中涌起了多少情感的波澜，这是用文字也难以表述的。所以，诗人索性以近乎冷静客观的笔调写来，借燕子的无忧来反衬自己的悲哀，让读者从中细细地体会他的深意。（杨旭辉）

题花卉图轴

‖董　白

寻香迷恋草萋萋[1]，午倦花阴粉翅低[2]。
爱向庄生闻听讲[3]，梦魂飞过漆园西[4]。

［题解］

本诗选自无锡博物馆藏董白《花卉图轴》墨迹。

董白（生卒年不详），明末清初女画家，字小宛，别号青莲女史，金陵（今江苏南京）人。冒辟疆之妾。本为金陵妓，归冒氏后，居如皋水绘园，赏鉴鼎彝书画，并集古今闺阁韵事为《奁艳》。小宛天资巧慧，通诗文，善书画，尝书唐人绝句一卷，落笔生姿。顺治五年（1648），作《孤山感逝图》，亦称工妙。卒年二十八。

［注释］

①萋萋：草茂盛貌。②粉翅：指蝴蝶。③庄生：指庄子。④漆园：古地名，战国时，庄子曾为蒙之漆园吏。

［评说］

这首小诗题于《花卉图轴》，却闭口不及花草，着力写蝶，与宋人画"踏花归去马蹄香"，以数蝶随骑之意相同。诗中粉蝶是画中之物，只因花卉生动传神，直叫蜂蝶迷眼。寻香觅色，迷恋萋萋花草，这是蝴蝶的本性。正午时分，只见花阴丛中，一两只粉翅低徊流连，对此佳景美胜，酣然沉醉，栩栩欲睡。此情此景，不禁又使人想起古代一则著名的寓言：

“昔者庄周梦为胡蝶，栩栩然胡蝶也。自喻适志与？不知周也。俄然觉，则蘧蘧然周也。不知周之梦为胡蝶与？胡蝶之梦为周与？”（《庄子·齐物论》）庄子梦见自己幻变成蝴蝶，见其快乐地飞舞，仿佛是真的，而忘了这本来是自己，一觉醒来，已分辨不清是自己梦中变为蝴蝶，还是蝴蝶在梦中变为庄子。这一层含义在诗作的后半首得以点化。读者不仅可以体会出董白作画时的艺术化境，蝶我不分，以蝶心写花，因而也就极能传出花卉之神，直叫蜂蝶迷眼，对之翻飞起舞。读者也可以想象出画家在创作之后的踌躇满志，此时的她已真正化为粉蝶，穿梭花草丛中，梦魂飞过漆园西，尽情享受那种物我融合、心契自然的愉悦。

董小宛的这幅画本就是落笔生姿之作，更有一支生花诗笔，巧妙地运用联想，由画中花蝶想及梦蝶，又由梦幻逗人无限的回味遐思，形成回环往复、涵咏不尽的审美意趣，实为题画诗中的精品佳构，值得玩味吟咏。（杨旭辉）

题秋风送客图轴

张　风

秋风送子还山去，却画空岩云满林。
此意何人能解得，订交不改岁寒心。

[题解]

本诗选自美国景元斋藏张风《秋风送客图》题诗。

张风(生卒年不详)，一作张颿，字大风，号升道士，落款常用“真香佛空”四字，而不具真名。江宁(今江苏南京)人，故又自称“上元老人”。自幼家境贫寒，明亡后，将科举书籍付之一炬，衣短褐，佩长剑，游历燕赵名山胜景。最后寓居南京，以诗画自娱。张风早年擅山水，并以之闻名，也画人物、花草，性情闲适，神韵悠然，毫无妩媚之气，被誉为“笔墨中之散仙”。工治印，秀远如其人。能诗词，著有《双镜亭诗》《上药亭诗余》。

[评说]

身历家国破败、山河失色的现实，战乱频仍，旧巢已倾、新枝难栖的际遇，使广大汉族知识分子心头激起的是悲慨、迷茫和孤寂。作为遗民诗人和画家，张风借诗画送客归山之机会，借以抒发内心深处的孤独与寂寞，企求在大自然的怀抱中寻求自己的精神安慰。前两句诗以“动”写“静”，以“动”衬“静”。诗画意境的“空”与“静”，正烘托出诗人心灵的孤独和寂寞。秋风起，木叶下，枝头早已是残败不堪，更显现出山中的清寥之境。在寥廓的长空中，只有白云在漫山遍野中飘动，云自无心独去闲，这样的诗境正引发了诗人的无限情思。此中所包孕的内在含义又有几人能够懂得呢？ 如此一问，知己难求之慨叹也就不难发现了。 在现实世界中，能做到坚贞如松柏岁寒之节者又有多少？ 人生求一知己足矣，在友人归山之际，表现出对这份情谊的眷恋与珍惜，而诗人寂寞、凄凉的处境也就在这临别叮嘱中完全透露了出来。 全诗在这一感情的高峰上戛然而止，留给人的是不尽的遐思与回味。（杨旭辉）

题山水立轴

蓝　瑛

峻壁云轻束玉虹[①],松涛碧泻广陵同[②]。
望来有句深丘壑,清听高旻度北鸿[③]。

[题解]

本图今藏美国绿韵轩。

蓝瑛（1585—？），明代画家，字田叔叟，号西湖外史、东郭老农，晚年号头陀，钱塘（今浙江杭州）人。以绘画为业，擅画山水、花卉。

画家将全部画面具象安置于画幅的左侧，半壁巨峰，有瀑布泻注深壑。下部坡石上，画奇崛的松、枫等树木，树下盘膝坐着一位老人，作凝神静听状。画幅右侧虚空，下以状水波浩淼，上以状昊天空阔。画法李唐，其高岭飞泉、松石深壑，与李唐《万壑松风图》轴相仿。右上方题诗一首。

[注释]

①玉虹：形容瀑布。②广陵：即《广陵散》，古琴曲名。三国时代嵇康善鼓琴，临刑时奏《广陵散》曲，曲终叹曰："《广陵散》于今绝矣。"后因称绝响为《广陵散》。③旻：秋季的天。

[评说]

全诗主要描写画面景物，首句从画幅高山着笔，轻云回绕峻壁，也裹束流瀑，静态与动态相间，益见空灵。次句写水，碧色瀑流倾泻而下，发出清响，与松涛声相应和，犹如绝响《广陵散》曲。三、四句转而写人，写那位盘膝坐于溪畔的老者，面对深壑听松韵、泉声，还听到高空中北雁南飞时发出的鸣叫声，不禁诗兴勃发，吟成清雅的诗句。诗人以听觉补视觉，将画境写得非常丰富，韵清神远，令读画人获得诗画双美的美感享受。（吴企明）

辛巳为茂先画疏林图轴

蓝 瑛

疏林叶萧萧，平波天际远。
清思渺长空，青岫云痕敛。

[题解]

本图今藏美国乐艺斋，载见《艺苑掇英》第五〇期。

蓝瑛常常模仿宋元人画，本图是他仿倪瓒笔意画成的。画幅正中画树三株，轻笔淡墨勾描枝干，淡墨点疏叶。树旁画山石一丛，淡墨勾皴，横笔稍稍点苔，几株稚竹，依于石旁。中部为空阔的江天，远处的山峦，淡墨勾皴。全图用一河两岸式构图，用笔轻，用墨淡，营造简淡清远的意境，力求得迂翁天真幽淡之趣。画右上方画家自题一诗，署款云“辛巳新秋”，辛巳为明崇祯十四年（1641），时画家年五十七岁。

[评说]

题诗纯写画面，再现画境之清旷美。首句写疏林，时已深秋，萧萧木落，枝头树叶稀疏，首句已经奠定全诗的也是画作写景萧疏的基调。次句写河水，风微水波不兴，水面平静，更见出天际遥远，极写水天空阔的画面景色。诗的后半首，继续表现画面的远处景物，秋日天气晴朗，云雾收敛，青岫清晰可见，渺渺长空，玉宇澄清，给人们带来无限的清思和遐想。“敛”，收敛。全诗诗境由画境托出，诗思清，语言清，与画境的简淡清远完全吻合。在这幅画里，诗与画达到完美融合，给人以清旷淡逸的审美享受，令人陶醉其间。（吴企明）

题秋景山水图轴

‖蓝　瑛

维摩诗里画，余愧画中诗。
秋老溪山邃，相看不厌时。

[题解]

本图原藏李一氓处，载见《中国民间秘藏绘画珍品》第三集。

本图为绢本设色画。画家署款云："甲戌小春，于灵鹫山之涧西草堂画大痴意并题，蓝瑛。"甲戌，为明崇祯七年（1634），题记明言此图仿黄公望笔意。画幅上重山叠巘，山多矾头，下部在树丛掩映下有屋舍数间，临水一轩，有人正在轩前观赏山景。笔墨、敷色、皴擦，都保留了黄公望浅绛山水的美学特征，恰当地表现了江南秋山的自然风光。画幅右上方，画家自题一诗。

[评说]

自从苏轼评述王维诗画"味摩诘之诗，诗中有画；观摩诘之画，画中有诗"（《书摩诘蓝田烟雨图》）以后，历代诗人、画家都用这种艺术标准来衡量自己的创作。蓝瑛题咏本图，也由此切入，说"我"很惭愧，难以达到王维"诗里画""画中诗"的美学标准。但是，他还是努力追求这种艺术境界，三、四句扣到画面上，说这一幅秋景山水图轴，色墨明净清淡，秋意浓重，意境深邃，真是相看不厌。尾句，更是直接与临轩看山的画境相契合。蓝瑛这幅画，蕴含李白的诗意，"秋色老梧桐"（《秋登宣城谢朓北楼》）、"相看两不厌，只有敬亭山"（《独坐敬亭山》），真正做到了画中有诗。蓝瑛惟恐读画人看不出来，便在题画诗里，檃栝李白诗名句，起提示作用。诗与画，在蓝瑛这幅艺术品里，得到反复的融合、渗透，思清神远，极有韵味。（吴企明）

本书出版得到国家普及类古籍整理出版专项经费资助

历代题画绝句评鉴

第二册

吴企明　史创新　注评

黄山书社

目　录

宋代卷

元代卷

宋代卷

题李成山水图

刘　鳌

六幅冰绡挂翠庭[①]，危峰叠嶂斗峥嵘。
却因一夜芭蕉雨，疑是岩前瀑布声。

[题解]

本诗选自刘道醇《圣朝名画评》卷二。

刘鳌（生卒年不详），北宋诗人。

李成（919—967），五代末宋初画家，字咸熙，先世为唐宗室，五代时家室衰落，迁居营丘（今山东昌乐），人称“李营丘”。一生郁郁不得志，放意于诗酒、绘事之中。擅画山水林木，“气象萧疏，烟林清旷”（郭若虚《图画见闻志》）。郭熙得其真传，并称“李郭”。

[注释]

①冰绡：雪白的画绢。

[评说]

李成这幅山水，张于曹武惠王（曹彬，谥武惠）宅第。刘道醇评李成画“思清格老，古无其人”，此画可为代表。直史馆刘鳌，精于书画鉴赏，观此画后爱之不已，因题作本诗，“识者以为实录”。

刘鳌诗先从画面落笔。近处，岩嶂重叠，远处，危峰突兀，呈现出强烈的层次感，故云“斗峥嵘”。画幅上布满绿色，映得曹武惠王宅庭成为翠庭。诗意与刘道醇评“峰峦重叠，间露祠墅，此为最佳”（《圣朝名画评》）完全符合。诗的后半首，写李营丘的山水画如有水声。前代画论家常常以画有水声的艺术效果，来表现画家山水画技艺的高超，如朱景玄记载唐明皇称赞李思训的画称："卿所画掩障，夜闻水声"（《唐朝名画录》）。刘鳌不直接说画有水声，却用"却因一夜芭蕉雨"衬一笔，然后说"疑是岩前瀑布声"，使人疑以为是画面上岩石间倾泻下来的瀑布声。如此写来，艺术效果更佳。（吴企明）

观江上人壁许道宁画寒林

司马光

昔曾驱瘦马,冲雪过荥阳[①]。
不悟当时景[②],萧然在此堂。

[题解]

本诗选自司马光《传家集》卷六。

司马光(1019—1086),字君实,自号迂叟,陕州夏县(今山西闻喜)人。宝元初进士,历仁宗、英宗、神宗、哲宗四朝,任翰林学士、权御史中丞、尚书左仆射兼门下侍郎等职。为《资治通鉴》的主要编撰者,另有《司马文正公集》。

许道宁,生卒年不详,活跃于北宋中期(约970—1050)。长安(今陕西西安)人。北宋画家,多写林木、野水、秋江、雪景、寒林、渔浦等,也善写人物肖像。张邦基《墨庄漫录》记载他在酒肆写貌遭人殴打的故事。有《秋江渔艇图》《关山密雪图》《秋山萧寺图》传世。

[注释]

①冲雪:冒雪。荥阳:地名,位于河南省。②不悟:没有料到。

[评说]

许道宁的山水画成就很高,当时人有"李成谢世范宽死,唯有长安许道宁"(郭若虚《图画见闻志》卷四)之说,其成就、声名可见一斑。司马光的这首五绝小诗即以题画的形式生动形象地说明了许道宁画寒林的高超技艺。“昔曾驱瘦马，冲雪过荥阳”，描写诗人的亲身经历。诗人曾在一个寒冷的冬日，骑着瘦马，冒雪经过荥阳一带的寒林。当时古道瘦马，漫天大雪的情景及荥阳一带的寒林景色本已在脑海中有些模糊了，然而“不悟当时景，萧然在此堂”，没有料到的是，当时的情景，居然清晰地呈现在眼前，就在堂前所挂的许道宁的《寒林图》中。于是往事又历历在目。从诗的后半首可知，许道宁的这幅画所绘正是一人驱瘦马，冒雪过寒林的景象。好的山水画本身即让人有身临其境之感，更何况画中所绘正是诗人经历过的熟悉情形呢？诗人乍一看画，仿佛又回到了骑马冒雪走在荥阳寒林中的那个冬日。在画景与真实经历的交替描写中，许道宁《寒林图》的内容让人一目了然，画家的绘画才能可见一斑。（史创新）

许道宁寒林

文　同

许生虽学李营丘①,墨路纵横多自出。
交柯挥霍裴旻剑②,乱蔓淋漓张晓笔③。

[题解]

本诗选自陈邦彦《历代题画诗类》卷二〇。

文同(1018—1079),宋代画家,字与可,自号笑笑先生,梓州梓潼(今四川盐亭)人。宋仁宗皇祐元年(1049)进士及第,历仕司封员外郎、洋州知州、湖州知州,人称"文湖州"。善画墨竹,知名于时,也擅长书法,他的墨竹便有书法韵味。有《丹渊集》。传世画迹有《墨竹图》。

[注释]

①李营丘:即李成。②裴旻:唐人,善舞剑。其剑舞与李白诗、张旭草书合称"三绝"(裴敬《翰林学士李公墓碑》),又与吴道子画、张旭书法合称"三绝"(朱景玄《唐朝名画录》)。③张晓:即张旭,唐代书法家,字伯高,苏州(今属江苏)人。历仕常熟尉、金吾长史,世称"张长史"。善草书、楷书,其诗清逸可爱。

[评说]

画家为画家题诗,当然别具慧眼。这首诗一开始就脱开《寒林图》,从许道宁画艺的师承、创新的角度,发表了极为精深的品评。许道宁师出李成，又自成一家。郭若虚说过：“工画山水，学李光丞（即李成），始尚矜谨。老年唯以笔画简快为己任，故峰峦峭拔，林木劲硬，别成一家体。”（《图画见闻志》）其说与本诗相一致。诗的下半首，文同提出另一个美学理论问题，即舞蹈、绘画和书法多种艺术融通的问题。诗的第三句，扣合画面，形容许道宁所画的林木，枝叶交错，得裴旻舞剑之势；第四句，形容许道宁所画的林木，乱蔓淋漓，得张旭草书之态。文同从许道宁的《寒林图》里，看到了多种艺术融合、渗透的奥秘，因此便在诗中阐发了这种美学观点。（吴企明）

学士院燕侍郎画屏

王安石

六幅生绡四五峰[①],暮云楼阁有无中[②]。
去年今日长干里[③],遥望钟山与此同[④]。

[题解]

本诗选自陈邦彦《历代题画诗类》卷一一。

王安石（1021—1086），宋代政治家、文学家，字介甫，晚号半山，抚州临川（今江西抚州）人。庆历二年（1042）进士及第。熙宁二年（1069），任参知政事，推行变法。九年，退居江宁，封荆国公，世称“王荆公”，卒谥文。他是“唐宋八大家”之一，散文风格雄健峭拔，诗歌清新爽健，思致深妙。有《临川集》。

燕肃，宋代画家，字穆之，一字仲穆，阳翟（今河南禹州）人。真宗朝进士，曾为燕王元俨幕僚，后官至龙图阁直学士，世称“燕龙图”，以礼部侍郎致仕，卒后赠太师。肃善画，尤喜山水寒林，与王维不相上下，师法李成，善用水墨，独不设色。他作画不肯妄自落笔，必亲自登山临水，使丘壑成于胸中，然后发之于画，自称“平生画皆因所见为之”（董逌《广川画跋》）。《宣和画谱》记载御府收藏他的作品《春岫渔歌图》《夏溪图》《秋山远浦图》《冬晴钓艇图》等三十七幅，今并失传。《宣和画谱》云：“旧传太常与玉堂屏等，皆肃之真迹。”据荆公此诗，知学士院亦有燕肃画屏。王安石在学士院观赏燕肃画，被他的山水图的艺术魅力所吸引，受此图的清思遐想所感发，产生忆念金陵的情思，因作此诗。

[注释]

①四五峰：语出郎士元《柏林寺南望》：“画出东南四五峰。”②有无

中：此状暮云叆叇，楼阁之影若有若无，化用王维《汉江临泛》："江流天地外，山色有无中。"③长干里：在金陵（今江苏南京）城南。《方舆胜览》："建康府有长干里，去上元县五里。"④钟山：即紫金山，又名蒋山，在金陵城东。

［评说］

诗从画面实境发端，首句头尾二处妙用数字，描写阔大的画屏上点缀着四五座山峰，给人以气势阔远的感受。次句檃栝唐韩琮《暮春浐水送别》中"暮云楼阁古今情"句意，形容楼阁在暮云叆叇中若隐若现的情景。第三句，诗思陡转，宕开画面，写诗人自己的观感。"去年今日"，诗人曾在金陵长干里遥望钟山，今年今日，他看到燕侍郎的山水图，觉得画上之山与钟山相似，油然生出忆念金陵的情思。诗人通过以画作真的手法，揭示出燕肃山水图的美学效果。《宣和画谱》论燕肃"胸次潇洒，每寄心于绘事"。燕肃画境的清远，衬托出荆公诗境的清远。这首题画诗思清神远，诗境与画境融为一体，达到契合无间的境界，读本诗，知"荆公绝句妙天下"（曾季狸《艇斋诗话》引东湖语）之论，诚非虚语。（吴企明）

虔州八境图（选三）

苏　轼

涛头寂寞打城还[1]，章贡台前暮霭寒[2]。
倦客登临无限思[3]，孤云落日是长安[4]。

朱楼深处日微明，皂盖归时酒半醒[5]。
薄暮渔樵人去尽[6]，碧溪青嶂绕螺亭[7]。

烟云缥缈郁孤台[8]，积翠浮空雨半开。
想见之罘观海市[9]，绛宫明灭是蓬莱[10]。

［题解］

本诗选自苏轼《苏东坡全集》前集卷九、陈邦彦《历代题画诗类》卷五。

苏轼（1037—1101），北宋文学家、书画家，字子瞻，号东坡居士，眉州眉山（今属四川）人。与父洵、弟辙同有文名，合称“三苏”。宋仁宗嘉祐二年（1057）进士及第。神宗时任祠部员外郎，因反对王安石新法出为杭州通判，后知密、徐、湖州，以作诗“讪谤朝廷”罪下狱，后贬为黄州团练副使。哲宗时，任翰林学士承旨，官至礼部尚书，后又贬谪惠州、琼州。徽宗即位时放还，病卒于常州。追谥文忠。他擅于诗文，风格雄健豪迈，善用比喻，艺术成就极高，是“唐宋八大家”之一。能书善画，擅长行书、楷书，与蔡襄、米芾、黄庭坚合称“四大家”。善画枯木、怪石、墨竹，不求形似，宣泄胸臆，属文人写意一路。他对绘画理论也有重要贡献。有《东坡七集》传世。存世书法作品有《黄州寒食诗帖》《答谢民师论文帖》等，画作有《竹石图》《枯木怪石图》等。

《虔州八境图》为孔宗翰所绘。孔宗翰，字周翰，孔道辅之子，曲阜（今属山东）人。历仕虔、密、扬、兖诸州知州，元祐中官至刑部侍郎，以宝文阁待制知徐州，未拜而卒。

[注释]

①“涛头”句：语出刘禹锡《金陵五题·石头城》“潮打空城寂寞回”。苏轼稍事点化。②章贡台：在虔州城西北面，正当章水和贡水的会合处。宋仁宗嘉祐六年（1061），赵抃任虔州知州，在野景亭的旧址上建造此台，更名为章贡台。登高远眺，虔州城北面的山光水色，尽收眼底。事见赵抃《章贡台记》。③倦客：指作画人孔宗翰。④“孤云”句：诗意出自李白《登金陵凤凰台》：“总为浮云能蔽日，长安不见使人愁。”⑤皂盖：太守乘车上的黑色车盖。《后汉书·舆服志》：“中二千石、二千石皆皂盖，朱两幡。”⑥渔樵：捕鱼、打柴人。⑦螺亭：螺亭石，又名螺亭山。⑧郁孤台：在虔州西南，因阜隆郁然，孤起平地数丈，故名。《赣州府志》：“唐李勉为刺史，登台北望，慨然曰：‘予虽不及子牟，心存魏阙一也。郁孤台岂令名乎！’乃易匾为望阙。”⑨之罘：山名，也作芝罘，三面环海，一径南通，在今山东烟台市北。秦始皇曾在此刻石、射鱼。海市：海市蜃楼的简称，大气中由于光线的折射，把远处景物显示在空中的奇异幻景。⑩绛宫：朱漆宫殿。蓬莱：山名，古代传说中的海上三神山之一。

[评说]

《虔州八境图》是一组题画诗，共八首，是苏轼为密友孔宗翰所画《八境图》题写的诗。孔宗翰任虔州知州时，看到江水年年毁坏城墙，便筑石城以捍御江水。苏轼《八境图后序》云：“南康江水，岁岁坏城，孔君宗翰为守，始作石城，至今赖之。”他将城上楼台的景色描绘出来，题为《八境图》。这本来是虔州石城上的一处景观，为什么孔宗翰要题名为《八境图》呢？苏轼《八境图序》说：“所自观者之异也。”这当然是孔宗翰的意图。因为观景时，时序节令有不同，观景者的心情有不同，观景者站立不同的位置，取不同的视角，所见景色也就不同，形成“八境”。后人不明孔宗翰取题的意图，遂误以为他画了八幅图画。熙宁十年（1077）春，苏轼由密州调任徐州，接代他知密州的，便是孔宗翰。两人交接后，临行时，孔宗翰拿出《八境图》，请苏轼为之作序文并题诗，让虔州人刻在石上，以留作纪念。这里，我们选评其中的三首。

组诗其二，写章贡台附近景观和登高远望的情思。

全诗以“涛头”发其端，描写虔州石城景象，形容赣江的浪涛拍打石城，带着寂寞的心态，无可奈何地默默退去，诗意由檃栝刘禹锡句得来，紧扣画面实境，妥帖巧妙，不露痕迹。次句渲染石头城上章贡台附近寂寞悲凉的氛围，又与下面的诗意勾连起来，“暮霭”与“落日”遥相呼应，引出诗尾望阙的情思。“倦客”指作画人孔宗翰，他因宦游远州而感到疲倦。孔宗翰登上章贡台，联想起唐代李勉登郁孤台北望的故事，产生无限的情思。诗至第四句，拍合全篇，醒明题旨。“孤云落日是长安”，运化李白《登金陵凤凰台》诗意，李白以浮云蔽日，喻邪恶之臣蔽贤嫉能。孔宗翰与李白一样，遥望京城（宋人常用唐都长安代指宋京汴梁），慨叹邪臣蔽贤，透露出为朝廷忧虑的心情。这样的结句，意蕴深远，情思悠悠不尽，富有韵味。苏轼是画家，又是大诗人，他善于融通诗与画的艺术三昧。本诗用富有美感的诗句，不仅将画面实境淋漓尽致地描绘出来，还能将画家孔宗翰作画时构思立意的匠心以及蕴含于画面中的无限情思描写出来，诗情画意得以完美结合，成为题画诗中的上乘之作。

组诗其四，通过朱楼和螺亭两个视点，描绘图中美景并抒写画家的情趣。“朱楼”和“皂盖”，是画中人太守的居处和乘车车盖。清晨，“日微明”时，太守就从朱楼深处乘车外出；傍晚，太守返回朱楼，酒刚刚醒了一半。前两句诗，以“朱楼”为视点，写了出而复归的太守一整天的行踪，那么，他究竟到哪里去了，去干什么呢？诗的三、四句，以“螺亭”为视点，描写太守一整天的活动，他在这里饮酒，观赏周围“碧溪青嶂”的优美秀丽的景色，与渔翁、樵夫为伍，陶然于山水之间。其情趣，与欧阳修的《醉翁亭记》相仿佛。

《八境图》的作者和本诗诗人在艺术上实现了两个“超越”。绘画艺术是以一瞬间的画面，表现生活断面、静态形象和视觉所及的事物。太守从早到晚出游，从朱楼到螺亭，从饮酒到观赏自然景色，一系列急遽的时空变化和复杂的人物连续性动作，在画面中是难以表现的。聪慧的孔宗翰充分发挥艺术想象的威力，通过富有特征性的事物去暗示动作情节，选择可以见出前因后果的一刹那的生活片断，来表现承续性的动作情节。比如，用“螺亭”里的杯盘，暗示太守白天在此饮酒的情节；选用“皂盖归时”这种富有暗示性的生活片断，略去画中人清晨出游、白天观赏景色的连续性情节。画家实现了空间的变换和时间的推移这两方面的“超越”。此其一。苏轼一眼看出孔宗翰的用意，他凭借惊人的艺术想象力，将“朱楼”和“螺亭”，“日微明”和“薄暮”，观景和饮酒融在一首小诗中，超越时间和空间的限制，补充并丰富了《八境图》的画意。此其二。

组诗其七，描写郁孤台景色优美如仙境。诗的前二句，写的是画面景象。郁郁葱葱的郁孤台，如积翠浮空，矗立在烟雨之中，云烟缥缈，时隐时现，景色极为优美。孔宗翰年岁比米芾高，米氏云山尚未出现于画坛，他的这种画法，显然是受到董源云气滃郁的画风的熏染。后半首，诗人由画面推想开去，想到之罘山观看海市蜃楼的景象，感到烟云中的郁孤台，极像烟云中蓬莱仙山上的绛宫。诗人兼用实笔、虚笔，虚实相生，再现了如仙境般优美的郁孤台景色，给人以美的享受。（吴企明）

惠崇春江晓景二首

苏　轼

竹外桃花三两枝，春江水暖鸭先知。
蒌蒿满地芦芽短[①]，正是河豚欲上时[②]。

两两归鸿欲破群，依依还似北归人。
遥知朔漠多风雪[③]，更待江南半月春。

[题解]

本诗选自苏轼《苏东坡全集》前集卷一五。

惠崇（965—1017），北宋僧人，建阳（今属福建）人，擅诗、画。郭若虚《图画见闻志》称其“工画鹅、雁、鹭鸶，尤工小景，善为寒汀远渚、萧洒虚旷之象，人所难到也”。

[注释]

①蒌蒿：白蒿，生长在洼地，据《尔雅》郭璞注：“蒌蒿，生下田，初出可啖。”江淮一带人用蒌蒿做鱼羹。芦芽：芦笋，用以与河豚同煮，可以解毒，见《本草纲目》。②河豚：鱼名，肉味鲜美，肝脏、血液和生殖腺中有毒。③朔漠：北方沙漠地区。

[评说]

惠崇画《春江晓景图》共两幅，原画已失传。苏轼为它们题过诗，一幅一首，今并存。从苏诗可知，惠崇画的一幅是《鸭戏图》，一幅是《雁归图》。

第一首，东坡先从画面景物落笔。“桃花三两枝”，恰是早春二月的物候。“春江水暖”，家禽中的鸭子最先感知，这在绘画上是无法表达的，画家惠崇的心很巧，他用鸭子戏水的动态，传达鸭子感知春江水暖时的欢快。而画家的匠心，却被诗人苏轼体察出来，便将这种体识写成这一联脍炙人口、遐迩闻名的诗句。诗的第三句，仍写画面上的物象。为什么画家要将蒌蒿、芦笋一类食物画到画面上去呢？原来，蒌蒿可以煮鱼，芦笋可以解毒，由此可知，惠崇作画绝非用虚笔，他是很善于把握事物的特征和节令的。诗的结句，“河豚欲上时”，点明节令，并与上述诸多风物有机地绾合起来，构成完整的诗境，也恰当地表现了整个画境。这首诗，曾引起一桩公案。清人毛奇龄与汪懋麟共论宋诗，汪举出苏轼“春江水暖鸭先知”句，以为它胜过唐诗。毛奇龄不以为然，说：“此正效唐人而未能者。‘花间觅路鸟先知’（按此为唐张谓《春园家宴》诗中句），此唐人句也。觅路在人，先知在鸟，鸟习花间故也。此先，先人也。若鸭，则先谁乎？水中之物皆知冷暖，必先以鸭，妄矣。”（载毛奇龄《西河合集·诗话》）后来，王士禛《渔洋诗话》、袁枚《随园诗话》都驳过毛氏的说法，近人钱锺书说得好：“是必惠崇画中有桃、竹、芦、鸭等物，故诗中遂遍及之……西河未顾坡诗题目，遂有此灭裂之谈。”（《谈艺录》）我们难道不能从钱氏的高论中悟出一些道理吗？

第二首，东坡仍然从画面景物着笔，进而通过艺术想象，推想北方多风雪的情景，写出归雁的心态，补足了画外之意。诗的前二句，写画上的归雁，描写其中的两只雁依恋江南的温馨，意欲离群，好像北归人舍不得离开南方一样。后二句，诗人代大雁设想，南方已是初春，而“遥知朔漠多风雪”，所以希望能在江南多停留半个月，沐浴着融和的春光，真切地表达出大雁的心愿。“诗传画外意”，苏轼的诗真正达到了这样的艺术标准。（吴企明）

书李世南所画秋景二首

苏　轼

野水参差落涨痕，疏林欹倒出霜根。
扁舟一棹归何处？家在江南黄叶村。

人间斤斧日创夷①，谁见龙蛇百尺姿。
不是溪山曾独往，何人解作挂猿枝②。

[题解]

本诗选自苏轼《苏东坡全集》前集卷一六、陈邦彦《历代题画诗类》卷一八。

李世南（生卒年不详），宋代画家，字唐臣，安肃（今河北徐水）人。明经及第，曾参加过《元祐敕令式》的编写工作，官至大理寺丞。邓椿《画继》卷四："（李世南）尝与晁无咎同试诸生，无咎有《求横幅长篇》，又有题扇诗。盖长于山水也。东坡亦尝题其《秋景平远》。"

[注释]

①创夷：亦作疮痍，创伤。

[评说]

李世南的《秋景图》是横幅长卷，他的孙子李皓曾说起过乃祖的这幅画卷："此图本寒林障，分作两轴。前三幅尽寒林，坡所以有'龙蛇姿'之句，后三幅尽平远，所以有'黄叶村'之句，其实一景而坡作两意。"

（邓椿《画继》）苏轼于元祐二年（1087）在开封任翰林学士，其时李世南亦在京，所以为他的《秋景图》题诗，共二首。第一首咏其平远景色，第二首咏其寒林景色。

第一首题画绝句，有两个基本特征：一是咏秋景平远。平远，宋郭熙《林泉高致》提出画山有三远，即高远、深远、平远，是古代画家表现空间，从不同角度取景的基本手法之一。北宋韩拙《山水纯全集》又将平远法推之于水景，发展成画水三远，即阔远、迷远、幽远，云"有山根岸边，水波亘望而遥，谓之阔远"。李世南这幅《秋景图》，正是描绘了疏林曲岸，水波澹荡，遥望远村的画面，用了韩拙所谓的阔远法。二是咏大局中的小景。《秋景图》前轴全是寒林，后轴全是平远，合起来是一幅，为寒林障子，分开来，又自成小景。清代沈宗骞《芥舟学画编》说："盖所谓小景，原不过于山水大局中剪其一段，而自为局法。"苏轼题咏的正是这种大局中的小景。

本诗的前半首，主要形容崖边景色。疏林边的河岸参差不齐，露出了留在岸边的旧日涨痕；林木欹倾倒斜，露出苍老的树根。这两句诗意，承接《秋景图》的前轴"寒林"而来，寒林尽而水岸出，便出现后轴画意。诗的三、四句，才写到开阔的河水和远处的村落。"扁舟"句，《画继》引作"浩歌一棹归何处"，邓椿加以评骘，说："'浩歌'字，雕本皆以为'扁舟'，其实画一舟子张颐鼓枻，作浩歌之态，今作'扁舟'，甚无谓也。"他见到过这幅画，从画的实境、人物情态上推想这句首二字当作"浩歌"，是很有道理的，可惜没有版本根据，只能提供参考。第三句形容舟子恬淡闲散的神态，尾句回应上文"归何处"，说明舟子正鼓枻回家，家在远处杳渺水波间的"黄叶村"。以景结情，余韵不尽，透露出寄寓于画境中的画家情趣，给读者留下了丰富的想象余地。

第一首纯从画面落笔，细致地再现画境之美，第二首的写法却与之迥异，全从议论入手，写出画面景物。诗人说，人间的树木受到斤斧的砍伐，受尽创伤，谁还能见到像画面上这种百尺龙蛇盘屈姿态的林木呢？三、四句，继续发议论说：不是自己曾经到过溪山中，见过挂满猿猱的树枝，又怎能懂得画上寒林奇崛的姿态呢？诗人借着议论句，透出画境之美。（吴企明）

郭熙秋山平远二首

苏　轼

目尽孤鸿落照边，遥知风雨不同川。
此间有句无人识，送与襄阳孟浩然。

木落骚人已怨秋①，不堪平远发诗愁。
要看万壑争流处，他日终烦顾虎头②。

［题解］

本诗选自苏轼《苏东坡全集》前集卷一七。

郭熙（约 1020—1109），宋代画家，字淳夫，河阳温县（今属河南）人。宋神宗熙宁年间为御画院艺学，后任翰林院待诏直长。工画山水，师法李成，又能自成一家，是北宋中期山水画的代表性画家。他用状如卷云的皴笔画山石，用如蟹爪下垂的笔触画树枝，善得烟云出没、峰峦隐显之态，笔势雄健，水墨明洁秀润。后人将他和李成并称为“李郭”。郭熙在画学理论上也有重要贡献，撰《林泉高致》，创山水画“三远”之法，为我国山水画的散点透视奠定基础。存世作品有《早春图》《关山春雪图》《窠石平远图》等。

［注释］

①木落：秋天树木落叶。骚人：诗人。全句暗用杜甫《登高》“无边落木萧萧下”意。②顾虎头：晋代画家顾恺之，小字虎头。

［评说］

苏轼很赏识郭熙的《秋山平远图》，为它题写了三首诗。《郭熙秋山平远二首》是两首七言绝句诗，另一首《郭熙画秋山平远》是七言古诗。郭熙善于观察大自然的变化，他发现四季的山景和山水的远近，有不同的气象："春山淡冶而如笑，夏山苍翠而如滴，秋山明净而如妆，冬山惨淡而如睡。"（《林泉高致》）"自近山而望远山谓之平远"，"平远之意冲融而缥缥缈缈"。（同上）郭熙的《秋山平远图》充分体现了自己的画学思想。

第一首诗起句便抓住郭熙山水画平远法的基本特征，且符合节令特征。深秋，北雁南飞，画面上的"孤鸿"飞向远处，直到"目尽"为止，消失在缥缈的境界里。次句，描写烟云变幻，风雨异处，层次分明，远景、近景布置得宜。郭熙这幅画，意境深远，画中有诗，所以苏轼说"此间有句无人识"。"此间"，当然指郭熙的画境。"有句"，有好的诗句。画境中有诗意，可惜没有人能领会，只能请孟浩然来欣赏这幅画，提示画中的诗意。

苏轼为什么要请孟浩然来欣赏这幅画呢？孟浩然是盛唐时代的山水田园诗派的代表作家，他对大自然的山水景色有着独特的审美能力，善于发现、捕捉山水中的"清幽"之美，他的诗歌也呈现出"清空闲远"的风格。郭熙这幅《秋山平远图》恰恰具有"清远"的画境，与孟浩然的审美情趣正好吻合，因此，让他来欣赏这幅画，必然能体识出画中的诗意。这表明苏轼能准确把握孟浩然的审美趣味、襄阳诗的风格特征和郭熙的画中之意，故能写出这样传神的好诗句来。

第二首诗意，从画题上的"秋"字切入。秋天到来，万木萧条，落叶萧萧下，惹得诗人们兴起"怨秋"的无限感慨，更哪堪面对着平远的山水，缥缈的境界，触发出无边的诗愁。苏轼的题诗，已从郭熙的画境中拓展开去，写出观画人的心境，巧妙地将画面景物和观画人的内心感受绾合起来，构成一种比郭熙《秋山平远图》更为深邃的诗歌意境。诗的下半首再透进一层，要是看到"万壑争流"的美景，终当烦请晋代画家顾恺之挥毫作画，把美景描绘下来。本诗的结尾与第一首诗的结尾"送与襄阳孟浩然”，互为对望，形成鲜明的比照，苏轼请出两位熟知诗情画意的古人，共同来完成对郭熙《秋山平远图》的艺术鉴赏和审美感知，从而赞美郭熙的艺术成就。（吴企明）

题王晋卿画后

苏　轼

丑石半蹲山下虎，长松倒卧水中龙。
试君眼力看多少，数到云峰第几重？

[题解]

本诗选自苏轼《苏东坡全集》后集卷一、陈邦彦《历代题画诗类》卷一一。

王诜（1036—？），北宋画家，字晋卿，太原（今属山西）人，后徙开封（今属河南）。擅画山水，学王维、李成，喜作烟江云山、寒林幽谷，水墨清润明洁，青绿设色高古绝俗。亦能书，善属文。存世作品有《渔村小雪图》《烟江叠嶂图》《溪山秋霁图》等。

[评说]

王晋卿与苏轼志同道合，交游甚密，常常在一起读画、题诗、论艺，苏轼为王诜画题写过不少诗篇。王诜此画早已散佚，但是，元代画家朱德润根据苏轼题画诗的诗意，画出《松溪放艇图》，并将苏轼的诗题在画面的右上方。他只署己名而没有说明此诗的出处，以致后人误以为此诗是朱德润写的。徐邦达《中国绘画史图录》、赵苏娜《历代绘画题诗存》，均同此误。现存的朱画，为我们鉴赏苏轼诗提供了重要的借鉴。

这首题画诗是根据画面的主宾景物写成的。诗的前半首，咏画面近景松石，即主景。丑石犹如半蹲在山下之虎，山石以丑为美，石表面凹凸不平，多坳坎，势险怪，具有错综变化之美。长松以怪为美，长松枝干交错回绕，龙蟠虬屈，姿态宛转盘曲，具有不规则的怪奇之美。郑燮《题画・石》："东坡又曰：'石文为丑。'一丑字则石之千态万状，皆从此出。"刘熙载《艺概・书概》："怪石以丑为美，丑到极处，便是美到极处，一丑字中丘壑未易尽言。"王晋卿画面上的山石，形态多变，远看好像半蹲山下的老虎，怪松倒卧溪上，宛如水中之龙，画上的松石给人以雄奇矫健的美感。读完苏轼的诗句，我们才恍然悟出山石、长松以"丑""怪"为美的深奥道理。

诗的后半首咏远景云山，即宾景。远处，重重叠叠的山峦，隐约出现在迷蒙的云烟之中。《宣和画谱》说王诜善画"烟江远壑"，确实，他笔下的平林远岫、残霞远照，清润可爱。"试君眼力看多少，数到云峰第几重？"苏轼这两句诗意，是从什么样的画面景象生发出来的呢？王诜的画，已经失传，我们很难说清楚。朱德润《松溪放艇图》的画境，却为我们提供了实证。朱图左部上方以淡墨勾画出数重云山，下方是宽阔的小溪，有一小艇正在溪水中行进。船头坐着两位老人，一位拢袖正襟危坐，似乎在听对方的谈话，另一位挥着左手，遥指远方，正在说话。画是无声的，画中人说话的内容是无法画出的，苏轼的诗意正是王诜原作、朱德润补画画境的补充。挥手的那一位正在说："试君眼力看多少，数到云峰第几重？"（吴企明）

王进叔所藏画跋尾五首（选三）

苏　轼

徐熙杏花

江左风流王谢家[①]，尽携书画到天涯。
却因梅雨丹青暗，洗出徐熙落墨花[②]。

赵昌芍药

倚竹佳人翠袖长，天寒犹着薄罗裳[③]。
扬州近日红千叶，自是风流时世妆。

赵昌踯躅

枫林翠壁楚江边，踯躅千层不忍看[④]。
开卷便知归路近，剑南樵叟为施丹[⑤]。

［题解］

这三首诗选自苏轼《苏东坡全集》后集卷七。陈邦彦《历代题画诗类》卷八七、八八著录此三诗，分别题为《王进叔所藏徐熙杏花》《题赵昌芍药》《题赵昌踯躅》。第三首中“路近”，《历代题画诗类》作“客路”。

徐熙（生卒年不详），五代南唐画家，江宁（今江苏南京）人。工花鸟，与黄筌齐名，并称“黄徐”。黄筌多画宫中异卉珍禽，而徐熙多写岸花水鸟，故时人有“黄家富贵，徐熙野逸”之评。赵昌（生卒年不详），字昌之，北宋画家，广汉（今四川剑阁之南）人。工书法、绘画，擅画花果，多作折枝花，兼工草虫。初师滕昌祐，后来发展出自身画风，没骨花鸟自成一派，有徐熙、黄筌遗风。

王进叔是苏轼的朋友，他在宋哲宗元符三年（1100）出任岭南监司。

这一年八月，苏轼自儋州渡海至廉州，又经容州、藤州，到达广州，与王进叔相遇。进叔自京城带来许多书画藏品，以便随时赏鉴。他拿出一幅徐熙画的《杏花》，四幅赵昌画的《四季花》，给苏轼欣赏，东坡为此题了五首诗，每幅画一首。这里选评五首诗中的第一首《徐熙杏花》、第二首《赵昌芍药》、第三首《赵昌踯躅》。

[注释]

①王谢家：六朝时，王家、谢家都是望族，常并称，后为高门世族的代称。本诗指王进叔。②落墨花：徐熙用粗笔浓墨写枝叶萼蕊，略施色彩，不掩笔迹，而气韵生动，人称“落墨花”。⑧“倚竹”两句：自杜甫《佳人》“天寒翠袖薄，日暮倚修竹”翻出。④踯躅：杜鹃花的别名。⑤剑南樵叟：指画家赵昌，他是四川广汉人，一说剑南人。

[评说]

《徐熙杏花》的前二句，是五首诗的总述，交代了王进叔携书画到广州的雅举。第三、四句才绕回到徐熙的《杏花》图上，先用顿笔，“却因梅雨丹青暗”，梅雨天空气湿润，画幅生出霉点，“暗”了丹青。结句归到正题上，经过揩拭，洗尽画上的霉点，露出徐熙《杏花》的真面目，使诗人一饱眼福。

《赵昌芍药》开端两句，运化了杜甫《佳人》的诗句，迅即着题，描绘了画面上芍药的色泽、形貌和风神。赵昌所画的这株芍药敷彩时，明润匀薄，好像穿上了“薄罗裳”，色彩素雅，楚楚动人。杜甫的《佳人》诗，叙述一位出身名门、迭遭厄运的淑女的一生遭遇，寄慨很深，陈式评此诗“末两句（即‘天寒’两句），则言佳人凄楚堪怜，清操自得也”（《杜意》）。苏轼运化这种艺术意想入诗，正是巧妙融合物性和人情，将自己坚贞清正的孤高情操赋予芍药花。诗的后半首，苏轼将近日扬州趋尚红芍药，与赵昌所画的淡雅芍药比照，寄托了另一种感慨。扬州盛产芍药，天下闻名，胡仔《苕溪渔隐丛话》引苏轼语，说：“扬州芍药为天下冠。”红芍药是芍药的一个品种，北宋时扬州人崇尚它，成为当时的“时世妆”。苏轼对待赵昌笔下的芍药和扬州时尚的芍药，有着两种截然不同的态度，他特别爱重淡雅的芍药，厌鄙红艳的芍药，并借花寄慨，辛辣地讽刺那些趋炎附势、竞爱“时世妆”的人。诗人独特的审美情趣和深远的寄托意蕴，带给读者别具一格的艺术享受，使这首题画诗呈现出鲜明的艺术特征。

《赵昌踯躅》是一首借着题画抒发怀乡情思的诗篇。首二句点明画上踯躅生长的地点。枫林映带，千层杜鹃花开在长江边的蜀山翠壁上。画家是蜀人，画上的踯躅是蜀山之花，当长久地过着羁旅生涯的四川籍诗人苏轼看到这幅画时，怎能不触发深深的思乡情怀呢?“不忍看”三字，深刻地揭示出诗人观画时的深层心态。第三句，紧承上面的诗意，说打开赵昌的画卷，便知从剑南到眉山归路很近，诗人的想象力一下子飞到了故乡。“剑南樵叟为施丹”，剑南画家赵昌施用丹红点染出千层踯躅。结句，诗又回到画面上，拍合画题与全篇诗意。这首诗抒写了诗人长期远贬他乡、思归心切的真实情思，情味深长，是一首好诗。（吴企明）

次韵子瞻题郭熙平远二绝

苏　辙

乱山无尽水无边，田舍渔家共一川。
行遍江南识天巧，临窗开卷两茫然[①]。

断云斜日不胜秋，付与骚人满目愁。
父老如今亦才思，一蓑风雨钓槎头[②]。

[题解]

本诗选自《栾城集》卷一五。

苏辙（1039—1112），宋代诗人，字子由，眉州眉山（今属四川）人。苏轼之弟。嘉祐二年（1057）进士及第，历仕河南推官、右司谏、御史中丞、尚书右丞、门下侍郎。因上疏谏事，落职知汝州，累谪雷州安置，徙永州、岳州，以大中大夫致仕。卒谥文定。著有《栾城集》。

[注释]

①茫然：旷远、广阔貌。②槎：竹筏或木筏。

[评说]

郭熙在其《林泉高致》一书中首创山水画在构图方面“高远”“深远”“平远”的“三远”理论，并以自己的创作实践体现着这一理论。其中，郭熙所绘的平远景象最为知名，题画者亦多，此处苏辙的两首七绝题画诗正是依其兄苏轼题郭熙平远图（见前苏轼《郭熙秋山平远二首》）的韵而写成的。

平远景象是“自近山而望远山”，以平视的目光观察对象，因而表现的境界较为开阔。此处第一首诗中的前二句“乱山无尽水无边，田舍渔家共一川”即体现了平远之景的特色。画面上重峦叠嶂，水天一色，广阔的平原一望无垠，景象开阔壮大，正是典型的平远景象。诗的后两句言诗人一生行遍江南，对江南的山水极其熟悉，并能深刻体会到它的胜处、巧妙。此时临窗而望，江南秀丽的山川、广阔的原野尽收眼底，再打开郭熙的画卷，同样是山水无尽，原野旷远，几乎和窗外的景色一模一样。临窗而望，是以平视的目光去看外面的景色，所看到的正是郭熙所谓的平远景象，因而画景与真景一样的开阔、旷远。这首七绝小诗充分显示了郭熙画中平远景象的特点。

如果说第一首诗是紧紧抓住“平远”二字，从整体上把握郭熙画的特点的话，那么，第二首诗则是选取画中的一个局部，以此来传达画中的意境。从诗的第一句看，画中所绘的是秋日山水。草木零落的秋日景象最容易引起多愁善感的文人墨客的愁绪，因而在诗人眼中，画面上充满了一种忧愁之色。就在这种秋日的愁绪之下，却有一老人身穿蓑衣，于烟雨迷蒙之中独钓槎头，从而构成了一幅充满诗情画意的画卷。从这首诗中，可以看出郭熙长于表现四季景色的特点。（史创新）

李公麟阳关图二绝

苏　辙

百年摩诘阳关语①，三叠嘉荣意外声②。
谁遣伯时开缟素，萧条边思坐中生。

西出阳关万里行，弯弓走马自忘生。
不堪未别一杯酒，长听佳人泣渭城。

［题解］

本诗选自苏辙《栾城集》卷一六、厉鹗《宋诗纪事》卷二一。

李公麟（1049—1106），字伯时，号龙眠居士，舒州（今安徽桐城）人。神宗熙宁三年（1070）进士，历泗州录事参军、中书门下后省删定官、御史检法等。好古博学，长于诗，精鉴别古器物。尤以画著名，凡人物、释道、鞍马、山水、花鸟，无所不精，时推为宋画中第一人。传世作品有《五马图》《临韦偃牧放图》《九歌图》《免胄图》《维摩诘像图》等。

［注释］

①“百年”句：指唐王维《渭城曲》：“渭城朝雨浥轻尘，客舍青青柳色新。劝君更尽一杯酒，西出阳关无故人。”②三叠：《渭城曲》被谱成曲，又称《阳关三叠》，三叠指诗句被反复咏唱。嘉荣：唐代歌者米嘉荣。刘禹锡《与歌者米嘉荣》：“唱得《凉州》意外声，旧人唯数米嘉荣。”本句即从刘诗翻出。

[评说]

自李伯时依唐代王维《渭城曲》诗意而创作《阳关图》后，《阳关图》成为文人们竞相题诗的目标，就以北宋而言，苏东坡、黄庭坚皆有《阳关图》的题画诗，苏辙的这两首诗同样是题李伯时《阳关图》的。

第一首诗的前两句言，自从百年前的王维创作了《渭城曲》并被谱成曲后，天下广为传唱，几成文人们送别时的必唱之曲。“谁遣伯时开缟素，萧条边思坐中生”两句言，是谁让李伯时画成《阳关图》的呢？画面上充满了一种冷清、孤寂的边关之思，让人一看即生萧条之意。王维的《渭城曲》虽为送别之曲，但哀而不伤，隐隐透露出豪放旷达的盛唐气息，但李伯时的画却融入了更多凄冷的送别之情和“萧条边思”。虽是如此，却和王维的诗歌并无冲突、矛盾之处，因为把诗情转化成画意的过程，是画家完成一次再创作的过程。

王维的《渭城曲》后两句言：“劝君更尽一杯酒，西出阳关无故人。”可见阳关之外即是荒寥寂寞之处，但第二首诗开篇却言“西出阳关万里行”，更在阳关之外万里独行。同时，“弯弓走马自忘生”，在险峻的山林间，既要防备猛兽的侵袭，又要忍受独自一人的孤寂，此情此景简直令人感受不到自己还活在大千世界上。然而，这并不是最令人不堪忍受的，更令人感到凄凉哀伤的还是和家人、友人分别时，听佳人哭着唱那首《渭城曲》。诗人这样写，正是从侧面说明了《阳关图》具有催人泪下的艺术魅力，同时也赞赏李伯时画艺的精深、高超。（史创新）

题子瞻枯木

黄庭坚

折冲儒墨阵堂堂[①],书入颜杨鸿雁行[②]。
胸中元自有丘壑,故作老木蟠风霜。

[题解]

本诗选自黄庭坚《豫章黄先生文集》卷五、陈邦彦《历代题画诗类》卷七四。

黄庭坚（1045—1105），宋代著名诗人、书法家，字鲁直，号山谷道人，晚号涪翁，洪州分宁（今江西修水）人。治平四年（1067）进士，历仕国子监教授、太和知县、起居舍人、秘书丞兼国史编修官，后因“幸灾谤国”罪被除名羁官宜州，卒于贬所。他是“苏门四学士”之一，善诗，与苏轼齐名，时称“苏黄”，风格奇拗瘦硬，开创江西诗派。擅书法，为宋代四大家之一。著有《山谷集》。

[注释]

①折冲：本意为外交谈判，引申为调和不同学说之间的矛盾。②颜杨：颜，指颜真卿，唐代著名书法家；杨，指杨凝式，五代著名书法家。鸿雁行：相次而行，如大雁飞行时的行列。语出虞和《论书表》：“羲之书云：吾书比之钟、张，当抗行；张草犹当雁行。”

[评说]

苏轼善画枯木。米芾论曰：“子瞻作枯木，枝干虬屈无端。石皴硬，亦怪怪奇奇无端，如其胸中盘郁也。”（《画史》）汤垕也说其“枯木奇石，时有新意”（《画鉴》）。今存的传说为他所绘的《木石图》，犹可见其画风。黄庭坚从他的《枯木图》里，看到苏轼沉郁的胸臆、不凡的气概、深广的蓄养，便写下这首充满赞美之情的题诗。

这首诗以议论开端，以议论承转，结句才扣到《枯木图》上，通篇阐发绘画艺术和学养有密切关系的画理，是我国绘画史上关于艺术家必须注重修养的一篇名作。首句“折冲儒墨”，是说苏轼是一位大学者，他的学识能够调停儒学与墨学的斗争。儒学与墨学是两种对立的学说，《墨子》有《非儒》篇，《荀子》则说“儒者将使人两得之者也，墨者将使人两失之者也”。这里，山谷以点代面，用“儒”“墨”泛指诸子百家，称赞苏轼饱学经文，熟谙诸子，游心于各种学派间，具有广博的学识，并不是说他只懂儒墨之学。次句赞颂苏轼书法艺术精深，与颜真卿、杨凝式不相上下。苏轼是宋代著名书法家和书法鉴赏评论家，他擅长行书、楷书，师法李邕、徐浩、颜真卿、杨凝式，形成自己的独特风格，笔墨丰腴圆润、浑厚爽朗，以气韵见胜，与黄庭坚、米芾、蔡襄合称“宋四大家”。可见，黄庭坚的诗句绝非虚语。正因为苏轼具有深广的学识和坚实的艺术根底，他才能“胸中元自有丘壑”。胸中丘壑，不单纯是山川、树木等自然物象的积淀，也指深思熟虑的艺术构思以及画家吞吐山川的雄浑气概。苏轼胸中盘郁着雄奇的气概，所以他下笔“故作老木蟠风霜”，画出盘曲虬屈、拒风雨傲霜雪的枯木形象。结句，既是上面三句议论的总结，也回应画面具象，具体描绘了枯木的形象。

黄庭坚题写的这首诗，用形象的语言阐发了一个绘画艺术的理论问题，即艺术家的修养问题，语言精练，言简意赅，更容易深入人心，给后代画家以深刻的启示。（吴企明）

题画睡鸭

黄庭坚

山鸡照影空自爱，孤鸾舞镜不作双[①]。
天下真成长会合，两凫相倚睡秋江。

[题解]

本诗选自《豫章黄先生文集》卷五、陈邦彦《历代题画诗类》卷九七。

[注释]

①孤鸾舞镜：范泰《鸾鸟诗序》述，古代罽宾王捕获一只鸾鸟，很喜爱它，可是它三年不鸣叫。罽宾王听从夫人建议，让鸾鸟照镜子，哪知它看到自己的身影后，不胜悲恸，突然飞舞起来，悲鸣而死。

[评说]

这首题画诗所描写的画面实景，只在尾句“两凫相倚睡秋江”，一对野鸭，在溶溶秋江上相倚而眠，诗语极精工，意象深美，说明诗人在尾句上颇用力，符合绝句诗的体征。诗的前三句，无一字不是为逗出尾句诗意服务的。“山鸡”句，说山鸡站在水边，照影自怜；“孤鸾”句，说孤鸾在镜前飞舞，为不成双而悲鸣。两句诗，以山鸡、孤鸾孤单的意象，反衬出双凫睡秋江的安宁、和谐和美满。诗的第三句与尾句拍合，点出“长会合”的题意。本诗运化前人现成的诗句入诗，关于这一点，宋人洪迈早已指出：“徐陵《鸳鸯赋》云：‘山鸡映水那相得，孤鸾照镜不成双。天下真成长会合，无胜比翼双鸳鸯。’黄鲁直《题画睡鸭》曰：‘山鸡照影空自爱……’全用徐语点化之，末句尤精工。”（《容斋随笔》卷一）黄诗之“山鸡”句，变换较多；“孤鸾”句，仅改动“舞”和“成”二字；第三句，一字不动地将徐陵成句搬入本诗。由于黄庭坚用前人成句入诗，功夫用在“化”字上，对它们加以运铸、点化、改造，与自己的立意契合无间，语若己出，因此能成为一首趣味盎然的好诗。（吴企明）

题伯时画严子陵钓滩

黄庭坚

平生久要刘文叔①，不肯为渠作三公②。
能令汉家重九鼎③，桐江波上一丝风④。

[题解]

本诗选自黄庭坚《豫章黄先生文集》卷五。

伯时，即李公麟。

[注释]

①平生久要：《论语·宪问》："见利思义，见危授命，久要不忘平生之言，亦可以为成人矣。"久要，犹言旧约。平生，少时。刘文叔，指东汉光武帝，讳秀，字文叔。②渠：其，指刘文叔。三公：朝廷中最高的官位。③九鼎：国家社稷之象征。④桐江：建德（今浙江梅城）至桐庐一段的富春江。严子陵曾隐居于此。严子陵钓台位于桐庐县西。

[评说]

严子陵即严光，是东汉光武帝时的高人、隐士。他少年时曾与光武帝刘秀一同游学，关系甚密。刘秀称帝后，严子陵却变姓隐匿，刘秀派人四处寻觅，征召至京，授予他谏议大夫的官职，严子陵没有接受，隐居在富春江畔。严子陵是位真正的隐士，不为名利所动，历代文人对他极其仰慕。黄庭坚的这首题画诗即叙述了严子陵虽有满腹经纶，却不愿为官，隐居于富春江的故事，赞赏他真正的隐士风范。特别是诗的最后一句中的“一丝风”，既指画面所绘微风吹拂下严子陵钓滩景色，也兼指严子陵的高风亮节。画家李伯时对绘画的各种题材无所不精，其中“尤工人物，能分别状貌，使人望而知其为廊庙、馆阁、山林、草野……”（《宣和画谱》卷七）并作过《九歌图》《免胄图》《醉僧图》等许多人物画。这幅严子陵钓台图像虽已不可见，但从黄庭坚的这首题画诗中可以想见其画必定充满了野逸、超凡之气，使人一望即能感受到严子陵的高风亮节及隐士风神。（史创新）

题郭熙山水扇

黄庭坚

郭熙虽老眼犹明，便面江山取意成[①]。
一段风烟且千里[②]，解如明月逐人行[③]。

[题解]

本诗选自黄庭坚《豫章黄先生文集》卷九。

[注释]

①便面：扇之一种。取意：随意。②风烟：风物景观。③“解如”句：言扇上山水常与人俱，犹明月之随人。解，懂得，解人意。明月逐人，唐苏味道《正月十五夜》诗：“暗尘随马去，明月逐人来。”

[评说]

郭熙在山水画方面取得了杰出的成就，这种成就的获得，和郭熙既虚心向前代大师学习，又勇于大胆创造、突破成规有关，即如郭若虚《图画见闻志》中所谓的“学慕营丘（李成），亦能自放胸臆”。同时，杰出成就的取得还和郭熙的勤奋创作分不开。郭熙的一生都在从事绘画创作，不断创新，不断进步，他的画艺随年龄的增长而趋于完美，《宣和画谱》卷一一称其“虽年老落笔益壮”。黄庭坚此诗的首句“郭熙虽老眼犹明”，也即指郭熙虽已年老，但画艺反而更加精湛，因而“便面江山取意成”，画一山水扇面挥毫立就，倚马可待。可见郭熙年老时的画艺已达随心所欲、略无滞塞的地步。诗的后半首描写画面山水所造成的艺术效果。虽然只是一幅小小的扇面，却是扫千里于咫尺，似容纳了千里的风物景观。更神奇的是，扇上山水犹如明月之随人，似乎一直和人在一起。可以看出，郭熙的山水画真正达到了他自己所说的要让人“可居”“可游”的境界，具有高度的艺术感染力。（史创新）

题伯时天育骠骑图二首

黄庭坚

玉花照夜今无种[①],枥上追风亦不传[②]。
想见真龙如此笔,蒺藜沙苑草迷川。

明窗槃礴万物表[③],写出人间真乘黄[④]。
邂逅今身犹姓李,可非前世江都王[⑤]。

[题解]

此图曾收藏于宋代御府(《宣和画谱》载),今已失传。本诗选自黄庭坚《豫章黄先生文集》卷九、陈邦彦《历代题画诗类》卷一〇四。

伯时,宋代画家李公麟的字。天育,天子所蓄养的马。李公麟此图题名,借用杜甫诗题意,因老杜有《天育骠骑歌》。苏轼曾将杜甫《天育骠骑歌》全诗题写于李公麟此图卷后(胡仔《苕溪渔隐丛话前集》卷一四)。

[注释]

①玉花:玉花骢,唐玄宗坐骑名。照夜:照夜白,唐玄宗坐骑名。②追风:速度可以追风的骏马。③槃礴:箕踞而坐,表现不拘形迹的神态。④乘黄:传说中的神马名。⑤江都王:指唐代画家嗣江都王李绪,善画马。

[评说]

这首题写马画的诗,不从画面写起,开端反从真马下笔,先说唐玄宗的坐骑玉花骢、照夜白，现今不再有它们的后代，马枥上的追风骏马也没有传种接代。绝句诗只有四句，费了一半笔墨，还没有写到李公麟的马画上。但诗句反复强调名马的失传，为李公麟所画骏马的出现蓄足了势。第三句，诗笔一转，转到马画上。只有在李公麟的画面上，才能见到“真龙”般的骏马。这里，以真马衬托画马，形容伯时马画逼真传神。结句拍合上句，是说这幅马画，使人遥想当年沙苑监（唐代皇家养马的地方）内牧草丰茂得迷人眼目的景况，以景收结，进一步衬托画马逼真的艺术效果。

如果说第一首诗专门题写马画，那么第二首诗便是专门赞颂画家。李公麟是一位优秀画家，在明窗净几的环境里作画，解衣槃礴，不拘形迹，画思沛然，置万物于身外，聚精凝神，才画出人间的真正骏马。诗人与画家邂逅相遇，知道画家姓李，便言，莫非画家就是前世善于画马的江都王李绪吗？诗句以江都王衬托李公麟，借以赞扬画家的杰出画艺。

两首题画绝句，虽然视角不同，写法不同，但是它们前后照应、相辅相成，赞马画为赞画家伏笔，赞画家也为赞马画作势，浑然一体，两诗宛若一诗。（吴企明）

题郑防画夹五首（选三）

黄庭坚

惠崇烟雨归雁[①]，坐我潇湘洞庭[②]。
欲唤扁舟归去，故人言是丹青。

能作山川远势，白头惟有郭熙[③]。
欲写李成骤雨[④]，惜无六幅鹅溪[⑤]。

徐生脱水双鱼[⑥]，吹沫相看晚图[⑦]。
老矣个中得计，作书远寄江湖[⑧]。

［题解］

本诗选自黄庭坚《豫章黄先生文集》卷一二。

郑防是收藏绘画艺术品的人，生平未详。画夹，藏画的夹子，类似现代的画册。这组诗共五首，分别题咏五幅画，从题诗的内容看，题咏的是惠崇、郭熙、徐熙三人的画。今选评第一、第二、第三首。

［注释］

①惠崇：宋代画家，宋初九僧之一，善画小景。②“坐我”句：自杜甫《奉先刘少府新画山水障歌》“悄然坐我天姥下”翻出。③白头：郭熙高寿，活到八十多岁，故云。④李成骤雨：即李成名作六幅《骤雨图》，见刘道醇《圣朝名画评》卷二，刘鳌为之题诗。据黄庭坚《跋郭熙画山水》记载，郭熙曾为苏才翁家摹写过李成《骤雨图》六幅。⑤鹅溪：在四川盐亭县西北，以产绢名，称鹅溪绢，唐时为贡品，宋代书画家尤重之。

⑥徐生：指五代南唐画家徐熙，善画花竹。⑦吹沫：状徐熙所画脱水双鱼。《庄子·大宗师》："泉涸，鱼相与处于陆，相呴（吐沫）以湿，相濡以沫，不如相忘于江湖。"⑧江湖：指江湖中的鱼，此喻世人。全句以脱水鱼之口吻，告诫人们处事要小心谨慎。语出《古乐府》："枯鱼过河泣，何时悔复及。作书与鲂鱮，相教慎出入。"

［评说］

第一首题咏惠崇的湖上归雁图。画家将归雁放在浩渺的湖水和迷蒙的烟雨这一背景下加以描绘，画面富有潇洒虚旷的气象，使人观画后不由得心旷神怡，仿佛置身于潇湘水、洞庭湖中。这种审美体验，杜甫也曾有过，他观看刘单的山水障后，好像置身于天姥山下，"悄然坐我天姥下"（《奉先刘少府新画山水障歌》），于是他便将这种体验写入诗中。诗的第三句，再用透过一层法写来，既然"我"好像置身于潇湘洞庭，那就索性准备买舟还家。幸好陪"我"观画的朋友提醒"我"说，这是丹青。这首诗前三句一气直下，诗意圆转，极力形容惠崇画的逼真、乱真，乃至夺真，达到了移情的艺术效果。最后一句转折跌落，点明题画正意，章法巧妙。钱锺书《管锥编》论及绘画艺术时说："绘画不特似真、逼真，抑且乱真、夺真。"还举出黄庭坚这首诗为例，识见高卓。

第二首题写郭熙的山水画。诗人称许郭熙，到了白发老年，画艺益进，能画作远势山川，真是"郭熙虽老眼犹明"。他的画，宗法李成。黄庭坚《题燕文贵山水》："风雨图本出于李成，超轶不可及也，近世郭熙时得一笔，亦自难得。"汤垕《画鉴》也说："（熙）宗李成，善得烟云出没、峰峦隐显之态。"他曾临摹过李成的画，现在又想摹写李成的《骤雨图》，只可惜没有上好的鹅溪绢，未能画成。诗至最后，笔势突然一折，跌出尾句。这种写作方法与上一首相仿，曲折波峭，产生出一种出人意料的效果。

第三首题咏徐熙的双鱼图。徐熙善画花竹、草虫，刘道醇《圣朝名画评》说："熙善花竹林木、蝉蝶草虫之类，多游园圃，以求情状。"而他的鱼图，却很少见到。黄庭坚观看了他的双鱼图后，有所悟，便写诗描绘画面形象。画面上两条脱水的鱼，正在吹沫。徐熙用《庄子·大宗师》中“相濡以沫”的典故，构思立意，画成此图。诗人一眼便看穿画家的匠心，于是，便在诗的三、四句里申补画意。诗人说：人到老来深知世人的计谋和生活的艰难，我要代替脱水双鱼写信，寄给远方江湖中的鱼，你们一定要处事谨慎，不要落入渔人的网中。画家和诗人的心息息相通，他们都借着鱼的形象告诫世人，寄慨良深。（吴企明）

题大年小景二绝

黄庭坚

水色烟光上下寒，忘机鸥鸟恣飞还[①]。
我来频作江湖梦，对此身疑在故山。

轻鸥白鹭定吾友，翠柏幽篁是可人[②]。
海角逢春知几度，卧游到处总伤神。

[题解]

本诗选自厉鹗《宋诗纪事》卷三三。陈邦彦《历代题画诗类》卷一三收录第一首。

大年，即宋代画家赵令穰。胡仔《苕溪渔隐丛话》载："余家有大年画小景二幅，山谷亲书两绝句其上。今豫章所刻集及他本皆无。"（《宋诗纪事》卷三三引）可知大年小景本两幅，黄庭坚题诗两首，一画一首，各自成篇。

[注释]

①忘机鸥鸟：传说海上有人喜欢鸥鸟，日日与它们交游，鸥鸟成群结队地飞翔在他左右，不存介心，典出《列子·黄帝》。②可人：使人满意。

[评说]

第一首题写寒汀烟渚的平远小景。首句应题，描绘画面景象，烟云与水色相映，远江与沙渚共寒。次句紧承，在这荒远的汀渚上，无拘无束的鸥鸟来回恣意飞翔。这种画境，最容易触发人们兴起隐居自娱，不以世事为怀的情思，所以，诗的后两句便由此下笔，写出诗人的观画感慨。黄庭坚出生于洪州，当地多江湖水泽，后来长期出仕北方，频频做梦，梦见自己身在江湖。现在观看了赵令穰的小景后，竟怀疑自己身在故乡的山上。诗为画而作，诗情因画境而生，诗情与画意融合无间，意趣无穷，题画诗臻此妙境，自然是上乘之作。

第二首，画面景象与第一首不同，画上有轻鸥、白鹭，又有翠柏、幽篁，是苍郁平陆，不再是寒汀烟渚。但是，蕴含于画境中的意趣，与第一首恰是相通的。鸥鹭为友，竹柏宜人，如此画境，很容易逗引起人们的隐逸闲淡的情思。特别是像黄庭坚这样累遭贬谪、倦于宦游的人，更容易引起伤感，所以他写下“卧游到处总伤神”的诗句来。这首题画诗将主观情感融入画境中，写出自己的真感情来，难能可贵。（吴企明）

题子瞻墨竹

黄庭坚

眼入毫端写竹真，枝掀叶举是精神。
因知幻化出无象[①]，问取人间老斫轮[②]。

［题解］

本诗选自陈邦彦《历代题画诗类》卷七九。

［注释］

①无象：没有画象的白纸或白绢。②老斫轮：斫轮老手。《庄子·天道》记载，轮扁是一位斫车轮的巧匠，常年操作，经验丰富，技艺精湛。他曾说："得之于手，而应于心，口不能言。"

［评说］

子瞻是苏轼的字。苏轼为文同墨竹题写的诗文有好多篇，他也师法文同，擅画墨竹。苏轼墨竹画，流行于宋、元、明各朝，题写、评论他墨竹画的人很多。黄庭坚是宋代著名的书法家和书画鉴赏家，由他来评论苏轼的墨竹，更是当行本色，自能鞭辟入里，给人有益的启迪。

本诗前两句，用议论句写出东坡墨竹的神态。东坡聚精会神，眼入笔端，"写竹真"，画出的竹枝形态逼真。叶叶着枝，枝叶掀举，笔笔有生意，于是画面便有气韵，有精神。李衎《竹谱》谈到画竹枝时曾说："下笔须要遒健圆劲，生意连绵。"谈到画竹叶时说："下笔要劲利，实按而虚起。"苏轼的墨竹，下笔遒健、劲利，枝掀叶举，生机盎然。黄庭坚论苏轼的墨竹画形神兼具，技法与气韵并重，确实是行家里手之论。

诗的后二句，仍然以议论方式继续发表诗人的见解。一切精妙的绘画艺术品，都是在白纸、白绢上幻化出来的，是靠着画家的笔画出来的。欲知其中的奥妙，只要去请教斫轮老手，就能得到满意的答复。黄庭坚以轮扁喻东坡，称赞他的墨竹画“得手应心”，造诣精深，技艺已经达到炉火纯青的地步。（吴企明）

题阳关图二首

黄庭坚

断肠声里无形影[1],画出无声亦断肠。
想得阳关更西路,北风低草见牛羊[2]。

人事好乖当语离[3],龙眠见出断肠诗[4]。
渭城柳色关何事,自是离人作许悲。

[题解]

本诗选自陈邦彦《历代题画诗类》卷五五。

[注释]

①“断肠”句:檃栝李商隐《赠歌妓》:“断肠声里唱阳关。”②“北风”句:用北朝乐府民歌《敕勒歌》:“天苍苍,野茫茫,风吹草低见牛羊。”③“人事”句:语出陶渊明《答庞参军诗序》:“人事好乖,便当语离。”④龙眠:即宋代画家李公麟。断肠诗:指王维《送元二使安西》诗,这首抒写离别情思的诗,读后令人肠断,故云。

[评说]

王维的《送元二使安西》是一首抒写离绪别情的诗篇,历来脍炙人口,受到人们的普遍爱赏。诗云:“渭城朝雨浥轻尘,客舍青青柳色新。劝君更尽一杯酒,西出阳关无故人。”全诗意象鲜明,情致深厚,富有包孕之片刻,李公麟便根据王维的诗意,画成《阳关图》。时人及后人多所题咏，如苏轼有《题阳关图》，苏颂有《和题李公麟阳关图》。黄庭坚的题诗，作于元祐二年（1087），山谷《题李伯时阳关图草后》："元祐初作此诗，题伯时所作《阳关图》。"伯时，即李公麟。

李公麟继承了汉代刘褒将《诗经》里的《北风》《云汉》诗画成图的艺术传统，依据王维诗意，画成《阳关图》，将语言艺术转化成造型艺术。黄庭坚题诗的第一首，首先谈到诗、画、音乐三种艺术互相融通、转化的问题。开端两句，上句写诗和音乐，它们都是有声无形的艺术；下句写绘画，它是有形无声的艺术。两句诗说《阳关三叠》本是抒写离别情意的乐曲，无形影可寻，但一旦将它绘成图画，也能使人断肠，充分肯定了李公麟《阳关图》的艺术效果。苏轼《书林次中所得李伯时归去来阳关二图后》："龙眠独识殷勤处，画出阳关意外声。"他题写李公麟此画，像黄庭坚一样，也指出诗、画、音乐的密切关系。诗的三、四句，则就画面推想开去，通过艺术想象，描绘了画外的景物："北风低草见牛羊"，这一派"阳关更西路"上的苍茫辽阔的景象，比王维诗"西出阳关无故人"的诗意，更富有鲜明的形象感染力。这两句诗，既补充了李公麟的画意，也补充了王维的诗意，显示出二度创造的无比优越性。

题诗的第二首，诗人首先运用陶渊明文章中的成句，写到人事毋论好乖，总是要离别的，这是总冒。次句转到李公麟将王维诗意画作《阳关图》的正题上。第三句用宕笔，诗意离开画面，独发议论，说杨柳是无情的自然物，不因人间的悲欢离合而影响它的生长，年年春天它照常发绿，离别的人自是悲伤，与渭城杨柳无关。唐人说过，"无人柳自春"（李贺《经沙苑》）、"无情最是台城柳，依然烟笼十里堤"（韦庄《台城》）。黄庭坚取其意，而改用议论发之，更觉精警。（吴企明）

题伯时画揩痒虎

黄庭坚

猛虎肉醉初醒时[①],揩磨苛痒风助威[②]。
枯楠未觉草先低,木末应有行人知[③]。

[题解]

本诗选自黄庭坚《豫章黄先生文集》卷一二。

伯时,即宋代画家李公麟。

[注释]

①肉醉:俗传老虎吃了狗肉要醉。 ②苛:疥疮。 ③木末:树梢。 语出杜甫《北征》:"我行已水滨,我仆犹木末。"

[评说]

前二句从画面上老虎揩痒落笔,表现老虎此时的动态和神情。 虎身庞大,揩痒动作迅猛,造成阵阵劲风,诗人以极经济的"风助威"三字,概括地写出老虎"揩磨苛痒"的威势。 三、四句,则具体形象地表现"风助威"。 坚实的枯楠躯干,不觉有风,而小草被劲风吹倒。 山上的行人看到风吹草低,知道有虎迹,便警觉起来,注意防范。 山谷运用连接联想的思维方式,按事物发展的先后顺序、因果递进的思路,安排诗脉,形成全篇蝉联而下的语气、持续不断的态势,真有一气呵成之感。 本诗乃仄起首句入韵格,"时""知",上平声四支韵,"威",上平声五微韵。 支、微韵可以通押,唐人已先用之。 全诗不调平仄,是为古绝。(吴企明)

题大年小景四首

秦　观

本自江湖客，宦游何苦心。
因君小平远，还我旧登临。

公子歌钟里，何曾识渺茫。
唯应斗帐梦，曾入水云乡。

晓浦烟笼树，晴江水拍空。
烦君添小艇，画我作渔翁。

岛外云峰晚，沙边水树明。
想当挥洒就，侍女一时惊。

[题解]

本诗选自厉鹗《宋诗纪事》卷二六。

秦观（1049—1100），宋代词人，字少游，一字太虚，别号淮海居士，高邮（今属江苏）人。苏轼学生，为“苏门四学士”之一。神宗元丰八年（1085）进士及第，以贤良方正荐除秘书省正字，历仕蔡州教授、太学博士、国史院编修、杭州通判。绍圣初，坐党籍，徙郴州、雷州。徽宗朝赦回，卒于藤州。工诗词，尤以能词称，清丽和婉，深有情致。有《淮海集》《淮海居士长短句》。

[评说]

赵大年以长于作小景而闻名，有“小景仍推赵大年”（蔡戡《定斋集》

卷二〇）之说。秦观的这四首题画诗侧重点各不相同，在多个层面上展示了赵大年小景画的特色及其高超画艺。

赵大年为宋秦王赵德芳的玄孙，一生过着舒适悠闲的生活，也当过官，担任过崇信节度观察留后等职，但他一直游心翰墨，且雅有美才高行，没有一点宗室子弟、富贵公子的习气。因而第一首诗的首句即称赵大年“本自江湖客”，言其本性是个浪迹江湖山林的洒脱文人，而不是一个热衷功名、高居庙堂之上的贵公子。这简要概括了画家的性格特征。“因君小平远，还我旧登临”言赵大年的画唤起了诗人对往日游览过的景色的回忆，觉得自己仿佛又来到了曾经登临过的山中。可见，赵大年的小景气韵生动，有很强的艺术感染力。

身为宗室子弟的赵大年，在金玉满堂、轻歌曼舞中过着悠闲的生活，但他却特别喜欢江湖山林景色，他的画“喜作江湖山林人物窠窟，画平林远水凫雁晚景”（王庭珪《卢溪先生文集》卷四八）。那么他的作画素材来自哪里呢？“唯应斗帐梦，曾入水云乡”，看来是在梦中，画家曾来到过江南水乡，欣赏到了山林美景，体会到了野逸之趣。邓椿《画继》卷二言其每出一图，必有新意，“人或戏之曰：‘此必朝陵（朝拜皇陵）一番回矣。’盖讥其不能远适，所见止京洛间景，不出五百里内故也”。此处诗人以幽默的笔法说画家是梦中游江南，看来也是有依据的。

第三首诗的前两句“晓浦烟笼树，晴江水拍空”描绘了赵大年小景的画面实景：清晨的江边，烟雾还未完全散尽，薄烟笼树，江水轻轻拍打着江面，充满了山林清晨特有的宁静和清新。这样的美景让人心驰神往，诗人不禁有“烦君添小艇，画我作渔翁”之想。这首诗一方面称颂赵大年的高超画艺，其画“使人一见如行江南断岸，水落石出，沙鸟容与波上，若欲惊起”（王庭珪《卢溪先生文集》卷四八）；另一方面，也再现了赵大年小景画的意境，即充满江湖山林野趣，让人悠然兴起渔樵之思。这种画境亦和米芾《画史》中所言的赵大年画“有江湖意”相一致。

第四首诗的前半首和第三首一样是描绘小景画面实景。从上一首看，诗人所题的是赵大年的清晓江林小景，这一首却描绘傍晚景色：小岛、山峰在暮霭中显得有些朦胧，但江边的树木却清晰可见。可以看出，这是一幅远近层次分明、明暗对比鲜明的小景。“想当挥洒就，侍女一时惊”两句极写赵大年的精湛画艺。侍女对赵大年画的特点不唯是赞叹佩服，且是吃惊了，惊叹人力怎能创作出如此神奇的画面？可以看出赵大年的绘画技艺已达到了非常人所能想象的地步。（史创新）

题李伯时照夜白马图

▌蔡　肇

天上房星不下来①，连山刍粟饱驽骀②。
龙姿逸驾飞腾尽，赖尔毫端力挽回。

[题解]

本诗选自厉鹗《宋诗纪事》卷二七。

蔡肇（？—1119），宋代画家、诗人，字天启，润州丹阳（今属江苏）人。神宗元丰二年（1079）进士及第，徽宗朝历仕户部、吏部员外郎，兼修国史、中书舍人，以显谟阁待制知明州。夺职，提举洞霄宫。会赦，复知睦州。从王安石、苏轼游，受赏识。工诗文，擅画山水、人物。夏文彦《图绘宝鉴》："（肇）画山水、人物尤好，作枯槎、老树、怪石、奔湍，颇多古意。"著有《丹阳集》。

李伯时即李公麟，李公麟虽以人物画称著于画史，被汤垕赞誉为"宋画人物第一"（《画鉴》），但他初学画时却喜画马，并已达到较深的造诣。现存其《五马图》，共分五段，每段画一奚官（马倌）或圉人（养马人）牵着一匹马，每匹马后标题名、入厩的年月日、年岁和尺寸，其中一匹即名为照夜白。画家运用白描手法，以行云流水的线条，将骏马的浑圆体态表现得栩栩如生。其《五马图》现存，二战以前藏于私家，战后失踪，珂罗版藏于故宫博物院。据黄庭坚题跋，五马依次为凤头骢、锦膊骢、好头赤、照夜白、满川花，皆为雄马，均是西域的贡品。

[注释]

①房星：星名，即房宿，二十八宿之一，苍龙七宿的第四宿，有星四

颗，古人认为它主宰马。②驽骀：皆指劣马。

[评说]

本诗的前两句“天上房星不下来，连山刍粟饱驽骀”，是诗人感慨世上的好马、名马太少，似乎是主宰神马的房星不派神马下凡，平时见到的都是用刍草、粟米喂养的劣马。第三句，诗人笔锋一转：然而，在画家李伯时的笔下，却得一睹神马风采，其马“龙姿逸驾飞腾尽”，奔跑起来四蹄如飞，如游龙般夭矫，仿佛要奔回天上，却又“赖尔毫端力挽回”，依靠画家的笔力让马继续留在了画上。照夜白是左骥院中的御马，是一匹神骏无俦的名马。诗的后两句不仅生动再现了这匹名马奔跑如飞之态，且赞扬画家笔端似有千钧力，颇得曹霸笔下“迥立生风”（杜甫《丹青引赠曹将军霸》）之妙。北宋曾纡在《五马图》卷后的跋语中说：“伯时貌天厩满川花（《五马图》中所绘的另一匹名马），放笔而马殂矣。盖神骏精魄，皆为伯时笔端取之而去。”这种说法虽不可信，但对画家笔力的赞叹和本诗的后两句一致。同时，本诗的后两句和黄庭坚《次韵黄斌老所画横竹》的最后两句“中安三石使屈蟠，亦恐形全便飞去”在写法上亦有异曲同工之妙。（史创新）

题画授李伯时

蔡　肇

鸿雁归时水拍天，平冈老木尚寒烟。
付君余地安渔艇，乞我寒江听雨眠。

[题解]

本诗选自张邦基《墨庄漫录》卷三、厉鹗《宋诗纪事》卷二七。

[评说]

张邦基《墨庄漫录》详细记录了有关本诗的作诗、作画本事，云：

> 天启久官京师，日有薮泽之思，常于尺素作平冈老木，极有清思。因授李伯时，令于余地加远水归雁，作扁舟以载天启，及题小诗曰……

蔡肇的题诗是根据自己的半幅画写的。首句点明节令，这是一个雁归的季节，春水初生，寒江上水浪拍打天空。次句再现画面上平冈老木寒烟的景象。诗的后半首，蔡肇为李伯时提出了整幅画的构图设想："付君余地安渔艇，乞我寒江听雨眠。"他希望李伯时按照他的诗意，完成这幅寒江听雨图，以寄托自己思乡的情思。

蔡肇画半幅画，并题诗一首，请其他画家续成，这种艺术创作实践有着极为重要的美学价值。其一，蔡肇在画面上仅布置部分画象，有意识地留下空余的篇幅（即诗云"付君余地"），请其他画家补画，开后代两位或更多画家合作作画的风气。这种补画的艺术活动，颇似诗歌创作中的"联句"。其二，用题画诗的形式向其他画家提示构思意图，包括立意、取势、经营位置、形神气韵等，以便他人挥毫，体现出诗情与画意相互融通、诗艺美与绘画美相互转化的艺术规律。

可是，李公麟并没有补画这幅画，据张邦基《墨庄漫录》记载：

伯时懒不能竟。他日，王渔之彦舟取去，以示宗子令戬，即取笔点染，如诗中意。天启见之，爱其佳。后天启泛舟，宿横塘，遇雨，闭篷而卧，夜分不寝，闻归雁声，因复为诗云："平野风烟入梦思，殷勤作画更题诗。扁舟卧听横塘雨，恰遇江南归雁时。"

这幅由王令戬补画成的画，很符合蔡肇的诗意和审美要求，所以他看了以后很满意。日后，他夜宿横塘写的诗，分明与从前所写的《题画授李伯时》以及王令戬补画的画意密不可分。夜宿横塘诗的首句，是说蔡肇任职京华，萦念家乡的薮泽。次句是说自己欣然命笔，作画、赋诗（即《题画授李伯时》）。第三句是说今朝夜卧横塘扁舟上，听雨声、雁声，此情此景，恰与王令戬的画意相吻合，也勾起蔡氏对往事的追念。眼前声、眼前景，往日事、往日情，这一切怎能不使诗人感慨系之呢？蔡肇围绕《寒江听雨图》前后写成的两首诗，诗思回环、往复，恰当地抒写出自己的江湖之思、怀乡之情，诗思清致，很有野趣。

几百年后，文徵明借蔡肇这一故事创作了《横塘听雨图》，并于画幅上方将此画先有平冈老木和题诗，再因诗加远水归雁、扁舟，再到出现横塘的形成过程一一道来，"因补小图"。（吴企明）

题李世南画扇

蔡　肇

野水潺潺平落涧，秋风瑟瑟细吹林。
逢人抱瓮知村近，隔屋闻钟觉寺深。

[题解]

本诗选自厉鹗《宋诗纪事》卷二七。

李世南，宋代画家。生平简介参见本书苏轼《书李世南所画秋景二首》“题解”。

[评说]

这首题画绝句，前两句描写画面所绘秋日山林图的实景。“潺潺”“瑟瑟”两个形声词几乎可以让我们听到清凉的溪水流过山涧的声音，听到秋风阵阵吹响树叶的声音。从这两句中可见画家画艺超群，画面充满动感，给人强烈的通感效果。诗的后两句中的“逢人抱瓮”“隔屋闻钟”是画面上的实景，而“知村近”“觉寺深”则是诗人根据画面景色想象或推理得出的。山林之中有人抱瓮而行，定是汲水而归，因而可知其家即在附近，只是树叶掩映，山峰阻隔，不知其村隐在何处；从屋中人侧耳倾听钟声的神态可以得知山中有座寺庙，只是“云深不知处”。中国文人画一向重意不重形，画面所绘不可能是画家所要表达的全部，题画诗充分发挥了申补画意的功能，把画家所要表达而画面上没有的意象申补出来，引导读者欣赏。这首题画诗正是这样。（史创新）

题明皇打球图

晁说之

宫殿千门白昼开[①]，三郎沉醉打球回[②]。
九龄已老韩休死[③]，明日应无谏疏来。

[题解]

本诗选自厉鹗《宋诗纪事》卷二八。

晁说之（1059—1129），宋代文学家，字以道，少慕司马光之为人，号景迂生，济州钜野（今属山东）人。宋神宗元丰五年（1082）进士及第，历仕著作郎、中书舍人，官至徽猷阁待制。工诗文，善画山水，晁补之说他“田野有余思”（《题四弟以道横轴画》）。

[注释]

①“宫殿”句：自杜牧《过华清宫绝句》“山顶千门次第开”句化出。②三郎：唐玄宗小名，他是睿宗第三子。打球：又名“击鞠”，是一种骑马打球的游戏，不同于以足踢球的“蹴鞠之戏”。③“九龄”句：张九龄、韩休均曾任玄宗朝宰相，直言敢谏。

[评说]

诗的前半首描写画面景象。“明皇打球”，有持续性的动作、情节，绘画艺术无法表现。画家选取了“孕含最丰富的那一顷刻”（莱辛《拉奥孔》），即画面上“打球回”的一刹那，读画人可以通过想象，拓展思路，由“那一顷刻”去想象明皇驰骋球场和酣饮醉倒的情景。诗的第三、四句，跳出画面，发表感叹。唐明皇耽于游乐，为什么没有人规劝谏诤呢？原来“九龄已老韩休死”，没有直言敢谏之诤臣，所以明日不会再有谏疏递呈。晁诗笔锋犀利泼辣，揭示了玄宗晚年疏远贤能、拒绝谏讽的历史事实，针砭时弊，有强烈的讽刺意味。（吴企明）

自题墨竹

‖ 刘延世

酷爱此君心[①]，常将墨点真。
毫端虽在手，难写淡精神。

[题解]

本诗选自厉鹗《宋诗纪事》卷三二。

刘延世（生卒年不详），宋代画家，字玉孟，号述之，临江新喻（今属江西）人。少有盛名，元祐初游太学，后筑堂讲业。善作墨竹，题诗寄意，并皆佳妙。

[注释]

①此君：指竹。语出《世说新语·任诞》。

[评说]

竹是四君子之一，历来深得中国文人的喜爱，以竹入画、入诗者甚多。刘延世亦是竹的喜爱者之一，且是“酷爱”。因其“酷爱”，故“常将墨点真”，以其入画。诗的前两句点明了题意。“毫端虽在手，难写淡精神”两句指出了画论中非常重要的一条理论，即笔意关系。画竹易，但要画出竹所隐含的精神品质就难了，即画形易，而传神难，要形神兼备必须具有深厚的基本功和较高的艺术造诣。此处以“淡”字形容竹的精神，一方面，点出画家是用淡墨来画竹的，另一方面，这一“淡”字也正是竹虚空其身、甘于淡泊、坚贞挺直精神的体现。这种品质、精神正是画家心仪的，是画家想要追求的境界。 这首五绝小诗短小简洁，明白如话，但竹的精神和画家的境界却从字里行间透露了出来，故邓椿《画继》卷四称："趣尚之高，有如此者。"（史创新）

题黄筌画花

‖崔　鸥

苍颜白发我虽陈，见了青红几度新。
更向黄生毫末里，全家看尽剑南春①。

浅浅红颜与白腮，卧枝斜叶抱新开。
何人与作春风面，诳得蜂儿日日来。

[题解]

本诗选自厉鹗《宋诗纪事》卷三二。

崔鷗（1058—1126），宋代诗人，字德符，阳翟（今河南禹州）人。徽宗时，蔡京当权，免官居郏城（今河南郏县），治地数亩为婆娑园。钦宗即位，历任殿中侍御史、右正言、龙图阁直学士。其诗清峭雄深，有《婆娑集》，今不传。黄筌（903？—965），五代后蜀画家，字要叔，成都（今属四川）人。有绘画天分，向刁光胤学竹石花雀，向孙位学龙水、松石，向李升学山水、竹树，向薛稷学鹤，资诸家之善，自成一体。在花鸟画方面，黄筌与南唐徐熙齐名，并称"黄徐"，形成五代、北宋两大花鸟画之流派，为后代花鸟画宗师。

[注释]

①剑南：唐十道之一，贞观元年（627）设置，广德以后分设西川节度使、东川节度使。

［评说］

第一首诗的前半首主要是写诗人观看黄筌画花的感受。诗人虽苍颜白发，年岁已高，但每次见到黄筌所绘花图中青翠的枝叶、绚丽的花朵，生命的蓬勃之气便油然而生，他感到自己仿佛又回到了充满朝气和活力的青年时代。从这两句诗中，可见黄筌画花具有强烈的艺术感染力，画中洋溢着一股青春的气息，一种昂然向上的生命力，如同梵高的《向日葵》，让人一见之下便能感到其中蓬勃的活力。诗的后半首进一步写黄筌画花技艺的精湛，他的画不仅为诗人一人激赏，而且受诗人全家人喜爱，因为从黄筌的画中，可看尽剑南的春色。剑南有一部分属四川，而黄筌为成都人，一直跟随蜀后主，画中所绘当为蜀地风光，故此诗有“全家看尽剑南春”之说。

第二首诗的前半首是描绘画面实景。诗人以美女的容颜来形容黄筌画的花：那浅红色的花瓣就像美女的脸庞那样红润妍丽，那白色的花瓣则像美女的两腮那样娇嫩，它们在卧枝斜叶间含苞怒放。此处以人喻花，可谓新奇。“何人与作春风面，诳得蜂儿日日来”两句则是从侧面赞叹黄筌画艺之高超，已达到以假乱真之境。画中的花卉就像突然被春风吹醒了，骗得小蜜蜂日日绕画飞来飞去，以为来到了百花园中，可以采蜜了。据载，蜀后主新构八卦殿，命黄筌于四壁画四时花竹兔雉鸟雀。其年冬，正巧五坊使于此殿前呈雄武军所进白鹰，白鹰误认殿上画雉为真雉，掣臂数四，蜀主叹异久之，命翰林学士欧阳炯撰《壁画奇异记》以旌之。事见宋黄休复《益州名画录》。这一记载正可作为此诗的补充，从中可见黄筌之画真正达到了形神兼具之境界，其画艺的高超不言而喻。（史创新）

题米元晖横轴二首

向子諲

早为山谷印可[①],晚陪帝所清闲。
笔力休论扛鼎[②],神功更解移山。

向日家居道士,今朝碧落仙乡[③]。
胸次山高水远,笔端云起风狂。

[题解]

本诗选自厉鹗《宋诗纪事》卷三五。

向子諲(1085—1152),字伯恭,临江(今江西清江)人。高宗朝,以徽猷阁直学士知平江府,力主抗金,忤秦桧意,乃致仕,退闲十五年,号所居曰"芗林"。米元晖,宋代画家,即米芾之子米友仁。

[注释]

①山谷:黄庭坚号山谷道人。印可:许可。②扛鼎:举鼎,形容力大。语出《史记·项羽本纪》:"力能扛鼎。"③碧落:天空。

[评说]

这两首六言绝句,从山水横轴的画面实景拓展开去,着重评论米友仁的画艺和修养,是比较典型的议论性题画诗。

第一首,专论米友仁的画艺水平。诗人并未采用直接评论的方法,而妙运侧笔,用陪衬之法来表现米友仁画艺高超、笔力雄健。"早为"句,体现米友仁的笔力、画艺早为黄庭坚所肯定，朱谋垔《画史会要》卷三："山谷赠诗：'我有元晖古印章，印刓不忍与诸郎。虎儿笔力能扛鼎，教字元晖继阿章。'"虎儿即米友仁。次句是说米友仁晚年常陪高宗从事鉴赏书画的清闲事务，以此侧面衬托出元晖画艺的精深绝伦。三、四句再用透进一层法，形容米友仁不仅笔力"扛鼎"，而且有"移山"的神力，进一步肯定他的画艺水平。结句还点到画上，说山水横轴上的"山"，是他借助神力移来的。

第二首的前二句，论述米友仁的思想个性和风度神采。往日，他举止闲散，有道家之风，故曰"家居道士"；今朝，他超凡脱俗，常临帝所，如在天上，故曰"碧落仙乡"。诗的后两句，转而评论米元晖的艺术修养，胸中有丘壑，笔端自然山高水远、风动云涌，两句语涉论宗而仍扣住画面，点出山水横轴"烟云出没万变"的画境。

这两首诗，赞美画家米友仁的精妙画艺，更论述了画家思想、艺术修养与画艺的密切关系，脱出画面发议论，又回应画面，呈现出明显的题画诗的艺术特征。（吴企明）

题智永上人潇湘夜雨图

‖邵　博

曾拟扁舟湘水西，夜窗听雨数归期。
归来偶对高人画，却忆当年夜雨时①。

［题解］

本诗选自厉鹗《宋诗纪事》卷五〇。

邵博（？—1158），宋代诗人，字公济，号西山，洛阳（今属河南）人。邵伯温次子。绍兴八年（1138），赐同进士出身，历仕秘书省秘书郎、梁州知州、眉州知州。有诗名，其诗超然高逸。著有《西山集》。

智永（生卒年不详），宋代画僧，住成都四天王院。邓椿《画继》卷五云："工小景，长于传模，宛然乱真。"

［注释］

①"却忆"句：李商隐《夜雨寄北》："君问归期未有期，巴山夜雨涨秋池。何当共剪西窗烛，却话巴山夜雨时。"本诗从中化出。

［评说］

邓椿《画继》卷五记载本诗写作和修改的本事云：

（智永）尝作《潇湘夜雨图》，上邵西山，西山即题曰："尝拟扁舟湘水西，篷窗剪烛数归期。偶因胜士挥毫处，却忆当年夜雨时。"西山既咏诗，问永曰："前辈曾有此诗否？"永因诵义山《问归篇》，西山矍然，亟取诗以归，翌日乃复改与之(即本诗，从略)，深恐多犯前人也。

《问归篇》，即李商隐的《夜雨寄北》诗。尽管邵博修改了诗的初稿，但他的整体构思还是没有脱出李商隐的思路。诗人以虚拟想象落笔，表述自己乘舟泛游湘水、夜来卧听雨打篷声的意愿。“夜窗听雨数归期”，直应画题“潇湘夜雨”之意，露出了运化李义山诗的痕迹。第三句“偶对高人画”，叩到画题“智永上人”的画上，由画面中浩渺湘水、孤篷扁舟、夜来风雨，联想到当年拟游湘水、夜窗听雨的意趣，写出结句，回应全篇。它的写法，与尤袤的《题米元晖潇湘图》诗恰恰相反。尤诗先写画面，再引发出“孤篷听雨”的艺术意想；本诗却先写拟游湘江，再扣合到画面上。写法虽然不一样，但异曲同工，各尽其妙。(吴企明)

再次韵题于生画雁

徐　俯

彭蠡何限秋雁[1],此君胸次为家[2]。
醉里举群飞出,着行排立平沙。

[题解]

本诗选自孙绍远《声画集》卷七。

徐俯(1074—1140),宋代诗人,字师川,号东湖居士,洪州分宁(今江西修水)人。黄庭坚之甥,绍兴二年(1132)赐进士出身。累官端明殿学士、签书枢密院事、权参知政事。有《东湖集》,今不传。

于生,疑为于逢辰,徐俯有《次韵可师题于逢辰画山水》。宋孙绍远《声画集》称其善画山水。

[注释]

①彭蠡:指鄱阳湖,位于江西。②胸次:胸间。

[评说]

这是一首六言题画诗。诗的首句点出题意,所题画为彭蠡秋日群雁图。"此君胸次为家",即胸有成竹的意思。苏轼称文与可画竹时,竹已生于胸间,故作画时下笔极快,瞬息而成。于生画雁时,同样如此,胸中有雁,鸿雁似以画家胸间为家。"醉里举群飞出,着行排立平沙"两句写画家作画时情形。因于生胸中有雁,故大醉之后挥毫洒墨,那一只只鸿雁就像是从他的胸中飞出,然后一行行排在沙地上一样。看来于生画雁和文与可画竹一样，十分注重构思，能做到意在笔先。从诗中还可看出于生是一位脱略豪放之人，其作画一如张旭草书，豪饮之后挥毫立就，令人惊奇之余又叹为观止。这是一首主要描写画家创作过程的诗歌，诗人虽用六言这种难工而又易呆板的诗体写来，但依然形神飞动，一如于生画雁，同样令人惊叹。（史创新）

题访戴图

曾　幾

小艇相从本不期，剡中雪月并明时①。
不因兴尽回船去，那得山阴一段奇②。

[题解]

本诗选自厉鹗《宋诗纪事》卷三七。

曾幾（1084—1166），宋代诗人，字吉甫，原籍赣州（今属江西），后迁居河南洛阳。历任校书郎、广西运判、秘书少监等职。侨寓上饶茶山寺，自号茶山居士。著有《曾文清公诗集》。

《访戴图》为徐明叔所画。徐明叔（1091—1153），即徐兢，字明叔，和州历阳（今安徽和县）人。山水、人物画“俱冠绝”。著有《宣和奉使高丽图经》四十卷。张元幹有《念奴娇·题徐明叔海月吟笛图》。访戴，即《世说新语·任诞》中记载的王徽之的故事。王徽之居山阴时，一晚天降大雪，开室酌酒，忽忆好友戴逵，当时逵远在剡溪，即夜乘轻船往访，经一宿方至。到了门口，却不入内，人问其故，王徽之曰：“我本乘兴而来，兴尽而返，何必见戴？”

[注释]

①剡中：指剡溪，曹娥江的上游，因王徽之曾在此夜访戴逵，亦名戴溪。②山阴：今浙江绍兴。

[评说]

徐明叔的《访戴图》是据《世说新语》中王徽之雪夜访戴逵的故事而

画的，而曾幾的题画诗又把画中形象转化为诗意。诗的首句“小艇相从本不期”，却是对《世说新语》中故事的翻案，诗人认为王徽之雪夜乘舟往剡溪，本来就没有准备去看戴逵，而是去欣赏剡中月夜雪景的：“剡中雪月并明时。”这就给晋人怪诞的行为增添了新的内容。“不因兴尽回船去，那得山阴一段奇”两句则进一步翻案，王徽之如果不是因为兴尽而返舟，哪里能够欣赏到山阴道上那奇异的风光呢？王徽之的行为虽让人不可解，但他去时欣赏到了剡溪的美景，回来时看到了山阴的奇景，一路上收获极丰，能不能见到好友戴逵确已不重要了。诗人曾幾运意高妙，诗语警策，从一个新的角度对王徽之访戴这一怪诞行为作了诠释。陈衍《宋诗精华录》认为曾幾此诗是“晋人行径，宁矫情翻案，决不肯人云亦云”。不管曾幾的翻案有无矫情的成分在，从诗的意韵看，曾幾此诗确可称为“佳作”（赵与虤《娱书堂诗话》）。（史创新）

题李伯时画背面仕女

韩　驹

睡起昭阳暗淡妆[1]，不知缘底背斜阳。
若教转盼一回首，三十六宫无粉光[2]。

[题解]

本诗选自陈邦彦《历代题画诗类》卷六〇、厉鹗《宋诗纪事》卷三三。题从《宋诗纪事》。

韩驹（约1086—1135），宋代诗人，字子苍，蜀地仙井监（今四川仁寿）人。宋徽宗政和中，赐进士出身，历仕秘书省正字、中书舍人兼权直学士院。高宗即位，知江州。他的诗风接近唐代储光羲，淡泊而有思致，苏辙以诗称颂之："我读君诗笑无语，恍然再见储光羲。"（《题韩驹秀才诗卷》）有《陵阳集》。

[注释]

①昭阳：汉代宫殿名，汉成帝宠后赵飞燕居住于此，本诗借指宋宫。
②三十六宫：语出班固《西都赋》："离宫别馆，三十六所。"这里形容宫殿极多。

[评说]

李公麟作画注重"立意为先"，画人物强调"传神"，富有美学意趣。韩驹的题画诗，恰能抓住画家的画艺特征下笔。起句"睡起昭阳暗淡妆"，点明图上所画的是宫中美女，"暗淡妆"，是说宫女起身后，薄施淡妆，背着身，所以呈现微微的暗淡色。这句诗，不仅告诉人们画面上宫女服饰的色泽，而且也暗示这是一幅水墨人物画。李公麟善用“白描”画法，创造人物形象，“作画多不设色”（夏文彦《图绘宝鉴》），必要时用淡墨烘托，“扫去粉黛，淡毫轻墨”，形成一种高雅超逸的艺术意境，反映了士大夫的审美情趣，与唐代张萱、周昉的人物画迥然异趣。次句“不知缘底背斜阳”，紧承上句，直扣题面“背面仕女”意，也说明“暗淡妆”是受了斜阳照射的缘故。诗的三、四句，诗意突转，用假设的语气说，若教这个背面宫女回过头来，双眸流转顾盼，那就一定能使后宫所有的宫女黯然失色。“三十六宫”句，形容宫殿极多，这里的诗意，很显然是从唐代白居易的《长恨歌》“回眸一笑百媚生，六宫粉黛无颜色”句中脱化出来的。白居易用诗句形容杨贵妃的美貌无与伦比，韩驹却用来表现李伯时背面仕女图的美学效果。宋代诗论家胡仔认为，韩驹这首题画诗的诗意出自苏轼的《续丽人行》：“画工欲画无穷意，背立春风初破睡。若教回首更嫣然，阳城下蔡俱风靡。”苏诗是题咏周昉所画的背面欠伸仕女图的（此说见《苕溪渔隐丛话后集》卷三四）。韩驹早年学过苏诗，胡仔的说法，不无道理。

李公麟作画，十分重视艺术构思，常常有出人意料的艺术意想，比如他画《阳关图》，一反“离别愁恨”的常调，却画出了“钓者于水滨，忘形块坐，哀乐不关其意”的意境。他画作宫女，并不描绘她正面的容貌、神态，却注意调动观画人的想象力，通过精练的艺术处理，传神地将绝色佳人的媚美，隐含在背面仕女图中。韩驹独具慧眼，他当然看出这个道理，便用“若教转盼一回首，三十六宫无粉光”的诗句，形容背面宫女有倾国倾城的容貌，点破了李伯时的艺术匠心，使绘画的含蓄美凭着灵动的诗句巧妙地表现出来。因此，这首题画诗，虽说没有苏轼《续丽人行》那么伟丽，却更有思致，更为洗练，更具艺术魅力。（吴企明）

题嗣濮王芦雁二首（选一）

米　芾

偃蹇汀眠雁[①]，萧梢风触芦[②]。
京尘方满眼，速为唤花奴[③]。

[题解]

本诗选自米芾《画史》、陈邦彦《历代题画诗类》卷九五。《历代题画诗类》题作《濮王宗汉作芦雁有佳思赠以诗二首》。

米芾（1051—1107），宋代画家，字元章，号海岳外史、襄阳漫士、鹿门居士等，原籍襄阳（今属湖北），后定居润州（今江苏镇江）。历仕书画学博士、礼部员外郎，人称“米南宫”。由于他个性狂放，人又称“米颠”“米痴”。其子米友仁书画能承其绪余，世称父子俩为“大小米”“二米”。米芾擅长山水画，源出董源，又自创一格，强调创新精神，主张“不取工细，意似便已”（《画史》）。他用浑圆凝重的横点错落排列，以点为皴，表现云雨微茫的山林景色，号为“米点山水”。书法得王羲之笔意，与苏轼、黄庭坚、蔡襄齐名，合称“宋四大家”。著有《宝晋英光集》《画史》《书史》等。

赵宗汉（生卒年不详），宋代画家，字献甫，宋太宗曾孙，濮安懿王幼子。历仕秦宁军节度使、检校太尉、开府仪同三司，封嗣濮王。夏文彦《图绘宝鉴》云：“博雅该洽，无声色之好，唯以丹青自娱。”他喜画水墨荷花、蓼花，追求清雅的水墨意趣，尤擅画雁，米芾评曰：“嗣濮王宗汉作芦雁，有佳思。”（《画史》）汤垕甚至认为“濮王宗汉墨雁，可入神品”（《画鉴》），评价极高。

［注释］

①偃蹇：困顿，形容芦雁长途飞行后疲倦的样子。②萧梢：草木摇动的样子。③花奴：唐代宗室汝南王李琎，小名“花奴”，善击羯鼓。

［评说］

原诗有二首，这里选评第一首。

诗人从画面景象入手。首二句的尾字，藏诗题名“芦雁”。这种写法，自杂体诗“藏头体”中套用过来，改头换尾，稍加变化。长途飞行而疲倦的大雁，卧于汀渚芦苇之中，风拂动芦苇，摇摆不定，发出萧飒的音响。“偃蹇”“萧梢”，同为叠韵词，并列用在句首，可以增加诗歌的音乐美。这两句诗，创造了萧散的气韵，自有荒远的意趣，体现出赵宗汉雁画的总体风格。接下来，诗人运用对立联想的艺术思维方式，诗笔转到与画境截然相反的方面去，写出“京尘方满眼”句，满眼是京城里的尘土，即京城里豪华富贵的气象。米芾不堪承受这种俗气，所以要“速为唤花奴”，用赵宗汉气韵萧散、意趣幽雅的绘画作品来解除“污秽”。“唤花奴”用了唐朝的典故，唐玄宗听人弹琴，很不满意，便吩咐太监，“速召花奴将羯鼓来，为我解秽”。事见南卓《羯鼓录》。米芾运用这则典故，稍加夺换，用意有二：一，花奴是唐宗室，有才艺，喻宋宗室画家赵宗汉；二，花奴的羯鼓可以“解秽”，赵宗汉的画也能“解秽”。全诗语言雅淡，情韵俱胜，用事妥帖，不露痕迹，既赞美了赵宗汉画作的审美特征和“解秽”的艺术功能，也表现了自己独特的审美情趣和极高的鉴赏能力。（吴企明）

和张矩臣水墨梅五首（选二）

陈与义

含章檐下春风面[①]，造化功成秋兔毫。
意足不求颜色似，前身相马九方皋[②]。

自读西湖处士诗[③]，年年临水看幽姿。
晴窗画出横斜影，绝胜前村夜雪时[④]。

［题解］

本诗选自陈与义《简斋集》卷一三、陈邦彦《历代题画诗类》卷八五。

陈与义（1090—1139），宋代诗人，字去非，号简斋，洛阳（今属河南）人。历仕太学博士、司勋员外郎。靖康年间，他南奔避乱，辗转湖湘间，绍兴元年（1131）到达临安，授兵部员外郎。后又历仕起居郎、中书舍人、礼部侍郎、湖州知州，绍兴七年（1137）为参知政事，后病死于湖州。陈与义诗雄阔慷慨，辞句明净，音节响亮，多忧国伤时之作。前代有人将他列入江西诗派“三宗”之一。虽说他曾受黄庭坚、陈师道的影响，但终能自成一家，其诗风毕竟与黄、陈不一样。著有《简斋集》。

张矩臣，字元素，是陈与义的表兄，善诗，两人常相唱和。华光长老画水墨梅花，张矩臣为之题写五首诗，本诗便是唱和之作。仲仁，宋代画僧，会稽（今浙江绍兴）人。居衡州华光山，因号华（花）光长老、华（花）光道人，黄庭坚同时代人，善画墨梅，是宋代画梅名家，汤垕《画鉴》评曰：“华光长老以墨晕作梅，如花影然，别成一家，正所谓写意者也。”

[注释]

①含章：殿名。南朝宋武帝之女寿阳公主，在人日（正月初七）卧于含章殿檐下，有梅花恰恰落在她的额上，拂拭不掉。宫女仿效之，称为梅花妆。事见唐韩鄂《岁华纪丽》。②九方皋：相马师，伯乐的朋友。秦穆公要伯乐找千里马，伯乐推荐九方皋。三月后，九方皋报告说千里马已找到，穆公问他是什么样子的，皋答曰："牝而黄（黄色的母马）。"牵来一看，马却是"牡而骊（黑色的公马）"。穆公很不高兴，责怪伯乐不该推荐连黄、黑色，公、母马都分不清的人。伯乐长叹说："得其精而忘其粗，在其内而忘其外，见其所见，而不见其所不见，视其所视，而遗其所不视。若皋者，乃有贵乎马者也！"（《列子·说符》）③西湖处士诗：宋代诗人林逋，隐居于西湖孤山，种梅养鹤，人称"西湖处士"，他写过一首《梅花》诗，很著名。④前村夜雪时：指雪夜开放的早梅。唐齐己《早梅》："前村深雪里，昨夜一枝开。"

[评说]

陈、张唱和诗各五首，这里选评陈与义组诗的第四、第五两首。

"含章檐下春风面"一首，阐发画理。诗以典故开端，以故事写画，说华光长老笔下的梅花，便是刘宋时代寿阳公主额上的那一朵，花容像寿阳公主的面容一样娇美。次句是说画家巧夺天工，使用秋兔毛制成的画笔，再现梅花的风姿。诗的一、二句，用边叙边议的方式，写画面具象。三、四句，由画面生发议论，诗人运用《列子·说符》的典故，写出"意足不求颜色似"句，阐发绘画艺术重视神似意足，不拘泥于外表色相的画理。这种理论，反映了当时文学艺术家们的共同审美理想和艺术追求，是北宋时代画论中具有代表性的观点，对后代画论产生过深远影响。南宋赵子固论逃禅（宋画家名）画梅学华光，"得其韵度之清丽"。（见周密《癸辛杂识》前集"赵子固梅谱"条）元人汤垕说："画者当以意写之，不在形似耳。"（《画鉴》）画家王冕善画梅，他为自己的《墨梅图》题诗说："不要人夸好颜色，只流清气满乾坤。" 诸家的观点，都与陈与义的见解一脉相承，有力地推动了我国绘画艺术中写意水墨画的蓬勃发展。

陈与义的《水墨梅》诗，受到人们的普遍爱赏，葛胜仲将简斋此诗送到宋徽宗那里，受到赵佶赞赏，因而擢陈与义为太学博士，事见葛立方《韵语阳秋》。胡仔《苕溪渔隐丛话前集》记载，宋徽宗召对陈与义，最称赏皋字韵一首（即本诗），自此知名。诗人翁方纲也以为"惟'意足不求颜色似，前身相马九方皋'句有生韵"（《石洲诗话》）。这些记载和评论，都足以说明陈与义诗具有强大的艺术感染力。

"自读西湖处士诗"一首，抒写画家幽情。前二句写出画家爱梅的情趣，华光长老自从读了林逋《梅花》诗以后，每年都要到水边去观赏梅花幽雅的风姿。前二句是因，后二句是果。华光长老有了长期观察梅花的实践体验，所以下笔画墨梅竟能胜过真梅。"横斜影"，便是梅花影，从林逋诗"疏影横斜水清浅"句化出。华光长老笔下的梅花影，远远胜过齐己诗里吟唱过的雪夜前村的早梅。画家对自然美进行加工提炼，绘画美胜过自然美，这是诗人陈与义在组诗的最后一首结句表述出来的美学观点，极为精彩。（吴企明）

为陈介然题持约画

‖ 陈与义

层层水落白滩生，万里征鸿小作程。
日暮微风过荷叶，陂南陂北听秋声①。

[题解]

本诗选自《简斋集》卷一二、厉鹗《宋诗纪事》卷三八。

陈介然，名璘，兴化（今属福建）人。靖康初为吏部侍左郎官。

持约，即颜博文，字持约，德州（今属山东）人。政和八年（1118）进士，靖康初为中书舍人。长于水墨画，作人物笔法、位置学李伯时，善墨花。据《增广笺注简斋诗集》卷一二，陈与义为陈介然所题的画，乃颜持约所画的《潇湘秋晚图》。

[注释]

①"陂南"句：唐李白《题宛溪馆》诗中有"绿竹助秋声"句。陂（bēi），水边。

[评说]

这首题画绝句，首句描绘画面主景，江水的涨落永无止息，画中所绘的是江水退落、露出水滩的片刻景象。"万里征鸿小作程"，指画家把潇湘的万里之势，融入了画轴的咫尺之内，画面上的点点征鸿，更使人有咫尺万里之感。咫尺之内，有万里之遥，可以说是中国山水画的显著特征之一。诗的后半首中，"日暮"点出画题《潇湘秋晚图》中的"晚"字，"秋声”点出画题中的“秋”字，遥应画题。潇湘江水的两岸种满了荷花，可惜时已至秋，荷花只剩下了枯叶，微风吹过，不见婆娑婀娜之影，只闻阵阵萧飒的秋声。唐代李商隐有诗云“留得枯荷听雨声”（《宿骆氏亭寄怀崔雍崔衮》），此处画家是画得残荷听秋声。画家抓住了秋天江边最具特色的一个具象，写出了秋日的萧飒之感。（史创新）

题腊梅山禽图

赵 佶

山禽矜逸态[①],梅粉弄轻柔。
已有丹青约,千秋指白头。

[题解]

本图藏台北故宫博物院。本诗选自图上题诗。

赵佶(1082—1135),即宋徽宗,宋代画家。在位期间,政治上黑暗腐败,生活上奢侈淫靡,对百姓横征暴敛,激化社会矛盾。靖康二年(1127),金兵攻破汴京城,他和儿子赵桓被掳至北方,绍兴五年(1135),死于五国城(今黑龙江依兰)。他是个多才多艺的书画家,雅爱翰墨丹青,书法学黄庭坚,自创“瘦金体”。他擅长画花鸟画,设色匀净,富丽典雅,造型生动精妙,受黄派画家和吴元瑜的影响很深。汤垕说他“性嗜画,作花鸟、山石、人物,入妙品,作墨花墨石,间有入神品者。历代帝王能画者,至徽宗可谓尽意”(《画鉴》)。他扩充宫廷画院,培养绘画人才,命人编纂《宣和书谱》《宣和画谱》,搜罗历代书画,编为《宣和睿览集》,为宋代书画艺术的繁荣和发展作出过一定贡献。现存作品有《腊梅山禽图》《芙蓉锦鸡图》《听琴图》《祥龙石图》等,其中有些可能是画院诸人所作。

[注释]

①山禽:指白头翁。矜:矜持,有自负意。

[评说]

据现存文物考察，最早在画上题诗的是赵佶。赵佶以前的题画诗，只是以绘画作品作为题咏对象，题写在画卷的首尾，或则另纸书写。赵佶选择画面空白处，用瘦金体题上诗句，自申画意，真正将诗、书、画三种艺术和谐地融合在一幅作品中，互渗互补，构成统一的艺术整体。这不仅将题画诗的创作推进到一个新的阶段，也促使中国画艺术进入一个新阶段，自此以后，中国诗、书、画以三位一体的综合艺术的面貌，出现在世人面前。赵佶的艺术实践是很有美学价值和历史意义的，在我国诗歌史、绘画史、书法史上，产生过深远的影响。赵佶自题的诗，是打开画家心扉、体识鉴赏《腊梅山禽图》的一把钥匙。

诗的前三句，径直描写画面上的花鸟。画面上的白头翁，停在清香的腊梅枝上，自由安详，闲情逸态，颇有点自负的样子。绘画无法表现出“鸟语”的声音和内容，然而赵佶用“矜逸态”申补了画意，将白头翁自鸣得意的神态描绘出来，读画人仿佛听到了它的鸣叫声。画面上腊梅初绽，粉蕊呈露，摆弄着它那轻柔的身姿，散发着清馨的香气。诗人着一“弄”字，境界全出，将腊梅的风韵逼真地传达出来。

诗的下半首，由鸟名“白头”生发立意。古诗有“白首同所归”（潘岳《金谷集作诗》）抒写朋友间的坚贞情谊，白头不渝。“丹青”是古代绘画中常用的颜料，因颜色不易泯灭，暗喻友情坚贞。阮籍《吟怀诗》：“丹青著明誓，永世不相忘。”赵佶运化阮籍诗意，说朋友间已经有了坚贞不渝的信约，因此指着白头翁，表白千年不变的心意。全诗巧借双关语意，涵蕴深秀，表述自己画作这幅《腊梅山禽图》的初衷。（吴企明）

芙蓉锦鸡图

赵　佶

秋劲拒霜盛[1]，峨冠锦羽鸡。
已知全五德[2]，安逸胜凫鹥[3]。

［题解］

本图藏台北故宫博物院。本诗选自图上题诗。

［注释］

①拒霜：木芙蓉之别名，它和菊花一样，盛开于秋天，不怕霜，故名。②五德：古人认为鸡有文、武、勇、仁、信五种德性。《韩诗外传》说：“首戴冠者，文也；足傅距者，武也；敌在前敢斗者，勇也；得食相告者，仁也；守夜不失时者，信也：鸡有此五德。”③凫（fú）：野鸭。鹥（yī）：鸥鸟。《凫鹥》，是《诗经·大雅》里一首诗的篇名。诗序说它是歌颂周成王“守成”的作品，云：“太平之君子，能持盈守成，神祇祖考安乐之也。”后世用它代称太平盛世。

［评说］

赵佶《芙蓉锦鸡图》的构思布局极巧妙，一枝芙蓉花横出在画幅中部，一只美丽的锦鸡停落在花枝上，压得花枝低斜着，似乎还在不停地晃荡。锦鸡华丽的羽毛和尾翎上的斑纹，都被描写得非常细致、真实。画幅右上方，有两只蝴蝶，被盛开的芙蓉花吸引着，正上下翻飞。锦鸡正回头凝视着它们。整幅画，用笔精细，艳丽堂皇，呈现出精工富丽的气象。

在蝴蝶下面，画幅的右上方中部，正好有一方空隙，赵佶用瘦金体分四行将本诗题在那里。

题诗的前二句，描写画面景物，紧扣诗题。首句，就题上“芙蓉”着笔，“秋”，点节令，“盛”，点芙蓉花盛开的势头。次句，就题上“锦鸡”着笔，锦鸡头上有一绺羽毛，好像戴着“峨冠”，锦鸡的羽毛华丽而有光泽，故称“锦羽”。诗句简练地再现了画上芙蓉花和锦鸡的形象，很有真实感。这首题画诗采用五言绝句的体式，抓住画中的主要景物及景物的主要特征，加以描写。本诗题旨不在赞画而是借画寄意，所以诗的前半首点到画面上的芙蓉、锦鸡，便戛然而止。诗的后半首，说鸡有“五德”，这本是儒家“比物以德”的自然审美观念，赵佶借着题画的机会，借助“比德”思想，宣扬北宋王朝的统治五德齐全，可以胜过周朝的成康盛世，以此美化赵宋王朝。可是，事与愿违，北宋王朝很快衰亡，赵佶也成了金人的阶下囚。而《芙蓉锦鸡图》却因它的艺术价值而被存留下来，长久地被人们珍视着，这是赵佶所始料不及的。（吴企明）

芙蓉锦鸡图

题赵佶听琴图轴

‖蔡 京

吟徵调商灶下桐[①]，松间疑有入松风[②]。
仰窥低审含情客，似听无弦一弄中[③]。

[题解]

蔡京（1047—1126），字元长，仙游（今属福建）人。熙宁三年（1070）进士及第，后以奢侈迎合帝意，受徽宗宠信，官至尚书右仆射、太师。金兵入侵时，率家南逃，被钦宗赐死。

赵佶这幅《听琴图轴》今存，藏故宫博物院，绢本，设色，纵 147.2 厘米，横 51.3 厘米。画幅正中画一株苍松，枝叶郁茂，树右侧有翠竹数竿。松下石墩上端坐一人，黄冠缁服，正在弹琴。此人是赵佶自己。胡敬《西清札记》云："此徽庙自写小像也。"左右各一人，着朝服，戴纱帽，对坐侧耳听琴。胡敬认为其中一人穿绯衣者为蔡京。画幅左侧上端有《听琴图》三字，字迹为瘦金体，当为赵佶所题，松树上方，即为蔡京题诗。学术界有人认为此图非赵佶所画，乃是"宣和画院高手杰作"，此说尚待详考。

[注释]

①徵（zhǐ）、商：徵与商，古代五音之二。灶下桐：指古琴。事见《后汉书·蔡邕传》："吴人有烧桐以爨（cuàn）者，邕闻火烈之声，知其良木，因请而裁为琴，果有美音，而其尾犹焦，故时人名曰'焦尾琴'焉。"②入松风：即《风入松》，乐府古琴曲之一。③无弦：无弦琴。梁萧统《陶靖节传》："渊明不解音律，而蓄无弦琴一张，每酒适，辄抚弄以

寄其意。”弄：弹奏琴曲。

[评说]

自赵佶首创画上题诗以后，这种题诗方式在宋代尚未盛行，大概受到君臣尊卑观念的束缚，一般画家还不敢轻易在画上题诗。蔡京是宋徽宗比较宠信的近臣，自然例外，竟然在徽宗画上题诗一首，于此也可见他们君臣间的特殊关系。这首题诗紧扣画题，可以说是句句都与“听琴”有关。前两句先写弹琴。在琴弦上调理商、徵，发出琴声，这时便有古琴曲《风入松》的曲调在松间回荡，松声、琴声融而为一，悠扬动听。后两句接着写听琴，两位“含情客”，即听琴人，仰头、俯首、侧耳、凝神，细味、详审着琴音，尽管君王弹奏的是无弦琴，他们似乎也听到了精妙的琴音，意兴不尽。全诗用虚拟笔法，表现画面具象，写出画外意，既状琴音之优美，也露出蔡京对徽宗的恭维，暗寓着君臣尊卑的观念。（吴企明）

题祐陵林檎鸜鹆画扇诗

曾　觌

玉辇神游事已空，尚余奎藻写春风[1]。
年年花鸟无穷意，尽在苍梧落照中。

[题解]

本诗选自张端义《贵耳集》卷上，题目为注评者所加。

曾觌（生卒年不详），宋代诗人，字纯甫，号海野老农，汴州（今河南洛阳）人。孝宗受禅，因觌是潜邸旧人，擢权知阁门事。淳熙中，除开府仪同三司，加少保、醴泉观使。祐陵，指宋徽宗。赵佶死于五国城，后移葬于永祐陵，宋人常以"祐陵"代称徽宗。鸜鹆，八哥。

[注释]

①奎藻：帝王的文采。

[评说]

这是一首非常典型的抒情性题画诗，诗人完全脱出画面具象之外，抒发自己悼念徽宗的情感。首句以徽宗的往事发端，说他的一切荣华富贵都已成空想。次句紧承，说只有画扇上的花、鸟春景还留下他的文采，一扣画题，但未作具体描写。第三、四句，转而写感慨，这年年花鸟画上传出的无穷怨恨，都付于夕照苍梧的暮景之中。"花鸟"二字，映带林檎鸜鹆画扇。这两句诗的诗境中深含着苍凉凄惋的情韵，透出诗人对物在人亡的哀悼意念。本诗乃仄起首句入韵格，"空""风""中"三字，押上平声一东韵。（史创新）

题黄筌芙蓉

赵　构

照水枝枝蜀锦囊，年年泽国为谁芳？
朱颜自得西风意①，不管千林一夜霜。

[题解]

本诗选自厉鹗《宋诗纪事》卷一。

赵构（1107—1187），即宋高宗，徽宗第九子，字德基。始封康王，徽、钦两帝为金人北掳后，即位于建康（今江苏南京），后为避金敌南迁，定都临安（今浙江杭州），以秦桧为相，杀岳飞，乞和于金，称臣纳币，遂成偏安之局，史称南宋。高宗工书画，元庄肃《画继补遗》卷上："宋高宗天纵多能，书法夐出唐宋帝王上。而于万几之暇，时作小笔山水，专写烟岚昏雨难状之景，非群庶所可企及也。"

[注释]

①西风：指秋风。

[评说]

本诗亦作宋代诗人舒坦《和刘珵西湖十洲·芙蓉洲》，只第四句"千林"作"清秋"，"一夜"作"昨夜"。黄筌入宋后曾进画院，其画被宋秘阁珍藏，以为上品，宣和御府中藏其画有三百四十九幅之多。宋徽宗赵佶和高宗赵构都十分喜爱黄筌的画，赵构的这首七绝小诗便是题黄筌《芙蓉图》的。诗的首句点明画题。"照水枝枝"即指木芙蓉，"芙蓉宜植池岸，临水为佳”（文震亨《长物志》），临波自照是芙蓉最美的写照。此句将木芙蓉的花朵比喻成蜀锦囊，一则形容花瓣细致光洁如同蜀锦，二则点出画家黄筌为蜀人，非常巧妙。“年年泽国为谁芳”是说芙蓉高洁清雅，自怜自爱，只不知它是为谁开花，给谁欣赏。“为谁芳”三字问得无理，问得俏皮，体现了芙蓉不为媚俗开花的高洁品质。诗的后半首言此时正是秋天，这样的季节正是木芙蓉盛开的时间，而画中的芙蓉又似格外得到秋风垂青，在满天寒霜里开着美丽的花朵。木芙蓉又名拒霜，秋季开花。末二句与黄巢“待到秋来九月八，我花开后百花杀”（《不第后赋菊》）意思相近，却远为优游从容。黄筌的画具有很强的艺术感染力，他的《芙蓉图》恰在萧瑟的秋日里给人送来温馨，让人欣悦。（史创新）

题红木犀花扇赐从臣二首

赵　构

月宫移就日宫栽[1],引得轻红入面来。
好向烟霄承雨露[2],丹心一点为君开。

秋入幽丛桂影团,香深粟粟照林丹。
应随王母瑶池宴,染得朝霞下广寒[3]。

[题解]

本诗选自厉鹗《宋诗纪事》卷一。

《宋诗纪事》卷一引陈郁《话腴》载:“士子史本有木犀,忽变红色,异香,因接本献阙下。高庙雅爱之,画为扇面,仍制诗以赐从臣。自是四方争传其本,岁接数百,史氏由此昌焉。”赵构赐从臣的,正是这两首自题的题画诗。

[注释]

①日宫:此指皇宫。②烟霄:指高空。③广寒:即广寒宫,月中仙宫名。

[评说]

第一首诗中的第一句,点明题义中的“木犀花”,木犀花即桂花,相传月宫中栽有一株,伴随着嫦娥,因此此处言“月宫移就日宫栽”,史氏进献的这株木犀花定是从月宫移植到皇宫中的,故带有神秘奇异之色彩。

“引得轻红入面来”一句继续写此木犀花的神异之处，一般的木犀花只有一种固定的颜色，此株却能忽变红色，散发异香。诗的后两句既是描绘扇面木犀花的形状、颜色，也指史氏向自己献花求宠一事，对史氏忠诚于君王的丹心表示了嘉奖。

第二首诗主要描绘画面上木犀花形状。首句写桂，点题。第二句用通感手法写木犀花的奇香。三、四两句再次写木犀花的不同一般，它就像是刚刚伴随嫦娥参加完王母的瑶池盛宴一样，满身沾染了绚丽多彩的朝霞后，从月宫来到人间，显得那样高贵而神秘。这首诗极力渲染了木犀花的娇艳之美，以及其能“忽变红色，异香”的神奇之处。（史创新）

题　画

李　唐

云里烟村雨里滩,看之容易作之难。
早知不入时人眼,多买燕脂画牡丹。

[题解]

本诗选自郁逢庆《郁氏续书画题跋记》卷一、厉鹗《宋诗纪事》卷四四。两书文字不同,今从《宋诗纪事》。

李唐(1049—1130),宋代画家,字晞古,河阳三城(今河南孟州)人。徽宗朝入画院,任画院待诏。汴京陷落,他辗转来到临安,重入画院任待诏,授成忠郎,赠金紫。他擅长画山水,兼工人物,努力创新,画山变"小斧劈皴"为沉健有力的"大斧劈皴",画水打破鱼鳞縠纹的程式,对后代影响很大。后世将他和刘松年、马远、夏珪合称为"南宋四家"。他的画风格多样,画《长夏江寺图》,宋高宗在图上题跋云:"李唐可比唐李思训。"周密评其人物画"绝类伯时"(《云烟过眼录》)。在国土沦丧、民族危亡的关头,李唐画作《晋文公复国图》《采薇图》等,寄寓爱国之情。传世作品有《万壑松风图》《清溪渔隐图》《晋文公复国图》等。

[评说]

《郁氏续书画题跋记》卷一"李唐伯夷叔齐采薇图"条云:

唐初至杭,无所知者,货楮画以自给,日甚困,有中使识其笔,曰:"待诏作也。"唐因投谒,中使奏闻。而唐之画杭人即贵之。唐尝有曰

（诗略），可概见矣。

李唐的题诗从自己擅长的水墨山水画落笔。首二句用互见法句式，意谓云雨里的烟村云雨里的水滩，这种自然美景看看容易，要将它们描画出来，是很困难的。两句诗，包蕴着李唐极深的创作甘苦的体验。诗的后半首是牢骚话。“早知不入时人眼”，既然水墨山水画不为时人所重视和赏识，还不如“多买燕脂画牡丹”，抛下自己心爱的山水画，趋奉时尚，专门画作牡丹花。水墨烟村，清雅萧散，表现村野意趣；牡丹花艳美富丽，象征富贵气象。这两种不同题材的画，体现出不同画家和观赏者的艺术追求和审美情趣，反映了高人雅士和世俗庸夫不同的深层心态和文化素养。李唐一反常态，违背自己的意愿写出结句，语含讽刺，表达出诗人不满当时的世态人情，反映了南宋初年崇尚牡丹花画的现状，抒写出诗人的愤懑心情。（吴企明）

题自画横披与翟伯寿

米友仁

山中宰相有仙骨[1]，独爱岭头生白云。
壁张此画定惊倒，先请唤人扶着君。

[题解]

本诗选自厉鹗《宋诗纪事》卷四五。

米友仁（1072—1151），宋代画家，字元晖，小字寅哥、虎儿，自号懒拙道人，原籍襄阳（今属湖北），后定居润州（今江苏镇江）。他是米芾的长子，善书画，承父法，能传家学，世称“小米”。米芾进呈他画作的《楚江清晓图》，受到徽宗赏识，声名大振。历仕大名少尹、两浙西路茶盐公事、兵部侍郎、敷文阁直学士。汤垕《画鉴》：“（友仁）作山水清致可掬，亦略变其尊人所为，成一家法。烟云变灭，林泉点缀，生意无穷。”传世作品有《潇湘奇观图》《云山墨戏图》《云山图》等。

翟耆年，字伯寿，宋高宗时参知政事翟汝文之子，别号黄鹤山人。京口（今江苏镇江）人。善书，曾向米友仁问书，陆游《老学庵笔记》卷八称其“能清言，工篆及八分”，亦能画。著有《籀史》。

[注释]

①山中宰相：南朝梁陶弘景隐居句曲（即茅山，位于江苏省西部），武帝时礼聘不出，国有大事就去咨询，时称“山中宰相”。此处指翟伯寿。

[评说]

米友仁的父亲米芾人称“米颠”“米痴”，个性狂放而又诙谐幽默，民间流传着许多他和苏东坡之间的有趣故事。从这首七绝题画诗看，米友仁的个性与乃父颇有相似之处，也是个诙谐风趣之人。诗的前两句写翟伯寿，诗人称其为“山中宰相”，以陶弘景比之，可以看出诗人对他很是敬重。宋吴芾有《挽翟伯寿》：“高情爽气薄云天，洒落真如晋七贤。笔下虫鱼元自得，胸中丘壑更依然。风流已足追千载，寿考胡为不百年。人物此时谁得似，只应余庆尚流传。”对其评价极高，且亦善画。翟伯寿是诗人好友，米友仁《白雪》词中有“惟是京口翟伯寿，余生平至交”句。而且翟伯寿和诗人一样，十分喜爱山水风光，且特别喜爱“岭头生白云”这样飘逸幽绝的景观。看来，翟伯寿是个既有齐天下之才又风雅的老人。“壁张此画定惊倒，先请唤人扶着君”，充分显示了米友仁的诙谐性格。米友仁此幅横披所绘定是翟伯寿最喜爱的“岭头生白云”之景，断定翟伯寿一看之下定然是惊喜异常，因而要先请人扶着他，然后再看画，以防惊喜之下发生什么意外。从这两句中可见，翟伯寿对米友仁的画是爱得极深的，而米友仁对自己的画亦非常自信，这种自信来源于对自己精湛画艺的清醒认识。（史创新）

自题大姚村图（选一）

米友仁

老年尚喜管城子[1]，更爱好山江上青。
武林秋高晓欲雨[2]，正若此画云冥冥[3]。

［题解］

本诗选自张丑《清河书画舫》卷一〇上、厉鹗《宋诗纪事》卷四五。

［注释］

①管城子：毛笔的别称。 语出韩愈《毛颖传》。 黄庭坚《戏呈孔毅父》："管城子无食肉相，孔方兄有绝交书。"②武林：今浙江杭州的别称。 ③云冥冥：烟云迷蒙的样子。 屈原《九歌・山鬼》："云容容兮而在下，杳冥冥兮羌昼晦。"

［评说］

此诗原有三首，此选第二首。 大姚村位于今江苏苏州，米友仁的妹妹嫁在这个村里。《大姚村图》是米友仁所绘的一幅画，诗后自注云："绍兴戊午（1138）季春十一日，书于大姚五湖田舍。"关于《大姚村图》这幅画，汪珂玉《珊瑚网》卷二八云："敷文居吴，尝作《大姚村图》，复大书三诗于后，可谓兼善，为吴中翰墨光耀二百有余岁。"

这首七绝小诗的前两句写米友仁自己的爱好和兴趣。 他虽然年岁已高，但仍喜舞文弄墨，更喜好丹青，见到好山好水便会触动画兴，忍不住要把它画下来。 而江南水村大姚村正是一个山清水秀、景色如画的地方。这两句诗说明了诗人作此画的原因和动机。“武林秋高晓欲雨，正若此画云冥冥”两句，一方面点明画家兼诗人作此画的地点、时间，即在杭州城的一个秋日清晨，另一方面也是描绘了画面景色，画中所绘正是大姚村的秋日早晨，天将下雨，烟云迷蒙时的景色。因杭州的山水和大姚村十分相似，同属江南美景，故而以杭州眼前的实景来比拟画中的大姚村。题画诗中常用画可夺真或以画作真的手法来称赞画家画艺的高超及画面具有的强烈艺术感染力，此处诗人却以别处真景来写画，可谓别具一格，富有创意。（史创新）

题云山图

米友仁

好山无数接天涯，烟霭阴晴日夕佳。
要识先生曾到此①，故留笔戏在君家。

[题解]

《云山图》，今藏美国克利夫兰艺术博物馆。

[注释]

①曾到此：米友仁在画幅左上方题诗后，署款云“新昌作”。米友仁曾任两浙西路茶盐公事，有机会到新昌。新昌地处浙东，多山，这幅画是画家游历新昌群山时审美情趣和美感体验的再现。

[评说]

小米的题诗，采用习见的先写画面、再发观感的方式写成。前二句，画家说新昌地方无数好山，绵延不绝，直接天涯，烟霭变幻无常，山峦时隐时现，时晴时阴，早晚的景色都很嘉美。两句诗，既是画面实景的具体描绘，也写出新昌山景的真实面貌。三、四句诗笔转而写出自己的作画动机。他对友人说，日后要知道“我”曾到新昌游览过，所以在“你”的家中留下墨迹。画家用诗句点明自己的作画匠心。（吴企明）

自题山水

米友仁

霄壤千千万万山[①]，东南胜地熟跻攀[②]。
古人作语咏不得，我寓无声缣楮间[③]。

[题解]

本诗选自厉鹗《宋诗纪事》卷四五。

[注释]

①霄壤：天与地。②跻攀：登攀。③无声：指画。缣楮：此处指作画用的绢和纸。

[评说]

米友仁的这首诗下有自注，指明这首诗中所题画是绘于平江（今属江苏苏州）的大姚村，和他的那首《自题〈大姚村图〉》一样。看来专貌江南山水的米友仁在大姚村画兴大发，画了不少关于大姚村附近山光水色的画卷。“霄壤千千万万山，东南胜地熟跻攀”，天地之间的山山水水何止成千上万，但“东南胜地”，即江南的一山一水最能激发画家的创作热情。米友仁特别钟爱江南的湖光山色，许多地方他都曾登临、游览过，因而特别熟悉，正是在师法自然的过程中，米友仁才能自创一家，形成自己的创作特色。诗的后半首体现了诗画相通的理论。历来文人吟咏江南山水的很多，他们以语言表达自己对一山一水的情感，而米友仁却是用画来表达，载体虽不一样，但要表达的情感是一样的，因为诗即是“有声画”，画即是“无声诗”，它们可以互为转化，互为融合。（史创新）

题米元晖潇湘图二首

尤　袤

万里江天杳霭，一村烟树微茫。
只欠孤篷听雨，恍如身在潇湘。

淡淡晓山横雾，茫茫远水平沙。
安得绿蓑青笠，往来泛宅浮家①。

[题解]

本诗选自郁逢庆《郁氏续书画题跋记》卷二。

尤袤（1127—1194），宋代诗人，字延之，号遂初居士，无锡（今属江苏）人。宋高宗绍兴十八年（1148）进士及第，历仕泰兴令、江东提举常平事、礼部尚书兼侍读，卒谥文简。尤袤富藏书，博学多识，工诗，诗风婉雅平淡，与杨万里、范成大、陆游齐名，合称“南宋四大家”。著有《梁溪集》《遂初小稿》等。

[注释]

①泛宅浮家：用唐人张志和的典故。《新唐书·张志和传》载，颜真卿任湖州刺史，见张志和乘坐敝舟，意欲为他更换，张说：“愿为浮家泛宅，往来苕、霅间。”

[评说]

米元晖熟悉潇湘的山水景色，他在《潇湘奇观图》的题跋中自述：“余平生熟潇湘奇观，每于登临佳处，辄复写其意趣。”可见，小米在登临镇江江山胜处时，常常以潇湘山水意趣“辄复”写镇江山水。尤袤为之题诗的这幅《潇湘图》，就属于这种情况。

尤袤题诗的第一首，先描写画面景物。在微茫的雨雾里，隐约可见空阔浩渺的万里江天和一村烟树，画境与传世的《潇湘奇观图》相仿。诗的后半首，写出观画感受。画上没有扁舟，所以诗人说：“只欠孤篷听雨。”“听雨”两字，与前半首的画面景物相应合，补出了画上的“雨”意。画面上云山烟雾的朦胧美，使人感发兴会，恍惚间感到自己置身于潇湘江上。

尤袤题诗的第二首，写法与第一首相同，也是先写画面景物，再写观画感受。前两句表现云雾里的晓山远水，得平淡天真之趣。它与第一首的前两句相辅相成，从不同视角、不同侧面反映出米元晖的审美意趣和艺术个性。这是“米家山水”的典型风貌。钱端礼题米元晖《潇湘白云图》时写道：“惟晴欲雨，雨欲霁，宿雾晓烟已泮复合，景物昧昧，时一出没于有无间，难状也。”米元晖的《潇湘图》正是状此难状之景，成功地表现了夜雨欲霁未霁之间、晓雾既泮未泮之际，云山烟雾变幻莫测的景色。第二首的后两句，诗人由画面触发观感，说自己想同唐人张志和一样，以浮舟为家宅。画上并无舟楫，亦无蓑笠，诗人观画后却感到自己身在湘江中，希望能驾一叶扁舟，穿戴蓑笠，他只得用“只欠”“安得”等词语，来表述自己的心愿。（吴企明）

题苕溪渔隐图三首

胡　仔

溪边短短长长柳，波上来来去去船。
鸥鸟近人浑不畏，一双飞下镜中天①。

秋云漠漠烟苍苍，芦花初白莲叶黄。
钓船尽日来往处，南村北村粳稻香。

卷起纶竿撇棹归②，短篷斜掩宿渔矶。
日高春睡无人唤，撩乱杨花绕梦飞。

［题解］

本诗选自厉鹗《宋诗纪事》卷五〇。

胡仔（1110—1170），宋代文学家，字元任，曾任晋陵令，卜居吴兴（今属浙江），号苕溪渔隐，著有《苕溪渔隐丛话》前、后集。《苕溪渔隐丛话前集》卷五五云："余卜居苕溪，日以渔钓自适，因自称苕溪渔隐。临流有屋数椽，亦以此命名。僧了宗善墨戏，落笔潇洒，为余作《苕溪渔隐图》。览景摅怀，时有鄙句，皆题之左方，既久益多，不能尽录，聊举其一二。"书中所举即此三首。了宗，宋僧，吴（今江苏苏州）人，善画，能以淡墨作云林、室庐、人物、草木、鸟兽，笔迹甚可喜。

［注释］

①镜中天：指水面。②棹（zhào）：桨，划船拨水的用具。

［评说］

从《苕溪渔隐丛话前集》中可看出，胡仔题画，完全是“览景摅怀”，此景为苕溪美景，此怀为诗人渔隐之怀。所选三诗中一、三两首写苕溪春景，第二首写苕溪秋景。春景是垂柳依依，杨花漫舞，鸥鸟嬉戏如无人之境，溪上船来船往，穿行如梭。秋景则是秋云漠漠，苍烟迷蒙，芦花如雪，枯荷满溪，空中处处飘着稻花清香。虽四时之景不同，但苕溪之清静、和谐、恬美不变。诗人于这江南小村临水而居，每日垂钓清溪，钓罢则卷起渔竿，支起短篷在煦暖的阳光中高枕无忧，颇有司空图“钓罢归来不系船”的闲适自由、超旷脱俗。从中可体现诗人《满江红》一词中所言“怀抱向谁论？惟箕颍”的归隐之志。此三诗写得简淡清新，一如苕溪之景，首首俱可入画，和僧人了宗所绘之图相得益彰，互为补充。且图画只能绘一时一景，诗人所写的苕溪则有四时之景的不同，有稻花的清香，有“杨花绕梦飞”的情思，还有诗人卜居苕溪的陶然自得。画中难画之景，诗人皆以诗凑成，构成了一幅有形有声、完整而美丽的《苕溪渔隐图》。（史创新）

题陈叔虎绣梅花扇

杨万里

指下生寒影①,针端即化工②。
冰痕将雪点,不受烛光融。

[题解]

本诗选自陈邦彦《历代题画诗类》卷八六。

杨万里（1127—1206），宋代诗人，字廷秀，号诚斋，吉州吉水（今属江西）人。绍兴二十四年（1154）进士及第，为赣州（今属江西）司户，调零陵（今属湖南）丞。孝宗时召为国子监博士，迁太常博士。光宗时召为秘书监。宁宗时，为宝谟阁学士，后屡召不赴。工诗，为“南宋四大家”之一。其诗风格清新活泼，语言平易自然，饶有情趣，自成一家，时称“诚斋体”。有《诚斋集》。

陈叔虎，不详。

[注释]

①寒影：指梅花。②化工：天工。

[评说]

刺绣是我国的传统工艺之一，它和绘画一样，属于造型艺术，需要对其进行立意构图，具象设色，构造意境，以创造出形神兼备、栩栩如生的艺术品。不同的是，绘画以笔墨创造出作品，而刺绣以五彩丝线来创造。杨万里这首五绝小诗便是题绣品的。诗的前二句“指下生寒影，针端即化工”点明题意，描绘陈叔虎刺绣时的情景。但见飞针走线之时，一簇梅花已生于绢上，生动逼真，似乎可以感到梅花散发出的幽幽寒意和淡淡清香。诗人对陈叔虎的刺绣手艺给了很高的评价，认为这等针端功夫实可夺天工。从名字看，陈叔虎显然是位须眉男子，而在人们的印象中，刺绣应是女子纤纤十指的专利。其实不然。宋琬《安雅堂未刻稿》卷六有这样一段记载：“刺绣独云间最工，而皆以顾氏名，吾初疑其闺闱女子，所作今在云间，乃知工人半男子，十指如锤而有针神之巧，且习其业者甚众。”因而陈叔虎绣梅花一点也不奇怪。“冰痕将雪点，不受烛光融”两句则点明此诗乃是题吟梅花绣品，冰痕与雪点都是绣品之景，故虽近烛光而不融化。同时，这两句诗也点出陈叔虎所绣乃雪中腊梅，遥应了首句中“寒影”二字。（史创新）

跋尤延之山水两轴

杨万里

水际芦青荷叶黄，霜前木落蓼花香①。
渔舟去尽天将夕，雪色飞来鹭一行。

[题解]

本诗选自陈邦彦《历代题画诗类》卷一四。

尤延之，即尤袤。

[注释]

①蓼（liǎo）花：植物花名，淡红或白色。蓼，草本植物，叶味辛香，古人用为调味品。

[评说]

一般题画诗都是一画一题或一画数题，此处却是两画一题，颇为新颖别致。从诗意看，尤延之这两幅画所绘皆为秋日山水，一幅为近景，一幅为远景。诗的前半首题写近景的秋日山图。图中所绘如《诗经》中所言，时当蒹葭苍苍、白露为霜之际，水边芦苇还泛着青色，荷叶却已枯黄，只剩几处残荷；山上一面是树叶飘零，一面是蓼花开放，幽香满山。山水之间，青者自青，黄者自黄，飘零者自飘零，蓬勃者自蓬勃，一切都显得那样自然、宁静，秋的萧瑟和寥落掩不住自然界应有的生机和生命力。诗人再现了画中丰富的色彩，并用一个“香”字，把视觉活动转化为嗅觉活动，补充了绘画无法表达的内容。

诗的后半首题写远景的秋日山图。诗人先描写画中之水：天色将暮，白日里穿梭往来于水面上的渔舟俱已离去，水面显得辽阔而平静。暮色水面是画中实景，渔舟去尽则是诗人的想象之辞，由此申补了画外之意，亦可引起读者的无穷想象。最后一句写山，山上有一片白色，初看似白雪，细看却是一行白鹭正飞来栖息，准备在山中度过一个安静的夜晚。整个画面透露出宁静平和的气息。绝句有一句一意的，也有四句一意的，这首小诗便是一句一意的绝句，虽难以像四句一意的绝句那样浑然无痕，意境玲珑，但用在这里却颇为恰当，不但用有声形象将无声形象更为丰富、更富想象力地表达了出来，而且将两幅画的不同图景、画境表现了出来。（史创新）

题邓国材水墨寒林

杨万里

人间那得个山川①，船上渔郎便是仙。
远岭外头江尽处，问渠何许洞中天②。

[题解]

本诗选自陈邦彦《历代题画诗类》卷二〇。

邓国材，不详。

[注释]

①个：这，那。李白《秋浦歌》："白发三千丈，缘愁似个长。"②洞中天：道家称仙人所居地为洞天，有王屋山等十大洞天、泰山等三十六洞天之说。

[评说]

此诗首句便是惊叹语：人间哪有这样的山川，这样的寒林，分明是一片仙境。从诗人这样的惊叹之中，可以想见画中山林的美丽和清幽。"船上渔郎便是仙"承第一句而来，既然山川似仙境，那么船上的渔郎自然便是仙人了。这一句也是对画面内容的描绘，即山川之中有一叶扁舟，船上有位似不染人间烟火的渔郎。面对这样优美的寒林仙境，诗人不禁向画中的渔郎发出询问："你是哪一洞天仙府中的仙人啊？"此诗整篇围绕一个"仙"字，把画境当仙境，传达出画中优美敻绝的境界。同时，诗人运用以画作真手法，把画中渔郎当作询问的对象加以询问，以此来反衬此画形象之生动，画家画艺之高超。（史创新）

题黄居宷雀竹图二首

范成大

群雀岁寒保聚，两鹑日晏忘归。
草间岂无余粒？刮地风号雪飞。

蔓花露下凝碧[1]，丛竹秋来老苍。
噪雀群争何事？幺禽自啭清篁[2]。

［题解］

本诗选自范成大《范石湖集》卷二四。

范成大（1126—1193），宋代诗人，字至能，号石湖居士，平江（今江苏苏州）人。宋高宗绍兴二十四年（1154）进士及第，历仕礼部员外郎、起居舍人兼侍讲。乾道六年（1170）为祈请信使，使金。后又任四川制置使、知成都府，以中大夫参知政事，后又知明州、建康府等。卒谥文穆。工诗，诗风清新婉丽、温润精雅，能摆脱江西陋习，饶有唐韵，与尤袤、杨万里、陆游合称“南宋四大家”。著有《范石湖集》。

黄居宷（933—993），宋代画家，字伯鸾，成都（今属四川）人。黄筌之子。西蜀时，任翰林院待诏，归宋后，宋太宗赵光义很赏识他，授翰林待诏，派他到各地搜访名画。他能继承父风，善画花竹、翎毛，妙得天真。刘道醇评曰：“花竹禽雀，皆不失筌法。”（《圣朝名画评》）有《山鹧棘雀图》传世。

［注释］

①蔓花：草名，即藜。②幺（yāo）禽：小鸟，指群雀。幺，小。

[评说]

黄居宷的《雀竹图》有两幅，一幅写岁寒景色，一幅写深秋景色。季节、气候不同，雀竹形象也有很大差异，范成大抓住自然物理和画面具象的特征，写下这两首题画诗。

第一首写岁寒景色。诗的首句，交代了节令和气候，时当岁暮，天气寒冷，竹枝上的群雀都挤在一起，相聚保暖。次句描写画面上的两只鹌鹑，伫立于竹间，天色已晚，忘掉归家。第三句一问，难道说草间没有余下的食粒，雀和鹑为什么不去啄食呢？结句一答，因为刮地大风呼号不已，大雪纷飞，所以小鸟缩聚避寒，顾不得去觅食。诗人通过观察，把握画家构思的匠心，题诗也就能揭示画面上风号雪飞的气候和雀鹑保聚伫立的形态之间的内在联系。

第二首写深秋景象。深秋的竹丛，苍翠浓郁，色泽深老；竹边的蔓花，受露水滋润，碧绿如凝，色泽鲜明。黄氏父子作画善用钩填法，形成浓淡均匀、色彩丰富的特征，沈括评诸黄“妙在赋色”（《梦溪笔谈》），读石湖此诗，确信沈氏评论切当。诗的三、四句写雀，诗人怎样去咏画上的群雀呢？是描绘它们的身影，是形容它们的毛色，还是捕捉它们飞跃的动态？都不是。诗人从雀的鸣叫声上去拓开诗思，他使用与第一首相同的结构手法，通过一问一答，完成短诗转合的任务。群雀为了何事闹争不休，发出阵阵噪声？原来它们在清幽的竹林里，自由自在地啼鸣着，欢唱秋光之美。黄居宷描画了群雀飞跃啼鸣的姿态，形成“千种啭”的画境，深得群雀天真自然之妙趣。画家将自然美转化成绘画美，诗人认真体识出画幅中的色彩美和声音美，获得美的享受，他用优美的语言将这种审美体验写成诗句，将绘画美再现出来。黄居宷和范成大各自完成了诗画艺术的再创造。（吴企明）

李次山自画两图其一泛舟湖山之下小女奴坐船头吹笛其一跨驴渡小桥入深谷各题一绝（选一）

范成大

船头月午坐忘归[1]，不管风鬟露满衣。
横玉三声湖起浪[3]，前山应有鹊惊飞。

[题解]

本诗选自范成大《范石湖集》卷一〇。

李次山，即李结。李结（1124—？），字次山，号渔社，河阳（今河南孟州）人。历仕休宁主簿、昆山令、常州知州、四川总领。他画了两幅画，请石湖鉴赏。诗人读画以后，透过画面形象，细致体识画家的艺术构思，探索画幅的“画外意”，用非常优美的诗句写出画家心中有、笔底无的画意，充分发挥了题画诗申发、补充画意的艺术功能。

[注释]

①月午：月当中天。②横玉：横吹的玉笛。

[评说]

这首题画诗的题目比较长，画幅的图上景象，诗题里已经基本写出，因此，石湖在描写画面景象的同时，更多地注意从“画外意”方面加以发掘，并将它表现出来。首句“船头月午”，深夜月明，柔光洒满湖面，船头上坐着小女奴，这是画面上的视觉形象。小女奴深爱着恬静幽雅的环境，久久不愿归去，“坐忘归”的深层心态，是画家难以表达的。次句承上，进一步细致描写小女奴“坐忘归”时的心理活动，她不管夜风吹拂鬟鬓，也不管露水沾湿衣裳，依然独坐船头。第三、四句转出新意，诗思从“笛”上生发开去，小女奴在船头吹笛，悠扬的笛声在湖面回荡，震起湖面阵阵微波。诗人想象笛声、水声传到前山，再加上明月照在树枝上，一定会惊动睡鹊离枝飞舞。“鹊惊飞”的诗意，自苏轼诗句中化出，苏轼的《次韵蒋颖叔》有“月明惊鹊未安枝”句。苏轼只讲到月明惊鹊，石湖既写到中夜月明，更写到了笛声、水声，三者共同惊动睡鹊，范氏的诗意比苏氏更进一层。三、四句诗，“横玉”在画面上是可以表现的，试问，吹笛三声怎么表现？笛声惊动水波，怎么表现？前山的睡鹊被明月、笛声、水声惊飞，又怎么表现？这些“画外意”，只能靠题画诗来申补，真正做到了“诗传画外意”（晁补之《和苏翰林题李甲画雁》句）。（吴企明）

题李云叟画轴兼寄江安杨简卿明府二绝

范成大

苍烟枯木共荒寒，篱落堤湾汹涨湍。
归路宛然归未得，闲将李叟画图看。

新图来自雪边州，皴石枯槎笔最遒①。
明府能诗如此画，为渠题作小营丘②。

[题解]

本诗选自《范石湖集》卷二二。

李云叟，即宋画家李皓。李皓（生卒年不详），字云叟，李唐臣之孙，善画山水。邓椿《画继》卷四：“李皓，字云叟，唐臣之孙，避乱入蜀，居成都。其所作山水，取前辈成样，合而为一，故能美观，一时翕然称之。”

[注释]

①皴（cūn）：国画绘法之一，先钩山石轮廓，再用侧笔蘸水墨染擦，以显示纹里及凹凸向背。枯槎：枯楂。②渠：他，此处指李云叟。营丘：北宋著名山水画家李成。

[评说]

这是两首题画兼寄人的七言绝句。第一首在再现画面实景的同时抒发了诗人的思归之情。从诗的前两句看，李云叟画的应是冬日山村图：

苍烟迷蒙，枯木静默，篱笆旁雪后初融的冰水涨满了沟湾，显示了雪后山村萧瑟的景致。“归路宛然归未得”一句由描绘画面景色转入抒发诗人感叹：虽然冬日寒冷，但炊烟袅袅处即有温暖如春，通向归家的小路是如此清晰可见，诗人却只能望路兴叹，欲归而不得，只能“闲将李叟画图看”，在图画中体验归家的感受。此处一方面抒发诗人想念家乡的感情，另一方面也从侧面赞叹李云叟绘画艺术之高超，恰如郭熙《林泉高致》云：“见青烟白道而思行，见平川落照而思望……看此画令人起此心，如将真即其处，此画之意外妙也。”李云叟画正具此种“意外妙”。

第二首诗的写法与第一首不尽相同，主要是称颂李云叟画。首句说明此图为李云叟新作，所绘为边州雪景。次句赞李云叟用皴笔画石，枯笔画树，笔法最遒劲有力。“明府能诗如此画，为渠题作小营丘”两句则希望友人杨明府能根据自己的题画内容再为李云叟画题作一首诗。最后一句中的“营丘”即李成，北宋北方山水画的代表人物，烟云变幻，水石幽闲，树木萧森，山川险易，莫不曲尽其妙，“于时凡称山水者，必以成为古今第一”（《宣和画谱》卷一一）。诗人希望杨明府能题李云叟为“小营丘”，可见李云叟之画颇得李成之法，亦深得诗人赏识和喜爱。（史创新）

题赵昌四季花图

范成大

海棠梨花

醉红睡未熟[1],泪玉春带雨[2]。
阿环不可招[3],空寄凭肩语[4]。

葵花萱草

卫足保明哲[5],忘忧助欢娱[6]。
欣欣夏日永,媚我幽人庐。

拒霜旱莲

霜天木芙蓉[7],陆地旱莲草[8]。
水花云锦尽[9],不见秋风好。

梅花山茶

月淡玉逾瘦,雪深红欲燃[10]。
同时不同调,聊用慰衰年。

[题解]

本诗选自《范石湖集》卷二五。

[注释]

①“醉红”句:喻海棠。《杨太真外传》记载:“上皇登沉香亭,诏太

真妃子。妃子时卯醉未醒，命力士从侍儿扶掖而至。妃子醉颜残妆，鬓乱钗横，不能再拜。上皇笑曰：‘岂是妃子醉，直海棠睡未足耳。’”又苏轼《海棠》诗：“只恐夜深花睡去，故烧高烛照红妆。”②“泪玉”句：喻梨花。白居易《长恨歌》：“梨花一枝春带雨。”③阿环：即唐玄宗贵妃杨玉环。④凭肩语：亲昵秘密的话。⑤卫足：指葵花。旧以为葵倾叶而向日，以蔽其根，故曰卫足。⑥忘忧：萱草亦名忘忧草。⑦木芙蓉：即拒霜，冬凋夏茂，仲秋开花，耐寒不落，故名。⑧旱莲：药草名，可入药。⑨水花：即荷花。云锦：指朝霞。⑩红欲燃：杜甫《绝句二首》其二：“江碧鸟逾白，山青花欲燃。”

［评说］

赵昌工画花果，名重一时，且特别擅长傅色，有“旷代无双”之美誉。他画的花常灿然骇人，十分逼真，有“徐熙画花传花神，赵昌画花写花形”（李廌《德隅斋画品》）之论。范石湖的此组题画诗没有对赵昌画花进行艺术评论，但仍可从中一窥赵昌画花之特色。

《海棠梨花》是题春季花图。诗的前两句，一句以喝醉了酒熟睡未醒的杨贵妃喻娇艳动人的海棠花，一句以泪花点点、楚楚可怜的杨贵妃喻梨花，这两句巧妙用典，既写花点题，又因两典均与杨玉环有关而顺势转入诗的下半首。白居易在《长恨歌》中写道，唐明皇自杨贵妃缢死以后，日夜思念，请道士寻找贵妃魂魄，道士上天入地，终于在海上找到了“梨花一枝春带雨”的杨贵妃，但这毕竟是诗人浪漫主义式的空想，因而此处诗人言“阿环不可招”，贵妃是不可能再和明皇相遇了，明皇空有许多亲密昵语而无处可寄托。这首诗除用典巧妙外，亦带有咏史的意味，对唐明皇因宠幸杨贵妃以致发生动乱、贵妃惨死有隐隐的讽刺。

《葵花萱草》是题夏季花图。前两句点题，一写葵花，一写萱草，葵花给人以明哲保身的启迪，萱草助人忘忧欢乐，它们在夏日里开得欣欣向荣，装饰着诗人的房屋。此处用了以画作真手法，画中的葵花、萱草似是真的开放在诗人的房屋周围一般，诗人可以随意用来装饰。此诗显示了画面欢快明丽的色调，以及由此带给诗人的欢愉心情。

《拒霜旱莲》是题秋季花图。一、二句同样点明诗人所题乃拒霜、旱莲两花。三、四句言当开得如同朝霞般绚丽的荷花，因秋风的到来而消失殆尽时，不畏霜天的木芙蓉和旱莲却正开得灿烂，只有它们才能真正了解秋风的好处。此诗赞美了拒霜、旱莲两花耐霜不落、不怕秋风的品质。

《梅花山茶》是题冬季花图。梅花在月光下淡雅可人，山茶在白雪中如火如荼，虽然它们开放在同一时间，却是一淡一浓，一清冷一热烈，格调迥然不同。它们在冬日的寒冷中慰藉着诗人孤寂的生活。

这四首诗写法大抵相同，虽未着一字赞美之语，但赵昌画花写生逼真，又能传花神之妙，读者已可体会。同时从“醉红”“泪玉”“月淡玉逾瘦”“雪深红欲燃”等诗歌意象中，也可看出赵昌花画傅色浓淡相生、各得其妙的艺术特点。（史创新）

题米元晖吴兴山水横卷

范成大

道场山麓接何山[①],影落苕溪浸碧澜[②]。
只欠荷花三十里,橛头船上把渔竿[③]。

[题解]

本诗选自范成大《范石湖集》卷二八。

[注释]

①道场山:山名,位于湖州归安县(今浙江吴兴)南,其北麓为何山。②苕溪:水名,有东苕、西溪二水,分绕浙江天目山南北,合流入太湖。相传此水夹岸多苕花,秋时如飞雪飘散水上,故名。③橛头船:小木船。

[评说]

米元晖"专貌江南山水,自成一家"(楼钥《攻媿集》卷七七),范成大这首七言绝句便是题米元晖所绘江南山水画的。诗首二句描绘画面景色:道场山与何山相接,连绵横亘,青山倒映在潺潺而流的苕溪之中,使得溪水如同绿染一般清澄碧透。面对如此清致可掬的江南山水,诗人却有意犹未足的遗憾。第三句用"只欠"两字转出了诗人的遗憾:画家还应再绘上三十里荷花浦。青山绿水,荷花满塘才是典型的江南风光,少了荷花无疑少了最绚丽的一道风景。有了荷花,诗人还觉有欠缺,最后一句中,诗人神思飞扬,想象着在三十里荷花中,还应有一叶扁舟,自己垂钓其中。只有如此，才是一幅完美的江南山水图。诗人从画内景色引申到画外，并把自己融入画中，充分发挥了题画诗以诗补画之不足的功能，同时也体现了诗人对米元晖山水画的欣赏和喜爱之情。（史创新）

题易元吉獐猿两图二首

范成大

择食麏相唤[①]，无人意不惊。
猿啼风动叶，机熟两忘情[②]。

乌逐山公噪，惊麏仰望疑。
春林无一事，獝狘自生悲[③]。

[题解]

本诗选自范成大《范石湖集》卷二五、陈邦彦《历代题画诗类》卷一〇〇。

易元吉，宋代画家，字庆之，长沙（今属湖南）人。天资颖异，擅四季花鸟、獐猿孔雀等。受赵昌“写生”的影响，他寻访名山胜川，细心观察自然景物和野兽生活习性；还在家里营造园圃，开凿池沼，种植花草树木，驯养水禽山兽，以便观察它们的生态。他所画动植物“如生”（汤垕《画鉴》），富有天趣。米芾评他的花鸟画“徐熙后一人而已”（《画史》）。治平元年（1064），召入宫廷，画花石、珍禽、猿獐，奉诏画《百猿图》。据米芾《画史》记载，他遭到其他画家嫉妒，“竟为鸩死”，死于非命。传世作品有《聚猿图》《猴猫图》等。

[注释]

①麏（jūn）：兽名，即獐。②机熟：机心相契。③獝（xù）：鸟惊飞貌。狘（xuè）：兽惊走貌。

[评说]

这两首题画诗描绘了易元吉一静一动两幅獐猿图。第一首是表现静态的獐猿图。前三句写画中情景：一边是獐子在互相呼唤着寻食，因山林空寂，无人打扰而显得优游自在；一边是猿在鸣啼，叫声如同轻风吹过，树叶微微颤动。一个“唤”字，一个“啼”字，使画面变为有声，獐猿显得有情，体现了易元吉画兽的高超技艺。“机熟两忘情”一句传达出画境。空山无人，獐猿怡然，它们似乎同整个自然界融为了一体，无忧无虑，无争无夺，面对此画，令人有身入桃源仙境，陶然忘机之感。

第二首是表现动态的獐猿图，前两句仍是写画中内容：一群乌鸦的追逐使原本平静的山林躁动起来，被惊吓了的獐子抬起头来露出疑惑惊惧的表情。“惊”“疑”两字可见易元吉画有形神皆备之妙。后两句是诗人的议论：春林本来无事，可是一时间鸟飞兽走，一派慌乱，无端制造出一种被迫逃命的悲哀来。图画原本不能表达内心情感，但通过这两句诗，可让人清晰地感受到画中鸟兽奔飞时内心的紧张、慌乱和逃生的凄哀。题画诗丰富、申补了画面内容。（史创新）

题徐熙风牡丹二首

范成大

紫　花

蕊珠仙驭晓骖鸾①，道服朝元露未干②。
天半刚风如激箭③，绿绡飘荡紫绡寒。

白　花

寒入仙裙粟玉肌④，舞余全不耐风吹。
从教旅拒春无力⑤，细看腰支袅袅时⑥。

［题解］

本诗选自范成大《范石湖集》卷二四、陈邦彦《历代题画诗类》卷八八。诗题《历代题画诗类》作《题徐熙紫白二牡丹》。

徐熙，五代南唐画家，钟陵（今江西进贤）人。出身于江南名族。生于唐僖宗光启年间，后在开宝八年（975）随李后主归宋，不久病故。一生未官。善画花竹林木、蝉蝶草虫。在画法上，他一反唐以来流行的晕淡赋色，另创一种落墨的表现方法，即先以墨写花卉的枝叶蕊萼，然后傅色。当时人徐铉记徐熙画是“落墨为格，杂彩副之，迹与色不相隐映也”（郭若虚《图画见闻志》）。《宣和画谱》记录其画有二百五十九件，现传世的有《雪竹图》《玉堂富贵图》《雏鸽药苗图》，但皆非真迹。

［注释］

①蕊珠：道家传说天上上清宫有蕊珠宫，神仙所居，后泛指道观。骖鸾：乘鸾。鸾，凤凰之类的神鸟。②朝（cháo）元：道教徒礼拜神仙。

③刚风：高处的劲风。④粟玉肌：因寒冷而使美丽的肌肤生出粟一样的颗粒。⑤从教：纵使。旅拒：聚众抗拒。⑥袅（niǎo）袅：轻盈柔细貌。

［评说］

据米芾《画史》载，徐熙《风牡丹图》："叶几千余片，花只三朵，一在正面，一在右，一在众枝乱叶之背。"此处就画中紫、白两花各题一首，可谓别致。两首诗全用拟人手法，《紫花》一首以蕊珠宫中的仙女比拟紫牡丹。一、二两句中，诗人展开丰富的联想：蕊珠宫的仙女清早乘坐凤凰来到人间，道教徒们忙着来参拜，清晨的露水沾湿了她们的道服。"露未干"三字对应了首句"晓"字，可见徐熙所画乃清晨带露牡丹。三、四两句切题中"风"字，风很强劲，如离弦激箭，吹得仙女的衣裙不住地飘动，似不胜寒意。"绿绡""紫绡"既指诗人想象中仙女的彩色裙衣，亦指画绢上的绿叶和紫花。

《白花》一首以刚跳完舞的仙女喻风中摇摆的白牡丹。"粟玉肌"点明了题意。寒风入裙，吹得仙女全身都起了疙瘩，刚跳完舞的仙女似更禁不住风吹，可寒风是那样肆虐无情，即使她们联合起来仍是无力抗拒，只要看看她们的腰肢是多么纤细柔弱就可知道了。从这两首诗看，《紫花》可能是《画史》中所说的正面一朵，因而诗人想象是上清宫中的仙女在接受教徒参拜，虽强风猛吹，仍端坐正中，宝相庄严，显示尊者之态。《白花》则可能是《画史》中所说的"在众枝乱叶之背"的一朵，因寒入肌骨，不耐风吹而躲于众叶背后，花枝乱颤，显出弱不禁风的疲惫和娇柔。诗人句句写人又句句写花，把徐熙画花"骨气风神，为古今绝笔"（夏文彦《图绘宝鉴》卷三）的艺术特征用文字恰当而形象地表达出来了。（史创新）

题张晞颜两花图二首

范成大

繁　杏

红粉团枝一万重，当年独自费东风①。
若为报答春无赖，付与笙歌鼎沸中②。

玉　梨

雪薄冰轻不耐春，雨中愁绪月中真。
莫教梦作云飞去，留伴昭阳第一人③。

[题解]

本诗选自范成大《范石湖集》卷二四。

张晞颜，又作张希颜，北宋后期人，初名适，汉州（今四川广汉）人。大观（1107—1110）初年累进所画花卉，补将仕郎、画学谕。其画始师赵昌，至京后，稍变，从院体，后得蜀州推官以归，其画多令任源代作（见邓椿《画继》卷六）。原诗有注，称张晞颜为赵昌之甥。

[注释]

①东风：春风。《礼记·月令》：孟春之月，“东风解冻，蛰虫始振”。②鼎沸：形容热闹纷乱如鼎中沸腾的开水。③昭阳第一人：指杨贵妃。杜甫《哀江头》诗有“昭阳殿里第一人”句。

[评说]

这是两首七绝题画诗。《繁杏》一首，首句点题，以“一万重”写红杏花团锦簇之貌，突出一“繁”字。杏花初春即开，先于百花，故第二句中言“独自费东风”。诗的后半首是说，如果杏花有情，要报答春风这份特别垂青的话，那就和众花一起融入春日热闹美妙的大合唱之中吧。在这一首诗中，诗人抓住一“繁”字，以“笙歌鼎沸”烘托出“红杏枝头春意闹”（宋祁《玉楼春·春景》）这一充满盎然生气的春日境界。

《玉梨》一首写白梨花。前两句一实一虚写梨花姿态。“雪薄冰轻”一句是实写，梨花像冰雪一样洁白轻柔，似乎连吹面不寒的杨柳风都禁受不住。“雨中愁绪月中真”一句是虚写。图画只能表示一刹那静止的画面，一幅画中不可能既有雨中梨花，又有月下梨花，但题画诗人自可根据想象题画外之意。诗人想象雨中梨花略带忧郁，如带泪美女，月下梨花则真切分明，如不施脂粉的少女，自然纯美。诗人由雨中梨花又进一步想到《长恨歌》中“梨花一枝春带雨”的杨贵妃，因而以“莫教”二字转出诗的下半首。诗人希望梦不要像云一样飘忽不定，转瞬飞去，还是留下来陪伴一下寂寞的杨贵妃吧。杨贵妃曾为“昭阳殿里第一人，同辇随君侍君侧”，死后却和明皇“魂魄不曾来入梦”，连梦中相见都不能得。诗人希望能有梦陪伴杨贵妃，以慰其孤寂，对贵妃既有怜悯，也有讽刺。

如果说诗有诗境、画有画境的话，这两首题画诗正是传达画境之作。诗人对画面实景的描绘着笔甚少，却可以使读者感受到同是春日花图的不同景致：前一幅花团锦簇，热闹纷呈，生机勃勃;后一幅清雅纤弱，沉寂宁静，且带有轻愁薄怨。一红一白，一浓一淡，对比鲜明，可见画家对不同花卉有不同感受和情趣，而诗人又以文字予以清晰体现，诗情画意完成了一次完美的融合。（史创新）

题画卷五首（选三）

范成大

凿落秋江水石明[1]，高枫老柳两滩横。
君看叠巘云容变[2]，又有中宵雨意生。

欹倾栈路绕山明，隔陇人家犬吠声。
无限白云堆去路，不知谁识许宣平[3]？

秋晚黄芦断岸，江南野水连天。
日色微明鱼网，雁行飞入苍烟。

[题解]

本诗选自《范石湖集》卷二。

[注释]

①凿落：鲜明的样子。 ②叠巘：层层山峰。 ③许宣平：唐代著名道士，新安歙县（今安徽境内）人，《续仙传》《历世真仙体道通鉴》《唐诗纪事》《太平广记》等都有其传记。

[评说]

范成大诗集中有不少题画诗，且往往一题多首，以组诗形式出现。《题画卷》原有五首，这里选评第一首、第二首、第五首。“凿落秋江水石明”一首，写得清新而极具风神。诗的前两句“凿落秋江水石明，高枫老柳两滩横”描绘画面实景。画面所绘为秋日山水图：秋江水天一色，秋山明净如妆，山水相映，水落而石出。江边枫叶正红，老柳垂枝，显示出一派萧飒而不失明净的秋日景象。第三句“君看叠巘云容变”转出新意。诗人是一位心细而富于想象力的欣赏者，发现在峰峦叠嶂之中停留的云层正在悄悄发生变化。“叠巘”是画中景，“云容变”则是一个缓慢的动态过程，对以“片刻”景致为描绘对象的绘画艺术而言，是无法表现的，这是诗人由画境而引发的想象，引出“又有中宵雨意生”一句。云色既已在变化，看来今夜又要下雨了。“诗传画外意”（晁补之《和苏翰林题李甲画雁》）是题画诗一个突出的特点，诗人根据画中实景展开丰富想象，以诗情申补画意，同时亦增强了诗的艺术魅力。

“欹倾栈路绕山明”一首，诗人通过对画面景色的描绘，一方面传达出画中清幽闲淡的田园情趣，另一方面也表达出诗人要追随许宣平过隐士生活的情思。

“秋晚黄芦断岸”一首，通篇都是对画境的描绘，以诗的形式再现画中“秋水共长天一色”的江南美景，以及渔舟忘归、飞鸟回巢的恬淡自由生活，表达了画家和诗人徜徉山水的志趣。诗人纯熟地运用六言这种“最难工”的诗体形式题诗，写得清新活泼，饶有趣味。（史创新）

题徐圣可知县所藏扬补之画

楼　钥

梅花屡见笔如神[①]，松竹宁知更逼真。
百卉千花皆面友[②]，岁寒只见此三人。

[题解]

本诗选自陈邦彦《历代题画诗类》卷八四。

楼钥（1137—1213），宋代诗人，字大防，自号攻媿老人，明州鄞县（今属浙江）人。隆兴元年（1163）进士及第，历仕中书舍人、给事中、翰林学士、同知枢密院事，进参知政事，卒赠少师，谥定献。著有《攻媿集》。

扬无咎（1097—1169），宋代画家，字补之，号逃禅老人，南昌（今属江西）人。高宗朝，因秦桧当政，累征不起。擅画墨梅、松竹、水仙等，汤垕《画鉴》云："扬补之善墨梅，甚清绝，水仙亦奇。"存世作品有《四梅花图》《雪梅图》等。

[注释]

①笔如神：语出杜甫《奉赠韦左丞丈二十二韵》："读书破万卷，下笔如有神。"②面友：不是知心的朋友。语出扬雄《法言·学行》："友而不心，面友也。"

[评说]

扬无咎善画梅花，画过大量墨梅图，所以楼钥的题诗便由此切入，

“梅花屡见”，写的是事实。补之画梅，造诣精深，下笔如有神助。次句再说到画面上的松、竹，画得更为逼真，与真的松、竹相似。夏文彦《图绘宝鉴》说他善画“梅竹、松石、水仙，笔法清淡闲野，为世一绝”。第三句，诗笔一转，由画面具象引发感慨，别出新意，说除了梅、松、竹以外的许多花花草草，都不是真心相交的朋友。诗的结穴处，诗人用“岁寒只见此三人”拍合全诗。“三人”即是“三友”，因为避重和押韵的关系，改“友”为人。尾句既回应第一、第二两句，因为“三人”即是诗句中的梅、松、竹，又回应了第三句，是说百卉千花都不是知心的朋友，只有梅、松、竹才是经得住严峻考验的挚友。尾句点明画意和题画诗的题旨，说明扬补之作画的“匠心”在于颂扬梅、松、竹具有傲霜雪、斗严寒的“岁寒心”。

最早在诗歌创作中将梅、松、竹合写在一首诗里的是唐人朱庆馀，他的《早梅》诗云：“堪将依松竹，良途一处栽。”但是还没有“三友”之名。随着人们自然审美意识的不断发展和深化，到了宋代，文学艺术家才真正明确地将梅、松、竹这三种耐寒的花木结合在一起，或画入图中，或写入诗中，以岁寒象征人世的磨难和困境，赋予这些审美形象以人的品德美，具有“比德式”的文化意蕴，完成了“岁寒三友”的形象创造。南宋初年王十朋写《十月二十日买梅一株颇佳置于郡斋松竹之间同为岁寒三友》：“南来何以慰凄凉，有此岁寒三友足。”他的诗和扬无咎的画、楼钥的题画诗一样，都在“岁寒三友”的形象创造中，作出过贡献，给元、明、清的诗画发展以深远的影响，使“岁寒三友”成为我国文学艺术创作中的普遍题材。（吴企明）

题詹仲信所藏米元晖云山小幅

陆　游

俗韵凡情一点无，开元以上立规模[①]。
镜湖老监空挥泪[②]，想见楚江清晓图[③]。

［题解］

本诗选自陆游《剑南诗稿》卷六四、陈邦彦《历代题画诗类》卷九。

陆游（1125—1210），宋代诗人，字务观，号放翁，越州山阴（今浙江绍兴）人。历仕川陕宣抚使司干办公事、江西常平提举、礼部郎中，嘉泰二年（1202），诏修国史，兼秘书监。后又历礼部尚书、翰林学士知制诰，以宝章阁待制致仕。陆游工诗文，尤长于诗歌，创作丰富，题材多样，诗风雄健沉郁。与尤袤、杨万里、范成大齐名，合称“南宋四大家”。著有《剑南诗稿》《渭南文集》等。

詹仲信是陆游晚年在山阴时交游的朋友，曾以山水画两轴赠给陆游，为他祝寿。开禧元年（1205）冬，陆游见到了詹仲信收藏的米元晖云山小幅，很高兴，题诗一首以寄慨。

［注释］

①开元：唐玄宗的年号。②镜湖老监：陆游晚年退居山阴镜湖旁，又因他曾官秘书监，所以自称镜湖老监。③楚江清晓图：陆游于句下自注：“徽宗见元晖《楚江清晓图》，大加赏叹。”按米元晖所作乃《楚山清晓图》，邓椿《画继》卷三云：“元章当置画学之初，召为博士，便殿赐对，因上友仁《楚山清晓图》。”陆游所记画题，误“山”字为“江”字。

[评说]

这首题画诗既没有描写画面景物，也不谈“米家山水”的艺术特征，一开始就对米友仁的画作出评论。米友仁的山水画能得自然景观的真趣，他曾自负地说：“余墨戏气韵颇不凡。”（《云山墨戏图卷题款》）陆游看到元晖的云山小幅后，作出了“俗韵凡情一点无”的评价，与米元晖的自评完全一致。次句描写米元晖的画格具有唐人风致，写出“开元以上立规模”的诗句来，所谓“开元以上”的规模，即指王维的画风。诗句提出了米元晖绘画的艺术渊源问题。明人莫是龙说过：“南宗则王摩诘始用渲淡，一变钩斫之法，其传为张璪、荆关、郭忠恕、董巨、米家父子。”（《画说》）明人董其昌也说：“云山不始于米元章，盖自唐时王洽泼墨，便已有其意。”“能为摩诘，而后为王洽之泼墨。”（《画旨》）莫、董两氏的论述，和陆游诗句的理念相一致，都将米家山水的来源，追溯到盛唐开元时代的王维水墨山水画。三、四句诗，表达诗人的愿望和缅怀画家的深情。诗人为什么要“空挥泪”呢？因为他欣赏元晖的画艺后，忆想其人而不得见；又由云山小幅联想到他的名画《楚山清晓图》，想见名画而不得见，所以诗人“空挥泪”，热泪滂沱。全诗以赞画始，以缅怀画家作结，仍然扣到画幅上，情感深挚，诗思圆转清畅，实为题画诗精品。（吴企明）

题柴言山水

陆　游

阴阴山木合[1]，幽处着柴荆。
喧中有静意，水车终日鸣。

[题解]

本诗选自陆游《剑南诗稿》卷七五。

柴言，生平不详。

[注释]

①山木合：杜甫《子规》诗有："两边山木合，终日子规啼。"

[评说]

此诗原有四首，分题柴言春、夏、秋、冬四季山水图，此处只选题春景山水图一首。诗中体现了春日山村平和恬静的美。前两句写画中春景：山中树木遮天蔽日，翠色浓郁，树林深处隐约露出几处简陋的村舍。沈宗骞《芥舟学画编》卷四中言："春景欲其明媚，凡草坡树梢，须极鲜妍，而他处尤欲黯淡以显之。"此处"阴阴"二字可见柴言深得画春景之法门。一"幽"字现出山林之寂静，然而诗人却说此静是喧中之静，因为"水车终日鸣"，山村中人正在辛勤劳动着。图画不能表现声音，因而本无所谓"静"还是"喧"，图画也不能表现时间过程，因而"终日鸣"是画中无法体现的，诗中所写全为题画诗人根据自己的观画感受和想象而申补的画外之意。诗中以喧衬静，虽然水车终日鸣响着，但层层密密的树林，清静素朴的山庄，使人有远离尘世喧嚣热闹之感，水车终日的转动也打破不了山林固有的恬静。这样写既体现了“蝉噪林逾静，鸟鸣山更幽”这一艺术辩证法则，也表现了画家及题画诗人善于捕捉春日山水恬然宁静之美的审美能力。（史创新）

题莹上人二画（选一）

陆　游

晓听枫桥钟①，暮泊松江月②。
斯人亦可人③，淡墨写愁绝。

[题解]

本诗选自陆游《剑南诗稿》卷二四。

莹上人，陆游友人，其生平不详。

[注释]

①枫桥：位于苏州城外寒山寺附近。张继《枫桥夜泊》："姑苏城外寒山寺，夜半钟声到客船。"②松江：又名吴江，今吴淞江。③可人：指令人满意之人。《礼记·杂记》："管仲遇盗，取二人焉，上以为公臣，曰：'其所与游辟也，可人也。'"

[评说]

陆游此诗于绍熙三年（1192）春作于山阴（今浙江绍兴），原诗有小题，分题莹上人二画，这里选其题《吴江图》一首。诗的前两句用十个字写出了不同时间、地点中的两件事：清晨在枫桥听寒山寺钟声，晚上船泊在松江上，欣赏明月清辉。很明显，这不是对画上实景的描绘，因为图画只能画一个"片刻"，如莱辛在《拉奥孔》中所言的"一个富于包孕的片刻"。从诗的小题看，莹上人这幅画表现的"片刻"应是"暮泊松江月"，那么"晓听枫桥钟"当是由诗人推想出来的画外之意。这画外之意不是随手拈来的，而是根据画中所绘“片刻”引申出来的。三、四两句中诗人称画家为“可人”，能“淡墨写愁绝”。清人唐岱论墨法时，称墨有黑、白、干、湿、浓、淡六彩（《绘事发微》）。清人郑绩言：“纯用淡墨而取雅逸。”（《梦幻居画学简明》卷一）莹上人是位方外之人，其画本应雅逸脱俗，令人有超然尘世、烦愁皆销之感。可莹上人却不，依然是位有世人七情六欲的“可人”，用雅逸之笔绘出的是无穷无尽的愁思。“愁”本是画不出来的，但画中一叶孤舟泊于江面，船上一人对着明月长吁短叹，对影成三人，这一“片刻”之中自然包孕了无尽的孤寂忧愁。诗人也正由这样的“片刻”而想到画中人曾在清晨的轻寒中独立枫桥，倾听着寒山寺苍老沉重的钟声，带着同样孤寂忧愁的神情。画外意和画中景正是通过这一“愁”字缩结起来的。诗人由画中景而引申出画外意，在不离画意、画境的同时扩大了画的境界和容量，充分体现了题画诗“画之不足，以诗凑之”的艺术特征。（史创新）

题施武子所藏扬补之梅

陆　游

补之写生梅,至简亦半树。
此幅独不然,岂画横斜句[1]?

[题解]

本诗选自陆游《剑南诗稿》卷四五。

施宿，字武子，绍熙四年（1193）进士，庆元间知余姚县。

[注释]

①横斜句：宋代林逋《山园小梅》有“疏影横斜水清浅”句。

[评说]

这首五绝题画诗，自然浅切，一气呵成而颇有趣味。关于扬补之墨梅，后人评论大都称其“清绝”“笔意清劲”“秀润”等，较为笼统概括。从陆游及其他人的题画诗中，可看出扬补之墨梅的另外一些特色。诗中“补之写生梅，至简亦半树”两句称扬补之画梅如同写生，逼真生动，且喜用繁笔作梅，想见其画定是浅笼深染，全开半函，高低交枝，千姿百态。宋纲有《如梦令》一词题其墨梅，词中有“棹进任舟移，行尽粉香千树”句;凌云翰《墨梅》一诗中也称扬补之画梅“繁花乱插当晴昊，胜似黄昏月上时”。可见扬补之喜画繁花杂枝。但并非所有的画都是如此，诗人即谓“此幅独不然”，画上只有横枝数条，疏淡简要，一反画家“至简亦半树”的画风，难道是以林逋“疏影横斜水清浅”一句来入画吗？诗画本一律，以前人诗句入画，十分常见，不足为怪。姚燧《扬补之〈墨梅〉》中有“枯井残枝三数花，似临清浅照横斜”句，似题同一幅画。楼钥《题徐圣可知县所藏扬补之二画》中亦有“君看竹外一枝好，真有江南万斛愁”句。后于扬补之的南宋画家梁楷善用简洁笔墨、写意手法画人物，一般认为“减笔”这一技法由其而起。但扬补之画“疏影横斜”“三数花”及“竹外一枝”之墨梅，用笔亦疏朗简洁，可以认为已开始自觉注意运用有限之笔墨写无限之空间，以少少许胜多多许这一技法。从此诗可以看出，扬补之既擅长画千树佳趣、笔繁多姿之梅花，亦擅长画一枝数花、笔简意赅之墨梅。这首题画诗为我们保存了十分珍贵的画史材料。（史创新）

题王仲信画水石横幅

陆　游

王郎书逼杨风子①，画亦凭陵蜀两孙②。
岂是天公憎绝艺，一生憔悴向衡门③。

[题解]

本诗选自陆游《剑南诗稿》卷三八、陈邦彦《历代题画诗类》卷一四。

王仲信即王廉清，字仲信，汝阴（今安徽阜阳）人。学问广博，有《京都岁时记》《广古今同姓名录》《补定水陆章句》等著作。亦擅画，陆游称其水石壁画“汹汹撼壁，后三十年尘暗苔蚀，澹墨色之欲尽，尚观者之惨栗”（详见《渭南文稿》卷二二《王仲信画水石赞》）。

[注释]

①杨风子：杨凝式（873—954），为人落魄不自检束，自号杨风子，“书法高妙，杰出五代”，可追颜、柳。②凭陵：进逼，接近。蜀两孙：指唐末五代避居蜀地的著名画家孙位和北宋前期蜀地画家孙知微。③衡门：横木为门，喻简陋的房屋。《诗经·陈风·衡门》有“衡门之下，可以栖迟”句，后借指隐者居处。

[评说]

这首题画绝句，开端落笔却不写画，而写画家之书法。诗人称其书法高妙，可直追五代名重一时的书法大家杨凝式。称赞王仲信书法，并非诗人主旨，乃是衬托他的画艺。第二句便转到画上，诗人赞王仲信画和孙位、孙知微两位大画家不相上下。孙位画“笔精墨妙，情高格逸”（《宣和画谱》卷二），其山水画更是“代无及者”；孙知微画则被称为“妙绝冠天下”（文同《丹渊集》卷三）。以王仲信比两孙，可见王仲信之画亦可称得上高超绝妙了。然而如此工书善画又博闻广学的一位文人却命运多舛，诗人禁不住愤然而问：难道是上天憎恨、忌妒有才有艺之人，使王仲信一生郁郁不得志而不得不走上归隐之路？这里诗人又用了陪衬法，以王仲信书画双绝的才艺反衬其一生憔悴，在短短的四句诗中，诗人一用反诘句，两用陪衬法，使全诗充满激荡转折之气势，倾泻出诗人为王仲信鸣不平的激愤之情。（史创新）

题米元晖楚山秋霁

朱　熹

楚山青丛丛，落日秋云起。
向晚一登台，沧江日千里。

[题解]

本诗选自庞元济《虚斋名画录》卷一。

朱熹（1130—1200），宋代思想家、诗人，字元晦，又字仲晦，号晦斋，人称考亭先生，婺源（今属江西）人。家居福建建阳。宋高宗绍兴十八年（1148）进士及第，历仕知南康军、漳州知州、潭州知州、焕章阁待制兼侍读。曾创建白鹿洞书院、武夷精舍，讲授经义。卒赠宝谟阁直学士，谥曰文。熹工诗文，擅书法，著述甚富。著有《朱文公文集》。

米元晖《楚山秋霁图》现藏美国克里夫兰艺术博物馆。据溥心畬言，此图曾藏于恭亲王府，白麻纸本，有朱子印，元饶介题诗。1929年初，溥心畬借临完颜氏“寸园”所藏黄公望《秋山无尽图》卷，卷末自题曰：“戊辰三月，余既获米敷文《楚山秋霁卷》。在白麻纸上，所谓夜雨欲霁，晓烟既泮，盖神品也，为赋长句。”戊辰即1928年。溥心畬临摹了此卷，复将所赋七古长句录于其上，中有“忽见峰峦霁色开，落日秋声闻正急”句，与此朱熹诗意颇吻合。通卷笔意苍茫，极尽云山缥缈、烟树迷蒙之境，其花青罩染，淡墨烘托，尤见清润苍郁，一片空灵幽致。

[评说]

朱熹于诗下题曰“乾道辛卯三月十二日”，也就是宋孝宗乾道七年（1171），此时米友仁谢世仅二十余年。朱熹展画鉴赏时，此图墨气尚新。明代谢缙也题过此图，云："元晖家学相承妙，山水精微得其奥。云烟变幻出天真，意在笔先人不到。我观此图如有神，墨气淋漓焕发新。楚山胜概都在目，万里秋光如一瞬。展卷令人意气扬，使我醉笔欲发狂。漫题数语不足重，此卷可以比珪璋。"可见此画确如溥心畬所言，为"神品"也。

为米元晖的《楚山秋霁图》题诗，可以表现的题材内容很多，朱熹却用短小精悍的五言绝句体式，以最经济的笔墨，从整体上把握画境。画面上有高台，全诗以登高远眺为构思中心，"向晚一登台"，登高所见，便是整首诗描写的景物。开端两句，描写画上的云山，楚山重重叠叠，雨后青山山更青，故曰"青丛丛"。傍晚时分，秋雨初霁，暮云徐起，与夕岚相融，冥冥蒙蒙，变幻莫测。明人谢缙题此图，盛赞小米的画艺说："云烟变幻出天真，意在笔先人不到"，也抓住了此图的美学特征。诗的结句说"沧江日千里"，也是登高台所见，滔滔江水，以一日千里的气势向东奔流，连同一、二句所表现的云山变灭的气概，构成了完整的"楚山胜概"的壮观景象，激发起人们对祖国美好河山的热爱情怀。（吴企明）

观祝孝友画

朱　熹

天边云绕山，江上烟迷树。
不向晓来看，讵知重叠数。

[题解]

本诗选自陈邦彦《历代题画诗类》卷一三。

祝孝友，即祝次仲（生卒年不详），宋代画家。夏文彦《图绘宝鉴》卷四："祝次仲，字孝友，太平（今属安徽）人，工山水，尤善草书。"

[评说]

这首五绝小诗写得清新活泼，富有趣味。前两句描绘画中实景：天边云遮山断，岚气缭绕；江上烟雾迷蒙，树影幢幢。一个"绕"字，一个"迷"字，化静为动，体现画面气韵生动这一特点。两句一写高远景，一写平远景，展示了画面无尽的容量。"不向晓来看，讵知重叠数"两句由画面引申到画外，是诗人观画后情不自禁生发出的感慨，既体现了画中"云绕山""烟迷树"的景色特点，同时亦赞画似真。正因为画面具有强烈的艺术感染力，使观画人不由得想在云开雾散之时，见一见山的真面目，数一数被烟雾笼罩的山峦究竟有多少重。诗人以这样神奇的艺术意想，拓宽了画面的内容，增大了画的容量，充分体现了题画诗申补画意的功能。（史创新）

题溪桥雪月图

陈　造

雪野无人访夜阑①，冰壶绝景画中看②。
桥边觉欠梅枝在，姑射嫦娥各耐寒③。

［题解］

本诗选自陈邦彦《历代题画诗类》卷二。

陈造（生卒年不详），宋代诗人，字唐卿，高邮（今属江苏）人。淳熙二年（1175）进士及第，历仕繁昌尉、定海令、淮南西路安抚司参议，晚号江湖长翁。有《江湖长翁集》。

［注释］

①夜阑：夜残，夜将尽。②冰壶：盛冰的玉壶，喻洁白。③姑射：《庄子·逍遥游》："藐姑射之山，有神人居焉。肌肤若冰雪，绰约如处子。"后指神仙或美女。

［评说］

这是一首风韵动人的七绝题画诗。诗人独居野外，雪夜将残，无人来访，孤单寂寞之中打开画卷，画中是一片冰清玉洁的银色世界。诗人雪夜看雪月图，真景画意相映成趣。"桥边觉欠梅枝在"一句点明题中"溪桥"二字，雪中的小桥悄然静卧，诗人觉得应在桥边画上几枝白梅，梅虽逊雪三分白，却有着雪无法比拟的清香和傲雪枝头的风姿，且梅雪争辉，当另有一番风景。然而即使没有梅花，冰清玉洁、不染丝毫尘埃的银色世界仍使诗人有幽然尘外之想。诗人想到了“肌肤若冰雪”的藐姑射之山的神人，想到了清冷月宫中的嫦娥。这一方面点明了题中“月”字，另一方面也体现了画中清静幽绝的境界，表现出处于“雪野无人访夜阑”之中的诗人对这种境界的喜爱和欣赏。（史创新）

题萧岳英常州朱氏画草虫卷

蒋重珍

常州草虫天下奇，女郎新样不缘师。
未应好手传轮扁①，便恐前身是郭熙。

笔端生意已如生，点缀沙虫机不停②。
浅著鹅黄作蝴蝶，深将猩血染蜻蜓。

[题解]

本诗选自《宋诗纪事》卷六二。

蒋重珍（1188—1249），宋代诗人，字良贵，无锡（今属江苏）人。嘉定十六年（1223）状元及第，历官集英殿修撰、刑部侍郎，卒谥忠文。

[注释]

①轮扁：古代斫轮的名匠，名扁。《庄子·天道》："桓公读书于堂上，轮扁斫轮于堂下。"后用作名匠高手的代称。 ②沙虫：即沙虱，水边草地中生长的一种小虫。

[评说]

在绘画的各类题材中，畜兽虫鱼一门似以画畜兽的画家居多，较少画虫鱼的画家，两宋时代几乎没有一位称得上擅画虫鱼的大师，其题画诗亦相应减少，此处诗中所言的朱氏却是一位虽无显赫声名，但以画草虫为一绝的画家。第一首诗便是盛赞朱氏草虫画。诗人称朱氏画草虫冠绝一时，为“天下奇”。如何“奇”呢？诗人没有具体描绘，只言“女郎新样不缘师”，可使刺绣女以朱画作为花样绣花，不必再拜师傅，可见其画之生动。三国时曹不兴有误笔成蝇，孙权谓之真蝇以手弹之的故事，朱氏画草虫亦可谓栩栩如生，堪称一奇。诗的最后两句以轮扁、郭熙比朱氏。轮扁是古时巧匠；郭熙是北宋著名山水画家，《图绘宝鉴》卷三称其“布置笔法，独步一时，早年巧赡致工，晚年落笔益壮”。朱氏草虫画是如此巧夺天工，诗人由此而生出画家是轮扁传人、郭熙化身的想法，亦是情理中事，从而衬托出朱氏草虫“天下奇”这一特点。

第二首诗主要着笔于“画”，描写画家是如何画草虫的。“笔端生意已如生”一句提出了笔意关系。“立意”是古代画论中非常重要的一点，方薰《山静居画论》卷上云：“笔墨之妙，画者意中之妙也。故古人作画，意在笔先……在画时意象经营，先具胸中丘壑，落笔自然神速。”朱氏正做到了“意在笔先”这一点，胸有成竹，落笔便如写生，且有如神助，下笔极快，点缀草虫直如在织布机上织布，穿梭来往快速自如。诗的后两句写画家如何为画敷彩设色。设色是绘画过程中较难的一道程序，除少数写意画外，设色一般非一次完成，而是由淡渐浓，由薄到厚多次积染，使色彩均和深入纸绢而有凝静丰满之效果，即如笪重光《画筌》中言设色要“渲晕渐深，即轻匀而肉好”。朱氏画草虫亦如是，画家随类敷彩，有轻有重，有点有染，鹅黄、猩红的色彩搭配和谐，使蝴蝶、蜻蜓有如要展翅飞去。这首诗中，诗人从“立意”“设色”两方面具体描绘朱氏画草虫之笔墨超妙，和第一首诗中“天下奇”、可为“女郎新样”的赞语相结合，使读者对朱氏画草虫有较为深刻的认识。（史创新）

题踏歌图轴

赵　扩

宿雨清畿甸[1]，朝阳丽帝城。
丰年人乐业，垄上踏歌行。

［题解］

本图今藏故宫博物院。本诗录自图上题诗。

赵扩（1168—1224），即宋宁宗，光宗子，在位三十年。《踏歌图轴》是马远的作品。马远（生卒年不详），字钦山，河中（今山西永济）人。世代供奉内廷，祖、父、兄弟均为画院画家。擅画山水、花鸟，构图采用边角式，人称“马一角”。“踏歌”，足踏地而歌，以应和歌曲节拍。本图描画田垄上老少农民欢笑踏歌而行的场面，表现丰年的气象。

［注释］

①畿甸：京城郊外的地方。

［评说］

题诗补充了画意。开端两句用“对起法”，以极为工整的对偶句，概括地描绘画面景象。首句交代画幅的所在地为京郊，隔夜的雨水使郊野清凉爽朗。次句说帝城的宫殿受朝阳映照，明丽雄壮。“宿雨”“清”“畿甸”“朝阳”“丽”这些艺术意想，都是诗人依据画面具象补充进去的。诗的后半首，扣到“踏歌”的画题上，先点出踏歌的原因，今年喜遇“丰年”，人民安居乐业。结句写画上之景，以景结情，人们在垄上踏歌而行，传达出丰收年份人们发自内心的喜悦之情。“丰年人乐业”，画面上无法表现，幸赖题画诗申发之。欣赏这首题画绝句，可以悟出题画诗独特的艺术功能。（吴企明）

题江贯道山水十首（选一）

刘克庄

世间平远景，万幅在江家。
晚至番君国[①]，方知不是夸。

[题解]

本诗选自陈邦彦《历代题画诗类》卷一三。

刘克庄（1187—1269），宋代诗人，字潜夫，号后村，莆田（今福建莆田）人，官建阳令、秘书少监、中书舍人，累官至龙图阁直学士。南宋江湖派主要诗人，著名词人。其诗笔力遒劲，风格豪迈，有《后村先生大全集》。

江参（生卒年不详），宋代画家，字贯道，江南人，居湖州（今属浙江）。长于山水，师董源、巨然，为江南山水画派的继承人。“居雪川，深得湖天之景，平远旷荡，尽在方寸。”（夏文彦《图绘宝鉴》卷四）流传下来的作品有《千里江山图卷》《摹范宽庐山图》等，亦擅画畜兽，其《百牛图》现藏于美国纽约大都会博物馆。

[注释]

①番君国：旧指我国西部边远地区少数民族政权。

[评说]

刘克庄《题江贯道山水》有十首，此为第一首，总概画家特色并给以极高的赞颂。宋代郭熙在其《林泉高致》一书中总结绘山水要诀，认为

“山有三远：自山下而仰山颠，谓之高远；自山前而窥山后，谓之深远；自近山而望远山，谓之平远”。江贯道于这“三远”之中特擅平远景，因而此诗开篇即言：“世间平远景，万幅在江家。”江贯道似乎绘尽了世间平远景。他居住在霅川时，整日面对的是湖光山色，湖天美景，在以自然为师的过程中领悟到画平远景的要谛。要画好平远景并不容易，必须要画出咫尺千里的效果，以有限的画面展示尽量宽远的无限之景。虞集《道园学古录》卷二八《江贯道〈江山平远图〉》一诗中即有“险危易好平远难，如此千里数尺间”之言。江贯道独以画平远而称名，确属不易。“晚至番君国，方知不是夸”两句，进一步称赞江贯道画平远景的高超技艺。原诗有自注：“野外有楼名万幅平远。”江贯道之画不但称誉江南，在域外也极负盛名，并有楼名为记，其画艺之高超、美名之远播可见一斑。（史创新）

题扬补之墨梅卷

‖ 高子凤

篱根玉瘦两三枝[①],为绕吟香夜不归。
安得密林千亩月,仰眠吹笛看花飞[②]。

［题解］

本诗选自厉鹗《宋诗纪事》卷六五。陈邦彦《历代题画诗类》卷八四录此诗，题为《题扬补之梅卷》，作者为高仪甫。今从《宋诗纪事》。

高子凤（生卒年不详），宋代诗人，字仪甫，华亭（今上海松江）人，尝注杜诗，林竹溪为之作序。

［注释］

①玉瘦：指梅。②“仰眠”句：李白《与史郎中钦听黄鹤楼上吹笛》：“黄鹤楼中吹玉笛，江城五月落梅花。”

［评说］

这是一首先描写画面实景再抒发诗人观画感受的题画诗。诗的首句“篱根玉瘦两三枝”描绘画中梅花姿态：此梅非临水而居，亦非交枝盘结，而是从竹篱旁横斜逸出寥寥几枝，疏疏朗朗映于明月之下。诗人以“玉瘦”二字指代梅花可谓雅致，也可见扬补之清丽疏淡的画梅风格。扬补之不但善墨梅，亦能画水墨人物，杨万里《跋京仲远所藏扬补之红绫上所作著色掀篷梅》一诗中有“诗翁晓起鬓蓬松，缩颈微掀黄篾篷”句，宋䌹《如梦令》一词中也提到扬补之墨梅图中有“背篷诗人”这一形象，此处所题画中亦有“为绕吟香夜不归”这一诗人形象。 画中诗人一边品梅，一边吟诗，流连忘返，夜深仍不归去。 一、二两句生动形象地再现了画中实景，三、四两句是诗人由观画而引发的想象：诗人感慨何处可得千亩梅林，在皓月当空时，自己和画中诗人一起眠于梅花林中，以明月当被，梅花为席，再吹起悠扬的玉笛，看片片梅花随着玉笛声而起舞、旋转，这是何等的雅致情趣啊！ 诗人这种超凡的艺术意想，一方面体现了画家和诗人素洁高雅的情趣和对梅花的喜爱，另一方面也从侧面烘托了画家高妙的笔法。（史创新）

画　菊

郑思肖

花开不并百花丛，独立疏篱趣无穷。
宁可枝头抱香死[①]，何曾吹落北风中！

[题解]

本诗选自张晨主编《中国题画诗分类鉴赏辞典》。

郑思肖（1241—1318），宋末元初诗人、画家，字忆翁，号所南，又号三外野人，福州连江（今属福建）人。宋末，应博学宏词科，元兵南下，叩阙上疏太后、幼主，疏辞恳切，忤当路，遂隐居吴中，寄食城南报国寺以终。《遗民录》云："所南初名某，宋亡，乃改名思肖，即思赵。忆翁与所南，皆寓意也。坐卧不北向，扁其堂曰本穴世界，以'本'之十置下文，则大宋也。"善画墨兰、墨竹、墨菊，寄寓爱国思想。著有《心史》《所南翁一百二十图诗集》《咸淳集》等。存世画迹有《国香图卷》《墨兰》《竹卷》等。

[注释]

①"宁可"句：运化朱淑真《菊花》中"宁可抱香枝头老，不随黄叶舞秋风"句。

[评说]

百花盛开于春光明媚的时节，独有菊花"性介烈高洁，不与百卉同其盛衰"（史正志《史氏菊谱》），开放在秋日疏篱畔，挺立于凌厉的风霜中，意趣无穷。郑思肖的《画菊》图，本已有这种艺术意想，再经题画诗一点，用意就非常清楚。后两句诗意深转一层，说菊花在枝头逐渐枯萎，“枝头抱香死”，花瓣不会堕落于北风中。“北风”，在南宋文学家笔下，往往比喻来自北方的贵族统治集团的侵扰，本诗指蒙元统治集团。诗句用隐喻手法，抒写自己宁可为坚持民族气节而死去，也不愿屈服于蒙元统治集团的凛然正气，使诗篇的意蕴更为深化，带有强烈的时代气息。全诗写寒菊之形，得寒菊之神，表现菊花的自然美和画菊的绘画美，又融进了诗人的思想品格、胸怀襟抱，抒写至死不渝的民族气节，表现诗人高洁坚贞的人格美，画菊形象的自然性和“比德性”得到和谐的统一。（吴企明）

题墨兰图

郑思肖

向来俯首问羲皇[1]，汝是何人到此乡？
未有画前开鼻孔，满天浮动古馨香。

[题解]

郑思肖《墨兰图》藏日本大阪市立美术馆。画上题云："丙午正月十五日。"丙午，为元大德十年（1306），这时距离南宋王朝覆亡已有三十年。郑思肖这幅墨兰，花叶萧疏，不画土，不画根，以示国土沦丧。郑思肖的不少墨兰图，除了蕴含我国传统的"比德"式的自然审美观念以外，还在兰花形象里渗透进强烈的民族意识和操守气节。《宋遗民录》说他："精墨兰，自更祚后，为兰不画土，根无所凭藉，或问其故，则云：'地为番人夺去，汝犹不知邪？'"

[注释]

①羲皇：羲皇上人，即太古时代的人。这里借指墨兰。

[评说]

诗以发问开其端。画家感叹金瓯倾覆、国土沦丧，所以画成墨兰后，神思恍惚，俯着头对它发问：你是什么人？难道你不知道国土正遭元人蹂躏，为什么你还要到没有存身之处的"此乡"来？以兰拟人，语痴绝，情弥真，诗和泪写成。后半首，诗笔转到兰花的馨香上。诗人说，在没有作画以前，驰骋想象，开放五官，特别是鼻孔，便闻到满天的、浓郁的、带有古意的芳香。馨香，本是兰花的自然属性，这里，郑所南赋予它以社会属性，象征着高洁、坚贞的人格力量，形象地表现出诗人风节弥高、坚贞不屈的美学理想。古与故，谐音双关，“古馨香”和郑思肖另一首题画诗《墨兰》“抱香怀古意”（见陈邦彦《历代题画诗类》）一样，含有怀恋故国的深意。（吴企明）

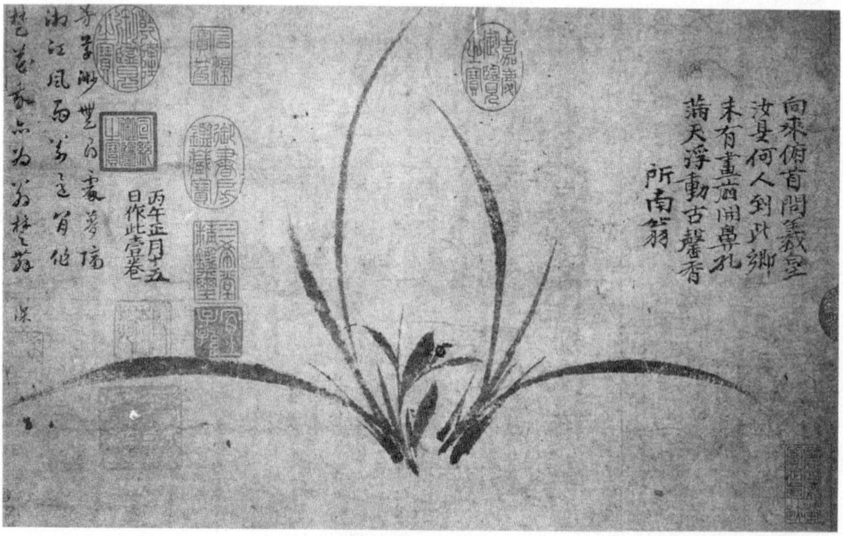

墨兰图

伯牙绝弦图

郑思肖

终不求人更赏音，只当仰面看山林。
一双闲手无聊赖[1]，满地斜阳是此心。

［题解］

本诗选自郑思肖《所南翁一百二十图诗集》（知不足斋本）。

［注释］

①无聊赖：无所依托。

［评说］

郑思肖能诗善画，后人一般认为他善画兰、菊、竹，但据《所南翁一百二十图诗集》来看，他也应该擅长人物画，而且非常喜欢人物画，只是没有画作流传下来。《所南翁一百二十图诗集》由一百二十首题画绝句组成，书前自序言这些诗“或遇图而作，或遇事而作，而或者又欲俱图之”，其吟咏对象为从先秦到宋代的先贤、历史、神仙人物，大部分诗作都是借对图中人物的吟咏表现诗人怀念故国的情思和坚守节操的决心。这首《伯牙绝弦图》也是如此，在画意与诗情的统一中写出诗人家亡国灭的痛苦和悲哀。

伯牙绝弦讲的是春秋时乐师俞伯牙和钟子期这一对知音朋友的故事。伯牙弹奏高山形象，子期听了说：“善哉！峨峨兮若泰山。”伯牙又奏出流水形象，子期说：“善哉！洋洋乎若流水。”后来子期死了，伯牙摔断琴弦，不再弹琴。(《吕氏春秋·本味》或《列子·汤问》)《伯牙绝弦图》即是根据这一故事绘成的。

诗的首句写绝弦原因。“再也不会去寻求知音了！”起得突兀，决断的语气中透着深沉的痛苦，不求赏音并非不需知音，但伯牙琴中旨趣，只有子期能解，子期死了，解者渺不可得，破琴绝弦成了当然之举。诗人没有接下言伯牙失去知音的哀痛之情，而出以淡淡一笔：“只当仰面看山林。”知音已逝，高山流水成为绝响，伯牙只得终日“仰面看山林”。不作悲痛语而悲痛之情益见。失去知音的痛苦实在是难以忘却的，因为知音不在而琴毁弦断，不复鼓琴，一双手“闲”了下来竟是百般无聊，一个“闲”字，写出了伯牙深刻的孤寂之感和内心的巨大痛苦。“满地斜阳是此心”一句以景结情，一方面写出了伯牙内心难以言传的情绪，另一方面亦抒发了诗人对故国的深厚感情。“满地斜阳”喻被蒙元所灭的南宋，“此心”指诗人不向蒙元统治者屈服妥协的强烈民族心和崇高气节，它一如伯牙对子期的情谊，坚贞不渝，始终如一，永不更变。《伯牙绝弦图》一画原本只体现知音难觅这一主题，经诗人一题吟，不但表现出诗人对故国的深厚感情，也加深了画的内涵和意蕴。（史创新）

瘦马图

龚　开

一从云雾降天关，空尽先朝十二闲[①]。
今日有谁怜瘦骨？夕阳沙岸影如山。

[题解]

本诗选自汤垕《画鉴》、吴师道《吴礼部诗话》。两书文字稍有不同，今从《吴礼部诗话》。

龚开（1222—约1307），宋末元初画家，字圣与，号翠岩，又号龟城叟，楚州淮阴（今属江苏）人。宋理宗时，任两淮制置使监官，与陆秀夫同在幕府。宋亡后，抗节不仕。善画山水、人物，山水师米氏父子，人物师曹霸、韩干。工诗文，清劲古雅。著有《龟城叟集》。传世画迹有《中山出游图》《骏骨图》。

[注释]

①空尽：一洗而空的意思。语见唐代韩愈《送温处士赴河阳军序》："伯乐一过冀北之野，而马群遂空。"先朝：指称宋朝，因龚开作诗时宋朝已亡，故云。十二闲：帝王的马厩。《周礼·夏官·校人》："天子十有二闲，马六种。"

[评说]

这首题画诗发端突兀，有破空而来的气势。汉代西域大宛国产良马，素有"天马"之称，后称骏马为"天马"。本诗便从"天马"着笔，写它穿过云雾，从天而降。 它的神采风姿，超凡不群，使皇宫里所有的马匹都为之黯然失色。 两句诗写昔日骏马的神奇姿态。 三、四句用转笔写今日骏马的景况。 诗人说这匹瘦马还有谁爱怜它呢？ 结句是对“瘦骨”的形象描绘，瘦马孤独地伫立在夕阳下的沙岸边，身影嶙峋如山。 全诗采用比兴手法，句句写马，借马以抒写人的抱负襟怀和遭际。 诗的前二句和后二句构成强烈的今昔对比，突出题旨，寄寓诗人怀才不遇的深深感叹。 元汤垕称赞说：“此诗脍炙人口，真有盛唐风致。”（《画鉴》）大概也是就其寓意深厚的审美特征而言的吧！（吴企明）

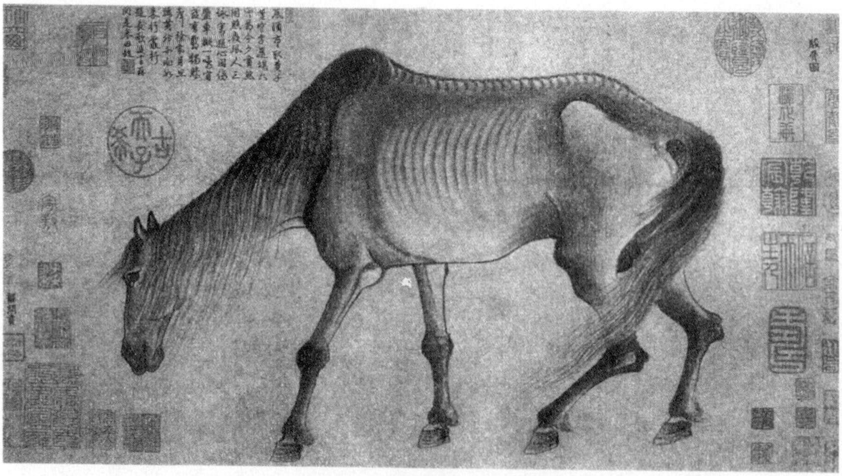

瘦马图

庐山图

若　芬

过溪一笑意仍疏，千载风流入画图①。
回首社贤无觅处②，炉峰香冷水云孤。

[题解]

《庐山图》，今存断简，藏日本吉川文子处。本诗录自图上题诗。

若芬（生卒年不详），号玉涧，宋末元初人，金华曹氏子，天台宗僧人，曾任天竺寺书记，擅画云山。

[注释]

①“过溪”二句：传说东晋高僧慧远居庐山东林寺，送客不过虎溪。一日与陶潜、道士陆静修共话，不觉过溪，有虎骤啸，三人大笑而别。后有人据此画成《三笑图》，已佚，宋苏轼有《三笑图赞》。此处的“溪”即指虎溪，位于庐山脚下；“画图”即指《三笑图》。②社贤：指东晋名僧慧远，他曾参加“莲社”，故称社贤。

[评说]

若芬的这首自题诗体现了一种追慕高僧的意念。诗的前两句即描述了居于庐山脚下的东晋高僧慧远的一段千古佳话。慧远的萧散风流令画家心慕不已，常自追思，可惜“回首社贤无觅处”，惟有“炉峰香冷水云孤”。前人的身影早已不可寻，只有庐山的香炉峰和那飞流直下三千尺的瀑布及围绕着庐山的片片浮云依然存在。诗的最后一句以景结情，把画家追思高僧不得的惆怅心情含蓄地表达了出来。同时，“炉峰香冷水云孤”一句也可看作对画面内容的具体描绘，画中云烟缭绕的香炉峰和瀑布都显得缥缈而隐约，这和玉涧运用特殊的水墨技法有关。在此画中，玉涧不求庐山山体之“形似”，而取其神逸之趣，以印象式手法处理云山，使用全无轮廓线的技法，刷抹出山体的粗砺和蓊郁，并以淋漓的水分与留白，表现出香炉峰叆叇的云气和飞流直下的瀑布。全画无一处清楚的形状，所有的形体都化于水墨所造成的雾气之中，意象朦胧。这种水墨技法和效果，承袭中唐以降的泼墨山水而又有新的发展，显得更为恣肆和简略，显示着泼墨山水在宋末元初所达到的极高境界。（史创新）

题山市晴峦图

‖若　芬

雨拖云脚敛长沙,隐隐残虹带晚霞。
最好市桥官柳外,酒旗摇曳客思家。

[题解]

本图今藏日本东京出光美术馆，是若芬《潇湘八景图》之一。本诗录自画上题诗。画家传承并发展了中唐时代形成的泼墨山水的艺术传统，运用特殊的水墨技法，以印象式的手法，着力表现傍晚雨后初霁时山市云蒸雾蔚的景象。画幅上水墨晕化，淋漓酣畅，充满湿润的水气和暧昧的光线，物象无清楚的形状，只有朦胧模糊的视觉感受，隐隐约约见到山峰的轮廓、房屋的线条、行人的外形。若芬以大胆的艺术想象和狂逸的艺术手法，将泼墨山水画推向了新的境界。

[评说]

题诗说山雨刚停，而雨云拖带着云脚，淹没了长长的沙岸，半空中隐隐可见的残虹，映带着晚霞，分外秀丽。两句诗写的是画外意，长沙、残虹、晚霞等意象，都需要透过迷蒙的岚霭才能见到。诗的后半首转而写到酒家。山市晴峦里最好的去处，便是市桥边、官柳外的那一家酒店，酒旗摇曳，招徕酒家，客人酒酣后更是思念自己的家。这一切艺术意想，都是诗人由画幅中朦胧的屋舍、行人的身影推想出来的。整幅画懵懂暧昧，物象在迷雾中含而不露，而此诗发挥了题画诗申补画意的艺术功能，画意与诗意互相映发，调动读画人和读诗人丰富的想象力，深入欣赏这幅画、这首诗的朦胧美和含蓄美。（吴企明）

元代卷

雪谷早行图

‖元好问

画到天机古亦难[①],遗山诗境更高寒[②]。
贞元朝士今谁在[③]？莫厌明窗百过看。

[题解]

本诗选自顾嗣立《元诗选初集·遗山集》。

元好问（1190—1257），金代诗人，字裕之，号遗山，太原秀容（今山西忻县）人，世称“遗山先生”。历仕南阳令、尚书省掾、左司都事、行尚书省左司员外郎，入翰林知制诰。金亡，不仕。以诗著称，其诗刚健质朴，慷慨悲壮，挟幽并之气。有《遗山集》。

[注释]

①天机：先天赋有的悟性。②诗境：诗歌意境。③贞元朝士：指唐代诗人李益。《新唐书·李益传》：“于诗尤所长，贞元末，名与宗人贺相埒……至《征人》《早行》等篇，天下皆施之图绘。”

[评说]

《雪谷早行图》，是依据李益《早行》诗的诗意画成的。画者不详。遗山诗题下自注：“卷中多国朝名胜题咏。”名胜，是名家的意思，可知此画受到很多名家的青睐。

本诗品评了《雪谷早行图》的画艺水平，表现出诗境、画境、诗境的二度转化。诗人认为此画艺禀天机、画境高寒。画家凭着自己的悟性和成熟的技法，将李益《早行》诗高寒的诗境，转化成绘画意境，作成此画。元遗山又以敏锐的观察力，体识画中高寒的画境，写成本诗，达到“遗山诗境更高寒”的境界。着一“更”字，不是自诩，而是赞扬画家画艺高超，将画家和诗人艺术匠心融通的消息，透露给大家。诗人观赏此画之后，由衷地怀念起那位“贞元朝士”李益。《早行》诗绝妙，描画《早行》诗意的《雪谷早行图》更好，在窗明几净的场所读此画，真是百看不厌，爱不释手。画艺品评和读画观感交互作用，相辅相成，恰当地反映出这幅早已不存于世的《雪谷早行图》的风采。（吴企明）

题赵辅之樊川图

杨　果

一赋阿房万古传①，而今还有赵樊川②。
谢公墩上王公住③，异代风流各自贤。

[题解]

赵辅之（生卒年不详），元代画家，有《赵樊川集》，姚燧曾为之作序。本诗选自顾嗣立《元诗选二集·西庵集》、陈衍《元诗纪事》卷三。

杨果（1195—1269），元代诗人，字正卿，祁州蒲阴（今河北安国）人。元初任经略使幕官，官至北京宣抚使、参知政事，卒谥文献。工诗文，尤长于乐府，有《西庵集》。

[注释]

①一赋阿房：唐杜牧撰《阿房宫赋》，讽秦始皇竭尽民力以求奢侈享乐，后代广为流传。②赵樊川：即赵辅之。唐代杜牧家园在樊川，名其集为《樊川集》。赵辅之居处有泉石林木，友人亦曰之为“樊川”，自名其集为《赵樊川集》。③谢公墩：古迹名，在今南京东隅，晋时谢安所居之处，在蒋山半山上。王公：即王安石，他曾住于此山之半山。

[评说]

这首题画绝句，题外见义，全在画外做文章。诗人为《樊川图》题诗，不从画面落笔，却先从杜牧写《阿房宫赋》万古流传之盛事入手。将这种长篇诗歌惯用的“从题外写来”的手法，用在绝句小诗中，是很少见到的。杜牧的文采风流，素为后人仰慕，连他的家园“樊川”，文集名《樊川集》，也被后人借用。如元人赵辅之名其文集曰《赵樊川集》，友人名其居处为“樊川”，赵辅之图其居处亦名《樊川图》。“赵樊川”一词多义，既可指其人，也可指其居处，又可指其文集，亦可指他的画《樊川图》。诗至此才落到题名赵辅之的《樊川图》上。诗的三、四句，巧妙运用历史上谢安、王安石都曾居住过金陵城东半山的故事。谢安字安石，与王安石名巧合“安石”二字。王安石很风趣地写道：“我名公字偶相同，我屋公墩在眼中。公去我来墩属我，不应墩姓尚随公。”（《谢公墩》，见《王荆文公诗笺注》卷四二）杨果诗的结句，将谢安、王安石住半山，赵辅之用杜牧居处名、文集名，视为“异代风流”，称赞赵辅之使用“樊川”一名，得前辈贤人的文采风流。

题画诗不描写画面，从题外发挥，专谈观画感慨，亦别是一格。全诗写得很巧妙，巧用地名、人名、文集名，绾合历代贤人和当代画家，难怪姚燧《赵樊川集序》很推崇这首诗，评曰：“京师诸贵诗其图者，惟杨公西庵为绝唱。”（《牧庵集》）（吴企明）

题蓝采和图

‖ 耶律铸

终日跹跹舞绿袍[①],有钱绳串戏儿曹。
争如收脚床头坐[②],满眼春风醉碧桃。

[题解]

本诗选自陈衍《元诗纪事》卷三。

耶律铸（1221—1285），字成仲，耶律楚材之子。父卒，嗣领中书省事，官至中书左丞相。卒，追赠懿宁王，谥文忠，有《双溪醉隐集》。诗名于世，收藏司马温公旧物《李贺歌诗编》，今存之蒙古本《李贺歌诗编》，即耶律铸所出之本。

[注释]

①跹跹：旋舞的样子。绿袍：蓝采和身着绿色道袍。周宪王《群仙庆寿蟠桃会》："这个是蓝采和，身着绿道衣。"②争如：怎如。

[评说]

蓝采和，八仙之一，最早见于南唐沈汾《续仙传》（见《太平广记》卷二二）。传说他常穿破蓝衫，醉舞踏歌于城市中，行乞索钱，得钱后以长绳穿起，拖地而行。宋元时，就有画家画出他的形状，如《秘殿珠林》卷二〇记乾清宫藏有宋李得柔的素绢本《蓝采和图》一轴。元好问《题蓝采和像》云："长板高歌本不狂，儿曹自为百钱忙。几时逢着蓝衫老？同向春风舞一场。"本诗所题之画，因无文字标识，不明何人所画。元氏和耶律铸题咏的《蓝采和图》，是否就是李得柔所画之像？ 亦无法确考。

耶律氏诗具体描绘画面形象。 第一、二句写他终日醉舞，长绳串钱，这些行为与《续仙传》所记和元好问诗语相符。 第三、四句由画面醉舞的形态，想象他坐床醉饮时的容貌和神态，醉和春风，面如碧桃，赋予神仙形象极富魅力的美感效果。 本诗和元好问诗互为补充，为我们留下了宋元时代《蓝采和图》的真实记录，很有价值，因为后世“八仙”中的蓝采和形象与宋元时代的形象已有很大差别。（吴企明）

题关山秋霁图

‖王　恽

望京楼上晚凭栏，长记居庸八月还[①]。
一段紫烟吟不尽，枉分秋色与南山[②]。

[题解]

本诗选自顾嗣立《元诗选初集·秋涧集》。

王恽（1227—1304），元代文学家，字仲谋，卫州汲县（今属河南）人，历仕翰林修撰兼国史编修、监察御史、福建闽海按察使，官至翰林院学士、知制诰。卒谥文定。他是元好问的弟子，工诗词、散文，有《秋涧先生大全集》传世。

[注释]

①居庸：长城关隘名，在军都山（今北京昌平）上，地势险要，为古代九塞之一。②南山：泛指南方的山。王恽曾任福建闽海按察使，见过很多南方的山。

[评说]

王恽曾在北方任职，有机会看到北方关塞雄奇苍莽的景色。这幅《关山秋霁图》，勾引起了他对北地生活的回忆：他曾在居庸关的望京楼上凭栏眺望，被雨后壮阔雄伟、暮霭紫烟的秋景迷住，流连忘返，咏吟不住。结句，诗人以南方山水的柔美反衬北方山水的壮美。他认为南山缺少北方关山的雄伟气概，即使将北方的秋色分一部分给南山，也是枉然。

这首小诗虽说没有直接摹写北方关塞秋日雨后的动人景象，却用《关山秋霁图》所产生的艺术效果，暗示了北方关山之壮美。这种写法，与唐代杜牧的《屏风绝句》相似，有异曲同工之妙。（吴企明）

武元直雪霁早行图

王　恽

雪拥天山六月寒[①],冷云西北是长安。
行人马上扬鞭喜,犹胜南荒作热官[②]。

[题解]

本诗选自顾嗣立《元诗选初集·秋涧集》。

武元直（生卒年不详），金代画家，字善夫，北平（今北京）人，能画，有《巢云》《曙雪》等作传于世，见朱谋垔《画史会要》卷三。

[注释]

①天山：山名，横贯于新疆中部。②南荒：南方荒远地区。热官：在炎热地方做官。

[评说]

《雪霁早行图》是一幅描绘天山雪景和行人马上扬鞭的画卷。苦寒的北方，即使在六月天，天山上仍盖满了雪，充满着寒气，连长安西北的白云也带上了冷意。接着，诗人又描述画幅上行人在凉爽的气温下跃马扬鞭、悠然自得的神态，发出胜过在南方炎热地区做官的感叹。人体对气温的感觉，如寒冷、炎热等，在绘画上是难以表现的，但是题画诗人可以通过“通感”的表现手段，来弥补这方面的缺憾。本诗由天山雪寒写到长安云冷，由马上扬鞭写到南荒做官，使人如感寒冷，如厌烦热，便是“通感”这种艺术手法的妙用。（吴企明）

滕王蝶蚁图二首

王　恽

槐壤纷纷事暂欢[①]，枕中栩栩伴周闲[②]。
丹青欲识滕王意，须著人间比梦间。

粉香金翠梦能甜[③]，细写春悰入笔尖[④]。
却恐寻香飞便去，六宫争下水晶帘[⑤]。

［题解］

本诗选自顾嗣立《元诗选初集·秋涧集》。

滕王，指嗣滕王李湛然，工画花鸟蜂蝶。张彦远《历代名画记》卷一〇云："嗣滕王湛然，贞元四年为殿中监兼礼部尚书，回鹘使，善画花鸟蜂蝶。"朱景玄《唐朝名画录》所载同。王建《宫词一百首》（第六〇首）："内中数日无呼唤，搨得滕王蛱蝶图。"

［注释］

①"槐壤"句：唐李公佐《南柯太守传》叙东平豪士淳于棼醉后梦入大槐安国，被招为驸马，任南柯太守，享尽荣华二十年。后因公主死去，作战失利，被国王遣归还乡。淳于棼梦醒后，按梦境寻找，所谓槐安国原来是个大蚁穴。本句即咏其事。②"枕中"句：《庄子·齐物论》："昔者庄周梦为胡蝶，栩栩然胡蝶也。自喻适志与，不知周也。俄然觉，则蘧蘧然周也。"本句即咏庄周梦中化蝶事。③梦能甜：像梦境里这样甜。能，如此，这样。④春悰（cóng）：春日的欢乐。悰，欢乐。⑤六宫：古代天子有六宫，后泛指皇妃、妃嫔居住的地方。

[评说]

两首绝句诗题吟一幅画，如何措意？ 王恽毕竟博学多能、才气横溢，他在一首诗里写两则梦的典故，扣住题面上“蝶”“蚁”着笔。《南柯太守传》一典写蚁，《庄子·齐物论》一典写蝶，表现人生如梦的思想，点出滕王作画原意“须著人间比梦间”，告诫人们切莫贪图荣华富贵。 另一首，诗人专写“蝶”，再现画面具象。 首句具有承上启下的功能，梦中之蝶化为笔尖之蝶，使两首诗之间有着内在联系。“粉香金翠”，状画面蝴蝶之色泽，“细写春悰”，状画面蝴蝶之神情。 蝴蝶翩翩起舞，增添了春日欢乐的气氛。 三、四句将蝴蝶写活了：宫女们纷纷放下水晶帘，唯恐蝴蝶们寻香飞去。 诗人描写宫女把画蝶当作真蝶，想象丰富奇特。（吴企明）

显宗墨竹

王　恽

离离香粉淡争妍[①],莫作荒寒景趣看。
绝似承华宫槛畔[②],春风和露湿阑干[③]。

[题解]

本诗选自顾嗣立《元诗选初集·秋涧集》。

显宗，即完颜允迪（1146—1185），金世宗之子，世宗大定二年（1162）立为皇太子，专心学问，与儒臣讲议于承华殿。大定二十五年崩，赐谥宣孝，其子章宗即位，追谥光孝皇帝，庙号显宗。朱谋垔《画史会要》卷三：“显宗，完颜氏讳允迪，章宗之父，獐鹿、人马学李伯时，墨竹自成一家。”金显宗墨竹卷，汪砢玉《珊瑚网》卷三〇、郁逢庆《郁氏续书画题跋记》卷一、卞永誉《式古堂书画汇考》卷四五均有著录，并有完颜允迪自题的识语：“带雨。承华殿。大定戊子十一月十二日夜戏写。”大定戊子年为金世宗大定八年，其时相当于宋孝宗乾道四年（1168）。故元人张仲实题此卷云：“显宗去东坡与可未远，自得汴后，渐染文物典章之道。”

[注释]

①离离：枝叶繁茂的样子。香粉：新竹竹节间有白色粉末状物，味清香。②承华宫：太子宫，显宗为太子时常在宫内画竹。③湿阑干：竹子和露，露水纵横。阑干，纵横貌。

［评说］

王恽题写的这幅画画的是带雨之竹，该怎样下笔呢？诗人先不忙写雨中竹，却用“淡争妍”“荒寒景”加以反垫，说完颜允迪的这幅墨竹枝叶繁茂，墨色渲淡，不要把它当作“荒寒景趣看”，因为这幅墨竹写新篁带雨，得烟啼风嬉之态，意趣盎然。诗的后两句，诗人才将它比拟成承华宫畔的和露春竹，这是显宗当太子时经常看到的。显宗画雨竹的时候，抓住了雨点和露珠相似的特点，通过联想，将当年时时见到的春风和露、湿气淋漓的春竹形象打入画幅之中。这种艺术构思的匠心和奥秘，被一百多年以后的诗人王恽看出来了，将它写入题画诗里。（吴企明）

题韩幹画照夜白图四首

王 恽

开元天子燕游多[①]，一骨承恩玉色瑳[②]。
所养自来非所用，雨中蜀栈要青骡[③]。

缨绂骍衣一色红[④]，玉华光照苑门空。
昭陵六骏秋风里[⑤]，辛苦文皇百战功[⑥]。

沉香亭下牡丹芳[⑦]，宫漏穿花夜未央[⑧]。
辇路传呼停凤烛[⑨]，内家归诧玉麟光[⑩]。

政捐金鉴九龄归[⑪]，声色糊涂醉不知。
天意种深天宝祸，故生尤物配妖姬[⑫]。

[题解]

本诗选自陈邦彦《历代题画诗类》卷一〇三。顾嗣立《元诗选初集·秋涧集》仅选“缨绂骍衣一色红”一首。

韩幹（生卒年不详），唐代著名画家，蓝田（今属陕西）人。善画人物、鞍马，初师陈闳、曹霸，后独擅画艺，名望超过了陈、曹。照夜白，是唐玄宗的坐骑。曹霸曾为“照夜白”马作过画，杜甫《韦讽录事宅观曹将军画马图》：“曾貌先帝照夜白。”董逌《广川画跋》、汤垕《画鉴》都有记载。韩幹是曹霸的“入室弟子”，后来又被玄宗召为“供奉”，专为皇室画马，所以，他也有《照夜白图》，此图现藏美国大都会博物馆。

[注释]

①开元天子：唐玄宗李隆基。唐玄宗在位时有“开元”“天宝”两年号。②玉色瑳：马毛雪白如玉。瑳，玉色鲜明洁白。③“雨中”句：指安史之乱时唐玄宗幸蜀事。蜀栈，蜀地的栈道。④缨绂：丝带。驺衣：掌马官的衣服。⑤昭陵：唐太宗李世民的陵墓，位于陕西醴泉县九嵕山上。六骏：李世民生前所骑六匹骏马，名“拳毛䯄”“飒露紫”“什伐赤”“青骓”“特勒骠”“白蹄乌”。他死后，人们将六骏的形象镌成浮雕，立在昭陵前。六骏浮雕今存，“拳”“飒”两块，现存美国费城博物馆；“什”“青”“特”“白”四块，现藏陕西历史博物馆。⑥文皇：指唐太宗。⑦沉香亭：唐代兴庆宫中的亭子。⑧宫漏：宫中计时用的漏壶。漏壶标示时刻，宫人定时敲响钟板以报时。穿花：报时的钟板声穿过花丛。⑨辇：天子乘坐的车驾。⑩内家：宫人。⑪政：即正。捐：捐弃。金鉴：《千秋金鉴录》的省称，张九龄著，述前代兴废之根源。九龄：唐玄宗时名相张九龄。⑫尤物：珍奇的物品。妖姬：指杨贵妃。

[评说]

王恽读了韩幹的《照夜白图》卷，一气呵成，题了四首绝句诗，由马画生发，借题发挥，将深沉的历史思索和感慨托之于马图而表现出来。第一首，慨叹唐玄宗耽于燕游，钟爱照夜白马，却不能在自己遇到危难时求之相助，反而要靠青骡将自己驮过蜀栈。“雨中蜀栈要青骡”，戛然一结，反唇相讥，语含讽刺。王恽的这一番感慨，还有言外之意，唐玄宗钟爱照夜白，却“所养”“非所用”，他宠爱的大臣，也是这样，历史事实也证实了这一点。

第二首前两句，写掌马官穿着一身红衣，佩着红色的缨绂，照夜白马的光华照耀着宫苑，使群马黯然失色。诗着意表现照夜白当时的显赫。此首诗后两句，诗人运用对立联想的方式，写到李世民的坐骑“六骏”，它们曾为李世民建立了“百战功”，而今却被镌成浮雕，立在昭陵前任凭秋风吹打。诗人将“照夜白”的显赫和“六骏”的凄凉联系起来，比照映发，其艺术匠心十分显明。而这种诗意，却又非韩幹马画所有，纯是王恽的借题发挥。

《照夜白图》的构图原本很简单，第三首诗却从马画推想开来，描写照夜白受君王宠爱时日的荣耀。唐玄宗乘坐着照夜白，来到沉香亭与杨贵妃一起赏牡丹。“传呼停凤烛”，点出“夜”景，更主要的是点出御马之“白”，说宫人们归去后都惊诧地夸说照夜白马发出玉麒麟一样的光彩。这首诗在写作上的显著特点是：它处在组诗的第三首，须与前后衔接，它上与第一首的“开元天子燕游多，一骨承恩玉色瑳”、第二首的“玉华光照苑门空”遥相呼应，下与第四首的“声色糊涂醉不知”“故生尤物配妖姬”遥接，形成组诗结构细密的特色。

第四首的诗旨，在整个组诗中具有总结性的意义，纯属议论。诗人视唐玄宗纵情于声色犬马、醉心于宴饮嬉游，与捐弃张九龄《千秋金鉴录》的戒鉴和天宝末年的安史祸乱有着明显的因果关系。这在当时的历史条件下，不能不说是一种很有见地的议论。前面三首诗，都具体写到照夜白，而这一首仅在结句用“尤物”二字点到照夜白马，不离题意，却具有更强的概括力，升华了组诗的题旨。（吴企明）

题秋江待渡图

钱　选

山色空蒙翠欲流[1]，长江浸彻一天秋。
茅茨落日寒烟外[2]，久立行人待渡舟。

[题解]

本图今藏故宫博物院，图卷后尚有陈恭、胡惟仁、朱庸等十多人的题诗和题记。

钱选（约1239—约1300），元代画家，字舜举，号玉潭、霅川翁，吴兴（今浙江湖州）人。工诗善画，能摆脱南宋院体格调，自成一家。赵孟𫖯早年曾向他学画，后赵孟𫖯被荐入朝，诸人皆附去，独钱选流连诗画，终其一生。

[注释]

①“山色”句：从苏轼《饮湖上初晴后雨》“山色空蒙雨亦奇”句化出。②茅茨：茅草屋。

[评说]

这首小诗采用白描手法，纯写画面实境，将画境转化为诗境，着意表现秋江空阔清幽之美，以及行人待渡多时的焦急心情。首句写山色，山色空蒙，翠光欲流，助人清兴。次句写江水，江水浸彻，江天空阔，动人思秋。第三句仍写渡头景色，寒烟外，几家茅屋，一轮落日，景色优美。最后一句，还是写画境，描写行人伫立渡头凝望，着一“久”字，将行人

"待渡多时"的画意点出。画精妙，诗也精妙，因而赢得元、明时代许多画家、诗人的爱赏，不断地题诗、题记加以赞誉，详见卞永誉《式古堂书画汇考》卷四七。我们借助钱选的自题诗，能够更加深入地理解《秋江待渡图》的艺术风貌和内在意蕴。（吴企明）

题秋茄图

钱　选

忆昔毗山爱写生①,瓜茄任我笔纵横。
自怜老去翻成拙,学圃今犹学不成②。

[题解]

本诗选自顾嗣立《元诗选二集·习懒斋稿》、卞永誉《式古堂书画汇考》卷四七。

钱选的画，入神品，颇受时人爱赏，当时有人假冒其名作画，所以，到了晚年，每画一图，他必定题识于画上，以区别之。据卞永誉记载，此图画“秋茄一本，二花三实，秀色可餐，老圃生涯，撩人抱瓮之思”。

[注释]

①毗山：在吴兴（今浙江湖州），山与城相毗邻而得名。写生：临摹花果、树草、禽兽等实物，“得动、植物生意”，谓之写生。苏轼《书鄢陵王主簿所画折枝》：“边鸾雀写生，赵昌花传神。”②学圃：学园艺。孔子弟子樊迟请学圃，孔子曰：“吾不如老圃。”（《论语·子路》）

[评说]

钱选画作《秋茄图》时，回想起昔日写生的情景，感慨甚深，因而趁题画的机会，写下自己从事艺术活动的经历和体验。前代花鸟画家都非常重视写生，细致观察自然事物，实地写生，如黄筌、徐熙等。年轻时代的钱选，继承前辈的优良传统，酷爱写生，既追求描绘对象的真实感，又着重表现对象的精神气质，力求笔墨洒脱、豪放，所以说“瓜茄任我笔纵横”。这种艺术实践，为他日后取得高深造诣打下坚实的基石。现在，他老了，画艺愈加精进，然而诗的第三句，钱选却撇开画艺，只说老而成拙，学圃不成，言外之意是说，老来笨拙，不能再去园圃学艺。钱选没有说的话，潘暄和却说了出来：“苕溪（指钱选）后笔能神妙，老去翻怜学圃人。”（《式古堂书画汇考》卷四七）这些话，正好是本诗后两句的最好注脚。（吴企明）

题山水卷四首（选二）

钱　选

江南北苑出奇才[①]，千里溪山笔底回。
不管六朝兴废事[②]，一樽且向画图开[③]。

烟云出没有无间[④]，半在空虚半在山。
我亦闲中消日月[⑤]，幽林深处听潺湲[⑥]。

［题解］

本诗选自陈邦彦《历代题画诗类》卷七、卞永誉《式古堂书画汇考》卷四七。

［注释］

①北苑：即五代南唐画家董源，南唐时入画院，曾任北苑副使，人称“董北苑”。他工画山水，多写江南风景，又是钟陵（今江西进贤）人，故此处云“江南北苑出奇才”。②六朝：三国时东吴、东晋，南朝的宋、齐、梁、陈均建都于建康（今江苏南京），史称“六朝”。③樽：盛酒器。④有无间：用王维《汉江临泛》“山色有无中”句意。⑤消：消磨。日月：时光，岁月。⑥潺湲：溪水流动时发出的声响。

［评说］

钱选这组诗共四首，这里选了其二、其三二首。卞永誉在诗题下附注“金碧山水”，其一诗中有“开窗写出碧岩岩”句，可见钱选此画汲取了董源着色山水的长处。

钱选用四首绝句题写一幅画，因此，每首诗有不同的侧重点，毋庸面面俱到。其二一诗，没有写到画面景象，只是发议论、发感叹。诗的前两句，是说董源为江南奇才，能在尺幅之中图写千里河山，自己很敬仰他。诗句中透露出自己师法董源画法的信息，这与赵孟頫跋钱选《浮玉山居图卷》“虽规摹董北苑，然自成一家”的说法，正相吻合。既然对董源别炷一瓣心香，所以诗的后两句便接着发出感叹：董源既不可得见，也就不必去管六朝旧都兴废的往事，姑且向着图卷斟一杯酒以抒怀想之情吧！

其三诗与其二诗写法迥异，重在写画境。烟云出没，时隐时现，半在空中，半在山腰，将画面上云烟缥缈之境界写得惟妙惟肖。幽林深处，溪流潺潺，这仍是写画境，而“我”画作此景，正想在幽静的美境中，镇日聆听泠泠水声，消磨岁月。悠闲之情，融彻于画境之中。钱选自作画，自题诗，所以能这样妥切地将自己作画的意图写入题诗里，使诗画达到如此完美的境地。（吴企明）

题宫姬戏婴图

钱　选

殿阁森森气自清①,不知人世有蓬瀛②。
日长无事宫中乐,闲与诸姬伴戏婴③。

[题解]

本诗选自郁逢庆《郁氏书画题跋记》卷六、顾嗣立《元诗选二集·习懒斋稿》。

《宫姬戏婴图》,钱选作,设色,纸本。画面简洁,一妇人抱一婴儿坐于方凳之上,一手持花枝。一仕女手拿大扇立于芭蕉旁边。人物衣纹若游丝,笔法细劲,人物形象生动可人。全图设色淡雅,精巧工致中不失生拙秀逸之气,充分体现出钱选人物画所表现出的文人意兴。钱选《宫姬戏婴图》是一幅流传有序的存世名画,2008 年曾出现在富彼国际拍卖(北京)有限公司秋季拍卖会上。

[注释]

①森森:高耸的样子。②蓬瀛:即蓬莱山和瀛洲山,传说中的仙山。③姬:汉代宫中女官,后代用以泛称宫中女官。

[评说]

卞永誉《式古堂书画汇考》卷四七载及此图云:"绿蕉墨石,一美人抱儿在杌上,手执花一枝,一侍女擎纨扇傍立。"这是画面意象。读画人该如何鉴赏这幅画呢?揭示作画的匠心,便成为题画诗人义不容辞的责任，所以，钱选趁着题画的机会，写下这首小诗。诗的首句从人物画的背景入手，描写宫殿高大清爽，若生活其中，自然不知世上还有仙山。更因宫中无事，百无聊赖，诸姬们戏耍婴儿，便成为她们生活中的乐事。第三句诗中的“乐”，是“画外意”，也是这首绝句诗的诗旨，画家兼诗人的钱选凭着它揭示了整幅画的画旨，读画者也就凭着题诗的诗旨去体味画幅的画旨。读画者与画家在一个“乐”字上，达到审美情趣的交会。（吴企明）

题贵妃上马图

钱　选

玉勒雕鞍宠太真，年年秋后幸华清[1]。
开元四十万匹马[2]，何事骑骡蜀道行？

[题解]

本诗录自美国弗利尔美术馆藏钱选《贵妃上马图》题诗。

《贵妃上马图》描绘的是唐明皇与杨贵妃带领随从准备驾幸华清宫的情景。此画为一横卷，画上人物有十四个，各有姿态，画面的焦点是唐明皇上马后回首观看杨贵妃上马的情状。贵妃在两侍女的扶持下正吃力而迟缓地准备上马；另外一边，有一男性随从使劲拉着马鞍，以防因贵妃体态丰腴和不得要领的上马法而使鞍鞯滑落。整个画面安静无声，马匹也被马倌控制得垂首噤声，画家正是通过这一组安静而富于动感的人物，来诠释杨贵妃备受恩宠的娇态。而贵妃的娇慵无力实是故意在向明皇卖弄风情，故楼钥的同题诗称："金鞍欲上故徐徐，想见华清被宠初。后日延秋门下路，不应有暇作踟蹰。"谓杨贵妃此时是故意缓缓上马，向明皇卖弄风情，后来逃出延秋门时，恐怕不会再有踌躇的时间了吧。楼钥的题画诗对贵妃进行了辛辣的讽刺。

[注释]

①华清：唐代宫名，在今陕西临潼骊山上，内有华清池。玄宗常携杨贵妃游幸其间。②开元：唐玄宗年号。

[评说]

钱选的自题诗和楼钥的题画诗有异曲同工之妙。“玉勒雕鞍宠太真，年年秋后幸华清”，极写明皇对贵妃的宠爱，而正因贵妃的受宠，使得“君王从此不早朝”，使得大唐国势由盛转衰，也使得“安史之乱”席卷半壁江山，明皇和贵妃仓皇出逃。钱选对此亦进行了嘲讽：“开元四十万匹马，何事骑骡蜀道行？”开元盛世是何等显赫，而“安史之乱”时出逃，骑骡行蜀道，又是何等凄惶可怜！另外，钱选的诗还有更深一层借古讽今的意喻：何以泱泱大宋会亡于文化低落的元蒙？这是钱选的质问，也为读者在怀古回首的唏嘘声里留下了一片值得深思的空间。（史创新）

题王羲之观鹅图

钱　选

修竹林间爽致多，闲亭坦腹意如何①？
为书道德遗方士②，留得风流一爱鹅。

［题解］

本图今藏美国大都会博物馆。

钱选依据王羲之爱鹅、换鹅的传说故事画成一幅画，也可能受到宋代马远《王羲之玩鹅图》的艺术启迪。画卷左部画王羲之在凉亭里扶栏观看双鹅的情景，凉亭临水而筑，掩映在茂密的修竹、树丛间，用笔工细，近乎界画，敷以淡彩，景色明丽。右部上方，画远方群山，细笔勾勒，黛青晕染，亭台与远山间，留下宽阔的湖面，湖水空旷清澈。亭子里的王羲之和湖面上的白鹅，形体虽小，却是全图的重点，画旨、画境都靠他们来体现。全图布局合理，疏朗清旷，运用淡雅的青绿色彩敷涂远山和树竹，形成清丽的风格。画幅左侧，有画家自题诗一首，画幅左上方，有爱新觉罗·弘历题步韵诗一首。

［注释］

①坦腹：用王羲之典。晋郗鉴求婿，门人前去挑选，见王羲之坦腹卧于东床，郗鉴曰“正此好”，因将女嫁之。事见《世说新语·雅量》。②道德：指《道德经》。

［评说］

此诗用题画诗常格写成，先写画面形象，首句描写凉亭，修竹树丛中送来阵阵清风，使凉亭清爽雅致；次句写人物，此时在凉亭里坦腹闲卧，意气如何？ 画上王羲之扶栏直立，而诗却写坦腹闲卧，这是借典传神，写王羲之洒脱的襟怀。 第三、四句，由画面转出新意，说王羲之书写《道德经》给道士，换取一只好鹅。 诗意从王羲之写经换鹅的故事中转化出来，事见《晋书·王羲之传》。 钱选的画与诗，借王羲之爱鹅的故事，抒写出自己的闲逸情致，也传达出画家的艺术感悟。 钱选深深地思考着：王羲之观鹅转颈而妙悟书法艺术，那么，画家观鹅又将得到什么样的艺术启迪呢？ （吴企明）

梨花图

钱　选

寂寞阑干泪满枝，洗妆犹带旧风姿。
闭门夜雨空愁思，不似金波欲暗时[1]。

［题解］

本诗录自美国大都会博物馆藏钱选《梨花图》题诗。

［注释］

①金波：谓月光。

［评说］

白居易在《长恨歌》里描述杨贵妃死后成仙与临邛道士相见时的情景说："玉容寂寞泪阑干，梨花一枝春带雨。含情凝睇谢君王，一别音容两渺茫。"可见，用梨花来比拟美人是中国古代文人常用的手法。钱选的《梨花图》和自题诗却用空闲寂寞的美人来比拟画面上清雅的梨花。《梨花图》是一幅折枝画。折枝，是花卉画技法之一，画花卉不画全株，不带根，只画一枝或数枝，故名。此画上只有一截梨花宛曲地向上生长着，淡黄而又略带绿色的叶子和白色的花衬托着深褐色的枝，虽努力向上生长，却只能"闭门夜雨空愁思"了，面对的是无尽的寂寞和无奈，往日的欢愉，昔日的情怀，都只能留在记忆中。其实，这幅《梨花图》和这首自题诗都是钱选对自身状况的真实写照。在封建社会里，一个知识分子理应报效国家、社会，即使不如此，至少也要为了自己而在仕途上有所作为，但钱选偏偏生活在宋、元易代之际，国家的衰亡、社会的动荡，使得他不仅壮志难伸，还被逼隐居山林，犹如画中的梨花、诗中的美人，虽风姿犹存，却只能沉寂地开着、生活着。钱选正是借助梨花具象和形象的诗句来表达内心的寂寞和愁思。全诗含意深远，情韵深长，耐人寻思。（史创新）

题碧桃翠鸟图

钱　选

暮春景色一何嘉，老去无心赏物华。
惟有仙家境堪玩，幽禽飞上碧桃花。

[题解]

天津博物馆藏钱选《花鸟图卷》，全图分为三段：首段绘碧桃翠鸟，中段绘牡丹，末段绘寒梅。本图为钱选《花鸟图卷》的首段。

本图画折枝桃花，枝上站着一只翠鸟。画家对禽鸟、枝叶、花卉的描写均极细致。画花、叶兼用没骨和勾描填色法，桃叶分浓、淡两色，再勾描叶脉，以区分叶之阴阳向背。鸟羽用笔精细，设色明丽，气韵清绝，真是“赋形生色，如化工自然，真绝艺也”（黄姬水评语，载卷尾）。画家于画左下部自题一绝。

[评说]

本诗首句一、四两字，漫漶不清。从遗留下来的痕迹端详，并参考前后诗意，似为“暮”和“色”两字，全句疑为“暮春景色一何嘉”，仅供参考。题诗前两句，说自己年岁已老，无心观赏十分嘉美的暮春自然景色。三、四句转笔扣到画面上，说只有幽禽飞上碧桃花这样的仙境，还足以赏玩。“碧桃花”，即千叶桃，花重瓣，色或白或粉红。碧桃为神仙所食之物，《尹喜内传》载老子西游，省太真王母，共食碧桃。全诗用陪衬法，以仙家景物衬托画景，凸现画境。体味诗意，可以看出钱选对这幅画是很满意的，所以他用大字题写此诗。

爱新觉罗·弘历题《碧桃翠鸟图》诗是一首步韵诗，云：

秾纤洗尽余清嘉，源中洞口均空华。

只有莺羽翩翻集，占却一树春风花。

碧桃翠鸟图

爱新觉罗·弘历评论此画洗尽秾艳纤弱之弊，具象、画境十分清嘉。次句说桃花源中洞口的桃花，与钱选花画相比，黯然失色，都成空余之物。诗句用夸张手法盛赞钱选桃花画的精美绝伦。三、四句写到“莺”，说只有黄莺翩翻飞来，停集在花枝上，它们天真活泼，雅秀可爱。“莺羽”，指黄莺。弘历的题诗，补充说明钱选诗中的“幽禽”就是黄莺。（吴企明）

题牡丹图

钱　选

头白相看春又残，折花聊助一时欢。
东君命驾归何速，犹有余情在牡丹。

[题解]

这里选评的是钱选《花鸟图卷》的中段《牡丹图》。这是钱选晚年的作品，艺术上极为成熟。末段署款“至元甲午”，则为至元三十一年（1294），离他逝世仅五六年。

这幅《牡丹图》，画盛开的粉色牡丹两朵，衬以绿叶，互为掩映。钱选吸取了宋徐崇嗣“没骨法”之技巧，用白粉画出牡丹花瓣，枝与叶则运用勾线填色之法，“赋形生色，如化工自然，真绝艺也”（卷尾黄姬水跋语）。画卷左侧，有钱选自题诗，右上方有爱新觉罗·弘历的题诗。

[评说]

画作《牡丹图》时，钱选已经“头白”，题诗便由此发端，说自己年事已高，春天也即将过去，便折得两枝牡丹花，聊以助兴，得一时之欢娱。明明是画折枝牡丹花，却说是折花助兴，写得极有意趣。第三、四句，惋叹春归何速，幸亏还有牡丹花保留着春日的情趣，诗意与首句“春又残”遥相呼应。结句既拍合第二句句意，又回应到画题上，说明诗人非常重视题诗的结构艺术。“东君”，司春之神，指春天。全诗运用“以画作真”的艺术手段，将画中牡丹当作真牡丹，不断强化画牡丹的真实感，以凸现自己画作牡丹逼真的艺术效果。钱选如此称誉自己的绘画艺术，不致有自谀之嫌。（吴企明）

钱舜举青骢马

张伯淳

翠鬣朱缨骨相殊①,贡来名种出单于②。
唐韩宋李都休论③,且看钱家进马图。

[题解]

本诗选自顾嗣立《元诗选二集·养蒙先生集》、陈邦彦《历代题画诗类》卷一〇三。

张伯淳(1243—1303),元代诗人,字师道,杭州崇德(今浙江桐乡)人,历仕杭州路儒学教授、福建廉访司知事、翰林直学士、翰林侍讲学士,卒谥文穆。有《养蒙先生集》。

[注释]

①翠鬣:形容画上青骢马的颈毛。朱缨:红色的丝绳。四字语出枚乘《七发》:“翠鬣紫缨。”骨相殊:骨相奇特。杜甫《丹青引赠曹将军霸》:“亦能画马穷殊相。”②单于:汉代匈奴部落的领袖,后代指西北少数民族统治集团的代表人物。③唐韩宋李:指唐代的韩幹和宋代的李公麟,他们都是画马的名家。

[评说]

本诗前两句从画面具象入手,但诗人并没有细致描写此画的布局、构图、设色、笔墨等方面的特色,只是略带一笔,概要地形容此马“骨相殊”“名种”。这首诗的重点在后半首。钱选擅画人物、花鸟、山水、鞍马，人、马师法李公麟。张伯淳非但没有指出这种师承关系，相反，竟写出“唐韩宋李都休论”的诗句来，进而赞颂了“钱家马”（钱选的马画）为当今第一，这完全是效仿杜甫《丹青引赠曹将军霸》的写作手法，运用“借客形主”之法，借韩幹、李公麟陪衬钱选马画的精妙，赞誉钱选的画马艺术。（吴企明）

舞马图

张伯淳

独立天衢骨相奇①,缣缃犹记写真时②。
开元天宝今陈迹③,舞破中原马不知。

[题解]

本诗选自顾嗣立《元诗选二集·养蒙先生集》。

舞马,能舞蹈的马,唐玄宗命教舞马,马辄应音乐之节而起舞。皇帝于千秋节,命马舞于勤政殿下。

[注释]

①天衢:天街,指宫中街道。骨相奇:马的骨相奇特。②缣缃:浅黄色的细绢。③开元、天宝:唐玄宗的两个年号,是唐代政治、经济最为昌盛的年代。

[评说]

诗以画面形象发端,画马骨相奇特,独立天街,气势昂扬。次句由眼前的马画联象到当日画家在画绢上作画的情景。第三、四句,自画面宕开,发表观画感慨。唐玄宗开元、天宝年间,舞马之乐盛行,到了元代已成陈迹。玄宗耽于声色犬马之乐,在舞马声中"渔阳鼙鼓动地来",招致中原沦落,这一切,马儿当然不知根由。"马不知"三字,言外有意,将舞破中原的罪责归之于唐玄宗。全诗由观舞马图而发出深沉的感叹,深寓历史鉴戒,题画与咏史巧妙地结合起来,沉至有余韵,言有尽而意不尽。本诗乃仄起首句入韵格,"奇""时""知"三字,押上平声四支韵。(吴企明)

梁楷画雪塞游骑图

戴表元

耸脰攒蹄一驻鞍①,毡衣韦帽白漫漫②。
只应田舍骑牛者,无此风沙踏雪寒。

[题解]

本诗选自陈邦彦《历代题画诗类》卷五七。

梁楷（生卒年不详），南宋画家，东平（今属山东）人。宋宁宗嘉泰年间，任画院待诏，后因不满画院陋规，离职而去。擅画人物，兼善山水、花鸟，用笔简练，画风狂放。有《泼墨仙人》《秋树双鸦》等画作传世。

戴表元（1244—1310），元代文学家，字帅初，奉化（今属浙江）人。曾任信州教授，博学多才，文名闻于海内。有《剡源文集》。

[注释]

①脰：颈项。攒蹄：马受惊时，马身上仰，前足合并，两蹄攒聚。攒，聚集。驻鞍：马匹停止行走。②韦帽：牛皮帽。

[评说]

这首小诗，由题画诗常格写成。前两句题写画上具象，与题目上的“雪”“骑”相应。北方苦寒，风雪迷漫，画家构思便以此立意。在狂风暴雪中，游骑被惊得耸起颈项，仰起身子，前蹄攒聚一起，停止了奔驰。骑马人身上的毡衣、牛皮帽上，尽是漫漫白雪。前两句在“耸脰攒蹄”的具象中，显示出风狂雪猛的恶劣气候条件。诗的后两句，写出诗人观画的感受。他说江南田家的骑牛人，不会尝到这种冒风沙、踏寒雪的苦楚。诗人是江南人，所以才会写出这样的生活体验；再则，他以骑牛者与雪塞游骑作对比，愈益反衬出北方塞外风狂雪寒的情状，为读画人创造苦寒的氛围，帮助他们更好地理解画意。（吴企明）

题画扇骑驴踏雪

陈　深

雪没驴腰白，行行诗兴催。
不因太清绝，那肯犯寒来。

［题解］

本诗选自顾嗣立《元诗选初集·宁极斋稿》。

陈深（生卒年不详），元代诗人，字子微，号清全，平江（今江苏苏州）人。宋亡，弃举子业，闭门著书。工诗，有《宁极斋稿》。

［评说］

首句应题，描摹画上驴和雪的具象，说雪很深，淹没驴腰。次句由画面具象推想画中骑驴人受漫天白雪清绝境界的催发，诗兴浓郁。三、四句紧承“诗兴催”，点明骑驴踏雪这种雅兴产生的原因，组合两个否定句式，明确表达因爱赏环境清绝才冒寒踏雪的意想。这首诗的写法非常独特，句句扣住画面上的“骑驴踏雪”，一句写其象，用实笔；三句写其兴，用虚笔。虚实相生，兴象浑融，诗境清绝，诗画对应关系非常紧密，洵是好诗。本诗乃仄起首句不入韵格，“催”“来”二字，押上声十灰韵。第三句，本应为“平平平仄仄”，这里采用了“平平仄平仄”的特定格式。（吴企明）

题水村图

李　衎

问君何许水边村[①]？亦有扁舟乘兴人[②]。
无限好山茅屋外，他年倘许我为邻。

［题解］

本诗选自朱存理《珊瑚木难》卷二。

李衎（1245—1320），元代画家，号息斋道人，蓟丘（今北京）人。善画竹，见赵子昂《题息斋竹》“题解”。这幅《水村图》是李衎为钱仲鼎所作，并题诗其上。姚式有跋语，云：“息斋居士旧尝为德钧（钱仲鼎之字）作《水村图》，题云：‘既还吴兴，复来见子昂。此图意象融会，令人应接不暇，又何暇诗，非德钧讵能领会耶。姚式书于姑苏寓馆。’”（《珊瑚木难》卷二）赵孟頫也为钱仲鼎作过《水村图》，有题跋，无诗。同时代和后代有许多人为《水村图》题诗，此为另外一幅，不能混为一谈。陈衍《元诗纪事》卷一〇，误将李衎题诗系于姚式名下，乃因未细审姚式题语造成的。

［注释］

①何许：何处。②扁舟乘兴人：用雪夜访戴的故事。《世说新语·任诞》：晋代王徽之居山阴，夜雪初霁，忽忆剡地戴逵，即乘扁舟往访，既至其门，不前而返，人问其故，曰：“吾本乘兴而行，兴尽而返，何必见戴？”

[评说]

这首题诗没有从题画正题着笔，纯写观看钱仲鼎水村后的感想，点出自己作图的缘由以及卜邻的意愿。题诗从钱仲鼎的水边村发端，首句用问号，明知故问，活跃诗的气氛。次句暗用雪夜访戴的典故，描写钱仲鼎的友人（包括诗人在内）不因河水阻隔，自会乘兴往访。第三句，诗人盛赞钱仲鼎水村景色幽美，点出他作画的原因。无数嘉山环列在茅屋外，也就成为《水村图》的画面具象。结句写出诗人卜居为邻的愿望，以水村逗起人们长期居住的魅力暗示它的自然美，收结全诗，进一步强调了自己作画的缘由。诗人不写题画正题，却着重表现自己为钱仲鼎水边村作画的创作激情，与一般题画诗的写作方法迥异，别开生面。（吴企明）

题燕肃画卷

仇　远

溪路迢迢绕碧峰，白云迷却旧行踪。
买舟归去山中住，终日茅亭坐听松。

[题解]

本诗选自顾嗣立《元诗选二集·山村遗稿》、陈邦彦《历代题画诗类》卷一一。

仇远（1247—1326），元代诗人，字仁近，钱塘（今浙江杭州）人，居余杭之仇山，自号山村民，学者称“山村先生”。与白珽齐名，人谓之“仇白”。尝为溧阳州儒学教授，以杭州知事致仕，优游湖山以终。工诗，近体学唐，古体主选，其诗冲适幽茂，多静退闲适之趣。有《山村遗稿》行于世。

燕肃（961—1040），北宋画家、科学家。字穆之，一字仲穆，一署上谷。真宗大中祥符年间进士，官至龙图阁直学士，人称“燕龙图”。学识渊博，精通天文物理，有指南车、记里鼓车、莲花漏等仪器的创造发明，著有《海潮论》，绘制《海潮图》说明潮汐原理。工诗善画，以诗入画，意境高超，为文人画先驱。郭若虚《图画见闻志》卷三：“燕肃，字穆之，其先燕蓟人，后徙家曹南，位龙图阁直学士，以尚书礼部侍郎致仕。处学治行外，尤善山水寒林。澄怀味象，应会感神，蹈摩诘之遐踪，逼咸熙之懿范。”传世作品有《春山图》《寒林岩雪图》。

[评说]

燕肃善画山水，气象雄浑。本诗写观画感想，是题画诗常见的表达方法。首两句先描绘画面景色，溪路迢迢，碧峰回转，白云弥望，松涛回响，画境十分优美。诗人受到审美客体的感发，发出卜居山中的意愿，希望有朝一日乘舟到像画卷那样的美境中住下来，镇日静听松涛声，悠闲自怡。全诗实写画境，虚写观画情思，情由境生，情与境融，浑然一体，令人陶醉。（吴企明）

题李成寒鸦图

仇　远

老树枯苔雪乍晴，饥乌飞集噤无声[1]。
蒺藜沙上花开早[2]，且让春风与燕莺。

[题解]

本诗选自顾嗣立《元诗选二集·山村遗稿》、陈邦彦《历代题画诗类》卷九八。

[注释]

①噤：闭口。②蒺藜：草名，蔓生植物，生于沙地。

[评说]

仇远这首题画诗，很好地揭示了李成的绘画艺术三昧。诗的前两句，扣住题面，描绘"寒鸦"形象，重在表现"寒"意。树老、苔枯，雪霁初晴，点出寒意；饥乌飞集，噤口无声，亦是点出寒意，这真是"不着一字，尽得风流"。李成画萧疏清旷之气象，溢于字里行间。诗的后两句，转换手法，从画外写来，运用对比反衬的艺术技巧，以"春"立意，描写"花""春风""燕莺"，以花开早与树老苔枯比照，以燕莺与饥乌比照，为萧疏的画境增添了无穷的生气。（吴企明）

赵子昂陈仲美合作水凫小景

仇 远

良工苦思可心降[①]？底事文禽不解双[②]？
欲采芳华波浪阔，芙蓉朵朵隔秋江。

［题解］

本诗选自顾嗣立《元诗选二集·山村遗稿》、陈邦彦《历代题画诗类》卷九七。

赵子昂，即赵孟頫，见赵孟頫《题画梅竹赠友二首》“题解”。陈仲美，即元代画家陈琳，善画山水、人物、花鸟，俱师古人，无不臻妙，常与赵孟頫切磋画艺。

［注释］

①心降：降心，抑制心志。②底事：何事。文禽：毛羽有彩纹的水禽，即画上水凫。不解双：不懂得成双，意为画上水凫只有一只。

［评说］

这首诗题写在赵子昂与陈仲美合作的水凫小景图上。诗人用疑问句发端，提起悬念，惊人心目。画家苦心构思，可是抑制了自己的心志，为什么画上的彩禽只有一只呢？同样写画面景物，这种写法比叙述句更富有艺术表现力。“可心降”还起着绾带全诗的艺术作用。诗的下半首，描写画面上的隔江芙蓉。朵朵芙蓉呈现“芳华”，象征美好事物，但隔着“波浪阔”的秋江，可望而不可即，难以撷取。这一定也是画家“可心降”的缘故吧！ 画面景象很疏朗，本来就体现了画家的独特审美情趣，经题画诗人一提醒，更引起读画人的兴趣和注意力。（吴企明）

题赵松雪竹石幽兰

‖仇　远

旧时长见挥毫处，修竹幽兰取次分。
欲把一竿苕水上，沤波千顷看秋云。

[题解]

本诗选自顾嗣立《元诗选二集・山村遗稿》。

赵松雪，即元代画家赵孟頫。他喜画兰竹，很多人为他的兰竹画题过诗，如袁桷《子昂兰竹墨戏》、黄溍《题赵公画兰竹》、吴师道《子昂兰竹》、吴宽《赵松雪兰竹》等。

[评说]

黄溍《题赵公画兰竹》："猗兰幽人操，绿竹君子德。"揭出赵孟頫喜画兰竹以抒写幽人之操守、君子之德行的匠心，与重在"比德"的意蕴。仇远年岁稍长于赵孟頫，常往来于杭、湖州之间，有机会亲见画家挥毫作画。本诗首句即于此开端，次句接着描写他依次画出修竹和幽兰，直扣画题。第三句转而写出自己的观画感想，诗人从兰竹画的艺术形象中领略到画家的心灵和精神，希望也能渔隐于苕溪，"欲把一竿苕水上，沤波千顷看秋云"，在幽静的环境中，砥砺幽人操和君子德。尾句以写景收结，意含象外，令人深思。本诗乃平起首句不入韵格，"分""云"二字，押上平声十二文韵。（吴企明）

种笔亭题画

‖高克恭

积雨暗林屋[①],晚峰晴露巅[②]。
扁舟入蘋渚[③],浮动一溪烟[④]。

[题解]

本诗选自顾嗣立《元诗选二集·房山集》。

高克恭(1248—1310),元代著名画家,字彦敬,号房山道人,大同(今属山西)人,后居燕之房山(今属北京),晚年流寓钱塘(今浙江杭州)。历仕江浙行省左右司郎中、监察御史、刑部侍郎,卒,赠刑部尚书,谥曰文简。他好作墨竹、山水,初学“二米”,后学董源,能自成一家。赵孟頫很推重他,称“国朝名笔谁第一,尚书醉后妙无敌”。有《春山晴雨图》《云横秀岭图》等画传世。

[注释]

①暗林屋:使树林和茅屋变得很昏暗。②露巅:傍晚雨霁,山顶受夕阳照射,特别明亮,故云。巅,山顶。③入蘋渚:扁舟进入渚旁浮萍中。蘋,植物名,多年生浅水草本。渚,水中小块陆地。④一溪烟:满溪水气。

[评说]

有些题画诗整首不着议论,不带感情,只描写画面。这首小诗最具代表性。四句纯写画上景象,首句写雨,次句写雨霁,均为静物,却有明暗的对比、色彩之变化。三、四句写扁舟浮动，是动态的事物，使静谧的画境增添了生气。这首诗，颇有王维“空山新雨后，天气晚来秋”“莲动下渔舟”的韵味，可知高克恭的诗和画，都受到过摩诘《山居秋暝》的艺术启示，由此可悟“诗中有画”“画中有诗”的妙境。（吴企明）

赵子昂为袁清容画春景仿小李

高克恭

春林如染缀溪容①,几处幽居倚碧峰。
不是两翁情话久,白云深杳未能逢②。

[题解]

本诗选自顾嗣立《元诗选二集·房山集》。

子昂，赵孟頫的字。袁清容，即袁桷，号清容，赵孟頫的好友。小李，即唐代画家李昭道，时人称“小李将军”。赵孟頫作画喜欢模仿前代名画家的画法、画风，此画即是一例。

[注释]

①春林如染：王建《江陵使至汝州》：“日暮数峰青似染。”缀：点缀。溪容：山溪的容貌。②深杳：深远貌。

[评说]

李昭道继承父风，擅长青碧山水，好写云霞缥缈之景。赵孟頫模仿的就是这种画风，本诗便是明证。全诗四句都在描写画面景物，先是说绿树点缀溪谷，再说幽居倚着碧峰，说明画幅以青碧色彩为主要表现形式，尾句写“白云深杳”，这也正是“小李”画法的主要特征。诗的第三句是说，假若两位老友不是互诉衷肠、长久伫立的话，那么，在峰峦重重、白云深远的环境中，是很难相逢的。此诗三句写景，一句写人，且使用假设句式斡旋，使全诗不显板滞，气格灵动，妙思得天趣。（吴企明）

松涛轩题画为邓善之

高克恭

春雨欲晴时，山水弄烟翠。
林间有高人，笑语落天外。

[题解]

本诗选自顾嗣立《元诗选二集·房山集》、陈邦彦《历代题画诗类》卷一六。

松涛轩，是画家高克恭的书轩，是他作画的地方。这幅画是为元代书法家邓文原画的，善之就是邓的字，有关他的介绍，详见下文邓文原《题顾恺之秋江晴霭图二首》“题解”。

[评说]

诗的前三句，描写空山新雨后的画境：春日雨霁时分，山间云烟浮动，雨后林木青翠，映在水中。着一“弄”字，境界全出。就在山清水秀、林木苍翠的幽境中，几位隐士正在林间闲步，他们边行边欣赏美景，尽情享受大自然的恩赐，不时发出笑语声，空谷传音，笑语声在空中回荡。“笑语落天外”句，诗意盎然，使人很容易想到王维“山中不见人，但闻人语响”（《鹿柴》）的意趣。绘画，是一种通过视觉形象进行观赏的艺术品，难以表现声响。这首小诗，在描绘画面实景的同时，写到听觉形象“笑语声”，将隐士们遨啸林泉的神态写得惟妙惟肖，充分显示出题画诗补充画意的艺术特征。（吴企明）

夜山图

高克恭

万松岭畔中秋夜[1],况是楼居最上方。
一片江山果奇绝,却看明月似寻常[2]。

[题解]

本诗选自顾嗣立《元诗选二集·房山集》、陈邦彦《历代题画诗类》卷二〇。

《夜山图》,高克恭作,已佚。近人吴湖帆有《高房山夜山图》,是以董其昌法对高克恭《夜山图》的再创造。

[注释]

①万松岭:站在杭州吴山山巅俯视,万松苍郁,故名,并不是具体地名。②明月似寻常:用唐张若虚《春江花月夜》"人生代代无穷已,江月年年只相似"诗意。

[评说]

高克恭这幅《夜山图》和他的自题诗,受到时人推重,为之题咏的诗人有三十位(卞永誉《式古堂书画汇考》备载各位诗人的题画诗)。周密说:"无声诗与有声画,一夕异事传南州。"(《题高房山夜山图》)确是事实。这首绝句从大处着笔,对画境作鸟瞰式的描绘,月夜迷蒙的景象、空山静穆的美境,诗人只用"一片江山果奇绝"一句概括之,究竟怎样"奇绝"呢?读画人鉴赏画幅后自然能领悟到,诗人毋庸赘述。他笔头一转,在结句点出自己作画的匠心："却看明月似寻常。"画家兼诗人面对吴山奇绝的夜景，联想到人事代谢、国祚兴废、沧桑变幻，油然兴起了山月依旧而千古苍茫的愁怀。这种情思，在画面上是难以表现的，所以他要在题画诗里，把这一层艺术意想点出来，帮助读画人鉴赏自己的画作。（吴企明）

自题蜻蜓画卷

王振鹏

露凉芳草晓风吹，纱翼轻明水影欹。
莫便临平山下去①，眼睛双眩碧琉璃②。

[题解]

本诗选自陈衍《元诗纪事》卷一二。

王振鹏（生卒年不详），元代画家，字朋梅，永嘉（今浙江温州）人。仁宗于东宫，王极受眷爱，赐号“孤云处士”，官至漕运千户。善诗画，尤擅界画，尝绘《大明宫图》，世称奇绝。存世作品有《伯牙鼓琴图》《维摩不二图》《金明池龙舟图》等。

[注释]

①临平山：在今浙江余杭区境，宋文天祥奉使见伯颜，便在临平明因寺。②眩：两眼昏黑发花。碧琉璃：状西湖水之色，代指西湖。

[评说]

王振鹏素以界画、人物画著称，忽然绘《蜻蜓画卷》，令人惊诧，但是读他的自题诗，再参读郎瑛的记载，便能了然明白他的创作意图和艺术匠心。陈衍引《七修类稿》云：“王振鹏，元世祖时人，善诗画。仁宗赐号‘孤云处士’。予幼时见有《蜻蜓诗画卷》于里中旌德观，诚妙笔也。诗有《黍离》之哀，想宋季之遗黎，其卷多名人题识，今亡矣。今以记忆者录之于左。其《自题蜻蜓诗》云云。末二句意其写图之时，必伯颜驻师皋亭之日，不忍故国垂亡而虏骑之觇杭，得诗人之比也。”蜻蜓、芳草的画面具象，是看不出什么政治含义的，题画诗将自己的寓意点明。全诗先写画面上“纱翼轻明”的蜻蜓，晓风吹拂，芳草沾露，蜻蜓停留在水边芳草上，身影欹斜，倒映在水面上。接着诗人采用比兴手法，以蜻蜓两只圆大凸出的眼睛，喻元人觇看杭州的眼睛。诗人借着呵斥蜻蜓不要飞到临平山下去窥看西湖，斥责元代贵族统治集团不要觊觎杭州，抒写了自己的爱国情感。（吴企明）

题仲经家江贯道潇湘八景图（选三）

程钜夫

僧定钟声缓[①],依稀听不真。
渡头风正忽,唤醒未归人。

万顷玻璃上[②],辉辉玉一环。
望中青似粟,约莫是君山[③]。

昏昏风浪里,瑟瑟打篷声[④]。
骚客千年恨[⑤],灵妃万古情[⑥]。

[题解]

本诗选自顾嗣立《元诗选初集·雪楼集》。

程钜夫，即程文海（1249—1318），以字行，号雪楼，京山（今属湖北）人，后家于建昌（今江西永修）。累迁集贤直学士、翰林学士承旨，曾奉诏求贤于江南，荐赵孟頫等二十人。卒谥文宪，博学闳才，有《雪楼集》。

江贯道（生卒年不详），是宋代画家江参的字，居住吴兴（今属浙江）霅川，长于山水，师董源、巨然，《图绘宝鉴》卷四评曰："深得湖天之景，平远旷荡，尽在方寸。"本诗题写他的《潇湘八景图》，凡八首，今选评三首。每首原有画题。

关于《潇湘八景图》，沈括在《梦溪笔谈》中说："度支员外郎宋迪工画，尤善为平远山水，其得意者有平沙雁落、远浦帆归、山市晴岚、江天暮雪、洞庭秋月、潇湘夜雨、烟寺晚钟、渔村落照，谓之八景，好事者多传之。"后人将"平沙雁落""远浦帆归"和"渔村落照"分别改为"平沙落雁”“远浦归帆”和“渔村夕照”，形成了迄今为止固定的八景称谓。自宋迪之后，北宋江参，南宋王洪及禅僧玉涧（若芬）、牧溪（法常），元代张远以及明代文徵明等都创作了相同画题的作品。 而且王洪的《潇湘八景图》现藏于美国普林斯顿大学美术馆，玉涧、牧溪的有断简分藏于日本各大美术馆。 张远的现藏于上海博物馆。 文徵明的亦存世，可惜江参的《潇湘八景图》已佚。

[注释]

①僧定：和尚入定，静坐敛心，使心定于一境，不生杂念。 ②玻璃：亦作“颇黎”，天然水晶石，非指近代之玻璃。 ③君山：在湖南洞庭湖中，又名湘山。 ④瑟瑟：雨打篷声。 ⑤骚客：屈原写作《离骚》，后代诗人多仿效之，故称诗人为“骚人”或“骚客”。 ⑥灵妃：指湘水女神。传说尧有二女名娥皇、女英，嫁为舜妃，舜巡视南方，死于苍梧之野，葬于九嶷山。 二妃追至洞庭，投水死，成为湘水之神。

[评说]

第一幅，画题是“烟寺晚钟”。 读完这首题画诗，我们可以想象画面的景象：远处的寺院，掩映在暮霭之中。 近处的渡头，“未归人”受到寺内晚钟的召唤，正奔向渡头。 晚钟声声，在绘画上是无法表现的，画家正是通过渡头未归人的动作，暗示远处寺院依稀的晚钟声，正随风传送。抽象的事物，透过具体的细节刻画被表现出来。 诗人抓住个中奥妙，写成这首小诗，帮助读画人领略画家的一番苦心。

第二幅，画题是“洞庭秋月”。 这首小诗纯写画面景象，万顷洞庭湖水，倒映着秋月的清辉，好像嵌在玻璃上的白玉环；远远依稀可见一点青色的粟米，估猜那便是湖中的君山。 秋月美，湖山美，画美，诗美，画境即是诗境，画境与诗境如水乳般交融起来。

第三幅，画题是“潇湘夜雨”。 题画诗贵在想象，富有情思，不停留在画象的描绘上，应使有限的画面，生发出无穷的情思来。 本诗的前两句，扣住画面“夜雨”下笔，“昏昏”，点夜字；“瑟瑟”，点雨字。诗人由“潇湘夜雨”展开丰富的想象，联想到潇湘女神，联想到她们在舜帝死后的悲痛，她们泪洒湘竹，惹得千年来诗人为之抱恨不已。诗人用一联对仗工整的诗句作结，极度概括地抒写了湘水女神和千古诗人哀伤、怨恨的情愫，真切地表达出程钜夫观画后的感想。（吴企明）

题张萱唐宫捣练图

‖程钜夫

月杵轻挥快似飞[1]，霜纨熨贴净辉辉[2]。
诗人不解画师意，微吟周南浣濯衣[3]。

[题解]

本诗选自陈邦彦《历代题画诗类》卷五九。

张萱（生卒年不详），唐代开元年间宫廷画家，京兆（今陕西西安）人。他擅画人物，朱景玄《唐朝名画录》评他："画贵公子、鞍马、屏幛、宫苑、仕女，名冠于时。"他的仕女图与周昉相仿，常用朱色晕染耳根，以资区别。

《唐宫捣练图》是张萱的代表作之一，今传作品为宋摹本，藏美国波士顿美术馆。这幅画描绘了三组宫女捣练、络线、缝纫、熨平等劳动情景，布局巧妙，错落有致，细节刻画生动。

[注释]

①月杵：传说月宫中捣药的杵，这里指捣练用的棍棒。②霜纨：白色的绢。③周南：《诗经》十五国风之一，共有诗十一篇，其中《葛覃》一篇，谈到了"浣濯衣"。浣、濯：洗涤。

[评说]

程钜夫有选择地描绘了画面的事物，画上三组人物在劳作，他舍弃了络线、缝纫这一组人物的活动，诗笔径直描写捣练和熨平这两组人物的活动。诗人并未摹写人物的容貌、形体，却抓住了“轻挥”“熨贴”的动作，加以刻画，凸现了劳作场面。到第三句转捩处，诗人提出了一个“不解画师意”的问题，这是客气话，结句拍合时，他自己对此作了回答：画上的情景，与《诗经·周南·葛覃》里“浣濯衣”的意境相似。事实上，程钜夫非常理解张萱的心意，画师改变、摆脱汉魏以来表现“孝子”“烈女”题材的囿局，力求创新，将绘画题材转向表现现实生活上。张萱这一艺术创举，对我国绘画艺术作出了重要贡献。（吴企明）

题韩滉牧牛图

程钜夫

农为天下本[①],万世此心同。
晴日开图画,方知宰相功。

[题解]

《牧牛图》，今存故宫博物院。本诗选自陈邦彦《历代题画诗类》卷七〇。

韩滉（723—787），唐代画家，字太冲，长安（今陕西西安）人。德宗朝仕为宰相。滉于公职之余闲，雅爱丹青。书师张颠，画师陆探微，擅画人物、田家风俗，写牛、羊等动物，能曲尽其妙。

[注释]

①“农为”句:《国语·周语上》:“夫民者大事在农。”应劭《风俗通义·祀典》:“农者天下之本。”

[评说]

绘画艺术具有重要的教育功能。谢赫《古画品录序》云:“图绘者莫不明劝戒，著升沉，千载寂寥，披图可鉴。”韩滉身为宰相，经世济民，充分认识到农为民本，牛为农本，所以画作牧牛图，心存劝农之想。时隔五百多年，元人程钜夫晴日披图，深识韩滉画牛的匠心，挥毫题下这首小诗。全诗只字不提画牛的艺术形象，也未品评画作的艺术成就，径直发表议论，点出画旨。这种题画诗，与一般政治诗、议论诗的不同之处在于：它以《牧牛图》为题咏对象，从而生发出去，揭示画家艺术构思的匠心。尽管通篇议论，但所发议论以绘画艺术品为母体，亦能体现题画诗的艺术特质。（吴企明）

乔达之画江山秋晚图二首（选一）

程钜夫

遮日西来正暮秋[①],买鱼沽酒醉船头。
如今见画浑疑梦,知是南湖第几洲[②]。

［题解］

本诗选自顾嗣立《元诗选初集·雪楼集》。

乔达之（生卒年不详），元代画家，名达，字达之，燕人，官至翰林直学士，善丹青，山水学李成，墨竹学文同、王庭筠。

［注释］

①遮日：淡云遮日。 ②南湖：建昌（今江西永修）城南之湖。

［评说］

题诗以画面上淡云遮日的晚秋景色发端，次句仍写画面，画中人买鱼沽酒，醉卧于船头。 第三句转写观画感慨，“如今见画”，收结上两句诗意，“浑疑梦”说久在北方任职，很少回南方老家，今日见到画上家乡的景象，几乎疑是做梦。 因为自己对画面上的景象非常熟悉，知道这里是南湖中的第几个洲渚。 整首诗采用相似联想的艺术想象方式，由于家乡之江山与画面的江山非常相似，解发诗兴，写下这首题画绝句，抒写了诗人浓浓的乡思。 本诗乃仄起首句入韵格，“秋”“头”“洲”三字，押下平声十一尤韵。（吴企明）

题松雪临郭河阳溪山渔乐图

马　臻

松雪仙翁笔有神①,溪山溪屋共秋云。
千年不独王摩诘②,三绝今看郑广文③。

[题解]

本诗选自卞永誉《式古堂书画汇考》卷四六。

马臻（生卒年不详），元代诗人，字志道，号虚中，钱塘（今浙江杭州）人。少慕陶贞白之为人，着道士服，隐居西湖之滨。善画花鸟、山水，工诗，诗风浑成俊逸，有《霞外诗集》。

这是题在赵孟頫临摹郭熙《溪山渔乐图》上的诗。松雪，松雪道人的简称，是赵孟頫的号。郭河阳，即宋代著名画家郭熙。工画山水，取法李成，又能自成一家，笔势雄健，又撰画论《林泉高致》，是我国山水画领域里有重要贡献的画家。赵孟頫多次临摹郭熙的画，取其“雄”，成为他追求“古意”的楷式。

[注释]

①笔有神：杜甫《奉赠韦左丞丈二十二韵》：“下笔如有神。”②王摩诘：唐代著名诗人兼画家王维，字摩诘。③“三绝”句：唐代诗人、画家郑虔，曾任广文馆博士，后人称他为“郑广文”。他曾将自己创作的诗歌、绘画、书法作品献给唐玄宗，玄宗亲笔题“郑虔三绝”四字，事见杜甫《八哀诗·故著作郎贬台州司户荥阳郑公虔》。

[评说]

本诗仅第二句“溪山溪屋共秋云”写到画面，很不全面，因为画上还有“渔乐”的意象，可见，马臻此诗并不着意于画面的描绘，他不过是借着题画的机会，赞扬赵孟頫“笔有神”，品评他的画艺水平，认为他可以与王维同样传颂千年，也像郑虔一样有诗、书、画“三绝”之称。王、郑都是唐代的著名画家，马臻的诗意完全符合赵孟頫的宗旨，因为赵氏号召“复古”，正是要回复到唐、北宋人之“古”。（吴企明）

题画杂诗六首（选三）

马　臻

岸水依痕钓艇间，炊烟几处出芦湾。
西窗正是斜阳好，一带泥金抹远山①。

月华如水天如空，苍烟远树涵秋容。
笔头墨尽意不尽②，参错云山三四重③。

数点寒鸦水绕村④，几家茅屋掩柴门。
白头溪叟归来晚，自把渔舟系柳根。

[题解]

本诗选自顾嗣立《元诗选初集·霞外集》。

[注释]

①泥金：金屑和胶水，应用于绘画、书法和工艺品。②“笔头”句：用虚笔灵活无滞，神气浑然，出现笔墨尽而意不尽的艺术效果，是水墨山水画的最高境界。③“参错”句：层层渲染，淡墨色形成三四重云山，颇有层次感。④“数点”句：用秦观《满庭芳》“寒鸦数点，流水绕孤村”的词意。

[评说]

《题画杂诗六首》，从诗意看，一诗一画，题写的是六幅画，这里选评了三首。

第一首，题在《金碧山水画》上。四句诗，全是描写画上水乡的景物，远山远水，缥缈悠闲，透露出渔隐的情趣。只有尾句提到了这幅画的技法。元饶自然《绘宗十二忌》："以石青绿缀金泥，则当于石脚沙嘴霞彩用之，此一家只宜朝暮及晴景，乃照耀陆离而明艳也。"本诗云"一带泥金抹远山"，联系上句，可知此时正是"斜阳好"时分，一带远山，抹上泥金，正好表现夕照灿烂之美。此画已经失传，但读了马臻这首诗，依然可以想见此画迷人的风采。

第二首，题在《水墨山水画》上。这幅画，创造出秋夜月下明净静谧的意境，月华如水，苍树远烟，云山重重，完全靠水墨渲淡法画成，浓淡干湿，晕染烘托，水墨淋漓，虚实相生，意趣无穷。全诗描写画面景物，旨在揭示这种水墨意趣，第三句"笔头墨尽意不尽"，在全篇中起着点题的艺术作用，画家既道出画作水墨山水的甘苦，也表述自己崇高的艺术追求。诗人在景物描写中，顺便带出画艺三昧，自然淡泊，毫无生硬之弊。

第三首，题在《渔叟晚归图》上。马臻十分欣赏秦观《满庭芳》"寒鸦数点，流水绕孤村"的意境，认为富有画意，便将它画入自己的画幅里，用最典型的暮景景色，作为整幅画的基调。现在要题画，他又将这种画境写入首句，作为创造全诗意境的基因。这种以词意转化为画意，又将画境转化为诗境的流变过程，充分体现了诗画艺术可以互相渗透、互相融通的艺术规律。（吴企明）

题墨竹

马　臻

拂云标格岁寒心，墨色分阴重又轻。
不似渭川千亩绿①，只和风雨作秋声。

[题解]

本诗选自顾嗣立《元诗选初集·霞外集》。

[注释]

①渭川千亩：言竹之繁茂。

[评说]

本诗专就画面着笔，循序渐进地写出墨竹的艺术特征。首句先点题上之竹：竹之枝叶拂云，四时不改其色，有耐寒的性格，独抱岁寒心。次句进而写墨竹，墨色分与竹阴或重或轻，呈现出或浓或淡的墨韵。第三、四句仍就墨竹生意，说它们不似渭川千亩竹那样繁茂、翠绿，暗示墨竹艺术特征；它们却能和着风雨发出秋声，实写墨竹的艺术效果。全诗四句，句句不离竹，绝无闲笔，清雅简洁，饶有笔墨情趣。本诗乃平起首句入韵格，首句"心"字用下平声十二侵韵，二、四句"轻""声"二字，押下平声八庚韵，侵韵、庚韵通押，这不合唐宋人的旧规。（吴企明）

题画梅竹赠友二首

赵孟𫖯

故人赠我江南句①，飞尽梅花我未归②。
欲寄相思无别语，一枝寒玉澹春晖③。

江南翠竹动成林，谁折寒枝寄赏音④。
说与双清堂上客⑤，萧然应见此君心⑥。

[题解]

本图已佚。本诗选自陈邦彦《历代题画诗类》卷八六。《元诗纪事》卷八只收录本诗第一首。

赵孟𫖯（1254—1322），字子昂，宋秦王德芳之后，号松雪道人、水精宫道人，吴兴（今浙江湖州）人。入元后，经程钜夫荐举，官刑部主事，历仕翰林学士承旨、江浙行省平章政事，封魏国公，卒谥文敏。他兼擅书画，书法“二王”，画法晋唐，反对院体画风，提倡“古意”，创立南画画格。在元代画坛上，起着推陈出新的作用，对后代产生过广泛影响。有《松雪斋集》，画有《鹊华秋色图》《秀石疏林图》等作品传世。

[注释]

①“故人”句：指鲜于枢赠给赵孟𫖯的诗。刘宋时代陆凯《赠范晔》诗中有“江南无所有，聊赠一枝春”句。后人因把“江南句”代指梅花诗。②飞尽梅花：《松雪斋集》句下原注：“伯几有诗见寄云：‘寄声雪上佳公子，飞尽梅花不见君。’”吴兴有雪溪，雪上佳公子，指赵孟𫖯。伯几，伯机，即鲜于枢。③寒玉：喻梅花。春晖：春日的光辉。④赏音：

听其音而识其人，犹言“知音”。⑤双清：古人认为竹、梅是清雅之物，称两物为“双清”。⑥此君：指竹。王徽之在住处种竹，对人说：“何可一日无此君？”（《世说新语·任诞》）后因以“此君”为竹的代称。

[评说]

赵孟頫善画梅、竹。这两首题画诗分写梅、竹，是赠送给友人的。据《元诗纪事》卷八载，此诗题为《题所画梅竹赠石民瞻》，则这位朋友名石民瞻。

第一首写梅。全诗无一字描写画面物象，不过借题发挥，抒发怀念友人的情愫。赵氏画梅赠友人，又赠诗以示意，都是巧借陆凯《赠范晔》诗的字面义和诗意。其中，“江南句”“一枝”的字面都是从《赠范晔》诗中来；寄梅表相思的诗意，便是承袭陆诗之意。中间，又插入鲜于枢句意，与整首诗意浑然一体，不露痕迹，如出己手。

第二首写竹。这首小诗的写作技巧与上诗相仿佛，也是脱开画面，只讲折竹枝寄与知己，以表述怀人之意。诗人借用《世说新语·任诞》中王徽之爱竹的故事，抒写自己雅爱翠竹的癖好，也为全诗增添了清幽高洁的情致。（吴企明）

画赤壁

‖赵孟頫

周郎赤壁走曹公①，万里江流斗两雄②。
苏子赋成奇伟甚③，长教人想谪仙风④。

[题解]

本图已佚。本诗选自陈邦彦《历代题画诗类》卷三一。

[注释]

①“周郎”句：指赤壁之战的故事。东汉末年，曹操率兵南下，与孙权、刘备的联军鏖战于赤壁（今湖北赤壁市境内）。孙权部将周瑜与刘军采用火攻法，大败曹军，曹操于华容道仓皇逃走。②两雄：指赤壁战役中魏、吴两国的曹操和孙权。③苏子赋：宋代苏轼的《赤壁赋》（前、后两篇）。④谪仙风：苏东坡儒雅的风度。这里的谪仙，非指李白，苏轼亦被人称为“谪仙”。

[评说]

画家自题诗有重要的审美价值，值得重视。因为画家创作构思的艺术匠心，读者光看画面有时会捉摸不透，而自题诗恰恰能补救这方面的缺憾。比如赵孟頫自题的《画赤壁》，一、二句写画面形象，不过切题而已，很不具体。诗旨的中心在第三句的“苏子赋”上，这幅图的创作动机，是画家被奇伟的《赤壁赋》所感发，因而挥笔作画。画作的构思特点是，画家根据苏轼的《赤壁赋》的文意进行构图、布局、设色，画成以后，人们可以通过《赤壁图》而长想苏轼的文采风流。赵孟頫非常喜欢苏轼的《赤壁赋》，今有行书《赤壁赋》存世，藏台北故宫博物院。读了本诗，人们自然能体识到画家构图的用意，否则，人们还会误认为《画赤壁》是根据三国故事画成的。（吴企明）

题子仲穆画幅

赵孟頫

云白山青几万重，溪边游子马如龙[①]。
眼前有景画不尽[②]，归去鸥波命阿雍[③]。

［题解］

本诗选自汪砢玉《珊瑚网》卷三二。

仲穆，赵雍的字，号山斋，元代画家。他是赵孟頫的次子，官至集贤待制，同知湖州路总管府事。善画山水、人马。

关于这首题画诗的写作缘起和经过，赵孟頫有一段题识，颇有艺术价值，对深入理解本诗，不啻是一把钥匙。《珊瑚网》记赵孟頫语云："昨自杭回，道经茅山西墅，时夕阳欲坠，松如偃盖，水若鸣琴，青山万重，白云千顷。山下有乘骏马者，出没于其间，乃天然一图画，心有所得，以目疾未愈，不能举笔，因命子雍代之。至大四年五月既望，识于鸥波亭。"

［注释］

①马如龙：《后汉书·马皇后纪》载：马家车马盈门，"车如流水，马如游龙"。②眼前有景：胡仔《苕溪渔隐丛话前集》卷五："李太白负大名，尚曰：'眼前有景道不得，崔颢题诗在上头。'"赵句由此翻出。③鸥波：赵孟頫自称，因家中有鸥波亭。阿雍：即赵雍，赵孟頫之子。

［评说］

诗人通常写题画诗，总是从已完成的画面入手，或咏其画面实景，或写其艺术三昧，或借题发挥，抒发情感。但是，唐代陆龟蒙的《松石晓景图》，却由现实生活中的自然景物出发，展开想象，写出画家完成这幅作品的契机。无独有偶，元代赵孟頫这首题诗的艺术意想，与五百年前的陆龟蒙之作，竟十分相似。本诗的前二句，实际上是赵孟頫所见到的自然景物，他觉得很美，有“画不尽”之妙，归家后便命儿子赵雍将它们画下来。于是，这两句诗，也就成了画中实境。赵雍以真景作画，画与真实的景物、艺术意象和谐地统一起来了。（吴企明）

题息斋竹

赵孟頫

李侯写竹有清气，满纸墨光浮翠筠[①]。
萧郎已远丹渊死[②]，欲写此君惟此人。

［题解］

本诗选自陈衍《元诗纪事》卷八。

息斋，即元代画家李衎（1245—1320），字仲宾，号息斋道人，蓟丘（今北京）人，历仕吏部尚书、集贤殿大学士、江浙行省平章政事，封蓟国公，卒谥文简。擅画墨竹，初学王澹游，后师文同，驰誉当世。有《竹谱》。又有《双松》《双勾竹》等存世。据李日华《六研斋笔记》说，李衎画竹之法“丛筱拥之，略不露罅”，与赵孟頫疏逸之法殊调，然而赵氏对他还是很推重的，这首题画诗便是明证。

［注释］

①翠筠：翠竹。②萧郎：指唐代画家萧悦，善画竹。白居易有《画竹歌》，咏其画艺。丹渊：指文同，善画墨竹，有《丹渊集》。

［评说］

李衎善画墨竹。本诗描绘画面实景时说“满纸墨光”，可知诗人题写的是一幅墨竹图。赵氏用“清气”二字概括其画竹之风貌，这与李衎《竹谱》论述画竹要“清且真”的观点是一致的。这首小诗主要使用陪衬法，指出唐代画竹名家萧悦相隔年代久远，宋代画竹名家文同也已死，当今天下能写竹的，当推李衎一人，从而凸显李衎画竹艺术水平的高超。（吴企明）

题李仲宾野竹图

赵孟頫

偃蹇高人意①,萧疏旷士风②。
无心上霄汉③,混迹向蒿蓬④。

[题解]

本诗选自顾嗣立《元诗选初集·松雪斋集》、陈邦彦《历代题画诗类》卷八〇。

李仲宾,即李衎。

[注释]

①偃蹇(yǎn jiǎn):高傲的样子。意:意趣。②萧疏:清幽闲散。旷士:心胸开朗的人。风:风度。③霄汉:云天,指高空。这里比喻仕途上发展顺利,官位很高。④蒿蓬:野草。比喻隐居民间。

[评说]

此诗原有序:"吾友李仲宾为此君写真,冥搜极讨,盖欲尽得竹之情状。二百年来,以画竹称者,皆未必能用意精深如仲宾也。此野竹图,尤诡怪奇崛,穷竹之变,枝叶繁而不乱,可谓毫发无遗恨矣。然观其所题语,则若悲此竹之托根不得其地,故有屈抑盘躄之叹。夫羲尊青黄,木之灾也。拥肿拳曲,乃不夭于斧斤。由是观之,安知其非福邪?因赋小诗以寄意云。"这段序文,很值得重视,既充分表现出画家李衎画作本图的匠心,也写出松雪自己的感叹,成为欣赏画家之画和诗人之诗的一把钥匙。李衎画中的野竹，一则象征自己的品格、襟怀，二则又以竹生野地暗喻自身遭际坎坷、怀才不遇，故有“托根不得其地”的哀叹。赵孟頫的题诗，有劝慰之意。前两句，写墨竹的精神，高傲有高士趣，萧散有旷士风，实是赞李衎的品格。也可以说诗人揭出了画家心灵的奥秘：画家将自己的意趣，打入竹的艺术形象中，物我交融，画中有人。第三句，转出别意，野竹既然无心飞上天去，也就安然与蓬蒿为伍，其象征意义是：你既然无心在仕途上跻攀，那就安然隐于草野。显然，诗的结句是针对“托根不得其地”而发的。同样题写竹画，本诗与《题息斋竹》面目迥异，相互参读，可以领悟题画诗的艺术构思和写作技巧的妙处。（吴企明）

题高房山墨竹坡石图

赵孟頫

高侯落笔有生意[①]，玉立两竿烟雨中。
天下几人能解此，萧萧寒碧起秋风。

[题解]

本诗录自故宫博物院藏高克恭《墨竹坡石图》题诗。

[注释]

①高侯：指高克恭。高氏官位高，故称“侯”。

[评说]

高克恭以书法笔法写竹，深得“八法”之妙，枝叶潇洒，自有天然生意。赵孟頫书法造诣极高，也善以书法写墨竹，所以他看了高克恭的墨竹图以后，首句赞云“高侯落笔有生意”，自非轻许之语。次句写画面墨竹，修竹硕长，亭亭玉立，两竿翠竹，挺立于烟雨之中，婀娜多姿，清韵流动，煞是可爱。“天下”一句，用设问法，很黠慧，巧妙地说只有自己懂得此画。赵孟頫的书法、绘画、诗歌堪称三绝，因此，其能真正理解高房山墨竹的神韵。尾句写墨竹之审美效果，枝枝翠竹，萧萧风生，送来阵阵凉意。题诗至此，戛然而止，以艺术效果暗示艺术美，韵味悠长。（吴企明）

墨竹坡石图

题竹石图

赵孟頫

怪石太古色[1]，丛篁苍玉枝。
相看两不厌[2]，自有岁寒期[3]。

[题解]

本诗选自卞永誉《式古堂书画汇考》卷四六。

[注释]

①太古：上古，很久远的时代。②“相看”句：用李白《独坐敬亭山》“相看两不厌”成句，此指竹与石相看。③岁寒：寒冬时节，比喻困境。竹，经冬不凋；石，不怕寒冷，故云。

[评说]

元人张绅题本图云：“（魏公）复能以飞白作石，金错刀作墨竹。”赵孟頫的书法极精，他用书法笔法作画，增加绘画表现的力度，在艺术创作上实践了自己书画同源的观点。本诗并未涉及这个观点，只是按题画诗的常格，先从画面入手，第一句写石，侧重表现其色泽。第二句写竹，侧重表现其形态。第三、四句合写竹石，用李白诗成句，借其诗意，表示竹、石同心，故能有共同抗拒困境的期约，结出诗意，也揭出画意，真是一举两得，事半而功倍。（吴企明）

题苍林叠岫图

赵孟頫

桑苎未成鸿渐隐①，丹青聊作虎头痴②。
久知图画非儿戏，到处云山是我师。

[题解]

本诗选自卞永誉《式古堂书画汇考》卷四六。这一题诗原有两首，今评选其一首。

[注释]

①鸿渐：即唐代陆羽（733—804），复州竟陵（今湖北天门）人，字鸿渐，自号桑苎翁。一生数次入幕府外，大部分时间闭门著书，不愿出仕，对茶道有研究，著《茶经》传世。又有《江表四姓谱》《吴兴历官记》等，已佚。②虎头：晋代画家顾恺之的小字。恺之有“才绝、画绝、痴绝”之称。

[评说]

这首题画诗，不写画面景物，专谈自己的艺术观点。赵孟頫一生仕宦顺达，做过高官，故首句自谓没有像陆鸿渐那样成为归隐桑苎间的人，但仍想做一个像顾恺之那样“痴绝”于绘画艺术的画家。承接而下的诗意，阐说了“师法自然”的艺术观。这种观点，早在五代时就被艺术家信奉，范宽初师李成，又师荆浩，后来他尽舍旧习，卜居终南、太华山，偏观雄奇胜景，落笔得“山骨”，自谓：“与其师人，不若师诸造化。”（汤垕

《画鉴》引范宽语）宋代著名花鸟画家赵昌，每天清晨在花栏前熟视，然后调色描画，自号“写生赵昌”。现在，赵孟頫在题画诗中重申这种艺术观，说明他很提倡这种观点，他的创作实践也确实是以此为指导思想的。（吴企明）

题落花游鱼图

赵孟頫

溶溶绿水浓如染[①],风送落花春几多。
头白归来旧池馆,闲看鱼泳白沤波[②]。

[题解]

本诗选自汪砢玉《珊瑚网》卷三二、郁逢庆《郁氏书画题跋记》卷一。

[注释]

①溶溶：水盛貌。②沤波：风吹布满气泡的水面，荡起微波。沤，水中气泡，自游鱼口中吐出。

[评说]

赵孟頫题写这首诗时，有小序，云："延祐三年二月六日，春雨初霁，溪光可人，乘兴作《落花游鱼图》就，赋诗其上，殊有清思耳。"延祐，是元仁宗的年号，延祐三年（1316），这时赵氏已是六十多岁。从小序看，他很喜爱这首小诗。那么，这首题画诗妙在哪里呢？首先，这幅画是"乘兴之作"，画家受到"春雨初霁""溪光可人"的迷人晴春景色的感发，生起年华易逝的感喟，激起强烈的创作欲望，意在笔先，落笔作画时，他的情思很自然地融入具象之中。其次，画家自题画幅，将自己构思的意图、高逸的情思，通过诗歌语言传达出来，"题以发之"。诗是以描写画面景物开端的，次句仍写画上景物，而"春几多"三字，透露出感叹时光易逝之意，人们也可以清楚地体识到“风送落花”这个意象蕴含的真实意义。产生这种感慨的深层心理是“头白归来”，离开高官厚禄、荣华富贵的生活，返回旧池馆，清闲地观看游鱼戏水，自身也像游鱼一样悠闲自在。从作画到题诗，从画旨到诗意，都真切地表现出赵孟頫当日的情思：感叹年华易逝，渴望过悠闲清静的生活。无声诗和有声画，都是画家兼诗人赵孟頫抒发年老归来后闲适心情的载体。（吴企明）

题高尚书秋山暮霭图

赵孟頫

芦汀动江色，山翠护云衣。
如何千载后①，再有米元晖②。

[题解]

本图已佚。本诗选自张丑《清河书画舫》卷一一上、卞永誉《式古堂书画汇考》卷四七。

高尚书，即高克恭。他擅画山水，为元初画坛的领袖人物。张丑记载说：“近见项氏秘藏《秋山暮霭图卷》，幽淡自然，扫尽画工蹊径，的为彦敬绝品，得而藏之，足以眼空一世矣。”（《清河书画舫》）他对高氏这幅画评价极高。元、明两代为此图题诗的人很多，比较著名的有邓文原、柯九思、郭畀、倪瓒、马治、吴宽、文徵明等，可见此画很受大家的赏识。

[注释]

①千载：从米友仁到高克恭，时隔仅一二百年，此是泛指。②米元晖：宋代画家米友仁，字元晖，米芾之子，画承父法，世称“小米”。

[评说]

赵孟頫的题诗先从画面着笔。首句写近水，芦汀萧瑟，满是秋意。次句写远山，层峦叠嶂尽翠色，薄雾轻云，飘忽其间，似乎要护卫着山峦的秀色。赵孟頫很欣赏自己这个“护”字的用法，所以在另一首题画诗里再次用到“护”字：“碧山清晓护晴岚。”（《题画寄高仁卿》）诗的三、四句，从画面脱开，转而发表议论，说此图与米元晖的画极相似，似乎千年以后又出现了一个米元晖。诗的结句，包含两层意思：一是评价高克恭画艺的精深造诣，已经达到宋代“小米”的境界；二是阐述了画家的师承关系。高克恭画作简淡超逸，远承“小米”，深得米元晖的神髓。房山师小米，已成为画学界的共识。张丑说：“高尚书彦敬画宗黄巨，中岁专师二米，损益别自成家。”（《清河书画舫》卷一一上）王绂也说：“房山写山水，多宗米元晖，而清润过之。”（卞永誉《式古堂书画汇考》卷四七引）这些评论，足与本诗相互印证。（吴企明）

题东洞庭图

赵孟頫

洞庭波兮山崨嶫[①],水可济兮不可以涉。
木兰为舟兮桂为楫[②],渺余怀兮风一叶[③]。

[题解]

本诗选自汪砢玉《珊瑚网》卷四三、卞永誉《式古堂书画汇考》卷三三。

赵孟頫画《东洞庭图》《西洞庭图》，两幅配对，各题诗一首，为明代董其昌收藏。汪砢玉《瑚瑚网》有记载：“子昂洞庭两山二小幅……为玄宰所藏。”《珊瑚网》还录赵孟頫的《题西洞庭图》诗，云：“山之凹兮水之涯，沙棱棱兮石礌礌。有嫰人兮如彼兰茝，思之不来兮使我心痗。”可惜《西洞庭图》已失传。《东洞庭图》今存，绢本，立轴，淡青绿，画的是太湖东洞庭山的景物，此图主体部分是东山，山石用董源的披麻皴和解索皴，所以汪砢玉评曰：“全学董巨川。”（《珊瑚网》）坡岸石滩上有树木四五枝，摇曳多姿，董其昌曾加以描述、评论，说：“画洞庭不当繁于树木，乃以老木缘岸，楂卉数株，居然摇落湖天，寥阔之势，从此画出，是子昂章法迥绝宋元处，是构凌云台手。”（《珊瑚网》引）

[注释]

①洞庭波兮：语出屈原《九歌·湘夫人》：“袅袅兮秋风，洞庭波兮木叶下。”崨嶫（jié yè）：即岌嶫，高耸貌，张衡《西京赋》：“状巍峨以岌嶫。”②“木兰”句：自屈原《九歌·湘君》“桂棹兮兰枻”句化出。③渺余怀：自屈原《九歌·湘夫人》“目眇眇兮愁予”句化出。

[评说]

此诗用骚体，汪砢玉说："栝各题以骚语四句。"（《珊瑚网》）赵子昂不仅形式上采用骚体，还大量檃栝屈原《九歌》中《湘君》《湘夫人》的诗句，或用其字眼，或用其意境，使画与诗的境界淼邈寥廓，情意缠绵悱恻，借着屈原怀念楚国的情思，含蓄地表现作为宋王孙的画家兼诗人的黍离之悲以及屈节仕元"使我心痗"的内疚之情。赵孟頫将主观情思倾注于画与诗中，因而画中有诗，画中有"我"；诗中有画，诗中有"我"，画、诗、"我"融合无间，浑然一体，发人深省，耐人寻思。（吴企明）

题秀石疏林图

赵孟頫

石如飞白木如籀①,写竹还于八法通②。
若也有人能会此,方知书画本来同。

[题解]

本诗录自故宫博物院藏赵孟頫《秀石疏林图》题诗。

[注释]

①飞白：一种风格特殊的笔法，用枯笔写成，笔画中露出一丝丝空白。籀（zhòu）：籀文，字体多重叠，也叫“籀书”“大篆”，因著录于《史籀篇》而得名。②八法：即永字八法，以“永”字为例，说明正楷点画用笔的写法，八法指侧（点）、勒（横）、努（竖）、趯（钩）、策（仰横）、掠（长撇）、啄（短撇）、磔（捺）。

[评说]

书画同源，以书法笔法作画，前人早有论说。张彦远《历代名画记》卷二云：“书画用笔同法。”赵希鹄《洞天清录·古画辨》：“善书必能画，善画必能书，书画其实一事矣。”米芾《画史》论陈常画：“江南陈常以飞白笔作树石，有清逸意。”汤垕《画鉴》论赵孟頫画：“作石用笔轻拂如飞白书状，前人无此作也。”赵孟頫从自身创作实践中，体识到绘画笔法与书法相通的道理，因而他创作《秀石疏林图》时，便用飞白笔法画石，用篆书笔法画兰竹，用楷书和隶书的笔法画树与荆棘。他自题此画时，没有描绘具象，却大发议论，径直写出自己的艺术体验，别是一格。元代画家柯九思、姚绶也有相同的看法。柯九思说：“写竹干用篆法，枝用草书法，写叶用八分或用鲁公撇笔法，木石用折钗股、屋漏痕之遗意。”（见《佩文斋书画谱》卷一六）姚绶《题竹》诗云：“逸史画竹如写字，枝叶皆从八法来。苦苦欲求形似者，清风安得扫尘埃。”可见这是元人的共识。绘画笔法通于书法的理论，对于后代绘画艺术的发展，产生过深远的影响，而赵孟頫这幅画，就成为提倡、宣传这种艺术理论的代表作，他的这首题画诗也就成为体现这种理论的著名诗篇。（吴企明）

题画寄高仁卿

赵孟頫

碧山清晓护晴岚，绿树经秋醉色酣。
谁是丹青三昧手[1]？为君满意画江南。

[题解]

本诗选自卞永誉《式古堂书画汇考》卷四六。

高仁卿，子昂友人，生平不详。

[注释]

①三昧：本佛家语，后指艺术的奥妙、诀窍。

[评说]

这首自题绝句，前两句描写画面景象，后两句写出自己作画的匠心。清晨，晴光山岚依偎着碧山翠色，着一“护”字，将晴岚人格化，富有人情味。经过秋风的熏染，绿树变成斑斓的色彩，色如醉酒，醉色正酣。这两句诗，色彩绚丽，画意沉酣，诗情盎然，洵为佳句，精练地表现出江南秋色的美学特征。第三句以疑问句作转笔，黠慧地表述自己深得画艺三昧，画出江南景使君满意。不直说自己是丹青三昧手，却用疑问句垫衬一下，很得体，否则有自诩之嫌。本诗乃平起首句入韵格，“岚”“酣”“南”三字，押下平声十三覃韵。（吴企明）

朱宣慰家题画

温日观

昔有朱买臣[①],今有朱宣慰。
两个担柴夫,并为朱紫贵。

[题解]

本诗选自周密《癸辛杂识续集》卷下、陈衍《元诗纪事》卷二四。

朱宣慰,即朱清(1237—1303),字澄叔,扬州崇明(今属上海)人,历仕江东宣慰使领海道粮运万户府事、河南参政、江南行省左丞。

温日观(生卒年不详),即僧子温,俗姓温,字仲言,号日观,松江华亭(今属上海)人,住杭州玛瑙寺。性嗜酒,傲岸不羁,工诗,擅草书,专画葡萄,人称"温葡萄"。《癸辛杂识续集》卷下:"日观僧子温善作墨葡萄,时书诗文句于上,或有可喜者。"

[注释]

①朱买臣:汉代吴县(今属江苏)人,武帝时任会稽太守、主爵都尉。

[评说]

周密有一段记事,云:"(子温)尝在朱宣慰家作画,讫,遂写一诗在上,云……朱老欣然曰:'朱清果是卖芦柴出身,和尚说得我著。'遂馈贶资五锭酬之。"(《癸辛杂识续集》卷下)记载的就是这首诗的本事。温日观为朱宣慰所画的是葡萄,初看似与诗的内容无关。其实,它们的内在联系便在“色”字上。诗人运用相似联想这种艺术想象方式，由葡萄的紫色联系到朱宣慰“朱紫”的服色佩饰，又从朱宣慰联想到汉代的朱买臣，因为他们都姓“朱”，又有着少年清贫、晚年富贵的共同特点。作为画家兼诗人的温日观，他在诗中写到清贫与富贵的转化，赞扬朱宣慰、朱买臣靠着自身奋进的精神，实现了这种转化，也在言外寓有富贵毋忘贫贱的深意。全诗构思巧妙，意蕴深远，绝非俗诗。（吴企明）

题画葡萄卷后

温日观

明月清风宗炳社[①]，夕阳秋色庾公楼[②]。
修心未到无心地[③]，万种千般逐水流。

[题解]

本诗选自陈衍《元诗纪事》卷三四。

[注释]

①宗炳社：宗炳与僧慧远等十八人结成的白莲社。宗炳（375—443），字少文，南朝宋南阳涅阳（在今河南镇平）人，善弹琴，工书法、绘画。曾结庐庐山，与僧慧远等十八人结成白连社，修静土之法，追求澄怀、静心的洁净境界。②庾公楼：晋代庾亮任江陵豫州刺史，治武昌，曾与幕僚于秋夜登南楼赏月，弹琴、咏吟，后人因称“庾公楼”。事见《世说新语·容止》。③无心地：佛家语，无心的境界，即解脱一切妄念。《宗镜录》：“所为无心，何者若有心则不安，无心则自乐。故光德偈云：莫与心为伴，无心心自安。若将心作伴，动即被心谩。”

[评说]

《江村消夏录》记录温日观的题语：“纸长，宜以好诗书之，为后之名胜笑览。”温日观自称本诗是“好诗”，确非虚语。

本诗题咏画卷，并未描绘葡萄的艺术形象，也未介绍构思立意的匠心，更没有交代画作葡萄的笔法技巧，而是发表一段议论，阐述一种有关绘画创作的重要理论。温氏说，要想画出佳作，画家必须置身于良好的环境中，至关重要的便是心境，画家的心理境界。诗人首先用对偶句，标举刘宋时代著名画家宗炳和晋代的庾亮。这个对句，有互文作用，为避免重复，首句用了“明月清风”，次句用“夕阳秋色”。其实庾亮登楼时的周遭风光，也有“清风明月”，这才符合《世说新语》里庾亮登楼赏月的记载。有了清风明月的环境，澄怀观道的心境，排除一切杂念，宗炳才能挥毫作画，庾亮才能乘兴咏诗。诗的三、四句是说画家要“修心”，如果没有修到净心的境界，就不可能增进画艺，势必一事无成。推而广之，人人要“修心”，如果不能解脱妄念，修到无心境界，则生活中万种千般的美好事物，都将付诸东流。温日观用韵味极浓、意境极隽的诗句，写出自己的创作体验，将艺术创作的思维规律与佛教教义联系起来，加以阐发，还将它提高到人生哲理的高度，确是好诗。（吴企明）

题王渊牡丹图卷

黄　玠

锦砌雕阑绣毂车，问花富贵欲何如？
澹然水墨图中意，看到子孙犹有余。

[题解]

王渊《牡丹图卷》，今藏故宫博物院。画幅右部有黄伯成、王务道、赵希孔三家题诗，这里选取黄玠的题诗加以评析。

黄玠（生卒年不详），元代诗人，字伯成，四明（今浙江奉化、慈溪一带）人，与赵孟頫游，因爱吴兴山水，卜居卞山。有《卞山集》。

王渊（生卒年不详），元代画家，字若水，号澹轩，又号虎林逸士，钱塘（今浙江杭州）人。幼年曾得赵孟頫指授。工画，善画人物、山水、花鸟，其墨花、墨鸟成就尤为突出。

[评说]

牡丹花是富贵花。黄玠的题诗，便以此立意，说此花用“锦砌雕阑”养护着，用“绣毂车”运送，问一问花卉中还有哪一种花如此“富贵”？两句诗用侧笔，极意形容牡丹花的富贵华艳。转句则扣到墨牡丹图上，拓开诗意，说王渊图中的水墨牡丹与富贵的牡丹花迥然异趣，是淡淡的水墨，澹然的意趣。结句则说画家的水墨牡丹不但现今的读画人欣赏后余意无穷，就是留给子孙后代观看，也定然会余意不尽，真是笔墨有尽而意有余，余意袅袅，神韵悠然，给人以取用不尽的美感享受。（吴企明）

题高房山墨竹

鲜于枢

添阴生砚池，叶叶秋可数。
京华客梦醒，一片江南雨。

［题解］

本诗选自陈衍《元诗纪事》卷八。顾嗣立《元诗选二集·困学斋集》亦收此诗，题为《题纸上竹》。

鲜于枢（1246—1302），元代书法家、诗人，字伯机，号困学民，渔阳（今天津蓟州区）人。至元间为江浙行省都事，官至太常寺典簿。吟诗作字，奇态横生，善行草，赵孟頫极推重之。有《困学斋集》。

［评说］

高房山，即元代画家高克恭，善画墨竹，详见前高克恭《种笔亭题画》"题解"。这首五绝题咏他的墨竹图，便从"竹"字落笔。笔底生竹，竹叶茂密，为画幅添上浓阴，这一切都是从砚池上生出。"生砚池"三字，扣应题上"墨"字。秋声自竹叶上飞出，深秋多雨，一片江南雨声，惊醒了正在江南任职的诗人的"京华客梦"。诗人运用艺术想象中连接联想的方式，使诗思蝉联而下，流转自如，难怪这首小诗会赢得梅道人吴镇的赞赏，称其"有诗最工，余故不能忘"，"世人但知鲜于善书，而不知其吟咏之工，故录而出之，以示人耳"。（《元诗纪事》引）（吴企明）

观寂照葡萄

鲜于枢

阿师已把书为画，俗客那知色是空①。
却忆西湖酒醒处，一棚凉影卧秋风。

[题解]

本诗选自顾嗣立《元诗选二集·困学斋集》。

寂照（生卒年不详），宋代僧人，京都人。习王羲之字，颇得其笔法，章草特妙。

[注释]

①色是空：佛家语，《般若心经》："色即是空，空即是色。"佛家认为色为有形之物；万物因缘而生，非本来实有，故谓"空"。

[评说]

这首题画诗分两层写。前两句，就寂照的画艺发议论。首句"阿师已将书为画"，说寂照用书法的笔法来画作葡萄。次句是说本来没有葡萄，因缘而生，应寂照师的画笔而在纸上出现有形之物，既表现了寂照的色空观，也盛赞他的画艺。后两句，诗人运用"以画作真"的艺术手法，说寂照深得葡萄神理，所画宛如真物，仿佛自己在西湖畔酒醒处看到的那一架偃卧在秋风中的葡萄。元代僧温日观是一位著名的善画葡萄的画家，他也是用书法画蒲萄。郑元祐《温日观画葡萄》诗云："却将书法画葡萄，张颠草圣何零乱，枝枝叶叶点画间。"鲜于枢的议论，却将宋元时代“以书法为画法”的艺术特征和“书画共通”的艺术法则，作了精要的概括。诗人先用发议论的方式赞画，又用以画作真的方式赞画，目的只有一个，即赞美寂照的画艺。（吴企明）

僧巨然画

鲜于枢

秋鲈春鳜足杯羹[1]，万顷烟波两櫂横。
就使直钩随分曲[2]，不将浮世钓浮名[3]。

[题解]

本诗选自顾嗣立《元诗选二集·困学斋集》。

[注释]

①“秋鲈”句：用张翰事，屡见。 ②直钩：见王昌龄《留别岑参兄弟》：“徒见枯者艳，谁言直如钩。”化用汉谣“曲如钩，反封侯”意。③浮世：人间。 浮名：虚名。

[评说]

这首题诗大多从画外着笔，诗意跳跃。 首句发端突兀，诗意正是从次句的画面具象生发得来。 这幅巨然画，重在表现万顷烟波，江上两横舟。“秋鲈春鳜”由烟波江水想象得来，又由鲈鳜而联想到莼羹，才有“足杯羹”的意象。 三、四句更是宕开画面，由首句的鲈鳜联想到钓鱼之工具丝纶和曲钩。 钩曲，鲜于枢化用王昌龄诗意，说即使直钩变成曲钩，也不用它来钩取人世间的浮名。 本诗运用连接联想的艺术思维方式，按照事物的内在联系，由画面浩渺江水联想到鲈鳜，联想到钓钩。 结句由“钓鱼”联想到“钓名”，发出感兴，坦露胸怀，表述不愿沽名钓誉的心迹。诗意虽然跳跃，而内在诗脉自然顺畅，顺理成章。 本诗乃平起首句入韵格。“羹”“横”“名”三字，押下平声八庚韵。（吴企明）

顾恺之秋江晴霭图二首

邓文原

晋室风裁推虎头[①]，山川灵气属君收[②]。
指端幻出千重秀，并作江南一段秋。

静日携筇溪水头[③]，何如风景障图收[④]。
与君相对坐不语，只领千林万壑秋[⑤]。

[题解]

本诗选自顾嗣立《元诗选二集·素履斋稿》、陈邦彦《历代题画诗类》卷一九。

邓文原（1259—1328），元书法家，字善之，一字匪石，自题书斋曰“素履”，人称“素履先生”，绵州（今四川绵阳）人。随父徙居钱塘（今杭州）。历仕杭州儒学提举、集贤直学士、国子祭酒。书法兼善正、行、草书，早法“二王”，后学李邕，与赵孟頫齐名。他学识富赡，诗简古典雅，有《素履斋稿》。

[注释]

①风裁：风度，气派。虎头：顾恺之小字。②君：指顾恺之。③筇（qióng）：竹杖。④障：屏风。障图：指画在屏风上的《秋江晴霭图》。⑤领：领略，观赏。

[评说]

诗前原有小序云：“太朴危君所藏恺之妙卷，诚希世物也。出示索书，不胜叹羡，为书短句，以志喜云。”元代，顾恺之此图尚存，黄公望、吴镇均有题画诗，可证。黄公望评此画“墨法入神，傅采入妙”（《顾恺之秋江晴霭图序》）。其实是一幅佳作，可惜今已不传。

两诗写法不一样。第一首，与常格不同，诗人对画面景象着墨不多，只是较为抽象地描述“江南一段秋”。诗人用直接品评的方式，表述自己对晋代著名画家顾恺之的仰慕和敬重。第二首，与前首的写法迥异。诗人较多地描绘了画面景物，“静日携筇溪水头”，“千林万壑”，萧瑟“秋色”，都是画中实境。这首诗最饶风趣的是，以画幅的艺术效果反衬艺术品之美。诗人与画中人物“相对坐不语”，共同来观赏画中景色，领略山壑秋光，陶醉于自然美的享受中，用以凸显画幅具有惊人的艺术魅力。（吴企明）

王洽云山图

‖邓文原

五云深处拥蓬莱[1]，树色苍凉映水开。
何处书声映林樾[2]，却教仙侣过桥来。

[题解]

本诗选自顾嗣立《元诗选二集·素履斋稿》、陈邦彦《历代题画诗类》卷九。

王洽（？ —805），又作王墨、王默，唐代著名画家。早年师事郑虔、项容，疯颠酒狂，画法奇特，泼墨成画，“为山为石，为云为水，应手随意，倏若造化”（朱景玄《唐朝名画录》），非他人所能及。明张丑《清河书画舫》以为后代“二米”、高克恭远承其画法。

[注释]

①五云：由浓淡墨色染成的五色云彩。蓬莱：传说中的海上三仙山之一。②林樾：树荫处。

[评说]

本诗前有小序云：“王洽为百代云山之祖，故米氏父子皆由此出，何况易世之后乎！善夫尤宜宝之。”邓文原称王洽是“百代云山之祖”，指出其在我国水墨山水画发展史上的重要地位，是很恰当的。王洽画，明人谓：“画本罕存，几为乌有先生，良可叹息。”（张丑《清河书画舫》语）元人邓文原曾见过王洽画，还题了诗，因此，这首诗极应受到珍视，它是我们研究唐代水墨山水画发展史的重要原始资料。

这首七绝主要是描绘画面景物，五云掩拥着蓬莱仙山，苍凉树色倒映在水中，从林荫间传来读书声，读书声逗引仙友渡过桥来。诗中用了两个“映”字，前一个“映”，作映照讲，描写倒映在水中的树色，是实写，写视觉形象；后一个“映”，作映应讲，写琅琅书声在林荫里回响，是虚写，写听觉形象。两个“映”字都写得好，但用法不同。绘画艺术本来是无法表现听觉形象的，而本诗补充了画意，增添了诗的意趣，难能可贵。（吴企明）

温日观葡萄

‖ 邓文原

满筐圆实骊珠滑①，入口甘香冰玉寒。
若使文园知此渴②，露华应不乞金盘③。

［题解］

本诗选自顾嗣立《元诗选二集·素履斋稿》、陈邦彦《历代题画诗类》卷九二。

［注释］

①骊珠：一种名贵的珍珠，传说出自骊龙颔下。②文园：汉文帝刘桓的陵墓，司马相如曾任文帝陵园令，后代诗文常以“文园”指司马相如。如杜牧《为人题赠》：“文园终病渴。”意为司马相如患消渴病。③金盘：汉武帝建造金铜仙人承露盘于建章宫，盘高二十丈，承接天上露水，和玉屑饮之，以求长生不老。

［评说］

这首题画诗，一、二句描写画中实物满筐葡萄。首句写其形、其色。诗人想象奇特，用骊龙颔下的圆珠比喻成熟饱满的葡萄，象其形之圆实，状其色之紫而有光泽。次句写其香、其味。诗人用通感手法，调动味觉、嗅觉器官的“香”“甘（甜）”“寒”的感觉，与视觉器官的“圆”“紫”的感觉相融通，从整体上刻画出画中葡萄的艺术形象，为下文诗人运用以画作真手法作好铺垫。三、四句，是说司马相如素来病渴，假使他知道温日观画的葡萄味美解渴，也就不会再向汉武帝乞求金盘上的露水。这里，诗人以画作真，借用人们熟知的历史故事，巧妙地形容温日观葡萄画的艺术效果，以显示画家画艺的高超。（吴企明）

周曾秋塘图卷

邓文原

惨澹枯荷折苇间[①]，芙蓉秋水转埼湾[②]。
鸣鸿飞度江南北，却羡溪禽满意闲。

[题解]

本诗选自郁逢庆《郁氏续书画题跋记》卷四、顾嗣立《元诗选二集·素履斋稿》。

周曾（生卒年不详），北宋画家，宣和时人。《图绘宝鉴》卷三云："与马贲同时，差早于贲，尤长山水。"周曾《秋塘图》很著名，据《郁氏续书画题跋记》记载，为这幅画题诗的有赵世筵、李洞、张珪、邓文原、袁桷、李源道等十余人，可见大家都很珍赏它。

[注释]

①惨澹：凄凉的景象。②芙蓉：木芙蓉花，又名拒霜。埼：曲岸。

[评说]

画题名是秋塘，题诗也就扣住"秋"字着笔，具体表现画上秋塘的具象。首句枯荷瑟瑟、蒹葭苍苍，渲染出一派苍凉的秋的气象，次句却转而描绘深秋红艳的芙蓉花，环绕曲岸开放，给萧瑟秋景增添了无限生色。鸿雁南飞，自是秋令的典型景象，而"却羡"句结得好，既可以传神地表现溪禽（图上画的是鸳鸯、鸂鶒、鸡鹊）栖于秋塘里"满意"休闲的情状，也透露了鸿雁不忍离去的情思，将画家的艺术匠心巧妙地揭示出来，耐人寻味。（吴企明）

阎立本秋岭归云图二首

邓文原

贞观从知画有仙[①],能将万里尺图间[②]。
白云掩映枫林好,遮却溪南无数山。

盘纡径路却何之,中有居人未卜谁?
百丈飞泉云外落,一林霜叶九秋时[③]。

[题解]

本诗选自顾嗣立《元诗选二集·素履斋稿》、陈邦彦《历代题画诗类》卷一。

阎立本(约601—673),唐代著名画家,雍州万年(今陕西西安)人。与兄立德齐名,人称“二阎”。历仕司封郎中、将作大匠、工部尚书、右相等职。画师郑法士,善画人物,尝图《秦府十八学士图》,贞观中,画《凌烟阁功臣二十四人图》。

[注释]

①贞观:唐太宗年号。画有仙:阎立本善书画,朝廷号为“丹青神仙”。事见张彦远《历代名画记》卷九。②万里尺图间:画有远势。语出《南史·竟陵文宣王子良传》:“(贲)能书善画,于扇上图山水,咫尺之内,便觉万里为遥。”③九秋:秋季九十天,故云。从全句诗意看,这里指深秋。

[评说]

立本工于写真，他的山水画不多见，由邓文原、吴镇等人题写的《阎立本秋岭归云图》《阎立本西岭春云》诗，知元时尚存阎立本山水图。这些资料不可多得，弥足珍贵。诗共两首，概要地描写画面景物，而每首各有侧重。第一首，第一、二句先从议论落笔，赞颂画家阎立本在贞观时代有“丹青神仙”之美称，能够在尺幅中画出万里江山。这两句诗绾带两首诗意，是从总体上品评阎立本的山水画。三、四句，才归到《秋岭归云图》上，重点是写白云，描写它遮却无数山，与红透了的枫林相辉映，红白相照，色彩鲜明。米芾《画史》称“立本画皆着色”，读本诗“白云掩映枫林好”及下诗“一林霜叶九秋时”，信然。第二首，整篇再现画境。盘纡径路、山家村民、百丈飞泉、一林红枫，组合在一幅画里，意境深邃。句句写画，诗意容易坠入平实板滞之地，而诗人却两次运用疑问语气词“却何之”“未卜谁”，斡旋于实景中，遂使全诗气象灵动，饶有风神。（吴企明）

江参百牛图

‖邓文原

湿湿群行四百蹄①，耕犁初罢乐相随。
春风绿遍川原草②，回首牧人知是谁。

[题解]

本诗选自张丑《清河书画舫》卷一〇下。

[注释]

①湿湿：摇动耳朵的样子。②“春风”句：自王安石《泊船瓜洲》中“春风又绿江南岸”句化出。

[评说]

《百牛图》，不见于典故，《诗经·小雅·无羊》：“谁谓尔无牛？九十其犉。”以九十言其多。宋代刘景明有《百牛图》，画在扇上，江参仿其意，画作《百牛图》。僧道衍有《江参百牛图》长篇五言古诗，详细描绘画上百牛的种种姿态，而邓文原的题诗是七绝，仅四句，该怎样描绘图上百牛的具象呢？诗人把百牛放在川原草绿的大背景中，对百牛作总摄性的描写。他抓住两个动作，作细致描述，作为总摄性描写的补充。一是“湿湿”，一是“乐相随”，写出群牛在劳作后悠闲自得的神态。画面上点缀几个牧童，难以分明究竟谁是这群牛的牧人，所以说“回首牧人知是谁”。诗的结句既扣住画面百牛的景象，又启人遐想，余韵悠长。（吴企明）

题松雪临郭河阳溪山渔乐图

邓文原

峭石浮岚俯翠微[1],瀑流飞雨散林霏[2]。
渔舟来往清溪曲,怅望行人古道稀。

[题解]

本诗选自卞永誉《式古堂书画汇考》卷四六、顾嗣立《元诗选二集·素履斋稿》。

《松雪临郭河阳溪山渔乐图》,即赵孟頫临摹郭熙的《溪山渔乐图》,参见马臻《题松雪临郭河阳溪山渔乐图》之“评说”。

[注释]

①翠微:轻淡青葱的山色。②林霏:林中的云气。

[评说]

这首小诗,与马臻题诗的写法迥异,全面写画。首句描写画上之山,陡峭的石壁,浮动的山岚,俯附着翠微山色,应题上之“山”字。次句描写画上之水,直泻而下的瀑布水流,飞溅着细微的雨点,散成林间的云气,应题上之“溪”字。题上“渔乐”意,便在三、四句中。渔翁驾着渔舟在清溪上来来往往,以浮岚为侣,以清溪为伴,悠然自在。他怅然遥望,古道上行人稀少,无人理解自己的乐趣。郭熙的画意,被诗人点化成诗情;画家笔墨创造的美,被诗人转换成诗艺美,诚为一首极优美的题画诗。在写作技巧上,诗人于第一、二两句使用了对仗手法,为了平仄,在尾句稍稍变动了词序,在工整中求灵动,用心良苦。(吴企明)

题王朋梅金明池图

邓文原

溶溶春水戏群龙[①],画鼓兰桡竞奏功[②]。
得失等闲成愠喜,人生万事弈棋中。

[题解]

本诗选自卞永誉《式古堂书画汇考》卷四八、顾嗣立《元诗选二集·素履斋稿》。

王振鹏(生卒年不详),元代画家,字朋梅,号孤云处士,永嘉(今浙江温州)人。官至漕运千户。他妙于界画,“虽入纤细而格力超腾”(《紫桃轩杂缀》)。虞集评其画云:“运笔和墨,条分缕析,左右高下、俯仰曲折、方圆平直,曲尽其体,而神气飞动,不为法拘。”(《道园学古录》)金明池,在开封西郑门西北,徽宗于池周围建立殿宇,宋人在此进行竞渡游戏。王振鹏原画题名《龙舟夺标图》。

[注释]

①溶溶:水宽广貌。群龙:竞渡所用的龙舟。②兰桡:用木兰制成的船桨。

[评说]

这首题画绝句,先写画面景象,金明池开阔的水面上,许多条龙舟在追逐嬉戏,鼓鸣桨划,争先恐后地划向目标,希望夺取标首。诗人观画后,不由发出感叹:得与失,愠与喜,不过是一时乘兴的情感,都应等闲视之,这人生万事,也不过是弈棋而已。这种写法,是题画诗中常见的格调。(吴企明)

题危太朴所藏荥阳郑虔画秋峦横霭图二首

‖ 邓文原

金风瑟瑟入空山①,村落人家叶尽斑。
羡杀个中奇绝处,一天烟霭有无间②。

郑君胸次有江山,应识区区只一斑。
山色空蒙斜日里③,郁林遥指碧云间。

[题解]

本诗选自顾嗣立《元诗选二集·素履斋稿》、陈邦彦《历代题画诗类》卷一九。

危太朴（1303—1372），元代文学家，名素，字太朴，金溪（今属江西）人，能诗文，善书法，喜藏名画。他所收藏的郑虔画，今已失传。这幅《秋峦横霭图》，元代尚存，柯九思也有同题题画诗。从邓文原和柯九思的题画诗看，郑虔这幅画是着色山水图，与宋代王诜所收藏的郑虔着色山水图（见曾肇《题王晋卿所藏郑虔着色山水图》）使用的是同一种技法。

[注释]

①金风：秋风。②有无间：用王维《汉江临泛》“江流天地外，山色有无中”诗意。③山色空蒙：雾气迷蒙的样子，用苏轼《饮湖上初晴后雨》“山色空蒙雨亦奇”句意。

[评说]

第一首，邓氏着力再现画境。夕阳斜照，映在青红相间的斑斓树木上，是秋风点缀熏染出来的绚丽美景。画中最奇绝的地方，还是那“有无间”的烟霭。这是一幅十分优美雅致的着色山水图，邓文原的诗境，与柯九思七律《题危太朴所藏郑虔秋峦横霭图》“紫翠虚无晴嶂里，青红掩映夕阳前”有异曲同工之妙。

第二首，先发议论，再写画面，与一般题画诗的写法稍异。因为画家胸中原有丘壑在，《秋峦横霭图》只是他胸中很小的一部分。诗的前两句无形象、无意境，纯粹说理。诗的后两句，具体描绘这“区区只一斑”的景物，斜阳里，山色迷蒙，遥指碧云暮霭之间郁郁葱葱的树林，满目秋光，画面描绘与说理相观照，思致清幽，意境深远。（吴企明）

米敷文楚山清晓卷

邓文原

蒙蒙烟树楚江湄[①]，寂寞渔村护短篱。
云梦舟中春睡足[②]，醉余犹记牧之诗[③]。

［题解］

本诗选自郁逢庆《郁氏续书画题跋记》卷二、顾嗣立《元诗选二集·素履斋稿》。

［注释］

①湄：江边。②云梦：泽名，在安州安陆县（今属湖北）南。③牧之诗：指《云梦泽》："日旗龙旆想飘扬，一索功高缚楚王。直是超然五湖客，未如终始郭汾阳。"全诗表现世事纷争、穷达变迁的感叹。牧之，唐代诗人杜牧字。

［评说］

米敷文，即宋代著名画家米友仁，因官至敷文阁直学士，故名。邓氏题诗单刀直入地抓住了米友仁《楚山清晓卷》的艺术特质，首句"蒙蒙烟树"，描写画面云烟迷蒙之状。汤垕《画鉴》云："（友仁）作山水清致可掬，亦略变其尊人所为，成一家法。烟云变幻，林泉点缀，生意无穷。"可见，"能描蒙懂云"，确是米画的美学特征。次句以渔村自然承接，表现画面蒙蒙烟树间，短篱护着渔村，掩映其中，寂静索莫。诗至第三句，突然转出新意，由画面的楚山楚水推开去，由云梦一地，联想到杜牧的《云梦泽》诗，诗人的情思自静谧的画境跳跃到世事纷争的怀想之中。诗思前后变化幅度极大，充分反映出题画诗借题发挥的艺术功能。（吴企明）

玉环病齿图

宋　无

一点春寒入瓠犀①,海棠花下独颦眉。
内厨几日无宣唤②,不问君王索荔枝③。

[题解]

本诗选自顾嗣立《元诗选初集·子虚翠寒集》、陈邦彦《历代题画诗类》卷四四。

宋无(1260—1340),元代画家,字子虚,号晞颜,苏州(今属江苏)人。早岁尝从欧阳守道学,勤奋苦学不怠。谷隐崖栖,一生不仕,自称"吴逸士"。工诗,善画梅,其诗风流蕴藉,颇为时辈推重,有《子虚翠寒集》《子虚啽呓集》等。

[注释]

①瓠犀:瓠(俗称"扁蒲")中之子,因其洁白整齐,常用以喻人之牙齿。②内厨:皇宫内供帝王、后妃食用的厨房。宣唤:传呼。③"不问"句:荔枝易使人发虚热,病齿者忌食。李时珍《本草纲目》卷三一:"时珍曰:鲜者食多,即龈肿口痛或衄血也。病齿𧏾及火病人尤忌之。"索荔枝,杨玉环爱吃荔枝,故云。

[评说]

这首题画诗充分反映了诗画互通、诗补画意的艺术功能。玉环,即唐明皇的贵妃杨玉环。绘画如何表现贵妃病齿呢?宋无题诗中只有一句是写画面形象的，即“海棠花下独颦眉”，贵妃伫立于海棠花下，牙痛难忍，独自颦眉。其他的诗意，都是无法入画的，如首句“春寒一点入瓠犀”，因贵妃玉齿受寒，犯齿病。春寒一点，无形之物，如何画得？寒入齿，又如何画得？第三句“内厨几日无宣唤”，贵妃牙痛不思饮食，几日来太监不到宫内厨房来宣唤，这些表明因果关系的连续性动作和情节，又如何画得？尾句“不问君王索荔枝”，说贵妃病齿，忌食荔，所以不向君王索要荔枝，这种诗意，更是不能画出。宋无抓住画面上海棠花下贵妃颦眉的形象特征，着力用诗句摹写出来，又发挥艺术想象力，超越时空的限制，推究贵妃病齿的前因后果，用诗句补出自己想画又无法画出的画外之意。首句，补出贵妃牙病的缘由，第三、四句补出贵妃病齿的后果，使画意更为充实、丰满，画与诗结合得十分完美，起着互为补充、相得益彰的艺术作用。（吴企明）

题郑所南推篷竹卷

宋　无

要写秋光写不成，愁凝苦竹淡烟横。
叶间尚有湘妃泪，滴作江南夜雨声。

[题解]

本诗选自顾嗣立《元诗选初集·子虚啽呓集》。

[评说]

郑所南这一幅《推篷竹卷》有他自己的题诗，描写了画面具象，可以帮助我们参悟宋无的这首题画诗。诗云：

清晓清风吹过后，露出青青一罅天。
一似推篷偷看见，竹林半边古苍烟。

元吴人周静山曾推测，郑所南所画墨竹中有深意："未肯全泄造化机，聊露一斑于片幅。隐其全体显一罅，知此理者机在目。能将隐显同一观，明月清风皆自足。"（卞永誉《式古堂书画汇考》卷四五）周静山的父亲与郑所南交密，"所南郑翁，先考之益友也"（《式古堂书画汇考》引周静山语），所言当亦有据。宋无的题画诗，像其他许多人一样，参究郑氏画竹之意，他推想郑所南欲抒愁绪不成，便将它凝聚在画幅的翠竹上。竹叶上还有湘妃泪，滴滴下垂，仿佛可听见江南夜雨的声音。宋无借用湘妃泪滴湘竹的典故，抒写两妃痛念舜帝的哀伤、忧愁，推想郑思肖画竹之余蕴在于哀念故国、哀念旧帝。从郑思肖画竹的时代背景考察，宋无的推究，殆得其实。（吴企明）

墨梅寄因上人

宋　无

梦觉霜林堕月，眼明野水浮枝[①]。
横玉不吹春去[②]，断缣闲写相思。

[题解]

本诗选自顾嗣立《元诗选初集·子虚翠寒集》。

因上人，宋无方外友，生平不详。

[注释]

①“眼明”句：运化林逋《山园小梅》“疏影横斜水清浅，暗香浮动月黄昏”意。②横玉：指玉笛，笛曲中有《梅花落》。

[评说]

诗的开端，避开墨梅，从真梅入手。首句写梦醒后看到月照梅林，明月照在白梅上，花色如霜，故云“霜林”，足见诗人炼字之工。次句写月夜水上梅，月明而使“眼明”，因而诗人看到“野水”上浮动的梅枝。以月、水衬梅花，为梅花传神写照，效果突出。第三句用暗转的手法，由描写真梅暗中过渡到描写墨梅，过渡的关节是玉笛。玉笛吹奏《梅花落》曲，象喻梅花被风吹落，李白《与史郎中钦听黄鹤楼上吹笛》：“黄鹤楼中吹玉笛，江城五月落梅花。”而本诗云“不吹春去”，为什么玉笛吹不落报春的梅花呢？原来这是画上的梅花，至此，诗句方才扣到题面上。结句拍合转句，进而点明在“断缣”上画梅花，以寄托相思之情。这里暗用一典，陆凯从江南寄一枝梅花给长安的范晔，并赠诗一首：“折梅逢驿使，寄与陇头人。江南无所有，聊赠一枝春。”宋无借此典故表达寄画、寄诗怀念友人因上人的深情厚谊。全诗诗境雅秀绝伦，蕴藉含蓄，充分体现出宋无诗的风貌，洵为题画绝句中的佳作。本诗不调平仄，是为古绝，用仄起首句不入韵格，“枝”“思”二字，押上平声四支韵。（吴企明）

自题墨竹

管道升

罢宴归来未夕阳，锁衣犹带御炉香①，
侍儿不用频挥扇，修竹萧萧生嫩凉②。

[题解]

本诗选自孟超然《瓜棚避暑录》。

管道升（1262—1319），元代画家，字仲姬，一字瑶姬，赵孟頫妻，吴兴（今浙江湖州）人。工书法，善画梅兰竹石，极苍秀。

[注释]

①"锁衣"句：用唐代贾至《早朝大明宫》"衣冠身惹御炉香"句意，显示沾沐皇恩的荣耀。②嫩凉：微微的凉意。

[评说]

这首题画小诗，写得非常别致。全诗只字不提墨竹的形态、风神，也绝口不谈自己构思的匠心和创作的甘苦，却从题外缓缓写来，叙述自己随夫参加御宴归来，身上犹带御炉香。诗到第三句，仍然没有涉及墨竹，只是告诫侍儿不必挥扇。读诗人迫切地想知道所叙之事与墨竹的关系，而诗人接二连三地制造悬念，直到结句，才说破个中缘故：修长的墨竹萧萧生风，送来微微的凉意，足以解除宴罢归来时的烦热，所以劝侍儿不必频频挥扇散热。诗人通过对墨竹艺术效果的描写，暗示自己画竹艺术的高超。这种写诗技巧，并非管道升独创，前人早已道出。宋代杨杰《谢公

约惠墨竹图》云："帘间忽有微风来，不动纤枝清满屋。"作者或许从中得到启迪，写成本诗。（吴企明）

展子虔春游图卷

张　珪

东风一样翠红新，渌水青山又可人①。
料得春山更深处，仙源初不限红尘②。

[题解]

本诗选自张丑《清河书画舫》卷三上。

张珪（1264—1327），元代书法家、诗人，字公瑞，自号澹庵，张弘范之子，定兴（今属河北）人。历仕御史中丞、中书平章政事、大司徒、集贤大学士、翰林学士承旨、知制诰兼修国史，卒于泰定四年。工书，腕力尤健，端重严劲。

展子虔（生卒年不详），隋代著名画家，历仕北齐、北周，到隋代，受隋文帝杨坚之召，任朝散大夫、帐内都督。展子虔擅画山水、人物、车马，他的山水画开启李思训父子金碧山水的先河，汤垕《画鉴》称为"唐画之祖"。与董伯仁齐名，人称"董展"。《春游图》是展子虔的传世珍品，上有宋徽宗赵佶的瘦金体题签"展子虔春游图"，现藏故宫博物院，绢本，大青绿设色，纵 43 厘米，横 80.5 厘米。但也有人认为这幅画可能是中唐画家的临摹品。

[注释]

①可人：使人满意。②初不限：根本不限止。初，根本。

[评说]

《春游图》描绘春光明媚、人们踏青郊游的情景，"秀润无比"（张丑语，见《清河书画舫》卷三上）。张珪的题画诗，简约描绘具体画境，只是从画如仙境的角度立意措辞，因此，读其诗很难想见画面景象。另一位元代诗人赵岩的《题展子虔春游图卷》，可以帮助我们赏鉴、品评展图和张珪诗，诗云：

暖风吹浪生鱼鳞，画图仿佛西湖春。
锦鞯诗人两相逐，碧山桃杏霞初匀。
粉阶朱槛眼欲醉，垂杨浅试修蛾颦。
人间别自有蓬岛，仙源之说原非真。
危桥凌空路欲转，飞流直下烟迷津。
画船亦有诗兴好，婵娟未必飞梁尘。
两翁隔水俯晴渌，韶光似酒融芳晨。
望中白云无变态，我欲乘风听松濑。
落花出洞岂知世，瑶池池上春千载。

张珪诗的一、二两句，是对展子虔《春游图》卷的总体描绘，赞美图卷画出了春风染得山清水绿、一片翠红的景象。然后，诗人展开艺术想象，运用透过一层的手法，推想到“春山更深处”应是仙境，那边也有许多游人骑马寻春，所以，诗人兴奋地说仙源根本不限制红尘中的人去游玩。结句“仙源初不限红尘”，回应全诗，是说画境似仙境，“春山更深处”也是仙境，人间处处有仙境，可以随意漫游。这与赵岩的“人间别自有蓬岛，仙源之说原非真”的艺术意想，如出一辙，同样是赞美展子虔的画境似仙境的审美效果。（吴企明）

题罗塞翁画猿

韩 性

栗叶秋未黄，连臂撼山雨。
白昼闻清啼①，愁云梦天姥②。

[题解]

本诗选自王士禛《带经堂诗话》卷二二“书画类”。

韩性（1266—1341），元代诗人，字明善，绍兴（今属浙江）人。性学识渊深，博综群籍，四方学者，多受业其门，人称“韩先生”。荐为慈湖书院山长，谢辞不赴任。卒，私谥庄节先生。有《五云漫稿》。

罗塞翁（生卒年不详），五代时吴越画家，罗隐之子，尝为吴中从事，善画羊，郭若虚《图画见闻志》载余姚陆家曾收藏塞翁画羊一卷，“精妙卓绝”。本诗所题乃其画猿卷，亦罕见。

[注释]

①清啼：用李白《梦游天姥吟留别》“渌水荡漾清猿啼”句意。②天姥：山名，在浙江新昌境内，李白有《梦游天姥吟留别》诗。

[评说]

这首题画绝句，短小精悍，联类相接，想象丰富。首句，写猿生活之环境，初秋，栗林叶尚青，群猿生活其中。次句写动态中的猿，它们连臂跃动，撼落树上的山雨。猿跃动而有声，第三句写其声。画声难，诗云“闻清啼”，这自然是题画诗人从猿的艺术形象上联想得之。猿啼声哀，哀而生愁，诗人又由猿的清啼联想到李白诗“绿水荡漾清猿啼”，进而联想到李白梦游天姥山的雅趣与逸兴。全诗诗境邈远，诗思清绝，远远超出了画面具象，具有“超以象外”的艺术效果，补充了画外意。所以王士禛以为这首诗与余悭的同题诗，“皆佳作也”（《带经堂诗话》）。（吴企明）

题翠禽画

龚 璛

一曲寒塘漾夕晖，珍禽照影惜毛衣。
非鱼也自知鱼乐[①]，不肯花前掠水飞。

[题解]

本诗选自顾嗣立《元诗选二集·存悔斋稿》。

龚璛（1266—1331），元代诗人，字子敬，原籍高邮（今属江苏），徙居平江（今江苏苏州）。历仕和靖、学道两书院山长，宁国路儒学教授、上饶主簿、宜春丞，以江浙儒学副提举致仕。工诗，风格伉爽清新。有《存悔斋稿》。

[注释]

①“非鱼”句：全句用《庄子》的典故，《秋水》篇云：“庄子与惠子游于濠梁之上，庄子曰：‘鯈鱼出游从容，是鱼之乐也。’惠子曰：‘子非鱼，安知鱼之乐？’庄子曰：‘子非我，安知我不知鱼之乐？’”鱼乐，鱼的欢乐。

[评说]

这首题画绝句，按常格先从画面写起，一、二句描写夕阳照在一曲水波粼粼的寒塘上，珍禽临水顾影，怜惜自己非常美丽的翠羽。第三句从画面宕开，诗人推想翠禽此时的内心世界，借用《庄子·秋水》篇中的名句，说它深知鱼在水中悠游的乐趣，因而不肯掠水飞过，怕惊动、扰乱了鱼儿的欢乐。这一层艺术意想，画家心中有，但在绘画中是无法表现的。现在，经题画诗人的点拨，也就生发、深化了画意，读画人可以更好地鉴赏这幅花鸟画。（吴企明）

题郑子实着色溪山渔乐图

龚　璛

东风忽来吹绿雨[1]，闲云更学苕花舞[2]。
山中之人归未归，溪上渔舟泛春渚。

[题解]

本诗选自顾嗣立《元诗选二集·存悔斋稿》、陈邦彦《历代题画诗类》卷六七。

郑子实，善画着色山水，其生平不详。

[注释]

①绿雨：雨水映照满山翠绿，亦成绿色。②苕花：苕草之花，色白。

[评说]

诗的前半首写画面景物，"东风"二字，绾带一、二两句诗意。东风忽来，吹着雨滴，又吹动闲云，吹落苕花。雨水本来是无色的，然而映着春日满山的翠绿色，成为"绿雨"。这里，诗人运用绘画设色中的"条件色"技法，写成本句，极有新意。纷纷飘落的苕花，与"闲云"一样，随风起舞。这种将无生命的事物写得活泼的艺术手法，很容易使人想起李长吉《天上谣》"银浦流云学水声"的诗句。诗的后半首，拍合到题面的"渔乐"上。"乐"，乃是人们内心世界的情感体验，看不见，摸不着，画家怎样表现呢？题画诗人又是怎样体识出来而写入诗中的呢？第三句诗，从画面实景转出别意，用诘问句"归未归"绕回到题意上，然仍未点明。关键在结句。画家透过“渔舟泛春渚”的细节活动，描写渔人欣赏溪山美景，陶醉于自然美中，表达“渔乐”的主旨。题画诗人看准了画家的匠心，抓住画面上这个细节描写，醒明全诗题旨，使抽象化为具体，虚实相生，沟通了诗、画的艺术特征，帮助读画人深入理解郑子实的这幅绘画艺术品。（吴企明）

题小米云山

龚 璛

分流冈下石门湾[①]，日日白云如此山。
薄暮米坟松枥暗，扶筇曾与一僧还[②]。

［题解］

本诗选自顾嗣立《元诗选二集·存悔斋稿》。

［注释］

①分流：镇江的地名，龚璛自注："元章以下数世皆葬分流东西，东为石门，则予先陇所在也，故云。"又，《泊舟》诗自注："予归京口省墓。"则分流在镇江。②筇：竹杖。

［评说］

龚璛借题米元晖画的机会，抒发忆念米元晖的情思。首句点出米坟的地点，次句描写坟地白云缭绕的环境，如元晖的云山图，"此山"即指"小米云山"图上的山。三、四句，叙写薄暮时分米坟周边松枥昏暗，"我"与一僧扶筇凭吊米坟归来。全诗主要通过环境氛围、凭吊细节的细致叙述，抒写自己敬仰、怀念米元晖的深情，情寓景中、情景融合，只有次句"如此山"扣到画面上。然而，"小米云山"图正是本诗抒情之本源，一切诗思均由云山图逗起，感发兴会，情溢于云山。本诗乃平起首句入韵格，"湾""山""还"三字，押上平声十五删韵。（吴企明）

李唐牛

‖袁　桷

䆉稏原空蟋蟀吟[①],秋来乞得自由身。
平芜又见粼粼绿[②],复与田翁共苦辛。

[题解]

本诗选自陈邦彦《历代题画诗类》卷一〇七。

袁桷(1266—1327),元文学家,字伯长,庆元(今属浙江)人。大德初,荐为翰林国史院检阅官,历仕翰林待制、集贤直学士,终侍讲学士。卒谥文清。桷师事戴表元、王应麟,熟知掌故,长于考据,博识洽闻,有《清容居士集》。

李唐(1066—1150),宋画家,字晞古,河阳三城(今河南孟州市)人。善画山水、人物,尤喜画牛。

[注释]

①䆉稏:亦作"罢亚",稻名。②粼粼:清澈貌。

[评说]

这首绝句诗,与程钜夫《题韩滉牧牛图》的写法相仿佛,既没有描写画面具象,也没有赞誉画家的艺术才能。诗人采用"画与真会"的艺术方法,由画牛联想到真牛,写出田家耕牛秋来自由、春来辛苦的艺术意想。但本诗与程诗在艺术表现上又有不同的地方。程诗纯粹发表议论,径直阐发"农为天下本"的题旨。而袁桷却通过秋天的景物描写,表述秋天耕牛空闲、自由的议论；又通过春天的景物描写，表述了春天耕牛与田家同辛苦的议论。而“牛为农本”的题旨，须从言外得之，耐人寻味，含意隽永。（吴企明）

子昂逸马图

袁　桷

神骏飘飘得自闲，天池飞跃下尘寰[①]。
青丝络首谁收得[②]，留与春风十二闲[③]。

［题解］

本诗选自陈衍《元诗纪事》卷一〇、陈邦彦《历代题画诗类》卷一〇六。

子昂，即赵孟頫，善画马，详见前文。袁桷友人通叟因任职期满，将返归南方，出赵孟頫马画，请求袁桷题诗。袁桷作本诗，并有题跋云："通叟状元以秘书满职言归，泊然若无营者。桷旧与殿庐详定得通叟卷，气完以充，议者争缄口。今其南归，以子昂画马求言，怆然以别。吾徒之责深缺然矣。至治元年八月二十九日桷书。"（《元诗纪事》卷一〇引《清容居士集》）

［注释］

①天池：指天宫的水池。②络首：马络头。③闲：马厩。古代皇帝有十二厩，《周礼·夏官·校人》："天子十有二闲。"

［评说］

袁桷的跋语是理解本诗的一把钥匙。诗从画面具象落笔，首句描绘《逸马图》上骏马的飘逸自如、潇洒不羁的神态。次句是说此马原为天马，后来到人间。三、四句，诗人提出冀望：有谁能收取此马的青丝络头，将它留在天厩里？ 全诗围绕《逸马图》就题写来，却又采用传统的比兴手法，隐去被喻写的对象，暗喻通叟其人，因而句句写马，却又句句写人。 首句，以马之神态，喻通叟之才俊气逸；次句，以马之“下尘寰”，喻通叟自京南归；三、四句，冀望马留天厩，喻通叟才有所用。 袁桷借此题画诗，对友人通叟表达送别慰藉之情思。 全诗咏马而不被马拘，不粘不滞，洒脱灵动，借马喻人，寄托遥深，极有风神。（吴企明）

题云林六君子图

黄公望

远望云山隔秋水，近看古木拥陂陀[①]。
居然相对六君子，正直特立无偏颇[②]。

［题解］

本诗选自郁逢庆《郁氏书画题跋记》卷六。

黄公望（1269—1354），原姓陆，名坚，平江常熟（今属江苏）人。因过继于永嘉黄氏为子，遂改姓氏，名公望，字子久，号一峰、大痴道人。曾为中台察院掾，被诬入狱。出狱后，以卖画为生。善画，师法董巨，晚年变其体，自成一家，融草籀笔意入画法，画风苍劲简远，设色以“浅绛”为多。后人将他与吴镇、倪瓒、王蒙合称为“元四家”。有《富春山居图》《天池石壁图》传世。

倪瓒作画赠友人卢山甫，画面有一山坡，上有松、柏、樟、楠、槐、榆六树，姿态挺拔，扶疏掩映，隔江有一抹远山。云林自题此图云：“卢山甫每见，辄求作画，至正五年四月八日，泊舟弓河之上，而山甫篝灯出此纸，苦征画，时已惫甚，勉以应之。大痴老师见之，必大笑也。瓒。”黄公望、朽木居士、赵觐、钱云并有题诗。此图因黄公望有“相对六君子”之语，遂名其图为《六君子图》。

［注释］

①陂陀：不平的山坡。②偏颇：不公正。

[评说]

经过艺术家的创造活动，自然美转化为艺术美。画家又将“比物以德”的自然审美观念，融进自己创造的艺术形象中，赋予自然美以社会属性。倪瓒不仅创造出六棵树的具象，也创造了六位“正直特立”、刚正挺拔的君子形象，以人称树，以树喻人，树与人融合为一体。古人画树，讲究用转笔，以求取屈曲蟠旋的美学效果。秦祖永《桐阴论画》引董思翁语：“尺树不令有半寸之直，须笔笔转去。”倪瓒为了适应艺术表现的需要，置画树忌直的艺术规律于不顾，画成六棵枝干挺直的树。他估计黄公望见到此图，必定要大笑。黄公望当然完全理解画家的苦心，所以题写本诗时，发其微，抉其旨，真正使诗与画交相辉映，构成一个艺术整体，成为题画诗中的一篇上乘之作。陈衍《元诗纪事》卷二一引“妙香道者”的识语，云：“（六树）位置得宜，而皆在平地，且气象萧索，有贤人在下位之象。岂感当时胡运否塞，高流隐遁，而为是欤？”识语作者从画面之构图、气象中，体察出“高流隐遁”的旨意，亦足供鉴赏倪瓒《六君子图》和黄公望此诗的朋友们参考。（吴企明）

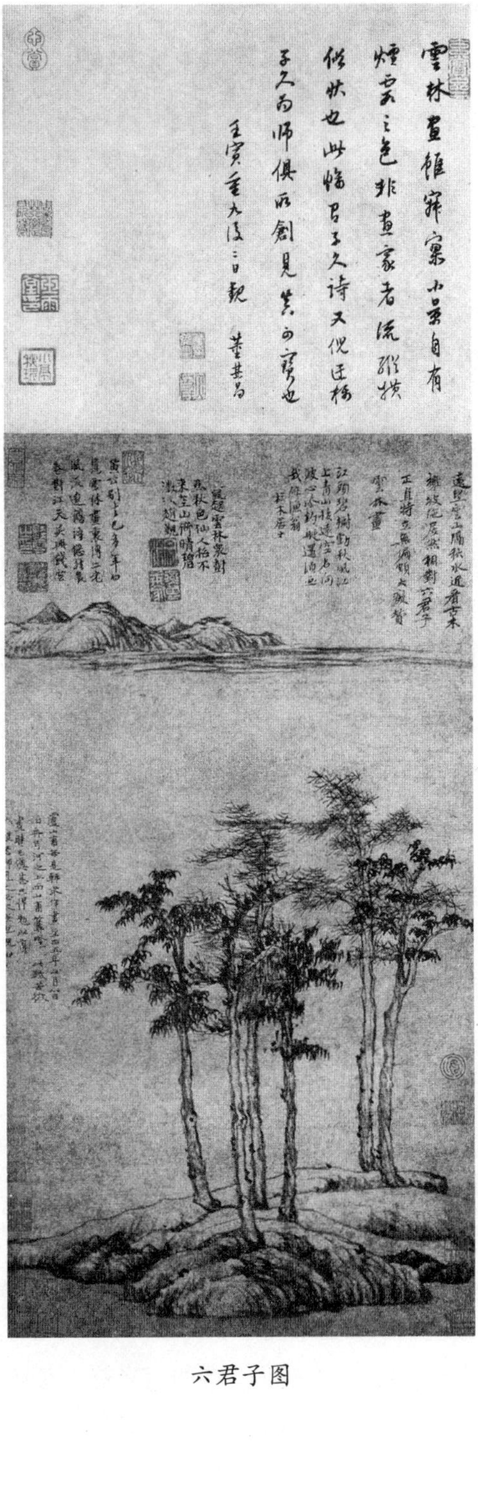
雲林畫雖寂寞小景自有
煙雲之色非畫家者流縱橫
俗狀也此幅君子久詩又倪迂稱
子久為師俱所創見其可寶也
壬寅重九後三日觀 董其昌

六君子图

题春林远岫图

黄公望

春林远岫云林画,意态萧然物外情。
老眼堪怜似张籍,看花玄圃欠分明①。

[题解]

《春林远岫图》是倪瓒画的。元顺帝至正十四年(1354)二月,倪瓒夜访郯韶,郯韶赋绝句四首以见意。倪瓒有感于他的深厚友情,为写《春林远岫图》赠给郯,并次韵和诗四首题于画上。后来,黄公望看到了这幅画,很爱赏,题了这首小诗。

[注释]

①玄圃:一作悬圃,传说为昆仑山顶的花圃,泛指仙境。

[评说]

揭示画家的审美情趣和画幅的艺术特征,是题画诗许多艺术功能中很重要的一种。黄公望年长于倪瓒,他深知云林画风,所以题写《春林远岫图》时,首句叙述,一笔带过,次句便径直拈出云林画的艺术特征:"意态萧然物外情。"倪瓒的画境,融入他超脱于世事之外的情趣和迂阔萧逸的个性,张丑评他的画风为"简淡超逸"(《清河书画舫》),竹嬾概括他的画风为"萧散简逸"(《式古堂书画汇考》)。明清人的看法,与大痴道人一致,恰是黄公望诗句最好的注脚。诗的后半首,画家自谓眼如张籍。张籍,唐代诗人,字文昌,原籍吴郡(今江苏苏州),后迁居和州(今安徽和县）。贞元十五年（799）登进士第，历仕太常寺太祝、国子博士、水部员外郎、主客郎中、国子司业等职，工诗，尤长于乐府，与王建齐名，世称“张王乐府”。素害眼疾，孟郊称他“穷瞎张太祝”。黄公望自叹年老目眩，赏鉴云林画，似雾中看花。杜甫《小寒食舟中作》：“老年花似雾中看。”画家用其意。这恰恰从另外一个侧面写出了云林画的美学特征。云林深得米氏父子画法的精髓，长于雨雾云烟的变灭。这幅《春林远岫图》，重以水墨烘染，表现出云里雾里的特殊景观。倪瓒《题春林远岫图四绝句次郯九成韵》有“山烟江雾昼常昏”句，可证。因此，黄公望观画后发出雾中看花的感叹。（吴企明）

题浮岚暖翠图

黄公望

雾阁云窗缥缈间，丹崖玉树绝跻攀。
桃源咫尺无人识[1]，海上徐生漫往还[2]。

［题解］

本诗选自顾文彬《过云楼书画记》卷六。

黄公望这幅画，明人张丑《清河书画舫》卷一一上有著录，然未录题诗。清钱谦益曾在毗陵唐氏家见过此画。钱杜《松壶画忆》云："黄大痴浮岚暖翠巨帧，在毕硐飞家见之。赭色中间以淡青绿，松杉杂树，蓊翳掩映，树下碎石，皴法皆作丫字形。根脚以淡墨略皴染，再涂赭墨。大峦并大披麻皴，以青绿淡染峦头。佛阁掩映，云烟变灭，势欲飞动，在元人中沉秀苍浑，真能笼罩一代者矣。"顾文彬因家藏此轴，故能记述画轴具象，云："溪水四环，一叟曳杖过桥，望山村行，历坡陀数重，始至峰下，树林荫翳，窗户掩映，更进，岩深岫复，屋瓦出山坞间，知人家在白云深处。自题一绝，不署款。"（《过云楼书画记》卷六"黄一峰浮岚暖翠轴"）但是，汪砢玉《珊瑚网》卷三五、卞永誉《式古堂书画汇考》卷五一，均著录黄鹤山樵《洞天清晓图》，并附题诗、题词，汪、卞均以此图此诗为王蒙作，实误。顾文彬对之已有详明辨正，可参看《过云楼书画记》卷六有关文字。

［注释］

①桃源：即桃花源，陶渊明《桃花源记》所描写的理想境界，后人也作仙境讲。②徐生：即徐市，秦方士。"市"与"芾"同，即"黻"字，

音转又为“福”，有些典籍亦作“徐福”。秦始皇派徐市带童男女数千人，入海求仙，事见《史记·秦始皇本纪》。

［评说］

本诗的前两句纯写画面景象，云雾缥缈，状浮岚，雾阁云窗，写出浮岚掩映山坞人家的楼阁窗户，这与杜牧的“白云生处有人家”的意境，极相仿佛。丹崖玉树，写出岩深岫复，树木隐翳。第三、四句，诗笔转到桃源仙境上，诗人说：桃花源近在咫尺，却无人识得，让徐市徒然往返于海上，去寻找仙境。言外之意，画境即是仙境，欲寻桃源仙境，不妨到如画的美景中结屋住下来。元陆行直题此画之词云“早处同寻瑶草，莫把当图画看”（见唐圭璋《全金元词》），径直道出黄公望的画意。（吴企明）

题李成所画十册（选二）

黄公望

夏山烟雨

雨气薰薰远近峰[①]，长林如沐晚烟浓。
飞流遥落疏钟断，石径何来驻短筇[②]。

秋山楼阁

杰阁逶迤秋色老[③]，霜林掩映暮峰横。
居人自有闲中伴，坐对飞流意不惊。

［题解］

本诗选自顾嗣立《元诗选二集·大痴道人集》。

黄公望除题诗外，还有题识，云："李咸熙画，清远高旷，一洗丹青蹊径，千古一人也。今见善夫先生所藏十册，不觉心怡神爽，正如离尘而入蓬壶矣。赏玩之余，并赋十诗。"善夫先生所藏李成画，共十幅册页，黄公望每图题一诗。李成的真迹，早已散佚，传世很少，宋代米芾便有"无李论"（《画史》）的说法，善夫收藏这十册李成画，未见之于历代著录，幸赖黄公望题诗，读者得以窥见其整体风貌，因此黄诗具有极大的文献价值。

［注释］

①薰薰：烟气。②短筇：短竹杖。③逶迤：弯弯曲曲、连绵不断的样子。秋色老：化用李白《秋登宣城谢朓北楼》"人烟寒橘柚，秋色老梧桐"句。

［评说］

黄公望的山水画，主要继承五代宋初董源、巨然一派的艺术传统，他在《论画山水》中说："作山水者必以董为师法，如吟诗之学杜也。"然而，他对宋代最负盛名的山水画家李成也顶礼膜拜，悉心学习其技巧。《宣和画谱》卷一一云："凡称山水者，必以（李）成为古今第一。"王闢之《渑水燕谈录》卷七云："（李）成《平远寒林》，前人所未尝为，气韵潇洒，烟林清旷，笔势颖脱，墨法精绝，高妙入神，古今一人。"黄公望曾观赏、揣摩过多幅李成画，学习其构图、布景、笔法，今传《李成寒林图》《李咸熙秋岚凝翠图》《李营丘真迹次俞紫芝韵》诸诗，可以证明。他题咏李成所画十册，正反映他敬钦、师法李成的思想。这里选录两首，加以评说。

《夏山烟雨》这首题画诗重在再现画面景物和清旷之画境。夏日雨后，烟气山岚浮动，远山近峰时隐时现，姿态多变；树木像被雨水冲洗过，苍翠清润，诗人用一"沐"字，非常准确、精练地表现出"夏山苍翠而欲滴"（《林泉高致》语）的气韵。远处飞流直泻，声响崖谷，隔断了寺院里的疏钟声。结句写一老翁拄着短筇，伫立在石径上，面对烟岚轻动、林木清润的美景，尽情享受夏山清旷之美。《宣和画谱》论李成画说："所画山林、薮泽，平远、险易，萦带曲折，飞流、危栈、断桥、绝涧、水石、风雨晦明、烟云雪雾之状，一皆吐其胸中而写之笔下。"这幅《夏山烟雨图》，体现出咸熙所追求的美学理想，而黄公望的题诗正好集中到咸熙画的美学特征上来。

《秋山楼阁》这首诗与前诗的写法不一样。上半首写画面景物，下半首发表观感。黄公望先从画面落笔，"杰阁"，写高耸雄伟的楼阁；"逶迤"，写连绵群山；"秋色老"，写秋深。首句迅即着题，写题面"秋山楼阁"之意。次句紧承，进一步生发"秋色老"之意，经霜的林木，色彩斑斓，暮霭掩映，更增添了无穷的秋意。画面上平远霜林之景，表现明净清旷的画境，呈现出清丽秀润的风格。诗人由此而发出观画的感慨，他说居住在秋山楼阁里的人，闲逸无事，自有周遭景物和诱人秋色作伴侣，尤其是对面悬崖上的飞瀑，更令人心旷神怡。这种感慨，论中带叙，议与景合，不落言诠，颇有情致，自然是题画诗中的高格。（吴企明）

王叔明为姚子章林泉清话图

黄公望

霜枫雨过锦光明①,磵壑云寒暝色生②。
信是两翁忘世虑,相逢山水自多情。

[题解]

本诗选自顾嗣立《元诗选二集·大痴道人集》、陈邦彦《历代题画诗类》卷五〇。

[注释]

①霜枫:经霜打的枫叶,很红。杜牧《山行》:“霜叶红于二月花。”锦光明:雨后的枫叶灿烂若锦,光泽明亮。②磵:水涧。

[评说]

叔明,即元代画家王蒙。画题是《林泉清话图》,画面上有两位老翁在对话。因为题诗者黄公望就是画家,他善于发现并捕捉自然景色和绘画作品中的美。他首先再现画面景物,用两句诗将画上的霜枫、山壑、溪涧、云雾等具象及其色彩、光线、质感等,描绘得惟妙惟肖,构成一幅树色斑斓鲜明、云雾叆叆流动的富有色彩感和动态感的图画。画面上两翁在“清话”,他们在谈论些什么呢?“清话”的内容,画笔是无法描绘出来的。题画诗人却能弥补绘画艺术不能表现连续性音响的缺憾,他用“信是”两字过渡,表示他深信两翁一定是遗忘掉尘世间的一切世俗忧虑,在如画的山水景物中相逢,志同道合,话多投机。他们历数周边的美景,互诉衷肠，同叙友情，共论人生。结句的“自多情”，正是“清话”的内容。黄公望的艺术遐想，与苏轼《题王晋卿画后》的诗意，出于同一机杼。而明代唐寅的《题西洲话旧图》诗，全篇记述话旧的具体内容，更是这种艺术手段的进一步发展。（吴企明）

曹云西画卷

黄公望

十载相逢正忆君，忽从纸上见寒云。
空江漠漠渔歌度，一片疏林带夕曛。

［题解］

本诗选自顾嗣立《元诗选二集·大痴道人集》。

黄公望除题诗外，还有题识，记述了写作本诗的本事，云："云西与余有交从之旧，别来四年，心甚念之。一日，子章以长卷见示，不啻见云西也，展阅不已，既题而复识之。"曹云西，即曹知白，元代画家，与黄公望、倪瓒交密，卞永誉《式古堂书画汇考》卷五二载董其昌语云："（知白）与倪迂、大痴以画相倡和。"关于曹知白的介绍，详见元本《题曹知白疏松幽岫图轴》"题解"。

［评说］

这首诗异于一般题画之作，写法很特别。诗人不是从画面景物描写入手，而以抒情开端。"十载相逢"，叙黄、曹相交近十年，而分别亦已有四年，正在忆念，忽然接到寄来的画卷。见画如见人，黄公望不胜欣喜，因而提笔题诗，抒发思友之深情。"寒云"，即曹知白画卷之画面具象，这里以点代面，代指画卷。第三句，由"寒云"联想开去，很自然地转入画面景物的描绘和画境的再现。空阔邈远的吴淞江上，远远传来声声渔歌。遥望远处，一片疏林，映带着夕阳。曹知白是华亭人，即今上海松江，具体是"云西，吾松之泖溪人"（董其昌语，见卞永誉《式古堂书画汇考》），他曾画过《吴淞山色图》（见潘纯《曹知白吴淞山色图》）。可知，黄公望所题画卷上的“空江”，即吴淞江。黄公望论云西《重溪暮霭图》为“韵度清越”（《式古堂书画汇考》引），用这个评语评这幅画卷，也是很恰当的。这首诗运用以景结情的艺术技巧，在水乡特有的景色中，透露出画家清疏简逸的审美追求和安于闲逸的意趣。董其昌在论述倪云林、黄公望和曹知白以画相唱和时说过：“胜国之末，高人多隐于画。”（《式古堂书画汇考》引）“隐于画”，包含两层意思：一是过隐逸生活，以画画度日；一是以画表现隐逸生活，画境中渗透隐逸意趣。那么，曹知白这幅画卷，便是以画写“隐”，黄公望深深领悟云西之画心，因此接到画卷后，展阅不已，他也陶醉在好友的画境之中了。（吴企明）

周文矩十美图

黄公望

侍宴朱楼向暮归，御香犹在缕金衣[1]。
相携女伴阶前立，笑指鸳鸯水面飞。

[题解]

本诗选自顾嗣立《元诗选二集·大痴道人集》、陈邦彦《历代题画诗类》卷六〇。

周文矩（生卒年不详），五代南唐画家，金陵句容（今属江苏）人。曾为李后主翰林待诏，善画释道人物、车马楼观，尤精仕女，体近周昉。汪砢玉《珊瑚网》卷二五："文矩，句容人，为江南翰林待诏，作士女，近周昉，而加纤丽。尝为后主画《南庄图》，号一时绝笔……此卷丰肌长襦裙，周昉法也。"传世作品有《重屏会棋图》《琉璃堂人物图》等。

[注释]

①御香：皇宫内炉烟的香气。缕金衣：用金线编织成的衣服。

[评说]

这首题画诗对画面上"十美"的容貌、体态、服饰等都略而不提，侧重于画意的发挥和补充。绘画艺术难以表现持续性的动作。画家只能撷取生活中一瞬间的人物动作行为，构成具象，描绘下来。周文矩的《十美图》描画"十美"在归途中相携伫立水边阶前观看鸳鸯嬉水的景象。黄公望作为一位名画家，当他在观赏前辈画家的作品时，比较容易把握他们的构思、立意，所以他的这首题画诗就是抓住画面上“阶前立”“笑指鸳鸯”等一瞬间的人物动作，点出画家表现宫女怨愁的“画心”。“十美”，这群女子是宫女，她们身穿金缕的衣裳，侍宴于帝王边，生活豪华，但内心十分寂寞、孤独，看到鸳鸯在水面追逐嬉戏，十分羡煞、怨煞，诗人运用“乐极写哀”的手法，反衬她们内心的哀怨。此外，画面上可以画朱楼，但是从朱楼里侍宴到阶前笑指鸳鸯，是一个持续性的动作，无法画出，这一层画意当然是靠着题画诗人的艺术想象补充进去的。又，画面上可以画缕金衣，而衣上沾染的“御香”，必须通过嗅觉器官才能感受得到，这又须题画诗人发挥诗歌艺术的长处加以补充。所以，黄公望这首题画诗基本的艺术特征，便是借助诗歌语言和艺术技巧，表现了绘画艺术难以表达的人物深层心理、持续性动作和嗅觉形象，使诗意更为丰富和完美。（吴企明）

赵松雪山居图二首

黄公望

春夏山中日正长，竹梢脱粉午窗凉。
幽情只许同麋鹿，自爱诗书静里忙[①]。

丰草茸茸软似茵[②]，长松郁郁净无尘。
相逢尽道年华好，不数桃源洞里人。

[题解]

本诗选自顾嗣立《元诗选二集·大痴道人集》、陈邦彦《历代题画诗类》卷四六。

[注释]

①静里忙：化用唐人裴说佚句："读书贫亦乐，搜句静中忙。"（见胡仔《苕溪渔隐丛话后集》卷一七）②茸茸：草丛生貌。

[评说]

黄公望受赵孟頫的艺术影响很深。赵孟頫"作画贵有古意""欲尽去宋人笔墨"的绘画思想，启迪黄公望变革绘画风格，力创新意。黄公望曾亲见松雪挥毫作画，《题赵孟頫千字文卷》："当年亲见公挥洒。"由于有这种亲密关系，黄公望对赵孟頫的山水画很有研究，因此，他题写赵孟頫的《山居图》，自然能得其精髓，扬其灵气。

元人画追求精简深隽的笔墨意趣，赵孟頫、黄公望都是这样。这两首题画诗，便体现这一时代的审美趋尚。黄公望细细审度赵孟頫的《山居图》后，拈出图中的“意趣”加以表现，重在展现画中的“有我之境”。

“春夏山中日正长”一首，首句平平叙过，次句描写画面书窗外的翠竹。第三、四句，便写出画幅中的意趣。与麋鹿共处之幽情，与诗书为伴之乐趣，是画家在画面具象中表现的幽逸隽永的意趣。赵孟頫一生勤奋治学，博极群书，多才艺，工古文诗词，通音律，精书画，宋无《书赵集贤诗翰后》：“文在玉堂多焕烂”“人物风流继永和”。黄公望隳栝裴说诗句，既取其“静中忙”之意，亦取其“读书乐”之趣，而且是更为重要的意趣。结句“自爱诗书静里忙”，正是赵孟頫一生手不停披、口不绝吟的真实写照。黄公望的题诗，真正将含于画中的意趣给拈出来了。

“丰草茸茸软似茵”一首，前半首用极为工整的对仗句，描写画面景物，茸茸的绿草如茵，苍郁的长松无尘，总为渲染画境之清幽。山居者，耽于读书吟诗生涯，乐与麋鹿为侣，松竹为伴，悠闲自得，相逢尽道年华好，根本不羡慕桃花源里的人。全诗灵气灏然，思清语妙，写尽画里意趣。（吴企明）

王洽云山图

黄公望

石桥遥与赤城连[①],云锁琼楼满树烟。
不用飙车凌弱水[②],人间自有地行仙[③]。

[题解]

本诗选自顾嗣立《元诗选二集·大痴道人集》。

[注释]

①赤城：山名，在今浙江天台县北六里。②飙车：御风以行的车。凌：逾越、渡过。弱水：传说仙境中的水名，水轻不能负羽毛，东方朔《十洲记》载有此水。③地行仙：即地仙，住在人间的仙人。《抱朴子·论仙》："按《仙经》……中士游于名山，谓之地仙。"后用以比喻闲散享乐、无所事事的人。

[评说]

黄公望抓住这幅画的艺术特征，形象地展现王洽《云山图》的画面景象。画面上，云雾迷漫，烟云掩映山石，云锁楼阁，烟满林树，隐约中有石桥连接赤城山。这幅烟云变幻、苍茫朦胧的云山图，宛如仙境。第三句转笔处，诗人便以人间自有仙境立意。他说不用乘坐御风而行的仙车，渡越弱水去寻找仙境，人间自有《云山图》那样的仙境，那里有许多陶情山水、闲逸享乐的地行仙。诗篇写得潇洒超逸，给王洽的《云山图》蒙上一层迷人的神仙色彩。（吴企明）

题睡猫图

柳　贯

花阴闲卧小於菟①,堂上氍毹锦绣铺②。
放下珠帘春不管,隔笼鹦鹉唤狸奴③。

[题解]

本诗选自顾嗣立《元诗选初集·待制集》、陈邦彦《历代题画诗类》卷一〇七。

柳贯（1270—1342），元代文学家，字道传，自号乌蜀山人，浦江（今属浙江）人。历仕国子助教、太常博士、江西儒学提举、翰林待制兼国史院编修官。卒谥文肃。贯年甫弱冠，受经学于金履祥，后从诸前辈游，历考秦汉文章之变化，终成一代宿儒。危素评其文雄浑严整，长于议论。有《待制集》。

[注释]

①小於菟（wū tú）：指猫。於菟，老虎的别名。②氍毹（qū shū）：毛织的地毯。③狸奴：猫的别称。

[评说]

这首题画绝句，纯写画面，努力再现画上的景物。闲卧于花荫的猫，堂上铺着锦绣的氍毹，依次写来。猫不卧于豪华的地毯上，却睡在花荫间，其幽趣自可在画外得之。三、四句描绘垂挂着的珠帘、隔笼的鹦鹉，仍然在写画面，插入“春不管”“唤狸奴”的诗意，顿使岑寂的《睡猫图》

添了勃勃生机。这首小诗，首尾贯注，神见象外，极富情致，虽未着一字评骘，而诗人赞赏画家的画艺，爱赏画幅的心情，都在具象描绘的字里行间流露出来，给人以情感上的感染，给人以美的享受和艺术上的启迪。（吴企明）

题日观画葡萄

柳　贯

昔有狂僧字仲言[1]，酣嬉坐证法华门[2]。
探渊却值乖龙睡，摘得骊珠口口吞[3]。

[题解]

本诗选自陈邦彦《历代题画诗类》卷九二。日观，即画僧温日观，参见温日观《朱宣慰家题画》"题解"。

[注释]

①仲言：温日观的字。②酣嬉：酒酣兴发。法华门：佛教法华宗，以《法华经》为依据，其佛法为法华门。③"探渊"二句：传说深渊中有骊龙，有人入渊乘其熟睡时，探得颔下之珠，这则寓言出自《庄子·列御寇》。

[评说]

一般题写温日观画的人，都从葡萄形象下笔，本诗却独辟蹊径，由画僧之"狂"发端，次句即具体写其狂，全句意温日观嗜酒，酒酣兴发，坐证《法华经》之法门。三、四句，诗笔绕回到画题上，说他醉画葡萄，就像冒险入深渊的人一样，趁着乖龙睡着，摘得骊珠。诗人又将骊珠比喻画上的葡萄，可以一口一口地吞食。这首诗并未摹写画面具象，却借"探骊得珠"的寓言故事，作为全诗立意之本，最后用比兴手法，扣到画葡萄上，重点表现狂僧作画时的创作状态。诗虽短小，却也别出一番新意。本诗乃仄起首句入韵格，"言""门""吞"三字，押上平声十三元韵。（吴企明）

题萧照江山图

柳　贯

荻浦枫林宿暮烟，夕阳收尽月浮湾。
骚人一曲江南思，弹彻箜篌送雁还①。

[题解]

本诗选自陈邦彦《历代题画诗类》卷六。

萧照（生卒年不详），南宋画家，字东生，濩泽（今山西阳城）人。靖康间，他参加过太行山义军，遇画家李唐，随行至杭州，从学画艺。绍兴中，补迪功郎，任画院待诏。事见庄肃《画继补遗》。他颇知书法，善画山水、人物、松石，画风苍劲古野，墨重笔健。有《山腰楼观》等作品传世。

[注释]

①弹彻：弹奏一曲终了。彻，完了，结束。箜篌：古代弦乐器，分卧式、竖式两种。

[评说]

柳贯的文风严整雄浑，他的长诗与文风相同，而他的绝句小诗却写得轻灵清婉，极有思致，颇惹人喜爱。这首题画绝句，主要再现画面，荻浦枫林笼罩在暮烟之中，暮色收尽夕阳的余光，初月浮上河湾，鸿雁渐渐离去，在暮色中若隐若现。其写画面景物栩栩如生，读诗如见画。全诗最精彩的是第三句。萧照的画，表现水乡风光，富有江南情韵，像是一首诗，又像是一首江南曲。柳贯的小诗，又将这深层的诗情画意揭示出来，让读者深入领悟画意。诗人将画境升华为诗的境界，完成了绘画美和诗艺美的相互转换。（吴企明）

题曹知白疏松幽岫图轴

元　本

八十云西骨已仙，独看山水复凄然。
不知此日贞溪上，亦有当时书画船。

［题解］

本图今藏故宫博物院，庞元济《虚斋名画续录》有著录。

本图是曹知白晚年的作品，远处画重山叠嶂，瀑布飞流直下，山村隐现于山谷间。中间空白处为河水。近处坡石上，画高松杂木数株，欹倾曲直，错落有致。全图用高远法构图，山石林木，干笔皴擦，用墨轻淡，虚实相生，画境简淡疏松，苍秀幽远，足以显示出曹知白晚年的笔墨功夫，洵为佳作。画幅左上方，有画家题款，右上方有潘纯、元本题诗各一首。潘纯题款云："至正乙未秋七月二十日潘纯书于碧梧堂。"题诗云："卷舒入手才三年，嗟嗟仙去成陈迹。"则潘纯题诗正在曹知白逝世那一年。

曹知白（1272—1355），元代画家，字又玄、贞素，号云西，华亭（今上海松江区）人。曾任昆山教谕，不久辞归。擅画山水，受赵孟頫影响，进而师李、郭，也吸取董、巨法。笔墨疏秀。有《疏松幽岫》《雪山清霁》等图存世。元本（生卒年不详），元代画僧，字立中，元末以画竹著名。

［评说］

本诗与潘纯的题诗一样，都是很典型的抒情性题画诗，抒写缅怀画家的情愫。首句说曹知白八十岁时画作此图，现在已经逝世。次句说今天翻看他的这幅山水图，令人凄然神伤。第三、四句，说今日在画家家乡的贞溪上，还有没有满载书画的船呢？（“有”字已漫漶不清，《虚斋名画续录》为空格，详审书迹，似为“有”字，不敢独断，特此说明。）全诗不描写画面具象，不评论画幅的艺术造诣，却用诘问语气收结，表达怀念前辈的情思，委婉含蓄，语止而意不尽，笔致空灵，足以增强诗篇的艺术感染力。（吴企明）

题墨竹为郑尊师

杨　载

风味既淡泊①,颜色不妩媚②。
孤生崖谷间,有此凌云气③。

[题解]

本诗选自顾嗣立《元诗选初集·仲弘集》。

杨载（1271—1323），元代诗人，字仲弘，浦城（今属福建）人，后徙家于杭州。仁宗延祐初年登进士第，历仕翰林国史院编修官、宁国府总管府推官。诗学李白，与虞集、范梈、揭傒斯等齐名。有《杨仲弘集》。

[注释]

①淡泊：清心寡欲。②妩媚：姿态、颜色美好。③凌云气：直上云霄的气概。

[评说]

本书选评了杨载两首题写墨竹的诗，但题旨不同，情趣各异。他的《扇上竹》，表达画家和自己疏简清雅的审美思想，详见《扇上竹》“评说”。而本诗却运用“比德说”的自然审美观念，坦示画家和自己的性格、志向和情操。画家将自然物作为创作对象，经过自己心灵的净化，赋予自然物人格风范、伦理道德，因此，绘画作品的形象具有比德式的文化深意。这种深层意蕴，读画人在画面上是不容易看出来的，而题画诗人却用诗歌语言表现，有效地帮助读者深入理解画旨。 本诗前半首“风味既淡泊，颜色不妩媚”，既写出竹画之淡泊清秀，也写出画家清心寡欲的品格。 后半首“孤生崖谷间，有此凌云气”，既写出竹画的挺拔气势，也写出画家的孤傲特立、志向不凡的襟怀。 整首诗全用议论句式，呈现鲜明的比德性格，强化了画面形象、画家和诗人主体心灵的清高，情趣的清雅，是一首非常典型的比德式题画诗。（吴企明）

扇上竹

杨　载

种竹何须种万竿,一枝分影亦檀栾①。
秋宵更受风披拂,听取清声入梦寒。

[题解]

本诗选自顾嗣立《元诗选初集·仲弘集》。

[注释]

①檀栾：形容竹子秀美。

[评说]

这首诗题咏扇上竹画，可惜没有留下画家姓名。诗的写法很特别，不是从画面落笔，而以议论发端，一开始就发出“种竹何须种万竿”的议论，直接表述自己喜爱疏竹的审美观点。次句继续发表高论：即使是一枝竹，它的身影也是很秀美的。诗句表现“扇上竹”的真实情况，“一枝分影”，正是画面具象。两句诗，表达了诗人杨载和画家的美学思想，也体现出元代很多画家、诗人推崇疏简的审美时尚。画家倪瓒喜画墨竹，寥寥数笔，情趣横生。吴镇也主张画疏竹，《竹石图卷》写竹两竿，枝叶稀疏，他甚至还画过一幅《一叶竹图》，删繁就简，至于极点，参见吴镇《题一叶竹图》“评说”。这幅《扇上竹》，不会是倪、吴两氏的作品，因为杨载早于倪、吴两氏。但从这位不知名画家笔墨中，却可以窥见这个时代许多画家共同的艺术追求和审美趋尚。后半首诗，更从画面推想开去，秋夜里，扇上之竹受到清风吹拂，发出阵阵清声，催人入梦，梦中也似乎听到竹的清韵。全诗诗境清雅疏简，表现扇画清疏的画风，诗与画融合无间，浑然一体。（吴企明）

题赠叶梅野

‖虞　集

昔结丝绚侍帝宸[①],青鞋今许向江津[②]。
凭君先对梅花说,白发相看意更深。

[题解]

本诗选自陈衍《元诗纪事》卷一一。

虞集（1272—1348），元文学家，字伯生，祖籍仁寿（今属四川），父汲侨寓临川崇仁（今属江西）。宋丞相虞允文五世孙。大德初，荐授大都路儒学教授，历仕集贤修撰、秘书少监、翰林直学士兼国子祭酒、奎章阁侍书学士。晚年，告病回故里。卒谥文靖。工诗，与杨载、范椁、揭傒斯齐名，人称“元诗四大家”。有《道园学古录》。

[注释]

①丝绚：丝纶有文采。古代称王言为丝纶，《礼记・缁衣》：“王言如丝，其出如纶。”帝宸：皇帝。②青鞋：青布鞋，隐者穿用。语出杜甫《奉先刘少府新画山水障歌》：“青鞋布袜从此始。”

[评说]

这是一首题咏柯九思的梅画赠给友人叶凯翁的诗。此诗原有一段很长的序文，云：

近代扬补之作梅,自负清瘦,有持入德寿者,内中颇不便于逸兴,谓曰村梅。补之因自题曰:“奉敕村梅。”集尝见故家有藏徐熙《墨杏花》者,用笔圆润,有篆籀法,亦恨扬不能如此也。今鉴书博士丹丘生忽用此法写生,大快人意。存浑厚之意于清真,去衰陋之气于纤弱,所以为佳也。譬如少陵繁花晴昊之雄壮,视昏月浅水为如何耶?乐平炼师叶凯翁,旧号野梅,予曰:“以野摽梅,未足尽梅之趣。以梅名野,庶乎广莫之风。请更曰梅野,而以丹丘之画冠之,永作证据。”使钱塘、临江二君闻予此论,犹当俯首叹服也。虞集书。

丹丘生，即柯九思，官至奎章阁鉴书博士。 诗人对柯九思梅画的评价，在序文中说得很清楚，所以，诗人不再赘述，却由画梅宕开一笔，先述说自己的仕途生活和归乡的意愿。“昔结丝绚”，是说自己昔日出入翰林院，以翰墨侍奉君王，朝廷典册，咸出己手；“今许向江津”，指虞集谢病回乡，以遂久盼归里的心愿。 本诗有自注：“初，凯翁先欲南归，欲仆作诗送行。 而仆今先有行色，故为题此，为他日一笑之资也。”与诗意相合。 诗至第三句，才扣到柯九思的梅画上。“凭君先对梅花说”句中之梅花，便是赠给叶凯翁之梅画上之梅花。 说些什么呢？ 请你告诉它：等到双鬓斑白时，再与叶凯翁一起观看梅画，证实今朝为之更名梅野的意义，岂非更有深意！ 野梅更名为梅野，尽梅花之趣；柯九思作画画梅，有清真之趣；以梅画赠梅野，得清逸之趣。 如此繁复的艺术构想，短短四句诗难以说清，所以配上一段长长的序文，诗与序各司其职，相辅相成，构成一个有机的艺术整体，共同担负起表述诗人繁复艺术意想和丰富情感的使命。（吴企明）

赵千里小景

虞　集

前代王孙不好武①，拈笔幽窗写汀渚。
残云野水三百年②，依旧松筠湿春雨。

[题解]

本诗选自顾嗣立《元诗选初集·道园学古录》。

赵伯驹（？—约1173），宋代画家，字千里。宋宗室，尝任浙东兵马钤辖。善画花鸟、竹石、楼台、界画，尤长于青绿山水。传世作品有《汉宫图》《江山秋色图》等。

[注释]

①前代王孙：赵千里即赵伯驹，宋宗室，故云。不好武：赵伯驹任武职，却爱好丹青。②三百年：赵伯驹为宋高宗时人，与虞集相距不过百余年，此系约数。

[评说]

虞集题吟的这幅小景，已佚，原貌无法得见，只能从诗歌意象推想得之。这首小诗并非依照常格写成，而是在边叙边议中带出画境，别开生面。诗人先发议论，说这一位身任浙江兵马钤辖的“前代王孙”，“不好武”而好文采风流，耽心绘事。次句叙述他在幽雅的窗边，拈笔“写汀渚”。汀渚，正是这幅小景中的画面具象。三、四句，诗人论述这一幅画面上有“残云野水”的小景，虽然相隔的年代很久远，而“松筠湿春雨”，松竹依然被春雨沾湿着，似乎水墨未干，直是墨气淋漓，神韵依然。汀渚、残云、野水、雨中之松、湿漉漉之竹，种种具象，虽说分写在各个诗句中，然而经过诗人的巧妙组合，构成清雅的诗境，也艺术地再现了清丽秀润的画境。（吴企明）

青山白云图

虞　集

独向山中访隐君[1]，行穷千涧水沄沄[2]。
仙家更在空青外[3]，只许人间礼白云。

[题解]

本诗选自顾嗣立《元诗选初集·道园学古录》。

[注释]

①隐君：隐士。②沄沄：水流回转貌。③“仙家”句：脱化于欧阳修《踏莎行》：“平芜尽处是春山，行人更在春山外。”

[评说]

题画诗不摹写画面，却在叙述寻访隐士的过程中，将所见所感缓缓写出。映带画面景物，顺扣题面上“青山”“白云”之意。这是一首与其他题画诗的写法迥然异趣的题画绝句，应该给予足够的重视。首句写诗人观画后，想象自己独自去青山中寻访隐士，但是行尽百道山弯、千道溪涧，只见溪水回转，却不见隐士踪迹。第三句檃栝欧阳修《踏莎行》的词句，很自然，不露痕迹，像是出自己手。隐士存身的仙家，远在青山以外，难以见到，只许俗人礼拜白云而已。诗句除了给人以青山白云深邃杳远的审美感受以外，还用透进一层之法，深辟地表现隐士远离尘世、不愿与凡俗世人交接的意蕴，这层深意，表明虞集受道家思想的影响很深。本诗乃仄起首句入韵格，“君”“沄”“云”三字，押上平声十二文韵。（吴企明）

题着色山图

‖虞　集

巫山空翠湿人衣[1]，玉笛凌虚韵转微。
宋玉多情今老矣[2]，闲云闲雨是耶非。

[题解]

本诗选自顾嗣立《元诗选初集·道园学古录》。

[注释]

①空翠湿人衣：用王维《阙题二首》“空翠湿人衣”成句。②宋玉：战国时代文学家，楚国鄢（湖北宜城市）人，或说是屈原弟子，曾任楚顷襄王大夫。

[评说]

这首题画诗韵清、境清，全由画境托出。读完全诗，可知这幅着色小图，是一幅青绿山水，澹雅清润。诗人妙用王维原句发端，形容巫山山色空蒙、湿润的特点，恰到好处，略无斧凿之迹，不熟悉古诗的人，还以为这是虞集自己创造的。次句写声。玉笛雅韵凌空，声远扬而韵转微，写得十分空灵。诗至转捩处，方点出宋玉，才知这幅巫山云雨图，是用宋玉《高唐赋》的文意画成的。宋玉曾陪同楚国顷襄王游云梦台，望高唐观，给他讲述了楚怀王梦见巫山之女的故事。现在，宋玉已经去世，画上的闲云闲雨，是不是当年楚怀王所见到的巫山云雨，是耶？非耶？留与后人评说。诗至此戛然而止，余韵不尽，含不尽之意见于言外。（吴企明）

题柯敬仲杂画十首（选二）

虞　集

北苑今仍在①,南宫奈老何②。
青山解浮动,端为白云多③。

平陆苍龙起④,近山生远烟。
前村三万顷,明日水平田。

[题解]

本诗选自顾嗣立《元诗选初集·道园学古录》、陈衍《元诗纪事》卷一一。

柯敬仲，即柯九思，元代书画家，详见柯九思《题文与可画竹》“题解”。这一组诗，共有十首，题咏柯九思多种题材的画幅，这里选评第一首《山水图卷》和第八首《水田平远图》。

[注释]

①北苑：指五代画家董源，南唐时入画院，曾任北苑副使，人称“董北苑”。②南宫：即宋代画家米芾，徽宗时召为画学博士，曾官礼部员外郎，人称“米南宫”。③端为：果然因为。④苍龙：山形如龙，树木苍郁，故云。

[评说]

第一首，开端二句，诗人运用陪衬手法，借五代山水画家董源和北宋山水画家米芾，赞扬柯九思画艺的高超。这并非诗人虚誉，个中透出柯九思山水画渊源于董源、米芾的信息。三、四句，摹写画幅实景：白云霭霭，环绕青山，云动山亦动，气韵十分生动。米芾《画史》称董源山水："峰峦出没，云雾显晦，不装巧趣，皆得天真。"米芾自己也善于运用水墨烟雾创造画境，董其昌《画眼》就说过："李龙眠、王晋卿、米南宫及虎儿，皆从董、巨得来。"这些画史资料，都可以与本诗互相印证。

第八首，全写画上景，再现画面具象。平地突兀矗立近山，山似苍龙，烟雾袅绕。前村白茫茫一片水田，映照白日，分外明亮，有渺邈四远之妙。全诗无只字评画，然而，诗人对此画构图、笔法等妙处的赞赏，完全透露在画象描绘的字里行间。（吴企明）

题饶世英所藏钱舜举四季花木四首

‖虞　集

海棠

睡起多情思，依稀见太真[1]，
一枝红泪湿[2]，似忆故宫春。

黄蜀葵[3]

花萼立清晨，鹅黄向日新。
金杯承玉露[4]，偏醉蜀乡人。

芙蓉

丹霞覆苑洲[5]，公子夜来游。
终宴清露冷，折花登彩舟。

家茶[6]

万木老空山，花开绿萼间[7]。
素妆风雪里，不作少年颜。

［题解］

本诗选自顾嗣立《元诗选初集·道园学古录》、陈邦彦《历代题画诗类》卷八八。

钱舜举，即元代画家钱选，擅画人物、花鸟。详见钱选《题秋江待渡图》“题解”。

［注释］

①太真：杨贵妃的道号。杨玉环自寿王妃召入宫为贵妃以前，曾先入道观，号太真。②红泪湿：形容海棠花沾露水。③蜀葵：植物名，花有红、白等色，供观赏，此种花为黄色，故名黄蜀葵。④金杯：形容黄色的花萼。⑤丹霞：形容盛开的木芙蓉花。⑥家茶：家栽之山茶花。⑦绿萼：指梅花，梅中一种品种称绿萼梅，花白萼绿。

［评说］

虞集这四首诗，分别题咏画上的四季花卉。第一首写春季海棠花。全诗暗引杨贵妃的典故，用美女比状海棠。惠洪《冷斋夜话》卷一引《太真外传》谓，明皇登沉香亭，诏杨贵妃，时贵妃醉颜残妆，明皇笑曰："岂是贵妃醉，直海棠睡未足耳。"开端二句，形容海棠花风神，犹如刚刚睡起的杨贵妃。第三句描写画上带露的海棠，犹如贵妃落泪，结句承上意，说她正在忆念唐代故宫里的繁华景象，暗自伤心。诗人时而写花，时而写人，花与人意象交叠，浑然一体，创造出一种风神绰约的美感。

第二首写夏季的黄蜀葵花。这首诗使用常见的写法，一、二句描写花的形象，三、四句生发开去，写观画感想，抓住此花名中的"蜀"字，作为申发诗意的契机，想象黄色花萼上的玉露是"酒"，醉杀蜀乡人，表现出黄蜀葵花容易触发蜀人的思乡之情。虞集祖籍是蜀郡人，故生此想。

第三首写秋季木芙蓉花。这首题画诗的写法，与前两首迥异。首句写画面形象，状其色泽，摹其气势。盛开的芙蓉，覆盖在洲渚上，映照着秋水，直如锦绣帏帐，直如彤云丹霞。第三句"清露冷"，扣画面，点秋夜。其余的诗句，都不是直接描写画上芙蓉，却通过公子夜游、花前夜宴、折花登舟等一系列爱赏芙蓉花的行动，暗示、烘托芙蓉花画之美。

第四首写冬季家茶花。这首绝句以画上家茶花为中心，边叙边议。先叙写家茶花开在梅花间，再议它不畏风雪，素妆凌寒开放。诗人在颂花，抑或在颂画，读者自能悟得之。

四首题画诗，采用四种不同的写法描写画上的四季花卉，匠心独出，别具一格，益见此老风调俊爽，诗笔流丽，诚有元一代诗坛之老宿耳！（吴企明）

题子昂春江听雨图

虞　集

忆昔江湖听雨眠，翩翩归雁度春前。
数枝古木依茅舍，老去何年踏钓船？

［题解］

本诗选自顾嗣立《元诗选初集·道园学古录》。

本诗原有小序云："越鸟巢南枝，所欲得于江湖之上者甚不多也。区区不余畀，睹此慨然。""越鸟巢南枝"，用《古诗十九首》成句，表示依恋故乡之情。"区区不余畀"，语出《左传·昭公十三年》："（楚灵王）呼曰：'是区区者而不余畀，余必自取之！'"畀，给予。谓小小的事物，不给予"我"，本诗序指诗人欲归江湖而不得。

［评说］

这首题画诗，诗人借他人之酒浇自己之块垒，完全是借题发挥，抒写自己久居京师，不能回归故乡的感叹，诗意全从序中"睹此慨然"四字生发。一般题画诗总是先写画面，再写观感；这首诗却一反常规，首句凌空而起，写出"忆昔江湖听雨眠"，以观画后的感慨发其端，出人意料。次句紧承，描写听雨时归雁在翩翩飞度的情景。诗的前半首都是诗人的联想、对昔日经历的忆想，而画面形象恰恰是触发诗人兴会情思的媒介物。第三句一转，诗思方归到画面上，茅舍边古木稀疏，春江里的钓船上正有人听雨，这原是子昂《春江听雨图》的画面形象。诗人对此画景，怎能不触景伤神呢？于是，结句"老去何年踏钓船"，直抒归乡垂钓的愿望，用反诘句，表示这种心愿目前还不能达到，造成悬念，使诗篇形成余音袅袅的韵味，耐人寻味。（吴企明）

题柯敬仲画

虞　集

牵牛引蔓上棠梨[①]，上有幽禽夜夜栖。
自有秋风动疏竹[②]，江南落月不须啼[③]。

[题解]

本诗选自顾嗣立《元诗选初集·道园学古录》。

[注释]

①牵牛：植物名，一年生蔓草，花浅碧略红，称牵牛花。棠梨：木名，俗称"野梨"，树较梨树小，春初开花，结实如小楝子，可食。②"自有"句：秋风吹动疏竹，语意来自李益《竹窗闻风寄苗发司空曙》："开门复动竹，疑是故人来。"③落月不须啼：反用张继《夜泊枫桥》"月落乌啼霜满天"的句意。

[评说]

夏文彦《图绘宝鉴》称柯九思"善画墨竹，师文湖州，亦善墨花"。虞集题咏的这幅柯九思的花鸟画，便有墨竹、墨花和禽鸟等图像，墨竹和墨花都是他擅长画的。诗人由画面入手，先描写画上"牵牛引蔓上棠梨"的形象，将牵牛花依攀其他植物生长的特征写得很生动。棠梨树上栖着幽禽，"夜夜"两字，与结句"月"呼应，画家将夜景作为画幅的背景，更增添一种清幽迷蒙之美。第三句写竹，"疏竹"是画面具象。画面具象是静止的，不可能动，诗人根据画面风竹的姿态，推想出风动竹的诗意。风动竹，可能会惊动棠梨树上的幽禽；“落月”是说月在西落，月光在移动，也许会惊动幽禽，像辛弃疾所说的那样：“明月别枝惊鹊。”（《西江月·夜行黄沙道中》）所以，诗人运用拟人手法，叮咛画面上的幽禽：秋风吹动疏竹，明月正在西落，你只管安睡，不要惊怕，不要啼叫。诗的构思很灵巧，妙语连珠，写得很风趣，饶有韵味。（吴企明）

题松雪图

范　梈

傍人不识岁寒松，怜杀深山大雪封。
待得化为东海水，青天白日睡苍龙。

[题解]

本诗选自顾嗣立《元诗选初集·德机集》、陈邦彦《历代题画诗类》卷七二。

范梈（1272—1330），元代文学家，字亨父，一字德机，清江（今属江西）人。历仕左卫教授、翰林应奉、闽海道知事。耽诗工文，用力精深，以诗名天下，与虞集、杨载、揭傒斯等人齐名，有《德机集》。

[评说]

这首诗，不是题写赵孟頫的画，而是题咏不知名画家所画的雪中松图。松，形体矫健，生性抗严寒。画松，要取其形而摄其神。画家将它放在大雪封深山、“万径人踪灭”的环境中加以刻画，正是要表现它不惧严寒的品格。题画诗人故意用“傍人”的“不识岁寒”，“怜杀”苍松的诗意作铺垫，来反衬雪中苍松的雄姿和耐寒本性。“待得”两句，从大雪封山的画面展开超时空的艺术想象，想象春暖之日，大雪化为流水，流入东海，而松树依然如苍龙一般偃卧在山石上。这幅松画，是一首歌颂松树的无声诗，也是一曲赞美苍松的颂歌，其意境与刘禹锡《将赴汝州途出浚下留辞李相公》中“后来富贵已零落，岁寒松柏犹依然”句，正相仿佛。（吴企明）

双燕图赠王惟中

傅若金

玄鸟飞时绿树春①，湖南烟际往来频。
明年社日君何处②？逢着新巢忆故人。

[题解]

本诗选自顾嗣立《元诗选二集·清江集》。

傅若金（1304—1342），元代诗人，字与砺，新喻（今属江西）人，受郡人范梈赏识，得其诗法。受虞集、宋褧推荐，佐使安南，归，除广州文学教授。以诗名于时，其诗神情俱诣，雄浑悲壮，有老杜遗风。有《傅与砺诗文集》。

[注释]

①玄鸟：燕子。②社日：古代祀社神之日。汉以后，以立春后第五个戊日为春社，立秋后第五个戊日为秋社。此处指春社的社日。

[评说]

题诗先由画面具象落笔。隔湖南岸的绿树正笼罩在烟雾里，一派春色，双燕频频往还飞翔于春光中。第三句转笔写到王惟中，扣题上“赠王惟中”意，说：明年社日，不知你在哪里？“君”指双燕，也指王惟中，一语双关。结句承上，希望双燕逢筑新巢，还能忆念故人。言外之意，希望王惟中到了新的家，还能忆念“我”，可见这首诗兼有赠别之意，是一首抒情性的题画绝句。本诗乃仄起首句入韵格，“春”“频”“人”三字，押上平声十一真韵。（吴企明）

题僧墨菊卷

欧阳玄

苾蒭元是黑衣郎[1]，当代深仁始赐黄。
今日黄花翻泼墨，本来面目见馨香。

[题解]

本诗选自陈衍《元诗纪事》卷一三。

欧阳玄（1273—1357），元代诗人，字原功，号圭斋，浏阳（今属湖南）人。元仁宗延祐乙卯年（1315）进士及第，历仕国子博士、翰林待制、翰林学士承旨。早负文名，卒谥文，有《圭斋文集》。

[注释]

①苾蒭：梵语，佛教僧人的总称。

[评说]

这是一首讽刺诗。郎瑛《七修类稿》称："僧旧着黑衣，元文宗宠爱笑隐，赐以黄衣，其徒后皆衣黄。欧阳原功《题僧墨菊》诗云云。"郎氏记载的本事，是理解本诗的一把钥匙。全诗以僧衣和菊花"黑""黄"两色的转换立意措辞，始终不离诗题"僧墨菊卷"意，构思十分巧妙。诗篇以僧衣的色彩发端，开宗明义地说僧人本该穿黑衣，因为受到当代皇帝的宠信，被赐黄衣，于是其他僧人也开始穿黄色僧衣。这两句是叙述句，先在题面"僧"字上做文章，还没有显现出诗人的态度。诗至第三句，说到墨菊的颜色，菊花本来是黄色的，现在反而用泼墨画成，黄花变成黑花。

结句醒明题旨：一切事物都应保持它们的“本来面目”，黄色菊花，分外馨香，言下之意，僧人也应保持它们的本来面目，穿着黑衣为好。

随着水墨应用的日益广泛，水墨花卉发展成为绘画艺术中一个重要分支，画作墨花本来是无可厚非的。欧阳玄在这首诗里并不是否认水墨花卉的价值，他不过是借物托意，由墨菊的由黄变黑，联想到僧衣的由黑变黄。他厌恶皇帝宠信僧人这种社会现象，便趁着为僧人墨菊图卷题诗的机会，讽刺“始赐黄”的现实。当然，他的讽刺是很委婉的，不容易看出来。（吴企明）

题黄子久天池石壁图

吴全节

鸟啄残花污草庵，一春未到两山探。
忽观痴老图中道①，南峰翠带北峰岚。

[题解]

本诗选自陈邦彦《历代题画诗类》卷二八。

吴全节（1269—1350），元代道士、书法家。字成季，号闲闲、看云道人，饶州安仁（今属江西）人。学道于龙虎山，制授特进上卿玄教大宗师、崇文弘道玄德广化真人。善草书，书风英拔，工诗，诗风精丽俊爽。有《看云集》。

子久，即黄公望，他的《天池石壁图》，今存故宫博物院。此图为浅绛绢本，采用高远构图法，将层峦叠嶂、长松杂木、瀑布溪池、草屋溪桥、深壑荫道等许多复杂的景物，构成一个统一的艺术整体，大山磐礴，山峰参差，岚气满幅，气韵生动。

[注释]

①痴老：指元代画家黄公望，他自号大痴道人。图中道：画中萦盘曲折的山路。

[评说]

这首题画诗，并没有细致地描绘画面实境，而是写出了诗人观画后所触发的浓烈的游山兴致。吴全节在草庵潜心学道，整个春季足不出户，甚至连鸟啄残花、点污草庵都不介意，更没有产生过深山寻春探幽的雅兴。前两句诗，为表现诗人观画后产生强烈情感作铺垫，起到鲜明的反衬作用。当他忽然看到黄公望的《天池石壁图》以后，被画上的“南峰翠带北峰岚”的迷人景色所吸引，不由得兴起游山的意愿。黄公望的《天池石壁图》竟然使一个足不出户、静心修养的道士的心里激起寻山游春的热情，足见这幅画的艺术魅力，而诗人对画艺的品评，也尽在不言之中了。（吴企明）

题王山仲所藏潇湘八景图卷走笔作（选三）

揭傒斯

烟寺晚钟

朝送山僧去，暮唤山僧归。
相唤复相送，山露湿人衣[①]。

潇湘夜雨

涔涔暗江树[②]，荒荒楚天路[③]。
稳系渡头船，莫放流下去。

江天暮雪

孤舟三日住，不见有人家[④]。
昏昏竹篱处，却恐是梅花。

[题解]

本组题诗中《烟寺晚钟》《江天暮雪》两首选自顾嗣立《元诗选初集·秋宜集》；《潇湘夜雨》选自陈邦彦《历代题画诗类》卷二九。

揭傒斯（1274—1344），元代诗人，字曼硕，龙兴富州（今江西丰城）人。受程钜夫赏识，以从妹妻之。历仕翰林国史院编修官、应奉翰林文字、授经郎、翰林侍讲学士等，三入翰林，累修国史，卒谥文安。与东南文望袁桷、邓文原、虞集、范梈、杨载等交游，屡相唱酬。工诗，长于古乐府、选体，近体有唐人风。诗风清婉密丽，有《秋宜集》。

[注释]

①“山露”句：檃栝王维《阙题二首》“山中元无雨，空翠湿人衣”。本诗改“空翠”为“山露”。②涔涔：形容夜雨连绵，天色阴晦。③荒荒：荒凉。④“孤舟”两句：暗用柳宗元《江雪》“千山鸟飞绝，万径人踪灭。孤舟蓑笠翁，独钓寒江雪”诗意。

[评说]

揭傒斯这一组诗，《烟寺晚钟》《江天暮雪》二首，全从画面形象着笔，题咏画境之美。《潇湘夜雨》一首，蕴有怀念屈原和湘妃的远意，胡应麟认为揭氏这组诗“极有天趣”（《诗薮·外编》卷六），这是很有识见的评论，试分别剖析如下。

《烟寺晚钟》一首。

观明宣宗题句：“古寺深藏万松中。”（《潇湘八景图·潇湘夜雨》）可见这幅画的画面上是没有寺院的。题画诗人为了表现“烟寺”的画意，便用山僧早出暮归的行动暗示“寺院”的存在。“相唤复相送”，山僧的行动受到钟声的约束，而绘画艺术品是画不出钟声的，因此，山僧的行动就成为表现钟声的载体。最后用“山露湿人衣”收结，早晨，露水未晞，傍晚，山岚已重。山中的露水雾气湿人衣裳，标志着山僧晨出时间很早，暮归时间很晚，这一层诗意也起着补充画意的艺术作用。这首题画诗，不仅诗思清妙，从中也可窥见画家构思奇妙，立意超绝，更可悟得诗画融通的美学奥秘。

《潇湘夜雨》一首。

题咏《潇湘八景图》的诗，常常注人屈原去国怀乡和潇湘帝子怨泣的深层意蕴。揭傒斯这首题诗，便是许多同类诗中很有代表性的一首。一、二句题写画面，连绵不断的夜雨使江树昏暗，遥望楚天云路，荒凉渺邈。两句诗写题面，景中含情，蕴含着凄楚、幽怨的情韵。第三句点明系舟。明宣宗《潇湘八景图》中“苍松岩下客维舟”，与揭诗同意。结句拍合上文，交代“稳系渡头船”的缘由，稳系舟缆，船不会“流下去”，流到别的地方去。系舟留人，留下来干什么？卧听潇湘夜雨声，而夜雨声中蕴含着深远的内涵。戴良题本画时说：“卧听湘妃泣。”（《题潇湘八景·潇湘夜雨》）程钜夫题本画时也说：“昏昏风浪里，瑟瑟打篷声。骚客千年恨，灵妃万古情。”（《题仲经家江贯道潇湘八景图·潇湘夜雨》）唯有揭曼硕句中没有点明。他像程钜夫一样，将屈子的遗恨和湘灵的哀怨一起打入诗中，但揭氏与程氏不同的是：他将深沉的意蕴藏了起来，在“稳系渡头船，莫放流下去”以后，并没有说出系舟的真实目的，诗意显得非常深婉，而程氏却说出来了。

《江天暮雪》一首。

面对八景图之一的《江天暮雪图》，诗人浮想联翩。他想到了柳宗元的《江雪》诗，深感两者的画境与诗境构成对应关系。于是，他的题画诗便由柳诗生发，明宣宗题写这幅画，也是由柳诗切入的，说：“渔翁独钓寒江滨。”（《潇湘八景图·江天暮雪》）说得比揭傒斯更露。曼硕诗的妙处不在前半首，诗的婉转变化工夫恰恰在后半首。诗人看到画面上昏暗的竹篱下堆着雪团，便以为这是梅花，在苦寒、清冷的境界中，引来美的象征，春的信息，是绝妙的诗思。这种艺术意想，也有借鉴。南朝苏子卿《梅花落》诗：“只言花似雪，不悟有香来。”宋人王安石《梅花》：“遥知不是雪，为有暗香来。”苏、王诗都是咏梅花，借雪喻花，而揭傒斯要吟雪，所以他倒过来说，说白雪是梅花，借花喻雪，如此借用，手法灵活，很有意趣。（吴企明）

梦题墨梅

‖ 揭傒斯

霜空冥冥江水暮，江上梅花千万树。
无端折得一枝归，一双蝴蝶相随飞。

［题解］

木诗选自顾嗣立《元诗选初集·秋宜集》。

［评说］

历代题写墨梅的诗很多，或状其形貌，或写其风神，或比梅以德，或借以抒情，或赞其画家，或论其笔法，或揭出艺术渊源，写法多种多样，各得其妙。揭氏这首题画诗是在梦中题写墨梅，与众不同的地方便在“梦”字上，诗人深知命题之奥妙，着力表现梦境。首句“霜空冥冥”，霜满天的空间，晦暗昏昧；“江水暮”，傍晚的江边，水气迷蒙。诗人的梦魂走进江畔的梅花林里，陶醉在梅花清淡雅致的秀姿风韵之中。他平白无故地折取一枝归来，哪知这便是梅画上的那一枝；有一双蝴蝶闻到梅花香味，随着一枝梅飞舞着归来。写蝴蝶，仍然扣住题面上的“梦”，因为这一双蝴蝶是从庄子的梦中飞来的，“庄生梦蝶”是大家熟知的典故，运化入诗，不会使诗意滞隔。全诗纯粹题写画上墨梅，题咏梦中所见的梅花，写梅之幽美、梅之神韵，写得多么灵巧，饶有韵味，给人以“趣”的回味、美的享受。（吴企明）

画　鸭

揭傒斯

春草细还生，春雏养渐成。
茸茸毛色起，应解自呼名①。

［题解］

本诗选自顾嗣立《元诗选初集·秋宜集》。

［注释］

①“应解”句：鸭的叫声与“鸭”字之读音相似，如《尔雅·释鸟》：“鸭鸣呷呷。”故云“自呼名”。

［评说］

前两句，描写雏鸭随着春草的生长而逐渐长大。第三句，仍承上句意，通过“茸茸毛色起”的形象描写，生动、具体地表现“养渐成”的意想。诗至第四句，笔头一转，忽发新意，从形体、毛色的摹写转到鸭的鸣叫声，巧借“鸭鸣呷呷”之意写出“应解自呼名”句，收尽全篇诗意，也遥应画题。全诗妙用俗语入诗，富有民歌情调。揭傒斯是元代的著名诗人，诗有雅称，风格清婉密丽，而他写的这首小诗，意趣盎然，化俗为雅，别有一番韵味。本诗乃仄起首句入韵格，“生”“成”“名”三字，押上平声八庚韵。（吴企明）

题小景

杜　本

秋云满地夕阳微，黄叶萧萧雁正飞。
最是江南好天气，村醪初熟蟹螯肥①。

[题解]

本诗选自顾嗣立《元诗选初集·清江碧嶂集》。

杜本（1276—1350），元代画家，字伯原，清江（今属江西）人。工诗文，善篆隶，画墨牛、葡萄，甚有可观，亦善山水。累征不起，终于家，人称“清碧先生”。尝辑宋遗民诗一卷，名《谷音》。有《清江碧嶂集》。

[注释]

①村醪（láo）：村民酿造的浊酒。

[评说]

画幅名“小景”，实是秋景。题诗用节令景物点缀画境写成，其写法全仿苏轼《惠崇春江晓景》。一、二两句，为画上实景，秋云满地，黄叶萧瑟，鸿雁南飞，再加上夕阳光微，全是典型的秋令景物。如此景物，被诗人渲染成一派萧瑟、凄清的气象，哪里谈得上是江南一年中最好的天气呢？这里，诗人运用了反振的手法，振起一笔，使人们从萧瑟凄清与“江南好天气”的极度反差中，深切体识尝到初熟的村醪、初肥的蟹螯时的欢愉感受。也就是说，人们尝到“村醪初熟蟹螯肥”，感到鲜美味醇，感到惬意，而这些精美物品，都是江南秋天特有的。所以人们对萧瑟凄清的秋景也不介意，会发出“最是江南好天气”的赞语。（吴企明）

渔隐图诗为程子纯赋

杜 本

山下白云缥缈，水边红树依稀。
信有桃源深处[①]，渔人今亦忘归。

[题解]

本诗选自顾嗣立《元诗选初集·清江碧嶂集》。

[注释]

①桃源：陶渊明《桃花源诗并记》，后代文人常用"桃源"指称仙境或隐居的地方。

[评说]

这首诗用题画诗常格写成，前两句先写画面景象。首句写山，山下"白云缥缈"；次句写水，水边"红树依稀"，白红相衬，色彩鲜明，云树缥缈依稀，实境化虚，气韵生动。第三句转笔写观画感想，诗人表示看了这幅《渔隐图》，相信人间真有桃源仙境。"桃源深处"四字，回应前两句的画面景物，是说画景像仙境。结句拍合前三句意，收尽全篇诗意，画中的渔人处于如此优美清绝的境界中，也会乐而忘返，点出画上"渔隐"之意。本诗乃仄起首句不入韵格，"稀""归"二字，押上平声五微韵。本诗失粘，是为古绝。（吴企明）

题金德原所藏元晖小景

黄　溍

床头书画正纵横[①],忽值今朝醉眼醒。
起向米家船上看[②],云山元是旧时青。

[题解]

本诗选自顾嗣立《元诗选初集·日损斋稿》。

黄溍（1277—1357），元代诗人，字晋卿，婺州义乌（今属浙江）人。延祐初进士及第，历仕国子博士、翰林直学士、知制诰同修国史、侍讲学士。卒，追封江夏郡公，谥文献。溍博极群书，剖析疑难，多先儒所未发。与虞集、揭傒斯、柳贯齐名，号“儒林四杰”。著有《日损斋稿》。

金德原，黄溍友人，生平不详。元晖，即宋代画家米友仁，米芾之子。

[注释]

①床：书床，堆放书籍、书画卷子的架子，类似现代的书架。②米家船：又名“米家书画船”，因米芾书画特多，故称之。葛立方《韵语阳秋》卷一四：“山谷亦有戏赠云：‘澄江静夜虹贯月，定是米家书画船。’”

[评说]

黄溍为金德原收藏的米友仁云山小景题诗，不从画面下笔，却从题外写来，首先叙写金德原书斋里收藏的书画作品很多，纵横不齐地摆在书床上。次句叙写今朝酒醒后，雅兴顿起，为下面赏画、题画张本。第三句，才转到正题上来，回扣到元晖小景上。诗人从众多的书画作品中，将目光投向米家画幅，选中元晖这一幅云山小景，展卷赏玩。结句方始写到画面，画面上的云山，一片青翠，还保留着宋代的色泽光彩，弥足珍贵，而诗人对米友仁高超画艺的赞赏，也自然地在结句中透露出来。（吴企明）

题春山岚霭图

张 雨

秀色云林画未干，一峰天柱倚苍寒①。
玉人只隔轻烟霭②，三尺图中正面看。

［题解］

《春山岚霭图》，倪瓒画，今已佚。本诗选自张丑《清河书画舫》卷一一下、陈邦彦《历代题画诗类》卷一七。

张雨（1283—1350），元代画家，道士，一名天雨，字伯雨，号句曲外史，钱塘（今浙江杭州）人。学道于三茅观，道号贞居子，文名满天下，善诗、文、书、画，其诗俊逸清新，虞集、杨维桢等人均极推重之，有《句曲外史集》。

［注释］

①天柱：形容春山高耸，如倚天之柱。②玉人：容貌美丽的人，这里以人喻山。

［评说］

《春山岚霭图》是倪瓒在至正九年（1349）画成后赠给沈仲章的，除了画家自己题诗外，张雨和郑元祐都有题诗。张雨除题写本诗外，还有题记，云："元镇此幅又入巨然之室，谓二米所不逮也，张雨阅。"（《清河书画舫》）这首题画诗与画家自题诗明显不同，倪瓒写画之气韵，而张雨主要再现画面形象，以春山为主、岚霭为宾，描绘画面上春山的形象。

画幅上元气淋漓，气韵生动，故云“画未干”，正面写春山的诗句有“一峰天柱倚苍寒”，形容春山高耸；“玉人”，以人喻山，形容春山秀美；“轻烟霭”，淡淡的烟霭笼罩春山。结句还是写山，“正面看”，看什么？看那岚霭、轻烟笼罩中的春山，愈加显得妩媚多姿。张雨通过对画面形象美的捕捉和再现，将绘画美转换成诗美，完成艺术的再创造。而赞誉画家艺术造诣高深之情思，完全蕴含在美的诗境之中，让读者自己去领悟。（吴企明）

墨杏花折枝

张　雨

折得邻墙红杏枝①，春风偷染墨胭脂。
恰如误入仙山路，虎啸林深月暗时②。

[题解]

本诗选自陈邦彦《历代题画诗类》卷八七。

[注释]

①邻墙红杏：自叶绍翁《游园不值》“满园春色关不住，一枝红杏出墙来”句中化出。②虎啸：用三国吴人董奉故事。董奉居庐山，为人治病，不收钱，重病得愈者，令栽杏五株，轻者栽一株。数年后，杏树成林。欲买者，自以谷子交换，若取杏多而置谷少，群虎啸而逐之。见葛洪《神仙传》。

[评说]

这首题画诗的艺术构思、技法运用非常巧妙。第一、二句就题写，写画面形象。首句，直扣题上“折枝”二字。诗人将“折枝”分拆成两个单字，置于句首和句尾。这种造句手法，从唐代诗人李贺处学来。李贺《雁门太守行》：“塞上胭脂凝夜紫。”长城又名“紫塞”，诗人将两字拆开，分置诗句的首尾。首句又扣题面“杏花”，画家笔下摹写的这枝折来的红杏，不是随意得来，而是从邻家墙上折来的，暗用宋叶绍翁诗成句“一枝红杏出墙来”，使诗句有了很深的文化底蕴。次句，扣题面的“墨杏花”。杏花得到春风的吹拂，分外嫣红如胭脂，全句炼一“染”字，绝妙。杏花乃水墨画成，其色乃黑如“墨”；胭脂本是红色，墨杏花却是黑色，诗人在这里已经完成了色彩的转换。染，是一种绘画技法，指用水墨或颜色烘染物象，以加强艺术效果。实际上，杏花不是春风染成的，恰恰是画家用手中的笔濡上墨渖染成的。诗的后半首，张雨飞驰艺术想象，由画面上的杏花推想开去，仿佛进入杏花林中。这时，诗人联想到《神仙传》里董奉的典故，于是，他便写出“恰如误入仙山路”，形象地表现自己艺术想象的境界。结句，“虎啸”“林深”，都紧扣杏林故事的具体内容。巧用典故，成为本诗的又一个明显的艺术特征。

张雨将画与诗的艺术构思结合起来，画与诗的技法结合起来，结合得很巧妙，又运用“独主风神”的绝句体式，把自己的艺术意想成功地写出来，读来风神摇曳，足以感发人们无穷的审美遐想。（吴企明）

题高房山墨竹图

张　雨

净业清风披洒[①]，老竿元气淋浪[②]。
要并墨君高节[③]，惟许房山侍郎[④]。

[题解]

本诗选自卞永誉《式古堂书画汇考》卷四七。

高克恭多写山水，宗米元晖，亦画竹石，效文与可。这一幅墨竹图，纸本，高一尺余，长三尺余，前画风竹一枝，后画雨竹一枝。王孟端评曰："其墨竹尤绝伦，此作虽不经意，叶叶潇洒，自有天然生意，盖其人品之高，故得天趣之妙如此。"（《式古堂书画汇考》引）至治元年（1321），赵孟頫阅此图，爱赏不已，乃书写苏东坡《墨君堂记》于其后，被明人沈度评为"二美合成希世宝"，颇为明清书画家珍视，很多人为之题咏诗篇。

[注释]

①净业：佛家语，指清净的善业，一生修善业的人，可以往生西方净土。这里借指描绘墨竹这种雅净的事业。②元气淋浪：即"元气淋漓"，因叶韵改"漓"为"浪"，指画幅上的水墨效果，语出杜甫《奉先刘少府新画山水障歌》："元气淋漓障犹湿。"元气，天地自然之气。③墨君：指墨竹。④房山侍郎：即元代画家高克恭，号房山，尝任刑部侍郎。

[评说]

张雨这首诗，以人品定画品这一命题立意。诗先从画面落笔，"清风披洒”，写风竹之姿态，清净娟秀；“元气淋浪”，写雨竹之神韵，墨气溢纸。两句全为“墨君高节”写照，诗的三、四句，才由此发出议论，谁能与墨竹“高节”并称呢？只有画家高克恭。房山人品高，才有墨竹之气韵；墨君高节，才能显示出房山磊落之胸次。宋代郭若虚曾论及人品与画品的关系，说：“人品既已高矣，气韵不得不高。”（《图画见闻志》）本诗与之互为表里。（吴企明）

题赵子昂春游图

‖张　雨

珍禽欲语避雕鞍①,已勒青丝转首看②。
日暮香堤游冶子③,却从芳草得金丸④。

[题解]

本诗选自卞永誉《式古堂书画汇考》卷四六。

[注释]

①珍禽：珍贵的鸟，据杨维桢诗意，知为流莺。雕鞍：雕饰的马鞍，指贵家公子的坐骑。②青丝：马缰绳。③香堤：贵族少年身佩香囊，在堤上游冶，堤上布满香气。④得金丸：汉代韩嫣，生活奢侈，喜弹射飞鸟，常以金为弹丸，京城儿童跟随韩嫣马后，追逐他弹落的金丸。事见葛洪《西京杂记》。

[评说]

赵孟頫这幅《春游图》，作于元至大庚戌年（1310）。图上人物冶丽，裘马蹁跹，而松株石涧，萧闲野逸，集不同格调于一图，不为町畦所缚。杨维桢亲见此图，曾撰长歌以题咏之，明人王稚登以为老铁“歌辞雄丽，杜公《哀江头》之遗响哉”。张雨则从整个画面中摄取一个侧面，别有寄兴，诚如王稚登所说：“伯雨、元镇，寄兴不一，而各极其致。”（《式古堂书画汇考》引）言之成理。张雨的题诗以拟人化的笔调发端，描写了流莺想讲话以告诫同伴避开贵家公子的坐骑，但是已经来不及，骑马人转头看到流莺，放出金弹。三、四句，转写堤上游人，他们在日暮时，在芳草丛中拾得金丸。诗人借着汉代韩嫣的典故，抨击了当代贵族少年的奢侈腐朽生活，同杨维桢一样，揭示出赵孟頫“写成图画鉴兴衰，未必奢淫不亡国”（《题赵子昂春游图》）的寓意。相对而言，杨维桢的长诗诗意显豁呈露，而张雨的绝句诗，意含言外，涵蕴深婉，更发人深省。（吴企明）

听琴图

张　雨

枭烟石壁对孤桐①,与和长松瑟瑟风。
不为野夫清两耳②,为君留目送飞鸿③。

[题解]

本诗选自顾嗣立《元诗选初集·句曲外史集》。

[注释]

①孤桐：特生的梧桐，生于峄山之阳，可以制作琴瑟。这里指琴。②野夫：隐居的人。③目送飞鸿：语出嵇康《赠秀才入军》："目送飞鸿，手挥五弦。"

[评说]

诗题画外意，是题画诗的重要艺术功能之一。张雨的这首小诗，先从画题"听琴"入手，第一句写琴，第二句写"听"，描写画面具象和意境。古琴面对古壁，香烟袅绕，传出阵阵琴声，与瑟瑟作响的松涛声共相和鸣。透过画面，人们自可领略琴音之清，其境之幽。但是，第三句转出新意，"不为野夫清两耳"，清幽之环境，清雅之琴声，本来是为人"清两耳"的，题名"听琴"，重点是"听"，现在却说不为"清两耳"，为什么？结句才点明正意："为君留目送飞鸿。"琴弦，用手操；琴声，用耳听，现在又为君"留目"，以发挥视觉器官眼睛的功能，目送飞鸿远去，这又表达什么意思呢？原来，诗人巧用嵇康《赠秀才入军》诗另外两句

“俯仰自得，游心泰玄”的诗意。泰玄，即泰元，天的别称，游心云天，心驰八极，怡情天外。诗人写出画外的悠然自得的情趣，这种情趣，画面上是根本无法表达的。本诗声清调雅，情韵悠长，的是佳作。（吴企明）

题陆子文扁舟傲睨图

张　雨

山色晴如绿鹦鹉，松声凉似海波涛。
浮家泛宅江湖梦[①]，不及髯翁宴坐高[②]。

［题解］

本图今藏辽宁省博物馆。画幅上方有张雨、张翥、鲁威的题诗。这里选评张雨诗。

本图为青绿山水人物画。作者陆文圭（1252—1336），字子文，江阴（今属江苏）人。博通经史百家，学者称“墙东先生”，兼善书画，生活于宋末元初。图幅上部画山峦，左侧群山重叠，古寺掩映杂树中，右侧群山迤逦而去，渐远渐小。中部为浩渺江水，近处为陂陀老松，水边泊一扁舟，舟上置矮几，一位白发老翁倚坐船头，左手抚膝，右手轻摇羽扇，船尾有一童烹茶，一舟子操棹。画幅中的舟船、人物均用细线勾勒，山石用淡笔勾勒轮廓，远山以浅浅石青填色，近山以浅浅石绿赭石填色，树木采用书法行笔之法。全图布局简洁，意境深远，反映了宋末元初文人画的特征。

［注释］

①浮家泛宅：以舟船为家宅，用张志和典。颜真卿《浪迹先生玄真子张志和碑铭》：“真卿以舴艋舟敝，请命更之，答曰：‘倘惠渔舟，愿以为浮家泛宅，沿溯江湖之上，往来苕霅之间。’”②宴坐：闲坐。

[评说]

题诗先从画幅绿山起笔，晴天的山色绿如鹦鹉，诗意与画幅“青绿山水”的特征吻合。次句写声响，风吹岸边的松树，发出很大的响声，犹如海涛声。这里运用对起法，用两个对仗工整的诗句，总揽全图景色，一句写山，一句写松，一为视觉形象，一为听觉形象，创造出清幽深远的诗境，为下文发感喟做好准备。三、四句议论，诗人说画中髯翁闲坐泊于松下的舟船上，傲睨世俗，尽情欣赏山水之美，远胜以舟船为家宅，在江湖上到处泛游。结句回应画题，点明题旨，揭出画中人（实即画家自己）隐居不仕、陶然于山水之间的傲岸磊落的精神气质。（吴企明）

三香图

张　雨

凌波仙子袜生尘[①],空谷佳人玉炼容[②]。
不奈天寒风露早,日高犹傍锦熏笼。

[题解]

本诗选自顾嗣立《元诗选初集·句曲外史集》。

三香图，元、明画家常将三种香花画于一幅中，组合于同一画面空间，构成一个艺术群像。具体为哪三种花，初无定式，或画梅、水仙、山矾于一图，如牟巘《题德芳弟三香图》；或画桂、菊、兰于一图，如倪瓒《三芳图》。本图则画水仙、兰、牡丹于一图。

[注释]

①“凌波”句：用曹植《洛神赋》“凌波微步，罗袜生尘”句意，形容水仙花。②空谷佳人：喻兰，兰生深谷中。《孔子家语》：“芝兰生于深谷，不以无人而不芳。”

[评说]

有人题《三香图》，往往赋予图画以比德的性格，本诗则例外，纯写画面三种花卉之美。首句描写水仙花，用洛神凌波比况水仙花之风神；次句描写兰花，兰花生于深谷，花容如炼玉，色泽雅洁；第三、四句描写牡丹花，牡丹开于三四月，故不耐天寒风露。舒元舆《牡丹赋》：“晴笼昼薰，宿露宵裛。”李商隐《牡丹》：“荀令香炉可待熏。”都谈到用炉香熏牡丹。结句形容牡丹之馨香。诗人从三个侧面，表现三种香花的美学特征，并将它们组合成一个艺术整体，真切地写出自己的审美感受，完全摒弃比德的模式。本诗乃平起首句不入韵格，“容”“笼”二字，上平声二冬、一东通押。（吴企明）

赵中丞折枝图

马祖常

洛阳春雨湿芳菲，万斛胭脂染舞衣。
帐底金盘承蜜露，东家蝴蝶不须飞。

乘槎使者海西来①，移得珊瑚汉苑栽②。
只待绿阴芳树合，蕊珠如火一时开。

馆娃宫里醉西施③，不觉秋生水殿时。
酒病却嫌丹粉恶，洗妆天上影娥池④。

火齐珠红拂翠翘⑤，石家步障晓寒消⑥。
千枝蜡炬烧春夜，羯鼓催花打六幺⑦。

[题解]

本诗选自顾嗣立《元诗选初集·石田集》。

马祖常（1279—1338），元代诗人，字伯庸，光州（今河南潢川）人。历仕监察御史、翰林待制、御史中丞、枢密副使，卒谥文贞。工诗文，其诗才力富健，圆密清丽。著有《石田集》。

[注释]

①乘槎使者：指张骞。石榴本出安石国，张骞出使西域，将石榴种带回，石榴遂于中原生长。王象晋《群芳谱》：“汉张骞使西域，得其种以归，故名安石榴。”②珊瑚：喻石榴柯枝。③馆娃宫：吴王夫差于砚石山

造宫殿，以馆西施，吴人称美女为娃，故名，遗址在今苏州灵岩山上。④影娥池：池名，汉武帝建俯月台，台下凿池，月影入池中，令宫人乘舟弄月影，因名影娥池。事见《三辅黄图》。⑤火齐：玫瑰珠石。火齐珠红：形容山茶花的色泽。⑥石家步障：指石崇锦步障，据《世说新语·汰侈》载，石崇作锦步障五十里，以敌王恺紫丝布步障。⑦羯鼓催花：唐明皇爱好羯鼓，曾经临轩击羯鼓，时庭前杏花正在开放，他笑着对人说："此一事，不唤我作天公可乎？"后来便流传为羯鼓催花的故事。事见南卓《羯鼓录》。

［评说］

这一组折枝图共四幅，分别为《牡丹花图》《石榴花图》《芙蓉花图》《山茶花图》。马祖常的题诗，每图题一首，一组共四首。

第一首《题牡丹花图》。

诗采用写实手法，描绘画面上牡丹花的气韵、色泽和形态。春雨天是养花天，首句写牡丹花在洛阳湿润的春雨中滋长，郁勃而富有生机。次句用"胭脂染舞衣"形容大片锃红的牡丹花，色泽鲜艳妩媚。第三句写雨中牡丹花的形态，"帐底金盘"，描写绿叶下的花盘，承受着雨露，既回应了首句的"春雨"，又逗出尾句，点明了"东家蝴蝶不须飞"的原因。

第二首《题石榴花图》。

这一首题诗的写法，与《题牡丹花图》一首迥异。诗从折枝图的题外着笔，先交代石榴花的来历。首两句，诗人告诉读者，石榴花的品种，是汉代张骞出使西域时从域外带回来的，一直传到元代，成为名贵的花卉。诗的上半首似乎与画无关，诗的下半首才转到画上，说只有等到绿荫浓密时，石榴花才会开得火红。第三句陪衬，第四句点到题上，写出画面上石榴花的形象和色泽。全诗共四句，前三句为最后一句服务，结句显意，扣到题画的正题上。

第三首《题芙蓉花图》。

这首题画诗的写法非常别致，它不直接描绘芙蓉花的形貌、风神，却用比喻手法，以美女喻芙蓉花。如果说第一首《题牡丹花图》，使用的是写实手法，那么，本诗运用的便是虚拟手法。诗人将芙蓉花比拟成馆娃宫里的越国美女西施，她有着沉鱼落雁之容貌，特别是在酒后，面上泛起红晕，分外妩媚。芙蓉花生于水殿畔，就像西施来到吴王宫殿，临水照影。第三句，诗意一转，诗人以为西施犯了“酒病”，又嫌丹粉太重，面容过于红艳，应该到影娥池中洗掉过艳的粉妆，使之更为清丽。诗的后半首，诗意折进一层，更符合临水盛开的芙蓉花那种婀娜多姿的美感特征。

第四首《题山茶花图》。

这首诗使用直接描写和整体把握相结合的手法，表现画面上大片山茶花盛开时的景况。首句迅即着题，形容山茶花如玫瑰珠石一般红艳，拂着绿叶，色泽格外鲜丽。二、三句描写大片山茶花团锦簇，好像石崇家的锦步障，它们又像是春夜燃起的千支蜡炬。以上三句诗已经将画面上的山茶花描写得淋漓尽致，结句运用一则典故，说因为用羯鼓击打《六幺》曲，催得山茶花朵怒放。诗人再用衬笔一烘托，更为画幅增加不少光彩，写得有声有色，大有“红杏枝头春意闹”的境界。（吴企明）

题墨竹图三首

吴　镇

解箨初闻粉节香①，拂云又见影苍苍。
凤皇不至伶伦老②，无奈荆榛特地长③。

长忆前朝李蓟丘④，墨君天下擅风流⑤。
百年遗迹留人世，写破湘潭梦里秋⑥。

愁来白发三千丈⑦，戏写清风五百竿。
幸有颖奴知此意⑧，时来几上弄清寒。

[题解]

本诗选自卞永誉《式古堂书画汇考》卷四九、陈邦彦《历代题画诗类》卷七六。

吴镇（1280—1354），元代著名画家，“元四家”之一，字仲圭（一作珪），号梅花道人、梅沙弥、梅花庵主等，嘉兴（今属浙江）人。工诗文，善画山水、竹石，山水得巨然笔意，墨竹师文同。有《清江春晓图》《筼筜清影图》等名作传世。

[注释]

①箨（tuò）：竹笋的壳。②凤皇不至：语出宋刘子翚《此君传》：“凤鸟不至，吾已矣夫！”伶伦：传说为黄帝时代的乐官，黄帝命他采竹制作乐器。应劭《风俗通义》卷六：“黄帝使伶伦自大夏之西，昆仑之阴，取竹于嶰谷，生其窍厚均者，断两节而吹之，以为黄钟之管，制十二筒，

以听凤之鸣，其雄鸣为六，雌鸣亦为六。”③特地：特意。 ④李蓟丘：元代画家李衎，字仲宾，号息斋道人，蓟丘（今北京）人。 ⑤墨君：墨竹。竹，素有“此君”（王子猷首称之）之名，故称墨竹为“墨君”。 ⑥湘潭梦里秋：此用湘妃的典故。 传说舜帝死于南方，舜二妃娥皇、女英追来，哭死于湘水，成为湘水神。 湘妃哭舜时，挥泪于竹，竹有斑点，世称“斑竹”“湘妃竹”。 事见张华《博物志》。 李衎写竹，表达湘妃悲秋的哀怨，故云“写破湘潭梦里秋”。 ⑦“愁来”句：化用李白《秋浦歌》：“白发三千丈，缘愁似个长。”⑧颖奴：唐韩愈作《毛颖传》，将毛笔拟人化，称为“毛颖”。 笔为画家之奴，故云“颖奴”。

［评说］

对于此图，吴镇自题云：“五月廿四日，竹窗孤坐，清兴遄发，戏写此枝，且看果有文公法否？ 至正十九年也。”（卞永誉《式古堂书画汇考》）表明他创作此图的时间和缘由。 至正十九年（1359），吴镇已至耋耄之年，犹耽心于墨竹，深得文同笔法，题云：“且看果有文公法否？”乃是客气话。

吴镇擅画墨竹，他为自己的《墨竹图》题写的诗，富有意趣和情致，耐人寻味。 这组诗的第一首，写竹；第二首，写李衎；第三首，写自己，都与画竹关联。 今分述如下：

第一首，写墨竹形象，诗人并不拘泥于画上墨竹的形态、风神，而是下笔写它们的生长过程。“解箨”，竹笋脱去笋壳，逐渐长成竹子，新竹竹节间有粉，散发着清香。 竹子长成后，高可拂云，其色苍翠。 此竹可以采作乐器，只可惜采竹的乐官伶伦已经年老，矫正音律的凤凰也不飞来，竹子已无法发挥它的才能。 至结句，诗人描画出竹子周围特意长出许多荆榛，妨碍了它的生长，并发出叹惜。 诗人为翠竹有才无人用而抱不平，抒发不平之感，借此机会，也一吐自己胸中的不平之气，吴镇一生也是怀才无人识，有才无人用。

第二首，称颂元朝墨竹画家李衎。 吴镇画墨竹，远师文同，近绍李衎。 所以，诗的开端便表达出他长期缅怀李衎的情思。 吴镇称颂李衎墨竹画造诣精深，尽得风流，饮誉天下，百年来留下许多墨竹遗迹，深切地传达出湘妃悲秋的哀怨。吴镇的笔下也常常出现湘竹的倩影，湘妃怨秋的思绪，如《题竹》：“湘妃祠下竹，叶叶著秋声。”《题画竹》：“夜深梦绕湘江曲，二十五弦秋月明。”所以他能敏锐地体识出李衎墨竹悲秋的情韵，写出“写破湘潭梦里秋”这样优美的诗句来。

第三首，诗人化用李白诗句，形容自己愁思深长，于是戏写墨竹排遣心头的愁闷。两句诗，构成一个因果关系，表明自己画竹这一艺术活动的深刻意蕴。诗句中着“戏写”二字，绝不是随意涂抹，将画竹当儿戏的意思，而是趁着创作激情到来时，挥毫作画，有乘兴画竹的意思，诚如他自己所说：“墨戏之作，盖士大夫词翰之余，适一时之兴趣。”（《佩文斋书画谱》卷一六引《铁珊瑚网》）因此，吴镇笔下常用“戏作”“戏墨”等字眼。至第三句，诗意突转，转出“颖奴”来。“颖奴”，指毛笔，语出韩愈《毛颖传》。画家不说自己喜欢画竹，却说毛笔真正懂得主人的愁来画竹、画竹遣愁的心意，所以不时来几案上，画几竿竹。吴镇使用拟人化手法，运诙谐笔调于诗句中，为诗篇增添了无穷的意趣。（吴企明）

题一叶竹图

吴　镇

谁云古多福，三茎四茎曲。
一叶砚池秋，清风满淇澳①。

［题解］

木诗选自汪砢玉《珊瑚网》卷三三、郁逢庆《郁氏书画题跋记》卷六。

《一叶竹图》为吴镇画，画竹一枝、叶一片，很奇特。吴镇自题云："至元二年冬十月二十七日，奉为竹叟禅师戏作，梅花道人镇顿首。"有人亲见此图，作了记载，明人汪砢玉《珊瑚网》记云："冯司成具区与客游魏塘，谒道人墓，慨然慕其风致，有遗迹零落不可多得之叹。坐客有言里人藏此竹者，公访之，遂辍以赠。画旧白笺上，长可三尺，阔尺许余，竹梢从左方倒垂，丛条纵横，笔法清异，墨叶一片缀其上，长几三寸许，真奇作也。"清人陈焯《湘管斋寓赏编》卷五也记载："一叶竹，余见石刻于魏塘梅花庵，不意墨迹尚在苏州蒋砚溪家也。枯干半枝及细枝出梢，皆自上倒垂，而用淡墨，惟叶一片，则墨光如漆，题字作草书，笔笔犹带画竹意，洵属神品。"这幅画虽已失传，赖前人记载，我们尚可想见此画风采。

［注释］

①淇澳：亦作"淇奥"，淇水曲岸。《诗经·卫风·淇奥》："瞻彼淇奥，绿竹猗猗。"

［评说］

吴镇的题诗揭示了创作这幅一叶竹画的美学思想。吴镇画墨竹，画法潇洒，笔意简括，枝叶稀疏。诗的开端先用反诘句“谁云古多福”一逗，引出“三茎四茎曲”的艺术意想。诗人认为画竹须尚疏简，三茎、四茎便足以表现宛曲之美，于此可见吴镇画竹的美学特征，体现出他的艺术思想。现在画面上的竹仅是一茎、一叶，所以诗人接着便用诗歌语言坦示自己画作一叶竹的匠心。画墨竹一叶，带来无限秋意，使淇水曲岸的竹林，满是清风。小诗以生动的形象，说明诗人重视笔法和“以少胜多”的审美理想。画作一片叶，尤见笔法、墨法功夫，草率不得。“故当一节一叶，措意于法度之中。”（李衎《息斋竹谱》）吴镇自己也说：“笔笔有生意。”（《竹图题卷》，见卞永誉《式古堂书画汇考》卷四九）吴镇的题诗，不啻在提醒大家，这一片竹叶，最能见出画家笔法。为什么吴镇要画一片竹叶呢？结句回应开端的“谁云古多福”，说明画竹并不是枝叶愈多愈好。一片叶，少到不能再少，却能带来满林清风的艺术效果，这里面有一个“以少胜多”的问题。《世说新语·赏誉下》载：“简文道王怀祖：才既不长，于荣利又不淡，直以真率少许，便足对人多多许。”谈论的是人的品格问题，画学理论却吸收了这种观点，在南宋时代就出现“减笔”画风，以精简到不能再少的笔墨，扼要地表现物象的形貌风神，如梁楷的画风。吴镇显然接受了这种美学思想的影响，才画作这一叶竹画。清郑燮《一枝竹十五片叶呈七太守》：“敢云少少许，胜人多多许。”同样阐发了这种美学思想。（吴企明）

题子久春山仙隐图

吴　镇

山家处处面芙蓉[①]，一曲溪歌锦浪中[②]。
隔岸游人何处去，数声鸡犬夕阳红。

[题解]

本诗选自顾嗣立《元诗选二集·梅花庵稿》。

[注释]

①芙蓉：荷花，这里指形状像荷花的山峰。②锦浪：溪边春花烂漫，映入水中，水波如锦绣，故称锦浪。

[评说]

吴镇与黄公望多有交往，熟知大痴的画艺三昧，多次为他的画题写诗篇。本诗纯写画面，用清丽的诗歌语言再现绚丽的画境，不着议论，而黄公望绘画艺术的风格特征却形象生动、具体真切地反映在诗句中。四句都写画中景物，景色幽美。“山家”句，是说山中人家四面都是山，处处面对像芙蓉般的山峰。“一曲”句，是说浣女正在溪边洗濯，一曲清歌流荡在美如红锦的溪水中。“隔岸”句，写画中有人正在游山赏景，山深路远，不知他要到何处去。诗意极像王维的《终南山》：“欲投人宿处，隔水问樵夫。”“数声”句，写山家。远处隐隐传来鸡鸣犬吠之声，山家掩映在晚霞之中。黄公望画风，素以“平淡天真”著称，而这幅《春山仙隐图》却别是一格，清王原祁《麓台题画稿》早就指出：“大痴画，以平淡天真为主，有时而敷彩灿烂，高华流丽，俨如松雪。”黄公望亲受赵孟頫指授，自称是“松雪斋中小学生”（《题赵孟頫千字文卷》），他深受赵孟頫的艺术影响，也擅长画着色山水。吴镇题写的《春山仙隐图》，便是“敷彩灿烂”画格中的一幅画。（吴企明）

题山水

吴　镇

古藤阴阴抱寒玉①,时向晴窗伴吾独。
青青不改四时容②,绝胜凌霄倚凡木③。

[题解]

本诗选自郁逢庆《郁氏续书画题跋记》卷五。

[注释]

①寒玉：这里指画上之竹。②“青青”句：用唐人钱起《暮春归故山草堂》“始怜幽竹山窗下，不改清阴待我归”诗意。四时容，四季常青。③凌霄：花名，又名紫葳，藤本植物，常倚着其他树木攀援生长。

[评说]

题画诗人有时并不全面再现画面景物，却撷取画中某些具象，加以发挥，写出自己的感慨。吴镇这首题山水画的诗，便是这样的作品，他只就画中的竹和凌霄着笔，两相比照，寄寓了很深的人生体验。诗的首句，写画面形象，“古藤”即下文的“凌霄”，说凌霄这种藤本植物“抱”住竹子生长。次句，用拟人化手法，写竹子像有感情的生物一样，不时到“我”书房的窗前，陪伴我度过孤独的日子。第三句转出别意，诗人暗中借用钱起诗“不改清阴待我归”意，称颂竹子不变态度、不改操守的品格。结句又绕回到“凌霄”上，与首句“古藤”呼应，对竹和凌霄两物作出评骘。原来，凌霄是一种依靠其他树木才能成活的植物，白居易有《有木名凌霄》诗，说：“一旦树摧倒，独立暂飘飖。疾风从东起，吹折不终朝。朝为拂云花，暮为委地樵。寄言立身者，勿学柔弱苗。”诗人对凌霄的本性作了绝妙的描绘。吴镇吸取了乐天诗的诗意，通过“绝胜”两字，判别“竹”和“凌霄”的差异，也表明了自己的鲜明态度。本诗表面上是写画面上的两种植物，实际上托物喻人。诗人说，做人要像竹子一样四季常青，他深情地赞美那些不改初衷、始终不渝的君子。诗人又说做人千万不要像凌霄那样倚攀而生，他鄙夷那些靠着别人向上爬的小人。这是一首非常典型的“借题发挥”的抒情题画诗。（吴企明）

次云林韵题耕云东轩读易图（选一）

吴　镇

山堂昨夜起东风，景物萧条便不同。
岂是天公嫌冷淡，故将林木染黄红。

［题解］

本诗选自顾嗣立《元诗选二集·梅花庵稿》。本题组诗共三首，这里选评第一首。云林，即倪瓒，他画了《耕云东轩读易图》，并题诗一首，吴镇用其韵和了一首，故云“次云林韵”。

［评说］

这首题画诗，只有尾句点到画上，其他诗句都为这一句服务，写法很别致。首句叙述秋风起，看似平淡，然而在全诗中起着至关重要的绾带全篇的作用，下面的一切诗思，都由此而生出。次句紧承，因秋风起而林木萧条，景色便与以前不同。第三、四句转出妙思，明明是秋风使林木变色，画家故意将林木染成黄红色，诗人却说是天公嫌秋日气象萧疏、冷淡，故意让枝叶变成黄红色，给秋日披上美丽的盛装。诗笔在一顿挫、一振起之间，绚丽的画面立显眼前，成功地完成了题画诗再现画境美的艺术任务。本诗乃平起首句韵格，“风”“同”“红”三字，押上平声一东韵。（吴企明）

题山水图送人归仙居

吴师道

仙居直接天台路[①],无数青山与云树。
行人已在画图中,又复携图入山去。

[题解]

本诗选自顾嗣立《元诗选初集·礼部集》。

吴师道（1283—1344），元代文学家，字正传，婺州兰溪（今属浙江）人。至治元年（1321）进士及第，历仕国子博士、礼部郎中。工诗，才思涌溢，恢奇俊伟，与柳贯、吴莱等人交游唱和。有《礼部集》。

[注释]

①仙居：县名，属台州，今属浙江。天台：山名，在今浙江天台县境。

[评说]

这首小诗，既要题咏《山水图》，又要抒写“送人归”的感情，确实煞费诗人苦心。吴师道该怎么落笔呢？他抓住友人回归仙居时景色如画的特点，构思这首题诗。从北方回仙居，要路过天台山，沿途有数不清的青山、看不完的云树，真是天开图画，令人有置身于画图之中的感受。诗的前三句，反映出行人返回仙居途中所见的真景和真实感受，恰恰《山水图》画面上满是青山和云树，与天台路上的如画景色相仿。诗人先写真景，真景如画；兼写画面景色，画如真景；又写行人身在画图中，再点真景如画，真景与画境不断地转换。结句绕回全篇，以带画人画图中这一奇特巧妙的艺术意想收结，行人携带与身边景色相似的《山水图》进入青山中，如此措意，诚为妙不可言。

这首题画诗呈现出与众不同的审美风格，诗人运用“画与真会”的写作手法，将归途上天台山的真景与《山水图》上的画面具象联系起来，在真景与画境几度转换下，展开诗思，既再现了《山水图》的画境，赞美它逼真的艺术特点，也将诗人“心随友人归仙居”的送别情意渗透在“画与真会”的描写之中。（吴企明）

春消息图

‖ 邹复雷

蓬居何处索春回[①],分付寒蟾伴老梅[②]。
半缕烟消虚室冷,墨痕留影上窗来。

[题解]

《春消息图》今存，藏美国弗利尔美术馆。本诗录自图上题诗。

邹复雷（生卒年不详），元末道士，号云东，能诗善画，长于画梅。

[注释]

①蓬居：编蓬为居，谓简陋的住屋。②寒蟾：月亮。

[评说]

这首七绝题画诗道出了画中的审美意趣。诗的前两句点明画题，画家身处蓬居，无以探得春的消息，因而作一月下老梅来传达春天到来的信息。梅原有“报春使者”之称，因而所谓《春消息图》即为梅花图。三、四两句点明此画为水墨画，并以艺术效果暗示画家笔墨技艺的高超。当灯灭室寒时，那画上的梅花似乎要破窗而入，给人带来蓬勃的春意。从画面看，画上只有一株苍劲的老梅，由右向左成“S”形伸展开，纠蟠偃仰。其中，无花梅枝占了画面的三分之一，传达出春来的消息。另外，画家的笔墨表现也极见功力。在这幅画中，邹复雷发展了五代以来的水墨梅花画法，以墨渍作梅花，且笔墨表现十分丰富，焦、湿、浓、淡、飞白并用，勾画出劲挺清健的墨梅形象。正因为画家在画面布局和笔墨表现方面的独特之处，因而造成“墨痕留影上窗来”这样强烈的艺术效果。

《春消息图》原为清宫旧藏，后流落海外，现藏于美国弗利尔美术馆。画上有乾隆题七绝诗一首：“一气为春去必回，谁将消息付寒梅。蕊珠仙妒女夷巧，偷先东风特地来。”诗的前两句点明梅花报春这一题意，后两句以天宫仙女妒忌掌管春夏万物生长之神女夷的灵巧，偷偷地放出春风这一神奇想象，表明画中透露出的强烈的春天气息，从侧面赞颂了画家高超的笔墨技艺和精湛的艺术表现力，和画家的自题诗有异曲同工之妙。（史创新）

墨　梅

王　冕

吾家洗研池头树，个个华开澹墨痕。
不要人夸好颜色，只流清气满乾坤。

[题解]

王冕《墨梅图》今存，藏故宫博物院。本诗选自画上题诗。

王冕（1287—1359），元代画家，字元章，号煮石山农、饭牛翁、会稽外史、梅花屋主等，会稽诸暨（今属浙江）人。出身农家，曾从韩性学，后隐于九里山，卖画为生。能诗擅画，画墨梅自成一家。画成，常题诗其上。创用花乳石作印材，对冶印艺术的发展有重大贡献。其诗多写隐逸生活和题画，著有《竹斋集》。

[评说]

这首自题墨梅画的小诗，从眼前研池边的梅花树落笔，画家不说自己画墨梅，也不说自己画的朵朵梅花墨色清淡，反而说“吾”家研池边的梅花树，汲渗着池中的淡墨水，连开出的梅花都带着“澹墨痕”。其以画作真，真与画会，饶有情趣。首句用王羲之的故事，传说会稽有王羲之的研池，王羲之每天洗笔砚于池中，池水变黑。王冕与王羲之同姓，故称“吾家”，用典而不露痕迹，实为妙笔。诗的下半首，代梅花立言：不求色彩的艳丽，只求清气布满天地间。诗意脱胎于陈简斋《墨梅》诗“意足不求颜色似”。王冕另一首《题墨梅图》中的“清香散作天下春”句，与本诗的艺术意想相同，看来，画家是很爱赏自己这句诗的。梅花是无情之物，何能言志？何能抒情？这里，画家运用移情于物的艺术手段，托物言志，抒写自己的博大胸怀、清正品格和高尚节操。这首《墨梅》诗，确是王冕一生正直孤傲、不图利禄、淡于功名的真实写照。（吴企明）

赠云峰上人墨梅图

王　冕

粲粲疏花照水开①,不知春意几时回。
嫩云清晓孤山路②,记得短筇寻句来③。

[题解]

本诗选自卞永誉《式古堂书画汇考》卷四九、陈邦彦《历代题画诗类》卷八五。

《墨梅图》，王冕画。卞永誉《式古堂书画汇考》载:“绢本，中挂幅，泼墨倒垂古梅一枝，繁花红蕊，开展馥然。”“丁酉季冬，山农王元章为云峰上人作。”云峰上人，僧人名，王冕友人，生平不详。丁酉，时当元顺帝至正十六年(1356)，王冕年七十岁。

[注释]

①粲粲：鲜明的样子。②嫩云：淡淡的云气。孤山：在杭州西湖中，著名吟梅诗人林逋居于孤山。本诗题写梅画，故咏及林逋、孤山。③筇：筇竹，可以做手杖。

[评说]

全诗写画家兼诗人王冕的逸趣。画幅上明明是“繁花”，完全符合王冕梅画的艺术特征，而诗作从画面向前推想，追溯早梅初开时“疏花照水开”的景象，所以次句承以“不知春意几时回”，呼唤着春天的到来。绘画的“繁花”具象和诗歌的“疏花”意象，形成明显的差异，这种差异正表明诗歌可以借着语言艺术的特殊功能，表达“画外意”，表达画面难以表现的意象，补充画面形象，丰富画意。

王冕一生淡于功名，与僧人云峰上人交游，情趣相投，故赠以墨梅。王冕因画梅题诗而忆及咏梅圣手、西湖处士林逋，想象他当年拄杖漫步在淡云飘浮的孤山路上，寻得佳句、欣然成篇的情状，心与神会，笔底闲逸之趣、心底爱梅之情，自然溢于纸上。这一切诗意，在画面上自然是找不到的，完全是“画外意”。联系前半首诗意看，王冕这首题画诗，只字未及画面形象，全从“画外”措意，情趣盎然，颇有特色。（吴企明）

应教题梅

王 冕

刺刺北风吹倒人[①],乾坤无处不沙尘。
胡儿冻死长城下[②],谁信江南别有春[③]。

[题解]

本诗选自顾嗣立《元诗选二集·竹斋集》、陈邦彦《历代题画诗类》卷八三。

汉魏六朝时人应奉太子、诸王之令而写作的诗文作品，称为“应教”，并在诗题中标明。王冕曾居大都（元代都城，今北京），与诸王有交往，奉令作画、题诗，故题为《应教题梅》。郎瑛《七修类稿》卷二九记此诗为王冕应制作，叶盛《水东日记》卷六谓王冕初见太祖，应制题梅。应皇帝之命作画题诗，称为“应制”。今从陈氏、顾氏所记以及《元诗纪事》卷二一之文字，作“应教”，郎、叶两氏之说备考。又，《元诗选二集·竹斋集》录本诗，顾氏于句下附注：“钱牧斋曰：余家有元章真迹，下二句云：清高只有老梅树，照水花开个个真。”

[注释]

①刺刺：象声词。②胡儿：古人对北方边区少数民族的泛称。③江南春：南朝宋陆凯《赠范晔》：“折花逢驿使，寄与陇头人。江南无所有，聊赠一枝春。”

[评说]

本诗是从“江南无所有，聊赠一枝春”（陆凯诗句）的诗意中生发出来的。诗的前三句，全与梅花无涉，纯从题外写来，写出北方的苦寒：风之猛，竟能吹倒人；天之浑，无处不沙尘；寒之极，长城冻死人。诗的结句，才绕回到题面上，扣到梅画上。“江南别有春”，一语双关，既指画上之梅，自从陆凯诗传诵以后，江南春就成了梅的别称；又指自然界的春天，江南自有和煦的春天，与北方的苦寒天气相为比照。诗人借题发挥，显示出他关心北方人民疾苦的精神，寓意很深。（吴企明）

墨梅图

王　冕

霜华浮影月娟娟，恰似西湖雪后天。
清气逼人禁不得，玉箫吹上大楼船①。

[题解]

王冕《墨梅图》今存，藏日本东京宫内厅。本诗录自图上题诗。

[注释]

①楼船：有层楼的大船，可作为游船。《文选》汉武帝《秋风辞》："泛楼船兮济汾河，横中流兮扬素波。"

[评说]

自唐五代画家首创水墨画梅花的画法以来，墨梅逐渐成为一专门画科，各朝各代名家辈出。王冕便是其中卓有成就的一位。王冕的画梅技法既有继承宋人华光和尚、扬无咎之处，又有自出机杼处，即他首创"密梅""繁梅"的画法，创造出一种不同于宋人的审美风格。清人朱方蔼在《画梅题记》一书中评述道："宋人画梅，大都疏枝浅蕊。至元煮石山农始易以繁花，千丛万簇，倍觉风神绰约，珠胎隐现，为此花别开生面。"此幅《墨梅图》即是王冕密梅的代表作。画中一株老梅从石侧盘曲而上，发枝繁茂；枝干秀挺劲爽，枝头缀满繁密的花朵。这些花朵或含苞待放，或初绽花蕾，或盛开怒放，或残英点点，可谓千姿百态，正如画家的自题诗中所谓："霜华浮影月娟娟，恰似西湖雪后天。"那朵朵梅花恰如万斛珠玉撒落在西湖雪后月夜下的银枝上，晶莹剔透而又清气袭人。在这幅画中，画家以简洁洒脱的笔法画梅，虽是枝繁花密，但洁白的梅花和铁骨铮铮的枝干相映，梅花不但无妩媚纤弱之态，反而越发显得清贞孤傲、气清意寒，同时也使画面呈现出空灵萧散的气韵。自题诗中的“清”字，可谓对画意的最好概括。如此清雅的意韵，几乎让人油然而生一种月夜泛舟西湖，以悠扬的玉箫声吹奏一曲之遐想。诗是有声画，画是无声诗，题诗与画境共同渲染出一种空灵清雅的意境。（吴企明）

题南枝春早图

王　冕

和靖门前雪作堆[①],多年积得满身苔。
疏华个个团冰玉,羌笛吹他不下来[②]。

[题解]

王冕画梅，喜用倒挂梅枝的构图方法，本图却相反，画老梅枝干自右下向左上方挑出，用笔挺劲峭拔，以飞白法画枝干，枝分左右，老嫩枝相间，显出昂扬向上的气势。枝头梅花盛开，繁花如雪，用细笔圈花、点蕊，正侧偃仰，千姿万态，充分表现出梅花雅洁清超的风韵。画幅右上方，唐肃题诗一首；右侧中，画家自题一诗。本图今藏台北故宫博物院。

[注释]

①和靖：即林逋，爱梅，写出极好的咏梅诗。②“羌笛”句：反用李白《与史郎中钦听黄鹤楼上吹笛》“黄鹤楼中吹玉笛，江城五月落梅花”意，是说羌笛吹不下梅花。

[评说]

王冕说这是一株种在林和靖家宅前的老梅树，冬季白雪成堆，多年来满身都是苔藓。题诗由画面上梅树的枝干写起，补出画外意，丰富了画意。第三、四句，转而写花，朵朵梅花都是用细笔圈成，如冰似玉，玉洁冰清，即使羌笛劲吹，它也不会落下来。“华”，即花。尾句含义极深。

这种艺术意想，既反映出绘画的艺术特质，画上的梅花永远不会凋谢；又蕴含着不肯屈从、不满异族统治的情绪，联系王冕的平生思想看，后者的含意似乎更为明显。宋元人题写梅、竹画的诗，常常赋予比德的意蕴，歌颂它们的“岁寒心”。本诗又在这种文化内涵中渗进民族意识和爱国思想，反映出画家、诗人在特定时代形成的心态和精神。（吴企明）

题巨然画

王　冕

溪山对雨起呼酒,一笑还披万里图。
疏树远山秋淡薄,飘风流水尽模糊。

[题解]

本诗选自顾嗣立《元诗选二集·竹斋集》。

巨然（生卒年不详），五代南唐画僧，钟陵（今江西南昌附近）人，工画山水，师法童源。郭若虚《图画见闻志》卷四:“钟陵僧巨然，工画山水，笔墨秀润，善为烟岚气象、山川高旷之景。”传世画作有《万壑松风图》《秋山问道图》等。

[评说]

这首题诗写得非常别致。诗句先用写景烘染，“溪山对雨”，说诗人面对着雨里的溪山，烟岚蓊郁，心情激动，起来唤人送酒以助兴，为下文画境的描写先作铺垫。再用“一笑还披”的细节描写，表达自己受环境氛围的感染引发起来的欣然心态。“万里图”，指巨然画的画面内容。三、四句，直接摹写巨然画上实景，疏树远山，淡淡秋意，飘风送烟雾，流水尽潺潺，诗句传神地展现一派迷蒙的画面景象，充分显示出巨然画善于表现烟雨迷蒙、岚气蓊郁的美学特征。（吴企明）

题曹云西山水

‖王 冕

旭日耀苍巘,翠岚生嫩寒[1]。
幽人诗梦醒,清响得松湍[2]。

[题解]

本诗选自顾嗣立《元诗选二集·竹斋集》。

曹云西,即曹知白,参见元本《题曹知白疏松幽岫图轴》“题解”。

[注释]

①嫩寒:轻寒。 ②松湍:松涛声如溪水之湍流。

[评说]

王冕这首绝句,从画面着笔,多角度地表现画面具象,写视角形象的有“旭日”“苍巘”“翠岚”“松”,写听觉形象的有“清响”“松湍”,写感觉形象的有“嫩寒”,全诗融视觉、听觉、感觉于一体,缔构清邃的画境。诗人陶醉于画境中,如入梦境,忽然听到松湍发出的清响,才从梦中醒来,欣然写成此诗。全诗以画作真,画境、梦境、诗境浑然一体,引人入胜。(吴企明)

题明雪窗兰

‖张　渥

援琴谁叹生空谷①,结佩应怜感逐臣②。
九畹断魂招不得③,墨花夜泣楚江春。

[题解]

本诗选自顾嗣立《元诗选三集·贞期生稿》、陈邦彦《历代题画诗类》卷七五。

张渥(? —约1356),元代画家,字叔厚,自号贞期生,淮南(今属安徽)人。博学,累举不第。善属文,亦能画,画人物用李龙眠白描法。有《贞期生稿》。

明雪窗,即元画家僧普明,号雪窗,俗姓曹,松江(今属上海)人。尝住苏州承天寺、嘉定菩提寺。善画兰,在赵孟頫死后,他得专画兰之美名,王冕题其《摘奇掇芳图》云:“吴兴二老俱已矣,雪窗固以专其美。”以至有“户户雪窗兰”之誉。

[注释]

①生空谷:以幽兰生空谷,比喻君子无人赏识。苏辙《种兰》:“兰生幽谷无人识。”②逐臣:指屈原被放逐事。③九畹:屈原《离骚》:“余既滋兰之九畹兮,又树蕙之百亩。”后来“九畹”便成为种兰的典故。畹,十二亩为一畹。

[评说]

兰,素为华夏民族崇尚的花卉,有“君子”之象。屈原结兰为佩,以示贞洁，他在《离骚》里说：“扈江离与辟芷兮，纫秋兰以为佩。”宋黄庭坚《书幽芳亭》：“兰甚似乎君子。”当诗人看到明雪窗的墨兰后，便以屈原爱兰的品性和他的不幸遭遇立意，写成这首题画诗，倾注自己的主观情愫，寓哀士不遇的无限感慨于诗句之中。首句“谁叹生空谷”，诗意突兀，一下子便突现题旨，将空谷生幽兰、君子无人识的忧愤倾泻出来。次句，便将哀士不遇的情感落到具体人物屈原身上，哀怜他虽有“纫兰”之性却成为逐臣。第三句，再次绕回到“兰”上，说屈原种兰“九畹”，培植君子之良好愿望，随着他身沉汨罗、魂断楚江而消失殆尽，徒然使墨兰在楚江春色里夜泣而已。全诗从明雪窗的《兰》画生发开去，抒写感士不遇的感情，只有结句中的“墨花”两字才点到题上，所以这是一首借题发挥、抒发个人情感的题画诗。（吴企明）

题竹西草堂图

杨　瑀

翠玉萧萧在屋东，主人号作竹西翁。
品题莫说扬州梦，好写云间入卷中。

[题解]

《竹西草堂图》，元代张渥画，今存，藏辽宁省博物馆，卞永誉《式古堂书画汇考》有著录。图卷左侧画一座草堂，这是画幅的主景，依山傍水，苍松嘉木，环绕周围。松干勾勒鳞片，松枝虬曲，松针伸张，刻画极为细致，而诸杂木用浓墨勾枝干，淡墨点染树叶，逸笔草草。堂内榻上独坐一人，两臂撑榻，目视远方，人物衣纹简笔勾勒，神态悠然。河对岸远山盘亘，翠竹成林，郁郁葱葱。全图用一河两岸式构成，笔法细劲，意境清幽。画幅拖尾有杨维桢《竹西草堂记》，还有元张雨、邵亨、马琬、赵㮚、钱惟善、陶宗仪诸名家，明杨循吉、黄云、项元汴，清高士奇等人的题诗或题记。画幅左上方有竹西草堂主人杨瑀的题诗。

杨瑀（1285—1361），字元诚，钱塘（今浙江杭州）人。历仕广成局副使、太史院判、建德路总管，御赐“山居”二字，故自号山居道人。晚年隐于松江鹤沙镇，植竹千竿，自号竹西居士。

[评说]

题诗首两句由画面翠竹形象着笔，也交代了自己号为“竹西翁”的原因。竹在屋之东，堂在竹之西，故号为竹西翁。第三句一转，诗人说，图名“竹西草堂”，若要品题，不要提到“扬州梦”。唐杜牧有“十年一觉扬州梦”句，其《题扬州禅智寺》有“谁知竹西路，歌吹是扬州”句。

“莫说扬州梦”，也就是说诗人命名此屋为“竹西草堂”，与杜牧的“扬州梦”“竹西路”无关。结句拍合，说明张渥此图是将诗人闲居松江的情趣写入画卷中，画卷是草堂主人精神的体现和情感的物化。“云间”，松江的旧称。张渥的画意，依据的是杨瑀命名草堂的本意，所以，他的画心也就是杨瑀的诗意。诗情变为画意，画境又变为诗意，诗画艺术反复融通，妙合无垠。（吴企明）

题兰

‖张　翥

鶗鴂声中花片飞[1]，楚兰遗思独依依[2]。
春风先自悲芳草[3]，惆怅王孙又不归[4]。

［题解］

本诗选自顾嗣立《元诗选初集·蜕庵集》、陈邦彦《历代题画诗类》卷七五。

张翥（1287—1368），元代诗人，字仲举，祖籍晋宁襄陵（今山西襄汾西北），随父居杭州。至正初，召为国子助教，历仕翰林国史院编修官、太常博士、国子祭酒、集贤学士、翰林学士承旨。从仇远学，工诗文，有《蜕庵集》。

［注释］

①鶗鴂（tí jué）：鸟名，即杜鹃，春分时啼鸣。②楚兰：屈原《离骚》"余既滋兰之九畹兮"，屈原是楚国人，故云"楚兰"。全句谓屈原种植兰花的心意成为遗恨，犹自依恋不已。③悲芳草：用屈原《离骚》"恐鶗鴂之先鸣兮，使夫百草为之不芳"诗意，现在鶗鴂已鸣，故悲百草之不芳，百花之萎谢。④王孙又不归：用《楚辞·招隐士》："王孙游兮不归，春草生兮萋萋。"

［评说］

这首题写墨兰的诗与其他许多题兰诗不同，呈现迥异的风格，有着非常明显的美学特征。张翥扣住画题之“兰”字，从屈原植兰的遗意生发诗思，句句檃栝屈原《离骚》和《楚辞·招隐士》的诗意，抒写贤能之人不归的怅惘心情。诗的起句用屈原《离骚》“恐鹈鴂之先鸣兮，使夫百草为之不芳”诗意，哀叹兰草、兰花在鹈鴂声中凋落，酿成无可奈何的遗恨。次句“楚兰遗思独依依”，与上句衔接十分紧密，屈原种植兰花的一番心意，受到鹈鴂先鸣的客观现实的打击，成为千古遗恨，可是，他独自对着兰花，依然恋恋不舍。第三句，仍承起句意，是说鹈鴂先鸣，百草不芳，春风为之悲哀。诗至结句方转出别意，由《楚辞·招隐士》“春草生兮萋萋”触发起盼望王孙归来的诗兴，可惜王孙久久不归，徒然使人惆怅不已。诗人张翥将主观情感融注这首题画诗中。他尽管长期在京城任清贵之职，也受到过宠信，但他目睹贤士受挫的种种现实，因而产生“思归田”的愿望，思归而不可得，惹起不尽的惆怅，于是趁着题画的机会，宣泄自己的怨愤，抒写自己的心迹。（吴企明）

宋徽宗画栀禽

张　翥

龙沙魂断梦华空①,遗墨凄凉扇面中。
三十六宫恩怨尽②,更无花鸟诉秋风。

[题解]

本诗选自顾嗣立《元诗选初集·蜕庵集》。栀禽,是一幅描画栀子花和禽鸟的画。

[注释]

①龙沙:《后汉书·班超传》:“坦步葱雪,咫尺龙沙。”注:“葱岭雪山,白龙堆沙漠也。”后泛指边塞地区。本诗指宋徽宗死地五国城。
②三十六宫:汉代本指离宫,这里极言宫殿之多。

[评说]

本诗是一首借题画以悼念宋徽宗赵佶的诗。首句以赵佶窜死五国城为发端,“魂断”“梦华空”,都点明赵佶已死。次句紧承,诉说人亡物在,他遗留下来的扇面中的墨迹,透出凄凉气息。第三句宕开一笔,说赵佶既已物故,宋宫中的一切恩恩怨怨,都已消尽,他不可能再画花鸟画,也就没有花鸟来诉说秋天的萧疏和哀愁。诗人敬仰、推重赵佶的画艺,观画而生哀悼之情,因题诗以发之。此诗虽说是抒情之作,但时时点扣画面,不失题画诗的真面目。本诗乃平起首句入韵格,“空”“中”“风”三字,押上平声一东韵。(吴企明)

题吴性存所藏赵仲穆竹枝双蝶图与玉山同赋

‖张　翥

满丛鲜碧露团香，院落春红过野芳。
蛱蝶一生花里活①，飞来还恋竹风凉。

[题解]

本诗选自顾嗣立《元诗选初集·蜕庵集》。

赵仲穆，即元代画家赵孟頫之子赵雍。玉山，即元代诗人顾瑛。张翥和顾瑛同时题写这幅画，顾瑛的《题吴性存所藏赵仲穆竹枝双蝶图》："阁道春风度，湘帘夜月初。多情双蛱蝶，也解逐羊车。"见《元诗选初集·玉山璞稿》。

[注释]

①"蛱蝶"句：自李贺《秦宫诗》"秦宫一生花里活"句翻出。

[评说]

这首题画诗并无"比德式"意蕴，纯写画面形象，摄取画境之美。首句"满丛鲜碧"，形容画面上一丛翠竹，鲜润流碧，直扣题画"竹枝"。"露团香"，露水沾湿竹畔一团花，散发清幽的芳馨。次句紧承上句"露团香"发意，形容院落里的春花香胜过野外的花香。这两句诗补充画题意，是说这幅画除翠竹、双蝶以外，还有一团花。诗至第三句一转，写到双蝶，变化李贺"秦宫一生花里活"的诗句，稍易二字，切合蛱蝶的神理。结句拍到《竹枝双蝶图》题面上，是说蛱蝶虽然一生爱在花丛里生活，但它们也会自由地飞舞在竹枝间，爱恋着竹风的凉爽。全诗语言清丽，深得竹、蝶之风神，诗人将赵雍这一幅画的绘画美转化成令人神往的诗艺美，成功地完成了一次艺术再创造。（吴企明）

题芦叶达摩图

清　欲

芦花风起浪头高，少室岩前去路遥[①]。
劫外一花开五叶[②]，脚跟正好吃藤条。

[题解]

《芦叶达摩图》，今藏美国克利夫兰艺术博物馆。此图无款，不知是哪位画家所作，清欲亦未说明。全图的减笔风格，近似宋代画家梁楷，然而从线条的勾勒和面部描画的正确、谨细看，都与梁楷明显不同，反映了元代画家重视笔墨意趣的时尚。

清欲（1288—1363），元代诗僧，号南堂遗老，属临济宗杨岐派。

[注释]

①少室：山名，在河南登封市，少林寺在少室山之北。②一花开五叶：象喻禅宗之一宗生五派。

[评说]

达摩，又称菩提达摩，被后人奉为禅宗的始祖。他入中原后，栖止少林寺，后谒见梁武帝，弘扬佛法，锲而不舍。后代流传的达摩踏一苇渡江北上的故事，表现出禅宗初创时期的艰辛。《芦叶达摩图》便是以这个故事为题材画成的。题诗从“芦叶”切入，描写达摩渡江时的背景，芦花风起，江上波浪很高，离少室山路途还很遥远。尘世外的一枝芦花，五片叶子，竟然能载得起一位僧人，这大概是佛法无边的缘故吧！这首题画诗

赞扬达摩为弘扬佛法不畏艰辛的精神，多用口语，语言通俗，近乎佛家的偈颂，与一般文人题画诗的风调迥异。（吴企明）

芦叶达摩图

题黄筌竹鸾图

陈　旅

一窗晴色绿猗猗[1]，群雀飞来占好枝。
此竹几年方结实[2]，空山秋晚凤雏饥。

［题解］

本诗选自顾嗣立《元诗选初集·安雅堂集》。

陈旅（1288—1343），元代诗人，字众仲，兴化莆田（今属福建）人。以荐除国子助教，历仕江浙儒学提举、应奉翰林文字、国子监丞。其诗文典雅峻洁，受虞集称许特厚。著有《安雅堂集》。黄筌，五代花鸟画家。

［注释］

①绿猗猗：形容竹之美盛，色之翠绿。《诗经·卫风·淇奥》："瞻彼淇奥，绿竹猗猗。"②竹实：竹子所结之实，状如小麦，又名竹米，传说凤凰喜食之。

［评说］

陈旅题写这首《竹鸾图》，有一个十分重要的艺术特色，即他在细致观察、捕捉画面美感特征，着意描绘画面景象的基础上，充分发挥了艺术想象的功能，写出许多画面上无法表现的意想，补充出许多画外意，使题诗的意蕴更为深远。开端两句写画面，晴窗外，绿竹猗猗，绿荫浓密，竹叶茂盛，给人以十分惬意的美感享受；因为天晴，群雀欢跃，飞上枝头。

如此写来，诗人已将画面点缀得有声有色，幽趣无穷。这两句重在实写，但也有虚笔，如“占好枝”，画上竹枝，难分好坏，群雀飞跃，焉知“抢占”？这种诗意当然是诗人将自己的观画感受付之于画面。三、四句也有实写，如“凤雏”，确是画面实物，但这两句主要是虚写。画上无竹实，故云“此竹几年方结实”，说的是画外意；“秋晚”“凤雏饥”，也是画面难以表达的。以上这些虚笔，都是想象得之，有赖于诗人通过丰富的艺术想象，补充、丰富画意，“群雀”“占好枝”与“秋晚凤雏饥”构成了意象的强烈对比，使画意深化，凸显了此画的深邃意蕴，耐人寻味。（吴企明）

题马道士画

陈　旅

江上群山翠作堆[①]，人家门槛对江开。
小楼应有凭阑者[②]，天远归帆似不来[③]。

[题解]

本诗选自顾嗣立《元诗选初集·安雅堂集》。

马道士，元代画家，生平不详。

[注释]

①翠作堆：自杜牧《过华清宫》“长安回望绣成堆”句化出。②阑：同“栏”，栏杆。③天远归帆：语出柳永《八声甘州》：“天际识归舟。”

[评说]

马道士是元代一位无名的画家。他画的是一幅平远山水图，清润秀雅，陈旅很欣赏它，便为之题诗。诗的前两句，描写江上群山林木苍翠，葱郁茂密，故云“翠作堆”。林中点缀着房廊，门窗栏槛都面对着江水而开。两句写的是视觉形象，是画面景象。后两句，诗人运用“应有”“似不”两个虚拟性的词汇，由画面形象推想出一种新的艺术意想。诗人说，画面上临江而开的栏槛里，一定有一位佳人正在凭栏眺望，等候着天边归舟上的伊人。陈旅将温庭筠的《梦江南》“梳洗罢，独倚望江楼。过尽千帆皆不是，斜晖脉脉水悠悠。肠断白蘋洲”，和柳永的《八声甘州》“想佳人、妆楼颙望，误几回、天际识归舟”两词的艺术意

想，注入自己的诗作，补充画面的意境，使诗作具有更为丰富、深切的内涵。（吴企明）

题文与可画竹

柯九思

湖州放笔夺造化①，此事世人那得知②。
跫然何处见生气③？仿佛空庭月落时。

[题解]

本诗选自顾嗣立《元诗选三集·丹丘生稿》、陈衍《元诗纪事》卷一七。

柯九思（1290—1343），元代画家，字敬仲，号丹丘生，台州仙居（今属浙江）人。受元文帝宠信，特授奎章阁鉴书博士。文帝死后，便流寓江南，归老松江。他工诗、善书、擅画，常画墨花墨竹，将书法笔法融于画法，独具特色。有《丹丘生稿》。

[注释]

①湖州：指宋代画竹名家文同，他曾做过湖州知州。②此事：指文同画竹“夺造化”的深湛造诣。③跫（qióng）然：猛然，突然。生气：生动的气韵。

[评说]

苏轼有抒情散文《记承天寺夜游》，写一个月满空庭的夜晚，他与友人张怀民信步于中庭，而“庭下如积水空明，水中藻荇交横，盖竹柏影也”。柯九思这首题画诗，便是用苏轼诗一样的散文文意，赞誉文与可画竹的气韵和风神。诗的前三句，纯是议论。首句是说文同的画笔超越造化，他创造的艺术美高于自然美。次句是说普通人不知道也不懂得这个道理，无法体识文同艺术造诣之深湛。第三句，虚作设问，何处才能见到它的生动气韵呢？结句方才落到画面上，落到文与可的画竹形象上。画面上的竹枝，摇曳在一派空明中，风神绰约，宛如月照空庭，洒下无数清影。柯九思得笔法于文同，人称“丹丘写竹师老可”（卞永誉《式古堂书画汇考》卷四九引瓠斋诗），自己善于画竹，生意飞动，犹如龙翔凤翥，所以他对文同画艺深有体识，才能写出这样的好诗。（吴企明）

题画二首

柯九思

白　头

春浓不放小禽栖，白发冲冠向晓啼。
帘幕半开人未起，楼台风暖日犹低。

黄　鹂

春风娇软绿阴肥，上苑莺花紫翠围。
却向后宫深院里，一枝闲自理金衣。

[题解]

本诗选自顾嗣立《元诗选三集·丹丘生稿》、陈衍《元诗纪事》卷一七。

[评说]

用绘画作品来抒写画家失宠、不得意的情思，不常见到，光看画面上白头翁、黄鹂两禽的形象，难以理解。都穆《南濠诗话》记载："柯博士九思在奎章日，得出入内廷。后失宠，退居吴下，虞文靖公作《风入松》词赠之，中亦微露此意。予闻柯尝画《白头》《黄鹂》，题词二绝云云。"读此，可知这两幅画、这两首题画诗的寓意。原来，柯九思在京任职时，虽然整日耽于书画，却仍遭受排摈，罢官回乡。"宠顾日隆，言者见忌，因乘间乞补外自效。翌日，御史章入，文宗召九思谕曰：'朕有意留卿而欲伸言路，已敕中书除外，卿其少避，俟朕宣卿。'九思拜泣辞出，而中书竟格诏不行。未几，文宗崩，因流寓江南。"（《元诗选三集·丹丘生稿》“柯九思小传”）虞集《风入松》词云：“重重帘幕寒独在，凭谁寄、银字泥缄。为报先生归也，杏花春雨江南。”柯九思借画以抒怨思，又充分发挥题画诗生发补充画意的艺术功能。

第一首诗意由孟浩然《春晓》“春眠不觉晓，处处闻啼鸟”句逗起。“帘幕半开人未起”，即“春眠不觉晓”也，“楼台风暖日犹低”，即清晨春浓之意。在众多的啼鸟中，有一只小禽，它“白发冲冠”，鸟未尝戴冠，又怎能“白发冲冠”呢？这里暗用《史记·蔺相如列传》中的句意：“相如因持璧却立，倚柱，怒发上冲冠。”从而表现白头翁怒不可遏的情态。“春浓不放小禽栖”句，是其怒不可遏的原因，透出柯九思退居吴下的消息。全诗运用比兴手法，以白头翁自喻，表达自己不容于官场、怨极怒极的心态，含蓄蕴藉，余味不尽。

第二首诗的前半首，写宫苑春色。春风娇柔软和，绿荫浓密，“绿阴肥”，语出李清照《如梦令》“知否？知否？应是绿肥红瘦”。宫苑里，莺花紫，翠树围绕。黄鹂不在这春光明媚、花红绿肥的宫苑里自在飞鸣，却退向后宫深院，独自栖息在树枝上，梳理着自己金黄色的羽毛。全诗的“眼”字，就在结句的“闲”字上。闲，闲逸无聊，黄鹂无所谓闲不闲，这是以人之心态赋予黄鹂，反映出画家退居江南后的闲逸。《白头》和《黄鹂》两诗，采用同样的比兴手法，含蓄深远，但相对而言，《黄鹂》一首更为蕴藉，含而不露，怨而不怒，有唐诗风韵。（吴企明）

题赵令穰秋村暮霭图四首

柯九思

远岫千重青似染[①],平林一望锦成堆[②]。
回塘渔艇不归去,溪上数家门半开。

溪上数家门半开,村翁傍晚却归来。
霜林掩映芙蓉色,秋水微茫鸿雁哀。

秋水微茫鸿雁哀,短桥曲渚锦林开。
疏林欲下斜阳色,一抹青山入望来[③]。

一抹青山入望来,满林秋色总诗材[④]。
宣和当日珍天府[⑤],未许骚人费品裁[⑥]。

[题解]

本诗选自《元诗选三集·丹丘生集》。

赵令穰,宋代画家,字大年,善画汀渚水鸟。赵令穰的《秋村暮霭图》,黄公望也曾为之题过诗,并有题记,云:"右赵令穰所画《秋村暮霭图》,曾属徽庙题识,其为真迹奚疑。令穰,字大年,宋宗室,游心经史,戏弄翰墨丹青,多得不传之秘。笔法精丽,景象旷绝,绝去供奉品格。常闻前人盛称其惯为平远旷荡之景,讵不信夫!偶观此图,不胜仰羡,并系一绝于左:笔下峦霏乍有无,千林萧瑟远峰孤。王孙当日归何处?传得《秋村暮霭图》。"

［注释］

①青似染：语出王建《江陵使至汝州》："日暮数峰青似染。"②锦成堆：语出杜牧《过华清宫》："长安回望绣成堆。"③一抹：画山像涂抹形状。秦观《泗州东城晚望》："林梢一抹青如画，应是淮流转处山。"④诗材：即诗料，写诗的材料，因押韵关系换材字。杨万里《过太湖石塘》："松江是物皆诗料，兰桨穿湖即水仙。"⑤宣和：宋徽宗年号。天府：即御府，皇宫内的仓库。宋徽宗喜爱绘画艺术品，他的御府内珍藏许多名家字画，《宣和画谱》著录御府所藏赵大年的画有二十四幅。⑥骚人：即诗人，屈原作《离骚》，后代因称诗人为骚人。品裁：品评和裁定。

［评说］

柯九思用四首绝句诗题写一幅画，描写画面景物极为细致，比黄公望的那首绝句更加生动具体。他像电影摄影师一样，摇动镜头，摄取景物的不同侧面。每首题画绝句，描写画面的一个侧面。"远岫千重青似染"一首，写远景。日暮远处青山色如染，丛林回望树色斑斓，如成堆锦绣，点出"秋"的节令。水塘里的渔舟正忙于捕鱼，还不肯归去，数家柴门半开着，正等候渔翁归来，结句点到画题"村"上。全诗的思路由远而近，像镜头逐渐拉近一般。

"溪上数家门半开"一首，写秋村。门半开，等候主人归来。"村翁傍晚却归来"，与画题"暮"字呼应。远处的霜林丹叶，与村边的木芙蓉花，相映成趣，为全诗描写"秋村"增光添彩，可谓"不着一字，尽得风流"。尾句转到村边回塘，"秋水微茫"，扣合题面"暮霭"，鸿雁哀鸣，给秋村蒙上一层凄清的色彩。

"秋水微茫鸿雁哀"一首，写暮霭。这首诗描写画面上秋村的周边景物：回塘、短桥、曲渚、锦林。"秋水微茫"，状薄暮时水气蒙蒙；"斜阳色"欲下"疏林"，状薄暮时林霏迷漫；"一抹青山"，状薄暮时山岚轻浮。这种暮霭烟云之趣，黄公望用"峦霏乍有无"一语概括之，柯诗与黄诗有异曲同工之妙，但有详略之别。

“一抹青山入望来”一首，写观感。诗人摇动镜头，由近推远，总摄画面景物，抓住“一抹青山”“满林秋色”，以点概面。诗人以为这些景物清丽旷绝，十分诱人，都是写诗的材料，能触发诗人的诗兴。可惜的是，赵大年的画，当日珍藏在御府里，外人不获得见，当然不许诗人加以品评。“今天”，诗人有幸得见此画，不胜荣幸，因此写出四首诗。

前人评赵令穰画，有共识。《宣和画谱》卷二〇云：“画陂湖林樾、烟云凫雁之趣，荒远闲暇，亦自有得意处，雅为流辈之所贵重。”莫是龙《画说》：“赵大年画平远绝似右丞，秀润天成。”董其昌《画禅室随笔·画源》：“赵大年平远写湖天渺茫之景，极不俗。”观柯九思的题诗，确能传达出赵大年画的风貌，他的“品裁”是公允的。

这首题画诗，有两个诗歌创作技巧上的特点，应当拈出：一是这一组诗，总而观之，题写大年的《秋村暮霭图》；分而观之，每诗各写一个侧面，自成一绝。分、合观之，均可。二是诗与诗之间，有着内在联系。每首诗都写到“山”“水”“林”，有利于前后照应、扣合；仿曹植《赠白马王彪》诗，采用前后诗首尾蝉联的形式，曹植仅用一词，而柯九思已发展为一句。（吴企明）

题王孤云界画山水图

柯九思

满地山河如绣，迴岩楼阁凌风①。
几度春花秋雨，不知秦苑吴宫。

［题解］

本诗选自顾嗣立《元诗选三集·丹丘生稿》。

王孤云，即王振鹏（生卒年不详），元代画家，字朋梅，永嘉（今属浙江温州）人。擅长人物画和宫廷界画，被元仁宗赐号为“孤云处士”。传世作品有《伯牙鼓琴图》《阿房宫图》《金明池图》。

［注释］

①迴岩：高远的山岩。

［评说］

洪迈说过：“六言诗难工。”（《容斋二笔》卷一五）柯九思善于写诗，他用这种难写的六言绝句体题写王振鹏的界画，诗语简练省净，敻思清绝。诗从俯视和仰视两个角度描绘画面具象，首句写俯瞰，满地山河秀丽如锦绣。杜牧《过华清宫》“长安回望绣成堆”，形容骊山林木葱郁、花草繁茂，树丛间耸立着楼阁，构成多彩的画面，宛如锦绣。柯九思描绘王振鹏的画境，犹如杜牧诗境，只是视角不同而已。次句写仰瞻，高迴的山岩上，楼阁凌风，飘然有飞动之感。两句诗对画面作了高度的概括，重在描写整幅画的气势。诗的下半首，由画面生发思古之幽情，写出诗人深沉的感慨。界画上的楼阁，巍然长存，但人间的楼阁，不知经历了几许春花秋雨，也不知它曾经是吴宫还是秦苑。诗人观画而抚今思古，不禁黯然神伤。李白《登金陵凤凰台》“吴宫花草埋幽径”，文天祥《酹江月·驿中言别友人》“蜀鸟吴花残照里”，古往今来，不知有多少诗人为历史的兴衰、尘世之沧桑而感慨系之。这首题画诗虽然没有明确的纪年，但从诗的意蕴推测，或当作于柯九思晚年。（吴企明）

题赵令穰群鹅图

柯九思

绿杨莺转梦初醒①，天影微凉断岸青②。
坐对物华俱自得③，笼鹅不用换黄庭④。

[题解]

本诗选自《石渠宝笈》卷三二。

柯九思当年曾见过大年这幅《群鹅图》，今已失传。

[注释]

①转：同“啭”，黄莺婉转的啼叫声。②天影：清晨的天色。③物华：美好的景物。④换：交换。黄庭：即《黄庭经》，道家经典。晋代王羲之爱白鹅，山阴有位道士请他写《黄庭经》，用一群白鹅酬谢他。事见何洪盛《晋中兴书》(《太平御览》卷二三八引)。

[评说]

这首小诗，先写画上群鹅嬉水的环境。绿杨绕陂，黄莺鸣啼，唤醒了人们的清梦；晨光微曦，河水微凉，断岸嫩草色青青。诗人不写群鹅，却用全诗一半的笔墨，着力描绘群鹅生活的环境，这是借客形主之法，用优美的景物烘托优美的群鹅形象。诗句风格清新，颇有思致，这完全是由清丽的画境所托出。面对这样美好的景物，鹅自得，诗人也自得，鹅舍不得离开这美景，诗人也舍不得离开这画境，着一“俱”字，将物我依恋之情状，刻画无遗。我既然依恋群鹅，自然舍不得用它们去换取《黄庭经》，结句的表意，真是水到渠成。由观画鹅而爱鹅，由爱鹅而不肯用它们去换取王羲之书写的《黄庭经》，诗人爱赏赵令穰的《群鹅图》、赞扬赵令穰画艺之意，溢于言表。（吴企明）

题周文矩太真攀鞍图

柯九思

春风别院奏笙歌①,妃子攀鞍转晓波②。
不信开元太平日③,香魂沦落马嵬坡④。

[题解]

本诗选自顾嗣立《元诗选三集·丹丘生稿》。

周文矩，五代南唐画家，其生平详见黄公望《周文矩十美图》“题解”。

[注释]

①笙：供吹奏用的簧管乐器，这里借以泛指众多乐器。②转：转动。晓波：指清如晨波的眼睛，形容女子美丽明亮的眼睛。③开元：唐玄宗年号，共二十九年，是唐王朝最强盛的年代。④香魂：女子死后的灵魂。沦落：流落。马嵬坡：地名，在今陕西兴平。天宝十五载（756），安史之乱，唐玄宗携杨贵妃出逃奔蜀，途次马嵬驿，随从将士杀杨国忠，玄宗赐杨贵妃死，葬妃于马嵬坡。事见《新唐书·杨贵妃传》。

[评说]

太真，即杨贵妃玉环。杨玉环入宫前，先度为道士，号曰太真，见《旧唐书·杨贵妃传》。这幅《太真攀鞍图》，以杨贵妃攀鞍为题材，描写她在唐宫受到玄宗宠爱时的情状。时隔三百年，柯九思重睹此画，不胜感慨，写下这首小诗，一抒思古之幽情。像通常题画诗一样，诗人先从画面形象入手。杨贵妃从别院弹奏乐器出来，攀着马鞍正想骑上去回宫，清亮的眼睛里传达出喜悦惬意的神情。《世说新语·巧艺》载晋代画家顾长康语：“四体妍蚩，本无关于妙处，传神写照，正在阿堵中。”柯九思以画家兼诗人的敏锐眼光，首先抓住画像上的眼睛以表现杨贵妃之美。诗至第三句，诗人由画像之美，触景生情，联想到贵妃之死。他说，简直不能相信，这样貌美的妃子，竟然会死在马嵬坡。柯九思当然熟知杨妃的死因，但他不赞成女子是祸水的观点，很同情杨贵妃的遭遇，所以写出最后两句诗，流露出为杨贵妃深感不幸的情思。（吴企明）

题黄筌画红蕉十二红

柯九思

故国三千里①，名禽十二红②。
白头供奉在③，挥泪湿东风。

[题解]

本诗选自顾嗣立《元诗选三集·丹丘生稿》。

[注释]

①“故国”句：用张祜《宫词》中的成句：“故国三千里，深宫二十年。”②十二红：鸟名，绯连雀的别名。③白头供奉：指黄筌晚年。供奉，黄筌在后蜀孟衍时，曾为翰林待诏，其职与唐翰林供奉相仿，故云。

[评说]

黄筌是五代后蜀画家，成都人，备受后蜀孟衍宠遇。入宋后，去开封任职，远离故国，晚年自有深长的乡思和深切的怨愤。柯九思处身元朝，对黄筌的心事有所体察，因此观看他的《红蕉十二红》后，写下本诗以寄慨。

这首短小精悍的五言绝句，诗境深邃，诗味隽永，寄托了诗人深沉的时代盛衰之感。诗的一、二两句，巧用对仗，显得工整灵活。首句承题上“黄筌”其人而来，“故国三千里”指黄筌远离家国，来到汴京供职事。黄筌作为画家，在宫中的地位与宫女相似，柯九思运用富有深意的张祜《宫词》中“故国三千里，深宫二十年”成句，显然是借着宫女的哀怨，表现画家借着作画以度日的哀怨。第三句，诗人运用对立想象的艺术思维方式，由“十二红”，联想到“白”，联想到画家的“白头”，想象他独立东风挥泪，泪湿衣衫。“挥泪湿东风”的形象，回应开端的“故国三千里”句，其寄慨之内涵，显而易见。此诗的写法，全仿元稹《行宫》：“寥落古行宫，寂寞宫花红。白头宫女在，闲坐说玄宗。”对时代盛衰的感慨，都在白头宫女哀怨的倾吐中表现出来。我们再将它和本诗开端引用的张祜《宫词》成句联系起来，便能深刻理解柯九思写作本诗的艺术匠心。（吴企明）

题夏圭孤舟风雨图

张　昱

此船载得许多愁[①],使我尊前感旧游。
惆怅扬州十年梦[②],满江风雨泊瓜州[③]。

[题解]

本诗选自顾嗣立《元诗选初集·庐陵集》。

张昱（生卒年不详），元代诗人，字光弼，自号可闲老人，庐陵（今江西吉安）人。受知于左丞杨完，历任浙江省左、右司员外郎，行枢密院判官。杨完死后，他弃官不出，徜徉于山水间，以诗酒自娱。少师事虞集，得其诗法。有《庐陵集》。

夏圭（生卒年不详），宋代画家，字禹玉，钱塘（今浙江杭州）人。宋宁宗时为画院待诏。画法出李唐，又能融会诸家之长，自成一格，笔墨苍劲，构图每多“半边”“一角”，有“夏半边”之称。与马远齐名，并称“马夏”；与李唐、刘松年、马远合称“南宋画院四大家”。存世作品有《江山佳胜图》《溪山清远图》等。

[注释]

①“此船”句：李清照《武陵春》：“只恐双溪舴艋舟，载不动许多愁。”这里反其意而用之。②扬州十年梦：用杜牧《遣怀》中“十年一觉扬州梦，赢得青楼薄幸名”句意。③泊瓜州：王安石有《泊船瓜洲》诗。

[评说]

这首诗一不写画面，二不颂画家，三不赞画艺，却由画面的孤舟风雨，触发起“感旧游”的情思，也是一首地道的抒发主观感情的题画诗。诗从《孤舟风雨图》上的“孤舟”落笔，反用李清照《武陵春》“载不动许多愁”的词意，说此船能载动许多愁，使“我”在饮酒时回想起往昔的游踪。诗的下半首，便是“感旧游”的具体内容：诗人张昱曾到过扬州，一别十年，不胜惆怅，记得当时乘坐的孤舟，遇到满江的风雨，不得不在瓜洲渡停泊。昔日的景象与眼前夏圭《孤舟风雨图》的画面具象十分相似，而画面具象又正是勾引起昔日回忆的媒介物，画意与诗情非常融洽地交会起来。这首诗还有一个很明显的艺术特征，就是巧妙运化前代诗人的诗意和成句，如化用李清照的《武陵春》、杜牧的《遣怀》、王安石的《泊船瓜洲》等，为创造诗歌意象服务。（吴企明）

题　画

潘　纯

阿翁作画如说法[①],信手拈来种种佳。
好水好山涂抹尽,阿婆脸上不曾搽[②]。

[题解]

本诗选自陈衍《元诗纪事》卷二二。

潘纯(生卒年不详),元代文学家,字子素,庐州合肥(今属安徽)人。善为今乐府,秀丽清郁,善谑,常作诗文以讽刺显贵。后为行台御史大夫纳璘之子安安杀害。有《子素集》。

[注释]

①阿翁:指画家黄公望。说法:佛家语,演说佛法。②脸上不曾搽:脸上不搽脂粉,便是"素面",素色面孔,双关谐音为"素汤面"。

[评说]

这是诗人在嘉兴林叔大家为黄公望所作画幅题写的诗。林叔大掾江浙行省时,交接名流,以求得美誉。然他为人鄙吝,接待达官贵人,则宰杀猪羊,极尽奉承能事;接待士人君子,不过素汤面而已。一日,其请黄公望作画,又请潘纯题诗其上。诗人先颂画家,开门见山,指出他的画寓有深意,又称赞他画艺臻于炉火纯青的境界,信手拈来,便成佳品。诗的下半首,却是讽刺主人的,陈衍引《辍耕录》云:"子素即书一绝句云云。大痴笑谓曰:'好水好山,言达官显宦也。阿婆脸不搽,言素面也。'"诗

句的讽刺意义，被画家黄公望说得很透。全诗语言质朴，口语入诗，巧用双关语，增强了诗作的戏谑情调。（吴企明）

题王若水幽禽图

潘　纯

花间幽鸟爱幽栖，拣得春风最好枝。
只有江南王若水[①]，白头描写似徐熙[②]。

[题解]

本诗选自顾嗣立《元诗选三集·子素集》。

王若水（生卒年不详），元代画家王渊之字，号澹轩，钱塘（今浙江杭州）人。所画皆师古人，无一笔院体。花鸟师黄筌，甚精妙。从潘纯的题画诗看，他也师法徐熙。

[注释]

①江南：王若水为杭州人，故云。②白头：白头翁，即诗题上的"幽禽"。徐熙：五代南唐画家，钟陵（今江苏南京）人，擅画花鸟，与后蜀黄筌齐名，人称"黄徐"。有人评论："黄家富贵，徐熙野逸。"

[评说]

这首题画诗的前两句，就画面具象着笔，不说画家艺术构思巧妙，反说幽禽挑拣到最好的位置，栖息于临风的花枝上，写得幽默风趣。诗的后半首，进而发表画论，阐述画家王渊的师承关系，也品评了这幅幽禽图具有野逸幽趣的风格特征。王渊能一反院体画风，师法古人，自创新格。他的花鸟画兼取黄筌、徐熙画法的长处，所以受到时人赏识，也被潘纯写入题画诗里，传之千古。（吴企明）

曹知白吴淞山色图

潘　纯

一片吴淞江上秋[1]，澹云凉叶思悠悠。
何时莼菜鲈鱼脍[2]，却向先生画里游。

［题解］

本诗选自顾嗣立《元诗选二集·子素集》。

曹知白，见元本《题曹知白疏松幽岫图轴》“题解”。

［注释］

①吴淞江上秋：用陆龟蒙《松石晓景图》：“将归与说文通后，写得淞江岸上秋。”②莼菜鲈鱼脍：晋代张翰见秋风起，思念家乡的莼菜、鲈鱼脍，曰：“人生贵得适志，何能羁宦数千里以要名爵乎？”遂返回吴中。事见《晋书·张翰传》。

［评说］

这首题画绝句不采用第三句突转的写法，却通过连接联想的艺术思维方式，使每句诗蝉联而下，自然承接，思如贯珠，读来流转自如。诗人首先从图上景象发端，吴淞江上一派秋色，次句写到“澹云凉叶”，便将“秋色”具体化。画上的秋色引发了读画人的秋思，“思悠悠”，很自然地让人想到了晋代张翰，想到他为了莼菜鲈脍而返回吴中的雅事。典故用得很妥帖，暗中扣合画题上的“吴淞”。尾句，诗人将“思悠悠”的思绪，拉回到画面上，饶有风趣地说曹知白先生画里的游鱼，便是当年张翰

思念的鲈鱼。全诗意趣盎然，诗境从画境托出，诗美与画艺美得到了完美的统一。（吴企明）

题赵子固蕙花蛱蝶图

潘　纯

江上青山日欲晡①,幽花小纸墨模糊。
华清宫里生秋草②,零落滕王蛱蝶图③。

[题解]

本诗选自顾嗣立《元诗选三集·子素集》。

赵子固（1199—1264），即宋代画家赵孟坚，宋宗室，善画兰蕙。

[注释]

①晡：申时，即午后三时至五时。②华清宫：长安骊山有华清宫，为唐代离宫。秋草：指蕙，秋日开花。③滕王蛱蝶图：唐嗣滕王李湛然的《蛱蝶图》。见王建《宫词》“搨得滕王蛱蝶图”。

[评说]

这首诗运用相似联想的艺术思维方式，以《蛱蝶图》为线索，由今想到古，由赵子固想到李湛然。前两句，描写诗人在山中日暮时分展看图卷，图页上的墨蕙模糊不清。作画的赵孟坚是宋宗室，他在宋宫里画作《蕙花蛱蝶图》，潘纯由此飞驰艺术想象，联想到唐代宗室画家嗣滕王李湛然在唐宫（华清宫）里画作《蛱蝶图》，表达出对两代草虫画家由衷的崇敬和思念。本诗乃仄起首句入韵格，“晡”“糊”“图”三字，押上平声七虞韵。（吴企明）

题梨花折枝

‖朱德润

玉压帽檐花底春①，惜无花下洗妆人。
阿娇一掬东风泪②，聊仗丹青为写真③。

［题解］

本诗选自顾嗣立《元诗选初集·存复斋集》、陈邦彦《历代题画诗类》卷八七。

朱德润（1294—1365），元代画家，字泽民，原睢阳（今河南商丘），后家昆山（今江苏昆山）。历仕国史编修、镇东行中书省儒学提举、行中书省照磨官。善画花卉、人物，尤擅山水，学郭熙笔法。工诗文，文章典雅，有《存复斋集》。存世画作有《秀野轩》《林下鸣琴》等图。

［注释］

①玉：白玉，喻梨花。因花多，使花枝低垂，故云“压”。②阿娇：汉武帝陈皇后的小名，本诗泛指美女。一掬：一捧，两手捧取。③写真：画科之一，描画人的形貌。这里指描画梨花之形貌。

［评说］

这首绝句自题小幅折枝画，画上只有梨花，如玉的白色梨花，花繁枝垂，一派春意盎然。由次句“花下惜无洗妆人”可知画上无美女。那么，诗中的“阿娇”是指什么？原来，诗人运用“美女喻花”的手法，以“一掬东风泪”的“阿娇”形容带雨的梨花，这很容易使人们联想起白居易的“玉容寂寞泪阑干，梨花一枝春带雨”（《长恨歌》），弥觉此诗喻象清幽生动，意蕴深远。带雨的梨花色泽清润，风姿绰约，惹人喜爱，只有靠着丹青，将它描画下来。诗人有时采用直接描绘之法，如“玉压帽檐花底春”句，状花之色泽，花之繁多，“阿娇一掬东风泪”句，状梨花带雨之风神；有时采用以美学效果暗示花美之法，如“聊仗丹青为写真”句。他采用多种诗歌技法，再现绘画艺术之美，向人们揭示欣赏这幅《梨花折枝》画之门径，帮助人们有效地进行审美享受。（吴企明）

题淮阴梅鼎画蜀山图

朱德润

西望巴江隔锦官①，青泥黄栈细盘盘②。
人间到处羊肠险③，何必长歌蜀道难④。

[题解]

本诗选自顾嗣立《元诗选初集·存复斋集》。

梅鼎，淮阴人，生平不详。

[注释]

①巴江：水名，源出大巴山，经四川南江县，与南江水汇合为巴江。这里泛指巴蜀之江水。锦官：锦官城，即成都。②青泥：岭名，在今陕西略阳北。《元和郡县图志》云："青泥岭，在县西北五十三里接溪山东，即今通路也。悬崖万仞，上多云雨，行者屡逢泥淖，故号为青泥岭。"黄栈：黄色的栈道。蜀道上悬崖峭壁间，无路可通，傍山架木而度行人，名曰栈道。盘盘：曲折回环的样子。③羊肠：比喻崎岖曲折的小路。④蜀道难：李白作乐府诗《蜀道难》，借蜀道巉岩险途比喻仕途之坎坷。

[评说]

这首诗使用题画诗的常见格式，即由画面具象的描绘转入观画感慨的抒写。朱德润自己是山水画能手，所以题诗由梅鼎的《蜀山图》入手，首句迅即着题，具体表现画面的构图，自蜀山西望，巴江蜿蜒，锦官城迢递阻隔。诗人并未正面描写蜀山形象，却抓住其中的典型事物——青泥岭的栈道以表现蜀山之险峻。青泥岭是蜀道中一段十分艰险的路途，李白《蜀道难》也专门写到这个地方："青泥何盘盘，百步九折萦岩峦。"朱德润看准画面上栈道盘曲的特点，因而写出"青泥黄栈细盘盘"句。以上是画面形象。

诗至第三句，诗人突然使用宕笔，由蜀山、蜀道写到人生道路，发出深邃的观画感慨："人间到处羊肠险。"诗思已由自然界的山路艰险，转到社会生活中的世路艰险，于是，结句以何必高唱李白《蜀道难》的意想拍合到第三句上，进一步生发世路艰险的深沉感慨。朱德润观看的是《蜀山图》，他由蜀山联想到蜀道，又由蜀道的高险崎岖联想到人生道路的艰难险阻，由此发出感慨，抒写自己深切的人生体验。全诗思路非常明晰，寄慨激切，具有感发读者兴会的艺术力量。（吴企明）

郭天锡云山

郑元祐

飞墨来从海岳庵①,春风吹雨满江南。
青山肯被云遮尽,时耸尖奇一两簪②。

[题解]

本诗选自陈邦彦《历代题画诗类》卷九。

郑元祐(1292—1364),元代诗人,字明德,自号尚左生,本处州遂昌(今浙江遂昌)人,随父徙居钱塘(今浙江杭州),后长期侨居吴中。历仕平江路儒学教授、浙江儒学提举。诗格清峻苍古,有《侨吴集》《遂昌杂录》。

郭天锡,即元代画家郭畀,字天锡,其画师法米芾。详见郭畀《题米南宫像》“题解”。

[注释]

①海岳庵:米芾在润州所居的庵名,这里代指米芾。②簪:玉簪。

[评说]

郑元祐的题诗首先指出郭畀的艺术渊源,说他的笔墨从米芾处来,紧接着描绘画面景,为郭畀《云山图》先勾勒出一个总体画境。三、四句诗,再具体表现画的细部特征,展现云雾富有动感、弥蒙的风神。诗人不说云雾的变幻和移动,却将青山人格化,说青山岂肯被云雾遮住,因而时时高耸着它们尖尖的、怪奇的山顶,露在云雾之上,好像一两支玉簪。“时耸”两字，炼得好，曲尽云雾变幻莫测、随时移动的情状。全诗艺术想象奇特，喻象准确生动，构思灵巧，真正抓住了云山时隐时现的美感特征，把郭畀的《云山图》表现得惟妙惟肖。（吴企明）

王元章梅

郑元祐

孤山无复有梅花[①],寂寞咸平处士家[②]。
留得王髯醉时笔[③],岁寒仍旧发枯槎。

[题解]

本诗选自顾嗣立《元诗选初集·侨吴集》。

王元章,即元代画家王冕。

[注释]

①孤山:在杭州西湖中,宋林逋居此。 ②咸平:宋真宗的年号,前后凡六年。 林逋于其时隐居于孤山。 处士家:指林逋家,逋有“西湖处士”之称。 ③王髯:王冕多须,人称“王髯”。

[评说]

诗的前两句写林逋。 孤山盛产梅花,林逋咸平年间隐于此,对梅多加呵护。 逋死,孤山遂无梅。 开端用“倒卷”之法,突显孤山因林逋死后无梅。 后两句写王冕。 时当岁寒,王冕乘醉挥毫作画,画面上的枯槎开放着梅花。 这首题画绝句分两层,前两句一层,写林逋死后孤山无梅,后两句一层,写王冕醉画梅花,前后呼应,以前衬后,歌颂王冕画梅逼真,继承了林逋的文采风流,构成完整的诗意。 本诗乃平起首句入韵格,“家”“花”“槎”三字,押上平声六麻韵。(吴企明)

浅绛山水横幅

杨维桢

千山万山青入空，大梅小树如游龙。
井西道人出神去①，飞过蓬莱第一峰②。

[题解]

《浅绛山水横幅》，黄公望画，今存，藏日本京都小栗秋堂。本诗选自画幅墨迹。

杨维桢（1296—1370），元代文学家、书法家，字廉夫，号铁崖、东维子、铁雅，诸暨（今属浙江）人。元泰定四年（1327）登进士第，历仕建德路总管府推官、江西儒学提举。入明后，绝意仕进，晚年居松江。元末，铁崖领袖诗坛，与诗人张雨、郯韶、顾瑛，画家黄公望、倪瓒等交游，多所唱酬，写过很多题画诗。其诗奇崛古奥，时号“铁体”，有《铁崖先生古乐府》《东维子文集》等。

[注释]

①井西道人：即黄公望，汪砢玉《珊瑚网》卷三三录张梦辰《题子久山水》诗云：“井西道人壶中仙。”②蓬莱：古代传说中的海上三神山之一。

[评说]

这首诗题写黄公望的《浅绛山水横幅》。汪砢玉《珊瑚网》卷三三著录黄公望《浅绛色山水图》，据其中“风月福人”“闲闲”二人的题诗看，可知杨维桢所题的画，与汪氏的记载不相合，当是另外一幅。

这首小诗，写得很有特色。杨维桢首先摹写画面上千重山、万重山高耸入云，近处大梅、远处小树，蜿蜒如游龙的景色，然后笔触转到画家的艺术想象上去。他说黄公望出神地驰骋想象，飞越蓬莱仙山的第一峰，言外之意，画面上的重峦叠嶂，正是以蓬莱第一峰为蓝本画成的。这首诗想象力丰富，灵动活脱，风神摇曳，其苍莽雄浑、意象深远之诗境，全由画境托出，真可谓诗之妙出于画之妙。本诗的艺术风格与杨维桢诗的主导风格不一样，可说是铁崖诗中的别调。（吴企明）

题高尚书沧洲石林图

杨维桢

高秋木落天宇宽，洞庭潇湘生暮寒①。
剑气横空月在地②，老蛟夜护仙都坛③。

[题解]

本诗选自卞永誉《式古堂书画汇考》卷四七。

高尚书，即元代画家高克恭，他死后赠刑部尚书，故称。高克恭的《沧洲石林图》，旧时为松江朝阳观道士薛真人收藏。杨维桢在松江居住时，顾瑛、薛真人载酒往访，流连于草玄阁（杨维桢在松江建筑的室名）上，周南宾、马庸亦在座。席间，杨维桢为薛真人收藏之《沧洲石林图》题诗，顾瑛、马庸、周南宾并和之，亦是诗画坛上的一件盛事。

[注释]

①潇湘：本是地名，这里指潇湘竹，与杨维桢同时题诗的顾瑛称其为“寒玉”、马庸称其为“湘君”，都指画中之竹。②剑气：宝剑的光芒。见《雷焕别传》(《太平御览》卷三四三引)。后人常用以喻人之才华。任昉《宣德皇后令》：“剑气凌云。”本诗指画家高克恭之才华。③仙都坛：仙都、仙坛，都是仙人居住的处所，这是借指松江朝阳道观。

[评说]

题诗先从画面着笔。首句，写树木，入秋后天高气爽，树叶纷纷脱落，碧天的空间显得分外宽阔。次句，写翠竹，洞庭湖边的湘妃竹，在薄暮时分，生出寒意。第三句诗，从画家、画面生发，诗人称道这幅《沧洲石林图》画艺精妙，透露出画家高克恭凌云的才华，故曰“剑气横空”。“月在地”，扣应结句的“夜”字。高克恭的画很珍贵，藏在松江朝阳观，所以有神物“老蛟”守护着。全诗先描绘画面景物，再赞誉画作和画家的艺术成就，亦是题画诗中常见的一种写法。（吴企明）

题撚花仕女图

杨维桢

写罢桃花扇底诗[①],木香手撚小枝枝[②]。
灵犀一点春心密[③],不许墙东野蝶知。

[题解]

本诗选自顾嗣立《元诗选初集·铁崖集》。

[注释]

①桃花扇底：自晏几道《鹧鸪天》“歌尽桃花扇底风”句化出。②木香：荼蘼花的别名。③灵犀一点：心意相通，出自李商隐《无题》：“心有灵犀一点通。”

[评说]

为《仕女图》题诗，描绘撚花仕女的艺术形象，该抓住什么？诗人抓住仕女的深层心态，描绘其受春物感召的心理变化。前两句先描写她的两个生活细节，以表现她深曲的内心世界。受“灼灼其华”的桃花的感发，她写了一首怀春诗题在桃花扇上，又手撚荼蘼花枝默然深思。第三句承上二句而发，说她的心意与外界春物息息相通，因而春情洋溢，春心细密。结句，诗人以长者的身份，用劝慰的语言告诉仕女：不要让墙外的野蝶知道你的春心，免得招惹是非。这首小诗，写得轻灵婉丽，与杨维桢奇崛古奥的诗风相比，不啻是别一副面目。本诗乃仄起首句入韵格，“诗”“枝”“知”三字，押上平声四支韵。（吴企明）

雨后云林图

杨维桢

浮云载山山欲行，桥头雨余春水生[①]。
便须借榻云林馆[②]，卧听仙家鸡犬声[③]。

[题解]

本诗选自顾嗣立《元诗选初集·铁崖集》。

《雨后云林图》未详画家名。张丑《清河画舫录》卷一一下载及倪瓒《雨后空林生白烟图》，大幅，后有张雨、袁华、陆颙、周南老等人的题诗。有人疑本诗所题之画或即倪瓒此图（邢志善，见《中国题画诗分类鉴赏辞典》），缺乏根据，不可信。

[注释]

①雨余：雨后。②借榻：借宿。榻，备客借用的无顶无框小床。云林馆：在云林中的馆舍。③仙家：山居人家。

[评说]

这首题画诗，采用常格写成。前两句写画面，紧扣题面“雨后”二字下笔。雨后，云林间弥漫雾气，浮云在山间飘动，好像把山托起，连山峰似乎也在行走。首句神态飞动，生机盎然，把画上的山写活了。次句描写桥边春水上涨，这是雨后山溪特有的景观。第三句诗思突转，第四句扣应上句，转到观画感想上，因为画境太迷人了，他竟然产生投宿云林、卧听鸡犬声的念头。诗人虽然对《雨后云林图》的画艺水平未着只字评骘，但是他的品评尽在自我观感之中油然表露出来了。（吴企明）

题梅竹双清图

泰不华

冰魂无梦到玉阶，翠袖云鬟并玉钗[①]。
青鸟暮衔红绶带[②]，夜深重认合欢鞋[③]。

[题解]

本诗选自顾嗣立《元诗选初集·顾北集》。

泰不华（1304—1352），元代文学家，字兼善，世居白野山，随父迁台州（今属浙江）。赐右榜进士第一，历仕监察御史、礼部侍郎、浙东道宣慰使都元帅。好读书，以文章名，有《顾北集》。双清，指梅和竹。宋璟《梅花赋》："清香潜袭，疏蕊暗嗅。"曾端伯则以梅花为"清友"（《锦绣万花谷》）。王炎《竹赋》则有"其清可以延风月""格清貌古"句。王禹偁《对邻家竹》："月上分清影，风来惠好音。"梅和竹，都有"清"的美学特征，故号"双清"。

[注释]

①"翠袖"句：杜甫《佳人》："天寒翠袖薄，日暮倚修竹。"②青鸟：传说中西王母的使者。本句自杜甫《丽人行》"青鸟飞去衔红巾"句化出。③合欢鞋：男、女鞋并放一起，象征合欢偕老。

[评说]

前两句承题，分写梅竹。首句写梅，画梅之魂为翠竹牵绕，不再梦到玉阶边。梅花耐冰霜，色如冰玉，故云"冰魂"。次句写竹，借杜甫诗意，将画上竹比喻成佳人。第三、四句由画面生发到画外，专写画外意。诗人请青鸟为使者，衔来红绶带，为君子佳人传递消息，到夜深时，青鸟还来重认并放一起的君子、佳人的鞋子，希望他们和谐好合。全诗自画面切入，又自画面跳出，从“双清”构思，以比兴手法喻梅竹为君子佳人，表达出祝福的美好愿望。本诗乃平起首句入韵格，“阶”“钗”“鞋”三字，押上平声九佳韵。（吴企明）

题兰棘同芳图

李　祁

幽兰既丛茂，荆棘仍不除[①]。
素心自芳洁[②]，怡然与之俱。

［题解］

本诗选自陈邦彦《历代题画诗类》卷七五。

李祁（1299—约1370），元代诗人，字一初，号希蘧，茶陵（今属湖南）人。元顺帝元统元年（1333）进士及第，授应奉翰林文字，历任婺源州同知、浙江儒学副提举，因母忧解职，后退隐永新山中。入明不仕，自号“不二心老人”。以诗名，有《云阳集》。

［注释］

①荆：荆条，无刺。棘：酸枣，有刺。这里以荆棘不除比喻环境险恶。②素心：纯洁的心地，用陶渊明《移居》“闻多素心人”句意。

［评说］

自从宋代周敦颐的《爱莲说》问世以后，人们爱读他的名句“出污泥而不染”，将它作为砥砺情操的座右铭。无独有偶，元代有一位不知名的画家，画了一幅《兰棘同芳图》，表达了与“出污泥而不染”相似的艺术意想。诗人李祁为此而题写了一首诗，将画家画作此图的初衷与匠心，明白地展示在读者面前。题诗从画面形象着笔，幽兰丛生，长得很茂盛；荆棘并没有被剪除，与幽兰一起生长。前两句写尽题面意思。后两句由此生发，写幽兰的心志，揭示题旨。幽兰心地纯洁，质本芳馨，与荆棘同处一起，泰然处之，安适愉快。画家与诗人透过兰棘同芳的形象，运用“比德式”的抒情方式，表述这样的题旨：操守坚贞的人，不顾周围环境的险恶，排除俗物的干扰，坚守素志，不会与之同流合污。《兰棘同芳图》中的兰花，便具有莲荷那种处于污泥之中而不受污染的高贵品格。（吴企明）

题渊明小像

‖贡师泰

乌帽青鞋白鹿裘，山中甲子自春秋[①]。
呼童检点门前柳，莫放飞花过石头[②]。

[题解]

本诗选自顾嗣立《元诗选初集·玩斋集》、陈邦彦《历代题画诗类》卷五三。

贡师泰（1298—1362），元代诗人，字泰甫，号玩斋，宣城（今属安徽）人。历仕翰林应奉、翰林待制、监察御史、吏部侍郎、礼部尚书、平江路总管。师泰少承父贡奎家学，又从吴澄受业，复与虞集、揭傒斯游，以文学知名，诗格高雅。有《玩斋集》。

[注释]

①“山中”句：陶渊明在晋宋易代之际所著文章，不书年号，但书甲子。②石头：石头城。

[评说]

这首题画像的诗，能抓住陶渊明精神、气韵中最具有本质特征的孤高清节的一面，着力表现，真得陶潜之神。首句从画面形象下笔，将陶渊明淡泊名利、洁身自高的品质，寓之于“乌帽”“青鞋”“白鹿裘”的服饰描写中。此下诗句，均从画面小像拓开去，重在写其精神。“山中”句，描写陶潜入宋以后不记年号、只记甲子的事实，写出他对赋闲安适生活的向往和追求，为下半首诗描写他不肯事宋的品格作好铺垫。三、四句只写他呼童扫柳絮，不放飞花过石头城的生活细节，从而深刻地剖析出他不肯进入石头城、不愿事宋的心态。翁方纲已经注意到这两句诗，评曰：“其《题渊明小像》云：‘呼童检点门前柳，莫放飞花过石头。’则细意之作也。”（《石洲诗话》卷五）论得极是。翁方纲认为贡师泰是元末大家，“玩斋力清劲而韵深秀”，本诗可以说是“韵深秀”的代表作。（吴企明）

予过吴中得画一幅孤峰拔起有类雁荡仙都者因题赠宋居仁

贡师泰

雁荡秋深玉柱寒①,老夫曾此驻征鞍。
开图一见青山色,犹似当时马上看。

［题解］

本诗选自顾嗣立《元诗选初集·玩斋集》。

［注释］

①雁荡：山名，分南、北两雁荡，南雁荡在浙江平阳南，北雁荡在浙江乐清东。

［评说］

诗题并没有交代这幅画的作者，谅为不太知名的画家，诗人不专提其名。画中孤峰挺拔，很像浙江雁荡山、仙都山的山峰，引起诗人对昔日游历的回忆。诗人触景兴怀，写下这首题画诗。

玩斋当年曾路过雁荡山，在山下驻马细细观看过。题诗便由此落笔，起句“雁荡秋深玉柱寒”，描写昔日游雁荡山时四边的深秋景色，同时也扣合题上“孤峰”“雁荡”。次句叙写自己当年曾在此孤峰下驻马观看，欣赏雁荡山奇伟峻挺之美。第三句，笔头一转，转到画幅上，诗人惊喜地说，展图观赏画上的青山，竟然像当年在雁荡山孤峰前骑马看山时见到的景色一样。这首题画诗在写法上并没有什么特别的地方，不过是诗人运用相似联想的艺术思维方式，由眼前的画幅联想到“当时马上看”的情景，又运用“以画作真”的写作手法，写出自己的观画感慨，将当日观山的情趣和今朝观画的意趣融合起来，妙合无痕，运思奇巧，极度夸耀画幅得真山神韵的艺术造诣。（吴企明）

题张叔厚画琵琶仕女

郑　东

虾蟆陵下春风梦[1]，浔阳江头秋月愁。
莫怪青衫容易湿，多情司马雪盈头。

［题解］

本诗选自陈邦彦《历代题画诗类》卷五八。

郑东（？—1354），元代诗人，字季明，号杲斋，温州平阳（今属浙江）人。欧阳玄奇其才，欲荐之，会疾卒。与弟采俱工诗，有《郑氏联璧集》。

张叔厚，即张渥。参见张渥《题明雪窗兰》“题解”。

［注释］

①虾蟆陵：在长安城南，陵本为董仲舒墓，时人谓之下马陵，后人误传为“虾蟆陵”。白居易《琵琶引》：“自言本是京城女，家在虾蟆陵下住。”

［评说］

张叔厚的《琵琶仕女图》，显然是以白居易《琵琶引》中的琵琶女为描画对象的。郑东的题诗，并没有从画家、画艺方面下笔，也没有就琵琶女的体形、容貌、风神诸方面着墨。诗人以白氏长诗作为契机，紧扣、运化白居易诗句，以之题咏张渥的《琵琶仕女图》，揭示张渥以诗入画的本意。诗从琵琶女的家发端，她在下马陵度过一年年的春天，做过不知多少美好的春梦，却遭遇不幸，嫁个商人，常外出经商，她在浔阳江头弹奏琵琶，倾诉自己的哀怨。诗意正合白居易《琵琶引》“浔阳江头夜送客”“忽闻水上琵琶声”之意。三、四句，描写白居易听了琵琶女的演奏和诉说以后的表情，将白居易《琵琶引》结尾两句“座中泣下谁最多？江州司马青衫湿”点化入自己的诗中，更好地凸显张渥所画《琵琶仕女图》凄婉哀怨的画旨。衬笔的运用，使本诗更具凄婉的神韵，与画旨吻合，配合得非常默契。（吴企明）

新雁题诗图

‖倪　瓒

十月江南未陨霜，青枫欲赤碧梧黄。
停桡坐对寒山晚，新雁题诗小著行。

[题解]

本诗选自董其昌《画禅室随笔·评诗》，王士禛《带经堂诗话》卷二三、高士奇《江村消夏录》卷三亦有记载，《清閟阁集》卷七录本诗，题为《林亭晚岫》。

倪瓒（1301—1374），元代著名画家，字元镇，号云林居士，无锡（今属江苏）人。一生未入仕，过着优游闲散的生活，时人目为"高士"，个性迂僻，人称"倪迂"。他善诗文、书画，尤擅水墨山水、墨竹，画风萧疏幽淡，与黄公望、吴镇、王蒙合称为"元四家"。著有《清閟阁集》，有《六君子图》《渔庄秋霁图》《梧竹秀石图》等名作传世。

[评说]

王士禛认为本诗是倪瓒所有题画绝句中"最佳"的一首，细细品味，诗作神韵悠远，有杜樊川清俊之风，深感渔洋精于诗学，言之成理。这首题画诗，纯写画面，具体描绘画面上晚秋景物，再现富有诗意的画境美，给人以美的享受。诗人先从"寒山"景物着笔，十月，江南还没有降霜，青枫欲红未红，碧梧已经萎黄，深秋林木色彩纷呈，斑斓绚丽，其画境与杜牧《寄扬州韩绰判官》"秋尽江南草未凋"诗境相仿。诗的下半首，仍写画面，江上一叶扁舟，主人停桨坐对寒山，正在观赏晚景，他被明净秋空中翱翔的一行新雁吸引住。第三句诗，显然借用杜牧《山行》"停车坐爱枫林晚”句，诗意陡转，转出别意，使全诗的侧重点从远山移到“新雁”上。画面的景观真富有诗意，雁行著空，似乎在题写诗句，逗引起人们的奇思遐想。而这种艺术意想，原出于杜牧《九日齐安登高》“江涵秋影雁初飞”句，杜牧诗蕴含画意，倪瓒用其意入画，又为这幅画题写了本诗，诗情、画意，画景、诗境，多次转换，两种不同门类艺术的反复融通，愈益增进了绘画与诗歌的艺术造诣。王氏称本诗为“最佳”作品，确实当之无愧。（吴企明）

题赵孟頫谢幼舆丘壑图

倪　瓒

宜着山岩谢幼舆[①],鸥波落月夜窗虚[②]。
虎头痴绝无人识[③],把笔临池每自娱。

[题解]

本诗选自郁逢庆《郁氏书画题跋记》卷六。

郁氏著录此图题名为《赵集贤谢幼舆丘壑图》,误。赵孟頫之子赵雍,官至集贤待制,人称"赵集贤",赵雍并没有画《幼舆丘壑图》。此图实为赵孟頫画,赵雍题云"右先承旨早年所作《幼舆丘壑图》"(《郁氏书画题跋记》卷六),明言此图为赵孟頫作,王琦、倪瓒的诗文亦以为此图乃松雪所作。今据此改本诗题为《题赵孟頫谢幼舆丘壑图》。

[注释]

①着:放置于。②鸥波:即赵孟頫,他家有"鸥波亭",故人们称他为"鸥波"。③虎头:东晋画家顾恺之的小名。或谓虎头将军,非是。痴绝:《世说新语·文学》引宋明帝《文章志》:"桓温云:'顾长康体中痴黠各半,合而论之,正平平耳。'世云有三绝:画绝、才绝、痴绝。"

[评说]

谢幼舆,东晋谢鲲之字,东晋著名画家顾恺之为谢鲲写像,将他置于岩石间,人问其故,答曰:"谢云:'一丘一壑,自谓过之。'此子宜置丘壑中。"(《世说新语·巧艺》)事隔数百年后,赵孟頫重作此画,"今松雪翁后数百载，心领神会，作为此图，最是位置有方，笔意奇妙”（元人王琦评语）。即使顾恺之复生，也要为赵松雪这幅画赞叹不已的。倪瓒这首题画诗，用“虎头痴绝无人识”句一逗，引入诗人倪瓒对赵孟頫的赞誉，赞扬他识得顾恺之的“痴绝”，能深刻理解前代画家顾恺之的艺术匠心。诗中也提出了一个美学问题，即画家作画自娱的问题。画家赵鸥波在月夜窗前的清虚境界里，把自己的胸襟、审美情趣，打入被创造的艺术形象中去，以此自我取娱，自我陶醉，“画”即是我，我即是“画”，画、我融为一体，表现画家自身酷爱山水美的性格特征和审美特征。题画诗人倪瓒当然非常懂得顾恺之将谢鲲画在丘壑中这种艺术处理的妙处，也非常理解赵孟頫重作《幼舆丘壑图》的画心，真正识得赵松雪把笔临池时的愉悦心情，因而将种种心灵感悟和艺术体识写入绝句诗中，使丰富的思想内涵蕴藏在小诗里，更耐人回味，耐人咀嚼，发人深思。（吴企明）

题水竹居图

倪　瓒

僦得城东二亩居[①],水光竹色照琴书。
晨起开轩惊宿鸟,诗成洗砚没游鱼[②]。

[题解]

本诗选自张丑《清河书画舫》卷一一下、卞永誉《式古堂书画汇考》卷五〇。

本图今存中国历史博物馆。这首题画诗前有倪瓒题识，交代了作画的缘起，云："至正三年（1343）癸未岁八月望日，高进道过余林下，为言僦居苏州城东，有水竹之胜，因想象图此，并赋诗其上云云。"这一年，倪瓒四十三岁。如果以至正十三年（1353）疏散家财、携家隐遁作为倪瓒前后期生活的分界线的话，那么，本诗写作离他隐遁还有十年，处在他生活的前期。明人张丑曾亲见这幅着色山水，很推崇，誉之为"天下倪画第一"，他说："（瓒）为进道写青绿细山水，笔意仿荆、关，兼有董、巨遗意，而上方小楷题咏，全师欧阳率更，自非寻常卷轴之可比。"（《清河书画舫》卷一一下）张氏的题跋，阐明了倪瓒书画艺术的渊源：画仿荆、关、董、巨。这与董其昌的说法基本一致，董氏在《画禅室随笔·画源》中说倪瓒"深得荆、关遗意"，又说"倪迂学北苑"。

[注释]

①僦（jiù）：租赁。②没游鱼：洗砚后，水变黑，隐没游鱼。

[评说]

本诗首句叙事，简要说明高氏僦居苏州城东事，第二句才点到画面上水光竹色的景象，可见这是一幅青绿山水画，张丑所谓“青绿满幅”，即指此意。三、四句用宕笔，由画面生发开去，描写主人闲居读书的趣事。有修竹，故晨起开轩，声响惊动宿鸟；有清水，故诗成涤砚，墨水隐没游鱼，扣住题面“水竹居”造境。这首诗并不着意于描绘画面，而重在表现水竹居之情趣、韵味，思清神远，语清情逸，读来确乎饶有情趣。（吴企明）

水竹居图

题　画

倪　瓒

萧萧风雨麦秋寒[1]，把笔临摹强自宽。
赖有俞君相慰藉，松肪笋脯劝加餐[2]。

[题解]

本诗选自王士禛《带经堂诗话》卷二二。

卞永誉《式古堂书画汇考》卷五一录此图，此诗为黄鹤山樵王蒙作，实非。卞氏录黄鹤山樵《乔松绝壑图并题》，题下注："一本作至正十三年二月晦日作，倪瓒写，题诗与此同。"卞氏已疑之，因附记。王蒙识语云："甲寅四月廿三日风雨中，达侯茂异相访于晚节轩中，因为写《乔松绝壑图》，并赋题。黄鹤山樵王蒙。"王蒙题倪瓒诗于自己的《乔松绝壑图》上，后人遂误以此诗为王蒙作。王士禛《带经堂诗话》引《池北偶谈》云："往见倪云林小画，自题诗云……"又引《居易录》云："先从兄太液（士鹄）藏倪云林画小幅，极潇洒，上有自题诗云……予少时极爱之。康熙甲辰，在扬州题程孟阳画和之矣。适观卞中丞（永誉）《书画考》，有王叔明自题《乔松绝壑图》绝句，一字不异，第三句缺处是'俞'字，题下又注云：'一本作至正十三年二月晦日，倪瓒写。'题诗与此同。味此诗风致，断是云林作，然叔明何以剿袭不易一字，殊不可解也。"王士禛曾亲见倪瓒此图，其判断是可信的。

[注释]

①麦秋：农历四月麦收季节。汉蔡邕《月令章句》："百谷各以其初生为春，熟为秋，故麦以孟夏为秋。"②松肪：即松脂，松树分泌的胶

汁。笋脯：笋干。

[评说]

题画诗而不着画面，不涉画理，却从自己作画时的环境氛围、心理状态落笔，极写朋友情谊，便是倪瓒这首题诗的艺术特征。四月乍暖还寒时节，风雨萧萧，添人愁思。首句着意烘托气氛，为次句的诗意蓄势。次句写画家勉强宽慰自己，把笔摹写，排遣心头的郁闷。诗到第三句，转出别意，推己及人，描写俞君善解人意，劝“我”努力加饭餐，给“我”以莫大的安慰。一、二句写自我宽慰，三、四句写友人慰藉。前一层诗意为第二层诗意服务，凸显朋友的深情厚谊。题画诗有借题发挥一法，倪瓒运用此法写成本诗，比较典型地体现出这种写法的艺术特色。王士禛精谙诗学，他对本诗能说出“予少时极爱之”的话，作出“极潇洒”的品评，足见这首题画诗确是一篇佳作。（吴企明）

题顾玉山三教小像图

倪　瓒

儒衣僧帽道人鞋，天下青山骨可埋①。
遥想少年豪侠处，五陵鞍马洛阳街②。

[题解]

本诗选自汪砢玉《珊瑚网》卷三四、卞永誉《式古堂书画汇考》卷五〇。

玉山，即顾瑛（1310—1369），元代诗人，字仲瑛，昆山（今属江苏）人。他不就元人辟用，终生不仕，卜筑玉山草堂，与四方高士张仲举、柯九思、张伯雨、倪瓒、杨维桢等，饮酒赋诗，人称“玉山主人”。有《玉山璞稿》。

《顾玉山三教小像图》，倪瓒画，使用白描手法，师法李伯时，《珊瑚网》记载云：“崇祯七年闰中秋，新霁，阅玉山像，清腴微须，顶笠束玦，蹑玄舄，执孔雀尾扇，坐云鹤褥，有书一册在傍，白描如铁线。”有人以为倪瓒不喜画人物，然钱杜《松壶画忆》卷下云：“迂公画，家藏三帧……其一为顾仲瑛画像。俗言云林不喜作人物，余所藏三帧皆有之，古名家无所不能，又岂世俗能窥测拟议哉！”其言信然。

[注释]

①“天下”句：苏轼《狱中寄子由》：“是处青山可埋骨。”②“遥想”二句：用李白《少年行》：“五陵年少金市东，银鞍白马度春风。”五陵，长安豪门贵族聚居地。洛阳街，繁华热闹的地方。

[评说]

顾嗣立《元诗选初集》之《玉山璞稿·顾瑛传》云："尝自题其像曰……"顾氏以为这首诗是顾瑛题的，实误。顾瑛小像图乃倪瓒写，诗亦是倪瓒题的。张丑《清河书画舫》卷一一下、汪砢玉《珊瑚网》卷三四、卞永誉《式古堂书画汇考》卷五〇，均作倪瓒作，《珊瑚网》和《式古堂书画汇考》两书并载倪迂题记云："谓其人有意于荣进与，咏歌弹琴，诵古人之书。谓其阔略于世故与，能扩先人之业，昌大其门闾，逍遥户庭，名闻京都。忽自逸于尘氛之外，驾扁舟于五湖，性印朗月，身同太虚，非欲会玄觉于一致，而贯通于儒者耶！倪瓒造，戊戌八月，法喜精舍楼。"戊戌为元至正十八年（1358）。

读这首题画诗，一定要与云林的题记参照起来，才能领悟诗的旨意。诗从画面形象下笔，"儒衣""僧帽""道人鞋"，顾瑛画像上的服饰，是儒、道、释三教的综合，而顾瑛的思想、精神、襟怀，也贯通于三教。他有意于荣进，能扩大先人之世业，又自逸于方外，性印朗月，身同太虚，会佛、道于一致，而与儒学相贯通。正因为他思想之阔略、通脱，看破红尘，所以诗人次句称道他"天下青山骨可埋"。第三、四句，转到昔日顾瑛生活、气概的描写上。顾嗣立说他："世居界溪之上，轻财结客，年三十，始折节读书。"（《元诗选初集》之《玉山璞稿·顾瑛传》）所谓"少年豪侠""五陵鞍马"，就是形容顾瑛这位贵家子弟在繁华热闹的市区，豪爽地施财结交朋友。全诗在今与昔、三教贯通与少年豪侠的强烈鲜明的比照中，表现出顾瑛思想的变化、成熟的历程。诗句与题记互相配合，远远超出画面具象，题画诗补出了丰富的画外意，帮助赏画者和读诗人更深入地理解此画此诗的诗情画意。（吴企明）

题秋林图

倪　瓒

云开见山高，木落知风劲。
亭下不逢人，夕阳澹秋影。

[题解]

本诗选自董其昌《画禅室随笔·评旧画》。

董其昌《题倪云林画》云："云林画，江东人以有无论清俗。余所藏《秋林图》，有诗云……其韵致超绝，当在子久、山樵之上。"(《画禅室随笔》)董其昌是明代后期一位著名画家，又擅长诗歌、书法，精于诗、书、画鉴赏，他决然不会轻许他人。他绝口称赞倪瓒这首诗，足见此诗之精。

[评说]

这首诗虽说只有短短二十字，却用富有美感的语言，描写画面具象、画境，并阐发了两个美学问题。首句描状画面上带云之高山，次句描状画面上随风飘落的树叶，"开""落"两字，使画面具象具有动态感。绘画艺术无法表现动态的事物，"只能描绘一片景象在空间里的铺展"，而题画诗可以补足绘画的缺憾，因为"语言文字能描绘出一串活动在时间里的发展"(钱锺书《旧文四篇·读〈拉奥孔〉》)。董其昌对绘画和诗歌艺术的差异性有深刻的认识，他和程正揆曾讨论过"洞庭湖西秋月辉，潇湘江北早鸿飞"诗句能否入画的问题(见《青溪遗稿》卷二四《题画》)。所以，当他看到倪瓒题诗将云岚散开显露高山、秋风劲吹木叶纷坠的情趣和意境，完美地表现出来之时，无怪乎要作出"韵致超绝"的评骘来。

诗的后两句，诗人形容画面上夕阳照秋林，山空不逢人的空灵、澹逸的境界，十分妥帖，也巧妙地点出自己绘画澹雅的艺术风格。董其昌能深刻体识云林画风，他在《画禅室随笔》专书中，多处论述云林画的艺术风格，《画源》说："三家（指黄公望、吴镇、王蒙）皆有纵横习气，独云林古淡天然。"又说："聚精于画，一变古法，以天真幽淡为宗。"《题自画》云："元季四大家独云林品格尤超，早年学董元，晚乃自成一家，以简淡为之。"其见解与王士禛一致，渔洋之《香祖笔记》论倪瓒《乔柯竹石小幅》曰："澹逸绝尘。"董其昌长期收藏倪瓒《秋林图》及其题诗，他论画随笔中的见解，或许也就是从倪瓒诗里得到启发而提出来的。（吴企明）

题春山岚霭图

倪　瓒

露草雨苔青不干，床头涧水夏生寒①。
传经长史挥毫处②，只作当时旧宅看③。

［题解］

本诗选自张丑《清河书画舫》卷一一下、卞永誉《式古堂书画汇考》卷五〇。

这幅画是倪瓒于至正九年（1349）三月一日写赠沈仲章的。画幅上烟霭轻袅，拍塞满幅，尤见烘锁泼染之功力，异于云林常画。张雨阅后认为："此幅又入巨然之室，谓二米所不逭也。"（张丑《清河书画舫》）郑元祐也说："画图妙矣，谓二米所不逭，然乎！"（张丑《清河书画舫》）张、郑两氏给予此画很高的评价，也指出了此画的艺术渊源。

［注释］

①床头涧水：即枕河之意。杜荀鹤《送人游吴》："君到姑苏见，人家尽枕河。"倪迂变"枕河"为"枕涧"。②传经长史：张旭，唐代书法家，字伯高，吴县（今属江苏）人，善楷隶，尤工草书，官至左率府长史，人称"张长史"。他将书法艺术传授他人，得其法者如颜真卿、韩滉、徐浩、魏仲犀等人。③旧宅：卞永誉《式古堂书画汇考》卷五〇句下注："南涧实张君旧业，故云。"张旭曾居于此。

［评说］

倪瓒题诗，从自己画作之"气韵"入手，扣住画幅"岚霭"弥漫的艺术特征，“露草雨苔”为什么“不干”呢？“床头涧水”为什么“夏生寒”呢？因为春山的一切事物浸润于“岚霭”之中，“不干”“寒”是点睛之笔，表现出画幅水墨淋漓的生动气韵。张雨为这幅画题诗也抓住这一特征说：“秀色云林画未干。”张丑评此画说：“观云林画迹，求其气韵生动者，当以《春山岚霭》为冠。”（《清河书画舫》）极中肯綮。诗的后两句，忽然转笔写到张旭。张旭，吴人，云林以张旭旧业所在地之春山作为摹写对象，所以三、四句诗意，也寄寓着诗人兼画家的倪瓒对前代艺术家的缅怀情思。（吴企明）

题王叔明岩居高士图

倪　瓒

临池学书王右军①，澄怀观道宗少文②。
王侯笔力能扛鼎③，五百年中无此君。

[题解]

本诗选自张丑《清河书画舫》卷一一上、卞永誉《式古堂书画汇考》卷五一。两书所录文字稍有不同，《式古堂书画汇考》之文字稍胜，今从之。"临池学书"，《清河书画舫》作"笔墨精妙"；"观道"，《清河书画舫》作"卧游"；"王侯"，《清河书画舫》作"叔明"；"笔力"，《清河书画舫》作"绝力"。

[注释]

①临池：学习书法。东汉张芝学习书法非常用功，卫恒《四体书势》："凡家之衣帛必书面后练之，临池学书，池水尽墨。"王右军：东晋书法家王羲之，因任右军将军，世称"王右军"。②宗少文：刘宋画家宗炳，字少文，南阳（今属河南）人，善书画，喜游名山胜川，以疾还，叹曰："老病俱至，名山恐难遍游，唯当澄怀观道，卧以游之。"（张彦远《历代名画记》卷六）③王侯：指王叔明。扛鼎：力能举鼎。这里形容笔力刚劲。

[评说]

另一位诗人黎简为王叔明此图题诗，就画面形象着笔。然倪瓒这首题画诗，却从画面宕开，完全从赞颂画家的角度生发。首句，赞王蒙具有深厚的书法根底。因叔明姓王，故用王姓书法家设喻，较为贴近。倪迂经常以王羲之写叔明，如倪瓒《寄王叔明》诗云：“几梦山阴王右军，笔精墨妙最能文。”诗的第二句赞王蒙像宗炳一样澄怀观道，笃好山水。第三句称道王叔明笔精墨妙，力能扛鼎。尾句呼应上文，绾结全诗，极力称赞王叔明画艺高超绝伦，说五百年间找不到像王叔明这样的画家。张丑曾亲见此画，评论云：“王叔明小画一帧，首题岩居高士，次题黄鹤山人，王蒙为雅宜山中陈惟寅画，笔法秀雅，积墨清润，点染之间，咫尺千里，自非胸襟洒落，心手和调，断断不能以成斯图，益知名下无虚士。”观张氏此评，益信倪迂诗决非虚言。（吴企明）

题竹石乔柯图

倪　瓒

春宵听雨第三番，起坐篝灯酒自温①。
清晓开门看桃李，苍柯翠筱喜无言②。

[题解]

本诗选自顾文彬《过云楼书画记》卷六。

倪瓒的《竹石乔柯图》，今存，纸本水墨，藏上海博物馆。画幅下部画坡石，着修竹数丛，乔柯两株。树竹得春雨滋润，细枝勃发，苍劲挺秀，富有生机，然叶子尚未生长，树竹显得疏瘦。《过云楼书画记》云："此帧为烟客太常旧藏。淡墨作树石，丛筱间之，真拙逸老人所谓'苍劲妍润，尤得清致'者。自题绝句云……"顾氏题此画为《倪幻霞春宵听雨轴》，盖取题诗首句前四字命名之。然倪瓒原题记云："倪瓒写竹石乔柯并赋绝句奉赠舫斋文学，丁酉二月廿三日也。夏四月五日，复以赠仲权征君云。瓒。"按，丁酉，为至正十七年（1357），时倪瓒五十六岁。仲权，姓倪，四明人。这里，据倪氏原画题记更改画名为《竹石乔柯图》。

[注释]

①篝灯：灯笼。②柯：树枝。无言：指桃、李而言。暗用《史记·李将军传赞》语典："谚曰：桃李无言，下自成蹊。"

[评说]

题画诗大多从画面具象落笔，但是倪迂这首诗却从题外写来。首句

“春宵听雨第三番”，乍看似乎与竹石乔柯毫无关涉，细细品来，方知这个开端与画幅关系密切。春宵听雨，很容易使人联想起杜甫的《春夜喜雨》：“随风潜入夜，润物细无声。”春夜的蒙蒙细雨，确需侧耳屏息，方能听得。这样的细雨，已经落了三天，竹树饱受浸润，苍翠可喜。初春，乍暖还寒，所以次句说“起坐篝灯酒自温”，点亮灯，温好酒，消除寒意。倪迂费了全诗一半的笔墨，叙写春雨微寒情状，为画面形象的出现蓄足气势。第三句，描写自己两个连续性的动作——“清晓开门”“看桃李”，点到画面形象上来。尾句生发上文“看桃李”的诗意，桃李、竹树的枝干受到春雨连番的滋润，苍翠欲滴，“苍劲妍润”，逗人喜爱。尽管桃李“无言”，但它们也是喜滋滋的。这首自题诗在极有情致的笔调下戛然而止，诗人将画面形象的蓬勃生机描绘得淋漓尽致，深得自然物之神理，更为这幅画增添了神韵。（吴企明）

题卫九鼎洛神图轴

倪　瓒

凌波微步袜生尘[1]，谁见当时窈窕身[2]。
能赋已输曹子建[3]，善图惟数卫山人[4]。

[题解]

卫九鼎《洛神图轴》，今存，藏台北故宫博物院。本诗录自图上的倪瓒题诗。

卫九鼎（生卒年不详），元代画家，字明铉，天台（今属浙江）人。工界画、山水。朱谋垔《画史会要》：“（九鼎）界画、山水，师王孤云。”王孤云，即元代画家王振鹏。洛神，即洛水的女神，李善《文选》注引如淳说，谓洛神乃宓（伏）羲之女，称宓妃，渡水淹死，成为水神。曹植咏其事，生动地塑造了纯真、美丽而热情的少女形象。元代画家卫九鼎将曹植《洛神赋》文意绘成此图，受到倪瓒的称赏，欣然为作题画诗。

[注释]

①“凌波”句：化用曹植《洛神赋》“凌波微步，罗袜生尘”句。②窈窕：美好的身形，指洛神。③曹子建：即曹植（192—232），三国时魏人，字子建，沛国谯县（今安徽亳州）人。曹操之子，封陈王，卒后谥思，世称“陈思王”。他富有才华，曾受曹操宠爱，曹丕称帝后，植备受猜忌排挤，郁郁而死。善诗，语言精练，辞采华美，著有《曹子建集》。④卫山人：即卫九鼎。

[评说]

本诗开端描写画面上洛神的形态，化用了曹植《洛神赋》的成句。曹植的《洛神赋》是我国古典文学作品中的一篇精品，通过艺术刻画，描绘了洛神姣美的容貌、轻盈的风度和婀娜的体态，此赋传诵于历代文人学士之口，所以诗人要发问：“谁见当时窈窕身？”言下之意，卫九鼎用画笔将她描绘出来了，让大家见到了洛神窈窕的身影。三、四句发议论，回应《洛神图轴》。曹子建擅长写赋，《洛神赋》，使多少文人为之倾倒，无人敢追赋，也无人能追攀它，后代能赋之士都已输给曹植。将洛神绘成图像的画家却不多，“善图惟数卫山人”，充分肯定了卫九鼎画作《洛神图轴》的艺术成就。倪瓒的这首题诗，借助曹植《洛神赋》以立意，形象描绘和设问、议论交替进行，构思巧妙，不落俗套，亦可见倪瓒确是画家群中不可多得的诗人。（吴企明）

洛神图轴

题溪阴山色图

倪　瓒

地僻林深无过客，松门元自不曾关。
展将一幅溪藤滑[①]，写得溪阴数点山[②]。

[题解]

本诗选自卞永誉《式古堂书画汇考》卷五〇。

[注释]

①溪藤：即剡溪藤，可以造纸，素负盛名，因称名贵的纸为剡藤。唐李肇《唐国史补》卷下云："纸则有越之剡溪、苔笺。"滑：光滑。②数点山：古代诗人常将远山称为点，如白居易《长相思》："吴山点点愁。"

[评说]

这是画家倪瓒的自题诗，他在画上题云："沧浪漫士倪瓒。"这幅《溪阴山色图》是平远画，画的是"居卜清幽地，图开平远山"（马治《题溪阴山色图》诗句）。题诗先从真景入手，描写山居周边景色，突出"清幽"的境界。画家卜居之地，在深山中，地僻林深，无来往过客，因此松门常开。两句诗，未见"清"字或"幽"字，而清幽优美之韵味，自文字中透出，真是不着一字，尽得风流。诗人沉醉在优美的山色里，于是兴神俱来，欣然展开画纸，用平远法将自己的审美体验描绘成《溪阴山色图》，将自然美摄入画幅中，让它永留人间。"写得溪阴数点山"，画出远处的山影、山色，这才是画面景色。画面景物在诗句的最后点出，这种写法，与唐朝陆龟蒙的《松石晓景图》诗、元朝赵孟頫的《题子仲穆画幅》诗相仿佛。（吴企明）

题梧竹秀石图

倪　瓒

高梧疏竹溪南宅，五月溪声入坐寒。
想得此时窗户暖，栗园扑栗紫团团。

［题解］

本图今藏故宫博物院，本诗录自画上题诗。卞永誉《式古堂书画汇考》、吴升《大观录》亦有著录。

画幅正中画瘦长湖石一块，立于平坡上，湖石用浓墨阔笔皴擦，苍润厚重。湖石后，用浓、淡两种墨色写出翠竹两竿，竹叶圆浑，疏疏密密，潇洒雅致，竹叶下垂，好像遇风受雨的样子。石畔用渴笔画梧桐树干，湿墨点染梧桐叶，好像刚刚下过雨，水气很重。弘历题诗说“梧如经雨竹遇风”，道出画幅的气韵。全图以湖石为中心，梧、竹映衬在左右，刚柔相济，精心布避，墨色苍润，浓淡相间，风格雄浑，一变倪瓒简淡荒寒的风格。画幅上方有元张雨、清爱新觉罗·弘历的题诗，右下方竹石边空间里，倪瓒自题本诗。

［评说］

这幅画是送给友人“仲素孝廉”的，画面景物，即是友人宅里的景物。题诗由此下笔，说友人坐落在溪南的住宅里，有高梧、疏竹，五月夏日，溪声传入，送来凉意。三、四句，由画面推想开去，想象友人宅里此时窗户正暖，果园里大家忙忙碌碌，扑打树上紫团团的栗子。倪瓒很熟悉友人“仲素”家的情况，虽远在他方，仅凭记忆画下这幅《梧竹秀石图》，题诗时又通过想象，补充、丰富了画意，寄托了深切怀念友人的情愫。他日友人展开图轴时，仿佛看到了画家，体验到画家的真情厚谊。张雨题诗云“展图仿佛云林影”，说的正是这种艺术意想。（吴企明）

吴仲圭山水

倪　瓒

道人家住梅花村①,窗下松醪满石尊②。
醉后挥毫写山色,岚霏云气淡无痕。

[题解]

本诗选自陈邦彦《历代题画诗类》卷一四。

吴仲圭，即元代画家吴镇。

[注释]

①“道人”句：道人，吴镇号“梅花道人”，他酷爱梅花，住宅四周种满梅花，自称“梅花村”。 ②松醪：用松膏酿的酒。

[评说]

本诗前三句叙述和写景，最后一句描绘画面，回扣题上。 其写法，与常格迥异。 首句介绍画家住处多梅的特点；次句写书斋存酒的情状；第三句仍承上，说他在书斋中乘着酒兴挥毫画山水；结句转而描写山水画上岚霏云气叆叇的状态。“淡无痕”，拈出吴镇山水画的美学特征，这与张丑的意见相一致,《清河书画舫》论吴镇《草亭诗意图》“仿巨然僧，纯用淡墨图”。 本诗的写法，与柯九思的《题文与可画竹》，同中有异。 相同处是，前三句写画外意，后一句写画面。 异处是，柯诗前三句纯用议论，倪诗的前三句叙事写景。 二诗异曲同工，各有妙处。 本诗乃平起首句入韵格，“村”“尊”“痕”三字，押上平声十三文韵。（吴企明）

松雪马图

‖倪　瓒

渥洼龙种思翩翩[①],来自元贞大德年[②]。
今日鸥波遗墨在[③],展图题咏一凄然。

[题解]

本诗选自陈邦彦《历代题画诗类》卷一〇五。松雪,即元代画家赵孟頫。

[注释]

①渥洼:水名,在今甘肃瓜州县。《史记·乐书》:"又尝得神马渥洼水中。"后常以渥洼用作神马的典故。龙种:骏马。②元贞、大德:元成宗铁穆耳的两个年号。元贞前后凡三年,大德前后凡十一年。这幅马图大约作于元贞末、大德初。③鸥波:赵孟頫宅中有鸥波亭,人们以之代称子昂为"赵鸥波"。

[评说]

首句直扣题面,"渥洼龙种"是说赵子昂画的是一匹骏马,画马气韵生动,栩栩如生,它好像要翩翩飞奔。次句承上交代画马的年代。三、四句转写观画感慨,今日子昂遗留下来的墨迹尚在,临风展卷,为之题咏,申述怀念之情,禁不住凄然神伤,物是人非,徒然伤悲而已!这是一首很典型的抒情性题画绝句。本诗乃平起首句入韵格,"翩""年""然"三字,押下平声一先韵。(吴企明)

题米南宫像

郭　畀

海岳庵空骨已仙①，风神超迈画中传②。
凌云健笔飞光怪③，不顾人间唤米颠④。

[题解]

本诗选自陈邦彦《历代题画诗类》卷五三、顾嗣立《元诗选二集·快雪斋集》。

郭畀（1280—1355），元代画家，字天锡，一字祐之，号云山，京口（今江苏镇江）人。累举不第，历鄱江书院山长、江浙行省辟充掾史。师高克恭，得其笔法，画山水有米家风，作窠木竹石，极有天趣。学书于赵孟頫，得其法。有《快雪斋集》。

米南宫，即米芾，北宋书画家。卞永誉《式古堂书画汇考》卷四三载元章自写真卷，并引《海岳遗事》云："米公自写真，世有数本，一本服古衣冠，曾入绍兴内府，有其子友仁审定赞跋……此卷自写真也。"另外有苏养直题跋之本，一本唐装据案执论十七帖者。郭畀所见并题诗者，不知是哪一本。

[注释]

①海岳庵：米芾中年定居镇江后所建庵名，初在北固山，后因甘露寺遭火，迁往城东，米芾因号"海岳外史"。米友仁自题《潇湘奇观图》云："先公居镇江四十年，作庵于城之东高冈之上，以海岳命名。"骨已仙：人已死。古人称人死为"仙去""仙逝"。②风神：风度神采。超迈：出群超凡。③凌云健笔：称赞大米笔力雄健。语出杜甫《戏为六绝

句》："凌云健笔意纵横。" 光怪：光怪陆离，指米芾绘画的风格特征。④米颠：因米芾举止癫狂，人称"米颠"。

[评说]

画像，既能摹其人之貌，又能传其人之神，斯为上品。题画诗要能撷出画像的传神处，才是好诗。郭畀的《题米南宫像》，便是这样的作品。

本诗首句写米芾已死，庵空人去，叙述句中含有深深的悼念之情。次句便传达出画像之"风神超迈"，神采奕奕，风度不凡，超尘脱俗，诗人准确地把握住米芾狂放不羁的性格特征。第三句，诗人借杜甫称誉庾信文章的艺术个性之句，赞扬米芾画笔矫健，飞扬光怪，指出了米芾画风的特征。米芾天资高迈，性格豪放癫狂，画风怪奇，别人怎样称呼自己，他根本不在乎。汤垕《画鉴》论米芾云："作画喜写古贤像、山水，其源出董源，天真发露，怪怪奇奇，枯木松石，自有新意。" 他的见解，与郭畀相仿佛，可参证。（吴企明）

赵子昂人马图

郭　畀

平生我亦有马癖①,曾向画图求象龙②。
曹韩已化伯时远③,昂翁笔底写追风④。

[题解]

本诗选自张丑《清河书画舫》卷一〇下、顾嗣立《元诗选二集·快雪斋集》。《清河书画舫》卷一〇“化”作“矣”，结句“翁”作“公”。今从《元诗选》。

[注释]

①马癖：画马的癖好。②象龙：古人诗文常以龙形容骏马的形态风神。③曹韩：唐代擅长画马的画家曹霸和韩幹。伯时：宋代画家李公麟，字伯时，善画马。④追风：马名，以疾驰而得名，秦始皇有七匹名马，其一为追风。

[评说]

赵孟頫擅长画山水、竹石、人物、鞍马。卞永誉《式古堂书画汇考》卷四六有海粟之题跋云：“松雪赵承旨用生纸画《人马图》，居然生动之态，使龙眠无恙，当与并驱也。”赵子昂这幅《人马图》，马为主，人为宾，所以郭畀题写的诗只写马，不写人。全诗并未描写画面物象，只是说唐宋画马名家都已远去，称赞赵孟頫的马画为当世第一。这种题画诗的写法，屡见不鲜，并没有什么奇特之处。只是第一、二两句，表述自己也有画马癖，似乎与称赞赵孟頫的画艺无关。然细细推究全诗，可以体识出两层意思：一是郭畀仰慕赵孟頫马画的造诣，曾摹仿之、师法之，首句“我亦有马癖”和次句“求象龙”，可见端倪；二是唯其郭畀有画马之癖，益发能认识昂公马画之真价值及其在当时画坛之地位。陶宗仪《南村辍耕录》有一则记载云：“（赵文敏）公题所画马云：‘吾自幼好画马，自谓颇尽物之性。友人郭祐之尝赠余诗……曹韩固是过许，使龙眠无恙，当与之并驱耳。’”如此说来，诗的一、二句，与品评赵孟頫马画的主旨，密不可分。（吴企明）

题倪瓒琪树秋风图

‖徐　范

云根磊落玉修修，烟淡风清落木秋。
逸笔醉时挥洒后，不知何处采真游。

[题解]

本图今藏上海博物馆。本诗录自画上题诗。

本图与充满苍浑、湿润之气的《梧竹秀石图》，风格迥然不同。画家用侧锋淡墨勾勒奇石一块，略作点苔，苍古而有松秀之韵；又用轻淡的墨色描出琪树两株，点上疏落的树叶。树石组合具萧疏、清冷之气。石旁用细笔浓墨画翠竹数竿，给画幅增添娟秀劲挺的意趣。画家以书法笔法写出石、木、竹，追求笔墨灵动多变的韵味。画幅右上方有倪瓒自题诗和吕志学题诗，左上方有归正、徐范的题诗，这里选评徐范诗。

徐范，生平不详。

[评说]

题诗的前两句，从画面形象发端，奇石磊落，翠玉修长，烟淡风清，树叶纷纷飘落，一派清秋景象，诗句着重表现画面的自然美。“云根”，深山云起之处，后人称山石。归正的题诗前两句说：“古木修篁倚石生，岁寒同志绝奇材”，则从“比德”意义上表现画面形象，两诗表现方法不同，却可起互补作用，帮助我们认识倪瓒此画的风貌和神韵。后两句，侧面着笔，赞誉倪瓒画艺水平，诗人说迂翁酒醉后挥毫洒墨，画出这幅逸品来，真不知他到何处去采真归来。徐范以画象逼真的艺术效果，称赞画家画艺的绝妙超伦，这是题画诗人常用的以画作真的艺术手法，饶有情趣。（吴企明）

画　扇

张　宪

渴龙饮清江[①],江水皆倒立。
风雨满山来,石楠半身湿[②]。

[题解]

本诗选自顾嗣立《元诗选初集·玉笥集》。

张宪(生卒年不详),元诗人,字思廉,山阴(今浙江绍兴)人。家于玉笥山,因号玉笥生,负才不羁。晚年为张士诚招为枢密院都事。元亡,变姓名,寄食僧寺以终。师事杨维桢,为"铁门"中之能诗者,其诗感时伤物,雄豪奇崛,感激豪宕。有《玉笥集》。

[注释]

①"渴龙"句:暴风雨来临时,雨云如倒挂之龙,饮吸江水,俗话为"龙取水"。②石楠:又名石南,植物名,茎高七八尺,花细碎成球。

[评说]

扇上画着一幅描写暴风雨的画,景象奇异。诗人用形象生动的诗歌语言,再现这幅画境的奇异之美。全诗以惊人句发端,先声夺人,渴龙饮江,江水倒立,这些诗歌意象都是生活中不常见的事物,诗人以之渲染画面上暴风雨的奇特景象,造成骇人的气势和奇崛的诗境。然后再以暴风雨中石楠"半身湿"、摇摆不定的形态,生发上文诗意,极意形容这一场暴风雨来势之猛烈。张宪擅长写作"铁体"长篇古诗和乐府诗,现在,他将感激豪宕的气势和奇峭谲诡的诗风，盘曲在这首五言小诗之中，以表现画扇之奇异美；他又采用五言短句和仄声韵的表现方式，造成短促、急迫的声势，与画境相适应，十分得体。（吴企明）

题　画

张　宪

远岫层层何处？矮房簇簇谁家[1]？
烟树夕阳归鸟，清溪古渡横槎[2]。

[题解]

本诗选自顾嗣立《元诗选初集·玉笥集》。

[注释]

①簇簇：丛聚貌。②古渡横槎：用韦应物《滁州西涧》中“野渡无人舟自横”句意。槎，木筏，渡人用。

[评说]

题画诗的诗境，总是从画境来。本诗描写画上实境，句句写画，远山、近舍，夕阳、归鸟，烟树、清溪，一切景物都是画面具象，而全诗幽远清雅之美，实际上是从清幽的画境中托出。翁方纲在评论柯九思的题画诗具有绵邈含蕴的特色时说，这种特色“殆从画家清境托来”（《石洲诗话》卷五）。翁氏的论说带有普遍意义，本诗便是一个很好的例证。

张宪诗的妙处在于，他将绘画美转化为诗美时，不失画境之本。这是一首六言绝句，张宪将画上之景分为两个层次来写。前一联，用对偶句，描写远山近舍，“远岫”对“矮房”，“层层”对“簇簇”，“何处”对“谁家”，对仗工巧严整。再用两个疑问号，使灵动之气斡旋于对偶句中，有效地防止板滞之弊。后一联运用组合联想这种艺术思维方式，并列六个词组，描写画中六种景物，创造一种清幽的诗境。读完这首小诗，读者会感到似曾相识。原来，诗人仿效了马致远小令的写作技巧。《天净沙》："枯藤老树昏鸦。小桥流水人家。古道西风瘦马。夕阳西下，断肠人在天涯。"这首小令的前三句，不用一个动词，将九种不同的景物组合成一幅萧索的图画，创造"秋"的意境。本诗同样不使用一个动词，将八种不同景物组合成一幅幽远清雅的图画，创造出清幽的境界，与画境切合。（吴企明）

竹蝶图

‖张　宪

落尽春红春梦熟，平沙小苑窗中绿。
美人睡起背东风，蛱蝶飞来上修竹。

[题解]

本诗选自顾嗣立《元诗选初集·玉笥集》。

[评说]

本诗的写法独辟蹊径，与常见的题画诗趣味迥然。诗先写美人春睡的环境。春花落尽春已深，平沙小苑的草木和翠竹茂盛，郁郁葱葱，映得窗中的纱帷也变成了绿色。次句表现绘画艺术中的条件色。纱帷本是白色，受到窗外绿草翠竹的映照，成为绿色。这种变异的色彩称为“条件色”。第三、四句才转出美人来，春深春困，美人春睡后起床，背对东风，忽见蛱蝶飞上修竹，尾句的景物，正是《竹蝶图》上的具象。诗的前三句表现美人春睡，渲染天气日暖的氛围，为蛱蝶贪凉爽而飞上修竹作势。最后一句，才由美人眼中带出竹蝶，回扣题目和画面。本诗押仄韵，乃为古绝，用仄起首句入韵格，“熟”“绿”“竹”三字，入声一屋、二沃韵通押。（吴企明）

题杜韦娘图

华幼武

霞佩飘飖金缕香，缓歌白雪韵悠扬①。
华堂旧日风流在，见惯司空亦断肠②。

[题解]

本诗选自陈邦彦《历代题画诗类》卷四四。

华幼武（1307—1375），元代诗人，字彦清，号栖碧，无锡（今属江苏）人。不仕，构“春草堂”以奉母。工诗，有《黄杨集》。

[注释]

①白雪：古曲名。②“见惯”句：司空李绅宴请刚刚离任的和州刺史刘禹锡，让歌女劝酒，刘即席赋诗，云：“鬖髻梳头宫样妆，春风一曲杜韦娘。司空见惯浑闲事，断尽江南刺史肠。”事见孟棨《本事诗》。

[评说]

这首题诗的前两句，着重描绘《杜韦娘图》中杜韦娘的艺术形象。“霞佩”句，写其服饰，状其形态。“缓歌”句，写其歌喉，状其神韵。华幼武将画上“春风一曲杜韦娘”的形象，写得惟妙惟肖。句中运用双声叠韵词，如“飘飖”为叠韵词，“悠扬”为双声词，与绝句体的平仄调协相配合，声调和谐，优美动听，增加诗的音乐美。后两句发感慨，说画上杜韦娘昔日在“华堂”上的妩媚风流依然存在，不但江南刺史要“断肠”，就是见惯美女的李司空亦要为之“断肠”，在巧用熟典、极度夸张之中，连

口称赞画家的高超画艺。 本诗乃仄起首句入韵格，“香”“扬”“肠”三字，押下平声七阳韵。（吴企明）

题　画

‖ 萨都剌

绿树阴藏野寺，白云影落溪船。
遮却青山一半，只疑僧舍茶烟。

[题解]

本诗选自顾嗣立《元诗选初集·天锡雁门集》。

萨都剌（约 1307—1359 后），元代诗人，字天锡，别号直斋，本为答失蛮氏，祖父镇守云代，遂为雁门（今山西代县）人。泰定丁卯年（1327）进士及第，历仕应奉翰林文字、闽海廉访司知事、河北廉访司经历。工诗，歌行、近体俊逸清新，宫词清新绮丽，有《雁门集》。

[评说]

很少有人写六言绝句，宋代洪迈编《万首唐人绝句》，费了很多精力，才收辑得六言绝句五十首，可见唐代诗人很少运用这种体式。后代亦然。

萨都剌这首题画诗采用了六言绝这种体式，思妙语工，诗风清新俊爽，是六言绝句中难得的好作品。诗用写景对起的方式，描写画面景物，句式打破六言绝“四、二”“二、四”的节奏规律，采用“三、三”句式，“绿树阴”对“白云影”，“藏”对“落”，“野寺”对“溪船”，对属工整巧妙。野寺藏在绿色树荫里，白云的影子落到溪水中和溪中船上，写景一静一动，一藏一露，曲尽画幅之幽美。第三句承上句“白云”，写云雾在山中浮动，遮住一半青山，青山时隐时现。这句诗的意境，与宋人章甫的《题雨画轴》“绿树无多雨过，青山一半云遮”相仿佛，或许萨都剌读过章甫的题画诗，檃栝他的诗意。结句绕回到首句“藏野寺”上，首尾呼应，是说山里飘浮的白云，可能是从野寺僧舍里飘出来的煮茶的烟。诗的后半首，富有动态感，准确写出了画幅云雾缭绕、移动的态势及其美感。（吴企明）

夜宿金山题金山图

萨都剌

远人夜宿金山寺[①],坐对画图如梦中。
剪烛题诗云气里,不知自己在龙宫[②]。

[题解]

本诗选自陈邦彦《历代题画诗类》卷二八。

金山,在江苏镇江长江边,原在江中,因积沙与南岸相连。

[注释]

①金山寺:在镇江金山上。②龙宫:指金山上的建筑。祝允明《金山图》:"独向龙宫吊寂寞。"

[评说]

首句先写自己从远方来,夜里投宿金山寺,此即题上"夜宿金山"意;次句写坐看《金山图》,如在梦中。第三句描写自己在云雾笼罩的僧舍里,剪烛为《金山图》题诗。第二、三句,写完题上"题金山图"意。结句拍合前面的诗意,"不知"二字,与上文"如梦中""云气里"呼应,表达自己身在金山为《金山图》题诗的真切感受。诗人采用了"顺点题面"的手法,诗的内容顺着题面逐次点出,宛转赴题,并无呆板之弊。本诗乃平起首句不入韵格,"中""宫"两字,押上平声一东韵。(吴企明)

题文湖州竹

顾　瑛

湖州昔在湖州日，日日逢人写竹枝。
一段枯梢三作折，分明雪后上窗时。

［题解］

本诗选自王士禛《带经堂诗话》卷二三、陈邦彦《历代题画诗类》卷七九。

顾瑛，元代画家，见倪瓒《题顾玉山三教小像图》“题解”。

［评说］

这首小诗以画家昔日的创作热情发端，颇为别致。首句第一个“湖州”，即文同，因他曾任湖州知州，人称“文湖州”。古人常以任职地名代称其人，如唐姚合曾任武功尉，人称“姚武功”；岑参曾任嘉州刺史，人称“岑嘉州”。第二个“湖州”，指文同任职所在地。文同于元丰元年（1078）出任湖州知州，未到任而卒于途中，因此，他实际上并没有在湖州做官，也不可能日日逢人写竹。这里只能理解为诗人巧用地名，指文同在邛州、洋州等地任知州时，日日为人画竹。“日日逢人写竹枝”句，既表现出文同昔日旺盛的创作热情，也反映出求画者日多的事实。诗的后半首，转入画面描绘。诗人说：这一幅竹画风格疏简，“一段枯梢”，枝节多曲折，“三作折”，因为雪压翠竹，呈弯曲状，映上纸窗时，姿态潇洒。全诗赞画、赞画家，浑然一体，笔下透出灵气。王士禛评此画说：“风致不减云林。”（《带经堂诗话》卷二三）翁方纲也说：“仲瑛小诗，极擅风致，《竹枝》固颉颃铁崖，题画亦足配云林。”（《石洲诗话》卷五）他们说得都很有道理。（吴企明）

题王叔明听雨楼图四首

钱惟善

一榻春声雨满楼，杏梢微湿五更头。
东风更绿江南岸①，卖剑家家尽买牛②。

荷气香飘竹外楼，雨声滴碎采菱舟。
南风一夜生新涨，鱼鸟还知此乐不③？

积雨生凉转蓐收④，碧梧初贯满城秋⑤。
邻家不识余心乐，也爱书声在小楼。

天地严凝万壑冰，不堪寒雨洒孤灯。
一楼清气犹宜雪，纸帐生春睡未能⑥。

［题解］

本诗选自郁逢庆《郁氏续书画题跋记》卷五、卞永誉《式古堂书画汇考》卷五一。

钱惟善（生卒年不详），元代诗人，字思复，自号心白道人，钱塘（今浙江杭州）人。应省试，题写《罗刹江赋》，独惟善引枚乘《七发》证钱塘之曲江即罗刹江，受到主司称赏，由是知名，号曲江居士，以荐官至儒学副提举。张氏据吴，退隐吴江之筒川，又移居华亭。精于诗，得杜甫法，有唐人风韵。著有《江月松风集》。

至正二十五年（1365），王蒙于卢士恒家听雨楼中画作《听雨楼图》，当时张雨、倪瓒同在楼中。张雨题跋云："至正廿五年四月廿七日，黄鹤山人王叔明于卢生听雨楼中画，生名恒，字士恒，时东海云林生同在此楼。”张雨为此图题诗，倪迂和之。后来又有苏大年、钱惟善、马玉麟、鲍恂、赵淑、张绅、高启、王宥、韩奕等，先后为王蒙《听雨楼图》题诗。这些诗人，乃元、明一代名士，共题一画，实为诗坛盛事，诚可宝也。

［注释］

①“东风”句：用王安石《泊船瓜洲》“春风又绿江南岸”成句，易二字。②“卖剑”句：改业归农。典出《汉书·龚遂传》：龚遂见齐俗奢侈，不务农，乃劝民务农桑，“民有带持刀剑者，使卖剑买牛，卖刀买犊”。③“鱼鸟”句：《庄子·秋水》记载庄子与惠施游于濠梁之上，见游鱼出没，两人因而辩论鱼之知乐与否。本诗反其意而用之，说鱼鸟知不知道人有此乐否。④蓐收：传说神话中神的名字，司秋。《礼记·月令》谓孟秋之月“其神蓐收”。⑤霣（yǔn）：通“陨”，坠落。⑥纸帐：用藤皮茧纸制成的帐子，以梅花蝴蝶为饰。

［评说］

钱惟善为此图题写四首七言绝句诗，细究之，四诗实分春、夏、秋、冬写来，首首扣住“听雨楼”命意，思精语妙，诗味浓郁，隽雅潇洒，令人有超然之思。

第一首写春雨。开端“一榻春声雨满楼”，卧听春雨，写尽“听雨楼”题意。春雨细微，天亮时杏梢微湿。第三句，运化王安石句意，描写春雨润物的效果，东风送来春雨，春雨滋润万物，草木欣欣向荣，使江南岸的草木长得绿油油的。结句用一汉代熟典，写出农家已做好准备即将投入春耕的热闹景况。诗思由听春雨感发兴会，蝉联而下，以备耕收结，体现出钱惟善关心民瘼的情怀。

第二首写夏雨。楼外荷花飘香，清馨沁人心脾，雨声滴碎采菱舟，“滴碎”两字，暗藏一个“听”字。南风吹则雨到，一夜南风，夏雨不止，池中水涨，使人感到分外凉爽惬意。人在楼中闻香听雨，其乐无穷。

结句反用庄子的典故，诗人问池中的鱼、林中的鸟：你们知不知道人的这种乐趣？一语反诘，妙趣横生。

第三首写秋雨。秋雨到来，顿生凉意，碧梧初坠，满城秋色。秋色宜人，正是读书的最佳节候。邻家虽然并不真正懂得诗人心中的乐趣，但也爱听从小楼里传来的琅琅书声。这里，诗人写书声胜过雨声，将书声、雨声糅合在一起描写，仍不失“听雨楼”之题意。诗人不径直写自己的秋凉读书乐的意趣，却从邻家托出，深得诗家三昧。

第四首写冬雨。首句点出冷意，天地间的寒气严凝，万壑生冰。次句写人的感受，孤灯下读书，又兼寒雨飘洒，真是不堪承受。“寒雨洒孤灯”，透出“听雨”意。诗人期望能下雪，雪映书窗，一楼清气，纸帐里的梅花、蝴蝶带来一丝春意，使人欣喜得不能入睡。冬雨本无可咏，诗人却从严寒中企盼清气，在冰雪中看到春意。这样的诗意，不能不使人想起李贺的名句：“依稀和气排冬严，已就长日辞长夜。”（《河南府试十二月乐词·十二月》）更使人联想到雪莱的名句：“冬天已经来到，春天还会很远吗？”他们的艺术意想，十分相似。

从诸家题《听雨楼图》诗看，大都从春意落想，如张雨有“依然布被拥春寒”句，高启有“春云霭江郭”句，张绅有“山窗听春雨”句，王宥有“绕檐依旧落春声”句，赵淑有“春深杏花色”句。钱惟善面对王蒙的《听雨楼图》，想象飞驰，情思悠悠不尽，拟想出楼主人卢士恒春、夏、秋、冬四季听雨的情景，写成这组题画诗，正是“雨声有尽思无穷”。（吴企明）

题士女惜花图

钱惟善

庭院无人春已深，东风吹老惜花心。
自知命薄难承宠，不费长门买赋金①。

[题解]

本诗选自王士禛《带经堂诗话》卷二三。

王士禛《香祖笔记》云："《士女惜花图》，丛花片石，予昔藏江上女子周禧画《惜花春起早》一帧，似是临摹此画。上有潘纯、张雨、倪瓒、钱惟善四诗。""钱诗云……颇有寄托。"

[注释]

①长门买赋：司马相如《长门赋序》云，陈皇后失宠于汉武帝，被别置长门宫，愁闷悲苦，乃奉百金令相如作《长门赋》，以感悟汉武帝。

[评说]

这幅士女图，未知谁氏所作。钱惟善将自己的主观情思融入画面形象中，写成这首题画诗，此诗与其说是题画家之《士女惜花图》，还不如说是抒写诗人自己内心的忧愤。诗先从画面落笔，庭院无人，春色已深，士女独立东风，观看已老的丛花，令惜花之心亦为之衰老。从第三句起，诗人由画面推想，楔入惜花士女的内心深处，发出如下的深深感慨："自古红颜多薄命"，自知命薄，难以得到君王宠爱，也不必学陈皇后，花费黄金请司马相如写赋，因为那是徒劳无益的。王士禛评此诗"颇有寄

托”，一点不错，诗人正是借题发挥，借士女之心志，抒一己之感慨，倾诉怀才不遇的忧愤心情。（吴企明）

题赵检校苕溪山水图

钱惟善

玉堂学士砚犹存①,三绝名家尚有孙②。
何处有山如此画,便将归计问田园。

[题解]

本诗选自卞永誉《式古堂书画汇考》卷四六。

赵麟(生卒年不详),元代画家,字彦徵,吴兴(今浙江湖州)人,赵孟頫之孙,赵雍之子,曾仕江浙等处行中书省检校官,故人称“赵检校”,承家学渊源,亦善书画。

[注释]

①玉堂学士:指元代画家赵孟頫。唐宋以来,称翰林院为玉堂,赵孟頫官至翰林学士承旨,故名。②三绝:唐人始称诗、书、画为三绝,起自郑虔,他将自己的诗、书、画作品献给唐玄宗,玄宗亲题“郑虔三绝”。杜甫《八哀诗·故著作郎贬台州司户荥阳郑公虔》有“三绝自御题”句。亦见于封演《封氏闻见记》、张彦远《历代名画记》等著作。

[评说]

赵麟这幅山水图画的是吴兴苕溪、弁山之山水,在当时广为传诵,元、明时代有许多文人为之题咏,如章蒲庵、张羽、杨基、鲍恂、吴恒、朱斌、魏俊民等。钱惟善这首题画诗,着重叙述画家赵麟的家学渊源,对《苕溪山水图》的本体则仅用“有山如此画”一笔带过,并没有作具体描写，而吴恒的《题赵检校苕溪山水图》，非常细致地描写了画面具象：

弁峰何巍巍，太湖亦浩浩。风淡白鸥波，花明紫云峤。
瞻彼水晶阙，清辉荡昏晓。中有公子居，皇皇照驰道。
芳草美遗泽，于兹极幽讨。墨池发华滋，词林振嘉藻。
远游今不归，空亭散归鸟。猗兰岂不佳，晚节谅难保。
国香一零落，天涯遍芳草。披图想遗躅，悲风响林杪。

由此可以想见此图之概貌，可供我们鉴赏钱惟善的题诗时参考。

钱诗由两个层次组成。前半首称赞画家有深远的家学渊源，赵孟頫的文采风流深深地熏陶、影响着赵麟，使其能画出如此优美的《苕溪山水图》。赵孟頫存留给后嗣的东西当然很多，钱惟善只举出“砚”来，因为它是文房四宝的代表，是画家运笔用墨的最为重要的工具。赵孟頫的艺术才能表现在诗、书、画三方面，三者均卓绝，传至第三代赵麟手中，仍能继续发扬。画家三世同堂，同作一画的并不是很多，而赵孟頫、赵雍、赵麟同画《赵氏三世人马图》，诚为画坛美事，明人沈大年评此图曰：“清江王氏希和持其所藏公家三世所作人马图以示余，盖自子昂公为之祖，仲穆公为之子，彦徵公为之孙，睹其顾视随立，尊卑秩然，亲谊蔼然，然后知名贤措思运笔，虽于图写之末，而寓乎天理人心之正，使后人于一展卷之顷，孝敬之心自不能不兴起于其衷也。”（《式古堂书画汇考》卷四六）

后半首，谈观画感想。画境既然是那么清嘉幽美，诗人不由产生出归隐小居、长期居住其中的良好愿望。这样的收结，以绘画作品所产生的艺术魅力，暗示《苕溪山水图》的美学价值；以鸟瞰式的总体摄像，替代画面形象的具体描绘，自有其别开生面的长处。（吴企明）

题春江送别图

郭　钰

君上孤舟妾上楼，望中烟雨意中愁。
江波若会离情苦，一夜东风水倒流。

［题解］

本诗选自顾嗣立《元诗选初集·静思集》。

郭钰（1316—？），元代文学家，字彦章，别号静思，吉水（今属江西）人。元末遭乱，隐居不仕。生平转侧兵戈之际，写诗多离乱、愁苦之辞，凄婉动人。其诗格律严整，清丽有法，有《静思集》。

［评说］

这首小诗，情辞缠绵婉切，确是佳作。首句，写画面男女送别之状："君"上孤舟远去，"妾"上高楼颙望。次句，承上句写出"望"意：眼前尽是烟雨，心中顿生愁思。这两句诗，承转自然，诗思流转，固然描写了画面景物，而意象迷离，情思哀怨，用送别之诗情，极力托出画意。第三句一转，第四句一合，跳出画面，揣摩画上女子的情思，写出女子的强烈愿望，她热望江水倒流，君的孤舟返回，以解离情之苦。然而，江波无情，难会离情苦，水不会倒流，孤舟也无法返回。诗人化用李白《劳劳亭》"春风知别苦，不遣柳条青"句意，写成本诗的后半首，其语愈痴，而其情弥深。（吴企明）

题　扇

郭　钰

柳树晴虹隐画桥①，藕花微雨过归桡②。
波光倒蘸红楼影③，照见佳人弄玉箫。

[题解]

本诗选自顾嗣立《元诗选初集·静思集》。

[注释]

①晴虹：雨后天霁时出现的霓虹，这里形容拱形建筑物，指画桥。杜牧《阿房宫赋》："复道行空，不霁何虹？"②归桡：回家的船。③"波光"句：全句谓红楼的影子倒映在波光中。蘸（zhàn），浸入。

[评说]

这幅扇面画，今已不存。但是诗人用题画诗为读者细致地再现了画面景物，保存了这幅扇面画清丽精美的整体风貌。

题画诗有多种艺术功能，或描绘画面，再现画境，或发表观感，寓意抒情，或称颂画家，赞美画艺，或生发匠心，补充画意。郭钰这首小诗，纯写画面景物。他非常精细地观察这幅扇面画，摄取它的美学特征，然后用白描手法，具体生动地描绘画面形象，再现画境中的美，将画美转化成诗美，给读者以美的享受。首句，写扇面上如雨后晴虹般的画桥，掩映在柳树间；次句，写回家的船行驶在带雨的荷花中；第三句，描写岸上红楼的影子倒映在碧水中；第四句，描写红楼中的佳人，正在吹奏玉箫。全诗写景的顺序，由岸上到水中，又由水中返回到岸上，诗思清畅流转。诗人选语精，状画桥如“晴虹”，称荷花为“藕花”，称倒映为“倒蘸”，形容竹簾为“玉簾”。同时诗人设色匀称，翠柳碧水、晴虹画楼、清水芙蓉、红楼佳人，从而形成全诗色彩清丽、语言精美、气势流畅的审美特征，准确地再现扇面画的美境，帮助人们更好地欣赏扇面画的艺术美。（吴企明）

题米南宫画

▌剡　韶

风流不见米南宫，依旧云林远树重。
貌得匡庐旧游处[①]，半江秋色洗芙蓉[②]。

[题解]

本诗选自顾嗣立《元诗选二集·云台集》。

剡韶（生卒年不详），元代画家，字九成，自号云台散史，又号苕溪渔者，吴兴（今浙江湖州）人。好读书，慷慨有气节，不事奔竞，淡然以诗酒自乐，善画山水，与倪瓒友善。有《云台集》。米南宫，即宋代画家米芾。

[注释]

①匡庐：即庐山。古有匡俗者，入山受道于仙人，结庐于崖岫，时人因以名山。白居易《草堂记》："匡庐奇秀，甲天下山。"②"半江"句：运化李白《经乱离后天恩流夜郎忆旧游书怀赠江夏韦太守良宰》"清水出芙蓉"句意。

[评说]

剡韶因见米南宫画而思念米南宫，题诗便从米南宫说到画幅。前两句的诗脉正是由人及画，说画家已不再能见到，但"云林远树重"的画景依旧留在人间。第三句是前一句的补充，画幅中云雾叆叇、林木重重的景色，是画家当年旧游庐山时处所的景色。结句仍写画面，是说半江秋水清澈明丽，如清水洗芙蓉，这本是李白论韦良宰诗歌风格的句子，剡韶借用来形容米南宫的画风。这种用形象化诗句来论画的形式，在诸多题画诗中还很少见到。本诗乃平起首句入韵格，首句“宫”字用上平声一东韵，二、四句“重”“蓉”两字，押上平声二冬韵，首句用邻韵通押，合乎常规。第三句后三字本应是“平仄仄”，这里用为“仄平仄”，是绝句诗的特殊格式。（吴企明）

题画梅二首

贡性之

王郎胸次亦清奇[1],写尽孤山雪后枝[2]。
老我江南无俗事,为渠日日赋新诗。

王郎日日写梅花,写遍杭州百万家。
向我题诗如索债[3],诗成赢得世人夸。

[题解]

本诗选自陈衍《元诗纪事》卷二七。

贡性之(生卒年不详),元代诗人,字友初,宣城(今属安徽)人,贡师泰之侄。以荫子除簿尉,后补闽省理官,入明后,隐居越之山阴,更名悦,躬耕自给。工诗,诗思清丽。因世代家居宣城南湖,世号南湖先生。卒后,门人私谥贞晦先生。有《南湖集》。

[注释]

①王郎:即画家王冕。②孤山雪后枝:指孤山梅花,显然用了林逋《梅花》“雪后园林才半树,水边篱落忽横枝”句意。③索债:索取诗债。别人求诗尚未赋就,谓“诗债”。

[评说]

这两首是为王冕梅画题写的诗。贡性之写过许多题王冕梅画的诗,据贡钦《南湖诗集序》云:“时会稽王元章善画梅,得其画者,谓无贡南湖诗则不贵重，故集中多咏梅诗。”此二诗，前诗赞扬画家王冕胸次清奇，画亦清奇，专门写作孤山雪后梅花。“我”老来隐于江南山阴，闲逸无事，日日为画家题写新诗。后诗说王冕作画勤奋，日日写梅，杭州百万家，几乎家家有他的梅画。向“我”索要题诗，就像索取诗债一样。这两首诗题材内容相仿，都是以画家画梅“我”题诗立意；两诗结构也相仿，前半首写画家画梅，后半首写“我”为其赋诗。这是贡性之常为王冕梅画题诗艺术活动的自我写照，据此可见贡钦《南湖诗集序》的记载，也真实可信，实在是我国题画诗史中画家、诗人配合默契的佳话盛事。（吴企明）

茅屋讽经图轴

王　蒙

客来客去吾何较，山静山深事亦无。
一卷黄庭看未了[1]，紫藤花落鸟相呼。

[题解]

本诗选自葛金烺《爱日吟庐书画录》卷一。

王蒙（1308 或 1301—1385），元画家，字叔明，号香光居士，吴兴（今浙江湖州）人。赵孟頫外甥，得松雪法。尝任微官，后长期隐居于黄鹤山（今杭州余杭临平山），遂号黄鹤山樵。与倪瓒、黄公望、吴镇、杨维桢、陈征、文伯等人都有交往。明洪武初，任山东泰安知府，因坐胡惟庸案，被捕入狱，死于狱中。他擅书法，能诗善文，尤工山水画，后人把他和黄公望、吴镇、倪瓒合称“元四家”。有《夏日山居图》《秋山草堂图》《春山读书图》等作品传世。

[注释]

①黄庭：即《黄庭经》，道教经典名，包括《上清黄庭内景经》和《上清黄庭外景经》。

[评说]

题画诗常从描绘画境入手，而本诗却先从“画外意”落笔。山居幽深静谧，无杂事相扰，客人稀少，来而复去，毫不计较。这些诗意，是人生的感受，审美的体验，内心的活动，绘画根本无法表现，只能从“画外”

得之。王蒙自题画作，通过诗歌语言将诗意表达了出来。诗的下半首，才描绘画面具象。茅屋内，高士正聚精会神地诵读《黄庭经》，久读不厌，故曰“看未了”，回应上半首诗意，点明“吾何较”“事亦无”的真正原因。茅屋外，紫藤满架，花落无声，扣前文的“静”字，山鸟呼鸣，愈显山林的幽静，句意自王籍《入若耶溪》“蝉噪林逾静，鸟鸣山更幽”脱化而来。王蒙笔下的画意、诗情，是他长期“高隐”生活的真实写照，也是他闲适超逸性情的自然流露。陶宗仪《送王蒙赵廷采到南村还黄鹤山》诗云：“黄鹤山中夙著声，丹青文学有师承。前身直是王摩诘，佳句还宗杜少陵。”陶氏是王蒙的表兄，他的诗证实王蒙是一位诗画兼通的艺术家。（吴企明）

破窗风雨图

王　蒙

纸窗风破雨泠泠①，十载山中对短檠②。
老矣江湖归未遂③，画间如听读书声。

[题解]

本诗选自卞永誉《式古堂书画汇考》卷五一。

[注释]

①泠（líng）泠：形容雨声清越。②檠（qíng）：灯架。③归未遂：退隐未成。这句诗指刘性初怀有年老思归之意。

[评说]

初读这首题画诗，真有点莫名其妙。待一读王蒙《破窗风雨图》的题款和诸家诗、记以后，便能领悟这首诗的妙处。王蒙友人刘性初，好读书，十年寒窗，昼夜不辍，自称住的地方为“破窗风雨”，很多人为他写诗、作记，称颂他的苦学精神。元至正二十六年（1366），岁在丙午，王蒙为他画了一幅《破窗风雨图》，还在上面题了一首绝句诗。董其昌评这幅画说：“王叔明画卷有《听雨楼》，与此卷绝类，但此图更清润，有赵吴兴法。”（《式古堂书画汇考》卷五一）赵吴兴，即赵孟頫，是王蒙的外祖父，王蒙少时从赵孟頫学，得其风韵，晚入董、巨之室，更能广征博采，融会贯通，自立门户。

诗的前两句，描绘画面实境，称颂刘性初的苦读精神，后两句，宕开一笔，由眼前景象推想开去，想象刘性初“老矣”时，因在外游宦而不能归隐，展读画卷，看到自己在山中苦读的情状，耳畔似乎响起琅琅读书声。绘画艺术无法表现声响，更难以表现极长的时间跨度。王蒙这首题画诗，却能补救绘画艺术的这两个缺憾。在描绘画面实景“山中对短檠”、表现刘性初苦学情状时，诗人跨越了时空的限制，写出刘性初十年苦读的生涯；更运用“通感”的艺术手法，写出破窗边的风雨声和刘性初的读书声，并推想他老年观画的心态，充分发挥了题画诗补充画意的艺术功能。《破窗风雨图》画风清润，题诗诗思也清润，画境与诗境互相融通，诗境通过画境托出，绘画美和诗美在这首诗里得到了完美的统一。（吴企明）

题范宽画卷山水

王　蒙

范宽墨法似营丘[1]，散落人间二百秋。
咫尺画图千里思[2]，山青水碧不胜愁。

[题解]

本诗选自陈邦彦《历代题画诗类》卷一一。

范宽（生卒年不详），北宋画家，字中立，因生性宽和，人称“范宽”，华原（今陕西铜川耀州区）人。初学李成，后悟曰：“与其师于人者，未若师诸物也；吾与其师于物者，未若师诸心。”（《宣和画谱》卷一一）他善画山水，论者以为其“得山之骨”，与关仝、李成齐名，被称为“三家山水”。有《溪山行旅图》《雪景寒林图》等作品传世。

[注释]

①营丘：五代画家李成，营丘人，人称“李营丘”。②“咫尺”句：彦悰《后画录》论展子虔：“尤善楼阁人马，亦长远近山川，咫尺千里。”

[评说]

这首小诗，首先揭示了范宽的师承关系。刘道醇《圣朝名画评》云：“学李成笔，虽得精妙，尚出其下。遂对景造意，不取繁饰，写山真骨，自为一家。”郭若虚《图画见闻志》说：“气象萧疏、烟林清旷、毫锋颖脱、墨法精微者，营丘之制也。”范宽喜染水墨，常用点皴，这种墨法似李成。尽管范宽具有鲜明的艺术个性，能独辟蹊径，自成一家，但他确实深受李成的艺术影响。王蒙的题画诗，抓住“墨法似营丘”这一点点明范宽的艺术渊源。范宽与王蒙的生活年代相距近三百年，诗云“散落人间二百秋”，这是约数。第三句诗，论说范宽山水画的笔势。刘道醇评李成山水画时说过：“精通造化，笔尽意在，扫千里于咫尺，写万趣于指下。”（《圣朝名画评》）范宽的画既能“咫尺画图千里思”，这就说明范宽深得李成画法的精髓。结句拍合到画面上，“山青水碧”，全诗只有这一句写画面具象。范宽笔下的青山碧水，逗起人们无边的愁思。全诗从范宽的艺术渊源落笔，继论范宽笔势，最后回扣画面景物，以景结情，风神悠长。（吴企明）

题春山读书图

王　蒙

白云茅屋人家晓，流水桃花古洞春①。
数卷南华难忘却②，万株松下一闲身。

［题解］

《春山读书图》，王蒙画，今存，藏上海博物馆。本诗录自画上题诗。《春山读书图》画的是文人隐逸的题材。远处层峦叠嶂，气势雄伟；近处，茅屋数间筑于坡石上，苍劲的松树环合于周围。屋内有隐士数人，或静坐读书，或对坐相谈；窗外春光骀荡，草木欣欣向荣。钱杜《松壶画忆》说："山樵皴法有两种：其一世所传解索皴，一用淡墨钩石骨，纯以焦墨皴擦，使石中绝无余地，再加以破点，望之郁然深秀。"《春山读书图》兼用这两种画法的妙处，增添了画幅浑厚的气概。

［注释］

①"流水"句：暗用桃花源故事。陶渊明《桃花源记》："忽逢桃花林，夹岸数百步，中无杂树，芳草鲜美，落英缤纷，渔人甚异之。复前行，欲穷其林。林尽水源，便得一山。山有小口，仿佛若有光，便舍船从口入。"桃花古洞，即指此洞。②南华：《南华经》，即庄周及其弟子所著《庄子》，先秦时代的哲学著作。唐代尊道家，玄宗天宝元年（742）下诏尊《庄子》为《南华真经》。

［评说］

王蒙的《春山读书图》画意比较显豁，他的题诗便在"读书"上做文章，着重表现“有我之境”的画境。诗的前两句，从杜牧《山行》“白云生处有人家”中化出，描写山中人家茅屋数间，周边环境优美，溪水潺流，桃花盛开，春山破晓，白云缭绕，宛如身在桃花源仙境之中。“古洞春”，不仅用《桃花源记》的熟典，也有画家的生活基础。他长期隐居在黄鹤山，山上有“黄鹤仙洞”，这幅画及题画诗可以视作王蒙自身隐逸生活的写照。诗的后两句，写茅屋中人的“读书”，他读什么书？读书的意趣是什么？画面难以表达，而诗句却生发、补充出这些意思。原来，隐士读的是《庄子》，对坐相谈的也就是庄子的哲理，庄周的清静无为、同生死齐物我的思想，使隐士们超然物外，遗世独立，安于隐逸生活，与周围的千山、万松等自然物融为一体。画和诗都体现出这种思想，也充分反映出画家兼诗人王蒙的“意趣”，境中有“我”，“我”在境中。用“万株松下一闲身”收结全篇，神完意足。（吴企明）

题云林惠麓图

王　蒙

八月梁溪新雨霁[①]，溪南溪北水交流。
征君涤砚临池后[②]，貌得湾埼几树秋[③]。

［题解］

本诗选自郁逢庆《郁氏书画题跋记》卷一、卞永誉《式古堂书画汇考》卷五〇。

元顺帝至正十一年（1351）十一月二十日，倪瓒写此图赠友人仲明。后二日，陆信甫适来，借此图赠信甫。倪云林很看重这幅画，在题记中自谓虽是片纸，“亦可观也”。倪瓒的很多朋友为之题写诗、词，如王国器、虞堪、殷弼、唐元、袁养福等人。王蒙的题画诗，便是其中的一篇佳作。

［注释］

①梁溪：水名，在江苏无锡西，源出惠山，流入太湖。②征君：对“征士”的敬称，不受朝廷征聘的人被称为“征士”，这里指倪瓒。③埼（qí）：曲折的堤岸。

［评说］

惠麓，即无锡惠山山麓，云林是无锡人，他是饱含着深爱家乡山水的感情画作这幅《惠麓图》的。诗的前两句，描写画面景物，新雨后的梁溪，涨满溪水，溪流湍急，南北交流。清寒之气，溢于纸表。读此诗句，不禁使人想起王维的《山居秋暝》:“空山新雨后，天气晚来秋。明月松间照，清泉石上流。”倪瓒的画境、王蒙的诗意，与王维诗极其相似。由此可知唐元题《惠麓图》云:“云林画法学王维，气韵风流或过之。”言之不诬。

诗的后两句，是说云林用简练的手笔描绘出了清幽萧瑟的秋光。王蒙的诗句，涉及倪云林山水画的风格问题。倪云林的山水画是疏体，以萧疏简淡见长。董其昌说:“元季四大家，独倪云林品格尤超，早年学董元，晚乃自成一家，以简淡为之。”(《画禅室随笔·题自画》)顾文彬论倪瓒《赠袁寓斋卷》云:“溪山荒涩，亭树萧疏。”(《过云楼书画记》卷六)本诗结句云“貌得湾埼几树秋”，恰恰准确把握住倪云林画风的基本特征，而叔明对倪云林的由衷赞美之情也溢于言外。王蒙确是倪瓒的知音。(吴企明)

惠麓小隐图

王　蒙

白头学种邵平瓜[①]，四百年前故将家。
第二泉头春梦醒[②]，洞庭烟水接天涯[③]。

[题解]

王蒙《惠麓小隐图》今存，藏美国印第安纳波里斯美术馆。本诗录自画上题诗。

据张丑《清河书画舫》卷一一上之题记，知此卷实为王蒙全图之前半卷，明代藏太原王氏家，不知于何时流落到美国。

[注释]

①邵平：即召平，秦时广陵人，封东陵侯。秦之后，种瓜于长安城东，瓜美，俗称“东陵瓜”。②第二泉：即惠山泉，在江苏无锡惠山下，有上、中、下三池，水清味醇，唐陆羽、元赵子昂称之为“天下第二泉”。③洞庭：指太湖。

[评说]

王蒙早年曾官理问，后弃官隐居于临平（今浙江余杭）之黄鹤山，自号黄鹤山樵。他的许多画是反映他隐遁耕读时之情景，表达其渔隐之思的，如《青卞隐居图》《谷口春耕图》《花溪渔隐图》及此处的《惠麓小隐图》等都是如此。《惠麓小隐图》为孟叔敬而画，是王蒙晚年的作品，描绘文人在惠山脚下隐居的环境。画中山麓冈阜间有清泉流淌，冈阜上长松高柳，杂木成荫，溪流旁有草阁水榭，冈阜后可见柴门及丛竹簇簇，加上远山迤逦于画幅上端，整个画面充满着文人理想中的山林野趣，反映了画家对大自然的眷恋，及对隐居生活的喜爱。画家的自题诗表现的亦是同一主题。诗的前两句，即言孟敬叔远离官场，要脱离官宦生活，像秦时的邵平一样，以种瓜为生，做一遁迹山林的隐士。“第二泉头春梦醒”一句，点明画中所绘乃为无锡惠山周围的景致。诗的最后以景结情，既增强了诗的韵味，又体现了隐居生活的悠闲平静、怡然自得。在醉人的春光里，在甘洌清澈的泉水旁午憩，睁开眼，呈现在眼前的是一片烟波浩渺、天水一色的万顷湖面，令人心胸开阔，尘虑顿消，飘飘有凌波之想。这是何等逍遥怡然的生活啊！诗画相映，画家向往山林野趣的情志跃然纸上。（史创新）

题画墨梅

陶宗仪

明月孤山处士家①，湖光寒浸玉横斜②。
似将篆籀纵横笔③，铁线圈成个个花④。

[题解]

本诗选自陈邦彦《历代题画诗类》卷八三。

陶宗仪（1316—？），元代文学家，字九成，号南村，黄岩（今属浙江）人。年轻时，应科举考试不中，遂致力于学问。晚年避乱迁居松江，躬亲稼穑。入明后，曾被聘为教官。工诗文，著述很多，有《南村诗集》《南村辍耕录》《书史会要》等。

[注释]

①孤山处士：指北宋诗人林逋，他隐居于杭州西湖孤山，终身不仕，种梅养鹤，人称“西湖处士”。②寒浸玉：月和梅花映在湖面上，如玉浸于水中。辛弃疾《好事近·西湖》：“日日过西湖，冷浸一天寒玉。”玉横斜：梅花色白如玉。林逋《山园小梅》：“疏影横斜水清浅。”③篆（zhuàn）：即篆书，是大篆、小篆的统称。一般称小篆为“篆”，称大篆为籀书。纵横笔：用华光《梅谱》“起笔纵逸”句意。④圈：画梅花之法，圈成各种形态，但不能太圆。华光指出画梅三十六病之一为“圈花太圆”（《梅谱》）。

[评说]

陶宗仪精于书画鉴赏，他这首题写墨梅的诗，涉及书画相通的理论问题，丰富了画梅笔法的内涵，值得重视。诗从林逋发端，因为西湖孤山畔的林逋家就是梅的老家。一、二两句将梅放在“明月”“湖光”朦胧清寒的背景中加以渲染，更增添了墨梅的情韵。“月”是贯串两句诗的诗歌意象，明月照在林逋家的梅花上，使人联想起林逋的名句：“疏影横斜水清浅，暗香浮动月黄昏”。（《山园小梅》）“玉横斜”，写出墨梅的动人姿态和风神，月光和着梅花映在西湖碧波中，如玉浸水中，夜色清寒。诗的前半首，写画面景物，又富有诗情。下半首转而发议论，诗人说画面的墨梅，纵笔超逸，用篆籀笔意，画成枝干、花朵，朵朵梅花用铁线圈成。书画相通，书画用笔相同，前贤早有论述。宋赵希鹄《洞天清录·古画辨》说：“善书必能画，善画必能书，书画其实一也。”宋文同画竹、郭熙画树木，元人温日观画葡萄，用草书笔法。赵孟頫自题《秀石疏林图》云：“石如飞白木如籀，写竹还应八法通。”柯九思则说：“写竹干用篆法，枝用草书法，写叶用八分法。”（《丹丘题跋》）他们都谈到自己作画过程中贯彻书画融通的创作经验，明人陈继儒总结这种画学理论时说：“古人金石、钟鼎、篆、隶，往往如画，而画家写水、写兰、写竹、写梅、写葡萄，多兼书法，正是禅家一合相也。”（《妮古录》）而画墨梅用篆籀笔法，还很少有人提到，因此，陶宗仪的这首题画诗，具有一定的文献意义和美学价值。（吴企明）

题曹云西双松图

陶宗仪

泖云西畔一诗翁[1],画法营丘理趣融[2]。
四十年前经此地,双松无恙草堂空。

[题解]

本诗选自陈邦彦《历代题画诗类》卷七二。

[注释]

①泖(mǎo)云:泖湖上空的浮云。 泖,湖名,在今上海松江南。
②营丘:宋代画家李成,营丘人,人称"李营丘"。

[评说]

这是一首借题画机会缅怀画家的诗。 曹云西,元代画家曹知白,号云西。 曹云西的《双松图》今已不存。 诗篇没有涉及《双松图》的具象。 首句用叙述句,交代曹云西不仅是画家,也是一位诗人,家住松江泖湖西畔。 次句是议论句,论述曹知白师法李成,他的画笔墨疏秀,融通成、熙理趣。 何良俊《四友斋丛说》论曹云西画的艺术渊源说:"其平远法李成,山水师郭熙,盖郭亦本之李成也,笔墨清润,全无俗气。"第三句转入抒情,四十年前经过松江泖湖时曾和曹知白相遇,现在重到此地,曾经作为《双松图》摹写对象的画家屋前双松,依然苍翠挺立,然而草堂里却空寂无人。 人去堂空,怎不令人黯然神伤,追怀这位画作《双松图》的故人? 结句拍合题面曹知白《双松图》,使《双松图》成为维系诗人和画家情感的纽带。(吴企明)

萱图为李恒题于茂清轩中

王 逢

暄风宜男花[①],凉日忘忧草。
一种两含情,亲容梦中老。

[题解]

本诗选自顾嗣立《元诗选初集·梧溪集》。

王逢(1319—1388),字原吉,自称席帽山人,江阴(今属江苏)人。长期隐卧,歌咏自适。筑草堂曰最闲园,自号最闲园丁。少时学诗于陈汉卿,后得虞集之传,才气宏敞而又严谨,有《梧溪诗集》。

萱图,画作萱草的图。李恒,王逢友人,生平不详。

[注释]

①宜男花:即萱草,又名宜男、忘忧草。

[评说]

题诗用对起法,描述画面具象,写尽题意。《诗经·卫风·伯兮》:"焉得谖草,言树之背。"《毛传》:"背,北堂也。"北堂,古代为母亲的居处,后人因以萱堂为母亲居处的代称。王逢以《诗经》之意立意,题写《萱图》,由萱草而思及萱堂,思及母亲。"一种两含情",表达自己与李恒相同的思亲深情。结句抒情,说只能在梦中见到母亲衰老的面容,不胜忧伤。诗思清转哀婉,凄恻感人,富有艺术感染力。这是一首很典型的抒情性题画绝句。(吴企明)

题李唐长江雨霁图

王　逢

烟雨楼台晻霭间[①],画图浑是浙江山[②]。
中原板荡谁回首?只有春随北雁还。

[题解]

本诗选自顾嗣立《元诗选初集·梧溪集》、厉鹗《南宋院画录》卷二。诗题,《元诗选初集·梧溪集》作《题李唐江山烟雨图》。《南宋院画录》作《题李唐长江雨霁图》。因赵子昂有《李唐长江雨霁图跋》、黄缙题诗有“长江雨霁见前山”句,今据改,诗句文字采《元诗选初集·梧溪集》。

[注释]

①晻霭:昏暗迷蒙的云气。②浑是:几乎是,简直是。③板荡:《诗经·大雅·生民》里有《板荡》篇,讽刺周厉王无道,国家动乱,后以之形容政局动荡,社会丧乱。

[评说]

王逢题诗下还有一段识语,云:“至正癸亥,八月三日,题于破楚门之宴馆,席帽山人王逢。”至正时无癸亥年,或书误。宋室南渡后,李唐来江南,被南方青山绿水、烟雨云雾的优美景色所吸引,因此,笔下常常出现江南烟雨的艺术形象,王逢说他“画图浑是浙江山”,并非虚言。而“烟雨楼台晻霭间”的景象,又正是李唐画艺所擅长的。诗的最后两句,用反诘语气说，有谁回首丧乱的中原？ 只有北雁带着春天还归北方。 言外之意，只有李唐不忘故国，时时回首中原。 王逢作《晋文公复国图》《伯虞叔齐采薇图》，曲折地体现了渴望恢复中原失土、反对民族投降、颂扬民族气节的爱国思想。 读者品读二图，便可领会此题诗的深意。（吴企明）

长江万里图二首

丁鹤年

长江千万里,何处是侬乡①?
忽见晴川树,依稀认汉阳②。

长啸还江国③,迟回别海乡④。
春潮如有意,相送过浔阳⑤。

[题解]

本诗选自顾嗣立《元诗选初集·海巢集》、陈邦彦《历代题画诗类》卷六。

丁鹤年(1335—1424),元代诗人,西域(一作回回)人。元末,鹤年转徙逃匿,或为童子师,或卖浆自给,或寄居僧舍,卒于明永乐间。好学洽闻,精诗律,尤工五七言近体诗,诗有骚、雅遗意,有《海巢集》。

《元诗选初集》《元诗纪事》均于诗题下附注:"将归武昌,自赋二首。"鹤年父任职武昌,因家于此。我国古代有许多位画家画作《长江万里图》,如宋之巨然、夏珪,元之黄公望等,因没有文字说明,我们无法知道丁鹤年所观赏的是哪一位画家的《长江万里图》。

[注释]

①侬乡:即我的家乡。侬,古代吴人自称。②"忽见"两句:唐崔颢《黄鹤楼》:"晴川历历汉阳树,芳草萋萋鹦鹉洲。"③长啸:撮口作声。《三国志·蜀书·诸葛亮传》裴注引《魏略》:"每晨夜从客,抱膝长啸。"④迟回:迟疑徘徊。⑤浔阳:地名,在今江西九江。

[评说]

丁鹤年观看此图以后，引发起思归故乡武昌的情思，便写下这两首诗。诗意由唐崔颢《长干曲》翻出，第一首还穿插进崔颢《黄鹤楼》的诗意。崔颢《长干曲》云："君家何处住？妾住在横塘。停舟暂借问，或恐是同乡。""家临九江水，来去九江侧。同是长干人，生小不相识。"丁鹤年的童年，是在武昌度过的，自然读过崔颢的这些名篇，深爱它们，熟读它们，烂熟于口。今看到《长江万里图》，依稀认出武昌以后，他就随手拈出崔颢的诗句，融入自己诗中。

第一首，"何处是侬乡"，是回应崔颢的"君家何处住？"三、四句，正面回答"侬乡"在"汉阳"。看到图上的晴川草树，历历在目，便能认出这里是"汉阳"，是"我"的家乡。第二首，描写自己将归武昌的心态和情思。"长啸"两句，抒写还乡前徘徊、依恋的心情。海乡，在海边的乡土，丁鹤年有较长时间生活在海边，这里成了他的第二故乡，一旦要离开，确实有点依恋不舍。诗人在海边生活，与海潮产生了感情，他把海潮拟人化了，要求海潮伴送自己过浔阳。为什么只送过浔阳呢？这与崔颢的《长干曲》有关系。"家临九江水，来去九江侧"，海潮送我过浔阳，再由九江的朋友陪我到武昌。这两首五言小诗写得很活泼灵巧，极有真趣，所以胡应麟评曰："元题画五言小诗，虞伯生《柯氏山水图》、揭曼硕《潇湘八景图》、丁鹤年《长江万里图》等篇，皆极天趣。"（《诗薮·外编》卷六）（吴企明）

题画葡萄

丁鹤年

西域葡萄事已非，故人挥洒出天机。
碧云凉冷骊龙睡，拾得遗珠月下归。

[题解]

本诗选自顾嗣立《元诗选初集·海巢集》、陈邦彦《历代题画诗类》卷九二。

[评说]

本诗开端先写真葡萄。葡萄自西域传入华夏，时在西汉，《汉书·西域传》："汉使采蒲陶、目宿种归。"蒲陶，即葡萄。目宿，即苜蓿。段成式《酉阳杂俎·广动植之三》则云："尉瑾曰：此物（葡萄）实出于大宛，张骞所致，有黄、白、黑三种。"到元朝末年，时代相隔久远，所以诗人要发出"西域葡萄事已非"的感慨。接着，由真入画，次句便写到画家挥毫作画。诗句只说"故人"，未指明这位画家是谁。这位画家很聪明，天赋极高，画出的葡萄像真的一样。三、四句，转入画面，描写画葡萄的形态和色泽，诗人取骊龙遗珠作比喻，不仅表现画葡萄的圆润、光亮，还为葡萄形象抹上了神奇的色彩。这还有另一层意思：唐代诗人常用骊龙探珠形容那些写得好、能得命题精蕴的诗篇。事见李颀《古今诗话》"探骊得珠"条。丁鹤年借用诗坛故事，称颂画家能探骊得珠，得到画葡萄的艺术精髓。

元代许多题画葡萄的诗中，取象老龙骊珠，比喻葡萄，成为常见的诗歌意象。如柳贯《题日观画葡萄》："探渊却值乖龙睡，摘得骊珠口口吞。”傅若金《题松庵上人墨蒲桃》：“夜来应值骊龙睡，探得明珠月下归。”舒頔《水墨葡萄》：“老龙腾渊云气湿，万斛骊珠夜光泣。”可以与本诗相互参看。（吴企明）

画　蝉

丁鹤年

饮露身何洁，吟风韵更长①。
斜阳千万树，无处避螳螂。

[题解]

本诗选自顾嗣立《元诗选初集·海巢集》、陈邦彦《历代题画诗类》卷一一二。

[注释]

①“饮露”二句：陆机《寒蝉赋序》：“至于寒蝉，才齐其美……含气饮露，则其清也。”骆宾王《在狱咏蝉序》：“吟乔树之微风，韵资天纵；饮高秋之坠露，清畏人知。”

[评说]

本诗原载《全唐诗》卷二七四，作者为戴叔伦，是明人误将元人诗编入《戴叔伦集》，遂被辑入《全唐诗》中。孔寿山编著《唐朝题画诗注》收录此诗作戴叔伦诗，亦承其误。本诗实为元丁鹤年的作品，按胡震亨《唐音统签·戴叔伦集叙录》云：“唐宋志《述藁》十卷，宋志诗一卷。今代云间朱氏刻本二卷，但中杂元人丁鹤年、本朝刘崧诗，而他诗亦有引用后代事者，讹伪不一。”《画蝉》诗，即是一例。

这是一首借吟画蝉而咏自身高洁，讽时世黑暗的五绝小诗。古人因误以为蝉是以餐风饮露而生活，因而认为蝉有高洁之质。文人对此赞誉有加，如陆机《寒蝉赋》序中称其有清廉俭信之德；虞世南以“居高声自远，非是藉秋风”（《蝉》）称其清华；骆宾王亦以“无人信高洁，谁为表予心”（《在狱咏蝉》）称之。当然，咏物的目的实是喻人，文士们正是通过对蝉高洁品质的称赞来比喻君子或自己的高洁节操。丁鹤年此诗同样如此，不同的只是他所咏的乃是画中之蝉。诗的前两句“饮露身何洁，吟风韵更长”是吟咏蝉饮露吟风之特点，比喻自身之高洁。“斜阳千万树，无处避螳螂”则是借蝉无处躲避螳螂的追捕来比喻当时社会黑暗，使贤者无处安身，像诗人这样自矜高洁、不随波逐流者更是难以远祸。这首小诗虽仅四句，却展现出一幅豺狼当道、贤者受害又难以逃避黑暗现实的社会画面。全诗运用比兴手法，含蕴无穷，意味深长。（史创新）

题天柱山图

丁鹤年

拔翠五云中①,擎天不计功。
谁能凌绝顶②,看取日升东。

[题解]

本诗选自顾嗣立《元诗选初集·海巢集》。

[注释]

①五云：五色之瑞云。②凌绝顶：唐杜甫《望岳》诗有“会当凌绝顶，一览众山小”句。

[评说]

本诗亦被明人误入《全唐诗》，作戴叔伦诗，陈邦彦亦承其误，参见《画蝉》“评说”。

天柱山，在今安徽潜山县西北，为皖山最高峰。这幅《天柱山图》，不知出自哪位画家之手，诗人没有交代，我们也无法知道。这是一首借赞天柱山来颂功臣之美德、胸襟和气概的五绝题画诗。此处的天柱山乃画图中山，但画家笔法超妙，技艺精湛，画中之山气势雄伟，宛在眼前，故诗人以画作真，一抒心中之情。诗的前两句“拔翠五云中，擎天不计功”，言天柱山超拔群山，山峰直插云霄，似一根巨大的柱子支撑着整个天空，无愧其“天柱”一名。虽如此，天柱山却始终无言静立，不因自己功大而自矜。这种功大而不计的谦逊美德正是历史上许多国家对人民作出过巨大贡献的功臣们所具有的优秀品质，也是令画家及诗人倾慕的一种品质。“谁能凌绝顶，看取日升东”两句用杜甫《望岳》“会当凌绝顶，一览众山小”之意，不仅写出了天柱山的雄伟高大，气势非凡，也体现了那些功臣们非一般人所能及的宽阔胸襟。正因为有如此的胸襟、气度，他们才能面对擎天之功而不计，才能获得后人的称颂和敬仰。读者从这首五绝小诗中，可以体会出诗人对能建大功、立大业而又谦逊、不骄矜之人怀有敬佩之情。（史创新）

题鹤傍牡丹图

吕玄英

牡丹花畔鹤精神，飞并云林似倚人。
万里青霄不归去，洛阳能有几时春①。

[题解]

本诗选自陈衍《元诗纪事》卷二七。

吕玄英，元末诗人，生平不详。

明黄溥《闲中今古录》："元末江西程国儒任余姚州判官，因乱来依方谷珍，与吕玄英为友。国儒有《鹤傍牡丹图》，索吕题云云。程得诗，即日促装回番阳。"（《元诗纪事》引）诗人趁题诗的机会，劝画主人及早返回故里，这种诗意，在历代题画诗中很少见到。

[注释]

①洛阳：古都名，在今河南。宋时洛阳牡丹最盛。

[评说]

诗的前两句，描写画面实景。一鹤依傍牡丹，很有精神；一鹤飞来云林，似欲倚傍世人。后两句，吕氏用拟人手法，直接向鹤提出劝戒语：你们赶快冲入青霄，万里归去，洛阳的春天并不久长，牡丹花是不值得依傍的。整首诗运用比体，以鹤喻人，以牡丹象征荣华富贵，紧紧扣住图上鹤与牡丹的形象，构思立意，含意蕴藉。正因为喻象鲜明生动，寓意也就容易领会，特别是当事人程国儒读了这首题画诗后，很快领悟了诗人的用意，即日便收拾行装回乡。（吴企明）

题兰石

‖姜　渐

王孙书画出天姿①,恸忆承平鬓欲丝②。
长借墨花寄幽兴,至今叶叶向南吹。

[题解]

本诗选自潘正炜《听帆楼续刻书画记》卷下。

姜渐（生卒年不详），元末明初诗人，诸暨（今属浙江）人。元末为张士诚罗致，官以行省从事，以疾辞，杜门不交宾客。及明师平吴，征为太常博士。潘正炜《听帆楼续刻书画记》卷下载此诗为“姜渐题赵子固画，何园书”，则此诗并非如诸家著录为朱耷所作，乃朱耷录前人诗题自作画。

[注释]

①王孙：王者之孙或后代。此诗题赵子固画兰石，子固是宋皇室的后裔。天姿：天赋的才能和品性。②恸（tòng）：极其悲痛的样子。承平：天下太平。此处指明朝。

[评说]

画家的政治态度决定了他艺术创作的基本倾向。他往往运用借画抒情的手法，表现鲜明的艺术特点。这首题画诗就书画中的深刻寓意作了阐述。诗的首句，表现了赵子固的兰石是天然去雕饰，有一种自然天韵。但是当诗人回想起宋朝天下承平之时，每每要伤心欲绝，两鬓的青丝也会因此而染霜变白。画中的水墨花草，正寄托着画家的一片幽思和兴讽。在诗的最后一句，诗人提醒人们，画家的花卉画，不管何时何地，枝叶都是向南吹的。此句饱含了画家无限的故国之思，寓意深刻，耐人寻味。其中隐含了一个典故，即南宋末年抗元英雄文天祥《扬子江》诗中的句意，正是画家的拳拳之心之所在："几日随风北海游，回从扬子大江心。臣心一片磁针石，不指南方不肯休！"朱耷也是皇室后裔，也经历了王朝覆亡的惨痛，所以他能对画家赵子固的画意，有极为深刻的体识，在自己画兰石时，将姜渐之题画诗誊录一过，作为自我情怀的寄托。（杨旭辉）

本书出版得到国家普及类古籍整理出版专项经费资助

历代题画绝句评鉴

第一册

吴企明　史创新　注评

黄山书社

图书在版编目(CIP)数据

历代题画绝句评鉴 / 吴企明, 杨旭辉, 史创新注评.
—合肥:黄山书社,2018.6
ISBN 978-7-5461-7511-9

Ⅰ.①历… Ⅱ.①吴… ②杨… ③史… Ⅲ.①题
画诗-绝句-诗歌欣赏-中国-古代 Ⅳ.①I207.22

中国版本图书馆 CIP 数据核字(2018)第 127155 号

历代题画绝句评鉴 吴企明 杨旭辉 史创新 注评

出 品 人 王晓光
选题策划 汤吟菲 江 汇
责任编辑 江 汇 汤吟菲 刘 春 徐娟娟 胡晓静
技术编辑 戚 帅 李 磊
装帧设计 观止堂_未氓 石晓云
出版发行 时代出版传媒股份有限公司(http://www.press-mart.com)
黄山书社(http://www.hspress.cn)
地址邮编 安徽省合肥市蜀山区翡翠路 1118 号出版传媒广场 7 层 230071
印 刷 安徽新华印刷股份有限公司
版 次 2018 年 6 月第 1 版
印 次 2018 年 6 月第 1 次印刷
开 本 700mm×1000mm 1/16
字 数 1653 千
印 张 123
书 号 ISBN 978-7-5461-7511-9
定 价 480.00 元(全四册)

服务热线 0551-63533706
销售热线 0551-63533761
官方直营书店(https://hsss.tmall.com)

前　言

一幅意象生动传神、笔墨苍劲浑厚、色彩清丽淡雅的中国画，题上一首隽永超逸的题画诗，钤上一方或数方鲜红的印章，使笔情、墨趣、画意、诗境和谐地融合起来，构成一件富有东方文化神韵的艺术品，这是我国无数艺术家创造出来的、反映华夏民族美学特质的独特艺术形式。

画上题诗的艺术传统流传了千百年，经久不衰。近现代国画家大多擅长诗歌创作，如吴昌硕、蒲华、王震、吴湖帆、张大千、潘天寿、陆俨少等。他们每作一画，往往亲自题上一诗，当代能诗擅画的国画家渐少，年轻的国画家大多不善于写作古典诗文，因此，画上题诗的风气渐衰。

对于画上题诗的优良传统日渐削弱的现状，笔者认为很有必要在诗人和画家，特别是在年轻一代诗画家和广大爱好诗画的朋友中，大力提倡学一点题画诗的常识。阅读、学习前人的题画诗，可以丰富文化生活，提高审美情趣和审美能力，也可以有效地体认前代诗人、画家的艺术匠心，提高鉴赏诗画艺术的修养，汲取有益的艺术营养，还可以掌握写作题画诗的技巧，提高写作能力。

题画诗的体式很多，长篇五七言古诗及五七言律诗、绝句，均可题画，而题画绝句是最为常见、素为历代诗画家们喜爱采用的一种体式。究其因，一则，这种体式短小精悍，语言精练，声韵优美，意蕴完整，易于发露感情，陈述画理，书写在画幅上所占篇幅也不大；二则，题画绝句声律调协，易诵易记，容易学习、掌握，更适宜在青年诗画家和广大爱好诗画艺术的朋友中推广。

数十年前，富寿荪先生编过一本《千首唐人绝句》（上海古籍出版社 1985 年出版），很受大家欢迎。但是，题画绝句的选本还很少见到，更是无人编选过。要在数以千万计的题画绝句中遴选出近千首,确是一件很困难的事。为此,笔者在动手之前,先确定几项选诗的原则,作为准绳。

首先,画面题诗(文物资料)和典籍记载(原画已佚,仅存文献资料)兼收并蓄。

从画幅上录取画面题诗,便于诗画对读,自然是最佳的选择。但是,古代的绘画作品,材质经受不住长时间的风化水蚀,又加上历代战乱兵燹的损毁,很难保存下来,散失极夥。我们只能从国内外博物馆(院)和私人的藏品中,迻录画幅上的题画绝句。如郑思肖《墨兰图》、赵孟頫《秀石疏林图》、沈周《花下睡鹅图》、唐寅《秋风纨扇图》等画上的题诗,都是驰名于诗画史上的优秀作品,我们便从日本大阪市立美术馆、故宫博物院、台北故宫博物院、上海博物馆的藏画中选取它们。

我们还从诗人、画家的个人别集和题画诗总集如陈邦彦《历代题画诗类》、题画诗专集如李日华《竹嬾画媵》、书画题跋记如顾文彬《过云楼书画记》等典籍中,搜集一些画幅已经散失而题诗尚存的作品。像倪瓒的《新雁题诗图》,被王士禛誉为倪瓒所有题画诗中写得“最佳”的一首,可惜画幅已经失传,而董其昌《画禅室随笔·评诗》、王士禛《带经堂诗话》卷二三、高士其《江村消夏录》卷三中都有记载,这首著名的题画绝句遂被传留了下来。又如吴镇的《一叶竹图》,是一件很能体现吴镇笔墨功夫的画作,很有名,早已失传。幸赖明人汪砢玉《珊瑚网》卷三三、郁逢庆《郁氏书画题跋记》卷六有记载,连吴镇的诗、跋都被保存了下来。我们将这些编集起来,供大家选读。我们遵循兼收并蓄画面题诗和典籍记载题画绝句的原则,可以收集到比较丰富、具有代表意义的优秀题画绝句,以保证本书的学术质量。

其次,选诗要能体现画科周全、风格多样的艺术特色。

我国绘画艺术经历了一千多年的发展,画科门类逐渐繁多,宋孙绍远《声画集》将绘画分成二十六门,清陈邦彦《历代题画诗类》则分为三十类,尽管他们的分类还不够精审,但从中也可以见出历代画科的大概状况。我们主张在比较周全的画科中选诗,因为画科关涉题材内容，画科取得周全，画幅的题材内容就丰富充实，才能全面反映我国历代题画绝句丰满富赡的画貌以及画家的个人专长，不致出现顾此失彼的偏废现象。像明代画家沈周，他不仅擅长山水画，画人物、花果、翎毛也都非常出色，方薰《山静居画论》说过："白石翁蔬果翎毛得元人法，气韵深厚，笔力沉着。"所以我们既选取沈周大量的山水画题诗，也选取了他不少花果画、翎毛画的题诗，如《花下睡鹅图》《题雏鸡图》《题枇杷图》《题菊花文禽图》《画杨梅答韩克瞻》等。

由于历代画家和诗人的气质、学养、艺术爱好的差异，以及他们不断对艺术创新的追求，多样化的画风和诗风得以形成。唐宋时代，李思训父子的青绿山水和王维、张璪的水墨山水，交相辉映。"荆关"、李成北方山水，雄伟壮美；董源、巨然南方山水，深远清润，方驾齐驱。花鸟画方面，出现过"黄家富贵，徐熙野逸"的不同，画法上又有勾勒填色和没骨造型的区别。到了元明清时代，更是出现桂菊齐芳、梅兰竞秀的局面，画家用笔有粗有细、有重有轻，有工笔、有写意；用墨有浓有淡，有点有染，有泼墨、破墨、积墨；布局有密有疏、有正有奇，艺术风格千差万别，蔚为壮观。诗歌风格亦然。苏轼之雄健豪迈，倪瓒之萧疏清逸，沈周之清畅和平，恽寿平之雄伟隽秀，吴昌硕之奇崛雄伟，他们都是诗人兼画家，画风与诗风相通，个性鲜明，风格迥异。

我们编选历代的题画绝句，自然要体现我国画坛、诗坛上这种百花齐放、异彩纷呈的面貌。

再次，突出重点，照顾全面。

我们主张多选重要诗画家的代表性作品，以突显他们的艺术成就。宋代的苏轼、黄庭坚都擅长写作题画绝句。元代的赵孟頫、以倪瓒为代表的"元四家"，都是诗画兼擅的能人。明代的沈周、文徵明、唐寅、董其昌、徐渭，都是擅写题画绝句的画家兼诗人。清代以石涛为代表的"四僧"、恽寿平、以郑燮为代表的"扬州八怪"、以吴昌硕为代表的"海上画派"，在我国诗画发展史上都做出了杰出的贡献。重点突出他们，纲举目张，就能观照出我国诗画发展的整个历史进程。同时，我们要兼顾各个历史时期的重要诗人、画家，广泛选录他们的优秀作品，尽可能全面地反映历代题画绝句的真实面貌。

最后，优先选取能体现诗画融通审美理念的题画绝句。

大家都在写作题画绝句，各自的文化素养、艺术悟性的高下不同，写出的诗也就有雅俗、工拙的差异。诗人先读画，深入领悟画幅的深层意蕴和艺术三昧，然后描绘画面具象，融入自己的审美体验，再现画境美，升华为诗境美，写成题画诗。因此，题画诗具有映发、渗透、融通诗与画的艺术功能。我们评判题画绝句高下的重要标志，就是它们能否融通诗画艺术。元人倪瓒在《新雁题诗图》上题诗云：

十月江南未陨霜，青枫欲赤碧梧黄。
停桡坐对寒山晚，新雁题诗小著行。

倪云林首先描绘画面的晚秋景色，再现富有诗意的画境美，给人以美的享受。而他的题诗，显然运化了杜牧的《寄扬州韩绰判官》《山行》《九日齐山登高》等诗意。杜牧诗“诗中有画”，倪瓒用其诗意入画，画成《新雁题诗图》，又为这幅画题写了一首绝句。诗情、画意、画景、诗境多次转换，两种不同门类的艺术反复渗透和融合，此诗洵为题画佳作。

元柳贯《题萧照江山图》云：

荻浦枫林宿暮烟，夕阳收尽月浮湾。
骚人一曲江南思，弹彻箜篌送雁还。

柳贯从萧照的画幅中看到了盎然的诗意，觉得这优美的画境像一首诗，像一首江南曲，犹如骚人弹奏箜篌，目送飞鸿归去，轻盈清婉，极有情致，于是便写下这首题画绝句。诗情画意在题诗中得到融彻的交会。像这种能融通诗画艺术的作品，我们便优先录用，供大家欣赏。

为了贯彻学术性和普及性有机统一的原则，我们不仅为每首题画绝句写出鉴赏文字，还编撰出题画绝句艺术技巧的相关理论，作为本书的理论卷，帮助广大读者进一步理解题画绝句的诗旨画意。

本书的理论卷，我们将题画绝句艺术技巧的理论问题，分立意、结构、技法、修辞、声律、题写等六个方面,加以详细论述。

笔者于 2003 年写过一本《题画绝句的写作与欣赏》,由苏州大学出版社出版。本书的理论部分,便是在《题画绝句的写作与欣赏》的基础上,参照、汲取笔者的《诗画融通美》(专题讲座,发表于凤凰出版社《古典文学知识》2006 年第 1 期至 2008 年第 6 期)和专著《诗画融通论》(中华书局 2018 年出版)的部分观点和内容,对原书作了大幅度的调整、修订和补充,形成现在奉献给读者们的本书理论卷的规模。

本书的理论卷在整体框架上,删去原书《题画绝句解读百例》,将其内容融入到本书各个章节。本书理论卷新增的内容比较多:第一章"质的界定",专门论述题画绝句的艺术特质,以便与普通绝句诗和论画绝句区分开来。第二章立意部分,新增"融通诗画是艺术构思的核心""画禅入诗"两节。第三、四章结构部分,新增"从题外写来""首尾呼应""对结"三节。第五、六章技法部分,增加的内容最多,变化很大,新增"比物以德""超越时空""生意""取影""以景衬人""点染""化静为动""变无声为有声""听香""朦胧美""含蓄美""露与藏""得趣""凸显主景"等十四节。第七、八章修辞部分,新增"语言色彩美""炼字炼句""俗语入诗"三节。第九章声律部分,新增"运用新声韵"一节,将原有的"用韵和通押"一节改为"多种用韵方法""通押"二节。第十章题写部分,新增"册页对题""署款和钤印"二节。新增加的内容,融入笔者长期来从事题画诗、诗画融通研究的成果,深入浅出,便于阅读。再则,强化题画绝句艺术技巧的运用,既有利于融通诗画,也使本书更富有实用性,有助于读者的写作和鉴赏。

本书的鉴赏部分,我们为每首题画绝句写出"题解""注释"和"评说"三个部分。

"题解"部分,解说所选题画绝句的出处,画作标明收藏地点,诗作标明书名、卷次。题上出现的诗人、画家、收藏家亦作介绍,包括他们的生卒年、字号、籍贯、历仕、特长。可知的作画、作诗的本事,亦作适当说明,让大家明了本图、本诗的来龙去脉,理解诗旨。

"注释"部分,注明诗中的词语,包括地名、人名、名物、典故,特别是画学术语。文字要求简明扼要,词语、典故有原出处的,应注出。重复的词语、典故，首次出现后，以下从略。不同版本的异文，有参考价值的，只在注文中说明，不另作校记。

“评说”部分，将诗人构思之意、写作技巧、诗画融合等方面的知识表达出来，尤其是题画绝句特有的艺术技巧，如“诗传画外意”“以画法为诗法”“从艺术效果上去显示美”等，更要加以说明。评说着重在“点”评上，将本诗最关键的艺术特征揭示出来，体现一个“精”字，不作面面俱到的评论。前人对本诗有评论文字者，则随文写入“评说”中。

本书鉴赏文字的编排，以人为目，同一诗人的若干首绝句，排列在一起。按诗人的生年，确定编排序次，无生年可考的诗人，则附列在同时期诗人之后。全书的鉴赏文字，分为五卷：唐代卷、宋代卷、元代卷、明代卷、清代卷。唐代卷附入三首五代人的题画绝句，清代卷附入十多首近代人的题画绝句，特此说明。

为便于读者能进行诗画对读，笔者从中外各大博物馆（院）和私家收藏的名画中，遴选80余幅各种类型的画面上有题画绝句的作品，供大家参考。限于篇幅，不能选得太多，请大家谅宥。

笔者和杨旭辉、史创新很早就想编选一本大型题画绝句的读本，以供广大诗人、画家和诗画爱好者阅读，并借此宣传诗画融通的审美观念和诗画对读的审美方法，以推广题画绝句，推进诗画融通艺术传统的传承和发扬。最近，承黄山书社邀约我们编撰、出版《历代题画绝句评鉴》，我们的夙愿终于得以实现，趁此付梓的机会，表示衷心感谢。

书中定有许多不到之处，殷切地期望广大读者和专家郢正。

吴企明

二〇一八年六月于苏州

目　录

唐代卷

理论卷

第一章　质的界定

什么是题画诗？它有什么艺术特质？

刘继才《中国题画诗发展史》“绪论”第一节云：“题画诗，顾名思义，是一种以画为题而作的诗。其内容或就画赞人，或由画言理，或借画抒怀，或另发议论。但因这些诗都是缘画而作，所以统称题画诗。”这个说法很含糊，不够精确。我认为题画诗（含题画绝句）除了必须具备诗歌、绝句诗体式的多种要素外，还应该具有自身独特的艺术特质：它们必须以具体的绘画艺术品（画幅）作为题咏对象，由此感发兴会，或则摹写画面，再现画境；或则称誉画家，品评画艺，阐发画理；或则抒写观画感慨，抒发感情。总之，它们以绘画艺术品为审美对象，诗人将自己读画后的审美感受写入题画诗，使诗画艺术互相映照、渗透、互补，达到诗画融通的新境界。

试以大家熟知的题画绝句说明之。宋苏轼《题王晋卿画后》：

丑石半蹲山下虎，长松倒卧水中龙。
试君眼力看多少，数到云峰第几重？

王晋卿，即宋代名画家王诜，苏东坡题咏的那幅画今已失传。幸而元人朱德润曾根据苏轼的画意，画成一幅《松溪放艇图》，今存，藏于台北故宫博物院。该图保存了王诜原画的基本面貌，可以作为我们理解东坡诗的参考。

东坡的题诗，是根据王诜画上的主宾景物写成的。画上近景松石是主景，诗人顺次写来。首句说丑石犹如半蹲在山下的老虎。刘熙载《艺概·书概》说：“怪石以丑为美。”王诜笔下的山石凹凸不平，势险怪,具有错综变化之美。次句说长松倒卧犹如水中之龙,画家笔下的松枝交错回绕,姿态宛转盘曲,呈现怪奇之美。前两句诗表现画面主景松石雄奇矫健的审美特征。诗的后两句咏远景云山,是宾景。远处,重叠的山峦隐现于迷蒙的云烟之中;近处,小艇正在溪中行进,船头坐着两位老人,一位拢袖倾听,一位挥着左手,遥指远方,正在说话,说话的内容,便是苏轼的这两句诗。绘画无声,而苏轼的题诗正好补出了王诜原作的画境,朱德润的拟作也完全符合苏轼的诗旨。

再看元黄公望的《题云林六君子图》:

远望云山隔秋水,近看古木拥陂陀。
居然相对六君子,正直特立无偏颇。

倪瓒此图画六株挺直的树木,以"比物以德"的自然审美观念,融进自己的艺术群像,以树喻人,以人拟树,创造了"正直特立"、刚正挺拔的六位君子的形象。黄公望完全理解画家的匠心,发其微,剔其旨,写成本诗。诗的前两句,分远、近两个视点,描写画面的具象;诗的后两句,以议论的笔调,揭示出深藏于艺术形象中的"画心",使诗与画交相辉映,构成一个艺术整体。以上所举两例完全符合题画绝句的艺术特质,是典型的题画绝句。

但这并不是说题在画上的绝句诗都是题画绝句。金农有《山水人物图册》十二开,其中一幅为《风柳图》,上有题诗:

回汀曲渚暖生烟,风柳风蒲绿涨天。
我是钓师人识否,白鸥前导在春船。

题诗后有一短跋,云:"此予二十年前泛萧家湖之作。今追想昔游风景,漫画小幅,并录前诗。曲江外史记。"可见,这是金农二十年前写的纪游诗,《风柳图》是追想昔游风景画成的,与昔游时写的诗配合默契。

扬州博物馆藏罗聘《指画仕女图》挂轴,上题:“奉帚平明金殿开,且将团扇暂徘徊。玉颜不及寒鸦色,犹带昭阳日影来。”这不是题画绝句,也不是罗聘所作,而是唐人王昌龄的《长信秋词五首》(其三),是一首地道的宫怨诗。

也不是绝句诗中提到了画,便是题画绝句。唐刘商写过一首《山翁持酒相访以画松酬之》:“白社风霜惊暮年,铜瓶桑落慰秋天。怜君意厚留新画,不著松枝当酒钱。”这是一首普通的抒情诗,“画”不过是画家赠给山翁的礼物。陈邦彦《历代题画诗类》卷七一录此诗,不当。又如方干《送水墨项处士归天台》:“仙峤倍分元化功,揉蓝翠色一重重。还家莫更寻山水,自有云山在笔锋。”水墨项处士是画家,他归还天台,正好依眼前的云山作画。这首诗是方干的送行诗,不是题画绝句,因为他并没有题咏某一幅画。

有许多题画绝句原作者的姓名被混淆了,以致后人往往误载,出现张冠李戴的现象。明人董其昌曾任福建副使,游历过建溪,画了《建溪山水图》,他在画上题一绝句:“六幅轻绡画建溪,刺桐花下路高低。分明记得曾行处,只欠猿声与鸟啼。”径署己名,没有标明此诗的出处,致使后人以为此诗为董其昌作。单国强便认为这是董其昌的自题诗,见《海外中国名画精选·明代卷》。实际上这首诗是唐代诗人方干写的,题名为《题画建溪图》,载于《全唐诗》卷六五三。同样的情况有:元人朱德润画《松溪放艇图》,将苏轼的《题王晋卿画后》诗题在画上,仅署“朱泽民”三字,以致后人误以为此诗为朱德润作。徐邦达《中国绘画史图录》、赵苏娜《历代绘画题诗存》均同此误。元人丁鹤年有《画蝉》《题天柱山图》两首题画绝句,均载于顾嗣立《元诗选初集·海巢集》。明人误将此二诗编入《戴叔伦集》,遂被误载入《全唐诗》卷二七四“戴叔伦诗”,孔寿山《唐朝题画诗注》也误录此二诗,未予明辨。

除此以外,题画绝句还应与论画绝句严格区分开来。

我国诗画融通史上,出现过许多论画绝句,出现的时间比较晚。明人张丑作《鉴古百一诗》,既论书法名家,又论绘画巨匠,如其五十一：

巨然山水江南派，淡墨轻岚笔法新。
渔艇悠悠波浩浩，沧浪一曲彼何人？

又如其七十六：

倪迂袖卷称鸿宝，合作师林让鹤林。
乔木小山堪玩赏，遐思清闷感人琴。

前诗论巨然，后诗论倪赞。张丑对画家作整体评价，并不是题咏某一幅画作。张丑的诗，虽没有“论画”之名，但确实是论画绝句。清代著名诗人宋荦曾作《论画绝句》二十六首，朱彝尊有和诗十二首。宋荦自跋《论画绝句》云：“余暇日创为论画绝句如干首，理绝绳尺，意在独解。”邵长蘅跋云：“自唐至今，有题画诗而无论画，漫堂先生创为论画绝句。”这里，我们选读几首宋荦《论画绝句》：

夏山待渡客争谈，未睹令余抱此惭。
龙宿郊民典型在，长虹贯月自江南。

自注：皆北苑名迹。

李成关仝两巨手，少年曾见长安中。
名家掩映数十辈，仿佛大海当回风。

蟹爪树枝鬼面石，河阳大幅太行图。
挂起淋漓元气湿，真成惊倒倩人扶。

自注：小米自题《潇湘图》云：“壁张此画定惊倒，先请倩人扶着君。”

第一首论董源，第二首论李成、关仝，第三首论米友仁。综观宋荦《论画绝句》，论古今画家流派，述画家笔墨之优劣，评画录书籍之得失。

诚如朱彝尊跋语所说:“古今画家雅俗、工拙、高下之殊,流派之别,尽括其要。”由此可见,论画绝句泛论画学,并不专以某一幅绘画作品作为论述对象,与题画绝句有着鲜明的区别。

上面,我们既论述了题画绝句的艺术特质,又将它与一般绝句诗、论画绝句的差异作了详细的阐发和甄别,为题画绝句定了“名分”,做出质的界定。这也就为本书理论卷全面论述题画绝句的艺术技巧,做好了充分的准备。

第二章　立意

诗贵立意。构思立意是创作题画绝句至关重要的问题。黄彻《砦溪诗话》:“昔人论文字,以意为上。”沈德潜也说:“惨淡经营,诗道所贵。倘意旨、间架茫然无措,临文敷衍,支支节节而成之,岂所语于得心应手之技乎?”(《说诗晬语》)意旨,即题旨、题意,就是立意。写作题画绝句,首先就要考虑写些什么、怎么落笔。题画绝句的题咏对象是绘画艺术品,是画幅,因而立意必然从画幅入手,始终紧扣画幅。写画,可以描绘画面具象,再现画境,将绘画美转换成诗艺美;可以表述画幅的题旨,描述构思布局的安排及艺术技法的运用;可以品评画艺,赞美画家,揭示画家的艺术渊源;可以记述画幅的存藏流传,阐发画家作画理念和美学思想;也可以发表观画感慨,借题发挥,抒写赏画人的体验、感受和情思。有些画家题写自己的画作,还会把自己的艺术见解、创作经验、构图匠心、审美情趣和主观情思,写入题画诗。可见,写作题画绝句,首先作者要考虑好想告诉读者什么生活意想和艺术意想。“情曈昽而弥鲜,物昭晰而互进。”(陆机《文赋》)题画诗人在构思过程中,“意”明确了,才能选词造句,组织意象,选用适当的结构形式和表现技巧,用“意”去组织文字,统率文字,写出完美的诗篇。

第一节　融通诗画是艺术构思的核心

题画诗是诗画艺术渗透、融通的产物。题画绝句的艺术构思,受到题画诗自身艺术特质的制约,必须贯彻融通诗画的艺术精神,诗人必须将融通诗画作为创作的核心任务。诗人先观画,深入领悟画幅的画面具象和深层意蕴、艺术三昧，然后构思立意，考虑如何把读画的艺术感受转化为诗歌意境，如何勾勒诗的思路，如何融通诗画艺术。下面，笔者就这个问题，将自己长期从事题画诗和诗画融通研究的一些心得体会，概括出几点建议，供准备写作题画绝句的朋友们参考。

其一，在题画绝句里，努力促成画与诗对应的紧密关系。

诗人采用白描手法，摹写画面具象，再现画境，使题诗与画象呈现出紧密的对应关系。那些纯写画面，或者先写画面再发感慨、议论或抒情的题画绝句模式，都属于这种稳定的、直接的诗画对应关系。如元钱选《题秋江待渡图》：

山色空蒙翠欲流，长江浸彻一天秋。
茅茨落日寒烟外，久立行人待渡舟。

题诗首句写画面，山色空蒙，翠光欲流。次句写画面江水，江水清澈，江天空阔。第三句仍写画上的渡头景色，寒烟外，几家茅屋，一轮落日，景色幽美。结句还是写画境，描写行人伫立渡头、久立凝望，将行人“待渡”多时的画意点出。诗歌意象与画面具象、题诗意境与画面诗趣一一对应，完全吻合，充分表现出紧密的诗画对应关系。

又如近代蒲华《题天竺水仙图》：

璎珞红珠著意妍，万年颂到炼丹仙。
洛滨妙试凌波步，庾岭香从破腊传。

首句写天竺，次句写万年青，第三句写水仙，第四句写梅花，四句诗写画面上的四种花卉，摹写物象，诗与画的对应关系特别紧密。四种花卉构成一个整体，交融诗画，创造出欣欣向荣、充满生机的艺术氛围，给人们在岁末带来温馨、吉祥的视觉享受。

对于这类作品，运用诗画对读的思维方式，观照诗歌、绘画的外在形象和内在意蕴的相互渗透和补充，能够全面、深入地理解乃至欣赏这些作品所具有的美学内涵，获得愉悦的审美享受。读画人一边读画，一边读诗，自然会有更多的心灵、情感和审美的领悟。

其二，题画绝句里，诗与画对应关系不紧密的作品，必须紧扣画题、画面具象。

诗人以题画为由头，或宕开画面，或借题发挥，或题外生情，或咏怀写志，甚至阐发画理，那些纯写议论、画议结合、画情交融的题画绝句，都属于这一类模式。凡此种种，诗人务必紧扣画题、画面具象，努力寻绎诗句与画题、画面具象和画境之间的内在联系，以期实现融通诗画的创作任务。如明孙克弘画了一幅《雨景山水图》，题诗一首云：

僧房十日掩柴关，闲看浮云自往还。
无限天机心会得，起来磨墨写房山。

诗人在构思时，先不去描写画面景物，却先从自己的悠闲生活着笔，写出自己的审美感悟。当他悟得“无限天机”的时候，便挥毫仿学高克恭的笔意，画成此图。全诗用叙事、议论的笔调写成，与画面的对应关系不甚紧密。然而，读者细细体会，自然可以找出一些诗与画的对应关系来。像第二句“浮云自往还”，虽然说的是画家在山中看到的自然景象，但它们正是浮云往还、雨意浓郁的画象和画趣的生活基础，就诗歌技法讲，这叫“还扣画面”。结句“起来磨墨写房山”虽语涉论宗，却点出这幅《雨景山水图》的美学特征和艺术渊源。

又如明姚绶《墨松图》的自题诗：

难将老干凌韦偃，欲向三峰访隐居。
看画忽吹松子落，山人石室近何如？

诗人以题画为由头，由画面生发出忆念友人的情愫，为此，他在构思时，特意不去摹写画面物象，首句说自己画松难以超过唐代画松名家韦偃。“老干”一点题，便由画面宕开，第二句说松画逗起“我”寻访隐居于三峰的老朋友的情思。三、四句“看画忽吹松子落，山人石室近何如”，说现在自己看着《墨松图》，忽然听到松子坠地的声音，不知那位隐居于三峰石室的朋友近来生活得怎么样。诗笔刚刚落到画面上，突然又宕开去，表达出诗人因观画而兴起的怀念友人的深挚情感。此诗用实笔少，仅首句“老干”与画面有一点儿关系；用虚笔多，大部分诗句抒写怀人的情思，与画面对应关系不紧密。然而，当我们观其画，读其诗，由画面盘曲苍劲的墨松形象展开想象的翅膀，仿佛随着诗人飞到三峰去寻访他的朋友。由此可知，写作诗画对应关系不紧密的绝句诗，必须注意还扣画面，紧扣画题，使诗歌不远离画幅。

其三，找到诗画艺术之“同”，循着诗画艺术表现和审美追求的汇合点，努力融通诗画艺术。

诗歌与绘画，虽然是两门不同门类的艺术，但是它们有着某些共同的特征。首先，它们同是再现客观事物的艺术，有“摹写物象”的共同特征。诗与画都要以自然界中的物和社会生活中的人作为表现对象，加以生动、具体的描绘，反映出蕴含于生活中的美。苏轼说：“古来画师非俗士，摹写物象略与诗人同。”（《欧阳少师令赋所蓄石屏》）其次，诗歌与绘画有共同的或相似的审美追求，比如诗画家都崇尚“神似”，都追求“言外”“画外”之意，都重视艺术之“趣”，都讲究“气韵”。题画诗人将画家的艺术匠心、画幅中所表现的审美追求揭示出来，以此作为自己构思立意的依据。

元高克恭《种笔亭题画》云：

积雨暗林屋，晚峰晴露巅。
扁舟入蘋渚，浮动一溪烟。

画家在酝酿题诗时，觉得自己这幅画的画意还须用题诗来点明，于是他趁着题画的机会，将自己受到王维《山居秋暝》诗意的启示融入诗中。这首诗纯写画面，再现画境。首句写雨景，次句写雨霁的景色。

三、四句仍是画面景物的描绘，只是由画面的静物，化为动态事物，使静谧的画景增添了无穷的生意，写出“莲动下渔舟”（王维《山居秋暝》句）的韵味。这首诗循着画境写出，同样是再现客观事物，诗与画的对应关系紧密，但是诗比画更富有生机，这恰是“同”中有“异”。

近代吴昌硕的《端阳嘉果图》，画枇杷数株，果实用金黄色染出，色泽鲜明，各个饱满，或疏或密地点缀在枝头，极有真实感，达到“形似”的极致。画家要为它题一首诗，该如何构思呢？他从画论中“以形写神”的审美特征立意，写成一诗：

端阳嘉果熟薰风，色似黄金不救穷。
曾伴榴花作清供，馋涎三尺挂儿童。

题诗的前两句，写画枇杷之逼真，后两句写“挂壁自赏”，不料被儿童当作真枇杷，引得儿童垂涎三尺。缶老用画幅的艺术效果，暗示画幅之美，形神兼具，耐人寻味。

其四，找到诗画艺术之“异”，用题画绝句诗的长处弥补绘画的缺憾。

诗与画毕竟是两门不同的艺术，它们有着明显的差异。首先，诗歌是一种“有声”的、“无形”的艺术，绘画是一种“有形”的、“无声”的艺术。其次，绘画通过画面表现生活中的一个断面、一瞬间的人与物的形象，表现静态中的美，表现视觉范围内的并列物体。诗歌不仅可以表现生活中瞬间的人和事，表现静态美和视觉范围内的并列物象，而且可以超越生活断面，延伸时间、空间，化静态为动态，也能变无声为有声。莱辛在《拉奥孔》中说过：“动作是诗所特有的题材。”再次，绘画不能表现“非图画性”的事物，如议论、叙事、人的情感体验、内心活动等，而诗歌的艺术功能是很全面的，它可以抒情、言志、议论、叙事，这一切恰恰是绘画无法表现的。

我们创作题画绝句，进行艺术构思时，应该充分利用诗歌的长处，弥补绘画的缺憾，既要充实、丰富画意和画境，又要有助于诗画艺术的映发、渗透和融通。如明唐寅《题秋风纨扇图》：

秋风纨扇合收藏，何事佳人重感伤？
请把世情详细看，大都谁不逐炎凉。

唐寅的诗充分发挥了诗歌的长处，通过议论的表现手段，揭露了世态炎凉的现实社会，达到"讽世警俗"的创作目的。

清高翔《题扬州即景图》：

最繁华地久知闻，无赖多因月二分。
廿四桥头箫隐隐，玉人难觅杜司勋。

画幅构图十分简练，笔墨简淡，表现眼前二十四桥荒寂的景象。画家为自己画幅题诗，立意时他充分利用了诗歌可以超越时空的表现，思接千载，追忆二十四桥昔日繁华的景象。诗人在今昔盛衰的强烈对比下，寄寓了自己的深沉的历史感叹。

清李方膺画《游鱼图》，描绘五条鲤鱼戏水的姿态，为了昭示自己的构图匠心，他自题一诗：

三十六鳞一出渊，雨师风伯总无权。
南阡北陌槔声急，喷沫崇朝遍绿田。

画幅只能表现鲤鱼戏水一瞬间的画面，是静态的。画家在构思题诗时，便利用诗画艺术之"异"，运用"化静为动""变无声为有声"的表现方法，将鲤鱼戏水的画面形象，写得"活泼泼地"，写出了它们游向秋田时，桔槔汲水的声音响个不停的景象。诗句补出画外意，拓展、丰富了画意。人们对读诗画，便能获得更多的审美享受。

最后，以画法为诗法。

为他人或自己的画幅题诗，常常可以采用"以画法为诗法"的艺术手段。以画法为诗法，是清人王嗣奭明确提出来的，他在《杜臆》卷一评杜甫《奉先刘少府新画山水障歌》时说："杜以画法为诗法，通篇字字跳跃，天机盎然。"薛雪《一瓢诗话》的"以画法通诗法"的说法，与之相仿佛。如明沈贞《秋林观瀑图》题诗云：

秋林霜重叶痕斑，白发萧萧二老闲。
握手相逢无个事，不因论水更论山。

沈贞的题诗运用"虚实结合"的技法写成。前两句用实笔，细致描绘画面上的景色与人物。后二句纯用虚笔，以议论的口吻，说出二老闲游、品评山水的高情雅致。虚实相生，本是画法，现在被诗人用来题诗，非常全面地反映出画面实境以及蕴含于画境中悠闲愉悦的情思，诗情画意交汇融彻，读来令人心旷神怡。清恽寿平画《孤月群鸠图》，题诗云：

良夜松花覆翠阴，西山孤月照深深。
春寒鸟影惊栖起，为有钟声唤隔林。

题诗并不正面写群鸠形象，却在"松花""翠阴""孤月""钟声"等意象上着精神，烘托出群鸠的"惊栖起"，深得画家渲染、烘托之妙，虚实相生，缔造空灵杳远的诗画意境。

题画绝句的艺术构思，以融通诗画为核心，这是写作题画诗的不二法门。

第二节　立意新颖

艺术构思的首要任务是创立新意，力避俗意，人云亦云的东西和一切套路、窠臼都要摒弃。写诗应该匠心独具，蹊径独辟，发前人所未发，才能写出上乘之作。陆机《文赋》有两句很形象化的话："谢朝

孤月群鸠图

华于已披，启夕秀于未振。”古人已经用过的“意”，像是开放很久的朝华，应该避去；古人尚未用过的“意”，像是尚未开放的晚花，宜用之。宋欧阳修在《六一诗话》里记述了梅圣俞的意见，说：“若意新语工，得前人所未道者，斯为善也。”清人袁枚发表了相同的意见：“出新意、去陈言为第一着。”（《随园诗话》）命意新颖，是历代有抱负的诗人、诗论家的共同追求。写作题画绝句，也应这样。

宋黄庭坚《题伯时天育骠骑图二首》（其一）：

玉花照夜今无种，枥上追风亦不传。
想见真龙如此笔，蒺藜沙晚草迷川。

这首诗不从画马着笔，反而从真马写起，以真马衬画马，为李伯时画马的出现张本。第三句转到画马上，不用“以画作真”的常见手法，反说真马如画马，立意新颖。潘伯英评曰：“第三句不说画马如真马，却说真马如画马，巧妙聪明之极，这是一种翻新的突出写法。”所言极是。

宋楼钥《题徐圣可知县所藏扬补之画》：

梅花屡见笔如神，松竹宁知更逼真。
百卉千花皆面友，岁寒只见此三人。

题诗由画面形象着笔，说扬补之善画梅、竹、松，形象逼真，用笔如神。第三、四句发表观画感慨，转出新意。诗人说许许多多花草，都不是知心朋友，只有松、竹、梅因同样具有“岁寒心”，才是经受得住严寒考验的挚友。楼钥的题诗有新意，揭示出扬补之作“岁寒三友”图的题旨，他在“岁寒三友”艺术群像的创造过程中，做出了很有意义的贡献。

元钱选《王羲之观鹅图》，画幅左侧画王羲之在凉亭里观鹅，右侧以青绿山水为背景，画出远山和竹树，形成全图清雅明丽的画境。画家该如何构思立意，写出题画诗呢？钱选并不摹写画上实境，亦不再现画境，诗云：

修竹林间爽致多，闲亭坦腹意如何？
为书道德遗方士，留得风流一爱鹅。

题诗通过郗鉴择婿和写经换鹅两则典故，从王羲之洒脱的襟怀和爱鹅的情趣落笔，写出一首立意新颖的题画绝句，抒写诗人爱慕王羲之的情愫及闲逸的雅致。

元倪瓒《新雁题诗图》：

十月江南未陨霜，青枫欲赤碧梧黄。
停桡坐对寒山晚，新雁题诗小著行。

倪瓒这首题画绝句有很多运化前人诗意的地方，如首句，脱胎于杜牧《寄扬州韩绰判官》"秋尽江南草未凋"；第三句，自杜牧《山行》"停车坐爱枫林晚"句化出。后两句诗的意境，出自杜牧《九日齐山登高》中"江涵秋影雁初飞"的诗意。可知倪瓒是很爱赏杜樊川诗句的。尽管如此，这首诗的立意却是很新颖、很有创造性的，是倪瓒所有题画绝句中"最佳"的一首（王士禛《带经堂诗话》）。它紧扣画题，处处描写画境，画中人停桡坐对寒山，观赏晚景，他被明净秋空中翱翔的一行新雁迷住了，认为这是诗一样的境界：一行新雁在空中飞行，就像在空中题写新诗。诗人将画意升华为诗境，于是，他在命题和诗的结句中反复点明"新雁题诗"这种艺术意想。这种审美体验是前人从未道过的。

明崔子忠《云中玉女图》，描绘仙女驻足云层俯视尘寰的情景。画家自题诗云：

杜远山下仙桃花，一万里路蒸红霞。

昨宵王母云中过，逢驻七香金凤车。

题诗既不描写玉女的形貌、神态，也不自述作画匠心，却补出许多画外意：昨夜，西王母乘七香金凤车，随侍众仙女在云中飞过，忽然被下方的“一万里路蒸红霞”的美艳的桃花林所吸引住，便停下车来，派一位仙女去探视一番。这位仙女便是画面上的“玉女”，在她身后还有西王母的鸾车和众多仙女，热闹非凡。题诗充分发挥艺术想象的威力，透过画面具象，申补丰富的画意，立意新颖，出人意料，也引人入胜。画家在题跋中说：“予画一人于云中，亦复不见其少，画得其情，非以数具也。”此句说出了个中奥妙。

清边寿民《杂画图册》中有一幅《鳜鱼图》，运用没骨法画成，先用淡墨晕染鱼体，勾勒出嘴、腮，再用浓墨加染背鳍、背部、尾部和头部，染上斑斑花纹，利用水墨的自然渗化，使浓淡墨色的交接处不留痕迹，鳜鱼形象生动逼真，颇具生活气息，画家题诗云：

春涨江南杨柳湾，鳜鱼泼刺绿波间。
不知可是湘江种，也带湘妃泪竹斑？

题诗不写画面形象，却写鳜鱼在春水中嬉戏的活泼姿态，水波泼刺有声。诗的后两句，描写鳜鱼身上美丽的斑纹，不用直述式，却用反诘句，说这些斑纹带着湘妃的泪竹斑。此诗诗思新颖，想象奇妙，力避单板，笔致空灵，运用神话传说故事，引发读者的遐想，悠然有远神。

第三节 命意奇警

艺术构思在讲究创立新意的同时，还应讲究诗意的奇警。李维桢《昌谷集序》中说：“必新必奇，若古人所未经道。”讲得很深刻。写诗命意奇特、警策，有赖于艺术想象的大胆、奇特，这种审美追求，给人以深刻的印象和深睿的启迪，能起警世、醒悟的艺术作用。题画绝句篇幅虽然短小，但其构思立意也必须以此为准则。

唐末罗隐《题磻溪垂钓图》云：

吕望当年展庙谟，直钩钓国更谁如？
若教生在西湖上，也是须供使宅鱼。

《十国春秋》载，五代时吴越王钱镠规定，西湖渔民每天必须缴纳若干斤鱼给王府，谓之“使宅鱼”。吕望磻溪垂钓的故事，是文学作品中常见的题材，不知名的画家将它画出来，罗隐题咏之，本无奇警可言，但诗人在本诗的转合处使用假设句，展开大胆奇特的艺术想象，在违背常理的艺术意想中，将咏史和现实生活联系起来，寓含深刻的讽刺意味，富有警世作用，给人留下了难以磨灭的印象。

元人贡师泰的《题苏子瞻画像》也是一首命意奇警的题画绝句：

老龙起深夜，来听洞箫声。
酒尽客亦醉，满江空月明。

诗人完全抛开一般题写画像诗艺术构思的套路，采用“遗貌取神”的艺术手段，化用苏轼《前赤壁赋》的文意，用空灵的诗意，创造出敻绝、新奇的诗歌意境，表现苏轼出尘脱俗的精神面貌，真正抓住了《苏子瞻画像》的本质特征。清翁方纲《石洲诗活》论本诗曰：“玩斋《题苏子瞻像》诗甚奇。”此诗构思立意奇，艺术想象奇，诗歌意境奇，所以翁氏说它“甚奇”。

明高启《二乔观兵书图》：

共凭花几倦新妆，玄女阴符读几行。
铜雀那能锁春色，解将奇策教周郎。

“玄女阴符”，兵书。据《史记·五帝本纪》及张守节注，上古时代蚩尤作乱，天帝派遣玄女交付给黄帝兵书、神符，因而制伏蚩尤。诗的前两句，就画面二乔形象着笔，紧扣二乔观兵书的题意。二乔为三国时代的美女，她们不事梳妆，却忙于读兵书，诗意已是奇特。第三、四句，翻杜牧《赤壁》"铜雀春深锁二乔"之案，诗人指出：曹操怎能在铜雀台锁住二乔呢？她们熟读兵书，深谙兵法，将奇策授予周瑜，定然能战胜曹操。高启发语奇警，道前人所未道，透辟地写出自己的读画感慨，给人以很深的启迪。

明杜堇《陪月闲行图》，画幅正中绘一高士，杖策徐行，在明月和梅花疏影下，寻幽探梅，觅句吟诗。画家自题诗云：

陪月闲行杖护迟，半醒时节更相宜。
吟成疏影寒香句，为问梅花知不知？

题诗先描绘画面实景，并无奇特处。三、四句，画家向梅花发问知不知道自己吟成的就是咏梅诗。"为问梅花知不知"，向梅花发问，已是奇想；"吟成疏影寒香句"，问梅花知不知道"我"吟成的就是咏梅佳句，更是超乎常人的艺术奇想。这种写法，立意奇特，将画面景物、绘画意境，诗情、画意，融彻地交织在一起，诗与画相映成趣，成为一首绝妙的题画绝句。

清恽寿平《桂花图》，题诗云：

清昼银轮散月华，高低寒碧护晴霞。
一秋青女劳金剪，捣遍流黄细作花。

诗的前两句，形容月照秋桂，云带护花，尚未进入《桂花图》的正题。到诗的三、四句，诗人突发奇想，想象司霜的女神手握金剪，忙忙碌碌，将南海奇香捣碎、捣细，撒在桂树上，当作桂花，形象地表现出桂花形状细碎、色泽金黄、馨香浓烈的特征。"流黄"，香名，出自南海。全诗想象奇、立意奇、诗境奇，意象生动，思清语妙，凸现月下桂花的形象美，给读者营造出令人陶醉的美学境界。

清郑燮《竹图》，整幅画构图简洁，纯用水墨写出劲挺新秀的墨竹，其中一枝独挑，直冲云霄，表现出超乎寻常的艺术追求。画奇，题诗也奇，诗云：

画工何事好离奇，一干掀天去不知。
若使循循檐下立，拂云擎日待何时？

题诗完全针对一竿独挑的画象构思立意。前两句就画面着笔，说画工为什么喜好离奇的构思和布局，要画一竿掀天，不知到哪里去。题诗用"诘问发端"之法，造成悬念，醒人眼目。第三句用假设句，诗意陡转，说：假如循规蹈矩，立于檐下，必然长成又低又矮的竹竿，怎能拂天擎日？画中寄寓着画家的理想和追求，题诗是郑板桥对压抑人才的现实社会的控诉，所以呈现命意奇警的审美特征。

第四节　含意深隐

写诗立意要"深"，思想要有深度，能表现生活的本质特征，反映绘画艺术的特质；又要"隐"，要含蓄蕴藉，意含言外，富有韵致。宋梅尧臣说："含不尽之意，见于言外，然后为至矣。"（欧阳修《六一诗话》引）诗歌的最高境界应是含意深隐，题画绝句尤应如此。

宋郑思肖《题墨兰图》：

向来俯首问羲皇，汝是何人到此乡？
未有画前开鼻孔，满天浮动古馨香。

后两句，诗笔转写兰花的馨香，运笔巧思，全在"古"字上生发。"古"，谐音双关"故"，含有怀恋故人、故国的深意，也与首句太古的羲皇上人遥应。其不直言怀恋故人、故国，却于言外领取，诗笔婉曲，含吐不露，题旨完全深隐于兰花形象里，的确是一首风神悠长的题画绝句。

元张伯淳《题舞马图》：

独立天衢骨相奇，缣缃犹记写真时。
开元天宝今陈迹，舞破中原马不知。

诗篇先写画面形象，第三、四句由画面宕开，发表观画感慨。唐玄宗耽于声色犬马，在舞马声中“渔阳鼙鼓动地来”（白居易《长恨歌》），导致中原沦落。“马不知”三字，言外有意，直言马不当罪，将“舞破中原”的罪责归于唐玄宗。全诗含意深远，深寓历史鉴戒，言有尽而意无穷。

元欧阳玄《题僧墨菊卷》：

苾蒭元是黑衣郎，当代深仁始赐黄。
今日黄花翻泼墨，本来面目见馨香。

“苾蒭”，梵语，佛教僧人总称。这是一首讽刺性很强的题画诗。诗人借物托意，趁着为僧人《墨菊卷》题诗的机会，以僧衣、菊花颜色互相颠倒为由头，讽刺“赐黄”的现实。诗写得很深婉，诗意须于言外得之。

明陈继儒《题王楚玉画兰》：

年来空谷半霜风，留得遗香散草丛。
只恐樵人溷兰艾，红颜收在束薪中。

诗人明是描写兰草的厄运，其实是借题发挥，将自己洁身自好、孤傲不群的品格，内心的忧患情思以及对险恶社会的批判意识，深隐于“收在束薪中”的兰草形象里，含不尽之意于言外。

清人罗聘的《题鹤石图》同样是一首含意深隐的题画绝句：

天上瑶池露五云，玉麐金凤好为群。
劝君莫饮人间水，直是清池也污君。

这首诗表层意义是题咏画上之鹤，写它生活在理想、美好的环境中，身居飘着五彩祥云的天上瑶池，有玉麐、金凤为伴。三、四句诗笔转出别意，诗人劝鹤不要饮用人间水，即使是清水池也会玷污鹤的高洁。诗人借着“人间水”的污浊，批判整个现实社会的黑暗污浊。全诗含蓄蕴藉，将诗人批判现实社会的激愤，深隐在仙鹤饮水的艺术想象之中。

立意新颖、命意奇警、含意深隐，这三种审美要求又互相关联着、依存着。立意新颖，必然会映带出奇警之语；命意奇警，必然会形成深刻的题旨；而深刻的题旨，最宜蕴含于新颖的诗境中。因此，在实际创作中，这三者不能机械地分开，应该随机应变，灵活运用，以便为创造新奇的、含蓄的诗美服务。

第五节　纯写画面

题画绝句常见的一种写法是纯写画面。全诗采用白描手法，摹写画面具象，描写它们的形态、色彩、神情、部位，描写人物一瞬间的举动、故事发生的片刻场面，将画境转换成诗境，并不直接发表议论，抒写情感，也不赞颂画家，不申补画外之意，而诗人的情思、议论、态度，都蕴含其中。纯写画面的题诗方式和表现手法，真实地描绘画面景物，再现画境，即使原画已经散佚，但人们凭着这些题画绝句，透过诗境，依然可以领略原画的风貌，因此它们具有很高的美学价值和重要的文献价值。

宋苏轼《书李世南所画秋景二首》（其一）：

野水参差落涨痕，疏林欹倒出霜根。

扁舟一棹归何处？家在江南黄叶村。

全诗纯从画面景色落笔，句句写画，细致地再现画境之美，而画家恬淡闲散的情态、诗人的审美情趣，完全寄寓在富有诗情画意的境界之中。

元高克恭《种笔亭题画》：

积雨暗林屋，晚峰晴露巅。
扁舟入蘋渚，浮动一溪烟。

四句全写画面景象。首句写积雨，次句写云雾，均为静物，却有明暗的对比，色彩的变化，对比鲜明突出。三、四句写扁舟泛动，泛舟是动态事物，便为静谧的画境增添了生气，与前两句形成动静的对比。高克恭的画，画中有诗；高克恭的诗，诗中有画。全诗虽然不着议论，不带感情，但诗人深爱这种幽美境界的情趣，自然地从景物描写中透出。

元张宪《题画》：

远岫层层何处？矮房簇簇谁家？
烟树夕阳归鸟，清溪古渡横槎。

题诗将画上之景分两个层次加以描写。先用对起法，描写层层远山，簇簇近屋，工巧严整。后两句，运用组合联想的艺术思维方式，效马致远《天净沙·秋思》的写作技巧，并列六个词组，不用动词，组合成一幅萧疏的秋景图，创造出清幽的诗境。全诗纯写画面，句句写画，也句句写景，诗中一切景物都是画面具象。诗境清雅之美，都从画境中来，诗画对应关系紧密妥帖。

元萨都剌《题画》：

绿树阴藏野寺，白云影落溪船。

遮却青山一半，只疑僧舍茶烟。

这首诗纯写画面，真实地再现画境及其美感。前两句用对起法，一藏一露，一静一动，对仗工整巧妙，曲尽画幅之幽美，较为全面地描摹了画面景物。后两句仍写画面，主语却是第二句里的"白云"，白云飘浮，遮却一半青山，疑是僧舍里飘来煮茶的烟。全诗色彩清丽，诗境富有美感，含俊逸之神韵，带给读者沁人心脾的审美享受。

明沈周的一首《题山水图册》绝句，被清人王翚运用，题在自己的《山水册》中，署曰："补白石翁题画句。"白石翁，即沈周，足证此诗原作者是沈周。诗云：

山压茅檐树压溪，摊书不觉日痕西。
庭前红叶落如雨，一个竹鸡当客啼。

题诗首二句描写画面景象，山势高峻，茅屋低矮，生出"压"的感觉；上面林树茂密，下面溪流宛曲，也生出"压"的感觉。"压"字两用，炼得好，生动地表现出山高林密的美感效果。次句写茅屋内的人，他读书入神，不觉时光流转，日已西沉。第三、四句仍写画面，描绘茅屋庭前的树木，叶落如红雨；竹鸡当着客人啼鸣。全诗虽然都是描写画面形象，但写法各不相同。有写视觉形象的，如山树茂密，写静态美，庭前叶落，写动态美；有写听觉形象的，如"一个竹鸡当客啼"；也有用感觉来补充视觉的，如"摊书不觉日痕西"。全诗组合各种感觉器官的感受，构成韵清神远的境界，表现画幅的意境美，令人陶醉。

明蓝瑛画《山水立轴》，今藏美国绿韵轩，自题一绝云：

峻壁云轻束玉虹，松涛碧泻广陵同。
望来有句深丘壑，清听高旻度北鸿。

全诗主要描写画面景物，首句从画幅高山着笔，轻云回绕峻壁，也裹束流瀑，静态与动态相间，益见空灵。次句写水，碧色瀑流倾泻而下，发出清响，与松涛声相应和，犹如绝响《广陵散》。三、四句转而写人，写盘膝坐于溪畔的老者面对深壑，耳听松韵、泉声，还听到高空中北雁南飞时发出的鸣叫声，不禁诗兴勃发，吟成清雅的诗句。诗人以听觉补视觉，将画境写得非常丰满，韵清神远，令读画人获得诗画双美的感受。

清戴本孝《烟波杳霭图》题诗云：

甫里先生罢钓归，春风倚棹云依依。
闲枰无语石床冷，更觉梅花雨后肥。

本诗纯写画面，细致地描绘画面具象。首二句描写画中人——渔隐者，他在湖中垂钓已久，整理好钓具，倚棹荡舟返归山居，这时，云雾依依，春风拂拂。后二句仍然写画面景物，画面上有茅亭，亭内石台上有棋盘，这是渔隐者和友人时常下棋的地方，现在亭内空无一人，棋盘闲着，故云“闲枰无语石床冷”。画面上，茅亭边有梅树，故诗云“更觉梅花雨后肥”。全诗诗境与画境契合无垠，诗与画对应紧密，诗画艺术得到十分完美的渗透和融通。

藏于安徽博物院的石涛《题山水扇》诗，纯写画面，云：

吴下人家水竹居，窗含四面绿阴虚。
初回午梦情何甚，楷法仍抄种树书。

本诗再现带有浓郁水乡风情的画境。开端点出地望，说明扇画乃为苏州景物。苏州人家都临水而居，居处种竹，“水竹居”三字，确实抓住了苏州水乡的景物特征。次句紧承“水竹居”，写居处的窗户四面虚空，室内融涵着竹树的绿荫，映带着山光水色，清幽静谧。画中人午睡梦醒起来，百无聊赖，仍然用楷书抄写种树书，消磨时光。这幅扇面画为友人而作，画境诗情，正是友人清闲生活和恬淡心境的真实描写，情景融合，韵致悠长。

清吴历《题画山水二首》（其一）：

春风阡陌草初平，远岫烟浮细雨晴。
白屋门前乌柏树，夕阳高下鹧鸪声。

这首题画诗描绘了画面景象：春日的阡陌上，嫩绿的新草初平，在细雨初霁时，远山在迷漫的烟雾中时隐时现。夕阳斜照下的屋前乌柏树中，有鹧鸪在啼鸣。全诗纯写画面，远近高下的景物，动静配合，并以听觉形象“鹧鸪声”补充视觉形象，愈加衬出山居的静谧幽雅，而诗人的闲逸情趣也就渗透在整个诗境里。

第六节　画情交融

题画绝句除了纯粹描写画面的方式以外，还有一种方式是既写画，又抒情：或先抒情，再扣画面；或先写画面，再抒情，呈现画情交融的特征。

1.先抒情，再扣画

我们先看看那些先抒情再扣画面的例子，如唐羊士谔《台中遇直晨览萧侍御壁画山水》：

虫思庭莎白露天，微风吹竹晓凄然。
今来始悟朝回客，暗写归心向石泉。

题诗先描写夜值时凄清的环境，由此触发无限的乡思，两句诗景中有情，情与景融，抒写出久藏于诗人内心的怀念家乡的情思。第三、四句，诗笔转到壁画山水和画家萧祐身上，诗人说今天清晨看到萧祐的壁画山水里暗寓乡思，才真正明白他的艺术匠心。全诗先抒情，后扣画，情景交融，十分感人。

元黄公望《曹云西画卷》：

十载相逢正忆君，忽从纸上见寒云。
空江漠漠渔歌度，一片疏林带夕曛。

黄公望还有题识，说："云西与余有交从之旧，别来四年，心甚念之。一日，子章以长卷见示，不啻见云西也，展阅不已，既题而复识之。"诗人不从画面景物描写入手，却以直接抒情发其端，"十载相逢"，叙黄、曹相交十年，而分别已有四年，正在忆念，忽然见到子章出示的画卷，见画如见人，不胜欣喜，因而提笔题诗，抒发思友的深情。诗的下两句，转入画面景物的描绘和画境的再现。画面景物"空江"，即吴淞江，曹云西的家乡在吴淞江畔。水乡特有的景色和画幅中透露的隐逸意趣，让诗人陶醉于画境中，也更逗引起他怀念画家的情思。

元陶宗仪《题曹云西双松图》：

泖云西畔一诗翁，画法营丘理趣融。
四十年前经此地，双松无恙草堂空。

诗句先交代曹知白是青浦泖湖的一位诗翁，画法师李成。第三、四句转入抒情，诗人说四十年前曾到青浦拜访过画家，现在重到此地，双松依然挺立，而人去草堂空，怎能不令人长忆这位画作《双松图》的故人而黯然神伤呢？结句拍合题面，使双松和《双松图》成为触发诗思的媒介和维系诗人与画家情感的纽带。

清倪仁吉《宫意图诗》：

调入苍梧斑竹枝，潇湘渺渺水云思。
听来记得华清夜，疏雨银釭独坐时。

《宫意图》是一幅表现宫怨的画，描绘宫女正独坐银灯下愁思。题诗抓住画面宫女“愁思”的“思”字立意，从题外写来，在悠悠的琴瑟声中，传达出潇、湘二妃的哀思。诗人先抒写二妃哀怨的情思，为下面表现宫女之“思”蓄势。第三、四句转到画面上，画中宫女记得自己夜间独守华清宫的情景，她独坐银灯下，夜不成寐，哀思满怀。结句“疏雨银釭独坐时”，既描写了“华清夜”宫女的心境，也表现了画面的实境。全诗先抒情，再扣到画面，写画面又能做到情景交融，表现宫女的凄寂之情，哀婉感人。

清画僧雪庄《题黄海云舫图》：

蒙君访我季春天，夏又通书寄舫边。
欲慰多情难当面，和峰飞到韵人前。

诗中的“君”，是雪庄的友人“且硕先生”，他春天过访，夏天又寄书物，雪庄因作《黄海云舫图》赠之。题诗表现了雪庄与且硕先生的深厚情谊。诗句不从画面着笔，却像是叙谈家常，娓娓动听，先说且硕先生在春三月来黄山拜访自己，再说夏天又寄书物到雪庄来。且硕先生厚待诗人之情，跃然纸上。三、四句转笔写自己，说感谢先生的多情多义，又难以当面表述，就画作《黄海云舫图》，将自己一片感慰之心和黄山云峰，一起飞到先生的面前。全诗抒情写意，结句才扣到画面，含蓄婉曲，情致深厚，感人至深。

2.先写画，再抒情

元龚璛《题小米云山》：

分流冈下石门湾，日日白云如此山。
薄暮米坟松枥暗，扶筇曾与一僧还。

分流冈有米家墓地，在镇江。此诗先写米家墓地周边的云山，如画面

黄海雲舫圖
蒙君訪我季春天夏又
通書寄舫邊欲慰
多情難當面和峯飛到
韻人前 今春喜我
且頤先生山遊過訪夏月又
蒙遠寄書物因作雲舫
圖寄供

黄海云舫图

景色，点出“小米云山”的画面。它是本诗抒情的本源，一切诗思均由米元晖的《云山图》逗起。全诗通过环境氛围、凭吊细节的细致描绘，抒写诗人敬仰、缅怀米元晖的深情，情寓景中，情景融合，是一首感人至深的抒情性题画绝句。

元宋无《题郑所南推篷竹卷》：

要写秋光写不成，愁凝苦竹淡烟横。
叶间尚有湘妃泪，滴作江南夜雨声。

这首题画诗先写画面景物，诗人推想画家欲抒愁绪不成，便将它凝聚在画幅的翠竹形象里。“苦竹淡烟横”，正是画面具象。后两句抒情，竹叶间还有湘妃的泪水，滴滴下垂，有如江南夜雨的声音。诗人借用湘妃痛念舜帝而泪洒湘竹的典故，抒写郑思肖怀念故国、怀念旧帝的幽怨与哀伤。

清文点《秋林过雨图》，为绢本水墨山水图，临摹文徵明的《秋林过雨图》，有自家面目。题诗云：

白石风流远可师，萧疏笔墨寄遐思。
晴窗仿佛当年意，写出秋林过雨时。

文徵明的画风，源于沈周，所以文点临摹文徵明的《秋林过雨图》时，首先想到了白石翁，题诗也就点出这层渊源关系。首二句说，沈周的文采风流，虽然远隔一百余年，犹可师法。今日，画家在萧疏的笔墨里，寄托着对两位前辈的深深缅怀。由画而生情，自然而真切。诗的后两句，画家说自己靠近晴窗，写出秋林过雨时的景色，仿佛还有文徵明的画意。全诗融写景、抒情于一体，既抒发了自己缅怀前辈的深情，也撷出自己画艺的艺术渊源，始终不脱离题画绝句的艺术特质。

清石涛《题桃花图》：

春风细雨到山窗，却写桃花似艳妆。
自笑老来闲不得，也须拈弄过时光。

石涛的题诗别开生面，全诗仅第二句“桃花似艳妆”写到画面形象，其余诗句都是写自己的闲情逸趣，却也与《桃花图》有关系。首句叙述春来风雨吹到山窗，逗起自己画作桃花的雅兴。第三、四句为老来忙于绘画花卉作自我解嘲，说自己也须拈弄花草，度过晚年时光，为老年生活增添丰富的色彩。石涛诗并不具体描摹画面形象，也不说自己的画艺三昧，却风趣地说出自己爱好花卉的情趣和画作《桃花图》的缘故，与常见的先写画面、再写观感的题画绝句写作方法迥异。

第七节　先写画面　再发观感

题画绝句最普通、最基本的写法，便是先写画面，再由画面引发观画感受，抒写情思。观感多种多样，有写生活感受的，有写审美体验的，有感叹史事的，有表达愿望的，有怀念画家的，有怀念家乡的，真是丰富多彩，美不胜收。这在历代数以千万计的题画绝句中比比皆是，随处可见。这里，我们归纳三种观感——生活感受、感叹史事、表达愿望，分别举例说明。至于表述审美体验的诗篇，纳入第九节“画议结合”；怀念画家、怀念家乡的诗篇，已纳入第六节“画情交融”。

诗人观画后，由画面生发出感叹现实生活的情思，如唐韩滉画《牧牛图》，元程钜夫观看后，写下一绝句：

农为天下本，万世此心同。
晴日开图画，方知宰相功。

题诗揭示出画家韩滉的构思匠心，点明“农为国本，牛为农本”的题旨。韩滉以绘画行“劝农”之实，具有宰相之胸怀，“方知宰相功”，赞叹宰相韩滉的功业。

元邓文原《题王朋梅金明池图》：

溶溶春水戏群龙，画鼓兰桡竞奏功。
得失等闲成愠喜，人生万事弈棋中。

这首小诗，先写画面上金明池内龙舟竞渡的景象。诗人观画后，不由发出感叹：得与失，愠与喜，不过是一时乘兴的情感，都应等闲视之；人生万事，不过是弈棋而已，不必太较真。由画面而发出人生感慨，正是题画绝句最常见的形式。

明代沈周有两首题画绝句，发出关心民瘼的感叹，很是可贵。明孙艾《木棉图》，画面正中画木棉花一枝，花朵开放，棉铃初成。沈周为之题小诗、长跋，诗云：

当含黄蕊嫩，绵韫碧铃深。
小草存衣被，长民谁此心？

跋语点明画心："非泛泛草木所比，盖寓意用世。"沈周诗说小小花草尚且知道为老百姓存留衣被，不知地方官吏又有谁有这番心意？题诗讽刺地方官吏不关心民瘼，揭示出孙艾画作《木棉图》以表达积极用世志向的画心。沈周又有《题墨蚕图》：

牡丹论花不论叶，桑柘论叶不论花。
饶尔五陵歌舞地，未如辛苦养蚕家。

题诗并未描绘画面墨蚕的具象，却由画面宕开，大发议论，由牡丹花重花不重叶说起，说到桑柘重叶不重花，再说到农家看重桑叶。诗的后两句，以"养蚕家"的苦辛与五陵歌舞地的奢华形成强烈对比，凸显养蚕家的艰辛和丝织品的来之不易，与宋人张俞《蚕妇》"遍身罗绮者，不是养蚕人"的艺术构思同出一辙。

明唐寅画《岁寒三友图》，自题一诗："松梅与竹称三友，霜雪苍然贯岁寒。只恐人情易番覆，故教写入画图看。"诗的前两句赋予松、竹、梅以人的品德美；后两句提出讽世的警示，要大家警惕"人情易番覆"的社会现实，保持凛然风骨和坚贞节操。

近代吴昌硕《题松梅图轴》：

根坚节固寿万年，风霜历尽岁寒天。
栋梁材料无人识，臃肿偏能得自全。

题诗开端迅即着题，从画面具象切入，不作具体描绘，却出之以议论，用极度夸张的语气，称颂画面上的松和梅历尽风霜严寒，根坚节固，生命力很顽强，可以生长万年。三、四句由松梅图中的松树生发感慨，松树为栋梁材料，却无人识得，而那些臃肿的树木偏偏能保全自身。诗人用奇崛的松树和臃肿的杂木两相比照，慨叹无人识材的现实。吴昌硕借题画的机会，通过"一语双关"之法，从树木之"材"，转到人才之"才"上，抨击才智之士无人识得、庸人却能自保的世道，寓意深刻，很有艺术感染力。诗人观看画幅后，由画面之史事生发观感，发出深沉的历史感叹。

宋晁说之《题明皇打球图》：

宫殿千门白昼开，三郎沉醉打球回。
九龄已老韩休死，明日应无谏疏来。

诗从画面景物描写切入，表现唐明皇打球的情景。诗的三、四句，脱出画幅，发表感叹，揭示出唐玄宗晚年疏远贤能、拒绝谏讽的历史事实，将深沉的历史感叹与题咏画幅结合起来，具有很强的针砭力度和讽刺意味。

元钱选《题贵妃上马图》：

玉勒雕鞍宠太真，年年秋后幸华清。
开元四十万匹马，何事骑骡蜀道行？

诗篇论说唐玄宗年年驾幸华清宫，宠爱杨贵妃，赐予玉勒雕鞍。然而当唐玄宗遇到危难时，皇家马厩里四十万匹马都不能效力，却要骑骡通过蜀道。这种史论式的议论，语含讽刺，表达诗人深沉的历史感喟。

明郭诩《题东山携妓图》：

两屐东山踏软尘，中原事业在经纶。
群姬逐伴相欢笑，犹胜桓温壁后人。

郭诩以历史故事作题材，寓历史教训于画象中，更以题画绝句点明题旨，说谢安虽然踏上东山的软尘，携妓同行，纵情山水，但是他的心放在治理中原的事业上。结句实转，以桓温的野心来凸显谢安的忠贞。《晋书·谢安传》记载，桓温于晋帝崩驾时，陈兵于壁后，召谢安入，欲谋杀之。"壁后人"，即指陈兵壁后的故事。郭诩的画和题诗，充分发挥了诗画艺术"寓教于象"的社会功能。

诗人观看画幅后，产生一种美好的愿望，便用题画绝句表达自己的人生追求和愿望。

宋范成大《题米元晖吴兴山水横卷》：

道场山麓接何山，影落苕溪浸碧澜。
只欠荷花三十里，橛头船上把渔竿。

题诗先写画面景象，两句诗写尽"吴兴山水横卷"的题意。第三、四句转出新意，表达诗人想在三十里荷花荡中的橛头船上垂钓、欣赏如画的吴兴山水的美好愿望。范成大使用的虽是题画绝句的常见格式，但是他用飞驰的想象力，将观画感慨写得别开生面，饶有真趣。

元仇远《题燕肃画卷》：

溪路迢迢绕碧峰，白云迷却旧行踪。
买舟归去山中住，终日茅亭坐听松。

诗先从画面景物落笔，前两句描写画上具象，溪路迢迢，碧峰回转，松涛阵阵，白云迷漫，画境令人神往。后两句写观感，诗人受审美客体的感发，产生卜居山中的意愿，向往整日闲坐茅亭，静听松涛，悠闲自怡的隐居生活。全诗情由境生，情与境融，写情写境，浑然一体。

明董其昌《题青弁山图》：

积铁千寻亘紫虚，云端稚犬见村墟。
秋光何处堪消日？流涧声中把道书。

画家采用最为常见的题画诗方式题写本诗。前两句写画面具象，再现画境。极高的山崖石壁，好像是一块一块生铁垒起来，横亘在天空中，村墟不知在何处。无意中在云端里看到稚犬，便知道那里有山家。两句诗并没有写尽画面景物，不过是拈其主景而已。三、四句写观画感慨：哪里的秋日风光可以消磨时日呢？结句拍合上句，回答上句的诘问，诗人说：在青弁山溪涧旁构筑一座草堂，边听流涧声，边读佛道书，足以消磨时日。佛道家的虚空无为思想和画幅秀润清雅的画境，契合无垠，画有禅意，这便是画家心目中的理想境界。

清顾符稹《题山水图》：

理罢丝桐读罢书，几人渔唱几耕锄。
他时我欲移家去，未审山灵许结庐？

题诗采用两句写画，两句写观感的格式写成。前两句就画上人物的活动着笔。首句写逸士的活动，他整理乐器上的丝弦，刚刚弹奏完一曲，便展书阅读，读罢书又弹琴，完全沉醉于书琴生涯之中。次句写渔耕生活,有几人边捕鱼边唱歌,有几人在耕地、锄地,悠然自得。两句诗,着意表现隐逸生活的悠闲清雅和渔耕生活的乐趣,是画幅内容的真实描写,诗与画的对应关系很紧密。三、四句转而生发感慨,画家深爱这里清丽的自然风光和悠闲的生活环境,产生移家其中的意愿,于是他问道:不知山灵是否允许自己在这里结庐筑屋?一个反诘句将自己的愿望表达得很婉曲,余音袅袅,极有情致。

第八节　纯写议论

诗人观看画幅后,既不具体描绘画面景物,也不抒写主观情思,却将视角投向审美理性的层面,对画作进行深入的理论思考,发表艺术见解,阐发画学理念,将画家渗透、贯串于画象中的美学思想和画学主张,用题画绝句的形式表现出来,使画论诗化,形成诗画艺术融通的更高表现形态,将题画诗与诗画融通美引进艺术哲学的殿堂。

纯属论宗、阐发画理的题画绝句很多,如宋代刘延世的《自题墨竹》:“酷爱此君心,常将墨写真。毫端虽在手,难写淡精神。”只用二十字,写出画家的画形易、传神难的创作体验。

宋黄庭坚《题子瞻墨竹》:

眼入毫端写竹真,枝掀叶举是精神。
因知幻化出无象,问取人间老斫轮。

黄庭坚称赞苏轼的墨竹画造诣精深,技艺达到炉火纯青的境界。全诗四句,言简意赅,蹊径别开,全用议论的方式写来,只有“枝掀叶举”四字搭到画面上,但也语涉论宗,确是题画绝句中议论格的典型代表。元代赵孟頫的《题苍林叠嶂图》:“桑苎未成鸿渐隐,丹青聊作虎头痴。久知图画非儿戏,到处云山是我师。”诗篇阐发了师法自然的画学理论,也反映出纯写议论的构思特征。

元赵孟頫《题秀石疏林图》:

石如飞白木如籀，写竹还于八法通。
若也有人能会此，方知书画本来同。

本诗径直发表画法通书法的理论，首二句论及画石用飞白笔法，画树用籀书笔法，画竹用永字八法。两句中三种意象，均是画面具象，因而诗句虽是议论，却都扣住了画题上的"秀石""疏林"。三、四句作总结性的阐发，进一步强调书画用笔同法的道理。唐张彦远说过："书画用笔同法。"(《历代名画记》)宋赵希鹄也说："善书必能画，善画必能书，书画其实一事尔。"(《洞天清录集·古画辨》)赵孟頫的诗，与张、赵的画学理论完全一致。赵孟頫的《秀石疏林图》以及这首题画诗，成为提倡、弘扬书画同法艺术观的代表作，对后代影响很大。

藏于天津博物馆的元吴镇《多福图轴》，自题一绝云：

长忆古多福，三茎四茎曲。
一叶动机变，清风自然足。

题诗纯用议论笔调写成，传达出画家的画学主张。首二句反用"古多福"的俗语祝颂词，表述绘画作品中物象不宜多的主张，应"以少胜多"，画竹只要画三四茎，甚至在一片竹叶上表现出深厚的笔墨功夫，便有奇效。

明王绂《墨竹图》，今藏台北故宫博物院，上有张肯的《题王绂墨竹图》：

书法元于画法同，半窗秋影墨池中。
同州仙去房山远，赖有王君继此风。

题诗的首二句说，书法源于画法，用砚池中的水墨画出这幅《墨竹图》，映在窗上，半窗秋影，富有秋意。三、四句，揭示出王绂画竹的艺术渊源，说高克恭、宋克已死，幸有王绂继承他们的墨竹画风。“同州”，指明初画竹名家宋克，他曾任凤翔知府，凤翔府旧为岐州，不是同州，此疑张肯误记。“房山”，即高克恭，号房山。这首题画绝句，既不摹写具体画象，也不抒写主观情思，呈现出纯写议论的美学特征。

清查士标的《题仿高房山水墨山水图轴》云：

雪浪云堆势可呼，一图真意在模糊。
房山仙去方壶老，千古谁传水墨图？

这首题画诗，仅首句扣到画面“雪浪云堆”的具象，其余笔墨，纯用议论语气，论说本图的“真意”全在朦胧的意境及画作的艺术渊源。第三、四句，诗人还运用“借客形主”之法，用擅画云山烟树的高克恭和方从义来衬托自己的水墨山水图，说：房山、方壶都已死去，千年来有谁传下这水墨图呢？言外之意，只有自己能传下他们的神髓，画出这幅水墨图。此诗透露出自己继承高、方烟雨云水艺术传统的信息，但查士标比高、方两位的朦胧美更多带有抽象的意味，在艺术上做出了更为大胆的探索。

清恽寿平《石谷临九龙山人枯槎竹石》：“心忘方入妙，意到不求工。点拂横斜处，天机在此中。”论说画家应有脱尘出俗的胸襟，方能创造出真趣天纵、逸气飞动的艺术品。清郑燮《题竹石图轴》：“四十年来画竹枝，日间挥写夜间思。冗繁削尽留清瘦，画到生时是熟时。”郑板桥总结四十年写竹的经验，在这首题画绝句中提出了三个画学理论问题，不啻为板桥长年画竹经验的总结。首句诗人说明自己已有四十年画竹历史。次句论述画家作画断不可墨守成规，满足于已有成绩，必须勤于思考，使实践与理论探索、创新相结合，不断思考、改进，才能达到更高的艺术境界。第三句，板桥提出了自己画竹的最高审美取向：精简和清瘦。“冗繁削尽”，删繁就简，以少胜多；“留清瘦”，保留清瘦的画竹形象特征和美学准则，以表现墨竹的神韵。结句论述了生与熟的辩证关系，画忌太生、太熟，如能生熟相济则最为适宜。全诗都是环绕画上墨竹生发的,第三句“削”“繁”和“清瘦”的诗意与画面形象相合,因此,虽涉论宗,但很有意趣,画理精邃,给人留下了深刻的印象。近代黄宾虹《题画》“唐画重丹青,宋墨如点漆。斫垩鼻不伤,用笔在腕力”,论说了绘画艺术用笔的重要性。以上这些纯写议论的题画绝句,虽然没有具体描绘画面,然而画家、诗人们常常就画题发论,论由画出,有时还在论述时点及画面,充分反映出题画绝句的艺术特质。

第九节　画议结合

题画绝句除了纯写议论的方式以外,还有一种方式是:既写画,又发议论。或则先发议论,再扣画面,或则先写画面,再发议论,呈现出画议结合的特征。这里所谓的议论,专指画论而言。

唐李昂《题程修己竹障》:

良工运精思,巧极似有神。
临窗时乍睹,繁阴合再明。

诗的前两句,用发议论的方式称赞程修己画艺高超。第三句转到画上,“临窗时乍睹”,说诗人忽然看到竹障。结句直接描写画面具象,画上的竹荫合时则暗,开时则明,表现画竹疏密相间,明暗得宜。这是先发议论,再扣画面之一例。

宋文同的《许道宁寒林》题诗云:

许生虽学李营丘,墨路纵横多自出。
交柯挥霍裴旻剑,乱蔓淋漓张晓笔。

题诗先发议论,从许道宁画艺的师承、创新的角度,发表了极为精深的评论。诗的后两句,扣合画面,形容许道宁的林木枝叶交错、乱蔓淋漓，得裴旻舞剑之势、张旭草书之态。画与论很好地绾合起来。

宋黄庭坚《题子瞻枯木》：

折冲儒墨阵堂堂，书入颜杨鸿雁行。
胸中元自有丘壑，故作老木蟠风霜。

诗篇以议论开端，以议论承转，阐述了绘画艺术的理论问题，即艺术家的修养问题。黄山谷认为苏轼具有极为深广的学识和坚实的艺术根柢，故能胸中有丘壑，有深思熟虑的艺术构思和气吐山川的雄浑气概。结句才扣到《枯木图》上，具体描绘枯木盘曲的形象，既是上面三句的总结，又回应题意。

元邓文原《题危太仆所藏荥阳郑虔画秋峦横霭图二首》（其二）：

郑君胸次有江山，应识区区只一斑。
山色空蒙斜日里，郁林遥指碧云间。

前两句纯粹说理，说郑虔胸中原有丘壑在，《秋峦横霭图》只是他胸中很小的一部分。后二句扣住画面，具体描绘这“区区只一斑”的景物。斜阳里，山色空蒙，碧云暮霭之间，树木郁郁葱葱，满目秋光。画面描绘与说理互相映照，思致清幽，意境深远。

元王蒙《题范宽画卷山水》：

范宽墨法似营丘，散落人间二百秋。
咫尺画图千里思，山青水碧不胜愁。

诗句先发议论，指出范宽的山水师承李成，这幅画散落人间已有二百年。第三句仍是议论，说范宽画卷咫尺之间有千里之思的笔势。至结句方掐合到画面上，青山碧水逗起人们无边的愁思。最后描写画面实景及其艺术效果，画议结合，引导人们深入地欣赏范宽的这幅山水画卷。

也有一些题画绝句,先写画面,再发议论,前后照应,画议结合得很自然、妥帖。如唐杜荀鹤《题花木障》:

不假东风次第吹,笔匀春色一枝枝。
由来画看胜栽看,免见朝开暮落时。

题诗先写画面一枝枝花卉带来春色,三、四句发表"画看胜栽看"的议论,因为绘画作品里的花卉永不凋落,韶华长存,不会朝开暮落。经过艺术家的努力,用笔墨丹青创造出来的艺术美,高于自然美。"画看胜栽看",恰是优秀绘画作品的美学标准。

宋陈与义《和张矩臣水墨梅五首》(其四):

含章檐下春风面,造化功成秋兔毫。
意足不求颜色似,前身相马九方皋。

诗以典故开端,描写画面梅花具象,用寿阳公主卧于含章殿下,梅花飘落在额上的故事,形容画家笔下的梅花像寿阳公主的面容一样娇美。三、四句,由画面生发议论,阐述绘画艺术重视神似意足,不拘泥于外表色相的画论,画与论结合得很自然。

明王穀祥《题陈淳罨画山图卷》:

云山烟树两模糊,仿佛荆溪景象无。
疑是南宫真笔意,不知可是白阳图。

白阳,即白阳山人,是陈淳的号。题诗先从画面景色下笔,诗句描状画面烟云变幻、雾气滃郁、水墨淋漓的景象,十分真切。诗的后两句发出议论,说陈淳深得米南宫笔意,撷出陈淳山水画的艺术渊源,很精当。画论家亦有相同的论述,李日华《竹嬾画媵》:"斟酌房米有白阳。”方薰《山静居画论》:“二家(指徐渭和陈淳)墨法,有王洽、米颠之风。”

清李方膺《题梅花图》:

铁干铜皮碧玉枝,庭前老树是吾师。
画家门户终须立,不学元章与补之。

首句描写画面形象,“碧玉枝”形容梅花,“铁干铜皮”写梅树枝干刚劲有力。次句发出师法自然的议论。三、四句论说真正的画家要有独创精神,应该“自立门户”,自成一家,切莫追随他人,亦步亦趋,不管是元代的画梅名家王冕,还是宋代的画梅高手扬无咎,都不要模仿。

第十节　画禅入诗

南北朝、隋唐、五代以来,我国很多画家喜与僧人交游,学禅风气渐盛,绘画艺术逐渐受到佛学思想的影响和渗透。这种风气,到明清时期,达到顶点,“画禅”的理念,也逐渐出现在画坛上,并日益深入人心。明僧莲儒撰《画禅》一书,裒集历代善画僧人六十四家,论其人兼品其画。董其昌命名自己的画室为“画禅室”,祝允明题画诗云:“吟诗写画似参禅,不向他人被里眠。生公堂前点头石,天平山上白云泉。”所以,绘画作品中渐多禅意,内蕴禅理,画禅结合,愈来愈普遍。

最早出现的画禅结合的绘画作品,是用画幅表现佛家的人物故事和佛经中的典故、名言。以禅入画,使画幅蕴含佛理,画境充满禅境。题画诗人将蕴含于画幅中的禅意用诗句点明。以禅意入诗,便成为题画绝句立意的重要任务。

日本东京国立博物馆藏宋马远《洞山渡水图》,这幅画将唐代禅宗曹洞宗祖师洞山良价的故事画入图中。《五灯会元》卷十三介绍洞山参谒云岩禅师,洞山问:“百年后忽有人问,还邈得师真否,如何祇对?”师云:“只这是。”洞山默然。旅途中,洞山望见自己水中的倒影,大悟,乃作一偈云:"切忌从他觅,迢迢与我疏。我今独自往,处处得逢渠。渠今正是我,我今不是渠。应须恁么会,方得契如如。"本图便是描绘这则洞山悟道的故事。杨皇后在画幅上部题一绝句:

携藤拨草瞻风,未免登山涉水。
不知触处皆渠,一见低头自喜。

题诗前两句说洞山历尽艰辛,登山涉水,拨草瞻风,到处参禅;后两句说出洞山参悟的内容。乍看《洞山渡水图》,无法了悟图中玄机,只有读了杨皇后的题诗,方能知道本诗的禅意,才可以深入理解题画绝句构思立意的重要性。

元代无名氏画《芦叶达摩图》。达摩,是菩提达摩的简称,被后人奉为禅宗的初祖。他来东土弘法,谒见梁武帝,知机不契,乃踏一五叶芦枝渡江北上,至少林寺,面壁参禅。画幅便以此为画象,元代诗僧清欲在画上题一诗,云:

芦花风起浪头高,少室岩前去路遥。
劫外一花开五叶,脚跟正好吃藤条。

清欲的题诗,便从达摩不辞艰辛弘法的精神构思立意,帮助人们领悟画中禅意。前两句纯写画外意,描写达摩渡江时风急浪高的背景,赶赴少室山路途遥远,凸现其路途之艰辛。后两句赞扬达摩弘法的业绩。"一花开五叶",象喻禅宗的发展盛况。《五灯会元》中记载了一则达摩的偈颂:"吾本来兹土,传法救迷情。一花开五叶,结果自然成。""一花开五叶"即指禅宗的五个流派:临济宗、曹洞宗、云门宗、沩仰宗和法眼宗。全诗点明画意,让读画人明白画禅的具体含义。

香港赵从衍收藏了恽寿平的《山水图册》十二帧,第五帧上恽寿平题云:

天机发静趣，灵境出无心。
停弦听清籁，声不在瑶琴。

南田的题画绝句，以“画禅”立意，纯发议论。“无心”，乃佛家语，谓真心无邪念。《传心法要》卷下：“如今但学无心，顿息诸缘，莫生妄想分别，无人无我，无贪瞋、无憎爱、无胜负，但除却许多种妄想。性自本来清净，即是修行菩提法佛等。”画家能除却诸多妄念，自然能产生空灵的画境。

清八大山人常借用佛家语，写入题画诗中。《传綮写生册·题画牡丹》：

尿天尿床无所说，又向高深辟草莱。
不是霜寒春梦断，几乎难辨墨中煤。

“尿天”“尿床”，均骂人语，语出《五灯会元》。《临济录》曰：“这尿床鬼子。”全诗借着题墨牡丹图的机会，发泄生不逢时的愤怒，意谓如果不是清朝夺取大明江山，使身为贵族的自己沦落民间，追求野逸画风，走上水墨写意的艺术道路，自己也许还不会认清墨牡丹的艺术价值呢！

画幅并不用佛家人物故事和禅语，画中的禅意不容易看出来。题画诗人在构思时，须考虑怎样把禅理彰显出来，让读画人理解藏于画中的禅理与禅境。

明唐寅画《山路松声图》，今藏台北故宫博物院，唐寅自题一诗：

女几山前野路横，松声偏解合泉声。
试从静里闲倾耳，便觉冲然道气生。

诗的开端直扣题面，首句写“山路”，次句写“松声”，写尽画题之意。首句写山路横陈，写出画面实境。次句诗意，画面无法表达，诗人运用拟人化的手法，赋予松声以人性，它偏偏懂得应和着山泉的清泠声，汇成美妙的清音，回荡在女几山山崖间，令人神往。第三句，转到画中人物身上，老人在小木桥上悠闲地倾耳静听，仿佛从松韵、泉声中，因象悟道，领悟到宇宙人生的真谛。结句紧承上句，写出"听"的结果，即"冲然道气生"。唐寅晚年学佛，这里的"道"，便是"禅意"或"禅境"。禅家强调万物有性，木、石、水、月，皆可照见禅心。老人在外在物象的启示下，获得人生的顿悟和心灵的愉悦，故曰"道气生"。整幅画充满着绘画的艺术美，画面、画境不露"禅"意的痕迹，全凭诗意、诗境，传达出禅心、禅理，足见题画绝句构思时"画禅入诗"的重要意义。

美国翁万戈藏董其昌《仿倪瓒松亭秋色图》，画家借着景物描写，营造平和清润的画境，以表现物我合一、随任自然的思想，画境中具有禅意。光看画，读画人不容易体识禅意，于是董其昌题上二绝，其一曰：

松溪水色绿于松，每到松溪听暮钟。
闻得心源只如此，问禅何必向双峰。

画家借助郑谷的《忍公小轩》诗，传达出向往林泉的审美情趣，点出了"问禅"的题旨。题诗由画面景物切入，首句说溪水映照着松树，水色比松色还要绿，实写画面而补其色。次句却由画面拓开，说每次到松溪来，都能听到寺院里的暮钟声。摹写画外景物"暮钟"之声，以听觉补充视觉，丰富了画境内涵，也为三、四句诗意的出现先伏下笔。此诗由暮钟声而联想到寺院，由寺院而联想到问禅。佛家强调万物见性，物物见禅意，所以诗人说"心源只如此"。他借着景物描写与平和清润的画境，阐发物我合一、随任自然的思想。如此画境，已经具有禅意，那又何必再到双峰寺去问禅呢？结句绕回到全篇诗意上，传达出诗人向往林泉的情趣，点明"问禅"的画旨。董其昌晚年信佛，因而在他的绘画、诗歌作品中，时时可见到"禅意"。

王翚仿王蒙笔意，画过一幅《仿王蒙山馆午参图》，画有禅意，乍读不易悟。王翚唯恐读画人不能理解自己的作画匠心，便将王蒙自题《坦斋图》诗题在画上，透露个中消息：

老来自觉笔头迂，写画如同写隶书。
黄鹤一声山馆静，道人正是午参余。

画家与王蒙一样，在山馆静谧的境界里参悟禅机，追求心灵的超脱。午间参禅后，他伫立小溪边，凝望溪水东流，回味着刚才领悟的禅机。题诗写出诗人的心灵体验，挑明藏于画境中的禅意。

郑燮画了一幅《兰竹荆棘图》，今藏常州博物馆。画幅以简淡的笔墨勾勒山石，画家在山石缝隙中，用浓墨画兰竹数丛，非常鲜明。其间，用细笔勾出荆棘数枝。画象根本看不出禅意，板桥题上一绝：

不容荆棘不成兰，外道天魔冷眼看。
看到鱼龙都混杂，方知佛法浩漫漫。

古人都以为兰竹是君子，荆棘喻小人，两者根本不能相容。板桥用佛家的慈悲心可以包容邪恶的理念看待兰竹和荆棘，认为君子可以容忍小人，兰竹也能容忍荆棘。板桥这幅《兰竹荆棘图》，弘扬佛法，富有禅理。他的题画绝句便以此立意，使艺术形象带上思辨的色彩、佛理的内涵，让读画人获得更多的禅悟和人生启迪。

近代吴昌硕画了一幅《水墨山水图轴》，今藏故宫博物院，画上题一绝：

杨柳依依拂远汀，东风吹我过溪亭。
禅关静闭无人到，隔岸钟余一塔青。

吴氏题诗除了开端处点到画题以外，其余诗句均写画外意，写法很别致。首句写画面景物，杨柳依依，拂动着远处的沙汀，再现萧疏的画境。次句便由画面跳出，抒写自己的思想心态。“东风”是过渡性的意象，诗人由杨柳拂动的画象联想到东风，自己随着东风来到溪边的茅亭，静闭“禅关”，无人干扰，只听到隔岸传来的阵阵钟声，只看到远方一座青色的塔，细参钟声和塔影给人的禅理启示。其中，“东风”“我”“溪亭”“禅关”“钟”“塔”这些艺术意象，在画面上都没有出现，它们都是诗人运用联想的艺术思维方式逐步推想出来的。诗人在画外措意，写出了许多“画外意”，坦露自己超脱世俗的禅味和清旷萧逸的审美意趣。

吴氏弟子王震也信佛，他的画也有禅意。他画过一幅《墨荷图》，自题七绝一首：

几柄低荷十里香，秋容如月纳新凉。
禅机空色留真相，始信花光即佛光。

题诗的前两句描写画面荷月的景色，三、四句便转而写禅理。佛家尽管谈论“空色”的禅理，但还是留下了“荷花”的真相。荷花一尘不染，清白洁净，是佛家崇信的花卉。诗人说看到了莲荷的“花光”，便看到了佛性和“佛光”，挑明了《墨荷图》和这首绝句诗所蕴含的佛理和禅机。全诗始终扣住画面荷花的艺术形象，读画人在审美愉悦中领悟禅理，很有艺术感染力。

第三章　结构（上）

清沈德潜说，诗人进行艺术构思时，必须解决好“意旨”和“间架”这两个至关重要的问题。

间架，即指诗的结构、诗的章法。诗人要将众多的诗歌意象、丰富的思想情感、深邃的人生哲理与画学理念表现在一首诗里，下笔前就应该考虑如何组织这些意象、情感、意念，选取何种艺术形式；怎样谋篇布局，使之妥帖地表达自己的艺术意想，形成融浑、深邃的诗歌意境，产生诗歌的结构艺术美。

写作题画诗，当然也必须遵循这一艺术规律。题画绝句虽然短小，文字很少，但同样要讲究章法。

题画绝句可以用一般绝句诗的艺术结构和结构手法，也可以用符合题画诗艺术特质的结构和方法。下面，我们将两者打成一片，分十八个方面加以论述。

第一节　起承转合

“起承转合”是律诗、绝句通用的章法要求和结构方法。元杨载《诗法家数》云：“律诗要法：起承转合。”清吴乔《答万季野诗问》：“唐人七言绝句，大抵由于起承转合之法。”马鲁《南苑一知集》：“绝句四句内，自有起承转合。”这种章法，初学写诗的朋友必须掌握，因为明白这种结构方法，既能深入理解前人绝句诗意转换变化的妙处，提高鉴赏能力，也有助于自己动手写作绝句诗。

起，便是绝句诗的第一句，也叫“开端”“发端”。诗重于发端，有很多具体的审美要求和写作技巧，如迅即着题、发端突兀、对起写景、诘问发端、倒装说入等,下文我们将要详谈。

承,便是绝句诗的第二句,承接首句诗意,要自然,要紧承,开与合相关,反与正相依,虚与实相应,意脉贯通,方为好诗。结合历代题画绝句之实例,便能很快掌握这种技法。如唐韦庄《金陵图》:"谁谓伤心画不成?画人心逐世人情。"次句紧承首句,点明画得成的原因:画家的心总是追随着当代人的思想感情的,在画作里反映时代氛围和时代情绪。元潘纯《曹知白吴淞山色图》:"一片吴淞江上秋,澹云凉叶思悠悠。"诗的次句紧承首句的"秋","澹云""凉叶",便是对秋色的具体描写,引发出赏画人的悠悠秋思。明高启《题三香图》:"罗浮洛浦与潇湘,三处离魂一本香。"首句以画面形象罗浮之梅、洛浦之水仙、潇湘之兰发端,直接与题面"三香"扣合。次句的"三处离魂"以先分述后总括的方法,使首、二句承接起来,又以"一本香"点明画家组构三香图像的本意,原来这三种花卉都具有标格清、神韵雅的共同特质。明文徵明《题画兰》:"片纸流传五十年,断痕残墨故依然。"画家说这幅画已经流传五十年,虽然已成断痕残墨,却依然存在,第一、二句承接得十分自然。总之,题画绝句的第一、二句是承接关系,必须衔接紧密、意脉贯通方好。

转,就是绝句的第三句,也称"转句""转笔"。它是绝句诗的命脉,能否写好第三句,举足轻重。前代诗论家早已认识到它的重要意义,纷纷提出:"至如宛转变化工夫,全在第三句"(杨载《诗法家数》);"其转换之妙,全在第三句,若第三句得力,则末句易之"(贺贻孙《诗筏》)。关于这方面的实例和具体分析,详见下文。

合,就是绝句的第四句,又称"拍合""绕回"。绝句诗的结句,要与第三句、与全诗题旨拍合,要有呼应,要有关联,才能收住全篇。王楷苏《骚坛八略》:"第三句得势,第四句一拍便着。"收结有不少技法,容后详述。

为帮助大家全面理解题画绝句的起承转合之法,现以元张翥《宋徽宗画栀禽》为例说明之。诗云:

龙沙魂断梦华空，遗墨凄凉扇面中。
三十六宫恩怨尽，更无花鸟诉秋风。

这首诗由画题上的“宋徽宗”切入，以宋徽宗窜死五国城事发端，“魂断”“梦华空”点明赵佶已死。次句紧承上句，诉说人亡物在，他遗留下来的扇面上的墨迹，透出凄凉气。第三句转笔，由画面推开，说赵佶既已故，宋宫中的一切恩恩怨怨都已消尽。结句拍合，说赵佶不可能再画花鸟画，也就没有花鸟来诉说秋天的哀怨。这一首题画绝句借着题画以悼念画家赵佶，完全符合绝句诗起承转合之法。

清李鱓《草虫图》题诗云：

机声轧轧月初斜，似此虫声又一家。
晓起空庭寻未得，夜深依旧咽秋花。

题诗虽短，却极有章法，起承转合，完全合拍。首句起笔写夜间传来纺织机声。次句承接，点出此为虫声，不是农家纺织机声。第三句用转笔，脱开草虫画面，转而写人，描写诗人第二天去寻找纺织娘的踪迹，没有找到。第四句拍合，说纺织娘在夜间依然鸣叫。诗思前后照应，起结回环，意脉顺畅，很明快，却极有韵味。

第二节　突破常规

起承转合是绝句诗结构的常规，但不少诗人写作题画绝句时往往打破这种常规，该转笔处不转，不该转的地方却用转笔，别开生面，给人以面目一新的感觉。

宋黄庭坚《题郑防画夹五首》（其一）：

惠崇烟雨归雁，坐我潇湘洞庭。
欲唤扁舟归去，故人言是丹青。

这首诗题咏惠崇画的《湖上归雁图》。诗的前三句一气贯注，诗意圆转，极力形容惠崇画的逼真，具有强烈的移情作用。结句急转，点明题画正意，章法巧妙，波峭可爱。同题（其二）："能作山川远势，白头惟有郭熙。欲写李成骤雨，惜无六幅鹅溪。"本诗题咏郭熙的山水图，写法与前诗完全相同。前三句作一气说，说郭熙到了老年，画艺益进，善画远势山水；他宗法李成，现在又想摹写李成的《骤雨图》。诗至第四句，笔势突然一转，跌出尾句，突破绝句章法常规，自有一种出人意料的妙处。

元高克恭《夜山图》：

万松岭畔中秋夜，况是楼居最上方。
一片江山果奇绝，却看明月似寻常。

诗从大处着笔，对画境作鸟瞰式的描绘。前三句诗描绘月色迷蒙的中秋夜的情景，万松郁郁葱葱，寒山静谧，构成"江山果奇绝"的美境。到第四句才掉转笔头，点出自己登览时兴起的山月依旧而千古苍茫的愁绪和感慨，打破绝句诗结构艺术的常规。

元倪瓒《吴仲圭山水》：

道人家住梅花村，窗下松醪满石尊。
醉后挥毫写山色，岚霏云气淡无痕。

首句介绍画家吴镇住处多梅，就题上"吴仲圭"发端。次句紧承，写他书斋存酒的情况。第三句未用转笔，仍然承上句，说他在书斋里乘着酒兴，挥毫画山水画。第三句该转而未转，直到第四句转而写山水画上的岚霏云气叆叇的状态。前三句叙事，第四句转而写画面，其写法与常格迥异。

明沈周《题枇杷图》：

弹质圆充饤，蜜津凉沁唇。
黄金作服食，天亦寿吴人。

题诗用突格常规的方法写成，前三句先从画面形象枇杷着笔，首句写其形，枇杷形如弹丸；次句写其味，枇杷味甘甜如蜜；第三句写其色，枇杷金黄色，色如黄金。前三句，句句相承，多角度描写枇杷形象。最后一句总结，说老天爷给吴人送来形圆、味甘、色如黄金的枇杷，令吴人长寿。

明文徵明《题画兰》：

片纸流传五十年，断痕残墨故依然。
白头展卷情无限，何止聪明不及前。

这是画家八十九岁时题在五十二年前画的墨兰图上的诗。首句叙述这幅画已经流传了五十年。次句承上，说这幅画虽然是断痕残墨，却依旧存在。第三句仍然承上，说自己年近九旬，展开画卷，往事如云，情思无限。至结句，才用转笔结出正意，感叹自己已年老，创作灵感、墨法笔力都不及从前，岂止是“聪明不及前”呢！如此结构，突破常规，变化生新，自有一种别样的情致。

当我们掌握了绝句诗起承转合之法以后，不妨试着突破常规，换一副笔墨，调一调口味，变一变思路，或许能收到“峰回路转”的效果。

第三节　迅即着题

一首诗应该有一个好的开端，“工于发端”被历代诗人奉为圭臬。开端有多种写法，迅即着题便是其中之一。唐贺知章《回乡偶书》：“少小离家老大回。”一个“回”字，迅即着“回乡”之题。尤其是题画绝句，文字很少，更应该不浪费笔墨，开门见山、单刀直入地点到题上，切忌不着边际，拖泥带水。

唐杜牧《屏风绝句》："屏风周昉画纤腰，岁久丹青色半销。"首句单刀直入地扣住题意，说明这是一幅画在屏风上的、著名仕女画家周昉所画的仕女图。诗题首句前二字，乃是效仿《诗经》的取题法，因为《诗经》中有不少诗题便用首句前二字，如《召南·羔羊》《邶风·燕燕》。

唐方干《题画建溪图》："六幅轻绡画建溪，刺桐花下路高低。"诗的首句点明此图为屏风绢画，画的是建溪风光，直扣题面，写尽题意。

元赵孟頫《题秀石疏林图》："石如飞白木如籀，写竹还于八法通。"这首诗虽是发表画论，但还是采取了迅即着题的手法，"石""木""竹"，都是《秀石疏林图》中的景色，开端直扣画题。

元马祖常《赵中丞折枝图》（其四）："火齐珠红拂翠翘，石家步障晓寒消。千枝蜡炬烧春夜，羯鼓催花打六幺。"题诗表现画面上大片山茶花盛开时的景况。首句迅即着题，形容山茶花如玫瑰珠石一般红艳，拂着绿叶，色泽格外鲜艳，好像石崇家的锦步障。

明唐寅《题山路松声图》："女几山前野路横，松声偏解合泉声。"唐寅很会做诗，他的题诗直扣题面，首句写题上的山路，次句写松声、泉声，写尽画题之意。

明文伯仁《题青绿山水》："山青云白水拖蓝，绿树黄茅小结庵。"诗就题写，首二句迅即扣题，描写整个画面上的青山、蓝水、白云、绿树。两句诗已将画面运用"大设色"画法所形成的色彩鲜明亮丽的美学特征，表现得很贴切。金圣叹论杜诗时说"妙于将题劈头写尽"（《唱经堂杜诗解》），把这句话移来评论文伯仁的这首题画绝句，很恰当。

明徐渭《题黄甲图》："兀然有物气豪粗，莫问年来珠有无。"这是一幅螃蟹图，蟹有甲，寓中进士甲科的意思。题诗开端，迅即着题，描写画面"黄甲"的具象，它外表粗豪而昏沉笨拙，腹中没有半点学识。

清萧云从《题松阴清话图》："空山尽日坐松阴，芥叶澄泉味自深。"题诗由画面切入，开端迅即着题，说画中人整天坐在空山的"松阴”下，促膝长话，饮用芥叶泡的澄清泉水，味自浓厚。两句诗，写尽“松阴清话”题意。

清杭世骏《题当窗冰华图》：“一片冰华照眼明，当窗疏影正欹横。”题诗开篇迅即着题，说画上的一片冰花，疏影当窗，欹倾横斜，使人赏心悦目，故云“照眼明”。两句纯写画面，再现水墨梅花的仙姿神韵。

先写画面再发观感的题画绝句，大多采用迅即着题的表现技巧。唐刘商《与湛上人院画松》：“水墨乍成岩下树。”“水墨乍成”便是作画，“岩下树”便是松，首句直扣画题。唐柳公权《题朱审寺壁山水画》：“朱审偏能貌夕岚，洞边深墨写秋潭。”诗从画家朱审善于捕捉夕岚的审美特征切入，迅即着题。宋陆游《题莹师钓台图》：“羊裘老子钓鱼处。”诗由画面切入，首句点明画面上的景物是严子陵的钓台。羊裘老子，据《后汉书·严光传》载，严光披羊裘垂钓，故称。宋米芾《自题画秋海棠》：“翠叶纷披花满枝。”首句形容画面上的秋海棠叶茂花繁，重在表现它的形态美，迅即点题。元王绂《题凤城饯别图》：“客里送君归故乡。”客居他乡的诗人送客，客还故乡，而诗人仍滞留他乡，此情何以堪！发端写尽“送行”意，有笼罩全篇之势。

第四节　发端突兀

有的诗用惊人之笔发端，有突兀的气势，出人意料，好像高山坠石，不知其所从来。这样的诗，笔势陡健，能于瞬间激起读者的激情，一下子就能抓住读者的心。沈德潜《说诗晬语》：“起手贵突兀，直疑高山坠石，不知其来，令人惊绝。”清黄叔灿评李白《秋浦歌》(其十五)说：“因照镜而见白发，忽然生感，倒装说入，便如此突兀。”(《唐诗笺注》)讲的便是这种手法。

题画绝句亦要有发端突兀的气势。宋黄庭坚题咏苏轼的《枯木图》，大发议论，一开始就说：“折冲儒墨阵堂堂，书入颜杨鸿雁行。”诗人不说枯木虬屈之形、怪奇之态，却先称道苏轼具有广博渊深的学识，又说他的书法艺术精深坚实，似乎与《枯木图》了无关涉。如此开篇，起势突兀，惊人耳目。直到转句，才点出题旨，揭示深广的学识和坚实的书法根底与绘画的密切关系。

宋龚开《瘦马图》：

一从云雾降天关，空尽先朝十二闲。
今日有谁怜瘦骨？夕阳沙岸影如山。

汉代西域大宛国所产骏马，有"天马"之称，诗人便从"天马"落笔，写它穿过云雾，从天而降，它的神采风姿超凡不群，使皇家马厩里所有的马黯然失色。诗篇发端突兀，有破空而来的气势，产生了惊人耳目的艺术效果。

元鲜于枢《僧巨然画》："秋鲈春鳜足杯羹，万顷烟波两櫂横。"诗的首句，发端突兀，题巨然的山水画，怎么突然出现"秋鲈春鳜"的意象？令人丈二和尚摸不着头脑。原来这种意象正是从次句的画面具象生发出来的。巨然的这幅画，画的是万顷烟波，江上横着两只小舟，诗人由烟波江水联想到"秋鲈春鳜"，又由鲈、鳜联想到莼羹，因而有"足杯羹"的意想。诗人将这种艺术意想倒置过来，放在诗的开端，突然而起，令人惊奇不已，造成"突兀"气势。

元虞集《子昂竹》："忆昔吴兴写竹枝，满堂宾客动秋思。"吴兴，即元代画家赵孟頫，因生于吴兴，故代指。本诗不从画面具象落笔，却由竹画追想当年赵孟頫挥笔画竹时的豪情以及满堂宾客观画时的激情，如此发端，出人意料，起势突兀，产生强烈的艺术效果，从而极力赞扬了赵孟頫画竹艺术的高超清绝。

元张渥《题明雪窗兰》："援琴谁叹生空谷，结佩应怜感逐臣。"屈原结兰为佩，以示贞洁，他在《离骚》里说："扈江蓠与薜芷兮，纫秋兰以为佩。"诗人张渥看到明雪窗的墨兰后，便以屈原爱兰的贞性和他的不幸遭遇立意，写成这首题画绝句，将自己的主观情愫寓于怀士不遇的诗句中。首句中"谁叹生空谷"，诗意突兀，一下子便突现题旨，将空谷生幽兰、君子无人识的忧愤倾泻而出。

明沈周《题桃源图》“啼饥儿女正连村，况有催租吏打门”，不描写桃花源美景，却以连村儿女啼饥声发端，又以催租声继之，如此突兀，突现村民贫穷饥寒、不堪租税困扰的苦况，也传达出诗人的愤懑心情。

清李鱓《题松藤图》：“漫惊笔底混龙蛇，世事谁能独起家？”诗用惊人之笔发端，出人意料，产生突兀之势，达到激动人心的目的。首句说，不要对笔下的松藤形似龙蛇而感到惊奇。诗以画幅所产生的惊人艺术效果发端，确实醒人耳目。

写作题画绝句，不按一般思路、模式写下去，却劈头将自己的激情、感叹、题旨推出，起句使人惊讶、振奋，达到激动人心的目的，发端突兀，这是题画绝句常用的手法。

第五节　对起写景

首二句使用对仗句，称为“对起”。用对起的方法写景，在诗篇一开头便缔构完整的诗境，形成深远、空阔的境界，起着笼罩全篇的艺术作用。杨载《诗法家数》：“或对景兴起，或比起，或引事起，或就题起，要突兀高远，如狂风卷浪，势欲滔天。”题画绝句使用写景对起之法，常常用来描绘画面景物。

唐徐凝《观钓台画图》：“一水寂寥青霭合，两崖崔崒白云残。”诗人用工整的对仗句描写画面景物，富春江水寂寞流去，青色岚霭环绕着严子陵钓台，残云萦绕着两岸险峻的山崖。对起写景，境界宽广，能比较全面地表现画面景物的美学特征。

宋秦观《题大年小景四首》之一：“晓浦烟笼树，晴江水拍空。”大年，即宋代画家赵令穰。诗人用一联对仗极为工整的诗句写景，概括地描绘出画面景色，突现画幅江天寥廓之美。

宋陆游《题莹上人二画·吴江》：“晓听枫桥钟，暮泊松江月。”由画面枫桥寒山寺的景观，想象寺钟声声远扬，故用“听”字绾带其他意象；由画面月照吴淞江的景观，想象“江清月近人”的意境，故用“泊”

字透出愁思。两句诗对偶整饬精练，生动地表现出画面景象，再现了画境美。

宋赵扩《题踏歌图轴》："夜雨清畿甸，朝阳丽帝城。"题诗首二句用对起法，对仗工整，概括描绘画面景物：隔夜的雨水，使京郊的原野清凉洁净，朝阳映照高楼，格外明丽雄壮。对起写景，意境完整，创造出高远雄伟的境界。

元邓文原《松雪临郭河阳溪山渔乐图》："峭石浮岚俯翠微，瀑流飞雨散林霏。"首二句对仗工整，描写画面景物，上句应题中之"山"字，下句应题中之"溪"字，"从容整炼"，完全符合对起写景的审美要求。

元杜本《渔隐图诗为程子纯赋》："山下白云缥缈，水边红树依稀。"诗人用对起写景法，首句写山，山下白云缥缈，次句写水，水边红树依稀。白云、红树相衬，色彩明丽，云树缥缈依稀，实境化虚，气韵生动。

明沈周《题灞桥风雪图》："灞上驮归驴背雪，桥边拾得醉时诗。"诗人说，灞桥驴背上驮归了孟浩然，也驮归了白雪；孟浩然此时半醉半醒，在风雪中拾得精美的诗句。题诗用工整的对仗句，对起写景，精确地概括了画面景物，缔造出"高远"的诗境。

这种用对起写景以描绘画面的手法，在历代题画绝句中屡见不鲜。如苏轼《题王晋卿画后》"丑石半蹲山下虎，长松倒卧水中龙"，描绘画面实景，再现松石雄奇矫健之美。宋尤袤《题米元晖潇湘图二首》（其一）云："万里江天杳霭，一村烟树微茫。"其二云："淡淡晓山横雾，茫茫远水平沙。"两诗同样使用对起写景之法，表现画面晓山远水景色，得平淡天真之趣。宋朱熹《观祝孝友画》："天边云绕山，江上烟迷树。"诗人用两个对仗十分工整的句子，对起写景，鸟瞰式地描绘画面上江山的景色，云雾迷蒙，气势恢宏。元揭傒斯《题王山仲所藏潇湘八景图卷走笔作 · 潇湘夜雨》"涔涔暗江树，荒荒楚天路"，用工整的对句开端，摹写画面景物，创造出凄楚幽怨的意境，为全诗定下基调。

第六节　诘问发端

用诘问句发端,可以造成悬念,醒人眼目,引人注意,有效地抒写惊异的神情、愤激的情感,也可以形成空灵的笔致。诘问句常用自问自答的方法,承接上下诗意,拓展诗思。

唐韦庄题《金陵图》:“谁谓伤心画不成?画人心逐世人情。君看六幅南朝事,老木寒云满故城。”诗人用诘问句发端,下句作答。早于韦庄的高蟾,登上金陵城,曾赋《金陵晚望》诗以寄慨,说:“世间无限丹青手,一片伤心画不成。”韦庄对他的诗意不以为然,因此一反高蟾诗意,针锋相对地回答高蟾:“一片伤心”是可以画得出来的,因为画家的心追随着当代人的思想情感。《金陵图》的作者为“金陵”的衰微而“伤心”,他将这种情感蕴含在“老木寒云满故城”的画境之中。

明文徵明《题吴嗣业藏石田先生画》(其二):“吴门何处墨淋漓?最是西山雨后奇。”首句用反诘句开端,说出一番惊人的话,然后自问自答,第二句便回应首句“何处”的问题,说苏州最奇绝的景色,便是雨后的洞庭西山,好像是一幅墨沈淋漓、气韵生动的水墨山水图。

清李鱓《题山水轴》:“倪黄高士何人识?前有青溪后石溪。”首二句自问自答。首句提出问题,造成悬念:何人能真正识得倪云林、黄公望的画风和匠心?诗人在第二句接着说本朝画家中能得倪、黄神髓的,前有号为青溪道人的程正揆,后有字石溪的髡残。如此发端,极容易引起读者的注意力。清龚贤《题山居图》:“农牧渔樵何处家?黄茅屋子寄山涯。”上句自问,下句自答,其写法与韦庄、李鱓诗如出一辙。

清恽寿平常在题画绝句中运用诘问发端的方法,这样的诗句在他的集子中频频出现。如《瓯香馆集》卷二《题稚黄梦蝶图》:“谁操锦瑟怨湘灵?笔底烟丝恨草青。”同上卷六《题杨柳》:“何处香车紫陌尘?枝枝斜堕落花津。”同上卷一〇《题画》:“人间何处觅丹邱?却笑卢敖汗漫游。”同上卷一三《夜阁画春草拈句》:“玉勒游何地?香车几度过。”故宫博物院藏画《题王翚岩栖高士图和江上先生》:“高卧何须万户侯？人间别有一林丘。”(见吴企明校辑《恽寿平全集》补辑卷二)尚有其他例句,不赘引。

也有的题画诗人在首二句都用诘问句。宋郑思肖《题墨兰图》:“向来俯首问羲皇,汝是何人到此乡?”画家俯首对着画上的墨兰发问:你是什么人？你难道不知道国土遭到元人蹂躏,为何还要到这没有存身之地的“此乡”来？语痴绝而情弥真。元张宪《题画》:“远岫层层何处？矮房簇簇谁家?”诗接连用两个疑问句开端,寓灵动之势于工巧严整的对偶句中,改直叙句为疑问句,虚为设问,其实答案正在幽远清雅的景物描写之中。元仇远《赵子昂陈仲美合作水凫小景》:“良工苦思可心降？底事文禽不解双?”与张宪的《题画》诗一样,仇远也是连用两个疑问句发端,他说:画家苦心构思,是否为了抑制自己的心志？为什么画上的彩禽只有一只呢？如此发端,提出悬念,引人注目,问而不答,诗意婉曲。

明唐寅《题秋风纨扇图》:“秋来纨扇合收藏,何事佳人重感伤?”题诗的前两句运用诘问句,揭示了画幅的题材内容,抒写了画面仕女的哀怨情思。

第七节　倒装说入

倒装说入是诗歌开端的一种写作技巧,也称“倒卷法”“倒戟法”。唐李白《秋浦歌》中的首句“白发三千丈”,就是使用了“倒装说入”之法。黄叔灿《唐诗注》评此诗说:“因明镜而见白发,忽然生感,倒装说入,便如此突兀。”诗人把事件、情感或意念发展的结果,倒置于篇首,强调、凸现某种艺术意想,产生鲜明、强烈的艺术效果,以期吸引读者。题画诗人也常用此法写作题画绝句。

元钱选《题贵妃上马图》:“玉勒雕鞍宠太真,年年秋后幸华清。”按常理写,应先说唐明皇年年秋后驾幸华清宫,再说唐明皇宠幸杨贵妃,所以赐以玉勒雕鞍。本诗为了突出题旨,采用倒卷手法,将唐明皇宠幸贵妃，赐以玉勒雕鞍的史事，提到开端处，迅即着题，直扣画面具象，以增强诗篇的艺术感染力。题诗与画幅的主景密切对应，画幅正是以贵妃在宫女扶持下跨上备有玉勒雕鞍的坐骑为中心的，首句强调了“宠太真”的题旨。

元郑元祐《王元章梅》：“孤山无复有梅花，寂寞咸平处士家。”延平处士，指宋代诗人林逋。此诗开端用倒卷之法，说今日孤山不再有梅花，次句才补出林逋已死，处士家“寂寞”的景况，凸显因林逋死后孤山无梅花的事实。

元王恽《题关山秋霁图》：“望京楼上晚凭栏，长记居庸八月还。”以事件的发展顺序而言，应该先说“长记居庸八月还”，因为诗人观看《关山秋霁图》后，受到画幅艺术魅力的强烈感染，回忆起北地生活，然后再说到登上居庸关望京楼凭栏眺望的所见所感。诗人为了突出表现望京楼登眺所见北方的雄伟山景，便故意将这一句前置于句首。倒装说入，起到了强调的作用。

明王穀祥《题桃花》：“春色溶溶遍，夭桃灼灼花。”题诗从整幅画给人的审美感受切入，写出它的整体审美效果。开篇两句描写大片桃花盛开，给大地带来溶溶春色。这里使用了倒卷手法，倒置两句的因果关系，为的是凸显春回大地的美感效果。

明陆治《题月夜泛舟图》：“吴宫台殿湖中影，挟客烟波海上槎。”这两句诗同样采用了倒卷手法，写画题中的“泛舟”意。诗人带着客人月夜泛舟，荡漾在烟波微茫的石湖中，在月光下见到了吴宫台殿映在湖中的倒影。诗人为了凸现画面的“吴宫台殿”，将挟客泛舟见到吴宫倒影的事件顺序倒置过来，先说“湖中影”，再说湖上泛舟，这便是倒装说入的方法。

清李鱓《题风荷图轴》：“休疑水盖染淤泥，墨晕翻飞色尽黧。”画家担心读画人会误以为用“墨晕翻飞”画成的黑色荷叶染上淤泥，有违“出淤泥而不染”（周敦颐《爱莲说》语）的韵味，便以“休疑水盖染淤泥”发端，采用倒装说入的结构手法，倒置诗思发展的前后脉络，强调了“休疑”的意思，造成诗歌开端的突兀气势。

第八节　从题外写来

诗人先不忙着点题，却从题外之景物写来，然后引入正题。题外的内容与正题有关联，其艺术作用有二：一、导入，从题外导入正题；二、衬托，对正题起烘托作用。这种写法，在长诗中用得较多。绝句诗短小精悍，常用“就题写”之法；从题外写来，则偶尔用之。题画绝句亦然。

元杨果《题赵辅之樊川图》：“一赋阿房万古传，而今还有赵樊川。”杨果题咏的是赵辅之的《樊川图》，不从画面落笔，却先从杜牧写《阿房宫赋》、万古流传之盛事入手，而后写到画家赵辅之及其居处“樊川”，也映带出他的《樊川图》《赵樊川集》。这种“从题外写来”的手法，在题画绝句这样的小诗中，是很少见到的。诗人巧用人名、地名、文集名，绾合前代贤人和当代画家，构思奇巧，难怪姚燧《赵樊川集序》很推崇这首诗，评曰：“京师诸贵诗其图者，惟杨公西庵为绝唱。”

元管道升《自题墨竹》：

罢宴归来未夕阳，锁衣犹带御炉香。
侍儿不用频挥扇，修竹萧萧生嫩凉。

全诗只字不提墨竹的形态、风神，也绝口不谈自己的构思匠心和创作甘苦，却从题外缓缓写来，叙述自己随夫参加御宴归来，身上犹带御炉香。诗到第三句，仍然没有写到墨竹正题。直到结句，诗人才说破侍儿不必频挥扇的原因，点到正题上，墨竹萧萧生风，送来凉意，运用艺术效果暗示自己画竹艺术高超。

元马祖常《赵中丞折枝图》（其二）：“乘槎使者海西来，移得珊瑚汉苑栽。”这首诗题咏的是折枝石榴花图，诗并没有描绘画上石榴花的形貌、色泽，却从题外写来，开端先交代石榴树的来历，说它是汉代张骞出使西域时从海外带回来的，一直到元代，才成为名贵的花卉。

元倪瓒的《题竹石乔柯图》也是一首很典型的“从题外写来”的题画绝句，诗云：“春宵听雨第三番，起坐篝灯酒自温。”乍看首二句，似乎与“竹石乔柯”的图像毫无关系，细细品味，方知这个开端与画幅关系密切。春宵听雨，细雨已经落了三天，初春，乍暖还寒，所以点亮灯，温好酒，消除寒意。诗到第三句才点到画面形象上，桃李、竹树受到春雨的滋润，苍翠欲滴，令人喜爱。

明徐渭的《题葡萄图》：“半生落魄已成翁，独立书斋啸晚风。”徐渭并未描述画境，也未自言构图匠心，却用直接抒情的方式，从题外写来，感慨自己半生穷困潦倒，年老体衰，已成白发老翁。诗人追想当年风华正茂、意气风发、才情横溢、杀倭卫国，怎不令人感喟？他独立书斋，面对晚风，仰天长啸，宣泄心头的愤懑和郁闷。两句诗尚未进入题咏画葡萄的正题，却为下两句诗蓄足了势。

明陈洪绶《题花鸟图》：“高梧老桂暗天街，梅水烹茶有好怀。写与来君悬壁去，雪飞月冷坐空禽。”陈洪绶题咏的是自己与儿子陈字合画的花鸟图。陈洪绶画红梅，枝干上站立一鸟，是陈字画的。题诗由题外写来，咏梅花却先从高梧、老桂入手，以起陪衬作用。次句才落到正题上，意谓用梅花盛开时节的水烹茶，使人有好的情怀；有了好的情怀，就挥毫写梅花禽鸟图，赠予“来君”携去悬挂在壁上。尾句以画上景物收结，禽鸟空立在梅枝上，面对漫天飞雪，皓月清冷，屹立不动。梅花的艺术形象，得雪、月相衬，倍添精神；禽鸟得到梅、雪、月的映衬，更有生机，更能传神。画家深知艺术群像之间的密切关系，所以通过诗歌语言，将画外意象补入，为自己的花鸟画增光添色，更耐人寻味。

清杨晋《题山水图》：

春阴十日溪头暗，夜半西风雨脚收。
但觉奔霆吼空谷，遥知万壑正争流。

本图为美国乐艺斋收藏之《王翚师生合册》十六开之一，不是全景山水，仅截取高崖溪水奔流入江的一段。杨晋的题诗先不写画面，却自题外写来。首二句说十日来春阴沉沉，春雨连绵，使溪头昏暗，昨夜吹来西风，收住雨脚，春水陡涨，为后两句诗意张本。第三、四句才转而写画面，归到正题上。

第九节　借题发挥

所谓借题发挥，就是诗人趁着题画的机会，由画面生发，宕开画面，抒发观画感慨，写出自己的人生体验，表现自己的思想观念；或则题外生情，抒写怀念亲人友朋之情，抒发感士不遇之情，使题画绝句具有发挥性的美学特征。如唐罗隐《题磻溪垂钓图》：

吕望当年展庙谟，直钩钓国更谁如？
若教生在西湖上，也是须供使宅鱼。

此图以吕望垂钓于磻溪巧遇周文王的故事画成，罗隐的题诗并没有从这个历史故事着笔，写出冀望遇到明主施展抱负的题旨，却题外生情，由画面上的垂钓故事生发联想，想到现实生活中的弊政。诗人巧妙地将历史故事与当代钱镠盘剥百姓的事实联系起来，说吕望如果在今天的西湖上钓鱼，也要向钱镠的府宅供鱼，借题发挥，使题诗寓含着深刻意义。

元柯九思《题周文矩太真攀鞍图》：

春风别院奏笙歌，妃子攀鞍转晓波。
不信开元太平日，香魂沦落马嵬坡。

诗的前两句扣题，描写画面形象，杨贵妃在笙歌声中眼转清波，攀上马鞍。三、四句由画面生发，借题发挥，发表观画感叹，诗人运用反衬手法，通过杨贵妃的生与死、荣宠与沦落的比照，表现杨贵妃被缢死在马嵬坡的悲惨命运，抒写出深沉的历史感慨。

明唐寅画成一幅《秋风纨扇图》。题材内容为汉班婕妤的故事，她因被谗而退居冷宫，作《怨歌行》云“弃捐箧笥中，恩情中道绝”，自抒哀怨。唐寅在画上自题一绝：

秋来纨扇合收藏，何事佳人重感伤？
请把世情详细看，大都谁不逐炎凉。

画家趁着题画的机会，将自身的不幸遭际也打入班婕妤的感伤。三、四句，他将班婕妤和自己的哀怨拓展到批判、揭露世态炎凉的社会现实上，抒写出画家饱尝世态炎凉的深切的人生体验，充分体现出题画绝句借题发挥、题外生情的美学特征。

有的诗人乘着题画的机会，题外生情，抒发怀念画家、故人和家乡的情感。

元龚璛《题小米云山》：

分流冈下石门湾，日日白云如此山。
薄暮米坟松枥暗，扶筇曾与一僧还。

龚氏不描绘画境，不称誉画家，却由米元晖云山图中之山，联想到位于分流石门湾的米元晖坟墓，借题画的机会，抒写自己怀念米元晖的情思。宋陆游《题詹仲信所藏米元晖云山小幅》：

俗韵凡情一点无，开元以上立规模。
镜湖老监空挥泪，想见楚江清晓图。

元陶宗仪《题曹云西双松图》：

泖云西畔一诗翁，画法营丘理趣融。
四十年前经此地，双松无恙草堂空。

这些题画绝句，也都是借题画之机，抒发缅怀画家的深情。宋马麟画《漳冷梅康馨图页》，曾为收藏名家高士奇收得。后来，他将此图作为嫁妆，赠给爱女高祥。高祥带着此图随夫到北京任职，读画而思念父母、家园，题写一绝云：

万树梅花一亩居，竹多新笋水多鱼。
与卿归去茅亭下，椎髻蓉裳对读书。

高祥由马麟画上的梅花，生发联想，想到故园的“春山秋水”，故园的“万树梅花”、竹笋池鱼。第三句转笔，写出自己的美好愿望，希望与丈夫一同回到家乡，过着简朴的隐逸生活。这首诗逸兴遄飞，是一首非常典型的借题发挥、抒发怀乡情怀的题画绝句。

也有的诗人借题发挥，抒写感士不遇之慨。如元张渥《题明雪窗兰》：

援琴谁叹生空谷，结佩应怜感逐臣。
九畹断魂招不得，墨花夜泣楚江春。

本诗从明雪窗的墨兰生发开去，抒写感士不遇之情。首句抒写幽兰生空谷、君子无人识的忧愤，次句将感士不遇的感慨落实到逐臣屈原身上。三、四句，进而说屈原种兰九畹、培育君子的良好愿望，随着他身沉汨罗、魂断楚江而消失殆尽，墨兰徒然在楚江春色里夜泣。诗篇只有尾句才点到墨兰上，是一首很典型的借题发挥的题画绝句。

明徐渭《题葡萄图》：

半生落魄已成翁，独立书斋啸晚风。

笔底明珠无处卖，闲抛闲掷野藤中。

徐渭借题画的机会，发泄郁积胸中的才华无人赏识的深深感慨。诗句先从自己的半生遭遇开端，抒写了沦落衰老、独立书斋迎风长啸的愤懑心情。后两句一语双关，以葡萄借喻才华杰出的人才，“无处卖”，即无人赏识，结句醒明本意，点出感士不遇的主题。

写作题画绝句，运用借题发挥的艺术技巧，最为关键的一点，便是要紧扣住“题”，即画题、画面形象，否则便成为无根之木，发挥也就虚空。常见的写法是紧扣住画题中的核心事物。如唐寅《题秋风纨扇图》，扣住纨扇行笔；徐渭《题葡萄图》，扣住葡萄行笔；高祥《题马麟漳冷梅康馨图页》，扣住梅行笔。或则先写画面形象，由此而生发联想，跳出画面，拓展诗思，题外生情。如罗隐的《题磻溪垂钓图》，前两句描写画面吕望垂钓的故事；柯九思《题周文矩太真攀鞍图》，题诗先从杨贵妃攀鞍落笔。凡斯种种，都与题画绝句的艺术特质有密切关系。

第四章　结构（下）

第一节　陡转一笔

写作绝句诗，功夫全在第三句，即“起承转合”中的转句，亦称“转笔”。绝句的第三句，处在“转合处”的关键位置。陡转一笔，转得好，能映带全诗，突出新意，转出别意。杨载《诗法家数》：“至如宛转变化，工夫全在第三句。”李畯《诗筏橐说》：“其转换之妙，全在第三句。”施补华《岘傭说诗》：“故第三句是转柁处。”“七绝用意，宜在第三句。第四句只作推宕，或作指点，则神韵自出。”

用历代题画绝句来验证诗论家的论说，可以悟得作诗之法。

元贡师泰《予过吴中得画一幅孤峰拔起有类雁荡仙都者因题赠宋居仁》：

雁荡秋深玉柱寒，老夫曾此驻征鞍。
开图一见青山色，犹似当时马上看。

这首绝句的写法与众不同。诗人并没有从画幅落笔，却回忆当年路过雁荡山，曾驻马欣赏雁荡奇伟、峻拔的山景的往事。第三句，笔头一转，转而写“吴中得画”的画面，第四句一“合”，诗人惊喜地说，现在见到画面上的青山，竟然就像当年在雁荡山所见到的景色一样。诗人巧妙借助于“转笔”，将当日观山的情趣和今朝观画的意趣融合起来，以画作真，极度赞誉吴中所得一画之精美。

沈周画过一幅《雨意图》，今藏台北故宫博物院。他题诗云：

雨中作画借湿润，灯下写诗消夜长。
明日开门春水阔，平湖归去自鸣榔。

题诗首句直承画题，“雨中作画”，画作冬夜雨意图，故借用雨水的湿润，使画幅墨沈淋漓，气韵生动。诗人用“借湿润”概括这幅画的美学特征，是很恰当的。石田在灯下与女婿清话，作画写诗，以消磨长夜时光。第三句一笔陡转，诗意突转，诗人从冬雨拟想春雨。一夜春雨，水涨得很高，平湖水阔，正好与女婿鸣榔长歌，驾舟归去。全诗描写作画题诗的情景，以及由此而生的归乡情思，既顾及画面，表达画幅的气韵，又写出画外意，推想明日鼓棹回乡的意兴，诗虽短小，但表现手法多样，意蕴丰富，洵为绝妙的题画绝句。

清恽寿平《题湖山风物图》，今藏故宫博物院，画家题诗云：

白云还忆去年春，冷雨杨花踏作尘。
十二桥头弦管散，可怜犹有荡舟人。

诗的前两句形象生动地描绘出冷隽的画境。第三句陡转一笔，转出别意，运用对立联想的艺术思维方式，写到繁华的十二桥头昔日的景况；桥头热闹的管弦声仿佛还能听到，然而乐声已散，繁华已经逝去，只有自己这个悠闲的人，还荡舟徜徉于湖山胜景中，流连忘返。结句诗意宕开，又一转，留下无限的想象空间，容读画人去寻思遐想。

清郑燮《竹图》，图藏清华大学美术学院，画家自题：

画工何事好离奇，一干掀天去不知。
若使循循檐下立，拂云擎日待何时？

首二句，就画面形象着笔，点出一竿独挑的画象特征，并提出了“画工何事好离奇”的问题。第三、四句用设问句，诗意陡然一转，从相反一面设想，说：新竹如果循规蹈矩，立于檐下，那它必然长得又矮又小，何时才能去拂日擎天呢？诗意回答了首二句的问题，揭示了画幅的题旨，旨含言外，令人神往。

清茹蕊《墨兰图》，藏陶心华处，载《中国民间秘藏绘画珍品》第一集。画上自题一诗：

分来湘浦种庭阶，日暖天晴春正佳。
莫道国香容易得，五风十雨早安排。

题诗先写画面，以画作真，说这丛兰花从湘浦运来，种在庭阶前，正是春天风和日暖、天气晴朗的佳美时节，兰花开得茂盛。第三句，陡转一笔，就墨兰生发感慨，说兰花是国香，它清雅浓郁的馨香很难得到，要经过五风十雨的吹打，用充沛的雨水滋润它，它才能茁壮成长，吐出沁人心脾的芳香来。第三句“莫道国香容易得”，转笔用得好，先作推宕，再以结句一合，题旨方露，神韵全出。

清李方膺《梅花图》，藏钱君匋处，载《中国民间秘藏绘画珍品》第一集。画幅构图简约，用淡墨圈成梅花花瓣、花蕾，浓墨点蕊。全图笔力圆劲，尚气势，不拘绳墨，重在传达梅花的气韵和标格。画家自题一绝句：

雪意风情逸韵增，淡于秋水洁于冰。
知他不是风尘客，位置瑶台第一层。

题诗先写画面，着重表现画境的清逸之气和神韵。第三句陡转一笔，诗人突发奇想，说它不应该长于尘世。第四句一拍合，说出梅花的位置，应该放在“瑶台第一层”，也就是神仙世界的最高处。诗人通过浪漫的想象，凸显梅花高奇的标格和超俗的气韵，如此写来，自然要比普通地歌颂梅花拒霜、耐寒的品格，更显高妙。

陡转一笔的艺术手段，在题画绝句的创作中，常常被诗人采用，其例极多,读者可以通过大量题画绝句的阅读和品赏,悟出它的妙处来。

第二节　顺点题面

诗人作诗一般都在起结处点题,但也常采用“顺点题面”的方法,即题面之文字、文意,顺着诗篇内容的逐步展开,诗思的逐步推进,渐渐点出。如唐张旭《桃花溪》:“隐隐飞桥隔野烟,石矶西畔问渔船。桃花尽日随流水,洞在清溪何处边?”刘公坡论此诗说:“《唐诗三百首》中,惟张旭《桃花溪》诗一绝,虽则题面三字顺次点出,然而宛转赴题,并不见其率直之弊。”(《学诗百法》)徐增《而庵说唐诗》则称之为“起用出生法”。题画绝句中也常有诗人运用这种结构手段。

元赵孟頫《题落花游鱼图》:

溶溶绿水浓如染,风送落花春几多。
头白归来旧池馆,闲看鱼泳白沤波。

首句先点春深,为题意“落花”张本。次句写风送落花,应题。第三句写自己头白归来,返回旧时池馆,由池馆很自然地逗出“游鱼”。结句写闲看游鱼,回扣题面。全诗缓缓赴题,语气舒徐宛转,与整篇悠闲的情调恰相切合。

元萨都剌《夜宿金山题金山图》:

远人夜宿金山寺,坐对画图如梦中。
剪烛题诗云气里,不知自己在龙宫。

首句写自己从远方来,夜里投宿金山寺,迅即着题,点出题上“夜宿金山”意。次句写自己坐看《金山图》,如在梦中。第三句说自己在云雾笼罩的僧舍里,剪烛为《金山图》题诗,这两句写尽题上“题金山图”

意。结句拍合前面诗意,表达出自己身在金山寺为《金山图》题诗的真切感受。诗人采用了顺点题面的手法,诗的内容顺着题面逐渐点出,宛转赴题,很有典型意义。

元王绂《题茅斋煮泉图》:

小结茅斋四五椽,萧萧竹树带秋烟。
呼童扫取空阶叶,好煮山厨第二泉。

诗就题上"茅斋"发端,描写茅斋很小,只有四五根椽子。次句写茅斋的周边环境,萧萧竹树,笼罩在烟雾中,清幽雅洁。第三句呼童扫叶,全为结句"煮泉"作势。画题"茅斋煮泉"四个字,顺次点出,间以景色渲染、细节描写,诗思自然行进、拓展,毫无板滞之弊。

清高岑《题松窗飞瀑图轴》:

古树云封带雨烟,桃花源在别人间。
碧落小窗松径外,半空飞泻经千年。

本诗采用顺点题面的写作技巧写成。发端先写画面,描摹画面上古树被雨烟云雾封住的情景。次句就整个画境发议论,说这儿便是桃花源,足以使人隐逸安居,与纷扰的人世间有很大的区别。诗至此,已经明白地点出安于隐逸的题旨。后两句诗,诗人继续点题,说松径外的屋舍小窗,可以坐望天空;岩间的飞瀑从半空直泻而下,已经有千年历史。第三句点"松窗",第四句点"飞瀑",画中人坐在松窗下,眼看山色、树色,耳听松声、泉声,怡神养性,深得隐逸的乐趣。全诗的画心、诗旨,画面景象,在四句诗中,依次点明,全诗缓缓赴题,气完神足。

清王武《题白头三友图》:

雪尽亭皋松影寒,忽闻春信到阑干。

胭脂冻蕊垂垂发，头白人须仔细看。

题诗用顺点题面的技法写成。诗先从画面上的松枝着笔，亭皋雪尽，松树的身影仍然带着寒意。次句写梅，梅花开放，春来的消息传到画堂。第三句紧承上句，具体描写梅花绽开的情状，红梅渐次开放，带来满园春意。结句扣到赠友的画意上，“头白”一语双关，既指画上的白头翁，也指“头白人”翔翁，诗人请他仔细观看画中的具象和画家的匠心，赠予他这幅《白头三友图》，希望与他共订“岁寒心”的期约。四句诗，顺次点出画上具象和题意，意含言外，情韵深长。

清纪映淮《题卢允贞寒江晓泛图》：

寒林自昔重营丘，水色山光接素秋。
想藉幽思邀过雁，恰如同泛木兰舟。

全诗采用顺点题面之法，题写卢允贞的《寒江晓泛图》。首句就画面“寒林”入手，交代本图仿学李成。次句写寒江，时到清秋，水色山光，交相辉映，分外明净，点到题面的“寒江”。第三句转笔写“过雁”，画家依据自己的幽思，邀雁入画，点缀画面，给萧疏的秋景带来一点生机。结句点到题面的“泛”字，画中人邀约友人“同泛木兰舟”，表现自己的幽闲情致。全诗的诗思顺着画题的次序逐渐点出，宛转着题，直到结句方全部写尽题意，给读者带来审美的愉悦和无穷的遐想，余韵悠长。

近代蒲华《题山晴水明图》：

山路苍茫风日晴，相逢溪上话幽情。
地多水竹琴宜鼓，水气空明竹气清。

这首诗运用顺点题面的手法，纯写画面景物，诗与画紧密对应。首句点出题上“山晴”两字，晴天风和日暖，岚霭叆叆，山路一派苍茫。次句写二位文士在溪桥相逢，他们话说幽情，长谈不已。第三句仍写画面，“地多水竹”，描写画面上丛竹摇曳、溪水汤汤，因为多水竹，所以适宜鼓琴，琴声在水竹中回荡，音色尤见清幽。尾句还是写画面，运用互文见义的方法，写水气、竹气空明、清幽，“水气空明”，点到题上“水明”两字。全诗语气顺畅，按照全图景物由远而近顺次点出，缓缓赴题，空明清静的诗境与空灵清幽的画境相契合，完美地表达出蕴含于画幅之中的幽闲情致。

第三节　首尾呼应

杨载《诗法家数》：“绝句之法，要婉曲回环。”顾璘《批点唐诗正音》谈高適《除夜作》的艺术特征云：“四句中意态圆足自别。”（评高適《除夜作》）李锳《诗法易简录》：“此（指钱起《归雁》诗“湘潇何事等闲回，水碧沙明两岸苔。二十五弦弹夜月，不胜清怨却飞来。”）上呼下应体。用‘何事’二字呼起，而以三、四申明之。琴瑟中有《归雁操》，第三、四句即从此落想，生出‘不胜清怨’四字，与‘何事’紧相呼应，寄慨自在言外。”刘永济《唐人绝句精华》评刘长卿《春草宫怀古》结句的妙处云：“补足首句之意，词意回环入妙。”以上诸家诗论都谈到了首尾的关系。绝句诗要达到以上这种审美要求，写作时应该注意到上下呼应，首尾相接，起结回环。题画绝句亦当如此。

明沈贞画《竹炉山房图》，画幅表现画家在竹炉山房与普照禅师对饮、清话的情景。三百多年后，爱新觉罗・弘历观赏此画后，题上一诗：

阶下汩汩淙惠泉，竹炉小叩赵州禅。
个中我亦曾清憩，为缅流风三百年。

题诗由画面景物着笔，说竹房阶下惠山泉水“汩汩”流过，画家向普照禅师叩问赵州禅的禅意。诗的三、四句，转而写到诗人自己，说自己也曾在清静的竹炉山房里休憩，缅怀三百年前沈贞和普照禅师的文采风流。题诗由画面发端，也由画面收结，前后都写到竹炉山房和主人普照禅师，诗意回环反复，首尾呼应，呈现出"婉曲回环"的美学特征。

宋梁楷画了一幅《泼墨仙人图》，流传到清代，爱新觉罗·弘历题上一诗：

地行不识名和姓，大似高阳一酒徒。
应是瑶台仙宴罢，淋漓襟袖尚模糊。

题诗首二句先写画上仙人，说他是一位地行仙人，不知姓名，从他的醉态看，可知是一个酒徒。第三、四句继续从"仙"字生发，因为画幅上水墨淋漓，所以诗人说这位仙人刚刚参加过天上瑶台的仙宴，身上洒满仙酒，酒气熏天，醉态酩酊，神志模糊。全诗从画面形象发端，又由画面形象收结，首尾呼应，起结回环，读来流转自如。

清吴历《题听泉图轴》：

水绕溪回石路深，白云遮屋树重阴。
山中不管鸣驺至，惟听泉流净客心。

画题名"听泉"，但本诗并没有立即着题，而是细致地描写画面景象。首句说山中溪回路转，石路幽深，一个"溪"字，写出潺潺流水之态，为"听泉"伏笔。次句写白云弥漫，柳荫重重，掩映茅屋。诗的下两句，转而写画幅中坐在岩石上的两人，他们不去管山中来了鸣驺和显贵的人，只是静心聆听泠泠的泉流声净涤人心，荡洗尘俗。结句"惟听泉流"，既扣题上"听泉"二字，也与首句遥相呼应，首尾相接，达到题画绝句"词意回环"的审美要求。

清石涛画的《蔷薇图》，是一幅设色花卉图，画蔷薇三株，花三朵，两朵红色，一朵黄色。画家自题一绝：

泼墨仙人图

一样花枝色不匀，偏教野趣闹残春。
分明香滴金茎露，更比荼蘼刺眼新。

题诗首句写其色，次句写其趣。第三句没有用转笔，仍然描写蔷薇，写其色、香。至此，诗人用三句诗全方位地描写了画幅上蔷薇的形、色、香和神韵。结句才用转笔，运用陪衬手法，用白色的荼蘼来衬托蔷薇色彩的鲜明。结句与首句上下呼应，同样是写色彩，但它要比首句写得更为具体、形象，醒人眼目，起到了“补足首句之意”的艺术效果。

清雪庄画《黄海云舫图》，画幅上有雪庄的题跋：“今春喜我且硕先生山游过访，夏月又蒙远寄书物，因作云舫图寄供清赏，聊慰怀思，兼请教正。时戊戌登高前一日，黄山披发僧悟雪庄氏画并题于琴窗中。”跋语交代了作画本事，可与题诗参读。题诗云：

蒙君访我季春天，夏又通书寄舫边。
欲慰多情难当面，和峰飞到韵人前。

题诗不从画面着笔，却像叙家常一样娓娓道来，先说“且硕先生”在春三月来黄山寻访“我”，又说夏天寄书物到雪庄来。两句诗，表现了“且硕先生”厚待诗人的情谊，与跋语吻合。三、四句转笔写到自己，说感谢先生的多情多义，难以当面表述，就画了一幅《黄海云舫图》，一片感激之心和画上的黄山云峰一起飞到先生面前。结句扣到画面上，诗意却是写“我”之心和“君”之情，与首句的“君”与“我”前后呼应，形成本诗诗思回环的艺术特征。

第四节　醒明本意

绝句诗无论是先描述、铺叙，还是先抒情、议论，层层展开，到结尾处，都必须收束、绕回，呼应全篇，醒明题旨。沈德潜《说诗晬语》：

"收束或放开一步,或宕出远神,或本位收住。"沈祥龙《论词随笔》:"结有数法,或拍合,或宕开,或醒明本旨,或转出别意,或就眼前指点,或就题外借形。"沈氏所言,亦适用于诗歌的结尾。贺贻孙《诗筏》论郑谷《淮上别故人》说:"盖题中正意,只'君向潇湘我向秦'七字而已,若开头便说,则浅直无味,此却倒用作结,悠然情深。"这便是结句醒明本意的手法。题画绝句亦常用此法。

唐羊士谔《台中遇直晨览萧侍御壁画山水》:

虫思庭莎白露天,微风吹竹晓凄然。
今来始悟朝回客,暗写归心向石泉。

题诗首二句先描写自己夜值时的凄清环境;第三句转笔写到诗人始悟萧侍御壁画山水的匠心;结句本位收住,醒明本意,揭出画家在山水画境界中暗寓归乡的情思。

唐杜荀鹤《题花木障》:

不假东风次第吹,笔匀春色一枝枝。
由来画看胜栽看,免见朝开暮落时。

栽培的花卉,朝开暮落,瞬间凋零,容易引发人们对韶华易逝的伤感,而画成的花卉,青春常在,永不凋谢,给人以长时间的美感享受。结句醒明题旨,使这首题画诗升华到更为深刻的理性层次。

元钱选《题秋江待渡图》:

山色空蒙翠欲流,长江浸彻一天秋。
茅茨落日寒烟外,久立行人待渡舟。

题诗纯写画面实境,着意表现秋江空阔清幽之美以及行人待渡多时的焦急心情。最后一句仍写渡头景色,着一"久"字,将行人待渡多时的画意点出，醒明本意，帮助读画人更深入地理解《秋江待渡图》的艺术风貌和内在意蕴。

元钱选《题贵妃上马图》：

玉勒雕鞍宠太真，年年秋后幸华清。
开元四十万匹马，何事骑骡蜀道行？

题诗先写画面，描述唐玄宗年年驾幸华清宫，宠幸杨贵妃，赐以玉勒雕鞍。第三、四句突转，由画面宕开，大发议论，说开元时代皇家马厩拥有四十万匹骏马，为什么要骑骡通过蜀道呢？结尾一个反诘句，醒明本意，使这首题画诗带有咏史的性质，语含讽刺，讽喻玄宗不能任用贤能，耽于声色犬马，招致国家遭难、个人蒙尘的恶果。

元赵孟頫《画赤壁》：

周郎赤壁走曹公，万里江流斗两雄。
苏子赋成奇伟甚，长教人想谪仙风。

诗的一、二句写画面形象，概要介绍三国时代赤壁战役的情况以及相关的历史人物。三、四句转笔说到自己画《赤壁图》的创作意图，原来是被苏轼奇伟的《赤壁赋》所感动，因而根据苏轼文意进行构思、布局作画。“谪仙风”，指苏轼的风度、风采。结句拍合第三句句意，也呼应全篇，醒明本诗题旨，抒写出画家兼诗人对苏轼由衷的钦佩和深深的怀念之情。

元赵孟頫《题秀石疏林图》：

石如飞白木如籀，写竹还于八法通。
若也有人能会此，方知书画本来同。

前两句扣住画面，论述画石用飞白笔法，画树木用籀书笔法，画竹用永字八法。结句运用结穴入题、本位收住之法，对上述议论作总结性的阐发，强调了书画用笔同法的画学理论，加深读者的印象。

元张雨《子昂墨写萱草》：

碧浪湖头翰墨香，山蜂游趁午阴凉。
戏拈小笔涂幽草，正自无忧得可忘。

本诗先描写画室周边的环境氛围：画室外，碧波荡漾，山蜂趁着午阴凉快而飞舞着；画室内，充满松烟墨散发出的麝香香气。两句诗尚未入正题，均与萱草画无涉。第三句描写画家拈起小笔戏涂幽草，至结句方才入题，萱草又名忘忧草，故曰"正自无忧得可忘"，点明赵孟頫这幅画画的是萱草。

明文徵明《题松阴高士图》：

墨痕依约淡苍苍，断楮回看四十霜。
古意独存颜色外，只应桃李愧严妆。

作者环绕画幅，用边叙边议的手法，述说自己看到四十年前画的那幅《松阴高士图》。结句醒明题旨。"桃李"，比喻时尚的审美趋尚；"严妆"，指体现"古意"的高士形象。结句意谓当代流行的画风有愧于这幅充满古意的画，拍合第三句，表述了深沉的感慨。

明王穀祥《题桂石图》：

凤台风露彻清秋，蟾窟天香万斛浮。
最是先枝君折取，笑看得意玉京游。

诗的首句写湖石，用"凤台"发端，代指湖石，诗人只取这一词语优美典雅的审美意义，淡化了弄玉吹箫引凤的典故意义。"风露彻清秋"，点节令，逗出次句。次句写桂花，月宫里桂花盛开，天香浮动。"万斛”，形容桂香浓郁，给人以具体可感的审美感受。前两句诗，就画面写；后两句诗，撷出题诗宗旨。画家借着桂花形象的文化底蕴，祝颂友人折桂，取得功名，到时自己便笑着看友人得意洋洋地巡游京都。画幅上仅有桂花的形象（湖石、灵芝都是宾景），而祝愿友人折桂登科的深层意蕴，借助于题画诗申补、表达出来。

明钱允治《题李士达三驼图》：

张驼提盒去探亲，李驼遇见问缘因。
赵驼拍手呵呵笑，世上原来无直人。

题诗的前三句，采用白描手法，叙写画面形象，分别写“张驼”“李驼”“赵驼”三人的动作、问话和神态。首句点明“张驼”提盒去探望亲戚，此意画面无法表达。次句点明“李驼”问话的内容，意谓“李驼”路遇“张驼”，打揖施礼，询问他到哪里去。“张驼”回答说探亲去。这些艺术意想，画面同样无法表达。第三句写“赵驼”在后面，看到两位朋友，拍手呵呵大笑。绘画是无声的艺术，题画诗却能发挥它的长处，申补画意，弥补这方面的缺憾。结句总绾点题，醒明画作本意，讽刺世无直人，语含奇趣，诗语诙谐，令人深思。

清吴历《题听泉图轴》：

水绕溪回石路深，白云遮屋树重阴。
山中不管鸣驺至，惟听泉流净客心。

画题名“听泉”，但本诗开端并不迅即着题，却写画面景物。首句说山中溪回路转，石路幽深，一个“溪”字，预为“听泉”伏笔。次句写白云弥漫，树荫重重，掩盖茅屋。这里用了互文见义的方法，本意为白云遮屋，树荫遮屋，为精简字数、调协平仄，才写成“白云遮屋树重阴”。画幅中部岩石上团坐两人，人物形体虽小，却是画意的中心。第三、四句转而写到他们，写出画幅的深层意蕴。山中人根本不管山谷中来了鸣驺，来了显贵的人物，他们只聆听泠泠泉水声净洗人心，荡涤尘俗。诗至此，拗结扛题，还扣题面"听泉"两字，露出题诗的诗旨，也点出画幅的画心，是一首很典型的结句醒明本意的题画绝句。

第五节　宕开远神

题画绝句的结尾，或则拍合绕回，本位收束，点明题旨，已如上述；或则作宕开之势，神韵自远，余音无穷，贵有味外之味，弦外之音。清沈德潜《说诗晬语》："收束或放开一步，或宕出远神，或本位收住。"施补华论曰："第四句只作推宕，或作指点，则神韵自出。"（《岘傭说诗》）讲的正是这种写作技巧。

元邓文原《松雪临郭河阳溪山渔乐图》：

峭石浮岚俯翠微，瀑流飞雨散林霏。
渔舟来往清溪曲，怅望行人古道稀。

这首诗大部分的笔墨用来描写画面，首句描写画面上的山石壁陡峭，周围浮动着山岚，应题上之"山"字。次句写画面上的水，瀑流直泻，飞溅的水珠散成林间的云气。题上"渔乐"意，在第三、四句透出，渔翁驾着扁舟，荡漾在弯曲的清溪之上，以浮岚为侣，以清溪为伴，悠然自得。结句推宕，想象渔人遥望古道上行人稀少，为无人理解自己渔隐的乐趣而怅然若失。全诗以宕笔收结，宕开远神，神韵悠然，耐人寻味。

元柳贯《题萧照江山图》：

荻蒲枫林宿暮烟，夕阳收尽月浮湾。
骚人一曲江南思，弹彻箜篌送雁还。

题诗的大多数句子再现了画境，暮烟笼罩在荻蒲枫林间，暮色收尽余晖,初月浮上河湾,鸿雁渐渐远去,在暮霭中若隐若现。诗人从萧照描绘江南水乡的画里,看到了盎然的诗情,江南的韵味。画境像一首诗,像一首江南曲,所以诗人在结句作出推宕,说萧照的画境,犹如骚人弹奏箜篌,目送飞鸿归去,将画境升华到诗的境界中,轻盈清宛,极有情致。

元柯九思《题黄筌画红蕉十二红》:

故国三千里,名禽十二红。
白头供奉在,挥泪湿东风。

首句描写黄筌远离故国,来到汴京供职。次句写画家在深宫画作名禽。以上两句,扣住画题着笔。第三句描写画家年老的形象,结句由画面宕开,推想画家独立东风,正在思念家乡,挥泪湿衣衫。诗境深邃,神远味隽,耐人寻思。

元贡师泰《题苏子瞻画像》:

老龙起深夜,来听洞箫声。
酒尽客亦醉,满江空月明。

题写画像的诗,容易落入摹写画像容貌特征的套路。本诗题苏轼画像,却能别开生面,抓住苏轼的精神气质,尤其是结句,用宕笔表现月夜满江空明的境界,境清神远,形容苏轼超凡脱俗的精神世界,恰到好处。

元倪瓒《题水竹居图》:

僦得城东二亩居,水光竹色照琴书。
晨起开轩惊宿鸟,诗成洗砚没游鱼。

本诗首句叙事,简要交代高氏僦居苏州城东事。第二句才点到画面上水光竹色的景象。张丑识语说“青绿满幅”,即指此境。三、四句用宕笔,由画面生发开去,描写水竹居主人高进道闲居读书、吟诗的意趣。有修竹,故晨起开窗,声响惊飞林中的宿鸟;有清水,故诗成涤砚,溪水尽黑,隐没游鱼。这首小诗,并不着意描绘画面,而重在表现水竹居的情趣和韵味,语清思清,韵高神远,妥帖地表现出水竹居主人的高怀逸志,令人读来饶有情致。

明唐寅《题草堂话旧图》:

松间草阁倚岩开,岩下幽花绕露台。
谁叩柴扉惊鹤梦,月明千里故人来。

诗的前两句描写画上的草堂,后二句由画面宕开,说不知是谁叩柴扉,惊动了诗人的清梦,原来是月夜里有老朋友从千里外来寻访自己。唐寅并不叙写与故人见面叙旧的经过,也不记述话旧的内容,却用宕开远神的方法,记下与友人初见时的欣喜感受。至于见面后叙旧的内容,容读画人去揣摩,留下想象的空间,神远思清,言虽止而意无尽。

清顾昉《题吴伟醉樵图轴》:

茅屋山家少四邻,青松旋斫炊为薪。
偶然几阵腥风来,忆得同来有一人。

为他人题诗,首要任务是揭示“画心”。顾昉可谓画家的知音,他深知吴伟在“醉樵”身上融入了自己的气质和神韵,因而题诗便以此立意构思。首二句写画面上醉汉的居处和劳作,醉汉孤单地居住在山里,四周缺少邻居,每天砍斫松枝,随即担回来当柴烧。第三、四句转笔,诗意突兀,出人意料,宕开画面,从画题上的“醉”字生发诗思。醉汉偶尔闻得几阵带着浓浓酒气的微风,忽然忆起还有一人同来。这个人是谁?便是画家吴伟。诗人用宕开远神的收结手法,巧妙地点出醉汉与画家的微妙关系，婉曲含蓄，韵深神远。

第六节　诘问收结

题画绝句有时在结尾采用诘问的句式，当然，诗人所提的问题无须回答，因为答案已经包含在问句中。用诘问语气收结，表达诗思较为委婉含蓄，留下袅袅余音，比起直接叙述句更增一层想象的乐趣，笔致尤显空灵，能大大增强诗篇的艺术感染力。

唐刘商《与湛上人院画松》：

水墨乍成岩下树，摧残半隐洞中云。
猷公曾住天台寺，阴雨猿声何处闻？

刘商从画作松树的动作着笔，说自己用水墨很快就画成这株松树。在描述绘画动作的同时，见出画面具象。下两句，诗人以东晋的竺昙猷比喻唐代的湛然僧：他在天台国清寺，在何处能听到阴雨天猿的哀鸣呢？言外之意，湛然和尚将在画松中听到猿声。这里以问句作结，变直叙句式为反诘句式，增加诗的婉曲韵味，自有悠然不尽的情致。

宋苏轼《题王晋卿画后》一诗很有代表性，诗云：

丑石半蹲山下虎，长松倒卧水中龙。
试君眼力看多少，数到云峰第几重？

诗的前两句咏写画面的主景，以蹲虎、卧龙比喻松、石的形态，非常形象逼真。后两句咏写画面的宾景，即远处云山。结句用诘问形式，既能补出画面无法表达的两人对话的内容，又能引人进入远望遐思的境界，颇有韵致，也耐人寻味。

元钱选《题贵妃上马图》：

玉勒雕鞍宠太真，年年秋后幸华清。
开元四十万匹马，何事骑骡蜀道行？

诗的首二句，描写唐玄宗宠幸杨贵妃，每年秋天驾幸华清宫。三、四句突转，从画面宕开，大发议论，说：开元时代皇家马厩拥有四十万匹骏马，为什么要骑骡到四川去呢？结穴处一个反诘句，醒明本意。原来诗人认为备上玉勒雕鞍的骄骢，只能与主人共享富贵，在危难时刻，却不能尽力。语含讽刺，直斥玄宗宠幸太真的史实。言外之意，讽喻玄宗不能任用贤能，耽于声色犬马，导致国家动乱、个人蒙尘的恶果。明是题画，实是寄慨，表达出诗人深沉的历史感喟。

明姚绶《题寒林鸲鹆图》：

鸲鹆无言立晚风，孤村竹树自成丛。
不知锁向雕笼者，得似空山翠水中？

题诗先描写画面上鸲鹆的艺术形象，它默默无言地迎着晚风，独立于孤村的树枝上，虽然孤单寂寞，却自由自在。第三句诗笔一转，从画面跳出，将被锁进雕笼的鸲鹆与之比照。结句醒明本意，画家说"锁向雕笼者"虽然被人们精心喂养着，却失去自由，哪里比得上生活在空山翠水中的鸲鹆？诗以诘问句收结，婉曲地传达出画家的画心，笔致空灵，极富艺术魅力。

明陈淳《题溽暑熏蒸苦昼长图》：

溽暑熏蒸苦昼长，葛巾葵扇升筐床。
花阴水气相撩处，何有人间白玉堂？

陈淳这首小诗，构思立意非常别致。他不从画面景物入手，摹其形，描其色，状其神，却从题外写来，以"苦热"立意，乍读似与花卉图无涉。首二句描写夏日的闷热熏蒸袭人，令人苦恨昼日太长，为了避暑，人们用葛巾擦汗，摇葵扇送凉，登上竹床休憩。两句诗都为表现人们的“苦热”心绪服务。第三句陡然一转，诗笔绕回到画幅上，说只有荷池旁“花阴水气相撩”的地方，最为凉快，可以避去溽暑，人间哪里有这样的白玉堂呢？古人称荷花丛为水晶宫，如辛弃疾《小重山·三山与客泛舟西湖（注：此西湖乃福州之湖名）》：“君恩重，教且种芙蓉。十里水晶宫。”陈淳改称“水晶宫”为“白玉堂”，指称画幅上的荷花丛，且押七阳韵。诘问收结，余味无穷。

清郑燮《柱石图》：

谁与荒斋伴寂寥，一枝柱石上云霄。
挺然直是陶元亮，五斗何能折我腰？

“谁”，便是陶元亮，即陶渊明。诗人将柱石比作陶渊明，挺直腰杆，甘心与荒斋为伴。尾句用问句收结，凸现了他“不为五斗米折腰”的精神，与全诗诗意吻合。

清李葂《题荷花图轴》：

不涂铅粉不施朱，破冻芙蕖色转殊。
为问君家旧花墅，雪深有此一枝无？

雪中有荷花，违反季节特点，然而诗人正是在这种反常的艺术意想中，通过诘问收结，抒写胸中的不平之气。李葂热情歌颂那枝“破冻”冒雪开放的芙蕖，它不畏严寒，保持着高洁的品格。这个艺术形象正是画家的自我写照。

清边寿民《题歪瓶依菊图》：

歪瓶雅称菊枝斜，花与真花颇不差。
持去卖钱偿酒债，那知秋色落谁家？

题诗从画面形象发端，称赞自己的菊花图。第三句用转笔，结句拍合。诗人说，将这幅画卖掉偿还酒债，不知满幅秋色将要落到谁的家中？用反诘句收结全诗，将诗思表达得婉曲含蓄，留下袅袅余音，耐人寻味。

清虚谷《题梅花图轴》：

有粉有色更精神，一树梅花天地春。
一觉浮生尘世外，空山流水岂无人？

画家画梅，全身心融入梅花中，在梅花的艺术形象中，寄托自我的精神、品格。题诗的首二句，表面上是写梅花形象，其深层意蕴则是画家自我人格的表露。第三句转笔写梦，一觉梦醒，自身已到“尘世外”，进入幻想和憧憬的世界里，达到物我两融的境界。最后用诘问句收结，说画面上不单有梅花和空山流水，还有“人”，点出画中有人、花中有我的诗意，反挑出寓意于物的题旨。

第七节　对结

用对起写景的题画绝句，比较常见，而运用对句作结的绝句诗，不多见。因为绝句诗的第三、四句，一般用“转笔”“拍合”之法，较为顺畅，诗思灵动有韵致，所以很少用对句作结。然而，题画诗人为了在收结处完美地展现画境，有时也用对结写景之法，主要表现在山水画、花鸟画一类题诗中。元张宪《题画》：

远岫层层何处？矮房簇簇谁家？
烟树夕阳归鸟，清溪古渡横槎。

题诗的后两句，运用对结写景之法，并列六个词组，描写画中六种景物，营造出一种清幽的诗境，与画境切合。

明文徵明《题雨晴纪事图》：

入春连月雨霖霪，一日雨晴春亦深。
碧沼平添三尺水，绿榆新涨一庭阴。

首二句直扣题面"雨晴"。诗的后两句，用对仗工整的诗句，着重表现连月霪雨的后果、事物的变化：碧池平添三尺水，榆树蓬勃生长，枝叶茂盛，满庭绿荫。对结写景，再现画境，歌颂了春日勃勃的生机，令人愉悦。

运用写景对结的方法写作题画绝句，在历代的山水画、花鸟画的题诗中，还可以找到一些例证。《文徵明集》补辑卷一五引《珊瑚网画录》文徵明《题画》："百叠烟霞开绝壑，一窗风雨听飞泉。"《文徵明集》补辑卷一五引《石渠宝笈》卷三九录文徵明《题画》："凉风数点雨余雨，落日千重山外山。"《文徵明集》补辑卷一五引天绘阁本《冯超然临文待诏山水卷》录文徵明《题画》："野水秋来寒玉净，碧山西去暮云长。"恽寿平《瓯香馆集》卷九《题绥山扇》："花下红鱼来听曲，松间碧月照弹琴。"恽寿平《瓯香馆集》卷八《题画菊》："一卷离骚消夜雨，几枝霜菊共秋寒。"吴企明校辑《恽寿平全集》补辑卷一《跋仿古山水册》："花雨翻空界，松涛杂梵声。"这些对仗工整的诗句，描绘画面景物，出色地再现画境，用来收结全篇，完满地完成题画绝句融通诗画的任务。

运用对结手法，也可以阐述画家的艺术渊源。元代卫九鼎画《洛神图轴》，倪瓒题诗云：

凌波微步袜生尘，谁见当时窈窕身。
能赋已输曹子建，善图惟数卫山人。

题诗用对结法，说这幅画取材于曹植的《洛神赋》，《洛神赋》压倒众人，后代能赋之士输给了曹植。能为洛神传神写貌的画家，只有卫九鼎一人而已。两句诗收结全篇，充分肯定了卫九鼎《洛神图轴》的艺术成就。

吴企明校辑《恽寿平全集》补辑卷三《题唐苂红莲图》：

没骨图成敌化工，药房荷盖尽含风。
当时画苑徐崇嗣，今日江南唐长公。

唐长公即唐苂，善画荷花，与恽寿平友善。题诗用对结法，阐述唐苂《红莲图》的艺术渊源乃是宋代没骨花卉画家徐崇嗣的画作。

运用对结手法，还可以图情结合，借画幅抒发感情。元程钜夫《题仲经家江贯道潇湘八景图》（之一）：

昏昏风浪里，瑟瑟打篷声。
骚客千年恨，灵妃万古情。

骚客，指诗人。灵妃，指湘水女神，传说尧有二女娥皇、女英，嫁舜为妃。舜巡视南方，死于苍梧之野，葬于九嶷山。二妃追至洞庭投水死，成湘水之神。这首诗题咏的是八景图中的《潇湘夜雨图》，诗人由画幅生发出无穷的情思。他从“潇湘夜雨”展开丰富的想象，联想到湘水女神，联想到她们在舜帝死后的悲恸，她们泪洒湘竹，惹得千年来诗人们为之抱恨不已。诗人用一联对仗工整的诗句作结，极度概括地抒写了湘水女神和千古诗人的哀伤、怨恨的情愫，真切地表达出程钜夫读画后的感想。

清王鉴《题仿黄公望山水图轴》：

独酌何须问主宾，兴来鱼鸟亦相亲。
苍松翠竹真佳客，明月清风是故人。

题诗重在表现画意，表现一种陶情于自然美景中的自我愉悦的兴会和情趣。结尾用两句工整的对仗，充分抒写了画中人独酌于林泉之中，与鱼鸟相亲，以松竹、清风、明月为友，怡然自得，忘情世外的情怀。画中人的情趣和画家的意趣融为一体，着力表现王鉴作画自娱的审美体验。

第八节　以景结情

诗人用写景之笔来收结全篇诗意，便于情景交融，创造意境，使自己的情绪、感慨或议论蕴含于景物描写之中，无限余韵，让读者自己去体味。如唐孟浩然《宿建德江》："移舟泊烟渚，日暮客愁新。野旷天低树，江清月近人。"题画诗人常用的手法，便是在结句描绘画面景物，再现画幅意境，紧承、转合上面的诗意，达到收结全诗的目的。

宋黄庭坚《题伯时画严子陵钓滩》：

平生久要刘文叔，不肯为渠作三公。
能令汉家重九鼎，桐江波上一丝风。

前三句均为议论，结句却以景物描写收结，既是画面上景物的实际摹写，也与前面赞扬严子陵不慕荣利的高风亮节相契合，意象生动，情韵悠长，是以景结情的一个很有说服力的例证。黄庭坚《题伯时天育骠骑图二首》（其一）："想见真龙如此笔，蒺藜沙晚草迷川。"结句也是以景收结，画马被安置在牧草丰茂、迷人眼目的背景中，进一步补衬出画马逼真的艺术效果。

宋龚开《瘦马图》的构思，与黄庭坚诗相仿佛，诗云：

一从云雾降天关，空尽先朝十二闲。
今日有谁怜瘦骨？夕阳沙岸影如山。

汉代西域大宛国产骏马，有"天马"之称。诗人便从"天马"落笔，写它穿过云雾，从天而降，它的神采风姿，使王家马厩里所有的马黯然失色。以上两句写骏马昔日的神奇姿态。三、四句，诗人运用对立联想的艺术思维方式，转而写骏马“今日”的状况：它的身骨嶙峋如山，孤独地伫立在夕阳下的沙岸边，今日还有谁爱怜它呢？全诗扣住画面形象“瘦马”，采用比兴手法，句句写马，通过今昔的强烈比照，慨叹马之不幸遭际，寄寓诗人怀才不遇的深切感喟。元汤垕评此诗“脍炙人口，真有盛唐风致”（《画鉴》），洵为知音。

元王蒙《题惠麓小隐图》：

白头学种邵平瓜，四百年前故将家。
第二泉头春梦醒，洞庭烟水接天涯。

此图为惠麓小隐孟叔敬作。诗句先叙写孟叔敬的家世和当前的生活。第三、四句转到画面上，惠麓第二泉畔，孟叔敬春睡刚醒，遥望远处，太湖水与云天相接，渺茫无际。诗人用画上之景收结全诗之情，展现孟叔敬神清意逸、潇洒自如、悠闲超然的隐士风韵。

元仇远《题赵松雪竹石幽兰》：

旧时长见挥毫处，修竹幽兰取次分。
欲把一竿苕水上，沤波千顷看秋云。

题诗先从赵孟頫喜画兰竹生发，暗示出画家“比德”的意蕴。三、四句写自己的观画感想，说受到画家幽人操和君子德（兰竹）的感召，希望也能渔隐于苕溪之上，在浩淼的千顷水波上“看秋云”，以写景结情，情含象外，余韵无穷。

元陈选《题岩阿琪树图》：

招提居胜出烟萝，云尽山高爽气多。
流水小桥人不到，西风琪树满岩阿。

诗的第四句，以画面景物收结，说西风劲吹，满山琪树摇曳自如，姿态悠然，独领岩阿的秋日风骚。

明文徵明《题雨村图》：

四檐风雨昼昏昏，小纸斜窗破墨痕。
翻得杜陵巫峡句，归云拥树失山村。

本诗先叙写作画时的时空环境，首句说时当白昼，风雨连绵，四檐滴水，室内昏暗。次句说自己临近斜窗，铺上小纸，涂上不同的墨色，进行《雨村图》的创作。三、四句点明自己翻用杜诗诗意作画构思的特征，运化杜甫《返照》诗的成句，以写景收结全诗，非常准确地表现出《雨村图》的画境。

清边寿民《题芦雁图册》：

一年两地平分住，南北征途不肯休。
我是南人画南雁，潇湘一段水云秋。

画家不从画面具象下笔，却从大雁的生活习性谈起，语涉议论。首二句说大雁一年分别住在两地，南来北往，不顾征途疲劳，准时南北飞翔，字里行间带着赞扬意味，表现芦雁坚韧不拔的内在美。第三句仍是议论，说自己是南方人，所画的是生活在南方的雁。诗至结句，方扣到画面具象上，描写水天相接、杳渺苍茫的景象：芦雁栖息在潇湘水边芦苇丛里，这里是水云交会的地方，一派秋色，风光十分幽美。全诗大多为议论句，但始终扣住“雁”字着笔，将芦雁优美的形象，放在幽美的秋光里加以刻画，起到烘托的艺术作用。此诗以景语收结，更给全诗带来悠远不尽的神思。

近代吴昌硕的《题黄山古松图》，也是一首很典型的以写景收结的题画绝句，诗云：

古松日日貌黄山，始信峰头梦往还。
知是王蒙是公望，烟霏雾溢有无间。

题诗前两句写出自己常常往还于黄山始信峰，日日貌写黄山古松，连梦里都在始信峰上行走。诗的结尾，还扣画面，用画面云雾缥缈的景色收结，画议结合，引导人们更好地鉴赏这幅水墨山水画的美学特征。

第九节　连章蝉联

为一幅画或数幅画题写两首或两首以上的题画绝句，组合成一题，成为组诗，便是施补华在《岘傭说诗》中所说的"连章蝉联"之法。这些诗，分之则各首独自成章，合之则联成一篇，是一个不可分割的整体。它们不是互不相关、杂乱无章的，而是具有内在联系的，在结构上保持着完美性和统一性。

元王恽的《滕王蝶蚁图二首》，虽然只有两首，却很有章法，诗云：

槐壤纷纷事暂欢，枕中栩栩伴周闲。
丹青欲识滕王意，须著人间比梦间。

粉香金翠梦能甜，细写春悰入笔尖。
却恐寻香飞便去，六宫争下水晶帘。

前一首写两则梦的典故，首句用李公佐《南柯太守传》的故事，说豪士淳于棼梦入槐安国，被招为驸马，任南柯太守，享尽富贵，梦醒后，淳于棼按梦境寻找，却发现槐安国原来是个蚁穴。次句用《庄子·齐物论》庄子梦中化为蝴蝶的故事。两则典故，一扣蚁，一扣蝶，总写《滕王蝶蚁图》，揭示出人生如梦，切莫贪图富贵的主旨。后一首专写蝶，首二句承上启下，写梦中之蝶化为笔尖之蝶，使两诗之间产生内在联系。此诗用艺术效果暗示画艺美，将蝴蝶写活了，也将滕王的画艺赞绝了，饶有意趣。

近代画家陈崇光《题柳下晓妆图二首》：

落尽海棠花，柳絮随风袅。
绣阁逗春寒，罗衾拥清晓。

晓起弄妆迟，含情人不知。
芳时难自惜，明镜识蛾眉。

画家用两首小诗题咏同一幅画，表现画境，一首写女子拥衾春睡，是画外意，由画面推想出来；一首写女子柳下晓妆，是画面实景。两诗互为补充，丰富了画意，成为清新婉约的题画绝句组诗。前一首诗的尾字与后首诗的首字，同为“晓”字，用顶真格修辞手法，使上下两首诗诗意蝉联起来，值得注意。

宋范成大《题赵昌四季花图》：

海棠梨花
醉红睡未熟，泪玉春带雨。
阿环不可招，空寄凭肩语。

葵花萱草
卫足保明哲，忘忧助欢娱。
欣欣夏日永，媚我幽人庐。

拒霜旱莲
霜天木芙蓉，陆地旱莲草。
水花云锦尽，不见秋风好。

柳下晓妆图

梅花山茶

月淡玉逾瘦，雪深红欲燃。
同时不同调，聊用慰衰年。

这一组诗，第一首写春季的两种花：海棠花和梨花；第二首写夏季的两种植物：葵花和萱草；第三首写秋季的两种花：木芙蓉和旱莲；第四首写冬季的两种花：山茶花和梅花。四首绝句，又采用不同的表现手法，第一首以人喻花，写海棠花状如杨贵妃醉酒睡未足，雨中梨花犹如杨贵妃玉容泪阑干。第二首运用以画作真的手法，分别写出葵花和萱草的特性。第三首运用反衬手法，用秋日荷花凋零，反衬出木芙蓉、旱莲两种花卉迎霜盛开，装点秋日风光。第四首运用对比手法，描写画面上山茶和梅花迥然异趣的色泽和风神。题材内容、表现方法各不相同的四首诗组合在一起，变化多端，异彩纷呈，给人以丰富的审美愉悦感。元虞集《饶士英所藏钱舜举四季花木四首》组诗，与石湖诗一样，也是运用四种不同的写法，分别题写四季花卉，取得相似的艺术效果。

元钱惟善《题王叔明听雨楼图四首》：

一榻春声雨满楼，杏梢微湿五更头。
东风更绿江南岸，卖剑家家尽买牛。

荷气香飘竹外楼，雨声滴碎采菱舟。
南风一夜生新涨，鱼鸟还知此乐不？

积雨生凉转蓐收，碧梧初霣满城秋。
邻家不识余心乐，也爱书声在小楼。

天地严凝万壑冰，不堪寒雨洒孤灯。
一楼清气犹宜雪，纸帐生春睡未能。

元至正二十五年(1365),王蒙于卢士恒家听雨楼上画作《听雨楼图》,当时张雨、倪瓒同在作画现场。张雨为此图题诗,倪迂和之。后来又有苏大年、钱惟善、张绅、高启等人,先后为王蒙《听雨楼图》题诗。这些诗人,乃元、明一代名士,共题一画,实乃画坛盛事。

钱惟善为此图题写了四首七绝,分春、夏、秋、冬四季写来,首首扣住听雨楼命意,思精语妙,诗味浓郁,隽雅潇洒,令人有超然之思。

第一首写春雨。开端"一榻春声雨满楼",卧听春雨,写尽"听雨楼"题意。春雨细微,天亮时杏梢微湿。第三句运化王安石句意,描写春雨润物的效果,东风送来春雨,春雨滋润万物,草木欣欣向荣,江南岸绿油油的一片。结句用一汉代熟典,写出农家做好准备,投入春耕的热闹景况。诗思由听春雨感发兴会,蝉联而下,以备耕收结,也可以见出钱惟善关心民瘼的情怀。

第二首写夏雨。楼外荷花飘香,清馨沁人心脾。"雨声滴碎采菱舟","滴碎"两字,暗藏一个"听"字,南风吹则雨到,一夜南风,夏雨不止,池中水涨,人感到分外凉爽、惬意。人在楼中闻香听雨,其乐无穷。结句反用庄子的典故,诗人问池中的鱼、林中的鸟知不知道人的这种乐趣。一语反诘,妙趣横生。

第三首写秋雨。秋雨到来,顿生凉意,碧梧初坠,满城秋色。秋色宜人,正适宜读书。邻家虽然并不真正懂得"我"心中的乐趣,但也爱听从小楼里传来的琅琅的读书声。这里,诗人写读书声胜过雨声,将书声、雨声糅合在一起描写,仍不失"听雨楼"之题意。诗人不径写自己的秋凉读书乐的意趣,却从邻家托出,深得诗家三昧。

第四首写冬雨。首句点出冷意,天地间的寒气严凝,万壑生冰;次句写人的感受,孤灯下读书,又兼寒雨飘洒,真是不堪承受。"寒雨洒孤灯",透出"听雨"意。诗人期望能下雪,雪映书窗,一楼清气,纸帐里的梅花、蝴蝶带来一丝春意,使人欣喜得不能入睡。冬雨本无可咏,诗人却从严寒中企盼清气,在冰雪中看到春意。这样的诗意,不能不使人想起年轻诗人李贺的名句"依稀和气排冬严,已就长日辞长夜”（《河南府试十二月乐词·闰月》），更使人联想到雪莱的名句：“如果冬天来了，春天还会远吗？”中外两位诗人的艺术意想十分相似。

从诸家题《听雨楼图》诗看，大都从春意落想，如张雨有“依然布被拥春寒”句，高启有“春云霭江郭”句，张绅有“山窗听春雨”句，王宥有“绕檐依旧落春声”句，赵淑有“春深杏花色”句。钱惟善面对王蒙的《听雨楼图》，想象飞驰，情思悠悠不尽，拟想出楼主人卢士恒春、夏、秋、冬四季听雨的情景，写成这组题画诗，正是“雨声有尽思无穷”。

明谢承举《题美人图四首》：

风雨妒花春事催，莺声唤起未明时。
怪来小玉知人意，采得宜男第一枝。

朱栏十二冷光多，水定银塘镜自磨。
深夜人来照妆束，欲将圆缺问嫦娥。

冰华纤指漾银钩，水色蟾光上下浮。
自是行人无定准，相逢何日大刀头。

雪后梅花早破春，玉瓶高插净无尘。
不知衫袖招摇处，十日余香尚袭人。

谢承举据“惜花春起早，爱月夜眠迟。掬水月在手，弄花香满衣”诗句，画成四幅美人图，将诗意转化成画境。画成后，他又为每幅画题一首绝句，第一首以“惜花”立意；第二首以“爱月”立意；第三首以“掬水”指意；第四首以“弄花”措意。四首诗写画境，为美人传神，韵味深致，意境隽永。

宋苏轼的《虔州八境图》是一组规模更大的组诗：

坐看奔湍绕石楼，使君高会百无忧。
三犀窃鄙秦太守，八咏聊同沈隐侯。

涛头寂寞打城还，章贡台前暮霭寒。
倦客登临无限思，孤云落日是长安。

白鹊楼前翠作堆，萦云岭路若为开。
故人应在千山外，不寄梅花远信来。

朱楼深处日微明，皂盖归时酒半醒。
薄暮渔樵人去尽，碧溪青嶂绕螺亭。

使君那暇日参禅，一望丛林一怅然。
成佛莫教灵运后，着鞭从使祖生先。

却从尘外望尘中，无限楼台烟雨蒙。
山水照人迷向背，只寻孤塔认西东。

烟云缥缈郁孤台，积翠浮空雨半开。
想见之罘观海市，绛宫明灭是蓬莱。

回峰乱嶂郁参差，云外高人世得知。
谁向空山弄明月，山中木客解吟诗。

宋熙宁十年（1077）春，苏轼由密州知州调任徐州知州，代他知密州的是孔宗翰。两人交接后，临行前，孔宗翰拿出《虔州八境图》，请求东坡为之作序文和题诗。孔宗翰任虔州知州时，因为江水毁坏城墙，乃筑石城以捍御江水。他将城上楼台景色描写下来，题为《八境图》。

《八境图》并不是八处景观，实是虔州石城上楼台一处景观，为什么要题名为“八境”呢？苏轼是这样解说的：“所自观之者异也。”（《八境图序》）观景时，有不同的时序节令，观景者有不同的心情，站立不同位置，取不同视角，便看到不同的景色，形成多种景观。苏轼的组诗《虔州八境图》便是根据不同情况、视角写成的题画绝句。第一首总起，对《八境图》画面景物作总摄性描绘，点出孔宗翰，“八咏聊同沈隐侯”，用沈约八咏楼事比喻孔宗翰的《八境图》。第二首写章贡台附近的景观和登高远望的情思。第三首抒写因观景而引发的怀念远方朋友的深情。第四首环绕朱楼和螺亭，描绘图中美景，并表现画家孔宗翰的幽闲情趣。第五首传达出孔宗翰遥望丛林后的怅惘心绪。第六首描绘烟雨迷蒙中的山水、楼台、孤塔，着重表现自然美景。第七首描绘细雨初霁时郁孤台的景观，烟云缥缈，犹如观看海市蜃楼。第八首总收，以《八境图》中的远峰收结全诗，想象山中的樵客定然懂得画幅的真趣，并会感发兴会，咏出新篇。这组诗先总起，后分写，最后总收，全面地再现了《八境图》中的种种画境，诗情和画意得到完美的融合，体现出苏轼非常重视结构艺术的匠心。

元柯九思《题赵令穰秋村暮霭图四首》组诗更富有艺术特色，可以说是题画绝句组诗中具有典型意义的作品，诗云：

远岫千重青似染，平林一望锦成堆。
回塘渔艇不归去，溪上数家门半开。

溪上数家门半开，村翁傍晚却归来。
霜林掩映芙蓉色，秋水微茫鸿雁哀。

秋水微茫鸿雁哀，短桥曲渚锦林开。
疏林欲下斜阳色，一抹青山入望来。

一抹青山入望来，满林秋色总诗材。

宣和当日珍天府，未许骚人费品裁。

这一组诗，总而观之，题写赵大年的《秋村暮霭图》，再现画境，将绘画美转换成诗艺美；分而观之，每章各写一个侧面，自成一诗，一写远景，二写秋村，三写暮霭，四写观感，分合观之，均可。这组诗每章之间有着密切的内在联系，每首诗都写到山、水、林，前后照应，扣住画面。前、后诗的首、尾句采用蝉联的形式，前诗的尾句和后诗的首句是同一个诗句，使前后诗形成连章蝉联的特征。这种形式，仿自曹植的《赠白马王彪》，但曹子建诗仅一词蝉联，本诗则一个诗句蝉联，富有独创性。

第五章　技法（上）

诗歌的写作技法很多，笔者将立意、布局、遣词、造语、协律、押韵等方法，归纳在“立意”“结构”“修辞”“声律”几章中加以讨论。除此以外的许多诗歌技巧，特别是那些能充分反映题画绝句艺术特质的表现手法，如“从艺术效果上去显示美”“诗传画外意”“写出富有包孕之片刻”“超越时空”“取影”“点染”“露与藏”“取势”“凸显主景”等，专门列在本章和下一章内予以阐述，且注重结合实例剖析，希望能给广大读者写作、鉴赏题画绝句提供一些参悟和借鉴。

第一节　画作真会

清人张谦宜评论徐渭的题画诗说：“题画七绝，画作真会。”（《絸斋诗谈》卷六）真，是自然物的本相，指现实生活中的真山水、真人物、真事物，就是生活真实。文学艺术创作，以生活真实作为表现对象，不仅要真实地反映现实生活中各种事物的本相，还要将自己的生活体验和审美理想，打入艺术形象中，形成艺术真实，它们比现实生活更高、更美。

“画作真会”是一个概括性的提法，实际上包含“以画作真”和“以真为画”两种技法。宋杨万里《诚斋诗话》说：

杜《蜀山水图》（按，即杜甫《奉观严郑公厅事岷山沱江画图十韵》）云：“沱水流中座，岷山赴北堂。白波吹粉壁，青峰插雕梁。”此以画为真也。曾吉父云：“断崖韦偃树，小雨郭熙山。”此以真为画也。

以画作真，将绘画艺术品当作真山水、真人物、真花鸟，题画诗人抓住画幅“逼真”“似真”“乱真”“夺真”（诸语均出自邓椿《画继》）的艺术效果写成诗。唐代诗人皎然观看王维的《沧洲图》时，将画上之景物误以为真景，说“萋萋忽盈视。便有春渚情，褰裳掇芳芷”，直到一阵风吹来，芳草纹丝不动，方悟得这不是真景，原来是一幅画：“飒然风至草不动，始悟丹青得如此。”（《观王右丞维沧洲图歌》）这种以画作真的表现手法，凸显《沧洲图》的艺术效果，表现王维的高超画艺。

唐景云《画松》：

画松一似真松树，且待寻思记得无？
曾在天台山上见，石桥南畔第三株。

诗人运用以画作真的手法，把画松当作真松，一开始便抓住“真”字展开诗思，以下句句从“真”字着笔，不断强化画松的真实感，赞颂了松画艺术的超妙绝伦。

唐方干《题画建溪图》：

六幅轻绡画建溪，刺桐花下路高低。
分明记得曾行处，只欠猿声与鸟啼。

方干的题诗，首句点明此为题画绝句，画幅乃《建溪图》，画在六扇屏风上，直扣题画，写尽题意。次句紧承，描写画上实景，建溪两旁开满了鲜艳的刺桐花，花下伸展着一条山路，高低不平。第三句诗人采用以画作真的手法，说分明记得自己曾经游览过这条小径，欣赏烂漫的刺桐花，聆听不绝于耳的猿鸣、鸟啼声，尽情享受着大自然的赐予。现今一片清静，缺少猿啼、鸟啼声，原来这是一幅画，并非真境。全诗在以画作真和“是画非真”的诗思跳跃中，凸显《建溪图》引人入胜的艺术魅力，并赞颂了《建溪图》逼真的、精绝的画艺水平。刘拜山评曰:“‘分明’两句,与景云《画松》‘曾在天台山上见,石桥南畔第三株’,同一手法,皆说得愈实而愈见其虚。”(富寿荪《千首唐人绝句》引,上海古籍出版社1985年版)所评极是。

五代唐希雅《题画》:

谁泼烟云六尺绡,寒山秋树晚萧萧。
十年来往吴淞口,错认溪南旧板桥。

前两句点明画家用泼墨法渲染出一幅烟云迷蒙、秋树萧萧的山水画,气韵幽逸萧疏。诗人是嘉兴人,常来往于吴淞江口,十分熟悉那里的景色。今天观看这幅画,便将画中的板桥当作吴淞江口溪南的旧板桥。唐希雅黠慧地运用“错认”这一言辞,将画境当作真境,写出自己对巧夺天工的画艺的由衷赞赏。本诗的艺术构思与景云《画松》“曾在天台山上见,石桥南畔第三株”的诗意相仿佛,兴许唐希雅正是从中得到了艺术启迪。

元鲜于枢《观寂照葡萄》:

阿师已把书为画,俗客那知色是空。
却忆西湖酒醒处,一棚凉影卧秋风。

诗的前两句发议论,说画家寂照以书法笔法画葡萄,也用画反映了他的色空观。后两句还扣画面,运用以画作真的手法,将寂照的画葡萄当作真葡萄,又由此飞驰想象,想到自己昔日西湖酒醒时,曾看到一棚偃卧于秋风中的葡萄,与画面上的葡萄一模一样。

元王冕《墨梅》:

吾家洗研池头树,个个华开澹墨痕。
不要人夸好颜色,只流清气满乾坤。

画家不说自己画的梅花墨色清淡，却说自家研池边的梅树，开放着淡墨痕的花。这里采用了"以画作真"的写法，将画梅当作真梅，饶有情趣。第三、四句用转笔，代墨梅立言：不要人家夸"我"颜色鲜艳，只求让"我"的清香流播开去，溢满天地间。诗意显然脱胎于宋陈与义的《墨梅》诗，但又有发展，意味尤为深长。画家自题诗，可以坦露画心，抒写自我情思，本诗正是托物言志，抒写自己博大的胸怀、清正的品格和高尚的情操，含意蕴藉，耐人寻味。

诗人运用"画作真会"手法的现象很普遍，如宋陆游《题剡溪莹上人梅花小幅》："孤舟清晓下溪滩，为访梅花不怕寒。忽有一枝横竹外，醉中推起短篷看。"第三句运用以画作真的艺术手法，扣到莹上人的梅花小轴上，不说画面具象，却说醉中看花，真与画会，立意巧慧。清石涛《轻舟观瀑图》（其二）："秋水接天三万顷，晚山连树一千重。呼他小艇过湖去，卧看斜阳江上峰。"石涛将画上的山水景当作真山水，为了满足"卧看斜阳江上峰"的审美追求，他竟然要呼唤小艇渡过湖去，在湖上卧于艇中欣赏斜阳映照的江上山峰。近代林纾《题画》："危栈粘天路不分，鞭丝帽影印斜曛。半程微觉驴鞍湿，记犯山腰一阵云。"诗人以画作真，将画上山腰的一阵轻云当作真云，所以会发出感叹，说骑着驴儿穿过高山的云层，连驴鞍也被沾湿。

以上讲的是以画作真的技法。以真为画则与之相反，不说画如真景，却说真景如画，再写到画面上。王士禛《带经堂诗话》卷二三引《居易录》有如下一段记载：

> （王翚）辛未来京师，颇自贵重其画，不为人作，独欲得予一诗为赠，屡属诸公通意于予，又特作长幅及册子八幅相遗，其意浓至可感。竹垞题册后云："王翚老去画尤工，小幅吴装效惠崇。曾上北高峰顶望，村村风景似图中。"

竹垞，即朱彝尊。他的这首题画诗便是运用了以真为画的技法。这种写法，在历代题画绝句中很常见。唐陆龟蒙《松石晓景图》：

霜骨云根惨澹愁，宿烟封著未全收。
将归与说文通后，写得松江岸上秋。

这首诗的构思很独特，诗人先描写松江的晓景，接着告诉大家，将要请张璪（字文通）的后裔把松江岸上的一派秋色写成画。其实，这个"真"景，便是画上之景，画面之实境。元赵孟頫的《题子仲穆画幅》的艺术构思与表现技法，与鲁望诗相仿佛，诗云：

云白山青几万重，溪边游子马如龙。
眼前有景画不尽，归去鸥波命阿雍。

鸥波，赵孟頫自称；阿雍，赵孟頫次子赵雍，字仲穆。此诗先描写自然界的景物，真景如画，后说命子作画，画出上述景物，这便是以真为画的写法。

明孙克弘《题雨景山水图》：

僧房十日掩柴关，闲看浮云自往还。
无限天机心会得，起来磨墨写房山。

题诗从自己的闲居生活切入，第三句转笔处，写出自己的感悟，也就是悟得云山的美感特征，便乘兴磨墨作画，仿高克恭笔意，画出这幅《雨景山水图》。题诗以真为画，写出自己创作此画的动机和审美经验，饶有意趣。

在题诗中，将"真"与画反复交会，变化地运用以画作真与以真为画的技法，尤见巧妙，尤能体现诗画艺术融通的审美理念。明陆时雍《唐诗镜》说："咏画者多咏真，咏真易而咏画难，画中见真，真中带画，尤难。"说得真好。

画作真会手法运用得最为巧妙的，是元吴师道的《题山水图送人归仙居》：

仙居直接天台路，无数青山与云树。
行人已在画图中，又复携图入山去。

诗人先写真景，从北方回仙居必经天台山，一路有数不清的青山和看不完的云树，真景如画。前两句兼写画面景色，画如真景。第三句说行人走在天台路上，有置身图画中的感受。结句拍合前三句诗意，说友人携带着山水图卷回到如画的真山水中。全诗在真景与画境的不断转换中拓展诗思，反复回环，极度赞美《山水图》逼真的艺术成就。

明沈周《画杨梅答韩克瞻》：

西山有雨杨梅熟，东老无诗口舌干。
珍重故人知此意，高林摘寄紫瑛丸。

诗人并没有描绘画面形象，却从真杨梅熟切入，说正好自己"口舌干"，杨梅可以解渴，可以品尝，此为以真为画。诗人以画杨梅作结，"紫瑛丸"既描写画杨梅之形状、色泽，又表现真杨梅之本相，它们刚从"高林"摘下来，鲜润可爱。此为画中带"真"。短短四句诗，画与"真"反复交会，诗意连贯，笔调流畅，充分表达出韩克瞻的深情厚谊和诗人自己的感激之情，也别开生面地题咏了自己的杨梅图。

第二节　比物以德

比物以德的自然审美观念，早在先秦时代已经形成。我们的祖先经常将自然物的天然属性和先天素质，与人的精神、道德联系起来，比如《论语·子罕》："岁寒然后知松柏之后凋。"其比德意义，蕴含于自然物景之中。而《孔子家语》"芝兰生于深谷，不以无人而不芳；君子修道立德，不为困穷而改节"，明白地将兰与君子相为观照，其比德性格显露无遗。《荀子·法行》:“君子比德。”《文心雕龙·比兴》:“盖写物以附意,扬言以切事者也。故金锡以喻明德,珪璋以譬诱民。”均对比德说作了精要的概括。比德说,在历代诗文中被广泛运用着。王逸《离骚经序》:“善鸟香草以配忠贞,恶禽臭物以比谗佞。”“虬龙鸾凤以托君子,飘风云霓以为小人。”《韩诗外传》称鸡有文、武、勇、仁、信五种行。范云《咏寒松》:“凌风知劲节,负雪见贞心。”劲节、贞心都是人的德性。江逌《竹赋》:“含虚中以象道,体圆质以仪天。”历代典籍中提到的具有比德意义的自然物有很多,不一一列举。

到唐宋时代,比德说还被普遍运用到绘画艺术中,使画象、画境具有深刻的人文精神。唐于邵画《松竹图》为皇帝祝寿,呈上《进画松竹图表》,表明因松有“不朽”之心、“坚贞”之格,竹有“颖拔”之节、“岁寒”之操,所以他“征画图之旨,诚惭创物;求比兴之义,庶近爱君”,将自己的心志和节操,融入松竹的艺术形象中。刘商画松柏,赠给友人濬师,并题诗云:“翔风边风十月寒,苍山古木更摧残。为君壁上画松柏,劲雪严霜君试看。”诗的后两句,直是孔子“岁寒”句意之诗化,借松柏耐寒的秉性,表达自己坚贞不屈的品格。

将画家比物以德的匠心揭示出来,便是题画诗人的艺术使命。宋赵佶题写《芙蓉锦鸡图》时,便将自己比物以德的观念写入诗中:

秋劲拒霜盛,峨冠锦羽鸡。
已知全五德,安逸胜凫鹥。

古人认为鸡有文、武、勇、仁、信五种德性,语见《韩诗外传》:

首戴冠者,文也;足傅距者,武也;敌在前敢斗者,勇也;得食相告,仁也;守夜不失者,信也。鸡有此五德。

赵佶就把这种观念写入诗中:“已知全五德,安逸胜凫鹥。”“凫鹥”是《诗经·大雅》里一首诗的篇名,《毛诗序》说它是歌颂周成王“守成”

的作品。赵佶借此宣扬北宋王朝的统治五德俱全,可以胜过周朝的“安康盛世”。

宋代画家扬无咎将松、竹、梅三种植物画在一幅画上,构成“岁寒三友”的艺术群像,这是艺术史上的创举,楼钥为之题诗云:

梅花屡见笔如神,松竹宁知更逼真。
百卉千花皆面友,岁寒只见此三人。

诗人说世上的许多花草,都不是真心朋友。“面友”,语见扬雄《法言·学行》:“友而不心,面友也。”只有松、竹、梅具有岁寒心,才经得起严寒的考验。诗画家以“岁寒”象征人世的磨难和困境;以松、竹、梅耐寒的自然属性,象征人不畏艰难的品格,赋予这个艺术群像人的品德美,具有鲜明的“比德”性格。楼钥的题画诗将扬无咎画里深刻的人文精神揭出,他和扬无咎一起完成了“岁寒三友”艺术群像的形象创造任务。自此以后,“岁寒三友”的艺术形象风行于诗画界。明唐寅《岁寒三友图》自题诗:“松梅与竹称三友,霜雪苍然贯岁寒。”李日华《题戏写松竹梅小帧》:“予交三君子,气韵各有适。及其风雪中,同凛岁寒色。”清恽寿平《岁寒三友》:“以尔为三友,真能傲众芳。自留苍翠色,努力饱风霜。”诗画中的“岁寒三友”艺术群像,传承不息,源远流长。

梅、兰、竹、菊四种绘画形象,被画家称为四君子。这与我国传统的“君子比德”的自然审美意识有密切关联。君子,本是中国文化中对才德优异、人格高尚者的象征性称谓。古人认为梅、兰、竹、菊四种植物节劲心贞、标格清雅,有君子之风。

唐宋璟《梅花赋》:“贵不移于本性,方有俪于君子之节。”元王冕《梅先生传》:“观其清标雅韵,有古君子之风焉。”这是梅花的君子之称。

宋黄庭坚《书幽芳亭》:“兰甚似乎君子!”郑思肖画过一幅墨兰长卷,题云:“纯是君子,绝无小人。”这是兰的君子之称。

唐刘禹锡《庭竹》:“依依似君子,无地不相宜。”皮日休《公斋咏新竹》:“愿禀君子操,不敢先凋零。”这是竹的君子之称。

宋范成大《范村菊谱序》:“山林好事者,或以菊比君子。”刘克庄《题建阳马君菊谱》:“菊之名著于周官,咏于诗骚,植物中可方兰桂,人中惟灵均、渊明似之。”灵均即屈原,渊明即陶潜,两人为人中之君子。这是菊的君子之称。

四种植物都被人称为君子,画家将这四种植物描绘成图,集合在一起,或则组合起来构成一幅画,称为四君子图。这个美称,明确地显示了这类绘画作品的比德意义。

画家以梅、兰、竹、菊作为表现题材,用设色或者水墨分别画作梅图、兰图、竹图、菊图,泛称之为四君子图。至元代,画作四君子图的人特别多,题画诗也随之增多。这种共称一直延续到清及近代,钱谦益有《题四君子图》,图为四幅,松、竹、梅、兰(易菊为松)各一幅,钱氏为四图各题诗一首。日本东京国立博物馆藏苏廷煜《四君子图册》,共十二页,每幅分别画墨竹、墨梅、墨菊、墨兰。

画家将梅、兰、竹、菊四种花卉画在一幅画上,构成艺术群像,成为名副其实的四君子图。可以说,这类四君子图是对这一艺术群像的专称。这类艺术群像,不仅文献记载很罕见,传世的画迹也很少见。日本大阪市立美术馆藏罗清《四君子图》,分四层构图,最上为竹,中为菊,下为兰,最下为梅,构置非常别致。近人俞剑华画作《四君偕来》图,画幅上部为梅竹,下部为兰菊,自题:“百花齐放,四君偕来。共度盛世,懿欤休哉!”这两幅画,可称为具有典型意义的四君子图。

将四君子画在一幅图上,比较少见,但将它们中的三种花卉,或为兰、竹、菊,或为梅、兰、竹,组合在一起,构成艺术群像,则比较多见,可称为四君子图的别调。清代郑燮也画过一幅《兰竹菊轴》,画四君子而缺少梅花,所以他的题诗说:“兰梅竹菊四名家,但少春风第一花。”将梅、兰、竹构成艺术群像的作品,有清恽寿平的《竹梅兰立轴》,方濬颐《梦园书画录》有著录,南田自题:“寒气侵书幌,焚香拥敝裘。

起来窥户处，花影照冷眸。乙巳初秋，戏临白阳山人。”他是仿陈道复笔意画成的。李鱓有《梅兰竹图轴》，土坡上写梅竹，根部缀以兰丛，虬曲的梅干与挺直的竹枝交错参差，飘逸的兰叶自有韵致。全图工笔与写意兼备，粗放中见秀逸。

比物以德的自然审美观念，深入历代诗画家的心灵，他们将比德说入画入诗，创造出无数优秀的诗画艺术品。元代倪瓒画《六君子图》，不顾画树忌直的艺术规律，在此画幅上画松、柏、樟、楠、槐、榆六树，姿态挺拔，扶疏掩映，象征刚正不阿的六位君子。黄公望完全理解倪云林的画心，题诗一首云：

远望云山隔秋水，近看古木拥陂陀。
居然相对六君子，正直特立无偏颇。

题诗揭示出画幅的比德意义，诗画艺术对应紧密，意境浑融，形成一个艺术整体，提升了画幅的审美价值。元代吴镇为自己的墨竹画轴题诗云：

抱节元无心，凌云如有意。
寂寂空山中，凛此君子志。

题诗点明墨竹艺术形象的“比德”性格，体现了深厚的文化底蕴。竹抱节而坚贞，语出白居易《养竹记》：“竹节贞，贞以立志，君子见其节，则思砥励名行，夷险一致者。”竹心中空，象征虚心而正直，亦语出白居易《养竹记》：“竹心空，空以体道，君子见其心，则思应用虚受者。”吴镇题诗第二句写竹之凌云志，语见李程《行箭有筠赋》：“更叶凌云之期。”最后两句总括竹有君子之德，它虽然处于寂无人影的空山中，持有君子之操而凛然不可犯。王炎《竹赋》云：“竹之操甚有似夫君子者。”吴镇的墨竹画及其题诗，蕴含着非常丰富的人文精神和文化意蕴，也坦露了画家凛然若“此君”的襟怀。

比德说入画入诗，其例甚多，限于篇幅，不能详述，只能略举数例再申述之。郑思肖《画菊》："花开不并百花丛，独立疏篱趣无穷。宁可枝头抱香死，何曾吹落北风中！"诗人着意表现高洁坚贞的人格美，画菊形象的自然性和比德性得到和谐的统一。陈栝画《平安瑞莲图》（藏南京博物院），王穀祥题诗云："红莲绿水净香堤，素质天然绝淤泥。好把兹花比君子，至今珍重为濂溪。"此诗运化了周敦颐（号濂溪）《爱莲说》"出淤泥而不染""莲，花之君子者也"。文意入诗画，出神入化。汪士慎作《兰花图》，自题诗云："兰性堪同隐者心，自荣自萎白云深。春风岁岁生空谷，留得幽香入素琴。"画家在兰花的具象和画境中、在题诗的诗境里，借助《孔子家语》的文意，称誉贤人、君子不慕荣华的高贵品德。郑燮《柱石图》题诗云："谁与荒斋伴寂寥，一枝柱石上云霄。挺然直是陶元亮，五斗何能折我腰？"颂石耶？颂人耶？郑板桥在石柱的艺术形象中融入人的品德和精神。

画含比德意，题诗点出画意，这种诗画融通的艺术思维法则，普遍存在于传统的诗画创作中，打破了西方美学理论中的"绘画不可能运用这种方法（指比喻）"（莱辛《拉奥孔》）的成说。比德说曾给我国诗画家带来"无尽藏"的艺术启迪。

第三节　从艺术效果上去显示美

莱辛《拉奥孔》第二十二章："从美的效果上去显示美。"他从理论上提出了从艺术效果上去显示美的美学命题。相关的创作实践，在中国文艺史上是屡见不鲜的。我国汉代乐府《陌上桑》写道："行者见罗敷，下担捋髭须。少年见罗敷，脱帽着帩头。耕者忘其犁，锄者忘其锄。来归相怒怨，但坐观罗敷。"这就是一个以效果写美的实例。唐代诗人李贺写了一首《李凭箜篌引》，描写李凭演奏箜篌时所产生的惊心动魄的艺术效果："十二门前融冷光，二十三弦动紫皇。女娲炼石补天处，石破天惊逗秋雨。梦入神山教神妪，老鱼跳波瘦蛟舞。吴质不眠倚桂树，露脚斜飞湿寒兔。"用艺术效果暗示美，表现李凭弹奏筌篌技艺高超。

有的题画绝句并不直接描绘画面具象和评论画艺水平，而通过绘画艺术品所产生的强烈的艺术效果暗示画艺之美。

唐刘禹锡《燕尔馆破屏风所画至精人多叹赏题之》：

画时应遇空亡日，卖处难逢识别人。
唯有多情往来客，强将衫袖扫埃尘。

一幅沾满尘埃的破屏风画，却被爱好绘画艺术的往来客人发现。客人用衫袖拭去画面的埃尘，细细观赏，领略“至精”的画艺美。诗人用“强将衫袖扫埃尘”的描写，暗示屏风画的艺术魅力和美学价值。

宋米友仁《题自画横披与翟伯寿》：

山中宰相有仙骨，独爱岭头生白云。
壁张此画定惊倒，先请唤人扶着君。

元晖不说自己这幅画如何美，却说此画张于壁间，定然会惊倒赏画人，又用“唤人扶着君”的细节描写，通过横披产生的惊倒人的强烈艺术效果，显示出画幅惊人的艺术魅力。

元吴全节《题黄子久天池石壁图》：

鸟啄残花污草庵，一春未到两山探。
忽观痴老图中道，南峰翠带北峰岚。

诗人潜心学道，整个春季足不出户，连鸟啄残花污草庵都不知晓，更没有产生过到两山寻春的雅兴。第三、四句，转笔写诗人观看黄公望《天池石壁图》，被画上“南峰翠带北峰岚”的迷人景色所吸引，这位静心修养的道士不由地被激发起游山寻春的热情。吴全节正是以黄公望画作具有震撼人心的艺术魅力，揭示出此画气势磅礴、气韵生动的绘画美。

元王恽《滕王蝶蚁图二首》(其二):

粉香金翠梦能甜,细写春悰入笔尖。
却恐寻香飞便去,六宫争下水晶帘。

前两句再现画面形象,描写粉蝶的色泽、形态和神情。后两句,诗人突发奇想,说六宫宫女唯恐蝴蝶寻香飞去,争着放下水晶帘。诗人用惊人的艺术效果将蝴蝶写活了,暗示画幅之艺术美。

元王恽《题关山秋霁图》:

望京楼上晚凭栏,长记居庸八月还。
一段紫烟吟不尽,枉分秋色与南山。

这首小诗虽然没有直接描写北方关塞秋日雨后的动人景象,却用《关山秋霁图》所产生的艺术效果,显示了北方关山之壮美。王恽曾去北方任职,当他看到《关山秋霁图》后,不由地想起在北地的生活。他曾在居庸关的望京楼上凭栏眺望,为雨后的壮阔雄伟、暮霭紫烟的景色迷住,流连忘返,吟咏不住。《关山秋霁图》产生了强烈的艺术效果,题诗暗示了北方关山的雄壮美和画家的画艺美。

清金农《题花果图册·梅子》:

江南暑雨一番新,结得青青叶底身。
梅子酸时酸不了,眼前多少皱眉人。

眼前人们观赏画上的梅子形象逼真,望梅而感到有酸味,视觉器官和味觉器官沟通,酸得大家皱起眉头。诗人采用强烈的美感效应,自赞画梅的真实和传神。

用这种表现技巧写成的题画绝句还很多,如唐杜牧《屏风绝句》:

“斜倚玉窗鸾发女，拂尘犹自妒娇娆。”此诗通过对观画女子倚窗嫉恨不已的深层心态的描写，暗示画上仕女的娇美绝伦，也暗示出屏风画的艺术魅力和美学价值。元管道升《自题墨竹》：“侍儿不用频挥扇，修竹萧萧生嫩凉。”侍儿不用挥扇，因为壁上画竹生出凉意，用艺术效果暗示墨竹之美。元黄公望《题苏东坡竹》：“强扶残醉挥吟笔，帘帐萧萧翠雨寒。”其写法与管诗同出一辙。明文彭《题画兰竹卷》：“偶培兰蕙两三栽，日燠风微次第开。坐久不知香在室，推窗时有蝶飞来。”通过兰香诱蝶的艺术效果，显示自己画兰之美。从以上诸诗可以看出，以艺术效果写美的表现技巧，深受题画诗人的青睐。

第四节　诗传画外意

题画诗人常常由画面的景物、具象，通过丰富的艺术想象力，推想到画外，在题画诗中表现出画面上没有的或是难以画出的意象，以申发、补充、丰富和深化画意、画境。宋晁补之说“诗传画外意”（《和苏翰林题李甲画雁二首》），讲的正是这种艺术手段。

宋范成大《李次山自画二图其一泛舟湖山之下小女奴坐船头吹笛其一跨驴渡小桥入深谷各题一绝》之一：

船头月午坐忘归，不管风鬟露满衣。
横玉三声湖起浪，前山应有鹊惊飞。

首句“船头月午”是画面上的形象，小女奴深爱柔光洒满湖面的月夜环境，久久不愿归去，“坐忘归”的深层心态，画家是难以表现的。小女奴不管夜风吹拂鬟鬓，也不管露水沾湿衣裳，依然独坐船头，她的心理活动，也是画家难以表达的。小女奴在船头吹笛，诗人想象笛声在湖面回荡，震起阵阵微波，笛声、水声传到前山，惊动睡鹊离枝飞舞。这一连串的艺术意想，画家同样难以表现。范成大用非常优美的诗句，写出画家心中有而笔底无的画意，真正实现“诗传画外意”，充分发挥了题画诗申补画意的独特艺术功能。

元范椁《题松雪图》:

傍人不识岁寒松,怜杀深山大雪封。
待得化为东海水,青天白日睡苍龙。

“待得”二句,从大雪封山的画面具象跳出,展开超越时间的艺术想象,想象春暖之日,大雪化为流水流向东海,而苍松依然像虬龙一般偃卧于峻山危石之上,意含象外,诗人热情赞美具有岁寒心的苍松。

元丁鹤年《画蝉》:

饮露身何洁,吟风韵更长。
斜阳千万树,无处避螳螂。

诗的前两句咏蝉之高洁。“饮露”“身”“洁”,“吟风”“韵”“长”,画面无法表达,画家题写自己的画,便将这些画外意通过诗句表达出来。同样,三、四句由画面推想开去,想象斜阳映照下的千万棵树木;蝉的生活空间极大,却仍然无法逃避螳螂的追捕。这种画外意,也得靠诗句才能表达出来。

元顾瑛《题赵子昂画楚江春晓》:

东方旭日出曈昽,照见巴江曲似弓。
莫遣猿声到巫峡,山头犹有楚王宫。

前两句写画面,再现画境,直扣题上“楚江”和“晓”之意。三、四句补出画外意。诗人由《楚江春晓图》联想到巫山巫峡,进而联想到楚王、神女的美丽传说,因而发出感慨:不要让凄厉的猿声传到巫峡,以免惊破山头楚王宫里楚王的美梦,表达了诗人良好的愿望。翁方纲《石洲诗话》说:“仲瑛小诗,极擅风致。”本诗足以当之。

元揭傒斯《题王山仲所藏潇湘八景图卷走笔作·烟寺晚钟》：

朝送山僧去，暮唤山僧归。
相唤复相送，山露湿人衣。

画面上并无寺院，它深藏于万山中；钟声也是无法画出的。因此，题诗便以山僧朝出晚归的行动来表现寺院、钟声的存在。山僧晨出很早，露水未干；暮归很晚，山露已重。“山露湿人衣”也起着补充画意的作用。这首诗虽短小，却鲜明地显示出山水画题诗所具有的申发、补凑画意的审美特征。

明朱邦《题空山独行图》：

空山独往有心期，开遍瑶花负所思。
天阔冥鸿送孤啸，日夕云深归去迟。

画家自画自题，用题诗申发、补充画意，“画之不足，题以发之”（方薰《山静居画论》），此之谓也。首二句说画中高士独往空山，他早与友人有过梅花开时同赏梅的期约，现在梅花已经开遍枝头，未能与友人同赏，辜负了“所思”的友人。三、四句仍就高士着笔。他托天边高飞的鸿雁，给友人送去孤独的长啸和深深的思念；日暮云深，他依然独对梅花，久久不肯归去。通过画面视觉形象的观照，读画人不难明白高士的神情和古梅的姿态，但画中高士负疚的心态和思念友人的深情难以表达。朱邦借助于题画诗，补出画外意，传达出画作的深层意蕴，拓展了画意，丰富了画境的内涵，帮助读画人理解画家的创作匠心。

明杜堇《题陪月闲行图》：

陪月闲行杖护迟，半醒时节最相宜。
吟成疏影寒香句，为问梅花知不知？

本诗只用“闲行杖护迟”“疏影”“梅花”等艺术意象表现了画面实景，诗人更多地用了虚笔表现画外之意，表现画家无法画出的人物心态和情感体验。“半醒”句，画中高士自感酒醉半醒时最为惬意；“为问”句，画中高士向梅花发问：这些如何画得？他问梅花知不知道自己所咏成的便是咏梅佳句，这更难以画出。杜堇借助题画诗，巧妙地传达了上述画外意。

清龚贤《题云岭残曛图》：

谷口峰根尽吐云，上方新月映残曛。
今宵预有吹笙约，盼望诸天鸾鹤群。

开端直扣题意，首句点出画题上“云岭”二字，描写画面上谷口、山根云雾叆叇，有气蒸云腾之势。云在山中流动，犹如山“吐云”，“吐”字炼得好，很形象，有动感。次句点题上“残曛”，天上有“新月”，微弱的月光与夕阳余晖相映照，非常恰切地表现出画境的清幽、静谧。第三、四句脱开画面，转出新意，诗人想象这清幽的山境，只合神仙居住，今宵已与他们约好吹笙相会，盼望他们纷纷乘坐鸾鹤从天上飞来。诗人面对画面突发奇想，运用“诗传画外意”的艺术手段，想象群仙来降此山，给普通山景蒙上一层仙灵的神秘外纱，赋予诗境非常浪漫的情韵。

题画诗人通过诗句妙传画外意的例子还很多，如元王冕《题云峰上人墨梅图》：“嫩云清晓孤山路，记得短筇寻句来。”其诗意画上无法画出。元杨果《题赵辅之樊川图》：“一赋阿房万古传，而今还有赵樊川。谢公墩上王公住，异代风流各自贤。”题诗全从画外意着笔。明沈周《夜雨止宿图》的画幅中央，群山耸峙，下临深渊，近处坡岸上树木数株，景色远淡近浓，画面为雨后人境俱寂的景色，而石田的题诗却说：“古城东畔日斜时，燕子低飞水漫池。知是夜来春雨足，跳鱼浴鸭总相宜。”题诗完全由春山春雨推想开去，着意传达画外意，表现

“春雨足”带给万物的生机和欢乐，真是妙笔生花。

题画诗人通过诗句，将含于画外的画意明白地告诉赏画人和读者，帮助大家深入理解画意，因此，诗传画外意，不单单是一种表现技巧，也是题画绝句的一项重要任务。

第五节　写出富有包孕之片刻

绘画艺术无法表现人物急遽的时间、空间变化和持续性动态，只能抓住一瞬间的生活断面，将它画在画幅上。因此，画家往往选择生活中“富有包孕之片刻”（莱辛《拉奥孔》），发挥艺术想象的威力，通过富有特征性的事物，去暗示动作、情节，选择那些可以推想出前因后果的一刹那间的生活场景、最“富有包孕之片刻”，画在画幅上，以表达空间的挪移、时间的推进和人物持续性的动作。这些是人物画表现生活的独特的美学特征。题画诗能把绘画艺术的这个特点表现出来，帮助读画人飞驰艺术想象，由一瞬间的生活断面推想到它过去的、未来的和其他场合的人物活动，形成人物画题诗包孕性的美学特征。

题画绝句文字虽少，但非常适宜表现这种“富有包孕之片刻”。宋晁说之《题明皇打球图》：

宫殿千门白昼开，三郎沉醉打球回。
九龄已老韩休死，明日应无谏疏来。

三郎打球、饮酒是两个持续性的动作，绘画艺术无法同时表现出来，画家只能选取唐明皇带着“沉醉”的状态“打球回”这一刹那的生活断面构成画面，这个断面是“富有包孕之片刻”。读画人可以由此想象唐玄宗驰马球场、酣饮沉醉的一系列情景。晁说之题此画，抓住画家的构图特征，略去唐玄宗“沉醉”“打球”的许多细节；写出“三郎沉醉打球回”的诗句，再现画境，非常符合绘画艺术的美学特征。

宋苏轼《虔州八境图》(其四)：

朱楼深处日微明，皂盖归时酒半醒。
薄暮渔樵人去尽，碧溪青嶂绕螺亭。

画中人太守的活动空间自朱楼到螺亭，活动时间自“日微明”到“薄暮”。画家孔宗翰选取“皂盖归时酒半醒”这个富有暗示性的生活片断，用螺亭中的杯盘残肴暗示太守饮酒的情节，略去了画中人清晨出游、白昼在螺亭饮酒观景等连续性情节。画家给予读画人最大的想象空间。苏轼一眼看出了孔宗翰的艺术匠心。他凭借惊人的艺术想象力，超越时间、空间的限制，利用题画绝句，写出了画中人从朱楼到螺亭，又从螺亭返回朱楼的空间挪移，写出了画中人从“日微明”出游到“薄暮”返回的时间推移，写出了画中人出游、饮酒、观赏山水美景等连续性情节，极大地丰富并补充了画意。

宋蔡京《题赵佶听琴图轴》：

吟徵调商灶下桐，松间疑有入松风。
仰窥低审含情客，似听无弦一弄中。

这首题画绝句紧扣画题，句句都与“听琴”密切相关，描绘了画面上赵佶抚琴、蔡京和另一位臣子俯仰静听的神态。弹琴、听琴有一个时间过程，听琴过程中有一系列的人物动作和面部表情，他们仰头、俯首、侧耳、凝神，细听、详审着琴音。蔡京正是抓住“仰窥低审含情客”的一瞬间的画面特征，写成这首绝句。

元钱选的《题贵妃上马图》，描绘唐明皇和杨贵妃带领侍从准备去华清宫的情景。贵妃正俯身跨上马背，马上配着玉勒雕鞍，随侍贵妃上马的有两个宫娥、一个太监、一个马倌。这一组群像，成为画幅的中心，凸显贵妃受宠的娇态。钱选这幅画或许受到五代周文矩《太真攀鞍图》的艺术启示，在艺术构思上颇有相似的地方。柯九思《题周文矩太真攀鞍图》中的“妃子攀鞍转晓波”句，恰恰写出了周文矩此画中富有包孕之片刻。钱选的《题贵妃上马图》也是选取了贵妃上马攀鞍的瞬间场景，其中云：“玉勒雕鞍宠太真，年年秋后幸华清。”诗句将攀鞍上马那一顷刻之前太真受明皇宠爱的“前因”，及上马后“幸华清”的“后果”，都明白地表达出来，真正体现出人物画题诗包孕性的美学特征。

元宋无《玉环病齿图》：

一点春寒入瓠犀，海棠花下独颦眉。
内厨几日无宣唤，不问君王索荔枝。

此图表现杨贵妃犯齿痛病，画家只能抓住最富有表现力的一个生活断面加以描绘，画出这幅《玉环病齿图》。诗人正是看准了这一点，写出“海棠花下独颦眉”的诗句，摹写画面形象，通过“独颦眉”传达齿痛的神情。

明高启为他人的《游猎图》题诗云：

将军白马佩双鞬，自出呼鹰猎晚天。
笳鼓归来人共看，腰间应有白狼悬。

将军游猎有一系列的活动，他佩好双鞬，骑上白马，呼鹰驱马打猎，在笳鼓声中归来，腰间悬挂着许多猎物。但是画家只能选取游猎过程中一瞬间的场景画成图幅，这是由绘画艺术的美学特质所决定的。高启的题诗即由画面上“笳鼓归来”的场景，推想其前因后果，写出一系列将军游猎的细节，表现出人物画题诗的包孕性特征。

清黄慎画《渔翁渔妇图》，描画一位渔翁身背鱼篓，左手拎着鲜鱼，笑容可掬地面对渔妇讲话。渔妇回身向着渔翁，凝神听着他讲话。两个人物顾盼呼应，表情生动，但他们到底讲了些什么话，他们又会分头去做些什么事呢？绘画艺术只能表现渔翁、渔妇对话时一瞬间的场面，然而黄慎的自题诗将这“富有包孕之片刻”的场面加以拓展、延伸：

渔翁晒网趁斜阳，渔妇携筐入市场。
换得城中盐菜米，其余沽酒出横塘。

题诗写出这一顷刻以后的情景，渔翁嘱托完以后，便趁着斜阳去晒渔网；渔妇携鱼筐入市场卖鱼，换得城中的盐、菜、米、酒等食物。这一系列的细节描写极大地丰富并补充了画意，也正是画上一瞬间生活断面发展的必然结果。

“富有包孕之片刻”是绘画艺术的美学特征，题画绝句将这种艺术特征揭示出来，体现了题画诗自身的艺术特质。这是一种独特的表现技巧，在普通绝句诗里是见不到的。

第六节　超越时空

绘画艺术是空间艺术，再现自然界和人类社会的静态事物，或表现动态事物一瞬间的状态。它自身的艺术特质，决定它不能表现时空急遽变化的事物、人物持续性的动作。与之相反，诗人通过飞驰的艺术想象力，可以超越时空的限制，根据表情达意的需要，将不同时间、不同空间的人和事描绘在同一首诗里，构成视觉新境界。王士禛《带经堂诗话》卷三曾指出王维诗超越时间，说：“如‘九江枫树几回青，一片扬州五湖白’，下连兰陵镇、富春郭、石头城诸地名，皆寥落不相属。”

题画绝句与普通诗歌一样，诗人可以心游万仞，思接千古，通过艺术想象，将画面上无法表现的种种意象描绘出来，如宋苏轼《虔州八境图》第四首：

朱楼深处日微明，皂盖归时酒半醒。

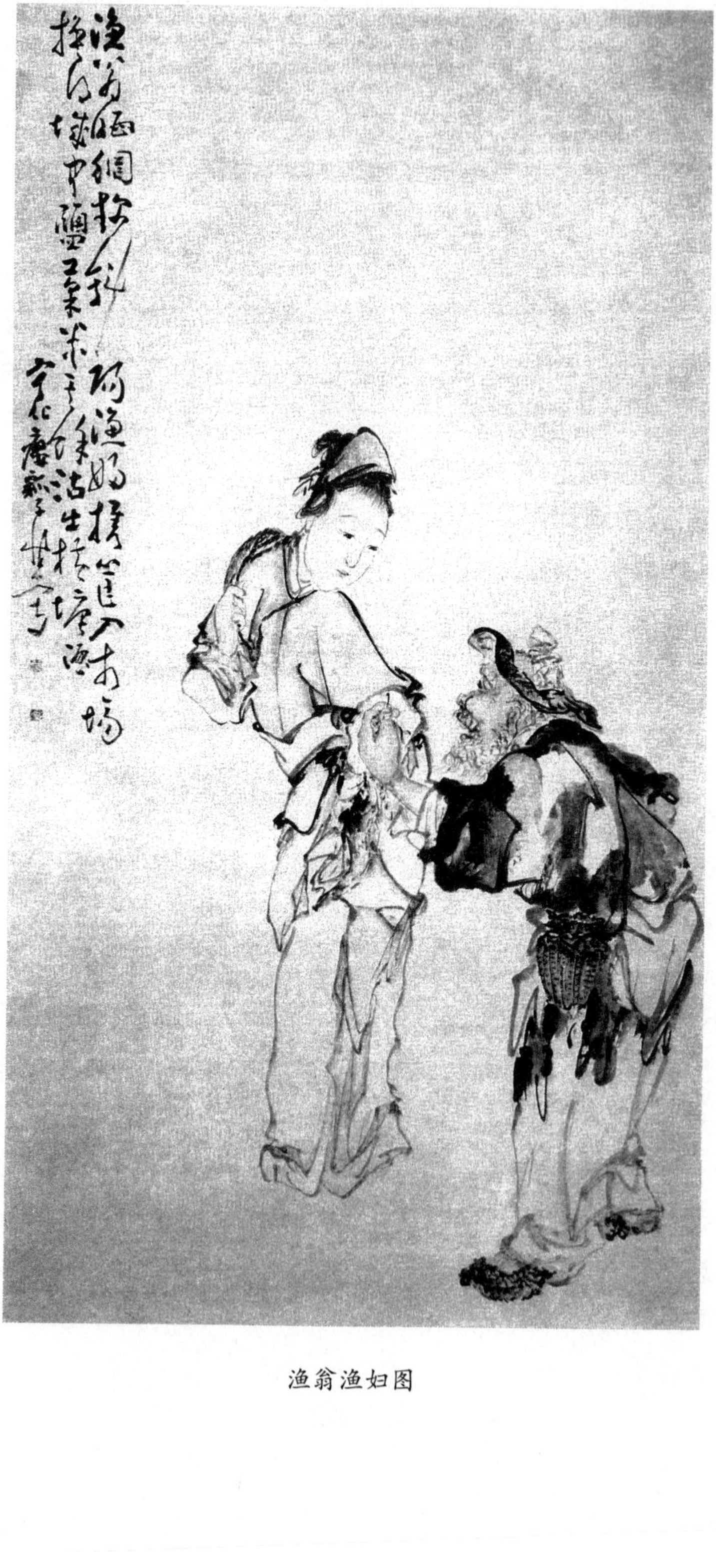

渔翁渔妇图

薄暮渔樵人去尽，碧溪青嶂绕螺亭。

苏轼一眼便看出了画家孔宗翰的用意，凭借着惊人的艺术想象，超越时空的限制，补充并丰富了《八境图》的画意，帮助人们领悟、鉴赏孔宗翰的画艺。东坡诗实现了两个“超越”：一是写出了空间的变换，画中人从朱楼到螺亭，又从螺亭返回朱楼；一是写出了时间的推移，从“日微明”到“薄暮”。这些画幅上无法表现。东坡诗写出了画中人的动态，即他的出游、饮酒、观赏风景、归家等动作，这种急遽的时空变换和持续性的动作，在绘画中根本无法表现，而东坡用四句诗就生动地表现出来，这便是超越时空所带来的好处。

宋朱熹的《题米元晖楚山秋霁》：

楚山青丛丛，落日秋云起。
向晚一登台，沧江日千里。

题诗所写景物，楚山重重叠叠，翠树丛丛密密，流动千里的沧江，都远远超出了视觉目力所及的范围。诗人通过艺术想象，描写了一幅苍茫窅远的迷蒙景象，用超越空间的艺术手段，表现云山的气势，构成了完整的“楚山胜概”的境界。

宋范成大《李次山自画二图其一泛舟湖山之下小女奴坐船头吹笛其一跨驴渡小桥入深谷各题一绝》之一：

船头月午坐忘归，不管风鬟露满衣。
横玉三声湖起浪，前山应有鹊惊飞。

诗的下两句，从“笛”上生发开去，说悠扬的笛声在湖面回荡，激起阵阵微波。诗人想象这笛声、水声传到前山，惊动了睡鹊，离枝飞舞。这些艺术意想既有时间的推移，又有空间的变迁。这些画外意，画面上本来没有，也无法表达。范成大则凭借超越时空的艺术手段，将它们表现出来，延展并丰富了画意，也达到诗画融合的境地。

元高克恭自题《夜山图》云：

万松岭畔中秋夜，况是楼居最上方。
一片江山果奇绝，却看明月似寻常。

诗人从高处俯瞰，中秋夜的圆月在苍郁的万松和雄伟的江山上，景色迷蒙，静谧优美。诗人对此奇景，发出山月依旧、人生短暂、千古苍茫的无限感慨。全诗凝聚千山万松的空间、百载千年的时间于一诗中，充分体现了题画绝句超越时空的审美特征。

明沈周《题雨意图》：

雨中作画借湿润，灯下写诗消夜长。
明日开门春水阔，平湖归去自鸣榔。

前两句写晚上灯下作画写诗，第三句转笔写到明日开门情事，时间已由昨夜推移到明日。第四句写归家，空间上将由山村出发乘船归家。后两句诗写出时空的变化，这只有依靠诗歌超越时空的功能，才能做到。

清李方膺画过一幅《游鱼图》，今藏故宫博物院，画幅描写鲤鱼戏水的姿态，它们或翻腾跳跃，或入水潜行，形象生动活泼。画家自题一绝：

三十六鳞一出渊，雨师风伯总无权。
南阡北陌槔声急，喷沫崇朝遍绿田。

题诗的前两句说鲤鱼一出深潭，风雨便无法干涉它们的去向。诗的三、四句转出新意，说鲤鱼趁着秋田汲水的机会，跃入翠绿的秋田，到处喷沫嬉戏。全诗描写鲤鱼的行迹，它们由深潭游到了南阡北陌的秋田，变换了空间。第三、四句表现一个时间过程，是连续性的行为和动作，画面上根本没有出现，也无法描画。诗人却借助超越时空的艺术手段，通过艺术联想，将鲤鱼跃入秋田后欢快的情景生动描绘出来，申补绘画的缺憾，拓展了画意，给人以全新的美感享受。

第七节　以形写神

“形”与“神”，是我国诗学、画学创作中一对对立统一的美学概念。

唐宋以来，随着诗画艺术的日益发展和成熟，愈来愈多的艺术家不满足于“形似”的标准，主张形神兼具，“以形写神”。诗人追求的最高境界是“入神”，宋严羽《沧浪诗话·诗辨》：“诗之极至有一，曰入神。诗而入神，至矣，尽矣，蔑以加矣。”画论家也重视“入神”“传神”，唐张九龄《宋使君写真图赞并序》：“意在神传，笔精形似。”宋沈括说：“书画之妙，当以神会。”“故造理入神，迥得天意。”（《梦溪笔谈》卷一七“书画”）清王时敏《西庐画跋》论王翚画，说得比较全面：“求其笔墨逼真，形神俱似，罗古人于尺幅，萃众美于笔下者，五百年来从未之见，唯吾石谷一人而已。”笔墨逼真，即是形似；形神俱似，即是以形写神。诗画艺术在“神”的艺术追求上，达到完全的契合，为诗画艺术的融通和渗透，奠定了理论基础。

题画诗人能将绘画作品的“传神”“以形写神”的艺术精神和审美特征，用诗歌语言表达出来，便成佳作。唐齐己《题画鹭鸶兼简孙郎中》：“曾向沧江看不真，却因图画见精神。”宋苏轼《书鄢陵王主簿所画折枝》：“边鸾雀写生，赵昌花传神。”题画绝句亦当如此。

唐程修己在文思殿画竹障，文宗李昂观赏后很满意，便题诗云：

良工运精思，巧极似有神。
临窗时乍睹，繁阴合再明。

朱景玄《唐朝名画录》记载过这幅画、这首诗的创作本事。李昂称赞程修己的墨竹画艺高超,画出的竹枝繁疏相间,明暗得宜,能传达出竹之“神”。

五代诗人詹敦仁受友人赠一幅古墨梅,因题一诗《介庵赠古墨梅酬以一篇》:

开屏展素看梅花,淡蕊疏枝蓦蓦斜。
墨散余香点酥萼,月留残影照窗纱。

这幅古墨梅,不知是哪位画家所画,詹敦仁题诗没有点明。画家抓住淡蕊、疏枝的具象,将色、香、光、影、形、神等绘画元素组合起来,构成清幽、淡雅、朦胧的画境。詹敦仁的题诗,写得极美,他能摄取画幅的绘画美,浥取墨梅之神韵,写出极为传神、令人陶醉的诗歌意境。

明文徵明《题唐六如画红拂妓二首》(其二):

六如居士春风笔,写得娥眉妙有神。
展卷不禁双泪落,断肠原不为佳人。

唐寅画了一幅红拂女图,文徵明看了后,连连称赞,说他画美女能传神。又如文徵明画了一幅《兰竹图》,自题一绝句云:

风裾月佩紫霞绅,秀质亭亭似玉人。
要使春风长在目,自和残墨与传神。

题诗的首二句,写画面上的兰竹形象,将画幅上风姿绰约、韵味悠长的兰竹具象,传神地表达出来,画境成功地转化为诗境。后两句,诗人发议论,说要让兰竹在春风吹拂下常出现在人们眼中,所以诗人要挥毫和墨,将它们留在画幅里,写出它们的婀娜风姿,传达出它们内在的精神和气韵。

清恽寿平晚年所画的《五色芍药图》，今藏美国克利夫兰艺术博物馆，画艺达到炉火纯青的境界。画幅上，南田题了一则短跋，对北宋人的没骨花卉图作了高度评价，也说出自己画作此图时注重位置、赋色、渲染等方面的艺术技巧。他又题一绝句云：

吹罢琼箫咽凤尘，粉痕暗减镜中春。
低垂翠袖红妆侧，舞倦龙绡金谷人。

题诗全面表现画面形象，首句形容芍药花之亮丽明净，因为美人吹罢玉箫，使凤楼的尘土不再飞扬。次句形容芍药色泽素雅，因为美人脸上涂上铅粉，镜中失去她原有的艳丽色彩。第三句形容绿叶衬托着芍药花，犹如侍女在美人边侧低垂翠袖。第四句形容芍药花在微风中摆动，犹如穿着龙绡的美人绿珠在金谷园里"舞倦"的样子。全诗以美人喻花，多方位地表现芍药的风神，画幅和题诗，恰恰正是恽寿平"以形写神"画学思想的具体体现。

清奕绘《题恽南田画册十二绝句同侧室太清作·雪鹭》：

白石翁写白鹭真，白云溪馆重传神。
矶边缩颈拳一足，白雪漫天入定身。

沈周画过白鹭图，现在恽寿平于自己的画室白云溪馆里重画白鹭图。诗人极力称赞南田的画艺，说他画的雪鹭，在矶边缩颈站立，任风雪漫天飞舞，一动也不动，像一个入定的老僧，重在传达鹭鸟之"神"。

画传物象之神，题诗表而出之，诗画会通，相辅相成，诗人与画家共同完成艺术创造的任务。

第八节　遗貌取神

遗貌取神，也称"离象得神""离象取神"。这个美学概念，先是由诗论家提出来的，明陆时雍《诗境总论》便提出“离象得神”的主张。唐陆龟蒙《白莲》：“素花多蒙别艳欺，此花端合在瑶池。无情有恨何人见，月晓风清欲堕时。”焦竑《焦氏笔乘》评此诗云：“余喜陆鲁望《白莲》诗云云，花之神韵，宛然可掬，谓之写生手可也。”沈德潜《唐诗别裁集》评此诗为“取神”之作。宋陆游的《卜算子·咏梅》：“驿外断桥边，寂寞开无主。已是黄昏独自愁，更着风和雨。　　无意苦争春，一任群芳妒。零落成泥碾作尘，只有香如故。”词人对梅花的形貌、色泽、馨香，均未着笔，此即“遗貌”，词人在词中着力表现梅花的神韵、品性，先是形容梅之孤独寂寞，次写梅花被风吹雨打的境遇，从而实现它高洁自守的品格。唐圭璋《唐宋词简释》论此词云：“取神不取貌，梅之高格劲节，皆能显出。”

绘画艺术也讲究遗貌取神，范玑《过云庐画论·山水论》：“离象取神，妙在规矩之外。”清盛大士《题郎芝田临王石谷山静日长图长卷》：“自古名家善拟古，离貌取神得秘钥。”钱锺书先生也说：“元人之画，最重遗貌求神，以简逸为主。”（《钱锺书论学文选》卷五）

题画诗人应该汲取历代画家、诗人遗貌取神的精神，写作题画绝句，融通诗画艺术，可取得极佳的艺术效果。宋楼钥《题贺监李谪仙二像》：

不有风流贺季真，更谁能识谪仙人？
金龟换酒今何在？相对画图如有神。

楼钥完全略去画像的形貌描写，却抓住两位历史文化名人最具特征性的事迹和品格，构思立意，写成本诗。楼诗吟咏贺知章赏识李白，发现李白超凡脱俗、仙风道骨的品格特征，称他为“谪仙人”。“识”字是诗眼，将贺知章写神了。楼诗又描绘他们金龟换酒、开怀畅饮的豪情，这是他们共同的性格特征。诗人舍去贺、李二人之貌，求取画像之精神，完全符合遗貌取神的原则。

元贡师泰《题渊明小像》：

乌帽青鞋白鹿裘，山中甲子自春秋。
呼童检点门前柳，莫放飞花过石头。

首句从画面形象下笔，将陶渊明淡泊名利、洁身自好的品格，寓之于“乌帽”“青鞋”“白鹿裘”的服饰描写之中。三、四句只写他呼童扫柳絮，不放飞花过石头城的生活细节，从而深刻地剖析出他不肯进入石头城、不愿仕宋的心态。全诗抓住陶渊明精神气韵中最具本质特征的孤高清节的一面，着力表现，真得陶潜之神。

元郭畀《题米南宫像》：

海岳庵空骨已仙，风神超迈画中传。
凌云健笔飞光怪，不顾人间唤米颠。

题诗首二句便传达出画像“风神超迈”，米芾画像神采奕奕，风度不凡，超尘脱俗，诗人准确地把握了米芾狂放不羁的性格特征。后两句赞扬米芾画笔矫健、飞扬光怪的画风和举止癫狂的精神特质。全诗处处呈现遗貌取神的写作特点。

元贡师泰《题苏子瞻画像》：

老龙起深夜，来听洞箫声。
酒尽客亦醉，满江空月明。

题诗完全抛开一般题写画像诗的套路，采用遗貌取神的艺术手段，运化苏轼《前赤壁赋》的赋意，题咏苏轼画像。前两句，以《前赤壁赋》中“舞幽壑之潜蛟”的艺术形象发端，写他聆听洞箫声，应箫声之节于深夜起舞，形象地喻写东坡潇洒、神奇的精神。后两句以月夜满江空明的境界，形容东坡超尘脱俗的气韵。诗人用空灵复奇的美学境界喻写东坡的精神世界，不拘泥于形貌的描写，真正抓住了《苏子瞻画像》

的本质特征，达到传神的审美境界。

题写花鸟画科的绝句诗，诗人也往往采用这种艺术技巧。明邢慈静《题墨梅图》：

梅花开处玉为林，先报江南第一春。
梦入罗浮尘世外，觉来天地几闲人。

题诗由画面形象发端，次句便从画面跳出，礼赞梅花报春的品格。它不与众花争春，却向人们报送春到人间的信息。三、四句，用了《龙城录》里赵师雄至罗浮山梦见梅花女神的典故，形容梅花超凡脱俗的品格和精神。诗人并未着力于梅花形貌的描写，而采用遗貌取神的艺术手段，创造出清敻的诗歌意境，热情地赞颂了梅花雅洁清逸、晶莹脱俗的精神风貌。

清恽寿平《题菊花图扇》：

高吟花底荡清弦，打马藏钩夜不眠。
买得糟丘多酿酒，与君长醉菊花天。

诗篇先描写诗人自己在秋菊下吟诗、奏乐、游戏的生活。在菊花盛开的时节，清弦的弹奏声、诗人的吟诗声在花下回荡，诗人还乘兴玩"打马""藏钩"的游戏，长夜不眠。前两句诗极意形容诗人陶醉于菊花天的神态。第三句转而写"酒"，诗人买得堆积如山的酒糟，酿造很多美酒。结句点出题意，说可以在菊花时节与友人长醉于花下。诗中一个"醉"字有两层含意，一是醉于花，一是醉于酒。画家兼诗人恽寿平并不摹写扇画上菊花的形态和色泽，也舍弃菊花的"比德"含义，而趁着题写自己画作菊花扇的机会，着力写出自己秋晚吟诗、游戏的雅兴，尽情抒写自己陶醉于菊花天的神趣，笔墨灵动，发想巧妙，真是神来之笔。

第九节　生意

宋刘道醇论徐熙花竹:“意出古人之外,自造于妙,尤能设色,绝有生意。”(《圣朝名画评》卷三)米芾《画史》论董源山水画:“岚色郁苍,枝干劲挺,咸有生意。”文徵明极力主张表现大自然的生命活力,他在画论和题画诗里,每每表述这种美学思想。他跋《漪兰竹石图卷》曰:“昔赵子固写兰,往往联纸满卷,而生意勃然。”其《题赵大年春江小景》:“闲窗生意忽在眼,千里风烟入舒卷。”《花卉册》:“大抵古人写生,在有意无意之间,故有一种生色。”生意,也称“生气”,是绘画艺术的一个重要美学概念,它要求画家在画幅中描绘出宇宙天地间万物欣欣向荣的浓郁生气和盎然不息的勃勃生机。

用题画绝句表现出画幅的生意,是诗人的重要艺术使命。

宋蒋重珍《题萧岳英常州朱氏画草虫卷》之一:

笔端生意已如生,点缀沙虫机不停。
浅著鹅黄作蝴蝶,深将猩血染蜻蜓。

题诗开端便撷出画上草虫栩栩如生、富有生意的题旨。以下诗句,都是画面上“生意”的细致描写:次句写纺织娘,第三句写蝴蝶,第四句写蜻蜓,色彩鲜明。这首诗,充分展现了画幅中流动着的郁勃生气。

元赵孟頫《题高房山墨竹坡石图》:

高侯落笔有生意,玉立两竿烟雨中。
天下几人能解此,萧萧寒碧起秋风。

赵孟頫书法造诣极高,也善于以书法笔法写竹。他看到高克恭的墨竹,体识到高克恭墨竹有书法味。首句云“高侯落笔有生意”,诗画家热情称赞高氏墨竹图充满勃勃生机,自非轻许之语。次句写画面墨竹，两竿颀长的翠竹，亭亭玉立，挺立于烟雨之中，婀娜多姿，清韵流动，煞是可爱。“天下”句，用设问语，很黠慧，巧妙地说明只有自己懂得此画。赵孟頫的书法、绘画、诗歌，堪称“三绝”，因此他能真正理解高房山墨竹的神韵。结句写墨竹的审美效果，枝枝翠竹，萧萧风生，送来阵阵凉风。题画至此，戛然而止，以艺术效果暗示艺术美，诗画家高度赞许了高克恭墨竹画的艺术造诣，意含象外，韵味悠长。

明金湜《题双钩竹图》：

双枝潇洒玉无痕，曾沐天家旷荡恩。
自是年来生意好，满林春雨长儿孙。

题诗先从画面发端，说画上的修竹、新篁勃发新枝，富有生机。三、四句点出正意，说满林的修竹、新篁受到春雨的滋润和催发，生长得很迅速，新笋破土，茁壮生长，儿又生孙，孙又生儿，好一派生意。画家将“年来生意好”的艺术意想蕴含在画象里，热情歌唱雨后春笋的出土和生长。

清汪由敦《题吴镇梅花图》：

千年铁干饱霜风，生意能参造化功。
方信此公真妩媚，胜他姹紫与嫣红。

诗人极意称赞吴镇梅花图深得大自然的生意，形象逼真，富有神韵。

文徵明极力主张绘画艺术要表现大自然的生命活力，他的题画诗，也重视写出画幅中的生意。如《画兰》（《文徵明集》补辑卷一一）：

至日闲弄笔，为君写幽兰。
潜阳知已复，生意满毫端。

兰草逢春,潜藏的阳气已经复苏,得阳气而萌生,生机盎然,所以画家的笔端也充满生意。又如《古木竹石》:“枯桥宿莓苔,修篁弄新雨。空山生意多,春光遽如许。”(《文徵明集》补辑卷一一)又如《画竹》(同上书卷一四):“露梢风叶喜晴春,醉扫吟看卧竹根。欲见此君生意盛,满川风雨半龙孙。”

还有一些题画绝句,诗里虽然没有出现“生意”字眼,但通篇写生意,是生命美的赞歌,如明文徵明《题画兰石》(《文徵明集》补辑卷一三):“萧条深巷谢纷华,珍重高人惠蕙花。碧叶紫英香馥郁,盎然春色浩无涯。”这不是一首普通的诗,而是一曲浩荡春色,生意跃动的颂歌。明文徵明《题雨晴纪事图》:

入春连月雨霖霪,一日雨晴春亦深。
碧沼平添三尺水,绿榆新涨一庭阴。

诗人通过画面具象的细致描绘,将蕴藏于画境中的生意撷出,歌颂大自然的恩赐,它使榆树充满勃勃生机。诗中虽无“生意”二字,然而诗人讴歌生命活力的热情,显然可见。近代吴昌硕《黄山古松图》题诗云:

古松日日貌黄山,始信峰头梦往还。
知是王蒙是公望,烟霏雾溢有无间。

诗句形容画幅云雾缥缈郁勃,古松枝干劲挺,盘曲于岩石之上,画幅里充满着生意。

第十节　审美移情

绘画艺术品具有惊人的艺术魅力,赏画人被精美绝伦的画幅吸引住,陶醉于画境中,产生身临其境的感觉。“境亦能移情”(吴乔《围炉诗话》),像杜甫在观看了刘少府新画的山水障后作诗曰:“悄然坐我天姥下,耳边已似闻清猿。”(《奉先刘少府新画山水障歌》)画幅的艺术魅力,生出移情作用,诗人仿佛静悄悄地坐在天姥山下,耳畔听到凄清的猿鸣声。结尾写道:“若耶溪,云门寺,吾独胡为在泥滓,青鞋布袜从此始。”诗人观看画幅后,兴起不愿混迹尘世、向往隐逸生活的艺术意想,诚如杨伦《杜诗镜铨》所说:“结到移情处,宛入真境,神游题外。”唐皎然题写的《观王右丞维沧洲图歌》也说:“丹青变化不可寻,翻空作有移人心。”绘画艺术品能“移人心”,也就是说绘画艺术品具有审美移情的作用。山水画题诗将绘画艺术品的这种移情作用表达出来,也即形成移情性的美学特征。

运用审美移情手法写成的题画绝句很多。宋黄庭坚《题大年小景二绝》(其一):“水色烟光上下寒,忘机鸥鸟恣飞还。我来频作江湖梦,对此身疑在故山。”诗的后两句,由画境引出观画感慨。黄庭坚是洪州分宁人,当地多江湖水泽,后来他长期在北方任职,频频做着回归江湖的美梦。今朝他观看大年的小景后,竟然觉得仿佛身在故乡的山上。诗句充分表现出画幅的移情功能。黄庭坚《题郑防画夹五首》(其一):“惠崇烟雨归雁,坐我潇湘洞庭。欲唤扁舟归去,故人言是丹青。”惠崇把归雁放在浩淼的湖水和迷蒙的烟雨背景中加以描绘,益增其潇洒虚旷的气韵,使人观画后心旷神怡,不由得产生仿佛置身于潇湘水、洞庭湖中的审美感受。诗的三、四句,用深进一层法,写诗人准备买舟归家,幸好朋友提醒自己说这是一幅画。诗的前三句一气贯注,诗意圆转,极力形容惠崇画的逼真,具有强烈的移情作用。

宋尤袤《题米元晖潇湘图二首》:

万里江天杳霭,一村烟树微茫。
只欠孤篷听雨,恍如身在潇湘。

淡淡晓山横雾,茫茫远水平沙。

安得绿蓑青笠，往来泛宅浮家。

两首诗写法相同。第一首前两句，表现画面云雾里的江天烟树，得空阔浩淼之趣。后两句写出观画感受，画面上云树烟雾的朦胧美，使读画人恍惚间感到自己仿佛置身于潇湘江上。第二首前两句，表现画面云雾里的晓山远水，得平淡、天真之趣。后两句写出观画感受，诗人感到自己仿佛在潇湘江上，希望能穿上绿蓑，戴上青笠，驾一叶扁舟，以浮舟为家宅，渔隐于山水之中。两首诗都成功地运用审美移情手法，写出诗人欣赏米画的独特感受。

运用审美移情手法写成的题画绝句，随处可见。元杜本《题江村图》：

树木蓊蔚水萦环，知是江南何处山。
几载幽并倦行役，按图欲借屋三间。

诗人倦于行役，很想按照《江村图》的画境，在江南树木苍翠、绿水萦绕的环境中借屋三间，留住下来。

元欧阳玄《山间山水手卷》：

十年京国看图画，半幅云烟亦恼侬。
今日身行屏障里，却思移住最高峰。

诗人今日告老还乡，在山间看到山水手卷，犹如置身于群山屏障之间，顿生爱慕之心，极愿移家在此山的最高峰。

元杨维桢《雨后云林图》：

浮云载山山欲行，桥头雨余春水生。
便须借榻云林馆，卧听仙家鸡犬声。

诗的前两句描写画面景色，三、四句转到观画感慨上。因为画境实在太迷人，产生境能移情的艺术效果，致使诗人顿生投宿云林、卧听鸡犬声的遐想。

明李日华《题画米山》：

吴山尽处越山涯，水木清华处处佳。
山鸟忽来啼不歇，声声似劝我移家。

题诗从画面景象写起，画面上吴越群山，水木清华，优美的画境触动诗人的兴会，触动诗人迁家之情。第三句转出新意，写山鸟富有人情味，窥知诗人深爱米山画境的心思，不住地啼鸣，劝诗人移家其中。李日华将画境的移情作用借着山鸟说出，委婉表达自己的意愿，神韵悠长，意趣无穷。

清郑燮《题青山幽兰图》：

转过青山又一山，幽兰藏躲路回环。
众香国里谁能到，容我书呆屋半间。

诗人很爱赏长满幽兰的青山，希望能容自己这个书呆子留下半间屋，长期生活在这“众香国”的空间里。

清高翔自题《春山云起图》：

云满山头树满溪，春风浩荡绿初齐。
若教此地容高隐，我亦移家傍水西。

首二句描绘画面景物，环境如此优美，令人油然兴起移家其中的意想。高翔的艺术思路与李日华《题画米山》相仿。

画境能移动赏画人之情，这种审美的心理活动一旦到了题画诗人的笔下，便能生出饶有情趣的诗味，也就形成了题画绝句移情性的美学特征。

第十一节　意境转换

题画诗独特的，也是非常重要的一种表现方法，便是将画境转换成诗境。题画诗人常用白描手法，对画境巧妙提炼概括、勾勒描述，具体描绘画面具象，再现画境，将画艺美转化为诗艺美，将画境转换成诗境，给人以美感享受。很多纯写画面以及先从画面景物着笔再写观感的题画绝句，常常使用这种艺术手法。

宋范成大《题黄居寀雀竹图二首》（其二）：

蔓花露下凝碧，丛竹秋来老苍。
噪雀群争何事？幺禽自啭清篁。

群雀在清幽的竹林里自由自在地飞翔、啼鸣，欢唱秋光之美。画家黄居寀将这种自然美转化为绘画美。诗人认真体识画幅中的色彩美、音响美和形象美，用优美的语言将这种审美体验写成诗句，再现画境，出色地完成由画艺美向诗艺美转换的艺术任务。

元钱选《题秋江待渡图》：

山色空蒙翠欲流，长江浸彻一天秋。
茅茨落日寒烟外，久立行人待渡舟。

这首小诗采用白描手法，纯写画面景物，逐句将画境转化成诗境，着意表现秋江空阔清幽之美以及行人待渡多时的焦急心情。

元倪瓒《新雁题诗图》：

十月江南未陨霜，青枫欲赤碧梧黄。
停桡坐对寒山晚，新雁题诗小著行。

倪瓒这幅《新雁题诗图》，画含诗意，这种诗意出自杜牧的《九日齐山登高》："江涵秋影雁初飞。"画完成后，他又为这幅画题诗，将画境转换成诗境。诗情、画意、画景、诗境，多次转换，两种不同门类的艺术反复地融通、渗透，相辅相成，使本诗愈显清峻秀逸，神韵悠然。

明文徵明《题画》：

过雨空林万壑奔，夕阳野色小桥分。
春山何似秋山好？红叶青山锁白云。

全诗纯写画面，色彩鲜明，意象灵动，再现秋山雨霁后明净、静谧、绚丽的画境美，情趣盎然。读者读其诗，品其韵，如见其画。

清梅清画过一幅《峭壁劲松图》，暗中运化李白《黄鹤楼送孟浩然之广陵》"孤帆远影碧空尽，唯见长江天际流"的诗意。梅清将这幅画送给好友高简，暗寓怀友之情。后来，高简的朋友"扔叔"来访，喜爱此画。在"扔叔"即将返回松江的时候，高简便将此画送给他，表达送别之情，并在画上题一诗：

峭壁听松过，危亭一径微。
片帆天际影，双眼送君归。

梅清将李白诗意转化成画境，画成《峭壁劲松图》，高简为画题诗，将画境转化为诗境。这幅题上高简诗的绘画艺术品，诗情、画意、画景、诗境，多次转换，反复融合、渗透，真正达到诗画融通的妙境。

意境转换中有一种独特现象，即诗人将画幅原有的"色"加以转换，如元王冕《墨梅》：

吾家洗研池头树，个个华开澹墨痕。
不要人夸好颜色，只流清气满乾坤。

墨梅图上原本是“澹墨痕”，王冕在题诗时，却将它转换成鲜艳的色彩，故云“不要人夸好颜色”。相似的情况，如明孙克弘画《墨竹图》，自题诗云：

湘皋春雨楚烟霏，绿玉参差路欲迷。
流水接天人不见，满林花落鹧鸪啼。

墨竹的色彩，到了诗人的笔底，却成了“绿玉参差”，墨竹已成为翠绿的竹竿，这种变化，正是意境转换的一种特殊的表现。类似的情况，在历代题画绝句中比比皆是，不再赘举。

第十二节　气韵飞翔

诗人和画家都非常重视在创作中追求气韵，将它作为自己审美追求的理想境界。南齐画论家谢赫最早提出气韵一说，《古画品录》：“画有六法，罕能尽该，而自古及今，各善一节。六法者何？一、气韵，生动是也。”后代画论家有时也将“气”和“韵”分举开来，还和其他字组合成词，如“风韵”“神韵”“气象”等。

诗家也讲气韵。梁萧子显《南齐书·文学传论》说：“蕴思含毫，细心内运，放言落低，气韵天成。”陈善《扪虱诗话》：“气韵不足，虽有辞藻，要非佳作也。”

气韵是诗画艺术的一个美学概念，比较抽象，画论家张彦远就说“气韵难状”（《历代名画记》卷一），欧阳修《六一诗话》也说：“梅圣俞曰：‘作者得之心，览者会以意，殆难指陈以意。’”历代诗画论家经过长期的琢磨、思考，提出了气韵生于笔墨的说法。宋韩拙《山水纯全集·论用笔墨格法气韵之病》说：“凡用笔先求气韵，次采体要，然后精思。”明唐志契《绘事微言·气韵生动》：“盖气者有笔气，有墨气，有色气；而又有气势，有气度，有气机，此间即谓之韵。而生动处则又非韵之可代矣。”恽寿平说得简单明了，他在《瓯香馆集》卷一一《画跋》中说：“气韵藏于笔墨，笔墨都成气韵。”

诗画论家又提出气韵出于人品的说法。宋郭若虚《图画见闻志》卷一：“人品既已高矣，气韵不得不高。气韵既以高矣，生动不得不至。所谓神之又神而能精焉。”刘熙载《艺概·诗概》：“诗品出于人品。”近代潘天寿《听天阁画谈随笔》：“品格高，思想奇，画无不有气韵。”大家都认为诗画艺术品表现诗人、画家的胸襟、气质和学养；艺术家人品之高下，决定艺术品气韵之高下。

画家将气韵体现在艺术品里，诗人读画后，读出它的韵味，便将这种审美体验融入诗句中。杜甫《奉先刘少府新画山水障歌》开端云：“堂上不合生枫树，怪底江山起烟雾。”诗句表现枫树挺拔、云雾流动，此即画幅之气韵。诗又云：“反思前夜风雨急，乃是蒲城鬼神入。元气淋漓障犹湿，真宰上诉天应泣。”这里又表现了画幅的气韵。整首诗的诗境，由画幅之气韵托出，也处处充满气韵。

题画绝句也要将画幅中的气韵标举出来，做到气韵飞翔。

明项圣谟画《山水册页》，今藏李一氓先生处（见《中国民间秘藏绘画珍品》第三集）。项圣谟，擅画山水，秦祖永评论他：“尤能领取元人气韵，颇有思致。”（《桐阴论画》）这幅画构图非常简约，题诗也很简短，但诗与画均充满气韵。画家于画上自题诗云：

江晴浣秋爽，山出恋斜晖。
常到林亭下，悠然忘却归。

题诗的前两句描写画面景色，后二句说自己常到林亭下观赏美景，意悠神畅，居然忘记归家。诗句写画中人的神志，达到传神的效果。杨维桢《图绘宝鉴序》：“传神者，气韵生动是也。”诗人这首题画绝句机参造化、气韵生动，洵为佳作。

清恽寿平画《米家大翠黛》，今藏故宫博物院。这是一幅仿米山水，用没骨法画成，以翠黛色横点云山，云雾弥漫，用笔简率酣畅。画家自题一绝：

云烟起研北，湿翠隐仙台。
晓帐窥山色，晴窗风雨来。

题诗先写画面形象，说云烟从砚池生出，湿漉漉的翠黛色将仙家的楼台遮住了。诗句将画幅云雾流动、敷色淋漓的审美特征显现出来，很有气韵。后两句诗，写观画感慨。诗人说，他晨起观画，哪知晴窗前竟然飞来风雨。原来是画上的云烟、湿翠带来的视觉效果，诗人又一次渲染了画幅的气韵。

清黎简画《江濑山光图》，藏于上海博物馆。画幅上部画层层峰峦，下部画江濑，有一老人携杖临水凝望沉思。全图用笔遒劲浑厚，墨色浓淡得宜，气韵蕴含笔墨中。画家自题六言绝句云：

庋堂远吞山光，构亭平挹江濑。
不知身入画中，但觉思超尘外。

题诗先写画面中的气韵，说置放草堂于山间，可以吞吐远处山光，构筑茅亭于水边，可以挹取江濑水色。三、四句转写画中人，他正杖策凝望山光水色，不知道自己正在画中，只觉得思超尘外，好像进入神仙世界。题诗没有粘煞画面实景，却巧写画幅气韵和老人的神韵。画论家以气韵为“六法”之首。本诗既描写画幅中的气韵，又表现自身的生动气韵，所以全诗气韵满纸，灵动飞翔，令人悠然神往。

清顾太清《题无名氏画松》(《天游阁诗集》卷二)：

扇头画似岩头树，满纸苍烟拨不开。
疑是开元毕御史，攀云截取一枝来。

题诗的第二句“满纸苍烟”，描写画幅水墨淋漓；第四句写松枝从天上截来，诗思奇妙。顾春善用灵动的诗句，将画幅中的气韵挑明，也让自己的题画绝句充满生机，气韵飞翔，韵味无穷。

第十三节　取影

取影之法，先出现于绘画艺术中。夏文彦《图绘宝鉴》记载了一则很有趣的画坛掌故：

> 李夫人，西蜀名家，未详世胄，善属文，尤工书画，郭崇韬伐蜀得之。夫人以崇韬武弁，常郁悒不乐，向夕独坐南轩，竹影婆娑可喜，即起挥毫濡墨，横写窗纸上，明日视之，生意具足。

宋代画论家郭熙《林泉高致》里也有一段论述："学画竹者，取一枝竹，因月夜照其影于素壁之上，则竹之真形出矣。"郑燮《题墨竹》："雷停雨止斜阳出，一片新篁旋剪裁。影落碧纱窗子上，便拈毫素写将来。"

为什么画家都喜欢画物体之影呢？徐渭说过几句很耐人深思的话："观夏珪此画，苍洁旷迥，令人舍形而悦影。"(《书夏珪山水卷》)画家在描写审美客体的影时，把握住事物的本质，传达出事物生命里的气韵和风神，舍其形而取其影，这种审美感悟，完全符合画家取影的艺术思维规律。

金农《冬心先生野梅图册》共八开，藏美国绿韵轩。第三开画墨梅一枝，画家自题古诗一首，其中有这样的诗句："曾闻花光能画影，墨晕含苞偏耐冷。石门画梅兼画月，看去胧胧月如泼。画月之外更画烟，烟笼玉质难为传。"诗句赞扬宋代花光、石门善于取影的长处，配以月色、烟云，确能摄取梅花的神韵。

诗歌创作受画学的启迪、影响，也讲究取影之法，可以从两个方面来阐述：

一、诗人也像画家一样，喜欢描写审美客体之影，以传达事物的气韵和精神。如李白《峨眉山月歌》："峨眉山月半轮秋，影入平羌江水流。”张先《天仙子》:“云破月来花弄影。”张先《华州西溪》:“浮萍断处见山影。”曹希蕴《墨竹》:“记得小轩岑寂夜,月移疏影上东墙。”姜夔《疏影》:“等恁时,重觅幽香,已入小窗横幅。”

二、取影是诗歌创作中的一种表现技巧。其最早在《诗经》中已经出现,唐人也运用过这种手法,但真正被诗论家作出理论阐述,当数王夫之的《姜斋诗话》。他举了两首诗作为例证,说明取影之法,第一首为王昌龄的《少年行》(又名《青楼曲》):“白马金鞍从武皇,旌旗十万宿长杨。楼头少妇鸣筝坐,遥见飞尘入建章。”王夫之评曰:“想知少妇遥望之情,以自矜得意,此善于取影者也。”王昌龄用衬托之法,从服饰、地位、声势烘托少妇之夫的贵宠,又用少妇鸣筝遥望,烘托少年自矜得意。此诗正面描写少年形象,全用他人来烘托,这便是取影之法。第二首为《诗经·小雅·出车》,其最后一章云:“春日迟迟,卉木萋萋;仓庚喈喈,采蘩祁祁。执讯获丑,薄言还归;赫赫南仲,猃狁于夷。”王夫之评曰:“征人归矣,度其妇方采蘩,而闻归师之凯旋。故迟迟之日,萋萋之草,鸟鸣之和,皆为助喜。而南仲之功,震于闺阁,室家之欣幸,遥想其然,而征人之意得可知矣。乃以此而称南仲,又影中取影,曲尽人情之极至者也。”诗歌创作中还有一种“睹影知竿”之法,刘熙载《艺概·诗概》说:“绝句取径贵深曲,盖意不可尽,以不尽尽之。正面不写写反面,本面不写写对面、旁面,须如睹影知竿乃妙。”这与取影之法相通。

题画诗人悟出画家取影法之奥妙后,便以之入诗,遂成佳作。历代优秀题画诗中不乏其例。五代詹敦仁《介庵赠古墨梅酬以一篇》:

开屏展素看梅花,淡蕊疏枝蓦蓦斜。
墨散余香点酥萼,月留残影照窗纱。

诗人将色、香、光、影、形、神种种因素组合起来,得墨梅之神韵,摄墨梅绘画美的特质,构成清幽、淡雅的审美意境,极为传神地表现墨梅的美学特征。最后,他还将月照梅花映纱窗的梅影来比喻墨梅,深得取影之妙。

元郭珏《题扇》：

柳树晴虹隐画桥，藕花微雨过归桡。
波光倒蘸红楼影，照见佳人弄玉箫。

题诗造语精工，纯写画面，描绘了临水红楼及其周边的景象，重点表现出红楼在水中的倒影，也从水中照见佳人吹箫的影子。诗人用优美的诗歌意象，写出画幅长于取影的美学特征。

文徵明的《溪桥策杖图》及其题诗，正是诗、画均用取影法的成功之作。画幅中心画一位杖策立于溪桥上的老人。他略倾前身，注视着山涧。画境里蕴含着怎样的深意呢？画家用题诗为读画人提供了一把鉴赏此画的"钥匙"：

短策轻衫烂熳游，暮春时节水西头。
日长绿树青帏合，雨过远山碧玉浮。

题诗写人兼写景，以写人为主。首两句，自画中人切入，写他身穿轻薄衣衫，携着短杖，在烂漫的春光中漫游。他一边缓步行走，一边观赏山景，直到溪水西边。第三句转笔写景，春日白昼正长，四周的绿树环合，雨后的树木青翠欲滴，像青色的帏幛一样。结句扣到画面上侧身注视山涧的人物形象身上，说远山经过春雨的洗刷，像翠玉一样，倒映在山涧里，好像在浮动。画中人被春山的影子深深吸引，驻足观看，欣赏不已。经过题画诗的补凑和点逗，读画人才能真正理解用取影之法画出的"遥山碧玉浮"的画境，领悟画中人沉迷于画境中的审美意趣。

清石涛《山水花卉图册》第一幅，是一幅水墨设色花卉图，画家自题一首六言绝句：

秋水江楼弥洁，芙蓉曲岸生文。
小立坡头如画，夕阳影落缤纷。

题诗首二句着力描绘芙蓉周边的如画美景，运用“睹影知竿”的技法，从侧面运笔，通过描写芙蓉周边环境之美，来凸显芙蓉之美。后两句写画面芙蓉临水照影，岸上、岸下一派花光绚丽，景色如画，夕阳照在水面的花影上，好像是芙蓉落英缤纷，更加美不胜收。石涛整件艺术品以“影”为契机，画用取影法，题诗也用取影法，达到诗画艺术的完美交融，洵为运用取影技法的代表作品。

清汪应铨题咏杨晋、唐俊《五清图》的绝句云：

石边修竹拂云长，铁干寒梅白玉香。
最是夜深清寂处，月明和影浸沧浪。

题诗首句写竹，次句写寒梅，第三、四句写《五清图》的美学特征，夜深时分，明月照着梅、竹、石的身影，倒映在沧浪水中，最是清雅。“月明和影”四字，抉出《五清图》的取影技法，体现诗画融通的艺术规律，提升了《五清图》的审美价值。

第十四节　细节描写

人物画要表现人，表现人之“情”，表现人的思想情感和心理活动。画家往往借助人物的细节、动作，表现那些“一瞬间”的、定格的人物动作，使人物的情感、心态外化，具体可感，产生艺术感染力。人物画的这种表现手法，决定、制约着人物画题诗必须使用同样的技巧，描写画面上人物的细节、动作，以传达人物的内心世界，传达他们的思想情感和心理状态，这就形成了人物画题诗动作性的美学特征。

元赵孟頫《题落花游鱼图》：

溶溶绿水浓如染，风送落花春几多。
头白归来旧池馆，闲看鱼泳白沤波。

赵孟頫老年回乡，返回旧池馆，产生颐养天年的心愿，本诗的题旨，是抒写他自己的悠闲心情。诗人不是用直接抒情的方式来坦露自己的情感，而是通过伫立池馆、闲看游鱼的细节描写，透露自己渴望如游鱼一样悠然自在的思想感情，婉曲动人。

元人杨维桢的《题撚花仕女图》就运用了这种写作技巧：

写罢桃花扇底诗，木香手撚小枝枝。
灵犀一点春心密，不许墙东野蝶知。

诗的前两句，诗人描写了画上仕女的两个生活细节：她受"灼灼其华"的桃花的感召，写了一首怀春诗，题在桃花扇上，又手撚荼蘼花枝默然深思。"灵犀一点春心密"，她的心理变化，与外界春天的景物息息相通。诗人对画上女子的动作进行了体贴入微的揣摩，表达她深曲的内心世界，因而能写出如此形神兼备的好诗来。

元黄公望有一首题吟周文矩《十美图》的诗：

侍宴朱楼向暮归，御香犹在缕金衣。
相携女伴阶前立，笑指鸳鸯水面飞。

诗句并没有描写"十美"的容貌、体态和服饰，她们侍宴朱楼的情景也一笔带过。诗人只是尽力描写画面上"十美""阶前立""笑指鸳鸯"的细节。这些细节描写体现了她们欣羡戏水的鸳鸯，慨叹自身无依无靠的深层心态，神传象外，含蓄、婉曲地传达出宫怨的主题。

元龚璛《题郑子实着色溪山渔乐图》：

东风忽来吹绿雨，闲云更学茗花舞。

山中之人归未归，溪上渔舟泛春渚。

渔乐之乐，乃是渔人内心世界的情感体验，看不见，摸不着，画家怎样表现呢？题画诗人又是怎样体识出来而写入诗中的呢？理解本诗的关键在结句，画家透过“渔舟泛春渚”的细节活动，表达“渔乐”的主旨。龚璛看准了画家的匠心，抓住画面上这一细节描写，醒明全诗的题旨，帮助读画人理解邓子实这幅画作。

清王树穀画四开《人物画册》，其中第三幅画一位杖策老人伫立于水边林下，一侍童抱琴随于后，右方题一诗：

一身萧散寸心闲，势利奔趋总不关。
白眼看人成一笑，水边林下对青山。

题诗的前两句用议论笔调，写出画中人身心闲散，不关心世人势利奔趋俗事的形象。第三句承前，说他眼看世上追逐名利的人，付之一笑。结句方直扣画面形象，描写他侧身对着远方青山的细节，通过这一细节写出画中人恬淡闲逸的心态，呈现题诗动作性的特征。

清黄慎《题渔翁渔妇图》：

渔翁晒网趁斜阳，渔妇携筐入市场。
换得城中盐菜米，其余沽酒出横塘。

全诗具体刻画画面上的人物形象，着力描写渔妇、渔翁的动作和生活细节：渔翁晒网，渔妇卖鱼换回生活必需品和酒。在一系列的细节描写中，透露出渔家乐的情趣，点出画家作画本意。

清胡锡珪的《芭蕉仕女图》画一位拢袖女子伫立于芭蕉、湖石前，低头沉思。画家自题诗云：

萧萧斑竹动秋思，脉脉深情若个知？

几度欲眠眠不得，晚凉风里立多时。

诗的结句所写“晚凉风里立多时”的动作，是“欲眠眠不得”的必然结果，诗意正好呼应第二句的“脉脉深情”。原来画中美人由秋风而感发怀人情思，怀念远方的亲人。画家描绘画幅上女子脉脉含情、低头凝思的神情，又有“欲眠眠不得”的叙写和晚凉风里久久伫立的细节描写，使诗情画意和谐地融合起来，题诗细腻地写出仕女的心曲，深婉感人。

通过生活细节表现人物的心态、情感这一艺术手法，在人物画题诗中随处可见。宋蔡京《题听琴图》“仰窥低审含情客”句，表现两位听琴臣子的神态，他们或仰看，或低头，侧耳凝听，详审着琴音，十分传神。清王树榖《朝妆缓步图》“手携纨素步徐徐”“顾影徘徊意有余”二句，写画中仕女手执纨扇，徐徐走来，徘徊不前，顾影自怜，意态有余。这些细节描写形象地勾勒出仪态自然、意态闲雅、风姿绰约、楚楚动人的仕女形象，具有很强的艺术感染力。清倪仁吉《宫意图诗》“疏雨银钉独坐时”句，描写宫女独坐银釭下，听着细风疏雨的声响，夜不成寐，她的哀怨之情从细节描写之中透露出来，象外见意，含蕴无穷。元宋无《玉环病齿图》“海棠花下独颦眉”句，杨贵妃牙痛，绘画很难表现，只有通过最富有表现力的“花下独颦眉”的细节描写来传达齿痛的神情。由于题画诗普遍运用这种细节描写手法来凸显人物的情感，所以，人物画题诗中动作性的美学特征，具有重要意义。

第十五节　以景衬人

人物画中最常见的技法之一，是将人物安置在特定的景物中，以景衬人，借景写人，更有助于人物性格、精神、气韵的刻画。东晋顾恺之为谢鲲画像，周围配以丘壑，凸显他喜爱山水、耽于林泉的情趣。张彦远论顾恺之，记及此事，说：“画谢幼舆（即谢鲲）于一岩里，人问所以，顾云：‘一丘一壑，自谓过之，此子宜置岩壑中。’”（《历代名画记》卷五)这种艺术传统,在后代的人物画中被广泛运用,经久不绝。沈宗骞《芥舟学画编》卷四论及"人物辅佐"时说:"梅须瘦而清,相对者诗人、词客,竹欲疏而韵,宜称者逸士、佳人。凡此形容,皆笔墨所出,而各得其神。"题画诗人将绘画艺术这种表现技巧写入诗中,以画法为诗法,遂形成以景物烘托人物的映衬性美学特征。其例不胜枚举,略举数例如下。

元王蒙的《春山读书图》,描画松树挺立于山麓,数间茅屋,掩映于松荫下,茅屋里有人正在读书,有人临溪眺望,着意表现画中人的闲适情意。王蒙题上一诗:

白云茅屋人家晓,流水桃花古洞春。
数卷南华难忘却,万株松下一闲身。

题诗突显以景衬人的画心。诗的前两句描写画面景色,山中茅屋数间,周边环境幽美,溪水潺流,桃花盛开,春山破晓,白云缭绕,宛如桃花源仙境。后两句表现画中隐士们读《庄子》,他们超然世外,遗世独立,安于隐逸生活。前后诗意相切合,正起到以景衬人的艺术功能。故云"万株松下一闲身"。

明居节《题访隐图》云:

近水明楼好读书,千竿修竹更萧疏。
到门有客轻敲杖,篱落柴桑尽晏如。

题诗环绕画面景物、人物,作细致的刻画,揭示出"访隐"的主题。诗的首二句描写主人在楼上读书。第三句转而写访客来到门前,轻敲竹杖。结句,仍写周边环境,萧疏幽静,进一步衬托出主人明楼的清幽,以景衬人,神韵幽远,强化了"访隐"的诗旨,也突显了主人的隐逸情趣。

清金农画过一幅《闭庐不读图》,描画屋舍一间,长窗敞开,屋内端坐一人，气定神闲。屋后一株老树，枝上黄叶稀疏，屋边数竿细竹，竹叶稀少，营造出一种萧疏的艺术氛围。金农用以景衬人的手法，刻画画中人孤寂萧索的心情。他自题一诗云：

团扇生衣捐已无，掩书不读闭精庐。
故人笑比中庭树，一日秋风一日疏。

题诗先说画中人秋来毫无心绪读书，紧闭精庐门户。第三、四句，金农有意通过诗句将自己构图的匠心透露给读画人。他以零落的树叶、细瘦的竹枝，烘托画中人怀才不遇的落寞心绪。画中人身上也渗透了画家自己的情绪。全诗借景写人，寓意于象，将感怀不遇、孤寂落寞的愁闷心绪，委婉地表达出来，含蓄深婉，耐人寻味。

清改琦有一幅仕女图，名为《靓妆倚石图》。画家用借景衬人之法构图，以娟秀的翠竹映衬少女的纤美，用玲珑的太湖石映衬少女的聪慧，少女手持玉箫，倚在湖石上，若有所思。全图着意于景物和人物的配合。褚德彝参透了画家的匠心，题诗两首，第一首云：

新换轻衫杏子绡，湖山石畔倚纤腰。
春愁满腹无人说，那有心情擪玉箫。

题诗描写画面形象，非常重视人与物的关系，细致地刻画仕女的心态。前两句，写她的外形服饰，重点突出她纤腰倚在湖石上的神态。一个“倚”字，将以景衬人的手法点明，为下文描写她的情思服务。后两句，突出仕女与玉箫的关系。她持箫而不吹，正因为她思念着远方的亲人，满腹春愁，心神不定。倚石沉思的神态，持箫不吹的细节，都传神地体现出她怀念亲人的情思。诗人褚德彝与画家改琦都使用借景写人的技法，共同完成了靓妆倚石美女的形象创造。

清费丹旭画过四幅条屏补景人物图，其中一幅《采梅图》描绘一位仕女面露喜悦之情，右手扶着树干，左手攀折梅花，她的周围衬以繁茂的梅树、岸石和溪流。补景清雅疏秀，与人物的举止、情绪融为一体。画家自题七绝一首：

翠羽声中春梦残，扑襟香雪影珊珊。
可知一样梅花骨，不畏东风料峭寒。

题诗的后两句赞美仕女不怕东风料峭带来的寒意，与梅花一样有着拒严寒的气骨。画家借景衬人，用梅花内在的美质衬托仕女的内在美质。他的题诗点明这层意蕴，诗画融通，形神妙合，给人以含蓄蕴藉的审美享受。

第十六节　点染

画家画山水、花鸟，常用点染法。恽寿平说："（蔬果）随笔点染，生动有韵。"（《瓯香馆集》卷一二《画跋》）王原祁也说："余点染时，辄来指摘微茫，推求精奥。"（《麓台题画稿·仿设色大痴长卷》）

诗家也讲"点染"，顾嗣立《寒厅诗话》云："诗家点染法，有以物色衬地名者，如郑都官'雨昏青草湖边过，花落黄陵庙里啼'是也。有以地名衬物色者，如韦端己'落星楼上吹残角，偃月营中挂夕晖'是也。"用雨昏、花落的自然景观，来渲染"青草湖""黄陵庙"边的一片凄凉景色。"落星楼""偃月营"二地名中带有景观，与周边景物相衬，渲染环境氛围。诗句先点出地名，再用景物渲染，意境全出，诗便有情致、韵味。

绘画艺术中的"点染法"，一经题画诗人撷出，既能传达出画幅的神韵，又能增进题诗的艺术感染力。元仇远《题赵松雪竹石幽兰》：

旧时长见挥毫处，修竹幽兰取次分。
欲把一竿苕水上，沤波千顷看秋云。

题诗先以比物以德的手法,从赵孟頫爱画兰、竹的雅趣生发,以幽兰、修竹比喻画家具有君子之德。三、四句,转笔写自己的观画感叹,希望能隐于苕溪之上,在浩淼的千顷水波上"看秋云"。全诗先点出隐居之意,再以千顷沤波、秋云飘忽之景物渲染。水波的荡漾,秋云的流动,恰似诗人闲逸的神韵,意含言外,韵味悠远无穷。

明沈周《题画》:

临水人家竹树中,只因孤屿水船通。
当门细荇牵微浪,绕屋藤花落软风。

诗人题咏的是一幅《水乡隐居图》,首句点明隐居者临水而居,屋舍掩映在竹树中,只因是小岛,人迹稀少,环境十分清幽。三、四句进一步细致描写屋舍周边景色,以烘托隐居者居处静谧恬美的境界,充分表现出隐者闲逸寡欲的情怀。诗人怕读画人不理会画幅上的点染法,乃用题画绝句表而出之。

明文徵明画了一幅《仿倪云林》的山水画,自题一绝云:

平生最爱云林子,能写江南雨后山。
我亦雨中聊点染,隔江山色有无间。

首二句点题,诗人说明自己最爱倪瓒的江南雨后山水画。第三句未用转笔,仍承江南雨后山着笔,诗人说倪迂用点染法画作雨后山,自己也能点染雨中山水。结句一拍合,说画面上的山色在有无之间,迷迷蒙蒙。结句起渲染作用,与首二句的"点"呼应,具体表现雨后山的审美特征,渲染烘托,进一步申述最爱倪云林的原因。

清蓝孟《题木落亭皋图》:

木落皋亭怅望空,山樵隐隐隔芙蓉。
汀烟野霭秋茱净,正是当年黄鹤峰。

首句点出本图、本诗感秋的主题，次句描写樵夫出没于峰峦间。三、四句用秋日的景物来渲染感秋的艺术氛围。“汀烟”“野霭”，秋日的茱萸，十分洁净，诗境与画境十分协调。“黄鹤”，黄鹤山樵的省称。蓝孟师法王蒙，所以画幅上可见用王蒙笔法所画出的山峰。这首题画绝句正合“点染”之法，故举例说明之。

清杨晋、唐俊合画《五清图》，藏无锡博物院。画幅上画湖石、竹、梅、月、水，故曰《五清图》，汪应铨题诗云：

石边修竹拂云长，铁干寒梅白玉香。
最是夜深清寂处，月明和影浸沧浪。

题诗首句写湖石与修竹，次句写梅，二句诗已将画幅上主要物象点出。第三句用转笔，结句一合，写出《五清图》的真正妙处：在夜深人静的时候，明月照着梅、竹、石的身影，倒映在沧浪水中，才能显出它们“清雅”的美学特征来。转笔句是叙述句，结句是“染笔”，细致地描绘众多物象组合起来的景象，真正渲染出它们的审美效果，将普通的物象，提炼、升华成至美的境界，也提升了画幅的品位。

第六章　技法（下）

第一节　通感

钱锺书先生从中外文学创作的实践中，总结出“通感”的表现手法，他在《通感》（载《旧文四篇》）中说道：

> 在日常经验里，视觉、听觉、触觉、嗅觉、味觉往往可以彼此打通或交通，眼、耳、舌、鼻、身各个官能的领域可以不分界限。颜色似乎会有温度，声音似乎会有形象，冷暖似乎会有重量，气味似乎会有锋芒，诸如此类在普通语言里经常出现。

沟通多种感觉器官的功能，将听觉、嗅觉、味觉、触觉向视觉挪移，用诗句生动形象地写出画面上无法表达的感觉体验、艺术意想，这便是通感手法。题画绝句中，常常能见到运用这种手法的实例。

宋刘鳌《题李成山水图》：

六幅冰绡挂翠庭，危峰叠嶂斗峥嵘。
却因一夜芭蕉雨，疑是岩前瀑布声。

诗的后两句，写营丘的山水画如有水声，以此称赞李成画艺高超。这是一种以听觉补充视觉的艺术方法。刘鳌不直说画有水声，却先用“一夜芭蕉雨”衬一下，然后说出“疑是岩前瀑布声”，其艺术效果更佳。

元邓文原《题温日观葡萄》：

满筐圆实骊珠滑，入口甘香冰玉寒。
若使文园知此渴，露华应不乞金盘。

首句写葡萄似骊珠，其形、其色，画家可以画出；一个“滑”字，属于感觉体验，无法画出。次句形容葡萄之香甜，口感凉爽，也是无法画出的。诗人调动了视觉、嗅觉、味觉等多种感官功能，从色、香、味、形等诸方面，刻画葡萄的艺术形象，具体可感，生动传神。

元王冕《题曹云西山水》：

旭日耀苍巘，翠岚生嫩寒。
幽人诗梦醒，清响得松湍。

诗人从画面具象落笔，首句写视觉形象，旭日照耀苍崖，明丽清幽。次句描绘岚气迷漫山崖间，透出微微寒意，写的是人的感觉体验。人们正陶醉在如诗的画境中，忽然听到溪间湍流发出的清响，这是听觉形象。诗人融视觉、听觉、触觉于一体，创造出清幽的诗境，引人入胜，诗味隽永。

元王恽《武元直雪霁早行图》：

雪拥天山六月寒，冷云西北是长安。
行人马上扬鞭喜，犹胜南荒作热官。

人对气温的感觉，如寒冷、炎热，在绘画上是难以表现的。但是，题画诗人可以通过通感的表现手段，弥补这方面的缺憾。本诗由天山雪寒写到长安云冷，由马上扬鞭写到南荒做官，使人如感寒冷，如厌炎热，便是这种表现手法的妙用。

明沈周《题枇杷图》：

弹质圆充饤，蜜津凉沁唇。
黄金作服食，天亦寿吴人。

诗人用通感的表现手法，沟通多种感觉器官的功能，将味觉、触觉向视觉挪移，用诗句生动地表现画面上无法画出的感觉体验，如“蜜津”，味甘甜，是味觉；“凉沁唇”，凉、沁都是触觉。通过唇、舌来感觉，因而弥补了绘画艺术这方面的缺憾，多层面地刻画枇杷形象。

明陈淳《题秋江清光图》：

西风萧飒露华香，片片芙蓉簇锦妆。
应是怕随凡卉浼，独占雅淡媚秋江。

开端两句，一写嗅觉形象，形容芙蓉花之香味，一写视觉形象，形容芙蓉花之色泽。诗句从画面形象着笔，却又超出画面，将嗅觉挪移到视觉上来，用通感之法，整体刻画芙蓉花之美感。

清顾殷《题观瀑图》：

一雨垂垂两日连，坐令五月意萧然。
置身如在重岩底，耳听松风眼看泉。

诗的三、四句，诗人用通感之法，表现泉流之动态和松涛的声响，扩大了“观瀑”的审美视野，写出泉瀑飞动之美和松涛声响之美，补充并拓展了画境的美学内涵。

清恽寿平《题陈彬友采莲舟画扇》：

碧柳红桥水榭开，美人不在避风台。
歌声乱入荷花去，兰桨轻涛何处来？

恽氏的画，惟妙惟肖地描绘出采莲姑娘采莲的形象，色彩鲜明清丽；恽氏的诗，运用通感手法表现画境，让读画人好像听到了采莲姑娘的莲歌清唱从荷花丛中飞出，听到兰浆划船发出的轻轻水波声从莲叶中传来，视觉和听觉互通，益增画幅的美感。

清恽寿平《题夏荷图》也是运用通感手法写成：

如有熏风起砚池，鲜霞犹护半开枝。
露湿红衣散金粉，微香残夜纳凉时。

诗人发挥了诗歌艺术的特长，通过通感，补出了嗅觉、触觉等多种感觉，写出鼻闻夏荷的清香，让人感受到荷塘的凉爽，拓展并丰富了赏画人的审美体验，令《夏荷图》的艺术形象愈加娇美、丰富。

第二节　化静为动

绘画是空间艺术，再现自然界和人类社会的静态事物，表现人们一瞬间的、“那一顷刻”的状态，却难以表现事物的持续性动态。题画诗人却能解决这个难题，他们通过艺术想象，将画面事物由静态化为动态；用灵动的诗句，将画面上静态的事物、“那一顷刻”的生活断面写活了。“化静为动”，也正是题画绝句中常见的、独特的写作方法。

元高克恭《种笔亭题画》：

积雨暗林屋，晚峰晴露巅。
扁舟入蘋渚，浮动一溪烟。

这首小诗纯写画面景物，首二句写积雨及雨霁的景色，三、四句写扁舟浮动，是动态事物，使静谧的画境增添了生气，颇有王维《山居秋暝》“莲动下渔舟”的韵味。

元龚璛《题郑子实着色溪山渔乐图》：

东风忽来吹绿雨，闲云更学苕花舞。
山中之人归未归，溪上渔舟泛春渚。

画面形象本来是静止的，诗人发挥艺术想象，将画面写活了。东风忽来“吹绿雨”，闲云也学苕花飞舞起来，无生命之物，变得活泼泼的，显现出动态美，富有生气。如此诗意，当然是化静为动的手法使之然。

清吴历的《夕阳秋影图》上，题写了倪瓒的一首诗：

云开见山高，木落知风劲。
亭下不逢人，夕阳澹秋影。

首二句说云雾散开，可以见到隔岸的山很高，秋叶飘落，可以知道山风吹得很强劲。诗意将画面具象和画外意的推想结合起来，使静态事物活动起来，灵动洒脱，极有情韵。

明高启的《题游猎图》：

将军白马佩双鞬，自出呼鹰猎晚天。
笳鼓归来人共看，腰间应有白狼悬。

将军游猎有一系列的活动，但画面上只能表现整个游猎过程中的“那一顷刻”，是静态的。然而，题画诗人将画面写活了。他描写将军乘坐白马，呼鹰驱马出猎，在笳鼓声中归来，腰间悬挂着猎物。这幅将军游猎图被描写得活灵活现，虎虎有生气，正是化静为动的写作技巧使之然。

明人陈继儒的《题云山图》也是一首运用化静为动手法写成的题画绝句：

雨过石生五色，云度山余数层。
时有炊烟出树，中多处士高僧。

首句写色彩，尾句写人物，这些画面上都可以表现，而白云度山的“度”，时有炊烟出树的“时有”，却很难画出。陈继儒申发画意，将难画之景用诗句写了出来。

清髡残《题浅绛山水轴》：

云蒸泽未知，隐见独多姿。
浮气须臾变，群峰幻出奇。

从绘画艺术的特征着眼，整个画面虽然云气弥漫，群峰隐约可见，但它毕竟是静态的。题画诗人通过“蒸”“浮”“变”“幻”等字眼，将云雾的流动感巧妙地表现出来。正因为“云蒸”，所以“浮气须臾变”；正因为“浮气”须臾变化，才能幻化出奇特多姿的群峰。诗句赋予画作空灵流动的动态美感。

清恽寿平《题孤月群鸠图》：

良夜松花覆翠阴，西山孤月照深深。
春寒鸟影惊栖起，为有钟声唤隔林。

题诗由画面上的松月落笔，先写画境的幽美与静谧。第三句转入“群鸠”正题，写它们在栖息时忽然惊起，诗便由静境进入动境。结句写钟声，点明“惊栖起”的原因。题诗用化静为动的手法写来，极有真趣。

清李方膺《风翻雷吼图》：

风翻雷吼动乾坤，直上天河到九阍。
不是闲鳞争暖浪，纷纷凡骨过龙门。

画面上只有两条静态的鱼，但是，读画人凭借着画面上双鱼尾部上翘、鱼眼向上瞧的姿态和神情，想象它们正要翻过龙门。题画诗人用极度夸张、惊人的手笔，化静态为动态，将鱼跃的姿态写得风雷大作，震天动地，直上九天，活生生地描绘出一幅鲤鱼跳龙门的画卷。

第三节　变无声为有声

声音是无法画出来的，恽寿平说："绘风易，绘声难。"（《瓯香馆集》卷一四《补遗画跋》）清人陆蓥在《问花楼诗话》中也提出相似的问题："……柳子厚《溪居》：'晓耕翻露草，夜榜响溪石。'《田家》诗：'鸡鸣村巷白，夜色归暮田。'此岂画手所能到耶？"

历代画家、诗人都感叹"绘声难"，尤其是难以画出连续的声音。徐凝《观钓台画图》："画人心到啼猿破，欲作三声出树难。"方干《项洙处士画水墨钓台》："画石画松无两般，犹嫌瀑布画声难。"钱锺书在《谈艺录》中说："龙眠画笔，写惜别悲歌情状，维妙维肖，观者若于无声中闻声而断肠，故曰：'画出无声亦断肠。'即听觉补充视觉之理也。"钱氏论黄庭坚《题阳关图二首》时发表高论，谈到题画诗可以变无声为有声的道理，极为精辟。

题画诗人正是运用通感之理，变无声为有声，描绘无声的画幅，将其变为有声的艺术品，写出精彩的题画绝句。

宋陈与义《为陈介然题持约画》：

层层水落白滩生，万里征鸿小作程。
日暮微风过荷叶，陂南陂北听秋声。

前两句景色，可以入画；后二句诗意，画家无法画出。陂南陂北一大片经霜后的荷叶，被微风一吹，发出飒飒的声音，使人感受到秋天的萧飒，正像李商隐《宿骆氏亭寄怀崔雍崔衮》"留得枯荷听雨声"的境界一样。这番境界，全由无声变有声形成的，经题画诗人一点，“听秋声”韵味全出。

宋范成大《李次山自画二图其一泛舟湖山之下小女奴坐船头吹笛其一跨驴渡小桥入深谷各题一绝》之一：

船头月午坐忘归，不管风鬟露满衣。
横玉三声湖起浪，前山应有鹊惊飞。

石湖诗的三、四句，转出新意，诗思由“笛”上生发开去，描写悠扬的笛声在湖上回荡，激起阵阵微波，笛声、水声惊得山前的鸟鹊离枝飞舞。一幅无声的画，经诗人的点化，变成有声的场景，读来耐人寻味。石湖又有《题黄居寀雀竹图二首》（其二）：

蔓花露下凝碧，丛竹秋来老苍。
噪雀群争何事？幺禽自啭清篁。

诗人认真体识画幅中的色彩美和声音美，运用变无声为有声的技法，将栖息于竹林中的群雀自在飞翔的真趣、群雀欢唱的景境描绘出来，为画幅增添了无穷的生机。

元吴镇《题子久春山仙隐图》：

山家处处面芙蓉，一曲溪歌锦浪中。
隔岸游人何处去，数声鸡犬夕阳红。

四句诗全写画中景物，景色幽美。“山家”句和“隔岸”句的内容，画面都能表现，而“一曲”句和“数声”句描写的浣纱少女的溪歌之声和远处村舍鸡犬之声，画上无法描绘出来。诗人以听觉补充视觉、变无声之画为有声之画，描绘了一幅有声有色的图画。

清萧云从《题松阴清话图》：

空山尽日坐松阴，芥叶澄泉味自深。
茅屋书声风谡谡，依稀相和有秋琴。

题诗由画面景物切入，说画中人坐在空山松阴下促膝长话，品味着深浓的芥叶茶，极为闲适。三、四句描写山间的种种声响，从茅屋中传来的琅琅书声，与山谷间传来的谡谡松涛声和茅屋中传来的清琴声，相应和着。书声、松韵、琴音，都是无法画出的，诗人却用听觉补视觉，变无声为有声，将画中人陶醉于山石林泉、诗书茶琴生涯中的闲逸高雅的情趣，生动地表达出来。

清李方膺《题潇湘风竹图》：

画史从来不画风，我于难处夺天工。
请看尺幅潇湘竹，满耳丁东万玉空。

题诗的前两句，写尽题上“风竹”之意，三、四句仍然就画面具象着笔，画家说请看“我”所画的尺幅《潇湘风竹图》，竹枝在狂风中吹拂，好像狂风吹拂着空中的千万件玉器，发出满耳的叮咚声。李方膺除了用竹叶晃动的态势暗示风力之外，还运用通感手法，将听觉向视觉挪移，以表现潇湘竹在风中所发出的悦耳响声，打通视觉与听觉，益增画幅的美感。

第四节　听香

“听香”，沟通耳、鼻、眼的官能，将听觉、嗅觉向视觉挪移，是感觉挪移中一种非常独特的审美体验，也是通感的一种具体表现。

早在六百多年前，“吴中四杰”之一的张羽，为凉亭取名为“听香亭”，题诗云：“人皆待三嗅，余独爱以耳。”（《听香亭》）张羽独独喜欢以听觉器官“耳”来感受香味。张羽并非先知者，在我国哲学著作和

潇湘风竹图

佛家典籍里，早有“六根互用”的说法，张羽不过用来写入诗歌罢了。钱锺书《通感》一文中提到《列子·黄帝篇》：“眼如耳，耳如鼻，鼻如口，无不同也，心凝形释。”是说人只要心凝形释，各种感觉器官的功能便能打成一片，无不可以互通。《大佛顶首楞严经》说：“由是六根互相为用，可以无目而见，无耳而听，非鼻闻香，异舌知味，无身觉触。”《五灯会元》卷一二“净因继成禅师云”：“鼻里音声耳里香，眼中咸淡舌玄黄。意能觉触身分明，冰室如春九夏凉。”“耳里香”，是说耳朵能听到香味，即听香。

我国古代文人笔下，也频频出现通感现象中听香的记载。伊世珍《瑯嬛记》卷上“庄氏女”：“每弄《梅花弄》，闻者皆曰：‘有暗香。’”听音乐的人，在庄氏女抚弄的《梅花弄》乐曲中，听到了梅花的暗香。谭元春《初香》诗云：“寂然自一室，斯心未有托。何以栩栩间，妙香过而掠？相触领其机，六根同知觉。”馨香掠过，诗人触觉、听觉、视觉等六根同时都能知觉，体验到香之美妙。明贾唯孝《登螺峰回顾亭》：“雨过树头云气湿，风来花底鸟声香。”花香伴着鸟声随风而来，使人从鸟声中听到花香。

听香这种审美体验，非常活跃地出现在诗画艺术的审美活动中，题画诗人以之入诗，便成为一种描写方法。宋杨万里《戏题常州草虫枕屏》有诗句云：

眼中了了华胥国，蜂催蝶唤到不得。
觉来忽见四折屏，野花红白野草青。
勾引飞虫作许声，何缘先生睡不惊。

诗人说，红白野花的香味，勾引飞虫发出许多声音，惊醒了先生的睡梦，便不能到华胥国去。这些审美体验，正是诗人从枕屏画幅中体味出来的。英国大不列颠博物馆藏元人楚芳画《乾坤生意图》长卷，画了许多种花卉、草虫。其中一组草虫很有意味：一丛蚕豆花盛开着，一只蜜蜂正鼓翅“嗡嗡”飞向花心，显然是“花香草色竞春晖”（松华道人《题乾坤生意图卷》)的景色把它招引来的。画家通过一组意象群,着意表现自己听香的审美感受。清代画家张风在《吟梅图轴》上自题一诗:

踏雪寻梅去,梅花在何处?
色声与香味,眼下都全具。

张风说,读画人通过眼睛在画幅上感受到色彩、声音、香气、味道,也就是说,梅花的色彩、声音、花香、味道,都"来向画中听",生动地表现出"六根互相为用"这一通感的道理。石涛画《花卉册》十二开,藏上海博物馆,其中有一幅《杏花图》,画家自题跋语云:

"红杏枝头春意闹"之句,世人怜之至今。予因写其影于纸,愿以未老之春光,留斯墨汁,非特鲜艳,且亦傲彼冰雪也。

石涛用宋祁《玉楼春》"红杏枝头春意闹"意画成此图,花、叶不用勾勒法,以不同色彩用没骨法写出,点上花蕊,饱含水分,浸润自然,以杏花之茂盛、色彩之鲜艳、香气之馥郁、神采之奕奕,充分地表现出"闹香"(见王灼《虞美人》)、"香声喧"(《张兆苏移酌根遂宅》)的美学境界,切合宋祁词意,让读画人"仿佛在视觉里获得了听觉的感受"(钱锺书《通感》),六根互用,获得听香的审美感受。

清人李慈铭为其友人"叔云"所画的《湖南山桃花小景》题诗云:

当年同赋寻春句,几度溪头放钓舲。
山气花香无着处,今朝来向画中听。

画上无法表现"花香",花香也不能用耳朵"听"到,但是题画诗人发挥了诗歌艺术的长处,利用"六根互相为用"的作用,沟通多种感觉器官的功能,将听觉与嗅觉向视觉挪移,透彻地表达出听香的审美体验,写出“非鼻闻香”的诗句，诗境与画境在听香这一点上完美地会合、融通。

清张问陶《人物扇面》，画两个卖花老农，一立一坐，一戴斗笠，一梳短髻。立着的花农担里盛满鲜花，像是刚刚出门；坐着的花农一只筐里没有花，花已经卖完。人物相向对话，生动传神，他们的身形、衣纹，用细笔勾出，略施淡彩，区分出衣裤。画幅构图参差错落，力求灵活变动，避免平庸呆板。画家于右上方自题一绝：

早听时务夜听香，镇日茶瓜习送迎。
洗耳已无清涧水，到门恰喜卖花声。

题诗并没有描写画面上卖花老农的形象，却由画面花“香”逗入，借题发挥，题外生情，抒写自己厌烦世俗事务的情思。前两句用叙事笔调写来，说早晨听当世的事务，夜晚听着花农的叫卖声，似乎闻到花香，整天喝着茶、吃着瓜，习惯于送往迎来的生活。后两句诗笔一转，转出别意，说自己不愿意听闻世俗杂事，想用清水洗洗耳朵，可惜已经没有清涧水。可喜的是悦耳的卖花声送到家门口，也可以安慰自己厌烦世务的心。“洗耳”，暗用许由的典故。皇甫谧《高士传》载，尧要将天下让给许由，许由不愿听，便到颍水之滨用清水洗耳。后代常用此典表示不愿过问世事。“卖花声”，即卖花老农的叫卖声，语出陆游《临安春雨初霁》：“小楼一夜听春雨，深巷明朝卖杏花。”诗人由听到卖花声进而写闻到花香。题诗的关键词汇是“听香”二字，诗人不说用鼻子嗅到花香，反说耳听花香，此为通感之法的妙用。全诗紧紧抓住一个“听”字，拓展诗思，时时扣住画面，首尾呼应，圆转回环，诗虽短小，但结构非常谨严。

第五节　朦胧美

朦胧美、模糊美，是含蓄美的另一种表现形态，受到我国诗画艺术家的普遍钟爱。王维写道:“江流天地外,山色有无中。”(《汉江临泛》)杜牧写道:“南朝四百八十寺,多少楼台烟雨中。”(《江南春》)秦观写道:“雾失楼台,月迷津渡。”(《踏莎行》)汉江浩瀚奔腾,两岸青山迷蒙、苍茫,若隐若现;无数楼台隐现于江南春日的烟雨之中;暮天雾气淹没了楼台,朦胧夜月迷失了津渡。如此朦胧、模糊的意境,多么令人神往。清代恽寿平极力赞美“烟月朦胧”的景象,称之为“诗家神境”(上海博物馆藏恽寿平《仿古山水》册第四帧上跋语)。

题画绝句自应将诗画家的这种审美情趣写入自己的鉴赏中。

宋尤袤《题米元晖潇湘图二首》(其一):

万里江天杳霭,一村烟树微茫。
只欠孤篷听雨,恍如身在潇湘。

米元晖的《潇湘图》,体现出“米家山水”的典型风貌。钱闻诗跋此画云:“惟晴欲雨,雨欲霁,宿雾晓烟,已泮复合,景物昧昧,时一出没于有无间,难状也。”尤袤将这种云山烟雾的朦胧美境界,真实地再现出来,使读画人仿佛置身于潇湘。

宋末元初画僧若芬擅画云山,他的《山市晴峦图》是《潇湘八景图》之一。画幅上水墨晕化,淋漓酣畅,充满湿润的水气和模糊的光线,物象无清楚的形状,只有朦胧的视觉感受,隐隐约约见到山峰的轮廓、房屋的线条、行人的外形。若芬以大胆的艺术想象和狂逸的艺术手法,将泼墨山水画推向了新的境界。画幅上他自题一绝:

雨拖云脚敛长沙,隐隐残虹带晚霞。
最好市桥官柳外,酒旗摇曳客思家。

题诗说山雨刚停,而雨拖带着云脚,淹没了长长的沙岸,半空中隐隐可见的残虹映带着晚霞,分外秀丽。前两句写的是画外意,长沙、残虹、晚霞等意象,都需要透过迷蒙的岚霭才能见到。诗的后两句转而写到酒家。山市晴峦里最好的去处，便是市桥边、官柳外的一家酒店，酒旗摇曳，招徕酒客，客人酒酣后更是思念自己的家。这一切艺术意想，都是诗人由画幅中朦胧的屋舍、行人的身影推想出来的。整幅画的物象在迷雾中含而不露，而此诗发挥了题画诗申补画意的艺术功能，画象与诗意互相映发，调动读画人和读诗人丰富的想象力，使其深入欣赏这幅画、这首诗的朦胧美和含蓄美。

明沈周传承董、巨、二米神髓，喜画江南雨后景色，墨沈淋漓，他题咏自己画的《山水轴》云：

秋来好在溪桥上，笔砚劳劳意自闲。
老眼看书浑如雾，模糊只写雨中山。

沈周自述："余家三世祖传绘理，癖好董巨、二米笔法。"（《宝绘录》卷一一米芾卷后沈周跋语）题诗既表现出沈周钟爱朦胧、模糊的审美境界，也撷出他自己的艺术渊源。文徵明最熟悉其师的绘画渊源。所以他在《题吴嗣业藏石田先生画》评论沈周画艺时说："凭君莫作元晖看，自写吴门雨后山。""吴门何处墨淋漓？最是西山雨后奇。一段胜情谁会得？千年摩诘画中诗。"他确实能精确地将沈周绘画云山烟雨的审美特征概括出来。

文徵明自己也热烈地追求绘画的朦胧美，他的《题画》（《文徵明集》补辑卷一五）云：

烟云出没有无间，半在空虚半在山。
我亦闲中消岁月，幽林深处听潺湲。

烟雨变幻，出没无常，半在虚空，半在山间，模糊迷蒙，实是奇绝画境。真是想象奇特，绘画巧妙，诗也写得生动。文徵明有《山水图册》十二开，今藏故宫博物院，其中第四开是《云山图》，画幅上云雾缥缈，远村逐渐消失在迷雾中，远处露出二三峰巅，用淡墨横点积成，隐约浮动在浮云中。周天球题诗云:“积雨云犹湿,重林路未通。人家烟水上,空望客舟来。”陆师道题诗云:“雨过山犹滴,岚光翠不分。炊烟起深树,缥缈接归云。”周、陆两人的题诗,生动地撷出文徵明《云山图》朦胧、模糊的审美特征。

清查士标《仿高房山水墨山水图轴》,整幅画水墨淋漓,笔法疏简,不用勾皴,纯用粗笔湿墨,或晕染、或泼墨,表现云烟吞吐变幻之状,山形、树影、屋舍,全在云雾朦胧间若隐若现,气韵生动,营造出水墨云山的朦胧美。画上有查士标自题一绝,云:

雪浪云堆势可呼,一图真意在模糊。
房山仙去方壶老,千古谁传水墨图?

诗人坦言此图的“真意”全在朦胧的画境中,也透露出自己传承高克恭、方从义烟雨云山艺术传统的信息。从本图画境考察,查士标比高、方两位的朦胧美,带有更多抽象的意味,更接近宋僧若芬的画风,在艺术上进行了大胆的探索。

清恽寿平常仿米元晖、高克恭等人笔意画作山水图,他的山水画,喜取“云山绵邈”“迷蒙烟树”的神境。《石渠宝笈续编》宁寿宫录恽寿平《山水》一册十幅,第五幅《米家山》上王翚题诗云:

烟中信有无根树,雨外尤多没骨山。
此景模糊人未识,我曾蓑笠到其间。

石谷的题诗描绘画幅烟雨迷蒙中的无根树和没骨山,极意称赞南田此画的朦胧美,洵为知音。藏于故宫博物院的南田《米家大翠黛》,效仿米家点皴法,横点云山,而山麓平林、屋舍,全用没骨法写出,摹状江南雨后景象,烟雨迷蒙,远山隐现,深得大自然之神髓。南田又用绝句点明自己的画心:

云烟起研北，湿翠隐仙台。
晓帐窥山色，晴窗风雨来。

题诗再现云烟满幅、翠雾带湿的画境，并通过云烟雨雾会给晴窗送来风雨的描写，着力渲染此图的艺术效果，赞美画幅惊人的艺术魅力。

第六节 含蓄美

写诗讲究含蓄。诗人不说出诗旨，让它们蕴含在艺术形象和诗境里，“不着一字，尽得风流”（司空图《二十四诗品》），“含不尽之意见于言外”（欧阳修《六一诗话》）。吴乔《围炉诗话》卷一说：“诗贵有含蓄不尽之意，尤以不着意见、声色、故事、议论者为上。”

在我国绘画史上，见诸记载的，较早追求含蓄美的画家，要数唐代周昉。他画过一幅《背面欠伸内人图》，可惜此图已佚，难窥全豹。苏轼的《续丽人行》便是题咏这幅画的，小序云：“李仲谋家有周昉画《背面欠伸内人》，极精，戏作此诗。”诗云：

深宫无人春日长，沉香亭北百花香。
美人睡起薄梳洗，燕舞莺啼空断肠。
画工欲画无穷意，背立东风初破睡。
若教回首却嫣然，阳城下蔡俱风靡。

东坡指出，周昉欲画的“无穷意”，都蕴含在这背面美人的艺术形象中。画家若画一位正面美人，便不可能引发读画人丰富的艺术联想，产生感人的艺术魅力。

宋画家李公麟也画过《背面仕女图》，此图已佚，但它的原貌被诗人韩驹题写的《题李伯时画背面仕女》记载下来，诗云：

睡起昭阳暗淡妆，不知缘底背斜阳。
若教转盼一回首，三十六宫无粉光。

首二句直扣“背面仕女”的题面。三、四句诗意陡转，形容背面仕女有倾国倾城的容貌，点破李伯时的“画心”，使绘画的含蓄美在空灵流动的诗句里充分表达出来，诗画艺术也达到水乳交融的境界。

清陈楚南《题背面美人图》（袁枚《随园诗话》卷三）：

美人背倚玉阑干，惆怅花容一见难。
几度唤他他不转，痴心欲掉画图看。

这幅画不知出自哪位画家之手，画家追求的含蓄的审美标准，恰被诗人用“欲掉画图看”的艺术效果和审美心态巧妙地揭示出来。

画家往往将人物深思的抽象的内心活动和情感，在具体可感的细节描写中流露出来，努力实现画面具象含蓄蕴藉的诗意追求。题画诗人将画家的匠心用诗句抉出，从而形成含蓄的诗画融通美。明徐渭《题折花美人图》，正体现了这种形态的艺术美：

高髻阿那长袖垂，玉钗仿佛挂罗衣。
折得花枝向宝镜，比妾颜色谁光辉？

诗的前两句写画面形象，描写美人的发髻、服饰的外在形态。后两句转而写她折花照镜的动作，以细节描写揭示她的深层心态——她为自身容貌比花还美而感到欣喜，委婉、含蓄地表达出画幅中折花美人形神兼备的审美特征。

明唐寅《题倦绣图》：

夜合花开香满庭，玉人停绣自含情。
百花绣尽皆鲜巧，惟有鸳鸯绣不成。

画家在画上描绘出“玉人停绣”的细节，已经含蓄地表现出玉人的怀春情思。他的自题诗再深进一层，描写玉人能绣出百花，却绣不成“鸳鸯”，点出停绣的真正原因，委婉曲折，含不尽之意。

清胡锡珪画《芭蕉仕女图》，画幅下部正中描画一位仕女伫立于湖石前，两袖相拢，正低头凝思。仕女身形用细笔勾线，敷色洁雅，线条柔和流畅。仕女身后衬以湖石、芭蕉、斑竹。芭蕉、斑竹淡设色，湖石不加勾勒，以浓淡墨色晕染皴擦，玲珑剔透，映衬仕女形象，益见其清逸秀美。画幅左上方，画家自题一绝：

萧萧斑竹动秋思，脉脉深情若个知？
几度欲眠眠不得，晚凉风里立多时。

胡锡珪的画意非常含蓄，幸赖题诗发明之。题诗始终紧扣画中主景“仕女”着笔。首句由宾景斑竹发其端，写秋风吹动斑竹，发出瑟瑟声响，牵动了仕女的秋思，诗笔很快回到正题上。次句紧承，说：仕女怀念远方的亲人，脉脉含情，有谁知道她内心深处的情思呢？第三句转笔，强化她思念亲人的痴情，“欲眠眠不得”，而且是“几度”夜不成寐。结句扣合到画面具象，说她难度不眠之夜，就久久伫立于“晚凉风里”。诗人通过人物细节的描写，醒明画旨。题诗自画面仕女形象生发，诗思映发画心，将含蓄不尽的画意美揭示出来，婉曲动人。

山水画同样要讲究含蓄。明文徵明画《观瀑图》（文徵明《山水图册》第三开，藏台北故宫博物院），画幅上部用干笔淡墨勾皴山体、瀑流，山、瀑仅画接近水面的一小截，构图十分简约。下部留出大量空间，象征清澈的塘水，一位老人坐于扁舟上翘首凝望，观赏飞瀑，笔墨极简率，却韵味十足。画家另用册页对题一绝：

三月江南春雨歇，柳塘新水绿于苔。
扁舟系岸不归去，绝壁飞泉洒面来。

画幅没有直接表现瀑布飞泻于绝壁的景象,却通过观瀑人凝神观赏的神态,让读画人体味出瀑流飞泻的壮观。题诗也是从题外写来,说三月江南春雨刚歇,柳塘水涨,碧绿澄清,从侧面表现春水盛多,造成飞瀑奔流。第三、四句,描写瀑流溅出的水滴洒在观瀑人的面孔上,观瀑人心旷神怡,所以扁舟系岸不肯归去。全诗只字不及"观瀑"两字,而瀑布高挂、飞流直下的气概,观瀑人乐而忘返的雅兴,充溢于字里行间,不仅体现出题画诗的含蓄美,也点出画幅含而不露之美,风神悠长,耐人寻味。

含蓄之美,妙在不说破,言尽而意不尽,意含象外,神味隽永,耐人咀嚼。此为诗画艺术的最高境界,也正是诗画家尽力追求的美学理想。

第七节　露与藏

绘画是视觉艺术,要表现客观事物,本应"露",但是画家为了追求含蓄美,要辩证地处理"露"与"藏"的关系。唐志契《绘事微言·丘壑藏露》:"善藏者未始不露,善露者未始不藏。"笪重光《画筌》说:"数径相通,或藏而或露;诸峰相望,或断而或连。"

沈宗骞《芥舟学画编·人物琐论》说:"或露其要处而隐其全,或借以点明而藏其迹,如写帘于林端,则知其有酒家;作僧于路口,则识其有禅舍。"他的论述很容易使我们想起宋代画院考名手画艺的故事。唐志契《绘事微言·名人画图语录》载:"政和中,徽宗立画博士院,每召名公,必摘唐人诗句试之。尝以'竹锁桥边卖酒家'为题,众皆向酒家上着工夫,惟李唐但于桥头竹外挂一酒帘,上喜其得'锁'字意。"李唐的画,既符合唐人诗意,又含蓄优美。邓椿《画继》卷一载,画院以"乱山藏古寺"试画工,"魁(指夺魁的画家)则画荒山满幅,上出幡竿,以见藏意。余人乃露塔尖或鸱吻,往往有见殿堂者,则无复藏意矣"。绘画是造型艺术,让赏画人通过视觉获得审美享受,本应

“露”,而画家为调动读画人的丰富想象,便采用“藏”的手法,以追求画境的含蓄美。

题画诗人将画家的辩证处理藏露关系的画理和技法揭示出来,写入诗中,便成为一首融通诗画艺术的好诗。

元揭傒斯《题王山仲所藏潇湘八景图卷走笔作·烟寺晚钟》:

朝送山僧去,暮唤山僧归。
相唤复相送,山露湿人衣。

诗题咏的是“烟寺晚钟”的景色,但是画面上并无寺院,它深藏于万松丛中,明宣宗题此画云“古寺深藏万松中”,可证。诗人便以山僧朝出晚归的行动,暗示寺院的存在,写出画家“藏”的妙处,诚如沈宗骞所说:“作僧于路口,则识其有禅舍。”

唐寅画仕女图,大多无背景,直接描画仕女形象,如《秋风纨扇图》《孟蜀宫妓图》《嫦娥执桂图》《吹箫仕女图》等,《半身美人图》却与众作不同。他的《题半身美人二首》(其二)云:

谁将妙笔写风流,写到风流处便休。
记得昔年曾识面,桃花深处短墙头。

画面只画半身美人,该露则露,该藏则藏,让她的风流神采掩映在桃花深处、短墙后面。布颜图在论述画仕女之含蓄美时说:“是必绿纱迷影,湘箔掩裙,或临窗拂镜,偷窥半面,或倚槛凝思,偶露全容。……隐显叵测,则美人之意趣无穷矣。”(《画学心法问答》)唐寅这幅《半身美人图》便是意趣无穷的佳作。

梅清的《烟江晓发图》也是一幅富有含蓄美的艺术品。画幅运用雅淡的彩色描状云山,表现早晨江雾迷蒙的景象,一舟晓发,行进于迷雾之中。古寺佛塔,农舍酒帘,隐现于山坳间。全图云烟变幻,意境清雅秀逸、杳渺朦胧。画家自题一绝云:

大江淼无际，四顾失天涯。
扁舟曾晓发，何处酒帘斜？

前两句借舟人之眼写大江浩淼、迷茫无际的景况，真切表现出人在烟江上的审美体验。后两句写晓发，舟行雾江上，一片空蒙，看不清四周的景物，更不要说斜挂的酒帘。诗用诘问句收结，着“何处”两字，引发读画人的艺术想象力，令人想象到藏在云山间的酒家，含不尽之意于象外，诗与画配合默契。题诗将《烟江晓发图》的“虚实相生，无画处均成妙境”（笪重光《画筌》）的艺术三昧暗示给读者。

袁树《题画册八首》（其一）（袁枚《红豆村人诗稿》卷一〇）：

亚字芦滩瓜字洲，酒帘飘出柳梢头。
一江烟浪迷离雨，只见风帆不见舟。

袁枚的题诗揭示出两处表现藏露妙处的画境：酒帘自柳梢头飘出，则说明此处有酒家；风帆自迷离烟雨中出现，则可知舟行其中。“酒帘”，恰好是沈宗骞“写帘于林端，则知其有酒家”这一画理的形象表现。

清金廷标画《琵琶行图》，他深知“藏”之画理，画面上并没有画出琵琶女，却着力描绘白居易和宾客、僮仆们侧耳倾听的情状，以传达画旨。爱新觉罗·弘历题诗云：

船隐芦洲不见人，四弦风送到江滨。
主宾僮仆齐倾耳，写出寻声暗问神。

弘历的题诗切合画意、画境，也着力表现众人“齐倾耳”的情景，吻合画家“藏”的匠心。他还在题跋中将本画与唐寅画作比较，充分肯定画家金廷标绘画艺术的高超造诣。跋云：

内府弆唐寅画《琵琶行》，于江边扁舟直写一女抱琵琶。廷标此图不画琵琶女，而画居易等属耳之情，便觉高出其上。其与宋人画“踏花归去马蹄香”，以数蝶随骑意同。向未题句，兹偶见之，因拈其妙，然画院中能作如此解者实少也。

我是很赞同弘历这番议论的。

第八节　侧面着笔

写绝句诗，力避正面说破，须从侧面着笔，以侧面烘托正面，欲放还收，吞多吐少，以利于创造含蓄蕴藉的审美境界，言尽而意不尽，给读者留下广阔的想象空间。吴瞻泰《杜诗提要》卷五：“用侧面衬正面，则正面益显。”刘熙载《艺概·诗概》：“绝句取径贵深曲，盖意不可尽，以不尽尽之。正面不写写反面，本面不写写对面、旁面，须如睹影知竿乃妙。”确实道出个中奥妙。唐李涉《润州听暮角》：“江城吹角水茫茫，曲引边声怨思长。惊起暮天沙上雁，海门斜去两三行。”刘永济评曰：“诗人不言人惊而曰雁惊，所谓‘不犯正位’写法也。”（《唐人绝句精华》）历代题画诗人常用此法，写作题画绝句。

宋崔鶠《题黄筌画花》（其一）：

苍颜白发我虽陈，见了青红几度新。
更向黄生毫末里，全家看尽剑南春。

此诗没有正面描写画面，全用侧笔，写出观画感受。诗人先以苍颜白发与自然界的青叶红花相比照，述说自己年老几度赏花倍感清新的审美体验。三、四句，转入观看黄筌画花正题，说全家人观看黄筌画花，受到画中蜀地风光充满蓬勃生机的感染，精神为之振奋。诗人通过对观看画花的审美感受的细致描绘，从侧面赞颂了黄筌画艺的高超水平。

宋向子諲《题米元晖横轴二首》(其一):

早为山谷印可,晚陪帝所清闲。
笔力休论扛鼎,神功更解移山。

此诗专论米友仁的画艺,诗人并未采用直接评论的方法,却妙运侧笔,用陪衬之法表现米友仁画艺高超,笔力雄健。“早为”句,说米友仁的画艺早为黄庭坚所肯定;“晚陪”句,说米友仁晚年常陪高宗鉴赏书画,以此侧面烘托米元晖画艺的精深绝伦。

元管道升的《自题墨竹》,完全符合“本面不写写对面、旁面”的艺术法则。诗云:

罢宴归来未夕阳,锁衣犹带御炉香。
侍儿不用频挥扇,修竹萧萧生嫩凉。

本诗只字不提墨竹的形态、风神,也绝口不谈自己的构图匠心,纯用侧笔,从题外缓缓写来,叙述自己随丈夫参加御宴归来,衣上犹带御炉熏香。管夫人告诫侍儿不必挥扇,因为修长的墨竹萧萧生风,送来微微的凉风,足以消除宴罢归来后的烦热。诗句用竹画生凉的艺术效果写画之美,不写墨竹本面,这正是“睹影知竿”之法。

元黄公望《题春林远岫图》:

春林远岫云林画,意态萧然物外情。
老眼堪怜似张籍,看花玄圃欠分明。

这幅画是倪瓒画的,诗的前两句发议论,论倪迂画风“萧散简逸”。后两句自叹年老,眼如张籍,赏画如雾中看花。实质上这是运用侧面着笔之法,写出倪画的美学特征和师承渊源。

明高启《题雨竹图》：

巫峡云连湘水低，行人路滑畏深泥。
不见朝阳鸣凤至，春阴日日鹧鸪啼。

诗纯用侧笔，由“雨”字生发开去，首句由雨竹形象联想到巫峡的云、湘江的水，次句再由云、水联想到雨中泥路的景况。结句回应上文，是说日日阴雨，竹林中只有鹧鸪在啼鸣。全诗不断拓展思路，表现春日竹林阴雨连绵的情景，以烘托《雨竹图》的高妙。

明李流芳《题山水图》：

闻说经旬不启关，药窗谁伴醉开颜。
夜来雪压村前竹，剩见溪南几尺山。

画家不从景物描写入手，却用侧笔形容画上大雪封山的状况。首句妙用袁安的典故，说画上有一位贤士，高卧于茅屋中，已经有十多天不开门。次句说雪天无人来寻访他，有谁在“药窗”下陪伴他喝酒，醉酒开颜呢？因为大雪封山，所以贤士不开门，也没有客人来他家，侧笔运思，表现画面雪天、雪山景象和冷寂的氛围。

明黄玠《题王渊牡丹图卷》：

锦砌雕阑绣毂车，问花富贵欲何如？
澹然水墨图中意，看到子孙犹有余。

诗人不从正面下笔去具体摹写画面牡丹花的色泽、形态、风神，却从侧面着笔，先说此花用“锦砌雕阑”养护着，又说用“绣毂车”运送此花出入，再用一个反诘句，说花卉中还有哪一种花比得上它这样“富贵”？不说正面说侧面，极意形容牡丹花的华艳富贵。

清髡残《题苍山结茅图》：

卓荦伊人兴无数，结茅当在苍山路。
山色依然襟带间，山客已入云囊住。

天台仙鼎白云封，仙骨如君定可从。
寒猿夜啸清溪曲，白鹤时依槛外松。

题诗前一首，先从"伊人"说起，说他结茅在云封的苍山里。后一首说他在天台山的古刹中已经修得仙骨，人们可以信从。诗的最后二句说，寒猿夜啼，啸声回荡在清溪边；白鹤昼唳，时时倚靠着槛外的松树。这些现象都衬托出茅庐主人的"逸"，从而表现"伊人"的闲逸情怀和超凡脱俗的品格，这就是从侧面着笔的表现方法。

清萧云从《秋山霜霁图》：

一林霜叶可怜红，半入虚中半画中。
冷艳足为秋点染，从来多事是秋风。

诗的前两句，赞颂画上的红枫。第三句诗笔一转，转而写到秋菊，说冷艳的菊花足以点染秋韵，秋风又何必多管闲事去吹红枫叶。画家借秋菊的嫉妒、埋怨，从侧面称赞画面上的秋山红枫之美。

第九节　虚实互见

黄叔灿评王之涣《登鹳雀楼》曰："通首写其地势之高，分作两层，虚实互见。"（《唐诗笺注》）写诗有虚实互见之法：实，指事物之实形，画上之具象；虚，指事物之虚象，人的情感、意愿。写诗题画，应该虚实兼用，以实带虚，以虚映实，既有真实感，又有灵气；既不空泛，又不呆滞，创造浑厚幽远的境界，产生意味无穷、余音袅袅的情韵。写题画绝句，也可常用此法。元邓文原《王洽云山图》：

五云深处拥蓬莱，树色苍凉映水开。
何处书声映林樾，却教仙侣过桥来。

这首小诗，前两句用实笔再现画境，画上五色云彩掩映着蓬莱仙山，苍凉的树色倒映在水中。后两句用虚笔，诗人通过艺术想象，虚拟读书声从林樾中传来，琅琅书声逗引仙侣渡过桥来。此诗虚实互见，申补画意，妙趣横生。

元陈深《题画扇骑驴踏雪》：

雪没驴腰白，行行诗兴催。
不因太清绝，那肯犯寒来。

首句应题，描摹画面上驴和雪的具象，次句由画面推想到骑驴人诗兴浓郁。三、四句紧承“诗兴催”，说明骑驴人爱赏清绝的环境，才肯冒寒踏雪寻梅。全诗首句写画上具象，用实笔，其余三句写骑驴人踏雪寻梅的雅兴，用虚笔，虚实相生，兴象浑融，诗境清绝。

元吴镇《画竹》：

叶叶如闻风有声，消尽尘俗思全清。
夜深梦绕湘江曲，二十五弦秋月明。

诗的首句扣画竹，写竹叶繁多，是实笔，“如闻风有声”，是虚笔，诗人想象得之。以下三句，都是由画竹之美联想所得的动人情思，由画竹想到湘妃竹，由湘妃竹想到娥皇、女英的哀怨，想到她们在湘江边泣月。诗人据实生虚，虚实互见，扩大了画意的内涵，提升了画幅的意境。

明沈贞《题秋林观瀑图》：

秋林霜重叶痕斑，白发萧萧二老闲。
握手相逢无个事，不因论水更论山。

沈贞的题诗运用虚实结合的技法写成，前两句用实笔，细致地描绘画面景物和人物。“秋林”二字，直扣题面，因霜重，秋林叶痕斑斓。次句写“二老”白发萧萧，闲逸无事，游山玩水。第三句，突破绝句诗章法的常规，并不用转笔，仍就次句的“闲”字生发，说二老握手相逢，并无他事，他们只为看山观瀑而来，不是论水，便是论山。后两句，纯用虚笔，以议论的语气，写出二老闲游、品评山水的高雅情致。全诗分作两层，虚实相生，非常全面地反映出画面实境以及蕴含于画境中的悠闲、愉悦的情思，诗情画意交会融彻，令人读后心旷神怡。

明沈周《题载鹤泛湖图》：

载鹤携琴湖上归，白云红叶交互飞。
侬家正在山深处，竹里书声半榻扉。

诗的前两句描写面画景物，“载鹤”“携琴”，访友自湖上归来，悠然自在。背景上的“白云”“红叶”互相辉映，交互飞动，色彩鲜明，动态可感，画家悠闲之情趣，全在画境中表现出来。以上两句写视觉形象，用的是实笔。诗的下两句描写画中人归来后的去向。家在深山里，画面上没有画出，靠竹林中传来的读书声，才让人知道“侬家”的处所。书声也是无法画出来的。两句诗写想象中的事物，用虚笔。全诗分两层写，虚实结合，情趣盎然。

明唐寅的《题山路松声图》，也是一首运用虚实互见之法的题画绝句，诗云：

女几山前野路横，松声偏解合泉声。
试从静里闲倾耳，便觉冲然道气生。

诗篇以写实发端，由画面的女儿山、野路写起，次句用松声、泉声紧承，松树、溪泉为画面所有，松声、泉声无法画出，由松、泉想象得之，此句诗笔已经由实转虚，以实带虚。三、四句，诗人让人们侧耳静听，在松声泉韵中领悟宇宙、人生永不停息、生机盎然的机趣。三、四句纯用虚笔，“道气”由实景生，实景中蕴含着“道气”，虚实互见，虚实相生，美的景物与美的感受融为一体，让读者获得沁人心脾的美感享受。

明陆治《题山水图》：

翠壁江波凝远天，攒空楼阁镜中悬。
十洲花鸟凭栏外，一抹流霞锁淡烟。

这首题画绝句，半写画面实景，半写画外虚景，虚实相生，相得益彰，使画意更为丰富。诗的前两句，再现画面具象，远处峭壁、江波，与远天相凝，水天一色，浩森渺茫。近处，楼阁临空，映在江水里，好像倒悬在明镜中。这些都是描写画面景物，是实写。三、四句用虚笔写来，说凭栏远眺，可以看到仙境里的花鸟，也可以看到一抹流动的云霞与淡淡的烟雾融合着。画面上并无花鸟、云雾，是诗人推想得之。结句和首句的“凝远天”遥应，首尾环合，表现出诗人经营细密章法的苦心。

清恽寿平《题孤月群鸠图》：

良夜松花覆翠阴，西山孤月照深深。
春寒鸟影惊栖起，为有钟声唤隔林。

南田这幅画、这首诗，都运用了虚实结合的方法。画幅上，一棵盘曲、苍老的古松，横亘在画幅中部，枝干上栖息着许多鸠鸟，呈密集状，墨色极浓，用笔深秀，这是实笔。另有一枝远枝，映衬在淡淡的月色中，惊起的一鸠立于枝头，墨色极淡，显出空灵迷蒙的韵致，这是虚笔。全图景色浓淡相衬，鸠鸟疏密相间，虚实相生，可以见出画家“心思缜密”的匠心。南田的题诗，与画境相对应，也运用了虚实相生的手法，松树覆荫，孤月照林，鸠鸟惊起，都用实笔，表现画面实景。“春寒”“钟声”都用虚笔，写画外意，在实笔、虚笔的交替作用下，构成了空灵杳深的诗境。诗画艺术的互相渗透、融通，在这首题画绝句中得到了充分的体现。

第十节　取势

“势”，指绘画艺术描写对象的气势，一种飞扬的、跃动的态势，近代画家吕风子说“力的奋发叫势”（《中国画法研究》）。它不是画面具象，而是蕴含于“象”中的富有美感的神理。沈宗骞《芥舟学画编·山水·取势》说：“笔墨相生之道，全在于势。势也者，往来顺逆而已。”为此，历代画家都十分重视“取势”“得势”。唐吴融《壁画折竹杂言》：“枯缠藤，重欹雪。渭曲逢，湘江别。不是从来无本根，画工取势教摧折。”画折枝竹，原来是为了取势。唐代诗人较早地提到了“取势”的问题。秦祖永《画学心印》载赵左语：“画山水大幅，务以得势为主。”恽寿平在《题灵岩山图卷》的跋语中说：“此山之趣在背，寺之趣在面，水之趣在大，盖以侧面取势。”近代陆俨少的《学画微言》专列“取势”一节，他论述构图时说：“第一要注意取势，一眼看去，耸神惊目，就能抓住人。”诗歌创作同样要讲究“势”和“取势”。皎然《诗式》有“明势”条，遍照金刚《文镜秘府论》有“十七势”，齐己《风骚旨格》称“诗有十势”。王夫之《姜斋诗话》认为诗歌“以意为主，势次之”。他评论古代诗人中“唯谢康乐为能取势，宛转屈伸，以求尽其意”。诗歌和绘画艺术正是在取势这个问题上有着共同的审美追求，才为诗画艺术的融通提供了艺术契机。

历代题画诗人发掘并把握住画幅取势之理，成功地将其写入诗歌。我们可以从山水、花鸟、人物三种画科的题诗中，找到许多实例。历代画家都很重视在自己的山水画中表现“远势”。唐代画家王宰的山水图，十分壮美，极有远势，所以杜甫《戏题王宰画山水图歌》用“尤工远势古莫比，咫尺应须论万里”两句，称赞王宰画的壮美、神妙。元王蒙《惠麓小隐图》，画幅左侧山麓冈阜连接，杂树成荫，茅屋水榭临水而筑，章法繁密；画幅右侧则取虚势，远山迤逦，留出大片水面。全图虚实结合，繁密中见空灵，极有远势。王蒙题诗云：

白头学种邵平瓜，四百年前故将家。
第二泉头春梦醒，洞庭烟水接天涯。

题诗不仅展现了友人孟叔敬悠闲超逸的隐士风韵，而且以描写太湖风光的景语收结全诗。这种水天渺茫的意境，形象地表现出画幅的“远势”，诗画融合无垠，富有艺术魅力。

恽寿平的《仿古山水图册》共六页，今藏南京博物院。第二页为仿工蒙的山水图，画的右半幅，描绘浙西一带山水景色，近处坡上数株松桧，临水峙立石畔，树下岸边着一亭子，游人可以在此眺望山景。远处群山起伏，云烟袅绕，山色在有无间，悠然有远意。全图仿王蒙笔意画成，笔墨轻淡润泽，意境幽静深远，得元人逸趣。画幅左半幅，画家题诗一首：

肯使虎头称画圣，不容摩诘老诗坛。
驱毫岂有愚公力，万壑千岩掌上看。

题诗极赞王蒙山水画的艺术成就。前两句说，怎肯让顾恺之独称“画圣”，也不容王维长期在诗坛、画坛上享有盛名。这里用“借客形主”之法，以凸现王蒙在绘画界具有很高的地位。这两句诗用对起法，以“画圣”与“诗坛”构成对偶，实际上王维不仅擅名于诗坛，也擅名于画坛，诗句限于格律，省去“画”字。“虎头”，即顾恺之，小名虎头；“摩诘”，王维字。诗的后两句，抉出画幅取势之奥秘，称赞王蒙的画艺。南田细致观察画幅，体识画家取势的艺术三昧，于是写出这样的诗意：画家挥毫难道真有愚公移山的力量，在掌上的尺幅间让人看到万壑千岩？诗意蕴含一个古老的画学命题，梁代萧贲能在咫尺画幅中表现万里江山的气象，事见《南史·竟陵文宣王子良传》："（赍）能书善画，于扇上画山水，咫尺之内，便觉万里为遥。"南田诗揭示出画幅"尤工远势"的美学特征，体现诗画交融的美学理想。

山水画家，往往假云烟吞吐以追求"势"的美学效果。王翚跋《墨池风雨图》云："董北苑、僧巨然都以墨染云气，有吐吞变灭之势。"藏于美国克利夫兰艺术博物馆的米友仁《云山图》，便是一个妙得云烟吞吐之势的例证。这幅《云山图》，描画连绵不断的浙江新昌地区的群山，极意画出云雾弥漫、峰峦若隐若现的景象，画幅左上方，"小米"自题一绝：

好山无数接天涯，烟霭阴晴日夕佳。
要识先生曾到此，故留笔戏在君家。

首句说新昌地区好山无数，绵延不绝，直接天涯，写出画幅的远势。次句说烟霭变幻无常，时阴时晴，山峦晴时现，阴时隐，早晚的景色都很嘉美，写出烟云吞吐之势。画家借着题诗，坦示画心，写出画幅善于取势的美学特征。明文徵明《春山烟树图》，仿二米笔法，画远山山峰浮现在叆叇云雾中，自题一诗云："千村绿树一溪分，百叠晴峦锁白云。"清查士标《仿高房山水墨山水图轴》，运用粗笔淡墨，或晕染，或泼墨，表现云烟吞吐之状，极尽云烟变幻之势，自题诗云："雪浪云堆势可呼，一图真意在模糊。"以上这些画和题诗，都是表现云烟吞吐之势的好作品。

花鸟画家也很注重取势。苏轼《与客游道场何山得鸟字》："更将掀舞势，把竹画风筱。美人为破颜，正似腰支袅。"这是东坡自题《风竹图》的诗，他将自己所画墨竹在风中掀舞之势，描写得淋漓尽致。明唐寅的《岁寒三友图》，用折枝之法，画出松、竹的枝叶和梅的疏花，着意表现它们秀雅、清越的神韵，松、竹、梅均自画幅左侧出枝，向右方运笔，集束在一起，如插花一般，充分体现出"画工取势教摧折"的妙处。郑燮有一幅《竹图》（藏清华大学美术学院），构思非常奇特，画面上画一丛墨竹，其中一枝独挑，穿到画外。板桥自题诗云：

画工何事好离奇，一干掀天去不知。
若使循循檐下立，拂云擎日待何时？

题诗完全针对一竿直冲云霄的独特取势立意，回答了画工喜好离奇的问题，诗画配合，以“一枝独挑”的艺术形象，寄寓美好理想和远大抱负。近代吴昌硕《松石图》，写松树主干挺拔，占满画幅，取顶天立地之势，题诗云：

石奇灵气钟山岳，树老荒寒避斧斤。
一自娲皇精卫去，补天填海已无人。

画家画出气势磅礴的松树形象，以寄托自己的浩然之气。

画人物也须取势，沈宗骞《芥舟学画编·人物琐谈》说：“夫行住坐立，向背顾盼，皆有自然之态，当以笔直取。”唐寅《孟蜀宫妓图》写四位宫妓，神态各异，互为照应，构成宫妓盛装打扮一瞬间的场景，深得取势之理。李士达《三驼图》用题画诗配合画面的取势技法：

张驼提盒去探亲，李驼遇见问缘因。
赵驼拍手呵呵笑，世上原来无直人。

画面三驼中一人正持杖提盒，侧身回顾左面一人。左面一人正拱手向提盒人作揖。后面追来的一人拍手大笑。三驼形成互相呼应之势，题诗既描写了画面形象，更写出他们之间顾盼照应的态势，非常传神。

清金廷标《瞎子说唱图》，画家非常注意整幅画的取势和人物形象的刻画。画面以说唱人为中心分成两个群体，一群围坐在瞎子周围，隔岸一群老妪、农妇，抱婴携童，正忙着赶路。他们的形貌、神态、服饰各异，互相照应，彼此呼应，生动地描绘出瞽子说唱、众人听唱的场景，极富农村生活气息。于敏中题诗云：

瞽目先生小说流，稗官敲钵唱街头。
村翁里妇扶携听，倘为欢欣倘为愁。

题诗配合画境，写出各色人物的神态，帮助读画人理解画家取势的匠心。

第十一节　蓄势蓄力

刘拜山评卫象《古词》说："蓄势蓄力，全在上半。"（富寿荪《千首唐人绝句》引）这种写法是在诗的前两句积蓄足够的气势和力量，尔后在后两句加以发挥，也就是说前两句的诗意为后两句作铺垫，为之服务。写作题画绝句，也可以运用这种写作技巧。

宋黄庭坚《题伯时天育骠骑图二首》（其一）：

玉花照夜今无种，枥上追风亦不传。
想见真龙如此笔，蒺藜沙晚草迷川。

山谷的题诗不从画面写起，开端反从真马下笔，先说唐玄宗的坐骑玉花骢、照夜白，当下不再有它们的后代，马枥上的追风骏马也没有传下种。绝句诗只有四句，山谷费了一半笔墨还没有写到李公麟的马画。他反复强调名马的失传，为李公麟画马的出现蓄足了势。第三句诗笔一转，转到马画上，想要见到"真龙"般的骏马，只有在李公麟的画面上才能见到。至此，水到渠成，赞扬画家的艺术水平才有力度。

宋陆游《题剡溪莹上人梅花小幅》：

孤舟清晓下溪滩，为访梅花不怕寒。
忽有一枝横竹外，醉中推起短篷看。

这首小诗不写梅花具象，却从题外写来，表现自己乘坐扁舟，沿溪滩行进，寻访梅花的情景。诗的前两句写了访梅的雅兴，尚未进入题画正题，但为后面的诗意蓄足了势，做好了铺垫。有了这两句，后两句写梅花的出现便成水到渠成之势。

元吴镇《次云林韵题耕云东轩读易图》之一：

山堂昨夜起东风，景物萧条便不同。
岂是天公嫌冷淡，故将林木染黄红。

诗的一、二两句，描写秋风初起、林木萧条的景色，第三句说天公嫌秋日气象萧疏、冷淡，诗至此还没有写到画面。结句用振笔，才拍合到画面上，给画面秋景披上美丽的盛装。诗人不说画家倪瓒渲染画面，却说天公故意让枝叶变成红色、黄色，诗笔在一顿挫、一振起之间，成功地完成了再现画境美的艺术任务。这首题画绝句，只有尾句点到画面上，其他诗句蓄势蓄力，为尾句服务，写法非常别致。

无独有偶，元张宪的《竹蝶图》也是运用蓄势蓄力的写作技巧，以前三句作势为结句服务的例证。诗云：

落尽春红春梦熟，平沙小苑窗中绿。
美人睡起背东风，蛱蝶飞来上修竹。

这首诗先不写画面，却用四分之三的篇幅写美人春睡，渲染春深日暖的氛围，为《竹蝶图》蓄势。最后一句，才由美人眼中带出竹蝶，回扣到画面和题目上，点明蛱蝶贪图凉爽才飞上修竹的画意。

元倪瓒《题竹石乔柯图》：

春宵听雨第三番，起坐篝灯酒自温。
清晓开门看桃李，苍柯翠筱喜无言。

诗以“春宵听雨”发端，似乎与画面形象无涉，然起势突兀，造成悬念。次句紧承春雨，初春乍暖还寒，诗人起身点灯，温好酒，消除春雨带来的寒意。云林用全诗一半的笔墨，写春雨寒意，为画面形象的出现蓄足了势。第三句描写自己两个连续性的细节：“清晓开门”“看桃李”，点到画面上的桃李树。尾句写出“看桃李”的具体内容。杜甫《春夜喜雨》：“随风潜入夜，润物细无声。”桃李树和小竹的枝条，受到连番春雨的滋润，苍翠欲滴，“苍劲妍润”（《过云楼书画记》引拙逸老人评此图语）。尽管桃李无言，但它们是喜滋滋的。至此，首句的悬念也就释然了。全诗将画面形象写得生机蓬勃，淋漓尽致，深得自然物之神理。

明沈周《题孙艾木棉图》：

当含黄蕊嫩，绵韫碧铃深。
小草存衣被，长民谁此心？

题诗先写画面形象，说木棉开花，黄蕊鲜嫩，后结果实，碧绿的棉铃内藏白色的棉花。诗意超越时间的限制，描写木棉花的生长过程，补出画意，为下文“小草存衣被，长民谁此心”的议论蓄势蓄力。全诗语含讽意，讽刺那些地方官吏缺乏关爱百姓的心，充分发扬了题画绝句的教化功能。

明陈淳《题溽暑熏蒸苦昼长图》：

溽暑熏蒸苦昼长，葛巾葵扇升筐床。
花阴水气相撩处，何有人间白玉堂？

这首小诗的前两句，着力描写“苦热”，夏日的暑气熏蒸袭人，令人苦恨白昼太长。为了避暑热，人们用葛巾擦汗，摇着葵扇送凉风，还登上竹床休憩。第三句诗笔一转，转到画面上，说只有荷池旁、花阴水气相撩的地方最为凉爽，可以避溽暑。人间哪里有这样的白玉堂呢？原来诗人写“苦热”，完全为后两句凸现荷花丛的清凉服务，用了蓄势蓄力的写作手法。

清王武《题江月幽禽图》：

瑟瑟蒹葭乱水隈，清霜初下拒霜开。
却怜此池饶佳色，每岁秋深到一回。

诗人用四分之三的笔墨，着意描绘画面上幽美静谧的禽鸟生活环境，再现画境，突出《幽禽图》的“幽”字，蓄势蓄力，全为结句张本。最后一句才点出本诗的诗旨，幽禽钟爱水塘的“佳色”，每年深秋都到此栖息。

第十二节　得趣

诗要讲“趣”，画也要追求“趣”。

梁钟嵘《诗品》倡导“滋味说”，为后代诗歌趣味说导引前路。唐王昌龄在《诗中密旨》中提出诗要“得趣”。司空图在《与王驾评诗书》里评王维、韦应物诗“趣味澄夐”。严羽《沧浪诗话·诗辨》说：“诗之法有五：曰体制，曰格力，曰气象，曰兴趣，曰音节。”他们都异口同声地推尊诗歌艺术中的“趣”。

画论家也讲“趣”，陈姚最《续画品》评沈粲画“颇有情趣”。朱景玄《唐朝名画录》“逸品”评李灵省画“自得其趣”。恽寿平《瓯香馆集》卷一一“画跋”：“倪迂画若散缓，而神趣油然，见之不觉绕屋狂叫。”清盛大士《溪山卧游录》：“画有三到：理也、气也、趣也。”

诗画艺术家都崇尚“趣”，“趣”也就成为诗歌与绘画创作的交会点，它们互补、渗透和融通，很自然，也非常融彻。

题画诗人将画幅中的“趣”标举出来，又将自己的审美情趣融会进去，并用绝句诗表现出来，这便是“得趣”之道。

什么是“趣”？“趣”是诗学、画学中的一个美学概念。“趣”有丰富的内涵，约而言之有二：一，从诗画家这个创作主体看，诗画家的生活情趣、审美修养和审美追求都蕴含“趣”。二，从被表现对象这个客体看，自然生活和社会生活中处处存在“趣”，景有景趣，事有事趣，情有情趣，理有理趣。关键在于诗画家如何去发现它们、把握它们、表现它们。概言之，诗画艺术作品中的“趣”，便是诗画家的生活情趣、审美情趣、审美追求和艺术表现手段的集中体现。

“趣”有多种表现形态，有真趣、天趣、野趣、清趣、逸趣、奇趣等。下面，我们将遴选历代题画绝句中写到“趣”的若干实例，略作剖析，以见出诗画艺术“得趣”的技法。

先说真趣。绘画艺术品得客观物象之形，更要得其生动气韵，将客观事物表现得栩栩如生，得天真自然之趣，才有真趣。元释英还认为诗、画的真趣是一致的，他在《答画者问诗》中说：“要知诗真趣，如君画一同。机超罔象外，妙在不言中。”明程敏政《为张通守题沈启南画障》：“挥毫便觉真趣发，意到岂借丹青施。通守张君画成癖，半幅生绡比金璧。”他题沈周画，说得很有意思，他认为沈周胸中自有丘壑，挥毫便成真山水，意到气韵足，墨色幽远淡雅，不施丹青，画上便有真趣浮动。

明唐寅《东篱赏菊图》题诗：

满地风霜菊绽金，醉来还弄不弦琴。
南山多少悠然趣，千载无人会此心。

题诗先从画面菊花落笔，说满地风霜催化菊花开放，绽开金黄色的花容。次句由此宕开，写赏菊之雅兴，赏花饮酒，醉后抚弄无弦琴以抒发心情。三、四句仍承上写赏菊的情趣，说千年以后，无人理会这种东篱赏菊悠然见南山的雅兴和真趣。“悠然趣”，即陶渊明《饮酒》诗中的“此中有真意,欲辩已忘言”诗意,指东篱赏菊的真意、真趣。言外之意是说,自己能领会陶渊明的真趣,才画下这幅画。这样,画家便把自己心趣打入到画境、题诗中。

清恽寿平于康熙二十一年(1682)六月,于王曜升家东皋园池上小饮,乘醉挥毫点染,写荷花形象,题曰《蒲塘真趣图》。顾文彬《过云楼书画记》卷一〇、陆时化《吴越所见书画录》卷六著录过此画。画上画家自题一绝:

金粉散蒲塘,露湿云衣绿。
残叶破秋风,惊起鸳鸯宿。

三年后,南田重睹此画,又题一跋:“此帧在东皋池上醉后抹涂,残荷离披,芦草交横,略得寒汀寂寞之致。”露粉流红,冷光零乱,浮动纸上,诗意正是真趣的具体表现。

再说说天趣。宋何汶《竹庄诗话》卷二〇:“《宫词》(此指杜收诗)云云,《大林寺》(此指白居易诗)云云,其词终如水流花开,不假工力,此谓之天趣。”清洪亮吉《北江诗话》也说:“趣亦有三,曰天趣,曰生趣,曰别趣。”诗中的天趣就像“水流花开”一样,是诗人对天真自然的外界事物所产生的一种审美感受,不靠人工雕琢,语言修辞。

画家也讲天趣。周密《云烟过眼录》卷上记载:“米老自画《东山朝阳岩海岳庵图》,朝阳岩背焦山,其侧有早来堂。率意而写,极有天趣。”明张丑《真迹日录》卷一评沈周《长江图》长卷曰:“水墨,师荆浩,脱去画史纵横习气,纯以天趣出之。”清恽寿平画《山水图》四开,今藏陶心华处(载《中国民间秘藏绘画珍品》第二集),其中第四开为仿方从义水墨山水,画幅近处用淡淡的水墨写渊渚、草木、茅舍、彴略,若断若连,远处云山缥缈,山色有无间,笔墨简约率然,略无工巧之迹。南田自跋云:“方方壶写云山,极飘渺有天趣,此景略似之。”

画家泼墨挥毫,率意用笔,不求工巧,画象天机活泼,生气盎然,得天趣为高上。题画诗人将画中的天趣撷出,也就成为具有天趣的绝妙佳品。明胡应麟《诗薮·外编》卷六指出:“元五言题画小诗,虞伯生《柯氏山水图》、揭曼硕《潇湘八景图》、丁鹤年《长江万里图》等篇,皆颇天趣。”

明沈周画《枇杷图》,今藏故宫博物院,画幅构图简洁,运用没骨法表现枇杷的果实和叶子,毫无斧凿之迹,神采奕奕,得自然生意,颇有天趣,石田自题一绝:

弹质圆充饤,蜜津凉沁唇。
黄金作服食,天亦寿吴人。

诗句天趣盎然,与画意完全切合。沈周又画《雏鸡图》,画幅上雏鸡稚气憨态,天真自然,神韵独出,自题诗云:

茸茸毛色半含黄,何独啾啾去母傍。
白日千年万年事,待渠催晓日应长。

题诗首二句描写雏鸡的形象及鸣声、动态,完全是画意的精准描绘,着“去母傍”三字,天趣全出。

清黄鼎画《仿倪山水图》,原为周培源先生藏画,后归无锡博物院(载《中国民间秘藏绘画珍品》第二集)。画幅上山色微茫,树木萧飒,得荒率之趣。画上有黄鼎的长跋,云:“元季四大家,独云林笔墨飘逸淡远,得天趣为胜。”自题一绝云:

倪迂去已久,画品若能当。
偶尔追真意,空教水墨忙。

题诗揭示出画幅追求倪瓒天趣的“真意”,坦言艺术匠心,态度极为诚恳。

近代王震的《渔舟图》,也是一幅饶有天趣的艺术品。画家自题诗云：

自家拍手自家歌，一个渔翁打桨过。
网得鲜鱼还酒债，明朝再得醉颜酡。

题诗意趣浮动，活泼自然，与画境天趣飞翔相应和，洵为一首富有天趣的好诗。

三说逸趣。唐朱景玄《唐朝名画录》在前人论画"神""妙""能"三品外，又加上"逸品"，自此后，画论中遂有"逸品""逸格"，逸趣正是"逸品""逸格"中表现出来的美学特征和审美情趣。元倪瓒运用草草的逸笔，淡淡的墨色，抒写胸中逸气，形成独特的艺术风格。他说："仆之所画者，不过逸笔草草，不求形似，聊以自娱耳。"（《清闷阁全集》卷一〇《答张藻仲书》）元代许多画家追随倪瓒，形成一种时代风尚，后人称之为"元人逸趣"（恽寿平《跋锦石秋花图》）。明沈周《题秋林策杖图扇》：

绕路寻诗句意新，凉风吹叶趁闲人。
一般来往溪桥步，但涉忙缘便有尘。

句意清新的诗句，将画幅中桥上闲人的悠闲情趣描绘出来，再用"忙缘"一衬，逸趣便自然而然地从诗境中透出。

清王树穀《人物图册》第三开题诗：

一身萧散寸心闲，势利奔趋总不关。
白眼看人成一笑，水边林下对青山。

题诗的前两句，极意形容画中人身心闲逸，对一切世俗事物总不关心。第三句，说他用鄙薄的眼光，看待世上争名逐利的人。结尾处，直扣画面形象，老人拄杖侧身面对远山，寄托自己的闲逸之情。画家以诗衬画，充分发挥题画绝句凸显、补凑画意的功能，逸趣满溢于画里诗外，使画面形象的意蕴更为丰富充实。

清恽寿平钟情于倪瓒的画艺，能得其神髓，画作“逸趣飞翔”，秦祖永《桐阴论画》评曰：“南田翁天资超妙，落墨独具灵巧秀逸之趣，为当代第一，学之正不易也。”南田画风秀逸，诗风也秀逸，因此，他的题画绝句逸趣飞动，如《壬子初夏戏学曹云西》（《瓯香馆集》卷三）：“石壁无云涧路空，荒荒竹叶夜来风。心游古木枯藤上，诗在寒烟野草中。”《落叶无声图》（《瓯香馆集》卷五）：“落叶无声秋影空，碧云吹堕半岩风。吟诗梦入红林路，展卷身疑在梦中。”《自题山水》（《瓯香馆集》卷七）：“何处溪山有此春，春风不度马驼尘。洞门若遣飞云入，会向花溪一问津。”

四说奇趣。“奇趣”一词，频仍出现在历代诗人笔端。谢朓《敬亭山》：“要欲追奇趣，即此凌丹梯。”刘禹锡《秋江早发》：“沧洲有奇趣，浩然吾将行。”画家也崇尚奇趣。元吴镇《米友仁画卷》：“元章笔端有奇趣。”清方薰《山静居画论》：“书画贵有奇气。”

题画诗人挖掘出画幅中的奇气，写出富有奇趣的绝句诗来。

清郑燮画《竹图》，纯用水墨写一丛墨竹，其中一竿独挑，脱出画面外。板桥自题一绝，发明自己的构思匠心：

画工何事好离奇，一干掀天去不知。
若使循循檐下立，拂云擎日待何时？

题诗在富有奇趣的画境中，揭露了压抑人才的社会现实，也歌颂贤能之士拂云擎日的人生理想和生活追求。

清汪之瑞画过一幅《松石图轴》，今藏上海博物馆。画幅上直立一松一石，松为奇松，躯干毫无盘曲之状，挺立于画幅中，顶天立地，极少枝丫，只在顶端有三枝，状如飞龙。石为奇石，上大下小，直立于松树边。画家自题一绝云：

天街夜雨翻盆注，山河涨满山头树。
谁家园内有奇事，蛟龙湿重飞难去。

题诗先补出画外意，首二句说天街夜雨，倾盆下注，山河涨满山头树，这些诗意，画面上没有出现，也难以表现。第三句，诗人用反诘句，扣到画面上的松树，结句说松树像蛟龙，被大雨淋湿，难以飞去。诗人寓意于象，深刻揭示现实生活中有才能的文士无法施展抱负的现象。画奇，诗也奇，读画人可从饶有奇趣的艺术意境中，领悟画家的深层寓意。

第十三节　透进一层

诗人不停留在诗歌意象的表层，能更深进一层说理、抒情，探求其中的深层意蕴，更富有情致，这便是透进一层法。清沈德潜《说诗晬语》说："又有透过一层法，如《无家别》篇中云：'县吏知我至，召令习鼓鞞。'无家客而遣之从征，极不堪事也，然明说不堪，其味便浅，此云：'家乡既荡尽，远近理亦齐。'转作旷达，弥见沉痛矣。"这种写作技巧，在题画绝句中也常被大家运用，很容易找到例证。唐柳公权《题朱审寺壁山水画》：

朱审偏能貌夕岚，洞边深墨写秋潭。
与君一顾西墙画，从此看山不向南。

诗的三、四句，写出诗人的观画感受，他不说朱审寺壁画山水像真山水，却说从此就不必再到终南山去观赏山景，这比一般题画诗常用的以画作真的手法更深进一层，极具艺术魅力。

元高克恭《仿老米云山图》：

青山半晴雨，遥现行云底。
佛髻欲争妍，政恐勤梳洗。

首二句写画面上雨霁时青山隐现状，妙得“江南雨后山”之神韵。三、四句更深进一层，摹写耸起于云层之上的两三峰顶的景象，行云掠过峰头，犹如佛髻为了争妍斗奇，勤快地梳洗。这一层艺术意想，比青山隐现于行云底的诗意更为生动，更富艺术想象力，也就更有艺术意趣。

元虞集《青山白云图》：

独向山中访隐君，行穷千涧水沄沄。
仙家更在空青外，只许人间礼白云。

全诗除了给人以青山白云深邃杳远的审美感受之外，还用透进一层之法，深辟地表达出隐士远离尘世、不愿与凡俗世人交接的深层意蕴。

元张珪《展子虔春游图卷》：

东风一样翠红新，绿水青山又可人。
料得春山更深处，仙源初不限红尘。

诗人先是对展子虔的《春游图卷》作总体描绘，赞美画卷上的山青水绿、春光明媚的景象。然后，张珪展开丰富的艺术想象，运用透过一层的手法，推想到“春山更深处”应是仙境，那边也有许多游人骑马寻春，表现出人间处处是仙境的艺术意想，进一步赞美展子虔画境似仙境的审美效果。

元马祖常《赵中丞折枝图》（其三）：

馆娃宫里醉西施，不觉秋生水殿时。
酒病却嫌丹粉恶，洗妆天上影娥池。

本诗以美女喻花，将木芙蓉花比作馆娃宫里的美女西施。前两句，写西施醉后，面上泛起红晕，分外妩媚，芙蓉花生于水殿边，就像西施来到吴王殿临水照景。第三句诗笔一转，用深进一层的写法，写西施犯了“酒病”，嫌丹粉太重，欲到影娥池中洗掉粉妆，使面容更为清丽。全诗诗意完全符合木芙蓉花临水盛开、婀娜多姿的特征。

明人高启《二乔观兵书图》的立意、构思迥然异趣，有出人意料之想，诗云：

共凭花几倦新妆，玄女阴符读几行。
铜雀那能锁春色，解将奇策教周郎。

前两句描写画面景物，迅即着题，写出“二乔观兵书”之题意。后两句，诗人突发奇想，翻用杜牧诗意。杜牧《赤壁》“东风不与周郎便”句，已经翻了历史之案，本诗更是深进一层，再翻杜牧之案，深刻地指出：曹操怎能在铜雀台锁住二乔呢？她们熟读兵书，将奇策授与周瑜，定然将曹军打败。如此措语，意蕴深进，发人深省，意趣无穷，洵为佳篇。

明文伯仁的《题青绿山水》也是一篇妙用深进一层法的题画绝句：

山青云白水拖蓝，绿树黄茅小结庵。
只有红桃霞一片，令人对景忆江南。

诗先就题写，两句诗描写画面上的青山、白云、蓝水、绿树、黄茅小庵，突出地表现画面运用“大设色”画法形成色彩鲜丽的美学特征。第三句转笔处用深进一层法，说这幅画上只有一片红桃的霞色，将画面装点得绚丽夺目，令人忆起江南之景，充分表现出桃红柳绿、山明水秀的江南美景这一典型特征。

明陆治《题端阳即景图》：

葵榴花下自称觞，南极星辉满华堂。
况是江南多胜事，朱明佳节正端阳。

“称觞”，举杯祝酒。“南极星”，即老人星，杜甫《寄韩谏议》：“南极老人应寿昌。”题诗从画面上端阳节物“葵榴”落笔，说大家在葵花、榴花下各自举杯祝酒，华堂上坐满了老年人，祝愿老寿星健康长寿。后二句继续写喜庆事，再透进一层，说况且正逢夏季的端阳佳节，江南地方又有很多胜事，值得庆贺，点明题意，使全诗充满着喜庆吉祥的气氛。

第十四节　凸显主景

画家多讲究构思布局，景必分主宾，主景映带宾景，宾景衬托主景。主景务必凸显，否则喧宾夺主，杂乱无章法。元代画论家汤垕说：“画有宾主，不可使宾胜主。”（《画鉴》）清邹一桂《小山画谱》也说：“幅无大小，必分宾主。”

题画诗人应该遵循这个画理，选取画面主体景物构思立意，突出重点，凸显主景，与绘画艺术“景分宾主”的技法相互映发，切不可照搬画面景象，面面俱到。凸显主景也就成为写作题画绝句的重要技法之一。

宋赵佶的《芙蓉锦鸡图》，画面景物很多，主景是芙蓉和锦鸡，翩翩起舞的双蝶和低斜的菊花是宾景。赵佶题诗云：

秋劲拒霜盛，峨冠锦羽鸡。
已知全五德，安逸胜凫鹥。

诗人撇开了画面上菊花、蝴蝶的形象，突出表现画上的主景芙蓉和锦鸡。全诗更在主景中凸显锦鸡，通过鸡有五德的歌颂，宣扬北宋朝的兴盛。“凫鹥”，即《凫鹥》，《诗经·大雅》中的篇名，《毛诗序》说它是歌颂周成王“守成”的作品，后世用来代称太平盛世。题诗不仅对宾景只字不提，而且对主景中的芙蓉一笔带过，着重表现锦鸡及其比德意义，完成表达画旨的艺术任务。于此，可悟花鸟画题诗突出重点的必要性。

元吴镇《松石图》题诗云：

蔓藤矗露梢，寒影照湖水。
浮沤动研池，雷雨虚堂起。

画家这幅画构图非常简约，松枝自右侧发枝，自右上方向左下方斜伸，笔力雄健遒劲，墨色浓淡相间，苍润沉郁。松下画湖石，立于小草丛中。题诗只咏松，只字不及水草、湖石，前两句先描绘松的身影、形态和气韵；后两句写松的艺术效果，全面地写出松的艺术魅力，深化画境，诗与画构成有机的艺术整体，这正是凸显主景的代表性作品。

明沈周的《花下睡鹅图》，画幅景物宾主分明，睡鹅处于画幅的正中，神态自在，形象硕大，笔墨精细，显然是主景。画幅左侧画土坡、湖石和花卉，纯是衬景，画家自题一绝：

磊落东阳笔下姿，风流崔白未成诗。
鹅群本是王家帖，传过羲之又献之。

石田翁的题诗，既要体现凸显性的原则，又要完善地表述自己书画艺术融通的美学理念，所以诗句对画面景物土坡、花卉、湖石都略而不谈，全诗自始至终抓住主景“睡鹅”着笔。前两句从画面形象切入，说这幅画是洒脱不羁的沈姓画家笔下的睡鹅。“东阳”，郡名，沈约曾为东阳太守，人称“沈东阳”，这里沈周借以自喻。次句形容画鹅的风姿很像宋代画鹅名家崔白画的鹅，但是他没有题诗，故曰“未成诗”。诗的三、四句，由画面生发议论，说鹅本是晋代王家的字帖。王羲之爱鹅，从鹅颈转动中悟得笔法运用的规律，得宛转之妙。王羲之临摹过此帖，献之也临过此帖。诗意由王氏父子从鹅颈领悟到书法的运笔规律出发，进而将自己书画艺术融通的创作体验，渗透进画鹅的艺术形象中，凝聚成本诗的题旨。

明杜堇画《梅下横琴图》，这幅人物画主景很突出。画幅正中画平台，台上植老梅，虬曲如苍龙，疏花绽开。一位高士倚树而坐，手抚古琴，仰视梅树，梅与高人处于极为醒目的位置上。高士身后有两名童子煮茶侍候着。远处峰峦出没于云霭间。画家自题一绝：

梅下吟成理素徽，浅溪时度冷香微。
冰花亦解高人意，不等风来落君衣。

题诗抓住画面主景高人操琴着笔，迅即着题，首二句描写“梅”与“琴”，直扣“梅下横琴”的题意。三、四句仍写梅，将梅比拟成人，赋予梅花以人的情感和善解人意的个性。诗人说梅花听到高人的琴声和咏梅的诗句，不等东风吹来，便自动地将花瓣洒落在高人身上，为高人助兴。全诗句句写“梅”与高人，处处表现高人操琴的洒脱超群的风范，突出重点，凸显主景，颇有意趣。

清恽寿平《双清图》，左上部画梅花一株，左下方画水仙数株，两花相映照，清气满幅，雅洁可爱。南田自题一诗：

雪晴何处觅春光，才见南枝破晓霜。
未许春风到桃李，先教铁干试寒香。

题名“双清”，指画幅上两花，而南田的题诗，却只咏梅花。四句诗，全方位地赞美画梅的艺术形象，只字未及水仙，正是运用了突出重点一格。

清华喦的《山雀爱梅图》以很大的篇幅布置梅树，山雀飞跃其间，

主景很突出。下方还画坡石,缀以柔竹、杂草,一对锦鸡立在坡上,翘首四望,与山雀成呼应之势。画家自题一诗:

望去壁间春似海,半株僵铁万花开。
莫奇林叟情耽冷,山鸟亦知解爱梅。

画家的题诗抓住画面主景构思立意,将重点放在山雀、梅花上,凸显山雀爱梅的主题,而对画幅中的坡石、锦鸡等物象,都忍痛割爱,充分体现出花鸟画题诗凸显性的美学特征。

抓住主景,促使题诗形成重点突出的美学特征,在很多人物画、花鸟画题诗中都可以找到例证。像明吴伟的《醉樵图轴》,描绘一个喝醉酒的樵夫独立于悬崖之下,樵夫身后衬以崖石、松树。顾昉的题诗全力表现醉樵的形象。明吕端俊的《竹雀图》,画丛竹、湖石和翻飞于竹丛里的群雀,此外还有竹笋、野草。诗人欧阳旦的题诗抓住画中主景着笔,而画中的群雀、湖石都略而不题,以防扰乱主题。清王武的《鸳鸯白鹭图》,题诗只写画中的芙蓉、兼葭,对画中的鸳鸯、白鹭略而不提。明陈淳的《秋江清光图》,题诗只写画中的芙蓉形象,对画中的家鸭、翠鸟略而不提。清改琦《靓妆倚石图》,画中一位少女手持玉箫,倚在湖石上,若有所思。诗人褚德彝题诗,从画面少女入手,描写她的外形、服饰,细致地写出她的心态,成功地凸显主景。

第十五节　陪衬与反衬

陪衬和反衬本是普通诗歌的表现手法,但画家作画,景物必分主宾,以宾衬主,突出画意,所以,陪衬和反衬手法也常被题画诗人,特别是那些擅长写诗的画家广泛地运用。

陪衬手法,是指通过描写其他事物来凸显、衬托诗人所要表现的这一事物。如唐代杜甫《奉先刘少府新画山水障歌》:“岂但祁岳与郑虔,笔迹远过杨契丹。”杜甫用隋朝画家杨契丹,当代画家祁岳、郑虔,媲美画家刘单(即刘少府)的画艺。王嗣奭称这种陪衬手法为“借客形主”之法,极是。题画绝句中,运用这种手法的例子特别多。

宋陆游《题王仲信画水石横幅》:

王郎书逼杨风子,画亦凭陵蜀两孙。
岂是天公憎绝艺,一生憔悴向衡门。

诗人称赞画家王仲信书法高妙,可以直追名重一时的五代书法大家杨凝式;又称赞他的画艺与蜀地两位名画家孙位、孙知微不相上下。这里,放翁妙用陪衬法,赞誉王仲信书画双绝,画艺高超绝妙。这种写法,比直接评论的表述方式,更显婉曲。

元赵孟頫《题息斋竹》:

李侯写竹有清气,满纸墨光浮翠筠。
萧郎已远丹渊死,欲写此君惟此人。

诗人采用借客形主之法,以唐代画竹名家萧悦、宋代画竹名家文同(字丹渊),衬托李衎画竹艺术水平的高超绝伦。元郭畀《赵子昂人马图》:“曹韩已化伯时远,昂翁笔底写追风。”这里同样采用陪衬手法,以曹霸、韩幹、李公麟三位画马名家衬托赵孟頫,极力赞许赵子昂马画造诣的精绝。

元张伯淳《钱舜举青骢马》:

翠鬣朱缨骨相殊,贡来名种出单于。
唐韩宋李都休论,且看钱家进马图。

这首诗从画面具象入手,概要地形容画马“骨相殊”,是“名种”。诗的重点在后两句,诗人效仿杜甫《丹青引赠曹将军霸》的写作手法,运用借客形主之法,借唐代画马名家韩幹和宋代画马名家李公麟,陪衬出钱选马画的精妙,赞颂“钱家马”为当今第一,极力称赞钱选的画马艺术造诣。元虞集《题柯敬仲杂画十首》(其一):“北苑今仍在,南宫奈老何。”此亦用陪衬法,以山水画家董源、米芾称赞柯九思山水画的高超,同时透露出柯九思山水画源出董、米的信息。

明祝允明《题唐寅墨竹图》:

唐郎写竹如写字,正以风情韵度高。
我解手舞不能写,未曾分得凤凰毛。

祝枝山以自己只能品评、不善画竹作陪衬,突出表现挚友唐寅风韵绝高的墨竹画。

反衬手法,指运用相反的诗歌意象,对比、映衬主体意象的表现手法。运用反衬手法能突出事物的特征,强化艺术形象的刻画,使诗篇产生更强的艺术效果。元黄公望《题周文矩十美图》:“相携女伴阶前立,笑指鸳鸯水面飞。”此运用反衬手法,以鸳鸯成双戏水反衬宫女内心的孤独和哀怨。

宋黄庭坚《题画睡鸭》:

山鸡照影空自爱,孤鸾舞镜不作双。
天下真成长会合,两凫相倚睡秋江。

全诗采用反衬手法,以站立水边顾影自怜的孤独山鸡和在镜前飞舞悲鸣的孤鸾,对比、反衬双凫倚睡秋江的温馨和安宁。

元柯九思《题周文矩太真攀鞍图》:

春风别院奏笙歌,妃子攀鞍转晓波。
不信开元太平日,香魂沦落马嵬坡。

诗人成功地运用反衬手法,通过贵妃的生与死、荣宠与沦落的对比,写出杨贵妃的悲惨命运，也写出诗人悲叹世事变迁无定的深切感愤。

元林镛《题盛懋秋林渔隐图》：

万里沧波杳霭中，平林落日映丹枫。
黄尘扑马长安道，谁似矶头一钓翁。

题诗先写画面景物，落日丹枫下，坐着一个临水的钓翁。第三句宕开画面，写到车马奔驰、尘土飞扬的长安道。诗人运用反衬手法，用那些为名利奔忙的长安道上人，与悠闲自在安坐矶头的钓翁，使诗构成强烈的对比，凸显"渔隐"的主题。

明沈周《题听松图》：

风送涛声带草香，溪山深处任疏狂。
放开双眼乾坤外，看遍浮云空自忙。

诗的前三句，总写一个"静"字。心境闲静、随任自然的诗人，在静谧的深山里，感知到松涛声和青草的香味。放眼看去，天地间的万物都是寂静的，唯有白云忙忙碌碌，飘浮不定。结尾一句，正以动态的白云反衬出环境之幽静和诗人心境之闲静。这种艺术意想，与沈周的《题云山图二首》"看云疑是青山动，谁道云忙山自闲"，同出一辙。

清马逸《题国色天香图》：

国色酣朝日，天香散晚风。
荒村蜂与蝶，只识菜花丛。

这是一首题咏自己牡丹图的绝句诗。马逸从唐人李正封的"国色朝酣酒，天香夜染衣"的咏牡丹句转换成开端二句，以题咏牡丹图的"色"和"香"。诗的三、四句转而写荒村的蜂蝶，它们只识菜花，不识牡丹，反衬出牡丹的富贵艳丽。诗人用正面描写和侧面反衬，共同完成创造牡丹花图形象的艺术任务。

有的题画绝句，还将陪衬和反衬两种手法同时用在一首诗里，如王恽题《关山秋霁图》：

望京楼上晚凭栏，长记居庸八月还。
一段紫烟吟不尽，枉分秋色与南山。

全诗只字未写《关山秋霁图》的画面景象，却纯用侧笔，以回忆中的居庸关望京楼远眺所见暮霭紫烟的北方关山景象，陪衬《关山秋霁图》的壮美。结句又用反衬法，以柔美的江南山水比照壮美的北方山水，表现北山胜南山的审美观点，艺术效果极佳。

第十六节　诗脉顺畅

诗脉，诗思连贯有条理。朱熹《朱子语类·辑略二·读书法》："读书，须看他文势语脉。"诗脉，就是诗歌的语脉。

诗人驰骋想象，运用连接联想的艺术思维方式写诗，用笔流利洒脱，不拖泥带水，诗意蝉联而下，一气贯注，如笔走流珠，自然能做到诗脉顺畅。宋张端义说："作诗有句法，意连句圆。"(《贵耳集》)清郑弢《三借庐笔谈》："二十八字一气贯通，令人信口曼吟，低回不厌。"这很形象地讲出了诗脉顺畅的道理。

唐景云《画松》：

画松一似真松树，且待寻思记得无？
曾在天台山上见，石桥南畔第三株。

首句的一个"真"字，是贯通全诗的意脉。全篇环绕"真"松树，运用连接联想的艺术思维方式展开诗思，不断强化"真"的艺术效果，虽未描写画松，而画松之美自见。张谦宜《絸斋诗谈》卷八说："一气承接如话，不唯工于赞画，连追想神情，声口俱活，极明快，却有蕴藉风味。”

宋黄庭坚《题伯时画揩痒虎》：

猛虎肉醉初醒时，揩磨苛痒风助威。
枯楠未觉草先低，木末应有行人知。

前两句抓住画画上猛虎揩痒的具象落笔，表现猛虎揩痒时的动态和神情；第三、四句承第二句句末“风助威”诗意转入，细致地写出“风助威”的具体意象。诗人运用连接联想的艺术思维方式，按事物发展的先后顺序、因果递进的思路，安排诗脉，使全诗语气蝉联而下，态势持续不断，真有一气呵成之感。

元鲜于枢《僧巨然画》：

秋鲈春鳜足杯羹，万顷烟波两櫂横。
就使直钩随分曲，不将浮世钓浮名。

本诗运用连接联想的艺术思维方式，按照事物的内在联系，由画面浩淼的江水联想到鲈鳜，由鲈鳜联想到钓鱼工具钓钩，结句又由钓钩联想到“钓名”，发出感兴，坦露自己不愿沽名钓誉的高洁胸怀，诗脉自然顺畅，顺理成章。

元潘纯《曹知白吴淞山色图》：

一片吴淞江上秋，澹云凉叶思悠悠。
何时莼菜鲈鱼脍，却向先生画里游。

每句诗承接自然，思如贯珠，首尾环合，读来流转自如，诗思畅达，确是题画诗中的精品。明王问《题莲花图》：

秋风江上采莲花，每岁逢君不在家。
下渚霜寒伤北望，红衣落尽水成霞。

这首题画绝句，没有描绘画面莲花的形象，却借着题画的机会抒发思念儿子王鉴的情怀。全诗由莲花形象生发联想，想到秋天的采莲，又由采莲想到"逢君不在家"。第三句并未转折，仍由"采莲"推进一层，说采莲处"下渚"已经霜重，因而触发起老人"北望"思亲的情感。诗人又由"霜寒"而联想到莲花枯萎、衰落，花瓣落入水中，映着晨曦，竟成彩霞，"晓色烂然，景意更佳"（本图上王问题跋语）。优美的诗境，寄托着老人丝丝宽慰的心意。全诗艺术意想飞动，诗意蝉联而下，笔走流珠，意灵动而语畅达，洵为诗脉顺畅表现手段的典型实例。

清黄媛介《虚亭落翠图》：

远际生微雨，虚亭落翠阴。
依依新绿满，人道已春深。

题诗的首句说，远处落下微雨，使山石树木湿润；次句写近景，空亭里落下翠绿的树荫。两句诗，循着因果关系推进。第三句没有用转笔，思路仍承第二句诗意，说受雨水滋润树木茂盛，到处是新绿，一派生意。结句说"已春深"，总收全诗诗意。全诗运用连接联想的艺术思维方式写成，句与句之间、诗歌意象之间，保持着因果的连锁关系，诗意蝉联而下，一气贯注，自然流畅，形成"意连句圆"的美学特征。

清王翚《虞山枫林图》，上有吴伟业的题诗：

初冬景物未萧条，红叶青山色尚娇。
一幅天然图画里，维摩僧寺破山桥。

首句先从物候着笔，说刚入初冬，景物尚未萧条。次句紧承，具体描写"未萧条"的景象，满山青翠，枫叶红透，景色绚丽多姿。第三、四句,直承上两句诗意,运用以真写画的方法赞美这幅画,真像破山桥前兴福禅寺周边的景物。整首诗诗思前后衔接、气脉贯通,语言畅达,意韵飞翔,确是诗家大手笔。

清姜实节仿倪瓒《林皋秋色图》笔意,画了一幅《仿倪山水轴》,自题一绝云:

江上秋深起棹歌,空山漠漠渺烟波。
悠然静坐浑无事,自在吟诗晚兴多。

题诗非常恰当地描绘画面景物,传神地再现画境,传达出画幅萧散隽秀的神韵。首二句便从画面江上秋色下笔,远处传来棹歌,空山漠漠,烟波浩淼,江天空阔。以上两句写景。三、四两句写画中人,茅屋中的文士悠闲自在,静坐无事,他陶醉于眼前的清幽美景,诗兴勃发,吟成赞美湖山胜景的诗篇,吟诗的声音与棹歌的声音相互呼应,意趣盎然。全诗诗思蝉联而下,诗脉顺畅,读来朗朗上口,巧妙地传达出画中人,也就是画家潇洒闲散的神情。

第七章　修辞（上）

诗歌艺术之美，就是诗境美。诗歌意境凭借语言艺术表现出来。离开了语言艺术，诗境便成空谈；脱离了对诗歌意境的追求，语言艺术的追求便毫无价值。两者互相依存，相辅相成。我们讨论题画绝句的写作技巧，就必须讨论诗歌语言的修辞技巧，语言的音乐美、色彩美、整饬美、精练美，以及形成这些审美特征的相关的修辞手段，如对偶、譬喻、拟人化、巧用故事、点化成句，妙用虚字、叠字、双声叠韵、顶针、双关语、互文等。这些修辞技巧大部分是普通诗歌常用的，笔者将根据题画绝句的特点和需要，联系实际加以分析。

第一节　对偶

对偶，又称对仗，一联诗的出句（即上句）和对句（即下句）的文字相等、词性相同、意义相关，构成对仗句式，叫对偶句。对偶是律诗三要素之一，绝句诗则既可以使用对偶（或第一、二句对，或第三、四句对，或两联皆对），也可以不使用对偶，由诗人根据表达需要而定。题画绝句运用对偶技巧，与普通绝句相同。

对偶句必须符合三个要求：一是词性对应相同；二是事物的意义相关（忌相同，忌犯"合掌"之病）；三是平仄对应相反、相对。运用对偶，可形成诗歌语言的齐整美和音乐美。

词性对应相同，指上下句相对应的字或词，其词性必须相同，如徐凝《观钓台画图》："一水寂寥青霭合，两崖崔崒白云残。""一水"对"两崖"，同是数词加名词；"寂寥"对"崔崒"，同是形容词；"青霭"对"白云"，同是形容词加名词；"合"对"残"，同是动词：词性对应关系十分明确。元杜本《渔隐图诗为程子纯赋》:“山下白云缥缈,水边红树依稀。”“山下”对“水边”,同是名词加方位词;“白云”对“红树”,同是形容词加名词;“缥缈”对“依稀”,同是形容词。

事物的意义相关,指上下句相对应的名词,其意义要相关,即在事物的同一小类中。按古人习惯,名词大致可以细分以下一些小类:(1)天文;(2)时令;(3)地理;(4)宫室;(5)服饰;(6)器用;(7)植物;(8)动物;(9)人伦;(10)人事;(11)形体。文同《许道宁寒林》:“交柯挥霍裴旻剑,乱蔓淋漓张晓笔。”“柯”与“蔓”,植物名相对;“裴旻”与“张晓”,专用名相对;“剑”与“笔”,器用名相对:这些名词,都在同一小类里。

元温日观《题画葡萄卷后》:“明月清风宗炳社,夕阳秋色庾公楼。”“明月清风”对“夕阳秋色”,天文名相对;“宗炳社”对“庾公楼”,专用名相对。这一些名词,都在同一小类里。上下句相对应的名词的意义要相关,但不能相同,相同则犯“合掌”之病。毛先舒《诗辩坻》说:“古最忌合掌对,如‘朝’对‘晓’,‘听’对‘闻’之类。”

平仄对应相反、相对,这是专指律体绝句而言的,即一联的上下句的平仄要协调。古体绝句就不必讲究。元柯九思《题黄筌画红蕉十二红》:“故国三千里,名禽十二红。”上句为仄仄平平仄,下句为平平仄仄平,平仄对应十分协调。苏轼《题王晋卿画后》:“丑石半蹲山下虎,长松倒卧水中龙。”上句为仄仄平平平仄仄,下句为平平仄仄仄平平,平仄对应很协调。个别字可平可仄。

对偶还可以分出工对、邻对和宽对。在名词相对的前提下,对偶还须同一小类相对,如天文对天文、地理对地理,这叫工对。如元郑东《题张叔厚画琵琶仕女》:“虾蟆陵下春风梦,浔阳江头秋月愁。”除形容词、方位词外,“虾蟆陵”对“浔阳江”,同是地理名;“春风”对“秋月”,同是天文名:对仗十分工整。名词相对时,用相邻的两个小类相对,这叫邻对,如米芾《题嗣濮王芦雁二首》(其一):“偃蹇汀眠雁,萧梢风触芦。”“汀”对“风”,地理对天文;“雁”对“芦”,动物对植物:名词小类相邻,是邻对。宋赵佶《题腊梅山禽图》:“山禽矜逸态,梅粉弄轻柔。”“山禽”对“梅粉”，是动物对植物，名词小类相邻，亦是邻对。名词相对时，不要求名词中的小类相对，这叫宽对，如朱熹《观祝孝友画》：“天边云绕山，江上烟迷树。”“天”对“江”，天文对地理；“山”对“树”，地理对植物，这便是宽对。元吴镇《题王叔明林泉清话图》：“落日秋山外，霜林暮霭中。”“落日”对“霜林”，是天文对植物，“秋山”对“暮霭”，是地理对天文，这便是宽对。

上述三种对仗，工对要求严格，整饬工巧，写起来较难。宽对和邻对，相对而言要求低一些，也比较容易对出，在实际运用中较为常见。我们在对许多题画绝句的分析中发现，这几种对偶形式往往交叉使用，工对、宽对同用在一联诗中，工对、邻对和宽对、邻对同用一联中。苏轼《题王晋卿画后》：“丑石半蹲山下虎，长松倒卧水中龙。”“石”与“松”，地埋对植物，是宽对；“虎”与“龙”，同是动物名，是工对。这一联诗的对偶，是工对与宽对的结合。秦观《题大年小景四首》之一：“晓浦烟笼树，晴江水拍空。”“浦”与“江”，同是地理名，是工对；“烟”与“水”，天文对地理，是邻对；“树”与“空”，植物对天文，是宽对。这一联诗的对偶，是工对、邻对、宽对的结合。陆游《题莹上人二画・吴江》：“晓听枫桥钟，暮泊松江月。”“晓”与“暮”，同是时令名，“枫桥”与“松江”，同是专用名，是工对；“钟”与“月”，器用对天文，是宽对。这一联诗的对偶，是工对与宽对的结合。尤袤《题米元晖潇湘图二首》（其二）：“淡淡晓山横雾，茫茫远水平沙。”“山”与“水”，同是地理名，是工对；“雾”与“沙”，天文对地理，是邻对。这一联诗的对偶，是工对和邻对的结合。由此可见，写诗运用对偶法，可以用工对，然而采用工对和宽对、邻对相结合的方法，比较灵活机动，容易写作。

对偶中还有当句对一格。同一个诗句中，一个字词与另一个字词构成对偶，这叫当句对。当句对在题画绝句中运用得颇多。王蒙《题范宽画卷山水》：“山青水碧不胜愁。”“山青”对“水碧”，此即当句对。柯九思《题王孤云界画山水图》：“几度春花秋雨，不知秦苑吴宫。”“春花”对“秋雨”，“秦苑”对“吴宫”，这也是当句对。又如鲜于枢《僧巨然画》“秋鲈春鳜足杯羹”，倪瓒《新雁题诗图》“青枫欲赤碧梧黄”，杨载《题应中父所藏陈仲美山水小景》“层峦叠嶂倚晴空”，唐寅《题云山烟树图轴》“云山烟树霭苍茫，渔唱菱歌互短长”，其例甚多，不一一赘列。

下面，我们再选录一些历代题画绝句中的对偶佳句，供读者参考，排列以五、六、七言绝句为序。五言绝句如元倪瓒《题画》（载于吴历《夕阳秋景图》上）：“云开见山高，木落知风劲。”清恽寿平《题出水芙蓉图》：“冲泥抽柄曲，贴水铸钱肥。”清汪士慎《题墨梅图册》：“一干瘦如蛟，千花香似雾。”唐马远《题国色天香图》：“国色酣朝日，天香散晚风。”近代吴昌硕《题蔷薇卢橘图》：“卢橘黄如金，蔷薇红若火。”

六言绝句如元张宪《题画》：“远岫层层何处？矮房簇簇谁家？”元萨都剌《题画》：“绿树阴藏野寺，白云影落溪船。”清黎简《题江懒山光图》：“庋堂远吞山光，构亭平挹江濑。”

七言绝句如元邓文原《松雪临郭河阳溪山渔乐图》：“峭石浮岚俯翠微，瀑流飞雨散林霏。”

第二节　譬喻

写诗常用比喻手法作为修辞格，称为譬喻。譬喻指诗人运用相似联想的艺术思维方式，以事物的相似特点为媒介，以此喻彼，将被描写对象表现得更为生动形象、具体可感。譬喻有明喻、暗喻、曲喻、博喻之分，表现手法丰富多彩。题画诗人常用这种手法摹写画面具象或整体画境。

将喻象和被喻事物分明地写在同一句或一联诗里，这种手法叫明喻。如苏轼的《题王晋卿画后》：“丑石半蹲山下虎，长松倒卧水中龙。”“山下虎”和“水中龙”是喻象，“丑石”和“长松”是被喻事物，两者联系在一起，喻意非常明白。

宋马麟《层叠冰绡图》，画白梅二枝，杨皇后题诗云：“浑如冷蝶宿花房，拥抱檀心忆旧香。”诗句用白色蝴蝶比喻梅花的白色花瓣，说它拥抱着花心，忆念着旧日的馨香，将被喻对象表现得更为生动形象。元王冕《寒梅图》，画水墨梅一枝，自题诗云："一树寒梅白玉条，暖风吹乱雪飘飘。"梅树伸出一枝枝长满花朵的杈丫，像是一根根白玉条；暖风吹来，吹落白雪般的花瓣，纷纷飘落在空中。题诗连用两个比喻，生动描绘画面形象。

沈周《题杖藜远眺图》："白云如带束山腰。"白云好像是绕在山腰的带子，"白云"是被喻对象，"带"是喻象，"如"是譬喻词语，将两者绾合起来。陆治《榴花白雉图》："修翎飞集瑶阶上，长夏浑疑雪未消。"诗人将白色的雪比喻为瑶阶上白色雉鸟的长长羽毛。郑元祐《郭天锡云山》："青山肯被云遮尽，时耸尖奇一两簪。"诗人将露出云雾之上的山顶，比喻为一两只尖尖的、怪奇的玉簪。清吴历《泉声松色图》："碧嶂峙西东，泉飞认白虹。"二句诗描写泉石，说碧色的峰峦如屏嶂，东西向对峙着；流泉飞漱于崖石间，远远望去，如见白色的霓虹。对起写景，形象生动，碧嶂与白虹比照，苍翠与雪白的映衬，色彩鲜明。以上这些都是明喻。

隐去被喻事物，只说喻象，要联系前后诗意方知喻象所说明、描述的被喻事物是什么，这叫暗喻。元代无名氏画《芦叶达摩图》，元僧清欲题诗云："芦花风起浪头高，少室岩前去路遥。劫外一花开五叶，脚跟正好吃藤条。""一花开五叶"象喻禅宗的发展盛况。《五灯会元》卷第一记载了一则达摩的偈颂，云："吾本来兹土，传法救迷情。一花开五叶，结果自然成。"禅宗在我国发展，到唐五代时期，形成五个流派，即临济宗、曹洞宗、云门宗、沩仰宗和法眼宗，成为禅宗发展史上的兴盛期。"一花开五叶"便是比喻这一史实，是为暗喻。

清人朱耷画《碧桃春燕图》，他的题诗运用暗喻手法，却多寄托：

今朝已作杏花郎，天上碧桃谁在傍。
叵耐巢空迎燕雀，不教燕贺两朝阳。

解读这首诗，不能停留在表象上，要发掘诗句的深层意蕴。首句写自己，以杏花的高洁、不染世尘的品格，比拟自己。次句暗喻清廷对汉族文人的利诱。三、四句，还是用比喻，以空巢比拟仕途中的官职，以朝阳比喻朝见皇帝。诗人说，有人用空巢来迎接燕雀，实在可恶；不教汉族文人两次朝见皇帝。全诗运用一连串的暗喻，隐去被喻事物，只说喻象，以表达自己不事二朝、不做贰臣的心意和清高品格，含意深隐，赋予这幅《碧桃春燕图》强烈的政治意义，让读画人在诗画的含蓄美中去领悟它的思想内涵。

题画绝句中运用暗喻手法的例子很多。明祝允明《题唐寅墨竹扇》“未曾分得凤凰毛”，读者联系诗题，知道诗人用凤凰毛来譬喻竹叶。范梈《题松雪图》“青天白日睡苍龙”中，诗人以苍龙比喻松树。柳贯《题日观画葡萄》“摘得骊珠口口吞”，诗人以骊珠比喻葡萄。徐渭《榴实图》“深山少人收，颗颗珍珠走”，诗人以珍珠比喻石榴之子。苏轼《王进叔所藏画跋尾五首·赵昌芍药》：“倚竹佳人翠袖长，天寒犹着薄罗裳。”诗人并不明说芍药花像女子，而是用倚着修竹、穿着薄罗裳和长长翠袖的佳人，比喻画面上敷彩明润匀薄的芍药花，以写出芍药花的神韵。张雨《题春山岚霭图》：“玉人只隔轻烟霭，三尺图中正面看。”诗人形容轻烟岚霭笼罩下的春山，好像是一位隔在烟雾中的美人，益发显示出她的清秀奇绝，妩媚动人。以上这些譬喻，都隐去被喻事物，是为暗喻。

运用一连串喻象来说明、描述同一被喻事物，这叫博喻。唐寅《墨竹》：

一林寒竹护山家，秋夜来听雨似麻。
嘈杂欲疑蚕上叶，萧疏更比蟹爬沙。

唐寅用蚕爬上桑叶吞食时的嘈杂声、蟹爬在沙上发出的萧疏声，比喻竹林中如麻的雨声。又如文徵明《兰竹图》，今藏台北故宫博物院，画家题诗云：

风裾月佩紫霞绅，秀质亭亭似玉人。
要使春风长在目，自和残墨与传神。

题诗的前两句描写画面上的兰花，用一连串的比喻，描写兰花的神韵，说兰花的叶子像风中飘拂的衣裾，又像是紫色云霞的绅带，兰花像是映着月光的佩玉。诗人连用三个比喻，喻写兰花，是为博喻。题画绝句采用博喻手法，并不多见。

第三节　美女喻花

人们往往形容貌美的女子有“如花容貌”，相反，诗画艺术家也用美女形容娇美的花卉，题咏花鸟画的诗人常用这种手法。诗人题咏水仙花图，很自然联想到凌波微步的洛神，如祝允明《钱选水仙》：“八斗才中画洛神，翠罗轻扬袜尖尘。”题咏梅花图，很自然地联想到罗浮仙子，如刘泰《红梅翠竹图》：“罗浮仙子访湘君，翠袖娟娟映茜裙。”题咏牡丹花图，很自然地联想到沉香亭畔赏牡丹的杨玉环，如文徵明《画牡丹》：“好似沉香亭上看，东风依约可怜人。”以美女喻花，正是花鸟画题诗独特的美学特征。

在我国题画诗史上，比较早的以美女喻花的诗作，要数宋代崔鶠的《题黄筌画花》（其二）：

浅浅红颜与白腮，卧枝斜叶抱新开。
何人与作春风面，诳得蜂儿日日来。

诗人以美女的容颜形容黄筌的画花，那浅红色的花瓣就像美女的脸庞那样红润妍丽，那白色的花瓣则像美女雪白的两腮一样，它们在卧枝斜叶间，含苞怒放。宋范成大《题徐熙风牡丹二首》，也运用以美女喻花的手法，诗云：

紫　花

蕊珠仙驭晓骖鸾，道服朝元露未干。
天半刚风如激箭，绿绡飘荡紫绡寒。

白　花

寒入仙裙粟玉肌，舞余全不耐风吹。
从教旅拒春无力，细看腰支袅袅时。

第一首咏“紫花”，以芯珠宫中的仙女比喻画上的紫牡丹，以她们身穿的“绿绡”“紫绡”，形容仙女的彩色衣裙，暗指画绢上的绿叶和紫花。第二首咏“白花”，以刚跳完舞的仙女，比喻风中摇摆的白牡丹。仙女刚刚舞罢，袅袅腰肢疲惫无力，不禁寒风，浑身凸起如粟一般。两诗诗意全从美女形态、神情立意，将徐熙花画的“骨气风神”充分描绘出来，形象生动。

元钱选画折枝梨花一枝，清秀淡雅，朴素大方。他在画卷左侧题写一首七绝：“寂寞阑干泪满枝，洗妆犹带旧风姿。闭门夜雨空愁思，不似金波欲暗时。”题诗以美女比喻梨花，形容这枝梨花恰如一位雨中美女，婉转哀怨，宁静清寂，不胜娇美。前两句诗意，显然从白居易《长恨歌》“玉容寂寞泪阑干，梨花一枝春带雨”中脱出。白诗原意是以梨花带雨比喻杨贵妃哀怨的神情，钱选题诗却反其意而用之，以杨贵妃旧时的风姿形容雨中梨花的风神，以切合《梨花图》。

清高凤翰画《梅花图》，自题一绝：

朱唇玉靥额鹅黄，乱锁轻烟共一香。
绝似汉宫初破晓，水晶帘外斗新妆。

题诗采用以美女喻花的手法，描写画面具象，表现梅花的色泽、馨香和风神，再现画境美。在诗人笔下，它们不是花，竟是一群美女，一群汉宫中的宫女。诗人以美女的“朱唇”“玉靥”“额鹅黄”，分别喻写画上的三色梅花。三、四句，用汉代宫女清晨斗新妆的情景，喻写画上繁花怒放、争妍斗艳的景象，给人以沁人心脾的审美享受。

清恽寿平是画作花卉画的高手，他晚年时创作了一幅《五色芍药图》，并且题一诗："吹罢琼箫咽风尘，粉痕暗减镜中春。低垂翠袖红妆侧，舞倦龙绡金谷人。"全篇使用比喻，以美女喻花，多方面表现画上芍药的风神。首句以美人吹罢玉箫使风楼不再扬尘为喻，形容芍药花之亮丽、明净。次句以美女脸上涂上铅粉，镜中失去她原有的艳丽色彩为喻，形容芍药画色泽素雅。第三句以侍女在美女边侧低垂翠袖为喻，形容绿叶衬托芍药花的样子。结句以穿着龙绡舞衣的绿珠在金谷园里刚刚舞罢为喻，形容在风中摆动的芍药花之态。全诗采用传统的比喻手法，用美女喻写画上的芍药花，表现它的绰约风姿，以避免白描手法的平直，更富艺术魅力。

第四节　拟人化

拟人是一种很常见的修辞手法。题画诗人常常将无知之物比拟成人，赋予客观事物人的情感、灵性，使被描写对象人格化，人情与物理互相渗透，化无情为有情，显示出画幅和画面具象的强烈感情色彩。元高克恭《仿老米云山图》：

青山半晴雨，遥现行云底。
佛髻欲争妍，政恐勤梳洗。

首二句写画面上雨霁时青山隐现的情态，第三、四句，用拟人手法，说行云飘过青山，峰顶如佛髻一样的石块为了争妍竞奇，正勤于梳洗。此诗用拟人格，自比直接摹写更为生动，更有意趣。

元郑元祐《郭天锡云山》：

飞墨来从海岳庵，春风吹雨满江南。
青山肯被云遮尽，时耸尖奇一两簪。

郑氏与高克恭一样，采用拟人化手法，将青山当作有思想的人，说它们岂肯被云雾遮住，不时高耸山顶，露出云雾之上，好像一两只尖尖的、怪奇的玉簪，曲尽云雾变幻莫定之妙，很符合云山时隐时现的美感特征。

明沈周《题云山图二首》（其二）：

侵晓溪山半是云，草堂亦许白云分。
故人到此云相接，欲去还须云送君。

诗人用拟人手法写“云”，写云之态，也写云之情，赋予山中白云人的性格和感情，它能迎送故人，非常亲切。

明杜琼《自题山水》：

纷纷画债未能偿，日日挥毫不下堂。
郭外有山闲自在，也应怜我为人忙。

杜琼用拟人手法赋予“郭外山”人的感情，它应该怜惜自己整日忙碌。如此措意，为诗篇增添了无穷的生趣。

题写花鸟画，诗人也可以用拟人手法，将花鸟当作人，使之人格化，化无情为有情，使诗画艺术感情充沛，更富有活力。

元袁桷《题周曾秋塘图卷》：

芦荻萧萧秋水清，拒霜迎日斗红英。
鸡鶒属玉休惊讶，岁晚江天得共行。

画上秋塘里的小鸟鸡鶒、属玉，诗人嘱咐它们，不要惊讶，不要因秋天到而担忧，秋日江天寥廓，正可容与共行，共赏秋日美景。诗人将小鸟人格化，他的劝慰语也十分亲切。

明杜堇《题梅下横琴图》：

梅下吟成理素徽，浅溪时度冷香微。
冰花亦解高人意，不等风来落君衣。

杜堇抓住画幅上的主景高人与梅树着笔，着意描写高人赏梅、吟诗、操琴的雅事，并赋予梅花人的感情和善解人意的个性。梅花不等东风吹来，自动将花瓣洒落在高人身上，为高人助兴，表达理解高人雅洁的情怀。

明李日华《仿了久小笔》：

不是看山淡欲无，江空沙落眼模糊。
鹁鸠强要司晴雨，不管人眠着意呼。

题诗的前两句描绘画面的朦胧美，后二句用拟人手法写“鹁鸠”。诗人利用鹁鸠“晴则呼之”的生理属性，说它竟然强自掌管老天的晴雨，不管夜深人静时人们都在熟睡，着意啼鸣，反衬出山林月夜的幽静。

明文徵明题《画鹊》诗“日光浮喜动檐楹，乌鹊于人亦有情。小雨初收风泼泼，乱飞丛竹送欢声”，描写乌鹊有人情，雨后初霁，清风习习，它特意飞到竹里啼鸣，给人送来欢乐的声音。明徐渭《菊竹图》题诗：“身世浑如泊海舟，关门累月不梳头。东篱蝴蝶闲来往，看写黄花过一秋。”诗人描写东篱菊丛里的蝴蝶，空闲时常在自己的窗前飞来飞去，看自己画作菊花，度过整个秋季。无情之蝴蝶，成为多情之物，伴诗人书窗画菊，饶有意趣。清华喦《山雀爱梅图》题诗：“望去壁间春似海，半株僵铁万花开。莫奇林叟情耽冷，山鸟亦知解爱梅。”华喦赋予无情的山雀人的情感和审美意趣，表现画面上山雀飞跃于梅树间的情态，说它也懂得爱梅，意趣无穷。

历代题画绝句中运用拟人化手法的实例很多，如明沈周《玉兰写生》："韵友似知人意好，隔阑轻解白霓裳。"玉兰花通人意，她隔着阑干轻轻地舒展着洁白得像云霓一般的花瓣，向人们致意。明唐寅《题山路松声图》："松声偏解合泉声。"簌簌的松涛声，偏偏懂得应和着泠泠的山泉声，此句运用拟人格，写得极有意趣。清萧云从《秋山霜霁图》："冷艳足为秋点染，从来多事是秋风。"秋风好像是一位多管闲事的老人，装饰着秋树上的红叶，为秋天增色。清郑燮《题画竹》："唯有竹枝浑不怕，挺然相斗一千场。"秋风狂吹，只有竹枝一点也不畏怕，挺然与之争斗一千场。竹枝像人一样有骨气，挺然特立，意蕴极深，这不啻是高风亮节的诗人的自我写照。

第五节　假设句

诗人运虚笔，用虚拟假设的语气，写出不可逾越的时空差距和不可能出现的事物，从而表达出自己惊人的意想和强烈的愿望，使诗意推进到一个新的境地。就题画绝句而言，往往用假设句转折，由画面推想、生发自己的感慨。这种表现手法常用在第三句。如唐罗隐的《题磻溪垂钓图》：

吕望当年展庙谟，直钩钓国更谁如？
若教生在西湖上，也是须供使宅鱼。

诗的前两句，先写画面上吕望磻溪垂钓的故事。第三句，诗人调转笔头，由画面拓开诗思，联想到五代时的社会弊政，将一千多年前周朝的吕望移到今天，超越时空限制，运用假设句，巧妙地讽刺了钱镠盘剥百姓的社会现实。

宋韩驹《题李伯时画背面仕女》：

睡起昭阳暗淡妆，不知缘底背斜阳。
若教转盼一回首，三十六宫无粉光。

李公麟传神地将绝色佳人的娇美，蕴含在背面仕女图中。诗人韩驹独具慧眼，看出了李公麟的艺术匠心，便在第三句使用假设的语气，点破画家的三昧，凭着灵动的诗句，使绘画的含蓄美，巧妙地被表现出来。

宋尤袤《题米元晖潇湘图二首》（其二）：

淡淡晓山横雾，茫茫远水平沙。
安得绿蓑青笠，往来泛宅浮家。

诗人从画面美景触发观画感慨，用假设语气，说自己希望能驾一叶扁舟，穿戴上绿蓑青笠，像唐代诗人张志和那样，以泛舟为家宅，渔隐于像画面一样的潇湘山水之中。

元高克恭《赵子昂为袁清容画春景仿小李》：

春林如染缀溪容，几处幽居倚碧峰。
不是两翁情话久，白云深杳未能逢。

诗的第三句是说，假若两位老友不是互诉衷肠、长久伫立的话，那么，在峰峦重重、白云深远的环境中，是很难相逢的。全诗三句写景，一句写人，使用假设句式斡旋其中，使全诗不显板滞，气格灵动，妙思得天趣。

元邓文原《题温日观葡萄》：

满筐圆实骊珠滑，入口甘香冰玉寒。
若使文园知此渴，露华应不乞金盘。

前两句，着力表现温日观所画葡萄之逼真传神。第三句，借汉代司马相如病渴的历史故事，说他如果知道温日观画的葡萄味美解渴，也就不会再向汉武帝乞求金盘中的仙露。这里，诗人缩短了时空差距，将远隔千年的历史人物和画家拉在一起，使用假设句法夸张地形容温日观画艺的高超。

明沈周《题桐阴乐志图轴》：

钓竿不是功名具，入手都将万事轻。
若使手闲心不及，五湖风月负虚名。

题诗先从正、反两方面发议论，说出渔隐的乐趣和志向。第三句转而写到自己，用假设语气，说假使自己休闲来此垂钓，内心达不到上述要求，那么将辜负太湖风月，徒有垂钓之名。转笔用假设句，托出正意，转合自然。

清高凤翰《题梅石图》：

风条吹出雪皑皑，珍重东皇着意栽。
纵使也从春色见，肯同桃李一齐开？

题诗前两句写出梅花的自然属性，突出梅花傲霜雪的品格。诗的后两句，使用假设句，说出自己的观画感慨：假使梅花也在春天开放，它肯同桃李一齐开放吗？诗意从反方向着笔，进一步赞美梅花拒寒的特性。

清高翔《题春山云起图》：

云满山头树满溪，春风浩荡绿初齐。
若教此地容高隐，我亦移家傍水西。

前两句，写画面、画境如此优美，令人油然兴起移家其间的意想。第

梅石图

三、四句，便用假设句，说如果此地容许他人隐居，诗人也将移家在溪水之西，长久地陶醉在美景中，尽情享受大自然的赐予。

郑燮自题《竹图》诗，更是成功运用假设句的范例，诗云：

画工何事好离奇，一干掀天去不知。
若使循循檐下立，拂云擎日待何时？

题诗完全针对一竿独挑的画象构思立意。首二句，就画象着笔，说明画家用离奇的艺术想象画出一竿掀天的画象来。第三句用假设句，诗意一转，从相反方向设想，说：如果循规蹈矩立于檐下，必然长成又矮又小的竹竿，不可能去拂云擎日。全诗寓意于象，控诉压抑人才的现实社会，寄寓画家远大的理想和追求。

第六节　巧用故事

画家将历史人物的故事画入画幅，如陈宏画《明皇击桐图》、李伯时画《明妃辞汉图》、钱选画《张丽华侍女汲井图》。题画诗人写诗题咏之，必然有一个用典的技巧问题。题画绝句中用典的写作技巧，也完全受画幅题材内容的制约，画幅内容是历史故事，题画绝句就要写到有关典故。除此以外也有一些画幅，其题材内容并不是历史故事，题画诗人也可以根据表达的需要，动用历史、传说故事，用典入诗，增强诗歌的表现功能。用典使事，不是罗列故事内容，照搬故事情节，而是贵在巧妙灵活；借典达意，或明用，或暗用，或反用，切时、切地、切人。下面我们结合具体作品加以分析说明。

宋黄庭坚《题伯时画严子陵钓滩》：

平生久要刘文叔，不肯为渠作三公。
能令汉家重九鼎，桐江波上一丝风。

全诗由画面推开，直写画外意，以严光一生经历为背景写成，出之以议论笔调，以写景收结，回应画面，点出题旨。如此用典，必须对严光的一生经历进行高屋建瓴般的概括。诗人抓住严光助成刘秀帝业（第三句“能令汉家重九鼎”）和刘秀称帝后严光退隐桐庐（第二句“不肯为渠作三公”）这两件要事，突出他不为名利所动的高士风范，热情歌颂了严光的高风亮节。

明高启《二乔观兵书图》：

共凭花几倦新妆，玄女阴符读几行。
铜雀那能锁春色，解将奇策教周郎。

二乔，三国时代吴国乔玄有二女，称大乔、小乔。史书未言二乔读过兵书，然元人杨维桢《拟三妇词》云：“小妇似小乔，中夜读兵书。”杨氏富学，当有所据。高启诗当从此出。题诗先写画面，说二乔忙着观看兵书，顾不得理新妆。诗的后两句，一反杜牧《赤壁》“东风不与周郎便，铜雀春深锁二乔”诗意，谓二乔能熟读兵书，将奇策授予周瑜，定能打败曹军。那么，曹操的铜雀台怎能锁得住二乔呢？高启这首题画诗，扣住画题，翻历史的案，巧妙用典，反用典故，说出一番令人惊奇的话来，转折层深，极有理趣。

清王士禛《题胡玉昆南新水部署宋梅图为程翼苍》：

风雨崖山事杳然，故宫疏影自年年。
何人寄恨丹青里，留伴冬青哭杜鹃。

胡玉昆，清代画家，名元润，金陵（今江苏南京）人。程翼苍，名邑，翼苍其号也，上元人，士禛友人。本诗为程邑收藏的胡元润画《宋梅图》而题写，此图所画乃宋故宫之梅，画家借以寄托南宋亡国之慨。题诗就画外发端，说南宋崖山败亡的旧事已经遥远，而故宫的梅花依然年年开放。第三句扣画，画家胡元润借丹青以寄托宋亡之痛，实则是寄托明亡之痛。结句用陶宗仪《南村辍耕录·发宋陵寝》中的典故。浮屠杨琏真珈于萧山盗发赵氏诸陵，山阴人唐珏请人收遗骨埋葬之，掘故宫中冬青一株，植于坟间，并作诗云："只有春风知此意，年年杜宇哭冬青。"王士禛诗的结句即自唐珏诗句翻出，表达了恋恋不忘故国的深情。

以上是题画绝句运用历史故事的例证。下面再讨论画幅题材并非历史故事，诗人兴之所至，拈用传说、典故入诗，如元张雨《墨杏花折枝》：

折得邻墙红杏枝，春风偷染墨胭脂。
恰如误入仙山路，虎啸林深月暗时。

前两句诗，描写画面墨杏花；后两句，用《神仙传》中董奉的典故（《太平广记》卷二《董奉》引）。传说三国时代吴地隐居着一位医生，名董奉，他为人治病不收钱，但令植杏树，重病者植五株，轻病者植一株。董奉治愈的病人无数，久之杏树成林。有偷食者，护林之虎必长啸以逐之。画家张雨通过题诗，巧妙地说自己画上的杏花是从董奉杏林里折来的，颇有意趣。

元王恽《滕王蝶蚁图二首》（其一）：

槐壤纷纷事暂欢，枕中栩栩伴周闲。
丹青欲识滕王意，须著人间比梦间。

诗人以梦为线索，运用两则梦的典故，一则为《南柯太守传》淳于棼梦入大槐国的故事，写蚁；一则为《庄子·齐物论》中庄周梦蝶的典故，写蝶。题咏《滕王蝶蚁图》，始终不离画面上的蝶蚁形象，点出人生如梦的诗旨。

元贡性之《观弈图》：

笑杀王郎底事痴，斧柯烂尽不曾知。
却抛尘世无穷乐，只博山中一局棋。

这首小诗的写法，与其他题画绝句迥异。它并没有描绘画面具象，只就画幅中的题材内容生发，题咏晋人王质入山遇仙，观棋烂柯的故事。诗语虽涉论宗，但始终紧扣《观弈图》的题旨，出之于唱叹，以理趣取胜，赞赏王质对棋艺的痴迷。

明祝允明的《钱选水仙》堪称妙用典故的代表性作品，诗云：

八斗才中画洛神，翠罗轻扬袜尖尘。
霅溪老子真能事，更比陈王写得亲。

全诗环绕曹植《洛神赋》写成。首句称赞画家选用八斗才曹植众多作品中的《洛神赋》，据其赋意，以洛水女神比作水仙花，画出《水仙图》。次句摹写画面水仙形象，用女神的翠色罗裙随风飘扬比拟水仙的绿叶，檃栝《洛神赋》中的"凌波微步，罗袜生尘"句意，喻写风姿绰约的水仙花。诗的后两句还是用曹植事，诗人说画家画的水仙花神骨清绝，比曹植笔下的洛神还要亲切，用陪衬之法一衬，凸现水仙花画的风神。此诗用典笔法灵巧，或明或暗，或用其事，或用赋意，或点化赋句，技法多样，内涵丰富，比简单化的用典手法要高明得多，也精彩得多。

近代名画家吴昌硕画过一幅桃花图，好友蒲华为其题一诗《题吴俊卿花卉图轴》：

天台是否洞多栽，漫说瑶池结实来。
惆怅三千年后事，画中香艳满怀开。

蒲华的诗，并不摹写画上具象，却用两则典故，即刘义庆《幽明录》中的刘阮故事和《汉武故事》西王母种桃的故事，点缀、渲染，给这幅桃花图带来仙灵之气，蒙上浪漫的色彩，有效地赞誉吴昌硕这幅气韵生动的花卉画。

近代赵云壑画了一幅《葫芦图》，长轴，画上十余个葫芦，大小不等，疏密相间，以藤蔓、枝叶连缀，运用狂草圆转的笔意，笔墨灵动酣畅，直承其师吴昌硕的艺术传统。画家自题《大吉图》：

重圆大小似连珠，高架墙阴借升扶。
此物王�曾掷地，休言依样画葫芦。

题诗前两句从画面形象着笔，描写葫芦的外形，说它们凭借太阳光生长。第三句宕开画面，用王筠掷葫芦而诗成的典故，点明画意，表示自己也要像诗人王筠那样，借助葫芦催发诗兴，多写好诗。

第七节　点化成句

有的诗人化用古人诗文成句，使之有新意，又符合题画的要求。点化诗句时，或用成句，只字不变；或稍加变易，融入自己的诗境；或取前人句意，字面上作较大的变化；甚至点化得法，不露痕迹，语若己出，这更是上乘之作。

有的诗人用前人成句，只字不动，融化在自己的诗境中。元柯九思《题黄筌画红蕉十二红》："故国三千里，名禽十二红。白头供奉在，挥泪湿东风。""故国三千里"是唐张祜《宫词》中的成句。柯九思借用张祜成句，表现画家黄筌离别故乡巴蜀，来到汴京任职，整日凭借画作蜀中名禽十二红以度日的无奈心情。

明文徵明《题雨村图》：

四檐风雨昼昏昏，小纸斜窗破墨痕。
翻得杜陵巫峡句，归云拥树失山村。

前两句，先述作画时的时空环境，点出当时风雨昏暗的创作氛围，画家受到环境的诱发，忽然想到杜甫的《返照》"归云拥树失山村"的意境，便翻用杜甫诗意，画成一幅《雨村图》，恰当地表现出"云气滃郁，树色霏微"的境界。文徵明从杜诗中看到了画意，便用它画成《雨村图》，又借用杜诗成句，非常准确地描摹画境，完成了诗与画的完美交融。

点化前人成句，稍加变易，与自己的诗意融合，如明文徵明《仿倪云林》：

平生最爱云林子，能写江南雨后山。
我亦雨中聊点染，隔江山色有无间。

结句巧借王维那富有诗情画意的《汉江临泛》中的成句"山色有无中"，稍易一字，恰切地描述了画境。

元张翥《题吴性存所藏赵仲穆竹枝双蝶图与玉山同》：

满丛鲜碧露团香，院落春红过野芳。
蛱蝶一生花里活，飞来还恋竹风凉。

第三句写到双蝶，化用李贺《秦宫诗》中"秦宫一生花底活"句，稍易几字，切合蛱蝶之神理。结句扣到题目，说蛱蝶虽一生爱在花丛生活，但也喜在竹间飞舞，爱恋竹风的凉爽，着力表现"蝶"和"竹"的形和神，给人以怡悦神往的审美享受。

前人题画诗单句运化前人诗意者，其例甚多。如元钱选《题秋江待渡图》"山色空蒙翠欲流"，语出苏轼《饮湖上初晴欲雨》"山色空蒙雨亦奇"；元黄公望《赵松雪山居图二首》（其一）"自爱诗书静里忙"，语出唐裴说佚句"读书贫亦乐，搜句静中忙"；元张昱《题夏圭孤舟风雨图》"此船载得许多愁"语出李清照《武陵春》"又恐双溪舴艋舟，载不动许多愁"，张昱反其意而用之；明杜琼《题听泉图》"从知活水源头在”，语出朱熹《读书有感》：“问渠那得清如许，为有源头活水来”；明沈恒《题刘西台清白轩图》“黄尘飞满紫貂裘”，语出陆游《诉衷情》：“关河梦断何处，尘满旧貂裘。”诗人们将前人的成句，稍加运化，便成题画佳句。

取前人诗意，亦化其字面，不露痕迹，读者看不出是借用他人诗句。如宋苏轼《王进叔所藏画跋尾五首·赵昌芍药》：

倚竹佳人翠袖长，天寒犹着薄罗裳。
扬州近日红千叶，自是风流时世妆。

题诗前两句描绘画面上芍药花的色泽、形态和风神，诗意全从杜甫《佳人》“天寒翠袖薄，日暮倚修竹”两句翻出，色彩素雅，楚楚动人，很符合赵昌画的审美特征。

宋黄庭坚《题画睡鸭》：

山鸡照影空自爱，孤鸾舞镜不作双。
天下真成长会合，两凫相倚睡秋江。

宋人洪迈《容斋随笔》卷一指出：“徐陵《鸳鸯赋》：‘山鸡映水那相得，孤鸾照镜不成双。天下真成长会合，无胜比翼双鸳鸯。’黄鲁直《题画睡鸭》云云，全用徐语点化之，末句尤精工。”黄庭坚运化前人成句功夫用在“化”字上，与自己的立意契合，语若己出，因而是一首趣味盎然的好诗。

清高翔《题扬州即景图》：

最繁华地久知闻，无赖多因月二分。
廿四桥头箫隐隐，玉人难觅杜司勋。

此诗集中反映出高翔檃栝、运化前人诗句的艺术技巧。第二句点化徐凝《忆扬州》"天下三分明月夜，二分无赖是扬州"的诗意，切地，赞美扬州月夜美景和扬州昔日的繁华。三、四句檃栝杜牧《寄扬州韩绰判官》"二十四桥明月夜，玉人何处教吹箫"诗意，切人、切时，切合诗境。

元龚璛《题翠禽画》:

一曲寒塘漾夕晖，珍禽照影惜毛衣。
非鱼也自知鱼乐，不肯花前掠水飞。

诗人借用《庄子·秋水》中的名句:"惠子曰:'子非鱼，安知鱼之乐?'庄子曰:'子非我，安知我不知鱼之乐?'"采用拟人手法，说翠禽深知鱼在水中从容闲游的乐趣，故而不肯在花前掠水飞过，怕惊扰了游鱼，用语十分贴切。

第八节 语言色彩美

绘画艺术要讲究色彩、运用色彩，前代画论家早已论及。宋炳《画山水序》:"于是画象布色，构兹云岭。""以形写形，以色貌色也。"谢赫《古画品录》提出著名的"六法"绘画理论，其中一法就是"随类赋彩"。到了唐五代，画家在色彩运用上已经积累了丰富的经验，扩大了绘画色彩的表现功能。李思训父子画大青绿山水，创"金碧山水"法;张萱、周昉画人物，"彩色柔丽"(张彦远《历代名画记》卷一〇评周昉语);梁广画花鸟，"善赋彩笔"(同书评梁广语)。唐宋时代，我国画家还重视用墨方法，墨分五彩、六彩，张彦远《历代名画记》卷九评殷仲容说:"或用墨色，如兼五采。"唐岱《绘事发微·墨法》:"墨色之中分为六彩。"可见，画家运用色彩是创造绘画美的重要手段。

诗歌语言的色彩美，是构成诗美即诗境美的重要元素，受到历代诗论家的重视和推崇。曹丕《典论·论文》说"诗赋欲丽"，陆机《文赋》也说"诗缘情而绮靡"。唐代诗人继承了前代人运用色彩的优良传统和宝贵经验，因此，唐诗色彩富赡、绚丽多姿，如著名诗人李白诗风“清而丽”，李贺“奇而丽”，李商隐“密而丽”，杜牧“宕而丽”，真是异彩纷呈，给人带来了赏心悦目的审美享受。

绘画艺术用“丹青”来表现客观事物的色彩美，构成直接的视觉感受，诗歌艺术则与之不同。诗人们运用诗歌语言，表现客观事物的色彩美，大致有以下三种表现方式：

1.用表现色彩的直观感字面，如红、绿、黑、白、紫、蓝；也可以用表现色差的字眼，如浅红、淡黄、粉蓝等。这种方式最易运用，也最容易识别，如白居易《忆江南》：“日出江花红胜火，春来江水绿如蓝。”直接运用“红”“绿”“蓝”等色彩的字面。

2.具有特征性的事物，它们往往带有特定的色彩，读者一看到这个事物，就会引发联想。它们往往带有特定的色彩，说“雪”，一定是“白”的；春草，一定是“绿”的；莺，一定是“黄”的。现实生活中，这种固定色的事物是很多的，诗人借助这些事物，表现具有色彩的诗歌意象。直接运用色彩的字面和借助固定的事物以表现色彩，这两种方式常常是交叉使用的，最典型的例子，便是白居易的《钱塘湖春行》：

孤山寺北贾亭西，水面初平云脚低。
几处早莺争暖树，谁家新燕啄春泥。
乱花渐欲迷人眼，浅草才能没马蹄。
最爱湖东行不足，绿杨阴里白沙堤。

这首诗有表现色彩字面的字，如“绿”“白”，也有采用固定的事物，营造色彩鲜明的画境：“几处早莺争暖树，谁家新燕啄春泥。”莺和燕都具有特定的色彩，莺是黄色的，燕是黑色的。乱花和浅草也各具色彩，乱花是各色各样的花，浅草是嫩绿色的。这首诗是一首描写钱塘湖早春景色的诗，通过表现色彩的字面和特定事物的色彩，俨然一幅色调和谐、色彩鲜明、春意盎然的湖边春行图。

自然界的色彩是千变万化、丰富多彩的，诗人和画家对其进行观察、体认和把握，愈来愈深入、细致，能非常准确地把握色彩多元化配合的规律，并将其运用于自己的艺术品中。

其一，调和色的运用。诗画家选择和谐的色彩，即色差较近或则出于同一原色的色彩，形成一种很协调的美感，即色彩的和谐美。我国宋代诗论家曾季貍在《艇斋诗话》中说：

> 韩子苍云：老杜"两个黄鹂鸣翠柳，一行白鹭上青天"，古人用颜色字，亦须匹配得相当方用，"翠"上方见得黄，"青"上方见得白。此说有理。

"匹配"一词，恰到好处地说明色彩配合的和谐。明文徵明画《春山烟树图》，自题一绝云："千村绿树一溪分，白叠晴峦锁白云。"千村绿树与一溪清水相衬，百叠晴峦为满山白云掩映，色彩淡雅"匹配"，深得"江南雨后山水"的神髓。

其二，对比色的运用。诗画家喜欢运用鲜明的对比色加强人们对物体色感的印象，使被描写的客体形象更为鲜明突出。潘天寿曾说："色彩的调配，要符合对比强烈、明豁的要求。"(《1965年浙江美院附中国画讲座》)唐王维《田园乐》："桃红复含宿雨，柳绿更带朝烟。"红与绿的对比，非常鲜明。明唐寅《题画》："红树青山飞乱云，白茅檐底带斜曛。此中大有逍遥处，难说与君画与君。"红与白的对比非常强烈，十分醒目。

其三，条件色的运用。受到周边环境的影响或其他光照的辐射，某种物体会改变原来的色彩，而成为另一种色彩。这种变化了的色彩，被称为条件色。王维《阙题二首》(之一)："山路元无雨，空翠湿人衣。"原来白色的衣衫，受到水气、绿草的映照，变成绿色。李白《望庐山瀑布》"日照香炉生紫烟"，表现了淡淡的云雾，受紫褐色山石的映衬，又受日光的照射，变化成紫色。这种情况题画绝句中也频频出现，如元张宪《竹蝶图》"平沙小苑窗中绿"，纱帷本是白色，受到窗外翠竹的映照，成为绿色。元钱选《题秋江待渡图》："茅茨落日寒烟外，久立行人待渡舟。”斜阳映照着茅屋远山，景色绚丽。这些诗都运用了条件色。

我国古人早已有色彩与感觉相融合的理论，梁萧绎《山水松石格》云：“炎绯寒碧，暖日凉星。”后来绘画界遂有暖色、冷色、静色、动色的提法。古代诗人常用这些能表现生活中感觉体验的色彩来烘托艺术氛围，为创造诗美提供条件。如王维《过香积寺》：“泉声咽危石，日色冷青松。”太阳光本是暖色，但照在浓郁的青松里，给人“冷”的感觉。题画诗人也将这种审美体验写入绝句，如元管道升《自题墨竹》：“侍儿不用频挥扇，修竹萧萧生嫩凉。”修竹是翠色的，给人带来凉意，自然用不着再叫侍儿挥动扇子。

诗人还运用色彩表现动态事物，使色彩具有动态美，通常包含两种形态：一是快速动态，以色彩代表客观事物，物在动，色彩也在动，是一种快速的移动。李贺《上云乐》“飞香走红满天春”，“红”，指红色花卉，春天到来，红花送香，花枝摇动，花瓣飘扬，带来满天春色。李贺《兰香神女庙》“闲绿摇暖云”，说绿色的竹树在暖云中摇动，这些都表现了色彩的动态。二是渐变形态，以色彩代表客体事物，它们逐渐生长，发生形态变化，是一个渐变的过程。唐丘为《题农父庐舍》：“东风何时至，已绿湖上山。”诗人将春风吹醒草木，萌芽生长的过程，极为形象地表现出来。宋王安石《泊船瓜洲》中的名句“春风又绿江南岸”，其艺术意想与丘为诗相仿佛。

题画诗人描绘、表现绘画艺术的种种色彩，彰显其色彩美。诗人们有时运用单一的表现形态，去描绘画幅上的色彩，然而，诗人们更多地交叉运用多种表现形态，多层面地表现画面上丰富多彩的色彩美。下面，我们将解读五首题画绝句，以见出色彩美运用的一些奥秘。

元郭珏《题扇》：

柳树晴虹隐画桥，藕花微雨过归桡。
波光倒蘸红楼影，照见佳人弄玉箫。

全诗色彩清丽，语言精美，既有直观感色彩字面——“红楼”，又用特征性事物表现色彩，如“柳树”“晴虹”“画桥”“藕花”“玉箫”。翠绿的柳树与彩色的晴虹相配，清水与荷花相配，色彩和谐；碧波与红楼相配，用对比色。诗人多层面地描绘画面色彩，准确地再现扇面画的色彩美，给人以难忘的美感体验。

明文伯仁《题青绿山水》：

山青云白水拖蓝，绿树黄茅小结庵。
只有红桃霞一片，令人对景忆江南。

诗人用多种色彩表现手段，交叉运用调和色和对比色，青山与白云、蓝水相衬，绿树与黄茅相衬，色彩调和；桃红霞色与岸柳翠绿，色彩对比强烈。全诗形成色彩明净、绚丽的美学特征，充分描绘出桃红柳绿、山明水秀的江南美景。

清王翚《草堂碧泉图轴》：

雨过飞泉下碧湍，长松落翠草堂寒。
何人解识高人意，溪上青山独自看。

石谷运用多种语言色彩的表现方法，描绘出画境之美。泉水本无色，受绿色松树的映照，变成“碧泉”，此为条件色。将色彩与动态事物相结合，泉水在山间奔流，水势湍急，故曰“碧湍”。石谷又将色彩与人的感觉体验结合起来：长松撒下翠色，故曰“落翠”，翠色是冷色，给草堂送去凉意，故曰“草堂寒”。石谷将种种色彩和色彩的动态感、寒冷感绾合在一起，融入诗境，不仅丰富了诗境美的内涵，也提升了画幅的审美品位。

近人张熊的《题菊花图》：

黄鹅紫凤娇欲舞，金幢玉节纷来迎。
南山悠悠忽在眼，满手秋风餐落英。

诗人先用表色彩的字面“黄”“紫”，描绘画面菊花具象；再用特征性事物“金幢”“玉节”，形容金黄色和玉白色的菊花形象。两句诗极意形容秋菊的流光溢彩，姿态娇美，为诗境美的创造奠定了基础。

近人蒲华《题天竺水仙图》：

璎珞红珠著意妍，万年颂到炼丹仙。
洛滨妙试凌波步，庾岭香从破腊传。

首句“璎珞红珠”，直接用色彩字面；次句写画上的万年青，其果实为红色，圆如球，像是神仙炼成的仙丹，此用特征性事物表现色彩。首二句，都是写红色，“红”是暖色，给人温暖、馨和的感觉。三、四句描写画上的水仙和腊梅，水仙花是白色，腊梅花为黄色，它们都有特定的色彩。全诗运用组合联想的思维方式，将四种植物组合在一起，运用多种表现色彩的手法，以喜庆吉祥为主题，创造出欣欣向荣、色彩艳丽丰富的艺术境界，在岁末时节给人们送来温馨祥和的审美感受和祝福。

第八章　修辞（下）

第一节　炼字炼句

古典诗词讲究炼字、炼句、炼意，而炼字恰为炼句、炼意的基础。诗词作品是由单个汉字组成的，炼字好否，是创造语言精练美的先决条件，直接关系到一首诗词的优劣和好坏。

古人很重视炼字、炼句，宋欧阳修《六一诗话》记载过一则记闻：有一位姓陈的读书人得到一个杜甫的集子，读至《送蔡都尉》“身轻一鸟”，下落一字。陈某因与数人各用一字补出，或曰“疾”，或曰“落”，或曰“起”，或曰“下”。后得一善本，乃是“身轻一鸟过”，诸人叹服不已。脍炙人口的王安石《泊船瓜洲》“春风又绿江南岸”，一个“绿”字炼得好。洪迈《容斋续笔》卷八记载：“吴中士人家藏其草，初云‘又到江南岸’，圈去‘到’字，注曰不好，改为‘过’，复圈去而改为‘入’，旋改为‘满’，凡如是十许字，始定为‘绿’。”尽管这个“绿”字，唐人多次用过，而王安石将它与空间辽阔的江南岸联系起来，确实气象万千，富有情韵。可见炼得一个好字，很不容易。

前代诗人、词家炼字炼得好的实例很多。王之涣《登鹳雀楼》“白日依山尽”，描写登在高楼上，观看落日依傍远山慢慢落下，下一个“依”字，表现出落日的时间过程，也还有依恋不舍的情意，用得妙。杜牧《山行》“白云生处有人家”，描写远处白云袅绕，好像在山谷里滋生出来，一个“生”字，有动态感，与静静的寒山相配合，意境高远。杜甫《月》“四更山吐月”，炼一个“吐”字，将四更天月始出时的景况，描写得细致入微。皇甫冉《归渡洛水》“暝色赴春愁”，李白《菩萨蛮》

“暝色入高楼”，两位诗人将暝色当作人，写它们“赴春愁”“入高楼”，笔墨生动有情趣。孟浩然《望洞庭湖赠张丞相》：“气蒸云梦泽，波撼岳阳城。”“蒸”字炼得好，形容湖面迷蒙浩森，如水气上蒸。“撼”字炼得妙，生动地形容湖水澎湃动荡，两句写出洞庭湖的雄伟气象。《然灯记闻》评曰：“蒸字、撼字何等响，何等确，何等警拔也。”杜甫《旅夜书怀》：“星垂平野阔，月涌大江流。”繁星低垂，愈见平野辽阔；月涌江波，月光随江流动。《杜诗解》评曰：“‘星垂’二句，千锤百炼，成此奇句。”

说到炼字，还应该谈谈诗眼的问题。贺贻孙《诗筏》：“诗有眼，犹弈有眼也。诗思玲珑，则诗眼活。”魏庆之《诗人玉屑》：“古人炼字，只在眼上炼。”杨载《诗法家数》“句中要有字眼”，与魏氏说的是一个意思。仇兆鳌《杜诗详注》引黄生语：“诗眼贵亮，而用线贵藏。”说明我国古代诗人、诗论家都很看重炼字，注意语言精练美。

炼字在何处炼，也就是“诗眼”的位置问题。《竹庄诗话》引何谿汶《漫斋语录》：“五言诗以第三字为句眼，七言诗以第五字为句眼。”意思是炼字当在五言诗的第三字，七言诗的第五字。这种说法，在唐宋人诗里，不乏其例，如王维《过香积寺》：“泉声咽危石，日色冷青松。”赵殿成《王右丞诗集笺注》评曰：“下一‘咽’字，则幽静之状恍然，着一‘冷’字，则深僻之景若见。昔人所谓诗眼是矣。”杜甫《为农》：“圆荷浮小叶，细麦落轻花。”岑参《宿关西客舍寄东山严许二山人时天宝初七月初三日在内学见有高道举征》：“孤灯然客梦，寒杵捣乡愁。”朱淑贞《墨梅》：“顷刻回春色，轻盈动玉卮。”均同此格。七言诗点眼在第五字，如杜甫《咏怀古迹》：“群山万壑赴荆门，生长明妃尚有村。”一个“赴”字，将群山写活了。杜甫《返照》：“返照入江翻石壁，归云拥树失山村。”第五字一个“翻”字，一个“失”字，都是很下工夫的地方。秦观《春日》：“有情芍药含春泪，无力蔷薇卧晓枝。”均同此格。

其实，点眼第三、第五字的说法很不全面，前代诗论家有人不以为然，认为点眼不能拘泥于固定位置，应当根据创作的实际需要，灵活多变。杨载《诗法家数》:“下字,或在腰,或在膝,在足,最要精思,宜的当。”陈仅《竹林答问》明确地说:“炼字无定处,眼亦无定处,古今岂有印板诗格邪?”唐宋人的创作实践,恰好证明这个道理。

杜甫《奉酬李都督表丈早春作》:“红入桃花嫩,青归柳叶新。”眼在第二字。葛常之评曰:“若非入与归二字,则与儿童诗何异?”(《诗人玉屑》卷八引)王昌龄《重别李评事》:“吴姬缓舞留君醉,随意青枫白露寒。”点眼在第三字“缓”上,不在第五字。王世贞《艺苑卮言》:“缓字与随意字照应,是句眼,甚佳。”杜甫《水槛遣心二首》(其一):“细雨鱼儿出,微风燕子斜。”二句眼在尾字,因雨细而鱼出,因风微而燕斜飞,深得物理,故妙。

总之,写诗要炼字、炼句,字要在“眼”上炼,不必拘泥字眼之位置,一切从实际出发,不拘一格,使之精警、传神、生动,造成语言精练美,给读者以鲜明生动的、富有色彩感又有动态感的视觉形象,增加诗的韵味,提高诗的艺术魅力。沈德潜提出过炼字的审美要求是:“平字见奇,常字见险,陈字见新,朴字见色。”(《说诗晬语》卷下)这是很值得大家重视的。

以上所论述诗歌要炼字的道理,均适用于题画绝句。题画绝句也要炼字、炼句,也有不少练字炼得好的佳句。

元王冕《墨梅》:“不要人夸好颜色,只流清气满乾坤。”“流”字炼得好,比“留”字形象化,说让梅花的清香流播开去,布满天地间。元郭珏《题扇》“波光倒蘸红楼影”,描写红楼的影子倒映在碧波中,用一“蘸”字,语新意奇。明文徵明《题雨晴纪事图》:“碧沼平添三尺水,绿榆新涨一庭阴。”受到雨水的滋润,榆树枝叶茂盛,满庭绿荫,着一“涨”字,将树木蓬勃生长的态势,描写得十分生动。又,文徵明《题曲港归舟图》:“雨绝树如沐,云空山影浮。”二句尾字炼得好,春雨刚过,林木苍翠欲滴,好像沐浴过,“沐”字精警;雨云刚过,水气尚存,山影好像在浮动,“浮”字也精警。明陆士仁《题抱琴独坐图》:“绿树阴阴锁翠烟,泠泠琴筑漱寒泉。”翠绿色的云烟封住了树荫,用“锁”字很形象化;寒泉淌过岩石,发出像琴筑般的音响,用“漱”字写寒泉流过岩石，更精雅。明蓝瑛《辛巳为茂先画疏林图》："清思渺长空，青岫云痕敛。"秋日天气晴朗，云雾收敛，邈远长空，给人们带来无限的清思和遐想，一个"渺"字，形容清思如长空一样窅渺，很传神。明项圣谟《题山水册页》："江晴浣秋爽，山出恋斜晖。"这两句诗形容画面美景，有两处炼字炼得很精妙的地方。首句形容江水将天空洗得干干净净，带来秋日独有的爽致，一个"浣"字炼得好，大有柳永"一番洗清秋"（《八声甘州》）的韵味。次句不说斜阳照山，却用一个"恋"字，将群山写活了，它们变成了有生命力、有感情的事物。清王翚画作《山水图册》，题了一首沈周的诗："山压茅檐树压溪，摊书不觉日痕西。"首句写山势高峻，茅屋低矮，生出"压"的感觉；上有茂密的树荫，下有弯曲的溪流，也生出"压"的感觉。"压"字炼得好，生动地表现出山高林密的审美效果。清石涛《题蔷薇图》："一样花枝色不匀，偏教野趣闹残春。"次句描写蔷薇花画的生趣，它生机蓬勃，长在野外，颇有野趣，在残春时节，繁密开放，春意盎然，热闹非凡。虽说这个"闹"字，明显地传承了宋祁"红杏枝头春意闹"（《玉楼春》）的意境，然而原济将"闹"字与"野趣""残春"联系在一起，自然别有一番风味。

以上我们摘引了历代题画绝句中炼字的佳句，与读者共赏。下面，我们专门遴选恽寿平题画绝句中的佳句，与读者共赏南田炼字的功夫。

清恽寿平《壬子十月江上笪御史同石谷王山人浮舟毗陵水次盘桓霜林红叶间属王山人为图各赋诗十二章以志胜事》（《瓯香馆集》卷三）："谁能系却斜阳影，不放千红到夜阴。"此诗"系"字是诗眼，诗人突发奇想，说有谁能系住斜阳，不让它西沉，让它永放光彩，照亮千树枫林。一个"系"字，正是神来之笔，表现出南田落想奇警的诗才。又，《题石谷写唐解元诗意》（《瓯香馆集》卷七）："溪亭竹路晓烟平，云壁崚嶒翠削成。"诗意形容高耸入云的山壁，崚嶒陡峭，像是用力削成的，一个"削"字，十分形象。又，《画柳》（《瓯香馆集》卷七）："莫是花城苑路东，拖烟绾月自玲珑。"形容画面上苑路东的柳树，萦绕着烟雾，笼罩着月色，自是玲珑可爱。"拖"字、"绾"字语意高雅新颖，不同凡俗。又,《林居高士图诗赠蓉峰高士》(《瓯香馆集》卷八):“移石苔草知,赠君山灵悦。”不说自己画出石、云,却说是从别处移来山石,只有苔草知道;赠送一抹微云,使山灵怡悦。“移”字、“赠”字,出人意料。又,《抚刘寀落花戏鱼图》(《瓯香馆集》卷一三):“跳波鱼出藻,搅碎一池春。”鱼儿跳波,打破一池平静的春水,如果诗句写成“打破一池春”,就显得平庸。南田将它写成“搅碎一池春”,自然精警动人。又,《题仿大痴山水轴》(吴企明校辑《恽寿平全集》补辑卷二):“割取一峰深秀色,可能移入米家船。”诗意是说将深秀的真山真水摄入画中,然而南田大胆地炼取一个“割”字,形象地表达上述的诗意,自然是惊人耳目,令人印象深刻。

第二节　叠字

叠字,又称双字,将两个字叠用,表现客观事物,形象更为具体,音节自然和谐,增加诗歌的音律美。

魏庆之《诗人玉屑》卷六引《石林诗话》:“诗下双字极难,须使七言、五言之间,除去五字、三字外,精神兴致全见于两言,方为工妙。唐人记‘水田飞白鹭,夏木啭黄鹂’为李嘉祐诗,摩诘窃取之,非也。此两句好处,正在添‘漠漠’‘阴阴’四字。”此将诗歌中的叠字称为双字。罗大经《鹤林玉露》乙编卷六“诗叠字”条云:“诗有一句叠三字者,如吴融《秋树》诗云:‘一声南雁已先后,槭槭凄凄叶叶同。’是也。有一句连三字者,如刘驾云‘树树树梢啼晓莺,夜夜夜深闻子规’是也。有两句连三字者,如白乐天云‘新诗三十轴,轴轴金玉声’是也。”诗中叠字有多种表现形式,极富变化,最常见的是一句中叠用一字,也有一句中二字叠用的,有对句用叠字的,也有一句诗中叠用一词(二字)的、两句中叠用三字的。题画诗人也常在诗中运用这种叠字句法。

最常见也是最简单的一种叠字法,便是一句诗中叠用一字,如明李日华《题画米山》“水木清华处处佳”“声声似劝我移家”,元倪瓒《松雪马图》“渥洼龙种思翩翩”,元邓文原《米敷文楚山清晓卷》“蒙蒙烟树楚江湄”,例子太多,不再赘举。

一句诗中叠用二字,如清萧云从《秋山访友图》“秋风谡谡水潺潺”,用象声的叠字,形容风声、水声,使人如闻其声。清王愫《秋江闲泛图》“凉风袅袅水悠悠”,形容风状水态,生动形象。宋胡仔《题苕溪渔隐图》“秋云漠漠烟苍苍”,写出云烟郁郁苍苍、叆叇迷蒙的景象,饶有韵致。也有人将叠用的二字连在一起,如米友仁《自题山水》:“霄壤千千万万山,东南胜地孰跻攀。”

有对句用叠字的,如宋尤袤《题米元晖潇湘图二首》(其二):“淡淡晓山横雾,茫茫远水平沙。”用叠字“淡淡”形容晓山横雾,用“茫茫”形容远水平沙,增加空灵美感,以之表现画面形象,得平淡天真之趣。元张宪《题画》:“远岫层层何处?矮房簇簇谁家?”用叠字形容远山层层叠叠,矮房众多簇聚,很生动,而且调协音律,一举而双得。元程钜夫《题仲经家江贯道潇湘八景图》(之一):“昏昏风浪里,瑟瑟打篷声。”这两句话扣住画面“夜雨”下笔。“昏昏”,点夜字;“瑟瑟”,点雨字,很贴切。也有对句用两个叠字的,如明徐渭《画竹十首》:“叶叶枝枝逐景生,高高下下自人情。”形容画面上竹子枝叶疏密为随景而生,或高或下,出自画家心意。宋胡仔《题苕溪渔隐图》:“溪边短短长长柳,波上来来去去船。”二组叠字放在一句诗里,联成对句,增加形容词的修饰力度,以“短短长长”形容溪边之柳,写出柳树参差错落、茂密繁多的情景,以“来来去去”形容溪上之船,写出舟船穿梭往来、繁忙快速的景状,十分生动形象。

也有一句中叠用一词(二字)的,如明文徵明《题横塘诗意图》“百叠春云百叠山”,形容重巘叠嶂,重云层雾,非常恰当。清朱耷《题荷花》:“半池莲叶半池菱。”清李方膺《梅花图册页》:“一枝斜挂一枝垂,莫怨丹青手段卑。”不相连接地叠用一词,形容花枝的不同状态,很妥帖。

清汪士慎《题梅花》:“冰华化水月添白,一日东风一日香。”形容梅花日日生香。清张赐宁《燕子矶图轴》:“燕子矶边燕子飞,朝朝送客带斜晖。”巧借专有名词,不相连接地叠用“燕子”一词,十分工整。

元钱选《题山水卷四首》“半在虚空半在山”，近代王震《题渔舟图》“自家拍手自家歌”，都是异曲而同工。

两句连用三字者，如顾瑛《题文湖州竹》：“湖州昔在湖州日，日日逢人写竹枝。”

更有一种“掉字句法”，也叫叠字法，一句诗或一联诗的上句、下句，叠用的一词掉换一个字，更加光彩夺目，精神倍增。清冒春荣《葚原诗话》说：“掉字句法，如‘桃花细逐杨花落，黄鸟时兼白鸟飞’，及李商隐‘座中醉客延醒客，江上晴云杂雨云’之类。”即叠用的一词，掉换一个字，只叠用一字。题画绝句中经常能见到这种技法。一句诗中用掉字句法的，如清朱耷《山水册页》“墨点无多泪点多”，“墨点”与“泪点”相叠，掉换一字。清李方膺《风雨钟馗图》“到底人穷鬼不穷”，“人穷”与“鬼穷”相叠，掉换一字。明高启《题徐贲溪山图》“满壑春阴满涧苔”，明王绂《题送行图》“半是诗囊半药囊”，明李日华《题画米山》“吴山尽处越山涯”，以上各例，都是单句用掉字句法。元温日观《题画葡萄卷后》“修心来到无心地，万种千般逐水流”，说画家要“修心”，如果没有修到“无心”的境界，就不可能增进画艺，势必“逐水流”，一事无成。温日观运用韵味极浓、意境极隽的掉字法诗句，写出自己的创作体验，将艺术创作的思维规律与佛教禅意联系起来，确是好诗。

一联诗用掉字句法，如清李鱓《钟馗像轴》：“群憎我面非人面，未必他心是我心。”上句“我面”与“人面”，下句“他心”与“我心”，掉换一字。元王蒙《茅屋诵经图》：“客来客去吾何较，山静山深事亦无。”上句“客来”与“客去”相叠，只换一字；下句“山静”与“山深”相叠，也只换一字。清孔素瑛《题水墨落花蝴蝶扇面》：“春去春来花自惜，花开花落蝶应知。”上句“春去”与“春来”相叠，只换一个字；下句“花开”与“花落”相叠，也只换一个字。清袁耀《题山水图》开端两句：“百岁旧人谈旧事，一窗新绿试新茶。”上句“旧人”与“旧事”，下句“新绿”与“新茶”相叠，只换一个字，也是掉字句法。

叠字之法，形式多样，富有变化，灵活运用，可以增加诗歌的节奏感和音律美。写作题画绝句,不妨多采用这种修辞手段。

第三节　双声叠韵

律诗中间两联的对偶句,可以用双声叠韵联绵词相对;有对偶句的绝句诗,也可以用双声叠韵词相对。用双声叠韵联绵词构成对仗,可以使诗句齐整匀称,和谐悦耳,十分美妙动听,具有音乐美。

吴可《藏海诗话》里提到过"联绵对",他说:"(杜甫)'羁栖愁里见,二十四回明。'乃是以连绵字对连绵数目也,以此可见工部立意对偶处。"王力《汉语诗律学》第一章第十五节曾举出高適《同陈留崔司户早春宴蓬池》"池边转觉虚无尽,台上偏宜酩酊归"为联绵对。

题画绝句也可以运用双声叠韵联绵词,构成对偶。双声叠韵联绵词相对应,可以分为两类:一是相对应的词同是双声词,或则同是叠韵词,即双声对双声,叠韵对叠韵;二是双声词与叠韵词相对。

相对应的联绵词同是双声词的,其例甚多。宋文同《许道宁寒林》:"交柯挥霍裴旻剑,乱蔓淋漓张晓笔。""挥霍"与"淋漓",同是双声联绵词。文徵明《题画》(载《陶风楼藏书画目》卷二):"山色参差乱碧苍,溪流屈曲日汤汤。""参差"与"屈曲"同是双声联绵词。明唐寅《墨竹》:"嘈杂欲疑蚕上叶,萧森更比蟹爬沙。""嘈杂"与"萧森"同是双声联绵词。清王憬《为友人补梅庭玩月图小照》:"空庭潇洒绝尘埃,帘影参差月色来。""潇洒"与"参差",同是双声联绵词。

相对应的联绵词同是叠韵词的,其例亦多。宋文同《题黄筌鹊雏》:"短羽已褵褷,弱胫方屴岌。"褵褷"与"屴岌"同是叠韵词。宋米芾《题嗣濮王芦雁二首》(其一):"偃蹇汀眠雁,萧梢风触芦。""偃蹇"与"萧梢"同为叠韵词。元赵孟頫《题李仲宾野竹图》:"偃蹇高人意,萧疏旷士风。""偃蹇"与"萧疏"同为叠韵词。元杜本《渔隐图诗为程子纯赋》:"山下白云缥缈,水边红树依稀。""缥缈"与"依稀"同是叠韵词。明唐寅《题暮春林壑图》:"逶迤十里平溪路,滴沥三重下漱泉。""逶迤"与"滴沥"同是叠韵词。明陈淳《水仙》:"玉面婵娟小,檀心馥郁多。”“婵娟”与“馥郁”，同是叠韵词。清恽寿平《莲图》：“绿云飘渺动仙裳，红艳轻匀斗晓妆。”“飘渺”与“轻匀”同是叠韵词。相对应的叠韵词，与平仄调协相配合，声调和谐，优美动听。

上下句相对应处，双声与叠韵联绵词也可以相对。此例比较少见。明瞿大坤《题草堂赏泉图》：“飞空琮琤韵琴筑，溅石错落翻珠玑。”“琮琤”是双声联绵词，“错落”是叠韵联绵词，上下句互相对应。清恽寿平《题王翚仿黄公望山水长卷四首》（其四，见上海博物馆藏画）：“淋漓能得势，惨淡到无心。”“淋漓”是双声联绵词，“惨淡”是叠韵联绵词，上下句互相对应。清王愫《抚琴图》：“苍茫芦荻洲，潇洒烟霞客。”“苍茫”是叠韵词，“潇洒”是双声词，均在句首，互相对应。

第四节　妙用虚字

写诗讲究炼字。炼字有炼实字和炼虚字之分。虚字炼得好，用得妙，可以使全篇诗意灵动，精神振起。郭兆麟《梅崖诗话》：“诗中虚字用得妙时，直使全篇精神踊跃而出。”题画绝句也常常借助虚字使诗笔生花，增诗味，长神韵，提高艺术品位。

题画绝句里运用虚字，随处可见。明沈周《题桃源图》：“啼饥儿女正连村，况有催租吏打门。”用了“况”字，诗意推进一层。唐罗隐《题磻溪垂钓图》：“吕望当年展庙谟，直钩钓国更谁如？”诗人说，当年吕望在磻溪垂钓，用直钩钓鱼，意不在鱼，希望得遇明主，施展治国抱负，有谁能像他一样？着一“更”字，突出无人可与相比的意想，再用诘问句一问，更显笔势灵活。

元邓文原《米敷文楚山清晓卷》：

蒙蒙烟树楚江湄，寂寞渔村护短篱。
云梦舟中春睡足，醉余犹记牧之诗。

前两句写画面，描绘云烟迷蒙、江树模糊的情景。第三句转笔，诗意很突兀，诗思呈跳跃状，原来诗人观看画幅后，由画面的楚山楚水推想自己曾在醉后睡在云梦泽的舟中。结句拍合，写到自己春睡醒来，忽然想起杜牧的《云梦泽》："日旗龙旆想飘扬，一索功高缚楚王。直是超然五湖客，未如终始郭汾阳。"全诗表达世事纷争、荣枯不等的历史感慨。诗人用一"犹"字斡旋于句中，使诗思由原本的静谧突然转向世事纷争的历史画卷，表达了深深的观画感慨。

清华喦题《山雀爱梅图》：

望去壁间春似海，半株僵铁万花开。
莫奇林叟情耽冷，山鸟亦知解爱梅。

题诗先描写画幅上梅花盛开的景境，第三、四句自画面跳出，却写到宋代诗人林逋。诗人说，大家不要因林逋爱梅而觉得奇怪，请看画上的情景，连山雀也懂得爱梅。全诗以林逋比衬山雀，结句着一个虚字"亦"字，突现出山雀爱梅的题旨。

清杭世骏《题当窗冰华图》：

一片冰华照眼明，当窗疏影正欹横。
逋仙去后无知己，只有青山不世情。

诗人先描写墨梅，前两句诗，将水墨清华的画面写得疏清雅逸，富有美感。后两句抒发感慨，说林逋死后，世上已经没有梅花的知己，只有青山不懂得世故，依然年年相伴着梅花。结句的"只有"二字，用虚字斡旋，借题发挥，慨叹人多世故，世无知音，感慨良深。

诗人在第三句运用虚字，可以使诗思转折，转出新意，明高启《二乔观兵书图》："铜雀那能锁春色，解将奇策教周郎。"转句处用"那"字，就翻了杜牧《赤壁》"东风不与周郎便，铜雀春深锁二乔"的案，诗意转折，跌出相反的意想，点明她们熟读兵书，将奇策授予周瑜，定能打败曹操，铜雀台又怎能锁住二乔呢？明文伯仁《题青绿山水》："只有红桃霞一片，令人对景忆江南。”诗的前两句描绘色彩鲜丽的画面，第三句着一“只”字，用撇开之法，写出画家的匠心，说明青山、绿水、白云，随处可见，不足为奇，只有这一片红桃如霞色，带着浓郁的江南色彩，才能令人长忆江南美景。清边寿民《题芦雁图》：“却笑衔柴乾鹊苦，一场缔造让鸠居。”诗的前两句，描写芦雁的生活习性及其怡然自得的情趣。诗的后两句，陡然转笔，由芦雁的习性生发开去，以“鹊巢鸠占”的成语为由头，构思立意，用虚词“却笑”一转，嘲笑并抨击鸠鸟占据鹊巢的行为。全诗写芦雁栖息芦荡和鸠鸟强占鹊巢，通过一个“却”字，形成鲜明的比照，突现题旨。

转句用虚字，一呼，结句用虚字，一应，绝句转合处用虚字前呼后应，全诗精神跃然纸上。唐罗隐《题磻溪垂钓图》：“若教牛在西湖上，也是须供使宅鱼。”诗人说如果吕望今天在西湖垂钓，不管职位多高，也应给钱镠缴纳使宅鱼，用“若教”“也是”两个虚词斡旋诗中，前呼后应，妙笔生花，意趣无穷。元贡性之《观弈图》：“却抛尘世无穷乐，只博山中一局棋。”王质入山观神仙弈棋，连斧柯烂尽也不知晓，转句着一“却”字，尾句着一“只”字，转折唱叹，说他只顾观看山中一局棋，抛却人间的无穷乐趣，将《述异记》中的王质故事写得有声有色，突现王质对棋艺的执着和痴迷。元虞集《青山白云图》：“仙家更在空青外，只许人间礼白云。”诗人观看画幅后，想象自己独自去寻访山中的隐士，但行尽百道湾、千道涧，不见隐士踪迹。第三句用一个“更”字，第四句用一个“只”字，便使精神跃然纸上，题旨也突现出来。原来隐士属仙家，住在更远的“空青”之中，不愿人们去打扰他，只希望人们朝着白云礼拜。诗意转折层深，充分表现出隐士远离人世、不愿与凡人交往的超凡脱俗的精神。

第五节　顶针

上句末尾的字、词，与下句开头的字、词相同，称为“顶针”，也称“顶真”。陈望道《修辞学发凡》解释这种修辞手段：“用前一句的结尾来做后一句的起头。”顶针格可以使诗歌前后的语气蝉联而下，互相衔接，句意紧凑有力，有利于调协节奏，增加音乐美。白居易《长恨歌》里，有好几处运用顶针格，如“芙蓉帐暖度春宵。春宵苦短日高起”“后宫佳丽三千人，三千宠爱在一身”“忽闻海上有仙山，山在虚无缥缈间”。它们起着衔接上下诗意的艺术作用。

题画绝句也可以运用顶真格修辞手段。最基本的也是最简单的表现方式，就是上句末尾的字、词与下句开头的字、词相同。如宋朱熹《题可老所藏徐明叔画卷二首》(其一)：“群峰相接连，断处秋云起。云起山更深，咫尺愁千里。”第二句的“云起”和第三句的“云起”是相同词组的连接，诗思蝉联而下，有一气呵成之感。元顾瑛《题文湖州竹》：“湖州昔在湖州日，日日逢人写竹枝。”首句尾字“日”与第二句前二字“日日”相接，使上下句承转自然，读来顺口。元唐肃《题画》“重重水阁出林下，下视黄尘千丈深”，用了顶针修辞手法，上下衔接紧凑。明徐渭《水墨竹枝》：“日长苦难度，墨君借以遣。细叶莫生风，风波世上满。”三、四句“风”字顶针，但词义起了变化，前者为自然界之“风”，后者衍化为社会生活中的“风波”，一语双关。明杜琼《题听泉图》：“闲对溪泉歌濯缨，濯缨歌罢独留情。”上句的末二字与下句的首二字相同，使诗意蝉联而下，顺畅自然，也引出“沧浪之水清兮”的艺术意想来。王翚《空山幽泉图扇》上题唐寅《怀友》“怪是无端搅梦中。梦见故人忙起望”，使上、下句诗意蝉联。

有些字、词前后衔接，并不限于前一句结尾和后一句开头相同的方式，而采用灵活变化的方式，同样可以达到衔接自然、气势蝉联的艺术效果。明徐渭《秋葵天牛》：“莫笑人生易白头，头白看花人亦少。”前一句末尾为“白头”，后一句开头易为“头白”，意思是一样的。清石涛《竹林莲沼》：“墨团团里黑团团，墨黑丛中花叶宽。”后一句的“墨黑”，分别顶承前一句中“墨团团”的“墨”和“黑团团”的“黑”。清朱耷《枯木孤鸟图》：“鸟自白头人不识，可堪啼向白头人。”前一句的“白头人”在句中不是词组，是“白头”之“鸟”和“人不识”之“人”的并合；后一句的“白头人”在句尾，是一个词组，位置起了变化，词性、词义起了变化，但仍然起着承接上下句的联结作用。宋邵博《题智永上人潇湘夜雨图》："曾拟扁舟湘水西，夜窗听雨数归期。归来偶对高人画，却忆当年夜雨时。"第二句末尾的"归期"和第三句开头的"归来"，以"归"字联结，词性起了变化。尾句的"夜雨"与第二句的"夜窗听雨"遥应，以"夜雨"两字联结，也起着上下承接的作用。

还有一种当句顶针的形式，极是巧妙。元马臻《题画杂诗》："山吐白云云吐山。"这里的"云云"不是用了叠字法，乃是当句顶针格，前一个"云"是山吐云之"云"，是宾语；后一个"云"字是云吐山之"云"，是主语。如此用法，语言回环往复，气势自然流畅，节奏明快，形成了诗歌语言的齐整美和音乐美。元杨维桢的《雨后云林图》"浮云载山山欲行"，与上一例句一样，用当句顶针格描写了画面景象，浮云载着山，山被浮动的白云衬托着，好像在动。

明欧阳旦题吕瑞俊《竹雀图》："仿佛东溪溪上景，便鸿遥寄座中看。"诗人说这幅画上的竹雀，仿佛是"我"家东溪的溪上景色。明徐渭《梅树美人图》"欲寄梅花花尚无"，清华嵒《钟馗嫁妹图轴》"轻车随风风飕飕"，清王愫《千尺雪图》"寒山山头千尺泉"，清钱载《观王文简所题马士英画》"江山如画画依然"，近代虚谷《雪梅》"似雪似花花似雪"，亦是当句顶针。

更有一种奇妙的顶针格式，如元顾瑛《题文湖州竹》："湖州昔在湖州日，日日逢人写竹枝。"下句的"日日"与上句尾字"日"相接，组成顶真格，诗意蝉联，形成三字连接相叠的格式。清龚贤《题挂壁飞泉图》："挂壁飞泉同夜夜，夜光来处四窗虚。"下句的"夜"字，与上句句尾的叠字"夜夜"相接续，组合成顶真格，诗意相承，形成三字连接叠起的格式。

第六节　双关语

双关语，是用一个词语同时表现相关的两种不同事物、相关的两种不同的艺术意想。这种修辞手段，利用中国文字音同而义异或义同而音异的语言特征，以“指物借意”方法，传达深层的意蕴。这种技巧也常被题画诗人运用，比较典型的例子，便是明徐渭的《题葡萄图》：

半生落魄已成翁，独立书斋啸晚风。
笔底明珠无处卖，闲抛闲掷野藤中。

诗的后两句，“明珠”既指笔底的墨葡萄，也借指才华杰出的人才，一语双关。诗的表层意思是说葡萄无人识货，卖不出去，只得乱掷在野藤中，而其深层的意蕴是说，才华杰出的人才无人赏识，只得被“闲抛闲掷”在山野间。在题画诗里，诗人发泄了怀才不遇的悲愤。明徐渭的《题榴实图》：“山深熟石榴，向日笑开口。深山少人收，颗颗明珠走。”同样运用双关语，表现了与《题葡萄图》相同的感慨。

宋赵佶《题腊梅山禽图》：

山禽矜逸态，梅粉弄轻柔。
已有丹青约，千秋指白头。

诗的下两句由“白头”鸟名生发立意，暗用阮籍《咏怀》“丹青著明誓，永世不相忘”的诗意。“丹青”是古代绘画常用的颜料，不易变色，喻比友情的坚贞，因此，诗人指着白头翁，表白千年不变的心意。“白头”，既指白头翁鸟，也指白头人，一语双关，表达自己画作《腊梅山禽图》的初衷，涵蕴深秀，耐人寻思。

清王武《题白头三友图》：

雪尽亭皋松影寒，忽闻春信到阑干。
胭脂冻蕊垂垂发，头白人须仔细看。

这幅画画松、竹、梅“三友”，松枝上站着一只白头翁鸟，凝视着远方。

题诗的前三句描写画面形象，结句扣到赠友的画意上。“头白”，一语双关，既指画上的白头翁，也指头白人“翔翁”（王武友人）。画家通过诗句，指示友人，请他仔细观看画中的具象和自己的作画匠心，希望能与他订立“岁寒心”的期约。此诗构思的方法与宋赵佶的诗相仿佛。

元潘纯为黄公望所作的画上题诗一首：

阿翁作画如说法，信手拈来种种佳。
好水好山涂抹尽，阿婆脸上不曾搽。

这首题画诗，不了解作画本事，不容易读懂。原来，林叔大在江浙行省作掾吏时，接待社会名流，分出等级。接待达官贵人，则宰杀猪羊；接待士人君子，不过一碗素汤面而已。一日请黄公望作画，又请潘纯题诗。潘诗第二句称赞画家，后两句讽刺主人林叔大。陈衍《元诗纪事》卷二二引《辍耕录》云：“子素（潘纯之字）即书一绝云云，大痴笑谓曰：‘好水好山，言达官显宦也。阿婆脸不搽，言素面也。’言未已，子素复加一句云‘诸佛菩萨摩诃萨’，俱不解其意。子素曰：‘此谢语，即僧家忏悔也。’哄堂大笑而散。叔大数日羞见客。”诗句的讽刺意义，被黄公望说得很清楚。全诗语言质朴，口语入诗，巧用双关语，增加了诗作的戏谑情调。

元傅若金《双燕图赠王惟中》：

玄鸟飞时绿树春，湖南烟际往来频。
明年社日君何处？逢着新巢忆故人。

这是一首写赠别的题画绝句。第三句中的“君”，一语双关，既指双燕，也指王惟中；第四句中的“巢”，一语双关，既指燕巢，也指王惟中的家。两句意谓，明年社日不知（燕子）在哪里，逢着新巢不要忘记自己这个故人。而其深层意蕴是，明年社日不知（王惟中）在哪里，希望他到了新家，还长久地忆念自己。

明徐渭《水墨竹枝》："细叶莫生风，风波世上满。"由自然界的"风"，联想到社会生活中的"风波"，风有了双重含意，便是"一语双关"之法。

诗人题画，往往由画面具象生发感慨，由自然物联想到社会生活中的人和物、人的情思，而借物指意，一语双关，正好符合这种艺术表演的需要。

第七节　互文

诗的上下句中受音节和字数的限制，作者互有省略，解说时，仍要用互文见义之法理解全句和上下句的诗意。这种互见句法是适应诗歌艺术形式而形成的。沈德潜评论王昌龄《出塞》"秦时明月汉时关"时说："边防筑城，起于秦汉，明月属秦，关属汉，诗中互文。"（《说诗晬语》）从互文见义的角度理解这句诗，应是"秦汉时的明月、秦汉时的关"，受字数限制，只能省去一些文字。

题画绝句中常常可以看到运用"互文"技巧的诗句，如宋李唐《七绝》："云里烟树雨里滩，看之容易作之难。"这里用互见句法，意谓云里、雨里的烟树，云里、雨里的水滩，这种种自然美景，看看容易，要将它们描画出来是很困难的。受到七言绝句字数的限制，只能写成"云里烟树雨里滩"。元倪瓒《新雁题诗图》"青枫欲赤碧梧黄"，用互见句法，应理解为青枫欲赤，碧梧欲黄，表现出枫树欲赤未赤、梧桐欲黄未黄的秋日景色，非常传神。其本可以写成"青枫欲赤梧欲黄"，平仄不合，乃用互文法，写成"青枫欲赤碧梧黄"（平平仄仄仄平平）。元马臻《题画杂诗》"山吐白云云吐山"，用互见句法，应理解为山吐白云，白云吐山，形容画面上云雾缭绕，山峰在云雾中时隐时现、迅即万变的迷人景象，十分逼真。清奚冈《山水轴》"巨师林壑董源山"，用"互文"法理解，应该说这幅画的画家用了巨师（巨然）、董源的笔法画林壑，用巨师（巨然）、董源的笔法画山。清吴历《题听泉图轴》："水绕溪回石路深,白云遮屋树重阴。”“白云”句用了互文见义的方法,本意为白云弥漫,遮住了茅屋,树荫重重,遮住了茅屋,为了精简字数,调协平仄,也为了押韵,才写成“白云遮屋树重阴”。近代吴昌硕《题黄山古松图》“知是王蒙是公望”,意为不知是王蒙呢,也不知是公望呢?亦用互文见义法。近代蒲华《题山晴水明图》“水气空明竹气清”句,也运用互文见义的方法,写水气空明、清净,竹气空明、清净。以上都是单句中使用“互文”法的实例。

也有在一联诗的上下句中使用“互文”之法的。如宋文同《许道宁寒林》:“交柯挥霍裴旻剑,乱蔓淋漓张晓笔。”诗人使用两个形象性的喻象,比喻舞剑、书法两种艺术的气势、风格,上下句互文见义,有互补的作用。也就是说,裴旻舞剑,好像交柯、乱蔓那样气势灵动,淋漓酣畅;张旭挥笔书写,也好像交柯、乱蔓那样气势灵动、淋漓酣畅。宋楼钥《题徐圣可知县所藏扬补之画》:“梅花屡见笔如神,松竹宁知更逼真。”上下句互文见义,即梅花屡见笔如神、逼真,松竹屡见笔如神、逼真,全面称赞扬补之所画的梅、松、竹图。明沈周《题雨意图》:“雨中作画借湿润,灯下写诗消夜长。”这一联诗,上下句用“互文”之法,说自己作画、写诗,都在“雨中”“灯下”,都有“借湿润”的艺术特点和“消夜长”的作用。因此,上下句不能孤立理解,要互相补充。

第八节 俗语入诗

先唐时代,我国虽然也有民歌、民谣,但存留数量少,不受文人重视,文学语言包括诗歌语言,终以雅言为主体。“雅言”,最早见于《论语·述而》:“子所雅言,诗、书、执礼,皆雅言也。”雅言,不仅语言风格要求典雅高古,在思想内容上也要以儒家经典为标准。雅言作为一种诗歌艺术的审美理念,大多文人诗歌基本上以雅言写成。

随着唐宋文学观念的日益进步,通俗文学日益受到重视,许多文人也逐渐将俚言俗语采入诗文创作,因而整个文学创作中出现了雅言与俚俗语言融合的现象。唐王梵志诗,以其质朴的诗风和数量众多的俗语，表现劝善惩恶的思想，影响极大。唐代的俗讲、变文和传奇，宋代的话本、讲史、诸宫调等新文体中，大量出现俚言俗语。宋黄庭坚《再次韵杨明叔并序》："盖以俗为雅，以故为新，百战百胜，如孙吴之兵。"惠洪《冷斋夜话》也说："句法欲老健有英气，当间用方俗言为妙。"他们都在理论上主张俗语入诗。明清以来，资本主义因素的萌生与市民阶层的日益兴起，孕育、催化了俗文学的空前发展，形成了雅俗融合的新美学思潮，至此才真正摆脱封建文艺以雅言为主宰的局面。

历代的题画绝句，正好反映出文学语言的这种历史变化，以俗语入诗早已为众多诗人所接受，并被成熟地运用起来。

在唐代，就出现过像景云《画松》那样非常口语化的题画绝句：

画松一似真松树，且待寻思记得无？
曾在天台山上见，石桥南畔第三株。

全诗用以画作真的手法写成，用语自然明白，接近口语，能做到"声口俱活"（张谦宜《絸斋诗谈》评语）。无独有偶，五代唐希雅写的题画诗《题画》（载《全五代诗》卷三六引《槜李诗系》）：

谁泼烟云六尺绡，寒山秋树晚萧萧。
十年来往吴淞口，错认溪南旧板桥。

题诗之语言风格，与景云诗相仿佛。

明沈周《雏鸡图》题诗：

茸茸毛色半含黄，何独啾啾去母傍。
白日千年万年事，待渠催晓日应长。

此诗亦多通俗近口语，如"茸茸毛色""啾啾""去母傍""千年万年"，口语多见。

近代王震为《渔舟图》所题的诗，更是以俗语入诗的代表作，诗云：

自家拍手自家歌，一个渔翁打桨过。
网得鲜鱼还酒债，明朝再得醉颜酡。

题诗从画面景象切入，首二句表现渔父打桨荡舟、穿行芦荡的愉悦情态，诗人借助“拍手”“歌”“打桨”这些可感的动作细节，传达渔人内心的喜悦。三、四句的诗意，一转一合，写出渔父兴高采烈的原因：鱼篓里有刚刚网得的鲜鱼，可以卖掉后还去酒债，重新沽得美酒，明朝再喝个酩酊大醉，生动地表现出渔家乐的题旨。全诗或用叠字句法，或用口语入诗，活泼自然，语言通俗明白，像是一首渔歌，极具艺术魅力。

诗家还用近乎偈颂的禅语写题画诗，使诗歌语言通俗易懂。宋杨皇后题马远《洞山渡水图》，诗云：

携藤拨草瞻风，未免登山涉水。
不知触处皆渠，一见低头自喜。

题诗描述画面上的曹洞宗祖师洞山良价“临水照影，大省前事”的佛家故事。本诗语言通俗，很像佛家偈语，“携藤拨草”“登山涉水”“一见低头自喜”，都近乎口语。又如元代诗僧清欲为无名氏画家《芦叶达摩图》所题诗云：

芦花风起浪头高，少室岩前去路遥。
劫外一花开五叶，脚跟正好吃藤条。

诗中多用口语，语言通俗，如“芦花风起”“浪头高”“去路遥”“脚跟正好吃藤条”等，又融入偈颂中之成句。“一花开五叶”，这本是禅家的一个比喻，喻说禅宗产生五个流派，明白易懂。

诗家常用近俚的口语入诗，用得巧，乃自有味。毛先舒《诗辩坻》说：“诗有近俚，不必其词之间巷也。刘梦得《竹枝》，所写皆儿女子口中语，然颇有雅味。”清黄慎《渔翁渔妇图》正中描绘一位渔妇，正侧身聆听渔翁的讲述；右侧画一位渔翁，身背鱼篓，手提一条鲜鱼，笑容可掬地对渔妇叮嘱。画家自题一绝：

渔翁晒网趁斜阳，渔妇携筐入市场。
换得城中盐菜米，其余沽酒出横塘。

题诗并没有描绘画面二人之形貌、衣饰、神态，却从画外意着笔，交代渔翁不去市场的缘故及渔妇携筐的去向。这些诗意，画面是无法表现的。诗的后两句，申补出渔翁叮嘱渔妇的内容，要她卖掉鲜鱼，换回生活必需品和酒。诗句所写的都是家常话，极有生活气息，虽俚俗而有雅味，有人情味。黄慎另一幅《渔父图轴》题诗云：

篮内河鱼换酒钱，芦花被里醉孤眠。
每逢风雨不归去，红蓼滩头泊钓船。

题诗虽是渔父的内心独白，其写法、内容和语言风格，与黄慎《渔翁渔妇图》题诗完全相像。寻常口语入诗，“声口俱活”，可喜可爱。

诗家也常用诙谐的语调，反映民间风俗、风土人情，正如张谦宜所说“意取谐俗”（《绲斋诗谈》）。如明李士达画《三驼图》，描画了三个驼背的人，一人手提食品盒，侧身回顾左面一人；左一人正拱手向提盒人作揖；后面追来一人，拍手大笑。钱允治在画上题诗一首：

张驼提盒去探亲，李驼遇见问缘因。
赵驼拍手呵呵笑，世上原来无直人。

这便是一首“意取谐俗”的题画绝句。题诗先用三个诗句，分别表现“张驼”“李驼”“赵驼”三人的动作、问话和神态。结句总缩全诗，点出题旨“世上”“无直人”，直言世俗无直人，语含讽刺，诗语诙谐，却令人深思。

又如清李方膺画成《风雨钟馗图》，自题一绝：

节近端阳大雨风，登场二麦卧泥中。
钟馗尚有闲钱用，到底人穷鬼不穷。

画及题诗描写民间端阳节的风俗。在我国文化传统中，钟馗是作为斩除妖魔、刚正不阿的正面形象出现的。李方膺却别出心裁，将他的画像放在风雨之中，将他描绘成一个搜括民财的贪官，诗笔极尽揶揄讽刺之能事。画家的题诗，用近乎口语的语言，“意取谐俗”，用诙谐的笔调借题发挥，表达自己关心民瘼、体恤百姓的仁爱之心和痛斥贪官污吏的浩然正气。

第九章　声律

题画绝句的声律要求,与普通绝句完全一致。

王轩《声调四谱》将绝句分为三类,一类为古绝,一类为拗绝,一类为律绝。其实,拗绝就是失粘、失对的律绝,与古绝相仿,所以本书采取王力《汉语诗律学》(上海教育出版社1962年版)的说法,将绝句分为"古绝"和"律绝"两类加以讨论;有关拗绝的内容,附在古绝类中一并说明。

第一节　古体绝句

古体绝句形成于格律诗以前,它与律体绝句虽然同样是四句,但体制有明显的区别。它不受格律诗的束缚,不调平仄,不讲粘对,用韵可用平声韵,也可以用仄声韵,声律比较自由。

尽管如此,古体绝句也还有一些规律,是大家应该遵守的。一是用韵,全诗可用平声韵、仄声韵,若押平声韵,则不入韵的句子的末字必须用仄声。如清恽寿平《临范仁安鱼藻图》:"可是垂纶处,图悬想象中。还疑渭水上,留梦待飞熊。"本诗用平声韵,故不入韵诗句的末字用仄声。若押仄声韵,则不入韵的句子的末字必须用平声。如恽寿平《仿痴翁笔》:"浓淡写成山,淋漓复点树。云拖片雨来,却是催题句。"本诗用仄声韵,故不用韵诗句的末字,用平声。但也有例外,很少见。

二是每句、每联的平仄,虽不像律体绝句那样有严格的规定,但每句中不能全用平声或仄声字。

下面分类举出题画绝句中的"古绝"加以说明。

1.用平韵,首句押韵

宋黄庭坚《题伯时画揩痒虎》:

猛虎肉醉初醒时,揩磨苛痒风助威。
枯楠未觉草先低,木末应有行人知。

本诗用平声韵,“时”“知”二字押上平声四支韵,“威”字用上平声五微韵。支、微为邻韵,可以通押。本诗平仄违律,乃为古绝。

宋黄庭坚《题子瞻枯木》:

折冲儒墨阵堂堂,书入颜杨鸿雁行。
胸中元自有丘壑,故作老木蟠风霜。

本诗用平声韵,“堂”“行”“霜”三字押下平声七阳韵。二、三句失粘,三、四句平仄失对,是为古绝。

2.用平韵,首句不押韵

唐李昂《题程修己竹障》:

良工运精思,巧极似有神。
临窗时乍睹,繁阴合再明。

本诗用平声韵,首句不入韵,“神”字用上平声十一真,“明”字用下平声八庚,通押(近人则以为这两部不能通,见王力《汉语诗律学》第334页)。平仄违律,乃为古绝。

明沈周《题墨蚕图》:

牡丹论花不论叶，桑柘论叶不论花。
饶尔五陵歌舞地，未如辛苦养蚕家。

本诗用平声韵，首句不入韵，“花”“家”二字押下平声六麻韵。平仄违律，失对、失粘，乃为古绝。

3.用仄韵，首句押韵

元揭傒斯《题王山仲所藏潇湘八景图卷走笔作·潇湘夜雨》：

涔涔暗江树，荒荒楚天路。
稳系渡头船，莫放流下去。

本诗用仄声韵，首句入韵，“树”“路”“去”三字去声六御、七遇韵通押。本诗平仄违律，失对、失粘，乃为古绝。

元龚璛《题郑子实着色溪山渔乐图》：

东风忽来吹绿雨，闲云更学茗花舞。
山中之人归未归，溪上渔舟泛春渚。

本诗用仄声韵，首句入韵，“雨”“舞”“渚”三字上声六语、七虞韵通押。平仄违律，乃为古绝。

4.用仄韵，首句不押韵

宋陆游《题莹上人二画·吴江》：

晓听枫桥钟，暮泊松江月。
斯人亦可人，淡墨写愁绝。

本诗用仄声韵，首句不入韵，“月”“绝”二字入声六月、九屑韵通押。

不押韵的句子末字用平声。平仄违律，是一首古体绝句。

宋文同《许道宁寒林》：

许生虽学李营丘，墨路纵横多自出。
交柯挥霍裴旻剑，乱蔓淋漓张晓笔。

本诗用仄声韵，首句不入韵，“出”“笔”二字押入声四质韵。用仄韵，乃为古绝。

拗体绝句，是一种部分律化的句子和部分不合律的句子结合起来的绝句。其或则失对，或则失粘，或则平仄失调，实际上还是“古绝”的特征。为此，我们将它们附在“古绝”类里加以分析、说明。

唐李白《巫山枕障》：

巫山枕障画高丘，白帝城边树色秋。
朝云夜入无行处，巴水横天更不流。

本诗用平声韵，首句入韵，“丘”“秋”“流”三字押下平声十一尤韵。一、二两句为律句，三、四句亦为律句，但二、三句失粘，乃为拗律。

元赵孟頫《题息斋竹》：

李侯写竹有清气，满纸墨光浮翠筠。
萧郎已远丹渊死，欲写此君惟此人。

本诗用平声韵，首句不入韵，“筠”“人”二字押上平声十一真韵，一、二两句为律句，三、四句亦为律句，然二、三句失粘，乃为拗律。

元黄公望《题云林六君子图》：

远望云山隔秋水，近看古木拥陂陀。
居然相对六君子，正直特立无偏颇。

本诗用平声韵，首句不入韵，"陀""颇"两字押下平声五歌韵。少数为律化的句子，但大多平仄失调、失对，乃为拗律。

第二节 律体绝句

1.律体绝句的平仄

律绝跟律诗一样，押韵限用平声韵脚，要讲究平仄调协，俗称"调平仄"。一句之间，平仄要相间，不断交错，符合交错规律，如：

仄仄平平仄，平平仄仄平。

平平仄仄平平仄，仄仄平平仄仄平。

律绝又要讲究粘对规律，一联诗的两句之间，上句（或称出句）音步点上的平仄要与下句（或称"对句"）音步点上的平仄相反相对，这叫"对"，如：

五言绝句：

平平平仄仄（出句） 仄仄仄平平（对句）

七言绝句：

平平仄仄平平仄（出句） 仄仄平平仄仄平（对句）

两联之间，上联的下句和下联的上句（即相互连接的两句）平仄要相同，这叫"粘"，如：

五言绝句：

平平平仄仄，仄仄仄平平。

仄仄平平仄，平平仄仄平。

七言绝句：

平平仄仄平平仄，仄仄平平仄仄平。

仄仄平平平仄仄，平平仄仄仄平平。

平仄相配，使声音抑扬、高下、轻重、疾徐交替出现，音调、节奏富有变化，读来朗朗上口，自然动听。按照"交错律"和"粘对律"的规定，五言绝句、七言绝句各有四种格式：

五言绝句：

(1)仄起首句不入韵格

仄仄平平仄,平平仄仄平。

平平平仄仄,仄仄仄平平。

(2)仄起首句入韵格

仄仄仄平平,平平仄仄平。

平平平仄仄,仄仄仄平平。

(3)平起首句不入韵格

平平平仄仄,仄仄仄平平。

仄仄平平仄,平平仄仄平。

(4)平起首句入韵格

平平仄仄平,仄仄仄平平。

仄仄平平仄,平平仄仄平。

七言绝句：

(1)仄起首句不入韵格

仄仄平平平仄仄,平平仄仄仄平平。

平平仄仄平平仄,仄仄平平仄仄平。

(2)仄起首句入韵格

仄仄平平仄仄平,平平仄仄仄平平。

平平仄仄平平仄,仄仄平平仄仄平。

(3)平起首句不入韵格

平平仄仄平平仄,仄仄平平仄仄平。

仄仄平平平仄仄,平平仄仄仄平平。

(4)平起首句入韵格

平平仄仄仄平平,仄仄平平仄仄平。

仄仄平平平仄仄,平平仄仄仄平平。

五言绝句,以首句不入韵格为正格,比较多见;以首句入韵格为变格,比较少见。七言绝句,以首句入韵格为正格,比较多见;以首句不入韵格为变格，比较少见。

下面，我们结合题画绝句的实例，进一步体识律体绝句各种格式的平仄调协及粘对规律。

五言绝句：

(1)仄起首句不入韵格

宋秦观《题大年小景四首》之一：

晓浦烟笼树，晴江水拍空。
烦君添小艇，画我作渔翁。

本诗平仄合律，首句不入韵，“空”“翁”二字押上平声一东韵。

元丁鹤年《画蝉》：

饮露身何洁，听风韵更长。
斜阳千万树，无处避螳螂。

本诗平仄合律，唯第四句“无”字作平声，此处可平可仄。首句不入韵，“长”“螂”二字押下平声七阳韵。

(2)仄起首句入韵格

元揭傒斯《画鸭》：

春草细还生，春雏养渐成。
茸茸毛色起，应解自呼名。

本诗平仄合律，唯首句“春”字作平声，此处可平可仄。首句入韵，“生”“成”“名”三字，押下平声八庚韵。

(3)平起首句不入韵格

元丁鹤年《长江万里图二首》(其一)：

长江千万里，何处是侬乡？
忽见晴川树，依稀认汉阳。

本诗平仄合律，唯第二句"何"字作平声，此处可平可仄。首句不入韵，"乡""阳"二字，押下平声七阳韵。

元程钜夫《题韩滉牧牛图》：

农为天下本，万世此心同。
晴日开图画，方知宰相功。

本诗平仄合律，唯第三句"晴"字作平声，此处可平可仄。首句不入韵，"同""功"二字，押上平声一东韵。

(4)平起首句入韵格

清髡残《题浅绛山水轴》：

云蒸泽未知，隐见独多姿。
浮气须臾变，群峰幻出奇。

本诗平仄合律，唯第三句"浮"字作平声，此处可平可仄。首句入韵，"知""姿""奇"三字，押上平声四支韵。

七言绝句：

(1)仄起首句入韵格

唐方干《题画建溪图》：

六幅轻绡画建溪，刺桐花下路高低。
分明记得曾行处，只欠猿声与鸟啼。

本诗平仄合律，唯第二句"花"字作平声，第四句"与"字作平声，此二处可平可仄。首句入韵，"溪""低""啼"三字，押上平声八齐韵。

宋曾幾《题访戴图》：

小艇相从本不期，剡中雪月并明时。
不因兴尽回船去，那得山阴一段奇。

本诗平仄合律，首句入韵，“期”“时”“奇”押上平声四支韵。

宋郑思肖《伯牙绝弦图》：

终不求人更赏音，只当仰面看山林。
一双闲手无聊赖，满地斜阳是此心。

本诗平仄合律，首句入韵，“音”“林”“心”押下平声十二侵韵。

清汪士慎《题空里疏香图》：

小院栽梅一两行，画空疏影满衣裳。
冰华化水月添白，一日东风一日香。

本诗平仄合律，唯第一句“栽”字作仄声，第二句“画”字作仄声，“疏”字作平声，第三句“月”字作仄声，此四处可平可仄。首句入韵，“行”字为下平声八庚韵，“裳”“香”二字押下平声七阳韵，邻韵通押。

(2)仄起首句不入韵格

唐张乔《鹭鸶障子》：

剪得机中如雪素，画为江上带丝禽。
闲来相对茅堂下，引出烟波万里心。

本诗平仄合律，唯第二句“画”字作仄声，“江”字作平声，第三句“相”字作平声，此三处可平可仄。首句不入韵，“禽”“心”二字，押下平声十二侵韵。

唐韦遵《题施璘画竹图》:

枯篷危根缴石头,千竿交映近清流。
堪珍仲宝穷幽笔,留得荆湘一片秋。

本诗平仄合律,唯首句“枯”字该仄而为平声,第四句“留”字该仄而为平声,此二处可平可仄。首句不入韵,“流”“秋”二字,押下平声十一尤韵。

(3)平起首句入韵格

唐杜牧《屏风绝句》:

屏风周昉画纤腰,岁久丹青色半销。
斜倚玉窗鸾发女,拂尘犹得妒娇娆。

本诗平仄合律,唯首句“周”字该仄而为平声,第三句“斜”字该仄而为平声,“玉”字该平而为仄声,此三处可平可仄。首句入韵,“腰”“销”“娆”三字,押下平声二萧韵。

五代詹敦仁《介庵赠古墨梅酬以一篇》:

开屏展素看梅花,淡蕊疏枝蓦蓦斜。
墨散余香点酥萼,月留残影照窗纱。

本诗平仄合律,第三句“点”“酥”二字,平仄互易,为特殊句式,详见下文分析。第四句“月”字,该平而为仄声,此处可平可仄。首句入韵,“花”“斜”“纱”三字,押下平声六麻韵。

(4)平起首句不入韵格

明陆治《题月夜泛舟图》:

吴宫台殿湖中影，挟客烟波海上槎。
片月度云秋万里，西风吹雪满芦花。

本诗平仄合律，唯首句“台”字该仄而为平声，第三句“度”字该平而为仄声，此二处可平可仄。首句不入韵，“槎”“花”二字，押下平声六麻韵。

元高克恭《夜山图》：

万松岭畔中秋夜，况是楼居最上方。
一片江山果奇绝，却看明月似寻常。

本诗平仄合律，唯首句“万”字，第四句“却”字、“明”字该平而为仄声，此三处可平可仄。第三句“果”“奇”平仄互易，为特殊句式。首句不入韵，“方”“常”二字，押下平声七阳韵。

绝句中有一种特殊句式，称为“特拗”，很常见，因此也可以说是一种特定的平仄格式。在五言“平平平仄仄”的句型中，第三、四字的平仄可以互相交换位置，变成“平平仄平仄”。这种句式，第一字必须用平声，不能可平可仄。如范成大《题赵昌四季花图·梅花山茶》第三句“同时不同调”，原本平仄应为“平平平仄仄”，这里的第三字改为仄声字“不”，第四字改为平声字“同”，全句为“平平仄平仄”。在七言“仄仄平平仄仄平”的句型中，第五字与第六字的平仄，可以相互调换位置，变成“仄仄平平仄平仄”。如苏轼《书艾宣画四首》的第三句“谁识长身古君子”，原本平仄应为“仄仄平平平仄仄”，这里第五字改为仄声字“古”，第六字改为平声字“君”，全句为“仄仄平平仄平仄”。邓文原《王洽云山图》第三句“何处书声映林樾”，此句后三字的平仄本该为“平仄仄”，现作“仄平仄”，即采用特殊句式。

前人有“一三五不论，二四六分明”的说法，这是针对七言律、绝而言的，五言律、绝则应为“一三不论，二四分明”，即七言律、绝第一、三、五字的平仄，五言律、绝第一、三字的平仄可以不论，可平可仄；而七言第二、四、六字，五言第二、四字的平仄要分明，必须严格合律。

这个说法简单明白，容易掌握，对初学格律诗的朋友有帮助，但不很全面。在五言“平平仄仄平”这个句式中，第一字不能改平为仄；在“仄仄平平仄仄平”的句式中，第三字不能改平为仄，因为改成仄声就犯了“孤平”的毛病。在特殊句式“平平仄平仄”中的第一字，“仄仄平平仄平仄”中的第三字，都不能改平为仄。可见“一三五不论”的说法是很笼统的。“二四六分明”也是不全面的。特殊句式五言“平平仄平仄”第四字并不分明，七言“仄仄平平仄平仄”第六字也不分明。

跟律诗一样，律体绝句也要避免孤平。五言“平平仄仄平”中的第一字如果用了仄声，七言“仄仄平平仄仄平”中的第三字如果用了仄声，那么一句中除韵脚以外只有一个平声字，便犯了“孤平”的毛病。犯了孤平，就要用“拗救”之法。前面一字用拗，后面必须用“救”。所谓“救”，就是补偿。孤平拗救又叫“本句自救”，五言“平平仄仄平”，如果第一字用了仄声，便在第三字用平声，句式变成“仄平平仄平”；七言“仄仄平平仄仄平”，如果第三字仄拗，则第五字用平声字救，换成“仄仄仄平平仄平”，这叫本句自救。

2.律体绝句的对仗

题画绝句诗的对仗要求是比较宽松的，它可以全篇都用散句构成，像律诗中的第一联和第四联；也可以全篇都用对仗构成，如律诗的中间两联；或则前两句用对仗，后两句用散句，如律诗的后两句；或则前两句用散句，后两句用对仗，如律诗的前两句。今分别举例说明之。

(1)全篇用散句

杜荀鹤《题花木障》：“不假东风次第吹，笔匀春色一枝枝。由来画看胜栽看，免见朝开暮落时。”晁说之《题明皇打球图》：“宫殿千门白昼开，三郎沉醉打球回。九龄已老韩休死，明日应无谏疏来。”这类题画绝句，数量最多。

(2)两联皆对

全篇用对仗，这种题画绝句很少见到，偶尔有少量诗人或画家采用这种格式。张宪《题画》："远岫层层何处？矮房簇簇谁家？烟树夕阳归鸟，清溪古渡横槎。"先用对起法，以疑问句斡旋于对仗联中，呈灵动之势。后两句仍用对偶句，将六种景物组合成一幅萧疏的秋景图。全诗四句两两皆对，句句写景，也句句写画，创造出幽远清雅的诗境美。

(3)前联对，后联不对

范成大《题赵昌四季花图·梅花山茶》："月淡玉逾瘦，雪深红欲燃。同时不同调，聊用慰衰年。"一、二句对仗工整，对比描写梅花和山茶迥然异趣的色泽和风神，一淡一浓，一清冷一热烈，十分传神。后两句用散句，结出题旨。萨都剌《题画》："绿树阴藏野寺，白云影落溪船。遮却青山一半，只疑僧舍茶烟。"前两句对仗工整巧妙，"绿树阴"对"白云影"，"藏"对"落"，"野寺"对"溪船"，写景一藏一露，一静一动，色彩明丽，曲尽画幅之幽美。后两句用散句，与首句遥相呼应，首尾回环，写画境，含俊逸之神韵。

(4)前联不对后联对

文同《许道宁寒林》："许生虽学李营丘，墨路纵横多自出。交柯挥霍裴旻剑，乱蔓淋漓张晓笔。"前两句用散句，议论许道宁虽学李成而笔墨自创。后两句对仗工整，形容许道宁所画林木枝叶交错，乱蔓杂糅，深得裴旻舞剑之势、张旭草书之态。张宪《竹蝶图》："落尽春红春梦熟，平沙小苑窗中绿。美人睡起背东风，蛱蝶飞来上修竹。"诗的前两句用散句，先写美人春睡的环境。后两句用对偶，分写美人和蛱蝶，写美人春睡，渲染春深日暖的氛围，为描写蛱蝶贪图凉爽而飞上修竹作辅垫。结句回扣到画题"竹蝶图"上。

律体绝句运用对偶句的组合方式，不出以上四种，学习写作题画绝句可以根据画幅的实际情况，任意选用其中的一种。

第三节　六言绝句

题画绝句中的六言绝句这一体式，也分古绝和律绝两类。六言绝句的平仄、用韵与五、七言绝句有许多相同的地方,也有一些很特殊的地方,为此,我们将此单独列为一节,加以详细讨论。

古绝体六言绝句,其格式和声律要求与五、七言古绝相仿,如徐安世《题仿梅道人风雨竹二首》:"夏日浑忘暑酷,堪爱酒杯棋局。何当风雨齐来,打乱几丛新绿。"此诗"酷""局""绿"三字押入声二沃韵,既用仄声韵,乃为古绝。陈继儒《题云山图》:"雨过石生五色,云度山余数层。时有炊烟出树,中多处士高僧。"用仄声韵,平仄失粘失调,这些都是"古绝"的特征。

律绝体的六言绝句,在王力的《汉语诗律学》和《诗词格律》(中华书局 2000 年版)两书中,均未提及。六言律绝,唐人很少写作,洪迈编《万首唐人绝句》时,就发过六言绝句难搜的感叹。宋人开始喜用六言绝句,数量也渐渐增多,王安石的《题西太一宫壁三首》(其一):"柳叶鸣蜩绿暗,荷花落日红酣。三十六陂春水,白头想见江南。"颇得好评,苏轼、黄庭坚均有和作。宋、元、明、清时代,题画诗人较多采用这种体式。六言律绝中平起的平仄格式,完全符合交错律和粘对律,而仄起的平仄格式非常特别,第一、二句与第三、四句的平仄,符合"对"的原则,与普通律绝相同。但是第二句与第三句,并不相"粘",形成并列两组平仄相对诗句的格式。笔者详细考察了唐宋时代的许多仄起六言律绝,均同此例,而历代六言律绝体的题画绝句,也都符合这个规律,特此说明。

六言律绝的平仄格式:

(1)仄起首句不入韵格

仄仄平平仄仄,平平仄仄平平。

仄仄平平仄仄,平平仄仄平平。

(2)仄起首句入韵格

仄仄平平仄平,平平仄仄平平,

仄仄平平仄仄,平平仄仄平平。

(3)平起首句不入韵格

平平仄仄平仄,仄仄平平仄平。

仄仄平平仄仄,平平仄仄平平。

(4)平起首句入韵格

平平仄仄平平,仄仄平平仄平。

仄仄平平仄仄,平平仄仄平平。

历代题画诗人题写六言律绝时,大多数人都喜欢采用仄起首句不入韵格和平起首句不入韵格这两种格式题画,尤以仄起首句不入韵格为多,而仄起首句入韵格和平起首句入韵格很少见到。有鉴于此,我们在下面所举例证,便以仄起首句不入韵格和平起首句不入韵格这两种格式为准。

1.仄起首句不入韵格

宋黄庭坚《蚁蝶图》:

蝴蝶双飞得意,偶然毕命网罗。
群蚁争收坠翼,策勋归去南柯。

本诗平仄合律,唯第二、第三句失粘。首句不入韵,“罗”“柯”押下平声五歌韵。

宋尤袤《题米元晖潇湘图二首》(其一):

万里江天杳霭,一村烟树微茫。
只欠孤篷听雨,恍如身在潇湘。

本诗平仄合律,唯第二、第三句失粘。首句不入韵,“茫”“湘”押平声阳韵。

宋范成大《题画卷五首》(其五):

秋晚黄芦断岸,江南野水连天。
日色微明鱼网,雁行飞入苍烟。

本诗平仄合律，唯第二、第三句失粘。首句不入韵，“天”“烟”二字押下平声一先韵。

元萨都剌《题画》：

绿树阴藏野寺，白云影落溪船。
遮却青山一半，只疑僧舍茶烟。

本诗平仄合律，唯第二、第三句失粘。首句不入韵，“船”“烟”二字押下平声一先韵。

元杜本《渔隐图诗为程子纯赋》：

山下白云缥缈，水边红树依稀。
信有桃源深处，渔人今亦忘归。

本诗平仄合律，唯第二、第三句失粘。首句不入韵，“稀”“归”二字押上平声五微韵。

2.平起首句不入韵格

宋黄庭坚《题郑防画夹五首》（其一）：

惠崇烟雨归雁，坐我潇湘洞庭。
欲唤扁舟归去，故人言是丹青。

本诗平仄合律，唯“烟”“归”二字该仄而作平声，“故”字该平而作仄声，此处可平可仄。首句不入韵，“庭”“青”二字押下平声九青韵。

宋范成大《题黄居寀雀竹图二首》（其二）：

蔓花露下凝碧，丛竹秋来老苍。
噪雀群争何事？幺禽自啭清篁。

本诗平仄合律，唯“丛”“何”二字该仄而作平声，此处可平可仄。首句不入韵，“苍”“篁”二字押下平声七阳韵。

元虞集《聂空山画扇》：

客来山雨鸣涧，客去山翁醉眠。
花外晴云霭霭，竹边秋月娟娟。

本诗平仄合律，唯第一个“客”“竹”字该平而作仄声，“山”“花”“秋”三字该仄而作平声，此处可平可仄。首句不入韵，“眠”“娟”二字押下平声一先韵。

总而言之，运用绝句体式写作题画诗，其声律要求比律诗体式要宽松得多，可以用古体绝句(包含拗绝)，也可以用律体绝句。运用律绝时，可以在多种平仄格式中任选一种，可以用对偶句，也可以不用对偶句。这便给大家带来更多自由选择的余地，十分有利于题画绝句的创作。

第四节　多种用韵方法

古人写诗，大家都习惯使用“平水韵”。宋代平水人刘渊编《壬子新刊礼部韵略》，合并同用之韵部，定为 107 韵；后王文郁又合并二部为一部，改为 106 韵，为元以后写作近体诗押韵的依据。其中平声韵共 30 部：

上平声：东、冬、江、支、微、鱼、虞、齐、佳、灰、真、文、元、寒、删
下平声：先、萧、肴、豪、歌、麻、阳、庚、青、蒸、尤、侵、覃、盐、咸

随着时代的变迁，语音的演变，普通话日益普及，人们以普通话字音为标准，参照《中华新韵》《汉语音韵》等现代韵书，编成《诗韵新编》（上海古籍出版社 1978 年版），分 18 个韵部：

麻、波、歌、皆、支、儿、齐、微、开、姑、鱼、侯、豪、寒、痕、唐、庚、东

平水韵流传已久，仍为许多人所喜爱，本书所探讨的历代题画绝句所用诗韵，均以平水韵为标准。

诗韵有宽、窄之分。同一韵部字数较多，且多是常用字，因而押韵时选择的余地较大，叫作“宽韵”，如平声韵东、冬、支、微、鱼、虞、齐、真、先、萧、麻、阳、庚、尤等部。同一韵部字数不多，且多非常用字，可供选用的韵字不多，叫作“窄韵”，如平声韵佳、删、盐、咸等部。初学写诗的人，最好选用宽韵，以免被韵字缚住手脚。

题画绝句有多种用韵方法，从古体绝句和律体绝句两方面分别考察，则古体绝句可以用平声韵、仄声韵，还可以转韵。律体绝句只能押平声韵，但有首句用韵格和首句不用韵格的区别。下面分别举例说明之。

1.古体绝句的用韵方法

（1）用平声韵。或首句不用韵，第二、第四句用韵；或首句用韵，第二、四句用同韵。详参本章第一节。

（2）用仄声韵。也分首句不用韵和首句用韵两格。详参本章第一节。李锳《诗法易简录》：“仄韵绝句与古诗相出入，唐人最多清峭之作。”如李白《玉阶怨》：“玉阶生白露，夜久侵罗袜。却下水晶帘，玲珑望秋月。”题画绝句也是这样，如恽寿平《仿痴翁笔》：“浓淡写成山，淋漓复点树。云拖片雨来，却是催题句。”

（3）用转韵。用平仄声交换用韵的方法。有少量古体绝句用换韵法，它的特点是句句入韵和联间换韵，即上一联两句用仄韵，下一

联两句另换平韵。平仄交替换韵，这种用韵格式，诗人很少运用。元揭傒斯《梦题墨梅》：

霜空冥冥江水暮，江上梅花千万树。
无端折得一枝归，一双蝴蝶相随飞。

本诗平仄交换用韵，前两句“暮”“树”二字押去声七遇韵；后二句“归”“飞”二字，换押上平声五微韵。此例很少见。

2.律体绝句的用韵方法

律体绝句跟律诗一样，都限用平声韵，必须一韵到底，不许通韵。这在第二节“律体绝句”中已经提到，五言绝句以首句不用韵为多，七言绝句以首句用韵为多。这里再举几首题画绝句重申之。

(1)首句不用韵格

五言绝句如恽寿平《临吴炳折枝绢本》：

仙人入我梦，树底云衣香。
玉杯承露冷，招我三石梁。

本诗“香”“梁”二字，押下平声七阳韵。

七言绝句如王冕《墨梅》：

吾家洗研池头树，个个华开澹墨痕。
不要人夸好颜色，只流清气满乾坤。

本诗“痕”“坤”二字，押上平声十二元韵。

(2)首句用韵格

五言绝句如清恽寿平《题花卉山水集锦册》(载《壮陶阁书画录》)：

笑斟金巨罗，灯前一放歌。
偶然狂兴发，泼墨点风荷。

本诗“罗”“歌”“荷”三字，押下平声五歌韵。这种用韵格，比较少见。

七言绝句首句用韵格很多，如元虞集《题着色山图》：

巫山空翠湿人衣，玉笛凌虚韵转微。
宋玉多情今老矣，闲云闲雨是耶非。

本诗“衣”“微”“非”三字，押上平声五微韵。

明唐寅《题抱琴归去图轴》：

抱琴归去碧山空，一路松声两腋风。
神识独游天地外，低眉宁肯谒王公？

“空”“风”“公”三字，押上平声一东韵。

清罗聘《题竹石图轴》：

画竹有声风满堂，法从勾勒异寻常。
鹦哥毛细休轻染，此是仙都白凤凰。

“堂”“常”“凰”三字，押下平声七阳韵。

清李方膺《破盆兰花图》：

买块兰花要整根，神完气足长儿孙。
莫嫌此日银芽少，只待来年发满盆。

“根”“孙”“盆”三字，押上平声十三元韵。

第五节　通押

前面我们说过,律体绝句一律押平声韵,要用同一韵部的字,不能通押。可是,中晚唐、宋代以后,首句用旁韵、邻韵通押的风气盛行起来。绝句诗可以在首句借用邻韵,这便出现邻韵通押的问题。钱大昕《十驾斋养新录》说:“五七言近体第一句,借用旁韵,谓之借韵。”首句借用邻韵的风气,中晚唐已经渐渐兴起,宋元诗人越来越多地使用此法。

例如唐王建《宫词》:“罗衫叶叶绣重重,金凤银鹅各一丛。每遍舞时分两向,太平万岁字当中。”第二、四句两末字为上平声一东韵,第一句末字为上平声二冬韵,“东”“冬”韵通押。宋陆游《三峡歌》:“十二巫山见九峰,船头彩翠满秋空。朝云暮雨浑虚语,一夜猿啼明月中。”“空”“中”两字为上平声一东韵,首句“峰”字为上平声二冬韵,东、冬韵通押。又如宋王安石《悟真院》:“野水从横漱屋除,午窗残梦鸟相呼。春风日日吹香草,山北山南路欲无。”“呼”“无”两字为上平声七虞韵,首句“除”字为上平声六鱼韵,鱼、虞韵通押。

历代题画绝句用韵的实例,也反映了这种通押的风气。唐罗隐《题磻溪垂钓图》:

吕望当年展庙谟,直钩钓国更谁如?
若教生在西湖上,也是须供使宅鱼。

此诗为仄起首句入韵格,首句“谟”字用上平声七虞韵,第二、四句“如”“鱼”二字押上平声六鱼韵,可见首句用邻韵通押之法,唐代的题画句中已经出现。

宋王安石《学士院燕侍郎画屏》:

六幅生绡四五峰，暮云楼阁有无中。
去年今日长干里，遥望钟山与此同。

此诗为仄起首句入韵格，首句“峰”字用上平声二冬韵，第二、四句“中”“同”二字押上平声一东韵，首句用邻韵通押。

元刘韶《题米南宫画》：

风流不见米南宫，依旧云林远树重。
貌得匡庐旧游处，半江秋色洗芙蓉。

此诗为平起首句入韵格，首句“宫”字用上平声一东韵，第二、四句“重”“蓉”二字押上平声二冬韵，首句用邻韵通押，合乎常规。

元柳贯《题萧照江山图》：

荻蒲枫林宿暮烟，夕阳收尽月浮湾。
骚人一曲江南思，弹彻箜篌送雁还。

此诗为仄起首句入韵格，首句“烟”字用下平声一先韵，第二、四句“湾”“还”二字押上平声十五删韵。首句以邻韵通押，以先韵衬删韵，完全符合唐以后律绝用韵准则。

明唐寅《题倦绣图》：

夜合花开香满庭，玉人停绣自含情。
百花绣尽皆鲜巧，惟有鸳鸯绣不成。

此诗乃仄起首句入韵格，首句“庭”字用下平声九青韵，第二、四句“情”“成”二字押下平声八庚韵，首句用邻韵通押，合乎常规。

明徐渭《题折花美人图》：

高髻阿那长袖垂，玉钗仿佛挂罗衣。
折得花枝向宝镜，比妾颜色谁光辉？

此诗为仄起首句入韵格，首句“垂”字用上平声四支韵，第二、四句“衣”“辉”二字押上平声五微韵，首句邻韵通押。

我们列举了以上题画绝句，可以看出，首句借用邻韵通押，确是历代诗人共同遵守的准则。

唐宋诗人对用韵很严格，王力《汉语诗律学》说：“近体诗不得通韵，仅首句可用邻韵。”这正是概括了大量唐宋人用韵实例而得出的结论。但是宋以后的诗人，便打破了这个用韵的规矩，在律绝中运用非邻韵通押的方法，也出现非首句（即第二句、第四句）通押的现象。这种例子，在元明清诗人的题画绝句中常见。

元郭畀《赵子昂人马图》：

平生我亦有马癖，曾向画图求象龙。
曹韩已化伯时远，昂翁笔底写追风。

此诗为平起首句不入韵格，第二句“龙”字用上平声一东韵，第四句“风”字用上平声二冬韵，韵位不在首句而通押。

元倪瓒《题郑所南兰》：

秋风兰蕙化为茅，南国凄凉气已消。
只有所南心不改，泪泉和墨写离骚。

此诗为平起首句入韵格，首句“茅”字用下平声三肴韵，第二句“消”字用下平声二萧韵，第四句“骚”字用下平声四豪韵。绝句诗的首句可以用邻韵通押，但第二、四句用通押不合唐宋旧规，而倪瓒用以通押。

元袁桷《李唐牛》：

穲稏原空蟋蟀吟，秋来乞得自由身。
平芜又见粼粼绿，复与田翁共苦辛。

此诗乃仄起首句入韵格，首句“吟”字用下平声十二侵韵，第二、四句“身”“辛”二字押上平声十一真。以侵、真韵通押，其例不合唐宋人旧规。

由此可见，唐宋人严格地遵守“近体诗不得通韵”的准则。宋代已有人“偶有”犯之，元代以后，诗画家更是颇多突破，首句通押之法，非首句通押之例，很常见。我们现在写作题画绝句，如果用平水韵，也可采用首句通押之法。如果用新韵，则更为方便，因为前代人首句通押之邻韵韵部，有些在新韵里已经合并为一个韵部，就不存在什么通押的问题了。

第六节　运用新声韵

以上我们讨论了用旧体诗写成的历代题画绝句的声律问题。历史车轮滚滚前进，我们的时代已经进入 21 世纪，旧体诗应当改革，注入时代精神、创新意识、新的艺术思维方法和新的审美趋尚，使旧体诗能更好地表现新时代、新生活。

要改革旧体诗，首先遇到的便是韵律问题，因为旧体诗，尤其是格律诗，束缚诗人创作力的地方，主要就表现在韵律上。历代诗人使用的“平水韵”，韵部分得过细，韵字较少，选择的余地窄小，亟须改变。调协平仄方面，长期奉行的一些清规戒律，也应该调整和放宽。当然，改革声律，仍然要遵循“交错律”和“粘对律”的声韵规律，保持传统格律诗平仄协调、韵律和谐的美声特征。运用现代通行的普通话语音为标准的新声韵，写作新声韵题画绝句，应该是一个很值得重视的选择。

上海古籍出版社于 1978 年出版了一部《诗韵新编》。这部现代韵书，吸收现代语言学家的科研成果，经过许多专家的努力，参照《中华新韵》《汉语音韵》等现代韵书，以普通话语音为标准，将古代106个韵部归并为18个韵部。它的基本特点是：每一个韵部中，分平仄两大类，平声类阴平、阳平分列；仄声类上声、去声分列。另外，单独列出旧读入声的字，并标明在普通话里的不同声调（阴平、阳平、上声、去声），平仄声的区别，一目了然。各部中的同韵字，用拼音字母注音，依照汉语拼音字母的次序排列，并按常见字、少用字分前后次序，查检非常便捷。

用现代汉语普通话语音为标准的新声韵写作题画绝句，有以下数点好处：

1.乐于运用

现代人从幼儿园、小学开始，便接受普通话的教育和训练，长期讲、用普通话，习以为常，非常娴熟。因此，用新声韵写格律诗就比较顺当，大家也乐于运用。相反，放下自己熟悉的语音、声调不用，反而使用离我们时代十分遥远的古代声韵来写诗，必然带来许多困难和麻烦，也容易出错。《诗韵新编》的《出版说明》中指出："当前，写作旧体诗的人还并不少。这些作者大都能体会到现代人写旧体诗应该按照现代韵。如湖南省岳麓诗社就明确主张'写作旧体诗词，自不能不注意声韵，但不须拘守旧韵书，尽可灵活，如《诗韵新编》等新韵书，皆可采用'。我们乘这次重排的机会，作了一些修订和补充，力求使它帮助作者在用韵方面从继承创新的实践中有所依据，得到参考。"笔者以前曾为苏州市沧浪诗社、苏州大学重阳诗社编审过不少诗稿，发现很多先生（包括许多中老年朋友）都乐于运用新声韵写诗。因此，运用新声韵写作格律诗、题画绝句，是大势所趋，是一件继承、创新实践中的大事，是顺应时代需要的大事。

2.利于调平仄

《诗韵新编》将十八韵部中的字，清楚地分列于平声阴平、阳平、仄声上声、去声中，因此，取用平仄声调的文字很方便。如一麻韵部，先列“平声·阴平”，韵字有“啊”“腌”“巴”“吧”等，次列“平声·阳平”，韵字有“嗄”“茶”“查”“楂”等；再列“仄声·上声”，有韵字“把”“靶”“叉”“踏”等；再列“仄声·去声”，有韵字“罢”“霸”“坝”“爸”等。再则，原来“平水韵”中的十七部入声字，现在分列于“一麻”“二波”“三歌”“四皆”“五支”“七齐”“十姑”“十一鱼”八部新韵中。在八部中“仄声·入声”字的排列，又分出平声阴平、阳平和仄声上声、去声。如一麻韵，“仄声·入声”，韵字有“阿[ā]”“八[bā]”……都是阴平声。“拔[bá]”“跋[bá]”……都是阳平声。“法[fǎ]”“甲[jiǎ]”……都是上声。“刹[chà]”“发[fà]”……都是去声。因此，取用平仄声调的文字，也很方便。写作题画绝句运用新声韵，很容易选取不同声调的文字，鉴别某字的不同声韵，十分有利于协调平仄，更好地达到声韵和谐的审美要求。

3.便于押韵

《诗韵新编》将原有平水韵106个韵部调整、归纳为18个韵部，每一韵部的韵字，比旧韵大大增加。例如一麻韵，共列平声字136个，都是常用字，再加上原来为入声字、后转化为麻韵平声字的91个字，这一韵部的平声韵字为227个，大大超过了原来平水韵中下平声六麻韵(平水韵中有不字韵字比较生僻，现代不常用)的韵部字数。特别是旧读为入声字中的很多常见字，如“八”“答”“搭”“发”“刮”“夹”“杀”“压”“押”“鸭”“瞎”“札”“拔”“达”“乏”“罚”“轧”“滑”“狭”“匣”“峡”“洽”“杂”“闸”“炸”等，现在都为新声韵一麻韵平声韵字。又如新声韵三歌韵，共列平声字55个，都是常用字，再加上旧读为入声字、后转化为歌韵平声字75个，这一韵部的平声字为130个，较多地超过原来平水韵中下平声五歌韵的韵字(平水韵中有不少韵字比较生僻，现代不常用)。特别是旧读为入声字中的很多常见字，如“鸽”“割”“搁”“胳”“疙”“咯”“喝”“磕”“瞌”“颏”“着”“鳌”“得”“德”“额”“格”“阁”“革”“葛”“隔”“蛤”“骼”“鬲”“嗝”“合”“涸”“盒”“劾”“核”“翮”“咳”“舌”“折”“责”“泽”“赜”“贼”“哲”“摘”

“宅”“蛰”等，现在都为新声韵三歌韵的平声韵字。诗人们可以游刃有余地选用那么多的平声韵字押韵，岂不是一件好事？可以大大减少“以韵害意”的弊病，充分发挥诗人的艺术想象力，创造出奇瑰的诗歌意境。

以普通话语音为标准的现代汉语，已经成为广大群众习惯使用的语言，因此，当代诗人写作格律诗、题画绝句，完全可以、也应当以现代通行的普通话语音来调平仄，用新诗韵来押韵，以适应广大读者的语言习惯和美声要求。

第十章　题写

中国画是诗、书、画、印融于一体的艺术。诗、跋、款的题写位置、题写形式，及钤印的布局，都很有讲究，它们对完善、丰富和提高中国画起着很大的作用，直接影响绘画艺术品的美学价值。

题画诗的题写位置，大体分为两大类型：第一类，画外题诗，将诗篇题写在卷首、卷尾，画幅的上、下部，或则另纸书写、册页对题。这种题画诗以绘画艺术品为题咏对象，但题写位置并不在画面上。第二类，将诗直接题写在画面上，题诗与画面的具象、笔墨、色彩、布局、意境相应，使题画诗成为绘画艺术品的有机组成部分。题写形式可以分为平头齐脚式、平头脚不齐式、横写式、竖写式、多处题写式等。题画诗题写时还要考虑与题跋、题款的配合。不同的题写形式，造成不同的审美形态和审美效果。这些问题，本章将逐一加以讨论。

第一节　画外题诗

从现存文物考察，直接题写在画面上的题画诗，始见于宋徽宗赵佶。在此之前，绘画艺术品的画面上，连题款、印章都很少见到，更不要说题诗和题跋了，题画诗大都题在画幅之外。常见的是另纸书写。

唐代张彦远《历代名画记》卷九："郑虔，高士也。……好琴酒篇咏，工山水，进献诗篇及书画，玄宗御笔题曰：'郑虔三绝。'"杜甫《八哀诗·故著作郎贬台州司户荥阳郑公虔》："昔献书画图，新诗亦俱往。沧洲动玉陛，寡鹤误一响。三绝自御题，四方尤所仰。"《新唐书·郑虔传》："尝自写其诗并画以献，帝大署其尾曰：'郑虔三绝。'迁著作郎。"诸书记载很明确，"郑虔三绝"，乃指其书、画与新诗，画与诗是分开进呈的，不像后世称名家之诗、书、画集于一幅为“三绝”。

唐朱景玄《唐朝名画录》记载程修己尝画竹障于文思殿：

> 文皇有歌云：“良工运精思，巧极似有神。临窗时乍睹，繁阴合再明。”当时在朝学士等皆奉诏继和。

李昂之诗和学士们的继和诗，都用另纸书写，并不是题在画障上的。

宋王铚《追和周昉琴阮美人图序》追述黄庭坚为李亮工家藏唐代画家周昉《美人琴阮图》题诗的情事：

> 亮工官长沙，而黄鲁直谪宜州，过见之，叹爱弥日，大书一诗于黄素上，曰：“（诗略）”此画后归禁中，胡马惊尘，流落何许？而诗亦世不传。

黄庭坚此诗题写在另一幅黄色绢上，画、诗分开，后来转辗流传，画归宫中，遭靖康之变，不知去向，而诗绢也不再传世。

宋代王安石有一首题咏《虎图》的诗，李壁记载过一段话：“或言王介甫、欧阳永叔、梅圣俞与一时闻人，坐中分题赋《虎图》，介甫先成，众服其敏妙，永叔乃袖手。”事见《王荆文公诗注》卷七，可见各人的诗都是另纸书写，并不题在画面上。

唐宋人（赵佶以前）题诗，题在画幅的前、后、上、下，并不占据画面。米芾《画史》记载钱藻收藏张璪画松一株：“下有流水涧，松上有八分诗一首，断句云：‘近溪幽湿处，全借墨烟浓。’”所谓“松上”，即画幅之上方。刘道醇《五代名画补遗》记载文懿张公第有《春江钓叟图》，“上有南唐李煜金索书《渔父词》二首”，亦题在画幅之上方。周密《云烟过眼录》记及周文矩画《韩熙载夜宴图》，前有苏国老题字，诗两句。又，记李伯时《天马图》，“有王晋卿、苏子瞻和诗在后”。“前有”，即画幅之前，“在后”，即画幅之后。宋李公麟画《醉休图卷》，上仅有署款，用楷书分两行题云：“元祐六年十二月望日，龙眠山人李公麟画《渊明醉休图》于秦邸行轩。”此图后来归清顾文彬收藏,顾氏《过云楼书画记·画类一》云:“画后别纸书《题醉休图》,不署姓氏。又有方明富、潘堇言、邓士龙、朱钰诗词及欧阳简、王稚登跋,今惟青羊君外,余子皆不常见,观其笔墨,当亦宋元间人。”顾氏所言可信。

宋赵佶以后,题画诗题于画外之风仍盛。赵孟頫《秀石疏林图》,画幅上自题“子昂”二字,钤“赵子昂氏”印,后另纸自题一诗,还有柯九思、危素、方行等人题诗。宋刘松年画《蓬莱仙居图卷》,画后题诗三家,张藻仲、陆居仁、金彦祯,为元、明间人。明张梦晋有《渔舟图轴》,顾文彬《过云楼书画记》卷八著录此图,云:“别纸有张南华、齐次风题诗。”英国大不列颠博物馆藏元谢楚芳为达善画《草虫图卷》,卷首有程洛篆“乾坤生意”四字引首,中为画心,有“后隔水”,“拖尾”书写松华道人、陈深、陈植、冯勉、袁诚等五人的题画诗。

顾文彬《过云楼书画记》卷九著录“张尔唯书画卷”,云:“‘岫屏起伏,瀑练奔注,员渊环之,倒鉴山影。约庵为南明社翁作也。画后别纸界朱阑书诗六首,亦次南明韵。’”南明,明末有两人,据顾文彬考证,此南明姓方,名夏,字南明,“似方南明流寓吾吴,多与贤宿往还,故约庵为作此画云”。顾麟士《过云楼续书画记》卷六著录王鉴山水画,“别纸自书一绝”。清龚贤《满船载酒图轴》(载《艺苑掇英》第64期)画幅上有自题诗,又于画幅之上、画幅之下,用另纸载黄逵、查士标、清湘老人、宋曹、卓尔堪、高采等八人的题画诗。

唐五代人题诗,还书写在寺壁上。郭若虚《图画见闻志》记载景朴与欧阳炯同游应天寺,睹孙位画天王图于寺门左壁,景朴遂于寺门右壁画天王图以相对应,欧阳炯以长歌《题景焕画应天寺壁天王歌》(按,此题误,“题景焕画”四字当删之)称美之,又请草书僧书于廊壁。景焕《野人闲话》“应天三绝”(载《太平广记》卷二一四):“景焕其先(按,此指景朴,于应天寺画天王图之画家)亦专书画,尝与翰林欧阳学士炯乃忘形之交。一日,联骑同游兹寺,偶画右壁天王以对之。渤海在旁观其逸势,复书歌行一篇以纪之。续有草书僧梦龟后至,又请书之于廊壁上。故书、画、歌行,一日而就,倾城人看,阗咽寺中。成都之人故号为‘应天三绝’。”

第二节　册页对题

明清时期，流行一种册页对题的风尚，即两幅册页，一幅绘画，一幅题诗或跋语。在形式上，有一人独题格，有数人合题格，画面上略无文字，保持画幅原貌。诗画册页对题的形式是一种创新，在画外题诗、画面题诗的形式之外，增添了一支主力军，有利于诗人、画家的艺术交流和切磋，抒发情感，是我国诗画融通史上一种崭新的表现形态。

明史忠，字瑞本，上元人，号痴翁，画山水树石，纵笔挥写，不拘家数，与沈周友善。顾文彬《过云楼书画记》卷七著录史痴翁《三绝册》，云："痴翁此十二幅皆有对题，山水写生，胎息高古，妙造自然，视当时吴小仙、张平山一流，有雅郑之判。"有题画诗，顾氏仅录二句"痴楼十日雨""独倚痴楼望信迟"。顾氏识云："引首潘榕皋篆‘痴翁三绝’四字，后有黄荛圃跋。滂喜园昔藏物也。"

明文徵明有一《山水册》六幅，每幅对题七言绝句一首，顾文彬《过云楼书画记》卷八著录之，识云："册都六幅，高简萧散，自成老境，妙处全在有意无意间，正如迎风干叶，轻举欲飞，陵雪幺花，姚冶独绝，不得但以清脆目之。每幅对题七绝一首，引首半偈庵主隶‘笔端三昧’四字，后有香光跋，称其‘简淡寂寥，各具天真，非画史所能到’，洵是定评。嘉道间为南昌万渊北所藏，郭频伽、齐梅麓、梁茝林皆有题记。余从劫后得之。"顾氏记载详尽，可以清楚地知道这一册页对题的许多细节。

董其昌有对题之《山水》巨册，据顾麟士《过云楼续书画记》卷五著录"董文敏对题山水巨册"云："高丽纸本，书画各十轴，凡仿洪谷子、范宽、夏禹玉、赵文敏、高尚书、黄子久、王叔明、倪云林八幅，对题皆与画相发明。"据顾氏记载，第十幅画松对题为七言律，且有跋语。第九幅写杜甫《柴门草阁》诗意，对题书唐人韩君平七言一绝，不是自题诗或友人题诗，这种情况很少见。

清康熙十九年(1680)六月,恽寿平与王翚同客娄东,访王时敏。王时敏卒,恽、王同往娄东,南田画《山水》一册,赠石谷,未加款。二十六年后,王翚重新把玩此册,不胜感慨,因于每幅之右幅,加题诗与跋,以志纪念。此册《石渠宝笈续编》宁寿宫曾藏之,有著录。第一幅,南田画古木竹石,王翚对题:"余与南田先生为笔墨交,同客娄东,荏苒岁月,已成往事。见行笔破墨,直透纸背,如书家痛快沉着,腕力更不可及。此册气韵位置,机趣横生,得董、巨三昧,可谓划俗入雅。把玩之下,如挹前辈风流,漫缀一言,用志心折。乙酉十月五日,乌目山中人王翚。"这则跋语,总述往事,可见一斑。恽寿平一生为王翚画写过许多题诗和跋,而王翚为南田画作题识很少见,值得珍视。每幅都有题识,详见吴企明《恽寿平年谱新编》(附载吴企明校辑《恽寿平全集》中)。

藏于美国翁万戈先生处的恽寿平《东园墨戏册》十帧,对幅由南田自题诗或跋,第十帧题云:"甲辰腊月八日。"此册《石渠宝笈初编》卷一二亦有著录,其文字、序次与翁藏有不同。又,蔡星仪先生《恽寿平研究》书后附《东园墨戏》,乃云翁万戈先生藏此册为十二开,有两页之文字,与他人记载亦有不同。

清张崟有《夕庵墨妙》册,今藏朵云轩,共十开,分别描绘竹溪暮色、松溪夜月、柳溪放舟、庭院幽居、高岩涧水、烟雨飞湍、烟雨扬帆、风雨归舟、江城楼堞、松壑负薪,每开有行书对题,或诗或文,或咏景,或抒情,或论画理,或评画史。《艺苑掇英》第六十期选载其中四开,可供观赏。

宋马麟画过一幅《漳冷梅康馨图页》,原为书画收藏家项元汴家旧物,后为高士奇所得。他写了一则长跋,记载获得马麟此图的经过。后来,他将此图作为爱女高祥的嫁妆赠给她。康熙五十三年(1714),高祥携带此图随夫到京任职,三年后,因怀念家园、父母,便依照此图的尺码,另制一页,对题一诗及跋,诗云:"万树梅花一亩居,竹多新笋水多鱼。与卿归去茅亭下,椎髻蓉裳对读书。"跋云:"余离父母三年,随夫宦京国,未识故园春山秋水,徒悦于耳,弱躯病肺,未必能相随宦成，抚心茫茫，酒余看图，因为题此。甲午十月高祥。”诗、跋情文并茂，十分感人。

清罗聘画《采菱图》，藏美国普林斯顿大学美术馆，画上自题“仿赵承旨采菱图，遯夫”。另有一页，对题两诗。

以上之册页对题，均为诗画家个人题写之诗或跋。也有些册页对题，题写的人很多。如沈周《两江名胜图册》，今藏上海博物馆，共十开，每开都有对题诗。画幅内容有岳王坟、二十四桥、三茅峰、范公祠、杭州下天寺院等，绘画对景写实，画风严谨真切、苍古沉郁。题诗的名家，除沈周外，还有王世贞、王稚登、文嘉、殷都等人，题写的都是五言绝句。

最能体现诗画交融的艺术精神，表现诗画家深情厚谊的对题形式，应是两位诗画家互相作画，互为对题，双艺合璧，最值得珍赏。清康熙十二年(1673)六月八日至十四日，恽寿平与王翚同访史鉴宗家，合作《山水合璧》册八开赠史，各画四开，均有诗跋对题。此册今藏上海博物馆。第一开，王翚画，自题“石谷墨戏”，恽寿平对题七绝一首。第二开，恽寿平画，恽自己对题一绝及短跋。第三开王翚画，自题一绝，恽寿平对题一短跋。第四开，恽寿平画，王翚对题五言绝句一首。第五开，王翚画，自题一绝，恽寿平对题一短跋。第六开，恽寿平画，自己对题跋语。第七开，王翚画，恽寿平对题跋语，赞王画，王翚也题语自谦。第八开，恽寿平画，王翚对题七绝一首。如此反复对题，既互表心仪，交流感情，更在艺术上加强切磋，双向互动，十分有助于诗画艺术的融通和提高。

第三节　画面题诗

据现存文物的考察，将题画诗直接题在画面上，这是赵佶的创举。他选取自己画面的空白处，用瘦金体书写一首自己创作的题画诗。这种自画、自撰、自书的富有创造性的艺术举措，第一次将诗、书、画三种不同门类的艺术和谐地融合在一起，构成完整的艺术整体，具有极高的美学价值，是我国题画诗发展史中崭新的里程碑。

继赵佶之后，许多诗人、画家逐渐在画面上题诗，元代以后，其风尤盛。最为习见的是画家自题诗，画家每作一画，辄自题一诗。王士禛曾说："倪云林每作画，必题一诗。"(《带经堂诗话》)倪瓒是画家自题诗的代表人物。著名的擅长写诗的画家，如元代的赵孟頫、吴镇，明代的沈周、文徵明、唐寅，清代的石涛、恽寿平、郑燮等人，都有很多题写自己画幅的题画诗。

现存画幅上的画家自题诗，为人们保存了诗画艺术融通、渗透的实例，读画人一边读画，一边诵诗，可以得到更多、更深的领悟。现藏故宫博物院的王冕《墨梅图》，上有王冕自题诗，云：

吾家洗研池头树，个个华开澹墨痕。
不要人夸好颜色，只流清气满乾坤。

诗人于开端处，不说自己画的梅花墨色清淡，却采用"以画作真"的手法，富有情趣地说自家研池边的梅树上，开放着带有淡墨痕的花，为下文的抒情蓄势。三、四句，代梅花立言，说：不要人家夸"我"颜色鲜艳，只求自己的清香布满天地间。结句的"清气"与第二句的"澹墨痕"呼应，使画意与诗情融合。这首小诗，托物言志，坦露自我，抒写画家自己的博大胸怀、清正品格和高尚情操。

现藏台北故宫博物院的唐寅《山路松声图》，画家自题一绝，云：

女几山前野路横，松声偏解合泉声。
试从静里闲倾耳，便觉冲然道气生。

如果没有这首题画诗，读画人光从画幅上很难体识到画家的匠心。诗的前两句直扣题面，写山路，写松声，写尽画题之意，也与画幅意境对应。第三句，转到画中人物身上，老人在小木桥上悠闲地倾耳静听，仿佛从松韵、泉声中，因象悟道，领悟到宇宙人生的真谛。结句紧承上句，写出"听"的结果，觉得"冲然道气生"，点出画题。唐寅晚年学佛，这里的"道"，便是"禅意""禅境"，禅家强调万物有性，木、石、水、月，皆可照见禅心。老人在外在物象的启示下，获得人生的顿悟和心灵的愉悦，故曰"道气生"。唐寅通过诗句，将画中的"禅境"表达出来，写出自己观赏自然美景的人生体验，也使诗画意境结合在一起，达到"融彻"的境地。

恽寿平《古木垂萝图》，今藏故宫博物院，画家自题画名为"古木垂萝高岩溅瀑图"，题诗云：

放笔藤花落研池，夜来移石有云知。
开轩长挂南山影，何必东篱泛菊时。

题诗的前两句描写自己作画时的情景：夜深人静，南田放笔作画，笔落砚池，画上出现倒垂萝藦花，再画山石，将山石移到画上，只有白云知道，因为画桌旁没有别人。诗的后两句，表现画家对画自赏自语的情景。诗人说：打开轩窗，挂着这幅自己画成的山水画，自赏自乐，获得审美愉悦，又何必到东篱边遥望南山去赏菊呢？画家自己写作题画诗，可以将自己作画的情景、赏画的心情表达出来，让读画人对读诗画，帮助大家理解自己的审美情趣。

历代书画著录专书详细著录前人画幅的情况，包括画家的自题诗、后人的评论文字等，帮助我们了解画幅创作本事、画作匠心、画境画旨，窥见画幅原貌，也可以帮助我们更好地理解画家的自题诗。如韩泰华《玉雨堂书画记》卷二录文徵明《山水》图，除了记载文徵明的自题诗以外，还说：

纸本，山泉石涧，曲折幽深，山峦坡径，俱用干皴，不点苔，而清苍秀劲之气溢于楮墨，此停云极至之作。

这段文字，具体描述了画面实境、作画技法、画风，对理解题画诗极有帮助。画幅虽已不存,但通过上述文字以及画家自题诗,仍可依约想见原画的面貌。卞永誉《式古堂书画汇考》卷四八录黄公望《春林远岫图》,除自题诗外,尚有题跋云:

至正二年十二月廿一日,明叔持元镇《春林远岫》,并示此纸,索拙笔以毗之,老眼昏甚,手不应心,聊塞来意,并题一绝云……大痴道人,时年七十四。

又有张丑《清河书画舫》识语:

黄子久《春林远岫》小幅,在郡城汤氏,全效倪云林,清逸可爱,上方题咏,作蝇头细楷,生平罕睹。

题跋、识语述作画本事、画幅风格、画作年岁,与题画诗"春林远岫云林画,意态萧然物外情。老眼堪邻似张籍,看花玄圃欠分明"互为发明,相得益彰。

诗人、画家题写他人画作的,大致有两种情况:一是为友人画作题诗;二是诗人与画幅作者并不相识,只为画艺所感发而题诗,兹分述之。

首先,诗人、画家与画幅作者是知己、诗友、画友,志同道合,声气相类,看到画幅,意有所发,提笔题诗于画上。元代画家倪瓒画《六君子图》,他舍弃画树必曲的画理,以比物以德的自然审美观念,画成六株挺直的树木,以树喻人,创造了"正直特立"、刚正挺拔的六君子艺术群像。黄公望见之,体识迂翁作画匠心,因而题写《题云林六君子图》:

远望云山隔秋水,近看古木拥陂陀。
居然相对六君子,正直特立无偏颇。

大痴的题诗，以议论的笔调撷出寓于画象中的画心，诗句将画象的深层意蕴明白地表现出来。

明沈周善画吴中山水，文徵明作《题吴嗣业藏石田先生画》（其一）：

石丈高情点笔间，胸次悠然白云闲。
凭君莫作元晖看，自写吴门雨后山。

文徵明是沈周的学生，他熟知老师的艺术渊源、画艺风格，因而这首题画绝句论述鞭辟入里，精辟深刻。

王翚画过一幅《仿古山水》，今藏上海博物馆。王翚挚友恽寿平在画幅右上方题了一首绝句：

九点龙峰带翠烟，东风摇漾落花天。
停帆且泊梁溪口，与子同烹第二泉。

“九点龙峰”，即无锡九龙山，又名惠山，在无锡城西。“梁溪”，水名，源出惠山，流入太湖。“第二泉”，惠山之泉水，被唐人陆羽品为天下第二。题诗从画上九龙山着笔，首句点地，次句点时。诗的后两句，就画幅的地望措词，表达出画幅鲜明的地方色彩，诗人说姑且在梁溪口停帆泊舟，可以与好友一同享用第二泉的泉水。画与诗都记载了一件往事：清康熙二十四年（1685）暮春，王翚与南田同舟过无锡，风和日丽，王翚兴起，乃挥弄笔墨，画成本图。恽寿平是同行者，深知画家当时的心境，所以写成这首题画诗。

其次，诗人、画家与画幅作者并不相识，或则并非同时代人，因鉴赏其画艺、效学其技法而忆念斯人，遂题诗画上。故宫博物院藏倪瓒《梧竹秀石图轴》，清高宗爱新觉罗·弘历览图后题诗：

梧如遇雨竹摇风，石畔相依气味同。
数百年来传墨戏，展观湿润镇蒙蒙。

诗人先摹写画面梧竹依石的画境，再发表观感，感叹墨宝长存，仍然墨沈淋漓，气韵生动，值得庆幸。高士奇《江村消夏录》著录王元章《墨梅》轴，自题一诗。高士奇收藏过此画，鉴赏之余，题上一诗：

不分村野与溪桥，乱写横枝一两条。
酒醒只疑疏影落，朦胧烟月伴寒宵。

王冕这幅梅花随手拈来，若不经意，自成一家。高士奇极为称赞，题诗再现"朦胧烟月""疏影落"的画境，用"乱写横枝"句点出画家"不经意"的匠心。

元人盛昌年画《柳燕图轴》，藏故宫博物院，题款为"元至正壬辰"。画右下方有葵丘生题诗：

杨柳风多暑气微，一双下上故飞飞。
如何长恋芳塘景，秋社归时也不归。

葵丘生为明代画家谢葵丘，他的题诗切合画境，申补画外意，为画幅增添了不少诗情画意。明唐寅《题倪云林夕阳山色图》：

不见倪迂今百年，故山乔木锁苍烟。
晴窗展轴观图画，淡墨依然见古贤。

倪瓒的《夕阳山色图》描绘家乡的山景，画风疏淡，体现出画家淡泊的品格。唐寅展卷观看画卷，诗思由人及画，又由画及人，诗脉清晰，观画而兴起怀想元代著名画家的情思，感人至深。

画家自题诗，诗画家题写他人画幅，最普遍的是一次性题上诗、款，但也有重题和多次题写的。其间隔时间或长或短，少则一日，昨日刚题，今日又重题；长则数日、数月，甚至数十年。藏于上海博物馆之吴历《听泉图轴》，画成于乙卯清和八日，有款。次日，又题一诗云："水绕溪回石路深，白云遮屋树重阴。山中不管鸣驺至，惟听泉流净客心。九日晓窗桃溪居士又题。"清高凤翰画《四季花卉轴》，画成于丁巳年，五年后题诗二首：

> 乾隆丁巳春，右手画。五年后左手题款，并拈旧诗书左方：自从尚左分丁巳，万事皆如转世人。忽见三生旧影子，拈花已省梦中身。其二：宛转身轻一身过，当时快活定如何？看来拗势翻奇处，毕竟天成左手多。辛酉七月廿一日，左手书，阜老人。

下方又题一诗、一跋，云："当年画作儿曹戏，此日题来戏却真。记取他年苦老子，已经五十九年人。题画毕，再感旧怀，复拈此作，用付魁儿，留示子姓，不足为外间人道也。老父又笔。"一题再题，反复抒怀。清恽寿平于康熙十九年(1680)三月，客虞山桃源涧，为王抃画《柳图》四幅，并题诗十一首。王翚于恽寿平卒后二十年，览其遗墨，感喟良多，遂题长跋与诗，记其事。前后凡经三十年(见陆时化《吴越所见书画录》卷六及王翚《清晖画跋》)。

诗画家还喜欢多人共题一画，或则同时题诗、跋，或则先后题诗、跋。这种例子很多。明刘珏画《清白轩图》，画幅上除了刘珏自题的诗和跋以外，还有许多名家的题诗，如冯篪、薛英，特别是沈家祖孙三代人的题诗。先是祖父沈孟渊题一诗，后来石田父沈恒吉又题一诗，刘珏死后第二年，沈周也在画上题上一诗。一幅画上，保留了沈氏三代人的题诗，这在我国题画诗史中也是很少见到的，值得珍视。明孙克弘画《瓶菊图轴》，自题识："癸巳夏日写，雪居弘。"下有杜大中、王稚登、杜大绶、陆士仁、文震亨、姚俊、项存仁、钱允治、胡师闵等九人之题诗。其他诗人题诗并未系年，当与画同时作。清唐苂画《红莲图轴》，祝贺王翚四十岁诞辰，时为辛亥年(康熙十年)。画幅上，唐苂自题:“石谷兄长于辛亥二月初度,写此祝赠。毗陵唐苂。”还有恽寿平、笪重光题诗,王鉴题跋。第二年,即壬子年,王时敏加题跋。可见,多人共题一画,从不同的审美视角,用不同的方式,同声称赞斯人画艺,非常有助于人们对画幅的鉴赏。

画面题诗,自赵佶始,以后蔚然成风,有画家自题诗,有诗人、画家题他人画作,有一次性题写的,有重题和多次题写的,有多人共题一画的,方式、方法活泼多样,开创出画面题诗的新局面。

第四节　画面题诗的题写方式

题写于画面的诗,除了内容具有很高的审美价值和多样的艺术功能外,还有题写方式的审美意义。不同的题写方式,呈现不同的审美形态,给人不同的审美感受。

题画绝句书写的总体原则是:不可侵画位,伤画局,字距、行距要紧密、策应,切忌松散、拖沓。邹一桂《小山画谱》:“画有一定落款处,失其所则有伤画局。”孔衍栻《石村画诀》说:“字行须有法,字体勿苟简。”而其书写方式多种多样,大致可以分为竖写式、横写式、因势题写式、多处题写式。

1.竖写式

大多数的题画绝句,书写时采用竖写的方式,或一行,或两行,或三行,行数不定;或附款,或附跋、款,亦无定式,由诗画家根据实际需要而定。尤其是画轴,多取竖写方式。如王冕《墨梅图》,高 141.3 毫米,宽 53.9 毫米,画面构图是倒垂梅树,枝干丫杈,布满画幅,梅花疏密相间,极有姿态,王冕的题诗“粲粲疏花照水开,不知春意几时回。嫩云清晓孤山路,记得短筇寻句来”,分三行竖写于右侧枝干弯曲处,配以题款。明唐寅《落霞孤鹜图轴》,高 189.1 毫米,宽 105.4 毫米,图的右部高岭耸峙,阁亭水榭为高柳垂荫覆盖着,左部留下很多空白,以状浩淼烟波的远势。唐寅取画幅的左上部,采用竖写式,分四行题诗与款，题诗与画配合默契。明孙克弘《雨景山水图》是一个长轴，画家在画幅的右上方空隙处，分三行齐整地题写一首绝句诗，另行低一格，书写款识。题写文字与画面具象配合得当，很协调。

当然，横卷也有采用竖式题诗的。如元吴镇的《芦滩钓艇图》，高240毫米，宽432毫米，用率意、粗犷的笔墨，绘山崖杂树于画幅的左半幅，右半幅大部分是留白，着一叶扁舟，渔父正掉棹归去，渔艇好像正缓行于浩淼烟波中。吴镇在右部上方竖写三行，题诗一首，云："红叶村西日影余，黄芦滩畔月痕初。轻拨棹，且归欤，挂起渔竿不钓鱼。"诗画相映成趣，起着互融、互补的艺术作用。

元王冕《墨梅图卷》也是一个横幅，画幅上一枝梅花自右侧横斜向左挑出，用重墨画出，挺拔有力，极富生意。画幅左上部正好有一片空白，画家便在此题写一诗，分四行齐整地书写题诗与款识，填补了画面的空白。诗与画互为映照，相得益彰。

有的画家习惯使用竖写的方式题画，如近代吴昌硕的很多作品的题识，都采用竖写式，书写的文字，上下呼应，势如贯珠。藏于故宫博物院的《紫薇图轴》，竖行题诗于画幅右侧；藏于朵云轩的《松石图》，画幅左侧竖写一句；藏于上海博物馆的《蔷薇卢橘图》，题诗与款识分二行竖写于画幅左侧。翻检大量的缶老画作，基本上都采用竖写式。日本东京都世田谷区太子堂5-33-3松丸道雄氏收藏吴昌硕画幅58件，所有题诗、题跋，均采用竖写式。可以说，竖写式是画面题诗最基本的，也是最常见的书写方式之一。

2.横写式

有些画家，也偶用横写式题诗。张振铎《盆菊》："留得霜枝傲几时，晚香秋影拂离披。重阳何处登高去，闲对黄华倚短篱。"画家于画幅下部，一行二字，自右向左横向书写这首题画绝句。日本兵库县芦屋市山口良夫先生收藏石涛《山水画册》，第一帧题诗云："明霭翠纷纷，春桥水乍分。山家何处是，松外万重云。"两字一行、三字一行相间，第四句一字一行，横向排列。清边寿民的《芦雁图》，藏于苏州博物馆,画幅上部空间较大,画家采用二字一行横写的方式,题上一绝。清李方膺《兰花图》,今藏钱君匋处(载《中国民间秘藏绘画珍品》第一集)。李方膺在画幅下方,二字一行横书题诗一首,加重了画幅下部的力量,增加了稳重感,与画面物象构成平衡美。藏于上海博物馆的罗芳淑《梅花图》,画幅的布局十分别致。画家先用粗笔描画枝干,自左下部弯曲向上,盘曲成弧形,一枝挺伸至画外,又在右上方自画外倒垂下来,枝上缀疏梅,疏朗秀丽。画幅中部有一大片空白,画家在其中四字一行横向题写一诗。

扇面题诗,也常用此法。安徽博物院藏石涛《山水扇》,画面表现苏州水乡的独特风光,画家在扇面左上方,依扇形用隶书两字一行横写自题七绝一首:“吴下人家水竹居,窗含四面绿阴虚。初回午梦情何甚,楷法仍抄种树书。”藏于广州艺术博物院的居巢《双鹭图扇》,沿着扇面左上方的边缘,二字一行或三字一行,横向题写一诗及款,不伤画局。近人杨无恙《仙鹤扇面》,扇藏李一氓处。杨无恙题诗云:“独立长鸣,鹤其无病。云表沙田,乐天知命。”用二字一行的横式题写于扇面左上方。日本京都市左京区住友先生收藏无名氏《垂钓山水图扇面》,上有题诗云:“云湿欲烟壑,猿啼复破晨。垂纶江上客,不是钓名人。”用两字一行的横式题写于扇面左上方。

3.因势题写式

有些画家还采用一种依图像形状变化的题写方式,随着画面物象外形的变化,安置题诗、题跋,就势避让,因势布款,使题画诗与画面物象构成交叉形态,题诗参差变化,以增添画幅的情趣。高士奇《江村消夏录》卷一著录宋郑所南《墨竹卷》,高士奇记云:“诗款在卷中,错杂于竿叶之间。颓毫焦墨,笔法苍老,若不经意,真逸品也。”诗云:“清晓春风吹过后,露出青青一罅天。一似推篷偷看见,竹林半抹古苍烟。”后来,郑燮也用过这种题写方法。

清石涛《蔷薇图》,今藏上海博物馆。这是一幅设色花卉图,画蔷薇三株,花三朵,衬以绿叶。画幅左上方,画家自题一诗,书写方式采用因势题写式，随着画面物象外形的变化，安置题诗及款，参差变化，增添了画幅的情趣。藏于无锡文物商店的边寿民《杂画图册》中的《鳜鱼图》，画幅正中画一尾鳜鱼，鱼头在西北角，鱼尾在东南角，鱼嘴张开，穿过一根绿色的柳条。画幅只有右上方有空余处，画家便依画象的形状，就势避让，因势布款，参差不齐地题写诗，题诗与画象构成互让的态势，增添画幅活泼的情趣。

清李鱓《风荷图轴》自题七绝："休疑水盖染淤泥，墨晕翻飞色尽黧。昨夜黑云拖浦溆，草堂尺素雨风凄。"书写参差不齐，文字避让处正好是一片上翘的荷叶。黄慎《盆菊图轴》正中画盆菊一枝，笔法粗简，黄慎自题七绝一首："手执螺卮擘蟹黄，客中何事又重阳。年年佳节看成惯，醉榻寒花一瓣香。"画家不选上方空白处题诗，却在盆菊的两旁，依图像用草书体写上参差错落的诗句，或六字，或四字，或一字，洒脱活泼，与全幅画面的具象、笔法极相契合。

4.多处题写式

题画诗，一般总是一画一诗，附上题款。但是，也有的画家、诗人在一幅画上一题再题，在画幅上多处题写。倪瓒《琪树秋风图》，今藏上海博物馆，画幅右上方有倪瓒自题诗，吕志学题诗及长跋。左上方有归正、徐范的题诗，赞誉倪瓒的画艺水平。藏于台北故宫博物院的王绂《墨竹图》，画幅上题诗甚多，左下方有画家自题诗跋；右上方有滕用亨题绝句一首；左上方有张肯的题诗和长跋，张肯诗跋之下，梁同行又利用空白处题写长诗和长跋。因为多处题写，画幅上除了孟端的墨竹以外，几乎撑满了诗跋文字。文徵明的《玉兰图》，今藏朵云轩(《艺苑掇英》第六十期载此画)，画幅四周题满了名家题诗。上部为画家自题诗，全诗运用多种表现手法，描写玉兰花的色、香、形、神，还用其他花卉作陪衬，凸显画面上玉兰花的风韵。文诗下右侧有王谷祥、周天球的题诗，右下方上下列袁褧、文彭的题诗。文诗下左侧有文仲义的题诗，左下方上下列彭年、文嘉的题诗。上下左右共有八首题画诗，这是最为典型的多处题写的格式。

明董其昌画《江山秋霁图》，藏美国克利夫兰艺术博物馆，画家于画卷之左侧自题："黄子久江山秋霁似此，当恨古人不见我也。"乾隆帝爱新觉罗·弘历于戊寅年题一首绝句诗于右上端。不久，再题一绝，跋云："题后复一展玩，爱镜笺光润，辄叠前韵再题，纸墨相发，良足一适。"

清弘仁《高桐幽筱图》今藏安徽博物院。画幅中用枯笔淡墨侧锋写纹石，石旁挺立高桐一株，新竹数枝，只有左上方和右下方腾出两处空余的地方，画家在左上方自题短跋，友人孙逸在右下方桐荫下题上一首绝句。清高凤翰《四季花卉轴》，画牡丹、梅、荷、菊四种花卉，或插瓶中，或散放盘、石桌上，构图占画幅中部。画家先在画幅上方参差错落地题上两首绝句，又在画幅的下方题上一绝并跋，后又在左下角分两行题上一则短跋。近人杨无恙《仙鹤扇面》，藏李一氓先生处，画家为表兄画作仙鹤扇面赠之，题四言诗一首于左上方。四年后，表兄将此扇送还，画家又重题一诗于右上方。二十四年后，表兄已死，画家又于扇面题上两绝。一幅画上分三处题诗。

多处题写，不但内容丰富，形式变化，也可以改变呆板的格局。

第五节　画面题诗的形式美

画面题诗的书写方式多种多样，出现不同的审美效果，形成多种形式美。题诗的形式美，是指人们在审美活动中对画幅和题诗形式所作出的审美感受和评判。这种形式美与绘画艺术有着密不可分的关系，两者相辅相成，因此，我们讨论题画诗书写的形式美，必然会随时联系到画幅，联系到画面具象、笔墨、布局、风格等。

1.齐整美

题在画面的诗，书写字体端正，排列组合齐整，所占画面空间适度，与画面的艺术氛围非常和谐、协调，不伤画局，不侵画位，使诗、书、画配合得当，互相呼应、渗透，构成题诗书写形式的齐整美，增强画幅的整体视觉效果。

题画诗排列两行以上者，行与行宜平头，下面也宜整齐。取上平下平之势，亦称齐头齐脚；也可以上平而下不齐，称头齐脚不齐。题写字体宜用篆、隶、楷书，字体工整。孔衍栻说："字体勿苟简。"邹一桂说："上宜平头，下不妨参差，所谓齐头不齐脚也。"(《小山画谱·落款》)可见，前代画论家早已注意到题画诗的形式美的问题。

早期的画面题诗，都采用齐头齐脚的形式，宋赵佶《芙蓉锦鸡图》上的五言绝句诗，分四行，用瘦金体齐齐整整地书写在芙蓉花和双蝶之间。马麟的《层叠冰绡图》，宋宁宗皇后杨皇后书"层叠冰绡"四字，居中用方正的颜真卿体题写七言绝句："浑如冷蝶宿花房，拥抱檀心忆旧香。开到寒梢尤可爱，此般必是汉宫妆。"这些题画诗的书写形式，充分体现了形式的齐整美。

尔后，元赵孟頫《东庭洞图轴》、吴镇《松泉图轴》、倪瓒《幽涧寒松图轴》，明沈周《慈乌图轴》、文徵明《溪桥杖策图》、邢慈静《墨梅图》，清李鱓《松藤图》等画面上的题诗，也都采用了齐头齐脚的书写方式。可以说，这是题画绝句书写形式中最基本、也是最习见的一种，容易构成画面的齐整美。

书写题画绝句，还有一种格式，将四句诗分成两行，一行两句，齐头齐脚，容易造成齐整美。明孙克弘《墨竹图》，于画幅左下方分两行题写一绝，上下均齐平。清恽寿平《孤月群鸠图》，在画幅左上方分两行齐整地题写一首七绝。又《花卉图》，画牡丹花，画幅左侧题一绝，前两句多一"人"字，书于第二行之首；第二行写三、四句，字距稍挤，形成两行题诗，上齐下齐，很美观。清华嵒《山雀爱梅图》，画家在画幅左上方，用齐头齐脚的方式，分二行题写七绝一首。清张熊《山水图轴》，画家在画幅左上方分二行题写一绝，很齐整。

2.平衡美

平衡美是画家构图时追求的一种审美感。图像与图像的组合、构成，要讲究平衡，图像与空间的配搭，也要讲究平衡，因此，讲究平衡美，也就成为画家、诗人题诗、题款必须追求的美学境界。方薰《山静居画论》说："题是其处则称，题非其处则不称。"题诗与画象能配合和谐，体现出平衡美，便是"是其处"。孔衍栻《石村画诀》说："画上题款，各有定位，非可冒昧，盖补画之空处也。如左有高山，右边空虚，款即在右，右边亦然，不可侵画位。"他讲的是虚与实的辩证关系，也就是对称、平衡的审美感。绘画艺术充分表现"虚"与"实"的对应关系，画象的多寡，画象的轻重、厚薄、大小，物象与空白，处处都是虚实的反映。画家往往将厚重的画象偏置于画幅的一侧，而画面的另一侧则留出空白，或画轻、小的画象，为要保持画面的平衡美，诗、款便应题写在空白处或画象轻、小的一侧。例如，藏于上海博物馆的邢慈静的《墨梅图》，画的右侧中部画梅花的粗干，分别向左下、右上挑出梅枝，点缀数朵梅花和一萼，画面左部、中上部有一块很大的空白处，造成画面的失衡感，画家便在这里题上一首七言绝句："梅花开处玉为林，先报江南第一春。梦入罗浮尘世外，觉来天地几闲人。"诗境与画境融为一体，使画面获得新的平衡美。这就是方薰说的"题是其处则称"。明唐寅的《落霞孤鹜图》，藏上海博物馆，画面上的树石、楼阁、水榭，均在右侧上下，而画幅左侧上下只略施雾霭，以状浩淼的烟水。画幅的虚实，轻重的安置，非常分明，画家便在画幅左侧上部题诗一首："画栋珠帘烟水中，落霞孤鹜渺无踪。千年想见王南海，曾借龙王一阵风。"题诗既使画幅有平衡感，也补出画外意，非常得体。清汪士慎《墨兰》，画陂石于左侧，数枝兰花生于石畔，兰叶披拂，画幅的重心全在左侧，有两片兰叶撇向画幅右上方，以求平衡，但还嫌不足，于是画家便在画幅右下方题上一首七言绝句："兰性堪同隐者心，自荣自萎白云深。春风岁岁生空谷，留得幽香入素琴。"题诗的书写方式与画象构成平衡美，富有稳重感。清李方膺画《兰花图》，今藏钱君匋处（见《中国民间秘藏绘画珍品》第一集）。画幅画兰花一丛，浓墨撇写兰花，淡墨画出兰花，从左侧下方发笔。画家便在画幅右侧下方二字一行，题写绝句一首："光风转蕙便成春，峻茂敷紫实可人。不信灵均树百亩，半随萧艾半沉沦。"题诗增加了画幅的稳重感，题诗与物象构成平衡美。又如近人张振铎的《盆菊》,画幅正中偏右画一盆,盆中丛菊向左侧下垂,物象的重心因左倾而显出不稳之感,于是画家便在盆菊的下面题上一绝:“留得霜枝傲几时,晚香秋影拂离披。重阳何处登高去,闲对黄华倚短篱。”题诗加重了画幅下部的分量,增加了稳重感,题诗与画面整合成平衡之美。

3.参差美

诗画家为了打破严整、稳重的局面,采用随形变化、因势布款的书写方式来题写题画诗,画象与题诗参差交错,给画面带来活泼的艺术情趣。高士奇《江村消夏录》卷一著录郑所南的《墨竹》,士奇记云:“诗款在卷中,错杂于竿叶之间。颓毫焦墨,笔法苍老,若不经意,真逸品也。”一改齐整风格,形成画幅的参差美。清髡残的《结茅山崖图》,画幅上群峰耸峙,山麓乔木茂密,溪边着茅庐六七间,画家在画幅上方空隙间,依山峦起伏之势,或一行三四字,或一行一二字,题上一诗,云:“绝壑无人独结庐,楸阴昼落一床书。已窥东汉多名士,唯有焦先丑不如。”题诗与山势高下相配合,呈现出参差错落之美。清李鱓的《姜椒图》,画幅中央画带叶青菜一棵,姜一丛,紧依一起,向右稍下画尖椒三只,中有空隙。李鱓题上一诗云:“莫怪毫端用意奇,年来世味颇能知。从今相与先防辣,到得含咀悔后迟。”题诗不选用左、右上方,也不取底部,却自画幅右侧中部起笔,向两丛画象之间取斜插之势,插入画象的空隙间,既活泼,又有机趣,一反题诗单纯方正平直的写法。清边寿民的《花卉图》,画面上画一枝折枝花卉,右面点缀数片叶子,左面画花卉主体,画家顺着花叶形态的变化,高低不平地题上一绝:“墨池飞出将离花,毫端扫尽胭脂色。三月江南春雨香,一枝剪取遗幽客。”题诗取参差错落之势写成,与画象相配合,构成画幅的参差美。近人齐白石有《不倒翁》图,用墨团画成一个泥塑不倒翁,用简疏的线条勾画扇子、衣领,用笔率意,画上方题上一诗:“乌纱白扇俨然官,不倒原来泥半团。将汝忽然来打破,通身何处有心肝?”文字书写方式随形变化,随着不倒翁头部而上下参差不齐,呈现参差交错之状，与题诗的幽默感配合默契，极富幽趣。

4.灵动美

画象笔势飞动灵活，具有流动感，书写题诗时运用行书、草书，使之与绘画艺术和谐统一，意境洒脱而秀逸，整个画幅呈现出灵动之美。如清李鱓《风荷图轴》水墨画荷花、莲蓬，大片莲叶掩映，下有芦荻数茎，都在风中摇摆。笔墨放纵，线条曲展，李鱓用行草自题一诗："休疑水盖染淤泥，墨晕翻飞色尽黧。昨夜黑云拖浦溆，草堂尺素雨风凄。"题诗与画象相辅相成，共同创造出画幅的灵动美。

清黄慎《盆菊图轴》画幅中部画盆中黄菊一枝，笔法粗简狂逸，笔势灵动，黄慎自题一绝："手执螺卮擘蟹黄，客中何事又重阳。年年佳节看成惯，醉榻寒花一瓣香。"画家不选上方空白处题诗，却在盆菊的两侧，依图像形用草书体写上参差错落的诗句，或六字，或四字，或一字一行，笔画飞腾洒脱，气势灵动，极富美感。

李方膺画《潇湘风竹图轴》，藏南京博物院，画幅下部画湖石，石畔立翠竹数竿，众叶皆自左向右撇出，若受张风吹拂状，笔墨挥洒淋漓，气势飞动。画家于左下方自题一诗："画史从来不画风，我于难处夺天工。请看尺幅潇湘竹，满耳丁东万玉空。"诗用行书题写，笔韵与画境相合，极富灵动感。

近人吴昌硕《紫藤图轴》，画设色紫藤花，花叶繁茂，藤枝盘曲，上下回环，笔墨灵活飞动，气势酣畅，再用行草题写一首五言绝句："繁英垂紫玉，条系好春光。岁岁花长好，飘飘满画堂。"随意挥洒，豪放不羁，与画幅共同构成灵动之美。

5.书画融通美

画家以书法笔意作画，画象含金石味，又选择相应的书体书写题画诗，使题诗的笔法与画幅的笔意和谐统一，真正达到书画艺术的融通和渗透，营造出水乳交融的美学境界。明徐渭《题葡萄图》："半生落魄已成翁，独立书斋啸晚风。笔底明珠无处卖，闲抛闲掷野藤中。"

这幅葡萄图，笔墨淋漓畅快，不求形似。题诗用行书书写，运笔超脱，笔势放纵，字形大小随意，排列形式向左略带倾斜，超出中轴线。徐渭书画融通的交会点，便是“放逸”两字，画放逸，书放逸，书画内在的气质和风格，融合无垠。

清李鱓画《草虫图》，藏天津博物馆，画幅上画杂草数根，用草书笔法，撇成草叶，笔势灵动，叶上一只纺织娘，栩栩如生。画幅右侧，画家自题一诗：“机声轧轧月初斜，似此虫声又一家。晓起空庭寻未得，夜深依旧咽秋花。”题诗用草书体书写，笔画时粗时细，圆转灵动，笔势与画幅上的细草十分协调，表现出书画浑然一体的审美特征。

清郑燮《兰竹》：“挥毫已写竹三竿，竹下还添几笔兰。总为本源同七穆，欲修旧谱与君看。”板桥以书法笔法入画，笔笔劲挺，又用画意入书法，笔笔瘦硬，书法与绘画艺术互相融通，达到极高的境界。

近代吴昌硕《松石图》：“石奇灵气钟山岳，树老荒寒避斧斤。一自娲皇精卫去，补天填海已无人。”这幅画以浓墨画成，汲取篆书、草书笔意入画，具有极浓的金石味，笔墨酣畅，气魄雄浑，配上吴昌硕遒劲、凝练、雄健的行书书写题诗，真是珠联璧合，充分体现出书画融通之美。

题画诗可以题在画面之上，也可以画外题诗。题画诗的书写方式多种多样，审美要求也各不相同，这便为学写题画诗的朋友提供了极为丰富的方式、方法和形式美，可供选择。各人可以根据自己书画的美学特征、画幅的实际情况，选择其中的任何一种书写方式。

第六节　署款和钤印

中国画在唐以前，画面上是不署款、也不用印的。唐代的绘画真迹传世极少，从今存的唐画真迹考察，足见此说是成立的。藏于美国大都会博物馆的韩幹《照夜白图》，画幅上无款无印。因南唐李后主煜题“韩幹画照夜白”六字，遂定为韩之真迹。藏于台北故宫博物院的韩幹《牧马图》，赵佶题“韩幹真迹”，钤有南唐内府印、宣和内府印，并认为真迹。中唐画家李真画《不空金刚像》，今藏日本京都教王护国寺，画幅上无款无印。此像是日僧空海（即遍照金刚）归国时请李真画的，下有空海草书“不空行状”，足以证明。

到了宋代，虽说有的画幅上出现了署款，但多数不用印，署款多隐于石隙，藏于树木，甚至书于绢背，而且字体工整细小，不多占画面。钱杜《松壶画忆》说：“画之款识，唐人只小字藏树根石罅，大约书不工者，多落纸背。”这种情况延至宋代，尚且如此。今藏日本大阪市立美术馆之李成、王晓《读碑窠石图》，画幅中碑石侧面写有“王晓人物、李成树石”字样，此画经《珊瑚木难》《清河书画舫》《墨缘汇观》等书著录，被公认为传世画作中最能代表李成画风的作品。藏于美国普林斯顿大学美术馆的北宋李公年《山水图》，图中崖石下有“公年”款。赵佶虽开创为画面题诗，亦仅画押，钤“御书”印，如藏于台北故宫博物院的《腊梅山禽图》，署“宣和殿御制并画”，钤“御书”印。藏于美国波士顿美术馆的《五色鹦鹉图》，在题诗之后，有“御制御书并画”及“天下一人”签押，钤“御书”印。南宋院画家之画幅，亦多无款印，盛大士《溪山卧游录》卷二：“宋人无款而且无印者甚多，凡院本而应制者，皆无印款，如马夏诸公，或于下角偶于树石之无皴处，以小楷书名。”验之以画幅，其言信然。藏于美国大都会博物馆之马远《观瀑图》，在画幅左下树根下有“臣马远”小字款识。藏于美国纳尔逊—艾金斯美术馆之夏圭《十二景山水》，现仅存四景，末尾署“臣夏圭画”。藏于美国大都会博物馆之马麟《勾勒兰图》，画幅中下方兰叶边，小字书“马麟”二字。美国弗利尔美术馆收藏之毛益《柳燕图》，画幅右树干下有“毛益”小字款。

到了元代，文人画进一步推进，绘画作品上署款、钤印逐渐多起来，为绘画艺术增光添彩。元李衎《竹石图》，今藏美国大都会博物馆，题款“延祐戊午冬季息斋道人笔”，钤“李衎仲宾”白文方印、“息斋”朱文方印。赵孟頫《二羊图》，画家自题跋语，署“子昂”，并钤以“赵氏子昂”朱文方印，“松雪斋”朱文长方印。自此以后，经明、清、近当代画家的共同努力，中国画署款、钤印的艺术传统日益成熟，并长期传承下来。

画上钤印，与画幅、题跋直接有关系的内容，主要是名章和闲章。很多传世名画上钤有大量的藏书章、鉴赏章，这是后代收藏家、鉴赏家陆续钤印上去的，与题画诗跋的写作无关，不在本书的论述范畴之内，所以略去。下面，我们分别谈谈名章和闲章的运用。

名章，即指姓名章、字号章，也有的画家加籍贯章（包括郡望）、斋名章、作画书斋章等。名章主要钤在题款之下，所以又称“款尾印”，也有的钤在题款的两旁（或左或右）。名章的大小，应视题款文字的大小而定。孔衍栻《石村画诀》则主张：“用图章宁小勿大，大即不雅。”有的画家很赞成孔衍栻的说法，比如近代吴昌硕的名章，大多比较小。

名章钤印在画幅上，有重要的作用和意义。首先，钤印具有取信于人的意义，表示画家对画幅负责的态度，后人也往往凭印章鉴辨画作的真伪。其次，钤印又具有收敛署款气势的艺术作用。再次，用鲜明的印泥钤在画幅上，可以增添画幅的色彩美感。

下面，我们遴选元、明、清、近代著名画家所钤之名章，从名章的枚数、朱白文的搭配等方面，逐层加以说明。

1.题款下仅钤加一枚名章

元王冕《雪梅图》，署款“会稽王元章”，钤“王元章”朱文长方印。

明文伯仁《溪山仙馆图》，藏美国顾洛阜处，署款“五峰文伯仁写”，钤“文伯仁”白文方印。

明王世昌《山水图》，藏日本东京国立博物馆，署款“王世昌”，钤“历山”朱文长方印。

清恽寿平《竹石图扇》，藏天津博物馆，署款“南田临唐解元”，钤“南田草衣”白文方印。

2.题款下钤加二枚名章

一枚朱文，一枚白文，避免呆板，相映成趣。名印在上，字号印在下，两印如果大小不同，则小者在上，大者在下。钱杜《松壶画忆》说："印章最忌二方对作。"极是。这种搭配方式画家最喜欢采用，比较多见。

明唐寅《守耕图》，藏台北故宫博物院，署款"唐寅为守耕赋"，钤"唐寅私印"白文方印、"唐居士"朱文方印。

明朱瑞《山水图》，藏瑞典远东古物馆，署款"朱瑞"，钤"克正"（为朱瑞之字）朱文方印、"辛酉居士"白文方印。

清恽寿平《花卉图》，藏故宫博物院，署款"恽寿平"，钤"恽"朱文方印、"寿平"白文方印。

近代张大千《山家访友图》（图载《张大千画册》），署款"八十岁爰"，钤"张爰之印"白文方印、"大千居士"朱文方印。

3.钤加二枚名章，朱文、白文相同

明唐寅《采莲图》，藏台北故宫博物院，署款"晋昌唐寅"，钤"南京解元"朱文长方印、"六如居士"朱文方印。

明李士达《秋景山水图》，藏日本静嘉堂。署款"李士达"，钤"李士达印"白文方印、"通甫"白文方印。

清恽寿平《落花游鱼图》，藏上海博物馆，署款"青蓑钓隐恽寿平"，钤"叔子"朱文方印、"寿平"朱文方印。

近代吴昌硕《山水灵石图》，藏嘉兴博物馆，署款"安吉吴昌硕"，钤"俊卿之印"朱文方印、"昌硕"白文方印。

4.题款下钤加三枚名章，很少见

元王冕《墨梅图》，藏上海博物馆，署款"王元章"，钤"□梅□□（字迹不清）"朱文方印、"王元章"白文方印、"会稽□山□（字迹不清）"白文方印。

5.加盖特殊的名章，一半朱文，一半白文，难得见到

清恽寿平《花卉图册》十二开，藏湖南省博物馆，署款"南田""云

溪外史""南田客",钤"南田草衣"白文方印,又钤一"寿平"方印,一半为白文(寿字),一半为朱文(平字)。

石涛有一幅《墨竹轴》,今藏李一氓处(载《中国民间秘藏绘画珍品》第三集)。上有徐夔题诗,钤两印,一枚为白文印"徐夔文印",很平常。一枚"简田",一半为白文"简"字,一半为朱文"田"字,与恽寿平之印相仿佛。

6.钤加圆形、葫芦形、椭圆形印章,与常见的方印、长方形的体制有明显的区别,很别致

明唐寅《江南农事图》,藏台北故宫博物院,署款"唐寅画",先钤圆形朱文"吴趋",再钤"唐伯虎"朱文方印。

清高翔《扬州即事图册》(之二),藏故宫博物院,于题诗下钤"犀堂"朱文圆形印。

清李鱓《花卉图册》(之五),藏四川博物院,署款"李鱓",钤一"复"圆形朱文印。

明仇英《远眺图》,藏美国波士顿美术馆,署款"仇英实父制",钤"十洲"朱文葫芦形印,"仇英之印"白文方印。

清李鱓《花卉图册》(之十二),藏天津博物馆,题跋下钤一"宗杨"横椭圆形白文印。

除名章外,画家还可以根据需要,加钤闲章。钤在画幅上下角上,称为押角章;钤在画象空白处,称为布局章。押角章有凝聚画幅气势的作用,一般钤在画幅的下角,也有的钤在上角。钤盖在画幅空白处的称布局章,可以补救画幅失衡的状态,为画幅增添稳重感和平衡感。

明沈周《雏鸡图》,藏故宫博物院,画幅上水墨勾点晕染一只刚刚出生的雏鸡,无其他任何物象。右侧题上一诗与款,而左侧有较多空白。画家遂于雏鸡左下方钤上"白石翁"白文方印,便具有平衡画幅的布局意义。

清恽寿平《花卉图·二月兰》,藏天津博物馆,画幅中二月兰之枝

干自右下侧发枝，向左侧延伸，吐蕊张叶，而画幅右上角空白较多，南田便在右上角钤上“白云溪隐渔”白文方形章，凝聚画幅的气势。

近代张大千很少用押角章，但在《李白像》（载《张大千画册》）画幅上，左上侧题款，而右侧有较多空白，画家便在右角钤上“大风堂”朱文方形章，使整个画幅增加了稳重感。

闲章内容十分丰富，门类也很多。画家将自己的思想情感和艺术见解，凝练成格言、箴语，刻入印章。这是他们的艺术修养、审美情趣和自己的情志、性格的集中表现。钤在画幅上，与构思匠心、题材内容相配合，取得相得益彰的效果。

元倪瓒有“自怡悦”章，见藏于美国克利夫兰艺术博物馆《筠石乔柯图》。

明唐寅有“江南第一风流才子”章，见谢建华《唐寅年表》“正德元年”条（载《明清中国画大师研究丛书·唐寅》）。

明董其昌有“烟云性灵”章，见藏于上海图书馆《仿古山水画》。

清郑板桥有“师造化”章，见藏于旅顺博物馆《兰竹石》。

郑板桥有“有数竿竹无一点尘”章，见藏于故宫博物院《竹石图轴》。

郑板桥有“七品官身”章，见藏于浙江省博物馆《兰竹图》。

清李方膺有“平生知己”章，见藏于故宫博物院《墨梅图》。

李方膺有“存我”章，见藏于安徽博物院《墨梅图轴》（之四）。

李方膺有“木头老子”章，见藏于美国景元斋《梅花图册》。

李方膺有“略知饭味”章，见藏于浙江省博物馆《梅花图册》（之一）。

清罗聘有“长乐未来”章，见藏于广东省博物馆《海棠图》。

唐代卷

咏省壁画鹤

宋之问

粉壁图仙鹤，昂藏真气多[①]。
骞飞竟不去[②]，当是恋恩波[③]。

[题解]

本诗选自计有功《唐诗纪事》卷一一、陈邦彦《历代题画诗类》卷九三。

宋之问（约656—约713），唐代诗人，字延清，汾州西河（今山西汾阳）人，一说虢州弘农（今河南灵宝）人。唐高宗上元二年（675）进士及第，历仕户部员外郎、修文馆直学士、考功员外郎。景云元年（710），因谄附张易之、武三思，流徙钦州。先天中，赐死于徙所。他是武后和中宗朝著名的宫廷诗人，多应制之作，诗风华美，属对精工，与沈佺期齐名，并称“沈宋”。著有《宋之问集》。

初唐画家薛稷善画鹤，他曾在秘书省壁上画了一幅仙鹤图。朱景玄《唐朝名画录》载：“（稷）画踪如阎立本，今秘书省有画鹤，时号一绝。”薛稷（649—713），唐代书画家，字嗣通，河东汾阴（今山西万荣西南）人。举进士，长寿三年（694），制科及第。历仕通泉县尉、祠部员外郎、礼部郎中、中书舍人、谏议大夫、昭文馆学士。睿宗立，拜中书侍郎，参知政事，官至太子少保，封晋国公。开元元年（713），坐窦怀贞事赐死。薛稷工书法，从褚遂良学书，世称欧（阳询）、虞（世南）、褚（遂良）、薛（稷）为“初唐四家”。稷亦擅画，工花鸟、人物、杂画，画鹤尤著名。李白有“稷之画赞”（已佚，见《宣和画谱》），杜甫有“稷之鹤诗”，可见薛稷名重于当世。

宋之问诗，即是题咏秘书省壁上的薛稷画鹤。大历时期钱起的《画鹤篇》，题下有注“省中作”，所咏的也是薛稷这幅画。

[注释]

①昂藏：仪表雄伟、气宇轩昂，本是形容人的外貌，这里指画中鹤的气韵。②骞（qiān）飞：高飞。③恩波：皇帝的恩泽。

[评说]

题诗先写画面中鹤的形象，雪白的粉墙上画着仙鹤，它气势雄伟、气宇轩昂，“真气多”三字，将画鹤的气韵表现得很生动。第三句，诗意一转，写画鹤有高飞之势，但又不曾离去，这完全切合绘画艺术表现静态事物的特征。结句拍合上句意，说明仙鹤不忍飞离的原因，是眷恋皇家的恩泽，构思巧妙，既有歌颂皇恩之意，又与省中壁画仙鹤的取意相吻合，充分体现出宫廷诗人的风范。这与钱起《画鹤篇》“主人顾盼千金重，谁肯裴回五里飞”句，表达了相同的题旨。（吴企明）

题梅妃画真

李隆基

忆昔娇妃在紫宸[①]，铅华不御得天真[②]。
霜绡虽似当时态[③]，争奈娇波不顾人[④]。

[题解]

本诗选自曹邺《梅妃传》、《全唐诗》卷三。

李隆基（685—762），即唐玄宗，世称唐明皇。在位前期励精图治，以张九龄、姚崇、宋璟为相，形成“开元之治”。后期沉湎酒色，用奸相李林甫、杨国忠执政，又内宠杨贵妃，外宠边将安禄山，引发了“安史之乱”。玄宗多才艺，工诗能文，擅书，通音律。

梅妃，姓江名采蘋，其事出自旧题曹邺撰《梅妃传》。传云：梅妃原莆田（今属福建）人，开元中进宫，大见宠幸。明皇因她性喜梅花，名之曰梅妃。后因杨贵妃擅宠，梅妃受嫉，迁居上阳东宫；安禄山攻陷长安时被乱兵所杀。明皇再回长安时看到梅妃画像，非常伤心，于是题了这首七绝小诗。

[注释]

①紫宸：殿名，这里泛指唐宫。《唐六典》载：“宣政北曰紫宸门，其内曰紫宸殿。”②铅华不御：指不施脂粉。语出曹植《洛神赋》：“芳泽无加，铅华弗御。”铅华，搽脸的粉。③霜绡：画像所用白绢。④争奈：怎奈。

[评说]

此诗前二句回忆梅妃生前形象，当初梅妃入宫，侍宴承欢，赋诗和词，极尽欢娱。梅妃虽然铅华不施却依然亮丽多姿，她的美如同梅花一样淡雅高洁、天然无雕饰。诗的后两句点明了此诗为题画诗，并描绘了画中梅妃形象：画中的梅妃虽然酷似真人，怎奈她那娇媚的双眼再也不会向自己送来脉脉温情了。全诗写得精练而意味悠远，前两句衬托后两句，生前的梅妃越是美丽温柔，“娇波不顾人”的画像越能引起明皇的痛苦思念以及无尽的感伤。（史创新）

咏张諲山水

李　颀

小王破体闲支策①，落日梨花照空壁。
诗堪记室妒风流②，画与将军作勍敌③。

［题解］

本诗选自张彦远《历代名画记》卷一〇、计有功《唐诗记事》卷二〇。

李颀（生卒年不详），唐代诗人，东川（今四川三台）人，居河南颍阳（今河南登封）。开元二十三年（735）登进士第，曾官新乡尉，久未升迁，愤而归隐，直至去世。李颀边塞、咏史怀古诗皆有佳作，特擅七律、七古二体。《全唐诗》编其诗三卷。

张諲（生卒年不详），唐代画家，永嘉（今属浙江）人。景龙中进士及第，官至刑部员外郎。张彦远《历代名画记》："（諲）明易象，善草隶，工丹青，与王维、李颀等为诗酒丹青之友，尤善画山水。"王维有《故人张諲工诗善易卜兼能丹青草隶顷以诗见赠聊获酬之》诗。

［注释］

①小王：即王羲之之子王献之。破体：书体名，王献之变化羲之行书体，用笔外拓，秀逸绝伦，时人号称"破体"。张怀瓘《书断》："王献之变右军行书，号曰破体书。"闲支策：笔势从容不迫，如悠闲地拄杖散步。②记室：钟嵘，曾著《诗品》，品评两汉至梁代诗人的诗作。他在齐梁时代曾做过"记室"小官，人称"钟记室"。③将军：唐代山水画家李思训、李昭道父子。玄宗时，李思训任右武卫大将军，人称"大李将

军”，称昭道为“小李将军”。 勍（qíng）敌：强劲的敌手。

［评说］

这首题画诗不用常见的从画面入手的写法，却用直接议论的方法，赞美当代山水画家张諲多方面的才能。 首句称赞张諲的书法艺术，他效法王献之的破体书，韵度闲雅、从容秀逸，像老人杖策信步于闲庭。 次句紧承首句，仍旧赞其书法。 张諲的书法美如夕照梨花，影留空壁，秀逸无比。 本诗咏张諲的山水画，却用全诗的一半笔墨集中描写张諲的书法艺术，绝非闲笔，这说明李颀已经懂得书法与绘画艺术相通的道理，并且在诗歌中加以阐发。 第三句描写张諲能诗，王维称赞他“洛下书生解咏诗”，李颀说他的诗超逸美妙，让钟记室来品评，也会产生妒忌之意。 结句才绕回到正题，点到山水画上，张諲的山水画是青绿山水，足以与李思训父子相媲美。 这首题画诗是我国题画诗史上比较早，也比较全面地论述诗、书、画相互融通的艺术规律的一篇作品，值得我们珍视。（吴企明）

崔兴宗写真咏

王　维

画君年少时，如今君已老。
今时新识人[①]，知君旧时好。

[题解]

本诗选自《全唐诗》卷一二八。

王维（701—761），唐代诗人、画家，字摩诘，蒲州（今山西永济西）人。唐玄宗开元九年（721）进士及第，历仕大乐丞、右拾遗、监察御史、库部郎中、吏部郎中、给事中、中书舍人，官至尚书右丞，人称“王右丞”。王维工诗，通音律，擅书法，长于绘画。有《王右丞集》。

[注释]

①新识人：近时交结认识的人。

[评说]

盛唐时代，写真画科风行一时，王维也善画人物肖像，元汤垕说：“王右丞维工人物山水，笔意清润。”（《画鉴》）他年轻时曾为内弟崔兴宗画过像。到了老年，当他看到崔兴宗的写真时，不胜感慨，写下本诗。前二句表现了一代人的生活历程，有数十年的时间跨度，自己和崔兴宗的深厚情谊与日俱增。诗的第三句，起转折和铺垫作用，以近时世风日下、人情淡薄的社会风气，反衬结句的“旧时好”。“旧时好”，绾合上下诗意，有双重含意，既指崔兴宗少年（即写真上的形象）时韶华正茂、神采奕奕的外美，又指蕴含于崔兴宗心底纯朴真挚的内美。这种深远的意蕴，画面不能表达，本诗却发挥了题画诗申补画外意的艺术功能，将它表达出来了。（吴企明）

巫山枕障

李　白

巫山枕障画高丘[1]，白帝城边树色秋[2]。
朝云夜入无行处[3]，巴水横天更不流[4]。

[题解]

本诗选自陈邦彦《历代题画诗类》卷七、《全唐诗》卷一六七。

李白（701—762），唐代诗人，字太白，祖籍陇西成纪，生于碎叶城（今吉尔吉斯斯坦的托克马克）。天宝元年（742），被召入长安，供奉翰林。三载（744），被谗离京，漫游各地。安史乱时，隐于庐山，后受永王李璘聘，参佐幕府。璘兵败，坐罪流夜郎。遇赦后依当涂族叔李阳冰，不久病逝于当涂。李白诗想象丰富奇特，情感炽热奔放，语言清新自然，充满积极浪漫主义精神。与杜甫齐名，世并称“李杜”。李白善书法，字画飘逸，类其诗风。有《李太白全集》。

[注释]

①巫山：在四川巫山镇东。高丘：在巫山之阳，是神女所在地，屈原《离骚》：“哀高丘之无女。”女，即指神女。②白帝城：在四川奉节，东汉末公孙述占据此地，因闻殿前井里曾有白龙跃出，遂自称白帝，称此城为白帝城。③朝云：宋玉《高唐赋序》谓楚王游高唐，梦见一女子，愿荐枕席，临去时说：“妾在巫山之阳，高丘之阻，旦为朝云，暮为行雨，朝朝暮暮，阳台之下。”“朝云夜入”，暗合楚王梦遇神女之事。④巴水：泛指巫山下的流水。

[评说]

枕障，即置于枕席边的屏风，唐李中《和夏侯秀才春日见寄》："昼梦不成吟有兴，挥毫书在枕边屏。"屏上画着巫山景色，故曰"巫山枕障"。

这首题诗用绝句体，便于发露感兴。诗从枕障上的巫山画切入，首句云"画高丘"，点出画上云山为巫山高丘所阻，为下面描写楚王梦遇神女的故事张本。次句写画面之秋景，具体描绘枕障上白帝城边山水云树的景色。第三句转捩处，引入宋玉《高唐赋序》的典故，文人描写巫山诗必然会联想到这个美丽传说。结句说"巴水横天更不流"，暗含楚王遇合神女后流连忘返之意，如巴水不流动一样，赋予这个传说执着、沉挚的感情和耐人寻味的神韵。三、四句朝云"无行处"，巴水"更不流"，写出画面具象的静态，完全符合绘画艺术的审美特征，又能表述楚王、神女遇合的情思和遐想，起着一语双关的作用。（吴企明）

画　松

‖景　云

画松一似真松树，且待寻思记得无？
曾在天台山上见[①]，石桥南畔第三株。

[题解]

本诗选自陈邦彦《历代题画诗类》卷七一。

景云（生卒年不详），盛唐诗僧，辛文房《唐才子传》卷三总论唐诗僧时，载其名。他与岑参同时，工诗，亦善草书，笔势飞腾，事见《宣和书谱》《书史会要》。

[注释]

①天台山：在今浙江天台、新昌两县境内，景色壮丽，山麓有著名的国清寺。

[评说]

岑参有《偃师东与韩樽同诣景云晖上人即事》诗，云"山阴老僧解楞伽"，可见景云是浙江会稽人，无怪他对天台山十分熟悉，一看到松画，便指认它是天台山石桥南畔的真松。诗人运用"以画作真"的写作手法，起笔便抓住"真"生发，由画松说到真松。第二句，诗人再用疑问句"且待寻思记得无"一逗，很自然地引出三、四句诗意，说自己曾在天台山上见到过这株松树，顺石桥向南数到第三株便是它。全诗不是从松画的用笔、设色、具象、气韵等方面下笔，具体再现松画形象和表现画艺的水平，只字不谈“画”，却将画上的松树当作现实生活中的真松树，强调画松的真实感，透出松画之美，从而赞美画家高超的艺术造诣。白居易明显接受此诗的艺术感染，写出《画竹歌》：“西丛七茎劲而健，省向天竺寺前石上见。东丛八茎疏且寒，忆曾湘妃庙里雨中看。”其诗意与景云的《画松》一脉相承。（吴企明）

题画帐二首

皇甫冉

山　水

桂水饶枫杉[1]，荆南足烟雨[2]。
犹疑黛色中，复是洛阳岨[3]。

远　帆

朝见巴山客，暮见巴山客[4]。
云帆傥暂停，中路阳台夕[5]。

［题解］

本诗选自《全唐诗》卷二四九。

皇甫冉（715—768），唐代诗人，字茂政，郡望安定，润州丹阳（今属江苏）人。天宝十五载（756）进士及第。历仕无锡尉、左金吾卫兵曹参军、左拾遗、右补阙。冉诗名早著，与弟曾齐名。其诗风与大历十才子相似，以致有人将他列入这个创作群体中。著有《皇甫冉诗集》。

［注释］

①桂水：桂林的山水。②荆南：唐方镇名，辖区相当于今湖北石首、荆州以西和四川垫江、丰都以东的长江流域，湖南洞庭湖以西的澧、沅二水下游一带地方。③岨：有土的石山。④“朝见”两句：模仿民歌，古代长江上游的歌谣有“朝发黄牛，暮宿黄牛”句。⑤阳台：古代传说中巫山神女所居之处，见宋玉《高唐赋序》。

[评说]

画帐，在帐上作画。皇甫冉为画帐上的两幅画题了诗，第一首《山水》，重点写景；第二首《远帆》，重点抒情。

《山水》一首写画面景色。“桂水”句，是说桂林的山山水水之中，枫树、杉树很多。“荆南”句，写荆南地区到处都是茫茫烟雨。在迷蒙的烟雨景色中有一片黛色，疑是洛阳的土山。这首诗重点表现画帐上的山水景观，因此打破了空间的限制，将桂林之树木、荆南之烟雨和洛阳之土山这三处地望不相连接的景观联系在一起，构成优美的诗境，以表现富有特征性的画面山水景色。

《远帆》一首，发挥诗人的丰富想象力，抒写巫山行舟的遐想。“朝见”两句借用民歌的表现手法，巧妙地描写画面静止的物态，画面上的云帆和巴山客，永远停止在那里，朝也见，暮也见。三、四句由画面“远帆”具象生发，说云帆如果中途要停泊的话，那就在晚上停泊于巫山神女所居住的阳台之下，以便梦中与神女相会，这样写给本诗添上了迷人的神话色彩。皇甫冉有一首《巫山峡》诗，写得很美，云：“巫峡见巴东，迢迢出半空。云藏神女馆，雨到楚王宫。朝暮泉声落，寒暄树色同。清猿不可听，偏在九秋中。”巧于文字，发调新奇，远出情外，颇得好评。《瀛奎律髓汇评》引何义门评曰：“三、四句就云雨上点化，正见事在有无疑信间，用意超妙。”本诗与《巫山峡》诗的意境正相仿佛，可以互相参读。（吴企明）

袁德师求画松

‖刘　商

柏偃松攲势自分[1]，森梢古意出浮云。

如今眼暗画不得，旧有三株持赠君。

[题解]

本诗选自陈邦彦《历代题画诗类》卷七一、《全唐诗》卷三〇四。

刘商（？—约519），唐代画家，字子夏，彭城（今江苏徐州）人。大历年间进士及第，历仕合肥令、汴州观察推官、检校虞部郎中。后以病免，出家为道士，隐于常州义兴山中。商工诗善画，画学张璪，工山水树石。著有《刘商诗集》。

[注释]

①攲（qī）：即攲岖，同崎岖，指画松倾欹的姿态。

[评说]

这首题画诗有序云："武元衡云：商酷尚山水，著文之外，妙极丹青。好事君子，或持冰素，越淮湖，求一松一石、片云孤鹤，获者宝之，虽楚璧南金不之过也。故集中求画之诗为多。"这是后人引武元衡语加上去的。

本诗是刘商应友人、和尚袁德师之请，将旧日画就的三株松树图赠给他，并题诗一首，以示敦厚的诚意。诗从旧日画松着笔，首句写其姿态，柏树偃仆，松树欹倾，姿态各自有别。次句写其气势，言柏松苍郁森森，树梢高出云表。诗的三、四句离开画松，直抒赠画之情。诗人告诉袁德师，如今老眼昏花，不能作画，幸而有旧日画成的三株松柏，可以拿出来赠予他。结句拍合全诗，因为“三株”即是第一、二两句所描写的松柏。一、二句写画上松柏形态，是实写，三、四句写赠画之情，是虚写，虚实相生，形成此诗独特的意境。（吴企明）

与湛上人院画松

‖刘　商

水墨乍成岩下树，摧残半隐洞中云。
猷公曾住天台寺①，阴雨猿声何处闻？

［题解］

本诗选自陈邦彦《历代题画诗类》卷七一、《全唐诗》卷三〇四。

湛上人，即唐代天台宗湛然和尚，俗姓戚，常州（今属江苏）人。他出家于义兴净乐寺，研习天台宗教义，以兴复天台宗为己任，是天台宗的九祖。大历时代，四方从学者极多，如翰林学士梁肃、吏部郎中李华等均从其学。赞宁《宋高僧传》卷六有《湛然传》。刘商与之交游，为其寺院画水墨松，并题赠此诗。

［注释］

①猷公：指东晋竺昙猷，他曾居天台山之寺院。

［评说］

题画诗常从画面形象发端，而刘商却从画松树的动作着笔，别开生面，写出“水墨”两句，说自己用水墨很快地画成这株松树，不敷色，用枯笔画成摧颓的枝叶，隐约地从缝隙中可以见到洞中的云气。在描写绘画动作的同时，见出画面具象。下半首，诗人以东晋的竺昙猷比喻唐代的湛然。湛然居于天台国清寺，他在何处能听到阴雨天猿的哀鸣声呢？言外之意，湛然和尚将在画松中听到猿声。这里以问句作结，变直叙句式为反诘句式，增加诗的婉曲的韵味，自有言之不尽的情致。（吴企明）

画　石

刘　商

苍藓千年粉绘传[①],坚贞一片色犹全。
那知忽遇非常用,不把分铢补上天[②]。

[题解]

本诗选自《全唐诗》卷三〇四。

[注释]

①粉绘：用粉状颜色作画。②分铢：极微的面积和极轻的重量。补上天:《淮南子·览冥训》有“女娲炼五色石以补苍天”。

[评说]

刘商善画松石，武元衡《刘虞部诗集序》：“商酷尚山水，著文之外，妙极丹青。好事君子，或持冰素，越淮湖，求一松一石、片云孤鹤，获者宝之。”朱景玄《唐朝名画录》：“刘商，官为郎中，爱画松石树木。”画家借着题诗的机会，抒发才非所用的感慨。

题诗从画面上的苍石落笔，写画石的色彩与品性。诗人说用“粉绘”画成的带有苍藓的一片石，流传一千年也不会褪色，仍能保持坚贞的本色。他从石头坚硬的自然属性推想开去，赋予苍石以人的品格，为下文抒写画家的主观情感伏笔。诗的下半首，由画石形象生发开去，谈到石的用途，用“那知”一转，说石头忽然遇到“非常”的用处，也就是被放置到无关紧要的地方，不是用来填补将要崩塌的苍天，哪怕是一分一铢也没有。诗人以炼石补天比喻施展才能，为国出力，给神话故事添上几分现实的光彩，将自己怀才不遇的深深感慨寄寓于诗句里，以主观情思融进画石形象之中，使这首题画诗呈现出寄托遥深、富有意蕴的审美特征。

（吴企明）

台中遇直晨览萧侍御壁画山水

‖ 羊士谔

虫思庭莎白露天①，微风吹竹晓凄然。
今来始悟朝回客②，暗写归心向石泉③。

[题解]

本诗选自《全唐诗》卷三三二。

羊士谔（约763—819后），唐代诗人，字谏卿，泰山（今山东泰安）人。家居洛阳。贞元元年（785）进士及第。历仕义兴县尉、浙东观察使、左武威卫兵曹参军、宣歙观察使巡官、监察御史及巴、资、洋、睦等州刺史，又任户部郎中。善诗文，辛文房谓其诗“造妙良选，作皆典重”（《唐才子传》）。著有《羊士谔集》。

元和初年，羊士谔拜监察御史，按例须在御史台值夜。晨出，他览萧祜在台壁上画的山水图，心有所悟，写下这首题画诗。萧祜，唐代画家，字祜之，兰陵（今山东临沂市兰陵镇）人。以处士征，拜拾遗，历仕监察御史、御史中丞、桂管防御观察使。夏文彦《图绘宝鉴》：“萧祜（原作祐，误），画山水，为桂州观察使。”

[注释]

①庭莎：庭中莎草。白露：一年二十四节候之一。②朝回客：指画家萧祜。③石泉：即泉石，泉流和山石，隐士所居的地方，因协韵而倒置。

［评说］

题诗的前两句描写夜值时凄清的环境，庭院里的莎草中，秋虫唧唧，引人起兴，诗人彻夜不眠等候天明。微风拂拂，送来凉意，由此触发起无限的乡思，诗人不免心神凄然。这两句诗，景中有情，情与景融，抒写出诗人久藏于内心的归乡情思。第三句诗笔一转，诗思扣到壁画山水和画家萧祐身上。“今来始悟”，诗人悟出什么呢？他联系自己在夜值时触发起来的无穷乡思，看出萧祐的山水画境里暗寓着归乡情思，所以惊异地写出“暗写归心向石泉”句，深深地领悟到画家“以意寓象”的艺术匠心。（吴企明）

木莲树图并序

白居易

木莲树生巴峡山谷间[1]，巴民亦呼为黄心树。大者高五丈，涉冬不凋。身如青杨，有白文；叶如桂，厚大无脊；花如莲，香色艳腻皆同，独房蕊有异。四月初始开。自开迨谢[2]，仅二十日。忠州西北十里，有鸣玉溪[3]，生者秾茂尤异。元和十四年夏，命道士毋丘元志写。惜其遐僻[4]，因题三绝句云。

如折芙蓉栽旱地，似抛芍药挂高枝。
云埋水隔无人识，唯有南宾太守知[5]。

红似燕支腻如粉[6]，伤心好物不须臾。
山中风起无时节，明日重来得在无？

已愁花落荒岩底，复恨根生乱石间。
几度欲移移不得，天教抛掷在深山。

［题解］

本诗选自《全唐诗》卷四四一。《全唐诗》无题目，以序作之，似嫌冗长，今采用清汪立名编《白香山诗集》之法，标此诗为《木莲树图并序》。

白居易（772—846），唐代诗人，字乐天，号香山居士，原籍太原（今属山西），迁居下邽（今陕西渭南），出生于河南新郑。贞元十六年（800）进士及第，历仕左拾遗、江州司马、忠州刺史、杭州刺史、苏州刺史、秘书监、河南尹、太子少傅等。与元稹友善，共同提倡写作新乐府，人称“元白”。诗风平易通俗。著有《白氏长庆集》。

毋丘元志，宪宗时道士，生平不详。近人潘天寿《中国绘画史》第三编第一章《唐代之绘画》：“花鸟作家则有毋丘元志之善花果，尝为白居易写《木莲》《荔枝》图，为其特擅。”毋丘，复姓。

[注释]

①巴峡：地名。指巴县以东江面的石洞峡、铜锣峡、明月峡。②追：等到。③鸣玉溪：《太平寰宇记》卷一四九：“鸣玉溪在州（即忠州）西十里，上有悬崖，瀑布高五十余丈，潭洞幽邃，古木苍然。”④遐僻：遥远偏僻。⑤南宾太守：《旧唐书・地理志》：“忠州……南宾县。”故“南宾太守”即忠州刺史。白居易以元和十三年（818）十二月除忠州刺史，十四年三月到忠州。⑥燕支：即胭脂。

[评说]

这组诗写于元和十四年（819）白居易刚任忠州刺史时，是一组典型的借花寓意的题画诗。第一首诗中，诗人先以芙蓉、芍药两花来形容木莲树花色的香艳。木莲花就像是从碧水中移到陆地上的芙蓉，又像是被抛上高枝的芍药。芙蓉的清雅高洁，芍药的娇妍多姿，木莲花兼而有之。如此美丽的花朵却是“云埋水隔无人识”，因其遐僻，除了诗人自己，世上再无人能赏识它、爱惜它了。它只能默默无闻地自开自落，自怜自哀。诗人惜木莲实则是怜自己。他虽然从江州司马调至忠州刺史，但忠州乃是“云埋水隔”的偏僻之地，木莲花尚有自己来发现、欣赏，自己又能被谁发现、赏识呢？虽有满腹济世经纶，满腔壮志豪情，又能如何呢？诗人借木莲花寄寓自己怀才不遇、被埋没荒远之地的愤慨之情。

第二首诗抓住木莲花树“自开追谢，仅二十日”的特点，抒发“伤心好物不须臾”之感慨。“山中风起无时节，明日重来得在无？”一个问句写出了诗人无限的惋惜和惆怅之情，联想到自己，从太子左赞善大夫被贬为江州司马，现在虽转任忠州刺史，但那并不是能使自己一展才情、一施抱负之职。宦海之波难以捉摸，自己年且五十，谁知还能不能再返长安、再施展抱负呢？

第三首诗的前两句写木莲树的生存环境。木莲树生长于荒岩乱石之间，花开无人识，花落无人惜，诗人以“已愁”“复恨”表达了对木莲树此种遭遇的强烈不满。“几度欲移移不得，天教抛掷在深山”两句，是说诗人数次想移木莲树出谷，让其美丽为天下人共赏，可惜总是不能成功。诗人不禁发出责问：上天为什么如此不识好歹，一定要让这样美丽的花埋没深山？诗人满腔的愤懑、无奈，溢于言表。自己又何尝不是和木莲树一样的命运呢？这里的“天”，暗指最高统治者——皇帝，诗人对皇帝的不识英才，让有识之士埋没荒远僻地提出了指责。何焯《义门读书记》中即言“天教抛掷在深山”一句是诗人“自谓”。其实，不只是这首诗中有“诗人自谓”的意思，在其他两首诗中都有，诗人是借题画来抒发自己心中的不平、愤懑、无奈之情。据《旧唐书·白居易传》，这些诗“传于都下，好事者喧然模写，其年冬召还京师，拜司门员外郎”，诗人从深山重回京师繁华之地，比之木莲花一样终是幸运许多。（史创新）

画木莲花图寄元郎中

白居易

花房腻似红莲朵[1]，艳色鲜如紫牡丹。
唯有诗人能解爱[2]，丹青写出与君看。

[题解]

本图即上首中毋丘元志为白居易所写木莲图。本诗选自陈邦彦《历代题画诗类》卷九〇、《全唐诗》卷四四一。

[注释]

①“花房”句：白居易《木莲树图并序》的小序中言木莲“花如莲，香色艳腻皆同”。②解爱：懂得爱惜。

[评说]

这首诗作于元和十四年（819），当时，诗人白居易刚从江州司马调为忠州刺史。元郎中即元宗简，字居敬，白居易诗集中有多首诗提及此人。

诗的前两句连用两个比喻，写木莲花颜色之鲜艳。木莲花的花房如同红莲花般细腻娇柔，花瓣颜色却又如紫牡丹般妍丽夺目。此处红、紫颜色不唯对比鲜艳，且反映了木莲花颜色多变的神奇特点。如此美丽独特的木莲花，却只因生于“遐僻”之地而被人们忽略、遗忘，只有自己和好友能懂得欣赏它、怜惜它。因而诗人要“丹青写出与君看”，让艳丽的木莲花不再“云埋水隔无人识”（白居易《木莲树图并序》）。诗人似有以木莲花自比之意，希望僻居于忠州的自己亦能如木莲花一样被人理解，被人赏识，从而能一施抱负。 这虽是一首七绝小诗，却包含着诗人复杂而微妙的情感，体现了绝句以少少许胜多多许的艺术特色。（史创新）

九老图诗并序

白居易

会昌五年三月，胡、吉、刘、郑、卢、张等六贤，于东都敝居履道坊合尚齿之会。其年夏，又有二老，年貌绝伦，同归故乡，亦来斯会，续命书姓名年齿，写其形貌，附于图右，与前七老，题为《九老图》，仍以一绝赠之。（二老谓洛中遗老李元爽，年一百三十六归洛；僧如满，年九十五岁。）

雪作须眉云作衣，辽东华表鹤双归①。
当时一鹤犹希有，何况今逢两令威②。

[题解]

本诗选自《全唐诗》卷四六二。

九老，指胡杲、吉皎、刘真、郑据、卢真、张浑、白居易、李元爽、如满。他们于会昌五年（845）夏，会于洛阳履道坊白居易家，诗酒相娱，图其形貌，题为《九老图》。

[注释]

①“辽东”句：辽东人丁令威学道成仙，化鹤归来，栖于华表上，事见《搜神后记》。李元爽、如满两人归洛，故云“鹤双归”。②两令威：喻李元爽、如满。

[评说]

名为题《九老图》，重点是题咏九老中新添的二老。诗从画面着笔，须眉雪白，着素衣，这是他们的形貌和服饰。次句说二老如丁令威化鹤，双双归洛。第三句转笔一顿，先说一鹤归来尚且稀有，结句再用“何况”与上句呼应，称颂二老归洛是难得的喜事。这首诗艺术上并不见好，但九老相聚的盛事和《九老图》对后代影响很大，历代诗人、画家都以之为题材，加以吟咏和描绘。本诗为仄起首句入韵格，“衣”“归”“威”三字，押上平声五微韵。（吴企明）

观叶生画花

施肩吾

心窍玲珑貌亦奇[1]，荣枯只在手中移。
今朝故向霜天里，点破繁花四五枝。

[题解]

本诗选自《全唐诗》卷四九四。

施肩吾（生卒年不详），唐代诗人，字希圣，号栖真子，睦州（今浙江建德）人。元和十五年（820）登进士第，但不待除授即离京东归。酷好道教神仙之术。为人风流少检，好为冶游香艳之词，胡震亨称其“章句尚艳硕，乏韵致”（《唐音癸签》卷七）。

叶生，不详。

[注释]

①心窍玲珑：指画家十分聪明。窍，孔穴。《庄子·应帝王》：“人皆有七窍。”指耳、目、口、鼻等器官之孔。

[评说]

此诗首句写画家，称画家叶生十分聪颖，且相貌奇特。可惜我们今天没有叶生的资料可寻，不知其相貌奇在何处。第二句“荣枯只在手中移”点明画题，谓花之荣枯繁衰全在画家之手，可见画家叶生善画各种各样不同花期的花卉。三、四两句紧承第二句而来，正因花之荣枯全在叶生一支笔下，故画家能在百花凋残的霜天季节“点破繁花四五枝”，创造出一幅繁花似锦的春景来。诗中道出了画面的构图是以折枝或截取“四五枝”的方式入画，以少胜多，以小见大，以“四五枝”表现千万朵的“繁花”。这种构图方式即所谓的花鸟画的折枝构图。另外，此处的霜天似是暗喻中唐景象。诗人有感于这逐步走向衰颓的时代，希望能在衰飒的光景中再开创出如春天般灿烂辉煌的盛唐气象来。但这只能依助于绘画，在画家的一支笔中寄托愿望和绮想。鲁迅先生有一首《赠画师》诗，其意与本诗末两句颇有相似之处，全诗如下："风生白下千林暗，雾塞苍天百卉殚。愿乞画家新意匠，只研朱墨作春山。"（史创新）

观钓台画图

徐　凝

一水寂寥青霭合①，两崖崔崒白云残②。
画人心到啼猿破③，欲作三声出树难④。

［题解］

本诗选自《全唐诗》卷四七四。

徐凝（生卒年不详），唐代诗人，睦州（今浙江建德）人。元和年间有诗名，但无进取意。与韩愈、白居易有交往。凝诗风朴实，张为《诗人主客图》以白居易为广大教化主，徐凝为及门。

道芬上人，会稽（今浙江绍兴）人，俗姓白。唐代中期画家。工画山水、松石，常为江南等寺院创作壁画。有名于时，后因画《钓台名山》而死。事见张彦远《历代名画记》、夏文彦《图绘宝鉴》。顾况《嵇山道芬上人画山水歌》曰"镜中真僧白道芬，不服朱审李将军"，将其与当时的山水大画家李昭道、朱审等相提并论。唐代中期有不少诗为他的作品题咏，可惜真迹流传甚少。

［注释］

①一水：指严陵钓台下之富春江水。②崔崒（zú）：高大险峻。③画人：指道芬上人。④三声：指猿啼声。郦道元《水经注·江水》引三峡渔歌曰："巴东三峡巫峡长，猿啼三声泪沾裳。"

［评说］

道芬上人"因画钓台江山而逝"（见徐凝《伤画松道芬上人》题下

注），这种为绘画艺术呕尽心血的品质令人敬仰，其因画而逝又令人深感痛惜。这首《观钓台画图》的前两句即写出了诗人对画家的追悼伤痛之情：高士已逝，江山寂寞，空余画面上为青青烟雾笼罩着的严陵钓台及被残云萦绕着的两岸山崖。这两句既是对画面实景的描绘，又颇有凄凉之味，寓有追悼之情。三、四两句则言道芬上人凭着对绘画艺术的执着热爱，一心追求能画出哀猿啼破之声的技艺，但终究是“欲作三声出树难”，绘画艺术有其局限性，想把“猿啼三声”画出来是很困难的。这里指出了绘画艺术与诗歌等其他艺术之间的差异性，即绘画不能表现声音，更无法表现出“啼”“三声”这样一个持续的声响传递过程。（史创新）

题朱审寺壁山水画

柳公权

朱审偏能貌夕岚[①],洞边深墨写秋潭。
与君一顾西墙画,从此看山不向南[②]。

[题解]

本诗选自陈邦彦《历代题画诗类》卷二二、《全唐诗》卷四七九。

柳公权(778—865),唐代书法家、诗人,字诚悬,京兆华原(今陕西铜川市耀州区)人。唐宪宗元和三年(808)进士及第,同年又登博学宏词科,历仕中书舍人、谏议大夫、太子太师。他三入翰苑,迭掌纶诰,又善诗、工书法,正、楷体气势秀劲,与颜真卿齐名,世称“颜柳”。

朱审(生卒年不详),唐代画家,吴郡(今江苏苏州)人,一说吴兴(今浙江湖州)人。他善画山水,重墨法。柳公权题咏的这幅画,据“与君一顾西墙画”看,很可能画在“唐安寺讲堂西壁”(见《唐朝名画录》),这是他“最为得意”的一幅作品。

[注释]

①貌:描摹。此句指画家对夕岚有独特的审美感受和表现能力。
②向南:朝向终南山。终南山在长安城南,故云。

[评说]

这首诗写得很别致。诗人先赞美画家朱审的审美能力和水墨技法。画家应目会心,选取傍晚夕阳照射下暮霭沉沉的空蒙景象,创造成画境。

次句说他用“深墨”写出“秋潭”。朱审与王维、项容、王墨等画家一样，善用水墨。朱景玄说他：“咫尺之地，溪谷幽邃，松篁交加，云雨暗淡，虽出前贤之胸臆，实为后代之楷模也。”（《唐朝名画录》）柳诗与朱论正好相为印证。后二句诗说看了朱审画的山水画，就不必再去游赏终南山，用真山水比衬朱审山水画巧夺天工的艺术造诣，这比直接论评其画艺的诗句要高明得多。（吴企明）

题张僧繇醉僧图

怀　素

人人送酒不曾沽，终日松间挂一壶。
草圣欲成狂便发[①]，真堪画入醉僧图[②]。

[题解]

本诗选自《全唐诗》卷八〇八。

怀素（725—785），唐代书法家，俗姓范，字藏真，长沙（今属湖南）人。幼年入佛门，诵经之余，研习书法，勤学苦练，秃笔成冢。怀素善草书，嗜酒，自称"酒狂"，醉后感发兴会，挥毫字字圆转飞动。同时苏涣、戴叔伦、张谓、卢象等诗人，都有诗称赞他的草书艺术。陶宗仪《书史会要》卷五说："张长史为颠，怀素为狂，以狂继颠，孰为不可。"其真迹有《自叙帖》《苦笋帖》《千字文》传世。

张僧繇（？—约519），南朝梁代画家，吴兴（今浙江湖州）人，一说吴中（今江苏苏州）人。天监中，仕武陵王侍郎，直秘阁知画事，历仕右军将军、吴兴太守。他善画人物、佛像，梁武帝崇信佛教，广饰佛寺，常命僧繇作画。武帝思念诸子，命僧繇乘传写貌，见画如见面。他的人物造型肌肉丰腴，人称"像人之妙，张得其肉"（张彦远《历代名画记》）。这首题画诗，清陈邦彦《历代题画诗类》录作唐僧法照作，缺乏根据。《宣和书谱》卷一九"怀素"名下，记载御府收藏怀素草书一百零一幅，中有《醉僧图诗》。陆游《醉僧》有"不须解作藏真草"句，可知怀素用草书书写了这首题画诗，陆游曾见到过。《全唐诗》也将此诗收录于怀素名下，今从之。

[注释]

①草圣：草书艺术臻至的书法家，如汉张芝、唐张旭都有这个美称。亦可指造诣精深的草书，如怀素《自叙帖》："精心草圣，积有岁时。"②醉僧图：梁代画家张僧繇画，唐裴孝源《贞观公私画史》、张彦远《历代名画记》都有记载。

[评说]

这首题画诗写得非常幽默风趣，它没有品评张僧繇的画艺，也没有阐发画理。具体描绘画面上的醉僧形象，只有"终日松间挂一壶"一句。为什么"人人送酒"而怀素不饮呢？原来他自己有酒，终日挂着一壶酒，自酌自饮。怀素观画入神，不禁由"醉僧"联想到自己，又由酒醉联想到草书艺术。怀素素有"得酒发兴"的切身体验，酒酣发狂，写字如有神助，因而他写出"草圣欲成狂便发"的诗句来，表现出诗人对自己构思特征的认识以及对自己书法艺术的评价。从这些诗歌意象考察，此诗作者必以怀素为得当，不可能是唐僧法照。诗的结句拍合第三句，暗中点出诗人"醉僧"身份。这首题画诗以《醉僧图》中的"醉僧"为拓展诗思的由头，诗的第三句突然转捩，从画面形象转到自我形象的描绘上，怀素变成画上的"醉僧"，"题画"与"自题"急速转换，融二为一，成为我国历代题画诗中饶有风趣、别开生面的一首好诗。（吴企明）

题程修己竹障

李　昂

良工运精思，巧极似有神。
临窗时乍睹[1]，繁阴合再明。

[题解]

本诗选自朱景玄《唐朝名画录》、《全唐诗》卷四。《全唐诗》后两句作“临窗忽睹繁阴合，再盼真假殊未分”，这里从《唐朝名画录》的文字。

李昂（809—840），即唐文宗，初名涵，后改名昂。长庆元年（821）封江王，宝历二年（826）即皇帝位，因受制于宦官仇士良等人，谋除宦官，事泄，宦官势焰益盛，史称“甘露事变”。善诗，尤好五古，古调清峻。今存其诗仅六首。

程修己（？—863），唐代画家，冀州（今河北深州一带）人。宝历中，明经及第，善画，师法周昉，精于山水、竹石、花鸟、人物、异兽等。朱景玄《唐朝名画录》云：“大和中，文宗好古重道，以晋明帝朝卫协画《毛诗图》，草木、鸟兽、古贤、君臣之像，不得其真，遂召修己图之。”

[注释]

①乍：忽然。

[评说]

程修己尝画竹障于文思殿，文宗李昂为之题诗一首，即本诗。诗的前二句，用发议论的方式称赞程修己画艺高超，他创作时“运精思”，画出的竹画“巧极”，似有神灵相助。第三句“临窗时乍睹”，说诗人忽然看到竹画，诗至此方始转到画面上。结句直接描写画面形象，画竹枝叶繁密，竹荫合时则暗，开时则明，巧妙地表现画竹繁疏相间，明暗得宜。三、四句诗对画面作描写，正好印证一、二句诗对画家的议论，前后相辅相成，表述出君王对臣下画艺的赞誉，很是得体。这首题画诗，打破先写画面景物，再写观画感受的常规，不拘一格，别出心裁，读来有耳目一新的感觉。（吴企明）

屏风绝句

杜　牧

屏风周昉画纤腰[1]，岁久丹青色半销。
斜倚玉窗鸾发女[2]，拂尘犹自妒娇娆。

[题解]

本诗选自《全唐诗》卷五二二。

杜牧（803—852），唐代诗人，字牧之，京兆万年（今陕西西安）人。唐宣宗大和二年（828）进士及第，历仕淮南节度使掌书记、监察御史、黄州刺史、池州刺史、湖州刺史、考功郎中知制诰、中书舍人。杜牧诗情致豪迈，俊爽清丽，意境深远，富有情韵，时人称为“小杜”，以别于杜甫。他又擅长书画。有《樊川集》。

[注释]

①周昉：唐代著名人物画家，字景玄，京兆（今陕西西安）人，有《簪花仕女图》《挥扇仕女图》传世。纤腰：细腰。②鸾发女：指倚窗观画的女子。鸾发，青丝，女子铿亮乌黑的头发。古人谓凤为赤羽，鸾为青羽，故以鸾发形容女子美发。

[评说]

这首题画诗具有鲜明的艺术特色。诗人不是直接描绘画面实境，也没有直接发表议论，却通过周昉仕女画所产生的强烈艺术效果，暗示画幅之美。其中“岁久丹青色半销”一笔，用欲扬先抑的手法，反衬屏风仕女画之美。最后二句通过贵家少女倚窗嫉恨不已的深层心态描写，暗示出画上仕女的娇美绝伦，显示了周昉仕女画的艺术魅力和美学价值，给人留下难以忘怀的印象。（吴企明）

长沙元门寺张璪员外壁画

李群玉

片石长松倚素楹，翛然云壑见高情①。
世人只爱凡花鸟，无处不知梁广名②。

[题解]

本诗选自《全唐诗》卷五七〇。

李群玉（约813—约860），唐代诗人，字文山，澧州（今湖南澧县）人。举进士不第。唐宣宗大中八年（854），因献诗而授弘文馆校书郎。群玉清才旷逸，诗思遒丽，格调清越，工书法。有《李群玉集》。

张璪（生卒年不详），一作张藻，唐代画家，字文通，吴郡（今江苏苏州）人。官至检校祠部员外郎。后坐事贬衡、忠两州司马。建中三年（782）作画于长安，技法受王维水墨画影响，人谓“南宗摩诘传张璪”，创破墨法，工松石。朱景玄《唐朝名画录》“神品下”：“张藻员外衣冠文学，时之名流，画松石、山水，当代擅价。惟松石特出古今，得用笔法。”

[注释]

①翛（xiāo）然：无拘无束。②梁广：唐代花鸟画家，善用工笔重彩的技法。朱景玄《唐朝名画录》称他“以花鸟、松石、写真为能”。张彦远《历代名画记》：“梁广工花鸟，善赋彩。”

[评说]

这首题咏松石画的诗，首句“片石长松”，写画面具象，这是长沙元门寺壁画的主体形象，直扣题面，诗人又用“倚素楹”来形容它们的生动气韵。次句紧承首句，写松石云壑的神态悠然自得，“见高情”三字，借着松石云壑的高情，写出画家不同凡俗的高尚情趣。诗至第三句陡然一转，撇开张璪的壁画，转出别意，说世人只爱梁广的凡俗花鸟画，言外之意是说，能理解张璪松石图画外之意的人很少。李群玉是个淡于名利、超然世外的诗人，所以，他能赏识张璪的审美情趣，对当代庸俗的艺术趋向很不满意，因而借题画的机会，借题发挥，以抒写自己不趋时俗的高尚情趣。（吴企明）

松石晓景图

陆龟蒙

霜骨云根惨澹愁[1],宿烟封著未全收。
将归与说文通后[2],写得松江岸上秋。

[题解]

本诗选自《全唐诗》卷六二九。

陆龟蒙（? —约 881），唐代诗人，字鲁望，号天随子、江湖散人，吴郡（今江苏苏州）人。长期隐居吴淞江甫里（今苏州甪直），终身不仕，人称“甫里先生”。善诗文，风格矫激奇峭，立意新奇，与皮日休常相唱和，二人齐名，世称“皮陆”。有《笠泽丛书》。

[注释]

①霜骨：指松树。松有傲霜雪的本性。云根：石块。②文通后：此指张璪后裔。陆龟蒙时代，张璪已死。文通，唐代画家张璪，字文通，善画松石。

[评说]

本诗的艺术构思，摆脱一般题画诗常见的套路，别具一格。诗人由自然景物出发，展开想象，以吴淞江晓景开端，两句一意，说吴淞江上似消未消的晨雾笼罩着岸边的松石，似乎带着凄清的愁思。这种富有诗情的晨景，触发了诗人高雅的兴致，他把眼前的景色描述给张璪的后代听，请他画一幅《松石晓景图》。本诗写出画家创作这幅作品的因由，这种写法，在同类作品中还很少见到。（吴企明）

题画建溪图

方　干

六幅轻绡画建溪①,刺桐花下路高低②。
分明记得曾行处,只欠猿声与鸟啼。

[题解]

本诗选自《全唐诗》卷六五三。

方干（809—888），唐代诗人，字雄飞，清溪（今浙江淳安）人，一说桐庐（今属浙江）人。举进士不第，遂隐于鉴湖，以布衣终。诗名满天下，门人私谥“玄英先生”。著有《玄英先生诗集》。

[注释]

①六幅：六扇装着绢绡的屏风。顾云《苏君厅观韩幹马障歌》：“屹然六幅古屏上。”建溪：水名，闽江北源，在今福建省北部。②刺桐：一种落叶乔木，又名海桐、山芙蓉，有黄红、紫红等花色。

[评说]

这首七绝小诗不但有题画诗的特色，而且写得风调动人，趣味盎然，堪与王维《辋川集》中的小诗相媲美。诗的首句点明此为题画诗，画作于六扇装着薄绢的屏风上，所画为建溪风光。第二句描写画上实景：建溪两旁开满了美丽的刺桐花，花下蜿蜒盘旋着一条小道，直通溪水的尽头。此句为我们描绘出画中山花掩映、曲径相随的美丽的建溪风光。面对画中美景，诗人分明记得在这清澈如镜的溪水边，自己曾漫步于烂漫刺桐花下的这条小径上，只是当时有猿啼声、鸟鸣声不绝于耳，画中此处却是一片清静的世界。 三、四两句，诗人先赞画似真，又以缺少猿啼、鸟鸣声为憾，体现了“画是无声诗”这一绘画艺术特色。“只欠猿声与鸟啼”句，点画欲活。（史创新）

题钓台障子

李　频

君家尽是我家山，严子前台枕古湾。
却把钓竿终不可，几时入海得鱼还。

[题解]

本诗选自陈邦彦《历代题画诗类》卷三二。

李频（约818—876），唐代诗人，字德新，睦州寿昌（今浙江淳安）人。善诗，受姚合称赏，以女妻之。大中八年（854）进士及第，授校书郎，迁武功令，历仕侍御史、都官员外郎、建州刺史。有《梨岳集》。

[评说]

题诗从画面山水景物落笔，因障子所画为严子陵钓台附近的山水，与诗人家乡的山水极相似，故云“尽是我家山”。次句应题，谓严子陵钓台位于古湾“严滩”上，名为严陵濑，仍点画面。第三句从画面宕开，推想自己也拟效仿严光垂钓于此，却曰“终不可”，因为这里无鱼可钓。结尾说“几时入海得鱼还”，欲得鱼，还须到海边去，委婉地点明严光垂钓志在隐逸不在鱼的题旨，表现出本诗乃借画抒情。本诗为平起首句入韵格，“山”“湾”“还”三字，押上平声十五删韵。（吴企明）

题磻溪垂钓图

罗　隐

吕望当年展庙谟①，直钩钓国更谁如②？
若教生在西湖上，也是须供使宅鱼③。

［题解］

本诗选自《十国春秋》卷八四、陈邦彦《历代题画诗类》卷三三。

罗隐（833—909），唐代诗人，字昭谏，自号江东生，新城（今浙江杭州市富阳区）人。本名横，十举进士而不第，因改名为罗隐。历仕秘书省著作郎、司勋郎中、给事中，世称"罗给事"。隐工诗善文，尤精小品。其诗多抒写怀才不遇之感，也有讽刺时世之作。诗风流畅浅易，与罗虬、罗邺齐名，时号"三罗"。著有《罗昭谏集》。

［注释］

①吕望：周文王、周武王时的谋臣，到年老时还很穷困，常在磻溪钓鱼，后来遇文王，受赏识，被尊为"尚父"，辅助武王灭掉殷朝。事见《史记·齐太公世家》。庙谟：朝廷的谋略，即谋划国家大事。②直钩钓国：语出《庄子·田子方》："文王观于臧，见一丈夫钓，而其钓莫钓。"吕望用直钩，不施鱼饵，意非在鱼。⑧使宅鱼：五代时，吴越王钱镠规定，西湖渔民每天必须交纳若干斤鱼，谓之使宅鱼。见《十国春秋》卷八四。

［评说］

《磻溪垂钓图》画的是吕望垂钓于磻溪巧遇周文王的故事。题诗的前二句写出画上的故事，说明吕望垂钓不过是消遣时光而已，他希望能遇到明君，施展治国的才能。诗的三、四句笔头一转，使用假设句，说吕望如果今天在西湖上垂钓，就要交纳“使宅鱼”了。这首题诗，由画上的“垂钓”生发联想，联想到现实生活中的弊政，巧妙地将周朝的史事与当代钱镠剥削百姓的事实联系起来，借题发挥，妙于运思，在违背常理的意想中寓含着深刻的讽刺意味。（吴企明）

鹭鸶障子

张　乔

剪得机中如雪素①,画为江上带丝禽②。
闲来相对茅堂下,引出烟波万里心。

[题解]

本诗选自陈邦彦《历代题画诗类》卷九六。

张乔，唐代诗人，字伯迁，池州（今安徽池州市贵池区）人。尝隐九华山苦学，工诗，诗风清雅，与许棠、喻坦之、剧燕、任涛、吴罕、张蠙、周繇、郑谷、李栖远等人齐名，被誉为“咸通十哲”。有《张乔诗集》。

[注释]

①雪素：雪白的画绢。②带丝禽：即水鸟鹭鸶。

[评说]

诗的首句既不扣题，也不点画面，却描写作画的材料，它是刚从织机中剪下来的素绢。次句说画家在素绢上画出江上鹭鸶，才回应到题面上。这样写很别致。第三、四句，诗人仍然不写画面上鹭鸶的具体形象，却转而去写观画感想。诗人闲坐茅堂，面对鹭鸶障子，长久地观赏着，兴起丰富的联想。他由画面上活动于江边的鹭鸶，联想到烟波万里之上的隐士，自己也产生了浓浓的“沧洲趣”。诗人并没有对画障进行审美鉴赏，鹭鸶障子只不过是他抒发万里烟波之情的切入点和触发点，这也是这首题画诗写法很别致的地方。本诗为仄起首句不入韵格，“禽”“心”二字押下平声十二侵韵。（吴企明）

题花木障

杜荀鹤

不假东风次第吹[①],笔匀春色一枝枝[②]。
由来画看胜栽看[③],免见朝开暮落时。

[题解]

本诗选自陈邦彦《历代题画诗类》卷九〇、《全唐诗》卷六九三。

杜荀鹤(846—904),唐代诗人,字彦之,自号九华山人,池州石埭(今安徽石台)人。大顺二年(891)进士及第,时年已四十六岁。历仕主客员外郎、知制诰,充翰林学士,旋卒。其诗继承杜甫、白居易关心民瘼、反映现实之优良传统,善于白描,语言通俗晓畅。著有《唐风集》。

[注释]

①次第:进展之词,犹云转眼,接着。②春色:春天的景色,这里指花卉。③画看:看画上的花卉。栽看:看栽种的花卉。

[评说]

花木障,即画着花木的屏风,比如杜甫《奉先刘少府新画山水障歌》中的山水障,即画山水的屏风。这首题画诗与一般题画诗不一样,别开生面,表述诗人的艺术理想。一、二两句是说画障上的花木不是东风吹开的,而是画家笔墨匀净地一枝一枝地画出来的。题画诗人常常写到这种艺术意想,完全符合绘画艺术的特征,比如袁恕己《咏屏风》:"花笑不关春。"刘商《与湛上人院画松》:"水墨乍成岩下树。"白居易《画竹歌》:“不笋而成由笔成。”这些都和杜荀鹤的艺术意想相仿。诗的第三句转笔，别出新意。诗人认为观看花卉画，要胜过观看土栽的花卉，为什么呢？诗人在结句点明题旨，说栽培的花卉，开放的时间不长，朝开暮落，瞬间凋零，容易引发人们韶华不长的伤感，而绘画作品里的花卉永不凋谢，韶华长存，给人长时间的美感享受，所以说“画看胜栽看”。杜荀鹤有这种认识已经不容易，当然他还不懂得，由艺术家创造出的艺术美要高于自然美。“画看胜栽看”，应该是优秀绘画作品的美学标准。（史创新）

金陵图

韦　庄

谁谓伤心画不成？画人心逐世人情①。
君看六幅南朝事②，老木寒云满故城。

[题解]

本诗选自《浣花集》卷四、《全唐诗》卷六九七。

韦庄（836—910），唐代诗人，字端己，京兆杜陵（今陕西西安）人。曾写过长诗《秦妇吟》，反映唐末乱世情状，时人称“秦妇吟秀才”。唐昭宗乾宁元年（894）进士及第，授校书郎，后擢左补阙。唐亡，王建称帝蜀中，拜韦庄为宰相。工诗，多怀古伤世之作，诗风凄惋哀怨。有《浣花集》。

[注释]

①画人心：画家作画的心意。②六幅：六扇装着画绢的屏风。

[评说]

早于韦庄的诗人高蟾登上金陵古城，曾写下《金陵晚望》，诗云：“世间无限丹青手，一片伤心画不成。”而韦庄观看了一位无名画家画的《金陵图》后，很有感触，题下这首诗。首句“谁谓伤心画不成”，便是针对高蟾诗作而发的，诗用诘问句，虽然没有直接回答，但看全诗便知道韦庄认为“一片伤心”是画得成的。他以为画家的心是追随着当代人的思想情感的；一个有出息的画家，总是在自己的作品中反映出时代氛围和时代情绪。《金陵图》的作者便把“一片伤心”之情，蕴含在“老木寒云满故城”的画境之中。 读诗至此，我们似乎可以感受到画家作画时抚古伤今、沉痛哀戚的心情，他正为“金陵”的衰微而“伤心”呐！（吴企明）

题　画

唐希雅

谁泼烟云六尺绡，寒山秋树晚萧萧①。
十年来往吴淞口，错认溪南旧板桥。

[题解]

本诗选自《全五代诗》卷三六引《槜李诗系》。

唐希雅（生卒年不详），五代南唐画家，嘉兴（今属浙江）人。《宣和画谱》卷一七记载："（希雅）妙于画竹，作翎毛亦工。初学南唐伪主李煜金错书，有一笔三过之法，虽若甚瘦而风神有余。晚年变而为画，故颤掣三过处，书法存焉。"又刘道醇《圣朝名画评》卷三评云："江南绝笔，徐熙、唐希雅二人而已。"

[注释]

①萧萧：草木摇落声。杜甫《登高》："无边落木萧萧下。"

[评说]

这是一首七绝题画诗，精练而有意味。首句"谁泼烟云六尺绡"，点明所题画为泼墨山水画，画是作于六尺长的白绢上的。泼墨这一绘画技法，相传始自唐代王洽，他以墨泼纸素，脚蹴手抹，随其形状为石、为云、为水，应手随意，图出云霞，染成风雨，宛若神巧。此处画家亦是宛若神巧，以泼墨渲染出一幅"寒山秋树晚萧萧"的图画，充满幽景野趣，又有气韵萧疏之意境。"十年来往吴淞口，错认溪南旧板桥"两句是说，画面上山水相间、小溪穿流的景象和诗人十分熟悉的吴淞口景色十分相似，因而把画中的板桥错认为是吴淞口了。这里隐含着晋代索靖的故事：索靖看了著名画家顾恺之的画后十分欣赏，说："恨不带并州快剪刀来，剪松江半幅练纹归去。"杜甫《戏题王宰画山水图歌》中亦有"焉得并州快剪刀，剪取吴淞半江水"之句。此处用"错认"，不用"剪取"，但意思是一样的，同样是为了称赞画家之画巧夺天工，表达诗人对画的欣赏和喜爱之情。（史创新）

介庵赠古墨梅酬以一篇

詹敦仁

开屏展素看梅花，淡蕊疏枝蓦蓦斜①。
墨散余香点酥萼②，月留残影照窗纱。

[题解]

本诗选自《永乐大典》二八一八梅字韵。

詹敦仁（生卒年不详），五代诗人，字君泽，固始（今河南信阳）人。五代时避乱隐于仙游（今属福建），后任清溪令，未几，辞官复隐于佛耳山，自号“清隐”。今存其诗仅六首。

介庵，姓名不详。墨梅，用水墨画梅花。徐沁《明画录》说：“古来画梅者，率皆傅彩写生，自北宋华光僧仲仁，始以墨晕创为别趣。觉范效之，辄用皂子胶画于生缣扇上。灯月之下，横斜宛然。嗣是尹白祖花光一派，流传至南宋扬补之，始极其致。”徐氏把我国墨梅画的创始人定为北宋华光，并不妥切，实质上墨梅早创见于唐五代，介庵赠给詹敦仁的“古墨梅”，时代应比詹敦仁、介庵生活的五代还要早，至迟约当晚唐时代。这首题画诗可补画史资料之不足。

[注释]

①蓦蓦：花枝倾斜貌。②酥萼：柔美的花萼。

[评说]

詹敦仁的这首题画诗写得极美，它揭取墨梅之神韵，摄取绘画美的特质，构成极为传神、令人陶醉的诗歌意境。首句叙述展屏看梅花图的过程，平平写来。以下三句全部描写墨梅，淡淡的花蕊、稀疏的枝条横斜在窗前月下，笔墨含香，点出柔美的花萼，发出阵阵幽香，墨香、梅香，浑然一体。明月洒下清辉，照着梅花的疏枝花萼，在窗纱留下潇洒的身影。诗人抓住墨梅的淡蕊、疏枝、梅香、月光，将色、香、光、影、形、神等因素组合起来，构成清幽、淡雅、朦胧的境界，它完全可以和宋代林逋"疏影横斜水清浅，暗香浮动月黄昏"（《山园小梅》）的意境相媲美。（吴企明）

题施璘画竹图

韦 遵

枯箨危根缴石头①,千竿交映近清流。
堪珍仲宝穷幽笔②,留得荆湘一片秋③。

[题解]

本诗选自刘道醇《五代名画补遗》、陈邦彦《历代题画诗类》卷八一。

韦遵（生卒年不详），五代诗人，曾任后周起居郎。

施璘，五代画家，字仲宝，京兆蓝田（今属陕西）人。善画竹，为当时绝技，有十幅竹图。

[注释]

①枯箨（tuò）：俗称“笋壳”，包于笋外的枯皮，在竹竿生长过程中陆续脱落。②仲宝：施璘的字。③荆湘：楚地湘江，指湘竹产地。

[评说]

这首题画诗主要是赞颂施璘画竹之美。第一句具体描绘丛竹生长的形象。第二句概括写出竹林交映于清流的美景。这两句所写正如刘道醇《五代名画补遗》中所言，施璘竹图“老根薄石，笋枝附箨，扶疏交映，青翠满庭”。“堪珍仲宝穷幽笔”一句点出画家，照应题面，一“幽”字不仅称赞画家的神妙之笔，也体现画家画竹清丽幽绝的特色。诗的最后以“一片秋”结尾，形象地传达出了画家笔下之竹“宛得三湘高秋之野色”

的画意，同时也增添了诗本身的韵味。总的看来，这首题画诗用简洁的手法再现了画竹的自然之美，从而赞扬画家的神妙笔法。另外值得一提的是这首诗的收结句法，这种句法原是从李商隐《宿骆氏亭寄怀崔雍崔衮》诗的结句“留得残荷听雨声”变化而来的。后来题画诗多加效仿，如明徐渭《画竹十首》中的第二首的结句：“留取根丛作雨声。”又如清代郑燮《八畹兰》诗的结句：“留取栽培待后贤。”（史创新）